# चन्द्रकान्ता



3 सितम्बर, 1938 को श्रीनगर, कश्मीर में जन्म। बी.ए., बी.एड. तक की शिक्षा श्रीनगर से तथा बिड़ला आर्ट्स कॉलेज, पिलानी (राजस्थान) से हिन्दी साहित्य में एम.ए.।

1967 से निरन्तर सृजनरत चन्द्रकान्ता के अब तक चौदह कहानी-संग्रह प्रकाशित हो चुके हैं। इनके अलावा चयनित एवं चर्चित कहानियों के नौ संकलन एवं समग्र कहानियाँ चार खंडों में प्रकाशित हैं। आपके प्रकाशित उपन्यास हैं—अन्तिम साक्ष्य, अर्थान्तर, बाक़ी सब ख़ैरियत है, ऐलान गली ज़िन्दा है, अपने-अपने कोणार्क, यहाँ वितस्ता बहती है, कथा सतीसर, समय-अश्व बेलगाम। अन्य कृतियाँ हैं—यहीं कहीं आसपास (कविता-संग्रह); हाशिए की इबारतें (आत्मकथात्मक संस्मरण); मेरे भोजपत्र (संस्मरण एवं आलेख); प्रश्नों के दायरे में (साक्षात्कार)।

चन्द्रकान्ता की कई कहानियों एवं उपन्यासों के विभिन्न भारतीय भाषाओं एवं अंग्रेज़ी में अनुवाद हो चुके हैं। आपकी रचनाएँ कई विश्वविद्यालयों के हिन्दी साहित्य के पाठ्यक्रम में शामिल हैं। दूरदर्शन के लिए कई कहानियों का फ़िल्मांकन तथा आकाशवाणी से कहानियों-उपन्यासों का धारावाहिक प्रसारण हुआ है।

आपको के.के. बिड़ला फाउंडेशन का व्यास सम्मान, हिन्दी अकादमी (दिल्ली) का साहित्यकार सम्मान, हरियाणा साहित्य अकादमी का बाबू बालमुकुंद गुप्त पुरस्कार, उ.प्र. हिन्दी संस्थान का महात्मा गांधी सम्मान, केन्द्रीय हिन्दी संस्थान (आगरा) का सुब्रह्मण्यम भारती पुरस्कार आदि अनेक प्रतिष्ठित पुरस्कार एवं सम्मान मिले हैं। डी.एस.सी. साउथ एशियन लिटरेरी प्राइज़ की शॉर्टलिस्ट में ए स्ट्रीट इन श्रीनगर (ऐलान गली ज़िन्दा है का अंग्रेज़ी अनुवाद) और लॉन्गलिस्ट में द सागा ऑफ़ सतीसर (कथा सतीसर का अंग्रेज़ी अनुवाद) शामिल एवं पुरस्कृत।

ई-मेल : chandrakanta39@gmail.com

# कथा सतीसर

चन्द्रकान्ता

राजकमल पेपरबैक्स

पहला पुस्तकालय संस्करण
राजकमल प्रकाशन प्राइवेट लिमिटेड द्वारा
2001 में प्रकाशित

राजकमल पेपरबैक्स में
**पहला संस्करण :** 2007
**तीसरा संस्करण :** 2021
This book is printed on **Print on Demand** Technology : 2024



---

**राजकमल पेपरबैक्स :** उत्कृष्ट साहित्य के जनसुलभ संस्करण

---

राजकमल प्रकाशन प्रा. लि.
1-बी, नेताजी सुभाष मार्ग, दरियागंज
नई दिल्ली-110 002
द्वारा प्रकाशित

**शाखाएँ :** अशोक राजपथ, साइंस कॉलेज के सामने, पटना-800 006
पहली मंजिल, दरबारी बिल्डिंग, महात्मा गांधी मार्ग, प्रयागराज-211 001
1, अनमोल सोराबजी संतुक लेन, धोबी तलाव, मरीन लाइंस, मुम्बई-400 002
वेबसाइट : www.rajkamalprakashan.com
ई-मेल : info@rajkamalprakashan.com

**मूल्य :** ₹699

KATHA SATISAR
*Novel by* Chandrakanta

ISBN : 978-81-267-1361-5

*यह कथा उन बेघर-बेनाम बच्चों के नाम,*
*जिन्हें ग्यारह वर्षों के निष्कासन*
*के बाद भी समझ नहीं आता,*
*किं वे अपने घर क्यों*
*नहीं लौट सकते।*

आम्यन टाक्यन पोन्य ज़न श्रमान
जुव छुम ब्रमान, घर गछ़हा
(ललद्यद)

(मिट्टी के कच्चे सकोरों से ज्यों पानी रिस रहा हो, मेरा जी कसक रहा है, कब अपने घर चली जाऊँ ?)

# कथा सतीसर क्यों ?

'ऐलान गली ज़िन्दा है', और 'यहाँ वितस्ता बहती है', के बाद अब 'कथा सतीसर' ! यानी तीसरी बार, कश्मीर, मेरे उपन्यास का केन्द्र बन गया।

क्या इसलिए कि मेरे पूर्व पुरखों की इस धरती पर, जहाँ मेरी जन्मनाल गड़ी है, मेरे बचपन के पाँवों के आड़े-मेड़े निशान पड़े हैं, झीलों-झरनों और बर्फीली हवाओं की गन्ध में घुली, मेरे यौवन की इन्द्रधनुषी स्मृतियाँ सुरक्षित हैं, वहाँ लौटने की मेरी उम्मीदें दम तोड़ने लगी हैं, और मैं स्मृतियों में जीने लगी हूँ ?

क्या इसलिए नहीं, कि आतंकवाद से जर्जर हुई इस वादी का दुख, मेरा निजी कष्ट होते हुए भी, पूरे प्रदेशवासियों की कष्टगाथा है ? उन लोगों की, जो ग्यारह लम्बे वर्षों से, जम्मू के फटे-बुसे टेंटों-शिविरों और दड़बेनुमा कमरों में, शरणार्थियों की ज़लील ज़िन्दगी जी रहे हैं और घर-वापसी के स्वप्न देखते रहते हैं, और उनकी भी, जो वादी में रहते हुए भी आतंक और अनिश्चय के सायों में दिन काट रहे हैं ?

'ऐलान गली ज़िन्दा है' 1983 में लिखा गया था। तब से आज तक, कश्मीर एक लम्बे दुर्भाग्यपूर्ण दौर से गुज़रा है। सदियों के विश्वास पिछले ग्यारह वर्षों में टूट चुके हैं। कल्हण पंडित ने जिस कश्मीर को, कभी 'धरती का स्वर्ग' कहा था, वह आज आतंकवाद का गढ़ बना, रक्त-सने रणक्षेत्र में तब्दील हो गया है। बाह्य षड्यन्त्र, भीतरी अव्यवस्था, गलत रणनीतियाँ और शासकों की महत्त्वाकांक्षाएँ ! हमारे आसपास ही, स्वर्ग से नरक बने प्रदेश के प्रकट-अप्रकट कारण मौजूद हैं। वे घटनाएँ और स्थितियाँ, जिन्हें समय रहते रोका जा सकता था, पर रोका न गया। नतीजा, लम्हों ने ख़ता की और सदियाँ सज़ा पाने को अभिशप्त हो गईं।

यों कश्मीर का इतिहास सदियों से, आक्रमणों, षड्यन्त्रों, अत्याचार-आतंक और निष्कासन के हादसों से अटा पड़ा है। विंसेंट ए. स्मिथ ने ठीक ही कहा था कि "विश्व में कुछ क्षेत्र ही शायद, शासन के विषय में, कश्मीर से अभागे हों, इतिहास यहाँ बार-बार लौटता रहा है। महाभारत काल से बीस वर्ष पूर्व, गोनन्द राजा के शासन काल से लेकर इक्कीसवीं सदी के इस आरम्भिक दौर तक देखिए, तो यकीन हो जाएगा, कि कश्मीर का इतिहास पुनरावृत्तियों का इतिहास है। यह सच जहाँ आश्चर्य और दुख का भाव जगाता है, वहीं, मन के किसी अदीठ कोने में उम्मीद की किरण भी !

तभी तो आज, नई सदी की देहरी पर, कश्मीर में चौदहवीं शती का समय लौट

आया है, सुलतान सिकन्दर का समय ! सिकन्दर ने आतंक, हत्या और निष्कासन का दौर चलाकर कश्मीर की ऋषि भूमि को उजाड़ दिया और 'बुतशिकन' कहलाया। कहते हैं, तब वादी में पंडितों के कुल ग्यारह घर बचे रह गए थे। लेकिन उसी के बेटे, सुलतान ज़ैनुलाबद्दीन ने, निष्कासित पंडितों को ससम्मान घर लौटाया, पद-प्रतिष्ठा दी और साम्प्रदायिक सद्भाव की मिसालें कायम कीं, और 'बड़शाह' कहलाया।

शैव, बौद्ध और इस्लाम की साँझी विरासतों से रची कश्मीर वादी में ऐसे कई कठिन दौर आए। कभी औरंगज़ेब के समय, कभी अफगान काल में। लेकिन यह दौर भी आकर गुज़र गए। कभी धर्म की रक्षा के लिए, गुरु तेगबहादुर मसीहा बनकर आए, कभी कोई और। तभी ललद्यद और नुन्दऋषि की धरती पर लोग, भिन्न धर्मों के बावजूद, आपसी सौहार्द और समन्वय की लोक संस्कृति में रचे-बसे जीते रहे !

आज वह, आतंक, हत्या और निष्कासन का कठिन, सिकन्दरी दौर फिर आया है, जब वादी में पंडितों के कुल ग्यारह घर बचे रह गए थे। गो कि नई शक्ल में, नए कारणों के साथ, पर व्यथा-कथा वही है, मानवीय यन्त्रणा और त्रास की चिरन्तन दुख गाथा।

लोकतन्त्र के इस गरिमामय समय में, स्वर्ग को नरक बनाने के लिए कौन ज़िम्मेदार हैं ? छोटे-बड़े नेताओं, शासकों, बिचौलियों की कौन-सी महत्त्वाकांक्षाओं, कैसी भूलों, असावधानियों और ढुलमुल नीतियों का परिणाम है, आज का रक्तरँगा कश्मीर ? हमारे लिए ही नहीं, अगली पीढ़ियों के लिए भी इसका परीक्षण और उत्तर महत्त्वपूर्ण है। उस कुशासन और ग़ैर ज़िम्मेदार तन्त्र का परीक्षण, जिसके परिणामस्वरूप, सूफी-सन्तों की विरासतें सहेजती, इस ऋषि वाटिका में साम्प्रदायिकता का ज़हर फैलता गया। पाकिस्तान तो आतंकवाद के लिए ज़िम्मेदार है ही, पर हमारे नेतागण समय रहते चेत क्यों न गए ? ऐसा क्यों हुआ, कि जो औसत कश्मीरी, गुस्से में, ज्यादा-से-ज्यादा, एक-दूसरे पर काँगड़ी उछाल देता था, वही कलिशनिकोव, और ए.के. सैंतालीसों से अपने ही हमवतनों के खून से हाथ रँगने लगा ?

कई सालते प्रश्न हैं, जिनका उत्तर तलाशना ज़रूरी है, 'कथा सतीसर' में मैंने, मानवीय अधिकार और अस्मिता से जुड़े प्रश्नों को, पात्रों के माध्यम से उठाया है। एक रची-बसी संस्कृति के विखंडन की त्रासद परिणतियों से जुड़े सवाल ! मानवीय यातना से जुड़े इन प्रश्नों का उत्तर तलाशते, व्यवस्था का परीक्षण ज़रूरी था, प्रत्यक्ष-अप्रत्यक्ष कारणों को खोजना लाज़िमी था। मेरा मानना है, कि जहाँ विखंडन और विध्वंस के कारण होते हैं, वहीं कहीं आसपास, उन स्थितियों के निदान की सम्भावनाएँ भी छिपी होती हैं। इसीलिए कश्मीरी मानस और जनजीवन में गहरे उतरकर, 'कथा सतीसर' लिखना मेरे लिए ज़रूरी हो गया। इसलिए भी कि, यद्यपि कश्मीर आज ज्वलन्त समस्या बनकर राजनीतिज्ञों, पत्रकारों और देश-विदेश के बुद्धिजीवियों के लिए विचार और बहस का मुद्दा बन गया है, कश्मीरियों के बेअन्त दुखों और विडंबनाओं, यानी मानवीय पक्ष की गहराई में जाने और आतंकवाद से उपजी समस्याओं से कश्मीरी जन को उबारने

के संकल्प ठंडे पड़ गए हैं। ऊपरी पर्तें ही देखी जा रही हैं।

मानवीय यातना को अनदेखा करना शासकों के लिए भले सम्भव हो, रचनाकार के लिए नहीं। फिर कश्मीर तो मेरी दुखती रग है। मैंने महसूस किया कि कश्मीर की मिट्टी में रचा-बसा, 'कश्मीरियत' के रहस्यों से वाकिफ, भुक्तभोगी ही कश्मीर की पीड़ा और उसके भीतरी सच को जान सकता है, और बहसों-फतवों में उलझे बिना, समय के सच को साहित्य में दर्ज कर सकता है।

इस कथा में मैंने 1931 ईस्वी से लेकर 2000 के शुरुआती समय के बीच, बनते-बिगड़ते कश्मीर की कहानी कही है। इस कथा में, कश्मीर के सामाजिक-राजनीतिक परिदृश्यों में घटे, छोटे-बड़े हादसे हैं। उन हादसों से, जनजीवन के आपसी रिश्तों पर पड़े प्रभावों का संवेदनात्मक परीक्षण है। नेपथ्य में कश्मीर का इतिहास, भूगोल, पुराण, राजनीति, मिथ, लेजेंड और किस्से-कहानियाँ हैं, जिनसे कश्मीर का लोकमानस और 'कश्मीरियत' का निर्माण हुआ है।

यह कथा लिखते मैंने अतीत, वर्तमान और भविष्य की यात्रा एक साथ की है, अपनी विरासतों को टटोला है। परम्परा और वर्तमान के द्वन्द्व और तनाव को झेला है। वर्तमान व्यवस्था के सामाजिक-राजनीतिक पक्षों को परखते, जहाँ कुछ यथातथ्य घटनाओं-स्थितियों को रेखांकित किया है, वहीं ऐतिहासिक स्थितियों की परिणतियों से भी टकराई हूँ। कोशिश की है कि समय के यथार्थ को संस्कृति और मानवीय सरोकारों से जोड़कर देखूँ, कि जो सही था, या सही हो सकता था, वह गलत कहाँ और क्यों हो गया ?

सबसे ज्यादा उद्वेलित मुझे उन बुद्धिजीवियों, पत्रकारों-नेताओं की गलतबयानियों और फ़तवेबाज़ियों ने किया, जिन्होंने ऊपरी परत देखी, और निष्पक्ष होकर कश्मीरियों की समस्याओं को महसूस किए बिना, एकपक्षीय निर्णय दिए। क्या कश्मीर मात्र बहस का मुद्दा है ? एकपक्षीय निर्णयों से उस अल्पसंख्यक वर्ग पर क्या बीतेगी, जो वर्षों से बेघर-बेनाम अपने ही देश में शरणार्थी बनकर जी रहा है, इस विषय में प्रबुद्ध जनों को सोचना नहीं चाहिए था ? क्या आगामी पीढ़ी, उन गलतबयानियों और एकपक्षीय निर्णयों के कारण, कश्मीर और कश्मीरियत के बारे में गलत धारणाएँ नहीं बनाएगी ? आगे कश्मीर का कैसा इतिहास बनेगा ?

इसलिए भी 'कथा सतीसर' के सच को, इतिहास में नहीं, साहित्य में दर्ज करना मुझे ज्यादा ज़रूरी लगा, क्योंकि यहाँ मनुष्य और उसकी यातना केन्द्र में है, राजनीति नहीं।

'सतीसर' शीर्षक क्यों ? प्रश्न उठ सकता है। आखिर वैश्वीकरण के इस दौर में पौराणिक-ऐतिहासिक नाम ? जबकि हम दम तोड़ चुके इतिहास को मंच से धकेल चुके हैं ?

लेकिन क्या सचमुच ? मुझे तो लगता है, हमारा इतिहास बार-बार नेपथ्य से झाँकता, हमारे पास लौटता रहा है। तभी तो आज, सतीसर में जलोद्भव राक्षस दोबारा

आतंक मचा रहा है, भले नई शक्लों में ! मन्वन्तरों पूर्व, नाग पिता कश्यप ऋषि के प्रयासों से, सतीसर प्रदेशवासी आतंक-मुक्त हो गए थे। आज क्या कोई कश्यप, कोई 'बड़शाह', इक्कीसवीं सदी के इस दौर में जन्म लेगा, जो वादी की मुक्ति का कारण बनेगा ?

इसी यक्ष प्रश्न के साथ, 'कथा सतीसर' आपके हाथों में सौंप रही हूँ !

अन्त में यह कहना ज़रूरी समझती हूँ कि 'कथा सतीसर' अभी अधूरी है ! कुछ तो विस्तार के भय से, मैंने भी काफी कुछ अनकहा छोड़ दिया, कुछ मेरा विश्वास भी है कि कोई भी कथा पूर्ण नहीं होती। वैसे ही, जैसे कोई भी खोजा गया सत्य अन्तिम सत्य नहीं होता, और न ही कोई परीक्षण मुकम्मिल !

**—चन्द्रकान्ता**

3020/सेक्टर-23
गुड़गाँव—122017
5.9.2000

# आभार

यह कथा मैं लिख न पाती, यदि मेरे पति, डॉ. एम.एल. विशिन और हमारी भाभीजी, (मेरी सासजी) मुझे देखी-भोगी घटनाओं, हादसों और किस्से-कहानियों से वाक़िफ़ न कराते। भाभीजी तो कथाकार सोमदेव की वंशज हैं, अनुपम क़िस्सागो। कुछ पुस्तकों के नाम देना ज़रूरी समझती हूँ, क्योंकि इन्होंने मुझे अपने आपको, अपने प्रदेश और अपने राष्ट्र को बेहतर ढंग से जानने-समझने, और अपने निष्कर्ष निकालने में मदद दी है !

कुछ नाम : 1. नीलमत पुराण, 2. कल्हण—राजतरंगिणी, 3. जी.डी. एम. सूफी—कशीर, 4. नेहरू—डिस्कवरी ऑफ इंडिया, 5. सर्वपल्ली गोपाल—बायोग्राफी ऑफ नेहरू 6. पंडित आनन्द कौल—कश्मीरी पंडित, 7. डॉ. कुसम पन्त—द कश्मीरी पंडित, 8. ले. जेनरल बी.एम. कौल—द् अनटोल्ड स्टोरी, 9. ब्रिगेडियर जे.पी. दलवी—हिमालयन ब्लंडर, 10. श्री प्यारेलाल कौल—क्राइसिस इन कश्मीर, 11. शेख अब्दुल्ला—आतिशे चिनार, 12. प्रेमनाथ बजाज—इंसाइड कश्मीर, 13. पी.के. बामज़ई—कल्चरल एंड पोलिटिकल हिस्ट्री ऑफ कश्मीर, 14. श्री कर्णसिंह—द् हेयर अपेरेंट, 15. श्री जगमोहन—कश्मीर, समस्या और समाधान, 16. तवलीन सिंह—कश्मीर, ए ट्रेजेडी ऑफ एरर्स, 17. श्री चमनलाल सप्रू—केसर और कमल, 18. नई दिल्ली से प्रकाशित—कोशुर समाचार इत्यादि !

# कहानी कुछ इस तरह शुरू हुई

यों तो कई हज़ार वर्ष पूर्व मुनि बृहदश्व ने कश्मीर के प्रथम हिन्दू राजा गोनन्द को सतीसर गाथा सविस्तार सुनाई थी। तब गोनन्द की यह जिज्ञासा कि सात मनवन्तरों से पूर्व कश्मीर देश तो था नहीं, फिर वैवस्वत मनवन्तर के अन्त पर कैसे अस्तित्व में आ गया, सतीसर गाथा कहने का कारण बन गई।

मुनि बृहदश्व ने राजा को कल्प के आरम्भ से लेकर कश्मीर जन्म की कथा संस्कृत श्लोकों में सुनाई। प्रलय के बाद जब चौतरफ जल ही जल नज़र आता था, सती उस शिवरूपी जल सृष्टि में नौका बन गई थी और विष्णु भगवान ने मत्स्य रूप धारण कर उस नौका को खींचकर कश्मीर के दक्षिण-पश्चिम में नवबंधन की चोटी पर बाँध दिया था। तब नाव बनी सती ने भूमि का रूप धारण कर लिया। बृहदश्व कहते हैं—

नौदेहेन,[1] सती देवी भूमिर्भवति पार्थिव।
तस्यान्तु भूमौ भवति सरस्तु विमलोदकम॥

इस कथा में भूमि के बीच छह योजन लम्बे और तीन योजन चौड़े सतीसर का ज़िक्र है, जिसमें, कालान्तर में ब्रह्मा से अमरत्व का वर प्राप्त जलोद्भव राक्षस सुरक्षा के लिए रहने लगा। जलोद्भव जब अपनी राक्षसी वृत्तियों के कारण, किनारों पर रहते नाग, निषाद, दर्द, भुट, भिक्ष आदि आदिवासी जातियों का संहार करने लगा, तो भीषण यन्त्रणाओं से त्रस्त राजा नील ने, जो उन दिनों नागों का राजा था, पिता कश्यप ऋषि के पास कनखल जाकर अरदास की, कि उन्हें जलोद्भव से मुक्ति दिलाई जाए। आगे किस प्रकार घोर तपस्या कर, कश्यप, ब्रह्मा, विष्णु और महेश को प्रसन्न कर नवबन्धन शिखर पर ले आए और किस विधि से सतीसर झील के पानी को पहाड़ काटकर रिक्त कर दिया गया, और जलोद्भव का अन्त हुआ, इस सबका विधिवत वर्णन करने के साथ, मुनि ने झील के भीतर से सुन्दर वादी के निकलने का भी सविस्तार वर्णन किया और चूँकि कश्यप के प्रयासों से वादी का जन्म हुआ, सो उसी के नाम पर वादी कश्यपमर—यानी कश्मीर कहलाई। देवतागण इस अद्भुत अवर्णनीय सौन्दर्य से लकदक वादी से मुग्ध; अभिभूत होकर यहीं रहने लगे और देवियाँ, जनकल्याण के लिए नदियों में ढलकर पूरी वादी में बिछ गईं।

1. भगवती सती ने, जो नाव रूप में प्रकट हुई थी, भूमि का रूप धारण कर लिया।

यह सब, और राजा नील द्वारा ब्राह्मण चन्द्रदेव को वादी में हर-हमेशा बसने के लिए दिए गए आदेश, निर्देश आदि-इत्यादि नीलमत पुराण में दर्ज हैं।

इसके अलावा भी कई माहात्म्यों, लोककथाओं, किंवदंतियों में सतीसर से जुड़े तमाम आख्यान वादी में चर्चित रहे हैं। जैसे किसी ने कहा कि विष्णु भगवान ने नीलनाग (वेरीनाग) के पास धरती से पानी निकाला और शिवजी ने जिस जगह अपने त्रिशूल से प्रहार किया, वहीं से पार्वती 'वितस्ता के रूप में बह निकली।

एक अन्य कथा के अनुसार बराहमूलाँ[1] के पास पहाड़ काटकर जल की निकासी हुई और स्वयं दुर्गा देवी ने सारिका का रूप धारण कर चोंच में भारी पत्थर उठाया और राक्षस के ऊपर दे मारा। साक्ष्य के तौर पर वो पत्थर आज भी मौजूद है और झील डल के किनारे, 'हारी पर्वत' बनकर खड़ा है।

इतना ही नहीं, इन कथाओं में नागों, पिशाचों और ब्राह्मणों के आपसी झगड़ों, खूनखराबों, उनके निराकरण के उपायों और पहले, छह-छह मास अलग-अलग वादी से बाहर-भीतर रहने के किस्सों के साथ, आगे शान्तिपूर्ण ढंग से साथ रहने के नीति-नियम भी शामिल हैं।

राजा नील द्वारा रचित नीलमत पुराण में कितना सच, कितनी कल्पना और कितनी बाद में की गई जोड़-तोड़ है, इस विवाद में न पड़कर अब सीधे आएँ वैवस्वत मनवन्तर के अन्त से बीसवीं सदी के अन्त पर। यानी कि एक और सतीसर गाथा लिखी जाने की सम्भावना पर।

यहाँ यह जिज्ञासा स्वाभाविक है कि इक्कीसवीं सदी की देहरी पर खड़े होकर, जब समय का आश्चर्यजनक ढंग से कायापलट हो चुका है, एक और सतीसर गाथा लिखने का कारण और औचित्य भला क्या हो सकता है ? जब हमारी नई कथाएँ आकाश-मार्गों को खंगाल, कम्प्यूटरों-इन्टरनेटों, सी.डी. रॉमों के नए क्षितिज खोल चुकी हैं तो दमतोड़ चुके, बुसे-मुचे इतिहास में लौटने की क्या तुक ?

लेकिन रुकिए, आप आकाश पर नज़रें टिकाए भूल गए कि जिस इतिहास को दम तोड़ चुका समझ आपने मंच से धकेल दिया, वह उठकर नेपथ्य से झाँक-झाँक आपके पास लौटता रहा है, बार-बार नई आक्रमण मुद्रा के साथ। तभी तो समय-चक्र की तमाम कलाबाज़ियों के बावजूद, आज सतीसर में दुबारा जलोद्भव राक्षस उपद्रव मचा रहा है।

और शायद यही कारण है नई कथा लिखने का, और औचित्य भी। यह भी कि मशरूमी छतरियों पर बैठे लौह पिशाचों की धुईंली गैस से घुटते जन की मुक्ति के लिए किसी महामानव की ढूँढ़, वक्त का तकाज़ा हो गई है।

लेकिन एक और कारण भी है यह कथा लिखने का, जो सफेद भौंहों-बरौनियों और उम्र की लकीरों से ढिलाए चेहरेवाली लल्लेश्वरी से तआलुक रखता है, जिसे हमउम्र,

---

1. बारामूला।

बड़े और नन्हे नाती-पोती भी लल्ली कहकर बुलाते हैं।

लल्ली, जो ताउम्र-चुस्त-दुरुस्त, बाहोशोहवास, घर की धुरी बनी रही, जिसने सिसकती रातों और सालते दिनों में अपने-परायों की पीठ-कन्धे थपथपाए, ज़ख़्मों पर स्पर्शों के फाहे रखे, सही सोच-समझ से नई पगडंडियाँ खोजीं, वही लल्ली इधर अचानक स्वप्न, कल्पना और सच के बीच ऐसा घपला कर बैठी कि अतीत, भविष्य और वर्तमान, साल्वाडोर डाली के चित्रों जैसे उलझे कोलाज में तब्दील होकर, उनके मन, ज़ेहन को गिरफ्त में कसते गए, जिससे कि नब्बे वर्ष की पक्की उम्र में उनके बौराए जाने का यक़ीन-सा होने लगा।

हुआ यों कि एक ढलती साँझ कॉटेज की डेक पर आरामकुर्सी में धँसी लल्ली, दीठ के आगे दूर तक फैले ओक और डॉगवुड के वृक्षों में छूटे हुए घर के चीड़ और चिनार ढूँढ़ रही थी। उस वक़्त छुई-मुई-सी पत्तियाँ हवा की थपक से सिहर-सिहर नन्हे-मुन्ने झकोले खा रही थीं और इश्य इश्श की चुलबुली सदाएँ दिशाओं को खेल में शामिल होने के निमन्त्रण दे रही थीं। तभी पेड़ों के झुरमुट के पीछे काले सुरमई मेमनों को आसमान में सिर उठाते देख लल्ली को मतिभ्रम-सा हो गया। उसने बाँह भर की दूरी पर बैठे बेटे को छूकर पूछा, "उधर उन पेड़ों के पीछे पहाड़ों की चोटियाँ-सी दिख रही हैं न बेटे ? नवबन्धन की तीन चोटियाँ !"

"पहाड़ ? यहाँ पहाड़ कहाँ माँ ?" बेटे नन्दन ने नई नज़र से पुरानी माँ को देखा, और रात की टी.वी. न्यूज़ उसकी आँखों के आगे घूम गई। फारुख साहब ने वादी से विस्थापित भाई-बहनों को घर लौटने की सलाहें देते, उनके जानमाल की ज़िम्मेदारी उठाने का आश्वासन दिया था, जबकि एक और इंटरव्यू में डार साहब ने फरमाया कि वे बड़ी मुस्तैदी से वादी में आतंकवाद का सफाया करने में जुटे हैं, पर फिलहाल विस्थापित भाई-बहन घर लौटने की जल्दी न करें. क्योंकि अभी उनकी सुरक्षा की गारंटी देना मुश्किल है।"

पहला समाचार देखकर जितनी उत्तेजना से लल्ली उठकर कमरे में चहलकदमी करने लगी थी, उतनी ही हताशा से दूसरा समाचार सुन पास की कुर्सी पर ढह-सी गई थी।

नन्दन जी ने आश्वस्त करना चाहा कि सब कुछ ठीक होने की राह पर जाने लगा है। आठ वर्षों के बाद जनप्रतिनिधियों ने शासन की बागडोर फिर से हाथ में ली है। जहाँ इतने वर्ष, वहाँ कुछ और दिन-मास इंतज़ार किया जा सकता है...

लेकिन तब तक लल्ली कोने में रक्खा केन उठा, मूठ पर शरीर का भार दिए धीरे-धीरे बाहर डेक पर चली गई थी।

और अब लल्ली को दिख रही हैं, नंगे निचाट क्षितिज पर उगी तीन पहाड़ी चोटियाँ।

"बिल्कुल वैसी ही नन्दू ! विष्णुपाद, कौंसरनाग और ब्रह्मशुक्ल की चोटियाँ। मुझे ठीक से याद है।"

"तुम्हारी तबीयत कुछ ठीक नहीं लग रही माँ। चलो, भीतर चलकर थोड़ा आराम करो। जाने क्या-क्या सोचती रहती हो"...

बेटे ने माँ का हाथ पकड़ सहारा दिया। लल्ली, हूँ-हाँ करती बेटे को देखती रही। बेटे को डर है कि माँ का दिमाग धुरी से खिसक न जाए। पोते, सी डी रॉम पर आकाश के ग्रहों में घुसपैठ करते रॉकेटों के जूम-जूम, धूम्म-धड़ाक खेलों से नज़र हटा, कन्धे उचका लेते हैं। "गान ऑफ हर रॉकर ! सैंड"[1]। आँखों ही आँखों में एक-दूसरे से बतियाते हुए।

लेकिन लल्ली होशोहवास में है, जानती है कि जो कुछ वह देख-समझ रही है, वह सच के सिवा और कुछ हो ही नहीं सकता।

बहू सास जी को बिस्तरे पर लिटा रज़ाई ओढ़ा देती है। पक्की उम्र और छूटे घर के बन्द खिड़की-दरवाज़ों में दुबकी स्मृतियों के पट खोलने के इन्तज़ार में, दिन, मास, वर्ष गिनते थकती साँसें ! कुछ भी हो सकता है।

लल्ली बिस्तर में घुसकर पलकें भींच लेती है। पर नींद कहाँ ? पिछले आठ सालों से वह सोई कहाँ है नींद की गोली लिए बिना ? आज कोई गोली नहीं लेना। बचपन में नींद न आने पर, गांधरबल से लेकर तुलामुला (खीर भवानी) जाती सड़क पर चलती बकरियाँ गिना करती थी वो। सौ तक गिनते नींद उसकी पलकों पर बैठ जाया करती।

आज भी वह बकरियाँ गिनेगी। या गान्धरबल में सिन्ध किनारे के जाफरीदार बरामदे में बैठ, ठंडे पानी की झागदार लहरें चुनेगी। उधर चित्रकार खड़े-खड़े कैसे नदी को कैनवस पर बहा देते थे। लल्ली ने बन्द आँखों के आगे एक वृहद् कैनवास खुलता महसूस किया, जिस पर कई-कई चित्रों का कोलाज उभरता गया। आश्चर्य और आतंक जगाते गडमड चित्रों का कोलाज ! नंगे-निचाट पहाड़, कलशहीन मन्दिर और रक्तनदी के किनारे लाउडस्पीकर पर भाषण देता नेतानुमा आदमी, जिसकी सफेद दाढ़ी नाभि तक लटक रही है और आँखों में बैठे दो नाग ताकाझाँकी में लगे हैं। एक हिस्से पर मंगोल[2]-शैवाल पटी दलदली झील पर, पोथियों के फट्टे पन्नों का अम्बार लगा है। काले कैनवस पर पपोटों से बाहर लटकी एक विशाल आँख, उगते सूर्य को धमका रही है। घर है या खोह, समझ नहीं आता। डरे हुए चूहे, मुँदे दरवाज़ों की फाँकों से, सड़कों पर भागते नंगे लोगों के गिरते-पड़ते हुजूम को एक आँख से देख रहे हैं। दूसरी आँख कहाँ है ? काला-नीला धुआँ पूरे कैनवस को ढँक गया है।

लल्ली ने सीने में हल्की पीर-सी महसूस की। तिपाई पर रखी बोतल से दो घूँट पानी हलक में डाला। टाँगों में कँपकँपी महसूस हुई। दिल धसकता-सा क्यों जा रहा है ? खिड़की पर कोई दस्तक दे रहा है क्या ?"

काँच की बन्द खिड़की से आँख सटाकर बाहर का दृश्य देखा। नियोन लाइट में नहाई तारकोली सड़क पर नन्दू और धरा की गाड़ियाँ खड़ी हैं। वृक्षों के झुरमुट के पीछे,

---

1. दिमाग घूम गया है। 2. काई।

झुकी छतोंवाले परी कथाओं के जादुई घर ! दूर-दूर तक न वितस्ता के बहने का दुलराता स्वर, न मन्दिर से निकल आती प्रार्थना की विह्वल पुकार !

लल्ली ने मज्जा में पड़े मवाद की पीड़ा के साथ मान लिया कि वह अपने घर आँगन से हज़ारों मील दूर, न्यूजर्सी की विदेशी मिट्‌टी में जज़्ब होने की प्रतीक्षा कर रही है। पुरखों की मिट्‌टी उसके भाग्य में नहीं है।

शायद यही होना है। बेज़मीन, बेघर और बेनाम होकर, बेअन्त प्रतीक्षा साथ लिए विदा होना। आँखों में गरम आँसू थरथराए। अपनों को आँख भर देखने की होंस चिलक उठी। वादी में तमाम पीड़ाएँ झेलती बेटी कात्या की याद ने मर्म में शूल गढ़ा दिया। आठ वर्ष पहले उसने विदा दी थी, "लल्ली माँ ! दिद्‌दा और नन्दन तो घर से दूर चले ही गए। तुम्हें भी जाना होगा। तेरी कात्या ही इस मिट्‌टी को जकड़े बैठेगी। बची रही, तो तुम्हें वापस बुलाएगी। हालात बदलने का इन्तज़ार करना ही है माँ। शायद तेरी बेटी चौदहवीं शती के बचे-खुचे उन 'ग्यारह घरों' के इतिहास की पुनरावृत्ति देखने के लिए जीती रहे। फिर से कोई बड़शाह[1] आज की सदी में जन्म ले। तब तक तो घर की काकपट्‌टी[2] पर भात मैं ही धरा करूँगी।"

"तू चिन्ता मत करना। बस, अपना विश्वास बनाए रखना।"

"कलन्दर बेटी।" लल्ली का गला रुँध-सा गया।

"जब भी इस लड़की ने जो ठाना, उसे पूरा करके रही। पर क्या, अब माँ को वापस घर लौटाने की ज़िद वह पूरी कर पाएगी ?"

"तेरी लल्ली अमर होकर नहीं जन्मी बिटिया। नब्बे वर्ष पुराना चोला, बेअन्त खिंचते इन्तज़ार का साथ नहीं निभा पाएगा।"

"काश एक बार देख पाती तुझे। वक़्त की खरोंचों से छिली तेरी देह आत्मा के धैर्य को सहला पाती।"

उम्र भर के किए-धरे की साक्षी वादी की हवाओं, और घर-आँगन की साँसों में शक्ल लेती तमाम आकांक्षाओं, जुड़ावों और अपने होने को अर्थ देते क्षितिजों को आखिरी विदा देने की उम्मीद, लल्ली को छोड़ देनी होगी, पर बेटी की तेजस्वी जिद को छूकर महूसस करना चाहती है। तभी बेतरतीब यादों के घोड़े दौड़ाते, आज वह कात्या के आसपास ही डोल नहीं रही, बल्कि अपने गर्भ में छिपी बैठी एक नन्ही प्रकाश-किरण को छूकर टटोल सकती है।

सड़क पर रहमान जू का घुँघरू जड़ा ताँगा उसे लेने आया है। नाथजी भाई ने दही मिसरी के कूँडे, नान खताइयों की टोकरियाँ ताँगे के आगे जमा दिए हैं। सत्थू बरबर शाह के घर की ड्योढ़ी पर खड़ी माँ, चाची, बहनें उसे विदा देने आई हैं और खुर्शीद बाँह पकड़ ताँगे पर बिठा रही है।

---

1. सुलतान ज़ैनुलाबदीन, जिसने निष्कासित ब्राह्मणों को वापस घर बुलाया। 2. कश्मीरी पंडित घर के सामने लकड़ी के फट्‌टे पर प्रतिदिन भात और पानी रखते हैं, उन्हें विश्वास है कि कव्वों-चिड़ियों के वेश में उनके पुरखे उन्हें देखने आते हैं।

"बढ़ा कदम शेरा ! चल सुलताना, टिह टिह टिह ! लल्ली बहन को खैरों से ससुराल पहुँचाना है।"

रहमान जू की टिह-टिह और पहियों की किर्र-किर्र सुन दीठ की ओट बैठा किस्सागो चौंक पड़ता है। अपने नए किस्से की शुरुआत का सूत्र ढूँढ़ते काफी सिर खुजा चुका है। क्यों न लल्ली की इस पैंसठ साल पुरानी यात्रा में हमसफर बनकर शामिल हो जाए ? हो सकता है, राह में अपनी नई कथा का शुरुआती सिरा भी, कहीं पड़ा मिल जाए। नए पेड़ों की जड़ें भी तो धरती के भीतर छिपी होती हैं और मंच से धकेला गया इतिहास, अपनी शातिराना कोख में भविष्य के क्रोमोजोम छिपाकर रखने में माहिर तो है ही !

किस्सागो ने झट अपने कागज़-कलम, झोले-शोले उठाए। पैंसठ साल पुराने समय के घोड़े की पूँछ पकड़ ली और नए किस्से की तलाश में, लल्ली के ताँगे के साथ-साथ दौड़ने लगा।

और इस तरह, एक बड़ी कथा कहने का एक छोटा-सा कारण, लल्ली भी बन गई।

# मुहूर्त तो मुहूर्त है जजमान !

पता नहीं, स्वनामधन्य ज्योतिषी आनन्द जू शास्त्री ने, आषाढ़ शुक्ल पक्ष तृतीया के ब्रह्ममुहूर्त में, ऐसा कौन-सा सुयोग देखा कि शहर में चल रही गरम सुगबुगाहटों और दंगों की आशंकाओं के बावजूद लल्ली को दही-रस्म के लिए ससुराल भेजने का आदेश दे डाला।

कई दिनों से आकाश में कलौंछ खाए बादल चक्करघिन्नी खेल रहे थे। कभी बूँदाबाँदी, तो कभी झीनी-झीनी बरसात। पहाड़ों के बीच हलीमी से बैठे शहर को आसमान ने धुँआसा मलमल के थान ओढ़ा दिए थे, ऊपर से हवाओं में दहशत की गर्द। सुबह से शाम तक की चौकीदारी से आजिज़ सूरज, संगरमाल के पीछे ओट हुआ कि घरों के कपाट मुँद जाते। दिन और रात के समागम में, सान्ध्य दीयों को ओट किए चूड़ियों वाले हाथ, देहरियों-दीवारों पर झलक दिखाकर ओझल हो जाते। उसके बाद बाहर न मानुस न मानुसजात।

लेकिन, महान शैवग्रन्थ तन्त्रालोक के रचयिता अभिनव गुप्त-कृत 'शिवस्तुति' जिव्हा की नोक पर रखनेवाले महापंडित आनन्द जू ने जो मुहूर्त देखा, वह वेदवाक्य हो गया। उसे टालने की हिम्मत भला किसमें ?

"शिवशम्भो रक्षा करो ! मुहूर्त, मुहूर्त है जजमान ! चाहे धरती फट रही हो या आकाश उफन रहा हो, घड़ी-मिनट का भी अन्तर नहीं आना चाहिए।"

कृष्ण जू कौल, भले अकूटंटी के दफ्तर में, बड़े बाबू होकर खानदान के पहले दफ्तरबन्द कहलाते हों, सनातनधर्मी आस्था-विश्वासों में शंकाओं का झोल नहीं डालते। सो, 'होइ वही जो राम रचि राखा' के छोटे से वाक्य, 'हरि इच्छा', सगुन, ज़ंग और 'पुत्रवती भव' के आशीषों से लदी-फदी लल्ली ससुराल के लिए विदा हो गई।

परन्तु इधर लल्ली रवाना हुई और उधर जो हुआ, घट-अघट, उससे सरस्वती के मन में शंकाएँ सिर उठाने लगीं, गो कि ज़माना औरत के मन में शंका पैदा होने की इजाज़त नहीं देता था।

"ऐसा होना तो नहीं चाहिए था," उसने चरखे का हत्था घुमाते, तकले पर लिपटती कपास पर नज़रें जमा, पति से बिना प्रश्नवाचक सुर के प्रश्न किए, "इधर लल्ली ताँगे पर बैठी, उधर हारी पर्वत पर टहलते बादल झमककर बरस पड़े। तपे आषाढ़ में भादों की बरखा ! कलिकाल, और क्या। ऊपर से बेरीकुंज के पास मवालियों ने आ

घेरा। सभी काम तो आनन्द बायू के कहे ही सम्पन्न हुए थे...।''

'शरण भगवन्'। कृष्ण जू, धर्म-कर्म को समर्पित पत्नी की शंका को अनास्था तो नहीं कह सकते। रात के आखिरी प्रहर से दिन की शुरुआत करनेवाली, वितस्ता स्नान, देवदर्शन के बाद, कुटुम्ब की ज़रूरतों-फरमाइशों में फिरकनी-सी घूमती, रात तक कितनी भी थक-चुक गई हो, भवानी सहस्रनाम और सप्तश्लोकी गीता पढ़े बिना सिरहाने पर सिर नहीं रखती, लेकिन मन में शंका ? अल्पबुद्धि और क्या !

कृष्ण जू ने पत्नी को ज्ञानदान दिया, ''लल्ली मंगल-कुशल 'वार कार'[1] घर पहुँची। यह क्या साधारण-सी बात है ? हुड़दंगी शोहदों के उठे हाथ ठिठक गए। और तो और, दही-कूँड़ों की केसर-बादाम डली मलाई की परत तक न हिली। इसे करिश्मा ही तो कहेंगे भागवान। तेरी बुद्धि में इतनी-सी बात नहीं आई ?''

यानी कि कितनी कूढ़मगज हो तुम ! कहा नहीं, सोचा, आदतन !

और यह करिश्मा ? ऊपरवाले का या आनन्द बायू का ? आनन्द बायू। गोल दस्तार और खिचड़ी दाढ़ी से अपनी खास पहचान रखनेवाले, शिवशम्भो उच्चारते, छोटे कद के खानदानी ज्योतिषी वामन बायू (जैसे कि नटखट बच्चे उन्हें बुलाते) कुसंस्कारियों से दूरं वंदे का रिश्ता रखते थे। अपनी छोटी-सी खोपड़ी में धर्मशास्त्रों का भारी-भरकम ज्ञान ही नहीं धारते, व्यावहारिक सूझ-बूझ भी ऐसी, कि घर में ज़नानखाने से लेकर पुरुषों की बैठक तक, बिना दस्तक प्रवेश पाने के अकेले हकदार थे। उन्होंने धमकाने के लिए नहीं, लल्ली की मंगलकामना के कारण ही, काफी देर दाएँ-बाएँ, ऊपर-नीचे सिर हिला-डुला, तर्जनी से अनामिका तक की गाँठों पर अँगूठा फेर हिसाब-किताब जोड़ा-घटाया, तब कहीं 'रुत करिनव शम्भो'[2] कहकर फैसला सुनाया, 'एक ही मुहूर्त है, सिर्फ एक। आषाढ़ शुक्लपक्ष तृतीया। सुबह पाँच बजकर चालीस मिनट तक लल्ली को दही शगुन के साथ ससुराल विदा कर देना। पाँच इकतालीस पर गंड़ान्त और पंचक एक साथ लगता है। अर्थात, जानते तो हैं...।''

यानी घोर संकट। मुँह से अशुभ नहीं कहते आनन्द जू, क्या पता कौन-सी घड़ी 'अभिज़ेथ'[3] हो, और शंकर भगवान तथास्तु कहें।

'महागणपति शुभ करेंगे'। हिदायत के साथ आश्वासन थमाना भी वे भूलते नहीं,—'सगुन भर मनाना, भीड़भाड़ इकट्ठा मत करना।'

अलस्सुबह ! और कोई रास्ता नहीं। आगे कोई मुहूर्त है नहीं, तो क्या करें आनन्द जू ? सातवाँ मास तो पूरा हो रहा है लल्ली का। अष्ठम मास में दही-रस्म का निषेध है शास्त्रों में, यह तो नौसिखुए भी जानते हैं। दत्तात्रेय मुनीश्वर के वंशज पंडित कृष्ण जू कौल को क्या समझाना ?

'सरस्वती रातभर खुट-खुट करती रही। (सास यूँ ही इसे चुहियारानी कहा करती थी क्या ?) न आप सोई, न लल्ली को सोने दिया। बार-बार सामान की देखरेख,

---

1. सही-सलामत। 2. शम्भो भला करें। 3. अभिज़ेथ—ऐसी घड़ी, जिसमें जो कहा जाए, वह सच होकर रहे।

कपड़ों-लत्तों को तहाना-खोलना, कहीं पश्मीने में 'अथर'[1] तो नहीं लगी, किसी चीज़ में कमीबेशी तो नहीं हुई। नीली दरियायी काबुली और पक्के आलूचे रंग का रफल। पश्मीने का जामवार शाल। दुलारी के वक्त तो पश्मीने का फिरन भी दिया था। इस बार साड़ी का मन हुआ लल्ली का, सो पश्म की मूँगिया साड़ी भी दी बबा ने। स ऽ ऽ ब नाज़ बरदारियाँ तो माँ-बबा के रहते लड़कियों के। बाद में कौन लेने-देनेवाला हुआ ? लल्ली तो यूँ भी इकलौती बिटिया। देवर जी के बच्चे मानते हैं, अभी उनमें कलियुग का प्रवेश नहीं हुआ न, सो बहन-भाई वाली हुई। नाथ जी बेन्जी-बेन्जी कहते थकता नहीं। फिर भी...!' सोचते-सोचते हाथ फुर्ती से चलते रहे, मन मनवन्तर लाँघता रहा। गरम पानी में भिगोए छिलका उतारे बादाम, इलाइची, जलगोज़ों के साथ दही-कूँड़ों पर सजा दिए। केसर की तुर्रियों से ऊँकार भी लिख दिया। दूसरा ही दही-शगन है लल्ली का। क्या पता इस बार बेटा दे श्रीराम। उसके घर में कोई कमी है ?

सरस्वती ने भैरव के थान और चक्रेश्वर के मन्दिर में मनौतियाँ भी माँगी हैं। लल्ली बेटा जने, तो ऋषिपीर के अस्तान पर नियाज़ लेकर जाएगी।

पीर, पंडित, पादशाह की नज़र सीधी हो, तो कौन-सी बात मुश्किल ?

डुला-डुलाकर जगाने पर ही नाथजी की कुम्भकरनी नींद खुल गई। आँखें मलकर खिड़की की झिर्री से देखा, खजांचियों की भूर्जपत्री छत के ऊपर मटमैले कपास की ढेरियाँ।

संगरमालों[2] के पीछे सूरज की परछाईं भी नहीं। "थोड़ा रुक जाओ काकनी, अभी तो पौ भी नहीं फटी..."

ज़रा-सा मुँह उघाड़ नाथजी ने टाँगें सिकोड़, कुनमुनाते हुए कम्बल सिर तक तान लिया।

तेंबरकास[3] ! सुखी आस। बकवास ! सरस्वती को तीन आलसियों की कथा याद आई। घर में आग लगी, एक बोला, "आग बुझा दो", दूसरे ने करवट बदलकर कहा, "ऊँह, जाने दो, सुख से रह", तीसरा नींद खराब होने से दोनों पर झुंझलाया, "तुम लोग बकवास करना बन्द करो और चुपचाप सो जाओ।"

किसी पर यह कहन सही न उतरे, नाथ जी पर तो सौ फीसदी सही।

सरस्वती मौके की नज़ाकत नज़र में रख, लाड़ से बोली, "न, न जिगरा। उठ, उठ बलाय लगय।[4] हाथ-मुँह धोकर तैयार हो जा। लल्ली के साथ जाना है न !"

नाथजी सुख की नींद में खलल नहीं चाहते। वही, बकवास वाली बात।

फिरन की बाँह से बहती नाक पोंछते सरस्वती ने चिरौरी की, "देर हो जाएगी गाशा, साइत निकल जाएगी। तू उठ तो, मैंने कहवा तैयार रखा है। खूब सारे बादाम डाल कर। देख तो समावार कैसे दहक रहा है।"

कृष्ण जू ने रहमान ताँगे को ताक़ीद की थी, "मामला ज़रा नाजुक है रहमान

---

1. कीड़ा। 2. पर्वतमालाएँ। 3. आग बुझा दो। 4. वारी जाऊँ।

जूआ ! एक तो लल्ली की तबीयत नासाज़, उस पर यह दही-रस्म का आखिरी मुहूर्त ! तुम तो जानते हो आजकल हवा भी कुछ खराब चल रही है..."

दसवें साल में ही रहमाने के अब्बा ने बेटे के हाथ में ताँगा-घोड़े की लगाम थमा दी थी, सो पन्द्रहेक साल तो हो ही गए रहमाने को ताँगे में सवारियाँ ढोते। चूड़ियाँ-चन्दनहार झमकाती शर्मीली दुल्हनों को 'ध्यार दशमी'[1] के दिन आतुर पतियों के पास पहुँचाते, बीमार, बूढ़ों और आसन्न प्रसवाओं को एहतियात से, धक्कों-हिचकोले से बचाते, अस्पतालों तक ले जाते। मजाल है, कभी किसी को शिकायत का मौका दिया हो।

लेकिन जब लल्ली, माँ और ख़ुर्शीद के साथ डगमग डग भरती, धूपछाँही दरियायी फिरन और आठ अंगुल ज़री नरीवार झलकाती बाँह से सफेद बुर्का सँभालते, कस्तूरी गन्ध-सी महकती ताँगे की तरफ बढ़ी, तो रहमाने ने[2] बुर्के से बाहर झाँकती नन्ही मटकी को देख, कृष्ण जू बाप की चिन्ता समझ ली।

"अल्लाहताला मालिक है। फिक्र मत करना।"

"हाँ गबरा। तुम साथ हो तो चिन्ता कैसी ?"

कहने को कह गए कृष्णजू। क्या करते ? मुसीबत में गधे को भी बाप बोलना ही पड़ता है। फिर रहमाना तो नाथे का दोस्त है। मुँहअँधेरे घर के आगे खड़ा हो गया। दूसरे ताँगेवाले तो सूरज ऐन सिर पर आने तक खा-पीकर ही दिहाड़ी को निकलते हैं। कितनी कोशिश की, कोई मोतबर ताँगेवाला नहीं मिला। मिलता, तो थोड़ी तसल्ली रहती। लौंडों का ज़रा कम ही भरोसा करते हैं कृष्ण जू।

फिर भी, जिस वक्त रहमान ताँगा गली के नुक्कड़ पर नमूदार हुआ, साढ़े-पाँच बज चुके थे। कृष्ण जू बार-बार जेब से रोमन अक्षरोंवाली 'मेड इन स्विट्ज़रलैंड' पॉकेट वॉच निकाल, समय की सुई का दौड़ना देख रहे थे, रोकना तो उनके बस में नहीं था। (हालाँकि नाम से वे कृष्ण थे) सरस्वती निश्चिन्त थी और कृष्ण जू उनकी निश्चिन्तता पर चकित।

दरअसल छोटी-छोटी बातों पर घबराकर हाय-तौबा मचानेवाली सरस्वती ने पाँच बजे ही लल्ली की कामदार जूती और रूमाल, 'गाशकौल' के घर भिजाकर लल्ली का 'प्रस्थान' निकाला था। जूती घर से बाहर निकली कि समझो, जने ने उसी वक्त घर से प्रस्थान कर लिया। फिर चाहे गन्डान्त हो या पंचक, कोई कुछ नहीं बिगाड़ सकता। बड़े-बुजुर्गों ने असाध्य स्थितियों से बच निकलने के जो दर्रे और सुरंगें सुझाई हैं, उसे कृष्ण जू से ज़्यादा सरस्वती जानती है। भले ही घर के ज्ञानवान पुरुष 'स्त्री बुद्धि' पर तरस खाते रहें, स्त्रियाँ जब-तब अपनी व्यावहारिक बुद्धि का सबूत पेश करती रहती हैं। कृष्ण जू पत्नी की सूझ पर खुश हुए।

नाथ जी की मुक्ति नहीं। लल्ली बहन के साथ उसे ज़रूर जाना है। चुल्लू भर

---

1. फाल्गुन कृष्णपक्ष दशमी, उस दिन शिवरात्रि पर्व के लिए नई दुल्हनें ससुराल जाती हैं। 2. कश्मीर में आज़ादी से पूर्व तक हिन्दू स्त्रियाँ भी बाज़ वक़्त बुर्का पहनती थीं। मुसलमान शासन में यह प्रथा शुरू हुई थी।

पानी मुँह-आँखों पर छींट, दातुन कर लिया। फिरन के ऊपर खास मौकों के लिए रखा धुस्सा लपेटा और मिसरी कूजों की मटकियाँ, नान खताई की छुन-छुन टोकरियाँ, दही-कूँड़े और कपड़ों-लत्तों की सन्दूकची, ताँगे के अगाड़ी-पिछाड़ी जमाने में जुट गया। लल्ली, माँ और दाई का सहारा लेकर ताँगे पर बैठी, तो राधा और बटनी बहनों ने पीठ पीछे तकिए रख दिए और, 'ढोख दिथ बेह बेन्जी', कहकर आराम से टेक लगाकर बैठने की प्यारभरी सलाह भी दी।

बाहर से तो किसी को बुलाया नहीं था। कृष्ण जू ने, "सँभलकर ले जाना बेटा, शीतलनाथ के आगे माथा झुकाना," कहकर रहमाना और लल्ली दोनों को अपनी चिन्ता और उनके कर्म समझा दिए। सरस्वती ने याद दिलाया कि गाशकौल के यहाँ से प्रस्थान की जूती और रूमाल लेना न भूलना।

घोड़े के अयालों पर हाथ फेर रहमान ने दुलार से पुचकारा, "चल सुलताना, बढ़ा कदम। धीरे-धीरे, टिह...टिह...टिह। ताजल नहीं. हं, हं लल्ली बहन को खैरों से पहुँचाना है...।"

गाशकौल की ड्योढ़ी से कुछ दूर खड़ी सरस्वती और भद्रा, शारिका का जाप करती तब तक देखती रहीं, जब तक ताँगा मोड़ पर आँख-ओझल न हुआ। कहीं बिल्ली या औरत रास्ता न काटे, कोई निगोड़ा छींक-छाँक न दे। अरे, वह सुला 'वातुल'[1] इसी ओर आ रहा है, दाईं तरफ से निकले तो कितना अच्छा सगुन हो। माँ शारिका, तेरी दया बनी रहे !

ख़ुर्शीद ने हाथ के इशारों से तसल्ली दी। ऊपरवाले पर भरोसा रक्खो। फिर मैं हूँ न।

घर लौटते वक्त आँगन लाँघ देहरी पर कदम रखा कि दो-एक पानी की बूँदें 'जूजी'[2] के पास गर्दन पर टपक पड़ीं। सरस्वती ने बेचैन आकाश की तरफ आँखें उठाईं। पागल भैंसों की गुस्सैल घुमड़न के साथ आसमान ने बन्द मुट्ठी खोल दी। टप-टप-टपकन से एकदम झिर-झिर, झर-झर ताबड़तोड़ बारिश। रीढ़ की हड्डी में भय की झुरझुरी काँपी। आह ! यह बेमौसम बरखा। रंग बा रंग !

"हे श्रीराम ! मेरी लल्ली तेरे हवाले।"

कृष्ण जू ने आकाशी गड़गड़ाहट के बीच, किसी आसन्न संकट की आशंका सूँघ विपत्तिनाशक मन्त्र पढ़ना शुरू किया—

*शरणागत दीनार्त परित्राण परायणे*
*सर्वस्यार्ति हरे देवि, नारायणे नमोस्तुते।*

इससे ज़्यादा वे क्या कर सकते थे।

आसमान का मिजाज़ देख रहमाना ने बेरी कुंज के पास पेड़ों की ओट में ताँगा

---

1. भंगी। 2. कश्मीरी पंडितानियों के सिर के परिधान तरंगों के साथ पहनी जानेवाली जरी कढ़ाई से सजी गजभर जाली।

रोक लिया। ताँगे के चौतरफ तिरपाल डाल रस्सियों से सीटों के साथ कसने-बाँधने में नाथजी ने मदद की। ख़ुर्शीद ने लल्ली के बाजूबन्द और सोने के कड़ोंवाली बाँहें बुर्के से ढँक दीं। सोना देखकर तो मचलकर लपक आती है बिजली। लड़की जात हुई न।

रहमाने ने सोचा, नीलगुरटू की परछत्ती के नीचे रुक जाए थोड़ी देर। घड़ीभर की बौछार है। मियाँ-बीवी की तकरार-सी। बक-झक कर रुक जाएगी पाँच-सात मिनट में। घोड़ा भी बिजली की कौंध से बिदकने लगा था। ऊपर से ख़ुर्शीद कदम-कदम पर फ़टकारे जा रही थी, 'बोम्य छिया पतु रहमाना ?'[1] हवा में दौड़ लगा रहा है। इत्ते धक्के डोले से तो मेरी कमर में खम आ गया। यह कच्चा घड़ा साथ लेकर चल रहे हो, कुछ इसका तो ख्याल करो...।

लल्ली की दाई माँ हैं ख़ुर्शीद। जन्म देनेवाली से बड़ा, पालनेवाली का दर्द ! पर रहमाने का क्या कसूर ! बारिश से ज़मीन-आसमान एक हो रहा है। आँखों के आगे घनघोर अँधियारी छाई है। पानी के झालरों से दो कदम आगे का रास्ता नहीं दीख रहा। घोड़े की भी तो आखिर जान है। गड्ढा बचाते ज़रा-सा धक्का लगा कि लगी फटकारने। अच्छी मुसीबत में फँस गया रहमाना।

लेकिन असली मुसीबत तो अभी आनेवाली थी और जल्दी ही हाज़िर हो गई। बेरी कुंज के मजार पर, टेकरी के पीछे से दस-बारह बन्दे 'अल्लाहो अकबर' के नारे गुँजाते ताँगे की तरफ लपक आए। पहले काली खोपड़ियाँ दिखीं, उसके बाद, सिर से पैर तक बारिश में नहाती हुड़दंगियों की टोली।

"रहम कर खुदा बन्द करीम !" रहमाने का चेहरा भय से सफेद फक्क ! ख़ुर्शीद ने लल्ली का सिर अपने कन्धे से सटाकर कम्बल से ढँक दिया—"कुछ नहीं होगा कूरी, कु ऽ ऽ छ नहीं। चले जाएँगे अभी मुए, तू फिक्र मत कर।"

लल्ली ने घबराकर हथेलियों की गोद बना अजन्मे को ओट दी।

नाथजी कभी ख़ुर्शीद, कभी रहमाने को देखता हकलाया, "ताँगा ब...बढ़ा दो आ...आगे। इधर रुकना ठी...ठीक नहीं...भाया।"

नारेबाजों को करीब आते देख रहमाना ने घोड़े की रास खींची, "टिह...टिह-टिह ! हलकर, हलकर, शाबाश, शाबाश सुलताना, बढ़ा कदम मेरे शेरा..."

लेकिन सुलताना, शेरा, अपनी तारीफों से बेअसर, झमकती बारिश और नारेबाजों के तेवर देख अड़ गया। रास ज़ोर से खींची तो दुलत्तियाँ झाड़ने लगा।

रहमाना पसोपेश में पड़ गया। क्या करे ? रुक जाए तो हुड़दंगी जाने क्या बवाल खड़ा करें, ताँगा भगा दे तो सुलताना दुलत्तियाँ झाड़ कहीं ताँगा ही न उल्टा दे और वक्तों से लल्ली को कुछ हो-हवा गया तो वह बेमौत ही मारा जाएगा। कुआँ-खाई के दोतरफे मुहावरे के बीच फँसा रहमाना, आजिज़ी से लल्ली की तरफ मुड़ा, "सीट का बाजू कसकर पकड़ ले बेन्यी। ये खंज़ीरों की औलादें आगे निकल जाएँ तो..."

---

1. क्या बोम्या (डाकू) पीछे पड़े हैं।

नाथजी बेबस हो, एक हाथ से बहन की पीठ थपकाकर आश्वासन देता रहा और दूसरे से डोलते-डगमगाते दही-कूँड़े सम्हालने लगा।

दो मुस्टंडे ताँगे के नीचे आते-आते गरज उठे, "साले जहान के ! लाम पर जा रहा है मरने ? मालूम नहीं आज तकरीर में पहुँचना है ?"

एक ने बल्लम से ताँगे के बम पर चोट की, दूसरा चक्के की तरफ बढ़ा, "तोड़ दो चक्का, मय असबाब धूल चाटने लगेगा, तो अगला-पिछला सब मालूम पड़ जाएगा, हराम के जने को।"

पठानी सलवार-कुर्ता डाटे छह फुटे आदमी ने, घोड़े की रास रहमाने से छीन ली, "उतर नीचे साले, कौन है पीछे ? खोल दे तरपाल...मादर...।"

कुहनी की धकेल से रहमाना ताँगे से गिरते-गिरते बचा। ख़ुर्शीद ने मोर्चा सँभाला, "भाया, बेटी को अस्पताल ले जा रहे हैं। दर्दें उठी हैं। खुदा के वास्ते रास्ता छोड़ दो। माँ-बहनवाले हो।"

तरपाल के भीतर से लल्ली की दबी-दबी रुलाई हिचकियों में फूट पड़ी।

छह फुटे ने तरपाल हटा ताँगे के भीतर सिर घुमाया। बुर्कानशीन लल्ली नाथजी और ख़ुर्शीद से चिपक खौफ से कराही।

"भरोसा नहीं हो रहा है न ? बुर्का खोलकर अपनी बहन को देखोगे ?"

लल्ली की रुलाई ने नन्हे हाथों से मदद के लिए ख़ुर्शीद के आँचल का खूँट खींच लिया। अंडों पर बैठी मुर्गी सतर्कता से अगली हरकत का सामना करने के लिए तैयार हो गई।

"मेरी बात का तो क्या भरोसा करोगे। अल्लाहताला ने आँखें दी हैं, खुद ही देखकर तसल्ली कर लो।"

छह फुटे ने ख़ुर्शीद की धमकभरी आवाज़ से चौंक उसका चेहरा देखा, चुप्प गुस्से से तना खिंचा तुर्श चेहरा। कन्धा घेरकर लगभग बगल में दबाई, रोती हुई हामिला औरत।

"चलो, जाने दो, ज़नानियाँ हैं।" उसने इशारे से साथियों को आगे बढ़ जाने का आदेश दिया। उसकी आवाज़ का पारा एकदम नीचे उतर आया।

लल्ली की रुलाई से या ख़ुर्शीद की धमकभरी आवाज़ से, या क्या पता, माँ बनने जा रही औरत के करिश्मे से ?

(या शायद उन दिनों हुड़दंगियों के भी कुछ उसूल हुआ करते थे) रहमाना को लट्ठमार आदेश मिला, "इधर से नहीं, पीछे सत्थू के बंड से होकर जाओ। इस रास्ते जुलूस जाएगा।"

"शुक्र परवरदिगारा !" ख़ुर्शीद ने आसमान की तरफ हाथ उठाए, "ताँगा मोड़ लो और इत्मीनान से चलो। अब कोई डर नहीं। चले गए मुए।"

ओफ ! तूफान की तरह रेला आया और खौफ की धूल छोड़कर आगे बढ़ गया। नाथे ने हलक में रोकी साँस बाहर निकाली।

''यह अचानक नारेबाज़ी कैसी रहमान भाया ?''

रहमाना कम्बल से मुँह निकाल पल भर खाँसा। यह नाथजी कौल तो उम्रभर 'नाथा'[1] ही रह जाएगा। आसपास क्या हो रहा है इसकी कोई खैर-खबर नहीं। अपनी ही दुनिया में मस्त-मलंग। लेकिन यार है, क्या कहें।

''वो, खानकाए मौला जा रहे हैं लोगबाग, उधर आज तकरीर है न ?''

''ठाले निठल्ले,'' ख़ुर्शीद ने गुस्से से जोड़ दिया, ''बेकारस त्रेकार मटि।[2] अलस्सुबह से दरबदरी। अरे, मजूर पेशा आदमी दो जून भात की फिक्र करेगा, या लेक्चर सुनकर लीडर बनेगा ?''

नाथजी ने रहमाने का चेहरा देखा। खंजर-सी तीखी नाक के ऊपर आधी आँखों को ढकती गोल टोपी, ज़बान बराबर व्यस्त—''हल भाया, हल कर, सबर से, सबर से, ताजल नहीं, लाम पर नहीं जाना...।''

अकारण गुस्से में तेज़ होती आवाज़। नाथजी चौंक गया। 'खानकाए मौला', दिमाग में टन्न से बजा। कह तो रहे थे कल काकलाल। उधर कोई जलसा है आज। इधर लोकराज्य की माँग लेकर कुछ लोग जगह-जगह तकरीरें कर रहे हैं। राजा का राज नहीं चाहिए। माहौल में अजब-सा तनाव।

भय की लहर उफनकर गुज़र गई। लल्ली ख़ुर्शीद की गोद में सिर रखकर ऊँघने लगी। उसकी देह अभी भी छोटी-छोटी हिचकियों से सिहर रही थी।

घरों के ऊपर भूर्जपत्री छतों पर हरियाली दूब वर्षा की हल्की रिमझिम से काँप रही थी। मकानों की खिड़कियाँ-दरवाज़े बन्द। कहीं-कहीं खिड़की की सन्धों से निकलती धुएँ की शहतीर, भीतर की गुपचुप सुरसुराहटों का आभास देती हुई।

बारिश लगभग थम गई थी। घोड़े की लयबद्ध टापों के साथ, गलपट्टे में सजे घुँधरुओं की रुनन-झुनन खामोश भीगी सड़क पर ताल मिलाकर चल रही थी। जगह-जगह बारिश से बने पानी के डबरों और चहबच्चों से गुज़रते ताँगा मटमैले फव्वारे उछालता गीली सड़कों से छेड़छाड़ कर रहा था।

रहमाना इतना चुप्प क्यों है आज ? भौंहों के जोड़ पर खिंचाव, या टोपी माथे तक खिंची होने से भौंहों में बल पड़े लगते हैं। माहौल में तनाव है, पर रहमाने का इससे क्या लेना-देना ? आवाज़ में बिलावजह खुन्नस क्यों ?

''आषाढ़ में इतनी ठंड तो कभी नहीं देखी ख़ुर्शी बेन्यी,'' नाथजी ने ध्यान बँटाना चाहा, या अपने भीतर बैठी घबराहट को बातों से धकेलना चाहा।

''हाँ, इस बार मौसम ही कुछ बेएतबारी हो गया है। लगता है, आगे जाड़ा सख़्त होगा। आसार बुरे हैं।''

ख़ुर्शीद ने तिरपाल का कोना उठा, बंड के पार नदी में कतार बँधी नावों को देखकर कयास किया।

---

1. सीधा। 2. बेकार के जिम्मे तीन काम (मुहावरा)।

फिर चुप्प। और चुप्पी के बीच घुँघरुओं की रुनन-झुनन और घोड़े के लयबद्ध टापों की जुगलबन्दी। ताँगा सत्थू के बंड से होता, श्रीरामचन्द्र मन्दिर के पास से गुज़रा तो लल्ली ने हाथ जोड़कर माथा झुकाया। मन्दिर के अहाते में खड़े चिनार के नक्काशीदार पत्ते सरसब्ज़ जामे पहने, हवा से फुसफुसाहटों में ज्यों कोई साज़िश कर रहे हों।

सड़कें सूनी, अविश्वसनीय ! इक्का-दुक्का पंडित, फिरन के कन्धे पर गमछा डाल, मन्त्र बुदबुदाते वितस्ता में नहाने जा रहे थे, या नहाकर मन्दिर की तरफ लौट रहे थे।

''आज हारी पर्वत जाती बटनियाँ[1] नज़र नहीं आतीं।''

''बारिश है न !''

''नियम से शारिका दर्शन को जानेवालियाँ तो बर्फबारी में भी नहीं रुकतीं।'' रहमाना चुप्प।

''शायद इस जलसे के कारण।''

''हाँ शायद !''

''शायद क्या, इसी वजह से ! जलसा क्या होता है, गुंडों-बदमाशों की बन आती है। फिर माँ-बहनों की पहचान भी रहती है क्या ? अब भली औरतें घर में न बैठें, तो क्या जानबूझकर अपनी फज़ीहत कराएँ ?''

ख़ुर्शीद के तुर्श जुमलों के बावजूद संवाद नहीं जमा। भीतर भय का कनखजूरा टाँगें धँसाए बैठा था। अगले मोड़ पर जाने कौन-सी आफत गला दबोचने तैयार खड़ी हो। नाथजी तमाम फक्कड़पने के बावजूद, डरा हुआ चूहा लग रहा था, ख़ुर्शीद अँधेरे में दीये-सी जल उठना जानती है। दिलदार औरत। नाथजी को मायूस देखकर खुशबाश लहजे में जोड़ दिया, ''नाथ जीया, रहमाना कल भड़भूँजियों के यहाँ टिड़ भरकर दावत खा आया है, सो पेट दर्द कर रहा होगा। ज़रा फारिग होकर आए, तो ही कुछ बातचीत कर पाएगा।''

रहमाना हल्का-सा मुस्कुराया, ज्यों हँसने पर पाबन्दी हो। नाथजी समझ गया, आज माहौल में ही नहीं, दिल्लगीबाज़ रहमाने के दिमाग में भी कुछ खलबली मची है।

---

1. ब्राह्मणियाँ।

# दही-रस्म

अजोध्यानाथ का कुटुम्ब 'वोट्ट'[1] के कमरे में इकट्ठा हो गया है। खिड़की की तरफ बिछे नमदों-गब्बों पर, गाव-तकियों से लगे, घर-बाहर के आमन्त्रित नज़दीकी पुरुष रिश्तेदार बैठे हैं, और रसोई की तरफ बिछी चटाइयों-नमदों पर स्त्रियों का गोल। पुरुषों और स्त्रियों के अलग-अलग दायरे, अलग सोच और अलग हदबंदियाँ। जिन्हें पुरुष भले कभी मौज में आकर लाँघ लें, स्त्रियाँ नहीं। यही खानदानी रिवायत है, और इसी में घर-परिवार की मान-मर्यादा, बड़प्पन और खैर-खुशी शामिल है।

इस घर में यों भी दो-चार पुरुष इकट्ठा हुए, (जो कि अक्सर होते ही रहते हैं) कि आपसी कुशल-मंगल की शुरुआती पूछताछ के बाद, महाराजा के राज्य से लेकर ब्रिटिश शासकों की खूबियों-खराबियों का रेशा-रेशा उघाड़ा जाता है। प्रबुद्ध जनों का घर ठहरा। रोज़ शाम बैठकें-मजलिसें जमतीं। वे लोग स्वराज की बातें करते, मॉडरेट्स और लिबरल्ज़ की। जलियाँवाले बाग का हत्याकांड उन्हें भूलता ही नहीं था। 1919 का वह बैसाखी का दिन। आह ! निहत्थे लोगों पर गोलियों की बौछार !

"सोलह सौ सत्तर राउंड गोलियाँ। सोचिए ज़रा इन बददिमाग ललमुँहों की कारगुजारियाँ, और बाग के सभी निकास बन्द।"

"एक सूखा कुँआ था खालिस जिसमें अफरातफरी में जान बचाने लोग कूद पड़े।"

"लेकिन हुआ क्या ? कुछ घुटकर मरे, कुछ दब-पिसकर।"

"तभी तो पूरे राष्ट्र में आक्रोश की लहर फैल गई, भई। गाँधीजी ने 1921 में जो असहयोग आन्दोलन की बात की, लाला लाजपतराय ने विरोध किया। एकदम !"

"ज़ाहिर है दिलों में शोले भड़क रहे थे। जुल्मोसितम की भी हद होती है भई !"

युवा बागियों को याद किया जाता। भगत सिंह, आजाद, सुखदेव, राजगुरु। गरम खून कैसे उबाल न खाता ?

बहस का ग्राफ ऊपर-नीचे होता रहता और समझदार जन फिर गाँधीजी पर लौट आते। 'क्षमा वीरस्य भूषणम' गाँधीजी का कहना है, ताकत शारीरिक शक्ति से नहीं, पक्के इरादों से मिलती है, तभी तो डटे हैं अंग्रेज़ों की लाठियों के आगे।

---

1. रसोई से लगा निचली मंज़िल का कमरा।

नेहरू परिवार तो अपना ही था। उनकी बात करते छातियाँ चौड़ी हो जातीं, सिर ऊँचा उठता—"नेहरू के पूर्वज पंडित राज कौल की विद्वत्ता ही थी कि 1713 ई. में मुग़ल शासक फर्रुखसियार ने उन्हें कश्मीर से दिल्ली बुलाया। वहाँ अच्छे पद दिए, जागीरें दीं।"

"पंडित मोतीलाल नेहरू का बैरिस्टरी तामझाम क्या कम था ? आनन्द भवन का ऐशोआराम ! परन्तु आज़ादी का जोश भी कम नहीं, तभी तो गाँधीजी के साथ जुड़े। विदेशी कपड़ों की क्या होली जलाई नेहरू परिवार ने !" बलभद्र का सिर गुमान से ऐसे तन जाता, ज्यों अभी-अभी खुद ही गट्ठर भर विदेशी कपड़े फूँक आए हों। "जवाहरलाल के साथ उनकी माँ स्वरूप रानी और पत्नी कमला भी तो पीछे नहीं रहीं।" अजोध्यानाथ अक्सर स्त्रियों की भागीदारी की प्रशंसा करते।

कितना कुछ था कहने, सुनने और सोचने के लिए। तीस-चालीस के दशक पूरे राष्ट्र के लिए हलचलों और स्वतन्त्रता संग्राम के उफनते दौर थे। नेहरू नए नेता बनकर उभरे, तो कश्मीरियों ने उन्हें असीसा, कुछ-कुछ उसी अंदाज़ में, जिसमें मोतीलाल नेहरू ने 1929 ई. में बेटे को नेशनल कांग्रेस के प्रेजिडेंट का पदभार सौंपते असीसा था—

हरचे पेदर नतावानद, पेसर तमाम कुनद ! (पिता जो प्राप्त न कर सका, बेटा प्राप्त कर लेता है)।

ऐसी मजलिसों में हालात पर तप्सरा ही नहीं होता, चार जनों के बीच बुद्धि और तर्क का कसरती सुख स्थितियों को नए अर्थ व मनों में नए जोश भर देता है। साथ में खुशबूदार कहवा और मुश्कदार तम्बाकू के दो-चार सुट्टे खींचने का सुभीता हो, तो बात ही कुछ और।

लेकिन आज अजोध्यानाथ शहर में फैली बदअमनी की लहर से खासे परेशान हैं। यह परेशानी इतनी पास है कि हाथ बढ़ाकर गला दबोच ले। लोकराज्य की माँग को लेकर कुछ लोग शासन के विरोध में खड़े हो गए हैं। उनकी माँगें जायज़ हैं या नहीं, अभी यह समस्या नहीं। चिन्ता है कि भड़काऊ भाषणों और नारेबाज़ियों से जो गुंडों-मवालियों को लूटपाट और खूनखराबा करने का मौका मिलता है, उससे राह चलते सीधे-सादे बन्दे भी लपेट में आते हैं। औरतज़ात की तो मुसीबत ही है। लल्ली बहू सकुशल घर पहुँच जाए तो समझो घर के लोग गंगा नहा आए।

स्त्रियों की चिन्ता भी कम नहीं, पर वे अपनी अधिकांश चिन्ताएँ, पहले महागणपति, फिर घर के पुरुषों को सौंपकर घर-गृहस्थी के मकड़जाल में घुस जाती हैं। मनु महाराज ने तमाम आदर के साथ स्त्री को हर उम्र और हर हाल में पुरुष पर निर्भर रहने की जो सोच प्रदान की थी, उसका उत्तम नमूना अजोध्यानाथ के परिवार की लक्ष्मियाँ थीं। पुरुष जो सोचे वह सही, जो करे वह उत्तम, जो आदेश दे, उसका पालन धर्म। उसके बाद यदि कुछ बचता हो, उसे वे अन्नपूर्णाएँ जीवन को तमाम करनेवाले दैनंदिन खटराग में झोंक देतीं। साग छाँटते, चावल बीनते-फटकते, कढ़ाई-बिनाई करते वे अपनी गोलबन्द दुनिया में घूमने को आज़ाद थीं। गोल के बाहर पुरुषों की दुनिया थी जिसमें उनका दख़ल

शायद ही था। यदि कहीं ऐसा था तो वहाँ औरत मर्द थी और मर्द 'ज़नान ज़ोय'।[1]

सो हाथ चलाते इस-उसकी खैर-खबर भी ली दी जाती। यही, आपस के सुख-दुख, लेन-देनदारियाँ, मुहल्ले-बुहले की चर्चाएँ। और क्या ? बहू-बेटियों के सही-गलत कदमों की जानकारी, उन्हीं की तो ज़िम्मेदारी है। जवान होती बेटियों-बेटों के लिए रिश्ते ढूँढ़ने-जोड़ने के लिए, हाथ-पैर मारने जैसी कोशिशें वे न करें, तो कौन करे ? मर्द बेचारे तो कामकाजी हुए। बाहर के काज देखें या घर के टंटे-बखेड़े ? आखिरी मुहर भले ही मर्दों की हो।

''मुहम्मद नाई का जानकीनाथ त्रिछ़ल के घर आना-जाना है, ज़रा हमारी तुलसी के लिए भी कोई जोड़ का लड़का देख लें।''

''अरे ! अभी तक हाथ पर हाथ धरे बैठी हो ? लड़की कपड़ों से होने को आई।''

''लो ! कूर न गौबान मामस, गौबान गामस'[2] इतनी कौन-सी उम्र हो गई मेरी बच्ची की। हरिकृपा से, खाते-पीते घर की लड़की है, सो बालपन में ही कदकाठी निकाल लाई। हाँ, खावा-लजावा नहीं है, यह कहो...''

''अरी बेन्जी, तुम भी कहाँ से कहाँ पहुँच जाती हो। लड़की जात तो घिया-तोरी की बेल। रातभर में ही छत फलाँग ले, इसमें क्या बुरा मानना।''

''बहन, बुरा लगा तो मेरी जीभ काटना। तेरी तुलसी क्या मेरी चुन्नी जैसी नहीं ? वह तो मैं यों बोली कि जोड़ का वर ढूँढ़ने में कम साँसत नहीं। घर, खानदान, ग्रह-नछत्तर मिलना। तुम तो सयानी हो। खुद जानो कि वर मिलना पेड़ से फल उतारना नहीं, कि ढेला मारा और फल हाथ में...।''

''हाँ ! सच बात ! सभी तो बेटियोंवाले ! देखी-जानी बातें।''

आज लल्ली बहू की दही-रस्म पर सोना बुआ, उसके बच्चे, विचा़रनाग की मंगला मौसी, चाची की भतीजियाँ, मुहल्लेवालियाँ बधाइयाँ देने और दावत खाने आ जुटी हैं। इस तरफ नारेबाज़ों की कोई आवन-जावन नहीं। हवा में भनक भर है। तो ज़ाहिर है, लल्ली की गोद भराई, सगुन, 'साल' की बातें हो रही हैं। मंगला मौसी तो बस मौके की तलाश में रहती हैं, कब बात का सिरा मिले और वे शुरू हो जाएँ। उनके पास अपना ही इतना कुछ कहने-सुनने को है कि दूसरों को सुनने की गुंजाइश ही नहीं, वक़्त-बेवक़्त की परवा भी उन्हें कहाँ ?

''मेरी दही-रस्म जब हुई गाशाजी के वक्त, घर में वाज़वान[3] लगा। काकन्यदेदी[4] ने बिरादरी तो बिरादरी, बड़ियार से खरयार तक मुहल्लेदारों को दो-दो बार सद्दा देकर न्यौता। कोई दो सौ जनियों ने वो 'साल' खाया कि महीनों याद करके चटखारे लेते रहे...''

''नन्नी के वक्त तो हमने भी कोई कसर न रखी।'' बड़दादी अपनी खानदानी

---

1. हेनपेक्ड हस्बेंड। औरत के वश में रहनेवाला। 2. मुहावरा—बेटी मामा को नहीं, पर गाँव को ज़रूर भारी पड़ती है। 3. दावतों का आयोजन। 4. घर की बुजुर्ग औरत माँ-सास, नानी-दादी के लिए आदरसूचक शब्द।

नाक पर भला मक्खी बैठने देंगी ? अभी भी तीन लड़ी की 'तालरज़' के साथ पाँचेक तोले का खरा 'पास सोने' का डेजहोरू पहनती हैं। देखनेवालियों की आँखें चुँधिया जाती हैं।

"कौन से पकवान नहीं बनवाए हमने। रोगनजोश, कलिया, शामी कबाब, तबकनाठ और वैष्णव भोजन में पन्द्रह सब्ज़ियाँ। ताता (अजोध्यानाथ) खुद मानसबल से नदरू लेकर आए यखनी के लिए।"

"लेकिन आज तो कुछ खास कर नहीं पाए...

"हाँ ऽऽऽ ! इस हंगामे में लल्ली बहू सुखसान घर पहुँचे, तो यज्ञ हुआ समझो।"

पड़ोसन काकी ने दानिशमन्दी से दख़ल देकर बड़दादी को गैरज़रूरी सफाई देने से बचाया।

"वक्त-वक्त की बात होती है मंगला बहन ! आज सगुन मन जाए, वही बहुत ! अरी प्रभा ! देख तो, बहू आई क्या ? खटका-सा हुआ दरवाज़े पर !"

"ना, जिगरी ! बाहर बच्चे खेल रहे हैं !"

बच्चे तो बच्चे ! मनमौजी, निष्फिकिर उम्र। बड़ों की गम्भीरताओं, समस्याओं और सिरदर्दियों से अछूती। चार-छह बच्चे इकट्ठा हुए कि मौज में आ गए। सीढ़ी, कमरा कानी[1] वोट्ट, दालान, आँगन, जहाँ एकान्त मिला, आ जुटे।

"चलो खेलें।"

"हाँ, हाँ चलो ! प्रभा, शारिका, चुन्नी, पिचरी आओ...!"

"तुम भी आओ गाशा, ब्रजा, नन्दू ! शुरू हो जाओ।"

"तुले लंगुन, तुलान छस (उठारी माप, उठाती हूँ)
धानि लंगुन, तुलान छस (धान का माप, उठाती हूँ)
सोना लंगुन, तुलान छस (सोने का माप उठाती हूँ)

"ऐऽसे नहीं, ऐ ऽऽऽ से ! पीठ से पीठ मिलाओ, बाँहें पीछे लेकर, मेरी बाँहों में फँसा दो, अब उठाओ मुझे।"

प्रभा खेल समझा रही है।

"कैसे उठाऊँ ?"

"जैसे धान की बोरी पीठ पर उठाते हैं। बिल्कुल वैसे ही।"

"तुम तो भारी हो, मुझसे नहीं उठोगी," (रुआँसा स्वर)

"मरी-मरी-सी तो है चुन्नी, सींकिया पहलवान ! जा तू। मखनी, तू आ मेरे साथ।"

"कुट्टी ! कुट्टी...!" चुन्नी अँगूठा दाँतों से दाब, प्रभा की तरफ उछाल देती है, आँखों में पानी की कटोरियाँ छलकने को बेताब।

"अब टसुवे क्यों बहाती है ? खेलना नहीं तो मत खेल ! 'वदवुन्य बोद्धखर'।[2]

---

1. ऊपरी मंज़िल का हॉलनुमा कमरा। 2. रोंदू लड़की।

"ऊँ ऽ ऽ ऊँ ऽ ऽ काकनी ऽ ऽ ऽ...!"

पिचरी बीच-बिचौवल करती है, "शी ऽ ऽ, चुप ! रो मत, नाक पोंछ, चल मेरे साथ। प्रभा ! सलाह कर !"

अँगूठे से अँगूठा मिलता है, "ये लो, हो गई सुलह ! पक्की ! पक्की !"

"चल, तो वे तोतरिया खेलते हैं। बजा ताली और मिला पंजा !"

"तो वे तोतरिया, तोता जा समुंदरिया...

खट्टा पानी पीकर आ, तो वे तोतरिया...।" सब मिलकर गाओ।

"अरे बच्चो ! धमाली क्यों मचा रखी है ! चुपचाप बैठकर खेलो..."

बड़ों की डपट, नन्हे बगुलों का पंखों में सिर घुसाकर बैठना।

दो मिनट चुप्पी। फिर दूसरा खेल शुरू। "शी ऽ ऽ धीरे से ! फैलाओ पंजे... अकुस-बकुस खेलेंगे।"

"अकुस बकुस तेलिवन चुकुस, अनुम बतुख लोदुम देगि,

शाल किचकिच वांगनो, ब्रेमिज़ि नारस पोन्य छकुम।

ब्रेमिस ब्रह्मन टेकिस टेक्खा।" उलटी हथेलियों पर बारी-बारी से प्रथमा टप्पे खाते प्रभा की हथेली पर रुक जाती है। "लो। पकड़ी गई प्रभा ! अब चोर-सिपाही खेलेंगे।"

"तू चोर, प्रभा, हम तुझे पकड़ेंगे।"

"ना भई, ताता गुस्सा होंगे। हमें मार नहीं खानी।"

"हम आवाज़ ही नहीं निकालेंगे, तो वे सुनेंगे कैसे ?" गाशे को ज्यों कोई तरकीब सूझी हो, "ऊपर बुखारचे में खेलेंगे, उधर कोई नहीं आएगा, चलो !"

"राजाजी राजा, क्यों राजा ?

सिरीनगर में चोर आया, किस रास्ते ?

इस रास्ते..." "भागो...पकड़ो...छूटने न पाए...वो ऽ ऽ भागा-चोर !" ड्योढ़ी में खटका हुआ है। 'कौ ऽ ऽ न ?"

कई जोड़ी आँखें और कान दरवाज़े की ओर मुड़े हैं। जियालाल मास्टरजी हाँपते-हड़बड़ाते भीतर आते हैं। ठंड में भी माथा पसीने से अटा हुआ।

"पागल हो गए हैं लोग ! हब्बाकदल पर वो भीड़ इकट्ठा हो गई है कि पूछो मत। जुलूस के नारे सुन किशन बज़ाज़ की दुकान पर चढ़ गया। 'नालय तकबीर' की गुस्सैल आवाज़ें सुन, दुकानदारों ने अफरा-तफरी में दुकानें बन्द कर दीं। वो हबड़-तबड़ मची कि आपको क्या बताऊँ। भीड़ में ज़रा-सी सन्ध पाकर, मैं भगवान-भगवान कर निकल आया। धक्कामुक्की में कौन गिरा, कौन कुचला, किसे होश रहता है ? आपने भी अजोध्या भाई, कौन-सा दिन चुन लिया रस्म अदायगी के लिए ! बहू मंगल-कुशल घर पहुँच जाए, शिव शम्भो की कृपा से, तो बड़ी बात समझो।"

अजोध्यानाथ हुक्के के दो-तीन कश तेज़ी से खींच, नय जियालाल की ओर सरका देते हैं। गन्दुमी माथे की पतली झिल्ली के भीतर दो-तीन नीली नसें उभरने लगती हैं। सही-गलत आरोप सुनने के आदी नहीं हैं। एकदम से स्थिति इतनी बिगड़ जाएगी,

इसका अंदाज़ा तो किसी को न था। अजोध्यानाथ ज़माना देखे-जाने विद्वान हैं, वे भी हवा का रुख न पहचान पाए, अब जो हो, सो भुगतना है। बहू और बेटी में फर्क तो उन्होंने कभी किया नहीं, पर जियालाल को क्या समझाएँ।

चिन्ता और खीज के मारे महदू को डपटते हैं, "यह तम्बाकू है या गोबर ? खमीर नहीं मिलाया ठीक से ? दिनभर बैठे-ठाले तुम लोग करते क्या रहते हो ?"

बलभद्र सुट्टा खींचते हैं, स्वाद में तो कसर नहीं, दरअसल अजोध्या बहू के लिए परेशान है।

बात है भी चिन्ता की, महदू भी समझता है। लल्ली बहू वक्तों से है। कहीं भीड़-भाड़ में फँस गई, धक्का-वक्का खा गई तो ! यह रस्में भी इतनी ज़रूरी क्यों हैं ? यही उसके भेजे में नहीं आता।

बलभद्र ध्यान बँटाना जानते हैं, "अपनी उम्र में तो मैंने ऐसा होते कभी देखा नहीं, अजोध्या भाई। हाँ, किताबों में पढ़ा ज़रूर कि कई बार दहशतों में जिए हैं लोग। ज़ुल्मोसितम के ख़िलाफ़ आवाज़ें भी उठी हैं। पर इस वक़्त ?"

यानी कि इस समय विरोध किस बात का ? बलभद्र ही हैरान नहीं, और लोगों के मस्तक में भी यही प्रश्न धमाचौकड़ी मचा रहे हैं। उन्होंने न्यायप्रिय महाराजा प्रताप सिंह का राज्य देखा था। वैसा प्रजापालक राजा होगा कोई ? सवेरे अन्न नहीं छूते थे, जब तक पूजा-पाठ, और गरीब-गुरबा, ब्राह्मण-पंडों को दान-दक्षिणा नहीं देते। अब महाराजा हरीसिंह हैं। पिता जैसे धर्मी-कर्मी न सही, पर जनता को कोई दिक़्क़त नहीं। प्रजापालक हैं। फिर क्यों यह बवाल ? 'ख्यन मंज़ वकुस'[1]।

लेकिन दिक्कतें थीं। तभी तो आवाज़ें उठीं, फिर पूरे राष्ट्र में जो जन-आन्दोलन चल रहा था, कुछ उसका भी असर होना ही था। 1920 में महाराष्ट्र के रामचन्द्र के नेतृत्व में जो ज़मीनदारों, ताल्लुकेदारों के ख़िलाफ़ आवाज़ें उठीं, वह आवाज़ों का सैलाब प्रतापगढ़ से बंगाल, बिहार, अवध से होता हुआ आग की तरह फैला था। अंग्रेज़ों के दमन के बावजूद, गाँधी और नेहरू भी शोषित किसानों से जुड़ गए थे, सो अपनी वादी पीछे क्यों रहती ? गो कि आन्दोलन को वादी पहुँचने में दसेक वर्ष तो लग ही गए। देशी रियासतों पर अंग्रेज़ रेज़िडेंट जो लट्ठ लेकर रहा करते थे, और पूरे देश में उठे आन्दोलन के समाचार सेंसर होकर ही वादी में प्रवेश कर पाते थे।

कई आवाज़ों से ऊँची एक खास धारदार आवाज़ गूँजी, शेख मुहम्मद अब्दुल्ला की, जिसके बारे में प्रेमनाथ बज़ाज़ ने बाद में, अपनी किताब में लिखा, कि शेख ने गूँगे मज़लूम किसानों को बोलना सिखाया।

"कौन है यह निडर साहसी जवान ?" लोगों ने चौंककर जिज्ञासा की।

"शाल व्यापारी शेख मुहम्मद इब्राहीम का बेटा है, सोवुर वाले।"[2]

"हाल में ही अलीगढ़ मुस्लिम यूनिवर्सिटी से एम.एस.सी. करके आया है, कैमिस्ट्री

---

1. मुहावरा (खाते-खाते थाली जूठी हो जाना)। 2. सोवुर ग्राम, शेख अब्दुल्ला का जन्मस्थान।

में। रगों में जवानी का जोश और विचारों में क्रान्ति है।"

"प्रोफेसर पंडिता का विद्यार्थी रह चुका है एस.पी. कॉलेज में।" बलभद्र ने चौंकाया, "स्टेट को साम्राज्यशाही से आज़ाद कराने का बीड़ा उठाया है। सबके लिए बराबर का हक माँगता है..."

शिवनाथ ने टुकड़ा जोड़ा, "कम्युनिस्ट है। किसानों का तरफदार।"

आज़ादी ? कैसी आज़ादी ? अंग्रेज़ों से या राजा से ? परायों से या अपनों से ? ब्राह्मण वर्ग काँप उठा है। सिकन्दर-बुतशिकन के ज़माने से लेकर, अफगान पठान शासकों की क्रूरता का शिकार हुए वे लोग, सदियों से खौफ की परछाइयों तले जिए हैं। वक़्त ने बार-बार उनके धैर्य का इम्तहान लिया है। सिक्ख और डोगरा राज्य में थोड़ा चैन मिला है, अब आगे क्या होने जा रहा है ?

बैठे-बिठाए शान्त ताल में कंकर फेंकने का अर्थ ? लेकिन सिक्ख-डोगरा राज्यकाल में एक वर्ग को चैन मिला, तो दूसरे वर्ग को क्या मिला ? सवाल पेचीदा थे।

दरवाज़े की आड़ में बैठा महदू सियासत नहीं समझता। वह हयबुंग हैरान है कि यह सब शोर-शराबा, नारेबाज़ियाँ क्यों, और किसलिए ? हाड़ तोड़कर दो वक्त भात जुटानेवालों के हाथ अल्लाहताला का शुक्र अदा करने के लिए उठने चाहिए, या कि नारे लगाने के लिए ?

मगर हवा में सरगर्मियाँ हैं। बदलाव की बेचैनगी ! लोक राज्य, यानी अपना राज्य। आज़ादी। यह अपना राज्य क्यों, और कैसा होगा, इसे मज़हबी रंग देकर समझा रहे हैं, अब्दुल कादर पठान, खानकाए मौला में।

सड़क पर ताँगा रुकने की आवाज़ के साथ सभी सवाल-जवाब, चिन्ताएँ और बहसें एक साथ थम गईं। सोना हड़बड़ी में दरवाज़े की तरफ लपक ली और ताँगे से लल्ली भाभी और ख़ुर्शीद बेन्यी को सही-सलामत उतरते देख, खुशी से चिल्लाई, "भाभी आ गई काकनी ! लल्ली भाभी आ गई !"

आवाज पुरुष वर्ग के कानों में पड़ गई। परम पिता के आगे सिर झुके, मुबारकबादें दें दी गईं। महदे ने बिना बताए, चिल्लम में नया तम्बाकू भरा और फू-फू चिल्लम फूँकने लगा। पृथ्वी दर ने हुक्का अपनी ओर सरका, 'सुबह की चिल्लम' की तारीफें शुरू कर दीं, "सुबहुच चिल्लम छय तील चरागस। सुबहुच चिल्लम छय बागस ही। सुबहुच चिल्लम नारह फाह माघस, सुबहुच चिल्लम छय द्रागस ज़ी।"[1]

"पहले तो इस चिल्लम का मज़ा...मैं ही लूँगा, बिरादर।"

तसल्ली से खुशबूदार सुट्टे लगे। अजोध्यानाथ से बलभद्र, बलभद्र से जियालाल और जियालाल से दोबारा अजोध्यानाथ के बीच एहतियात से हुक्का घूम-घूम महकने लगा। खुशबुओं के अम्बार के साथ चिन्ताएँ, दिलोदिमाग के दायरों से बाहर हो गईं।

---

1. सुबह की चिल्लम चिराग में तेल जैसी है, बाग में सुगन्धित ही की लत्तर, माघमास में गरम गुनगुनी आँच और अकाल में रोज़ी जैसी महत्त्वपूर्ण।

" 'आलथ' के लिए पानी की घड़वी लिए जा बेटी," बुजुर्गन बड़दादी ने आवाज़ देकर, चहकती-लपकती सोना को परम्परागत स्वागत की याद दिलाई। 'खुशी से बौरा गई है लड़की।'

सिर के चौगिर्द पानी का लोटा तीन बार वार कर, सोना बुआ ने लल्ली को पहले दायाँ पैर भीतर ले आने का आदेश दिया और बड़दादी के पास ले आने से पहले अधबीच ही वो कसकर गले लगाया कि लल्ली की साँसें भिंचने लगीं। बहू को सलामत देख, बड़दादी ने भीगी आँखों से महागणपति का आभार व्यक्त किया। छाती से मन भर पत्थर हट गया। आशीष फूटे। "ननद-भौजाई की कामनाएँ पूरी हों। सोना के भी कुछ दिन चढ़े हैं। मुरादें पूरी हों बच्चियों की। 'शूभ यिन्य त लूभ नेरून।'"[1]

नाथजी के साथ रहमाने और ख़ुर्शीद ने भी मिलकर, दही-कूंड़े, बाकरखानियों की लाल-नीली पन्नियोंवाली घुँघरूदार टोकरियाँ, 'फत्तू', लल्ली के जोड़ोंवाला बक्सा आदि सामान रसोई के साथ लगे कोने में जमा दिया, तो बच्चे चाव से आसपास मँड़राने लगे, "क्या है इनमें ?" टखटची ?

"ना, मीठे कुल्चे होंगे।"

"नहीं, खस्ता बाकरखानियाँ...शीरीं, खजूर, बादाम और खुमानी।"

पुरुषों और स्त्रियों के बीच, बड़दादी के पास नाथजी बैठा, तो बड़दादी ने पीठ पीछे तकिया जमाकर इज्ज़त दी, जिसे शरमाकर, "न, न, देदी, 'क्याज़ि छिव खजल करान' " (क्यों शर्मिन्दा करती हैं) कहकर नाथजी ने वापस बड़दादी की पीठ पीछे सरका दिया।

अजोध्यानाथ ने कृष्ण जू कौल के परिवार का कुशल-क्षेम जान, रास्ते की बात उठाई, "सुना उस तरफ काफी शोरगुल हो रहा है, कोई परेशानी तो नहीं हुई रास्ते में ?"

नाथजी ने आँखें ऊपर की ओर उठा हाथ जोड़े, "बस्स ! श्रीराम की कृपा रही। नहीं तो कोई कसर बाकी न रहती... ।"

ख़ुर्शीद ने अधबीच ही झपटकर बात की रास अपने हाथ में ली और सविस्तार छौंक-बघारकर पूरी दास्तान सुना दी, आँखों-हाथों की अभिनयी मुद्रा के साथ !

"अब क्या कहूँ बड़मोज्यी ! अलाय-बलाय दूर हों लल्ली सोनकूरी की। बस, नया ही जन्म समझो बच्ची का। वे मुए शिकसलदे,[2] बीच सड़क ताँगा रोक, तिरपाल उठा, मुंडी, भीतर घुसाकर, यूँ ऽ ऽ ऽ ताकने लगे कि लल्ली बिटिया का दिल धक-धक बोलने लगा। ऐसे कि आवाज़ गज़ भर दू ऽ ऽ र तक सुनाई पड़े। मेरी तो, सच कहूँ, नखों तक से जान निकल गई, पर मैंने इस बिटिया की खातिर जी कड़ा कर लिया। तो देदी, अल्लाहताला का नाम लेकर लल्ली को फिरन के भीतर लुका दिया, यों, छाती से सटाकर, और जो मैं बिजली की तरह कड़ककर गरजी, उन तावनज़दों[3] के होश-हवास गुम हो गए। फिर भला हिम्मत थी उनकी हमें हाथ लगाने की ? मैं मुँह न नोच लेती उनका ?

---

1. आशीष, मन की मुरादें पूरी हों। 2. गाली (दरिद्र)। 3. गाली।

बस, कुत्तों की तरह दुम दबाकर भाग गए...''

अजोध्यानाथ ने रसोई की तरफ मुँह करके आवाज़ दी—

''चाय-कहवा तैयार हो गया कि बातें ही होती रहेंगी ? ज़रा तल्ख कहवा बनाकर भेज दो, बादाम-इलायची डालकर। थोड़ी दारचीनी और केसर की तुर्री भी डाल देना। ठंड खाई है इन्होंने रास्ते में।''

''अरे ! भोभाजी कहाँ गया ? बुला लाओ भई, यह नाथजी आए हैं।'' शिवनाथ ने दहलीज़ पर केशव की परछाईं देखी। दरवाज़े के बाहर छिपकर डोलते केशव, उर्फ भोभाजी, बड़े भाई के बुलावे के साथ ही कमरे में दाखिल हो गए। दूसरी बार माँ बननेवाली अपनी पत्नी पर चोर नज़र डाल, अदब से पिता और नाथजी के बीच, पैरों के पास की धरती ताकते बैठ गए।

लल्ली बहू औरतों के गोल में नरम गद्देदार आसन पर ज़री नरीवारवाली फिरन की बाँहों से मुँह-आँखें ओट किए बैठी, तो लड़कियों के झुंड ने आ घेरा। लल्ली ने फिरन की जेब से मुट्ठी भर-भर शीरनीं, खजूर, बादाम निकाल बच्चों की हथेलियों पर रख दिए। शारिका, प्रभा, चुन्नी, तुलसी दुल्हन बनी चाची को आँखें चौड़ी करके देखने लगीं, ''रोज़ तो घर के काज करती हैं, आज दुल्हन कैसे बनीं ?''

शान्ता दिद्दी ने समाधान कर दिया, ''भाभी, छुटकी नन्नी का भैया लेकर आई हैं, इसी से शरमा रही हैं।''

''आँ ऽ ऽ। किधर है, किधर है भैया ? कहाँ ?'' तुलसी ने ज़रूरत से ज़्यादा जिज्ञासा दिखाते, लल्ली का दामन उठाने की कोशिश की, ''कहीं इधर तो नहीं छिपाया ?'' कि हाथ पर धप्प मार माँ ने डपट दिया।

''परे हटो लड़कियो, ज़रा सुस्ता लेने दो बहू को। बारिश में भीगकर आई है।''

ख़ुर्शीद ने घुटनों पर धुस्सा फैला दिया, ''टाँगें थोड़ी ढीली कर ले लल्ली।'' छुटकी नन्नी ने धुस्से का कोना उठा खरगोश-सा नरम फिरन छुआ और खूब झुककर चेहरा उठा माँ का ढँका मुँह देख रहस्योद्घाटन किया—

''दुल्हन नेई, माँ है। लल्ली माँ।''

सोना जिगरी हँस-हँस दुहरी होती, शान्ता के साथ रसोई से तपी काँगड़ी उठा लाई, खूब दहकते कोयलोंवाली, और लल्ली के माथे से चुटकीभर इसबन्द[1] छुला काँगड़ी में झोंक दिया, चिट-चिट चिटकार के साथ सुगन्धित धुआँ कोयलों से उठ कमरे में फैलने लगा, ''मेरा नेग दादी ! काकनी, बटुए का बन्द मुँह खोल दो। सोना चन्दनहार लेकर रहेगी इस बार !''

''हाँ, हाँ, क्यों नहीं, बुआ का हक बनता है लेने का। देनेवाले जीते रहें, तुझसे बढ़कर कौन ? तेरा माथा ऊँचा हो।''

बड़दादी, कमला और मुहल्लेवालियों ने बारी-बारी से घर के पुरुषों, स्त्रियों,

1. सगुनी अवसरों पर सिरों पर वारकर जलानेवाला सुगन्धित तिल जैसा पदार्थ।

बच्चियों के माथे से छुआकर, इसबन्द-लोबान दहकते कोयलों पर झोंक दिया, ''अला बला दूर हो, बड़दादी मुबारक। ताताजी, ''पोश्त छुव,[1] जीवे बहू, पुत्रवती हो, ऊँचे माथेवाली हो...! तुम्हें भी बधाई ख़ुर्शीद बेन्यी, तुम्हें भी नन्ही छुटकियो, बेटियो, बहुओ। केशवनाथा ! आज के नौशे तो आप ही हो, शरमा क्यों रहे हो ?''

मंगला मासी ने झुककर लल्ली के कान में कह दिया, ''क्या उस रात भी ऐसे ही शरमा रहा था केशव बेटा ?''

''हूँ ?'' लल्ली ने ठीक से सुना नहीं, या शायद समझी नहीं।

''उसी रात लल्ली बहू, जब यह जीव तेरी डिबरी में समा गया।''

लल्ली शर्म से सिकुड़ गई। लोबान, इसबन्द, खसखसाते रेशम और इत्र की मिली-जुली खुशबुओं ने आशीषों की गलबहियाँ दे, बड़े दिन की सगुनी महक मुहल्ले तक पहुँचा दी। चहल-पहल की बहुरंगी धुनों के बीच बड़दादी ने हाँक लगाई, ''वरी[2] तैयार हो गई हो, तो थाली में डाल लाओ। थोड़ी-सी काकपट्टी[3] पर रख आना। सोन्यवारी में पानी डालना भूलना नहीं। चिड़ी-चिरौंटे कब से आवाजाही कर रहे हैं।''

''बच्चों का नाश्ता हो गया जानकी ?''

''मर्दों को चाय-बाकरखानी दे दो शान्ता। बहू के मायके से आया सगुन-सामान भी तो देखना है कमला बहू !''

''हाँ, हाँ, चाय-नाश्ता निपटा दो जल्दी-जल्दी। और भी भत्तेरे काम पड़े हैं।... ख़ुर्शीद बेनी को खस्ता बाकरखानी दो। टखटचियाँ भी बाँट देना। ताज़ी अच्छी लगती हैं। रहमान जू कहाँ गया ?''

''वह तो महदू की शीरचाय पी रहा है बाहर।''

चाय का खासू रख नाथजी ने जेब से रुपयों की थैली निकाली। रुपए बड़दादी के हाथ में थमाकर दही शगुन की फेहरिस्त पढ़कर सुनाने लगा, ''शगुन अतगथ दोहरा—बीस रुपए, आलथ—ग्यारह रुपए, नमक रोटी—पन्द्रह रुपए, दही—पन्द्रह त्रख, पाँच जिन्स बाकी नगद, तेथ[4] काटकर हिसाब हुआ...''

''बहुत है, बहुत है, दहदरदह[5]। स्यठाह। ओरज़ू। कृष्ण जू को कहना, इतना कष्ट क्यों ? जीवे, सद बीस साल लल्ली का बबा। दूसरा सगन है, पहला थोड़े ही। हम क्या बेटीवाले नहीं ?''

बड़दादी ने हाथ के इशारे से नाथजी को फेहरिस्त पढ़ने से रोका, ''और क्या ! करनेवाला जाने ! बेटियों के कर्ज़ तो उम्रभर चुकाने हुए।'' पड़ोसन काकी ने भी अपने ढंग से असीसा। कपड़े-लत्ते देखे, सराहे गए। खानदानी नज़र और खुले हाथ की तारीफें हुईं। बड़दादी निहाल थीं।

---

1. बधाई हो। 2. चावल से बना खिचड़ीनुमा पकवान, इसमें अखरोट या मीट भी डाला जाता है। 3. चिड़ी चिरौटों के लिए ब्राह्मण घरों के बाहर लगी लकड़ी की पट्टी जिस पर लोग हर सुबह चावल और पानी रखते हैं। 4. पुराने समय में शगुन नेग के व्यवहार में कच्चे-पक्के का हिसाब हुआ करता था। 5. बहुत है, बरकत है, ईश्वर स्वस्थ रखे।

शगुन-नेग की दोतरफा रस्में निभीं। रहमाने, नाथजी और खुर्शी बेन्यी को मना-मनाकर दावत खिलाई गई और सगुन खर्चा देकर, नाथजी और रहमाने को विदा कर दिया गया। ख़ुर्शीद रातभर रहेगी।

बाहर जो हो रहा हो, होता रहे, भीतर सब मंगल था।

# अभी-अभी तो...

लेकिन, क्या सचमुच सब मंगल था ?

'दमी इयूठुम नद ग्रज़वनी
दमी इयूठुम सुम न त तार
दमी इयूठुम थेर फोलुवनी
दमी इयूठुम गुल न त खार।'

ललद्यदी[1] ने अभी नदी को भयंकर रूप से उफनते-गरजते देखा। और अभी उस पर पुल बनते देखे ! अभी-अभी फूलों-फलों से लदी बरजस्त डाल देखी और अभी देखा कि उस डाल पर न फूल हैं, न काँटे।

पल-पल में चेहरा बदलते ऐसे अस्थायी संसार में, भला अजोध्यानाथ के घर, सब मंगलवाला भाव कब तक स्थाई रहता ?

उस दिन रात गहराने पर ही लल्ली अपने कमरे में सोने जा पाई। गोकि बड़दादी ने कई बार बहू जानकी और पौत्री सोना को इशारों से बताया कि बहू को कमरे में ले जाओ। दिनभर झुकी बैठे रहने से कमर दुख रही होगी। थोड़ा हाथ-पाँव फैला सुस्ता लेगी। पर लल्ली नहीं मानी। देर रात तक लड़कियाँ तुम्बकनारी[2] पर सगुनगीत गाती रहीं। लल्ली बीच मजलिस उठकर सोने चली जाए, बड़ी बड़ेरियों के सामने, तो बेअदबी न हो जाती ? उसकी काकनी ने जो सुशील कन्याओं और आज्ञाकारी सुगुणी बहुओं के सनातनी संस्कार उसे घुट्टी में पिलाए हैं, सो बार-बार पहलू बदलकर कमरदर्द और पीठ में उठती चीसें झेलती, वह तब तक बैठी रही, जब तक ख़ुर्शीद ने उसे हाथ पकड़कर आसन से उठाया नहीं।

"उठो, ज़िद मत करो। बड़दादी कह रही है न ! अभी अपने बारे में नहीं, भीतर पलती नन्ही जान के बारे में सोचना है।"

लल्ली सचमुच थक गई थी। भीतर नन्ही जान छोटे-छोटे हाथ-पैर हिलाती अजीब हिलडुल कर रही थी। एक अजन्मा जीव, जिसे दुनिया की रौशनी दिखाने के लिए स्त्री जन्मदात्री बन गई। यह जननी अपनी देह को छील-काटकर अचानक इतनी ऊँची उठ

1. कश्मीर की सुप्रसिद्ध भक्त कवयित्री--लल्लेश्वरी। 2. ढोलकी जैसा कश्मीरी वाद्य, जिसका एक सिरा खाली, दूसरी ओर चमड़ा मढ़ा होता है।

जाती है कि कुछ देर के लिए ब्रह्मा के सिंहासन पर विराजने लगती है। दुनियाभर के सगुन-आशीष, मनौतियों की हकदार बनती यह औरत अपनी कोख में जीव न धारे तो बाँझ, अभागी, अपशकुनी ! आशीष और सगुन अपनी झोली में भरते, उसे बटनी बहन याद आती रही, जिसे भद्रा चाची ने विदा वेला लल्ली के ताँगे के पास खड़ा पाकर, तरेरभरी नज़रों से देख, वापस घर के अन्दर भिजा दिया था। बटनी की बड़ी-बड़ी आँखों में पानी छलक आया था। इसलिए कि वह एक अदद बच्चे की माँ नहीं बन पाई थी और गोद-भराई-रस्मों में शामिल होने का उसे कोई अधिकार नहीं था।

लल्ली कमरे में आई तो केशव आधी नींद ले चुका था। पत्नी की आतुर प्रतीक्षा में उखड़ी-उखड़ी उकताई-सी नींद। थोड़ा गुस्साया भी था। यह अच्छी रीत है बड़ों की, जान जाए पर रस्में निभेंगी। यह कोई वक्त था रस्म निभाने का ? यों भी उसे दही-रस्म एक तमाशाभर लगता था। ढिंढोरा पीटकर बिरादरी को इकट्ठा करना, कि हमारे बेटे ने पत्नी को गर्भवती बनाकर मर्दानगी दिखाई है।

"ऐसी ही रीत है।" लल्ली कपड़े बदलकर बिस्तर पर ढह-सी पड़ी।

"क्या रीत ? रीतें हमने ही बनाई हैं। बदल भी तो हम ही सकते हैं।"

"ताता से कह सकते हैं यह बात ?" लल्ली ने पति को गुम चुनौती दी।

केशव नहीं कह सकता पिता से। कोई विरोध दर्ज नहीं कर सकता। इतनी हिम्मत होती ही नहीं। लिहाज़ का पर्दा सिर्फ औरतों के लिए ही नहीं होता, लल्ली को क्या समझाना ! केशव नन्नी को ताता के सामने गोद में भी नहीं उठाता। प्यार-दुलार करने की बात तो दूर।

अजीब किस्म की हयादारी। केशव को नन्नी 'भायसाहब' बुलाती है। पिता तो ताता हैं, घर के बुजुर्ग।

केशव ने पीठ पीछे लिहाफ के कोने दाब, लल्ली को आराम करने की सलाह दी तो लल्ली थकान के बावजूद मुस्कुरा दी।

"तुम कहाँ जा रहे हो ? प्रोफेसर साहब ?"

"यहीं पास में ही हूँ। तुम थक गई हो। रास्ते में परेशानी भी तो कम नहीं हुई। इधर मैं अलग हैरान। तुम्हें कुछ हो जाता तो ?"

केशव की दुनिया को अपने पंखों तले ढाँपनेवाली लल्ली परी रानी को कुछ हो जाता, तो केशव नंगे-निचाट आकाश के नीचे कितना असहाय अकेला हो जाता ! लल्ली से केशव की दुनिया आबाद है। शिव भैया हँसते हैं, "अपने खानदान में भी कोई पत्नी का पुजारी तो निकला, चलो अच्छा है।"

"अच्छा है," शब्द शिव भैया पत्नी कमला की ओर कुछ इस अंदाज़ से देखकर कहते हैं कि लगता है केशव के साथ कुछ भी अच्छा नहीं। स्त्रियों को माँ, बेटी, बहन, बहू, सास के खानों में बाँटने के बाद जो 'पत्नी' बचती है, वह पति को रिझाने, लुभानेवाली, अंकशायिनी जो भी हो, असल में होती है एक बर्तनभर ! शिव भैया का अखंड विश्वास है कि यही रोल पति को पत्नी से बाँधता है ! बाकी सब चोंचले हैं।

केशव का क्या कहें, वह तो 'हेनपेक्ट हस्बेंड' है, पत्नी के आगे-पीछे लट्टू की तरह घूमता है...।

केशव खुद नहीं जानता कि पत्नी उसके लिए क्या है। वह बहुत कुछ कहना चाहता है लल्ली से, पर मन की बात खुलकर कह ही नहीं पाता। आदत ही नहीं है न ! बस ! हाथों की अनगढ़ छुअन और आँखों से झरता मोहसना दुलार उघाड़ देता है भीतर लहराती नीली-नीली झील !

"कैसे कुछ होता मुझे," लल्ली केशव का हाथ अपने हाथ में कस लेती है।

"तुम जो मेरे लिए प्रार्थना कर रहे थे..."

केशव को होंठों से छूकर वह आँखें बन्द कर लेती है। केशव उमगकर पत्नी को समेटना चाहता है। कई महीनों बाद लल्ली को पार्श्व में पाकर, साधु बने रहना उससे नहीं होगा। पर देह के आवेग को रोकना ज़रूरी है। चित्त लेटी लल्ली के चेहरे पर थकान के रंग हैं। प्रसव-भार से श्लथ, पस्त और निढाल देह ! केशव धीरे से पत्नी का माथा चूम, नन्ही मटकी को दुलार से छूता है। अभी और कितने दिनों तक, कमला भाभी के कहे, व्रत-उपवास रखना होगा ?

तकिए पर सिर रखते ही लल्ली ने जो आँखें बन्द कर लीं, सुबह तक साँस की भी खबर न रही। हुड़दंगियों की आक्रामक हरकतें, उनका तिरपाल हटाकर भीतर मुंडी घुसाना, ताँगे के बम पर चोट करना, गाली-गलौच आदि हरकतें, मन की भीतरी तहों तक धँसी बैठी थीं। बड़ी भयावह-सी झालदार झील में धचक्के-हिचकोले खाती वह बहे जा रही थी। आसपास पानी की सतह पर फूली हुई लाशें तैर रही थीं। आसमान डैने फड़फड़ाते गिद्धों और चीलों से अटा पड़ा था। तीखी आवाज़ों के साथ बेशुमार चीलें हवा में कलाबाज़ियाँ खातीं, पानी पर उतर आतीं और लाशों से मांस के लोथड़े खींच दोबारा पंख फड़फड़ाती आकाश में चक्कर लगाने लगतीं। किसी की चोंच में आँख, किसी की होंठ। भयावह अँधेरे के बीच, झील में गज़-गज़ ऊँची लहरें उछाल मारतीं। लल्ली चीखना चाहती थी, पर आवाज़ गले से बाहर ही नहीं निकल पाती। भय से सुन्न, वह भी लाशों के साथ-साथ बहे जा रही थी। कोई भयावह राक्षस झील के भीतर घुसा तांडव मचा रहा था। कहीं रक्त-कीचड़ सने कुम्भीपाक नरक में तो नहीं पहुँची वह ? आसपास अधकटे रुंड-मुंड और किनारों पर बेहताशा भागते, गिरते-पड़ते भयभीत लोगों का हुजूम। त्राहि-त्राहि की पुकार मचाते कहाँ जा रहे थे वे लोग ? जलोद्‌भव ! जलोद्‌भव ! लल्ली के कानों में अजीब-अजीब आवाज़ें सीसा घोलने लगी हैं। क्या सतीसर में फिर से जलोद्‌भव राक्षस घुस आया है ? आह ! कौन मारेगा उसे ? कद्रू और कयूरा के पुत्रों के पिता कश्यप तो पर्वत शिखर पर बैठे तपस्या में लीन हैं। क्या आवाज़ों का उफनता सागर उन तक पहुँच रहा है ? "अरे कोई बचाओ, बचा ऽ ऽ ओ।"

लम्बी छटपटाहट भरी घुटी-घुटी चीख के साथ लल्ली की आँखें खुल गईं। खिड़की से मुलायम धूप की सुनहरी किरणें सीधे उसके चेहरे पर पड़ रही थीं। वह बुरी तरह हाँफ रही थी। गला खुश्क होकर तड़कने लगा था। शायद चीखी भी हो नींद में।

कितना भयानक सपना था। सुबह का सपना। डर से दिल धँसने लगा। साथ का बिस्तरा खाली देख वह हड़बड़ाकर उठ खड़ी हुई। खिड़की खोल बहती वितस्ता को नमस्कार किया। सपना सुनाया। अभ्यासवश ही ! बुजुर्गों के कहे, "बुरा सपना माँ वितस्ता को ही सुनाना, वह पाप-शाप, डर-वहम धोकर मुक्त करनेवाली है न !"

केशव जाग गया और उसे पता भी न चला। ऐसे घोड़े बेचकर सोई क्या वह ? रातभर उसे होश ही नहीं रहा। नींद सी नींद थी वह ? रीढ़ की हड्डी दर्द से बुरी तरह ऐंठ रही थी। ऊपर से यह झँझोड़नेवाला सपना। बचपन में सुनी जलोद्भव की कथा कैसे साकार हो उठी थी। लल्ली कुरते के ऊपर फिरन डाल, सीढ़ियाँ उतरी तो वोट्ट से रोने, स्यापा करने की आवाज़ें आईं, दिल धड़कना बन्द-सा हो गया। उसने अशुभ सोच परे धकेल, भीतर बैठे डर को ऊलजलूल आवाज़ें सुनने का कारण ठहराया। आह ! कैसी बौरा-सी गई हूँ मैं। इतना भी क्या डरना सपनों से, कि कान भी दगा देने लगें ?

लेकिन नहीं। कानों ने ठीक ही सुना। एक-एक सीढ़ी नीचे उतरते, बड़दादी, कमला-भाभी और जानकीमाल के साथ कई-कई स्यापा करती आवाज़ें, हथौड़ों-सी छाती पर बजने लगीं। काँपते घुटनों, दहशतभरी लल्ली, दीवारें थाम नीचे उतर आई। यह सपना नहीं था। क्या हुआ होगा अचानक ? कौन होगा ? अनिष्ट की आशंका ने गूँगा कर दिया। हे भगवान, रक्षा कर !

हाँ, अचानक ही अघट घट गया था। कहनेवालों ने कहा, "अनिष्ट कोई पूर्व सूचना देकर तो नहीं आता, इस बार अपना नियम कैसे तोड़ देता ?"

कल जिस वक्त सोना, भाभी की सुहाग कामनाएँ करती नेग ले-देकर, तुम्बकनारियों पर सगुन गीत गाती चहक रही थी, उसी वक्त पटन गाँव में दहशतगर्द उसके सुहाग की चिंदियाँ उड़ा रहे थे। पौ फटते ही सोना के जेठ ने बदहवासी में दरवाज़ा पीटकर, सड़क से ही वज्रपात होनी की सूचना दी—

"भाई को दंगाइयों ने काट डाला।"

गहरी नींद में सोई सोना, माँ की चीत्कार सुन हड़बड़ाकर जाग पड़ी। हैरानी से आँखें मलती अपने चौतरफा देखती रही। "क्या हुआ ? ऐसे क्यों चीख रही हो ?" बड़दादी ने छाती कूटते दामाद राजा को पुकारा—"कोसय त्रठ पेयम..."।[1]

तो सोना पर पहाड़ आ गिरा। सोना का माथा कितना भी ऊँचा हो, पहाड़ गिरने से तो फूटना ही था।

इतना कुछ घटा और लल्ली को मालूम ही नहीं।

"कैसे कहते तुझे बच्ची ?" ख़ुर्शीद ने सुन्न होती लल्ली के मुँह पर पानी छींटा, तलुवे सहलाए, "तू पूरे वक़्तों से है, ख़ुदा न ख्वास्ता, तुझे कुछ हो जाता तो ?"

"मुझे क्या होता ? जिसे होना था, उसे तो हो गया। हमारी सोना बहन मिट्टी हो गई।" लल्ली की आँखों से परनाले बहते रहे। अभी तो सोना के गाए सगुण गीत घर

---

1. यह कौन-सी बिजली गिरी हम पर ?

के कोने-अन्तरों में गूँज ही रहे हैं। उसका हँस-हँसकर चन्दनहार माँगने की फरमाइश करना और लल्ली को भींचकर गले लगाना ! कानों में दोस्ताना मज़ाकों की गुनगुनाहट और साँसों में प्यार की गरमाहट भरनेवाली इस अन्तरंग सखी ननद को, लल्ली उजाड़-उदास कैसे देख पाएगी ?

होश आने पर बार-बार दीवारों से सिर पटकती सोना को काबू करना मुश्किल हो गया था। शिवनाथ और केशव उसकी दोनों बाँहें पकड़ जेठजी के साथ घर ले गए। पिता ने केशव को आवाज़ भर दी थी। "नीचे आओ, क़यामत आ गई है।"

कपड़े बदलने का होश किसे था। जो जिस हाल में था, वैसे ही सोना को सम्हालने में लगा। गोकि सोना को सम्हालना तीन-तीन जनों से भी नहीं हुआ। पर घर जाना ज़रूरी था। लाश तो घर ही पहुँचनी थी। उससे जुड़े सभी राव रस्म, चाहे कितने भी क्रूर लगें, निभाना अनिवार्य था।

रीत के अनुसार धर की औरतें सोना के घर नहीं जा सकती थीं, क्योंकि सोना के मायके में भी मातम मनना था। घर का अकेला दामाद था माधव। ख़ुर्शीद ज़रूर सोना के साथ हो ली।

लेकिन लाश कहाँ थी ? दंगाइयों ने पटवारी माधव जू को टुकड़ों में काट डाला था। आतंक और उपद्रव के माहौल में उन टुकड़ों को शनाख़्त कर समेट लाना आसान काम नहीं था।

लोकराज्य के नाम पर हुई भाषणबाजियों ने जो बौखलाहट पैदा की, अन्धाधुंध बदले का तर्कहीन जज़्बा उभारा उसकी बलि चढ़े थे सोना के पति माधव। क्योंकि वह सरकारी हुकुम की तामील करनेवाला सरकारी मुलाज़म था। सरकार राजा की थी और राजा के विरुद्ध आवाज़ें उठी थीं। हर सरकारी अफसर को, कुछ ही दिनों में, अवाम का दुश्मन माना जाने लगा था।

माधव चला गया, पर सोना नन्हे बच्चों के साथ पीछे छूट गई। वीर, कीकर की ऊँची फुनगियों पर उड़ान भरती सोनचिरी की चहक गले में ही घुट गई। ऐसा दमघोंट धुआँ, धरती फोड़ उगे कुकुरमुत्ते से फैला कि सोना की साँस रुँधने लगी। इच्छा-आकांक्षा से पूरमपूर संसार पर उम्र भर के लिए मातमी लबादा।

सोना, उम्र पच्चीस, दो भाइयों की इकलौती छुटकी बहन, मोतियों में मीना। जिसे भाभियाँ सोनकूरी कहकर बुलाती थीं, जिसकी ज़री टोपी पर, बचपन में सोने-चाँदी के सूर्य-चन्द्र जड़े रहते, बेहिस्स लाश में तब्दील हो गई।

"किसने छीने तेरी ज़री टोपी के चाँद-सूरज बिट्टो ? खेल-खेल में कौन वैरी हो गया, नाज़ों पली लाड़ो ? कौन नोच ले गया, तेरे चार हाथ का ज़री नरीवार[1] बच्ची ?" बड़दादी के बैन पहाड़ों का सीना चीरते रहे।

माँ के विदाख खत्म ही नहीं हो रहे थे। ब्याह दी गई, तो दोदु मोज्य[2] के साथ

---

1. सुहागिनों के फिरन की बाँह में सजती ज़री की चौड़ी पट्टी। 2. दाई माँ।

'ताता' ने महाराज भी भेज दिया। सर्दियों में ठंड से सोना के पैरों में शूह[1] हो जाता था। शिशिर के यख़ पानी से हाथ नम ! कैसे करेगी रसोई वहाँ ? कभी समावार फूँकना सीखा ? किससे कहेगी सुख-दुख ? सास-ससुर तो हैं नहीं, जेठानी क्या सुनेगी ? ससुराल तो मायका नहीं होता न, फिर नाज-नखरों की वेणियों के फूल तो माँ की गोदी से ही चुनती हैं लड़कियाँ। ताता ने कभी आँख पर मक्खी बैठने दी ?

लेकिन माधव ने सोना के पाँव तले अतलस नहीं, पलकें बिछा दी थीं। ऐसा प्यार कि मायका भूल जाए लड़की। शादी के जोड़े में फिरन नहीं, बनारस की सुच्ची ज़री के थानों थान लम्बी सुनहरी साड़ी से सँवार दिया। गुलूबन्द, चपकल, पाव-पाव भर सोने के नागसिर कढ़े और तीन लड़ी की तालरज़ के भार से सोना दुहरी हुई जा रही थी। देखनेवालों की आँखें चुँधिया गईं। बड़भागी है सोना, राज करेगी।

सोने की चमक से भी ज्यादा आबदार लिश्क सोना की आँखों में। फेरों के बाद जो ससुराल गई, तो रोठ खबर[2] के साथ आकर, माँ के पास दो दिन भी रुकने न दिया। सोना को भेज दो, बार-बार बुलौवा आए। फिर सोना महीनों मायके न आ पाती। क्यों भला ? अभी से घर-गृहस्थी के झंझट में पड़ी लड़की ? बड़दादी सुख से छलकती नाराज़ी ज़ाहिर करती, "मायका ससुराल आना-जाना तो होता ही है नई-नवेली का। खिलंदड़ी उम्र है। आगे अपना आल-अयाल होगा, तो खिड़की खोल बाहर झाँकने की फुर्सत न मिलेगी... ।"

लेकिन माधव क्या करे ? दो दिन जाए सोना, तो भरा-पूरा घर बियाबान लगने लगता।

यार लोग हँसते, मज़ाक करते और समझाते। माधव भात के दो कौर उठा हाथ खींच लेता तो भाभी चिढ़ जाती, "खाना क्यों नहीं खाते, क्या तबीयत ठीक नहीं ?"

"भूख नहीं है भाभी।"

खाना परसने में दो मिनट देरी होने पर बच्चों की तरह हल्ला मचानेवाले देवर की भूख क्यों अचानक मर जाती है, भाभी जानकर उसाँस भर लेती, "तुम लोगों के चोंचलों की तो हद है भई।"

भाभी देवर को ज़्यादा कुछ न कह पाती। पर सोना को अक्सर चेताया करती, "पति-पत्नी का लैला-मजनूँई प्यार पुरुष के लिए अमंगलकारी होता है सोना बहू। ऐसी कहाँ भागी जा रही हो कि पलभर ओट होते ही देवरजी पगला जाते हैं। समझा दो उन्हें, आखिर पत्नी हो उनकी।"

सोना क्या समझाए ? उन्हें समझाना किसके बस में ? तभी जब माधव की ड्यूटी पटन गाँव में लगी, तो घरवालों ने राहत की साँस ली, "थोड़ा धैर्य सीख लेगा माधव।"

लेकिन धैर्य कहाँ और किसको ? दो दिन गाँव रहकर तीसरे दिन घर आए माधव।

---

1. ठंड से उत्पन्न पैरों में खुजली। 2. फेरों के कुछ दिन बाद मायके से बड़े-बड़े मीठे रोठ, शीरीं, बादाम, खजूर आदि मेवे लेकर भाई बहन को लेने आता है।

शाम खा-पीकर सोने की तैयारियों में रज़ाई में घुसती सोना, कि खिड़की के बाहर गला खखारने की परिचित आवाज़ के साथ हाथ का बैग बरामदे पर ! "लो ! आ गए। बर्फबारी में भी चैन नहीं। इत्ता उतावलापन ?" भाभी कुढ़ जाती और भैया मुस्कुराते।

सोना पाँचेक वर्षों में दो बच्चों की माँ बनी, अब तीनेक वर्षों के बाद फिर उम्मीद से है, ऐसी हालत में छोटे बच्चों के साथ गाँव-जबार में अकेले कैसे रह पाएगी ? बड़ों का अपना तर्क था। और पीछे से बाल-बच्चों की चिन्ता कुछ ज़्यादा ही सताती है, यह माधव की दलील।

"मैं क्या दुख देती हूँ तेरी लाड़ली को ? पूछो तो।"

"ना, ना भाभी।" माधव कान पकड़ता। "ऐसा कुछ नहीं, बस। मेरा ही जी नहीं लगता बच्चों बिना... ।"

"इस बार ले जाओ अपनी सोनचिरी को साथ। बच्चों का बहाना रहने दो। यह क्यों नहीं कहते कि 'नागराय को हीमाल'[1] के बिना चैन नहीं पड़ता। दोदु मोज्य तो है ही, वहाँ रसोइया लगा देना। हाकिम हो। ये आँधी-तूफान में मीलोंमील लाँघना, ताँगा गाड़ी में ! कभी कुछ ऊँच-नीच हुई तो मेरी शामत। लोग मुझे ही कोसेंगे न, कि सुख नहीं देखा गया जिठानी से। ना भइया, ऐसी कौन-सी आफत !"

लेकिन नहीं हुआ। सोना तैयारियाँ करती रही। तैयारियाँ धरी रहीं, होनी ने हस्ताक्षर ही नहीं किए।

पूर्व कर्मों का फल। भाग्य रेख किसने बाँची ? शहद-सी बोली-बाणी वाली सोना का भाग कोयले से लिख गया। जिसने जैसा सोचा, कहा। सोना के लिए दुनिया का चेहरा बदल गया।

शिवनाथ और केशव, माधव के भाई के साथ गाँव जाकर पुलिस हिफाज़त में माधव के अवशेष लेकर आए। क्षत-विक्षत अंग पोटली से निकालकर अर्थी पर जोड़े गए और माधव का आकार बना। छाती लहूलुहान करती सोना रुँधे गले से मनुहार करने लगी, "कपड़ा हटा दो चेहरे से। सफेद लट्ठे से मुँह क्यों ढँक दिया, साँस रुँध जाएगी... ।" कपड़ा खींचती मुँह देखने की ज़िद करने लगी। अन्तिम इच्छा तो फाँसी पाए अपराधी की भी पूरी कर दी जाती है। इतने ज़ालिम क्यों हो गए सोना के अपने ? नज़रभर तो देख लेती एक बार, बस एक बार।

बाएँ साबुत हाथ की झलक भर दिखाकर, दुख और दहशतभरी जिठानियों ने सोना को गोद में भर, ज़बरदस्ती लाश के पास से हटा लिया। कहीं हाथ लगा दे जुनून में और कटे हुए अंग धरती पर आ गिरें तो कैसे सहेगी सोना ? वे लोग भी तो कठकरेजी नहीं, कैसे सम्हालेंगे उसे ?

मगर सोना फाँसी की सज़ायाफ्ता मुज़रिम नहीं थी कि अन्तिम इच्छा पूर्ण होते ही खटके के साथ आँखें बन्द हो जातीं, बच्ची भी नहीं थी कि सच के बदसूरत चेहरे को

---

1. नागराय—हीमाल लोककथा के प्रेमी-प्रेमिका।

पहचान न पाती। दो नन्हे बच्चों की माँ, तीसरे को अपनी कोख में धारे सोना, आँख बन्द करके इस दुनिया के तौक़ को गले से निकाल बाहर कर मुक्त भी तो नहीं हो सकती। जान गई कि उसे जीना है, माधव के बिना। माधव की निशानियों के सहारे।

लेकिन जानने और मानने के बीच की जगह सोना कभी भर नहीं पाई। फिर कभी पहलेवाली सोना नहीं हो पाई। एक लम्बी अँधेरी सुरंग में कदम दर कदम बढ़ती वह लम्बी थकानभरी यात्रा पर निकल पड़ी, आखिरी साँस तक सुकून का चेहरा नहीं देख पाई। अँधेरों में ठोकरें खाती सोना, माधव की यादें छूती-टटोलती गोलबन्द घेरे में घूमती रही। दिन बीतते गए, उम्र उँगलियों की झिर्री से रेत की मानिंद रिसती रही, पर मन ठहर गया। किससे कहे तपते तन-मन की व्यथा-कथा ? गले से लिपटा मुक्ताहार कोई चुरा ले जाए, तो दोष किसे दे ? प्राण चीसते रहे, मन कलपता रहा।

'बलिए[1] रुठुम ह्य यार, ब कस बनु बेलिए लो।''

'हटि तल रोवुम मुक्ताहार, ब कसे वनु बेलिए लो...।'

प्यास से चिटकती आत्मा को मृग-तृष्णा से रेतीले पसार में कभी पानी का भ्रम हुआ भी हो, तो दुख का ही कारण बन गया। बहरहाल, वह सब तो आगे की बातें हैं, तब तक सोना ने प्यास का व्याकरण ही बदल दिया।

माधव की मुक्ति के प्रयास हुए। हरिद्वार में अस्थि-विसर्जन, श्राद्ध, तर्पण, मटन में श्राद्ध, दान-दक्षिणाएँ ब्राह्मणों को, गरीब-गुरबा को भोज, अन्नदान, वस्त्रदान, दीपदान और हज़ार हा शान्ति पाठ ! आनन्द बायू ने स्वयं आकर भगवद्गीता के अट्ठारह अध्यायों का पाठ पहली मासवार तक पूरा किया। तेरही के दिन घर-परिवारवालों को 'रवक'[2] में बुला-बिठाकर गीता-ज्ञान दिया। 'नैनं छिन्दति शस्त्राणि, नैनं दहति पावकः' से लेकर 'वासांसि जीर्णाणि यथा विहाय', जैसे श्लोक चुन-चुनकर समझाए। पुराने वस्त्र त्यागकर नए वस्त्र धारण करनेवाली आत्मा की अमरता का रहस्य समझाया, ''जातस्य हि ध्रुवे मृत्युः ध्रुवं जन्म मृतस्य च।'' सविस्तार स्पष्ट करते हुए आश्वासन दिया, कि जन्म और मरण तो सृष्टि के अखंड सत्य हैं, जो जन्मा है वह मृत्यु को ज़रूर प्राप्त होगा, और जो मृत्यु को प्राप्त हुआ, वह फिर जन्म लेगा। इसीलिए भगवान श्रीकृष्ण ने उपदेश दिया, कि मृत्यु पर शोक मत करो।

शायद मिली हो मुक्ति माधव को, पर सोना की उम्र, जन्म-कैद हो गई। ज्ञान-ध्यान की बातों-प्रवचनों से भी दिल के जख्म नहीं पुरे। बबा-बबा से माँ-माँ की रट पर लौटते बच्चों को नहलाती, भात खिलाती, लोरियाँ दे-देकर सुलाती, सोना अकेली पड़ते ही, माधव को शोक गीतों में पुकारती रही, ''कवो रिन्दो चे करिथम छ़ल, वलो मो च़ल वलो मोच़ल।''

(काहे मुझसे छल करके दूर चले गए प्रिय ! लौट आओ, मुझसे दूर मत जाओ)।

---

1. सखी, मेरा प्यार मुझसे रूठ गया, मैं अपना दुख किससे कहूँ ? गले में पहना मुक्ता-मणियों का हार खो गया, मैं किससे गिला करूँ। 2. घर का बड़ा हवादार कमरा।

नीले घोड़े की ज़ीन तुमने कस तो दी, यह न सोचा, मैं पैदल पाँव चलती तुम तक नहीं पहुँच पाऊँगी...!

पैदल पाँव चलती रही सोना, पगथलियाँ लहूलुहान होने तक, और नील घोड़े का सवार अन्तरिक्ष में पंख पसार उड़ गया।

सोना के दुख ने अजोध्यानाथ के घर को भी मातमी लबादे में लपेट लिया। बड़दादी को पोती का घुन लग गया, लेकिन मौत को आख़िरी सच्चाई माननेवाले ज्ञानी-ध्यानी भी, जीवन की रफ्तार को रोक नहीं सकते। सनातनधर्मी ब्राह्मणों का परिवार इस सच से वाकिफ था, कि स्वयं श्रीकृष्ण भगवान को भी देह त्यागनी पड़ी थी, व्याघ की गोली का शिकार बनकर। बहाना चाहती है मृत्यु। देशकाल, तिथि तो सब लिखा रहता है धर्मराज की बही में ! पुनर्जन्म के विश्वासों का भी उनका अपना तर्क था। माधव की चूँकि स्वाभाविक मृत्यु नहीं हुई थी इसलिए वह तब तक मृत्यु-योनि में भटकता रहेगा, जब तक उसे इच्छित कोख न मिले !

क्या पता, माधव, बेटे के रूप में पत्नी के गर्भ से ही फिर जन्म ले। यह सब तो समय ही बता सकता था, और समय जैसी चंचल सत्ता दूसरों को प्रतीक्षा भले कराए, खुद तो मुट्ठी में धरी रेत-सी फिसलती रहती है।

# बिटिया जन्म उर्फ पिद्दी-सी जान और जब्बर चीख

इसी समय के प्रवाह में बहते एक दिन लल्ली की दर्दें उठीं। दो दिन रुक-रुककर, कभी हल्की-सी मरोड़, कभी शिराएँ उमेठती जानलेवा पीर। और, फिर सब हलचल शान्त ! लल्ली को लगा शायद कुछ गर्म-सर्द हुआ हो। उसकी काकनी इन्हें झूठी दर्दें कहती है। बेकार में किसी को कहना जल्दबाजी होगी। ख़ुर्शीद तो ढिंढोरची से कम नहीं, ज़रा भी भनक मिली कि हो-हल्ला मचाएगी।

सासजी ने स्याह होते चेहरे पर हवाइयाँ उड़ती देखीं तो पूछा, "कब से दर्दें उठ रही हैं ?" लल्ली चुप। ख़ुर्शीद ने आँखों में झाँका और मीठी डाँट पिला दी, "तुझे अपना दूध पिलाया है मैंने लल्ली कूरी ! और जो चार बच्चे अल्लाह के फ़ज़ल से मेरी गोद में आए, सो कान से नहीं निकाले मैंने..."

ख़ुर्शीद, रहमान ताँगे की माँ अशी दाई को बुला लाई, "मुआयना करेगी, कोई हर्ज नहीं, तजरुबेकार है।"

लल्ली दाँत भींचकर पीड़ा सहती रही। अशी ने अनुभवी उँगलियों से टटोला, और हाथ खड़े कर दिए।

"कब से दर्दें सह रही है लड़की ? अह ! अह ! आफताब तेरी कोख में पल रहा है और तू शर्म कर रही है ? कमअकल लड़की !"

जानकीमाल से उसने थोड़ा डपटकर नाराज़गी दिखाई, "राज़बाई ! परवरदिगार तेरी बागों में बहार लाए, तुम बहू की चाल-ढाल से भी नहीं समझी कि बहू दर्दों से छटपटा रही है ? अब इसे जल्दी से अस्पताल पहुँचा दो। बच्चा गर्भ में उल्टा-सा लग रहा है..."

अजोध्यानाथ के कानों में भनक पड़ी तो तूफान उठा लिया, "तुम औरतों को अकल कब आएगी ? ऐसे मौकों पर चुप्पी का क्या मतलब है ? जान जा सकती है बहू की, यह भी न सोचा ? खुर्शी बेनी, तुम तो समझदार हो, तुम ही मुझे बता देतीं... ।"

वाह ! ताता साहब ! अच्छी तारीफ की ! ख़ुर्शीद कोई मर्दज़ात है कि ढोल-नगाड़ा पीट मुहल्ला इकट्ठा कर ले ! अपनी ओर से तो उसने अशी दाई को बुलाकर अकल का ही काम किया था। अब अल्लाह पाक को क्या मंजूर है, यह कौन जानता है ! लेकिन ख़ुर्शीद ने जुबान नहीं खोली। लल्ली अस्पताल पहुँचा दी गई। नवाकदल के ज़नाना अस्पताल।

"वहाँ मेम डॉक्टर गब्बे हैं, अनुभवी गाइनाकोलोजिस्ट ! टटपुँजिया नीम-हकीम अन-हायजनिक देसी दाइयाँ नहीं।" ताता ने चलते-चलते भी घर की औरतों को फटकार सुना दी।

ख़ुर्शीद ने अजोध्यानाथ की चिन्ता के आगे सिर झुकाया। लिहाज़-मुरव्वत ने रोक लिया। ताता घर के बड़े हैं। उनसे क्या जबान लड़ाना ? कोई दूसरा होता, तो इतना तो कह ही देती कि, "बरखुरदार, खुशनसीब हो कि मर्द जून में पैदा होकर ज़नाना अज़ाबों से बेख़बर रहे और अंग्रेजी-उर्दू के ज़ोर पर मेमों का किताबी रुआब झाड़ने का हक पा गए। सच तो यह है कि जब तक तुम्हारी ये मेमें नाजुक हाथों में दस्ताने चढ़ाएँ, अपनी देसी दाइयाँ इन्हीं अनहाईजीनी हाथों से चार बच्चों को आफताब की रौशनी दिखाकर जच्चा-बच्चा दोनों को आज़ाद करा दें।"

ताता के तमाम इन्तजाम और एहतियात के बाद भी लल्ली को अपने हिस्से का कष्ट भोगना ही पड़ा। इन्जेक्शनों और ग्लूकोज ड्रिप विप के बावजूद, दो दिन देहतोड़ पीड़ा झेलते, सृजन की अँधेरी सुरंगों से बदहवास गुज़रकर लस्त-पस्त लल्ली ने दहशतभरी चीख के साथ एक गोल गुँथने शिशु को जन्म दिया। उस वक्त कतार-दर-कतार पाँखी अपने घरौंदों को लौट रहे थे। आसमान सुरमई कूची से क्षितिज तक फैली मटमैली कपास की ओढ़नियों के सुनहरी कोर बना रहा था। लल्ली खामोशी के घरौंदे में घुसकर, बेफिक्र नींद की गुनगुनी टकोर से टूटी शिराओं को सहलाना चाहती थी।

लेकिन नौ महीने गर्भ की अँधेरी कारा में रहकर खुले प्रकाशवृत्त में आनेवाले जीव ने, चौतरफ की रौशनी से चुँधियाकर अपने आगमन की सदा दी, इयाँ ऽ ऽ ऽ इयाँ ऽ ऽ ऽ।

धरती पर पाँव रखने की धमाकेदार सूचना ! आवाज़ प्रसूति गृह से बाहर निकली तो दरवाज़े से कान सटाए कमला भाभी और ख़ुर्शीद ने एक-दूसरे को बधाई दी। सासजी ने दबे सुर से पूछा, "क्या हुआ ?"

नर्स ने बाहर जाकर अंग्रेज़ी उच्चारण में सूचना दी, "लक्शमी आई है।"

"लड़की ?"

"हाँ बहन, दूसरी बेटी !"

एक के स्वर में हताशा, दूसरी के दिलासा, "आह ! अपना-अपना भाग लेकर आते हैं बच्चे ! वह चोंच देता है तो चुग्गा भी देगा। पुरानी कहन, हम सोच करनेवाले कौन ?"

"हाँ ऽ ऽ ऽ ! सो तो है !" विधि के विधान से समझौता।

अजोध्यानाथ ने सुना तो डॉक्टर का शुक्रिया अदा किया। वर्ष, मास, दिन-घड़ी डायरी में नोट किए गए। 1931 ईस्वी, भाद्रपदमास शुक्ल पक्ष सप्तमी, शाम छह बजकर दो मिनट ! आगे जन्म कुंडली बनेगी।

जानकीमाल को आदेश मिला, "महागणपति को लड्डू का भोग और रोठ चढ़ाना। बहू का नया जन्म हुआ है।"

ख़ुर्शीद ने सोचा, लल्ली के कान में कह दे, 'नन्ही-मुन्नी जुवलमाल[1] बेटी आई है। कॉरिहन[2]।' लेकिन टाल गई। बेटा होता तो बात दूसरी थी। सासजी का मूड भी कुछ उखड़-सा गया था।

बेटा-बेटी के मनोवैज्ञानिक प्रभावों से अछूती बच्ची की इयाँ ऽ याँ बराबर कमरे से बाहर आकर दालान में आवाजाही करती रही। यह इयाँ ऽ याँ की आवाज़ अचानक सप्तम पर पहुँची तो दाई ने जीभ दाँतों तले दबा दी। बच्ची के स्नान का पानी कुछ ज्यादा गर्म था। 'ओ गॉड !' क्रिस्चन दाई ने छाती पर क्रॉस बनाया।

डॉक्टर-नर्सें सद्यःप्रसवा की खातिरदारी में लगी थीं और घरवालों को दूसरी बेटी के आगमन पर कोई लड्डू-पेड़े तो बाँटने नहीं थे। न चाहने पर भी, बच्ची के लिए अनुत्सुकता ने विरागी बना दिया होगा। कुलदीपक, पिंडकर्ता के लिए व्रत-अनुष्ठान, मनौतियाँ सब बेअसर। तभी शायद आया से भी असावधानी हो गई। उसका तगड़ा नेग भी तो हाथ से सरक गया।

पर बच्ची ने तूफ़ान मचा दिया। मेरे आगमन पर तुम लोग तोरण-बंदनवार भले न सजाओ, पर बेकद्री और बेध्यानी तो हरगिज़ न करना। तभी वह नन्ही चीत्कार अस्पताल के बरामदों से होकर खुले अहाते में दूर तक गूँज उठी। प्रसव-पीड़ा झेलती माँओं ने साँस रोककर वह आवाज़ सुनी। सफेद ट्रे में 'डूश' का सामान लेकर एहतियात से वार्ड में घूमती गोरी नर्स ने आश्चर्य से भौंहें उठाईं, "अरे, पिद्दी सी जान और इत्ती जब्बर चीख ?"

इसी जब्बर चीख के साथ धरती को छू लिया मुन्नी ने। मुन्नी के स्वागत के लिए घर या बाहर कहीं भी अमन, सुकून का खुशगवार माहौल नहीं था। घर में दबी-दबी अबोली निराशा, "आह ! दूसरी बेटी केशव को ? कल का बच्चा और दो-दो काले सिरवानियों का बाप !"

अजोध्यानाथ के डर से ये बोल दबी साँसों में फुसफुसाहटों से ऊपर नहीं उठे, बेशक, पर मनों में उफनती आशाओं पर पानी छिटक गया। सरस्वती नानी ने छोटे-छोटे फुँदनेवाले सूफियाने रंगों के रफल-रिंगशाल के फ्रॉक और मुलायम मखनज़ीन के कुरते निकाल उसाँस भरी। "बड़भागी निकले बच्ची ! अपने पीछे खेलने को भाई लेकर आए।" कृष्ण जू ने दानिशमन्दी से जोड़ दिया, "पुत्र-पुत्री तो अपने कर्मों से ही जनती है स्त्री। सऽऽब ईश्वरेच्छा।"

मौका पाते एकान्त में ज़रूर, केशव ने पत्नी के थके चेहरे पर प्रश्नाकुल आँखों में ढेर से प्रश्नों के उत्तर माथा चूमकर दे दिए। बधाई दी। थोड़े मज़ाकों के साथ तसल्ली भी दी। लल्ली के चेहरे पर मुस्कुराहट उभरी, तो आनन्द बायू से सुनी कुछ पारम्परिक 'गप्प' भी सुनाई कि, "सृष्टि का निर्माण कर देवताओं ने बच्चा जनने का काम पहले पुरुष को सौंपा था, पर पुरुष सँभाल कहाँ पाया ? महीने में चारेक दिनों के रंग ही

---

1. सुन्दर लड़की। 2. बिटिया।

इधर-उधर छितराता तमाशा बन गया, सो नौ महीने गर्भ में शिशु को धारण कर सृजन का दायित्व वह कैसे सँभाल पाता ? इसीलिए गहरे सोच-विचार के बाद ईश्वर ने यह ज़िम्मेदारी स्त्री को सौंपी।''

''सच लल्ली ! सृजन की प्रक्रिया का यह महायुद्ध स्त्री के ही बस का है।''

बाहर उन दिनों यों भी बदलाव की लहर के साथ तनाव बढ़ने लगे थे। अब्दुल कादर पठान के भड़काऊ भाषणों से मज़हबी दंगों की आशंका सूँघ, सरकार ने उसे और अनेक हुड़दंगियों को बन्दी बना दिया था। तेरह जुलाई को दंगाइयों ने सेंट्रल जेल पर धावा बोल दिया और पुलिस पर पत्थर बरसाए। पुलिस ने लाठी-चार्ज किया, गोली चलाई। फिर क्या था कि उत्तेजित भीड़ विचारनाग, महाराजगंज, आलीकदल आदि इलाकों में घुस गई और वहाँ दहशत फैला दी। गैर मुस्लिम लोगों के घर जला दिए, दुकानें लूटीं, जो कभी न हुआ, वह इस बार हो गया। मुसलमान शासकों के समय, गैर मुसलमानों पर जो क़यामतें बरपा हुईं, वे शासकों के द्वारा हुई थीं, उसमें जनता ने साथ नहीं दिया था। पर इस बार एक भाई ही दूसरे भाई का दुश्मन हो गया।

वादी में मुस्लिम कांफ्रेंस की नींव क्या पड़ी कि बकौल महजूर, दूध और शक्कर की तरह मिल-जुलकर रहते हिन्दू-मुसलमान भाइयों के बीच अदृश्य दीवारें खड़ी हो गईं। धीरे-धीरे, पर यक़ीनन बदलाव की प्रक्रिया जन्म ले चुकी थी।

परन्तु जीवन ? आनन्द बायू के शब्दों में कहें तो मृत्यु के बाद भी जिस जीवन का प्रवाह न रुके, वह देश-समाज की करवटों से रुक थोड़े सकता है ? सो प्रातःस्मरणीय आनन्द बायू ने, मुन्नी के जन्म के घड़ी, पल, दिन, मास, वर्ष (ईस्वी-शक दोनों) नोट कर, बड़े मनोयोग से बच्ची की जन्मकुंडली बना दी। मुँह पर चन्दन गन्ध-सी पवित्र मुस्कुराहट धारे उन्होंने घर के स्त्री-पुरुषों को पास बिठाकर कुछ विशेष बातें कहीं, जैसे कि, बच्ची शुभ नक्षत्रों में सिंह राशि में जन्मी है। बड़भागी है, विचारशील, आत्मविश्वासी और गम्भीर स्वभाव की होगी। अच्छे लोगों की संगत में रहेगी। हाँ, निन्दा सुनकर क्रोधित होना राशि का स्वभाव है। मैं ठाकुरद्वारे में मन्त्र पढ़कर 'तावीज़' दूँगा, 'रछिहेन'। लॉकेट के अन्दर मढ़वाकर गले में पहनाना...।

पारिवारिक पुरोहित ने मुहूर्त निकाले। पहले श्रान सोंदर, जातकर्म। आनन्द बायू तो चौबीस संस्कारों का महत्त्व समझाते, गर्भाधान से लेकर 'अपवर्ग त्रिविधक' तक मुहूर्तों की पाँत सजा देते हैं। हर शुभ-अशुभ में मुहूर्त। पर यह वर्ष अजोध्यानाथ के घरवालों के लिए सोना के शोक में भागीदार है, सो मुख्य रीतें निभेंगी, भोज-वोज नहीं होंगे।

सो सीधे-सादे कर्मकांडों को सँभालनेवाले दीन बायू ने जच्चा के प्रथम स्नान और नामकरण के लिए मुहूर्त निकाले, ''शुक्ल पक्ष चौदस, सातवाँ दिन, शुभ है, ग्यारहवें दिन 'काहनेथर' कर लेना बच्ची का। सुबह-सुबह स्नान की रीतें निभाना। तुम लोग सयानियाँ हो, तुमसे क्या कोई नई बात कहनी है ?''

बड़दादी ने बुद्धिमत्ता से ज़रा-सा सिर हिलाया और दीन बायू को आदर दिया,

"आप विद्वान जन हो, जैसा आदेश देंगे..."

"तो ठीक है," चदरा-कम्बल सँभालते, दीन बायू ने फिरन की लम्बी बाँह कन्धे पर मोड़ दी, "भगवान मंगल करेगा, श्रान-सोंदर के दिन प्रातःकाल ही स्नान पूजा कर मछली-भात बनाना, जो भी रीत हो, उसी के अनुसार, अपनी कुलदेवी तो शारिका है न ? उसी हिसाब से। हाँ, हंद भूलना नहीं। भूर्जपत्र मैं लम्बोदर के हाथ भिजवा दूँगा...।"

"नामकरण के लिए कौन-सा अक्षर निकाला पंडितजी ?"

"म अक्षर ! म से शुरू हो नाम, तो अच्छा ! फिर जो भी जी आए। लड़की के तो दो नाम, दो घर, भाग में लिखे होते हैं, रहेगा तो वही नाम, जो ससुरालवाले रखेंगे शादी-ब्याह के बाद।"

सरस्वती कृष्ण जू ने दूसरी नातिन के जन्म पर जो भी महसूसा हो, पर बच्ची की रस्मों पर जी भरकर आशीष भेज दिए। मातमी वर्ष होने के कारण, नेग-शगुन का निषेध था। नहीं तो देग भर रोगनजोश और खरवार भर नूनब्योल चावल तो भेज ही देते। सालभर के गुज़ारे के लिए अभी आबीज़मीन का टुकड़ा बचा है उनके पास, ज़मीन ज़िरात छिनने के बाद भी।

कमलावती ने आधी रात को ही चूल्हा बालकर देगचियों में पानी उबाला, काहज़बान, हंद, सोंठ, बड़ी इलायची और कई जड़ी-बूटियाँ डाल, प्रसूति के लिए प्रथम-स्नान-पानी तैयार किया गया। उबला पानी बाल्टियों-कंडालों में डाल कुनकुना करते सुगन्ध के फव्वारे उठे। गर्म पानी में उबली[1] 'हंद' पीठ-जाँघों पर मल-मल लल्ली को नहलाया गया। "अस्पताल में विदेशी डॉक्टरनियाँ जाने क्या-क्या ठंडी ठार चीजें खिलाती हैं कि उम्रभर औरत सीधी खड़ी नहीं रह पाती।" बड़दादी को सभी नए तरीके महज़ चोंचले लगते थे। "अपने यहाँ की जड़ी-बूटियाँ तो संजीवनियाँ हैं, ये ललमुहियाँ इनकी तासीर क्या जानें !"

इन्हीं जड़ी-बूटियों, संजीवनियों के प्रभाव से बड़दादी ने आठ बच्चे जने और आठों प्रहर सास जिठानियों की टहल में फिरकनी-सी घूमती रहीं। अब यह तो ऊपरवाले की इच्छा कि सिर्फ तीन बच्चे ही गोदी में खेलने को रह गए। महागणपति इन्हीं को आठों की उमर लगाए।

'कल पेठ ह्य वुरुन त शोंग'[2] लल्ली को आदेश मिला। नहाकर ढँकी-मुँदी लल्ली बिस्तरे में दबा दी गई। असल घी के पराँठे और खूब कसा तला 'पोह' (कलेजी) खिलाकर ! गर्म चीज़ें खाने से ही सर्दी निकल जाएगी और आए दिन सिर-दर्द कमर-दर्द से भी छुटकारा मिलेगा।

बड़दादी के निर्देश में नामकरण—सोंदर की रस्में भी निभीं। "जन्म-मरण श्री

---

1. बड़ी पत्तियोंवाला साग, जो प्रसूति को खिलाया भी जाता है और उबालकर उससे नहलाया भी जाता है। 2. सिर के ऊपर ओढ़ना लेकर सो जाओ।

गणेश के हाथ ! न जन्म रुके न मृत्यु। दोनों के कारज एक जैसे ज़रूरी।''

''हाँ ! एक आँख से आँसू बहे, दूसरे से मुस्कुराना पड़े। यह भी ऊपरवाले के तमाशे।'' बड़दादी ने कौन-सा रंग नहीं देखा जीवन का। नाते-मुहल्ले, और रिश्तेदारों में बड़दादी की बुद्धिमत्ता के चर्चे यों ही नहीं हैं। ज़माना देखी औरत है। घर भर पर शासन करनेवाली।

लल्ली और बच्ची के सिरों के ऊपर से जलता भूर्जपत्र वारकर, कमलावती और जानकीमाल ने बच्ची का नामकरण किया। केशव को कात्यायनी नाम पसन्द था, जो शिवनाथ की मध्यस्थता से बड़दादी तक पहुँचा दिया गया और बड़दादी ने मुस्कुराकर केशव की आँखों में झाँका—''हूँऽऽ !'' लड़के के मन में ममता ज़ोर मारने लगी है। उदारता से स्वीकृति दी। ''अच्छा नाम है, कात्यायनी देवी। पर राशि का मान रखना भी ज़रूरी, सो 'मुन्नी' पुकारा जाएगा।'' कमरे में सामूहिक स्वर गूँजे—

कात्यायनी पोत्य आयि ब्रूंठ्य आयि, शोख न पोनसुन
खानमोज्य पोत्य आयि ब्रूंठ्य आयि, शोख त पोनसुन...
मुन्नी मेन्य बब बअड़ बोय बअड़, शोख त पोनसुन...[1]

मंगला मासी ने आदत से मजबूर, मसखरी की, तो बड़दादी ने डाँटकर 'फिटे मुँह' कहा। ''कुछ तो समय देखा करो मंगला।''

मंगला ने आँखें झुकाईं, क्या करे, जीभ पर काबू ही नहीं है। जानकी ने सात थालियों में 'सोंदर भात' परोसा और रस्म निभी। मज़ाक-मसखरियाँ नहीं, नए कपड़े-लत्ते, भोज-दावत कुछ नहीं। सोना के दुख का घाव अभी ताज़ा था। बड़े गुपचुप ढंग से कात्यायनी का नामकरण हुआ। हाँ, खुर्शी बेन्यी ने एकान्त में बच्ची को गोद में दुलराकर सगुन गीत गाया, ''सतीमें दोहय सोंदर करंमय, वाज़स द्वयुतमय पान फरमाश...''

छठे मास का अन्नप्राशन भी गुपचुप ढंग से हुआ। बाहर किसी को आमन्त्रित करना हो, तो पहले घर की लड़की का हक बनता है, और सोना सालभर के लिए घर में ही कैद हो गई थी। लल्ली ने किशमिश, बादाम, गरी, छुहारे डली खीर उँगली से बच्ची के होंठों से छुला दी, तो गदबदी मुन्नी ने चट-चट चटकारती नन्ही आवाज़ें निकाल, मीठे अन्न का स्वाद चखा और हँसती हुई कजरारी आँखों से माँ को देखा। अच्छा लगा ! लल्ली ने सास-जेठानी की नज़रें बचा, बच्ची के गुलाबी होंठ चूम लिए। बच्ची ने किलककर माँ की छातियों पर हाथ मारे और लल्ली की ढीली-ढाली कुरती दूध की धारों से भीग गई।

सो कात्या इंच दर इंच बड़ी होती गई। बच्चों को तो बड़ा होना ही है। चाहे वे मुँह में चाँदी का चम्मच लिए न भी पैदा हों। धरती पर घुटनों के बल सरकते, धूल-

---

1. बच्चों का नामकरण करते समय घर की बड़ी स्त्री जलता भूर्जपत्र जच्चा-बच्चा के सिर पर वारकर पानी में बुझा देती है। साथ ही आशीष और बधाइयों का आदान-प्रदान होता है।

मिट्टी में लोटते, जो चीज़ हाथ में आई, जीभ से उसकी शनाख़्त करते, ठुमक-ठुमक, पैयाँ-पैयाँ चलते गिरते कात्या अपने पाँवों से धरती मापने लगी। वामन अवतार की, तीन कदम की धरती आकाश, पाताल और आखिरी सिरे पर खड़ी उसकी लल्ली माँ। उसका पहला शब्द 'माँ' जिसका अन्वेषण उसने नन्हे होंठ भींचकर 'म' 'म' प्रयोग के साथ किया। तोतली आवाज़ों में खुद को अभिव्यक्त करने की कोशिशों में कात्या अपने चौतरफ की सदाओं, फुसफुसाहटों के अर्थ समझने लगी। माँ कमरे में आई तो उसने नन्ही बाँहें उठाईं, एक अबोले विश्वास के साथ कि वह गोदी में उठाएगी, पुच्ची करेगी और कटोरी भर दूध-भात खानेवाली मुन्नी को छाती से सटाकर दुद्दू भी पिलाएगी। खिड़की से झाँकती बसन्ती धूप का आँखें झपकाकर स्वागत करना कात्या सीख गई। पेड़ की टहनियों के बीच छिपकर पाँखी चिरियों-चिरियों पुकारते, तो उसके कान खड़े हो जाते। आवाज़ें, आहटें, नई-नई आकृतियाँ। एक बड़ी दुनिया मुन्नी के आगे ऊन के गोले-सी खुलती गई। पहले छोटी-छोटी बातें, बड़ी नहीं। यह बात तो कात्या बहुत आगे जान पाई कि जन्म लेते ही दुनिया का तौक गले में पड़ जाता है। "यानि ज़ायस तानि गोमय तौक़-ए-दुनिया नअलिए।" तौक़-ए-दुनिया। जिसके गले में पड़ते ही चौतरफ हदबन्दियाँ तनने लगती हैं। एक निर्बंध विस्तार धीरे-धीरे सिकुड़ने लगता है। तब आकाश में उड़ान भरने की चाह, कभी पूरा न हो सकनेवाला ख्वाब हो जाती है।

इस बीच सोना का भी बेटा हुआ। बड़दादी ने ही उसे पालने का ज़िम्मा ले लिया। सोना तो उसे देखकर बौरा ही गई थी। जन्म के सातवें दिन ही उसे गले लगाकर इतनी जोर से भींचा कि नन्ही साँसें रुँधते-रुँधते रह गईं। सोना की जेठानी ने बाँहों की जकड़न से मुक्त न किया होता, तो जाने क्या अनर्थ हो जाता। उसने दहशत में बड़दादी को सन्देश भिजा दिया कि, "बहू तो घर की रानी है। मेरे सिर-आँखों पर। लेकिन मैं घर-गृहस्थी देखूँ या उसके सिरहाने बैठी रहूँ ? आज तो मेरी नज़र पड़ गई, सुकर्म थे मेरे, कल को कोई वारदात हो जाए, तो मैं किसे मुँह दिखाने लायक रहूँगी ? किस-किसके सवाल का जवाब दे पाऊँगी ?"

बड़दादी इशारा समझ सोना को घर ले आई। कात्या के साथ कनू भी पलने लगा, माधव का बेटा ! या क्या पता, माधव ने ही बेटे के रूप में फिर से जन्म लिया हो।

जन्म-जन्मान्तरों में विश्वास करनेवाले ब्राह्मण वर्ग के सामने वेदपुराण और उपनिषद ही इन विश्वासों को पोसनेवाले कारण नहीं थे। तभी तो बड़दादी ने जाने क्या सोच-सोच सोना को सुनाते हुए स्वगत कथन किया, "चौदहवीं शताब्दी में पाम्पोर के निकट सिमपोर गाँव में जन्मी थी भक्तयोगिनी लल्लेश्वरी ! जानती तो हो, जो योग बल से पुनर्जन्म की घटनाओं को सामने घटते देख सकती थी। उसने अपने एक वाख में कहा कि मैंने सात बार महासरोवर को महाशून्य में विलीन होते देखा।"

"ये ज्ञान भरी बातें बहुत लोग न भी समझते हों परन्तु बड़े-बुजुर्ग तो जानते ही थे, कि बारह वर्ष की उम्र में जब लल्लेश्वरी का विवाह 'द्रंगबलमहल' के सोनपंडित से

हुआ, तो पाणिग्रहण के समय ही उसने अपने गुरु सिद्ध श्रीकंठ से कहा कि, ''मेरा पति तो पिछले जन्म में मेरा पुत्र रहा है..''

इसी कारण तो लल्ली ने गृहस्थ जीवन निभाया ही नहीं। तभी न बुजुर्गों, ज्योतिषियों और जानकारों से मशविरे के बाद, बच्चे का नाम 'कन्हैया' रखा गया। माधव तो नहीं रख सकते थे। उसमें कई मनोवैज्ञानिक दिक्कतें थीं।

# धाय माँ ख़ुर्शीद

सुबहान मल्लाह झेहलम में चप्पू चलाते मस्ती से गा रहा है। "या इल्लाह ला इल्लाह, कालियार, बालियार, या पीर-दस्तगीर, खालिको मालिको..." आदत है मल्लाहों का गीत गाते लहरों से गुफ्तगू करने की। खुदा को याद करता है। लेकिन ख़ुर्शीद चुप्प है। नाव में बैठ नदी पार करती ख़ुर्शीद, लहरों की अनवरत उठान-गिरान देखती, वक्त के पार पहुँच गई है। वितस्ता किनारे घरों की कतारें खामोश खड़ी हैं, कन्धों से कन्धे जोड़े। बेजान ईंट-लकड़ी के खाँचों में कोई जुम्बिश नहीं। नदी की छाती पर टिकी बाहृचों की खपरैलें, झिर्रियों-सन्धों से धुएँ की शहतीरें आसमान को भेज रही हैं। पकते भात की मुश्क के साथ 'हाख'[1] की हींग बघारवाली छौंक की महक बाहृचों से बाहर आ रही है। काम-धन्धे कभी रुकते नहीं। पेट का गड्ढा भरने में ही मजदूर पेशा लोगों की सुबह से शाम हो जाती है। मगर ख़ुर्शीद के दिमाग में खलबली उसे चैन से बैठने नहीं देती। क्या इसलिए कि अब वह जवान बेटों की माँ है, और दो वक्त की रोटी कमाने की चिन्ताओं से उसे मुक्ति मिली है ? सोचने के लिए उसके पास वक्त है ?

मगर ख़ुर्शीद फुरसती औरतों के फितूर नहीं पालती। उसकी दिमागी ऊहापोह की वजहें गहरी हैं, जो वह खुद भी ठीक से समझ नहीं पाती।

कात्या के जन्म के चालीस दिन बाद, लल्ली का सूतक खत्म होने पर वह घर लौटी, तो जाने क्यों मस्तक पर हथौड़े की चोट-सी पड़ी कि अब पहलेवाली बात नहीं रही। वजह-बेवजह भीतर से सिर उठाता बेगानेपन का अहसास पोर-पोर शिथिल-सा कर देता। यह अपने बेगाने से क्यों लगने लगे ? किसी ने उससे कुछ भी तो नहीं कहा। प्रसव के बाद बारहवें दिन लल्ली मायके आई तो साथ ख़ुर्शीद भी चली आई। सरस्वती के रवैये में कोई फर्क नहीं था। पर हवाएँ तासीर बदल गई थीं। पानी में नील की तरह जज़्ब कुछ ऐसी तासीर, कि कोशिश करने पर भी उससे बचा न जाए।

इस अहसास के बाहरी कारण थे, ख़ुर्शीद जानती थी। शायद वही भीतर धँसकर उम्रदराज़ रिश्तों में दरारें डालने लगे थे। अपना राज्य, अपनी हुकूमत की जुनूनी लहर ने बाढ़ बनकर लोगों के हुजूम को अपनी गिरफ़्त में लेना शुरू कर दिया था। गली-कूचों में नारेबाज़ी और झड़पें हुआ करतीं। पुलिस नारेबाज़ों की बेरहमी से पिटाई कर, थाने में बन्द कर देती। साम्राज्यशाही को सिर झुकाकर आदाब करनेवाले चाहिए थे। सिर

1. कश्मीर में उगता विशिष्ट साग।

उठाकर हक की माँग करनेवालों की चुनौतियाँ वे कैसे सह लेते ?

ख़ुर्शीद ने सुना था कि इधर जो मज़हबी जुनून उभारने की साज़िशें हो रही हैं उसमें अंग्रेज़ों की नीयतें तो थीं ही थीं, कई बाहरी ताकतें भी शामिल हो गई थीं। नतीजन बहकावों में आकर दंगे हो गए। दुष्ट दंगाइयों ने विचारनाग में भट्टों के कई घरों में आग लगा दी। बेचारी मंगला का चार-मंज़िला घर जलाकर खाक कर दिया गया। महाराजगंज में खत्रियों की दुकानें लूट ली गईं। गरम खून खौल उठा। सिर फुटौव्वलों और लूटपाट की आँधी में गुनहगार-बेगुनाह की शिनाख्त कहाँ हो पाती है ? मंगला, दीन काक कुटुम्ब समेत किराए का घर लेकर रह रहे हैं। कहीं से कोई इमदाद भी न मिली। बसा-बसाया घर था। खाक पर बैठ गए।

उम्रों की मुहब्बतों पर खाक पड़ गई। भाई-भाई एक-दूसरे से नज़रें चुराने लगे। इतना क्या मन को खरोंचने के लिए कम था ?

अब यही देखो, अली नाई बरसों से कृष्णजू की हजामत बनाता आया है पर कृष्णजू अब ब्लेड खरीदकर आप ही शेव बनाने लगे हैं। डर उगा है दिलों में, कि कब अगले में दुश्मन झाँक आए और वह हजामत बनाते गले पर उस्तरा ही फेर दे।

अजोध्यानाथ के घर में सियासी बहसें होती हैं तो ख़ुर्शीद और महदू तक के सामने बात का रुख पलट दिया जाता है। उम्रभर की ईमानदारी और भरोसों में शक का गुबरैला घुस गया। नई हवा ही कुछ ऐसी तौसफी हो गई कि सदियों की आपसदारी में झोल पड़ने लगे।

रहमान ताँगा तक हमराज दोस्त नाथजी से बिलावजह कतराने लगा और अजोध्यानाथ के घर हकीम सुलेमान और सुबहान डार शालवाले का आना लगभग बन्द ही हो गया।

असर ही कुछ ऐसा था कि ख़ुर्शीद के खाविंद, पाँच वक्त के नमाजी खुदा दोस्त सुबहान मल्लाह ने बीवी को सलाह दी कि, "वक्त खराब हो गया है। देर-सवेर बाहर रहने से परहेज करो।"

ख़ुर्शीद शायद खाविंद की बात इस कान सुन उस कान निकाल देती, पर याद आया, अजोध्यानाथ ने भी उससे यही बात, गोकि भिन्न सन्दर्भों में, कही थी।

"ख़ुर्शीद बेनी ! सड़कों पर पुलिस के पहरे हैं। गली-नुक्कड़ों पर आए दिन दंगे होते रहते हैं, कर्फ्यू अलग। कुछ दिन घर में ही रहो, हमें तुम्हारी चिन्ता लगी रहती है..."

"अब कहाँ आना-जाना है ? किसे मेरा इन्तज़ार रहता है ?" फालतू पड़ जाने के अहसास से ख़ुर्शीद के दिल में हूक-सी उठी।

यों भी अजोध्यानाथ के घर में नौकर-चाकरों की कमी नहीं थी। वकील-मुन्सिफ थे। फिर घर में बच्चों की माओं के ऊपर दादी और बड़दादी। बड़दादी लल्ली के दूसरी बेटी जनने पर भले हुलस न आई हो, पर बैठी-बैठी मोह-ममता लुटाती, गोदी में दुलराती-सँभालती थी ही। बेटियों की न सही, बेटों की लोरियाँ तो गाती थीं।

"हो हो करय शाम सोन्दरय...
सोंदरो ब सोन सोंज़ल गरय..."

गाते-गाते काँगड़ी की आँच से गरम गुनगुनी गोद में झुलाती तो बच्चों की अलसाई पलकों पर नींद थपकियाँ देने लगती। माएँ भी घड़ी-दो घड़ी हाथ-पैर पसार सुस्ता लेतीं। ख़ुर्शीद की कमी शायद किसी को न खलती हो। पर ख़ुर्शीद अपने मन का क्या करे, जो अटका ही रहता उस घर में...।

लल्ली के बच्चों से ज्यादा लल्ली में प्राण फँसे रहते। अपनी कोखजायों से कम ममता तो नहीं लुटाई थी उस पर। कानों में अपनी ही गाई लोरियाँ गूँजा करतीं, देर-सवेर। कैसे बच्ची उसके सीने पर सिर टिकाकर ख्वाबों की नींद सो जाती। होंठों पर हल्की-सी थिरकन, ज्यों अभी भी दूध चूँघ रही हो, हल्की-सी मुस्कुराहट में होंठ फड़फड़ाना, सपनों में परियों से अठखेलियाँ ! ख़ुर्शीद लल्ली के चेहरे से नज़र हटा लेती। कहीं नज़र न लग जाए, बच्ची को। बार-बार इस-उस बहाने सिर के ऊपर से लाल मिर्ची वार चूल्हे में झोंक देती—अपनों-परायों का नाम लेकर—अलाय-बलाय दूर हों...!

सरस्वती की तीसरी सन्तान लल्ली ! दो तो आधे-अधूरे ही ज़ाया हो गए। लल्ली पेट चीरकर जन्मी तो माँ ने सालभर के लिए बिस्तरा पकड़ लिया। बाल्टीभर खून बहा। मुट्ठी भर पसलियों में समझो, साँस की आवन-जावन भर ! कृष्णजू चम्मच से ग्लूकोज़ पानी पिलाते। बेटी को दूध नसीब ही न हुआ। सरस्वती की सास ने अशी दाई से सलाह ली और अशी ने ख़ुर्शीद को भेजा।

वली सालभर का हो गया था। ख़ुर्शीद को एक-एक वाकया याद है। कटोराभर दूध-भात खाता था। ख़ुर्शीद की दूधभरी छातियों से कुरती भीगी रहती, सरस्वती ने कैसी 'ज़ार पार'[1] करती नज़रों से देखा था—"यह नन्ही जान तेरे आसरे है खुर्शी बेन्यी। मैं तो जन्मभर देने की माँ, इसे अपनी कोखजायी समझना..."

पच्चीस सालों की उम्र में तीन बेटों की माँ बनी ख़ुर्शीद स्तनदायिनी बन गई। कुनमुनाती नन्ही जान के लिए भीतर कुछ उमग-सा उठा।

सरस्वती की सास मना-मनाकर दूध पिलाती, "पी ले खुर्शी, दो-दो जानें तेरे आसरे हैं। जो मन करे खाने को, मुझे बताया कर, हाँ, तुझे मेरी सौंह।"

लल्ली भी कितनी जल्दी परच गई थी। उसे देखते ही नन्ही बाँहें फैलाती और हाथों-होंठों से खोजने-टटोलने लगती।

लल्ली, पंडित कृष्णजू कौल की बेटी ख़ुर्शीद की बेटी बन गई। अशी ने कृष्णजू से साफ बात की थी। "सुबहान मल्लाह की बीवी है ख़ुर्शीद, खुदा के फजल से तीन गबरू गोद में खेलते हैं। अपना साग-भात जुटा लेता है सुबहान मल्लाह, किसी से माँगने नहीं जाता। मान जाए तो हम पर अहसान ही होगा। कोई बटनी[2] तो मेरी नज़र में है नहीं..."

"अशी बेन्यी। लल्ली ऊपर का दूध उलट देती है, पानी पीकर कब तक

---

1. अनुनयभरी। 2. पंडितानी।

जिएगी ? ऊपरवाले की यही इच्छा होगी। उसे मना ले।"

ख़ुर्शीद बच्ची को गोद में लेते ही माँ बन गई। धर्म-दीन को लेकर कोई बहस नहीं हुई। 'दोदु मोज्य' का चलन भी था। वक्ते जरूरत मुसलमान स्त्रियाँ हिन्दू बच्चों को अपना स्तनपान करातीं और 'दोदु मोज्य' कहलातीं। इसमें कुछ गलत किसी को नज़र आता भी हो पर ज़रूरतमन्द हर अनिवार्य स्थिति को ईश्वरेच्छा कहकर सिर झुकाते। एक वर्ग के अनुसार सनातनधर्मी कृष्णजू कौल भी सोचते कि कभी सुबहान भट्ट और गुलाम मुहम्मद पंडित उनके ही हमज़ात रहे होंगे। सिकन्दर बुतशिकन और अफगान तुर्कों के जुल्मोसितम से धर्म बदलने पर मजबूर हो गए, पर थे तो उन्हीं के भाई-बन्द। यह दीगर बात है कि कट्टर हिन्दुओं ने उनके चाहने पर भी उन्हें वापस अपने धर्म में लौटने की स्वीकृति नहीं दी। रगों में खून तो एक ही दौड़ता था।

जो इस गुत्थी को सुलझा न पाता वह इसे शिव की लीला कहकर हाथ जोड़ देता। शैवकर्मी ब्राह्मणों का आखिरी नाम और आखिरी विश्वास, शिव शम्भो ! जो भी हो, लल्ली को ख़ुर्शीद ने जीवनदान दिया। मज़हब आड़े नहीं आया।

ख़ुर्शीद सभी सोचों-दलीलों से परे सिर्फ एक माँ थी, गैरमज़हबी मुनहनी बच्ची के मुँह में दूध देती। हल्के-हल्के झकोले देती, मीठी-मीठी लोरियाँ गाती—'कूरी कूरी तबाशीरी, पननि कूरी—लगूअयय...'[1]। जो मंज़र आज भी आँखों के आगे ताज़ा है। जैसे कल की बात हो।

ख़ुर्शीद लय-ताल से 'छप्प छुलक' पानी में चप्पू चलाते खाविन्द को नज़रभर देखती है। उम्रभर की सादगी और मेहनतकशी में कोई फर्क नहीं, हाँ, मुँह पर झुर्रियों के महीन जालों में उम्र ने अपने निशान ज़रूर बुने हैं। वक्त की कशीदाकारी।

'हरमुख का गोसोन्य'। ख़ुर्शीद अपने आपसे ही बतियाती है। सालों साल रोज़ सुबह चढ़ता था पहाड़ी वह गोसाईं, अगली सुबह दोबारा खुद को पहाड़ी के दामन में पाता। वहीं जहाँ से शुरू की थी चढ़ाई। हरमुख के गोसाईं को तो तिलकधारी बच्चा मिला जिसका तिलक चाटकर वह शिखर तक पहुँचा और शिव-पार्वती के दर्शन कर सका पर सुबहान मल्लाह की जिन्दगी वहीं की वहीं ठहर गई है। झेहलम के एक किनारे से दूसरे किनारे तक, खरयार से काठलेश्वर तक लोगों को नदी पार कराना। बिला नागा, सुबह से शाम तक चप्पू से नदी का पानी खँगालना, छुलक छप्प, छुलक छप्प और ग्राहकों से 'खैरय छा' ? शुर्य छा सलामत ?' 'फज़्ल खोदाय सुंद',[2] संवादों के बीच वक्त गुज़ारना।

रोज़ का क्रम, रोज़ की दिनचर्या, सुबह सत्तू डली शीरचाय और मगे नानवाई की तिलडली रोटी खाकर चप्पू पकड़ना। धूप, बारिश, बर्फ। कोई भी मौसम उसे घर में रोकता नहीं।

"तुम्हारा जी नहीं ऊबता रोज़ वही-वही काम करते बबा ? वही खरयार से काठलेश्वर तक लोगों को नदी पार कराते ?" एक दिन वली ने पूछ ही लिया। लो,

---

1. मेरी बेटी ! मिसरी की डली, मैं तेरे कुरबान जाऊँ। 2. ठीक हो ? बाल-बच्चे खुश हैं ? ईश्वर की कृपा है।

सवाल पूछा भी फरज़ंद ने तो कैसा उल्टा ?

सुबहान मल्लाह ने बेटे को मीठा-सा झिड़क दिया।

"खुदा का नाम ले वली गबरा ! मेरा तो रिज़क यही, रोज़ी-रोटी यही। इसमें ऊब-वूब की बात ही कहाँ से आई ? तुम ज़रा इल्मवाले हो गए तो क्या मोटी बातें समझना छोड़ दिया ?"

"नहीं बबा, दरअसल मैं चाहता था, तुम भी मेरे हाउस बोट में आ जाते। अल्लाहताला की मेहर से अब हम भी किसी काबिल हो गए।...पर तुम अपना पुराना शिकारा अभी नहीं छोड़ रहे, मेरे दोस्त कहते हैं।"

"तुम्हें क्या शर्म आती है ? शान में खलल पड़ती है वलीया ? दोस्तों से कह दे, बुड्ढा सठिया गया है। कह दे, जो भी दिल में आए..."

ख़ुर्शीद बीच-बिचौवल न करती तो बात बिगड़ ही जाती। सुबहान मल्लाह बच्चों की कमाई खानेवाला नहीं, ख़ुर्शीद जानती है। अपनी नाव और खुदा, दोनों पर उसे भरोसा है कि आखिरी वक्त तक साथ देंगे।

इधर एकाध साल सैर-सपाटे भले ब्रन्द हो गए, पर रोज़गार बन्द कहाँ होते हैं ? बल्कि अब तो इतवारों को उसका गुलिस्तान शिकारा कभी-कभार अंग्रेज़ी सैलानियों को लेकर झील डल पर भी थिरकता रहता है। रंगीन परदों से सजे शिकारे में, 'यरमा' कढ़ाई वाले नमदों और स्प्रिंगदार गद्दों में धँसे अंग्रेज़ तोता-मैना चोंच में चोंच मिलाए झील डल की हवाखोरी करते, नगीन लेक के पारदर्शी पानी में, पालदार नावों पर, घंटों चौतरफ सिर उठाए खड़ी पहाड़ियों के बर्फ ढँके शिखर देखा करते। गर्मियों में सूरज की छुअन से पहाड़ी सीने पिघलकर झरनों में बह-बह जाते हैं। पानी की फुहियाँ, फव्वारों के साथ खिलखिलातीं और अंग्रेज़ में कैमरा हाथ में लिए नज़ारे कैद कर लेतीं। "यह शालामार बाग। इसे मुगल बादशाह जहाँगीर ने बनाया सर ! बहुत बड़ा किंग सर।" सुबहान समझाने की कोशिश करता—"यह निशात बाग... ।" अंग्रेज़ी के चार-छह शब्द भी सीख गया है सुबहान।

"गार्डन ? निशात गार्डन ?"

"यस, गार्डन सर, किंग शाहजहाँ ने बनाया नसीम बाग, चिनारबाग, है न ब्यूटीफुल सर ?"

"वंडरफुल" !

अक्सर अंग्रेज सैलानियों के साथ देसी गाइड रहा करते जो अपनी टूटी-फूटी उर्दू-अंग्रेजी में उन्हें बागों-भवनों की जानकारियाँ देते। सुबहान मल्लाह भी नई बातें सीखता और वक्ते ज़रूरत उनको नए सैलानियों तक पहुँचा देता।

"वह जो पहाड़ के ऊपर दिख रहा है न, वह परी महल है सर !"

"पारी मैल ?" अंग्रेज यात्री उत्सुकता से दूरबीन लगाकर परी महल के खँडहर देखते और समझने की कोशिश करते कि उन खँडहरों में भला क्या कुछ रहा होगा।

"सर, वो दारा शिकोह ने बनाया, अपने गुरु, उस्ताद के लिए।"

"ओस्ताद ? वॉट ओस्ताद...?" नहीं समझा ललमुँहा।

"वो टीचर, यस, टीचर के लिए, अखुंद मुल्लाशाह, नेम सर। उसके लिए बनाया।" जानेगा नहीं तो मानेगा क्या उल्लू ?

कहना तो बहुत कुछ चाहता। कौन-सी जानकारी नहीं है सुबहान मल्लाह को। पर ज़बान आड़े आ जाती, क्या कहे, कैसे कहे ? भीतर बेचैन कसक सिर उठाती—काश ! चार अक्षर पढ़ा होता...

एक-दूसरे से चिपके पड़े अंग्रेज़ नज़रें सहलाते, पानी में उँगलियाँ डाल छींटे उछालते। सुबहान मल्लाह की नज़र उधर पड़ती तो वह 'मुहम्मद उर रसूल लिल्लाह' को याद करता और चप्पू पर पकड़ कस लेता। नाव लहरों पर 'रोव' करने लग जाती और आफताब मचलती लहरों के चेहरों पर गुलाल मलने लगता। धरती-आकाश के मदमस्त रंगों के बीच सुबहान मल्लाह के गले से सूफियाना कलाम फूट पड़ता—"डेकि छुस डेक टिक, कनन कनवअली ऽऽऽ माशू ऽऽ क अज यियि सअलिए ऽऽ।"[1] हवाओं पर स्वर दूर तक तैरने लगते ए ऽऽऽऽऽ। मा ऽऽऽ शू ऽऽऽ क...

"नाइस सांग।" अंग्रेज़-मेम गर्दन उठाकर सुबहान मल्लाह को नजरभर देखते और एकाध रुपया उछाल देते। गले में कैसा तो सोज़ है।

"थैंक्यू सर, थैंक यू—अल्लाहताला करिनव बरकत"[2]...

अंग्रेज़ सैलानी खुश होकर बख्शीश देते। उस जैसे काबिल हाजी कितने हैं ? मछली की तरह फिसलती है उसकी नाव पानी पर, छोटी-छोटी लहरियाँ उठाती, मज़े-मज़े डोलती।

हवाओं का रुख पहचानता है सुबहान मल्लाह ! हवाएँ उसे डराती नहीं, अपनी उम्र में उसने कोई हादसा नहीं होने दिया। जब तक हाथ में पतवार है और ज़बान पर अल्लाहताला का नाम, तब तक तो नहीं। कृष्णजू कई बार ज़िक्र करते हैं उस हादसे का, जो होते-होते बचाया था सुबहान मल्लाह ने।

बच्चों की ज़िद। नहीं तो क्या बैसाखी के दिन कृष्णजू नाव में निशात-शालामार की सैर को निकलते ? बैसाख जैसा बेएतबारी क्या कोई दूसरा मौसम है वादी में ?"

उस बैसाखी की सुबह तो बड़ी सुहावनी थी। आसमान चटक नीला ! इक्का-दुक्का छरहरे बादल पहाड़ों से छुआ-छुऔवल खेलते ! तभी बाल-बच्चों समेत कृष्णजू सुबहान मल्लाह के गुलिस्तान शिकारे का सवार हुआ। झील की लहरों पर डोलते वे गाते-बजाते, बर्फीली पहाड़ियों पर सूरज के ताप से पिघल आई पानी की चादरों के साथ, कमल गन्ध रची हवा में संजीवनी से रूह ताज़ी करते रहे। पानी पर तैरते सरसब्ज़ खेतों में सब्ज़ियाँ सिर उठा ललचा रही थीं। गुलाबी कमल-पुष्पों में झाँकते गुच्छा-गुच्छा पंबछ दसियों आँखों के इशारे करते। शिकारा पानी की बुंदकियाँ गोदी में झुलाते खिलवतरों के बीच रास्ता बनाते कोतरखान से होता ऊँटकदल की तरफ सरकता जा रहा था। तभी कृष्णजू को

---

1. मेरी माशूका के माथे पर टिकुली है, कानों में बालियाँ हैं। मेरी माशूक आज मेरे घर आमन्त्रित है।
2. ईश्वर तुम्हें बरकत दे।

कुछ हैरत में डाल, चश्माशाही की पहाड़ियों के ऊपर मँड़राते मलगजे बादलों को सूँघ, सुबहान मल्लाह ने शिकारे का रुख झील डल के भीतरी नाले की तरफ मोड़ दिया।

"क्या बात है सुबहान जूआ ? उधर का रुख क्यों ?"

बच्चे तो शालामार की सैर करने निकले थे।

"बालन प्यठ छि वावमाल पकान ! बोठ प्ययि रटुन।" (पहाड़ों के ऊपर बादलों में आँधी के आसार नज़र आ रहे हैं। किनारा लेना पड़ेगा।)

शिकारे को तट के चिनार के साथ मोटे रस्सों से बाँधा गया और सुबहान मल्लाह, नाथा, सरस्वती, भद्रा बटनी, राधा और लल्ली को गनीक्राल के घर ले गया। सुबहान का रसूख भी ज़बरदस्त ! लिहाज़दारी में गनीक्राल की बीवी फाता दमचूल्हा व चाय पत्ती चीनी, लड़कियों के आगे धर इसरार करने लगी कि अपने हाथ से, अपने पतीले में चाय बनाकर पी लें।

इस बीच हवा ने घनघोर आँधी-पानी से हाथ मिला शिकारे के पर्दे नोच डाले थे। डल नाले के मटियाले तटबन्धों पर सिर झुकाकर खड़े 'वीर' के पेड़ चीत्कार के साथ पानी में लोटने लगे थे।

आधी रात गुज़रने पर ही आसमान कुछ साफ हो गया और रुई की ढेरियों के बीच, टुकड़े भर नीले आसमान में बीमार-सा ज़र्द चाँद उझक आया। सुबहान मल्लाह और नाथे ने शिकारे का हुलिया कुछ ठीक-ठाक कर दिया। झील की साँसों का उद्वेलन थोड़ा शान्त हुआ तो सुबहान मल्लाह ने कृष्णजू के परिवार को सही-सलामत घर पहुँचाने के लिए चप्पू सँभाल लिया। 'या पीर दस्तगीर, खालिको-मालिको !'...

अगले दिन सुना कि कई शिकारे उस आँधी-पानी के ताबड़तोड़ गुस्से से झील में उलट गए थे। ज़ालपुरियों का जवान लड़का, दोस्तों को बचाने झील में कूदा। दोस्त तो बच गए पर उसका अपना पैर फिसलनी काई में उलझ गया। दो बार 'डल क्रास' किया था लड़के ने। लेकिन झील की गहरी 'हिल'[1] तो बड़े-बड़े हाउस बोटों को निगल ले, तैराकी वहाँ क्या काम आनी थी ?

ऐसे में भला सुबहान मल्लाह की दूरअन्देशी और हवा का रुख पहचानने का शऊर किसे प्रभावित न करता ?

ख़ुर्शीद आजकल देर रात तक बिस्तर पर करवटें बदलती रही है। बड़ी उम्र से नींद यों भी रिश्ते तोड़ना चाहती है, ऐसे में कोहों-बालों[2] पर चढ़ती-उतरती वह बीते वक्त के आसपास डोला करती, जहाँ आपसी खुलूस और एतबार जीने की शर्तें थीं। अलग दीन, अलग धर्म, बीच में कोई यकसाँ तार जोड़े रखता था।

कहीं लिहाज़ मुरौव्वत, कहीं बेपनाह मुहब्बत, कहीं सिर्फ एक-दूसरे की अहमियत का अहसास। सदियों से एक-दूसरे की आदत बने, एक-दूसरे पर निर्भर। ज़मीनदार बलजू हो या काश्तकार सुलजू। अपने घरों में मस्त ! एक के घर रोगनजोश पके, दूसरे

1. झील में उगे शैवाल और पानी में उगी उलझी बेलें जिनमें पाँव उलझ जाए तो छूटना मुश्किल। 2. पहाड़ों।

के घर साग-भात। दूसरे की हाँड़ी में झाँकने की नीयत नहीं थी। दोनों अपनी जगह ठीक थे। गुलाम कुम्हार, घड़े, कसोरे, रामगोड, सोन्यपतुल न बनाए तो वकील मुंसिफ श्यामलाल भट्ट 'शिवरात्रि' का पर्व कैसे मनाएगा ? सुला दर्ज़ी, मगा लुहार, निका नाई, राहती कुंजड़न, घर साफ करनेवाला गुलवातुल इसलिए अहम थे क्योंकि उनके बिना कृष्णजू दफ्तरबन्द, अजोध्यानाथ वकील और दीनानाथ मास्टरजी का काम चल नहीं सकता। इस सच को मानकर चलने की आदत पड़ गई थी। लेकिन अब ? अचानक एक-दूसरे की नज़रों में शक और वहम।

ख़ुर्शीद चार-छह दिन लल्ली के पास न जाए तो मन में हौल-सा उठता। सच ही तो 'ज़ेन दादि खोतु छु बोड रछन दोद'[1]! बड़े-बुजुर्गों की कहन !

कैसी होगी लल्ली ? दो-दो बच्चे सँभलते होंगे उससे ?

अली, गनी और वली के बाद वह लल्ली की माँ बन गई थी। तीनेक मास बाद सरस्वती ने बच्ची को गाय का दूध पिलाया, तो ख़ुर्शीद उफन आए वक्ष में दर्द की ऐंठन से बेज़ार लल्ली के आसपास मँड़राती। सरस्वती समझदार थी, लल्ली को उसकी गोद में डाल तसल्ली देती। 'चुंघा दे दो घूँट और हल्की हो जा।' लल्ली के होंठ छूते ही ख़ुर्शीद के वक्ष से सहस्रधारा फूट पड़ती।

लल्ली का दूध छुड़ाने के बाद ही ख़ुर्शीद फिर हामिला हो गई और उसने कतिजी को जन्म दिया। लल्ली के अमार की वजह से ही तो वह बेटी की माँ बन गई।

वक्त कैसे निकल गया, आगे और आगे, पता ही नहीं चला। लल्ली ब्याहकर अपने घर-संसार में रच गई। गोदी में दो फूल खिले—अली, गनी और वली भी घर-बार वाले हो गए। कतिजी को तो उसका चचेरा भाई ही माँगकर ले गया। सभी धन्धों में लग गए, अल्लाह के फज़ल से !

अली-गनी सुलतान डार आलीकदल वाले के पास अखरोटी लकड़ी पर नक्काशी का काम करते हैं। सुबहान डार शालवाले की मेहर से काम-धन्धा सीख गए। वली को भाइयों ने मिलकर कुछ कर्जा-वर्जा करके छोटा हाउसबोट लाकर दिया। ख़ुर्शीद के पास भी जो कुछ जमा पूँजी थी वह भी बच्चों की शादी-ब्याह में खर्च कर दी। अंग्रेज़ सैलानियों की हाथ खोल खर्च करने की आदत और मौजी तबियत से वह अच्छा कमाने लगा है। खुदा की सीधी नज़र है। ख़ुर्शीद और किस चीज़ की तमन्ना करे ?

बहुएँ ख्याल रखती हैं, तो दिल में ठंडक पड़ जाती है। सलाह-मशविरा लेकर उसका बड़प्पन सहलाती हैं नेक बंदियाँ !

"मोज्यी ! आज सालन क्या पकाएँ ? वली तो मांस के बिना कौर नहीं उठाता। तुम कहो तो दही डाल यखनी बनाएँ, या सादा कलिया बनाएँ शलगम डालकर ?"

"जो भी ठीक समझो नूरा, तुम्हें क्या सिखाने की ज़रूरत है ?"

"मोज्यी ! बबा से कह दो, शबीर को मकतब भेजं दे। चार हरुफ पढ़ेगा तो

---

1. जन्म देनेवाली से बड़ा पालनेवाली का दर्द।

उसके हक में अच्छा ही होगा न ? मेरी बात तो कोई सुनता ही नहीं।''

अली बीवी को बात-बेबात फटकारना अपना पैदाइशी हक समझता है, ''इसका दिमाग खराब हो गया है मोज्यी। नई हवा लगी है। कान में मूत दे कोई, बस, खोपड़ी खाने लगती है। मौलवी साहब दीनी तालीम तो दे रहे हैं, और क्या चाहिए ? आगे चलकर हमारा काम सीखेगा। इसे कौन मुल्क की गद्दी पर बैठना है...?''

''ठीक है गबरा,'' ख़ुर्शीद घर को मैदाने-जंग बनने से पहले ही बात सँभाल लेती है, ''ठीक है, दीनी तालीम पूरी करेगा तो ही स्कूल भेज देंगे। इल्म सीखेगा तो गद्दी पर भी बैठेगा हमारा नूरेचश्म। सरकार अब पढ़ाई करनेवालों को वज़ीफे देती है। मैं केशवनाथ से बात करूँगी, तुम लोग लड़ो मत फिजूल में।''

ख़ुर्शीद घर को सँभाले हुए है। वजह-बेवजह बहुओं के कामों में खुड़पेंच निकालना उसकी आदत नहीं है। बच्चे खुश रहें, वह भी खुश है। फिर बेटों के राज्य में माँ मोहताज नहीं। अपना जेबखर्च वह कमाती है। सुबहान मल्लाह भी अपना शिकारा नहीं छोड़ता। हाथ में चार पैसे हों तो बेटे भी बबा की इज्जत करते हैं।

इधर छोटा वली इस-उसका हवाला देकर कई बार माँ से मुखातिब हुआ है, ''अब तो मोज्यी, तुम घर में बैठकर आराम किया करो, अपने पोतों को खिलाया करो। बहुत हुई गैरों की चाकरी। अब ज़माना भी बदल रहा है...''

''अच्छी वली गबरा ! ज़माना क्या इतना बदल गया कि अंडा मुर्गी को चीं-चीं करने की मनाही करने लगा ?''

''वो बात नहीं मोज्यी। तुम समझती नहीं, अब हालात सचमुच बदल रहे हैं। इधर दीन मज़हब को लेकर तकरारें होने लगी हैं। कोई लूटपाट करता है तो पूरी कौम को जवाबदेह ठहराया जाता है। अगर तुम्हें कुछ...''

''मेरी फिक्र मत कर बेटा ! अल्लाहताला सबका रखवाला ! मैंने तो तुममें और कृष्णजू की लल्ली में कोई फर्क न माना। मदीनेवाला जानता है, जिनका नमक खाया, उन्हें अपना सत्त भी पिलाया। फिर भी मैं मुसलमान ही रही और लल्ली हिन्दू। मेरा दीन-ईमान, उम्र के इस आखिरी पाटे तक नहीं बिगड़ा तो आगे अब क्या होना है। तुम मुझे कमज़ोर मत समझो वलीया। अपनी फिक्र करो। नया खून है, जल्दी उफन आता है और फैसले भी जल्दबाज़ी में लेता है।''

बेटे ने सोचा, माँ सठिया गई है। कहा है, 'शेठ वुहर ब्रेठ।' वक्त की करवट नहीं पहचानती। बहुओं ने कहा, ''उम्र भी तो हो गई मोज्यी की।''

लेकिन ख़ुर्शीद उनकी उम्रवाली धारणा को भी झुठलाती है। दुख होता है कभी कि मन की तहों को अपने लख्ते जिगर भी छूकर देख नहीं पाते। गैरों की बात क्या करें ?

उम्र की बात लें तो ख़ुर्शीद चालीस से ऊपर हरगिज़ नहीं लगती। तन पर पश्मीना न सही, कढ़े हुए रफल, रिंगशाल, डोरी लगे छींट के फिरन तो हैं ही। बाँहों में चाँदी के पाव-पाव भर कड़े। कानों में दर्जन भर कनवाजियाँ, और छोटी-छोटी बीसियों मीड़ियाँ गुत्थे सिर पर सलीके से मोड़ा साफ-सुथरा दुपट्टा। उस पर सीधी तनी रीढ़, ऊँची गर्दन

और गुरूर की हदें छूती चाल।[1] कसाबा नहीं पहना पर कसाबवालियाँ झुककर पास से गुज़र जाएँ। कुदरत ने दी भी है संगमरमरी रंगत और तीखे नाक-नक्श ! मगर न सजने में लापरवाही की, न बातचीत में बेध्यानी।

कृष्णजू के घर की तहज़ीब और किसी ने सीखी हो न हो, ख़ुर्शीद ने अपने वजूद का हिस्सा बना दी। मौके की नज़ाकत के हिसाब से बोलचाल, बड़ों के आगे शाइस्ता कलाम, छोटों पर दुलारभरा रुआब और जो ऊँची आवाज़ में किसी ने बेवजह बात की तो ततैया बन डंक मारने को तैयार।

ऊँचे तेवर देख सुबहान मल्लाह हज़ल करता, "चु छख राज़बाय सुबहान मलिन्य कोलय कति छख।"[2]

ख़ुर्शीद भी सुनार की सौ के जवाब में लोहार की एक वाली अदा में जवाब हाज़िर करती, 'बीवी तो तुम्हारी ही हूँ, तुम्हारे फरज़ंदों की अम्मा भी। अब तुम मुझे राजरानी समझो तो हर्ज ही क्या है ? उनके कोई सुरखाब के पर तो नहीं लगे होते ?"

कृष्णजू के घर में हर बड़े दिन जो ख़ुर्शीद की माँग होती, नए जोड़े, इनाम-इकराम, बेटियों के साथ नेग-अतगथ, नमक-रोटी आदि लेकर, उनके ससुराल जाने का हक उसी का है, वह इसलिए कि ख़ुर्शीद 'राज़बाय' जैसी ही लगती है कायदे और तौर-तरीकों से अगलों का दिल जीतना जानती है।

लेकिन फिर भी यह सच है कि इधर ख़ुर्शीद का जी उचाट रहने लगा है, जो हो रहा है वह गलत है, उसे वह कबूल नहीं कर पाती और वक्त बीतता जा रहा है।

लल्ली ने कात्या के बाद मुन्ने को जन्म दिया। अजोध्यानाथ के घर खूब शादियाने मने। बड़दादी की आखिरी हौंस पूरी हो गई। वह मुन्ने को दिनभर गोदी में लिए-लिए लोरियाँ गाती—

"छुनथ रोनि मंज़लस करय गूर गूर/थन यलि प्योहम अड़रातन/ज़ातुक ल्यूखनय शिवनाथन/वुछमय ज़ातकस छय वुम्बुर पूर/छुनय रोनि मंज़लस करय गूर गू ऽऽर... ।"[3]

ख़ुर्शीद अस्पताल में लल्ली के साथ रही। कृष्णजू सरस्वती ने खुले दिल नेग शगुन, कपड़े, अनाज उसी के हाथ लल्ली के ससुराल भेजे। अजोध्यानाथ ने रफल का फिरन और दर्जन भर सुच्ची चाँदी की कनवाज़ियाँ देकर ख़ुर्शीद को इज्जत दी। "तुम्हारी दुआओं से ही हमारे घर में कुलदीपक जन्मा है खुर्शी बेन्यी। जो जी चाहे माँग लो, आज मैं हाथ नहीं रोकूँगा।"

"मेरी उम्र लगे बच्चे को, खुदा गवाह है, मेरे लिए आपने कभी हाथ नहीं रोका।" ख़ुर्शीद ने सच्चे मन से आभार माना।

सौरी से उठ लल्ली मायके गई तो ख़ुर्शीद सुबह आकर देख जाती और शाम होने से पहले घर लौट जाती। मुन्ने को दादियाँ-नानियाँ पलभर आँख-ओट न होने देतीं। उसे

1. सम्पन्न मुसलमान स्त्रियों का ऊँचा शिरो-परिधान। 2. तू तो राजरानी है, सुबहान मल्लाह की बीवी थोड़े है ? 3. मैं तुझे घुँघरू जड़े पालने में दुलराऊँगी। आधी रात को तुम जन्मे। तेरी जन्मपत्री स्वयं भगवान शिव ने लिखी। तेरी जन्मपत्री में तेरी लम्बी उम्र है...मैंने देखा है।

पालने की कोई समस्या न थी। सरस्वती भी अब रात भर रुकने की मनुहार नहीं करती। वक्त के साथ रिश्ते-नाते भी कैसे शक्ल बदलते हैं। लल्ली ज़रूर कभी शिकायत करती, "अब तो खुर्शी देदी, मुझसे दूर हो गई है। पहले जैसा प्यार नहीं रहा।"

ख़ुर्शीद पुरानी मुस्कुराहट से शिकवे दूर कर देती, "अब तो कूरी, तेरी खुर्शी देदी की वह उम्र नहीं रही, जब तुझे दूध पिलाने 'क्राल खोड़ से सत्थू' तक दौड़ी चली आती थी।"

"हाँ ख़ुर्शीद बेन्यी !" सच ही तो सरस्वती हुंकारा भरती। "अब मेरी भी कमर झुकने लगी है, गोड़-घुटने दर्द से पिराने लगते हैं। शरीर का सत्त ही जैसे निचुड़ गया है।"

कमर झुकने और शरीर का सत्त निचुड़ने की शिकायत करनेवालियाँ पता नहीं कमर झुकाने के लिए वक्त को दोषी ठहराती थीं या मनों में दरार डालने के लिए, यह बात खुद उनकी समझ से परे थी। शायद इसलिए कि वे पढ़ी-लिखी औरतें नहीं थीं, वादी के इतिहास को नहीं जानती थीं।

नारे, सिर फुटौव्वलें, दंगे उनके लिए नई बातें थीं। कलियुग का प्रभाव या कुदरत का कहर। इतिहास जानती होतीं तो मालूम होता कि बारहवीं शताब्दी से ही समय-समय पर सियासती चालों, जालसाज़ियों और हमलावरों ने लोगों का अमन-चैन छीना है। कोटा रानी के शासन में तिब्बत से भाग आए महत्त्वाकांक्षी रिनचिनशाह और बाद में मध्य एशिया के तातार डुलचू ने वादी में कत्लोगारत मचा दी थी। कूटनीतियों और जुल्मों का शिकार आम आदमी ही हुआ है।

लोग सिकन्दर बुतशिकन को भूल गए थे। अफगान करीमदाद खान कैसे कश्मीरी भट्टों को, उपलों के धुएँ में दम घुटाकर 'ज़रे दूधाह' (टैक्स) वसूल करता था, जब्बार खान ने कैसे एक बार हुकुम दिया कि शिवरात्रि का पर्व फाल्गुन मास में नहीं, आषाढ़ मास में मनाओ...।

उन्हें कहानियाँ याद थीं। पीढ़ी-दर-पीढ़ी नानी-दादी की ज़बानी उन तक चली आई कहानियाँ, कि जब आषाढ़ में शिवरात्रि मनी तो कैसे आकाश से थक्कों के थक्कों बर्फ पड़ी और आषाढ़ फाल्गुन बन गया। लोगों के कंठ से शार फूट पड़े।

"वुछितोन यि जबार जंदअ, हारस ति कोरून वंदअ।"[1] लोगों को बड़शाह याद थे। राजाओं का राजा सुलतान ज़ैनुलाबदीन, जो हर धर्म का आदर करता था। सिकन्दर बुतशिकन अपनी कब्र में दफन हो गया था, पर उसके बेटे बड़शाह का मकबरा दरगाह बन गया, जहाँ हिन्दू-मुसलमान दोनों श्रद्धा से माथा झुकाते हैं।

क्यों नहीं ? उसी ने तो जुल्मोसितम के शिकार निष्कासित भट्टों को वापस घर बुलाकर फिर से बसा दिया था। हर आदमी को उसका हक दिलाकर इंसाफ और अमन का माहौल बनाया था।

अपनी उम्रों में लोगों ने शुभ याद रखा और अशुभ भुला दिया। इससे बाहर हो न हो। मनों में शान्ति थी। वही शान्ति अब फिर से डगमगाने लगी थी।

---

1. देखो इस जब्बार फटीचर को, आषाढ़ को शिशिर बना दिया।

# मनचली बिटिया और ताता की अधूरी बहसें

कोई छह वर्ष की थी कात्या कि एक दिन दीदी ने हुकुम बजा न लाने पर उसे धमकाया, "मेरा कहा न मानोगी तो रोएगी।"

"रोऊँगी ? क्यों भला ?" कात्या ने दादी की बनाई लीर गुड़िया के बाल बनाते प्रतिप्रश्न किया और उत्तर की प्रतीक्षा किए बिना ही फैसला सुना दिया, "मैं नहीं रोती।"

जाने कात्या की आवाज़ में ढिठाई थी या दिद्दा को ही उसका लहजा कुछ रुआबदार-सा लगा, उसे खुन्नस हो आई। दिद्दा के सामने तेवर ? दिद्दा घर भर की लाड़ली, ताता के भोभाजी की पहली सन्तान। बड़ी और लाड़ली होने का अहसास हमेशा जिसके साथ-साथ चलता है ?

उसने बहन को घूरकर रहस्यमयी मुद्रा बनाई—"रोएगी तो तू ज़रूर, ताता से कहूँगी तो ! मालूम है, जब तू पैदा हुई, इसी ढिठाई के लिए तुझे गरम पानी के टब में डाल दिया गया था। और बड़दादी ने उस दिन खाना भी नहीं खाया। तुझे खूब कोसा। हमने माँगा नहीं तो भी आ गई...!"

कात्या के नरम कलेजे पर जाने कैसा सिलबट्टा रख दिया दिद्दा ने, कि उसने साँस रुँधती महसूस की। बड़दादी ने उसे कोसा क्यों ? वह आई, इसलिए ? दिद्दा को क्यों नहीं कोसा? उसे ही क्यों ? उसके अन्दर गुस्से से फनफनाती चीख उठी।

बड़दादी तो उसके जन्म के दो साल बाद ही, ताता के कहे, भगवान को प्यारी हो गई थी, भैया के जन्म के दो मास बाद। उसका चेहरा कात्या को ठीक से याद नहीं। हाँ, उसकी फोटो ज़रूर घर के ठाकुरद्वारे में रखी है।

कात्या की आँखों के आगे बड़दादी का चेहरा बड़ी गड्डमड्ड-सी शक्ल बनकर आया। परी-कथाओं की जादूगरनी का चित्र ! लम्बी नाक की नोक आगे को झुकी हुई, बाल जैसे सन की टोकरी सिर पर उल्टा दी हो। ज़रूर हाथ में जादू की छड़ी भी रही होगी। जादूगरनी दादी ! गुस्से में कात्या ने क्या तो करना चाहा। नन्ही मुट्ठियाँ भींच डालीं। बाल नोचकर चीखना चाहा, पर टाल गई। जादूगरनी दादी तो अब थी नहीं। जादूगरनी ! जादूगरनी ! जादूगरनी न होती तो कात्या को कोसती ? प्यार न करती ?

कात्या गुड़िया को पिटारे में पटक, ताता के पास जवाब तलब करने पहुँच गई, "ताता ! बड़दादी ने मुझे कोसा था ?"

बड़दादी के अन्नशन्न की बात उसने नहीं की। कोसना ही काफी कष्टप्रद था, बिना कारण ! जादूगरनी की बात ताता से कैसे कहती ? डर लगा। वे तो बड़दादी की पूजा करते थे। ठाकुरद्वारे में श्रीगणेश, भगवान शंकर, राज्ञादेवी और ढेर सारे नन्हे-मुन्ने देवताओं के बीच बड़दादी और बड़दादा के फोटो भी रखे थे, जिन्हें रोज सुबह प्रणाम करके वे एकाध फूल चढ़ाया करते।

ताता नन्ही कात्या की अनोखी जिज्ञासा पर मुस्कुराए, "ना मेरी मुनिया, तेरी बड़दादी तो तेरा बड़ा लाड़ करती थीं, कोसती क्यों ? हाँ, उसे लड़के की हौंस ज़रूर थी। तू अपने पीछे भैया लेकर आई तो बड़ी खुश हुई, कहने लगी, 'मुन्नी बिटिया ही अपने साथ खेलने को भैया लेकर आई है।' "

लेकिन कात्या के मन का काँटा गहरे धँसा था, इतनी जल्दी कैसे निकल पाता ?

"आपने मुझे पैदा होते ही तत्ते पानी के टब में डाल दिया था, दिद्दा कहती है..."

अब कात्या का नन्हा धैर्य बू ऽ हू ऽऽऽ कर आँखों से ढह पड़ा। जिस्म पर न सही, नन्हे दिल पर छोटा-सा फफोला तो पड़ा।

"न, न, रोते नहीं अच्छे बच्चे। दिद्दा से भूल हुई है, मैं डाँटूँगा उसे। तू काहे रोती है ? तू तो ताता की सबसे लाड़ली बिट्टो ! तेरे लिए मैं जलेबियोंवाली परान्दियाँ लाऊँगा, साटन की फूलोंवाली फ्राक !"

जेब से सफेद झक रूमाल निकालकर ताता ने कात्या के भीगे गाल पोंछ दिए, इतने प्यार से कि गुलाब की पंखुड़ी से ओस की बूँद हटाई हो। गोद में बिठाकर समझाया, "आया ने ज़रूर तुझे नहलाते वक्त गरम पानी का ताप नहीं देखा। बेध्यानी में ही ऐसा हुआ था। तुझे पानी तत्ता लगा तो तू ज़रा-सा चीखी। हम चीख सुनते ही भागे आए। आया को कसकर डाँट लगाई और अपनी गुड़िया को आप कुनकुने पानी से नहला दिया।"

वह खुश हो गई थी। ताता ने खूब-सा प्यार देकर उसके मन का मलाल धो दिया था। हालाँकि प्यार करते ताता की खुरदरी दाढ़ी बड़े ज़ोर से उसके गाल में चुभ गई थी। ताता ने 'कैंछा-मेंछा'[1] खाने के लिए इकन्नी भी दी। दो पैसे नहीं, पूरे चार पैसेवाली इकन्नी। खूब सारी नदरमोंजी लाएगी कात्या, और दिद्दा को दिखा-दिखाकर खाएगी।

वह ताता की गोद छोड़ लपककर दिद्दा के पास गई और तख्ते-ताऊस पर बैठे बादशाह के गुमान से गरजकर बोली, "सुना तुमने दिद्दा ! ताता ने मुझे अपने हाथों से नहला दिया था। तुम्हें नहीं, भैया को भी नहीं, सिर्फ मुझे। अपनी बिट्टो को। आया को कसकर डाँटा भी ! और देख। यह इकन्नी ! सिर्फ मेरे लिए ! तुम्हारे लिए 'शंगर'[2]।"

फिर एक दिन कात्या के सामने ही ताता ने खुद ही आनन्द बायू से पूछकर, कात्या की सभी शंकाओं का समाधान कर दिया। आनन्द बायू ने, "तू तो ऊँचे

---

1. चिज्जी। 2. ठेंगा।

माथेवाली है, राज्ञा भगवती है'' कहकर पहले तो बच्ची को गम्भीर विवाद से अलग रखना चाहा, पर कात्या के ज़िद करने पर, जब आनन्द बायू बाल-हठ के सामने झुक गए, तो कात्या के माथे पर माँग के सामने बालों के 'चक्र' की ओर इशारा किया, ''ये जो तेरे माथे के ऊपर बालों की चीर के पास चक्र-सा बना है, इसका अर्थ है कि लड़की अपने पीछे भाई लानेवाली है। सो तू भैया लेकर आई। घर में उत्सव मने कि नहीं ? बोल ?''

आनन्दजू ताता के कथन पर मुहर लगा गए। कात्या बहुत कुछ न समझकर भी इतना समझ गई कि वही घर में कुलदीपक लेकर आई है। आनन्द बायू ने उसका मन रखने के लिए कहा था ग्रह-नक्षत्र बाँचकर, इतना कुछ जानना बिल्कुल ज़रूरी नहीं था। दिद्दा अपने पीछे बहन लेकर आई। उसकी माँग के पास बालों का चक्र भी नहीं।

कात्या के बाल-मन को बड़ा ढाढ़स बँध गया। अब दिद्दा कुछ भी कहे ! बड़दादी को भी उसने मन-ही-मन क्षमा कर दिया।

यों दिद्दा बड़ी सलीकेदार लड़की थी। माँ उसके सिर में खुशबूदार तेल चुपड़ कंघी करती। घुटने छूते रेशमी पट्टों को कसकर दो खूबसूरत बारीक गुँथी चोटियोंवाले 'खजिर लठुर'[1] में बाँध, कमर पर लाल-नीले रिबनों के फूल बना देती। क्या खूब इस्तरी किया, धुला निखरा साटन का लिश्कारे मारता फ्राक और घेरदार गरारा पहन वह गुड़िया बनी इठलाती फिरती। शारिका, प्रभा दिद्दा लोगों के साथ जाने क्या-क्या खुसुर-पुसर करती रहती। कात्या को तो बनने-सँवरने से ही चिढ़ थी। माँ सिर में तेल डालने पास बिठाती, बैठे-बैठे सिर में टटोले देने घुटनों पर सिर रख देती तो उसकी जान सूख जाती। काठ की हज़ार दाँतोंवाली दुहरी कंघी उसके छोटे-छोटे घुँघराले बालों से उलझ बस, जान ही निकाल देती। जुएँ-लीखें तो उसके बालों में होती ही नहीं थीं, फिर भी दादी घुटनों में सिर दबा बालों की जड़ें खींच कुछ न कुछ निकाल नाखूनों पर टिच की आवाज़ से शहीद करती रहतीं। पहले-पहले तो वह चुपचाप सिर झुकाए बैठी रहती, क्या सचमुच ही इतनी जुएँ-लीखें उसके सिर में 'घोंसला' बनाए बैठी हैं ? मन में डर-सा उगता। पर जल्दी ही कात्या जान गई कि दादी को फुरसत में बैठे सिर में टटोले देने का काम ही सुहाता था। अगले का सिर घुटनों में दबा बालों की जड़ों से सच्ची या काल्पनिक लीखें निकाल उन्हें बाएँ नाखून पर लिटा दाएँ नाखूनों से दाब मुँह से 'चिट' की आवाज़ निकालना।

दादी की इस मनोरंजन विद्या से कात्या को बेहद चिढ़ छूटती। लल्ली साम, दाम, दंड, भेद नीतियाँ अपना, मुन्नी की उलझी लटें सुलझाने का मुहिम उठातीं जिसमें मनुहार-पुचकार, लोभ-लालच, फटकारों के सभी तीर गलत निशाने पर पड़ बेअसर हो जाते।

''मेरी मुनिया के इत्ते-इत्ते लम्बे बाल हो जाएँगे, सोनकिसरी के जितने, घुटनों से

---

1. बारीक गुँथी चोटी।

भी लम्बे, साटन के थान के थान। दिद्दा से भी लम्बे, चमकीले, देख लेना। फिर आएगा सफेद घोड़े पर सवार चाँद-सा राजकुमार।''

पर कात्या को तो शादी करनी ही नहीं। वह बार-बार 'आई', 'आह', 'हाय', 'हुई' करती, हर मिनट में चार-छह बार पहलू बदलती। हिल-डुल करने से चोटी टेढ़ी बँध जाती। ऐसे में लल्ली दुखी होकर हल्की-सी धौल जमाए तो बस हो गया काम ! तौबा ! कात्या ने हाथ उठने से पहले ही हथेलियों की धौंसियाती छुअन ताड़ ली कि चमककर माँ की पकड़ से फिसलनी मछली की तरह छूट निकली। नहीं करनी उसे कंघी-चोटी। नहीं चाहिए दिद्दा जैसे चमकीले बाल, नहीं चाहिए चाँद-सा राजकुमार...!

लल्ली हथियार डाल देती, ''ऐसी झल्ली बनकर घूमेगी इन 'बाबा जी रेंचो'[1] के साथ, तो उम्रभर बैठी मेरी छाती पर मूँग ही दलेगी।''

''हाँ, दलूँगी, मूँग दलूँगी, चावल दलूँगी, यहाँ और यहाँ।'' कात्या माँ के वक्ष पर लाड़भरी थपकी दे, झबरीले बालों को झटक यह जा और वह जा !

फिर उसकी वानर टोली और वह। गरारा उसे फूटी आँख न सुहाता। उसे पहनकर घर में गुड़िया बनी लीर गुड्डी-गुड्डों से खेलना ही हो सकता था। उनकी शादियाँ रचाना, उनकी बारात का इन्तज़ाम करना और दुल्हन की मंज़िरात[2] लगन पर तुम्बकनारी बजाना। सखियों के साथ हक ची-ची, फिरकनियाँ लगाते—हिकट खेलना, कीकलियाँ, रस्सी, टप्पा थोड़े खेला जा सकता था ?

एक बार माँ ने पहनाया था हरे-लाल बूटेदार साटन का लिश्कारे मारता गरारा। ताता इन्दौर से लाए थे, शनील की परान्दियाँ और जाने क्या-क्या। बड़ा मुलायम-मुलायम नन्हे चूजे-सा लगा था पहनकर। पर आँगन में ज़रा-सा रस्सी टापने भागी कि पाँव का अँगूठा चौड़े घेर में उलझ गया। धड़ाम से वह मुँह के बल गिरी। आह ! घुटना बुरी तरह छिल गया। गरारा तो गन्दा हो ही गया, घुटने के पास फट भी गया। कात्या रोते-रोते ताता के पास गई, छिला घुटना दिखाने।

पता नहीं क्यों, छोटी-बड़ी वारदातों, बहन-भाइयों के झगड़े, मान-मनौवल, आपसी तकरारें आदि इत्यादि जो भी घर-बाहर घटता, फैसले के लिए बच्चे अक्सर ताता की बैठक की तरफ ही रुख करते। बाहर से ज्यादा घर में उनकी वकालत के इम्तहान हुआ करते। बच्चे सीढ़ी पर बैठ ऊँचे सुर से रोना चालू कर देते, ''ता ऽऽ ता ऽऽ।''

बैठक में ताता अपने दो-चार मित्रों, सहकर्मियों के साथ बातचीत में मसरूफ होते।

ताता की बैठकों में मुकद्दमों, पेशियों, बहियों, गवाहियों, तारीखें लगने, कैद बामशक्कत और बाइज्जत बरी होने की अदालती बातें होतीं। ललिताश्वरी का भर्ता बुजुर्गों के समझाने पर भी पत्नी की कुटाई करने से बाज़ नहीं आता तो कोर्ट-कचहरी क्यों ज़रूरी है, इकबाल कृष्ण ने पहली के रहते दूसरी औरत घर में डाल दी तो कौन-

---

1. उलझी लटें साधुओं की। 2. मेंहदी रात।

सी दफा में उसे जेल की सज़ा और हरजाना भुगतना होगा, अहदू काश्तकार को बलजू ज़मींदार सालभर का नाज न दे तो लिटिगेशन करना क्यों जायज है...? कई मसलों पर बातचीत होती, निष्कर्ष निकाले जाते।

लेकिन इधर बहसों व बातचीत के मुद्दे बदल गए थे। पिछले कई वर्षों से जो नई सरगरमियों से नए हालात पैदा हो गए, उनसे अमन-चैन ही हराम हो गया था। तेरह जुलाई 1931 कई साल पहले बीत चुकी थी, पर न पुरानेवाले जख्म छोड़ गई।

शिकवे, शिकायतें, रंजिशें !

अजोध्यानाथ के हुक्के का स्वाद ही बदल गया था। दीनानाथ तो भुक्तभोगी ही था।

"अंग्रेज़ अफसर की सदारत में दंगों की तफतीश के लिए रायट एन्क्वायरी कमेटी बनी थी। राज्य के मन्त्री मिस्टर वेकफील्ड नौशेहरा गए तो थे...!" एक शुरुआत करता।

"गए तो थे पर हुआ क्या ? गैर मुसलमानों का माल वापस मिला क्या ? वज़ीरे खत्री की माल से ठसाठस भरी दुकान स्वाहा हो गई पर मुआवज़ा मिला ?"

"वेकफील्ड साहब तो विचारनाग के दंगा पीड़ितों को देखने तक नहीं आए, मदद क्या करते !" दीनानाथ तो दंगे में बिल्कुल ही लुट गए थे। गुस्से की आग ठंडी ही न होती, "अंग्रेज़ सरकार अब खुलेआम भेदनीति अपनाने लगी है। मैं तो खाक पर ही बैठ गया। घर-द्वार तो जल ही गया, पुरखों का जमाजमाया सामान भी लुटेरों ने लूट लिया। मंगला तो बावली हो गई है। किससे शिकायत करें, कोई सुननेवाला ही नहीं ! ईश्वर भी बहरा हो गया हमारे वक्त !"

ऐसे गम्भीर माहौल में सीढ़ियों से होती हुई, सप्तम तक पहुँचती बच्चों की करुण पुकार ताता को विचलित कर देती। वे अक्सर आरोह की आ ऽऽऽ की शुरुआत में ही उठकर सीढ़ियों तक चले आते। कभी बच्चों के दुखड़े सुन लेते, कभी तफतीश कर अपराधी को सज़ा सुनाया करते। कभी-कभार अपराधी दैत्य के प्राणों की तरह किसी अजाने जंगल में पेड़ पर लटके तोते के अन्दर सुरक्षा की सींखचों में बन्द, अदृश्य रहता, तो बच्चों की माएँ तो थी ही थीं, उन्हीं पर सारी खीझ और खुन्नस निकाल न्याय करते। औरतों ने तो सुनना और सहना ही सीखा था। पलटकर सही बात बोलना, कुसंस्कारी होना था। घोर अपराध तो था ही। क्योंकि ऐसी ज़बानदराज़ माएँ बच्चों को विरसे में 'गाड हंज़ पअथर'[1] के अलावा दे भी क्या सकती थीं।

कात्या, ताता की यह ज्यादती बाद में समझ तो गई, पर उस वक्त छिला घुटना निजी न्याय के लिए कातर पुकार मचा रहा था और ताता ने न्याय किया भी, आप ही डेटोल पानी से छिला घुटना धो दिया। फू-फूकर फूँक मारते खरोंच पर टिंक्चर आइडीन लगाई और लल्ली को हिदायत दी कि बच्ची को अभी से गरारा न पहनाया जाए। अभी उसकी उम्र ही क्या है ?

---

1. मछेरों के तौर-तरीके (झगड़ालूपने के अर्थ में प्रयुक्त)।

लल्ली की जगह जानकी दबी आवाज़ में बुदबुदाई, "तो क्या बड़ी होकर भी गोड़-घुटने दिखाती फिरेगी ? इसे कोई शऊर सीखना नहीं ? आखिर तो 'कोरि मोहनिव'[1] है...

जानकी घर के तौर-तरीकों को धौंसियाती, कात्या की ऊटपटाँग आदतों, लड़कों जैसी हरकतों—खेलों से दुखी थी। कभी-कभार सिखाया भी करती, "इत्ती धमक से धरती पर पाँव मत रखा करो मुन्नी, आदत हो जाएगी। आह ! ऐसे ठठाकर आकाश-पाताल तोड़, ठहाके लगाती हो, कोई सुनेगा तो क्या सोचेगा ? हँ ? हमने तहज़ीब नहीं सिखाई लड़की को, यही कहेगा न ? और यह बात-बात पर दंदियाँ दिखाना भले घर की बेटियों को शोभा नहीं देता...।"

लेकिन फायदा ? वही 'स्यकि शाठस नो बवियो फल'[2] !

ऊपर से, ताता बच्चों पर कुछ ज्यादा ही मेहरबान थे। उन्होंने पत्नी की ओर जरा-सा भौंहें उठाकर 'क्या कहा ?' की मुद्रा में देखा और फरमान जारी किया, "बड़ी होने पर देखा जाएगा। अभी तो जुम्मा-जुम्मा छह-एक साल की भी नहीं हुई बच्ची, तुम अभी से बेड़ियाँ डाल दोगी पैरों में। और सुनो, यह लड़की जात, लड़की जात का जाप बन्द करो, बेटियाँ घर की शोभा होती हैं, इन्हें लक्ष्मी और सरस्वती समझा करो।"

दादी ताता की घुड़की खाकर चुप रहने के सिवा और क्या कर सकती थी ?

ताता वापस बैठक में चले गए। अधूरी बहसों का छूटा सिरा थामने। गोकि लाख बहसों, मन्त्रणाओं के बावजूद हालात उलझते ही जा रहे थे। नए की ओर लपकते कुछ बेशकीमती हाथ से छूटा जा रहा था। संक्रमण काल की नई शुरुआत में दुख ज्यादा थे, उम्मीदें कम। धुँधलके में फँसे लोग इधर-उधर लुकी-छिपी उजास की किरण पकड़ने लपकते रहते।

बलभद्र 'शेरे कश्मीर' की तारीफें शुरू कर देते, "शेख मुहम्मद अब्दुल्ला बड़े दूरअंदेशी हैं, समझ गए कि 'मुस्लिम कांफ्रेंस' नाम से फिरकापरस्ती की बू आती है, इसीलिए अब उसका नाम बदलकर नेशनल कांफ्रेंस रख दिया है।"

सुबहानजू शालवाले पास होते तो बुजुर्गाना अंदाज़ में सिर हिलाते—"हाँ बिरादर ! यह तो बड़ी सूझबूझ का काम हुआ। अपनी रली-मिली विरासत पर इससे कोई आँच नहीं आएगी। फिर यह लोकराज्य की माँग तो पूरे अवाम की बेहबूदी के लिए उठी है, किसी एक कौम के लिए तो नहीं !"

सियासत की बात उठती तो शालवाले तराजू का पलड़ा बराबर बिठाने में पहल करते, राष्ट्रीय नेताओं को याद किया जाता।

"वो सर सैयद अहमद खाँ, और खुदा आपको सेहत बख्शे, अपने अबुल कलाम आज़ाद साहब। आज़ाद ख्यालोंवाले मुस्लिम लीगी रहे आज़ाद साहब। अभी तो कांग्रेस में आ गए हैं। जानते तो हैं अजोध्या भाई। दो बार कांग्रेस प्रेज़ीडेंट बने, अपनी सिफ़तों

---

1. लड़की जात। 2. कहावत : रेतीले पसार में फल नहीं उगते।

से ही तो !''

अब दिल की कील निकालनी हुई तो भी शाइस्ता ढंग से ही न ? दीनानाथ तोरी-घिया चेहरा बनाए सिर हिलाते, ''सो तो आप सही फरमाते हैं बिरादर, पर दो पार्टियाँ तो अपने यहाँ हो ही गईं। शेर पार्टी और बकरा पार्टी ! अब आए दिन इनमें किसी न किसी मुद्दे को लेकर तनातनी होती ही रहती है।''

''तनातनी ही कहाँ ? गाहे-बगाहे सिर फुटौव्वलें भी।''

''हाँ ऽऽऽ ! बैठे-बिठाए इल्लत। मुस्लिम कांफ्रेंस मज़हबी पार्टी रह गई। नेशनल कांफ्रेंस सेक्यूलर पार्टी बनी।''

शासन से जिन्हें शिकायतें थीं, वे लोकराज्य की वकालत करते। जिन्हें सरकारी नौकरियाँ और कुछ सुविधाएँ प्राप्त थीं, उनका तर्क था कि जनता को सुख-सुविधाएँ मिलती हों तो बदलाव की ज़रूरत ही क्या है ?

प्रोफेसर पंडित बदलाव की अनिवार्यता की बात करते, ''सो तो प्रकृति का स्वभाव है भई। बार-बार वक्त ने रंग बदले हैं अपने यहाँ भी। उसकी क्या शिकायत करना ? ईश्वर-कृपा से लोग जीना जानते हैं। पर बदलाव की माँग के साथ मज़हबी जुनून कैसे जुड़ गया, यह चिन्ता की बात है।''

बलभद्र मानने को तैयार नहीं थे कि मज़हबी द्वेष का कारण महाराजा-सरकार की भेदनीति थी। धार्मिक असहिष्णुता के कारण तो कहीं और ही पल रहे थे।

अजोध्यानाथ प्रोफेसर आर.के. भान की स्टेटमेंट कोट करते जो उन्होंने रायट एन्क्वाइरी कमिशन को लिख भेजी थी :

''देखिए, राज्य के नियम-कानूनों पर रौशनी डाल, इसमें वर्तमान स्थिति को स्पष्ट करने की कोशिश की गई है।''

''पिछले आठेक वर्षों से सरकार ने क्या कुछ नहीं किया आम आदमी की तरक्की के लिए ? किसानों के कर्ज माफ करने से लेकर अनिवार्य प्राइमरी शिक्षा तक। गरीबों को विशेष सुविधाएँ मिली हैं कि उनका रुझान शिक्षा की ओर बढ़े। कमज़ोर वर्ग के लिए आरक्षण, नौकरियों में प्राथमिकताएँ, योग्यता से ज्यादा ज़रूरत के आधार पर दी गई हैं। ऐसी कोई वजह नहीं थी कि मुसलमान भाइयों को हिन्दू भाइयों से रंजिश होती। रिपोर्ट के मुताबिक 600 हिन्दू बेकार थे और सिर्फ 20 गैर हिन्दू बेरोजगार !''

बलभद्र नाराज़ थे, उनकी नाराज़गी की खासी वजह थी–

''परमात्मा आपका भला करे, मेरे सोमजी को तो आप जानते हैं। कभी फस्ट डिविजन से कम लाया हो तो मुझे बताओ। डिस्टिंकशन लाया है इंगलिश में। पर हुआ क्या ? नाम के लिए इंटरव्यू लिया गया और रिजर्वेशन के बहाने पोस्ट एक थर्ड डिविजनर को थमा दी गई। बटा होना गुनाह हो गया समझो। फिर भी आप नाराज़ हैं तो कोई अफलातून ही आपको समझा सकता है...''

''अब कमजोर वर्ग के नाम पर यह तो होगा ही होगा, इससें हिम्मत हारने जैसी बात तो नहीं होनी चाहिए।'' प्रोफेसर साहब दिलासा देते, ''आपका बेटा ज़हीन है,

उसके लिए नौकरियों का क्या टोटा ?''

''आपका आशीर्वाद और शिव शम्भू की कृपा हो तो मैं कौन चिन्ता करनेवाला ? बात कह रहा था। यों तो सभी जानते हैं कि बटा सदियों से अध्ययन-अध्यापन करनेवाला हुआ, व्यापार-धन्धा उसके खून में ही नहीं। दफ्तर में कलम़ घिसे, या कलेक्टरी करे। स्कूल में पढ़ाए या कॉलेज में। हिन्दू छात्र, मुसलमान छात्र में फर्क करनेवाला नहीं, भगवान से डरनेवाला है।''

''आप मन खट्टा मत कीजिए बलभद्र भाई। हवा खराब हो तो एक-दूसरे पर दोषारोपण होता रहता है। नहीं तो कौन नहीं जानता कि हमारे यहाँ हिन्दू-मुसलमान दोनों की शाह रगें जुड़ी हैं। याद होगी आपको 1903 की भयंकर बाढ़, जब ज़मीन ज़िरात और सैकड़ों घर बाढ़ की चपेट में आ गए थे।''

''वही न जिसमें उत्तर प्रदेश के कश्मीरियों ने रिलीफ फंड खड़ा किया था ? पंडित मोतीलाल नेहरू ने एक हज़ार रुपए कश्मीर फंड में दिए थे। भला भूलनेवाली बात है वह ?''

प्रोफेसर पंडित को 1892 का कालरा प्रकोप याद है। ''गली-मुहल्लों में लाशें बिछ गई थीं। म्युनिस्पैलिटी वाले लाशें ठिकाने लगाते। मल्लाहों का बुरा हाल था। बटा क्या और मुसलमान क्या ?''

''भाना मुहल्ला के राज़दानों का लगभग पूरा मुहल्ला ही साफ हो गया था। उस वक्त लाहौर के कश्मीरियों ने कितनी मदद की थी। 'कश्मीर दर्पण' में पूरी रिपोर्ट छपी थी। उस वक्त हिन्दू-मुसलमान का फर्क तो किसी ने न किया।''

''आपकी बात काट रहा हूँ प्रोफेसर साहब, माफ करना, दूर क्यों जाएँ, अभी कुछेक साल पहले ही 1928-29 में जो बाढ़ आई, जान-माल का नुकसान हुआ। सरकार ने पीड़ितों को फौरन सहायता दी थी कि नहीं ?''

''ऐसे में भेदभाव का ज़हर कैसे घुल गया हवा में ?''

''ज़हर घोला अंग्रेज़ों की नीतियों ने,'' अजोध्यानाथ ज्यादा जानते हैं—''अब्दुल कादर पठान जानते हो, अफगानिस्तान से आया था, खानसामा के भेस में। और काम करने लगा एक अंग्रेज़ मिलिट्री अफसर के पास।''

''अंग्रेज़ अफसर शायद जानता न हो उसकी नीयत।''

''क्या बात करते हो जिया ? खूब मालूम था। उनकी रीति-नीति में बदमाशी भरी थी, कहो। फूट डालो और राज करो। उन्होंने वही किया। जहाँ खुद पर आँच आने का डर दिखा, वहाँ लोगों को खूब दबाया। जहाँ नहीं वहाँ ढील दी, चलो मरने दो आपस में लड़-झगड़कर ! पूरे देश में क्या किया है ?''

''सो तो है भैया,'' प्रोफेसर साहब को वह दिन भी याद है जब महात्मा गाँधी को अंग्रेज़ों ने बन्दी बनाया, ''अरे उस दिन कश्मीरियों ने महात्मा गाँधी की जय के नारे क्या लगाए कि पूरी पुलिस फोर्स सतर्क हो आई। दमन चक्र चला। जम्मू से 'रणवीर' अखबार बन्द करवा दिया गया। कहीं कश्मीरी असहयोग आन्दोलन में हिस्सा न लें।''

"और जब विचारनाग में दंगे हुए, लूटपाट मची, घर जले, पुलिस कछुवे की चाल चली। सत्यानाश होने पर पहुँची भी तो क्या किया ? वह सब आर.के. भान की रिपोर्ट में दर्ज है।"

नौकरीपेशा तबका अपने आकाओं का गुणगान करना हमेशा से अपना धर्म समझता रहा है। फिर राजे-महाराजे तो अपने ही थे। ब्राह्मण वर्ग के लिए राजा की अवज्ञा या विरोध की बात सोचना भी पाप था। पुराणों के जानकार कृष्णजू कौल नीलमत पुराण का वह श्लोक कई बार सुना चुके हैं जिसमें कहा गया है कि कश्मीर हर की पत्नी सती का देश है। अतः–

'कश्मीरायाँ तथा राजा त्वया-गेयो हरांशजः<br>
तस्यावशा न कर्त्तव्या सततं भूतिमिच्छता।।'

(इसलिए कश्मीर के राजा को हर का अंश मानना चाहिए। कश्मीर की समृद्धि की इच्छा करते हुए किसी को भी राजा की अवज्ञा नहीं करनी चाहिए।) हर हाल में राजा का बचाव करने की कोशिशें होतीं।

"महाराजा क्या न करते प्रजा के लिए, पर ऊपर ये ललमुँहे जो बैठे हैं, हुकुम चलाने को। उनके हाथ बँधे हैं।"

नारेबाज़ राजे बनेंगे, इस बात पर उन्हें सन्देह था।

"ये हुड़दंगिए ? ये राजकाज चलाएँगे ? जनता को न्याय देंगे ? अजी, भगवान बचाए, जिस दिन ये कुर्सी पर बैठ गए, समझो लोगों को दो वक्त का साग-भात भी नसीब न होगा। भूखों मरेंगे, भूखों।" बलभद्र धर बदलते हालात से आशंकित थे। अतीत उन्हें भूलता ही न था। महाराजा प्रताप सिंह के प्रताप से तो जनता वाकिफ ही थी, हाथ कंगनवाली बात थी वहाँ। पलक झपकते वे सातवीं शताब्दी में खड़े होकर कारकोट वंशीय ललितादित्य मुक्तापीड़ के शासन की प्रशस्तियाँ गाने लगते।

"अपनी वादी में तो भैया, इक्का-दुक्का अपवाद छोड़ दें तो राजाओं ने प्रजा के साथ न्याय ही किया है।"

"राज्य में चौतरफ प्रगति जो हुई सो राजाओं के ही शासन में न ? साक्ष्य बताते हैं कहानियाँ। शिल्पकला और स्थापत्य के अप्रतिम नमूने। मार्तण्ड का मन्दिर जो राजा ललितादित्य ने आठवीं शताब्दी में बनवाया, क्या किसी महान आश्चर्य से कम रहा होगा ?"

"एक मार्तण्ड ही बना क्या ? अवन्तेश्वर का मन्दिर देखो वितस्ता के किनारे ज़ौब्रोर में। अवन्तिवर्मन की राजधानी अवन्तिपुर इसी के आसपास बसी थी। अब तो बस ध्वंसावशेष हैं।"

"हाँ भई, खँडहर कहानियाँ बताते हैं। आततायी आक्रमणकारियों ने कुछ भी साबुत न छोड़ा, पर कभी मंडप ढंग के ये मन्दिर गन्धार शिल्पकला के अद्‍भुत नमूने रहे होंगे। धार्मिक सहिष्णुता के प्रतीक, कुछ विष्णु के कुछ शिव के ! ताजमहल तो पानी भरता इनके सामने।" प्रोफेसर पंडित मन्दिरों से ध्यान हटा अवन्तिवर्मन के मन्त्री

सूर्यभट्ट का ज़िक्र करते, "कहते हैं एक बार विकट बाढ़ में उसने झेहलम नदी के प्रवाह का रुख बदलकर वादी को डूबने से बचाया था। भागीरथ के बाद नदी का रुख बदलने की बात सम्भव की सूर्यभट्ट ने ! मन्त्री भी कम बुद्धिमान नहीं थे उन दिनों।"

बुद्धिमानों, दानिशमन्दों की बात उठती तो फिर लम्बी फेहरिस्त ही बन जाती, जिसमें राजे-महाराजों के साथ शैवाचार्यों, इतिहासकारों, ज्योतिषाचार्यों, सूफी-सन्तों और दार्शनिकों के अनेक नाम जुड़ जाते। सोमानन्द की *शिवदृष्टि* अभिनवगुप्त का *तन्त्रालोक,* कल्हन की *राजतरंगिनी,* सोमदेव का *कथासागर,* ललद्यद के *वाक्,* नुन्द ऋषि के *श्रुख* ! रचनाओं की लम्बी सूची बन जाती।

बेअन्त बातों में शाम गहराने लगती, तो मुकुन्दराम रसोइया दस्तरखान बिछाने की इज़ाज़त लेने दरवाज़े पर नमूदार होता। मित्र मंडली हड़बड़ाकर छितरने लगती—

"ओहो ! भोजन का समय हो गया, और हमें मालूम भी न पड़ा।"

ज़ाहिर है घरवालियाँ रसोई लिए, पटलों पर बैठी झपकियाँ ले रही होंगी। अन्नपूर्णाएँ प्रतीक्षा में भले रतजगे करती रहें, पर 'अन्न भगवान' को प्रतीक्षा कराना अधर्म होगा।

यानी कि आज की सभा यहीं सम्पन्न।

# महद जू

बचपन ! कितना आज़ाद था बचपन ! खुला-खिला निरभ्र आकाश, जिसमें बिना पंखों के भी छोरोंछोर उड़ान भरी जा सकती थी। घर-बाहर के तनावों से बेअसर, अपने बालपन की अछोर हदों में मस्त।

पहाड़ों की बर्फीली चोटियाँ छूते सुनहरे सूरज का जादुई अहसास जैसा, जिसकी गुनगुनी गरमास में दिन, मुँह में रखी मलाई कुल्फी-सा घुलकर अजब पुलक भरे स्वाद से भर देता। घरों की कतार के ऊपर गुलाबी बदलियों की सुनहरी कोर के पीछे छुप्पम-छुप्पी के अंदाज़ में, अभी मुँह दिखाता, अभी ओट होता बचपन का सूरज कितना खिलंदड़ा था। 'पिक-अ-बू ऽऽ, आई सी यू ऽऽ !'

चाँद तो मुँडेर पर हँसता ही रहता, बेबात। इतना करीब, कि ज़रा-सा हाथ बढ़ा दो तो चाँद की खिड़की पर बैठी सूत कातती बुढ़िया के चरखे को छू लो। कात्या कभी पंजों के बल उचक-उचक उसे छूने की कोशिश करती, पर वह भी 'छू लो, छू लो' कहता दूर और दूर छिटक जाता। नानी चाँद के बारे में कितना सच कहा करती, 'दोसि प्यठ काम येज, न पिलान चेन्य मोज्य, न पिलान मेन्य मोज्य।'[1] दीवार पर ठुड्डी टिकाए बैठे इस चाँद को कोई छू सका है आज तक, जो तू छू लेगी मुन्नी ? श्रीकृष्ण भगवान ने छूना चाहा तो आईने में देखी चाँद की परछाईं ही छू ली ! हमारी तो बात ही क्या ?

बचपन की भोली बाँहों में तमाम दन्द-फन्द, भेदभाव अपने ज़िद्दी तेवर भूल मासूम अबोधता में बह जाते, तभी न कात्या घर की दूध-मलाई से मुँह मोड़, आँगन के कोनेवाले ईंट-चूल्हे पर भीनी-भीनी खुशबुएँ उड़ाती महदू की शीरचाय पीने दौड़ जाती। गुलाबी रंग की सत्तू डली चाय, जिसे महदजू नीले फूलोंवाले चीनी प्याले में बड़े एहतियात से पीता था। गोया वह चाय न होकर कोई नायाब जन्नती शीरा हो, कि ज़रा सुड़ककर पियो, तो उसकी तौहीन हो जाए।

बड़ी सफाई-सुघड़ाई से गीला प्याला पोंछ महदजू प्याला सुखाकर चमका देता। कुछ-कुछ उसी तन्मयता से जिससे माँ जन्माष्टमी-शिवरात्रि पर सुच्चे बर्तन धो-पोंछ लिया करती। खुशबूभरी भाप सूँघते ही कात्या की भूख चमक उठती। ढेर सारा तिल लगा सुल नानबाई का 'तेलवोरू'[2] तो उसे और भी ललचाता।

---

1. पहेली : 'दीवार पर भूसे की रोटी, न तेरी माँ छू सके न मेरी। 2. तिल डला कुलचा।

"थोड़ी-सी चाय मुझे भी दो न, उस तेलवोरू के साथ।"

महदजू हिचकिचाता, "तेरी मोज्य देखेगी तो तेरी तो तेरी, मेरी भी शामत आ जाएगी। जाकर भीतर दूध पी ले, बच्चे चाय नहीं पीते।"

"ऊँ हूँ, मैं दूध नहीं पिऊँगी। अच्छा नहीं लगता। थोड़ी-सी शीरचाय[1] पिऊँगी, इत्ती-सी बस ! आहा ! यह सत्तू की मुश्क ! दो न, तुम्हारे चीनी प्याले से दो घूँट !"

महदजू की बनाई चाय, सो भी महदू के प्याले से ! सनातनधर्मी ब्राह्मण समाज की लड़की इस छोटी-सी दो घूँट वाली घटना का प्रभाव कहाँ जानती थी ?

महदजू जानता था, क्योंकि उम्र और अनुभवों ने उसे मज़हबों के दायरों से खूब वाकिफ कराया था। लेकिन यह आफत की पुड़िया कात्या माने, तब न ! जानती नहीं कि तमाम प्यार से रखने के बावजूद इसकी माँ समावार से महदू के प्याले में चाय उँडेलते, प्याले और समावार के बीच पाँच अंगुल का फासला रखती है। कहीं समावार की चोंच चीनी प्याले से छू न जाए। कभी गलती से छू गई तो बड़ी माँ राख-मिट्टी से समावार घिसवाकर साफ करती है। पर बच्चे ये दीन-मज़हब की हदें क्या जानें ?

मजबूर होकर, जासूसी नज़रों से चौतरफी आहटों को भाँप-तौल महदू दो घूँट साफ प्याले में डाल देता, "जल्दी पी ले और भीतर जा। मुझे चाय पीने दे। मुँह पोंछ ठीक से, किसी को खबर न पड़े।"

विजयी कात्या कमान से छूटे तीर-सी भाग जाती। मजाल है किसी को कानों कान खबर हो जाए।

लेकिन शीरचाय तक ही महदजू से रिश्ता सीमित नहीं था। वह जो रोज़ नई-नई कहानियाँ सुनाया करता, वह क्या कम मज़ेदार थीं ? भले प्रेम भैया उन्हें मनगढ़ंत गप्प कह दें पर कहानी सुनाते समय उनके भी कान महदजू की तरफ ही खड़े रह जाते।

"तो बच्चो ! चन्दनवाड़ी के जंगल में एक बार मुझे दिखा शेर !"

"शेर कि चीता ?"

"नहीं, शेर ही था। राजाओं-सा डीलडौल, चाल-ढाल, रुआब..."

कोई बच्चा प्रश्न करे न करे, कात्या ज़रूर पूछ-पूछ कान के कीड़े मार देगी। लेकिन महदजू तो सर्वज्ञ था। भूत-प्रेत, राहचोक, शेर-चीते से अक्सर गाँव में देर-सवेर उसकी मुलाकातें हुआ ही करतीं। न होतीं तो कहानियाँ कैसे बनतीं ? वह कोई पढ़ा-लिखा थोड़े था, रहमान गाडा के गुल मुहम्मद की तरह, जो अल्लादीन के चिराग से लेकर अली बाबा चालीस चोर और हातिमताई की कहानियाँ पढ़कर सुनाया करता था ? कहानियाँ उसके दिमाग में बनतीं। न बनतीं तो महदजू घर का नौकर मात्र रहकर महदू-ममदू बनकर रह जाता, उसे महदजू कहकर कौन पुकारता ?

सो महदजू कभी आखें बन्द कर शेर के सामने हाथ जोड़ प्रणाम की मुद्रा में बैठ जाता, अँगूठा पंजों में दाबकर (क्योंकि ठेंगा नहीं दिखा सकते जंगल के राजा को) कभी

---

1. नमक डली मलाईवाली गुलाबी रंग की कश्मीरी चाय।

अखरोट-नाशपाती के पेड़ पर चढ़कर रात भर काँपते-थरथराते अल्लाहताला का नाम लिया करता, 'जल तू जलाल तू, आई बला को टाल तू' रट-रट के तालू सुखा देता, तब कहीं बला टल जाती। जैसी स्थिति और बच्चों की जिज्ञासा रहती, उसी के अनुरूप कहानी का क्लाइमेक्स बन जाता।

कहाँ से कहाँ आ गया महदू ? ठेठ जंगली गाँव चन्दनवाड़ी से शहर की शोर-शराबावाली दुनिया में। स ऽऽऽ ब तकदीर की बातें। रिज़क के दाने जहाँ फैले हों, आदमी को उठाने तो पड़ेंगे ही। बच्चों को क्या समझाए ?

ले गया था महदू बच्चों को एक बार अपने गाँव ! खूब मौज-मज़ा किया था बच्चों ने। घोड़ों पर सवार होकर बर्फ के पुल तक चले गए। मुकुंदराम महदू साथ-साथ लगे रहे। कहीं घोड़ा बिदक गया तो बच्चे गच्चा खा जाएँ ! फिर महदू की मौत ही समझो। ईंट-देवदार के खाँचों में रहनेवाले शहरी, गाँव के खुले खेत-खलिहान, सब्ज़-चरागाह और सीने तक उगे पेड़ोंवाले पहाड़ों को देखते बौरा ही गए थे।

इसी पहलगाम से ऊपर जाते, पहाड़ियों के दामन में चीड़-बुरुंश और देवदारों से घिरे चन्दनवाड़ी गाँव में महदू का बचपन बीता था, मवेशी चराते।

"अरे ! तुम्हारे पास भेड़-बकरियाँ भी थीं ?"

"हाँ ! दो कौड़ी तो थी हीं।"

"उन्हें चराते ही दिन ढल जाता होगा।"

बच्चों की जिज्ञासाएँ शान्त करता या उकसाता महदू हीरो बन जाता। कैसे अपने यारों के साथ गुल्ली-डंडा खेलते, चीड़ वनों में घूमते वह बर्फ के पुल तक चला जाता। घोड़ों पर बिठा सैलानियों-यात्रियों को चन्दनवाड़ी की सैर कराता।

"तुम भी महदजू ?"

"मैं तो कई बार पिट्ठू बनकर अमरनाथ यात्रा पर भी गया हूँ।"

"पिट्ठू क्या ?"

"वो यात्रियों का सामान, गठरी-मुठरी पीठ पर लादकर जाना पड़ता है न ? ये मैदानों से आए लोग मुश्किल से हाँफते-काँपते तो पहाड़ चढ़ेंगे, सामान कहाँ से उठता है उनसे ?"

श्रावण पूर्णिमा को अमरनाथ यात्रा के दौरान चन्दनवाड़ी में कैसे महीनों पहले मेला लगा रहता। छड़ी मुबारक के साथ आए यात्री खुले में छोलदारियाँ लगा रातभर के लिए पड़ाव डालते। साधु मंडली मंजीरे-डफ बजाते। भजन-कीर्तन होता। उठाऊ चूल्हों पर खाना बनता। सोई वादी जैसे हड़बड़ाकर जाग जाती। "कौन मेरी नींद में खलल डाल रहा है ? घोड़ों और खच्चरों की माँग बढ़ जाती... ।"—महदू अमरनाथ यात्रा का आँखोंदेखा हाल सुनाता।

बच्चे मुकुन्दराम-महदू के साथ चन्दनवाड़ी तक आने की इज़ाज़त तो पा गए पर अमरनाथ की यात्रा पर वे नहीं जा सकते। क्योंकि अभी वे छोटे हैं और अमरनाथ के पहाड़ों पर चढ़ना कोई खालाजी का घर नहीं है। हाँ, कहानी सुन सकते हैं, सो महदू

कहानियाँ ज़रूर सुनाएगा।

"यों तो सवाब कमाने के लिए बूढ़े भी यात्रा को जाते हैं। डाँड़ियाँ और पालकियाँ पहले से उनके लिए तैयार रहती हैं। कोई रास्ते में बीमार-वीमार हो जाए तो डाँड़ियों पर लादकर कुली-मजदूर उसे गुफा तक पहुँचा देते।"

महदजू बच्चों को नई जानकारियाँ देते एक खास बात बताना नहीं भूलता कि कई साधु लोग, जटाधारी भगत, बर्फ के पुल से छलाँग लगा देते, या पंचतरणी की पहाड़ियों से लुढ़ककर जन्नत चले जाते हैं।

ऐसी बातें सच्ची भी हों, तो भी बच्चे इसे महदजू का उनसे किया मज़ाक ही समझ लेते, क्योंकि जन्नत की महिमा उनके नन्हे दिमागों से बहुत बड़ी थी और बर्फ के पुल और पंचतरणी के पर्वतों से लुढ़कना खौफनाक हादसा भर हो सकता था, जिसके बारे में सोचकर वे उदास नहीं होना चाहते।

महदू की अपनी ज़िन्दगी भी क्या किसी कहानी से कम दिलचस्प थी ? भूमिहीन किसान का बेटा, कुली-मजदूरी करता महदू। उसकी ज़िन्दगी में क्या कुछ नहीं घटा ? घटनाएँ न घटतीं तो महदू शायद आज भी अपने गाँव में मवेशी चरा रहा होता। किसी चीढ़ की छाँह में बैठा, या छलछल बहती लिद्दर में पैर डाले, दीठ के आगे खड़े बर्फीले पहाड़ों के ताजों को धूप में पिघलते देख रहा होता। हीरे-मोतियों की आब को लजाते, गुनगुनाते पहाड़ी नालों के गीत सुना रहा होता।

किताबों-तख्तियों से उलझते और फुर्सत के पलों में कमरों, दालानों या हद से हद घर के आँगनों में छुप्पम छुपी, या रस्सी टप्पा, गिल्ली-डंडा खेलते बच्चों को महदजू से कम रश्क न होता।

"वाह ! पूरा-पूरा दिन मज़े करना। खू ऽऽऽ ब सारा घूमना। न मास्टर की धौंस और न इम्तहान में फेल होने का डर।"

लेकिन प्रेम भैया को महदजू की दिनचर्या में कोई दिलचस्प बात तो लगी नहीं, "पूरा दिन खाली-पीली घूमते रहो तो उसमें मज़े की बात ही क्या ?"

"यानी कि न तो गाँव में फिल्म सिनेमा और न नाटक कम्पनी। खाली पहाड़ों-नदियों को देखते आदमी बोर होगा कि नहीं ?"

दरअसल प्रेम भैया ने इधर 'रामराज्य', 'भरत मिलाप' के अलावा 'मन की जीत' फिल्म भी देख ली थी। उसी से प्रेम भैया 'इश्क', 'प्रेम' और 'मन' की दलीलें समझने लगा था। पर महदू बेचारा फिल्म कहाँ से देखेगा ?

"ना भैया साहब ! हम बोर-बार नहीं होते थे। उधर कित्ते तो अंग्रेज़ विज़िटर आया करते। खूब मक्खन-मलाई देहवाली गिटिपिट करती मेमें। जन्नत की हूरें समझो, हूरें। वो ललमुँहे अंग्रेज़ उनके साथ बैठ ग्रामोफून सुनते, शराब पीते और इश्क लड़ाते.."

लो। फिल्म देखे बगैर ही महदू इश्क लड़ाना सीख गया।

"इश्क क्या ?" बच्चों के शब्दकोष में नया शब्द, इश्क ! बच्चे ऐसे सवाल दागते

तो महदू चौकन्ना हो चौतरफ नज़र मारता। किसी ने सुना तो नहीं ? जुबान से लफ्ज़ फिसल गया कि आफत के परकाले हाथोंहाथ थाम लेते हैं। अब समझाओ मतलब। फँस गया न महदू ? कहीं ताता साहब को कह दें कि महदू ने सिखाया यह लफ्ज़, तो उसकी रोज़ी-रोटी गई समझो। महदजू चुस्ती से बात का रुख पलट देता। बच्चों को बहलाने-फुसलाने में माहिर। प्रेम भैया से ज़रूर माफी माँगनी पड़ती। मूँछ निकल आए प्रेम भैया बहलने से रहे, लेकिन महदजू के पास उनके भी कुछ राज़ तो महफूज थे ही। वह जो पड़ोस की राधा रानी जालीदार खिड़की के पार आँखों-आँखों में हज़ार बातें किया करतीं और शाम के धुँधलके में मन्दिर के बहाने गली में चिट्ठियों की ले-दे होती, उस निहायत पोशीदा मामले की भनक महदजू को मिली थी सो आपसी समझौते में प्रेम भैया चुप्पी साध लेता।

लेकिन महदजू किसी से कहे न कहे, खुद अपनी यादों से छुटकारा नहीं पा सकता। एक बार खुले आसमान तले चट्टानों की ओट छिपे महदू ने अंग्रेज़ मेम और साहब को लिपटते देखा तो उसका अधकचरा दिमाग तपने लगा। एक मन कहता भाग जा इधर से। इन्हें शर्म नहीं तो तू ही हया कर। बबा क्या कहता है ? अगला बेशर्म हो तो खुद ही आँख झुकाना भला। इन फिरंगियों को लिहाज़-शर्म है ? दीनजहान को तो अपना हरम समझते हैं। लेकिन उस बार महदू सभी सिखौवलें याद करके भी ज़मीन से चिपका रहा। चाहने पर भी हिलडुल न पाया। जैसे कोई फिल्म देख रहा हो। नसों में खून उछाल मारने लगा। धड़कनें ऐसी तेज़, गोया पंचतरणी तक लम्बी दौड़ मार आया हो। आँख बन्द कर लेता तो ललमुँहे अंग्रेज़ की जगह खुद संगमरमरी मेम से चिपक रहा होता। तकदीर ही खराब थी महदू की कि ऐन मौके पर उसका बबा ढूँढ़ता उधर ही आन पहुँचा। बेटे को ओट में छिपकर बेशर्मियाँ देखते पकड़ा तो धौल-मुक्का जड़ना भूल अल्लाहताला को हाथ जोड़े।

''बख्श खुदाया इस नासपीटे को। जुम्मा-जुम्मा मसें भीगे आठ दिन हो गए और अभी से ताकाझाँकी शुरू कर दी।''

एक वह अल्लाह का बन्दा है जो रात के अँधेरे में निकाह करके लाई बीवी से प्यार-मुहब्बत की बात करते आसपास दो बार झाँक आता है, कहीं किसी बच्चे की आँख तो खुली नहीं। वह भी जब जी खुश हुआ तो। वरना गरीब आदमी को प्यार-व्यार की ऐय्याशियों से क्या लेना-देना। आस-औलाद तो ऊपरवाले की देन। वह देता है तो गरीब आदमी झोली फैलाकर कबूलता है। तो बेटे के केरन[1] देख महदू के बबा ने ज्यादा समय वरबाद न कर अगले मास ही अपने ताया की छोटी बेटी खतिजी से महदू का निकाह पढ़वा दिया। महदू की दाद-खुजली की रामबाण दवा। अब जो जी चाहे करे, सँभालनेवाली आ गई।

महदू ने भी सालभर हवा के पंखों पर उड़ते हुए बिताया। खतिजी चश्मे से

---

1. रंग-ढंग।

पानी-वानी लेने घर से निकलती तो महदू इस-उस बहाने पीछे ही लगा रहता। चीड़-देवदार के पीछे आँखमिचौनी खेलता सूरज खतिजी के चेहरे पर इन्द्रधनुषी रंग बिखेर देता तो महदू बावला हो जाता। वह अक्सर बीवी को अंग्रेज़ मेम साहबों की दास्तानें सुनाता। खुदा का शुक्र करता कि बबा ने उसे चोरी-छिपे उन्हें देखते रंगे हाथों पकड़ लिया, तो निकाह की बात सूझी, नहीं तो महदू आज भी अलिफ अकेला, इस-उसकी ताक-झाँक करता ख्याली पुलाव ही पका रहा होता। यदाकदा खतिजी से 'अंग्रेज़ी' ढंग से इश्क करने की कोशिश भी कर लेता पर खतिजी मुँह बनाकर हँस देती। जाने क्यों वह न महदू के दिल के वलवलों को समझी और न दिमाग के फितूर को। इश्क की दीवानगी महदू को लैला का कुत्ता बनाए रही, पर अपनी-अपनी किस्मत, और किसे कसूरवार ठहराए महदू ?

महदू कभी-कभार प्रेम भैया से कह भी देता किस्मत की बात, "खोटी किस्मत पाई है महदू ने भैया साहब ! वह यों, कि एक दिन जो खतिजी चश्मे पर पानी लाने गई सो घर वापस लौटी ही नहीं।"

"लौटी नहीं ? क्यों नहीं लौटी महदजू ?"

अब क्या कहे महदू ? उसके साग-भात से भूख नहीं मिटी हसीना की ? उसे तो मुर्ग-मुसल्लम और शामी कबाब चाहिए थे। महदू कहाँ से जुटा पाता ? कोई नवाबज़ादा था क्या ?

सोचने से ही ज़ख्म हरिया जाते। उसाँस हूक की तरह सीने को थरथरा देती।

"उसे किसी भूतनी की नज़र लग गई भैया साहब !"

"भूतनी की नज़र ? क्या बुझैवल बुझा रहे हो महदजू ?"

"हाँ भैया साहब ! देर-सवेर जाती थी न चश्मे पर। वहीं उसे प्राह[1] हो गया।"

"फिर ?"

"फिर क्या ? बबा बोला, दूसरा निकाह पढ़ो। उन्हें पोता चाहिए था। पर मेरा दिल ही नहीं माना।"

अब दिल क्यों नहीं माना, यह बात तो महदू खुद भी नहीं जानता। दूसरों के सामने क्या खुलासा करे ? प्रेम भैया के सवाल, कि तुम लोग तो तीन-तीन बीवियाँ रख सकते हो। एक भाग गई तो दूसरी क्यों नहीं की, के जवाब में महदजू अल्लाहताला को आगे कर देता, "उसकी मर्ज़ी नहीं थी भैया साहब, यही समझो।"

अल्लाहताला की मर्ज़ी से ही महदू शहर चला आया। शहर में कैसे, किस तरह अजोध्यानाथ रैना के घर पहुँच गया, यह भी अलग किस्सा है। पहुँच गया तो बच्चों-बड़ों के साथ ऐसे हिलमिल गया जैसे इसी घर में जन्मा हो।

ताता साहब का हुक्का भरना, तम्बाकू बनाना-मलना, घर की साफ-सफाई के अलावा बच्चों का मन बहलाना, उसके रोज़मर्रा के कामों में शामिल हो गया।

---

1. भूत लगना।

"महद जू ! हम प्रताप पार्क घूमने जाएँगे।" एक फरमाइश करता।

"आज शंकराचार्य पर्वत चलेंगे !" दूसरा अपनी मर्ज़ी बताता।

"बाहर सिंघाड़े बिक रहे हैं। ला दो न !"

"मुझे मिशिरिमकाय चाहिए, गरम-गरम !"

"हमें तो कहानी सुननी है..."

औरों को तो महदजू यह वह बहाना बनाकर टरका भी देता। वे मान भी जाते। पर कात्यायनी ? तौबा। इस ततैया की माँग पूरी किए बिना महदू की खैर नहीं। इनकार करो तो सीढ़ी की तरफ मुँह करके ताता को आवाज देगी—ताऽऽ ताऽऽ ! आवाज़ में वो दर्द मानो किसी ने पीट ही दिया हो। अब ताता की डाँट सुनने से बेहतर है इस छुटकी का हुकुम बजा लाना।

"हाँ बोलो, कौन-सी कहानी सुनोगी !"

"वो अमरनाथजी की गुफावाली। तुमने कहा न कि मलिक खानदान के लड़के ने गुफा को खोज निकाला है। कैसे खोजा भला ?"

"वो ऽऽ बात !" महदू आँखें बन्द कर विगत के इतिहास में पाँव जमा लेता, "बहोत-बहोत साल पहले की बात है, कि एक दिन अनन्तनाग के मलिकों का लड़का अपनी भेड़-बकरियों को चन्दनवाड़ी के आसपास के चरागाह में, चराने ले गया। मवेशी हरी-हरी घास-पात पर मुँह मारने लगे तो लड़का पास ही देवदार के साए में पसर गया। गर्मी के दिन थे। ठंडी छाँव में, हवा की थपकियों ने मस्त नींद में सुला दिया। नाग नेंदर[1] में सुध-बुध खो बैठा। मस्त-मलंग।"

"उधर कोई चश्मा भी था ?" यह शारिका की जिज्ञासा।

"तब तो उसमें से नाग निकला होगा, जिसे पिटारी में बन्द करके उसने अपनी पत्नी को डराया होगा...!" यह प्रेम भैया का हस्तक्षेप।

"हम कहें आगे ? 'अत्य दअर्‌य बुछिनय, म्यानि अछम वुछनय...।"[2] कात्या भला पीछे क्यों रहे किसी से ?

"रुको, रुको बच्चो ! वह दूसरी कहानी है। घपला मत करो।"

"कहानी सुनते टोकाटोकी करना ठीक नहीं। अभी गुफा की बात सुनो ! तो बच्चो, खुदा खैर करे, शाम घिरते लड़के की आँख जो खुली तो मवेशियों की गिनती की। कुछेक भेड़ कम निकलीं। लड़का घबराया कि घरवाले इस बेध्यानी के लिए डंडों से खबर लेंगे। सो ढूँढ़ने चल पड़ा। सोचा, चरते-चरते शायद नीलगंगा की तरफ चली गई हों। ढूँढ़ते-ढूँढ़ते बर्फ का पुल पार कर पहाड़ों पर दूर निकल गया। मगर दूर तक मवेशियों का कोई नामोनिशान नहीं, लड़का आगे ही आगे निकलता गया। पहाड़ों की खड़ी चढ़ाई, फिर दूर तक बर्फ से ढके पसरे मैदान। आखिर सामने एक गुफा-सी नज़र

---

1. गहरी मीठी नींद (मुहावरा)। 2. लोककथा का अंश। नाग को देखकर पति पत्नी से कहता है, नाग तुझे खा जाएगा।

आई।"

"गुफा ? बर्फ के पहाड़ों पर ?"

"हाँ, बच्चो ! इतनी ऊँचाई पर बर्फीले पहाड़ों और मैदानों को लाँघ जो गुफा मिली उसे देखकर लड़का हयबुंग रह गया, कहीं ख्वाब तो नहीं देख रहा ? भला इस बर्फीले बियाबान में यह गुफा कैसी और किसकी होगी ?"

"मालूम है बच्चो, अन्दर जाकर लड़के ने क्या देखा ?"

"हुम ऽऽ गुफा में शेर देखा होगा, नहीं चीता, चितकबरा।"

"नहीं, नहीं, भालू, लम्बे बालोंवाला।"

"हमें मालूम है, बर्फ में राहचोक[1] रहता है, उसी का घर होगा..."

"नहीं मेरे अज़ीज़ो ! गुफा में बर्फ का शिवलिंग था। लिंग भी कैसा ? न ज़मीन पर टिका, न आसमान में, हवा में खड़ा। लड़के को ताज्जुब तो हुआ, कुछ घबराहट भी हुई कि भला कोई गैबी चीज़ तो नहीं जो हवा में खड़ी हो गई है !"

"सो जी, लड़का गाँव लौटा और लोगों को आँखोंदेखी बता आया। कुछ ने यकीन किया, कुछ ने सोचा 'टुडि'[2] मार रहा है। गप्पबाज़ तो था ही। मगर गाँवों में कुछ दानिशमन्द पंडित थे, वे लड़के को साथ लेकर गुफा देख आए। बीहड़ चढ़ाई के बाद मिली उस गुफा में उन्हें शिवजी के दर्शन तो हो ही गए, कबूतरों की जोड़ी भी दिखी।"

"तुमने देखी शिवजी की मूर्ति और वह कबूतरों की जोड़ी ?"

"शिवजी तो भगवान हैं, कथबब कहते हैं, पर्वतशिखरों पर रहते हैं, उन्हें ठंड भी नहीं लगती और भूख भी नहीं, पर कबूतर बेचारे खाना कहाँ से खाते होंगे ?"

बच्चों की जिज्ञासाएँ ! महदू कहाँ तक सवालों के जवाब दे। कहानी का रुख 'कथबब' की ओर मोड़ बच्चों को सलाह देता कि बबसाहब से पूछ लें। वे पढ़े-लिखे जानकार आदमी हैं। महदू बेचारा तो जनम गँवार, आसमानवाले की बातें क्या जाने ? वह तो इतना जानता है कि मलिक खानदान के लड़के ने शिवजी का 'अस्तान' खोज निकाला है, तभी न आज भी श्रावण पूनम को अमरनाथ यात्रा होती है। देश-परदेश से यात्री शिवजी के दर्शन करने आते हैं। भेंट-चढ़ावे चढ़ते हैं और उस चढ़ावे का एक हिस्सा मलिक परिवार के लिए अलग रखा जाता है।

आगे कात्या और दिद्दा ने नाना कृष्णजू उर्फ कथबब से जब विस्तार से अमरनाथ यात्रा की कथा सुनी तो उन्हें यकीन हो गया कि महदजू बच्चों को खाली गप्प ही नहीं सुनाता, सच्ची कहानियाँ भी जानता है। ज़ाहिर है, इससे बच्चों पर महदजू का खासा रुआब पड़ गया ! पंडित कृष्णजू महदू की बात पर हस्ताक्षर कर दें तो रुआब पड़ना ही हुआ न ?

1. काल्पनिक मनुष्य जिसकी आँखें दीये की तरह जलती हैं, जो खेतों या कब्रिस्तानों में रात को पथिकों को डराता है। 2. गप्प मार रहा है।

# सोमदेव के वंशज

पंडित कृष्णजू और बलभद्र में गाहे-बगाहे नोक-झोंक होती ही रहती है। चार जनों के बीच बात जब तूल पकड़ लेती है तो बेचारी 'बहोरिन के कान' सी लम्बी खिंच जाती है। मैं सही तू गलत की तत्ती बहस जब बरदाश्त की हदें पार कर जाती है तो कृष्णजू हुक्के की नय दिखाकर बलभद्र को सीढ़ियाँ फलाँग घर का रास्ता नापने को मजबूर कर देते हैं। मज़े की बात यह है कि दोस्त ठहाका लगाकर खेल का मज़ा लेते हैं। बलभद्र यों तो कृष्णजू का मान-सम्मान करता है, आखिर वादी के मुट्ठीभर ग्रेज्युएटों में उनका नाम है। पंडित नन्दलाल कित्तरू तो वादी के पहले, ग्रेज्युएट हुए, उनके बाद के ही ग्रेज्युएटों में मदन, आर.सी. पंडित, काजी आदि के साथ उनका नाम भी जुड़ा है। धर्म-दर्शन के जानकार हैं। भले वकील-मुंसिफ जागीरदार-अहलकार न हों, आचार-विचार, ज्ञान बुद्धि का कोई जवाब नहीं। लेकिन उनका दर्शन बलभद्र के पल्ले नहीं पड़ता।

अब हाल की ही बात लें, चुन्नी की शादी की बात निरंजन रैना के लड़के से चली। बलभद्र कृष्णजू से मशविरा करने आए, लड़का उनके दफ्तर में काम करता है। कृष्णजू निरंजन के लड़के से बेहद खुश। अग्रिम बधाई देकर बोले, "आँख बन्द करके सगाई कर दो। लड़का लाखों में एक है।"

"घर-परिवार के बारे में थोड़ी जानकारी चाहिए थी, सुना है लड़के का दादा नानबाई की दुकान करता था—क्या सचमुच ?"

बलभद्र की बात पर कृष्णजू तो बिफर ही गए—"हाँ भई, दादा नानबाई की ही दुकान करता था, कोई चोरी-चकारी नहीं। गुरबत में धन्धा करना कोई पाप तो नहीं। अब तो उस घर पर लक्ष्मी और सरस्वती दोनों की कृपा है।"

"पाप की बात नहीं भाई साहब, पर मैं कारकुन नानबाइयों के यहाँ अपनी इकलौती लाड़ली कैसे दूँ ? अपने खानदान में तो सात पुश्तें देखी जाती हैं। आखिर समाज में रहना है..."

लेकिन बलभद्र की परेशानी समझने के बदले कृष्णजू उल्टे उसे लताड़ने लगे कि शराफत देखोगे या ऊँची-नीचीं धोतियाँ ? पर बलभद्र देखकर मक्खी कैसे निगले ? उलझ गया।

"हसब-नसब तो देखना ही पड़ेगा भाई साहब। यों खाली शराफत और लड़का ही देखना हो तो अपने दीन बायू का लड़का ओंकार क्या बुरा है ? माँ-बाप सीधे-सादे

और लड़का कमाऊ। पर ऐसा सोचना भी मुनासिब नहीं। 'गोर' और 'कारकुन' का मेल तो होगा नहीं।''

''तुम्हारी बच्ची तो अपनी ही बच्ची है बलभद्र भाई। उसके लिए तुम शुभ ही सोचोगे। मैं भी आशीर्वाद ही दूँगा, पर यह गोर छोटे और कारकुन बड़े कैसे हो गए ? तुम तो पढ़े-लिखे हो, भेड़चाल चलना छोड़कर सोचो ज़रा कि जिन्हें 'गोर' कहते हो, इन्होंने ही हमारी हिन्दू संस्कृति को बचाए रखा। ज़ैनुलाबदीन बड़शाह के समय जब वादी से निष्कासित ब्राह्मण वर्ग वापस घर लौटे तो सुलतान ने कुछ भट्टों को राजकाज के काम में सलाहकारों, वेतनदारों के रूप में रख लिया। उन्होंने फारसी सीखी और कारकुन कहलाए। कुछ लोगों से संस्कृत ग्रन्थों और पौराणिक पुस्तकों के भाष्य लिखवाए गए, ये भाष्यकार ही भाष्यभट्ट और बाद में गोर कहलाए। कालान्तर में दोनों के अलग वर्ग बन गए। इसमें छोटा-बड़ा कहाँ से आया ?''

''आप सही कह रहे हैं भाई साहब, पर यह भी तो सच है कि गोर परजीवी हैं और कारकुन के दान-पुण्य से ही दो वक्त की रोटी खाते हैं।''

''वो इसलिए न कि अंग्रेज़ों की हुकूमत में शिक्षा का स्वरूप बदला। संस्कृत की जगह फारसी और अंग्रेज़ी लेने लगी तो अब संस्कृत पंडितों की माँग भी कम हो गई। धार्मिक अनुष्ठानों में जो थोड़ा बहुत हवन, पूजन, श्राद्ध आदि होता है, उसी की दान-दक्षिणा से पंडे-पुरोहित पलते हैं। इसमें उनका तो कोई दोष नहीं। एक अर्थ में यही उनकी नौकरी है।''

अब दोष किसका है किसका नहीं, इसमें बलभद्र नहीं पड़ते। धर्म-कर्म की उनकी अपनी धारणाएँ हैं। उन पर वे बहस नहीं करते क्योंकि धारणाएँ तर्कातीत हैं। बस, परम्परा से ऐसा ही होता आया है। जैसे मीट खाते हैं पर अंडा नहीं खाते। संक्रान्ति पर गरीब ब्राह्मणों को दान-दक्षिणा देते हैं पर सुलवातुल को सामने आता देख दूसरी गली में मुड़ जाते हैं। कहीं छू-छा न जाए। कृष्णजू भी कभी-कभार मूड में आकर टाँग खिंचाई करने से बाज़ नहीं आते—

''बलभद्रा, गाँधीजी तो इन्हें हरिजन कहते हैं। अपना पाखाना भी वे आप साफ करने की सलाह देते हैं। खुद तो करते ही हैं...पर तुम्हारा बस चले तो सुलवातुल के लिए रास्ता ही अलग बनवा दो ताकि कभी सड़क पर आमना-सामना न हो जाए।''

बलभद्र भी कम नहीं चिढ़ता, ''ये लो, अब भाई साहब पर सुलवातुल का भूत भी सवार हो गया। इसे उतार दें तो ही गाँधीजी पर आ जाएँगे।'' उत्तेजना में उनके मुँह से थूक के छींटे उछलते हैं और अगला मुँह बन्द करने को मजबूर हो जाता है। ''यों गाँधीजी रटने से कोई गाँधीजी नहीं बनता। वे लँगोटीनुमा धोती और चादर डाले गोलमेज कांफ्रेंस में भाग लेते हैं, सत्याग्रह और अनशन करते हैं, अंग्रेज़ों की लाठियाँ खाते हैं। हम तो सिर्फ गाँधीजी का नाम ही रटते हैं और हमारे बस का कुछ नहीं।''

अजोध्यानाथ बीच-बचाव करते हैं। बैठक में लगी घंटी का बटन दबा चाय की फरमाइश करते हैं। खुशबूदार कहवा और गरम-गरम बाकरखानी लेकर मुकुन्दराम

हाज़िर हो जाता है तो कहवे के मीठे घूँट से बहस की तल्खी गले उतारी जाती है। मन फिर पाक साफ हो जाते हैं।

अजोध्यानाथ दोनों के साझे दोस्त हैं। कृष्णजू तो समधी ही हैं। उनके लिए अजोध्यानाथ के मन में आदरभाव भी है। उनके उदार विचार और व्यवहारकुशलता का ही करिश्मा है कि घर और दफ्तर दोनों जगह उन्हें अपनापन मिलता है। बड़ों में बुजुर्ग और बच्चों में बच्चे। बच्चे जब भी उन्हें ज़रा फुर्सत में पाएँ तो घेर लेते हैं।

"कहानी बबा, किस्सा नानाजी।"

अजोध्यानाथ उनका बेशुमार कथा-ज्ञान देख कहते हैं, "ज़रूर ये सोमदेव[1] के वंशज होंगे।"

किस्से-कहानी सुनाते कृष्णजू कभी नहीं थकते। पंचतन्त्र और पुराणों की कहानियाँ ! इतिहास और भूगोल की कहानियाँ, हज़ारों वर्ष पूर्व की कहानियाँ ! उनका अखंड विश्वास है कि अपनी संस्कृति और सभ्यता की जानकारी औरतों को पतियों से और बच्चों को अपने बुजुर्गों से ही मिल सकती है। और शिक्षा का माध्यम कहानी से बढ़कर क्या हो सकता है ?

नतीजन लगभग हर शाम 'कथबब' बच्चों से घिरे कथा सुना रहे होते हैं।

एक शाम कथारस के चस्के से खिंचे बच्चे जब कथबब के पास ढुक आए तो वे पड़ोसी विशम्भर से खराब हालात का ज़िक्र कर रहे थे। बच्चों ने कृष्णजू को कहते सुना कि 'सतीसर में फिर से जलोद्‌भव घुस आया है', तो उनके छोटे-छोटे कान खड़े हो गए।

कथा मंडली जमी तो कात्या ने नानाजी से अपनी जिज्ञासा का समाधान चाहा, "बबाजी, जलोद्‌भव कौन था ? सतीसर में कैसे घुस गया ? पानी में दम नहीं घुटा ?"

नन्हे भैया के दिमाग की घंटी बजी, "नहीं, दम कैसे घुटेगा, सीधा 'डाइव' करके पाताल महल पहुँच गया होगा, जहाँ ढेर सारे खजाने भरे पड़े हैं, जिनकी रखवाली लम्बे दाँतोंवाले राक्षस करते हैं। है न बबा ?"

"बुद्धू !" दिद्‌दा ने छोटे भैया की पीठ पर प्यार भरी धौल मारी।

"जलोद्‌भव 'डाइव' थोड़े करता था। वह तो पानी में ही रहता था।"

कृष्णजू बच्चों की उत्सुकताओं से प्रभावित हुए। नाथजी को हुक्का लाने का आदेश दिया, हुक्के के दो-चार कश लिए और इत्मीनान से पालथी मारकर बैठ गए—"तुम लोग भी 'चाटकुट'[2] करके बैठ जाओ चिड़ी चिरोंटो, और ध्यान से सुनो। आज मैं तुम्हें कश्मीर जन्म की कथा सुनाऊँगा।"

"मगर वह जलोद्‌भव ?"

"वह भी आएगा कथा में, तुम लोग चुपचाप बैठकर सुनो। कोई प्रश्न पूछना हो तो बाद में पूछना। बीच में टोकाटोकी नानाजी को पसन्द नहीं।"

---

1. कथा सरित सागर के रचयिता सोमदेव। 2. पालथी मारकर।

"हाँ तो बच्चो, बहोत-बहोत सालों पहले कल्प के आरम्भ में यह हमारी वादी बहुत बड़ी झील थी, जिसे सतीसर कहते थे।"

"सतीसर क्यों ?" नन्हे भैया ने जानना चाहा।

"पार्वती का 'थान' है न हमारी वादी। इसी से इसका नाम पड़ा सतीसर। इसमें जलोद्भव नाम का राक्षस घुस गया और पहाड़ के दामन में रहते नागों को त्रस्त करने लगा।"

"नानाजी, राक्षस पानी में क्यों घुसा, खुले में घूम सकता था। उसे किसका डर ? वह तो घड़ेवाले भूत की तरह आसमान तक फैल सकता है।"

"बबाजी, नाग तो उसे देख चुपचाप सरक जाते। किसी ढोक चट्टान के नीचे बिल में लुक जाते..." मुन्नी भला चुप क्यों रहे।

"ऐसा नहीं मुन्नी, अधूरी कथा में प्रश्न करोगे तो समझोगे क्या ? सुनो, जलोद्भव ने अखंड तपस्या कर ब्रह्मा से माँग लिए तीन वर। ये थे, जल से अमरत्व, विक्रम और मायाशक्ति। जल में वह सुरक्षा के लिए रहता था और नाग, सर्प नहीं थे। नाग और पिशाच हम तुम जैसे लोग थे। नाग वसन्त में, हमारी वादी में रहने आते और सर्दियों में बर्फ पड़ते ही पीर पांचाल के मैदानों में चले जाते। पिशाच जाति के लोग जाड़ों में यहाँ रहते।"

"तो सोनगोबुरो[1] ! कहते हैं लोग जलोद्भव के आतंक से दुखी होकर नागों के पिता ब्रह्मापुत्र कश्यप के पास फरियाद लेकर गए। बोले, 'पिता ! हमें इस राक्षस से बचाओ। हम बड़े दुखी हैं।' कश्यप ने लोगों का दुख समझा और उनकी मुक्ति के उपाय सोचने लगे। नीलमत पुराण में लिखा है कि कश्यप ऋषि ने हरीपुर के निकट नौबन्ध में रहकर एक हज़ार वर्ष तक महादेव शम्भो की तपस्या की। तब भगवान शंकर ने प्रसन्न होकर विष्णु और ब्रह्मा को राक्षस का अन्त करने भेज दिया। अब बच्चो ! जलोद्भव तो पानी में रहकर मर नहीं सकता था। खुद ब्रह्माजी ने जो उसे वरदान दिया था, सो विष्णु भगवान के आदेश से बारामूला के पास पहाड़ियों को काटकर जल का निकास करवाया गया। पानी निकला तो ही जलोद्भव मारा गया और झील के अन्दर से बड़ी सुन्दर वादी निकल आई। कश्यप ऋषि की कृपा से यह शुभ काम सम्भव हो सका, इसी से इस वादी का नाम कश्यपमर यानी कश्मीर पड़ गया..."

"राक्षस तो मर गया फिर आपने काकाजी से क्यों कहा जलोद्भव सतीसर में फिर से घुस गया है ?" कहानी खत्म हुई पर कात्या का समाधान नहीं हुआ। "जो मर गया वह तो गया। खतम !"

अब कृष्णजू बच्चों को कितना क्या समझाएँ कि एक राक्षस के मरने से सृष्टि में समस्त राक्षसों का नाश नहीं होता। समय-समय पर लोगों में काया प्रवेश कर ये आतंक-उपद्रव मचाने के मौके ढूँढ़ते ही रहते हैं।

---

1. अच्छे बच्चो !

''किस्सा खत्म होता है बच्चो ! पर कहन रह जाती है। मतलब जो जन देश-समाज में उपद्रव मचाते हैं, लोगों को बिना कारण कष्ट पहुँचाते हैं, वे राक्षस ही हुए न ? हर देशकाल में ऐसे लोग राक्षस ही कहलाएँगे।''

पता नहीं बच्चे कितना समझ पाते, कितना उनके नन्हे मस्तिष्कों से बाहर ही बाहर बर्फ की सिल पर पड़े पानी-सा बह जाता। इतना तो तय था कि राक्षसों, देवी-देवताओं और नाग-पिशाचों की कथाएँ उन्हें अभिभूत करतीं। यों भी नानाजी की हर बात ज़ेहन के कोने-अन्तरे में दुबकी रहती। बड़ों की बातें छिपकर कान लगाकर सुनने से 'कल्याण' में जो तस्वीर नानाजी ने दिखाई, कैसे मरकर यमदूत कान लगाने वाले के दोनों कानों में गरम सलाख घुसा देते हैं, और वो भयानक धुआँ कान से निकलता है कि रीढ़ की हड्डी भय से थरथराने लगती है। वह तस्वीर देखने के बाद कोई बच्चा भला छिपकर बड़ों की बात सुन सकता है ?

कई-कई रात सपनों में कथा के स्वर्ण मुकुटों से सजे देवी-देवता मुस्कुराते, फैली हथेलियों से प्रकाश की किरणें उनके सिरों पर बरसा आशीष देते। और भयानक चेहरों, टेढ़े-मेढ़े लम्बे दाँतों, गज़-गज़भर लम्बी मूँछोंवाले राक्षसों से धींगामुश्ती करते। कभी-कभी तो हथेली से अग्निबाण बरसाकर ही राक्षसों को भस्म कर दिया करते। उनकी तो बातें ही निराली थीं।

तब बच्चे नानाजी की कथा का मर्म समझ लेते कि बुरे कामों का फल आखिर बुरा ही होता है। यानी कि बुराई से बचो। बात की बात, सिखौवल की सिखौवल।

लेकिन क्या महज़ बातों से ही कृष्णजू बच्चे-वालों को सीख देते थे ? उनके आचार-व्यवहार पर कोई उँगली उठा सकता था भला ? बलभद्र धर भी मान जाते कि बड़े भाई के स्वर्ग सिधारने पर उनके 'खाम अयाल' को जो कृष्णजू ने सँभाला, वह सबके बस का नहीं।

''दो-दो बेटियों को 'शूमिदार' ढंग से ब्याहना, हाथ और दिल खोलकर खर्चा करना, खानदानी घरों में पहुँचाना, किसी बड़े दिलवाले का ही काम है भैया।''

''सो तो है भाई। एक नाथा ही बदबख्त निकला जो कृष्णजू की हर कोशिशों पर पानी फेर रहा है।''

''क्या नहीं किया भाई ने उस दरबदरीदास के भेजे में अक्ल भरने के लिए ? मास्टर रखे, खुद पास बिठाकर गणित, इंगलिश सिखाने की कोशिशें कीं, पर सरस्वती की कृपा न हो तो भले कुहनी से खड्डा खोदो, होना-हवाना कुछ नहीं। अल्ला-अल्ला करके दसवीं तक धक्का दे दिया, आगे जो अड़ गए सो अड़े ही रह गए।''

''चलो, नन्दा बस सर्विस में लगा दिया कृष्णजू ने, हिल्ले से लग ही गया। घुमक्कड़ी का शौक और याराना मिज़ाज़ काम आ गया नाथे का।''

अजोध्यानाथ ने तो उम्मीद ही छोड़ दी थी, पर कृष्णजू पर तो भाई का कर्ज़ था। उतार लिया। बल्कि नाथे ने कुछ ही दिनों में टूरिस्टों को अपने 'यस सर', 'प्लीज़ सर' से खासा प्रभावित कर दिया। तभी तो नन्दा बसवालों ने कमीशन बढ़ाकर श्रीनगर-गुलमर्ग

रूट की दो बसों की निगरानी, आय-व्यय का हिसाब, टूरिस्टों के लिए होटलों से लेकर स्कीइंग-स्केटिंग का ज़िम्मा भी उसी को सौंप दिया। देनेवाला देने पर आए तो भाग्य ही बदल जाता है।

जियालाल ने मसखरी की, "काम तो नाथे को मन-मुआफिक ही मिल गया भाग्य के ज़ोर से। बिना हींग-फिटकरी लगे रंग चोखा। फ्री में घुमक्कड़ी और दाएँ-बाएँ गोरी मेमों की गरमाहट।"

मेमों की बातें कृष्णजू ने इस-उसकी ज़बान से भी सुनी तो आनन्द बायू से परामर्श लेने निकले।

"हिल्ले से तो लग गया लड़का महाराज आपके आशीर्वाद से ! अब कोई सुशील कन्या मिल जाए तो नाथे की माँ भद्रा के मन की हौंस भी पूरी हो..." आनन्द बायू ने बुद्धि भरा कपाल सहमति में हिलाया। नाथे की जन्मपत्री देख ग्रह-नक्षत्र की स्थिति बाँच ली। सब ओर से सन्तुष्ट होकर ही अनन्तनाग वाले श्रीधर भट्ट की बेटी से लगन तय हुआ।

यों होनेवाले समधी ने आनन्द बायू का विधिवत मान-सम्मान करने पर भी दबी जुबान से अपनी शंका प्रकट कर ही दी। बोले, "पंडित कृष्णजू तो गुणी-ज्ञानी व्यक्ति हैं महाराज, पर नाथजी ने तो मैट्रिक भी पास नहीं किया, सुना है..."

"सोचता हूँ कल को, भगवान न करे, उनकी नौकरी छूट गई तो हमारी बेटी का क्या होगा ? किस अधर में लटकी रहेगी ?"

आनन्द शास्त्री भट्ट साहब की शंका प्रवृत्ति से कुछ-कुछ अपमानित हुए। नादान समझ बात दिल को लगने से पहले ही परे कर दी और श्रीधर भट्ट को अशुभ सोचने से रोका।

"शुभ-शुभ सोचो श्रीधरजू। क्या पता कौन-सी घड़ी 'अभिज़ेथ' हो और शिव शम्भू 'तथास्तु' कहें ? जंगल में भटके उस थके-हारे पथिक का किस्सा तो जानते हो जिसने शुभ सोचा तो खाने को पुलाव और शयन के लिए गद्‌देदार बिछौना प्रकट हुआ। परन्तु मन में वहम को जगह दी तो शेर का आहार बन गया।"

"महाराज, क्षमा करें, बेटीवाला हूँ।" भट्ट साहब ने आनन्द बायू के चरण पकड़े तो आनन्द शास्त्री कुछ शान्त हुए। पर बात तो समझानी ज़रूरी थी। लड़कीवालों को ज्यादा अहंकार तो सोहता नहीं।

"भट्ट साहब ! पंडित राधेलाल वकील को तो जानते होंगे आप ! जम्मू पंजाब तक नाम है उनका। प्रोफेसर मदन साहब को तो बच्चा-बच्चा जानता है। आप भी जानते ही होंगे..."

जेब से झक सफेद रुमाल निकाल नाक छिनक दोबारा तहाकर रुमाल जेब के हवाले करते आनन्दजू ने दो-चार धनीमानी भद्र परिवारों के नाम गिना दिए। गम्भीर वाणी में चेतावनी की गूँज लिए दो-एक बेलाग वाक्य भी थमा दिए, कि उनके महज़ एक संकेत पर, अलाँ जागीरदार और फलाँ वकील साहब अपनी लाड़ली लक्ष्मियाँ

कृष्ण जू के घर में ब्याहने को दौड़ पड़ें, वह भी केवल खानदान के नाम पर। परन्तु हम आपके पास चलकर आए तो आप दुविधा में पड़ गए। यह बड़े दुख की बात है। दुख की तो छोड़िए, आश्चर्य की बात है।''

''क्षमा करें महाराज, अल्पबुद्धि हूँ, परन्तु मेरा कष्ट आप जान सकते हैं।''

''आपका कष्ट समझता हूँ, तभी तो आपकी बात पर ध्यान नहीं दिया। आप यह तो जानिए कि जिस लड़के के सिर पर बड़ों का हाथ हो, वहाँ चिन्ता जैसी बात कहाँ से उठनी चाहिए ? आखिर नाथजी कल का बच्चा है। घर-परिवार तो बुजुर्ग ही देखा करते हैं न ? फिर आप यह भी भूल गए कि किस कुल-गोत्र में आप अपनी बेटी दे रहे हैं ? जानते हैं न, पंडित कृष्णजू कौल कौन हैं ? नहीं जानते तो जान लीजिए, दत्तात्रेय मुनीश्वरों के वंशज हैं पंडित कृष्णजू कौल।''

आनन्द शास्त्री ने उत्तेजना में दत्तात्रेय मुनीश्वर का अर्थ समझाते ऋषि आत्रेय और उनकी पतिव्रता पत्नी अनुसूया की कहानी भी सुना डाली, कि किस प्रकार घूमतें-घामते नारद मुनीश्वर ब्रह्मा, विष्णु और महेश की अर्धांगिनियों के पास गए और आत्रेय पत्नी अनुसूया के पातिव्रत धर्म की प्रशंसा की, कि ऐसी सती तीनों लोकों में कहीं नहीं। कैसे सावित्री, लक्ष्मी और पार्वती ने नारद मुनि के कथन को चुनौती माना और अपने-अपने पतियों को अनुसूया की परीक्षा लेने धरती पर भेज दिया। देवताओं ने भिक्षुओं का रूप धर अनुसूया से भिक्षा में माँगा इच्छा भोजन। उस पर शर्त यह कि निर्वस्त्र होकर सामने आए और भोजन परोसे।

''सती अनुसूया भी साधारण स्त्री नहीं थी महाराज ! समझ गई कि इच्छा-भोजन माँगनेवाले साधारण भिक्षु नहीं हैं। उसने पति के पाँव की धोवन तीनों भिक्षुओं पर छिड़क उन्हें नन्हे शिशु बना दिया और निर्वस्त्र होकर स्तनपान कराया। फिर बड़े आराम से तीनों को पालने में सुला दिया।

''उधर देवों के वापस न लौटने पर देवियाँ चिन्तित हो उठीं। नारद मुनि से सूचना पाकर तीनों अनुसूया की कुटिया पर गईं और पतियों के बारे में पूछने लगीं। अनुसूया ने पालने में सोए शिशुओं की ओर संकेत कर कहा, 'अपने-अपने पति को पहचानो।' देवियाँ नहीं पहचान पाईं। उनका गर्व चूर हो गया। अनुसूया को दया आई। उसने पति की पाँव-धोवन छिड़क देवताओं को वास्तविक रूप दिया। देवता सती के ओज-तेज से प्रभावित हुए। अनुसूया ने देवताओं को लौटाने की शर्त रखी कि उसने तीनों को स्तनपान कराया है अतः वे तीनों एक रूप धारण कर उसकी सन्तान बने रहें। देवताओं ने तथास्तु कहा और तब जन्मे दत्तात्रेय। तीन सिरों छह भुजाओंवाले। मध्य भाग में विष्णु, दाएँ शिव और बाएँ ब्रह्मा। आत्रेय को दिया यही बालक दत्तात्रेय नाम से प्रसिद्ध हुआ और इसी के वंशज हैं पंडित कृष्णजू कौल।''

कथा सुनकर श्रीधर भट्ट इतने अभिभूत हो गए कि रो ही पड़े। अपनी इकलौती बेटी इन्द्रा का रिश्ता उसी क्षण नाथजी से तय कर दिया।

लेकिन यहाँ भी नाथजी अपनी ऊटपटाँग हरकतों से बाज़ न आया। अब उन

दिनों लड़की मेज़-कुर्सी की तरह आँकी तो नहीं जाती थी। आनन्द बायू ने देख ली तो अच्छी ही होगी। ब्याह-शादी तो बुजुर्गों के ज्ञान-अनुभव और दूरअंदेशी से ही तय होते थे। जन्म-जन्मान्तरों का बन्धन जो हुआ। सो मुँह देखकर ही तो तय नहीं होगा। आनन्द बायू पहले ही समझा चुके थे।

पर नाथजी का फितूर कि लड़की देखकर ही शादी करेंगे। वही मेमों की सोहबत का असर। ऊपर से कृष्णजू 'पिता का जूता बेटे के पाँव में आए तो दस्तार सँभालकर उससे बात करना' वाली दलील के पक्षधर ! सो नाथजी ने घर में नई रिवायत डाल दी। लड़की देखेंगे। और लड़की देखी भी तो कैसे ?

रहमान ताँगे को चार-छह मछलियाँ लेकर भिजा दिया श्रीधर भट्ट के घर और खुद कम्बल से मुँह-माथा ढककर साथ हो लिए। दो जोड़ी आँखें दीदारे यार के लिए आवारा छोड़ दीं। रहमाने ने ताल-सुर मिलाकर आवाज़ मारी–''गाड मा हे ऽऽ यो ऽऽ ! वोलरुच महासीर। ट्राउट गाड[1] !'' हाँक सुन शोभरी ने खिड़की से मुंडी निकाल इशारे से बुलाया। इन्द्रा को आवाज़ मारी, क्रेंजुल[2] लेकर बाहर आए, और आप मछलियाँ उलट-पलटकर मोलभाव करने लगी। नाथजी अखरोट के पेड़ की ओट में खड़ा ताक-झाँक करने लगा, अब दिखी, अब दिखी और जब दिख ही गई तो आँखें फटी की फटी रह गईं। लड़की है या इन्द्र के दरबार से उतर आई अप्सरा ! पलक पटपटाना भूल गया नाथा। ऐसा रूप कि मेम टूरिस्ट बँदरिया लगने लगी। आह ! 'स्याह चश्म' की झलकभर ने हलक में साँस रोक ली।

इस तरह नाथे की शादी तय हो गई और जल्दी ही सम्पन्न भी हुई। कृष्णजू ने दिल खोल राव-रस्म निभा दिए। सगुन, गंडुन, घरनावय से फेरों और 'फिरसाल' तक शामियाने तने रहे। मुहम्मद कव्वाल ने क्या सूफियाना कलाम का समाँ बाँध दिया कि औरतें तो औरतें, मर्दों ने भी रतजगा कर लिया। रहमान ताँगे ने 'मसा लाय तीरि मिरिचिगानय त लो लो'[3] जैसे इश्किया नगमे गाए।

''गुलमुहम्मद भाँड को बुलाकर तमाशे करवाए। भाँड जश्न !''

दसेक दिन पहले घर लीपन की रस्म से शादी का आयोजन शुरू हुआ। लल्ली की सास जानकीमाल शहर की नामी गुणवंती, सफेद बरौनियों और झुकी कमरवाली, 'बनवुनगर' अरनीदेदी को आप ही गोड़ पकड़ मनाकर ले आई। दसियों घरों में माँग जो रहती है अरनीदेदी की। वैसी जानकार विदूषियाँ अब मिलती ही कहाँ हैं ? वह भी 'भद्रा' की खातिर चार घरों का लोभ-लालच छोड़कर चली आई। भद्रा बेचारी दो-दो लड़कियों की शादी में उम्र भर का जोड़ा-बटोरा होम कर चुकी, तब कहीं घर में लक्ष्मी के पधारने की घड़ी आ गई। अब नाथजी की शादी में कोई कोर-कसर तो नाते-रिश्तेदार भी नहीं रहने देंगे न ?

---

1. माछ ले लो ऽऽऽ ! वुलर की महासीर माछ, ट्राऊटमाछ। 2. टोकरा, 3. आँखों के तीर मत चलाओ हसीना।

'सो मरचु नाबद'[1] की थाली अरनीदेदी और उन्हें घेरकर बैठी स्त्रियों के गोल बीच धर दी गई और 'पोश्त छुव रुत करिनव महागणपत' से बधाइयों का आदान-प्रदान का 'वेनवुन[2] वाली'- ने 'हें ज़े ऽऽ' की सुरीली तान छेड़ दी।

''शुक्लम[3] करिथय वनवुन ह्योतमय, शुभ फल दितुय माजि भवानी। वसुदीव राज़न्येव वनवुन ह्योतये रुत फल दितुय माजि भवानी...।''

शादी से पहले 'दपुन' में जो भोजों का ताँता लगा, उसका ज़िक्र ही क्या करना ! भद्रा की नाते-रिश्ते की बहनें, सहेलियाँ, चाचे-ताये तो थे ही थे, सरस्वती के मायकेवालों ने भी मना-मनाकर दावतें खिलाईं। राज़दान कूचेवाली बुआ और आलीकदल की तारावती में ठन गई कि पहले मेरे घर, फिर तेरे घर आएगी भद्रा। भद्रा शुभ अवसर पर किसे नाराज़ करती ? फिर दपुन पर जाना ज़रूरी था, न जाए तो वे लोग शादी में थोड़े शामिल होंगे ! लड़की की शादी पर एक बार बिना बुलाए भी असीसने और काम-काज में हाथ बँटाने लोग-लुगाइयाँ आ भी जाएँ, बेटी तो सभी की हुई, पर बहू लानी है सो बात दूसरी हो जाती है।

यही बात राज़दान बुआ ने भद्रा से कही, गो कि बात नई नहीं थी, पर बिना खिलाए कोई छोड़ता भी नहीं। इतना ठूँस-ठूँसकर खिलाया कि भद्रा का पेट खराब हो गया। नाथजी ने हाथ जोड़े–''मासी, इतना न खिलाओ कि लगन मंडप से बार-बार उठना पड़े।''

''छोड़ रे ! जवान-जहान लड़का लोहा भी पचाए, तुम्हारा मेदा अभी से इत्ता कमज़ोर हो गया कि आठ-दस भोज भी न बरदाश्त कर सको। अय हय गबरा। शादी के बाद क्या हाल होगा तेरा ? हैं ?''

सरस्वती ने सभी का मन रखा, ''आएगी भद्रा, थाली जुठार देगी, दो घूँट कहवा पिलाना, तेरे पास भी आना ज़रूरी है, चाहे मुँह में इलायची दे देना। अभी शादी-ब्याह का सारा कारज देखना है। शादी के बाद बहू को लेकर तो आना ही है, तब खूब खिलाना। तुम लोगों से ज्यादा किसका हक बनता है ?''

भद्रा मायके से आए नए कपड़े पहन बेटियों, नाथजी और सरस्वती के साथ दपुन के लिए निकली तो 'वनवुन' के सुर घर के कोने-अन्तरों में गूँज उठे–

''दपुनस क्युथये रथ मंगनोवमय, सोव नेछुत्तर वुछुनोवमय।''[4]

शुभ मुहूर्तों, शकुनों, ज़ंग, बधाइयों की झड़ी लग गई। मेंहदीरात के दिन से तो सभी नाते-रिश्तेदार घर में सपरिवार आ धमके। लड़कियों ने घर-द्वार की दीवारों पर माँड़ने सजाए।

लल्ली बुआ ने 'जावेलछुजे' से प्रवेश द्वार पर सुच्चे पानी के छींटे दिए। अलाय-बलाय दूर हो गईं। हल्दी, चूने, चन्दन, मेंहदी और लाल, हरे रंगों से दीवारों पर

---

1. काली मिर्च और मिसरी। 2. ब्याह-शादी में विशिष्ट पारम्परिक गीतों के बोल जाननेवाली महिला। 3. शुक्लम करके ब्याह गीत आरम्भ करो। माँ भवानी, सुफल प्रदान करे। 4. 'न्योते पर जाने के लिए मैंने रथ मँगवाया है, शुभ नक्षत्र भी देखे हैं।'

'क्रूल' बना। चिड़ी-चिरौंटे चूना पुती दीवारों पर बिठा दिए गए। लल्ली ने सुन्दर अक्षरों में द्वार के ऊपर 'स्वागतम' लिखा। राधा बटनी और मौसियाँ, चाचियाँ चावल की सोंधी फुलकियों के साथ सगुन वरी बाँटने लगीं। आशीषों के बोल अहल्ले-महल्ले को खींच लाए।

"वरि करेथम वरि सोन्दरिये, करि सोन्दरिए कोसमन क्राव।"

रातभर लड़कियाँ तुम्बकनारियों पर छकरी गाती रहीं—"मंज़ेराच़ शारद, वअच गिन्दने...।"[1] मासी ने नाथजी के पाँव धोए। बुआ ने हाथों-पैरों में मेंहदी लगाई और खचाखच भरे कमरे में औरतों के हाथों पर मेंहदी रखती और शगुन के पैसे बटोरती हुलसती रही।

'देवगोन' के दिन बाँड़ीपुरा से ननिहालवाले, नाथजी के लिए नए कपड़े लेकर आए। पुरोहित ने नाथजी को चौकी पर बिठा सिर के ऊपर कंजकों के हाथों वस्त्र फैलाया। सिर पर अक्षत डाल मन्त्र पढ़े गए। देवगोन स्नान कर दूल्हे के पुराने कपड़े, ज़ंग, सगुन के चावल व रुपयों सहित, पोटली में बाँध नाई को दिए गए ! नाई खुश-खुश दुआएँ देता रहा। बुजुर्गनें मंगलगान गाती रहीं।

"पंडितन ब्यद वोन्य पननिस च़ाटस, रातस कोहरम।"[2]

'हुमकुय संज़।' होम की सामग्रियाँ, सुच्चे बर्तन, हवनकुंड के पास रखे 'कलश' के साथ सजीं। कुंड से मन्त्रों के साथ सुगन्धित यज्ञ-धूप और अग्नि की तेजस्वी लपटें उठीं। नाथजी सिर से पैर तक पवित्र हो गया।

तमाम रस्मों से गुज़रते दुल्हन ले आने का दिन आ गया तो नाथजी दुल्हन की छवि मन में बसाए वक्त से जल्दी बीतने की मनुहार करने लगा। दोष तो उसका नहीं, भाभियों-दोस्तों के गुदगुदाते मज़ाक, इन्द्रा के रूप-यौवन की थाह पाने की उतावल ! बेचारे नाथजी के धैर्य की परीक्षा हो रही थी। कृष्णजू ने खुद नाथे का दस्तार बाँधा। बहनों ने केसरी साफे पर सोने की सतलड़ी मनन माल और रंगीन मोरपंखी सजा दी। अचकन चूड़ीदार में राजकुमार-सा सजा नाथजी फूलमालाएँ गले में डाले 'ब्यूग' (रंगोली) पर खड़ा हुआ तो अपनों-परायों ने पुष्प-वर्षा की। मंगल-गानों के बीच बहनों-भाभियों ने हिदायतें भी दीं—

"योर यलि गच्छहम दछिन्य किन्य दअर छय
तथ्य अन्दर हयर छह शीलह मारान...!"[3]

नन्दा बस के मालिक ने बारात के लिए दो बसें गेंदें-गुलाबों से सजा कृष्णजू के दरवाज़े पर खड़ी कर दीं। पढ़ाई में चाहे औना रहा हो नाथजी, पर यारों का यार है, और मालिकों का चहेता भी। कृष्णजू ने बस-किराए की बात गोकि दबी जुबान से की, पर नन्दा साहब बिल्कुल नाराज़ हो गए, "तो आप हमें पराया समझ रहे हैं कौल

---

1. मेंहदीरात को माँ शारदा खुद खेलने आई है। 2. पंडित अपने शिष्य को वेद पढ़ा रहा है। रातभर होम की सामग्री इकट्ठी होती रही। 3. यहाँ से जाकर जब ससुराल पहुँचोगे तो दाईं ओर देखना, वहीं खिड़की के पास तुम्हारी मैना सजी-धजी तुम्हारी प्रतीक्षा कर रही होगी।

साहब ? हमारा कोई अधिकार नहीं नाथजी पर ? कोई हौंस-हवस नहीं ?'' कृष्णजू शर्मिन्दा होकर नन्दा साहब के गले लगे और ''आपका ही बेटा है,'' कहकर साथ में 'सॉरी' भी जोड़ दिया।

नाथजी की बारात गई तो पीछे घर में महिलाएँ रह गईं। बारात में महिलाएँ तो जा नहीं सकती थीं। आखिर अपने घर में भी शादियाने हैं। घर-द्वार बन्द करके थोड़े जाएँगे ? फिर 'ब्यूग' पर जो 'घुमा' नाचने की प्रथा है सो भी पूरी करनी हुई। युवतियाँ बाएँ हाथ में फूलों के दोने लिए दाएँ हाथ से अपने ही सिरों पर फूल डालती घूमती रहीं। गोल घेरे में खड़ी औरतें फूल-अक्षत बरसातीं लयबद्ध स्वर में गाती रहीं—'हअर वछ़म नच़ने, तह सअर सोन सुंज़ए।'[1] हमारी मैना को क्या चाहिए इस नाच के लिए ? चन्दन हार चाहिए ? गुलूबन्द ? सोने का करधन ? मिलेगा मेरी मैना, तू नाच तो सही।'' हर आदेश पर नाचने की आदी भागवंतियाँ हँस-हँसकर नाचती रहीं। बड़ी-बूढ़ियाँ भी नाचती हैं। उम्रभर घूम-घूम नाचने से मुक्ति नहीं। लेकिन प्रौढ़ाओं के घुमा गीत तरल यादों की गठरियाँ हैं। जीवन के तमाम कँटीले रास्ते पार करते मन के आर्द्र कोनों में सँभालकर सँजोई थातियाँ ! सुख के क्षणों में भी माँ बबा के लाड़, भाइयों-बहनों की रफाकतें, स्नेह पगे नायाब पलों को याद करते आर्द्र होते स्वर—''बब त मोज्य छिय रफाकता, रथ हा वंदय मालिन्यो !'' ओ मेरे माँ के घर ! जीवन के सफर में बहुत दूर चलकर तुझे मुड़कर देखती हूँ तो रेतीले पसार में प्यार और ममता का सोता उमग-उमगकर सदा देता है, मैं तुझ पर कुर्बान। मेरी माँ, मेरे बबा ! मेरे भइया !...संग-साथ खेली बहना ! मेरी रफाकतो, तुम्हें मेरी दुआ ! छूटे घर-आँगन में पाँवों के निशान टोहती महिलाएँ।

रातभर के लिए शादीवाला घर अगले दिन की तैयारियों के लिए थम गया। अगले दिन नाथजी इन्द्रा दुलहिन को साथ लेकर लौटा। कृष्णजू, मामाजी, मौसा, फूफा विजेताओं की मुद्रा में घर-आँगन में घुसे तो शादियाने दुगुने जोश में जाग पड़े—

''वाह वाह माम टोठ हाय आव...।''[2] तुम्बकनारियों पर तेज़ थापें पड़ीं। स्वागत गीत, इसबन्द लोबान की सगुनी महकों के साथ दूर-दूर तक घर में लक्ष्मी-आगमन के सन्देशे भेजने लगे। रहमान ताँगे की माँ ने बहू-बेटियों के कन्धों पर बाँहें रख ताल मिलाकर रोव किया। ख़ुर्शीद बेन्यी ने नौशा का अभिवादन किया—

''देदिए ओवुय खानयमोलुय, नेरिसी रोनि मंज़ोलुय हेथ।''[3]

ठसाठस भरे रवक में लल्ली ने 'थोद तुली रोनि दामान व्यसिये' से लेकर 'ज़अल्य पंजरव मंज नज़र त्राव' गाने गाकर नई भाभी से छेड़खानी की, ''सखी ! ज़रा अपनी जालीदार ओढ़नी से नज़रें इनायत तो करो। हम भी देखें तेरा यह मायावी रूप, जिस पर हमारा तोता मोहित हो गया। अरे तोते ! अपनी मैना के चाव में हमें

---

1. हमारी मैना नाचने लगी है, सिर से पाँव तक सोने से लदी हमारी मैना। 2. खुशियाँ मनाओ सखियो हमारा प्यारा मामू दुल्हन लेकर आया है। भानजियों द्वारा गाया विवाह गीत। 3. ओ दादी ! तेरा लाड़ला आ गया, तू घूँघरू जड़ा पालना लेकर बाहर आ जा।

भूलना नहीं...।''

सामूहिक लयबद्ध स्वर और तुम्बकनारी पर 'छकरी' की गूँज से खिंचकर अड़ोस-पड़ोस की औरतें झुंडों में बधाई देने और दावत खाने आ पहुँचीं।

'यज़मन बायी मुबारक ! यजमनस पोश्तः।'

तो म देदिये नोश तय गोबरा वोतुए...।'[1] सुना-सुनाकर भद्रा को शब्द बाणों से मीठा-मीठा कौंचा गया। भद्रा हुलस-हुलसकर मुबारकें लेती, आशीषें देती, दावतें खिलाती रही। ''मेरी कसम, थोड़ा पुलाव ले लो, एक टुकड़ा रोगनजोश तारावती, अच्छा, यखनी का नरम टुकड़ा। साग मैंने खुद बैठकर छँटवाया है, थोड़ी तरकारी लो। जूनदेदी, आपका 'टोक'[2] खाली क्यों है इधर से। भैया, इधर थोड़ा गरम भात डालना। लल्ली बेटा ! फिरनी भिजवा दे आठ-दस कसोरे...।'' खूब खिला-पिलाकर आमन्त्रितों को दमालू, पनीर, यखनी और नाना तरकारियों से सजा 'बतटोक'[3] भी साथ दिया गया। पीछे घर में कोई रहा हो तो उसे न लगे कि भद्रा ने उन्हें सुख की घड़ी में याद न रक्खा।

शादी सम्पन्न हुई। कृष्णजू सरस्वती ने ईश्वर को हाथ जोड़े। मंगल-कार्य निर्विघ्न निपट गया।

---

1. घरवालियों को मुबारकें, घरवालों को बधाइयाँ, बहू-बेटा घर आ गए। 2. मिट्टी का थालीनुमा सकोरा जिसमें शादियों में खाना परोसा जाता था।

# आनन्द शास्त्री

पूर्व दिशा के सुरमई धौले रंगों पर धारीदार गुलाबी कालीन बिछे हैं। कालीनों पर हल्के पगों से ठुमकती नवेली किरणें झुककर नीचे वितस्ता में चेहरा देखती हैं, लेकिन बादाम, आड़ू की बौर गन्ध से मस्तियायी वासन्ती हवा छेड़खानी से बाज़ नहीं आती। हल्के झकोलों से पानी का विस्तृत आईना हिला देती है। कई-कई गुलाबी चेहरे वितस्ता पर मुस्कुराने लगते हैं ! आनन्दजू घाट पर अभिभूत खड़े धरती-आकाश का विराट खेल देख रहे हैं, जैसे पहली बार ही अनादि अनन्त सृष्टि के रहस्यों को खुलते देख रहे हों।

मन चेतना की यात्रा कई-कई मनवन्तर लाँघ लेती है, सात मनवन्तरों से पूर्व यह कश्मीर देश कहाँ था ? प्रलय के बाद विशाल सागर ! प्रभु महादेव स्वयं जल का रूप धारण कर चारों ओर व्याप्त !

ॐ नमः शिवाय ! आनन्दजू के सामने ही देवी सती भूमि का रूप धरती है और इस पर छह योजन लम्बा और तीन योजन चौड़ा निर्मल जल का सतीसर अदीठ विस्तार में फैल जाता है। आनन्दजू भाव-विभोर हो झुककर जल का स्पर्श करते हैं। "एवं नरेन्द्र कश्मीरा प्राप्ते वैवस्वतान्तरे, समुत्पन्ना महापुण्या हर भार्या सतीशना।"[1]

नीलमत पुराण कंठस्थ रखनेवाले आनन्दजू सामने फैले पानी के विस्तार के आगे ध्यानमग्न हो पुराण के एक-एक श्लोक को साकार होते देख रहे हैं। लेकिन देख वही लेते हैं जो देखना चाहते हैं। प्रातःकाल की इस पवित्र वेला में कामातुर 'संग्रह दैत्य' के शचि को देखकर सतीसर में गिरे वीर्य से उत्पन्न जलोद्भव से वह ध्यान हटा लेते हैं। कश्यप के प्रयासों से बलराम को खादनयार के पास हल से पहाड़ काटते और सतीसर से बहकर निकलते पानी का विकराल वेग शिराओं में महसूस कर लेते हैं। यह ज़रूरी था दैत्य के संहार के लिए। भगवान विष्णु को कश्मीर भूमि को पापरहित बनाना था, युद्ध करके चक्र से दैत्य का सिर काटना था। "युद्धं च ते देवगणाः समस्ता, चक्रेण देव प्रवर समांते/विच्छेद दैत्यस्य शिरः प्रसह्य ब्रह्मा ततस्तोषमुपाजगाम।"[2]

आनन्दजू भगवान विष्णु को नमस्कार करते हैं। कश्यप के अनुरोध पर भगवान

---

1. युद्ध में देवगण शामिल हुए, विष्णु ने चक्र से दैत्य का शिरोच्छेदन किया। यह देखकर ब्रह्मा प्रसन्न हुए, (नीलमत पुराण)। 2. नीलमत पुराण में मुनि वृहदश्व राजा गोनन्द से कहते हैं कि इस प्रकार पवित्र तथा सुन्दर हर की पत्नी सती ने कश्मीर का रूप धारण किया।

विष्णु ने सतीसर देश में मनुष्यों को बसाया। नाग, मनुष्यों और पिशाचों के साथ छह-छह मास रहने को तैयार हुए। हलधारी बलराम ने इस देश से कं अर्थात् जल बाहर निकाला, अतः देश कश्मीर कहलाया पर जल बिना जीव कैसे पलेगा ?

कश्यप ने तपस्या कर देवियों को मनाया। देवियाँ नदियाँ और स्रोत बनकर पुण्य भूमि पर अवतरित हुईं। क्रमसार (कौंसरनाग) से लक्ष्मी विशोका नदी बनकर निकली। देवताओं की माता अदिति कुलगाम के पास त्रिकोटी नदी बनकर बहीं। शची हर्षपथा नदी के रूप में प्रकट हुई, दिति चन्द्रावती बनी और गंगा और जुमना ने एक-एक भाग वितस्ता को अर्पित किया।

और हर के अनुरोध पर अपने ही शरीर से बनाए कश्मीर प्रदेश में देवी सती वितस्ता का रूप धारण कर जन-जन के कल्याण के लिए मुक्तिदायिनी बनीं। सभी नदियों का पुण्य संगम।

आनन्दजू ने 'प्रभो शूलपाणे, विभो विश्वनाथ' को दंडवत किया और वितस्ता में डुबकी लगाई। स्वस्ति का अपूर्व अनुभव ! पूर्व की ओर करबद्ध खड़े होकर सूर्य-वन्दना की—'ॐ मित्राय नमः ॐ रवये नमः, ॐ सूर्याय नमः...।'

कल से जो द्वन्द्व मन को मथे दे रहा था, शान्त हो गया।

आनन्दजू मन को शान्त रखना जानते हैं। धर्मात्मा हैं। गृहस्थ का तौक गले में पहना है तो उसकी ऊँच-नीच से भी खूब परिचित हैं। शिव की लीला इस विराट सृष्टि में, हम सभी जो शिव के अंश हैं, माया-मोह के पाश से बँधे हैं, तभी मनों में भय और आशंकाएँ हैं। समझते हैं आनन्दजू। लेकिन मन को स्थिर करना भी जानते हैं।

ठाकुरद्वारे में नन्हे-मुन्ने देवी-देवताओं की पूजा-अर्चना में इसीलिए आज देर तक मगन रहे। पूजा-पाठ, व्रत-नियम उनके संस्कारों में शामिल हैं। इनसे चित्त निर्मल हो जाता है, मन का कलुष धुल जाता है, फिर संस्कारों बिना ब्राह्मण ही कैसा ? मनु महाराज के कथन पर आनन्दजू का अखंड विश्वास है कि 'जन्मना जायते शूद्रः संस्कारात, द्विज उच्यते।'

उनके आचार-विचारों के कारण बड़े उनका आदर करते हैं, बच्चे भी। कम-से-कम सामने मुँह नहीं खोलते। परन्तु इधर जो उनका अपना पोता अजनबी भाषा में बोलने लगा है, उससे आनन्दजू के भीतर आशंकाएँ जन्म लेने लगी हैं।

काँगड़ी से हाथ-पाँव गरम कर आनन्दजू ने सुगन्ध के भपारे छोड़ता कहवा पी लिया। हुक्के की आदत नहीं है।

"मोती नहा चुका ?" पत्नी की ओर प्रश्न उछाल आनन्दजू उत्तर की प्रतीक्षा किए बिना ही उठ खड़े हुए, "उसे पाठशाला भेज देना, मुझे कुछ बात करनी है।"

वोट्‌ट की दूसरी तरफ के कमरे में आनन्दजू की पाठशाला है। कितने वर्षों से वे मुहल्ले के दस-बीस बच्चों को धर्मशास्त्रों का ज्ञान देने के प्रयासों में, कितने सफल या असफल हुए, इसका हिसाब वे नहीं रखते। अपने शिष्यों के कच्चे मस्तिष्कों और उर्वर मनों में धर्म, दर्शन और संस्कृति का बीजारोपण कर वे ब्राह्मण जन्म को सार्थक

करते हैं और परम्परा की रास अगली पीढ़ी को थमाते रहे हैं। उनका बेटा नित्यानन्द भी इसी पाठशाला में बैठ प्रातःस्मरण मंगलस्तोत्रम से लेकर भागवत और रामायण का पारायण सीख गया। संस्कृत ग्रन्थों के साथ अपनी शारदा लिपि के ग्रन्थों का भी अच्छा ज्ञान प्राप्त किया। कभी बेटे ने विद्या-अध्ययन में अरुचि दिखाई हो, आनन्दजू को याद नहीं, पर उनका पोता मोती ? बचपन से लेकर उम्र के चौदहवें वर्ष तक कक्षा में बैठकर भी मन से वहाँ नहीं रहा। क्या आनन्दजू पोते पर ज़बर्दस्ती करते रहे हैं ? उसकी अरुचि देखकर भी नियम से घंटाभर कक्षा में बैठने का आदेश देते रहे हैं। क्या सचमुच आनन्दजू सोचते हैं, इस प्रकार बच्चा सही रास्ते पर आएगा और उसके मन में धर्म ग्रन्थों के प्रति प्रेम जागेगा ?

शायद सोचा हो आनन्द शास्त्री ने कुछ-कुछ वैसे ही, या वर्षों से घर में चली आ रही परम्परागत शिक्षा-दीक्षा को अगली पीढ़ियों तक पहुँचाने का नैतिक दायित्व उन्हें कुछ कठोर भी बना गया हो। लेकिन जब मोती ने अपनी दादी से साफ शब्दों में कह दिया कि उसने ज़रूरी मन्त्र सीख लिए, भगवद्गीता भी समझ ली, आगे वह साइंस पढ़ेगा, धर्मशास्त्र पढ़कर उसे पंडा-पुरोहित नहीं बनना है, तो लपेट ओढ़कर बात पतिदेव तक पहुँचाने पर भी शास्त्रीजी बात का मर्म समझ गए।

मन पर चोट भी लगी कि उनका अपना पोता उन्हें परजीवी पंडा-पुरोहित समझने लगा है जबकि विद्वान जन उनसे धर्म दर्शन पर चर्चा करने और शंका-निवारण के लिए आते हैं। जबकि स्वयं महाराजा प्रताप सिंह अपने विशिष्ट ज्योतिषियों में उन्हें जगह देते रहे, और हर शुभ कार्य पर उनसे मन्त्रणा लेते रहे। महाराजा ने उनके स्वर्गवासी पिता विशम्भर शास्त्री की विद्वत्ता से प्रसन्न होकर बड़गाम में बढ़िया उपजाऊ भूमि का टुकड़ा दान में दिया था, जिसका अन्न आज भी उनके पोते-पड़पोते खा रहे हैं। पीढ़ियों से संस्कृत विद्यादान देनेवाले शास्त्रियों की सन्तानें क्या अब अपने बुजुर्गों की विद्वत्ता पर ही प्रश्नचिह्न लगाएँगे ? नई शिक्षा का यही स्वरूप होगा ?

रातभर बिस्तरे पर करवटें बदलते रहे आनन्द शास्त्री। गलती कहाँ हुई ? अंग्रेज़ी-उर्दू का विरोध उन्होंने नहीं किया। करीब दो सौ वर्षों से अंग्रेज़ जो देशभर पर राज्य कर रहे हैं उसका प्रभाव होना ही है। तभी नित्यानन्द को उन्होंने मैट्रिक तक की अंग्रेज़ी शिक्षा भी दिलवाई। 1905 ई. में एनी बेसेंट ने शहर में हिन्दू कॉलेज की स्थापना की, जो अब श्री प्रताप सिंह कॉलेज के नाम से प्रसिद्ध हो चुका था, पंजाब युनिवर्सिटी का दूसरा बड़ा कॉलेज गिना जाता था। इस समय एक हज़ार एक सौ सत्तासी विद्यार्थी वहाँ शिक्षा पा रहे थे। महाराजा प्रताप सिंह बहुत बड़े धार्मिक और न्यायप्रिय राजा थे (ईश्वर उनकी आत्मा को शान्ति दे) उन्होंने अंग्रेज़ी शिक्षा को भी प्रोत्साहन दिया, इसमें शास्त्रीजी को राजा की दूरदर्शिता भी नज़र आई। गो कि शास्त्रीजी जानते थे कि अंग्रेज़ इंग्लैंड से हर काम के लिए क्लर्क नहीं ला सकते, इसी कारण देशी लोगों को अंग्रेज़ी पढ़ाकर सफेद कालरवाले क्लर्क बना रहे हैं। ज्ञानदान के लिए ऐसा नहीं हो रहा। हमारे धर्म दर्शन से अंग्रेज़ और विदेशी विद्वान तो खुद भी अभिभूत हैं। तभी न सदियों से

यहाँ विदेशी विद्वान आए। चीनी यात्री ह्यून सांग, यूकांग, ऑरलस्टेन, टाड जैसे विद्वान यहाँ के ज्ञान से प्रभावित हुए। शैवाचार्यों, काव्यशास्त्रियों और इतिहासकारों को सराहा गया। अंग्रेज़ हमें कौन-सा गहन ज्ञान देंगे जबकि उन्हें खुद हमसे सीखने की ज़रूरत है ?

आनन्दजू ने आखिरी कोशिश की, मोती के सिर पर प्यार से हाथ फेर, अपनी प्राचीन संस्कृति की गौरवान्वित परम्पराओं और उपलब्धियों का ज़िक्र किया, धर्म और दर्शन की तर्कपूर्ण व्याख्या की पर मोती गर्दन झुकाए, बिना हाँ-हूँ सुनता रहा। और आनन्दजू ने जब आवाज़ ऊँची कर मोती से उत्तर चाहा तो रुआँसा मोती घबराहट से पसीना-पसीना होते भी बुदबुदाया, ''मेरा इस विद्या में मन नहीं लगता बबलाल ! मैं क्या करूँ।''

इस पर आनन्दजू ने अभ्यासवश यजुर्वेद के ''सुषा—रथिर—अश्वान-इव यन्मनुष्यान...'' श्लोक की प्रसंग सहित व्याख्या करते समझाया कि योग्य सारथि जैसे घोड़ों का संचालन करता है और लगाम कसकर उनका नियन्त्रण करता है वैसे ही प्राणियों का संचालन तथा नियन्त्रण करनेवाला, हृदय में रहनेवाला, अजिर, तेज़ भागनेवाला मन, शिव संकल्पवाला होना चाहिए। यानी कि मन की दौड़ को लगाम देना सीखो। पर मोती ने दादाजी का आशीर्वचन और ज्ञान शिरोधार्य करके भी एक श्लोकी गीता, एक श्लोकी रामायण और कुछेक मन्त्र सीखने के साथ संस्कृत को प्रणाम किया। अंग्रेज़ी ज्ञान-विज्ञान की ओर जो मन भागा जा रहा था, उसकी लगाम तो उसके पास थी ही नहीं।

इस सबके बावजूद मोती पढ़ाई में तेज़ रहा। साइंस, अंग्रेज़ी और गणित में अच्छे नम्बर लाता रहा। अजोध्यानाथ के घर उसका आना-जाना था। प्रेमनाथ से दाँतकाटी दोस्ती थी। बड़े घर में आवन-जावन ने भी उसकी सोच में, बड़ों के कहे, गड़बड़ी पैदा कर दी। कहाँ ज़ैनाकदल के वितस्ता किनारे बसे, समय की मार से दुहरे हुए अपने तीन ताक के घर की नीम अँधेरी कुठरिया में, अभिनव गुप्त कृत शिवस्तुति—'ॐ व्याप्त-चराचर-भाव-विशेषं...' रटता बालक समूह और उनके बीच महज होंठ हिलाता बैठा मोती, और कहाँ अजोध्यानाथ के खुले हवादार पेड़-पौधों से घिरे शानदार बँगले में 'लुक फार मी बाई मूनलाइट' 'लोकिनवार' और 'होरेशियस' की कहानियाँ झूम-झूम पढ़ता प्रेमनाथ ! दोनों हमउम्र, दोनों एक ही क्लास में, और दोनों की दुनिया कितनी अलग ? अजोध्यानाथ के घरवालों के साथ जिस दिन मोती ढोंगे में 'गुपकार' तक चला गया, उसके दिमाग में झील डल की कमलगन्ध और पहाड़ों से उतर आई शोख हवा ने अजीब-सी बेचैनी भर दी। मुक्ति की बेचैनी ! जकड़नों-बन्धनों से मुक्ति। मोती ने उस दिन प्रेमजी से कुछ बेतुके सवाल किए—

''तुम्हारे भोभाजी और काका साहब क्या अक्सर सज-धजकर केसरी पीले साफे पहन राजा के दरबार में हाज़िरी देने जाते हैं ?''

''नहीं, दरबार लगने पर राजा साहब के जन्मदिन पर भेंट लेकर जाते हैं। दरबार

छह महीने जम्मू और छह महीने श्रीनगर में लगता है न, तुम्हें मालूम तो है, कि 1870 से जम्मू हमारी शीतकालीन राजधानी है। काका साहब और भोभाजी गैजेटिड आफिसर हैं, तभी तो राजा के पास भेंट लेकर जाते हैं। राजा भी उन्हें भेंट देते हैं।''

''अच्छा ?'' मोती आश्चर्यचकित था। उसके दादाजी को तो घनघोर विद्वान समझा जाता है, पर वे इस तरह ढोंगे में पिकनिक मनाते कभी राजदरबार में नहीं गए...।

इस पर प्रेम ने मोती को कुछ राज़ की बातें बता दीं जैसे कि तुम्हारे दादाजी राजा प्रताप सिंह के दरबार में सादर बुलाए जाते थे। हमने ताताजी से सुना है कि राजा यात्रा-मुहूर्त तक उन्हीं से निकलवाते थे, भेंट-उपहार भी देते थे, उन्होंने तुम्हें बताया नहीं ?

कहा तो था, पर मोती को उसमें विश्वास करने जैसा कुछ लगा नहीं। प्रेम ने ही मोती को बताया कि उसके दादा के पड़दादा बल्कि उनके भी पड़-पड़, पड़-पड़ दादे चौदहवीं शताब्दी में सिकन्दर बुतशिकन के जुल्म से दुखी होकर घरद्वार छोड़कर देशान्तर गए थे।

''देशान्तर क्यों ?''

''अरे, पढ़ा नहीं है तुमने कि सिकन्दर 'बुतशिकन' ज़बरदस्ती हिन्दुओं का धर्म परिवर्तन कराता था। इसी वजह से बहुत सारे ब्राह्मण मारे गए, अनेक वादी से बाहर चले गए। कर्नाटक, महाराष्ट्र तक। अपने बबलाल से पूछो न, वे बताएँगे कैसे अनेक भट्ट लोग महाराष्ट्र के सागर तट पर थके-हारे मरे-से लेटे पड़े थे कि वहाँ के लोगों ने उनके गले में जनेऊ देख ब्राह्मण समझा और अन्तिम संस्कार करके मरघट ले गए। पर हिलाने-डुलाने से उनकी श्वासें चलने लगीं। उन्होंने देखा तो ठिठक गए, अरे ! ये तो ज़िन्दा हैं।''

''अपने धर्म की रक्षा के लिए काफी कष्ट सहे उन्होंने।''

''दे वेयर ग्रेट''। (वे महान थे)।

''फिर वापस कैसे लौटे ?'' मोती जैसे कोई नीति कथा सुन रहा हो।

''फिर सिकन्दर के बेटे बड़शाह ने भट्टों को बड़ी इज़्ज़त से वापस बुलाया। उन्हें अच्छे पद और काम दिए। तुम्हारे पूर्वजों ने संस्कृत ग्रन्थों की टीकाएँ लिखीं। वे भाष्यकार कहलाए। तुम्हारे दादाजी और पिताजी ने भी तो कई ग्रन्थ लिखे हैं। ताता तभी तो उनकी इज़्ज़त करते हैं। कहते हैं अपने धर्म और संस्कृति को आप लोगों ने ही बचाए रखा।''

अपने दादाजी की प्रशंसा सुनना मोती को बहुत अच्छा लगा। इसी का नतीजा हुआ कि उसने कुछेक ज़रूरी मन्त्र जैसे गायत्री मन्त्र, सर्वकामनासिद्धि मन्त्र, विपत्तिनाशक मन्त्र, सप्तश्लोकी गीता और रामायण के कुछेक श्लोक व्याख्यासमेत याद रखे और ब्राह्मी विद्या भी रट ली। इतना तो उसे अपने पूर्वजों के सम्मान के लिए करना ही चाहिए था न ? फिर कभी-कभार बाबा को सुनाकर उन्हें परोक्ष रूप से आश्वस्त करना भी था कि

आपके बच्चे नास्तिक नहीं हैं।

गो कि चेहरा देखकर मन में पकती खिचड़ी की गन्ध पानेवाले ज्योतिषी आनन्द शास्त्री को आश्वस्त करना मुनहने मोती के तो क्या, उसके पिताश्री यानी कि संस्कृत पंडित नित्यानन्द के बूते से भी बाहर की बात थी। फिर भी मोती ने निष्कलुष मन से दादाजी को अपने ढंग से खुश करने की कोशिश ज़रूर की। और यह बात शास्त्रीजी को भी प्रभावित कर गई कि जो भी हो, संस्कारवान है लड़का। दुर्भाग्य से मध्ययुगीन आक्रमणकारियों और यूरोप के प्रभावों से निरन्तर क्षीण होती सांस्कृतिक धारा की विकृतियों में बड़ा हो रहा है, धीरे-धीरे समझ जाएगा।

और मोती सचमुच वक्त के दौर को समझने की कोशिश कर रहा था। उन्नीस सौ चालीस के आसपास देशव्यापी आन्दोलनों की लहर, गाँधी, सुभाष, नेहरू और जिन्ना की नीतियाँ, अंग्रेज़ों का दमनचक्र और वादे ! अपनी वादी में नेशनल कांफ्रेंस का उत्थान, अंग्रेज़ रेज़िडेंटों का दबाव, सब कुछ बड़ा गड्डमड्ड चल रहा था। द्वितीय विश्व युद्ध ज़ोरों से शुरू हो गया था।

वादी में आज़ादी की बेचैनी बढ़ रही थी, जिसमें मज़दूरों और किसानों के हुजूम हिस्सा ले रहे थे। संस्कृत शिक्षकों, वेतन प्राप्त मध्यवर्ग और राजभक्त प्रजा की इन आन्दोलनों में कोई खास भागीदारी नहीं थी। हाँ, राष्ट्र की चिन्ताएँ उन्हें ज़रूर थीं, जिसमें वे चाहकर भी भाग नहीं ले सकते थे क्योंकि अपने प्रदेश पर अंग्रेज़ों का कड़ा पहरा था। समाचार पत्र संशोधित होकर ही प्रदेश में घुस पाते थे। जिनके पास रेडियो थे, (जो कि उन दिनों किसी-किसी धनीमानी के घर की ही शोभा बढ़ा रहे थे) वहीं अहल्ले-मुहल्ले के लोग इकट्ठा होकर देश-विदेश के समाचार सुन लेते और विचार-विमर्श करते। युवा वर्ग आज़ादी शब्द की अहमियत समझने लगा था और इस आज़ादी के परीक्षण की शुरुआत घर से होने लगी थी, यानी, पारम्परिक मान्यताओं, विश्वासों, रीति-नीतियों में दरारें पड़नी शुरू हो गई थीं।

आनन्द शास्त्री हवा का रुख पहचानते थे तभी उन्होंने प्रारब्ध का खेल और समय की गति जान मोती को आशीर्वाद दिया। आगे मोती अमरसिंह कॉलेज से बी.एस.सी. करके बनारस हिन्दू युनिवर्सिटी चला गया। दो ही तो (कश्मीर और काशी) शिक्षा केन्द्र थे उनकी नज़रों में। वहाँ से एम.एस.सी. करके सोने-चाँदी के मेडल लेकर लौटा तो शिव में लीन होने से पहले आनन्द शास्त्री ने घर में पहली बार विज्ञान के प्रवेश का स्वागत किया। यह तो खैर, काफी बाद की बात है, तब वे काफी वृद्ध हो गए थे। हाथों में हल्का कम्पन भी होने लगा था, पर वितस्ता स्नान, सूर्यवन्दना और वैदिक पाठशाला में क्षीण से क्षीण होते बालक समूह को ब्राह्मी विद्या कंठस्थ कराने का कर्म उन्होंने छोड़ा नहीं था।

मोती की सफलता पर उसे गले लगाते उन्होंने जो दो-एक बातें कहीं, उनमें एक तो यह थी कि, "सृष्टि के रहस्य को हमने वेदों-उपनिषदों से जाना, तुम विज्ञान से जान लो, उसमें ज्यादा फर्क नहीं, पर आत्मसाक्षात्कार के लिए अपने भीतर झाँकना सीखो।

उसमें शैव दर्शन तुम्हारी मदद करेगा। किसी भी ज्ञान से दूर मत भागो।'' कुछेक और भी बातें कहीं जो सभी ने नहीं सुनीं, पर एक बात जो आदेश से ज्यादा प्रार्थना के स्वर में कही गई और जिसने सभी श्रोताओं को आश्चर्यचकित कर दिया वह यह थी कि मोती का हाथ अपने हाथ में लेकर उन्होंने पोते से वचन लिया, संस्कृत पंडित बेटे नित्या से नहीं कि ''अन्त समय मेरे कान में 'ब्राह्मी विद्या'[1] तुम्हीं पढ़कर सुनाओगे।'' सुना है उस समय आनन्द शास्त्री की आँखों में आँसू थे।

1. कश्मीरी पंडितों में प्राचीन काल से यह परम्परा रही है कि अन्तिम समय पुत्र पिता के कान में ब्राह्मी विद्या सुनाता है जो पिता ने उसे सिखाई होती है ताकि पिता मृत्यु-समय उसे याद रखे।

# मास्टरजी : नम्बर एक, दो, तीन

चौथी, पाँचवीं कक्षा तक तो अजोध्यानाथ बच्चों को घर में ही पढ़ाया करते थे। अपने आप नहीं। उनके जैसे नामी वकील को अपने मुवक्किलों की समस्याओं से ही फ़ुरसत कहाँ मिलती जो बच्चों को थोड़ा समय दे पाते ? पर बच्चों की शिक्षा के मामले में वे बेहद संजीदा भी थे। 'थ्री आरस' (रीडिंग, राइटिंग और रिथमेटिक) तो ज़रूरी थे, अंग्रेज़ी ज्ञान भी, भविष्य को मद्देनज़र रखकर, पर शुरुआत में संस्कारों का बीजारोपण अनिवार्य था। यह काम पंडित आनन्द शास्त्री से अच्छा कौन कर सकता था ? तो शास्त्रीजी को सादर बुलाकर अजोध्यानाथ ने बच्चों का दायित्व सौंप दिया।

आनन्द शास्त्रीजी ने शुभ मुहूर्त देखकर बच्चों को जितना भी उनके नन्हे मस्तिष्कों में अट सकता था उतना ज्ञान देने का संकल्प किया। उनके आदेशानुसार नहा-धोकर पद्मासन में बैठे तो आनन्दजू ने अपने साथ लाई लाल वस्त्रों से ढकी सरस्वती की फ्रेम जड़ी तस्वीर का अनावरण किया और विधिवत पूजा कर आदिदेव का स्मरण करके करबद्ध बच्चों को सरस्वती-वन्दना सिखाई।

'सरस्वती महा भागे विद्या कमल लोचनी,<br>
विश्व रूपे विशालाक्षीय, विद्यामूदीहे सरस्वती',

श्लोक से विद्यारम्भ हुआ। गुरु वन्दना, नित्य नियम, आसन, व्यायाम, चरित्र-निर्माण आदि कई जटिल प्रसंग उन्होंने बड़े प्यार और धैर्य से बच्चों को वर्षभर में सिखाकर संस्कारशील बना दिया। अभी बच्चे हैं पर निश्छल मनों में शुभ संस्कारों का बीजारोपण हुआ। आनन्द शास्त्री सन्तुष्ट थे।

परन्तु इतना काफी नहीं था। आधुनिक शिक्षा के लिए सुशिक्षित अध्यापक ढूँढ़े गए, सो बच्चों को पढ़ाने आए पंडित ईश्वर जू, प्रकाशराम मास्टर जी और जानकीनाथ मास्टर जी। एक साथ नहीं, एक के बाद दूसरे आते-जाते रहे। बच्चों की शैतानियों के कारण मजाल है कोई मास्टर जी चार-छह महीनों से ज्यादा टिक पाता। ऐसी बात नहीं कि शैतानी सिर्फ कात्यायनी ही करती हो, गो कि 'बद अच्छा बदनाम बुरा' वाला मुहावरा कात्या पर ही फिट बैठता था। नहीं तो मास्टरजी से दूर बैठी दिद्दा और शारिका स्लेट पर जो मास्टर जी का मुच्छड़ चेहरा बना-बनाकर एक-दूसरे को थमा देतीं, वह एक बार भी मास्टर जी देख लेते तो जाने कैसी सज़ा मिलती उन अच्छी बच्चियों को। और छुटकू जो बार-बार कानी उँगली दिखा पढ़ाई कक्ष से फुर्र होता रहता, वह

क्या सच्ची-मुच्ची उसे घड़ी-घड़ी सुसू लगी रहती थी ?

ईश्वर जू मास्टर जी की एक अजीबोगरीब आदत थी। चाय पीने के बाद कुलचा गालों में दबा तम्बाकू के सुट्टे लगाते और फूले मुँह चकुवे की तरह आकाश की ओर निहारते, बच्चों को 'का ऽऽऽ ऊ', 'शी ऽऽ प ऽऽ', गो ऽऽ ट' आदि का डिक्टेशन दिया करते। अधखुला मुँह, अस्पष्ट ध्वनियाँ और यदा-कदा मुँह से बाहर आती थूक की फुहियाँ। बच्चे एक-दूसरे की ओर देख गाल फुलाते और दबी-दबी हँसी टुकड़ों में बँटकर बिखर जाती। खिक...खिक..खिः खिः।

"कौ ऽऽ न हँशता है ? मारूँ एक धप्प ! काम में ध्यान दो और शाफ-शाफ लिखो। मक्खियाँ मत मारो श्लेट पर..."

मास्टर जी धमकाते और बच्चे भोले भाव से स्लेट पर झुक जाते। दिद्दा मुखर हँसी में शामिल न होकर मास्टर जी से छह फुट दूर बैठी किताबों में सिर गड़ाए रहती और खामखाह मास्टर जी की प्रशंसा पाती, लेकिन एक दिन दिद्दा ने बेलाग शब्दों में ताता से कह दिया कि हम इन 'कुलचा मास्टर जी' से नहीं पढ़ेंगे।

ताता लाड़ली पौत्री की वाणी से असमंजस में पड़ गए। गुरु के प्रति अश्रद्धा और निष्ठाहीनता देख उन्हें धक्का भी लगा, पर ज़माना देखे विद्वान थे सो डाँट-समझाकर दूसरे मास्टर का प्रबन्ध कर दिया।

सो दूसरे मास्टर आए प्रकाशराम मास्टर जी। उस दिन बच्चों के भेजे में कुछ बुद्धि भरने के विचार से आनन्द शास्त्री सुबह-सुबह घर आए और बच्चों की हथेलियों पर प्रशाद रख प्यार से हाल-चाल पूछा। कैसी चल रही है पढ़ाई ? आदि प्रश्नों के बाद सिरों पर आशीर्वाद का हाथ फेर बिना भूमिका के श्रीमद्भगवद्गीता का श्लोक सुना दिया। सुनो मेरे बालगोपालो, देवी-भगवतियो। श्रीकृष्ण ने क्या कहा है—ध्यान से सुनो—

श्रद्धावान लभते ज्ञानं, तत्-परः संयतेन्द्रियः
ज्ञानं लब्धवा परां शान्तिम्-अचिरेणाधिगच्छतिः।

अर्थात् ईश्वर, गुरु और धर्मशास्त्रों में श्रद्धा रखनेवाला मनुष्य ही ज्ञान प्राप्त करता है और बच्चो ! ज्ञान प्राप्त होने पर ही उसे शान्ति मिलती है।

बच्चे गोलदस्तारवाले ज्ञानी शास्त्रीजी को मन्त्रमुग्ध होकर सुनते, समझने की कोशिश करते रहे। गो कि कितना कुछ समझे होंगे, इस विषय में आनन्द शास्त्री को भी कोई मुगालता न था। पर उनका अनुशासन देखकर वे कुछ प्रसन्न होते कि बच्चों ने कम-से-कम बड़ों का आदर-सत्कार करना सीख लिया है। शैतानियाँ तो बालपन का स्वभाव हैं, उसकी क्या चिन्ता ?

तो दूसरे मास्टर जी आए प्रकाशराम मास्टर जी। गठीले बदन, मज़बूत कद-काठी और गोल चेहरेवाले। जिनके दाएँ हाथ में रुआब की साक्षी अखरोटी लकड़ी की नक्काशीदार सोटी रहा करती। यों अजोध्यानाथ के घर में बच्चों पर हाथ उठाना सख्त मना था। ज़रूरी हुआ तो शैतानियों के लिए धमकाया-भर जा सकता था। इसी कारण पढ़ाई कक्ष में प्रवेश करते ही वे सोटी दरवाज़े के पीछे टिका देते। लेकिन इस पर भी

उनके रुआब में कोई फर्क नहीं आया।

दरअसल पहले दिन ही प्रकाशराम मास्टर जी ने बच्चों से कुछ ऐसे अप्रत्याशित किस्म के प्रश्न पूछे कि वे खामखाह उन्हें मान गए। अपनी ओर से तो वे कठिनतर प्रश्नों के लिए तैयार थे। कभी न याद रहनेवाली तिथियाँ, वर्ष भी रट रखे थे, जैसे कि 1876 ईस्वी में ग्राहम बेल ने टेलिफोन का आविष्कार किया और यदि रेडियो के बारे में पूछें तो ?

"तो ?...तो...यह देखो यहाँ लिखा है। 1896 ईस्वी में इटली के वैज्ञानिक मारकोनी ने रेडियो का आविष्कार किया।"

अब पूछें मास्टर जी, जो मर्जी आए। बच्चे तैयार थे। और मास्टर जी ने पूछा भी तो क्या ? छोटा-सा जाना-पहचाना सरल-सा वाक्य और उसी में अंग्रेज़ी पढ़नेवाले बच्चे गच्चा खा गए।

"अंग्रेज़ी तो पढ़ते ही होंगे आप !" घरघराती आवाज में गूँजता-सा प्रश्न।

"जी हाँ, मास्टर जी।" तपाक से दिया गया उत्तर।

"हूँ ! तो एक छोटे से वाक्य का अनुवाद करो, 'मैं जाता हूँ !' "

बच्चों ने आनन-फानन स्लेट पर लिख मारा, आई एम गोइंग, और स्लेट मास्टर जी को थमा दी।

"रॉंग !" मास्टर जी ने पलक उठाकर देखा और गरज उठे।

बच्चे हैरान ! क्या गलती हुई ?

"आई गो ! बस, यह एम इंग कहाँ से आ गया ? यही अंग्रेज़ी सीखी है आपने ?"

मास्टर जी ने हिदायत दी, "अंग्रेज़ी सीखनी है तो आगे से सावधानी बरतनी होगी।"

बच्चों पर हिदायत का खासा असर पड़ा और वे तन-मन-धन से जितना जो कुछ उनके पास था, "कैट इज़ मीविंग, डॉग इज़ बार्किंग, स्पैरो इज़ चिरपिंग" आदि लिखने में जुट गए।

दिद्दा, कात्या, मुन्ना, ब्रज भैया, राज्ञा, शारिका, कनू भिन्न-भिन्न कक्षाओं में होने पर भी एक ही पढ़ाई कक्ष में बैठकर स्टडी करते। कमरे में चौतरफ बस्ते, स्लेट, तख्तियाँ, खड़िया की दवातें, नरकुल की कलमें आदि इत्यादि सामान फैला रहता। छोटे बच्चे सामूहिक स्वरों में पहाड़े रटते। किसी दिन कोई छात्र होमवर्क नहीं करता तो मास्टर जी बाकी बच्चों को छुट्टी देकर उसे पास बिठाकर काम पूरा करवाते। सोटी की तरफ इशारा-भर होता, यानि की अक्लमन्द को इशारा काफी।

बच्चे मास्टर जी से डरते भी बहुत थे। सोटी तो हाथी के सजावटी दाँत-सी दिखाने के लिए थी, डर की वजह तो दूसरी थी।

दरअसल होमवर्क न करने पर प्रकाशराम मास्टर जी बच्चों को चूहेवाली कोठरी में बन्द करने की धमकी दिया करते, जहाँ उनके कहे, 'इत्ते इत्ते बड़े,' दर्जनों चूहे रहा

करते थे। मोटे-तगड़े, तीखे दाँतोंवाले, झबरीले चूहे ! मास्टर जी का घर एक अँधेरी-सी सँकरी गली के आखिरी सिरे पर होने से भर दोपहर अँधेरा तहखाना-सा नज़र आता। बच्चों को तो वहाँ भूत-प्रेत भी नज़र आते। चूहेवाली कोठरी तो होगी ही वहाँ। उधर कोई बच्चा जाए तो भयानक मूसे उसे नुकीले दाँतों से नोच-काट चिन्दी-चिन्दी कर सकते हैं। नींद में एक बार महदू का अँगूठा काट खाया था न चूहे ने ? कित्ता खून बहा था बिचारे का ?

उस दिन कात्या ने होमवर्क नहीं किया तो मास्स्टर जी ने चूहा-कोठरी में बन्द करने की सज़ा सुना दी। कात्या की तो जान सूखनी ही थी। भैया और दीदी लोगों ने भी खतरे की घंटी बजती महसूस की। दोस्त-दुश्मन एक हो गए और कात्या के इर्द-गिर्द मँडराने लगे—"हाय बेचारी ! चूहे तो इसकी नाक, आँख, कान, सऽऽ ब कुतर डालेंगे।"

"बाल भी नोचेंगे ?"

"अरे बाल ही क्या ? पूरा का पूरा चबा डालेंगे। बड़े भूखे चूहे हैं।"

अजीब संकट की स्थिति थी। बच्चे सिर जोड़कर विचार करने लगे, कि कैसे बचाया जाए कात्या को। इधर कात्या कापी के पन्नों पर चूहों को फुदकते महसूस कर ठीक से काम कर ही नहीं पा रही थी। सामने चूहे, पीठ पीछे चूहे, ज़ेहन में डरावने मुच्छड़ चूहे, चमकीली आँखों से घूरते, बदनीयत कटखने चूहे। चौतरफ चूहों के भयानक हमले। भाई-बहनें तो अपने-अपने बस्ते समेट चुके थे, अभी चले भी जाएँगे। और कात्या ? उसे तो मास्टर जी ले जाएँगे चूहा-कोठरी में। फिलहाल वे बैठे-बैठे ऊँघने लगे थे। झपकियों से सिर झुकते-झुकते छाती तक आ गया था तभी ब्रज भैया को तरकीब सूझी। लपककर आगे आए और कात्या का बस्ता उठाकर नौ दो ग्यारह हो गए। कनू ने तख्ती उठा ली और सर्र से भाग लिए। दिद्दा लोगों ने इशारा कर दिया कि साजोसामान तो चला गया, अब तुम भी जल्दी से फुर्र हो जाओ...

लेकिन मास्टर प्रकाशराम कोई ऐरे-गैरे मास्टर नहीं थे। सरकने-खिसकने की आवाज़ों से उनकी योगनिद्रा भंग हुई तो दुर्वासा मुनि की-सी लाल आँखें निकाल दरवाज़े से बाहर लपकते बच्चों की टाँग में सोटी का हत्था अड़ा दिया। कात्या का हाथ पकड़ आँगन की ड्योढ़ी तक खींच ले आए, "अब नहीं बचेगी। अब तो तुझे लेकर ही जाऊँगा। मुझे सोया समझ भागने की फिराक में थी ? हैं ?"

कात्या निरुपाय हो आँसू बहाने लगी तो महद जू बीच-बचाव करने चला आया—"इस बार माफ करें मास्टर जी, आगे कभी गुस्ताखी की तो हम बीच में नहीं पड़ेंगे।"

प्रकाशराम मास्टर कात्या की सुबकियों से कुछ नरम पड़ गए और महदजू की ज़मानत पर उसे बरी कर दिया, "अच्छा जाओ, अब की बार छोड़ देते हैं, आगे काम में कोताही हुई तो किसी की भी सिफारिश नहीं चलेगी। फिर उधर ले ही जाना पड़ेगा।" उधर, यानी चूहा-कोठरी ! 'गगर कुठ' !

उस वक्त डर से थर-थर काँपती कात्या, बाद में महद जू से ही जान गई कि

चूहा-कोठरी दरअसल कहीं थी ही नहीं। बस, मास्टर जी के धमकाने का एक तरीका था। पर तरीका था बेजोड़। नाम-भर सुनने से बच्चों की सिट्टी-पिट्टी गुम हो जाती थी।

प्रकाशराम मास्टर अनुशासन के कायल थे। इससे ताता खुश भले हों पर उस अनुशासन में शुष्क कठोरता थी, प्यार-ममता का स्पर्श नदारद। यह सच उस दिन पूरी तरह सामने आया जब लाड़ले छुटकू को ऐसे गरजकर डाँट दिया कि उसकी चीख निकल गई और डर से नन्ही पाजामी भी गीली हो गई। आवाज़ की तुर्शी और पाजामे के गीलेपन के दुहरे भय से वह हिलक-हिलककर रोने लगा। घर-भर का दुलारा तो था ही। कोई आवाज़ ऊँची करके बात भी करे तो रूठ जाता। बस, मास्टर जी की यही हरकत ताता को पसन्द नहीं आई और उनकी वापसी का टिकट बुक हो गया। यकायक कई कारण यके-बे-दीगरे नमूदार हो गए। पढ़ाते वक्त झपकियाँ लेना, चूहा-कोठरी का भय दिखाकर बच्चों की जान सुखाना और कड़कभरी आवाज़ में धमकाना। यानी धमकाना ज़रूरी हुआ तो प्यार से भी तो धमकाया जा सकता है। ताता के बच्चे तो आँख की तरेरभर से बात समझनेवाले हुए। यह क्या, इतनी ज़ोर से डाँटा कि बच्चे का पाजामा गीला हो गया ? कहीं नन्हा-सा दिल बैठ जाता तो ?

उसके बाद आए मास्टर आनन्द पंडित। उन्हें नियुक्ति के दिन ही प्रकाशराम मास्टर की बरखास्तगी के कारण समझा दिए गए और वे भली प्रकार समझ भी गए। निहायत ही शरीफ, लहीम-शहीम, कमीज़-पाजामे और बन्द गले के काले पट्टू के कोट और अधपके सिर पर गाँधी टोपी डाले मास्टर जी पढ़ाई-लिखाई व खेल-कूद में बच्चों को सौ प्रतिशत मनमानी की छूट देते, गाँधी बाबा के अहिंसावाद में पूरी श्रद्धा रखते हुए।

वे हमेशा किसी अनाम अबूझे भय से त्रस्त रहा करते। दरअसल उन्हें नौकरी की सख्त ज़रूरत थी। बच्चों ने एक बार उन्हें बड़ी दीनता से ताता से बात करते सुना था, "साहब ! गरीब आदमी हूँ, प्राइमरी स्कूल की टीचरी में मिलता ही क्या है, आप जानते हैं। आपसे क्या अर्ज़ करूँ ? छोटा-सा ज़मीन का टुकड़ा है गाँव में, जिससे छह मास के लिए भी धान नहीं मिलता। घर पर बड़े परिवार का आडम्बर है...।"

'आडम्बर' शब्द किस अर्थ में प्रयुक्त किया गया यह तो बच्चे समझ नहीं पाए, पर एक अजूबा शब्द 'आडम्बर' उनके शब्दकोश में जुड़ गया। उन्होंने मास्टर जी का नाम 'आडम्बर मास्टर' जी रख दिया।

आडम्बर मास्टर जी न अंग्रेज़ी ज्यादा जानते थे और न संस्कृत। पर इस अंग्रेज़ी-संस्कृत ज्ञानहीनता के मुआवज़े में वे बच्चों को मज़ेदार कहानियाँ ज़रूर सुनाया करते। बच्चों की नस उन्होंने पकड़ ली थी। आखिर स्वयं आधे दर्जन बाल-गोपालों के जन्मदाता थे।

वकील साहब से अच्छी तनखाह, एक वक्त के खाने-शाने का जुगाड़ और यदि साहब उनके काम से प्रसन्न हुए तो किसी बेहतर स्कूल में ट्रांसफर की उम्मीद भी उन्होंने

मन में पाल रखी थी। लेकिन वकील साहब के लाड़लों-लाड़कियों को खुश रखने के साथ, घर के तौर-तरीकों, नियम-संस्कार-अनुशासन आदि-इत्यादि में कोई खरोंच न आए, इस भीषण परीक्षा में जहाँ ईश्वर जू जैसे 'सर्वज्ञ' और प्रकाशराम जैसे 'धाँसू' मास्टर फेल हो गए, भला 'आडम्बर मास्टर' कब तक टिक पाते ?

यों शुरुआत तो अच्छी की थी मास्टर जी ने। ललद्यद से लेकर बड़शाह और हब्बा खातून तक की विस्मयकारी रोचक ज्ञानवर्धक और मार्मिक कहानियाँ सुनाकर वे बच्चों को मुग्ध करते ही, साथ में बच्चों की माओं और दादी जी के भी, कभी-कभार दहलीज़ पर पलभर रुककर, कान और अन्तरात्मा शुद्ध करने का सन्तोष पाते। खासकर जब पाम्पोर की ललद्यदी का ज़िक्र होता। उसके चमत्कारों का अद्भुत वर्णन सुन लड़कियों के रोम-रोम कान बन जाते। वे बिना पलकें पटपटाए मास्टर जी के पार लल्ली को कदम दर कदम गहरी नदी पार करते देख लेतीं। पानी की सतह पर हल्के पग हवा में लहराती-सी वे 'जिन्यपोर' गाँव के घाट पर बने नटकेशव भैरव के मन्दिर में ध्यान करने जा रही हैं। वह देखो। सिर पर पानी का घड़ा लिए घर लौट रही हैं। अरे यह क्या ? पति गुस्से से घड़े पर लाठी मार घड़ा फोड़ रहा है। देर से लौटी इसलिए ? लेकिन घड़ा फूट गया और पानी लल्ली के कन्धे पर टिका रहा।

आश्चर्य ! अविश्वसनीय ! लगता है न ? परन्तु हुआ ऐसा ही। लल्ली ने उस पानी से चुपचाप जाकर, रसोई के सारे घड़े, मटके, कंडाल पानी से लबालब भर दिए। बचा हुआ पानी आँगन में एक तरफ डोल दिया। बोली कुछ नहीं, माथे पर गुस्से की एक शिकन भी नहीं। और दूसरे दिन लोगों ने क्या देखा, उस जगह एक जलाशय लहरा रहा था।

''सच्ची-मुच्ची का ? पानी से भरा हुआ ताल ?''

''हाँ बच्चो ! सचमुच का ताल ! यह ताल 'ललत्राग' नाम से आज भी जाना जाता है। इसी ताल में लल्ली की सासू जी ने उसके बारीक कते सूत को मोटा-झोटा कहकर, फेंक दिया था। कुछ साल पहले तक इसमें पानी रहा करता था। अब सूख गया है।''

कात्या माँ से सुनी ललद्यद की कहानी के कभी न भूलनेवाले अंश सुनाकर मास्टरजी को खुश कर देती।

''ललद्यद का काता सूत बहुत बारीक था न मास्टर जी ? तभी तो अगले दिन ताल में कमल और कमल ककड़ियाँ उग आई थीं।''

''हाँ, सही कह रही है कात्यायनी। कमलनाल तोड़कर देखो। अन्दर से कितने बारीक तार निकले आते हैं। वैसा ही बारीक सूत काता था लल्ली ने।''

''मास्टर जी ! सास ने ऐसा महीन सूत पानी में क्यों फेंक दिया ?''

''सास तो सास कात्यायनी ! क्या कहें ? युग-युग से तो ऐसा ही होता आया है। रूप भवानी की सास, हब्बाखातून की सास सभी तो बहुओं के प्रति कठोर थीं। बच्चो, बहुत कम सासें माएँ बन पाती हैं। लल्ली की सास तो बड़ी निर्मम थी। थाली में पत्थर रखकर उस पर ज़रा-सा भात छितरा देती थी। लल्ली ने खुद कहा है, ''होंड

मॉरितन का कठ, ललि नीलवठ चलि न ज़ांह।"[1]

लड़कियाँ साँस रोक लल्ली की सास की ज्यादतियाँ सुनतीं। हर काम में मीन-मेख निकालना, बेटे से शिकायतें जड़ना।

"इत्ती देर पनघट पर लगा दी, ज़रूर किसी प्रेमी से मिलने जाती होगी।" पति का बर्तन फोड़ना, दुर्व्यवहार। लेकिन लल्ली चुपचाप अपना काम करती रहती।

"इतना अत्याचार सहना किसी से मुमकिन हो सकता है भला ?"

"नहीं हुआ न ! लल्ली भी ऊबकर एक दिन घर छोड़कर चली गई। घर संसार में उसका मन नहीं रमा। वह तो भक्तयोगिनी थी, तपस्विनी, ईश्वर के रंग में रँगी। कहते हैं ज्ञान प्राप्त करने पर वह निर्वस्त्र घूमती थी। कई किस्से हैं।"

"सुनाइए न मास्टर जी ! ऐसे रोचक किस्से भला किसे अच्छे न लगें ?"

"कहते हैं एक बार लल्ली जब निर्वस्त्र घूम रही थी, सामने समनानी[2] साहब आते दिखे। लल्ली ने कहा, पुरुष आ रहा है और नानबाई के तन्दूर में कूद पड़ी। नानबाई ने डरकर तन्दूर का ढक्कन बन्द कर दिया। उधर से समनानी साहब ने लल्ली को तन्दूर में कूदते देखा था। आकर ढक्कन निकाला।"

"ओह ! जली नहीं लल्ली ?"

"नहीं बच्चो ! वह भक्तयोगिनी तो नए वस्त्रों से ढकी बाहर आ गई। लोगों ने तन्दूर में कूदने का कारण पूछा तो लल्ली ने कहा, 'आज मैंने सच्चे पुरुष को देखा है।'

"निर्वस्त्र घूमने पर ससुर जी ने एक बार टोका तो वे बोलीं, 'मुझे तो कोई पुरुष दिखाई नहीं देता, चारों ओर भेड़-बकरियाँ नज़र आती हैं, उनसे क्या शर्म करूँ ?' कहते हैं ससुर जी ने खिड़की से बाहर देखा तो आदमियों की जगह सचमुच भेड़-बकरियाँ दिखाई पड़ीं। लल्ली कहती, पुरुष वही जिसमें पुरुषोचित गुण हों।"

मास्टर जी ने लल्ली के दो-चार 'वाख' सुनाकर कहा कि लल्ली ने बड़े सुन्दर 'वाख' रचे। शैव दर्शन की जानकार लल्ली ने प्रेम और भाईचारे का सन्देश दिया। यह भी कहा कि, "लल्ली हमारे कश्मीरी साहित्य की पहली कवयित्री है। अभी छोटे हो, बड़े हो जाओ तो जानोगे उन्होंने कैसा अभूतपूर्व साहित्य रचा है।"

लड़कियाँ अभी उम्र में छोटी थीं, लल्ली के 'वाख' नहीं समझ सकती थीं, पर उनकी जी हुई ज़िन्दगी से इतना तो जान लिया कि लड़कियों को ससुराल की ज्यादतियों के आगे मुँह में ताला डाल देना चाहिए।

कात्यायनी ने कुछ नाराज़ होकर बाद में माँ से कहा कि वह शादी नहीं करेगी। क्या पता उसकी सास भी लल्ली की सास की तरह कात्या की थाली में बट्टा रखकर ऊपर मुट्ठीभर भात छितरा करे। कात्या से तो भूखा नहीं रहा जाएगा। वह मर जाएगी। चुपचाप पड़ी नहीं रहेगी। बार-बार डाँटेंगे तो गुस्सा होकर लल्ली की तरह ही घर छोड़कर भाग जाएगी।

---

1. घर में दावतें हों, बकरे कटें, पर लल्ली की थाली में बट्टा मौजूद रहेगा। 2. सूफी सन्त।

माँ हँस पड़ी। "न तू लल्लधेद[1] है न तेरी सास वैसी कठोर होगी। हमारे घर में कोई निर्दयी है ? बोलो तो ! काकनी मुझे कितना प्यार करती है ! अरी मुन्ना ! लल्लधेद की सास बहू को जानती नहीं थी। गृहस्थन थी न ? घर में पोते-पोतियों का भरा-पूरा संसार चाहती थीं। लल्ली तो योगिनी थी, गृहस्थन कैसे हो सकती थी भला, इसी से सास बहू से नाराज़ रहती थी। ससुर जी तो दयावान थे।

ललद्यद के प्रभामंडल से अभिभूत, उठते-बैठते भगवान से ललद्यद का धैर्य माँगने वाली माताएँ, बेटियों को भी ललद्यद बनने का आशीष देती थीं। बेटियाँ भी बिना प्रश्न किए आशीष ग्रहण करतीं। लेकिन जिस दिन कात्यायनी ने ललद्यद की कहानी सुनी, उसके मन में प्रश्नों का जन्म हुआ। ललद्यद ने वाख[1] रचे, वह नहीं रच सकती। ललद्यद सास और पति की ज्यादतियाँ सहती थी, पति घड़ा फोड़ता था, सास बारीक कता सूत पानी में फेंक देती थी, वह बर्दाश्त नहीं कर पाएगी, ललद्यद तन्दूर में घुसकर भी हँसकर बाहर निकल सकती थी।

कात्या का मस्तिष्क गड़बड़ा जाता, काकनी तो उसे अभी से चुन्नी ओढ़ाने लगी थी और लल्ली निर्वस्त्र घूमती थी।

मन में प्रश्न उगना माओं के जाने, कलयुग का प्रवेश होना था, लेकिन कात्या के मन में कलयुग छोटी उम्र से ही प्रवेश कर चुका था। यह उन्होंने ज़रा बाद में जाना। फिलहाल आएँ आडम्बर मास्टर की उस कहानी पर जो अजोध्यानाथ के घर में उनकी अन्तिम कहानी बन गई।

वह कहानी थी, 'मोम्मा कुकड़ी' की कहानी। सुनाई भी मास्टर जी ने कुछ ऐसे रोचक ढंग से कि बच्चे छत फोड़ हँसी हँसे। ताता ने गुरु-चेलों की मिली-जुली उद्दंड हँसी, पहले हैरान और बाद में क्रोधित होकर सुनी।

"बेचारा मोम्मा ! नाम मुहम्मद था। अम्मा-अब्बा लाड़ से 'मोम्मा' बुलाते। मोम्मा बड़ा हुआ तो सोचा कोई धन्धा करे, सो कुछ मुर्गियाँ खरीद लाया और पोल्ट्री फार्म बनाया। एक कुकड़ी आई, झक सफेद, खूब अंडे देनेवाली। अब जो भी उसके पास आए, मोम्मा अपनी 'शीन कोक्कर'[2] की तारीफों के पुल बाँधता जाए।

" 'मेरी मुर्गी इत्ते बड़े-बड़े अंडे देनेवाली, मेरी मुर्गी का रंग बर्फ को भी लजाए, मेरी मुर्गी की चाल देखो, राजरानियों की ढाल देखो हंसिनियों की, मेरी मुर्गी मेरी मुर्गी।'

"अब तारीफें ज्यादा हुईं तो लोग खीझ उठे। सो नाम ही 'मोम्मा कुकड़ी' रख दिया। मोम्मा जहाँ जाए, पीछे से बच्चे-बूढ़े 'मोम्मा कुकड़ी' आवाज़ें मारें। मोम्मा इतना दुखी हुआ कि गाँव छोड़कर शहर चला गया। वहाँ उसने नया व्यवसाय शुरू किया। उसमें खूब पैसा और यश कमाया। लोग उसे खान मुहम्मद कहकर इज़्ज़त देने लगे।

"पर मोम्मा का भाग्य देखो। कई साल बाद घर की याद ने ज़ोर मारा तो अपने माँ-बबा से मिलने घर लौटा। सड़क पर कुछ लड़के मिले। वे भला कैसे पहचानें ? खूब

1. ललद्यद के रचे पद 'वाख' कहलाते हैं। 2. सफेद मुर्गी।

बढ़िया पठानी सलवार, काला कोट और तुर्की टोपी डाटे खान साहब ! एक धुँधली बीनाईवाली बुढ़िया पास आकर घूरने लगी। पूछा, 'कौन हो भाई ? गाँव में नए हो क्या ? चेहरा तो देखा हुआ लगे है...'

''खान मुहम्मद ने नाम-परिचय देने के लिए मुँह खोला ही था कि बुढ़िया ने मुस्कुराकर पीठ पर प्यारभरी धप्प मारी, 'अरे, तू तो मोम्मा है, मोम्मा कुकड़ी।'

''यार-दोस्त नाम सुनकर इकट्ठा हो गए, 'मोम्मा कुकड़ी आ गया,' की उत्फुल्ल आवाज़ों ने खान मुहम्मद का जोरदार स्वागत किया।

''बेचारा मुहम्मद, इस कुकड़ी तखल्लुस से आजिज़ आकर घर-गाँव छोड़ा। शहर में नाम और नामा कमाया, पर घर लौटते ही वहीं पहुँचा जहाँ से शुरुआत हुई थी। सो बच्चो। अगली सुबह सूर्य उगने से पहले ही मोम्मा अपना बुकचा समेट गाँव छोड़ गया। लेकिन उससे क्या फर्क पड़ा ? उसकी अगली पीढ़ियाँ भी इसी नाम से जानी जाने लगीं। उसका बेटा जो गाँव में रह रहा था, लोग उसको 'मोम्मा कुकड़ी का बेटा' कहकर पुकारने लगे।''

बच्चे 'मोम्मा कुकड़ी', 'मोम्मा कुकड़ी' चिल्लाते तालियाँ पीटने लगे। शोरगुल सुनकर ताता पढ़ाई कक्ष की दहलीज़ पर आकर खड़े हो गए। तो यह हो रही है पढ़ाई ! बेहूदों की तरह हल्ला-गुल्ला।

बच्चे ताता को देख चुप, गूँगे हो गए और मास्टर जी ने धँसते दिल से आगामी प्रमोशन, एक वक्त के खाने और अच्छी तनख्वाह को बन्द मुट्ठियों से फिसलते देख लिया।

हड़बड़ी में खड़े हो गए, क्या कहें, क्या न कहें ?

''बैठिए मास्टर जी, जाते वक्त ज़रा मिलकर जाइएगा...।''

यानी कि कुछ होकर रहेगा, बच्चे भी समझ गए। ताता का बच्चों के प्रति अतिरिक्त लाड़ तो उनकी स्वभावगत विवशता थी पर अनुशासनहीनता वे माफ नहीं कर सकते थे, सो भी अध्यापक के पद पर बैठे व्यक्ति से हुई ?

पता नहीं आडम्बर मास्टर जी का उन्होंने क्या किया पर बच्चों को बाकायदा स्कूल भेजने का कार्यक्रम बना ही डाला। बहुत हो चुकी घर पर रहकर पढ़ाई। अब स्कूल के नियम-अनुशासन ही उन्हें सही रास्ते पर ला सकते थे।

निष्कर्ष यह कि बच्चों को स्कूल दाखिल करवाया गया। कात्या, राज्ञा को मैत्रेयी मिडल स्कूल, छुटकू को बिस्को साहब के हेडो मेमोरियल स्कूल और दिद्दा शारिका को वसन्ता हाई स्कूल, जो कि एनी बेसेंट की कृपा से नया-नया ही शहर में खुला था। लड़कियों को मैत्रेयी और वसन्ता स्कूल इसलिए कि उनके भेजे में भारतीय संस्कारों और मान्यताओं को पोसती शिक्षा भरनी आवश्यक थी। आखिर उन्हें पढ़-लिखकर सद्गृहणियाँ और कुशल माताएँ ही बनना था। बेटे के भविष्य को मद्देनज़र रखकर ऊँचे पदों, डिग्रियों के लिए अंग्रेज़ी ठाठ अदबवाली शिक्षा ज़रूरी थी। ताता कनू को भी हेडो मेमोरियल स्कूल भेजना चाहते थे पर इस बीच सोना के जेठ का तबादला लद्दाख हो

गया था। घर में जिठानी जी अकेली थीं, सो सोना बुआ को मय बच्चों के ससुराल लौट जाना पड़ा इसलिए कनू भी अपने ब्रज भैया के साथ श्री प्रताप स्कूल भेजा गया जहाँ उनके बड़े भाई रघुनाथ पहले से ही दाखिल थे और आठवीं कक्षा में पढ़ रहे थे।

रघू, कनू और ब्रज भैया गए तो घर सूना लगने लगा। सोना बुआ अब पहले जैसी चहकती-मचलती सोना नहीं रह गई थी। अक्सर पूजा-पाठ में लगी रहती। कभी-कभार उसके कमरे से मास्टर ज़िंदा कौल के भक्ति गीत, और कभी अरणिमाल के आँसू भीगे विरह गीतों की एकाध कड़ी सुनाई पड़ती, ''ओरणि रंग गाम श्रावणिनि हिये, कर यीये दर्शुन म्ये दीये...।''[1]

काकनी सोना की लरजती आवाज़ सुनकर 'लूँगी'[2] से आँखें पोंछने लगती, चूल्हा लीपते लल्ली के हाथ थम जाते। एक उदास तार घर के दरो-दीवारों को जकड़ लेता।

घर में उनकी, उदास ही सही, ममतालु मौजूदगी की महक थी। उनके जाने से भरे-पूरे घर में सर्द खालीपन घुस आया और डैने पसारकर बैठ गया।

---

1. सावन की हरियाली लता थी मैं, तेरे विरह में पियरा गई। कब मुझे दर्शन देने आआगे ? 2. फिरन के ऊपर कमर में बाँधनेवाला चुनरीनुमा पट्टा।

# पाठशाला प्रवेश और तुलसी पुराण

स्कूल जाना बच्चों को अच्छा लगा। वहाँ आकाश फलाँगने की सुविधा भले न हो, घर की चारदीवारी की बंदिशों और हर कदम पर टोकाटोकियों से मुक्ति तो थी ही। फिर लाड़ले बच्चों का नए-नकोर कपड़ों में इठलाते-इतराते स्कूल जाना, पूरी कक्षाओं में शीरनीयाँ बाँटकर बड़े घर की सन्तान होने का ठसका साथ लेकर चलना विद्यार्थियों से लेकर उस्तादों तक को सूचित कर गया कि वे ऐरों-गैरों की पंक्तियों से अलग हैं, यह बात ध्यान में रखिएगा।

कात्या और दिद्दा का स्कूल अलग हो गया पर राज्ञा तो साथ-साथ रही। स्कूल में कात्या की खूब सारी सखी-सहेलियाँ बन गईं। पढ़ाई के साथ वहाँ खेल-कूद के पीरियड भी रहा करते। खूब मज़ा आता। घर में तो खेल-कूद के नाम पर कमरों में, सीढ़ियों पर या आँगन में रस्सी टप्पा, लँगड़ी टाँग, गिट्टे या 'तुले लंगुन तुलान छस' खेलना होता, सो भी घरवालों से छिपकर। काकनी तो हर खेल में कोई न कोई खोट कसर निकाल अड़ंगा लगा देती, "रस्सी टप्पा ? यह भी कोई खेल है ? टाप-टापकर ताड़ की झाड़ बनना है क्या तुम लोगों को ? फिर तो हमें तुम लोगों के लिए दूल्हे भी झाड़ से लम्बे ढूँढ़ने होंगे।"

"यह कमरों में धम-धम धमाली क्यों करते हो, क्या मकान ही ढहा दोगे ? कोई शाइस्ता खेल तुम्हें नहीं आता ?"

पता नहीं शाइस्ता खेल कौन थे ?

कमला चाची भी आग में घी डालने का काम करतीं।

"यह 'तो वो तोतरिया' क्या होता है ? अब 'लेजिबटों' की तुलसी 'टहजी' भी इधर खेलने आती है, कल हाँजियों की 'फातमॅच़' भी चली आएगी। लच्छन तो तुम्हारे ऐसे ही दीखते हैं..."

स्कूल में तो ऊँच-नीच का भेदभाव टापकर सखियाँ बनती थीं। ज़ातबूत पूछने की न ज़रूरत थी न शायद इसका अहसास ही। मुन्नी, तोषी, राज, ललिता, मोहिनी, मखनी, प्रभा, तुलसी कितनी तो पक्की सहेलियाँ थीं, खूब प्यार था आपस में। कौन 'गोर', कौन लेजिबट्ट, कौन खत्राणी, 'बोहरी', 'सिकियानी' इनका हिसाब रखकर लाइनें खींचनेवाली खानदानी बुज़ुर्गिनें तो सामने न थीं।

स्कूल में कभी-कभी सफेद चमड़ी और सफेद बालोंवाली मेमें आया करतीं। वे

'लूका रचित सुसमाचार' और 'सच्चा और जीवित परमेश्वर' नाम की छोटी-छोटी पुस्तिकाएँ बच्चों में मुफ्त बाँटती रहतीं और ईसाई धर्म का प्रचार करतीं। कभी-कभी, प्रार्थना सभा में वे बाईबल के अंश भी सुनातीं।

"परमेश्वर ने सब कुछ बनाया है। अज्ञात परमेश्वर प्रभु यीशू में प्रकट हुआ।" वे उदाहरण देकर कहतीं कि–

"पापियों-अधर्मियों के लिए नरक का दंड ठहराया गया है।" पाप से छुटकारा पाने के लिए खड़े होकर और आँख बन्द कर प्रार्थना करवाती थीं। झुर्रीदार चेहरेवाली सफेद मेम एक पंक्ति पढ़ लेतीं और सभी लड़कियाँ उनके पीछे दुहराया करतीं, "प्रिय प्रभु यीशू ! मैं पापी हूँ। मेरे पापों के लिए क्रूस पर प्राण देनेवाले यीशू, मैं आपमें विश्वास करती हूँ, मैं आपको अपना मुक्तिदाता मानकर हृदय में ग्रहण करती हूँ। आप मेरे हृदय में आकर निवास कीजिए। मुझे अपनी पुत्री बना लीजिए। मुक्तिदाता यीशू मसीह के नाम में, आमीन !"

घर में स्कूल का पाठ सुनाते एक बार कात्या ने ताता को जो मेमों के यीशू सम्बन्धी प्रवचन सुनाए तो ताता, "ठीक है, अपनी पढ़ाई की तरफ ध्यान दो" कहकर उठ गए। बाद में सुना कि उन्होंने हेड मास्टर साहब को बुलाकर समझाया कि इन क्रिश्चियन मिशनरीज़ को ज्यादा बढ़ावा मत दीजिए। ये लोग धर्म परिवर्तन के उद्देश्य से स्कूलों में चक्कर लगाते हैं और बच्चों के कोमल मस्तिष्कों को चक्कर में डाल देते हैं। अपना हिन्दू धर्म तो विश्व में सर्वश्रेष्ठ धर्म है, उसी का ज्ञान दीजिए...।"

ताता स्कूल की कमेटी के सदस्य थे। तभी शायद स्कूलवालों ने उनकी बात मान ली और दोबारा वहाँ मेमें नज़र नहीं आईं।

यों स्कूल में ज्ञानदान के कई पहलू थे। धुँधले-उजले दोनों पक्ष ! प्रार्थना सभा में भजन, गीता के श्लोक, राष्ट्रीय गीत आदि इत्यादि पढ़े जाते। 'कर्मण्येवा धिकारस्ते मा फलेषु कदाचनः...' से लेकर या 'राम कहो या रहीम कहो, दोनों की गरज अल्लाह से है...' तक। 'सारे जहाँ से अच्छा हिन्दोस्ताँ हमारा, हम बुलबुले हैं इसकी, यह गुलिस्ताँ हमारा' का सामूहिक पाठ तो बेहद ज़रूरी था और वह 'विजयी विश्व तिरंगा प्यारा, झंडा ऊँचा रहे हमारा।'

कक्षा में लड़कियाँ एक साफ-सुथरी, पढ़ने में ज़हीन लड़की को अपना नेता चुन लेतीं। देश के प्रधानमन्त्री के अधिकारोंवाली उस, वोट द्वारा चुनी लड़की का हुकूम सभी को बजा लाना पड़ता। कोई लड़की दस पैसे की मूँगफली लाए या पन्द्रह पैसे की मिशिर मकाय, मिल-बाँटकर खानी ज़रूरी थी। नेता लड़की की झोली में सभी चीज़ें डाल दी जातीं और वे सभी लड़कियों में बराबर बाँट देती। एक बार नकचढ़ी मोहिनी दर को नेता चुना गया जो ज़रा-सी बात पर मुँह कुप्पा कर बैठ जाती और लड़कियों को बार-बार कसमें दे-देकर मनाना पड़ता। लेकिन वह ! लड़कियों की 'चिजी' गुस्से और गुमान से मिट्टी में फेंक देती। बेचारी लड़कियों के प्यारभरे दिल टूट जाते। मन मारकर लड़कियाँ सह लेतीं। शायद आगे भी विवशता में सह ही लेतीं अगर उसने तोषी को 'त्रठ प्ययि'[1]

की ज़बर्दस्त गाली न बकी होती। ओ माँ ! नेता लड़की और कमीनों की तरह गालियाँ बके ? ऐसी ओछी हरकतोंवाली के नक्शेकदमों पर भला कौन खानदानी लड़की चल सकती थी ?

"नहीं, यह सब नहीं चलेगा।" लड़कियों ने एकमत होकर फैसला किया, "मोहिनी दर को सिंहासन से उतार देना होगा," और भले घर की ज़हीन लड़की कात्यायनी को नया नेता चुना गया।

सभी निर्णय आपस में मिल-बैठकर और पक्ष-विपक्ष में हाथ खड़े करके 'वोट' देकर किए जाते। बड़ा जनतान्त्रिक माहौल था। कभी-कभी संगठन में विद्रोही तत्त्व भी सिर उठाते। उनसे भी निपटा जाता। अब देखो, चुन्नी घर से बबूगोशे लाई, जन्माष्टमी पर उसकी भाभी के मायके से ढेर से फल जो आए थे। लाए तो ठीक किया, पर छिपकर खाने की क्या ज़रूरत थी ? कात्या को मालूम पड़ा तो, कारण बताओ वाली मुद्रा बनाई। चुन्नी भी कम ढीठ न थी।

"माँ ने मेरे लिए दिए हैं, सभी के लिए थोड़े ही !"

माँ की बात तो अपनी जगह, पर सखियाँ तो सखियाँ। उनकी भी एक खास जगह। जो बातें सखियों से होती हैं वह माँ से थोड़ी होंगी ? अब इत्ती-सी बात जो न समझे, उस बुद्धू को संगठन से बाहर करना ही पड़ेगा न ?

इस निर्णय का खासा प्रभाव दिखा। चुन्नी चार दिन बेंच पर अकेली बैठी रही किताबों में सिर घुसाए। न कोई खेलने को बुलाए न चिजी खाने के लिए न्यौते। इस घनघोर निर्वासन से दुखी हो चुन्नी ने तीसरे दिन ही हथियार डाल दिए। नेता को क्षमा-प्रार्थना की अर्ज़ी दी गई और नेता ने बड़प्पन की सदाशयता से क्षमा कर दिया, ज़रा-सी हिदायत देकर कि आगे से मिल-जुलकर रहना होगा।

"रहूँगी।"

"वादा ?"

"हाँ वादा।"

"न, कसम खाओ ! वादे का क्या, कोई भीष्म पितामह थोड़े हैं वह ?"

"विद्या कसम !"

बस, इससे बड़ी कसम कोई नहीं, अबोला टूटा। प्रथमा उँगलियाँ एक-दूसरे की उँगलियों से छुलाकर 'पक्की' कर ली गई, और एक-दूसरे की गलबहियाँ दे लड़कियाँ शीतलनाथ के सेबोंवाले बाग में खेलने दौड़ पड़ीं।

मजाल है लड़की दोबारा अलगोझे की नीति अपनाती !

उन दिनों बातें भी क्या होती थीं ?

"खेलोगी ? रिसेस में !"

"हाँ, खेलेंगे।"

---

1. तुझ पर गाज गिरे (गाली)।

"रस्सी टप्पा ?"

"न, चोर सिपाही।"

"चलो शहतूत की छाँह में।"

"न भई, वहाँ प्रभकाक मास्टर जी कुर्सी डाले ऊँघ रहे हैं। ज़रा-सी आहट पाकर जाग जाएँगे। और फिर आई शामत !"

"तौबा ! लड़कियों की चोटी इत्ती ज़ोर से खींचते हैं कि बाल ही खोपड़ी से अलग हो जाएँ।"

लड़कियों को प्रभकाक मास्टर फूटी आँख न सुहाते थे। काम ही उनके बेढंगे ! बात-बेबात बहाना ढूँढ़ लड़कियों को गलत-सलत जगह भींच देते, चिकोटियाँ काट लेते। लेकिन मास्टरजी थे, उनकी शिकायत कैसे और किससे की जा सकती थी ? मन मारकर रहना पड़ता।

पर खेल भी ज़रूरी, सो मास्टर जी की आँख बचा छिपते-छिपाते लड़कियाँ स्कूल के पिछवाड़े का नाला लाँघ शीतलनाथ मन्दिर के अहाते में चली जातीं, वह अहाता खूब सारे घने, फलदार पेड़ों से अटा पड़ा था। लड़कियाँ पेड़ों पर चढ़कर कच्चे-पक्के सेब, नाशपातियाँ और खट्टे-मिट्ठे 'शहतुल' तोड़ खाते-गिराते मज़ा करतीं। जेबें शहतूत के लाल फालसई रंगों से रँग जातीं तो चोरी पकड़ी जाती। घर में पैसों से खरीदे फलों में वह स्वाद कहाँ जो माली को धता बताकर पेड़ से तोड़ कुतरने-गिराने में था ? ऊँची और ऊँची टहनियों पर झूल-झूल हरियाए संसार से बतियाना ! एक बार उस दरवेश दाढ़ीवाले 'गुल बागवान' ने प्रभकाक मास्टर जी से लड़कियों के फलों का 'सत्यानाश' करने की शिकायत जड़ दी।

बाप रे बाप ! लड़कियों की तो रूह तक काँप गई। प्रभकाक मास्टर तो यूँ भी बहानों की तलाश में टोह लगाते रहते। अब ज़ोरदार वजह मिल गई सो लड़कियों की पेशी हुई। लड़कियाँ युद्धबन्दियों-सी हथियार डाल कतार में खड़ी हो गईं। कोई दूसरा मास्टर जी होता तो बेंच पर खड़ा कर देता या फुटे से हथेली पर दो-एक चोटें दे धमकाकर छोड़ देता पर प्रभकाक मास्टर इधर-उधर चिकोटियाँ काटने, चुटिया खींचने से गाल नोचने तक कुछ भी कर सकते थे।

कोई दसेक वर्षों की थी कात्या कि एक दिन माँ ने गालों पर नील के दाग देखकर पूछा, "यह नील कैसे पड़ गए मुन्नी, कहीं गिरविर गई या किसी से झगड़ा किया ?"

"ऐसे थोड़ी झगड़ती हूँ मैं, उमा, चन्द्रा, तुलसी के साथ शीतलनाथ खेलने गई थी, कक्षा में थोड़ी देर से पहुँची बस, इतना ही तो कसूर था। इसी के लिए सज़ा मिली।"

"पर यह नील ?" लल्ली फिर भी गालों पर पड़े नील का कारण समझ नहीं पाई।

"प्रभकाक मास्टर ऐसी ही सज़ा देते हैं, गाल पर चिकोटी काटते हैं।"

बोलते-बोलते कात्या ने जीभ काटी, क्या पता माँ को यह सब बोलना चाहिए

था या नहीं। लड़कियों के गाल छूना तो बहुत खराब बात मानी जाती थी। कात्या के मन में डर-सा उगा, क्योंकि बात सुनते ही लल्ली का चेहरा अपमान और रोष से स्याह पड़ गया। वह खामखाह कात्या को डाँटकर 'बायसाब' के पास चली गई।

लो ! इधर भी डाँट ! बोलो तो डाँट खाओ, न बोलो तो भी डाँट खाओ। बड़ा अजीब तरीका था।

लल्ली ने जाने क्या कह दिया केशव से। और केशव ने जाने किन शब्दों में सारी बेढब स्थिति ताता तक पहुँचा दी कि अगले दिन ही कात्या-राज्ञा को मैत्रेयी मिडल स्कूल से निकालकर दिद्दा वाले वसन्ता हाई स्कूल में भर्ती करवा दिया गया।

ऐनी बेसेंट द्वारा स्थापित इस गर्ल्स स्कूल में ज्यादातर महिला शिक्षिकाएँ थीं। स्त्री शिक्षा, जिसका चलन मध्य युग में लगभग समाप्त हो गया था और केवल घरों में धार्मिक पुस्तकों तक ही सीमित होकर रह गया था, अब क्रिश्चियन मिशनरी और महाराजा प्रताप सिंह के प्रयासों से उसका फिर से प्रचार-प्रसार होने लगा था। शिक्षित घरों की बेटियाँ हुजूमों में स्कूल जाने लगी थीं।

बड़े स्कूल भेजते लल्ली ने कात्या को समझाया कि अब वह बड़ी होने लगी है। ऐसा कोई काम न करे, जिससे खानदान का नाम बदनाम हो और लोगों को बात करने की वजह मिल जाए। प्यारभरी हिदायतों के साथ कात्या को चेताया गया कि घर या मुहल्ले के लड़कों के साथ लड़कों के खेल खेलना भी बन्द कर देना चाहिए। स्कूल में तो, खैर लड़के थे ही नहीं।

कात्या ने शक्कर में लिपटी कुनीन की कड़वाहट महसूस करते जाना कि अब बाज़ाप्ता बन्दिशों का मौसम शुरू होनेवाला है। शुक्र है उसने माँ को प्रभकाक मास्टर की सभी बातें नहीं बताईं। वह जो तुलसी को छुट्टी के बाद भी स्कूल में रोके रखा और जो उसकी छोटी-छोटी छातियों पर भींचने से लाल-नीले निशान पड़ गए, उसने तो सभी लड़कियों में दहशत फैला दी थी। वैसी बातें माँ से भी कैसे कह सकते थे। वह तो जाने कौन-सा कांड ही कर देती। लेकिन जो कुछ भी माँ को बताया उसका परिणाम कात्या को अच्छा लगा। गुस्से की आग भी थोड़ी ठंडी पड़ गई। एक तो कात्या को अच्छा स्कूल मिला। दूसरा प्रभकाक मास्टर का तबादला लड़कों के स्कूल में करवा दिया गया।

ज़रूर यह ताता के कहने से ही हुआ होगा। स्कूल कमेटी में उनकी चलती भी खूब थी, बाद में दिद्दा ने कहा कि ताता तो प्रभकाक मास्टर को नौकरी से ही निकाल देते। उन्होंने कहा, "अबोध बालिकाओं के साथ ऐसा अपवित्र काम करनेवाले पापी, कलयुगी को तो रौरव नरक में ही स्थान मिलता है।"

"रौरव नरक क्या ?"

"उफ्फोह ! तुझे कुछ मालूम भी है कात्या ? कल्याण खोलकर देखो। उसमें सब दिखाया है। अस्सी नम्बर पृष्ठ पर जो खून और पीबवाले समुद्र की भयंकर तस्वीर बनी है, जिसमें मगर, साँप और भयानक जलजीव खूँखार दाँतों से पापियों की हड्डियाँ तक चिचोड़ते हैं, वही रौरव नरक है।"

नरक का दृश्य बेहद भयानक था, पर वह मृत्यु लोक की बात थी। इस लोक में भी प्रभकाक को सज़ा मिली। ताता ज्यादा कुछ कर नहीं पाए क्योंकि मुट्ठीभर हड्डियों पर झुर्रियल खाल पड़ी प्रभकाक की पत्नी तारावती ने रो-रोकर सिर से 'तरंगा'[1] उतार ताता के पैरों में डाल दिया। कहा कि, ''उन्हें नौकरी से निकालने से पहले मुझे और मेरे चार बच्चों को पत्थर बाँधकर वितस्ता में डुबो दीजिए।''

ताता को अपना गुस्सा थूकना पड़ा। क्योंकि वे तारावती और बच्चों को वितस्ता में डुबो नहीं सकते थे। मन में दया भरी पड़ी थी न ?

कात्या वसन्ता स्कूल जाने पर भी तुलसी को भूल नहीं पाई, बल्कि दोस्ती की गाँठ उम्र के साथ और भी पक्की हो गई। तुलसी दो गलियाँ छोड़ तीसरी गली में ही तो रहती थी। उन गलियों की भूल-भुलैया से गुज़रकर बहुत पुराने, हिलती चूलोंवाले दरवाज़ों-खिड़कियों और झुकी कमर वाले दोमंजिले घर के गलियारे में घुसना पड़ता था। वहाँ घुप्प अँधेरा सीढ़ियों पर बैठा रहता था। कात्या भयनाशक मन्त्र, 'सर्वस्वरूपे सर्वेश सर्वशक्ति समन्विते, भयेम्यस्त्राहि नो देवि ! दुर्गे देवि नमोस्तुते।' रटते, चौकन्नी हो कोने-अन्तरे देख जल्दी से सीढ़ियाँ फलाँग लेती। मन में फिर भी डर धुकधुकाता रहता कि कदम धीमे रहे तो अगली सीढ़ी पर ताक में बैठा भूत-प्रेत कहीं गला न दबोच ले। दो-दो सीढ़ियाँ लपककर लाँघ हाँफते-हाँफते कमरे में कदम रखती तो तुलसी की काकनी प्यार से झिड़क देती, ''अंह, अंह, इत्ता उतावलापन क्यों ? लड़कियों के कदमों की आहट नहीं सुनाई पड़नी चाहिए। आदत हो जाती है।''

तुलसी की माँ के बाल भक्क सफेद थे। पता नहीं असमय छिजी उम्र के कारण या हर सप्ताह में दो-तीन व्रतों की वजह से वह हड्डियों का हिलता पिंजर नज़र आती थी। वे अष्टमी, एकादशी, संक्रान्ति, अमावस्या, पूनम आदि के अलावा चतुर्मास के भी व्रत रखा करतीं। यों ये व्रत कात्या की दादी जी भी रखा करतीं, पर व्रत वे शुद्ध घी, दूध, दही और फलों से तोड़ती थीं, तुलसी की माँ कहवा और आलू के सिवा भी कुछ लेती होंगी, इसकी तो सम्भावना उस 'ऊपर से पत्थर फेंको, नीचे से आवाज़ सुनो'-नुमा खाली घर में दिखाई नहीं पड़ती थी।

रंग-बिरंगी टाकियाँ लगे, बिना 'नरीवार'[2] का फिरन पहने, तुलसी की माँ, घिसी चटाई पर तेल सने गूदड़ तकिए की टेक लिए, पाजामों-कुरतों और फ्रॉकों की उधड़ी सीवनें जोड़ती रहती या चिल्लयकलान के लिए शलजम-बैंगन, लौकी, मिर्ची की मालाएँ बना धूप में उलटती-पलटती रहतीं। कात्या को कभी-कभार वह जीरे-नमक की सोंधी खुशबुओंवाली, टोपियों जैसी चावल के आटे की 'याजि' खिलातीं जो कात्या बड़े स्वाद से खा लेती।

तुलसी के गोल-मटोल गन्दुमी चेहरे पर जड़ी उदास आँखों में जाने क्या कशिश

1. फिरन के साथ सिर पर पहना जानेवाला शिरोवस्त्र जो शादीशुदा स्त्रियाँ पहनती थीं। 2. फिरन पहननेवाली सुहागिनें फिरन के बाजुओं में ज़री या छींट की चार-छह अंगुल की पट्टी लगाती हैं। (यह केवल सधवा ही लगा सकती हैं)।

थी कि कात्या कभी उससे दूर हो ही नहीं पाई। स्कूल से आकर होमवर्क खत्म करते ही वह किसी न किसी बहाने तुलसी के घर भाग जाती। तुलसी, चन्द्रा, शान्ता और कात्यायनी ! ज़बरदस्त चौकड़ी। उन्हीं पक्की सहेलियों के साथ तो ऊलजलूल, अल्लमगल्लम, बचकानी उत्सुकताओं और नई जानकारियों से पूरमपूर बातें हो सकती थीं। औरों के लिए बकवास और उनके लिए विशेष।

"सुना तुमने, शान्ता की शादी हो रही है, मुहम्मद 'मंज़िमयोर'[1] मेरी काकनी से कह रहा था।" कात्या कोई नया पटाखा छोड़ती।

"ओ ! तो तू अब्भी से शादी करके बैठेगी ? यानी कि उम्रभर तो शादीशुदा ही रहना है।"

"घरवाले कहेंगे तो करनी पड़ेगी न ! लड़की लोग थोड़ा बड़ों के आगे मुँह खोलकर कहेंगी कि मैं शादी नहीं करूँगी।"

शान्ता अपनी मजबूरी बयान करती।

"येल्लो। शादी तुझे करनी है या तेरे बड़ों को ?" कात्या डाँटने को तैयार रहती। "यह तो कहो कि कानों में लम्बे-लम्बे झुमके, तालरज़ और डेजहोरू झुलाने का शौक चर्राया है।"

"वाह री दुलहनिया। महिरन्य मोजी अगुनी दुगुनी..."

"देख तो कैसी फूली नहीं समा रही ! ऐ ऽऽ, कैसा है री तेरा दूल्हा ? खूब मोटा, गोप जैसा ? हप्प।"

"धत्त् ! वह तो राजकुमार जैसा है। मैंने मन्दिर में देखा था उसे।"

"हाय ! तू मिली थी उससे। बेशर्म।"

"ना ना कात्या, तेरी कसम, वह तो भैया ने बताया, देख तेरा दूल्हा सीढ़ियों पर खड़ा है। मैं तो झलक भर देखकर डर के मारे भाग गई, जैसे पकड़ ही लेता मुझे।"

"पकड़ तो शादीवाले दिन लेगा।"

"दिन नहीं री, बुद्धू ! रात को।" चन्द्रा ज्यादा जानती थी। "जब सतरात की शाम शगुन-दही खिलाकर तुझे सुहागरातवाले कमरे में धकेल दिया जाएगा..."

"हाय ! मैं तो लाज से मर ही जाऊँगी।"

चन्द्रा भैया-भाभी के कमरे में सन्धों-झिर्रियों से जो झाँका करती थी जब तब, कि भीतर क्या फिल्म चल रही है ! अगले दिन सखियों को बताकर कुछ रुआब भी तो गाँठना था कि हम भी कुछ जानते हैं।

सो सुहागरात को क्या होगा ! कैसे दूल्हा शान्ता का घूँघट उठाएगा। पहली बात क्या कहेगा ? सभी की रिहर्सल होती। बड़ी बहनों की सुहागरातवाली सच्ची-झूठी, अतिरंजित कथाएँ, गाल लाल करनेवाली बेशर्मियाँ, जो 'पति' द्वारा होने पर पावन हरकतें हो जातीं, उत्सुकता से सुनी-गुनी और गाँठ बाँध ली जातीं, ओह ! कैसे तो होगा वह

1. शादी में मध्यस्थता की भूमिका निभानेवाला नाई।

सब ! बदन में झुरझुरी से ज्यादा अनाम डर उगने लगता। किशोरावस्था की पहली-पहली सीढ़ियों पर कदम रखती खिलंदड़ियाँ पुष्पक विमानों में बैठ शादी और दूल्हे के खेलों में खो जातीं। स्वप्न जैसे सतरंगी खेल, जिनका सच से दूर तक कोई वास्ता न था। वे सपने उस अँधेरी सीढ़ियोंवाले, उकड़ूँ बैठे झोंपड़ीनुमा घर की घिसी 'पेत्स'[1] की चटाइयों पर बैठ, दूसरी दुनिया की बातें लगती थीं। पर थी बड़ी मोहक। एक ऊलजलूल फिल्म-सी अधपक्के दिमागों में तेज़ी से चलती रहती।

लेकिन तुलसी ने एक दिन बेहूदी-सी बात कहकर वह तिलिस्मी स्वप्न भी तोड़ दिया, "स ऽऽ ब झूठ है। कोई प्यार-व्यार नहीं करते दूल्हे !"

"तुझे कैसे मालूम ? तेरी शादी हुई क्या ? बड़ी दादी बनती है !"

यह तुलसी ! 'इस्माल बदखबर' ! सपनों का भी मज़ा नहीं लेने देती। हुँह ! चन्द्रा नाराज़ हो गई, तो तुलसी को तफसील में अपनी कही बात का खुलासा करना पड़ा। जब उसकी दीदी बीमार थी, माँ ने उसे बच्चों को सँभालने के लिए कुछ दिन उसके पास भेजा था। तभी उसने देखा।

"क्या देखा ?" उत्सुकताएँ भी जल्दी शान्त होनेवाली नहीं थीं।

"नहीं, देखा नहीं सुना। अँधेरा था न ! दिद्दा रो रही थी और कह रही थी, मेरा बदन बुखार से टूट रहा है और तुम्हें खुशी चाहिए। तुम जानवर हो।"

"खुशी ? यानी ?"

"क्या पता। वही प्यार-व्यार होगा जो बड़े लोग-लुगाइयाँ रात को करते हैं।"

"हूँ। तो ? प्यार ही तो करता था। मारता थोड़े था !" कुछ ज्यादा जानने की जिज्ञासा।

"क्या पता। कभी भी 'हराममोंड' और 'मालज़ात' करके ही बात करता है। मुझे तो जीजा पर बड़ा गुस्सा आया। वह है भी बड़ा बदमाश।"

"चे प्राह गछुन।[2] तोहमत लगा रही है अपने जीजाजी पर। तुझे नरक मिलेगा।"

"तोहमत क्या। जित्ते दिन दिद्दा बीमार रही, वह मुझे तंग करता रहा। चाय लेकर जाती, सीढ़ियाँ चढ़ती-उतरती मिलती, कहीं भी अकेला पाकर जकड़ लेता। प्रभकाक मास्टर जी की तरह यहाँ-वहाँ चिकोटियाँ काटता। मैं रोती तो मनाने लगता। हाथ जोड़कर कहता, अपनी दीदी से कुछ मत कहना, मैं तुझे प्यार करता हूँ। तू मुझे अच्छी लगती है। पागल। बीवी को गाली, साली से प्यार।"

"तूने दिद्दा से शिकायत नहीं की ?" लड़कियाँ इस अनाचार से भड़क उठतीं।

"कहा था री, पर वह तो उल्टा मुझे ही डाँटने लगी। बोली, तेरा दिमाग फिर गया है, भेजे में कीड़े घुस गए हैं, वो तेरे पिता समान हैं। उन पर इल्ज़ाम लगाएगी तो जीभ में ज़हरबाद[3] हो जाएगा। यह नहीं होता झंडी से कि बूबे ही ढक दे ओढ़नी से...।"

---

1. विशेष प्रकार की घास। 2. तुझे भूत लगे (गाली)। 3. भयंकर फोड़ा (गाली)।

"मैं तो भाग आई वहाँ से। काकनी से कह दिया, चाहे मेरे सौ टुकड़े कर दे, मैं दिद्दा के घर नहीं जाऊँगी।"

"बहोत अच्छा किया तूने। नहीं जाना उधर। बड़ा आया प्यार करनेवाला। गुंडा, बदमाश। नहीं जाना, चाहे मार भी पड़े। तू वहाँ जाएगी तो वह तेरे भी सात-आठ बच्चे पैदा कर देगा। प्यार कहता है, हुँह। तेरे बूबे बड़े हैं तो क्या तेरा कसूर है इसमें ?"

कात्या कुछ ज्यादा ही भावुक हो जाती। अपनी इस बहादुर सखी पर उसे प्यार हो आता जिस पर बेहद अत्याचार हो रहे थे। स्कूल में प्रभकाक ने इस पर ज्यादती की, दिद्दा के घर में अपने जीजा ने दबोचा। आखिर शरीर तो इसे भी भगवान ने ही दिया। उसे कितना छिपाएगी ? ये बुड्ढे लोग लड़कियों का जिस्म ही देखते हैं, उनका मन नहीं। ज़रूर इनके दिमाग में कुछ खराबी होगी, कात्या को इस बात पर पक्का यकीन था।

उधर दादीजी और चाचीजी को उसका तुलसी के घर जाना सख्त नापसन्द था। क्योंकि उनके कहे वे छोटे लोग थे। 'लेजि बटअ'। वकील अजोध्यानाथ राज़दान जैसे खानदानी और रुतबेवाले दादा और प्रोफेसर केशव राज़दान जैसे बड़े प्रोफेसर की लड़की को ऐसे लोगों से दोस्ती रखना शोभा नहीं देता था। लेकिन कात्या के भेजे में यह सीधी-सी बात नहीं आती।

"कैसे लोग काकनी ? तुलसी भी तो मुझ जैसी ही लड़की है। बल्कि उसका रंग मुझसे ज्यादा गोरा-चिट्टा है।"

"रंग-वंग की बात नहीं मुन्नी। अब तुझे कैसे समझाऊँ। इतना जान लो कि वे 'लेजि बटअ' हैं...।"

"लेजि बटअ क्या काकनी ? बोलो न।"

"ज़िद करना छोड़ेगी नहीं और समझने का यत्न भी नहीं करेगी। ताता ने लाड़ में बिगाड़ दिया है न ! सुन। तुलसी के माता-पिता उन लोगों के वंशज हैं जिन्होंने बहुत वर्षों पहले अपना धर्म बदल दिया था। समझो यह विधर्मी हो गए।"

कात्या फिर भी नहीं समझी—"वे लोग भी तो भगवान की पूजा करते हैं। व्रत-अनुष्ठान हमारे जैसे ही, फिर विधर्मी कैसे हुए ?"

"बस्स ! भेजा मत खा मेरा, अपने ताता से पूछ। वे ही समझा देंगे।" दादी निरुत्तर हो जाती पर ताता कात्यायनी की जिज्ञासा का समाधान करने की कोशिश करते।

"यों तो भगवान ने सभी मनुष्य बराबर बनाए पर संस्कारों से हम ब्राह्मण हो गए मुन्नी। कोई छह सौ साल पहले सुलतान सिकन्दर के शासन में कई ब्राह्मणों को जबरन धर्म-परिवर्तन कराया गया। कुछ लोग मुसलमान बन गए। कुछ ने धर्म परिवर्तन के साथ कुछ शर्तें रखीं, वह यह कि मुसलमान द्वारा पकाया खाना वे तभी खाएँगे जब खाना रोज़ नई हाँडी में पके और वे खुद हाँडी से निकालकर भात खाएँगे। यही शर्त मान ली गई। सो वे मुसलमानों का पकाया भात अपने हाथों हाँडी से निकालकर खाते और बाद में प्रायश्चित करते। ये अपने आपको हिन्दू ही समझते थे पर कट्टर ब्राह्मणों

ने इन्हें आधा मुसलमान मानकर हिन्दू धर्म में शामिल करने से इनकार कर दिया और इन्होंने पूरा मुसलमान बनना अस्वीकार किया। सो आगे चलकर इनकी सन्तानें लेजि बटअ (हाँडी भट्ट) कहलाईं। इनकी अपनी एक अलग जात बन गई। भट्ट इनसे रिश्ते-नाते नहीं करते। अपनी बिरादरी से बाहर ही मानते हैं।''

'राज़दान' लोग कैसे बड़े और खानदानी हो गए यह बात भी कात्या को जल्दी समझा दी गई। राज़दान रैना यानी राजधानिका ! दरअसल राज़दान बहुत पहले राजाओं के मन्त्री-सलाहकार हुआ करते थे। तभी से राज़दान सरनेम पड़ा। वंश गोत्र से तो वे बड़े हैं ही...

गोत्रों की जानकारी आनन्द शास्त्री से बेहतर कौन दे सकता था। वेदपुराणों के जानकार शास्त्री जी का कहना था कि मूल रूप से ब्राह्मणों में कुल छह गोत्र रहे हैं, यों तो अब शाखा-प्रशाखाओं में बँटकर एक सौ निन्यानवें हो गए, पर हैं वास्तव में छह ही। वे हैं दत्तात्रेय, भारद्वाज, पालदेव, औपमन्य, मौदगल्य और धौमन्य। पहले ज़ातें (सरनेम, उपनाम) भी तीन ही थीं, भट्ट, पंडित और राज़दान। उन्हीं से क्रमशः कौल, सोपोर पंडित और रैणा हुए। कुछ ज़ातें तो किसी विशेष पहचान के साथ जुड़कर नाम के साथ नत्थी हो गईं पर गोत्र से उनका लेना-देना नहीं है। उदाहरणस्वरूप वे पंडित जनार्दन टेंग के कौल से 'टेंग' कहलाने की प्रथा पर प्रकाश डालते कि कौल साहब के घर में कैसे एक शहतूत का पेड़ था सो लोग उन्हें 'तुल' के नाम से बुलाने लगे। गृहस्वामी ने इस उपनाम से खफा होकर पेड़ कटवा दिया, तो जड़ रह गई। सो 'मोंड' नाम जुड़ गया। आखिर मोंड भी कटवाया गया, कैसे तो इन चिढ़ाते उपनामों से छुटकारा मिले, पर जड़ गहरी काटने से उधर खड्डा बन गया सो साहब खोड्ड कहलाए। तब गड्ढे को भरवा दिया गया तो ऊँचा ढूह-सा बन गया सो मुहल्लेवाले 'टेंग' पुकारने लगे। जनार्दन साहब ने हार मानकर टेंग नाम कबूल किया।

इन किस्सों का निष्कर्ष यह कि कात्या बड़े गोत्र, ऊँचे खानदानवालों की सुपुत्री है, यह बात सिद्ध है। पता नहीं ताता के पूर्वज क्या काम करते थे, यह बात धमकाऊ बुजुर्गों से पूछना बेअदबी ही समझा जाता था, सो कोई पूछने का साहस भी न करता। इतना जानना काफी था कि ताता के पड़दादा जी महाराजा रणवीर सिंह और पिता, महाराजा प्रताप सिंह के किसी 'दफ्तर' में अंग्रेज़ अफसर के नीचे काम करते थे और 'कारकुन' थे। ताता तो रुआबदार वकील मुंसिफ थे ही। जिनका दबदबा समाज के एक बड़े वर्ग में था ही, जिनकी बैठक की आधी दीवार को ढकता सुनहरी फ्रेम जड़ा तैल-चित्र भी कम रुआबदार न था। अखरोटी लकड़ी की नक्काशीदार कुर्सी पर काले अचकन और सफेद कड़क चूड़ीदार पहने ताता हाथ में रुआब और शान की गवाह नाजुक 'केन' थोड़ी-सी तिरछी रखकर शान से बैठे थे। सिर पर नफासत से बँधा साफा और मूँछें ऐसी कड़क कि थानेदार की क्या होंगी। भला ऐसी तस्वीर मुहल्ले में किसी दूसरे की बनी थी ? उधर तुलसी के पिता ! बेचारा एक छोटी-सी किराने की दूकान थी गली के नुक्कड़ पर, जो उसकी अकाल मृत्यु के बाद उसका बेटा अम्बा चलाता है।

ताता ने ज्यादा कुछ नहीं कहा, पर चाची ने बाद में बुरा-सा मुँह बनाकर तुलसी के पुरखों का अच्छा-खासा परिचय दे डाला।

"दुकान ? ऊँह ! छोटा-सा अँधेरा खोखा था। दिन को भी दीया जलाकर बैठा करता था 'महताब दान्दुर'[1] और था भी क्या दुकान में ? पैसे-दो पैसों की मुलहट्टी, काहज़बान, शीरे शर्बत के लिए और हल्दी-मसालों की पुड़िएँ बेचकर गुज़ारा करता था। उम्रभर तन पर सर्दी-गर्मी में एक ही कपड़ा रहा। वही बिछाना, वही ओढ़ना। पैरों में खड़ाऊ के अलावा जूता पहना हो, याद नहीं। गर्मी में खालिस[2] 'पोछ' और सर्दी में उस पर पट्टू का फिरन !"

"हाँ, घर में बच्चों की फौज़ ज़रूर खड़ी कर दी थी, पर वे भी कहाँ बचे। किसी को खसरा, किसी को माता ले गई। ये ही दो बेटियाँ और अम्बा रह गए। जून माली ने लीरें जोड़-जोड़ इन बच्चों का तन ढका। अम्बा थोड़ा बड़ा हो गया तो दुकान पर बैठने लगा। अब कहीं दो वक्त का भात जुटाता है।"

लल्ली उसाँस भरकर जोड़ देती, "दुख भी कम न भोगे जूनमाली ने। पहले हर साल एक-एक बच्चा जनते हल्कान हो गई, बाद में उन्हें एक-एक कर गँवाती गई। महताबजू का भी अभाव में बुद्धिनाश ही हो गया था। बेचारी जूनमाली खुद अधभूखी बच्चों को क्या खिलाती और क्या दवा-दारू करती। याद है न सिर का दुपट्टा मोड़, घर-घर चावल छँटने जाया करती थी। मगर किसी के आगे हाथ न फैलाया। चलो, अब बेटा घर सँभालने लगा है। बुढ़ापे में कुछ तो राहत पाएगी...।"

राहत जितनी पाती थी तुलसी की माँ वह तो वही जानती होगी। हाँ, अमरनाथ ने दुकान में खिड़की निकाल थोड़ी रौशनी कर दी थी और अब मुलहट्टी, काहज़बान के अलावा भी दाल-चावल आदि सामान उसकी दुकान पर मिल जाया करता था। तभी तो बहन के हाथ पीले कर पाया। नहीं तो पड़ी रह जाती माँ की छाती पर पत्थर बनकर।

इस तुलसी पुराण के बखान का मकसद कात्या तक पहुँच तो जाता पर वह यह मानने से इनकार कर देती कि दोस्ती में खानदान-गोत्र या धनाभाव कोई मायने रखता है। वह तो मन का अबूझ रिश्ता था जिसकी रास कात्या के घरवाले जितनी कसते उतना ही कात्या का मन दुगुने वेग से तुलसी की ओर भागने लगता।

कात्या बुखारचे में माँ की गोद में सिर डाले आसमान का चाँद देखती बहुत दूर चली गई होती। चाँद की सीढ़ियों पर वह और तुलसी हाथ में हाथ मिलाए ऊँची और ऊँची चढ़ती हुईं। कभी तुलसी 'सोनकिसरी'[3] की तरह किसी राजा की पटरानी बन जाती। कभी लकड़हारे की सुन्दर बेटी 'कावकूर'[4] जिसे कौवे उठाकर ले गए और पालापोसा, एक दिन पेड़ की छाया में बैठ चर्खा कातते देख उधर से गुज़रता राजकुमार उसके प्रेम में पड़ गया। रानियों की तमाम नफरत और षड्यन्त्रों व निष्कासन के बावजूद

---

1. किराना। 2. लम्बा कुरता। 3. लोककथा—सोनकिसरी घर से अपमानित एक मानिनी लड़की, जो अपने गुणों से राजा की पटरानी बनी। 4. लकड़हारे की बेटी, जिसके सौन्दर्य पर एक राजा रीझ गया। रानियों के षड्यन्त्रों के बावजूद राजा ने उसे खोजा और रानी बनाया।

राजा ने उसे रानी बनाया और प्यार किया।

कात्या को विश्वास था कि उसकी भोली-भाली गुणवती सखी को भी कोई प्यार करनेवाला अच्छा आदमी मिलेगा, भले वह कहानियों का राजकुमार न हो।

दिद्दा के साथ ऐसी दिक्कतें नहीं थीं। वह घर के अनुशासन में बँधी, सुगुणी लड़की का खिताब पा गई थी। छोटा भाई तो घर का कुलदीपक, पिंडकर्ता होने के कारण अजीब-अजीब हरकतें करने लगा था। घर भर में सबसे निराला। यों वह पढ़ने में ज़हीन था और शायद निराला होना भी नहीं चाहता था, पर घरवालों की अतिरिक्त चिन्ता व गैर ज़रूरी लाड़ से वह कुछ मनमौजी और चिड़चिड़ा होने लगा था। गृहस्थ का खाना उसे न भाए। सो अजोध्यानाथ उसकी पसन्द पूछ चारों ओर नौकर दौड़ाते, घर की महिलाओं को डाँटते, फटकारते, "एक छोटे से बच्चे के मन की चीज़ तुम पकाकर खिला नहीं सकते ? कैसे सींक-सा हुआ जा रहा है बच्चा।" अंडे की भुर्जी, आमलेट चौके से बाहर अलग चूल्हे पर तैयार किए जाते, क्योंकि रसोई में मटन, मछली पकने के बावजूद 'अंडों' से परहेज़ था, इस तर्कातीत तर्क के कारण कि अंडा 'द्विज' है सो द्विज (ब्राह्मण) उसे कैसे खा सकते हैं ?

अहदू से स्पेशल क्रीम बटर आता छोटे यानी नन्दन जी के लिए जिसे छोटे-बड़े सभी 'भाई प्यारे' कहकर सम्बोधित करते। लेकिन नन्दन जी दो हड्डी के सींकिया पहलवान तमाम लाड़-पुचकार और एहतियात के बाद भी 'यह नहीं चाहिए, वह चाहिए', की माँगें रखकर घर भर को कसरत कराते। 'प्लसपोर' शाम तक न आए तो खाना नहीं खाएँगे। ताता तूफान मचाते, कपड़ा लाओ, दर्जी बुलाओ, 'प्लसपोर' पहने अंग्रेज़ घुड़सवार की तस्वीर दिखाकर 'प्लसपोर' बनाकर सूरज ढलने से पहले तैयार कर लाओ। कराकुली टोपी चाहिए, जहाँ से भी मिले ले आओ। वाह रे छुटके, इतने नाज़-नखरे तो राजकुमारों के भी नहीं होंगे पर मध्यवर्ग के कुलदीपक खासकर काले सिरवालियों के हुजूम में अकेला ईश्वर-सा पूत ! वह भला किससे कम ?

शुक्र है कि तमाम नाज़-नखरों के बावजूद नन्दन जी पढ़ाई में अव्वल रहा। हेडो मेमोरियल स्कूल से उसकी तारीफें भी आतीं, बस ज़रा-सी हिदायत के साथ कि लड़का बहुत दुबला-पतला है, माता-पिता इसके स्वास्थ्य की ओर ध्यान दें। एक्स्ट्रा करिक्युलर एक्टिविटीज़ में भाग नहीं ले पाता।

अतिरिक्त लाड़ था या नन्दन का उस अतिरिक्त के प्रति मनोवैज्ञानिक प्रतिरोध, यह तो किसी ने समझने की कोशिश नहीं की। बहरहाल, लल्ली-केशव के कर्मों का सुफल कि नन्दन बड़ा होते अच्छी कद-काठी निकाल लाया। स्कूल में फुटबाल टीम में भी चुना गया लेकिन वह तो आगे की बात है, जब मेरिट में आकर वह सरकारी वज़ीफे से इंजीनियरिंग कॉलेज में पढ़ने बनारस चला गया। वादी में तो इंजीनियरिंग कॉलेज तब था ही नहीं।

# मातायी

कमल-गुच्छों से अटी नीले पानियोंवाली मानसबल झील-किनारे बैठा सफापोर गाँव आँखें मुलमुलाकर जाग उठा है। जागेगा कैसे नहीं, रात के अन्तिम प्रहर को चीरकर निकले मातायी के भावभीने हल्की लुरज़ भरे स्वरों को सुनकर तो 'सिरी देवता'[1] भी संगरमाल के ऊपर मुँह उठाकर घरों में झाँक लेता है।

अहद बांडे की बीवी कतिजी ज्यों अज़ान के बोल सुन रही हो—

वोन्दस कथ थाव, तम्यॅसुन्द नाव ह्यन कॅत्य।
मोकलन नार नरकॅन्य निशि तमी सूत्य।
अगाफिल यिम मनुष्य ह्यन राम सुन्द नाव
तिमन सोरूय मनुक मलचर छलनुं आव !![2]

प्रकाश कुर्यगामी ने अपने अमर ग्रन्थ, 'प्रकाश रामायण' में शिवजी के मुख से पार्वती को सुनाई रामनाम की महिमा और मातायी ने बहते-बहते राम-नाम की तरी पकड़ ली। बड़के बेटे का नाम भी रामचन्द्र रख लिया कि जब भी मोहवश बेटे को पुकारे तो राम का नाम लेकर ही पुकारे। रामनाम ले गणिका भी तर गई, मातायी तो पाकदामन स्त्री है।

कतिजी तो 'ला इलाहा इल्लल्लाह मुहम्मद उर रसूलल्लिलाह' ही बोलना जानती है। वही पहली और आखिरी इबादत ! मातायी भी ऐसा ही कुछ कहती होगी, उसका विश्वास है। अल्लाह का दामन न थामती मातायी, तो जागीरदार की पत्नी, बाँदी की ज़िल्लतें बरदाश्त कैसे कर पाती ?

कतिजी खाविन्द को डुला-डुलाकर जगाती है, "उठो, सुबह हो गई, तड़के निकल पड़ोगे तो दोपहर तक शहर से माल लेकर लौट भी आओगे..."

अहद बांडे नींद-बोझिल पलकें खोल चौतरफ का सुरमई उजाला बाँचता है, "अभी तो मुर्गे ने बाँग भी न दी, तुझे 'ब्रारि जून'[3] हो गई है।"

"कान की डाट खोल दो तो मालूम पड़े सुबह है या रात, मातायी का पाठ नहीं सुन रहे ?"

---

1. सूर्य देवता, 2. शिवजी पार्वती से कहते हैं कि जो मनुष्य श्रीराम का नाम लेंगे वे नरक की आग से मुक्त होंगे, जो अनजाने में भी राम को स्मरण करेंगे, उनके मन निष्कलुष हो जाएँगे, 3. सुबह का भ्रम।

"वोन्दस कथ था ऽऽऽ व..." उम्र की लाचारी से लरज़ जाती, फिर भी साफ, सुलझी, दुआ में हाथ उठाती आवाज़ !

सही बात ! मातायी की आवाज़ से सुबह हो जाती है। अहद बांडे कुरते पर फिरन डाल खेत-मैदान चला जाता है। मेंड़ें फलाँगती कोई औरत मातायी के घर की ओर जा रही है, कदमों में हड़बड़ी।

"कौन है भई सुबह-सुबह ? सब खैरियत तो है ?" अहद बांडे आवाज़ देता है।

"मैं जमीला ! अपनी ह ऽ री (गाय) बिया नहीं रही, अज़ाब में है। मातायी को बुलाने जा रही हूँ..." समद ज़रगर की बेटी है।

"मैं आऊँ ?" अहद बांडे कुछ कर सकता हो तो, मदद के लिए तैयार रहता है।

"न, न, मोज्यी ने मातायी के लिए कहा है। यह औरतों के मामले हैं। फिर मातायी के हाथों में शफा है।" जमीला बोलते-बोलते कदम तेज़ कर देती है।

डंगरों की नाँदों-खुरलियों में चारा डाल, मातायी 'गौरी' 'सुन्दरी'[1] की पीठों पर बारी-बारी से हाथ फिरा खाना खिला रही है। उम्र हो गई मातायी की पर गायों को अभी भी पास बैठकर चारा खिलाती है। उनके थनों में मातायी और बड़ी बहू कोंगरी के सिवा दूसरा कोई हाथ भी नहीं लगा सकता। मातायी की सख्त हिदायत है। गायें नहीं, बेटियाँ हैं ये मातायी की। उनकी दो शहरी बहुओं को भी गाय दुहने का अधिकार नहीं। थन छील देती हैं बेचारियों के।

"मातायी ऽऽऽ !" जमीला का घबराया स्वर मातायी को चौंकाता है।

"क्या बात है जमीला ! समद जू कैसा है ? कल थोड़ी हरारत थी उसे..."

"बबा तो ठीक है, मातायी, मगर हअरी[2] अज़ाब में है, तुम देख लो तो कोई सलाह-मशविरा दो, मोज्यी परेशान है।"

"चलो, चलो, मैं आती हूँ।" मातायी फिरन के ऊपर लूंग्य कसकर जमीला के साथ हो लेती है। बहू दुपट्टा हाथ में लिए पीछे-पीछे चली आती है।

बाड़े से आती 'हअरी' की आर्त चीखें मातायी का जिगर चीर देती हैं। मातायी 'हअरी' का पेट देखती है। मुँह से गाल सटाकर एक हाथ से पीठ मलती है। 'डाँ ऽऽ' 'डाँ ऽऽ आँ'। हअरी की आँखों से आँसू बह रहे हैं। आह ! औरत जन्म ! मातायी अनुभवी हाथों से जच्चगी में मदद करती है, "हअरी ! मदद कर ! थोड़ी हिम्मत रख कूरी ! ब ऽऽ स, अभी फारिग हुई जा रही हो, ब ऽऽ स..."

समद जू की बीवी गरम पानी, सूखे घास के पूले, चाकू, चिथड़ा तैयार रखे बैठी है।

"ज़रा हाथ लगा बेन्यी, इसे मदद चाहिए, देख तो कैसी पस्त हुई जा रही है। कुछ नरम-गरम खिलाया था इसे ?"

मातायी बछड़े का नन्हा सिर पकड़े श्रीराम का नाम ले रही है। गाय की लम्बी

---

1-2. गायों के नाम।

चीख के साथ बछड़ा छिटककर मातायी की बाँहों में आ गिरता है। मातायी की आँखें भीग जाती हैं। हअरी खंदक-खाइयाँ पार करती खड़ी चढ़ाई से लस्त-पस्त ठंडे चरागाह में पसर गई है। गर्दन थककर एक ओर लटक-सी गई है।

"मुबारक हो ! बेन्यी।" मातायी बछड़े को चिथड़े से पोंछ रही हैं।

"तेरी मेहरबानी है मातायी, खुदा तेरी उम्रदराज़ करे। मैं तो उम्मीद ही छोड़ बैठी थी, रात से ही बेचारी दर्दों से तड़प रही है। डंगर डॉक्टर भी तो शहर चला गया है। मैंने सोचा, डॉक्टर नहीं तो क्या हुआ, मातायी तो है।"

मातायी हल्का-सा झिड़क देती हैं, "एह, आदमी का इत्ता भरोसा मत कर। यह सब ऊपरवाले की करामातें हैं। तू थोड़ा इसके चारे-पानी का खयाल रख।"

समद जू की बीवी दुआ के सिवा इस औरत को क्या दे सकती है जिसने उसे अहसानों से लाद दिया, पर मेहरबानियाँ जताकर कभी छोटा नहीं किया।

समद जू की बीवी क्या भूल सकेगी वह दिन जब मातायी जमीला को श्रीधर भट्ट के जबड़ों से निकाल लाई और खुद लात-बेंत सही ? कैसा आततायी था। आधी उम्र उस लम्पट नरकी खाविन्द श्रीधर भट्ट के साथ कैसे गुजारी मातायी ने, इस बात का आश्चर्य समद जू की बीवी को ही नहीं, उन बूढ़े-बुजुर्गों को भी है जिन्होंने श्रीधर भट्ट को मातायी का 'तरंगा'[1] फाड़ते, लात-बेंत चलाते, रोकने की कोशिश की है और मातायी को भैरव मन्दिर में निःशब्द आँसुओं से फरियाद करते देखा है। औरत नहीं, धरती माँ हैं मातायी।

"क्या नहीं सहा इस देवी ने ?" मातायी की जिठानियाँ, देवरानियाँ भी चकित हैं, "पति जब गुस्से में होश-हवास खोकर बात-बेबात मातायी को बालों से घसीट कभी ओखली, कभी दीवार से पटक देता, तो यह रामजी बेटा, नन्हे हाथों से माँ के माथे के गूमड़ सहलाता-सेंकता। हे भगवान ! कैसा अत्याचारी था, न पत्नी की माया न बेटे का मोह ! बेटा माँ को सहलाता भी और गोद में दुबक, सुबक-सुबक रोता भी।"

"हाँ बहन ! हमें क्या मालूम नहीं ! दादों-पड़दादों की कमाई जागीर अपने अहमकपने और बुरनीतियों से फूँक दी। लम्पट ऐसा कि गाँव में कोई उजली औरत उसकी मैली नज़र से न बची।"

गाँव में श्रीधर भट्ट के कारनामे कौन नहीं जानता ? समद ज़रगर नाम सुनते ही आँय-बायँ बकने लगता है, "उस जैसा जहन्नुमी बदफेली, दीदबाज़ गाँव में आज तक दूसरा नहीं हुआ, और न होगा। अल्लाहताला ने सब हिसाब बराबर कर दिया। ऐसी बेआवाज़ लाठी मारी कि दीदे ही फोड़ दिए। मेरे सामने नाम न लो उसका। जैसा बोया वैसा काटा।"

बकना तो गाली चाहता है समद जू, पर मातायी और रामजू का ख्याल कर ज़ब्त कर जाता है। फिर भी पुछल्ला जोड़ ही देता है—

---

1. सिर पर पहना जानेवाला परिधान (केवल हिन्दू स्त्रियाँ ही इसे पहनती हैं)।

"मातायी तो पाक साफ दामनवाली है बिरादर, लोग इसे न जानते तो राम जू को श्रीधर भट्ट की औलाद मानने से ही इनकार कर देते।"

वंशानुक्रम में विश्वास करनेवाले बुजुर्ग सफेद सिर हिलाकर बात का मर्म पकड़ लेते हैं, "सही कहा समद जूआ ! कहाँ श्रीधर भट्ट और कहाँ उसका बेटा राम जू ! वही फर्क, जो सुलतान सिकन्दर और उसके बेटे ज़ैनुलाबदीन में रहा। एक बुतशिकन कहलाया और दूसरा बड़शाह। राजाओं का राजा। राम जू को तो काश्तकार से लेकर मजूर तक 'दिवता' कहकर पुकारते हैं और श्रीधर भट्ट का सुबह कोई नाम ले तो दिन खराब हो जाता है।"

बेटे को देवता बनाने में मातायी की कोई भूमिका तो होगी।

अहद बांडे की बीवी कतिजी जब भी अल्लाहताला से बाल-बच्चों-बुजुर्गों के लिए दुआ माँगती है, उनमें मातायी का नाम भी शामिल हो जाता है। गाँव के बाज़ार में, जिस दुकान पर शीरे-शर्बत-चाय-चीनी-तम्बाकू से लेकर मोटा-झोटा खद्दर, हँडौनी छींट का कपड़ा और आए दिन घर में जिन छोटी-मोटी चीज़ों की दरकार होती है वह सब जहाँ मयस्सर होता है वह अहद बांडे की ही हट्टी है। अहदे की क्या, मातायी की समझो। कतिजी कहती है, "मातायी अपनी ज़मीन का टुकड़ा दुकान डालने के लिए न देती और चाय, चीनी, गल्ला मुहय्या न कर देती तो बन गया होता अहदा दुकानदार।"

"बेचने को क्या था उसके पास, मेरी चमड़ी के सिवा ? उसके अहसान हैं हम पर ?"

लेकिन मातायी ऐसा नहीं मानती। तभी बेटे को दुकान सम्बन्धी आदेश देते उसने कहा, "उम्रभर बेगार की है अहद बांडे के पिता ने हमारे खेतों पर ! इसका कर्ज़ है हम पर ! कोई अहसान नहीं कर रहे हम।"

यों मातायी ने अपनी तरफ से पति के पापों का प्रायश्चित भी किया और बेज़ुबानों के बेअन्त कर्ज़ भी उतार दिए। श्रीधर भट्ट के अन्धे होते ही मातायी ने उन सभी झूठे फर्दों-कागज़ों को फाड़कर जला दिया, जिन पर अँगूठे की टीप लगवाकर श्रीधर भट्ट काश्तकारों से कभी खत्म न होनेवाले सूद के एवज़ में बेगार करवाता था। सुना है श्रीधर भट्ट तब पिंजरे में बन्द शेर की तरह दहाड़ा था, जो चीज़ हाथ में आई, पटकी और पत्नी का कुछ न बिगाड़ पा सकने की स्थिति में होने से अपने ही बाल नोच डाले।

श्रीधर भट्ट गुज़रा तो दस वर्ष का था बड़का बेटा राम जू, कृष्ण जू आठ और नारायण पाँच का। दुर्गा तो कुच्छड़ में ही थी। मातायी ने बच्चों को पंडित हरजू शास्त्री के पास पढ़ने भेज दिया। गाँव में तो पाँचवीं कक्षा तक ही स्कूल था। खुद भी *पंचतन्त्र, कथा सरित सागर* की नीति कथाएँ सुनाया करती। अपनी माँ-दादी से श्रुति परम्परा से जाना-सीखा ज्ञान ! ललद्यद के वाख, नुन्दऋषि के श्रुख, जो अब वह पोते-पोतियों तक कथा कहानी के माध्यम से पहुँचाती है।

गाँववाले तो जानते ही हैं मातायी की जीवन गाथा, राम जू भी अपने चौगिर्द के

प्रशंसा-वलय बीच नम्रता से स्वीकार करता है, "जो कुछ हूँ, मातायी के प्रताप से ही हूँ।"

सुबह-सुबह माँ के भाव विह्वल स्वर सुनते ही वे बिस्तर छोड़ देते हैं। धुस्सा लपेट, तौलिया, धुला कुरता कन्धे पर डाल गुनगुनाते हुए मानसबल झील की तरफ कदम बढ़ाते हैं।

"गूकल हृदय म्योन, तति चोन गूर्यवान, च्यथ विमर्श दीप्तिमान भगवानो ऽऽऽ !"[1]

मानसबल झील के स्वच्छ आईने में, छितरी रुई के ढेर उठाए आकाश अपना चेहरा देखता है। अलसाई कमल पंखुड़ियों पर लेटी ओस की बूँदें मुलायम किरणों में हीरे की कनियाँ बन जाती हैं। सूरज भी तो मानसबल में चेहरा देखकर नीली झील पर मोह का सिन्दूर छितरा देता है।

राम जू किनारे खड़े वेद वृक्ष से दातुन तोड़ मुँह में डालते हैं। पेड़ की डालें हिलती हैं तो पानी में परछाइयाँ डोलने लगती हैं। पेशनूल 'श्रीकृष्ण गूपियों' की मीठी तान छेड़ देता है। पहाड़ों को छूकर आती खिलंदड़ी हवा से मुग्ध राम जू पानी में कूद छपाछप्प तैरने लगते हैं। एक छोर से दूसरे छोर तक लेटी झील पहाड़ों के आगोश में सुहागभरे सुख से ऊँघ रही है।

सुबह के पहले प्रहर में शान्त तपोवन-सा लगता है उन्हें अपना गाँव। 'ॐ नमः शिवाय !' रामजू का विश्वास है कि भगवान शिव यहीं पास की पहाड़ियों पर निवास करते हैं।

ध्यान-स्नान के बाद ताज़े गुलाब भैरव के चरणों में रख वे मेंड़ पर रुककर धान की खड़ी फसलों पर मोहसनी नज़र डालते हैं। आठेक दिन में कटाई शुरू हो जाएगी। सुबह की हवा में लोट-लोट जाती सुनहरी बालियों को देख राम जू अपने काश्तकारों के पसीने अटे तन याद करना भूलते नहीं। "उनकी मेहनतों और श्रीराम की कृपा का फल है उनकी ज़मीन जागीर !" मातायी के बोल कानों में गूँजते रहते हैं।

घर के ताज़ा लिपे बरामदे पर पैर रखते ही शीरचाय और चावल के आटे के फुल्कों की गन्ध भूख जगा देती है।

मातायी बेटों को सामने बिठाकर नाश्ता कराती है। कृष्ण जू नारायण जू देर से जागते हैं। घर के पासवाले झरने में गोता लगाकर माँ के आगे हाथ जोड़ देते हैं। घर में मातायी का अनुशासन चलता है।

चाटी से मक्खन निकाल कोंगरी मक्की के डोडों पर रख देती है। गरम सत्तू भी महक रहा है। जिसका जो जी हो, खाए, बच्चे तो दूध ही पिएँगे।

प्रभावती-अरुंधती चौके में खटर-पटर कर रही हैं। मातायी सन्तुष्ट है कि चार बर्तनों की साथ रहकर खनक-ठनक के बावजूद घर जुड़ा हुआ है ! कब तक जुड़ा रहेगा, यह मातायी समय पर छोड़ देती हैं।

---

1. मेरे हृदय के गोकुल में तुम्हारी दूध की दुकान है मेरे ग्वाले ! मेरे चित्त और विमर्श को दीप्त कर दे भगवन (कवि परमानन्द का पद्य)।

नाश्ते के बाद मातायी बेटों को फसल काश्त और दुनियादारी सम्बन्धी मामलों में राय-मशविरा देती हैं।

"काश्तकारों को सालभर का अनाज मिलना चाहिए, इसमें कोताही न हो।"

"चिन्ता मत करो मातायी, तुम्हारे प्रताप से फिर भी कुठार भरे रहेंगे।"

"अज़ीज़ लोन की बेटी का निकाह है, फज़ी न्यौतने आई थी। तुम लोग निकाह के वक्त घड़ी भर खड़े रहोगे तो अज़ीज़ लोन का मान बढ़ेगा। कोंगमाल लड़की के लिए फिरन-कनवाज़ियाँ ले जाएगी। मेरा तो अब शादियों में जाना नहीं होता...।"

"जैसा कहो माँ !" राम जू माँ की बात सिर-माथे धरता है।

दरवाज़े पर पैरों की आहट के साथ ही किवाड़ की झिर्री से गणपत भीतर झाँक लेता है, "मातायी ! मैं मारा जाऊँगा, कुछ करो। मातायी ऽऽऽ !"

"क्या हुआ गणपत ? ऐसे क्यों हाँफ रहे हो ? भीतर आओ, कोंगमाली ! गणपत के लिए चाय ले आओ।"

"न मातायी चाय क्या, अब ज़हर खाने का समय आ गया।"

"सुबह-सुबह अशुभ बोल ? श्रीराम का नाम ले।" मातायी नाराज़ हो डपट देती हैं।

"अब और क्या अशुभ घटना है मातायी ! सुबह-सुबह चकबन्दीवाले यमदूत बनकर आए हैं। टुकड़ा भर आबी ज़मीन है मेरे पास, जानती हो मुश्किल से दो जून भात जुटा पाता हूँ टब्बर के लिए। नाम का ज़मींदार !"

"हाँ हाँ, पर बात क्या हुई ?" मातायी मुद्दे की बात जानना चाहती हैं।

"पैमाइश करने लगे हैं चकबन्दीवाले ! मेरे खेत का आधा हिस्सा संसार चन्द के खाते में जोड़ रहे हैं। वह भी तो मिला हुआ है इन ससुरों से।"

"तुम भाई साहब से कह दो, पटवारी से बात करें, दस्तार डालता हूँ तेरे पैरों में।"

"यह तो सरासर अन्याय है, मातायी ! मैं तो लगान वक्त पर देता रहा हूँ।"

"ठीक है, राम जू बात करके देखेगा, तुम हल्कान मत हो। कुछ न कुछ कर लेंगे।"

इसी कुछ न कुछ करने की कोशिश ने जोड़े रखा है मातायी का गाँव ! और माँ की उदारता विरासत में मिली है राम जू को।

लेकिन कृष्ण जू और राम जू माँ और भाई की नीति से सहमत नहीं। दबी जुबान भाई से कहते भी हैं, "भाई साहब ! आपकी तरह हम भी दानवीर बनने लगे तो हम भले निभा जाएँ पर हमारे बेटे ज़रूर काश्तकारों की जगह पर आ जाएँगे।"

नारायण जू को तो ज़मींदारों का भविष्य धुँधला नज़र आता है।

"यों भी ज़मींदारों के पहले रुतबे दबदबे तो अब रहे नहीं। उस पर शेख साहब काश्तकारों को ज़मीन का हक दिलाने की पैरवी कर रहे हैं।"

कृष्ण जू को भी शिकायत कम नहीं। "महाराजा बहादुर ने पहले ही ज़मीन-कानून

के तहत काश्तकारों में ज़मीन के बँटवारे का सिलसिला शुरू कर दिया था। 'सेटलमेंट'[1] कानून के लागू होते ही जागीरदारों की जागीरें आधी रह गईं। आए दिन ज़मीन की पैमाइश और चकबन्दी में कटती जाती है ज़मीन। हम तो नाम को ही ज़मींदार रह गए।"

"ऊपर से यह 'नया कश्मीर' का नारा किसानों का दिमाग खराब कर रहा है। पहले जैसा लिहाज़ नहीं रहा लोगों में !"

राम जू भाइयों की चिन्ता समझते हैं, "कृष्ण जूआ ! तुम्हारे जगद्दर और चक्रधर तो इंजीनियर-डॉक्टर बनना चाहते हैं। नारायण जू का विजय तो बचपन से ही शहर में रहकर पढ़ाई कर रहा है। ज़ाहिर है इन्हें ज़मीन-ज़िरात में दिलचस्पी नहीं है। अब रहा हलधर, वह मेरे साथ ज़मीनदारी का काम देखता है। धरती का बेटा है, हाथ-पैर मिट्टी में सानेगा तो कौन उससे ज़मीन का हक़ छीन सकता है ? बाकी तुम लोग बच्चों की चिन्ता पहले भगवान और फिर मुझ पर छोड़ दो। हमारे रहते उन्हें कोई दिक्कत नहीं होगी।"

एक बड़े कुनबे के मुखिया हैं राम जू। सबके लिए उन्हें ही सोचना है। यही सदियों चली आई रीत है।

ईश्वर पर भरोसा, खुद पर विश्वास और काश्तकारों से लेकर मालिकों-अहलकारों से रसूख का ही नतीजा है कि श्रीधर भट्ट के आगे जिनकी घिग्घी बँध जाती थी, वे ही गाँव-भाई राम जू के चौगिर्द इकट्ठा होकर अपने दुख-दर्द की पोटलियों के मुँह खोल देते हैं। ज़मीन के टुकड़ों पर मुकद्दमेबाजी, पुलिस पटवारी की खसोट, सरकार को रसूम और अफसरों को 'घूस' के सिलसिले में सलाह-मशविरा करने आते हैं। राम जू सुनते हैं। सलाह देते हैं। नकद, जिंस से गाहे-बगाहे मदद करते हैं और मन का चैन कमा लेते हैं। लेकिन भाइयों को शिकायत है। पहले जैसे ज़मीनदारी 'ठाठ' नहीं रहे। और न पुराना दबदबा। ज़माने को कोसते हैं भाई।

पर राम जू जानते हैं, गाँव का ज़माना तो मातायी ने खुद बदल दिया है !

नेरी बॅलिये सोरि सामान लोलो।
करी छोन्य-छोन्य रोन्यि दामान लोलो।

खेतों में धान काटती औरतों के सामूहिक स्वर हवाओं के साथ कीकलियाँ खेल रहे हैं।

अभी खेतों में सुनहरी धान की बालियाँ झूम रही हैं। मनों में उम्मीदें और आँखों में हौंस का उजास जगा है। इस अन्न का कितना भाग टैक्स में, कितना रसूम-डाली में होम होगा, कितनी ठंडी रातें दो-एक कथरियों में सिकुड़कर ठिठुरते बीतेंगी, हाँडी के तले में घरवालियाँ हाथ डाल मुट्ठीभर नाज टटोलती रहेंगी और खाली घड़ों-मटकों से भूख के दानव दाँत निकाल भकोसने दौड़ आएँगे, तब भागकर पिंडी के रास्ते जम्मू, पंजाब में पीठ पर बोझा ढोकर, मजूरी करके दो जून भात जुटाना होगा, तब...?

---

1. महाराजा प्रताप सिंह के समय यह कानून बना, जिसमें ज़मीनदारों की ज़मीन की सीमा तय की गई। काश्तकारों के कर, कर्ज़ माफ हुए, बेगारी का अन्त हुआ।

लेकिन अभी ऐसी आशंकाओं के लिए कोई जगह नहीं। धरती-पुत्र धान के कुठारों पर छाजन छवाते, सुनहरी बालियों के गट्ठर बनाती, बेबात हँस-हँस दुहरी होती युवतियों से छेड़खानी कर रहा है, "ओ मेरी प्रिया ! घुँघरों जड़े दामन को छनकारती पास आ जा। ऐसी मदमस्त बहारों में कोई दूर-दूर बैठता है ?"

हँसिया-दरातियों से धान काटती, चाँदी जस्त की सस्ती चूड़ियाँ-गहने झमकाती युवतियाँ पलभर हाथ रोक आँख तरेरती हैं, और एक-दूसरी को टहोके देती खिलखिलाकर हँस पड़ती हैं। मिट्टी की सोंधी महक में इश्किया छेड़छाड़ देख बन-मैनाएँ खुशी से उड़ारियाँ भरने लगती हैं।

अभी सब सुखसान है। लड़ीशाह मौका देख बीच खलिहान अपना इकतारा बजाकर भीड़ इकट्ठी कर रहा है। सुहाने मौसम में दिल भी दरिया बन जाता है। खरी बात कहने और चार पैसे कमाने का जुगाड़ तो बनेगा ही।...

छोन्य छोन्य छोन्य छोन्य लड़ीशाह आव...[1]

गोल घेरे में लड़ीशाह 'नन्दराम ज़मीनदार' का किस्सा शुरू करता है। किस्सा उस छोटे ज़मीनदार का, जो सरकार का टैक्स चुकाता भी उम्रभर कर्ज़दार रहा। किराए के घर में रहते सन्तोषी बना उम्मीद करता रहा कि सन्तोष से ही आनन्द की प्राप्ति होगी।

"सुनो, सुनो, भाइयो, बहनो, खालिबो, मालिको सुनो...

नन्दराम ओस ज़मीनदार, हूरिठ ध्यार तॅ लूरस नॅ लार
वांगॅज वॅरिस चजिस नुं गांगल, सन्तोष ब्यालि बुवि आनन्द फल।"

सन्तोषी वृत्तिवाले नन्दराम पर व्यंग्य ! जुल्म सहने और उसे नियतिमान कर चलने की कायरता ! लड़ीशाह लोगों के ज़ेहन पर दस्तक देता है।

लड़ीशाह भी ज़माने को बदलना चाहता है। गा-गाकर।

गाँव की बांड पार्टियाँ स्वाँग रचकर मजमे लगाती हैं। शादियों, उत्सवों पर मातायी घर में बांड पार्टी बुलाती हैं। भीड़भरे 'रवक'[2] में शेर भेड़ की खालें पहन राजा प्रजा के खेल दिखाते हैं भाँड ! सूट-बूट पहने अंग्रेज़, गरीब किसान से कर वसूली के लिए हंटर मारते हैं, बूटों से ठोकरें लगाते हैं। लोग कभी हँसकर, कभी उदास होकर तमाशा देखते हैं। मातायी बीच तमाशे उठकर भाँड अंग्रेज़ का हंटर छीन लेती हैं।

"राज़बायी ! अंग्रेज़ सरकार का जुल्म बता रहा हूँ गरीब रियाया पर..."

"बस, बस, बहुत हुआ। चार पसली का लड़का है। हड्डी-पसली टूट गई तो तेरी सरकार जोड़ने आएगी ?"

लोग चकित हैं। यह तो तमाशा है, सच थोड़े ? मातायी बांडों का हाथ रोकती हैं पर खातिर भी करना जानती हैं। खूब खिला-पिलाकर, पोटलियों में बाँधकर साथ देती हैं।

मातायी को समझना आसान नहीं। अहद बांडे हो, समद जू या उसका अपना

1. इकतारे में चूड़ियाँ बजाता लड़ीशाह आ गया, 2. बड़ा कमरा।

बेटा ही। राम जू इतना ज़रूर जानता है कि पुरानी हो रही मातायी बिना गा-बजाकर भी वक्त को बदलना जानती हैं। बच्चे लोग तो खैर क्या जान पाएँगे !

मातायी सुन्दरी-गौरी से अक्सर बतियाती हैं। चारा-सानी में ज़रा देर हुई कि गायें बाँ ऽऽ बाँ ऽऽ चिल्लाएँगी। मातायी मीठा-मीठा डपट देती हैं—"सबर कर सुन्दरी ! ताब रख ! लड़की जात को इत्ती उतावली सुहाती है ? हँ ? तेरा ही तो काम कर रही हूँ। कल मैं न रही तो कौन तेरे नखरे सुनेगा ? बोल ?"

सुन्दरी पास आकर मातायी का हाथ चाटने लगती है, "मातायी माफ करो, भूल हो गई।"

"अच्छा अब ज्यादा लाड़ मत जता, खाना खा।"

शहर से दुर्गा के बच्चे आते हैं तो मातायी को जानवरों से संवाद करते देख आँखें चौड़ी कर लेते हैं, "बाबू जी ! मातायी गायों से बातें करती हैं।"

मातायी चौथे माले की खिड़की पर बैठी भात के दाने और रोटी के छोटे-छोटे कौर हथेली पर रख पाँखियों को खिलाती हैं। झुंड के झुंड बुलबुल, सुग्गे, चिड़ियाँ, कौवे आकर उनकी खिड़की पर हाज़िर हो जाते हैं। दुख के दिनों इन्हीं को अपनी व्यथा-कथा सुनाई हैं मातायी ने। ज़रा-सा पुकार लें मातायी, 'आः आः, खा-खा' तो जवाब में चिर्र-चिर्र, चूँ, चूँ, काँव-काँव, गु गू ऽऽ गु गू ऽऽ की रली-मिली आवाज़ों का आरकेस्ट्रा घर-आँगन गुँजा देता है।

जिस दिन मातायी बीमार होती हैं, उठकर खिड़की तक जा नहीं सकतीं, कोंगमाली लकड़ी के फट्टे पर भात और 'सोन्यवारी'[1] में पानी रख आती है जो शाम तक अनछुआ रह जाता है।

मातायी की दो शहरी बहुएँ मातायी को बिल्कुल भी समझ नहीं पातीं। घर में ईश्वर का दिया सब कुछ है पर मातायी छाछ और पुदीने की चटनी के साथ चटखारे ले-लेकर भात खाएँगी। पुदीने की महक से खिंचकर नन्हे पोते भी थाली में रोग्नजोश, पनीर छोड़ दादी के साथ भात खाने दौड़ आते हैं। बेटे तो बेटे, पोते भी दादी के रंग में रँगे हैं। जाने क्या जादू कर रखा है घर भर पर।

मातायी का जादू शाम ढलते ही पोते-पोतियों को गिरफ्त में ले लेता है। खिला-पिलाकर मातायी नन्हे बच्चों को अपने दाएँ-बाएँ इकट्ठा कर लिहाफ से ढक देती हैं, और कंदील-लालटेन की थरथराती रौशनी में उन्हें कथा संसार की अजूबी अजानी घाटियों में घुमाने ले जाती हैं।

उन कथाओं में सागर तल के खज़ाने और वह खूँखार राक्षस ही नहीं होता जिसके प्राण किसी घने जंगल के बड़ या चिनार के ऊपर टँगे पिंजरे में बन्द पाँखी के अन्दर सुरक्षित रहते हैं। वहाँ श्रीकृष्ण का बाल-सखा दरिद्र सुदामा भी होता है, जिसके पैर स्वयं राजा श्रीकृष्ण धोकर चरणामृत पीते हैं, वहाँ दंडक वन में घूमते राजा राम, सीता और

1. छोटा-सा कुल्हड़।

लक्ष्मण संग होते हैं जो पिता की आज्ञा से वनवास गए। वहाँ अकनन्दुन, कावकूर, महादेव बिश्त और कौन-कौन नहीं होता !

वह कौआ तो होता ही है जो राजा की रसोई में उबलती देग में गिर गया और गाँवभर में तहलका मच गया, जिसे ऊँगली मुँह में दिए बच्चे हैरान-परेशान हो उत्सुकता से सुना करते और अनेक-अनेक कथाओं में होती थी कहानी अमर प्रेमी हीमाल-नागराज की, जिसे बच्चे साँस रोककर सुना करते।

"बहो ऽऽ त दिन हुए ! देश में घोर अकाल पड़ा," मातायी ज़रा भूमिका बाँधकर सही वातावरण तैयार कर लेतीं, बच्चे ज़रा ओढ़ना खींचकर एक को ढकना, दूसरे को उघाड़ना बन्द कर दें तो कहानी आगे बढ़ेगी !

"हाँ, अब ठीक है ! तो उस अकाल में एक विद्वान ब्राह्मण को अनाज नहीं मिला, पत्नी ने खाली मटके दिखाए और थैली में सत्तू बाँधकर कहा, 'जाकर कहीं से अन्न-धन्न का प्रबन्ध करो !'

"ब्राह्मण लम्बी यात्रा को निकला। रास्ते में थककर एक चश्मे के पास चिनार की छाँह तले सो गया। जागा तो अपनी थैली में कोई चीज़ हिलती नज़र आई तो ब्राह्मण ने क्या किया, आव देखा न ताव, झट से थैली का मुँह बाँध दिया और घर लौट पड़ा। सोचा, साँप होगा, पत्नी को डस लेगा और रोज़-रोज़ की किच-किच से मुक्ति मिलेगी। पत्नी को झोला थमाया और द्वार भेड़ दिया।"

"अॅत्य दार बुच्छिनय, म्यानि अॅछ म वुछनय !"[1]

"ओ ! खा गया साँप ब्राह्मणी को ?"

"अरे कहाँ ! थैले में जो साँप निकला, देखते-देखते बन गया सुन्दर बालक। ब्राह्मणी ने उसे पाल-पोसकर बड़ा कर दिया, उनके अपनी कोई सन्तान तो थी नहीं। बड़ा होकर लड़का राजकुमारी के महल में सर्प बनकर घुस गया। वहाँ राजकुमार बनकर हीमाल से प्रेम करने लगा।"

"लेकिन वह था कौन ? सर्प थोड़े प्रेम करेगा ?" बड़े बच्चे शंका प्रकट करते।

"मेरे प्राणो ! वह लड़का नागराज था, पाताल का राजा। उधर उसकी अनेक रानियाँ थीं जो उसे खोजती हुई धरती पर आ गईं। अब नागराज तो हीमाल को छोड़कर न जाना चाहे, सो पानी में छुप गया। रानियाँ भी कम चतुर न थीं। वे भी पानी में उतर गईं। हीमाल विलाप करती रही। कहाँ ढूँढ़े नागराज को ?"

बच्चे अँधेरी रात में, आले पर टिमटिमाते दीये की मद्धिम रौशनी में हीमाल को विलाप करते देखते और उदास हो जाते। कैसे तो हीमाल की आँखों से टप-टप मोती झर रहे हैं।

लेकिन मातायी बच्चों को उदास नहीं होने देतीं, "तो मेरे लाड़लो, हीमाल को मिला एक साधु। बोला, मैंने नीलनाग चश्मे पर बड़ा विचित्र दृश्य देखा। राजा का भोज

1. साँप तुझे खा जाए, और मेरी आँखें न देखें।

था। रानियाँ एक थाली में झूठा अन्न रखकर कह रही थीं, 'यह हीमाल का हिस्सा है।'

"साधु से सुराग पाकर हीमाल ढूँढ़ते-ढूँढ़ते पहुँच गई पाताल देश। नागराज खूब खुश हुआ। मन्त्र पढ़कर हीमाल को कंकर बनाया, और अपनी जेब में रख लिया। जब जी आता उसे राजकुमारी बनाए और ढेर-ढेर बातें करे, पर ऐसा कित्ती देर चलता ? रानियों को आई मानुस गन्ध। नागराज ने हीमाल को प्रकट कर रानियों को दी हिदायत कि 'इसे सताओगी तो पाताल देश छोड़कर चला जाऊँगा।'' रानियाँ पति की बात तो मान गईं पर सौतिया डाह का क्या करें ? उसे बेशुमार कष्ट देती रहीं। हीमाल उनके लिए पकाए, राँधे, बच्चे पाले। होनी बड़ी बलवान ! एक बार बच्चों को गरम दूध दिया जिससे वे जलकर मर गए। भूल हो गई पर नागरानियों ने उसे माफ न किया। उसे डस लिया और धरती पर फेंक आईं।''

"ओ ऽऽ। तो मर गई हीमाल ?'' छुटका पप्पू रोने लगा। नाक सूँ-सूँ बोलने लगी।

"अरे मेरे राजा ! ऐसे कैसे मरेगी भली हीमाल ? उधर से गुज़रा एक सन्त महात्मा। हीमाल को देखा, पहचान लिया तो मन्त्र फूँककर जीवित कर दिया और बेटी बनाकर अपने घर में रखा।

"इधर नागराज हीमाल के बिना दुखी हो गया, न खाना सुहाए न सोना ! ढूँढ़ते-ढूँढ़ते साधु-महात्मा के घर पहुँच गया। लो ! हीमाल तो कुटिया में सोई पड़ी है। नागराज सर्प बनकर हीमाल के कमरे में घुस गया। साधु-महात्मा के शिष्यों को क्या पता, यह नागराज है। लाठी मार-मार कचूमर निकाल दिया। नागराज मरते समय विलाप करने लगा—हाय हीमाल ! मैं मर रहा हूँ।

"हीमाल ने सुना तो ज़ार-ज़ार रोने लगी। रोते-रोते प्राण त्याग दिए। नागराज के बिना हीमाल जीना ही नहीं चाहती थी।''

"दोनों मर गए ? फिर तो कहानी खत्म !'' बच्चों को दुखद अन्त पसन्द नहीं आया।

"ना बच्चो ! कहानी खत्म नहीं हुई ! हुआ यों कि दोनों का दाह-संस्कार किया गया तो देवताओं ने आकाश से पुष्प-वर्षा कर दी। आशीष दिया—इन प्रेमियों का प्रेम सदा अमर रहे। स्वयं भगवान शिवजी ने एक तपस्वी को आदेश दिया, 'हीमाल नागराज के फूल नीलनाग में डाल दो, वे जीवित हो उठेंगे।' तपस्वी ने फूल नीलनाग में डाल दिए और हीमाल नागराज जी उठे, हाथ जोड़कर प्रभु का आशीष पाया और सुख से रहने लगे।

"सो मेरे जिगर के टुकड़ो ! ऐसे होती है सच्चे प्रेम की जीत !''

पता नहीं मातायी ने अपने जीवन में प्रेम देखा-जाना था या नहीं पर उससे क्या ? जो हमें न मिला, वह संसार में है ही नहीं, यह सोचना भी तो गलत हुआ न ? बहरहाल, बच्चे कहानी के सुखद अन्त से सन्तुष्ट हो जाते और मातायी से चिपककर गहरी नींद में खो जाते।

# कितने तो जुलूस और कैसे-कैसे जलसे

उन दिनों शहर की सड़कों से अक्सर छोटे-बड़े जुलूस निकला करते थे। बाज़ार से गुज़रते लोगों की सामूहिक पुकारें कान में पड़ीं कि मजाल है घरों की एक-एक खिड़की से चार-चार सिर एक साथ झाँककर जुलूस की शानोशौकत देख आँखें ठंडी न करें ?

जुलूस के नाम पर देर शाम या आधी रात को गैस बत्तियों, शीशे की जगरमगर हंडियों और रौशनी के सतरंगी फव्वारों को आसमान तक पहुँचाती आतिशबाज़ियों के बीच सजे-सँवरे घुड़चढ़े 'नौशा' को देखने औरतें-बच्चे लिहाफ-रज़ाइयों से निकल खिड़कियों पर टँग जाते। कात्या-दिद्दा से पहले लल्ली बैंडबाजों और शहनाइयों की धुनों से खिंची सेहरे से चेहरा ढके दूल्हे की धज देखने खिड़की की ओर लपक जाती।

जन्माष्टमी और रामनवमी पर तो देवताओं की सवारी के स्वागत के लिए सड़क पर सतरंगी रेशमी बनारसी साड़ियों की ड्योढ़ियाँ बनतीं। लल्ली, कमला भी श्रीकृष्ण की ड्योढ़ियों के लिए साड़ियाँ देतीं। झंडियों-बन्दनवारों और गुब्बारों से कच्ची-पक्की बेरौनक सड़कें सँवर उठतीं। लाल, नीली ज़री की साड़ियों-चीरों से सजी खुली बग्गियों, ताँगों, पालकियों पर राधा-कृष्ण, बालगोपाल और श्रीराम-सीता लक्ष्मण की सवारियाँ निकलतीं। चरणों में बैठे करबद्ध भक्त हनुमान ! 'वसुदेव सुतंमूदेवम' से लेकर 'रघुपति राघव राजा राम' के सप्तम तक पहुँचते भक्ति-गद्‌गद स्वर बाजों-गाजों के साथ हवा में हलकोरें लेने लगते और फूलों से ढके मासूम चेहरोंवाले नन्हे श्रीकृष्ण, पीताम्बर धारे, पत्तियों के चमचमाते मुकुट से सजे, फूलों के हिंडोले में बाँसुरी पर उँगलियाँ टिकाए मजे-मजे झूलते रहते। खिड़कियों से टँगी औरतें, बच्चे और घुटनों से बेज़ार बुजुर्ग जै-जैकार बोलते इतनी पुष्पवर्षा करते कि यात्रा के अन्तिम पड़ाव पर पहुँचने से पहले ही श्रीकृष्ण का चेहरा फूलों में गुम हो गया होता।

जुलूस की अगवानी करते ब्रजमस्ताने की धज भी कम ठसकेदार न थी। ज़री-गोट लगा लम्बा लाल मखमल का अचकन, सिर पर माँड़ लगा अबरक की किरणें छिटकाता तुर्रेदार साफा। चाँदी की मूठवाली तलवार लटकाए, घोड़े पर अकड़कर बैठे ब्रज-मस्ताने की शान-शौकत तो लाजवाब थी ही, ज़हरीले नागों को वश में करने की कला में महारत हासिल होने से लोग उनसे खौफ भी खाते थे। मजाल है कोई जुलूस में विघ्न डालने की धृष्टता करे।

वितस्ता पर जो महाराजा बहादुर नौका-विहार को निकलते, उस जुलूस की शान

तो सबसे ऊपर थी। नदी के तट पर बाहचें खड़ी कर उन पर बड़ी-बड़ी रंगीन ड्यौढ़ियाँ सजतीं। ड्यौढ़ियों के नीचे से ताज़ा रोगन की गई सजी-धजी शाही नौका 'चकवारी' में मखमली गद्दों-तकियों के सहारे बैठे महाराजा साहब, आगे-पीछे अपने तमाम तामझाम, सलाहकारों, सिपाहियों, वज़ीरों समेत शालीटैंग से 'शेरगढ़ी' तक गुज़रते। पहले मोटरबोटों में सिपाही, उसके बाद कतार-दर-कतार खुली नावों का 'रिगेटा'। बेशुमार चप्पुओं की छेड़छाड़ से पानी उछाल मारने लगता। मोटरबोट जू ऽऽ म से निकलते। पानी की प्राचीरें पीछे आते शिकारों को सी-सॉ के अंदाज़ में उछाल-पछाड़ देतीं। 'महाराजा बहादुर की जय' के नारों से शहर के सातों पुल गूँज उठते। नदी-किनारे के घरों से बेशुमार फूलों की पंखुड़ियाँ राजा की ओर बरसतीं, कुछ किनारों पर गिरतीं, कुछ वितस्ता की लहरों पर बैठ महाराजा की नौका तक पहुँच जातीं। महाराजा बहादुर हाथ जोड़े किनारों पर खड़े जयजयकार करते लोगों का अभिवादन स्वीकार करते। महाराजा की झलक भर पाने से लोग इतने प्रसन्न हो जाते जैसे कारूँ का खज़ाना मिल गया हो।

लेकिन मुहर्रम का जुलूस सभी से अलग किस्म का रहता। हुजूम के हुजूम लोग हुसैन-हुसैन, मौला हुसैन, आका हुसैन पुकारते, रोते, छाती पीटते ताज़ियों के साथ-साथ चलते। कहारों के कन्धों पर बड़े ताज़िए की सवारी निकलती। सजे-धजे ताज़िए के आगे चाँदी की मूठवाली छड़ी लेकर एक आदमी 'सोज़ख्वानी' करता, उसके आजू-बाजू दो जने मरसिए के सुर उठाते। मरसिया गानेवालों के आगे लट्ठबंध गोल रहता। कुछ लोग लोहे की जंजीरों, खंजरों से मातम मनाते, कुछ सीने पर दोहड़ मारते। कुछ धनी-मानी रूमाल सीने से छुआकर मातम में शरीक होते। रहमान ताँगे पर जाने कैसा जुनून सवार रहता कि साँकलों और कोड़ों से अपनी छाती, पीठ लहुलूहान कर देता। औरतें अपने बच्चों को ताज़िए के नीचे निकाल मन्नतें माँगतीं। खिड़कियों से झाँकती औरतों की आँखें गीली हो जातीं। हिन्दू माँएँ, मुसलमान माँएँ, भीगा माहौल सभी माँओं के कलेजों में हूक उठाता। आखिर सभी लाल तो माँओं की कोख से ही जन्म लेते हैं न ?

कात्या और दिद्दा भी एक बार अशी दाई के साथ इमामबाड़े की मजलिस में मुहर्रम देखने गईं। अशी मुहर्रम का चाँद दिखने के बाद से ही मातम की तैयारियाँ शुरू कर देतीं। पूरे चालीस दिन घर भर सोग मनाता। रहमाने की बीवी ज़ेबा उन दिनों हाथ की चूड़ियों तक निकाल देती। ज़ेबा मजलिस में बड़े करुण स्वर में हुसैन साहब की याद में 'नौहे'[1] पढ़ती। सुनकर औरतें फफककर रो देतीं। उनमें इमाम हुसैन की बीवी उम्मे लैला का करुण विलाप होता, मासूम बेटी सकीना के जिगर छेदते प्रश्न और बहन ज़ैनब की शोक कातर पुकारें होतीं।

यों जुलूस तो हुड़दंगियों के भी निकला करते। उनमें जोशीले नारों के साथ कभी-कभी दूसरे गुट के साथ गाली-गलौच, धौल-मुक्का होता रहता। कभी-कभी तो एक-दूसरे पर काँगड़ियाँ फेंकने की भी नौबत आती। शेर और बकरा पार्टी में अक्सर

---

1. मुहर्रम पर पढ़े जानेवाले शोक गीत।

सिर फुटौव्वलें हुआ करतीं। 'नालय तकबीर, अल्लाहो अकबर', के अलावा ज़िन्दाबाद, मुर्दाबाद के घनघोर नारे दहशत फैला देते। पुलिस लाठी चार्ज करती। ऐसे में लोग खिड़की-दरवाज़े मूँदकर घरों के अन्दर बैठ जाते। बन्द खिड़कियों की झिर्रियों-सन्धों पर आँख टिका उत्सुक महिलाएँ हालात का जायज़ा लेतीं। त्राहि-त्राहि करतीं। मुसलमान होतीं, तो 'या खुदाया नजात' कहतीं, हिन्दू होतीं तो 'हे भगवान दया कर'।

ऐसा ही, हुड़दंगियों के जुलूसवाला एक दिन कात्या के लिए भिन्न प्रसंगों में यादगार दिन बन गया। उसी दिन तो वह बिना किसी तैयारी और चेतावनी के 'बड़ी' हो गई। बड़े बेढब तरीके से। रात सोई तो खिलंदड़ी बच्ची थी, सुबह उठी तो बड़ी लड़की ! रिपवान बिंकल की तरह, एक रात सोने से दूसरी सुबह जगने के बीच ज्यों वक्त का बड़ा कारवाँ गुज़र गया हो।

बाद में दिद्दा ने उसकी नासमझी पर मुँह बनाते कहा था, "मैं तो पहले से ही तैयार थी, मुझे स ऽऽ ब मालूम था।"

कात्या कुछ नहीं जानती थी। खिड़की से सटे-सटे उसने अचानक गुनगुना-सा गीला स्पर्श टाँगों पर उतरता महसूस किया। पेट के निचले हिस्से में ज़बरदस्त-सी ऐंठन न उठती तो लाल धब्बों से तर-बतर सफेद सलवार की ओर उसका ध्यान भी न जाता। जब ध्यान गया तो दिल ज़ोरों से उछल पड़ा। अरे ! यह क्या हुआ ? राज्ञा-शारिका को धकियाती वह गुसलखाने की ओर भाग गई। टाँगों पर बनी लाल धारियों को देख कात्या बदहवास हो रोने लगी।

नीम अँधेरे कमरे में छिपकर बैठी कात्या ने उस दिन खुद को पानी से घिरे द्वीप पर अकेला खड़ा पाया। निकट अकेला। थरथराती टाँगों और कमर में खुभती कटार की तीखी पीर लिए, वह फर्श पर गुड़ी-मुड़ी होकर लेट गई। लेकिन दिद्दा ने उसे वहाँ भी अकेली नहीं रहने दिया। सूँघते-सूँघते पीछे-पीछे चली आई। कात्या को उलट-पलटकर देखा। बड़ी होने का अहसास लिए रुआबदार आवाज़ में सलवार बदलने का आदेश देकर कॉटन-शाटन रखने का ढब सिखाया। अपनी आदत से मजबूर, लगे हाथों दो-चार हिदायतें और चेतावनियाँ भी थमा दीं—"इस नितान्त निजी स्थिति को, पुरुषों की तो जाने दो, अपनी माँ-बहनों से भी छिपाकर रखना होगा। किसी को पता न चले कि तुम्हें एम.सी. हो गया है।"

"एम.सी. ?" उसके भीतर विवश-सा डर उग आया।

"यह भी नहीं समझती ?" अब दिद्दा की त्योरियाँ चढ़ गईं। "ताड़ की झाड़ हो गई हो और 'मन्थली कोर्स' नहीं जानती। अट्ठाईस दिन बाद, हर महीने यह लाल रंग, दर्द के साथ तुझे याद दिलाता रहेगा कि तुम औरत हो गई हो, खिलंदड़ी बच्ची नहीं रही। अब लड़कों से 'ही ही, खी खी' करना छोड़ देना होगा, नहीं तो कल किसी मुसीबत में पड़ सकती हो, फिर अपनी नस आप ही ब्लेड से काटनी होगी।"

"क्यों ? ब्लेड से नस क्यों काटूँगी ?" कात्या ने नाक पोंछते प्रश्न किया।

"फिर सवाल ! कुछ अपने भेजे से भी काम लेना सीखो अब। उस कमला का

किस्सा नहीं सुनाया काकनी ने, जिसने ब्लेड से कलाई की नस काट दी थी ? जल्दी अस्पताल न ले जाते तो मर गई होती।"

"मगर क्यों काटी नस ?" बिना जाने कैसे रहेगी कात्या!

"ओ हो। तेरे तो दिमाग में भूसा भरा है। पता नहीं इम्तहान में पास कैसे हो जाती हो। अरे, उसके पेट में बच्चा आ गया था। ज्यादा 'खी-खी'[1] करती रहती थी न उस मोती गुंडे के साथ...।

कात्या दिद्दा की बातें कुछ उत्सुकता, कुछ चिन्ता से सुनती हुई भी चकित ही रही कि लड़कों से 'ही-ही' करने से पेट में बच्चा कैसे आएगा।

उत्सुकताएँ अनेक थीं, दिद्दा से कुछ आधे-अधूरे समाधान मिल जाते और कात्या को मानना पड़ता कि दिद्दा सचमुच बुद्धिमती है। उसे तो कुछ भी नहीं मालूम। एम.सी. के अर्थ भी नहीं।

छिपने-छिपाने की हिदायत कात्या ने याद तो रखनी चाही पर वह छिप न सकी। पूरे अट्ठाईस दिन बाद (दिद्दा का हिसाब कितना सही था) जिस्म में दर्द की वो ऐंठन उठी और साथ में आक्-आक् उल्टियाँ, कि बच्चे-बच्चे को मालूम पड़ गया, कात्या को कुछ हो गया है।

चेहरे पर दर्द की कलौंछ, पेट-कमर को कोंचती मरोड़, और घुटने-कुरेदती पीर। ऊपर से दो दिन का खाया-पिया खट्टे पानी के फव्वारों के साथ बाहर। लल्ली ने कलन्दर बेटी को छटपटाते देखा तो गर्म पानी की बोतल घुटनों तले रख, कहवे के साथ बरलगन की टिकिया खिला दी। पसीना अटा माथा पोंछ छाती से लगाया। कात्या ने माँ की आँखों में पानी की थर्राती परत देखी और मुँह से फूटते बुदबुदाते स्वर सुने, "आह ! औरत जनम।"

औरत जनम ! लल्ली ने इतना ही कहा, कटे-छटे दो शब्द, बेटी को सहलाते, बेटी के पार देखते। इन दो शब्दों में उसका अपना कितना कुछ देखा-भोगा शामिल था, जिसकी थाह उसके प्रेमी पति ने भी नहीं पाई होगी। बेटियाँ भी तो माँ को एक व्यस्त गृहणी, अच्छी माँ, लक्ष्मी बहू के कभी खत्म न होनेवाले दायित्वों में चक्करघिन्नी खाते, देखने की आदी हो गई थीं। उसके बाहर भी माँ की कोई दुनिया रही होगी, कोई निजी रंग, कोई निजी अबोली कहानी। इसे सोचने की ज़रूरत खानदानी घरों में होती ही कहाँ थी ? वहाँ तमाम आभिजात्य के बीच, परम्परागत राव-रस्म, जन्मदिन, श्राद्ध, जन्माष्टमी, शिवरात्रि, रामनवमी, दीपावली, गणेश चतुर्थी, आदि अनेक धार्मिक पर्व त्यौहारों के साथ सुबह से शाम तक दैनन्दिन खटराग निभाते ज़िन्दगी का सम्पन्न समापन होता था। भाग्यशालिनियाँ ! बाल-बच्चों को भात परोसते मर जाना, पति-पुत्रों-पौत्रों द्वारा दाह-संस्कार होने पर नाते-रिश्तेदारों का मुँह पर रूमाल रखकर गृहलक्ष्मी की याद में दो आँसू बहाना। बस ! इतनी ही आकांक्षा रहती थी अन्नपूर्णाओं की।

---

1. हँसी-मज़ाक।

मात्र दो शब्द—'औरत जन्म' खिलंदड़ी लड़की को समझा गई कि यह तो एक शुरुआत है। शरीर से शुरू होकर भावनाओं के उद्दाम आवेगों के उजले काले रंगों को परत दर परत खोलने की। सीधे-सादे शब्दों में समझो तो विपरीत लिंग से अलग और सावधान रहने का इशारा था। प्रभकाक जैसों से बचकर रहना होगा, इतना तो कात्या ने समझ ही लिया। कुछ गलत समझ होने से हँसमुख परी के मुख से झरते हँसी के फूल गायब हो जाते हैं और 'ही' की लत्तर भरी बहार में सूख जाती है।

बरलगन से कमर के नीचे का भाग सुन्न-सा पड़ गया, दर्द भी कुछ कम हुआ, पर कात्या के भीतर की बेचैनी कम नहीं हुई। वह अपनी बात किसी से कहना चाहती थी। अपने भीतर उगी नई संवेदनाओं और नए प्रश्नों को अपनी अंतरंग सखी के सामने रखना चाहती थी। किससे कहे ? ऐसे किसी से जो उसके भीतर उमगती बाढ़ को समझ सके, बिना धौंस हिदायत उसे सुन ले। कुछ देर उधेड़बुन में बिता वह चुपके से घर से खिसक गई। सड़क लाँघ, नीम अँधेरी गलियों से, नीचे कीचड़ और ऊपर अब गिरी तब गिरी गरम पीच से बचती-बचाती तुलसी के घर में घुस गई। और कहाँ ?

'मलस टुँख मशीदि तान्य।'[1]

सीढ़ियों पर पहचानी-पहचानी ताज़ी लिपाई की सोंधी ठंडी महक थी। कात्या दीवारें टटोल-टटोल छोटे-छोटे डग भरती दूसरी सीढ़ी फलाँग आई तो 'कानी' के कमरे में मिली-जुली आवाज़ें सुनाई पड़ीं। कई लोगों की बातें।

"मेरी तो बधाई लो जूनमाली। बारामूलावाले खानदानी लोग हैं। 'पत बअड्य। च़ छख भाग्यवान' !"[2]

"देवी माँ का अनुग्रह है, नहीं तो मेरी क्या औकात ! मेरे पास तो धन-दौलत के नाम सुच्चा पानी ही है, बेन्यी।"

कात्या वापस मुड़कर जाने लगी, क्या फायदा ? घर में नातेदार हों तो एकान्त कहाँ मिलेगा ! तुलसी तो समावार फूँकने में ही लगी होगी।

कात्या चार सीढ़ी वापस उतर आई कि तुलसी का भाई अम्बा धम-धम सीढ़ियाँ फलाँगता पीछे खड़ा हो गया।

"अरे, कात्यायनी ! जा क्यों रही हो ? ऊपर आ जाओ, तुलसी तुझसे मिलना चाहेगी।"

"क्यों, मुझसे क्यों मिलना चाहेगी ?" कात्या समझी नहीं।

"क्यों क्या ! उसकी शादी जो हो रही है। आज तो 'कथबाथ'[3] भी हो गई। अगली पूनम को 'लगन' निकला है। जा, बात कर आ।"

अमरनाथ बेहद खुश था, नए कुरते-पाजामे में इतराता-सा। अरे ! शादी इसकी होनी है या तुलसी की ? बहन चली जाएगी, इसी से इतना चहक रहा है। काग भगोड़ा।

कात्या को थोड़ा बुरा लगा। तुलसी की शादी हो जाएगी, पता नहीं कैसे लोग

---

1. मुल्ला की दौड़ मस्जिद तक। 2. वे धनीमानी हैं, तुम भाग्यवान हो, 3. वाग्दान।

मिलेंगे। चंडी सास और गलियाता दूल्हा ? जैसा उसकी बहन को मिले हैं। दुबारा उससे मिलना होगा भी या नहीं। कैसे तो सभी उनकी दोस्ती के पीछे हाथ धोकर पड़े हैं।

तुलसी कात्या को देख लपककर उठी और गले लगकर रोने लगी।

"हय हय। मच़ी क्याह छख करान ! ओश नु, ओशनु।[1] शुभ दिन पर आँसू नहीं।" माँ ने हिदायत-सी दी, "आओ, नीचे कमरे में बैठो, मैं उधर ही चाय भिजा देती हूँ। तेरी बहनें आई हैं न आज !"

तुलसी की धुली-धुली आँखों में ललाई के शेष अक्स थे। मूँगिया रेशम की ज़री बार्डरवाली साड़ी में उसके भरे-भरे शरीर के खम और कोण उभर आए थे। लम्बी भी खूब लग रही थी। कात्या को सुखद आश्चर्य हुआ, कि मँगनी होते ही उसकी चिथड़ों लिपटी दीन-सी सहेली लड़की से औरत हो गई, सुन्दर औरत।

"इत्ती जल्दी सब कुछ हो गया और तूने मुझे बताया भी नहीं।" कात्या ने ज़बरदस्त शिकायत की।

"क्या बताती कात्या ? कैसे कहती ? मुझे आप ही क्या मालूम था ? यह तो 'भाईलाल' की वजह से हुआ। उसी को जल्दी थी शादी की।"

"दूल्हा कैसा है ? तूने देखा ?" कात्या ने उदास सखी को बहलाना चाहा, मगर तुलसी रोने से फुरसत पाए, तब न किसी बात का जवाब दे।

"दूल्हा क्या, अदला-बदली हो रही है, 'अन्दूयुत'।"

"क्या ?" अब कात्या के हैरान होने की बारी थी।

"हाँ, भाईलाल के लिए लड़की ढूँढ़ रहे थे। लड़कीवालों ने शर्त रखी कि तुम लोगों की लड़की हमारे घर बहू बनकर आए तभी हम अपनी लड़की तुम्हारे घर ब्याहेंगे। सुना है बड़े पैसेवाले हैं। भाई बेहद खुश है।"

"यह तो कोई बात न हुई। कोई लूला-लँगड़ा भी हो उधर से, तो भी तू हाँ करेगी ? पैसे होने से क्या होता है ? तुम शादी से इनकार कर दो। अभी से शादी करके बैठोगी ? नहीं, नहीं काकनी से कह दो...।"

"नहीं रे, ऐसा नहीं हो सकता। मैं शादी न करूँगी तो भाई अनब्याहा रह जाएगा। वे लड़की नहीं देंगे। बड़ी मुश्किल से तो भाईलाल के ग्रह कहीं मिले हैं। इत्ता अच्छा घराना है।"

"लेकिन तू तो खुश नहीं लग रही।"

"मैं क्या खुश होऊँगी कात्या। वह बुड्ढा है। पहली बीवी मर गई है, उससे दो बच्चे हैं। बड़ा वाला तो मेरी उम्र का होगा।"

"ओ माँ ! काकनी को यह सब मालूम नहीं ?"

"स ऽऽ ब मालूम है बहनी। पर वह क्या कर सकती है ? अभी तो वे बिना 'ह्चोत-द्योत'[2] मुझे माँग रहे हैं। इन्हें नकार दें तो दूसरे लड़केवाले छरा छाँट लड़की थोड़ी

1. हाय पगली, यह क्या कर रही है ? आँसू नहीं। 2. दहेज़।

ले लेंगे। कई बातें हैं कात्या, तुम नहीं समझोगी। हम बहुत गरीब हैं न ?''

यानी गरीब लोग इनकार करने का हक नहीं रखते। भाई तो हरद्वार से पत्नी खरीदकर लाने को तैयार था। उसकी टाँग में थोड़ा खोट है न, फिर बीवी के इन्तज़ार में बाल भी खिचड़ी हो गए। माँ कब तक पकाती-राँधती रहेगी ? उसकी आँखों में मोतियाबिन्द उतर आया है। सालन में लम्बे-लम्बे बाल निकल आते हैं। बहन भी तो उम्र से पहले ही जवान हो रही है। किस-किसकी आँख से जूनमाली लड़की को बचाएगी ? फिर कल वह न रही तो ?

सभी प्रश्नों का उत्तर कि, हाँ कर दो। बुड्ढा है तो क्या हुआ ? लड़के की उम्र थोड़े देखी जाती है। गाँव का सरपंच है, अपनी ज़मीन-ज़िरात, गाय-भैंस, धान के भरे कुठार। क्या नहीं है उसके पास ? लड़की राज करेगी। अपनों-सगों ने समझाया। मर्द तो साठे पर पाठा।

कात्या ने आह भरी, ''हाँ ! बुड्ढा तबेले में एक और गाय बाँध देगा।'' अनाम गुस्से से भरकर कात्या घर लौटी। अपनी बातें करने आई थी सो अनकही ही रह गईं। कहती भी क्या ! तुलसी बेचारी के चौतरफ जो षड्यन्त्र रचे जा रहे थे, उससे निकल पाना कितना कठिन था। वह कुछ करना चाहती थी। अपनी प्यारी सखी को दुश्मनों के चंगुल से छुड़ाना ज़रूरी था। लेकिन कैसे ? यह अम्बा जो दुल्हन के लिए मरा जा रहा था।

कात्या के लाख चाहने पर कि ऐन मौके पर कोई वारदात हो जाए और तुलसी उस बुढ़ऊ से बच जाए, तुलसी बच नहीं सकी। बुड्ढे सरपंच ने बड़े तामझाम से शादी रचाई।

बुड्ढा पोपला ! क्या रेशम की ज़र्क-बर्क साड़ी में लपेट दिया तुलसी को। फिरन नहीं साड़ी। चपकल, गुलूबन्द, चार-चार तोले के 'पास सोने' के कड़े। जैसे इसी के लिए मरी जा रही थी तुलसी। कात्या होती तो फेंक देती साड़ी और सोने की पोटली बुड्ढे के सिर पर। इसके बदले तुलसी तेरे साथ सोएगी ? उसे घिन न आएगी ? बेचारी सीधी-सादी तुलसी कैसे इस अबा की वजह से बलि का बकरा बन गई। लानत है ऐसे भाई पर ! खुद तो ऐश करेगा और तुलसी रोती रहेगी कपाल पर हाथ धरकर।

लेकिन कात्या शायद गलत थी। तुलसी कपाल पर हाथ धरे रोई नहीं। उस वक्त तो बिल्कुल नहीं। विदाई के समय जो रस्मी रोना-धोना होता है, उतना ही हुआ। वनवुन के भीगे बोल सुन कात्या तो सुबक-सुबककर रोई। 'वुनिस्ताम ऑसहम ह्यरि बोनह रअछी, माजि हेंज़ि टअछी घरह गछ़खय[1]...।' घर की चाबियाँ माँ के हवाले कर तुलसी, और अपने घर चली जा...। अपने घर, जहाँ तेरा आगत तेरी प्रतीक्षा कर रहा है। ऐसा समय, जिसके अनुकूल होने की तुझे कोई गारंटी नहीं दे सकता।

तुलसी गई तो कात्या को उदासियों ने घेर लिया। उड़ा-उड़ा-सा मन बारामूला की

---

1. अब तक तो तू बिटिया, इस घर की मालकिन थी, अब यह घर छोड़कर जा रही है, री माँ की लाड़ली।

सड़कों पर घूमता रहा। अम्बा ललिताश्वरी को लेकर आया तो जूनमाली ने 'साल'[1] किया। तुलसी की दिद्दा खुद ही कात्या और घर की औरतों को न्यौता देने आई। कात्या माँ के साथ जाकर बहू देख आई और जल्दी ही घर लौट आई। ललिताश्वरी लम्बी-चौड़ी काया की मर्दनुमा औरत थी जिसकी ठुड्डी पिचकी हुई थी, आँखें कंजी और नाक नश्तर-सी तेज़ थी। हाथ-पैर देखकर कात्या को लगा कि अभी-अभी खेतों से गुड़ाई करके आई है। वाह री धनी घर की लाड़ो।

तुलसी के बिना उधर मन क्या लगना था ! अगली बार रोठ खबर के साथ तुलसी माँ के घर आई तो कात्या को बुला भेजा। कात्या जैसे घर में बैठी थी वैसे ही उठकर जाने लगी तो काकनी ने टोका, कि ओढ़नी तो ले लो, ऐसे कोई भागी जा रही है वह ?

गली लाँघते कात्या सोचती रही कि तुलसी कुछ ही दिनों में सूखकर काँटा हो गई होगी उस खूसट के घर में। कैसा झुर्रीदार मुँह था उसका। 'ब्यूग'[2] पर खड़े जब कोंगरी ने आरती उतारी और 'नावद' का टुकड़ा उसके मुँह में दिया तो दूल्हे के पीले दाँत देखकर कात्या को उबकाई-सी आई थी, पर बेचारी तुलसी को उसका जूठा किया मिश्री का टुकड़ा खाना पड़ा था। अच्छा हुआ कि घूँघट से मुँह ढका होने से तुलसी अपने 'दूल्हे' के दाँत नहीं देख पाई, नहीं तो उसे वहीं ब्यूग पर खड़े-खड़े ही उल्टी हो जाती।

तुलसी भींचकर मिली और चहक-चहककर अपने ससुराल की बातें करती रही। कात्या हैरान होकर तुलसी को देखती रही।

"इत्ता-इत्ता बड़ा घर है उनका कात्या। गाँव में सबसे बड़ा घर। फूस के छाजन वाला नहीं रे, हमारे जैसा भूर्जपत्रोंवाला भी नहीं, टिन की छत का चौमंजिला घर है। पूरे गाँव समाज में मान-सम्मान है 'गुर्य गुपन !'[3] कित्ती तो गाय-भैंसें। उनके लिए बड़ी-बड़ी नाँदें। दूध-मक्खन की कमी नहीं, जित्ता मन हो खा-पी लो। मक्की की रोटी पर खूब-सा मक्खन चुपड़कर खाते हैं। अपनी बाड़ी में जितनी साग-सब्जी उगती है उतनी तो यहाँ पूरा मुहल्ला पकाए तो भी बची रहे। कानुल हाल, वोस्तहाख, मटके जैसे लाल-लाल कुम्हड़े बैंगन, सोंचल, लौकी, सब्भी।

"बड़ा अच्छा लगता है रे। खूब खुला-खुला घर-आँगन ! खेत-बाड़ी ! सुबह पहाड़ियों के पीछे उगता लाल सूरज आसमान में टंगा हंडा-सा दिखता है। घर के पास ही चौड़ा नाला बहता है, ठंडे पानी का शफ्फाक नाला। मैं रोज़ बच्चों के साथ वहाँ नहाने जाती हूँ। छोटे-छोटे फिसलने बट्टों पर मचल-मचलकर बहता पानी मेरी कमर तक आता है। कितना मन करता है, तू भी वहाँ मेरे साथ छप्प-छप्प नहाए। रात को जहाँ सोती हूँ, खिड़की से आसमान का तारों जड़ा टुकड़ा कमरे में झाँकता है। चाँद बादलों के पीछे उझक-उझक आँखमिचौनी खेलता है। तब मैं तुझे बहुत याद करती हूँ।"

"मैं भी तुझे बहुत याद करती थी," कात्या ने भीगकर कहा, "पर वह तेरा दूल्हा ?" दूल्हे की बात करते ही कात्या के भीतर फिर से अबूझ गुस्सा तनने लगा।

---

1. विवाह-भोज। 2. रंगोली। 3. गाय-गोरू।

"असल बात जो है सो कह न ! उस घर से तेरी शादी हुई है या बुड्ढे से ?"

"ऐसा मत कह कात्या। मेरा पति है वह अब।" तुलसी ने दबे होंठों से मना किया।

"तू खुश है उसके साथ ?" कात्या ने फिर कोंचा।

तुलसी ने कात्या को फिर भींच लिया। छाती में लपककर हिलोर-सी उठी और टुकड़ों में टूटकर बिखर गई।

"तू खुश नहीं है न ? मुझे मालूम है।" कात्या क्या उगलवाना चाहती थी तुलसी से ?

"पता नहीं कात्या। लेकिन वह भरा-पूरा घर। गहने-कपड़े, दूध-घी और घर भर पर शासन। इधर घर में एक बार शीरचाय में तोलाभर दूध ज्यादा डाला था तो माँ ने तत्ता चिमटा हाथ से छुला दिया। कहा कि ससुराल में इस तरह दूध ज़ाया करेगी तो सास जान ले लेगी तुम्हारी। वहाँ तो शीरचाय में दूध के ऊपर मलाई-मक्खन की डली तैरती रहती है। बच्चे गिलास जूठा कर आधा दूध बाहर डोल देते हैं। कोई उन्हें कुछ नहीं कहता। इत्ता राजपाट तेरी तुलसी ने कभी सपने में भी देखा था ? यहाँ तो खिड़की से टुकड़ा भर आसमान भी नहीं देखा।"

कात्या तुलसी के इस दूध मलाईवाले सुख से प्रभावित नहीं हो पा रही थी। तुलसी कात्या की जिज्ञासा समझ गई, "वैसें, वह बहुत अच्छा आदमी है कात्या। कई दिन मुझसे दूर ही दूर रहा। कहा, तुम नहीं चाहोगी तो दूसरे कमरे में अपना बिस्तरा लगवा दूँगा।"

कात्या भौंहों पर बल दिए सुनती रही, "पक्का नाटकबाज़ है।"

"नही-नहीं, ऐसा नहीं है। वह सच्चमुच्च शरमिंदा है। कहता था, मुझे तेरी उम्र तीस बताई गई, तू तो बीस भी नहीं है। लेकिन अब क्या हो सकता है...।"

"स ऽऽ ब बकवास ! तू चार साल बड़ी है मुझसे, सिर्फ अट्ठारह की। वह पचास का तो होगा ही होगा खूसट। बबा की उम्र..."

तुलसी ने कात्या के होंठों पर हथेली रख दी—

"ना मेरी बहनी, अब कुछ मत कहना। तुझे मेरे मरने की सौं, मैंने उसे अपना सुहाग मान लिया है। मुझे सभी सुख देता है वह।"

वाह रे सुहाग। वाह रे सुख ! और वाह रे राजपाट ! कात्या को लगा वह अपनी इस अन्तरंग सखी को बिल्कुल भी नहीं जानती। शीरचाय में मक्खन की डली ने इसका भेजा खराब कर दिया है। या, क्या पता, उसी घी-दूध में कोई जादू की पुड़िया मिलाकर दी हो बुड्ढे ने। नहीं तो कहाँ प्यारी-सी अबोध तुलसी और कहाँ वह दो बच्चों का बाप खूसट सरपंच ?

# जिन्ना साहब कश्मीर आए

जिन्ना साहब कश्मीर आए हैं, पता नहीं क्या गुल खिलेगा।

सियासी हलकों में उत्सुकताओं से ज्यादा उत्तेजक हलचलें हैं। मुस्लिम लीग एक तरफ, नेशनल कांफ्रेंस दूसरी तरफ। ख़ुर्शीद, अशीदाई, नूरा कुंजड़न या कमलावती, शोभारानी के दैनन्दिन खटराग में कोई सुगबुगाहट नहीं, सुबहान मल्लाह और ख़ुर्शीद के बड़े बेटे भी अपनी रोज़ी-रोटी की फिक्र में लगे हैं, पर पढ़े-लिखे भद्रजन जिन्ना साहब के कश्मीर आगमन से किसी न किसी टकराव की आशंका सूँघ रहे हैं। लीगियों और नेशनल कांफ्रेंसियों में तो खलबली है ही।

अजोध्यानाथ की बैठक में अच्छी-खासी मजलिस जमी है। बलभद्र, नादिर साहब, बन्तासिंह, सुलतान जू शालवाले, और कृष्ण जू। दफ्तर से लौट सीधे अजोध्यानाथ के घर ही चले आए हैं। खबरें ही ऐसी हैं कि चार जनों के बीच हालात पर तपसरा किए बिना चैन नहीं पड़ेगा। यों भी द्वितीय विश्वयुद्ध का ज़माना ! हलचलों, घटनाओं और सनसनियों से भरपूर। वाइसराय की घोषणा कि भारत युद्ध में भाग लेगा, कांग्रेसियों ने सभा बुलाकर सरकार से कहा कि पहले भारत को स्वतन्त्र राष्ट्र घोषित करो। सिविल डिसओबीडियन्स में बेशुमार भारतीय जेलों में ठूँसे गए।

इन दिनों वादी के बुद्धिजीवियों में भी कम उत्तेजना नहीं। हालात का जायज़ा और ऊँट किस करवट बैठेगा की खबर-अतर रखे बिना खाना गले से नहीं उतरता।

अजोध्यानाथ गाँधीजी के परम भक्त हैं, "1942 में गाँधीजी ने युद्ध में भाग लेने की सहमति दी। यदि इससे भारत स्वतन्त्र हो। आज़ादी के लिए मर-मिटने को हरदम तैयार !"

"और क्रिप्स कमीशन ? भारत का बँटवारा करना चाहता था। भाई-भाई को लड़ा दो आपस में। किया क्या है अंग्रेज़ों ने, वही फूट डालो, राज करो वाली नीति !" अजोध्यानाथ दुखी थे।

"1942 में हज़ारों भारतीय बन्दी हुए, जुल्म की इन्तहा कर दी, निहत्थों पर लाठियाँ चलाईं, घोड़ों के खुरों तले रोंद डाला सुराजियों को। कितना सहेंगे हम ?" बन्तासिंह किस बात से अनजान है ? गाँधीजी का अहिंसक विरोध, और उधर नेताजी सुभाष बोस !

और अब जिन्ना साहब का वादी आगमन !

बलभद्र चिन्तित है। मज़हब के नाम पर लोगों को भड़काया जाएगा। सुलतान जू शालवाले शेख साहब की नीति के कायल हैं, उन्हें बलभद्र की चिन्ता बेवजह लगती है।

"बिरादर ! यहाँ शेख साहब का ही ज़ोर चलेगा। अभी-अभी उन्होंने नया कश्मीर का नारा दिया है। वे जिन्ना साहब के फलसफे से इत्तफाक नहीं रखते, आप जानते हैं। गाँधी, नेहरू और खान अब्दुल गफ्फार खान के दोस्त हैं, उनका खासा असर है, अच्छे तआलुकात हैं।"

"बात सही है," कृष्ण जू ने सहमति में सिर हिलाया, "शेख साहब दो राष्ट्रवाली नीति का विरोध करते हैं। जिन्ना साहब उन्हें अपनी बात मनवा नहीं पाएँगे पर यह भाषणबाज़ियाँ जो हो रही हैं, इनसे आपसी अमन-चैन को खतरा तो है ही।"

नादिर साहब ने मुस्लिम कांफ्रेंस की सभा में दिया गया जिन्ना साहब का भाषण सुना है, क्या दमदार आवाज़ में बोल रहे थे, "भाइयो ! मुसलमानों का एक मंच है, एक खुदा, एक कलमा। सभी इस झंडे के नीचे आकर अपने हकों के लिए लड़ें।"

"अब अपने यहाँ भी हिन्दू, मुसलमान, सिक्ख अलग-अलग धड़े बनाएँगे क्या ? सबके हक और फर्ज़ अलग-अलग होंगे ? पर यारो, कहाँ-कहाँ और कैसे अलग हो सकेंगे हम ?" बन्तासिंह फ्रूट मर्चेंट की अपनी परेशानियाँ हैं। व्यापारी अपना माल बेचेगा या सियासत में पड़ेगा ? उसके ग्राहक तो सभी वर्गों से।

"सुना है जिन्ना साहब ने मौलवी यूसुफशाह से कहा कि तुम राजनीति से दूर रहो। हमें कश्मीर में एक लीडर चाहिए, मुल्ला नहीं।" नादिर साहब अन्दरूनी खबरों से वाकिफ हैं।

"लीडर तो दमदार शेख साहब ही हैं। उन्हें मनाया मगर वे राज़ी नहीं हुए। तभी तो गुलाम अब्बास और मुस्लिम कांफ्रेंस को पसन्द किया। उन्हीं से मुखातिब हुए। इसके पीछे मकसद तो साफ है...।" शालवाले हज़रत शेख साहब को करीब से जानते हैं। कितना भी बड़ा लीडर हो, उन्हें फुसला नहीं सकता।

"शेख साहब की ताकत को कौन नहीं जानता बिरादरान ! उनकी सूझबूझ और दूरअंदेशी तो उसी दिन मालूम पड़ी थी जब अपनी कांफ्रेंस का नाम उन्होंने 'ऑल जम्मू एंड कश्मीर नेशनल कांफ्रेंस' रख दिया और अपने अध्यक्षीय भाषण में कहा कि ज़िम्मेदार सरकार बनाने के लिए हिन्दू, सिक्ख, बौद्ध और हरिजनों को भी नेशनल कांफ्रेंस में शामिल होना होगा। सेक्यूलर माइंडेड लीडर हैं और जिन्ना साहब ने नेशनल कांफ्रेंस को बदमाशों का दल कहा है।"

"हाँ ऽऽऽ। अंगूर खट्टेवाली बात समझिए।"

सेक्यूलरिज़्म की बात उठी तो खान अब्दुल गफ्फार खान की बात कैसे न उठती ? "नार्थ वेस्ट फ्रंटियर प्राविंस में पठान नेता अब्दुल गफ्फार खान ने 1930 के असहयोग आन्दोलन में क्या महत्त्वपूर्ण भूमिका निभाई। नेशनल कांफ्रेंस के साथ जुड़े रहे और फ्रंटियर गाँधी कहलाए।"

"हाँ बिरादर ! सुना है उस तीस के स्वतन्त्रता आन्दोलन में दस हज़ार मुसलमान जेल गए थे।"

"मैंने तो यह भी सुना है कि जिन्ना साहब पहले कांग्रेस में थे, फिर भला अलग क्यों हुए ?" बन्तासिंह अपनी जिज्ञासा का समाधान चाहते थे।

"दरअसल जिन्ना साहब किसानों-मजदूरों से जुड़ न पाए। कुछ समय इंग्लैंड में रहे। गाँधीजी भी वहाँ रहे पर वे गाँव-गाँव घूमे। हर आँख का आँसू पोंछने को तैयार रहते हैं।"

"भाई साहब, सभी गाँधी तो हो नहीं सकते !"

"सही है भइया। हमें याद है, जिन्ना साहब ने शर्त रखी थी कि मैट्रिक पास से कम लोग कांग्रेस में न आएँ। तब वे कांग्रेस में थे।" बिदलाल दर ने हुक्का बलभद्र को थमाया।

"सरोजिनी नायडू ने इन्हें 'एम्बेसेडर ऑफ हिन्दू मुस्लिम यूनिटी' कहा था। और वे ही मुस्लिम लीग में शामिल हो गए।"

गाँधीजी का पलड़ा भारी हो जाता तो अजोध्यानाथ जिन्ना साहब की प्रशंसा में चार बातें जोड़ तराजू का पलड़ा बराबर बिठाने की कोशिश करते, "जिन्ना साहब बड़े काबिल वकील रहे हैं। अच्छे राजनीतिज्ञ भी। कहते हैं, इनके पूर्वज हिन्दू थे। बाद में कट्टर मुसलमान बन गए और मुस्लिम लीग से जुड़ गए।"

"यह मुस्लिम लीग भी तो अंग्रेज़ों की ही चाल थी। 1906 में उन्हीं की मदद से बनी। सच बात तो यही है कि इसका मकसद मुसलमानों को कांग्रेस से अलग रखना था। तभी तो ये लोग कांग्रेस के खिलाफ अभियान चलाते रहे। 'इस्लाम खतरे में है,' नारे लगाकर लोगों को भड़काते रहे।"

"भैया, अंग्रेजों का दिमाग तो शुरू से ही खुराफाती रहा है।" बिदलाल दर ईस्ट इंडिया कम्पनी की शुरुआत से अंग्रेज़ों की चालबाजियाँ बयान करते, "घुस कैसे आए हमारे देश में ? कहो तो ? भेड़ की खाल में भेड़िए ही न ? व्यापार के बहाने ! पहले फ्रेंचों को भारत से खदेड़ दिया। बंगाल में 1757 में पलासी का युद्ध, लार्ड क्लाइव की चालाकियाँ ! मैसोर में टीपू सुल्तान और उधर मराठा शिवाजी ने डटकर मुकाबला किया। पर 1799 में टीपू और 1818 में मराठा जो अंग्रेज़ों से हारे, ताकत इनके हाथ में आ गई ! तभी से हमें उँगलियों पर नचाने लगे समझो।"

"दरअसल..." शालवाले साहब कुछ कहते-कहते रुक गए।

"सुना है गाँधीजी और नेहरूजी ने कई बार कोशिश की। जिन्ना साहब से मिलकर मुस्लिम लीग और कांग्रेस की समस्याएँ मिल-बैठकर आपस में ही सुलझाने की पेशकश की। लेकिन जिन्ना साहब तो द्विराष्ट्र नीति पर अड़े रहे। कहा, कांग्रेस को हिन्दुओं और लीग को मुसलमानों की संस्था मानो, तभी बात होगी।"

"ज़ाहिर है यह हो नहीं सकता था। कांग्रेस में कई ज़िम्मेदार राष्ट्रनेता मुसलमान हैं..."

"बिरादर ! मैं तो यही कहूँगा कि मुस्लिम लीग हो या हिन्दू महासभा, दोनों एक जैसे कम्यूनल हैं।" सुल्तान जू शालवाले ने फैसलाकुन लहजे में कहा, "मैं तो अपनी बात जानता हूँ, और अपनी वादी की बात कह सकता हूँ, जहाँ ललद्यद और नुन्दऋषि जैसे सेक्यूलर शायर प्रेम और भाईचारे की आवाज़ बुलन्द करते रहे हैं, आज महजूर और आज़ाद जैसे वतनपरस्त शायर लोगों में आज़ादी का जोश भर रहे हैं–

'करी कुस बुलबुला आज़ाद पंजरस मंज़ चु नालान छुख
चु पनने दस्त पनन्युन मुश्किलन आसान पैदा कर !'[1]

"वाह साहब ! महजूर साहब की क्या बात कही ! उनकी पूरी शायरी आपसी खुलूस और मुहब्बत की शायरी है, जोश और होश की शायरी है।"

"खसुन छुम अब्र लंगिथ आसमान, बारान त्रावुन छुमं। बागों में लता मुरझा गई है, चश्मों के पानी में कमी आ गई है। मुझे बादल बनकर आसमानों पर छा जाना है और रहमत की बारिश बरसाना है। वाह महजूर साहब ! खुदा तुम्हारी उम्रदराज़ करे। सुल्तान जू के दिल की गहराइयों से दुआ निकली।

"आज़ाद साहब ने भी आज़ादी के कम जोशीले नगमे नहीं गाए साहब। भूख और गरीबी से छुटकारा पाने के लिए आवाज़ उठाई है।" अजोध्यानाथ तरन्नुम में दो पंक्तियाँ सुना देते हैं–

औलाद बडशाह ह्यू छु रोछिमुत यमि कोछि मंज़
बोछि सूत्य मरान वतन प्यठ, तिहुन्दी अयाल आस्या
कल्हण गनी तुँ सर्फी, सैराब करि यमि आबन
सुय आब सानि बापथ, ज़हरे हिलाल आस्या ?

"एक सवाल रखा कौम के सामने आज़ाद ने। जिस धरती ने बड़शाह जैसा बेटा गोदी में पाला, क्या उसके लाल भूख से तड़पकर मर जाएँगे ? जहाँ के पानी से कल्हण, गनी और सर्फी जैसे कद्दावर पुरुष पले, शोहरत पा गए और इतिहास के पन्नों में दर्ज हो गए। क्या वही पानी हमारे लिए हलाहल विष बनेगा ?"

शायरों-अदीबों का ज़िक्र शुरू हुआ तो मास्टर ज़िन्दा कौल और मिर्ज़ा आरिफ कैसे याद न आते ? महफिल राजनीति के रूखे विषय से हटकर साहित्य की सहस्र धाराओं में नहा उठी।

इधर बुद्धिजीवियों की महफिलों में चर्चे होते रहे उधर सड़कों, पार्कों, बाज़ारों में विरोधी दलों के जुलूस और जलसे नारे उछालते रहे। मौलवी युसूफशाह का गुट नेशनल कांफ्रेंस के नेताओं को 'फासिस्ट' कहता, नेशनल कांफ्रेंस वाले 'शेरे कश्मीर ज़िन्दाबाद', 'हमारा नारा नया कश्मीर' के नारों से आकाश गुँजाते। ज़िन्दाबाद-मुर्दाबाद की विरोधी नारेबाज़ियों में आपस में मुक्के तनते, खोपड़ियाँ भिड़तीं। एक दल का आदमी जख्मी

1. ओ पिंजरे में कैद बुलबुल ! तुम किसे पुकार रहे हो ? तुझे कौन आज़ाद करेगा ? तू अपने हाथों से खुद ही अपनी मुश्किल से छुटकारा पा ले।

हुआ कि भीड़ उसे कन्धों पर उठा विरोधी दल की सात पुश्तों का तर्पण कर देती। दूसरा दल गालियों-गलौचों के कोड़े मार दुहरा वार कर देता।

गरज़ उन दिनों वादी में सियासी सरगर्मियाँ बुलन्दियाँ छू रही थीं। मुस्लिम लीग भी अपना प्रभाव बढ़ा रही थी। कहीं-कहीं जनसंघ भी अपने अस्तित्व का आभास कराने लगी थी। मगर बोलबाला तो नेशनल कांफ्रेंस का ही था।

जिन्ना साहब के वादी में आने से जिन्ना साहब को तो निराशा ही हाथ लगी पर अलगाव की बातों से मनों में दुराव आ ही जाते थे और बाहर से सब कुछ सुनसान, नज़र आने पर भी गाहे-बगाहे भीतर से शंकाएँ सिर उठाने लगती थीं।

सुलतान जू शालवाले तो दानिशमन्द बुजुर्ग थे, आपसी सौहार्द्र और प्यार की बातें किया करते पर कम पढ़े-लिखे लोग जल्दी बहकावे में आकर खामखाह एक-दूसरे से कन्नी काटने लगे थे। रहमान ताँगे के तो तेवर ही बदलने लगे थे। आजकल जलसों में पर्चे बाँटा करता। ताँगे पर लाउडस्पीकर लगाए नारेबाज़ियाँ करता। जिगरी दोस्त नाथ जी से भी मेल-मुलाकात बन्द हो गई थी।

कृष्ण जू ने अशी दाई को आगाह कर दिया कि लड़के को समझा दे, ज्यादा लीडरी न करे, धर लेंगे किसी दिन पुलिसवाले तो रोती रहेगी कपाल पर हाथ रखकर।

कहने को कह गए कृष्ण जू, पर इतना तो वे भी जानते थे कि ललकार की यह नई लहर अब दबनेवाली नहीं है।

यही बात कुछ अलग तेवर में रहमान ताँगे ने अपनी माँ से कही, ''जंग की शुरुआत हो गई है मोज्यी ! अब हम पीछे नहीं मुड़ सकते !''

''किस जंग की बात कर रहे हो गबरा ? आज़ादी की जंग अपने हकों के लिए हो तो समझ में आती है। मेरे दिमाग में भी भूसा नहीं भरा है कि एक तुम ही 'दानाए दाहिर' पैदा हुए। मुझे इतना तो बता दे कि तुम बकरा पार्टी में गला फाड़ नारे क्यों लगाते हो ? पर्चे ही बाँटने हैं तो शेख साहब की पार्टी के पर्चे बाँटो। हमारे रहनुमा तो वे ही हैं। यह लीग-वीग के चक्कर में पड़कर अपना फज़ीता क्यों करा रहे हो ?''

''फज़ीता ? क्या बात कर रही हो मोज्यी ? तेरा बेटा कल लीडर बनेगा और यही भीड़, जहाँ आज वह पर्चे बाँट गला फाड़ नारे लगाता है, कल उसी की ज़िन्दाबाद करती फिरेगी।''

''ओ ऽऽऽ ! 'बअल्य वुछतयीज़अल्प वांकन दोहय ओसुख कोंडुलिय।'[1] ज्यादा शेखचिल्लीपना मत बघारा कर। जाने किन शोहदों ने दिमाग खराब कर दिया, जो दिन में ही सपने देखा करता है। मेरी मान, और अपने काम से मतलब रख।''

मगर रहमान ताँगे का फितूर जुनून बन चुका था। जिस दिन अशी को इस जुनून का यकीन हो गया, उसने बेटे को प्यार से सलाह दी कि सियासत में पड़ना ही है तो शेख साहब का ही दामन थाम लो। मगर रहमान राज़ी नहीं हुआ।

---

1. मुहावरा—न नौ मन तेल होगा न राधा नाचेगी।

"मोज्यी, शेख साहब तो आधे हिन्दू हैं। हमें तो अपनी कौम के लिए आवाज़ उठानी है। सब मुसलमानों का एक झंडा, एक कलमा, यही कहा है जिन्ना साहब ने। इसी के नीच हमें हक की लड़ाई लड़नी है। बटों से कुछ लेना-देना नहीं रखना है।"

"दिमाग फिर गया है तेरा ! तू मुझे बटा और मुसलमान का फर्क समझा रहा है ?" अशी का दिमाग तप गया।

"अरे मुए, यह भेदभाव बाहरवालों की फितरत है। अपने मुलुक में यह फर्क नहीं चलेगा। दूध-शक्कर की तरह मिले बटा-मुसलमान को कोई जुदा कैसे करेगा ? बोल ? मैं तेरी अम्मा अशी, दाई का काम करके चार पैसे कमाती हूँ। हिन्दू जनानी मुसलमान जनानी में फर्क करूँगी ? बटनी बुलाए तो मना करूँगी ? अगर करूँ भी तो खाऊँगी क्या और टब्बर को खिलाऊँगी क्या ? तेरा बाप बैठा है खिलाने को ? तू तो लीडर बनेगा, जो चार पैसा कमाता था ताँगा हाँककर, उससे भी हाथ धो लिए तूने। और याद रख, उधर दिल्ली-बंबई में जो होगा सो होगा, इधर ऐसा कुछ नहीं होने का। तू चार दिन और नाथे से बात नहीं करेगा तो तेरा जिगर फट जाएगा। बटा-मुसलमान। अब ज़ेबा कुंजड़न साग बेचते बटा-मुसलमान देखेगी ? ग्वाला गफूर हिन्दू घरों में दूध नहीं देगा ? दर्जी उनके कपड़े नहीं सिएगा ? हाँ ? हाँजी नदी पार नहीं उतारेगा ? बोल ?"

अशी ने बेटे को फटकार दिया पर अन्दर ही अन्दर दहल भी गई। चार हरुफ पढ़ा नहीं रहमाना, जिसने जो भेजे में भर दिया, उसी को सही मान लिया। जिस प्याली में खाता है उसी में छेद करने लगा है। या अल्लाह ! इसे तौफीक दे। टब्बरवाला है।

अशी खुदा से दुआएँ माँगती रही और रहमाना लीगियों के जुलूसों में ज़िन्दाबाद मुर्दाबाद के गलाफाड़ नारे लगाता रहा। एक तरफ इंकलाब ज़िन्दाबाद, दूसरी तरफ 'अल्ला हो अकबर' ! सर्दी का मौसम ! ज़बरदस्त ठंड, नीचे कीचड़, ऊपर कलौंछ खाए आसमान से अनवरत गिरती बारिश और बर्फ के आसार। फिरन के अन्दर काँगड़ियाँ लिए जुलूसिए विरोधियों को ललकारते। ताव में आकर एक ने दूसरे को झापड़ मारा, दूसरे ने माँ-बहन की गाली देकर पछाड़ दिया। इंकलाबी जज़्बा देखते-देखते अच्छी-खासी दंगल में बदल जाता और एक-दूसरे पर दहकती काँगड़ियाँ फेंकी जातीं। रहमाने के सिर पर किसी का तेल पिलाया डंडा पड़ा कि खोपड़ी खुल गई। धारोंधार खून बहने से रहमाना बेहोश हो गया। पुलिस ने लाठीचार्ज कर भीड़ को तितर-बितर कर दिया। रहमाने के साथ आठ-दस और हुड़दंगियों को पुलिस हथकड़ियाँ पहना थाने ले गई। अशी ने थाने जाकर थानेदार साहब के पैर पकड़े, पर थानेदार पैर पकड़ने से मुजरिमों को छोड़ने लगे तो हो गई उनकी थानेदारी।

"जाओ बी। घर जाओ। थोड़े दिन ससुराल में खातिरदारी होगी तो माँ-जाए को लीडरी का भूत सिर से उतर जाएगा। जा, इधर सिर पटकने से कुछ होनेवाला नहीं। लीडर बनेगा सा ऽऽ ला, हरामी, लफड़ा करता है। जा तू, नहीं तो तेरे को भी अन्दर कर दूँगा।"

थानेदार की बेरहम फटकार सुन अशी मायूस होकर दरगाह गई, अल्लाह पाक

से नज़र-नियाज़ का वादा कर बेटे के लिए रहमोकरम की भीख माँगी।

"चार बेटियों बाद बेटा दिया भी तो ऐसा सिरफिरा, कि कोई कल सीधी नहीं लड़के की। कुछ तो अपने आल-अयाल की ही सोच लेता। बेचारी ज़ेबा कभी किसी घर चावल छँटने जाती कभी घर लीपने। कभी सेर-दो सेर चावल ले आती, कभी चीनी डबमाह।[1] चार-छह भट्ट घरों में पीढ़ियों से आना-जाना है। अब वहाँ भी जाने में हिचक होने लगी है। अच्छा खाविन्द मिला करमफूटी को। आग लगे इस मरी सियासत को जो गरीब के मुँह का निवाला भी छीन ले।"

एक ख़ुर्शीद है जो हालात से खौफ नहीं खाती, उसके बेटे भी फिलहाल अपने काम से ही काम रखते हैं। छोटा वली कभी-कभार जलसों में जाता है पर जुलूसों में भागीदारी नहीं करता। अपना हाउसबोट का धंधा देखता है और अंग्रेज़ मेम साहबों की फरमाइशें पूरी करता है। उसका बबा ठीक ही कहता है अपना खुदा और अपना धन्धा, बस इन्हीं से लेना-देना रखो। हाउसबोट की ज़िम्मेदारी यों भी काफी मसरूफ रखती है। साफ-सफाई, ग्राहकों के लिए चीज़बस्त का बन्दोबस्त। आज मेम नगीन जाएँगी हवाखोरी के लिए, शिकारा सजा दो, कल चश्माशाही, परी महल की तफरीह होगी, घोड़ों का इन्तज़ाम करो। हाथ बाँधकर खड़े रहो तो ग्राहक अगली बार भी अपने हाउसबोट में ही डेरा डालता है। अच्छी कमाई होती है। अल्लाह के फज़ल और अपनी मेहनत-मशक्कत से।

ख़ुर्शीद खुदा का शुक्र करती है कि धन्धे ने मसरूफ रखा है वली को, नहीं तो वह भी इन दरबदरीदासों में शामिल होकर गलाफाड़ नारे लगा रहा होता।

और महदू ? जो होता है होता रहे बाहर। अजोध्यानाथ के घर के घोंसले में वह महफूज़ है। एक जानी-पहचानी आदत बन गई दिनचर्या में वह मस्त है। बड़ों की सेवा, बच्चों पर रुआब, औरतों से सुख-दुख की 'कथाबाथा'[2] कुल मिलाकर सम पर ही चल रही है उसकी ज़िन्दगी। बड़ों की बातें बड़े जानें, और बाकी जाने अल्लाहताला। जिसके हुकूम के सभी बन्दे ! वह भी और उसके हाकिम भी !

---

1. राजमा। 2. कथा-वार्ता।

# बर्फ़-सदमुबारकबाद से कूचिहा गिलशुद तक

हर साल की तरह इस बार भी बर्फ अपने मौसम में कजरारे ऊदे बादल, पानी छाँटा, तीखी तुर्श मनचली हवा और तमाम साज-बाज के साथ नमूदार हुई। छोटे-बड़े-ऊँचे, ठिगने ने बर्फ का स्वागत किया। नाव चलाते हाँजियों ने खुले में सिर-माथे बिठाकर फिरन के भीतर काँगड़ी से सटे-सटे, और घरवालों ने शाल, कम्बल लपेट, गरम कहवे के घूँट भरते हुए। सड़क पर किलकारियाँ मारते बच्चों ने एक-दूसरे को 'हवाल हा छुय' कहकर नवशीन की बधाई दी और बड़े-बुजुर्गों ने कागज के पुर्ज़े पर 'बर्फ़े नव उफताद, सद मुबारकवाद, इंच शरत अस्त, ज़ूद बायदाद' लिखकर एक-दूसरे से दावतें माँगीं। छोटे से कागज में नई बर्फ की हल्की-सी परत एक-दूसरे के हाथ में तोहफे की तरह भेंट की गई। खिलाने-पिलाने और जश्न मनाने का नायाब मौका। भला इसे कौन छोड़ना चाहेगा ? सासों-ननदों ने नई बहू-भाभी के हाथ में बर्फ की ठंडी परत थमाकर 'नवशीन हवालॅ' कहा, यानि कि मायकेवालों को देगभर रोगनजोश और टोकरीभर नान लेकर बेटी के ससुराल पधारना ही होगा। भाईबन्द, नाते-रिश्तेदारों में रोगनजोश-नान बँटेगी। मेल-मिलाप, खाना-खिलाना और गरम पकवानों के साथ जोशोखरोश से बर्फ का परम्परागत स्वागत !

"क्यों नहीं ?" आनन्द शास्त्री मन्द-मन्द मुस्कुराते नीलमत पुराण का चार सौ त्रियासी और चार सौ चौरासी श्लोक उद्धृत कर अजोध्यानाथ को पूर्वकाल में नई बर्फ मनाने का ढंग समझाते हैं।

हिमोपरिनिविएटेश्च गुरु प्रावरणाम्बरैः।
मित्रभृत्याप्त सम्बधिसहितैश्च यथा सुखम॥
भोज्ये विशेषवत्कार्यं श्रोतव्यं गीतवादिनम्।
द्रष्टव्यं पुंश्चलीनृत्तं पूज्यनीयास्तयास्त्रियः॥[1]

अजोध्यानाथ को पुंश्चली का नाच देखनेवाली बात पर थोड़ा एतराज़ होता है, खासकर तब, जब लड़के पास बैठे हों। यों आनन्द शास्त्री भी छोटे-बड़ों के बीच मर्यादा-लकीर लगाकर ही वेदों-पुराणों की व्याख्या करते हैं, पर शिवनाथ की आदत है

---

1. भारी ओढ़ने और वस्त्र पहनकर मित्रों, नौकरों तथा रिश्तेदारों सहित सुख से बर्फ पर बैठना चाहिए। विशेष प्रकार का भोजन करके गीत वाद्य सुनना चाहिए। पुंश्चली (रंडी) का नाच देखना चाहिए तथा स्त्रियों का आदर करना चाहिए।

खोद-खोदकर प्रश्न पूछने की।—"तो आनन्द जू महाराज, उस ज़माने में पुंश्चलियाँ भी हुआ करती थीं और ब्राह्मण भद्रजन स्त्रियों का सम्मान करते हुए उनका नृत्य भी देखा करते थे। सोमरस पान भी होता था ?"

"अम्म, हाँ, 'नीलमतपुराण' में लिखा तो ऐसा ही है।" ऐसे प्रश्न उठने पर आनन्द शास्त्री संक्षिप्त उत्तर देकर थोड़ी जल्दबाज़ी दिखाते चलने की आज्ञा माँगते।

खरामा-खरामा घर की ओर चलते आनन्द शास्त्री सोचते, कि पूर्वजों में धैर्य और अनुशासन न होता तो सोमरस पान कर पुंश्चलियों का नृत्य देख उत्सव मनानेवाले, वेदों-पुराणों के प्रकांड पंडित न हुआ करते। वे जीवन को जहाँ भरपूर जीने की बात करते हैं, वहीं माया-मोह के बन्धन काटना भी जानते हैं। साधारण जन के वश का नहीं है यह अनुशासन। जल में कमलवत रहे अपने पूर्वजों के प्रति वे नतमस्तक हो जाते।

बर्फ़ जब पड़नी शुरू हो जाती तो रात-दिन एकसार नज़र आते। अनवरत गिरती बर्फ़ को देखते आँखें धुँधला जातीं। फिरन, कनटोपे से लैस, गुलूबन्द, गरम मोज़े-दस्ताने और ऊपर घुटनों छूता गरम ओवरकोट पहने शिवनाथ कचहरी जाते तो मायसुमा बाज़ार से गुज़रते, सूनी अट्टालिकाओं-छज्जों को देखकर आहें भरते, "काश ! हमें भी किसी पुंश्चली का नृत्य देखने का मौका मिलता। और सोमरस के दो घूँट घर में बैठकर ठसके से पीने का आनन्द नसीब होता।"

दोनों सुख अजोध्यानाथ के घर से कोसों दूर थे। मायसुमा बाज़ार को पुंश्चलियों से तो महाराजा रणबीर सिंह ने अरसा पहले खाली करवा दिया था और सोमरस घर में ब्रांडी के रूप में जुकाम या बेहोशी की हालत में चम्मचभर मुँह से छुआई जाती थी, वह भी अजोध्यानाथ की कड़ी निगरानी में। ऐसे में बर्फ के मौसम का क्या मज़ा लेते शिवनाथ ?

लेकिन बर्फ़ तो बर्फ़ है। गिरने पर तुल जाए तो कई-कई हाथ ऊँची उठ खिड़कियों से घरों के भीतर ताका-झाँकी करने लगे। ऊपर से तुलकतुर[1] से सड़कें रपटीली और फिसलनी, कि सँभलकर न चलो तो धप्प से गिरकर कमर-कूल्हे तोड़ डालो।

बर्फ के अम्बार देख हर वर्ष की तरह इस बार भी जानकीमाल ने कहा कि कई साल पहले ऐसी गजब की बर्फ़ आसमान से गिरी थी, "आह ! रात-दिन थक्कों के थक्के ! पलभर पलक न झपके। किस साल पड़ी थी इत्ती बर्फ कमलावती, कि दिन में दो बार छतों से उतारनी पड़ी ?"

ठंड से नम हुए हाथ काँगड़ी पर सेंकती कमला ने खिड़की से बाहर रुई के फाहों को आसमान में कलाबाज़ियाँ खाते देख शरीर में कँपकँपी भर ली, "आह ! ऐसी ज़मीन-आसमान एक कर देनेवाली बर्फ़ कब पड़ी, याद नहीं। हाँ, पिछले से पिछले या

1. कड़ाके की सर्दी में जमकर शीशा हुई बर्फ।

उससे भी पिछले साल ऐसी ही शिशिर गाँठें लटक रही थीं बरांडों की छतों और डबों[1] से। मन करता था मूली की तरह तोड़कर खा लें, पर छूते ही हाथ ठंड से गलने लग जाते थे। उस बार मन्दिर जाते मेरी खड़ाऊँ जो रपटी कि गज़भर घिसट गई थी तुलकतुर पर। अभी भी जाड़ों में कूल्हे दर्द से पिराने लगते हैं। आह ! कामकाजियों के लिए तो बर्फ सौत-सी दुखदायी।''

लेकिन खाते-पीते घरों के कनटोपों, फिरन से ढके-मुँदे बच्चे हों या इकहरे फिरन में काँगड़ी से चिपके हाँजियों की नन्ही औलादें, उनकी एक ही हसरत कि काश, आसमान में बैठा बर्फ का बूढ़ा धुनकर रातों-रात इस सफेद फैलाव पर कोई ऐसी जादू की मूठ फेर देता, कि सारी बर्फ मीठी मलाई-कुल्फी में जम जाती और हम मज़े-मज़े खूब-सी कुल्फ़ी खाते और ऐश करते।

स्कूल-कॉलेजों के लड़के-लड़कियाँ बर्फ के आदमी बनाते ! स्नोमैन, राहचोक ! आँखों की जगह दो कोयले, नाक की जगह लाल मिर्च और मुँह में अधजली सिगरेट ! चेहरा किसी गुस्सैल मास्टर या धमकाऊ प्रोफेसर का, जिसके सामने विद्यार्थियों की बोलती बन्द हो जाती हो, उसी की हमशक्ल बर्फ के आदमी को बर्फ के गोले दाग-दाग हाल-बेहाल कर दिया जाता। खेल का खेल हुआ और दिल की कील भी निकल गई। बर्फ के खेलों में, कभी लड़के, लड़कियों के ओवरकोटों के भीतर बर्फ़ के गोले डाल देते, हाय, आह, उई के साथ हल्की-सी हाथापाई होती और इश्क की गर्मियाँ दो दिलों को आगोश में भर लेतीं। गर्म बुखारियों पर मूँगफलियाँ, मिशिरमकाय भूनते, टूँगते, 'हीमाल-नागराय' से लेकर 'सैमसन-डिलेला', 'शींरी-फरहाद' और 'रोमियो जूलियट' के किस्से पढ़ने और सुनने अच्छे लगते। सर्दी की तासीर इतनी गरम कि सर्दी की छुट्टियों में स्कूल-कॉलेज दो महीनों के लिए बन्द तो हो जाते पर कई दिलों में गरम धुआँ सुलगता रहता। इश्क की आँच और बर्फ़ का चोलीदामन का साथ !

लेकिन सागवाली ज़ेबा कुंजड़न अकड़े हाथों से साग की गड्डियाँ चुनती, सींड बहने से बीच-बीच में नाक पोंछती-सुड़कती बर्फ को बराबर कोसा करती।

''आग लगे इस बर्फ़बारी को। गरीब के पेट पर लात मारती है। घर से निकलो तो सर्दी खंजर-सी पसलियों में उतरती है।''

''आजकल साग-सब्जी तो ख़ास कुछ होती भी नहीं, फिर निकलती क्यों है इस चिल्लयकलान में ? ठंड खाएगी तो निमोनिया हो जाएगा, फिरन भी तेरा इकहरा ही है।''

जानकीमाल हमदर्दी जताती, कभी-कभार अपनी पुरानी रुई भरी सदरी, या कुर्ती दे देती। अजोध्यानाथ के घर साग-सब्जी पहुँचाती है साल के दस महीने, तो दो महीने घर में कैसे काटे ?

शूह[2] से सूजे पैर दिखाती लल्ली से दवाई माँगी, ''खुदा तुझे बरकत दे राज़बायी,

---

1. अट्टारियों से। 2. ठंड के कारण होनेवाली, पैरों की खुजली और सूजन।

'भोभलाल' से पूछकर कोई मलहम वल्हम दे दो। मरे पैर न जीनें दें न मरने। ऐसी जलन मचे कि जी करे दराँती मारकर काट फेंकूँ।''

''आह ! आह ! पैर पक गए हैं तेरे। खुरच-खुरच लहूलुहान कर दिए हैं। हकीम नूरदीन से दवाई क्यों नहीं लेती ? अच्छा हो कुछ जोकें डलवा दे पैरों पर। गन्दा खून सोख लेंगी। हकीम नूरदीन के हाथ में शफा है।''

लल्ली सूजे पैर देख कलप उठती। जाड़ों में उसके भी 'शूह' हुआ करता, जूते-मोजे पहनने के बावजूद ! बाद में नूरदीन के मलहम से ही ठीक हो जाता।

थोड़ी मरहम देकर वह ज़ेबा को गरम कहवा पिलाती। दो नरम बोल सुनकर ज़ेबा की आँखों में आँसू आ जाते, ''तुम तो मेरा हाल जानती हो ललद्यदी। घर में ऊपर बर्तन गिराओ नीचे आवाज सुनाई पड़े, पैसे-धेले के नाम पर वही ठनठन गोपाल। नूरू हकीम जहन्नुमगार पैसा लिए बिना जोकें डालेगा ? वह तो दो-चार पैसे का मल्हम भी उधारी में नहीं लगाता। तरस नहीं है बुड्ढे में। जान छोड़ेगा पर धेला-टका ले जाएगा। मारवातुल है मारवातुल।''[1]

''हाँ ! पैसे का अमार तो है नूरदीन में, पर है बड़ा जानकार। चौबेचिन बूटी रखी है और जाने क्या-क्या ! रक्तशुद्धि के लिए चीनी जड़ी-बूटी से इलाज करता है—फोड़े-फुन्सियों का इलाज तो रामबाण समझो। तभी तो नूर फ्यल[2] नाम पड़ा है। सुना है नूरदीन, महाराजा रणजीत सिंह के राजवैद्य हकीम मुहम्मद अजीम के खानदान से है। बड़ा नामी था वह ! एक बार नदी में नहाते एक आदमी को देखा, नज़र से रोग पहचानकर कहा, 'शरीर पर गोबर लगाकर धूप में बैठो।' सूखने पर उतारा तो शरीर से गोबर के साथ बर्फ उतर आई।''

जेब में हाथ डाल जानकीमाल दुअन्नी निकाल ज़ेबा के हाथ पर रख देती। जाते-जाते लल्ली सास की नजर बचाकर एक-दो रुपए थमाकर आग्रह करती कि जोंकें ज़रूरी डलवा दो। ज़ेबा 'खोदाय दियनय बरक्कत, सेहत त राहत', दुआओं की लम्बी डोर थमाती और लल्ली को तब तक मुड़-मुड़कर देखती जब तक गली के नुक्कड़ पर पहुँच, घर आँख ओझल न हो जाता।

ऊपरवाले के रंग। एक बर्फ और तासीर अनेक। सर्दियों का मौसम, पकवान खाने का मौसम। त्यौहार, रस्में, रिवायतें भी उसी के अनुरूप। पौष मास में हिन्दू घरों में खिचड़ी-अमावस्या मनती। खूब-सा घी का बघार दे चावल मूँग की स्वादिष्ट खिचड़ी बनाई जाती, साथ में माछ, मीट जैसी जिसकी पारम्परिक रीत हो। यक्षराज के लिए खिचड़ी का भोग लगता। सभी पकवानों से सजी पत्तल घर की ऊपरी मंज़िल के किसी कोने में, लीप-पोतकर सजा दी जाती। लल्ली घर के ऊपरी टॉवर पर जगह सुच्ची कर खिचड़ी का भोग रख आती। कात्या-दिद्दा, मुन्ना तीन-तीन सीढ़ियाँ लाँघ माँ के साथ जाकर देख लेते, कहाँ यक्षराज आकर रात को भोग लगाएगा। यक्षराज के सिर की टोपी

1. हत्यारा। 2. नूरदीन फोड़ा।

कौन चुराएगा ? बच्चों में होड़ लग जाती। मुन्ना ज़रा डरपोक था, साफ मुकर गया, हमसे नहीं होगा। कात्या-राझा ने बिल्ली के गले में घंटी बाँधने की हिम्मत दिखाई।–उन्होंने सुन रखा था कि यक्षराज की टोपी चुरा लो तो वह घर भर का गुलाम हो जाता है। फिर उससे जो चीज माँगो, हाजिर कर देगा। कात्या-राझा आपस में मशविरा कर लेतीं कि ज्यों ही यक्षराज झुककर खाना खाएगा, वे पीछे से दबे पाँव आकर टोपी छीन लेंगी। फिर भागकर उसे ओखली के नीचे छिपाकर रखेंगी, क्योंकि यक्ष 'यों तो पहाड़ भी उठा संकता है पर ओखली नहीं उठा सकता।' तब वह बच्चों से मनुहार करेगा, टोपी लौटाने के लिए। टोपी लौटाने से पहले दोनों लड़कियाँ अपनी माँगें पूरी करवाएँगी। क्या-क्या माँगना होगा ?

"एक बँगला प्यारा-सा।"

"नहीं, घर तो है हमारे पास।"

"हवाई जहाज आव मुल्कि कश्मीर।

"यिमव कुछ तिमव कोर तोबअ तकसीर।"

"यह ठीक है। फिर हम दोनों उस पर बैठकर आकाश की सैर करेंगी। परियों के देश जाएँगी, दू ऽ ऽ र।"

लेकिन आकाश में मुक्त उड़ान भरने का सपना कोई तोड़े न तोड़े, प्रेम भैया लड़कियों की मुक्ति की कल्पना भी बरदाश्त नहीं कर पाते। ऐन मौके पर हाजिर होकर लड़कियों को आड़े हाथों लिया, "तुम जैसी बेवकूफ लड़कियाँ तो मैंने देखी नहीं (जाने कितनी लड़कियाँ देखी थीं) यक्षराज देवता-वेवता कोई नहीं होता। यक्ष असल में डाकू थे। दरअसल ब़हुत पहले यक्ष जाति के लोग बाहर के प्रदेशों से अपनी वादी में आकर लूट-मार करते थे। यहाँ के लोगों को खूब आतंकित करते। सो यहाँ के बुजुर्गों ने सोच-विचार कर उनसे विनती की कि आप पौष अमावस्या के दिन हमारे घरों में मेहमान बनकर आएँ और भोजन करें। यक्षों ने बात मान ली। सो अमावस्या को यक्ष आते, खूब स्वादिष्ट भोजन खाकर सन्तुष्ट होकर चले जाते और लोगों को तंग नहीं करते। तब से समझो रीत बन गई यह दिन मनाने की।"

"पर यह तो हुई सदियों पुरानी बात ! अब न यक्ष आते हैं न बोम्य और खोखा ! बस, रात को बिल्ली-चूहे आकर पकवान खा जाते हैं।"

निष्कर्ष यह कि तुम लोग टोपी चुराकर हवाई जहाज मँगवाने के खयाली पुलाव पकाना छोड़ दो।

प्रेम जी कॉलेज में पढ़ते थे सो ठीक ही कहते होंगे। पर टोपी चुराने से यक्ष को गुलाम बनाने का विचार बड़ा रोमांचक था। यक्ष बिल्कुल अलादीन के चरागी जिन-सा उनकी हर माँग पलक झपकते पूरी कर देता। जो भी माँगो पट से हाजिर ! सोचो तो, ठिंगना-सा यक्ष क्या नहीं कर सकता ? हनुमान जी की तरह पूरा पहाड़ हथेली पर उठा सकता है पर छोटी-सी ओखली नहीं उठा सकता ! यही कहा था न नानी ने ? तभी तो बच्चों की मिन्नतें करता रहता है।

सो यक्ष की टोपी किसी ने नहीं चुराई। यों भी काम कुछ जरूरत से ज्यादा ही टेढ़ा था। ऊपरवाले टॉवर की सीढ़ियों में अँधेरा भूत-सा दुबका बैठा रहता था। सो भी घुप्प अमावस्या की गझिन अँधेरी रात को ! क्या पता सचमुच का कोई चोर-उचक्का काला कम्बल लपेटे सीढ़ी पर बैठा हो और पीछे से झप्पी देकर पकड़ ले ? महादेव बिश्त की तरह ![1] "ओ माँ ! जाने दो ! जहाँ पर महादेव बिश्त जैसे चोर रहते हों, वहाँ यक्ष न भी हों तो भी क्या भरोसा ! कहा था न बबा ने कि महादेव बिश्त ने एक बार महाराजा बहादुर की टाँगों से पाजामा भी उतार दिया था, सो भी पहले चेताकर कि 'रात को आऊँगा, आप चाहो तो खूब पहरे लगा दो'।"

कैसे झील की तरफ खुलते नाले से घुसकर सीधे महाराजा के पलंग के पास पहुँचा, बाथरूम से। और चुपके से पाजामे में चींटियोंवाली नली से दर्जन दो दर्जन चींटियाँ डाल दीं। नींद में महाराजा बहादुर को चींटियाँ लगीं, खुरक मची तो आप ही पाजामा उतार दिया। बिश्त ने चुपके से पाजामा उठा लिया और दूसरे दिन दरबार में पाजाम लेकर हाजिर हुआ। राजा भी मान गए। गुस्सा होने के बदले उसे इनाम दिया। अब ऐसे चोर जहाँ रहते हों वहाँ बच्चे लोगों की क्या हिम्मत कि अँधेरी सीढ़ियाँ चढ़कर खामखाह खतरे मोल लें !

यक्ष अमावस्या की तरह 'गाड़बत', 'दिवचखीर' आदि् भी मनाते। 'गाड़बत' के दिन मछली-भात पकता, 'दिवचखीर' के दिन गरी-बादाम-किशमिश डली खीर कन्याओं को पूजकर खिलाई जाती। नवजात बच्चों और नई दुल्हनों को जो 'शिशुर' लगता, तो नाते-रिश्तेदारों को बुलाकर अच्छे-अच्छे पकवान खिलाए जाते, सो भी पौषं मास में ही। नई दुल्हन के सामने छुन-छुन काँगड़ी रखी जाती जिसमें हर औरत रुपए डाल देती, काँगड़ी रुपयों से गले-गले भर जाती।

कोई बड़ा दिन न भी हो तो शिवनाथ की फरमाइशें तो होती ही रहतीं, "आज 'डबमाह' बनाओ, आज 'गारिवून' और पकौड़े।" ठंडे मौसम में गरम पकवान पेट में जाएँ तो ही बर्फ़ का आनन्द आएगा न !

साधनहीन निहत्थे ही बर्फ से लड़ते और जिनके पास ठंड भगाने के जरिए थे, पशमीना, रफल, धुस्से, बुखारियाँ, नौकर-चाकर, वे बर्फ़ का आनन्द लेते और जाड़ा निसंग ऋषि-मुनियों-सा अपने कर्म में लीन रहता। चिल्लमकलान में झील डल जमकर शीशा हो जाती। लोग-बाग जमे पानी पर पाँव-पाँव चलकर झील को जीतने का सुख पाते। फिरन के अन्दर काँगड़ी हो तो ठंड से क्या डर ? 'अय काँगरी, कुर्बान तु हूरो परी,'[2] उसे क्या यूँ ही कहा गया है ?

अधनंगे कश्मीरी मल्लाहों को देखकर सदियों पूर्व जो भीषक द्रवित हो उठा था

---

1. एक सदाचारी चोर जो धनी से धन चुराकर निर्धनों में बाँट देता था। ज़रा-सी आहट पर घरवाले जागते तो 'म्याऊँ' (बिल्ली) की आवाज निकालता। घरवाले बिल्ली समझ 'बिश्त' कहकर बिल्ली को भगाकर सो जाते और चोर अपना काम कर लेता। 2. 'ऐ काँगड़ी ! तुझ हूर की परी पर मैं कुर्बान जाऊँ।'

और उन्हें ठंड से बचने के तरीके सुझाना चाहता था, फिरन के भीतर लुकी इस काँगड़ी को देखकर बिना कुछ सुझाए वापस लौट गया था, यह कहकर कि 'कश्मीरियों ने ठंड से बचने का रास्ता पा लिया है।' इसी काँगड़ी को सीने से लगाए चिल्लयकलान मज़े-मज़े बीत जाता है।

# शिवशक्ति मिलन और स्वच्छन्दनाथ भैरव

इस बार चिल्लयकलान बीतने के बाद भी ठंड से राहत नहीं मिली। फाल्गुन मास आ गया, पर 'फागुन आव ज़ागुन चोलुये काँगरी'[1] की कहन झूठी पड़ गई। शिवरात्रि का महापर्व आया, पर ठंड में कोई कमी नहीं। वर्ष का बड़ा दिन ! फाल्गुन कृष्णपक्ष प्रतिपदा से ही तैयारियाँ शुरू हुईं। लिपाई-पुताई, घर-भर के कपड़ों की धुलाई ! बर्तन-भाँडे चमकाने शुरू हो गए। ठाकुरद्वारों के बड़े देवताओं से लेकर नन्हे-मुन्हे गणेश, शिवलिंग और ढेर से देवता पूजा से पहले नहला-धुलाकर साफ-सुथरे कर दिए गए। शास्त्रों में जैसे कहा गया है।

ख़ुर्शीद हर वर्ष की तरह इस बार भी घर-लिपाई में हाथ बँटाते समय पर हाज़िर हो गई। जानकीमाल ने उसके बहनापे से खुश होकर असीसा और ज़हमत उठाने से रोक भी लिया, यह कहकर कि, "अब तुम्हारी उम्र नहीं है यह मेहनत के काम करने की। तेरी बहू-बेटियाँ तो हैं, वे करेंगी ! तू फिक्र क्यों कर रही है ?"

"हर साल करती हूँ काकन्यदेदी ! थोड़ा-सा सवाब[2] मुझे भी नसीब होता है। जब तक कर सकूँ, तुम रोको मत।" ख़ुर्शीद थोड़ा नाराज़ हो गई। जानती है कि अब बेटे कामकाज़ी हो गए तो उनके बड़प्पन से ख़ुर्शीद भी बड़ी हो गई। उम्र का तो बहाना ही है। ख़ुर्शीद का आत्मसम्मान दूसरों के बड़प्पन का मुहताज नहीं, चाहे वह उसके बेटे ही क्यों न हों। लेकिन यह बात वह जानकीमाल को नहीं समझा सकती।

लल्ली ने पहले गरम कहवा पिलाया। गरम पानी रखा, अपनी पुरानी साड़ी दुहरी तहाकर सिर बाँधने के लिए दी। ख़ुर्शीद कपड़ा बाँध सीढ़ियाँ, दीवारें लीपने लगी। हर साल की तरह ! बाहर की बात बाहर। घरों का तौर-तरीका हस्बेमामूल ही चलना चाहिए। चौका-चूल्हा तो लल्ली और कमला के ही ज़िम्मे थे, चाहे लाख ठंड हो ! ठाकुर-द्वारा जानकीमाल खुद देखती है। महदू ज़रूर कपड़ों-लत्तों की धुलाई-वुलाई में मदद करता है।

भोले बाबा के पर्व पर घर में नए बर्तन आए। गनीक्राल (कुम्हार) वटुक[3] पूजा के लिए मटके, सोन्यपतुल, सकोरे, आदि इत्यादि सामान ले आया। पूजा के बर्तन हैं

1. फागुन मास आया और तेरी माँग कम होने लगी, काँगड़ी, 2. पुण्य, 3. शिवरात्रि पर कश्मीरी हिन्दू नए घड़ों-सकोरों में अखरोट भिगाकर पूजते हैं।

सो टेढ़े-मेढ़े न हों, जानकीमाल ने हर साल की भाँति इस बार भी खुद ही ठोक-बजाकर जाँच की। बाकी पीतल की घाघरियाँ तो घर में हैं ही। बाँडीपुरा से बोरी भर अखरोट आ गए। जानकीमाल बहुओं को रीत-रस्म की जानकारियाँ देती उन्हें याद दिलाना भूलती नहीं कि आगे उन्हें ही रीति-नीति अगली पीढ़ियों को सौंपनी है। वे जब तक हैं, बड़ी होने का फर्ज़ निभाएँगी पर एक न एक दिन तो ऊपर से बुलौवा आना ही है।

बच्चों ने पिछले साल की सम्हालकर रखी कौड़ियाँ अलमारियों-बक्सों से निकालीं। थैलीनुमा मोटे-पेट-बटुए खनकाए और 'हुर्य सतम'[1] से ही कौड़ियाँ खेलना शुरू कर दिया।

" 'ही महाकाली अथ छुम खाली'[2] के उच्चारण से खेल शुरू। गोल घेरे में बैठे बच्चे-युवा और कभी-कभार बुजुर्ग भी तीन-तीन कौड़ियाँ बढ़ाकर बाज़ी खेलनेवाले के हाथ में देकर शुरू हो गए। प्रेम जी ने कलाई घुमाकर बाज़ी खेली कि एकदम 'छक्का' पड़ गया। कात्या भला पीछे क्यों रहे। उसने शिवशंकर भोले बाबा का नाम लेकर छनछनाकर कौड़ियाँ छितरा दीं कि 'कुन्य' पड़ गई। लो ! समेट लो सारी की सारी कौड़ियाँ। कुन्य है। देख लो।"

"नई बाज़ी ! लाओ तीन-तीन कौड़ियाँ। छह तीया अट्ठारह ! सबने दीं ? चालाकी नहीं। ठीक है। ॐ नमः शिवाय ! और ये ल्लो मेरी बाजी।"

"एक दो तीन ! अरे 'टोल्य' हैं। देखो तीन कौड़ियाँ ऊपर को पलटी हुईं। लाओ। इधर दो। एक नहीं मिलने की।"

प्रेम भैया जाने क्या हेराफेरी करते हैं कि हर बार 'कुन्य' पड़ती है और वे सारी की सारी कौड़ियाँ समेट लेते हैं। ऊपर से थैलीनुमा पोटला छन-छन-छनकाकर हारे हुओं का दिल जलाते हैं।

" 'टड'[3] करते हैं भाई लाल ! हम नहीं खेलते आपके साथ।"

"कात्या मुन्ना शारिका राज्ञा, सभी के हाथ खाली ! लो मैं चला।"

बच्चे कौड़ियों के खेल में मस्त और घर की औरतें पकवान बनाने में जुटी हुईं। बेटियों के ससुराल, 'शिवरात्रि शगुन' में अखरोट भेजने हैं। कमलावती का भाई बाँडीपुरा से क्या खास अखरोट लाता है। काँगड़ी तो 'चरारे शरीफ' की ही उम्दा ! पहले खड़ाऊँ का शगन था, अब खड़ाऊँ कौन पहनता है ? शगुन तो बड़ी-बूढ़ियों के भी आते हैं इस दिन।

बटुक पूजना तो पुरुषों का काम, पर रीत के हिसाब से पकवान बनाना अन्नपूर्णाओं का जिम्मा। 'वटुक भैरव' के लिए कलिया, रोगनजोश, शलगम, और माछ-मूली ज़रूरी है। लल्ली के मायके में तो 'वैष्णव शिवरात्रि' मनती है, पर अजोध्यानाथ के घर मांस, मछली पकाने का विधान है। महिलाओं को रीति-नीति, विधि-विधान देखने हुए न।

---

1. फाल्गुन कृष्णपक्ष सप्तमी, 2. हे महाकाली ! मेरा हाथ खाली है, इसे भर दे, 3. हेराफेरी।

शिवरात्रि पूजा कोई साधारण पूजा नहीं। हर काम धर्मशास्त्रानुसार होता है। आनन्द शास्त्री स्वयं आकर विधिपूर्वक पूजा-पाठ कराते हैं। बच्चे अब बड़े हो रहे हैं, उन्हें शिवरात्रि का महात्म्य समझना चाहिए। इसी विचार से आनन्द जू ने लड़के-लड़कियों को पास बिठाकर शिवरात्रि का महत्त्व समझाया। 'भवानी', 'सरस्वती', 'बाल गोपाल', 'कृष्ण-कन्हैया' के प्रिय सम्बोधनों से बुलाकर बच्चों को समझाया कि, "घर साफ करना, पकवान बनाना-खाना और कौड़ियाँ खेलना ही शिवरात्रि मनाना नहीं है। इसके लिए कश्मीर शैव दर्शन को थोड़ा समझना ज़रूरी है, जोकि गूढ़-गम्भीर और प्राचीन दर्शन है। हम कुछ सरल बातें तुम्हें बताते हैं। छठी शताब्दी में लिखे नीलमत पुराण में इसका वर्णन किया गया है।"

बच्चों के साथ बड़े-बुजुर्ग भी आनन्द शास्त्री को घेर लेते हैं। महिलाएँ बारी-बारी से आकर हाथ जोड़, आँख मूँद समाधिस्थ-सी शिवरात्रि वर्णन से कान और अन्तरात्मा शुद्ध करती हैं।

" 'ॐ नमः शिवाय' !" उच्चार, आनन्द जू शुरू हो जाते हैं।

"यह सम्पूर्ण सृष्टि जो है शिवमय है। शिव और शक्ति, प्रकाश और विमर्श हैं। अन्तिम सत्य है परम शिव, इसी में शक्ति का वास है, अर्थात शिव शक्ति से अलग नहीं। हाँ ! थोड़े समय के लिए शक्ति शिव से अलग हो गई थी। हमने तुम्हें दक्ष यज्ञ, सती दहन और फिर हिमालय पत्नी मीना के गर्भ से पार्वती के पुनर्जन्म की कथा सुनाई है। याद है न ?"

"जी हाँ। याद है !" सामूहिक स्वर का नाद आनन्द जू को भला लगा। और वे भक्तिभाव से आगे बढ़े, "सुनो ध्यान से ! कश्मीर की 'श्री संहिता' में शिवजी का स्वरूप और महत्त्व, कालरात्रि, मोहरात्रि, हररात्रि, शिवरात्रि और तालरात्रि के रूप में विस्तार से समझाया गया है। इसमें कालरात्रि, मोहरात्रि और हररात्रि में शिव का रौद्र रूप बताया गया है। शिवरात्रि को कल्याणकारिणी रात्रि के रूप में महत्त्व दिया गया है। अतः साधारण जन इसी शिव के कल्याणकारी रूप को इष्ट मानकर पूजता है। इसका उद्देश्य कालरात्रि अर्थात अज्ञान को दूर कर उसे प्रकाश में परवर्तित करना है। मेरी बात समझ में आ रही है न ?"

"जी हाँ !" सिर हिलाकर स्वीकारात्मक मुद्रा बनाते बच्चे गौर से आनन्द शास्त्री की रोचक, पर भेजे में मुश्किल से घुसनेवाली कथा सुनते रहे।

शिवरात्रि की दार्शनिक और रहस्यपूर्ण पृष्ठभूमि कितने बुजुर्ग जन जानते हैं, सो खुलासा ज़रूरी था। आनन्द शास्त्री ने कश्मीर में शैवमत के जन्मदाता महामुनि दुर्वासा द्वारा रचित 'शिवमहिम्नास्रोत' और 'त्रिपुरारि महिम्नास्रोत' आदि ग्रन्थों का हवाला देकर यह बताना ज़रूरी समझा कि, "हमारी शिवरात्रि और भारतवर्ष के अन्य प्रदेशों में मनाई जानेवाली शिवरात्रि में अन्तर है। हमारी शिवरात्रि त्रयोदशी को पड़ती है। शिवचतुर्दशी हम अलग मनाते हैं। उस दिन निराहार रहकर शिव की स्तुति की जाती है। अस्तु, त्रयोदशी का महत्त्व समझो !"

"इस दिन यानी फाल्गुन कृष्णपक्ष त्रयोदशी को प्रदोषकाल (सायंकाल) में ज्वाला लिंग का आविर्भाव हुआ है, जिसकी प्रचंड ज्वाल से सभी दिशाएँ भास्वर हो गईं। लोगों की आँखें चुंधिया गईं। यह ज्वालालिंग शैवशास्त्र में वर्णित प्रकाश का प्रतीक समझा जाता है।"

"शैवशास्त्र में शिव और शक्ति का 'यामल'[1] स्वरूप ही शिवरात्रि है न शास्त्री जी ?" अजोध्यानाथ धर्म दर्शन के जानकार हैं।

"हाँ भगवन् ! यही शिव-शक्ति का मिलन हमारी शिवरात्रि है।" शास्त्री जी ने आँखें बन्द कर भक्तिभाव से गद्‌गद स्वर में 'शक्तयोऽस्य जगत्सर्वं, शक्तिमांस्तु महेश्वरः' उच्चार कर अदृश्य को हाथ जोड़े।

"शिव ज्ञान एवं चैतन्य स्वरूप शक्ति उसे कर्मों की ओर प्रेरित करती है, और यही ईश्वर के अंशभूत जीव को भी कर्म करने की प्रेरणा देती है। प्रयत्नः साधकः भगवान शिव ने स्वयं कहा है, कि प्रयत्न किए बिना जीव का संकल्प सफल नहीं हो सकता।"

आनन्द शास्त्री ने आँखें मुलमुलाते बच्चों के सिरों पर हाथ फेरकर लगे हाथ यह भी समझा दिया कि तुम लोग पढ़ोगे, श्रम करोगे, तभी परीक्षा में उत्तीर्ण हो सकोगे। प्रयत्न ज़रूरी है।

शिव महिमा में बच्चों का पढ़ाई-प्रसंग बीच में आने से शिवनाथ को लगा, विषयान्तर हो गया, सो आनन्द शास्त्री को प्रश्न पूछकर पटरी पर लाया गया।

"शास्त्री जी, शिवरात्रि में पूजा के लिए कौन-सा समय श्रेष्ठ माना जाएगा ?"

"जजमान !" शास्त्री जी ने गला खँखारा, "पहले पंडितों के तीन सम्प्रदाय हुआ करते थे, दक्षाचार, वामाचार और महाचार। दक्षाचार मार्गी उदयव्यापिनि तिथि में, अर्थात् सूर्योदय के समय शिव-पूजा करते थे। यानी ज्वालालिंग शान्त होने पर ही उन्हें दिखाई पड़ा था। महाचार सम्प्रदाय वाले निशित्रिकाल वेला में अर्थात आधी रात में पूजा करते थे, जब महाप्रकाश स्तम्भ आधी रात को कुछ शान्त होकर लोगों के लिए सह्य हो गया था, पर वामाचारी मानते हैं कि ज्वालालिंग प्रदोषकाल में उदय हुआ अतः सायंकाल को ही पूजा उचित है। भिन्न मत हैं।"

"निष्कर्ष यह हुआ न शास्त्री जी, कि वामाचारी ज्वालालिंग के घोर रूप यानी प्रचंड रूप की, दक्षाचारी अघोर रूप यानी सौम्य रूप और महाचारी अघोरतम रूप यानी शान्त एवं दर्शनीय रूप की पूजा करते हैं।"

अजोध्यानाथ का छोटा बेटा केशवनाथ कॉलेज में पढ़ाता है सो शास्त्री जी के वक्तव्य को निष्कर्ष रूप में रखकर सबके सामने सुलभ कर दिया।

"दीर्घायु हो केशवनाथ ! जैसे तात वैसे पुत्र। तुम लोगों को ज्यादा समझाने की आवश्यकता नहीं है।"

---

1. मिलन।

बच्चे इस गूढ़ दर्शन में कोई दखलअंदाज़ी नहीं कर पाए। कोई संध ही नहीं छोड़ी शास्त्री जी ने भीतर घुसने की। पर कात्या के भीतर प्रश्न कुलबुला रहा था, सो लगे हाथ शास्त्री जी की ओर बढ़ा दिया।

"बबलाल महाराज ! हम लोग शिव जी की पूजा करते हैं, फिर मांस-मछली क्यों पकाते हैं ?"

ताता ने मुड़कर कात्यायनी को देखा, जानकीमाल ने खा जानेवाली नज़रों से तरेरा, पर किसे ? भीतर उमगते प्रश्नों को रोकना उसने सीखा है क्या ? कब कौन-सी बात कपाल में घुस जाए, इसका कम-से-कम जानकीमाल को कोई अता-पता नहीं ! लेकिन आनन्द शास्त्री प्रसन्न हुए।

"प्रश्न पूछना जिज्ञासु होना है।—सुनो कात्यायनी ! पंडित शिवोपाध्याय ने अपने ग्रन्थ 'शिवरात्रि निर्णय' में इस दिन शाकाहारी अन्न खाना ही उचित ठहराया है। पर कई मत-मतान्तर हैं, जिन्हें तुम अभी नहीं जानतीं। इसी से मन में शंका उठी है।"

पर जाने बिना कात्या कैसे रहेगी ?

"तो सुनो देवी ! मैंने तुमसे कहा न कि शिवत्रयोदशी से शिवचतुर्दशी भिन्न है। शिवचतुर्दशी हम माघ मास की कृष्ण चतुर्दशी और फाल्गुन की कृष्ण चतुर्दशी में विहित मानते हैं। चतुर्दशी को व्रत-उपवास रखा जाता है। परन्तु शिवत्रयोदशी को शास्त्रों में 'भैरवयाग' कहा गया है। इसमें भैरव और योगिनियों को बलि देने का विधान है। इसीलिए मांस-मछली पकाने की रीत चल पड़ी है।"

"लेकिन शिवरात्रि पर भैरव का क्या काम ?" बच्चे समझे नहीं। बच्चों की जिज्ञासा जान आनन्द शास्त्री ने सुन्दरनालक वन में रहते स्वच्छन्दनाथ की कथा सुनाई जिसने भयानक भैरव रूप धारण कर शिव पूजा में रत शक्तिस्वरूपा देवियों और योगिनियों को डराया। तब त्रिकुटा पर्वत पर बैठी त्रिकुटा देवी स्वच्छन्द और उसके गणों को देखकर क्रोधित हो गई, उसने देवियों-योगिनियों की रक्षा के लिए एक जलकुम्भ पर दृष्टि डाली, जिसमें से एक वटुक रूपधारी गण प्रकट हुआ, जिसे स्वच्छन्द पर प्रहार करने के लिए भेजा गया। पर बच्चो ! स्वच्छन्द भी वीर था, उसे हराना सरल कार्य तो नहीं था, सो देवी ने दूसरे घट को देखकर 'हूँकार' किया, तो उसमें से रमण भैरव निकल आए। ये सतोगुण रजोगुण स्वरूप दो भैरव देवी पुत्र कहलाते हैं, जिन्होंने स्वच्छन्द भैरव को भगा दिया और देवियों की रक्षा की। ये गण कुम्भों से उत्पन्न हुए अतः हम शिवरात्रि पर इनके नाम दो कुम्भ रख, 'वटुक भैरव' और 'राम भैरव' या 'रामगोड' नाम से इन्हें पूजते हैं। इन्हें नाना पदार्थों से तृप्त किया जाता है। इन्हीं दो कुम्भों में मीट-मछली भी डाली जाती है। शिवरात्रि के जलकुम्भ में तो दूध, दही, मधु, अन्न आदि सात्विक चीज़ें डाली जाती हैं। वटुक हमारी रक्षा करते हैं, अतः हम इन्हें पूजते हैं। कुम्भों में हम अखरोट डालते हैं, क्योंकि शिशिर में और कोई फल तो उपलब्ध नहीं होता न !"

कहानी रोचक थी, पर 'सुन्नीपुत्तल' की पूजा क्यों होती है, और वह 'वागुरबाह' क्या है ? जानना ज़रूरी है न ? महिलाएँ क्या, पुरुष भी इस बारे में ज्यादा जानकारी

नहीं रखते, बस आँख मूँद पूजा की रीत निभाते हैं।

" 'सुन्नीपुत्तल' की पूजा का रिवाज तो मुसलमान शासकों के काल में आरम्भ हुआ बच्चो ! शास्त्रों में इसका कोई वर्णन नहीं मिलता।"

अजोध्यानाथ ने इतिहास की जानकारी देते शास्त्री जी को उबारा, "आप सही कह रहे हैं शास्त्री जी ! मुसलमान शासक हमारी शिवरात्रि पूजा से बेहद प्रभावित हुए। तभी सुन्नी शासकों ने हिन्दू भाइयों से अपने कल्याण के लिए पुत्तल पूजा का आग्रह किया। शासकों की बात ब्राह्मण कैसे टाल सकते थे ? फिर उन्होंने यह भी सोचा होगा कि हालात से मजबूर हो वे लोग विधर्मी होकर हमसे अलग हुए, पर थे तो अपने ही भाई-बन्द। सो सुन्नी मुसलमानों के नाम एक 'सुन्नीपुत्तल' नाम का छोटा कुम्भ पूजा में शामिल किया गया।"

"और यह द्वादशी की वागुर पूजा ?"

" 'वागुर पूजा' का चलन सिक्ख राज्य में हुआ। वे भी भट्टों की शिवरात्रि-निष्ठा से प्रभावित थे। हिन्दू भाइयों से बोले, "सतनाम वाहे गुरु जी को भी इस रहस्यमयी पूजा में स्थान दो।" सिक्ख ब्राह्मण रक्षक रहे हैं, अतः भट्टों ने द्वादशी को 'वागुरबाह' नाम से कुम्भों की पूजा की।"

"दर, भान, तिक्कू, राज़दान आदि लोग, जो सिक्खों के आश्रय में रहे, उनके यहाँ इस पूजा का विधान है। शिवरात्रि सम्बन्धित ग्रन्थों में 'वागुरबाह' का भी उल्लेख नहीं मिलता।"

ताता ने गर्व से जोड़ दिया कि शिवरात्रि ठेठ हिन्दू पर्व होते हुए भी अपनी वादी में हिन्दू-मुसलमान और सिक्खों का मिला-जुला महापर्व बन गया है। कभी शायद यह मजबूरी रही हो, पर डोगरा राज्य में भी हमने 'सुन्नीपुत्तल', 'वागुरबाह' की पूजा बरकरार रखी, यह हमारी धार्मिक सहिष्णुता का प्रमाण है, और यही हमारी कश्मीरियत है।

प्रेम भैया ने जानना चाहा कि जलकुम्भों की पूजा क्यों होती है। जिसका समाधान आनन्द शास्त्री ने यह कहकर कर दिया कि, "शक्ति विशिष्ट शिव सूर्य कहलाता है, जो फाल्गुन मास में कुम्भराशि में रहता है अतः कुम्भराशि के प्रतीक कुम्भों की पूजा होती है। बटुक भैरव और राम भैरव तो कुम्भों से ही उत्पन्न हुए थे।"

काफी कुछ जानकर 'हेरथ' शब्द का अर्थ जानना शेष रहा, सो कुछ सकुचाकर (कि जाने बिना मानेंगे ही नहीं—शिवनाथ) आनन्द शास्त्री ने बता दिया, "कि इस दिन कामी स्वच्छन्दनाथ ने तीन बार 'रति' को पुकारा—हे रते, हे रते, हे रते ! सो इस पर्व का नाम हेरत या हेरथ पड़ा।"

इतना कहने पर भी बच्चों के मन में कुछ प्रश्न अनुत्तरित ही रहे, कि कामी क्या होता है। स्वच्छन्दनाथ ने रति को किसलिए पुकारा आदि। पर शिवनाथ ने बच्चों की प्रश्नाकुल मुद्राओं को देख माथे पर त्रिपुंड धारण कर नज़र से ही खिसकने का इशारा कर दिया। बहुत हो गया, अब इससे आगे जानना तुम्हारे लिए ज़रूरी नहीं है।

आनन्द शास्त्री ने पूजा के लिए ठाकुरद्वारे की ओर कदम बढ़ाए। कमलावली-लल्ली ने पहले ही पकवान तैयार होने की सूचना दी थी। कथा-कहानियों में समय का ज्ञान थोड़े रहता है ?

रात गहराने लगी पर बच्चे आँखों में उँगलियाँ डाले बैठे रहे। पूजा के समय उन्हें भी ठाकुरद्वारे में बैठना है। घर के नियम, संस्कार निभाना ज़रूरी है। फिर शिवरात्रि का महापर्व कोई मामूली पर्व नहीं।

आनन्द जू ने पूजा के लिए फूल, फल, नैवेद्य, धूपदीप, अगरबत्तियाँ, पार्थेश्वर बनाने के लिए सुच्ची मिट्‌टी, कच्चा दूध, दही, मधु आदि अलग-अलग पात्रों में रख उत्तर दिशा से दक्षिण की ओर वटुक सामग्री सजा दी। लल्ली, लाई, केसर, चूना, चावल का आटा, बड़ी थाली में करीने से रखकर ले आई। ताता धोती-कुरता पहन पूर्व की ओर मुँह किए पूजा की आसनी पर बैठ गए, उँगली में कुशा की पवित्रा (अंगूठी) पहनकर।

आनन्द शास्त्री ने सबसे पहले चावल के आटे से 'अष्टदल' और 'ऊँकार' बनाया। वटुक के बड़े घड़े में अखरोट और सुच्चा पानी भर उसे फूलमालाएँ पहना दीं। सिन्दूर से ऊँकार लिख दिया और अष्टदल पर बिठा दिया, अन्य वटुकों को भी यथास्थान रखकर कलश-पूजा शुरू हो गई।

बच्चे बड़े, स्त्री-पुरुष हाथों में फूल लेकर नमस्कार की मुद्रा में पूजा के लिए भक्तिभाव से बैठ गए। आनन्द शास्त्री ने गुरुगम्भीर वाणी से पूजा आरम्भ की।

"ऊँकारो यस्यमूलम क्रमपद जठरम छन्द विस्ते निशाखा," धूप-दीप, अगरु गन्ध के साथ संस्कृत श्लोक लहरों की तरह उठते-गिरते ठाकुरद्वारे के देवी-देवताओं को छूने लगे। देर तक पूजा चलती रही। ढेर सारे फूल वटुकराज, पार्थेश्वर और कुम्भों पर इकट्‌ठे होकर छोटे-छोटे पहाड़ बनाते गए, गेंदे, गुलाब के ऊँचे-ऊँचे स्तूप। आनन्द शास्त्री के साथ ताता, शिवनाथ और केशव के स्वर मिलकर सामूहिक लोरी का-सा आनन्द देने लगे। बच्चों की पलकों पर नींद मीठी थपकियाँ देती रही। बीच-बीच में कुछ स्वर उछलकर उन तक पहुँचते, शेष नाद-संगीत से आरोह-अवरोह की तरह मस्तक में गूँजते रहे।

"कालरात्रि, तालरात्रि, अहोरात्रि, शिवरात्रि...देवी पुत्र वटुक भैरव...कस्मै देवाय हविषा विधेय !. ."

"अर्गो नमः पुष्पम् नमः'...'शुक्लांबरदरम विष्णुम..."

कर्पूर गौरव करनाव तारम...सर्व मंगल मंगल्ये..."

"देवियों, योगिनियों, दिशाओं की स्तुति, ब्रह्मा, विष्णु, महेश की स्तुति, क्षेत्रपालों की स्तुति, इन्द्राक्षी नामसा दे ऽऽ वी...और सामूहिक स्वरों में, शिवशंकर शिवशंकर हरू में हरू द्वरितम... ।'

अब तक ताता शिवनाथ, केशव और महिला वर्ग को छोड़, सभी लड़के-लड़कियाँ झपकियाँ लेते झूमते-झामते, गर्दनें लटकाए ठाकुरद्वारे के फर्श पर ही गुड़ी-मुड़ी होकर

सो गए। पूजा समापन पर 'कलश लवु'[1] के लिए झिंझोड़कर जगाया गया तो कलश के पानी की छींटे चेहरे पर पड़ने से आँखें खुलीं। भीगे अखरोट का प्रशाद लिया, माथे पर टीका लगा, कलावा बाँध, चरणामृत पी, बच्चे सोने चले गए।

लेकिन अभी शिवरात्रि सम्पन्न कहाँ हुई। अगले दिन 'सलाम' थी। सुबह-सुबह ताता ढेर सारा रुपया, छुट्टा छोटे से कैश बाक्स में रखकर बच्चों-बड़ों को 'हेरथ खर्च' देने बैठ गए। बच्चों के हाथों में पाँच-पाँच रुपए दिए गए। वे खुशी-खुशी झुंडों में बैठ सोचने लगे कि इन्हें कैसे खर्च किया जाए। कुम्हार, ग्वाला, कुँजड़े, दर्जी, नाई, नौकर-चाकर सलाम करने और बधाई देने आए और ताता बधाइयाँ स्वीकार करते, हर एक के हाथ में खर्च के लिए रुपए रखते गए।

छोटा आदमी हो या बड़ा, 'सलाम' के दिन बधाई देनेवालों के हाथों में अपनी हैसियत के अनुसार दान-दक्षिणा ज़रूर देगा। 'सलाम' तो देने का दिन है। पूरा दिन बधाई देनेवालों का ताँता लगा। दोस्त-नातेदार, हिन्दू, मुसलमान, सिख, जो भी दोस्तों में शामिल थे, आते रहे। मुकुन्दराम दिनभर समावार फूँकता रहा। चाय बाकरखानी खस्ता कुचले, कतलम्मे, बँटते रहे।

फिर आई अमावस्या की शाम, जिसका बच्चों को खास इन्तज़ार रहता है। इसे वे 'कुस छुव, राम ब्रेर' वाली शाम कहते हैं। इस शाम महिलाएँ वितस्ता किनारे वटुक ले जाकर पूजती हैं। वटुक का पहला अखरोट तोड़कर नैवेद्य तैयार करती हैं, चाकू से पानी काटकर श्लोक पढ़ती हैं। पहला प्रशाद वितस्ता को, जोकि स्वयं शक्तिरूपा पार्वती हैं, उनसे आशीष लेकर महिलाएँ घर में प्रवेश करती हैं और घर के लोग मुख्य द्वार बन्द कर देते हैं, क्योंकि भीतर प्रवेश करने से पहले कुछ प्रश्नों के उत्तर देना ज़रूरी है। सदियों से चली आई रीत है। आखिर माँ वितस्ता से आशीष पा, क्या लेकर आई हैं गृहणियाँ ?

नदी किनारे घर होने से कात्या, शारिका ने दूर से ही लल्ली और कमला-जिगरी की खड़ाऊ की धप्प-धप्प सुन ली थी, बल्कि खिड़की से झाँककर उन्हें कमर पर घड़े रखकर, बर्फ पर एहतियात से चलते देखा था, पीछे-पीछे दिद्दा, शारिका छोटे कुम्भ हाथ में लेकर, जमी बर्फ पर धँस-धँसकर चली आ रही थीं। जानकीमाल अब घड़ा लेकर बर्फबारी में घाट पर वटुक पूजने नहीं जा सकती, सो बहुओं को अपना दायित्व सौंप दिया था। कात्या-राज्ञा को द्वार बन्द करने की रीत में ज्यादा मज़ा आता है।

जानकीमाल ने द्वार बन्द कर दिया, उधर से कमलावती ने द्वार पर दस्तक दी, "दुब-दुब।"

"कुस छुव ?" (कौन है) जानकीमाल ने प्रश्न किया।

"राम ब्रोर !" (राम बिल्ला) बाहर से उत्तर आया।

---

1. पूजा समापन पर कलश में रखे भीगे अखरोटों का प्रशाद व चरणामृत घर के सदस्यों में बाँटा जाता है।

“क्या हेथ ?” (क्या लाए हो)।

“अन्न ह्यूथ, धन ह्यूथ, गुर्य तॅ गुपन ह्यूथ, सोखॅ ह्यूथ त सावय ह्यूथ...।”

अन्न, धन, सुख-समृद्धि और संसारभर की नियामतें लेकर आई हैं देवियाँ।

पूरा आश्वासन पाने के बाद जानकीमाल ने द्वार की कुंडी खोल दी और देवियाँ भीतर आ गईं।

“बधाई हो ! बधाई ! तुम्हें भी, बहुओ, बेटियो ! ‘हेरथ मुबारक’ ।” कमलावती लल्ली ने बड़ों, बच्चों के हाथों में भीगे अखरोटों और मिसरी का नैवेद्य रख दिया। त्रयोदशी की पूजी, चावल के आटे की नन्ही रोटियाँ गरम करके साथ खाओ तो अखरोटों का स्वाद दुगना बढ़ जाता है। घर में अखरोट तोड़ने की खुट-खुट, चावल के आटे की रोटियों की सोंधी महक, और चौके से उठती खास पकवानों की त्योहारी गन्ध के साथ शिवरात्रि का पर्व सम्पन्न हो गया। यों आगे दस-पन्द्रह दिन तक नैवेद्य बँटना, बहुओं-बेटियों के शगुन-अतगथ, अखरोट-रोटी का लेन-देन और नाते-रिश्तेदारों में खर्च बाँटना-पाना तो चलता ही रहेगा। आखिर वादी का सबसे बड़ा पर्व है शिवरात्रि। शिव और पार्वती के थान में उनके अपने पर्व का महत्त्व ही कुछ और है।

# बंजारा वसन्त

'कत्यू छुख नुन्द बाने, वल्मे माशूक म्याने।'

इशबर-चश्माशाही की पहाड़ियों को वसन्ती सूर्य ने छुआ है, नरम-गरम छुअन से पहाड़ियों के जमे सीने झरनों में बहने लगे हैं। फेनिल आबशारों में खामोश घुटन खुलकर फूट पड़ी है, शाँ ऽऽ शाँ ऽऽऽ। कहाँ हो ऽऽऽ। कहाँ हो ऽऽऽ।

डल में चेहरे तलाशती पहाड़ियों की आर्त पुकार झील की छाती धुकधुकाती है।

महताब कौल 'नवरेह' की खुशी में सपरिवार डोंगे में निशातबाग की सैर को निकलते हैं। लहरों पर थिरकते ढोंगे के साथ किनारों पर खड़े गिलास-आडू के ठिंगने पेड़ सफेद गुलाबी महकते बौरों का सिंगार किए साथ-साथ चल रहे हैं। गन्ध के गुच्छे, झील की पनियल महक और बंजारे हवाओं की मस्तियाँ। बरजस्त पोशि फुलय बौराये प्रेमियों के दिलों में दर्द की मीठी चुभन जगाती है ! बेवजह। मौसम भी मस्तियाता है 'नवरेह' के आते ही।

मौसम को भी यादों से जोड़कर ही देखती है सोना। ढोंगे का पर्दा सरका चश्माशाही से आती अल्हड़ हवाओं को घूँट-घूँट पी रही है। झील में सिर उठाए कमल उचक-उचककर देख रहे हैं, कोतरखान के पास बत्तखों की जोड़ी क्वैक क्वैक कर उसके पास से गुज़री है। इतने-इतने सालों में बाहर कुछ भी नहीं बदला ?

'हमतुल' थामे रसूल मल्लाह हवा से इश्क लड़ाती लहरों के साज़ पर सुर उठा रहा है—रोशि वला म्यानि दिलबरो, पोशन बहार आव यूर्य व ऽ लो...।''

चप्पू की छप्प छुलुक-छप्प छुलुक और सोना के कलेजे को कीरती मल्लाह की आवाज़—'रोशिबला म्यानि दिलबरो !' काकन्यदेदी साथ होती तो मल्लाह को मना करती 'कुछ और गाना गाओ रसूल जूआ'...शादी-ब्याह पर भी सोना पास हो तो दिलबरों को बुलाया नहीं जाता। सोना को अकेलापन भूलना नहीं है ! कहीं वह रूठा दिलबर याद आया तो ?

भाभी रोगनजोश बनाने में लगी है, धना-दुर्गा सब्ज़ियाँ काट रही हैं। सोना आप ही आटा गूँधकर फुल्के बनाने की ज़िद कर गई, भाभी उसे किसी काम का कष्ट नहीं देती, ''तू थोड़ा आराम कर ले सोना। तेरी बेटियाँ तो कर ही रही हैं। इत्ता कौन-सा पहाड़ खोदना है जो तीन-तीन जनियों से नहीं हो पाए, फिर तुझे आदत भी कहाँ है ?''

सोना घर में अतिथि हो जैसे। लेकिन घर उसका है भी किस अधिकार से ? घर तो माधव से था।

लड़के खिलंदड़ी उम्र से गुज़र रहे हैं। सोना की भीतरी घुमड़न नहीं समझते। आज तो पिकनिक के मूड में हैं। ढोंगें से बाहर हाथ निकाल खिलवत्तर खींच-खींच इकट्ठा कर रहे हैं। खाना खिलवत्तरों पर ही खाएँगे आज। मनमौजी उम्र।

सोना लड़कों को डाँटने मुड़ती है, "ज्यादा झुकोगे तो झील में..."

पृथ्वी अधबीच टोकता है, "मैं देख रहा हूँ न ! फिक्र मत करो।"

सोना चुप हो जाती है। अक्सर ऐसा ही होता है। पृथ्वी से आँख मिलते ही सोना अवश हो जाती है। जमी बर्फ पिघलने लगती है। सोना अचीन्हे गुस्से से खुद को नोचने-काटने लगती है। हे भगवान ! यह किस जन्म का वैरी सामने आ गया है।

छह-एक वर्षों से पृथ्वी का घर में आना-जाना है। ताता ने ही ब्रज और कन्हैया को पढ़ाने के लिए भेजा। सोना को ठीक भी लगा था। जेठजी के लाड़ से बिगड़ ही जाते। पर पृथ्वी, मास्टर जी से घर का आदमी ही बन जाएगा, महताब जू का जिगरी दोस्त भी, यह किसने सोचा था ?

सोना नहीं सह पाती पृथ्वी को। अपने अबोल से हज़ार हाथों अपनी ओर खींचने वाले इस भले आदमी ने उसके हठ को चुनौती दी है। पुरुष को नकारने का हठ।

सोना ने वैधव्य के बीहड़ चौदह साल कैसे बिताए, यह पृथ्वी नहीं जानता। माघ मास की जमा देनेवाली ठंड में अर्धरात्रि को उठकर भर-भर लोटे यख़ पानी देह पर डाल व्रत-उपवास, भजन-पूजन और बच्चों के इर्द-गिर्द डोलते सोना ने उम्र के अड़तीस पतझड़ पार कर लिए। अब अगर इस ढलती उम्र में डमगमाने लगी है तो सिर्फ इस पृथ्वी की वज़ह से !

सोना ने पृथ्वी से ध्यान हटाया। भाभी मछ़ चोट,[1] नान खताइयाँ, बर्फी, दालमोठ वगैरह ढेर-सी खाद्य सामग्री टोकरियों में जमा चुकी है।

"किनारा आ रहा है। सब एक-एक सामान उठा लो। घर से बाहर आदमियों का ज़िम्मा काम का। हम लोग सिर्फ खाना परोसेंगी। बस।"

"हुकुम सर आँखों पर किचन क्वीन का।" महताब जू नटखटपने के मूड में हैं।

"ताश की गड्डी उठा लेना पृथ्वी। शाहे चिनार के नीचे बैठ ताश खेलने में आनन्द आता है।"

"पिकनिक में घूमो-फिरोगे या ताश में ही मुँह घुसाए बैठोगे ?" गृहणी डाँटती है। उसे अधिकार है।

"मैं तो हारमोनियम लाया हूँ भाभी। खूब छकरी गाएँगे बागे-निशात में—'क्राल कूरी माल करयय कोसमन...' "[2]

"ज़रूर पृथकाका ! पर एक अदद 'क्राल कूर' तुम अपने लिए जुटा तो नहीं पाए

---

1. कीमा रोटी। 2. ओ कुम्हार की बेटी ! मैं तेरे लिए फूलों के हार गूँथ दूँगा।

अब तक...।'' भाभी सोना की तरफ देख पृथ्वी को छेड़ती है।

भाभी की नज़र सोना को चुभती है। उनकी घ्राणशक्ति ज़रूरत से ज्यादा सूँघती है।

''रसूल डार को साथ ले आते, क्या खूब सूफियाना कलाम सुनाते हैं।''

बच्चे दरी-टोकरियाँ चिनार के नीचे जमा कर फव्वारे में कूद पड़े। लड़के एक-दूसरे पर पानी उछाल 'पाँ जंग'[1] करने लगे। ब्रज बड़ा हो रहा है। मखमली घास पर साथ-साथ लेटे अंग्रेज़ मेम-साहबों को कनखियों से देखता है। खुले में चुम्बन-आलिंगन। उम्र की तासीर।

''इधर बैठो लड़कियो ! उधर ये बेशर्म ललमुँहे लेटे पड़े हैं। हे भगवान ! इन लोगों को भर दुपहर दीन जहान के आगे 'नालमअत्य'[2] करते लाज भी नहीं लगती। घर में जाने क्यों फुरसत नहीं मिलती...''

धना, दुर्गा मुँह फेर हँसती हैं।

''आप लोग भी थोड़ा टहल आओ। उस तरफ गुलाब गुलचीनी की बहार है। इधर हम देखेंगे !''

लगता नहीं, पृथ्वी पराया है।

भाभी निशांत की सात मंजिलें चढ़-उतर पस्त हो गई।

''सोना। तुम समावार में थोड़ा ताज़ा पानी भर लाओ, चाय बनाएँगे। मैं तो थक गई।''

भाभी घास के कटे-छँटे फैलाव पर धम्म से पसर गई। सोना ऊपरी बारादरी तक पहुँच 'पाइंव लार'[3] के खँडहरों में घुस गई। कोई कशिश उस ओर से बूढ़े चिनार के पास खींच ले गई।

नई-नई दुल्हन थी जब माधव और परिवार के साथ पहली बार यहाँ आई थी। माधव कैसे छल से इन खँडहरों में खींच लाया था। सालों पहले का वार्तालाप खँडहरों में ध्वनित होने लगा।

''क्या सच ही ये खँडहर पांडवों के महलों के ध्वंसावशेष हैं ? इतने पुराने ?''

''हाँ सोना ! हज़ारों साल पुरानी यादें यहाँ दफन हैं। बीते वक्त को ज़िन्दा कर देते हैं ये खँडहर।''

''उस समय राज़ाओं ने अपने वैभव की इस परिणति के बारे में सोचा था क्या ?''

''लो ! खो गई मेरी सोना इतिहास में ! अरे भई, जब तक हैं तब तक तो सभी राजपाट अपना होता है, बाद के बारे में कौन सोचता है ? हैं ? अब तुम मेरा वक्त बरबाद न करो हिस्ट्री-जुगराफिया में। अपना राजपाट तो मुझे भोगने दो।''

---

1. जल-युद्ध। 2. आलिंगन। 3. पांडव महलों के खँडहर। पांडव किसी युग में यहाँ बसे थे, ऐसा माना जाता है।

"क्या ऽऽ। तुम्हारा राजपाट ?"

"नहीं तो क्या पांडवों का ? यह देखो, यह मेरा सिंहासन इस कोने में, इधर पास के ढूह पर मेरे साथ तुम मेरी साम्राज्ञी। और यह दूर तक बिखरी ईंटें, उनमें उगे पीपल और नरकुल यह हमारे मन्त्री-सन्त्री।"

"वाह।"

"फिलहाल हम दोनों शयनागार में हैं।"

"हटो, कोई आएगा तो क्या सोचेगा ? बहुत अच्छा शयनागार ढूँढ़ा है..." सोना कपड़े झाड़कर उठ खड़ी हुई, कैसा बौरा गया था माधव।

सामने ध्वस्त खँडहरों के बीच उगे पीपल, कछार। सोना के भीतर के कलश, कँगूरे जो मलबे का ढेर हो गए।

बूढ़े चिनार की नक्काशीदार पत्तियों के बीच गुगी कुहुक उठी, गु गू गु। सोना ने मुँह उठा देखा, नन्हे पाँखी और शाँ शाँ करती हवा। हरी पत्तियाँ थपकाती, सूर्य किरणों से सुनहरी हवा। बूढ़े चिनार का सदियों पुराना तना देखा। 'माधव-सोना।'

सोना की साँस रुक गई। चिनार की छाल में खुदे दो नाम—'माधव-सोना'। माधव ने नाम खोदकर कहा था, "लो ! अब हम अमर हो गए।"

सोना ने नामों को उँगली से छुआ, "जब मैं मर जाऊँ, तुम यहाँ आकर मुझे याद कर लेना।"

माधव ने सोना के होंठ बंद कर दिए। "दोबारा ऐसी बात करोगी तो दम ही घुटा दूँगा।"

सोना ने उल्टी हथेली से होंठ छुए। सूखे होंठों पर तुर्श पपड़ी जम गई थी।

कितने वर्षों बाद इधर लौटी सोना ! क्या अचानक ? कहीं कुछ पूर्वनिर्धारित तो नहीं था ? देह में सिहरन दौड़ गई। क्या उसने माधव को अपने से दूर कर दिया है ?

सोना बारादरी से नीचे की ओर झरते प्रपात में घुस गई। मन हुआ, चीख-चीखकर रोए। कब से नहीं रोई वह। सायास शिलाखंड बनाए अन्तर को सिर धुनते आबशारों में बहने दे आज ! सोना ने आसपास एकान्त देख आवाज़ दी—"कहाँ हो ऽऽऽऽ।" आवाज़ पानी के शोर में गूँजकर गुम हो गई। आगे ऊँचे पहाड़ों ने और नीचे सात तलों में फैले सब्ज़ज़ार ने मुँह उठाकर देखा। पैंज़ी की मखमली क्यारियों ने सिर हिलाया। सोना ने देखा, दूर नीचे झील डल पर अकेली नाव किनारा तलाश रही है !

बौराई हवा पुकार रही है, "कत्यू छुख नुन्द बाने ?" घुटनों तक साड़ी पलटाए सोना देर तक आबशारों में सुकून ढूँढ़ती रही। भीतर शोर, बाहर शोर ! आज आँखें भी तो बरसों बाद बही हैं। बहने दे सोना।

कन्धे पर हाथ का स्पर्श पाकर चौंक पड़ी, "कौ ऽऽ न ?" मुड़कर देखा, पृथ्वी।

"मैं आ ही रही थी," हड़बड़ाकर उठी तो पानी से घिसे चिकने वटों पर पैर मुड़ गया। आह ! दाँत भींचकर पीर रोक ली।

''भाभी चिन्ता कर रही थी। बच्चे उस तरफ तुम्हें ढूँढ़ने निकल गए, मैं इस तरफ चला आया।''

सोना के गीले चेहरे पर आँसुओं की छाप देखी। हल्के से कन्धा घेर लिया। सोना ने करीब आने का अधिकार नहीं दिया। पृथ्वी ने माँगा भी नहीं। फिर भी मोह का अन्धड़ अनुशासन नहीं मानता। कैसे सहेज पाया इसे वर्षों से।

सोना हड़बड़ाकर छिटक गई। कोई देख ले, तो ?

''चलिए, भाभी परेशान हो रही होगी।''

''आज 'नवरेह' है। नए साल का स्वागत हँसकर करना चाहिए। मन का क्लेश धो लो सोना।''

सोना ने पलभर पृथ्वी को देखा, ''हाँ, मास्टर जी।''

''धत् !'' पृथ्वी शरारत से बोला, ''पृथ्वी इस घर में उम्रभर मास्टर जी ही बना रहेगा।''

भाभी सचमुच चिन्ता करने लगी थी।

''कहाँ रही इतनी देर ? ज़रा-सी आँख ओट हो जाए सोना तो भाभी का जी घबराने लगता है। पता नहीं कहाँ गई, क्या हुआ ?''

क्या होगा सोना को ? कहाँ जाएगी गले का तौक निकालकर ? भागना सहल होता तो अब तक रुक जाती सोना ? भाभी खूब ध्यान रखती है, चौकीदारी करती है, मन के भीतर नहीं झाँकती ! जानती है वहाँ के आलोड़न-विलोड़न की दवा उसके पास नहीं। फिर स्त्री के मन का क्या महत्त्व ? पारिवारिक जंजाल में कहीं मर-खप कर बिला जाता है अपने आप। धीरे-धीरे। पर बिला शर्त।

लेकिन लल्ली की बात फर्क है।

नवरेह के तीसरे दिन 'ज़ंगत्रय' पर केशव खुद बहन को लेने आ गया, शंगुन है। मायके की देहरी, पराई हो गई बेटियों के पाँव की छुअन का इन्तज़ार करती है इस दिन ! रस्म भी है।

काकन्यदेदी जब भी बेटी को भेंटती है, आँसुओं से सिर-माथा भिगो देती है, बेटी के असमय वैधव्य पर दुख का उमड़ाव। दोनों की देहें एक-दूसरे की बाँहों में काँप उठती हैं।

लल्ली इतना ज़ोर से बाँहों में भींचती है कि सोना की चीखें निकल जाएँ। भुजमूलों को हल्के से गुदगुदाकर हँसा देती है।

बार-बार कौंचकर लड़की को आँसुओं के सैलाब में क्यों डुबोना ? कभी तो उबरने दो उसे। ज़िन्दा रहने का हक तो मत छीनो।

यों उबर कहाँ पाई सोना ? मायके में लल्ली किसी न किसी काम में उलझाए रखती। घर जाते बिल्कुल खाली हो गई। ऊपर से घर के कोने-अन्तरे में माधव की आहटें। सोना इधर अचानक बेहोश हो जाया करती। कभी रोते-रोते हिचकियाँ बँध जातीं। दाँत बैठ जाते। हाथ-पैर फेंक छटपटाने लगती। जेठानी घबरा गई, ''क्या पता

कौन-सा रोग लगा है बहू को। मिरगी आने लगी है।" डॉक्टर ने देखा, दवा दी। महताब कौल से कहा, "बहू को व्यस्त रखा कीजिए। सोचती बहुत है। इतनी यंग एज में अकेलापन...।"

"मैं तो पलकों पर बिठाती हूँ, ईश्वर जानता है। चौका-चूल्हा भी आप ही देखती हूँ। कहीं बहू को न लगे कि माधव न रहा तो उसकी फिक्र कोई नहीं करता...।" जेठानी अपना बचाव करने लगती।

"उसे खूब व्यस्त रखो। काम-काज करने दो लीलावती। अपना घर है। उसमें बुरा तो कुछ नहीं, बहू-बेटी घर-गृहस्थी न देखेंगी तो दिमाग आलतू-फालतू बातों की तरफ दौड़ेगा।"

लीलावती बात का मर्म समझ गई। पर फालतू बातें सोचने से सोना को रोकना उसके वश में नहीं था।

माधव की मौत शहरभर के लिए चर्चा का विषय थी। दंगों से जुड़ा एक हादसा। उसमें सोना का निजी संसार बाँध में छोटी डोंगी की तरह उलटकर डूब गया था।

गाहे-बगाहे 'त्राहि-त्राहि'। "उनको क्या ऊपरवाला बख्शेगा ? वे हाथ कटकर न गिरेंगे, जिन्होंने निर्दोष जन को काट डाला ?" आदि आक्रोशी जुमलों से अपराधियों की सात पुश्तों को बददुआएँ दी जातीं।

सोना का वैधव्य तो पूर्व कर्मों का फल था, जिसे भोगने के सिवा कोई विकल्प नहीं था। अजोध्यानाथ के सुधारवादी विचार भी यहाँ काम नहीं आए। तीन बेटों की माँ को किसी के आगे हाथ न फैलाना पड़े सो अजोध्यानाथ ने बच्चों की पढ़ाई का जिम्मा अपने ऊपर लिया। माधव की पेंशन सोना को मिली। उसके बाद ब्राह्मण समाज एक ही उपदेश दे सकता था और दिया कि महागणपति की शरण में जाओ।

सोना लीक-लीक चली। वैधव्य का समाजशास्त्र जान गई। लाल-हरे शोख रंगों के पश्म, रफल, ज़री की साड़ियाँ बक्सों में बन्द हो गईं। गर्मियों में उन्हें धूप दिखाती। मिर्ची के बीज और कुत्थ डाल तहें बदलती रहती।

"माँ ! तुम वह ज़रीवाला शाल क्यों नहीं पहनतीं ? वह मूँगिया बनारस की साड़ी कभी पहनो न ! हमेशा ये मेलखोरे रंग पहनना ज़रूरी है क्या ?"

ब्रज सयाना हो गया था पर कनू विधवा के लिए तय किए गए विधानों, मनाहियों और पाप-पुण्य की परिभाषाओं से अनजान था।

"यह कपड़े तुम्हारी दुल्हनें पहनेंगी। मेरी उम्र अब चटख रंग पहनने की है क्या ? मैं तो बूढ़ी हो गई।"

"झूठ ! तुम्हारा तो एक भी बाल सफेद नहीं हुआ।" कनू माँ को बूढ़ा कैसे मान ले। गो कि सोना का आचार-व्यवहार बूढ़ों जैसा ही था।

सुबह-शाम भगवद्गीता के श्लोक और रामायण की चौपाइयाँ पढ़ना। संक्रान्ति, अमावस्या, अष्टमी, पूर्णिमा और ढेर-ढेर व्रत-उपवास रखना। हँसी-ठिठोली नहीं, सजना-

सँवरना नहीं। सासू जी के धूल भरे चरखे पर गूँ-गूँ कताई करना। कितने सालों से ऊपरी सामान कुठरिया में धूल खा रहा था। लीलावती घर-गृहस्थी से ही छुट्टी नहीं पाती पर सोना को व्यस्त रखने के लिए उसे उतारा गया। पुरुषों की दुनिया उसके लिए मनाही वाला कक्ष बन गई थी। साहब[1] सप्तमी को सीढ़ियाँ लीपते पैर न फिसला होता और बाल्टी खड़खड़ाकर दस सीढ़ियाँ नीचे लुढ़क न गई होती तो पृथ्वी भी सोना से 'नमस्कार' के सिवा दूसरा शब्द न बोला होता।

देखने में मामूली-सी चोट थी, पर जानलेवा बन गई। सूजे टखनों को सेंकते सोना दाँतों तले जीभ दबा चीखें रोकती रही, पर आँखों से छलकता पानी पृथ्वी ने देख लिया। कन्हैया को पढ़ा रहा था। उठकर सोना के पास आया। सूजे हुए पैर देखे तो कन्हैया को आवाज़ दी—"एक बाँह पकड़ लो माँ की, सहारा दो, डॉक्टर को दिखाना होगा। मैं ताँगा लेकर आता हूँ।"

सोना हतप्रभ ! इतना अधिकार कैसे लिया पृथ्वी ने ? बाँहों का सहारा देकर ताँगे पर बिठाया। मरहम-पट्टी कराई। कई दिन लगे ठीक होने में। पृथ्वी रोज़ हाल पूछता रहा। महताब जू का उन दिनों सोपोर तबादला हो गया था। इसलिए भाभी ने भी सहजता से ही इस स्थिति को स्वीकार लिया।

लेकिन यहीं से सोना का तप छलकने लगा। पृथ्वी की चिन्ता, माथे पर हल्का-सा स्पर्श, अब कैसी हो ?

"अब दर्द तो नहीं होता ?" नपे-तुले शब्दों ने सोना को अवश कर दिया।

"ठीक हूँ। आप चिन्ता न करें, मैं ब्रज से दवा मँगाऊँगी..." सोना ने हटना चाहा। लेकिन हटते-सिमटते भी हर कोने-अन्तरे में वह पृथ्वी से टकराई। पृथ्वी पूरी दुनिया में जो फैल गया था। वामन अवतार।

कैसी कशमकश भरी रातें थीं वे। आशंकाओं से भरे दिन ! भाभी पृथ्वी की परेशानी पहले सहज करुणा और बाद में दाल में कुछ काला जान चौकन्नी हो गई। सोना पृथ्वी से जितना दूर रहती, उतना ही मन हज़ार हाथों उसी की तरफ खींचता रहता। वह आँख मींच पंचकन्याओं का स्मरण करती। काकनी ने पंचसतियों का मन्त्र जो होश सम्हालते ही उसे सिखा दिया था, गो कि काकनी ने कभी न अहिल्या की पीड़ा जानने की कोशिश की, न पाँच पांडव पत्नी द्रौपदी की कर्ण के प्रति कामना। वह कुन्ती के पाँच पुत्रों के जन्म का रहस्य भी शायद नहीं जानती थी। जानती थी तो पंच कन्याओं का धैर्य, कर्त्तव्यपरायणता और धर्म-पालन। तभी तो पत्थर से स्त्री बन गई अहिल्या। ढेर-ढेर चीर बढ़ा दिए कृष्ण ने द्रौपदी के, तभी तो...।

लेकिन सोना का धैर्य जवाब दे गया था। भाभी ने समावार हाथ से लेकर मुँह बिगाड़ा था, "तुम रहने दो सोना, पृथ्वी को मैं आप ही चाय दे आऊँगी।"

वह पलभर देखती रही, जैसे कुछ समझी न हो, "मेरे कर्म समझो बहू। 'हलिति

1. कश्मीर की सुप्रसिद्ध भक्त कवयित्री 'रूपभवानी' का जन्म एवं श्राद्ध दिवस !

श्राख बलि ति श्राख।'[1] न पृथ्वी को निकालते बने, न रखते। आखिर कल कुछ ऊँच-नीच हुई तो मुझे ही फाँसी चढ़ना होगा न ?"

सोना लल्ली की गोद में सिर रखकर रोई।

"मुझसे पाप हुआ है भाभी।"

लल्ली ने बाल सहलाए। "हम इनसान हैं सोना।"

"इतने-इतने सालों बाद लल्ली। मैं तो सुन्न हो गई थी। ज़रा-सा माथा ही तो छुआ उसने।"

लल्ली चुपचाप सुनती रही।

"मैंने बहुत कोशिश की मेरी सखी ! ललद्यदी को पढ़ाती रही। रामायण, महाभारत, सन्त-साधु...। पृथ्वी को भी दुत्कारा। उसे चोट पहुँचाई और खुद ही जख्मी हो गई। कितने साल झूठ को सच समझकर जी ली मैं।"

"कैसा झूठ सोना ?"

"यही कि वैराग्य मुझे पत्थर बनाएगा, कि मैं तन-मन से विदेह हो जाऊँगी। यही कि माधव की याद मेरे खाली कोनों को उम्रभर भरती रहेगी। मैं मन को बाँध नहीं पाई भाभी, मैंने पृथ्वी के लिए मन में अंधड़ उठते देखे। मैं...मैं क्या करूँ लल्ली !"

लल्ली ने उमगकर सोना को अंकोरा, "सोनकूरी ! हिम्मत रख। क्या कहूँ ? कन्हैया मैट्रिक दे रहा है। बाद में पृथ्वी की ज़रूरत नहीं रहेगी। वह चला जाएगा।"

"जानती हूँ। अब पृथ्वी नहीं आएगा, मैंने उसका दिल दुखाया। क्या करती। मेरे लिए तो सभी दरवाज़े बन्द हैं।"

लल्ली ने मरहम लगाने की कोशिश की, "ऐसा मत सोचो सोना। पति, प्रेमी रहते हुए भी कितनों को सुख मिला है ? मुंशी भवानीदास काचरू विद्वान था। फारसी में 'बहरे तवील' जैसा प्रसिद्ध ग्रन्थ रचा, पर अरनिमाल को सुख दे पाया ? उम्र भर वह विरह गीत गाती रही। रूपभवानी जैसी साध्वी ने हीरानन्द सप्रू जैसे कठोर पति की उपेक्षा ही सही। कौन-सा सुख पाया ? हब्बा ने प्रेम किया। पाया भी, पर कितनी देर ? चन्दहार के अबदी राथर की यह बेटी प्यार के मरसिए ही पढ़ती रही। कभी, 'चॅ कमि सोन्यि म्यानि ब्रम दिथ न्यूनखो', तो कभी 'वलो म्यानि पोशे मदनों', पुकारती रही। धरती की औरत के भाग में सुख कम ही रचे होते हैं सोना।"

सोना बीमार हो गई। बुखार में तपती रही। पृथ्वी ने सुना तो रुका नहीं। माथे पर पानी की पट्टियाँ रखता रहा।

सोना ने भारी पलकें खोलीं और मुँह फेर लिया।

"क्यों मार रही हो अपने को ? मैं चला जाऊँगा। तुम्हारे बेटे अब बड़े हो गए हैं। तुम्हारा सहारा बनेंगे...।"

उखड़े-उखड़े शब्द ! रोएँ-रोएँ से फूटता अपनत्व का ज्वार, ज़रा-सा छू दे तो

---

1. दोनों ओर मुसीबत (मुहावरा)।

जलकर राख हो जाए सोना।

सोना पृथ्वी की बाँहों में जकड़ी हिलक-हिलककर रोई। अरे ! यह तो माधव था। "तुम कहाँ गए थे मुझे छोड़कर ?" बुखार में आँय-बाँय बक रही है।

"अब नहीं जाऊँगा सोना। मैं तुम्हें अपना लूँगा।" ओह ! यह तो पृथ्वी है।

सोना सिहर उठी, "नहीं पृथ्वी ! भगवान के लिए तुम जाओ। अब मत आना इधर, मेरे रहते नहीं आना, तुम्हें मेरी कसम।"

पृथ्वी चला गया। फिर नहीं लौटा। सोना ने कसम दी थी। महताब जू ने सन्देश भेजे। पता चला उसका तबादला शुपैयाँ स्कूल में हुआ है। दो महीने बाद अजोध्यानाथ ने भी बुलाया पर पृथ्वी नहीं आया। सोना कुछ दिन बौराई-बौराई खिड़कियों-दरवाज़ों से टोहती रही। हब्बाखातून और अरनिमाल के विरह गीत सोना के गले में घुट गए। उसने पृथ्वी को बुलाया नहीं, बस, दुआएँ देती रही—'तरविनि मर गॅत, बसवनि बालय, ऑही नीतोसी[1]...' तमाम बेकली के बावजूद वह शुक्रगुज़ार थी कि पृथ्वी ने उसे समाज में दागदार होने से बचाया। मन तो मन है, उसे समझाना होगा। आखिर तीन-तीन युवा होते बेटों की माँ को अब बेटी-बहुओं के सपने देखने चाहिए। अपनी उम्र का क्या ? वह तो उँगलियों की झिर्रियों से रेत की मानिन्द रिस गई। एक जख्म रह गया, जिसे गाहे-बगाहे अकेले में वह हब्बा के गीतों से भरती रही। सोना ने 'मंज़िमयोर' को बुला भेजा और ब्रज की शादी की तैयारियाँ करने लगी।

जेठानी जी ने भगवान को हाथ जोड़े, "कुम्भीपाक नरक में जाते-जाते बच गई सोना। इस पृथ्वी शिकसलदे[2] ने तो घर में नहूसत ही ला देनी थी।"

सोना बेटों की उम्मीदों के सहारे जी ली। आधी बौराई, आधी सन्त-साध्वी। कमोबेश लम्बी उम्र जी ली। राजमाता बनी या नहीं, यह तो आगे की बात है। फिलहाल सच तो वही जो घट चुका जिसे गर्दन मोड़कर जब चाहो तब देख लो। आगत तो बेहद धुँधला और अस्पष्ट ही होता है।

---

1. चरागाहों-मैदानों को पार करते, पहाड़ियाँ उतरते उस मेरे प्रिय के लिए मेरी दुआएँ ले लो। (हब्बाखातून का विरह गीत), 2. दरिद्र।

# इबादत और इश्क की दास्तान

कहनेवाले कहते हैं कि थानेदारों-पुलिसियों की ठसक धमकवाली सुलतान जू शालवाले की बीवी फातिमा गिद्ध दृष्टि से बहुओं के कार्य-कलापों का एक्स-रे करती रहती है। न करे तो चार दिन में चारों सिरहाने की मैनाएँ अपने-अपने बुलबुलों को सिखा-पढ़ा अलग-अलग डालों-डगालों पर बसेरा कर लें। साँझे चूल्हे-चौके की रीत-नीत निभाना और घर-परिवार को बाँधे रखना तो बड़े-बुजुर्गों का ही ज़िम्मा हुआ न। सुलतान जू तो अल्लाह का बन्दा है, दुनियावी दन्द-फन्द क्या जाने ? जब से हज करके आया है तब से तो इबादत में ही सुबह-शाम गुज़ारता है। व्यापार में मुनाफे-घाटे की फिक्र भी बेटों पर छोड़ दी है और बेटों-बहुओं की चौकीदारी फातिमा बी का मनपसन्द काम रहा ही है।

घर-बार अल्लाह के फज़ल से ठीक-ठीक ही चल रहा है। अमीराकदल में बंड पर बेटों ने नई दुकान ली है। शालों के साथ नमदे, गब्बे, कालीन, अखरोटी लकड़ी का सामान, पेपरमाशी के टेबुल लैम्प ! क्या-क्या नहीं भरा है उसमें ? पूरी बिरादरी रश्क करती है सुलतान जू के बेटों पर कि बाप ने सोने की खान जुटाई बेटों के लिए, अब बैठकर खाएँ और सात पुश्तों को खिला दें। फातिमा बी ने किसी जलनखोरी के मुँह से हसदभरी बातें सुनीं तो बेटों को बुलाकर पहले उनकी, फिर दुकान पर जाकर पूरे सामान की नज़र उतार दी। बेटों ने दुकान का नाम बदलकर 'सुलताना दि बेस्ट' से 'सुलताना द् वर्स्ट' रख दिया। इसके दो फायदे हुए, एक तरह का टोटका भी और अंग्रेज़-देसी सेठों की उत्सुकता भी बढ़ी, कि देखें ज़रा, भीतर क्या 'कबाड़' रखा है। लगे हाथ ज्यादा ग्राहक भी जुटे।

वैसे अंग्रेज़ ग्राहक ही ज्यादा माल उठाते हैं। पैसे भी अच्छे देते हैं। हिन्दुस्तान तो माल जाता ही है, रूस और अमरीका से भी आर्डर आते हैं। खुदा देने पर आए तो कहाँ से कहाँ पहुँचता है बन्दा ! सुलतान जू के वालिद मामूली से कालीन बुनकर थे पर हुनर था हाथ में, जो बेटे सुलतान को भी विरासत में दे दिया। सुलतान जू स्कूल-कॉलेज नहीं गए पर अपने हुनर की सारी हिस्ट्री और जुगराफिया जान-समझ ली है। जानकार हुनरमन्दों का साथ रहा है। कोई ज़रा-सी तारीफ कर दे किसी कालीन की, कि बाछें खिल जाती हैं, "जनाब। बड़ा पुराना नमूना है, आजकल कौन इतनी मेहनत करता है ! महाराजा रणजीत सिंह जब पंजाब का राजा था तो, कश्मीर का एक बेहतरीन

कालीन उन्हें तोहफे में दिया गया। सुना है, उसे देख राजा इतना खुश हुआ कि उस पर लोट ही गया। उसी नमूने से मिलता-जुलता नमूना है बिरादर।''

कौन-सी जानकारी नहीं है सुलतान जू को। ''अखुन्दरहनुमा को जन्नत नसीब हो, उसी की देन है कालीन का हुनर।''

आप पूछिए, कौन अखुन्दरहनुमा ? तो नाराज़ हो जाएँगे।

''आप कालीनों का शौक रखते हैं और उन्हें नहीं जानते ?'' सुलतान जू बड़शाह के ज़माने से शुरुआत करेंगे। जहाँगीर के समय 1620 में कैसे एक अखुन्दरहनुमा नाम का कश्मीरी, अल्लाहताला की मेहर से, मध्य एशिया से होता हुआ हज को गया। कैसे वहाँ से लौटते, कुछ वक्त 'अन्दिजन' में गुज़ारा। वहाँ के कालीन बुनकरों से कालीन बुनना सीखा। वापस घर लौटा तो साथ में कालीन बुनाई के औज़ार भी लेता आया और कश्मीरियों को यह ईरानी हुनर सिखाया। ''गोजवारा मुहल्ले में उनकी-कब्र है जिस पर सिजदा करने कालीन बुनकर जाते हैं।'' जोड़ना भूलते नहीं।

सुलतान जू यह भी बताते हैं कि असली ईरानी कालीन 1526 ई. में 'कशान' में बना, 'अरदाबिल मस्जिद कालीन।' अब वह कालीन विक्टोरिया अलबर्ट म्यूजियम लन्दन में है जिसे दो हज़ार पौंड में अंग्रेज़ों ने खरीद लिया। इस ईरानी कालीन की हू-ब-हू नकल कश्मीरी कालीनसाज़ों ने की जिसे लॉर्ड करज़न ने एक सौ पौंड में खरीदा।

अब कोई पूछे सुलतान जू से कि अरदाबिल की मस्जिदवाला कालीन जब दो हज़ार पौंड में बिका तो उसकी हू-ब-हू नकलवाला कश्मीरी कालीन सिर्फ एक सौ पौंड में ही क्यों ? तो सुलतान जू अंग्रेज़ों की हिन्दुस्तानियों से, कम पैसों में ज्यादा से ज्यादा मुनाफा कमाने की नीयत के बारे में कुछ न कहकर इतना ही कहेंगे, ''जनाब ! असल असल है और नकल नकल। यों कश्मीरी कालीनों की नुमाइश 1890 ई. में शिकागो के 'वर्ल्ड फेयर' में हुई थी। हमारे हुनर का भी मुकाबला नहीं है। सूफियाना रंगों की बुनावट कोई हमसे सीखे।''

बढ़िया से बढ़िया शाल तो सुलताना द वर्स्ट की दुकान पर ही मिलते हैं। हथकरघे पर बुने गए 'कानी शाल' महीन से महीन कशीदाकारी के लाजवाब कढ़ाईवाले सूजनी, अमली, चिकनदोज़ी जालिकदोज़ी के शाल, जिन पर कुदरत की सभी कारीगरी रंगों-बेलबूटों और परिन्दों-पेड़ों समेत उतारी जाती है। उनकी तारीफ तो देखनेवाली नज़र आप ही कर लेती है।

सुलतान जू के पास बीसेक हुनरमन्द शालसाज़ हैं जिन्हें वे बेटों की तरह प्यार भी देते हैं और गलतियों के लिए डाँट-फटकार भी सुनाते हैं। बेलबूटों के रंगों के मिलान में ज़रा भी गलती हो तो सुलतान जू को तकलीफ होती है। कारीगरों को वे समझाते हैं कि अपनी सदियों पुरानी शाल इंडस्ट्री अपनी बेजोड़ खूबियों की वजह से ही दुनियाभर में मशहूर है। कौरव-पांडवों के ज़माने से कश्मीरी शालों की खास जगह रही है। कहते हैं जूलियस सीज़र कश्मीरी शाल पहनता था।

कश्मीरी शालों पर सुलतान जू को बेहद गुमान है। वे गाहे-बगाहे वह 1796 ई.

वाला किस्सा भी सुनाते हैं जब अफगान गवर्नर अब्दुल्ला खान के समय एक अन्धा आदमी सईद याहया खान, बगदाद से कश्मीर आया और अब्दुल्ला खान ने जाते समय उसे एक सन्तरी रंग का शाल तोहफे में दे दिया। कैसे वह खूबसूरत शाल सईद ने इजिप्ट के खदीव को दिया, खदीव ने नेपोलियन बोनापार्ट को और नेपोलियन ने साम्राज्ञी जोसफीन को। तब से तो कश्मीरी शालों की दुनियाभर में धूम ही धूम मच गई समझो।

इधर सुलतान जू अब हाजी साहब हो गए हैं। हज से लौटे तो अजोध्यानाथ और बलजू भी बधाई देने चले आए।

"मक्का-मदीना का सफर कर आए हाजी साहब ! खुशकिस्मत हो। बहुत-बहुत मुबारकबाद हो। काबा की ज़ियारत मुबारक हो।"

हाजी गले मिले, "तुम दोस्तों की दुआ और मौला का फज़ल ! नहीं तो मैं नाचीज़ किस काबिल था ?"

"रास्ता बड़ा लम्बा है, बड़ा तवील, कोई परेशानी तो कहीं दरपेश नहीं आई ?" अजोध्यानाथ ने हाल-चाल जानना चाहा।

"परेशानी की तो सोची ही नहीं बिरादर। तमाम रास्ते काबे के दीदार का ही जुनून सवार था। कब अराफात के मैदान में दुआ के लिए हाथ उठाएँ और अल्लाह के दरबार में हाजिरी दें। यों सरकार हाजियों की मदद करती है। इधर भारत में भी, उधर सउदी अरब सरकार ने भी इन्तज़ामात कर लिए थे।"

जम्मू के पार कभी न गए हाजी साहब के पास सुनाने को बेशुमार किस्से थे। ज़िन्दगी में पहली बार रेल देखी, समुद्र और समुद्री जहाज़ देखा। हज़ारों मीलों का सफर किया और बेशुमार मुसाफिरों से मुलाकात हुई। सुनाने को हज़रत इब्राहीम के किस्से थे। अल्लाह की राह में कुरबान होनेवालों की दास्तानें थीं। सफर और मरवा पहाड़ों के बीच हाजिरा माँ की पानी की तलाश थी। काबा में हज़रत इस्माइल की बनाई मस्जिद थी। हज इबादत ही नहीं, नमाज़ और दुआ थी ! कुरबानी की यादगार !

हाजी साहब ने एहराम[1] पहनकर हज़ारों हाजियों के साथ सफ में खड़े जब दुआ माँगी और 'या नबी, या नबी, या नबी' की पुकार की। "अल्लाह ! मैं हाज़िर हूँ।" तो उन्हें लगा कि हज यात्री पानी की एक बूँद हैं जो खुदा से मिलकर एक हो जाने हज को जाता है। गरीब-अमीर का भेद मिट जाता है।

अजोध्यानाथ ने जब पूछा कि अल्लाहताला से कोई मुराद पूरी करने की इल्तजा की, तो हाजी साहब जैसे एक बार फिर काबा पहुँच गए और आँख बन्द कर गुनगुनाने लगे—

काबे पर पड़ी जब पहली नज़र
क्या चीज़ है दुनिया भूल गया
जिस वक्त दुआ को हाथ उठे

---

1. बिना सिला कपड़ा, जो हज के समय पहना जाता है।

याद आ न सका जो सोचा था
इजहारे अक़ीदत की धुन में
इज़हारे तमन्ना भूल गया।

अजोध्यानाथ को विश्वास हो गया कि सुलतान जू को सचमुच अल्लाह ने रहमत बख़्शी है। खुशकिस्मत है ! कितने लोग हैं वादी में जो हज करने की तमन्ना पूरी कर पाए हैं ?

क्या खूब दावत दी हाजी साहब ने लोगों को ! कोई भूलनेवाली बात है ? सियासी हवा थोड़ी खराब ज़रूर थी। नेशनल कांफ्रेंस और मुस्लिम कांफ्रेंस के मतभेद काफी बढ़ गए थे। मुस्लिम लीग का प्रभाव भी असर दिखाने लगा था। पर शेख साहब ने नेहरू जी के साथ घनिष्ठ दोस्ती बनाए रखी थी। और वादी में नेशनल कांफ्रेंस सभी ताकतों-दलों के ऊपर हावी थी। और जीवन अपनी अबाध गति से चल रहा था।

हाजी साहब ने जो यादगार दावत दी, उसमें हिन्दू रसोई अलग पकी और मुसलमान रसोई अलग। हिन्दुस्तानी बर्तन अलग, मुसलमानी बर्तन अलग। दीन-धर्म की हदों में वाज़वान लगे। गोश्ताबा, रिस्ता शामी कबाब, रोगनजोश और वो दानेदार पुलाव बना कि उसकी केसर मसाले की महक-मुश्क कई मुहल्लों तक फैल गई। अजोध्यानाथ, बलभद्र, जियालाल, नादिर साहब, पृथ्वी दर, कौन शामिल न हुआ उस दावत में ? हाजी साहब दावत न भी देते तब भी दोस्त-असबाब मुबारकबाद देने आते और दावतों की फरमाइश तो करते ही करते। मौका था। लिहाज़-मुरव्वतों की रस्मअदायगी भी ज़रूरी थी, फिर हाजी साहब सियासती चक्करों से दूर रहनेवाले हुए। कुछ दोस्तों के मनों में बाल ज़रूर आ गया था पर हाजी उन्हें बड़े भाई की तरह समझाते, "अमा यारो, इन सियासी चोंचलों से हमउम्रों के खुलूस पर खाक डालें, यह तो कोई दानिशमंदी न हुई। रहना तो हमें साथ ही है न ? फिर इस्लाम तो प्यार-मुहब्बत और यकजहती का पैगाम देता है बिरादर, भाई-भाई में वैर नहीं सिखाता। हम अपनी नमाज़ पढ़ते हैं, तुम अपना पूजा-पाठ करते हो, रस्ते अलग पर मकसद तो एक है। बाकी तो कोई फर्क नहीं अल्लाह के बन्दों में।"

हाजी के बेटे वालिद की इज़्ज़त करते हैं। अच्छा खाते-कमाते हैं। खुदा का फज़्ल है। आगे भी अच्छा ही चलता अगर छोटे बेटे अफज़ल पर इश्क का भूत सवार न होता। यों फातिमा बी को बेटे के इश्क में पड़ने से एतराज़ नहीं था, थोड़ा मलाल तो इस बात का रहा ज़रूर कि इश्क करना ही था तो अपनी बिरादरी में हसीनाओं की क्या कमी थी ? मगर अफज़ल पर तो दीवानगी तारी हो गई। दर साहब की दुख़्तर ने ऐसा जादू कर दिया कि लाख समझाने पर भी अपने इरादे से इंच भर को भी इधर-उधर न सरका। गहरी धँस गई लड़की।

फातिमा बी सोच में पड़ गई। अफज़ल अल्लाह के फज़्ल से डॉक्टर बन गया। जो चाहा, अब्बा ने मयस्सर करा दिया। चलो, भाई लोग व्यापार सम्हालेंगे। इसे मन की करने दो। यों अब टोकाटोकी का हक भी न रहा, अब्बा के कद से दो हाथ ऊपर

निकल आया अफज़ल, चश्मेबद्दूर। फिर भी पास बुलाकर समझाया अम्मी ने, कि मुहल्ले में अमनचैन से रहते हैं। तुम्हारे अब्बा जान का रसूख है, बटों के साथ उठना-बैठना है। क्यों बेकार दस लोगों की बातों का निशाना बनें ? लेकिन बेटा अड़ गया—"हम किसी का क्या लेते हैं अम्मी जान ? दोनों बालिग हैं, शादी कर रहे हैं, कोई जुर्म तो नहीं कर रहे ?"

"लेकिन...अलग दीन, मज़हब ? तेरे फूफा की लड़की ज़ेबा देखो कितनी हसीन है। नाक में अबरक का टुकड़ा भी जड़ दो तो हीरे की कनी लगे। कॉलेज में पढ़ती है..."

अफज़ल की वही मुर्गी की एक टाँग।

"इश्क दीन-मज़हब नहीं देखता अम्मीजान ! खूबसूरती भी नहीं। समझो, अल्लाह की यही मर्ज़ी है..."

फातिमा बी ने अल्लाह की मर्ज़ी के आगे माथा झुकाया पर दर साहब के घर-परिवार में ही नहीं, पूरे ब्राह्मण समाज में हंगामा बरपा हो गया। लोगों ने यह भी कह दिया कि देखो लड़कियों को पढ़ाने-लिखाने का नतीजा। लाज-शर्म का पर्दा रहा कहीं ? बछेरियों-सी घूमेंगी बिना नाथ-पगहा, तो डालनी ही हुई न सात पुश्तों पर खाक ?"

"राम-राम ! कैसा कलिकाल आ गया। ये ऊँची नाकवाले ही नकटे बनकर घूमेंगे तो हमारे-तुम्हारे घरों की लड़कियाँ जो न करें उसी का आश्चर्य।"

"हय-हय ! धरती इस अधर्म का बोझ कैसे सहेगी ? देख लेना, अब प्रलय होने में देर नहीं।"

अफज़ल और विजया इस हंगामे के बावजूद अडिग रहे। हाथ में हुनर, दिलों में इश्क का बेपनाह खुमार और दिमाग में पक्के इरादे। लोगों ने इसे बेहयायी कहा। हालाँकि उन्होंने अफज़ल-विजया को स्प्रिंग शिकारों में झील डल की सैर करते नहीं देखा था। शिकारे में बैठ, गले में बाँहें डाले, झील के चौतरफ खड़े पहाड़ों के सीने तक उग आए जंगलों की खुशबू अपनी रूह में भरते महसूस नहीं किया था। उन दिनों गृहस्थी जनों को अपने घर-बाहर के जंजालों और फुरसत में ऐसे-गैरों के शयनकक्षों से लेकर चौके-चूल्हे तक में नाक-आँख घुसाने से फुरसत ही कहाँ मिलती थी कि झील के नीले पानियों के भीतर काँपती-लरज़ती हिल और शैवालों की धुकधुकी महसूस कर सकें ? वह तो गोरे साहब और मेमों के ही हिस्से में लिखा गया था। लेकिन अफज़ल और विजया ने पहाड़ों से फूटते सिर धुनते झरनों-आबशारों का आवेग अपने भीतर उमगता महसूस किया था। बकौल नादिम[1] पर्वतमालाओं के स्तनों से छलकने को आतुर दूध की धार बहती देखी थी जिनकी चाह में कोंपलों ने अपने मासूम मुँह खोल दिए थे।

संगरमालन दोदस यामथ सॅसर लअज्य
मुचुर्य टूर्यव पनुन्य मोसम दहानय

---

1. कश्मीर का प्रसिद्ध कवि।

गुलालव चोंग ज़अलिथ रअत्य रातस,
गुलन हअव्य नारत्येतनुय हन्दुय निशानय।

उन्होंने उन गुलालों के दर्द को रगो-रेशों में उतरते पाया था, जिन्होंने दीये जलाकर रातभर फूलों को अपने सीने के दाग दिखाए।

दर्द और प्यार का चोली-दामन का रिश्ता उन्होंने स्वीकार लिया था। बल्कि जितना बुजुर्ग उनके बीच दीवारें खड़ी करने की कोशिश करते उतना ही वे करीब आकर एक-दूसरे के आगोश में गुँथ जाते। उन्होंने 'बोम्बुर यम्बरजल'[1] बनने से इनकार कर दिया। वे तो 'हीमाल नागराय'[2] बनकर जन्मे थे जो बार-बार मरकर, बार-बार एक-दूसरे के होकर जीने के लिए बज़िद थे।

सुलतान जू ने बेटे की ज़िद देख ली, इश्क का जुनून नहीं समझा। इसमें उनकी पक्की उम्र का ही कुसूर समझिए, जब सीने में फड़फड़ाते कबूतर थककर अपनी काबुक में उनींदे पड़े रहते हैं और सामने चोंच में चोंच मिलाकर गुटरगूँ करते युवा पाँखियों के इश्किया वलवलों को 'शुर्थगिन्दुन'[3] कहकर वक्त की रफ्तार के हवाले कर बेफिक्र हुआ जाता है, कि होता है, ऐसा इस उम्र में, सबके साथ होता है। और वक्त के बीतते खुद को ही यह इश्किया गुटरगूँ बासी पड़कर फालतू लगने लगती है। हाजी साहब के बिना फिक्रमन्द हुए अफज़ल को एम.डी. के लिए इंग्लैंड भेज दिया। खूब सोच-समझकर कि सच्चा इश्क होगा तो वक्त की आँधी बरदाश्त कर लेगा, जुदाई के इम्तहान में खरा उतरेगा, वरना थोड़े दिनों में ही भूलभाल जाएगा। फातिमा बी को भी यह बात जँची कि उधर नए मुल्क में जाकर पढ़ाई में मसरूफियत रहेगी और दर साहब की बेटी का भूत उतर जाएगा। क्या पता पृथ्वी दर भी इस बीच लड़की के हाथों में मेंहदी रचा दें।

फातिमा बी के दिल में डर भी उगा कि उधर गोरी हसीनाओं के मुल्क में कहीं अफज़ल किसी बेड़नी के जाल में न फँस जाए। जवानी की दीवानगी सही-गलत थोड़े देखती है। इसके अब्बा हुजूर भी क्या कम शौकीन रहे हैं अपनी उम्र में ? यह गायसुमा बाज़ार तो अब उजड़ा है, पहले हसीनाएँ खिड़कियों पर टँगी सड़क से गुज़रते मर्दों को नखरीली अदाओं के गुलाम बनाया करती थीं। कैसे पड़ा रहता था हाजी उस मरी फाहशा के दामन में ! कितने जन्तर-मन्तर, ताबीज, पीर-फकीर, यहाँ तक कि, 'खोदाय बख्शे' जादूगरी भी आज़मा ली, तब कहीं लौट आया हाजी। फातिमा बी ने परवरदिगार का शुक्र अदा किया। उसी की मेहर से फातिमा मल्लिका से कनीज़ होते-होते बच गई। यों कहते हैं दादाजान हुजूर ने उस कंजरी की मुट्ठी गरम कर दी थी। खुद भी तो, खुदा जन्नत बख्शे ! शौकीन मिज़ाज रहे थे। मर्दज़ात की खमीर ही बेवफाई से लबरेज़। क्या कहें ?

हाजी साहब ज्यादा दूरअंदेशी हैं, बोले, "दो साल में देखना क्या से क्या होता

---

1. भौंरे और नरगिस की प्रेम कथा, कहते हैं कि उनका मिलन कभी नहीं होता, 2. हीमाल नागराय अमर प्रेमी-प्रेमिका, जो मरे भी साथ और मरकर दोबारा जिए, 3. बच्चों का खेल।

है। भूल जाएगा लड़की को।" गो कि हाजी साहब का क़यास गलत साबित हुआ। अफ़ज़ल के विदेश जाने के छह एक महीने बाद ही सुना, विजया भी इंग्लैंड चली गई। आखिर वह भी डॉक्टर थी। उसे भी एम.डी. करने का पूरा हक था। और उसके माँ-बाप भी खानदानी रईसों में थे। हाजी साहब ने इश्क के इम्तहान में बच्चों को खरा उतरते देख दुआ दी, हालाँकि अपने हिन्दू दोस्तों में थोड़ी बदमज़गी हो गई। पर उन्होंने मामला सँभालने की कोशिश बराबर की। मिलने-जुलनेवाले न भी पूछते तो भी वे उन अफगानों-तुर्कों की दास्तानें सुनाते जिनकी हिन्दुओं से शादी हुई थी, "हुज़ूर वो गयासुद्दीन तुगलक और दिल्ली के सुलतान फीरोज़शाह तुगलक ! आप जानते हैं, वे हिन्दू माँओं की औलादें थीं। अकबर बादशाह की पत्नी जोधाबाई को कौन नहीं जानता ? बड़े खानदानों में ऐसा होता आया है। अफ़ज़ल को कैसे कसूरवार ठहराऊँ ? इश्क का मामला है। इश्क तो इबादत है खुदा की।" ऊपरवाले की मरज़ी के आगे फातिमा बी ने भी सिर झुकाया। पृथ्वी दर की पत्नी सम्पत्ति का ज़रूर हार्ट फेल होते-होते रुका, जब विजया ने इंग्लैंड से चिट्ठी भेजी और बिना भूमिका बाँधे साफ शब्दों में सूचित किया कि, "मैंने अफ़ज़ल से कोर्ट मैरिज की है। आप मेरे माँ-बाप हो, आशीर्वाद चाहती हूँ। अगर यह शादी आपको स्वीकार नहीं हो तो मेरा श्राद्ध कर देना। जो आप ठीक समझो। अफ़ज़ल के बिना मेरा जीना मुमकिन नहीं। अब तो खैर, पीछे मुड़ने की बात नहीं है।"

पृथ्वी दर चार-छह महीने भूमिगत हुए, सोचा नई बात नौ दिन, बाद में लोग भूल जाएँगे। पर लोग भूल कहाँ पाते थे ऐसी बातें ? वह सरला और लोकेशनाथ जब घर से भागकर बंबई चले गए थे, और सरला अपनी चोटी और कटोरा भर खून अपने सिरहाने कत्ल की गवाही के रूप में रख आई थी, वह क्या लोग भूल गए थे ? 'सरलायि सय प्येन लोकेशनाथस, ज़ातस तसिन्दिस थोकह लानथ' कहकर शार नहीं बाँधे थे लड़ीशाह ने ? एक जवान लड़की अपने प्रेमी के साथ भाग गई तो पूरे समाज का मुँह काला हुआ कि नहीं ?'

लेकिन इधर मामला थोड़ा फर्क रहा। पृथ्वी दर की ऊँची नाक कट तो गई पर उसने दोबारा जोड़ ली। रईस खानदानी नाक थी। गरीब परमेश्वरी और अकबर की मिट्टी के तोते-सी टूटकर फना होनेवाली नाक थोड़े थी वह, कि जुड़ ही न पाती ?

माँ ने 'डेजहोरू' पार्सल करके बेटी को भेज दिया। खुश रहो, 'डॅयेक बअड आस'[1] के आशीष के साथ। यानी कि जो हुआ अच्छा तो नहीं हुआ पर हम कर भी क्या सकते हैं ? यही, ईश्वरेच्छा !

आगे जब अफ़ज़ल विजया एम.डी. करके विदेश से घर लौटे तो हाजी ने बहू-बेटे का मन से स्वागत किया। चाहते तो वे खूब आतिशबाज़ियाँ आसमानों तक पहुँचा देते, पर संयम बरतना ज़रूरी था। पृथ्वीनाथ दर की बिरादरी में ज्यादा लोग इस शादी से

---

1. सौभाग्यवती होओ।

दुखी कम, डरे हुए ज्यादा थे। उनके डर को हाजी समझ सकते थे। उस डर में धर्म-परिवर्तन का हौलनाक इतिहास छिपा था। अपने धर्म को बचाने की फिक्र थी। वह गरम दूध से जलों का छाछ फूँककर पीनेवाला मामला था। लोगों की नज़रों में हाजी सुलतान जू, सुलतान सिकन्दर[1] बन गया था। गो कि ऐसा नहीं था क्योंकि विजया ताउम्र विजया दर ही रही, मुसलमान नहीं बनी।

इस सच को बिरादरी जल्दी समझ भी गई, तभी तो साल-छह महीनों के बाद ही पृथ्वी दर और अफज़ल साथ बैठकर एक ही दस्तरखान पर खाना खाते देखे गए और विजया की माँ सम्पत्ति मना-मनाकर दामाद जू को पकवान परोसती पाई गई। आखिर विजया और अफज़ल वादी के मशहूर डॉक्टर बन गए थे। इश्क-मुश्क अपनी जगह, पर अपने मादरेवतन की खिदमत करने में दोनों प्राणोंपन जुट गए थे। फिर कई बार लोग जानबूझकर बीती बातें भूल जाते हैं। भूलने में तब बड़प्पन दिखाई देने लगता है और जीना ज्यादा सहल हो जाता है।

1. जिसके समय हिन्दुओं का धर्म परिवर्तन कराया गया, (चौदहवीं शताब्दी में)।

# बेटियाँ बड़ी हो गईं

लड़कियाँ बड़ी हो जाएँ तो माता-पिता के आकाश में चिन्ता के बादल गहराने लगते हैं, फिर शिवनाथ, केशवनाथ की बेटियाँ तो छत छूने लगी थीं। काकन्यदेदी ने बाज़ार की तरफ खुलती खिड़कियों पर भारी चिकें डलवा दी थीं, फिर भी शोहदेनुमा लड़के त्राटक की मुद्रा में चिकों के पास डोलती चुनरियों को ताका करते। शारिका के ग्रह तो ढाढे, काकन्यदेदी क्या करे...? कुछ पूजा-पाठ भी करवाया आनन्द शास्त्री के परामर्श पर। अजोध्यानाथ उपायों पर विश्वास नहीं करते, कुछ कहो तो श्रीराम और श्रीकृष्ण के जीवन में घटे सुख-दुख का हवाला देकर, होनी होकर रहती है, वाला तकियाकलाम दुहरा देते हैं। उपायों से कुछ होता तो दशरथ श्रीराम के हाथों दो बूँद जल को तरसते प्राण त्याग देते ? सीता अपमान और दुख की सीढ़ियाँ फलाँगती अन्त में धरती की कोख में बिला जाती ? शुक्र है शिवनाथ माँ की बात टालता नहीं, सो प्रबन्ध हो पाया। लेकिन सभी प्रयास रेती में बीज बोने जैसे प्रमाणित हुए। कोई बात ही न बनी।

शारिका आठ जमात से आगे नहीं पढ़ पाई, ठीक है, उसकी रुचि नहीं थी, पर घर के कामकाज में उसका कोई जोड़ है क्या ? दानेदार फिरनी वह बनाए, पुलाव यखनी तो बनाती ही है, सादा साग-वोस्तहाख भी बनाए तो ऐसा हरा हरियाला, ज़रा-सा 'वरी मसाला' डला कि खानेवाला उँगलियाँ चाटता रह जाए। रंग थोड़ा पक्का ज़रूर है पर आँखें झील की कमल जैसी। लक्ष्मी रूपा बेटी ! कोई ऐब-दोष नहीं। ये मुए मंज़िमयोर भी जितने बाहर, उतने भीतर। इनकी नीयत से ही जानें। पता नहीं इस-उस घर में क्या सच-झूठ फैला देते हैं कि लड़कियों के रिश्ते आने ही बन्द हो जाते हैं। नहीं तो ताता की पोतियों के लिए वरों का क्या टोटा ?

बेटियों पर नज़र पड़ते ही काकन्यदेदी का दिल घबराने लगता है। 'ब्रह्मांड किन्य छम नेरान छ्ठ।'[1] बीस पूरे कर रही है शारिका। सिर से आग की लपट तो निकलनी ही हुई न ? सात पीढ़ियों में इतनी बूढ़ी लड़की घर में रही ? छत छूने लगी पर वर नहीं सधे ! अब मिला भी तो 'सर मुँड़ाते ओले पड़ने' वाली बात हुई। दूध में मक्खी गिर गई। ताता का क्या, वकीली दिमाग और 'मंज़िमयोरों' से चिढ़ ! बोले 'ग्रह-नक्षत्रों का चक्कर छोड़ दो। टेवा-शेवा मिलाना बन्द कर जन्मपत्री महागणपति के चरणों में रख दो।

---

1. ब्रह्मांड से आग की लपट निकलती है।

विघ्नहर्ता मंगल करेंगे। शारिका की शादी अब टलनी नहीं चाहिए। भानों का लड़का सुशील है, घर-परिवार भी अच्छा, फिर हम वचन दे चुके हैं।''

''लेकिन ताता ! उनके पुरोहित नन्द बायू ने साफ कह दिया है कि कल शादी होनी हो तो आज रोक दो। छत्तीस में दस गुण भी नहीं मिल रहे लड़के-लड़की के। उस पर नाड़ी-दोष ! लड़का मंगली भी है। शारिका सुखी कैसे रहेगी ?'' काकन्यदेदी ने सुना तो भात खाते थाली में हाथ रुक गया। जाने किस अपढ़ मूर्ख से जन्मपत्री बँचवाई और सगुन भी भेज दिया। राजभान को वचन देने से पहले सोचना था। अब कितनी बदनामी भी होगी। घरभर में सन्नाटा छा गया। शिवनाथ क्या, सभी घरवाले ग्रह-नक्षत्रों में विश्वास रखते हैं।

''अब तो खैर, वे लोग भी नट गए, आखिर अपने बेटे का शुभ-अशुभ वे भी तो सोचेंगे ?''

अजोध्यानाथ ने हुक्के के दो-तीन कश एक साथ खींच हाथ के इशारे से शिवनाथ को रोका।

''वह सब जाने दो ! नीलकंठ ने अब अपने भाई के लड़के इन्द्र की बात की है। उसी के बारे में कह रहा हूँ। शारिका के सुख की कामना तो हम सभी करते हैं, पर ज्यादा मीन-मेख निकालना मैं ठीक नहीं समझता। जितना खुरचो उतना जख्म गहराता है। फिर भी आनन्द शास्त्री से सलाह लेते हैं।''

ताता शिवनाथ की चिन्ता समझते हैं, आखिर बेटी का पिता है, थोड़ा जल्दबाज़ है, लड़का पसन्द किया और ठीक से जन्मपत्रियों का मिलान कराया नहीं, अब दुखी है। आनन्द शास्त्री से ज्यादा जानकार पूरे शहर में कोई दूसरा नहीं। उसे दिखाता कुंडली तो बात आगे बढ़ती ही नहीं।

आनन्द शास्त्री इधर काफी कमज़ोर हो गए हैं। उम्र भी अस्सी पार कर गई है। चार पसली की देह। कमर-पीठ ऐसी झुकी है कि चलते समय चौपाए नज़र आते हैं। पर ताता का सन्देशा मिलते ही हाज़िर हो गए। आखिर बेटी का मामला था। शारिका और इन्द्र की कुंडलियाँ देखीं, मिलाई गईं। वर-वधू के नक्षत्र, जाति, राशि आदि जाँची-परखी गई। खूब तसल्ली हुई तो चिन्ता में बैठे घरवालों से मुखातिब हुए, ''महागणपति शुभ करेंगे। चिन्ता की कोई बात नहीं। इन्द्र जी और शारिका के छत्तीस गुणों में अट्ठारह गुण मिलते हैं, विवाह शुभ फल देगा।''

''नाड़ी-दोष ?''

''वर-वधू का नक्षत्र मध्यनाड़ी की पंक्ति में है और मध्य नाड़ी अशुभ तो होती है, पर यहाँ पाद भेद है, इस कारण वह दोष नहीं माना जाता। वर-वधू मनुष्य जाति और देव जाति के हैं, सो शुभ ही शुभ है।''

आनन्द शास्त्री ने ग्रह, नक्षत्र स्थिति सविस्तार समझाकर निष्कर्ष रूप में जोड़ दिया कि, ''1,4,7,8,12वें घर में मंगल हो और जवाब में उसी घर में सूर्य हो तो मंगल दोष नहीं होता। आप लोग, 'शुक्लम्' करके तैयारियाँ आरम्भ कीजिए। मन में शंका

मत रखिए।''

अजोध्यानाथ ने परम शिव के आगे हाथ जोड़े। भान साहब भी विधि-विधान को मानते हैं। वचनबद्धता का बन्धन भी निभाया। अपने बेटे से न सही, भाई के बेटे से शारिका का विवाह पक्का करवा दिया। वचन भी निभा और शंका भी टली। वचन का कम महत्त्व नहीं ब्राह्मण समाज में। वचन तो राजा दशरथ को भी निभाना पड़ा था, चाहे उसके लिए अपने जिगर के टुकड़ों को बनवास ही देना पड़ा। काकन्यदेदी सन्तुष्ट थीं।

घर में खुशी चहकने लगी। आनन्द जू का खूब मान-सम्मान हुआ। कमलावती खुद समावार में चाय बना लाई। खूब से बादाम-इलायची डालकर ! आनन्द जू तो भगवान बनकर आए और शारिका का भाग्य सँवार गए। इन्द्र की जन्मकुंडली में भी यदि खोट निकलता और शादी रद्द हो जाती तो कैसी भद्द उड़ती समाज में, वचन भी न रहता। खानदान पर धूल-मिट्टी पड़ जाती। चलो, अन्त भला सो भला।

कमला की बड़की बेटी है शारिका। उसका अपना ही गहना-गुरिया है काफी। चफकल, गुलूबन्द, चन्दनहार, अलका होर, कड़े, तालरज़। दो बेटियों में बाँट देगी। बहू के लिए भी रह जाएगा। 'कल वल्युन'[1] के लिए 'पूच-तरंगा'[2] भी तैयार है। भला हो गुल ज़ोजिवाले का[3]। हाथ में हुनर है। जूज की महीन मलमल और बारीक जाली। उस पर ज़री की बढ़िया बेल, जी खुश होगा शारिका की सास जी का। ताता खुद बनारस से साड़ियाँ ले आए हैं। पाँच-पाँच बनारस की, दो पश्म और रफल की साड़ियाँ हो गईं। बारात-वारात का काम तो मर्दों के ज़िम्मे। बाकी लड़की की शादी में कामों का क्या अन्त होता है ? करेंगे सभी मिल-जुलकर। लल्ली आप ही शारिका का वर्दन[4] सँवारेगी। ओढ़ने पर बाँकड़ी, ज़री के फूल, सलमे-सितारे जड़ेगी। नन्ही के साथ शारिका को सजाने का ज़िम्मा भी उसी का। बहनें क्या पीछे रहेंगी ?

नन्नी को तो जुतशीवाले माँगकर ले गए। सुलक्षणी, बड़भागी ! काकन्यदेदी ने अपनी लाड़ली पोती के सिर पर मन्त्र पढ़कर राई-मिर्च वार आग में झोंक दी। चश्मेबद्दूर ! अपनों-परायों की नज़र न लगे। वर भी श्रीराम् जैसा सुन्दर, सुगुणी। लालजी का भाग्य कि ऐसी इन्द्र की अप्सरा मिली। लेकिन यह कात्यायनी ? यह कब तक खूँटा तुड़ाकर भागती फिरेगी ?

काकन्यदेदी की चिन्ता अपनी जगह कितनी सही थी इसका अंदाज़ा इस बात से ही लगता कि उनकी शादी उम्र के दसवें वर्ष में हुई थी, जब ताता महज़ चौदह वर्ष के थे और अपनी दुल्हन की जेब से खजूर-शीरनी निकाल भकोसते रहते। काकान्यदेदी अपनी सासूजी से शिकायत करती कि मेरी जेब खाली कर देता है आपका लड़का। इसे डाँटिए, नहीं तो मैं अपने बबा से कहकर पिटाई करवा दूँगी।

---

1. बेटी की शादी में सास-जिठानियों को दिया जानेवाला कपड़ा-लत्ता, 2. फिरन के साथ सिर पर पहननेवाला शिरोवस्त्र (महिलाओं का), 3. शिरोवस्त्र का एक हिस्सा, 4. दुल्हन का जोड़ा।

''ओ काकन्यदेदी, तुम ताता को पिटवा देती थीं ? हाउ सैड !''

काकन्यदेदी विगत के किसी पुराने काल-खंड में लौट जाती। झुर्रियल कपोलों पर रहस्यमयी मुस्कुराहट कुनकुनी धूप-सी फैलने लगती, पर कात्या की नटखट मुद्रा देख वह चेहरा लटका लेती, ''चुप्प ! ज्यादा बड़बड़ मत कर ! बड़ों की बात इस तरह नहीं करते। आदत हो जाती है। कल पराए घर जाना है। यह मत भूलो।''

''मुझे तो पढ़ाई करनी है काकन्यदेदी, तुम शादी के सभी अरमान शारिका, नन्नी दीदियों पर ही निकाल लो।''

''बस ! बस ! सुन लिया ! कितनी भी पढ़ाई करो, मर्द बनने से रही। लड़कियों की जून में आई हो, भाग में छाज-छलनी लिखकर लाई हो। यह बात याद रखो।''

लल्ली आँख के इशारे से बेटी को बरज देती। जो भी हो, बड़ों से उलझना सुगुणी लड़कियों को सोहता नहीं। यों कात्या अब ज्यादा उलझती भी नहीं। ताता ने उसे अभयदान जो दिया है।

लेकिन अभयदान मिला कैसे ? काकनी तो हाथ धोकर पीछे पड़ गई थी। उन्हें पुराने खानदानी तिक्कू साहब का इकलौता पूत गिरधारी भा गया था। दिद्दा से उसकी जन्मकुंडली नहीं मिली तो काकनी ने कात्या की कुंडली आगे बढ़ा दी। ताता के घर में लड़कियों का क्या टोटा ?

''आहा ! क्या रूप और क्या गुण ! भगवान शंकर ने ही ज्यों गिरधारी का रूप धरा हो ! पढ़ाई में भी हमेशा अव्वल।''

जैसे वे उन्हें जन्म से ही जानती हों !

''अरे ! जानूँ कैसे नहीं ? पुराना 'ज़रबाप्ता' है। अब वह पुरानी ज़मींदारी अहलकारी न रही, पर शानो-शौकत में कोई कमी नहीं ! नौकर-चाकरों की पल्टन सजी रहती है। चौमंज़िली इमारत के दीवानखाने और रवक इतने लम्बे-चौड़े कि दस बारातें साथ बैठी खाना खा लें। दीवारों पर सोने-चाँदी के फ्रेम जड़ी बुजुर्गों की रुआबदार तस्वीरें। सूफियाना रंगों के पैर धँसाऊ गरम-गरम गलीचे ! पूरा मुहल्ला शादी-ब्याह के लिए उन्हीं से बर्तन, देगचियाँ, कंडाल, कालीन, दरियाँ और क्या-क्या माँगकर नहीं ले जाते।''

''मैं तो कहूँ हाथ से जाने मत दो ऐसा घर।''

''लेकिन कात्या अभी आगे पढ़ना चाहती है।''

जानकीमाल पढ़ने की बात पर बौखला जाती है।

''बस्स-बस्स ! बहुत विद्यावती हो गई लड़की। यह अच्छा ज़माना आया। ऊँट की ऊँट लड़कियाँ लड़कों के संग छुट्टी घूमा करेंगी। सोलह पूरे कर गई लड़की। अपने घर भिजवा दो। फिर चाहे तो उम्रभर पढ़ाई करती रहे। कहीं कुछ उलट-सुलट न कर जाए लड़की।''

ताता ने हुक्का एक तरफ सरका, पत्नी का लाँग प्लेइंग रिकार्ड बन्द कर दिया, ''ठीक है। सोचेंगे।''

कात्या ने अनशन कर दिया और कोपभवन में बैठ गई। लल्ली ने समझाने की कोशिश की, "पढ़ाई तो आगे भी हो सकती है मुन्नू। हम तेरे सास-ससुर से बात करेंगे। वे हमारी बात मान लेंगे। ताता के दोस्त हैं, खुले विचार रखते हैं।"

"नहीं ?" कात्या फुसलावे में नहीं आई। कितने भी खुले विचारोंवाले हों, बहुओं को कॉलेज नहीं जाने देंगे। फिर कात्या को तो डॉक्टर बनना है। उसने अपनी उम्मीदों के महल ढहते देखे और हिलक-हिलककर रोने लगी।

"तुम लोग मजबूर करोगे तो मैं वह, जो ताखे पर रखा है चूहा मारने के लिए, वही नीला थोथा खाकर मर जाऊँगी।"

"छिः छिः, जो मुँह में आया बक दिया। मरें तेरे दुश्मन।"

लल्ली ने बेटी की आँखें पोंछ दीं, बाल सहलाए।

"ऐसी कुबात फिर कभी मुँह से न निकालना।"

लल्ली ने कात्या के क्षितिज बाँधने की कोशिश नहीं की। सासू जी बुड़बुड़ करती रहीं। राजदुलारी की प्रशंसा में जीभ सुखाई, "अंग्रेज़ी, संस्कृत क्या नहीं सीखी नन्नी। सिलाई-बिनाई में कोई जोड़ है लड़की का ? जो कहो मुँह बन्द कर मान लेती है। खूँटे बँधी गाय है, बड़भागी निकले। एक इस क़ात्या की कोई कल सीधी नहीं। क्या कहूँ 'हलि ति श्राख बलिति श्राख'[1] अपना ही नख मास है। चलो ! जो ऊपरवाले की इच्छा ! ज़ोर-ज़बर करने से सच में ही कुछ उल्टा-सीधा कर दे तो कहाँ मुँह दिखाएँगे। उल्टी खोपड़ी की लड़की है।"

दुख भरा निश्वास भर जानकीमाल ने ईश्वर से प्रार्थना की कि अब उसे उठा ही ले। घर में कोई कद्र ही न रही बड़ों की। "कलयुग सरीसामान पहुँच गया है।"

कई दिन घर में तनाव रहा। केशव ने पहली बार ताता से कात्या का पक्ष लेकर बात की। ताता के दोस्तों से सलाह-मशविरा किया, लड़की आगे डॉक्टरी पढ़ना चाहती है, किस कॉलेज में दाखिले की अर्ज़ी भेजी जाए ? पढ़ाई में तो ज़हीन है लड़की...! एस.पी. कॉलेज ठीक रहेगा, बायोलजी लेनी होगी...।

केशव ने कात्या का माथा चूमा, "तू पहली लड़की है घर की जो 'कोएजूकेशन' कॉलेज में पढ़ने जा रही है। अपना और अपने घरवालों का मान बढ़ाना।"

शारिका-नन्नी की सगाई हो गई, वे आगामी दिनों के स्वप्नों-उत्सुकताओं और उम्मीदों की सतरंगी बुनाइयों में सिर जोड़ व्यस्त रहने लगीं। चद्दरें-गिलाफ काढ़तीं। किरोशिए के मेजपोश बुनतीं। नन्ही नाजुक तितलियों के पंखों में भीतर सँजोए संसार के सुर्ख रंग भर देतीं। नीला आकाश और उसमें उड़ान भरते दो पाँखी ! अनन्त की ऊँचाइयाँ नापते ! दोनों लड़कियों की ज़िन्दगियों का आखिरी मकसद दूल्हा, और आखिरी कर्त्तव्य दूल्हे के माता-पिता, नाते-रिश्तेदारों का मन जीतना, सुगृहणियाँ, अच्छी पत्नियाँ, अच्छी बहुएँ, और बाद में अच्छी माएँ बनना...। कात्या चिढ़ जाती।

---

1. दोनों ओर से कष्ट होना (मुहावरा)।

लेकिन शारिका-नन्नी आनेवाले दिनों की अगवानी में स्वागत-समारोह की तैयारियों में व्यस्त हो गईं। दोनों लड़कियाँ घर में ही ज्यादा समय बिताने लगीं। नन्नी तो मैट्रिक के बाद रत्न, भूषरा, प्रभाकर कर चुकी थी, भगवद्गीता, रामायण का विधिवत पाठ करना भी जान गई थी। काकन्यदेदी उनकी गतिविधियों पर पहरा देने के लिए तैनात थीं। कहीं किसी अजाने युवा लड़के से न मिलें, आग-घी के सम्पर्क से प्रचंड ज्वाल न भड़के। आँगन में घुसते हर ऐरे-गैरे को एक्स-रे नज़रों से तौलती। किसकी नज़र मैली ? किसके मन में चोर ? चेहरे पर थोड़े लिखा होता है ?

गो कि पराए मर्दों के नाम पर घर में दो नौकर मात्र थे, महदू और रसोइया मुकुन्दराम, जिनसे लड़कियों का सामना यदा-कदा होना ज़रूरी था।

यों लड़कियों को अब न सड़क-छाप मजनुओं में रुचि थी और न पड़ोस के 'श्याम दीवाने' में, जो खिड़की पर बैठा शारिका को खोजती नज़रों से ताकता रहता था। नन्नी को तो पहले से ही ताका-झाँकी बिल्कुल नापसन्द थी। एक बार शारिका को खिड़की की जाली से श्याम को ताकते देखा तो बड़ी नाराज़ हो गई।

"तुझे रोज़ देखता है ? और तू भी ?"

"रोज़ कॉलेज से आकर खिड़की पर खड़ा हो जाता है।"

"तुझे कैसे पता ?"

"पता है न !" शारिका का मुँह लाल हो गया। जाने कब किस घड़ी आँखों के रास्ते दिलों के आर-पार अदृश्य कौंचा-सा लगा था। शारिका खुद को रोक नहीं पाती। "एक बार तो देख लेती हूँ। वह भी खिड़की की संधों से। उसे थोड़े पता चलता है।"

"नहीं, यह अच्छी बात नहीं। मुझे साहिबों के 'प्रदिमन लम्बू' ने एक बार गली से गुज़रते चिट्ठी दी, तो मैंने उसके मुँह पर मार दी। दूसरी बार कोई बदतमीज़ी करता तो चप्पल मार देती।"

नन्नी तो इस मामले में झाँसी की रानी थी, पर शारिका अपने दिल के हाथों मजबूर थी ! और चोरी-छिपे संधों से झाँकना, श्याम दीवाने की दीवानगी दिल की गहराइयों से महसूस करना, वह तब तक न छोड़ पाई जब तक विवाह की वेदी पर न बैठी। जाते-जाते कैसा महसूस किया, मन का एक नन्हा कोना कितना चिरा गया, कोई खामोश चीख निकली, यह सब किसी के लिए मानी नहीं रखता था। श्याम दीवाना कुछ दिन ज़रूर बौराया-सा शारिका के घर की बन्द खिड़कियाँ ताकता रहा, बाद में वह भी ज्यादा ज़रूरी कामों में उलझ गया। पर वह तो आगे की बात है।

फिलहाल घर में शादी की तैयारियाँ चल रही थीं। सुलतान जू शालवाले ने घर पर ही महीने तोसे के शालों की गठरी भिजवा दी, चुनकर पसन्द कर लें आप ही। सुनार को तो पुराने गहनों की ही काट-छाँट करनी थी, मुलम्मा पानी चढ़ाना था। नन्नी को माँ का अलकहोर पसन्द नहीं आया तो उसे तुड़वाकर नेकलेस बनवा दिया गया। तीनेक महीने ही तो रह गए थे शादी में, काम ही काम पड़े थे।

ऐसे में एक दिन चावल छटने आई मंगला मौसी ने शिगूफा छोड़ा कि गाँधी बाबा

अपनी वादी में आ रहे हैं। शीतलनाथ में हुजूम के हुजूम लोग इकट्ठा हो रहे हैं उनके दर्शन करने। क्या तुम लोग नहीं चलोगी ?

कमला-लल्ली महात्मा के दर्शन के लिए बेचैन हो उठीं। लेकिन लड़कियों की मँगनी हुई है, वे चल नहीं पाएँगी। 'कोरि छि लगनस चामुचु'।[1]

"तुम लोग जाकर दर्शन कर आओ महात्मा के। मैं शिवनाथ, केशवनाथ से कह दूँगी, ले जाएँ तुम्हें भी। मैं तो घर में हूँ ही।" जानकीमाल उदार हो उठीं। मन तो उनका भी था चलकर महात्मा को देखने का, उस महात्मा को जो धोती-चादर ओढ़ शीत-धाम में मीलों चलकर लोगों की विपदा सुनता है, जिससे अंग्रेज़ भी खौफ खाते हैं। पर एक तो घुटनों से बेज़ार, उस पर दुल्हन-बेटियाँ घर में।

कात्या ने ज़िद की, "मैं तो जरूर जाऊँगी, मेरी तो मँगनी नहीं हुई।" बहनों को उसने जीभ निकाल चिढ़ाया भी, "तुम लोग चद्दरें-गिलाफ काढ़ती रहो, मैं बापू को देखने जा रही हूँ।"

हालाँकि शीतलनाथ की भारी भीड़ में लल्ली का हाथ पकड़े उसका दम घुटने लगा, ऐसी अपार भीड़ और धक्कमपेल कि सुई गिराने की जगह नहीं। चारों ओर मुंडियाँ ही मुंडियाँ दिखें। भीड़ में किसी औरत का डेजहरू कटा, गुंडों ने किसी औरत को दबोचा, किसी भी छातियाँ नोचीं, कोई चीख-चीख गालियाँ बकती रही। केशवनाथ शिवनाथ ने भारी भीड़ में घुसने से इनकार कर दिया। पुलिस भारी भीड़ का नियन्त्रण करने में असमर्थ थी। तभी लाउडस्पीकर से घोषणा हुई कि बापूजी आज नहीं आ पाएँगे। शिवनाथ पास ही राम मुंशी के घर में घुसे। भीड़ छँट जाए तो चलेंगे।

ठट्ठ की ठट्ठ भीड़ निराश हो वापस घरों की तरफ मुड़ी। आधी भीड़ छँटने के बाद बापू की जीप शीतलनाथ के प्रांगण में रुकी। कात्या, लल्ली और कमला दौड़कर शामियाने में स्टेज के पास बैठ गईं। सामने साक्षात गाँधीजी। दुबले-पतले बापू, धोती-चदरा में।

गोल ऐनक के भीतर दूर तक देखती गहरी आँखें, छोटा-सा गंजा-घुचा सिर। बच्चों-सा पोपला मुँह। एक हाथ में लाठी, दूसरा हाथ किसी महिला के कन्धे पर रखते स्टेज पर आकर बैठ गए और माइक पर 'रघुपति राघव राजा राम, पतित पावन सीताराम' भजन गूँज उठा। शामियाने में बैठे दर्शनार्थियों ने भाव-विभोर हो, 'ईश्वर अल्लाह तेरे नाम सबको सन्मति दे भगवान' ऊँचे सुरों से गाना शुरू किया। आवाज़ों की आकाश छूती हिलोरें उठीं और शान्त हो गईं। बापूजी ने कोई भाषण नहीं दिया। माइक के सामने खड़े होकर सबको नमस्कार किया, धन्यवाद दिया, हाथ उठाकर आशीर्वाद की मुद्रा में ! और चले गए।

घर लौटते लोग भाव-विभोर थे। चुप्प और गम्भीर ! तो ये हैं गाँधीजी, जो अहिंसा और सत्याग्रह से आज़ादी पाने की बात करते रहे हैं। अनशन, सत्याग्रह और

1. लड़कियों की लग्न तिथि तय होने पर उनका घर से बाहर निकलना बन्द हो जाता था।

निहत्था विरोध। अंग्रेज़ों का तख्त हिलानेवाले, लाठियाँ खानेवाले। जय हो, जयजयकार हो।

"यही बापू जी अफ्रीका में फस्ट क्लास डिब्बे से धक्का देकर बाहर गिराए गए थे। अंग्रेज़ों ने कहा, 'तुम काले हो, सिर्फ गोरे फस्ट क्लास में बैठते हैं।' वही ?"

"हाँ वही तो ! वहीं से तो रंग भेद के खिलाफ आवाज़ उठाई थी।"

"अच्छा, क्या इन्हीं कपड़ों में, ऐसे ही फकीरों के वेश में बापू गोलमेज कांफ्रेंस में भाग लेने गए थे ? बिल्कुल ऐसे ही ?"

"और नहीं तो ! सूट-बूट तो कब का छोड़ दिया बापू ने।"

"कितने दुबले-पतले। इस हाड़ के पिंजर पर जाने कितनी लाठियों के प्रहार हुए होंगे। कितनी बार जेल गए ?"

"उसकी क्या गिनती ? कष्टों से घबरानेवाले नहीं हैं।"

कई-कई दिन घरों में बापू के ही चर्चे रहे। देखो तो राजकोट स्टेट के दीवान के बेटे, इंग्लैंड में पढ़े, दक्षिण अफ्रीका में वकालत की, और अब देश-सेवा में फकीर बन गए। 'अधनंगा फकीर' इन्हें ही कहा गया था। सचमुच के संन्यासी। पहले तो सुना करते थे कोई फरिश्ता है, अब देख भी लिया। कितना बड़ा पुण्य मिला लोगों को ! बापू के दर्शन हो गए।

# आज़ादी के नगमों में दहशत की धुन

पहाड़ी पर बैठे गुपकार के राजकमलों पर लाखों दीपकों की पलकें पटपटाती रौशनियाँ झील में धुकधुकाने लगीं तो संगरमाल से उतरी हवा ने लहरों के कान में धीरे से कह दिया 'आज़ादी' ! मुलुक आज़ाद हो गया !

डल किनारे खड़े 'पेरिस ब्यूटी', 'लेक क्वीन' और 'बागे-बहार' हाउसबोटों ने चौंककर देखा, आसमानों में ऊपर और ऊपर उठती नीले-पीले फव्वारों की सतरंगी आतिशबाज़ियाँ। क्या महाराजा बहादुर के घर एक और औलाद ने जन्म लिया है ?

मल्लाह मुश्ताक ने ढोंगे की खिड़की से मुंडी निकाल रौशनी की कतार को देखा और आश्चर्य से पपोटों के बाहर निकलती पुतलियों से घूरते हसन बांडे को ताज़ी खबर सुनाई, "सुना है, आज़ादी आ गई है।"

"कौन आ गई, अंग्रेज़ महारानी ?"

"हया बेवकूफा !" मुश्ताक ने हसन बांडे की पीठ पर धप्प मारी तो वह आकाश से ज़मीन पर उतर आया।

"रानी गई पानी भरने, अब अपना राजा भी चला जाएगा। मुलुक आज़ाद हो गया। इसी से 'जूल'[1] किया गया है।"

"क्या गज़ब की आतिशबाज़ियाँ ! अल्लाह करे इसी तरह हर रोज़ आज़ादी आती रहे। झील के सीने पर डोलते हमारे हाउसबोट इन रौशनियों में जगर-मगर होते रहें।" हसन बांडे के दिल से दुआ की पुकार उठी।

" 'हया खरा।'[2] 'ज्यादह वोट्ह म तुल, ह्य लऊट।'[3] अंग्रेज़ गए तो फाके लगेंगे, फाके। देसी सेठ क्या खाकर बैठेंगे हाउसबोटों में। उनके पास न अंग्रेज़ों की दौलत और न दरियादिली... ।"

सुबहान मल्लाह ने गुपकार की नहीं, पर वितस्ता किनारे खड़ी शेरगढ़ी की दीपमाला देखी और ख़ुर्शीद से कहा, "अंग्रेज़ गए तो शायद मुलुक के लिए ठीक ही हुआ, रहते भी तो ठीक ही था।" सत्तर पार के सुबहान मल्लाह की ज़िन्दगी में कौन-सी नई बहार आनेवाली है।

ख़ुर्शीद ने खाविन्द को आड़े हाथों लिया, "तुमने अच्छे की उम्मीद की थी कभी ?

---

1. दीपमाला। 2. गधे ! 3. ज्यादा उछलो मत, अपना तामझाम समेट लो।

ठीक और नाठीक तो बस, एक जैसे तुम्हारे लिए ! सोचो तो, पूरा मुलुक आजादी की हवा से कैसे महक उठा है आज़ादी आयिलो, द्यू नालऊ बुलबुलो।'' वह झूम-झूमकर गाने लगी।

''हाँ ऽऽ, सो तो होगा ! आज़ादी है ही चीज़ ऐसी। मगर ख़ुर्शीद, एक बात जान लो, अंग्रेज़ हमारे पेट पर लात मारकर गए हैं...।''

सुबहान मल्लाह के बेटों अली-गनी को भी फिकर-सी हुई। अब कौन रहेगा उनके 'हनीमून' हाउसबोट में ? रेशमी पर्दों और यरमा कढ़ाईवाले कुशन कवरोंवाले गद्देदार स्प्रिंग शिकारों पर अंग्रेज़ तोता-मैना सैर को निकलते तो परीमहल से नटखट हवाएँ उतर उन्हें छू लेतीं। सुबहान मल्लाह के गले से सूफियाना कलाम पहाड़ी झरनों की तरह फूट पड़ते। अब उनकी जगह काले अफसर और कंजूस सेठ बैठें भी तो दस की जगह दो रुपल्ली पकड़ा देंगे, सो भी रोनी सूरतों से उँगलियों पर घिसाकर, जैसे नोट उनसे जुदा होने पर आँसू बहा रहे हों।

लेकिन प्रबुद्ध शहरियों में खुशी, उत्तेजना, आशंका, उम्मीद की मिली-जुली चर्चाएँ थीं। 15 अगस्त, 1947 ! अजोध्यानाथ, बलभद्र, जियालाल और पृथ्वी दर ने एक साथ बैठकर रेडियो से प्रसारित नेहरू जी का पार्लियामेंट में दिया भाषण सुना था, ''जब दुनिया सो रही होगी, भारत स्वतन्त्रता के आलोक में जागेगा।''

यह स्वतन्त्रता का आलोक झील की रहस्यमयी छाती में झिलमिलाया था। महाराज बहादुर ने वादी को ही नहीं, जम्मू और लेह को भी दीपमालाओं के प्रकाश से जगरमगर कर दिया था।

लेकिन उस समय वादी में कई राग-रंग, योजनाएँ, हर्ष और चिन्ताएँ, महत्त्वाकांक्षा और अनिश्चितताएँ, एक साथ कन्धे मिलाकर खड़ी हो गई थीं। उनके बारे में जनता क्या जानती थी ?

'ह्यूमन अर्थकुयेक' ! आज़ादी के साथ बँटवारे में जो दोतरफा मार-काट, लूट और आगज़नी हुई, उसे देख नेहरू भौंचक हो गए थे। बापू शायद इस परिणति से पहले ही आशंकित थे। तभी तो अन्त तक वे बँटवारे के लिए राज़ी नहीं हुए थे।

अजोध्यानाथ के माथे पर चिन्ता की लकीरें थीं।

''हाँ ऽऽ ! सो तो है ! नेहरू जी ने भी तो कहा था कि 'स्वतन्त्र भारत कभी दोबारा परतन्त्र नहीं होगा। कोई पाकिस्तान न बनेगा, कोई साम्प्रदायिक तनाव नहीं होगा !' पर इस बँटवारे ने सभी क़यास गलत साबित कर दिए।''

''सुना है, अमृतसर-लाहौर से लाशों से पटी रेलगाड़ियाँ दिल्ली आ रही हैं और दिल्ली से कटी-पिटी लाशें जवाब में पार्सल की जा रही हैं...ठट्ठ के ट्टठ लोग पोटली-बुगचे उठाए रातों-रात घर-बार छोड़कर भाग निकले हैं। हे राम ! ये कैसी आज़ादी मिली !''

''दिल्ली में कैम्प खुले हैं, शरणार्थियों की सहायता की जा रही है।''

पाकिस्तान बनने के साथ ही चिन्ताओं का एक और पहलू वादी के प्रबुद्ध जनों

की नींद उड़ा रहा था।

"महाराज बहादुर हिन्दुस्तान में जाएँगे या पाकिस्तान में ? कहीं वे लोग भी लाहौर-अमृतसर से आए क्षत-विक्षत शरणार्थियों की पाँत में तो नहीं बैठने जा रहे ? हे महागणपति ! रक्षा कर !"

दूसरे धड़ों में भी बड़ी अनिश्चय की स्थिति थी। चौधरी गुलाम अब्बास पहले ही नेशनल कांफ्रेंस से अलग होकर मुस्लिम कांफ्रेंस में चले गए थे।

"अब तो मीरवाइज़ मौलवी युसूफशाह मुस्लिम कांफ्रेंस के नेता हैं। सुना है, नेशनल कांफ्रेंस के नेताओं से खूब धींगामुश्ती हो रही है।"

"चिन्ता की बात तो है। राज्य में कई विरोधी शक्तियाँ सक्रिय हैं।"

"चौधरी हमीदुल्लाखान ने 10 मई, 1947 को ही महाराजा को 'कश्मीर छोड़ने' के लिए कहा था। कश्मीर के आज़ाद होने की घोषणा करो। 'कश्मीर छोड़ो' ! कितना हल्ला मचा था ? नेताओं को जेल भेजा गया था।"

"महीना भर बाद ही तो लॉर्ड मॉउंटबैटन अपनी वादी आए थे। इसी पिछली जून को ही तो।" बलभद्र को तारीख भी याद है।

"सुना है, महाराजा बहादुर को स्वतन्त्र निर्णय लेने की सलाह दी। पर महाराजा को उदरशूल उठा था।"

"हाँ, सुनने में तो ऐसा ही कुछ आया है। सच तो परमात्मा जानता है।"

"राजा क्या फैसला लेंगे, कौन जाने ?" लोग आशंकित थे।

"जो भी फैसला करेंगे, जनता के हित में ही करेंगे भाई ! आखिर हम उनकी प्रजा हैं।" बन्तासिंह हिम्मत नहीं हारते।

राजा के निर्णय में ब्राह्मण जनों का कुछ ज्यादा ही विश्वास था। वे उनके रक्षक रहे हैं, पर निर्णय लेना आसान नहीं था।

"हाँ भई, इसी जुलाई-अगस्त में जो गाँधीजी कश्मीर आए, सुना, महाराजा से भी भेंट की। ज़रूर कुछ सलाह-मशविरा हुआ होगा। जनता की इच्छा जानना चाहते होंगे।"

"ज़रूर कुछ मशविरा हुआ है। बलभद्र भाई। तभी तो उधर गाँधीजी वापस चले गए और इधर रामचन्द्र काक साहब को प्रधानमन्त्री पद से हटा दिया गया और मेजर जनरल सिंह को उस पर रखा गया। यह अभी 10 अगस्त की ही तो बात है।"

"यह भी तो अफवाह है कि जिन्ना साहब राजा का फैसला जानने को उतावले हो रहे हैं। धर्म का नाम लेकर वे कश्मीर को पाकिस्तान का हिस्सा बनाना चाहते हैं।"

बन्ता सिंह पाकिस्तान नाम लेने से ही घबरा उठते हैं। लाहौर अमृतसर का 'कतरिबतअ'[1] उनकी आँखों के आगे सजीव होने लगता है।

अजोध्यानाथ दिलासा देते हैं।

---

1. मारकाट।

"अरे छोड़ो, ऐसे ही कश्मीर पाकिस्तान में चला जाएगा ? शेख साहब न तो मुस्लिम लीग को पसन्द करते हैं और न जिन्ना साहब को। वे तो नेहरू के 'फास्ट फ्रेंड' हैं। पक्के राष्ट्रभक्त हैं। ज़रूर हम भारत का ही हिस्सा बने रहेंगे। आप लोग निश्चिन्त रहो।"

फिर भी यह सच है कि प्रबुद्ध जन चिन्तित थे, "हमारा क्या होगा ?" लेकिन महदू ख़ुर्शीद, लस-दर्जी, सुल-मोची, फाता-कुंजड़न अपने रोज़ के धन्धों में मसरूफ थे। कोई आए कोई जाए, वे तो वहीं, हरमुख के गोसाईं। सुबह जहाँ से चले, शाम को वहीं खड़े। हिन्दुस्तान-पाकिस्तान की उन्हें कोई खास जानकारी नहीं थी। एक पुराना मुलुक था, दूसरा नया बना था। उधर कुछ हलचलें हो रही थीं। इतना सुनने में आता था। पर वह सब 'बानिहाल पार' की बातें थीं। "उस पार जो हो, सो हो, इधर स ऽऽ ब अच्छा ही होगा।"

वे अपने विश्वासों के कवच में सुरक्षित थे। इधर रहमान ताँगा नेशनल-कांफ्रेंस का बोलबाला देख शेख साहब की पार्टी में आ गया था। हवा का रुख जो उन्हीं की तरफ था। फिर रहमान ताँगे के दिल में छोटा-मोटा लीडर बनने की तमन्ना भी ज़ोर मारने लगी थी।

आज़ादी के दिन रहमाना हलका कमेटी की मीटिंग में चला गया और साम्राज्यवाद, एरिस्टोक्रेटिज्म, जम्हूरियत आदि गूढ़ शब्दों के अर्थ न समझने के बावजूद खुश हुआ कि जैसे अंग्रेज़ चले गए और हिन्दुस्तान आज़ाद हो गया वैसे ही अपनी वादी से राजा चला जाएगा और राज्य मज़दूरों-किसानों के हाथ में आ जाएगा और उन सबके रहनुमा होंगे शेख साहब।

प्रचार के दौरान वह शेख साहब के गुणों की फेहरिस्त लोगों के सामने पेश करता तो यार-दोस्त भी 'डुल कूट'[1] कहकर मज़ाक करते, "ज़रूर 'न्यन्या बत्ता'[2] खिलाया है पार्टीवालों ने। जभी तो रातों-रात शेख साहब की खूबियों का 'इलहाम' हुआ है।"

रहमान कभी खिसियाकर, कभी तेवर चढ़ाकर जवाब देता, "सियासत को समझने में वक्त लगता है यारो। वह माँ के घुटनों तले बैठने से समझ नहीं आती। उसमें हेर-फेर की गुंजाइश रखनी पड़ती है। बाकी रही खाने-पीने की बात। सो अपनी हुकूमत बनेगी तो हम ही यारों को गोश्ताबा-रिस्ता खिलाएँगे। अल्लाहताला से दुआ माँगो, वह दिन जल्दी आ जाए।"

अशी दाई बेटे की डींगों से भले प्रभावित न होती हो, आखिर उसके पोतड़े-पातड़े धोए थे उसने, पर उसका शेख साहब की 'पाल्टी' में जाना उसे अच्छा ही लगा। यों उसका विश्वास था कि सियासत भी लोगों की हैसियत देखती है। रहमान ताँगे को घोड़े की रास सँभाल आल-अयाल की खैर-खबर रखनी चाहिए। बहू चार घरों की चाकरी

---

1. मुहावरा—लकड़ी का गोल कुन्दा जिसे धक्का देकर कहीं भी लुढ़काया जा सकता है, 2. घूस की दावत के अर्थ में प्रयुक्त।

कर दो वक्त का साग-भात जुटा रही है। माँ की भी अब कमर झुकने लगी है। शीत-घाम में घर-घर जाकर जच्चगी नहीं करा पाती।

फिर इधर बड़े लोगों की देखादेखी छोटे भी डॉक्टर-नर्सों को ही पसन्द करने लगे हैं। कहते हैं, दाइयाँ साफ-सफाई का ख्याल नहीं रखतीं। 'फेक्शन'[1] होता है। नई हवा है, क्या कहें ! चलो ! अल्लाहताला सबका रखवाला।

इसी अल्लाह के भरोसे और लीडरों की बुलंद आवाज़ों ने रहमाने का हौसला बनाए रखा कि कुछ होकर रहेगा। उसके दिन भी फिरेंगे।

अब रहमान ताँगे की अटकलें, कहें, उभरते लीडरों के अंदाज़े, या महाराजा के कुग्रह कहें, कि अचानक हालात ने वह रुख पलटा कि बड़ों-बड़ों के पसीने छूट गए। लोग हयबुंग-हैरान कि यह सब क्या हुआ ? कैसे हुआ ? और अगर हुआ भी तो देश को आज़ादी मिलने के दो-एक मास बाद ही क्यों ? इसका अंदाज़ा क्या पके बालोंवाले बुजुर्ग नेताओं को नहीं था ?

अक्तूबर का महीना ! पेड़-पौधे हेमन्त की हवा से पियरा गए थे। चिनार का आतश पत्तों में झलकने लगा था। ठंड की आमद होने के बावजूद सैलानियों की आवन-जावन चल रही थी। निशात शालामार की छोड़ भी दें तो गवाकदल, अमीरा कदल, लाल चौक में जिन्ना टोपियों की तादाद खासी बढ़ गई थी।

प्रबुद्ध घरों में छिटपुट खबरें आ रही थीं, कि पाकिस्तान हिन्दुस्तान की सीमाओं पर आर-पार के सैनिकों में गाहे-बगाहे मुठभेड़ हो रही है। उधर पुंछ राजौरी इधर मुजफ्फराबाद की सीमाओं पर, गिलगित से लेकर मीरपुर तक ! अब एक देश के दो हिस्से हो गए तो यह नोक-झोंक तो चलेगी ही चलेगी। सेना को भी कोई काम तो चाहिए।

"काम की खूब कही। कसरत-परेड तो उन्हें रोज़ की करनी पड़ती है। हाँ, बन्दूक चलाना भूल न जाएँ तो गोली चलाने की प्रेक्टिस करते रहते हैं।" जियालाल मज़ाक मसखरी में बात को उड़ा देते हैं।

लोगों की अटकलें महज़ प्रेक्टिस-परेड तक सीमित थीं गो कि सच्चाई इसके बिल्कुल विपरीत थी।

उस दिन शारिका-दिद्दा की मेंहदी रात थी। अजोध्यानाथ के घरवाले वह दिन क्या कभी भूल पाएँगे ?

काशी 'गिन्दनगोर'[2] साजिन्दों के साथ महिला मंडली में 'बच्चानगमा' सुना रहा था। बुआ सोना ने नेग-वेग लेने की रस्में बन्द कर दी हैं पर शगुन के लिए उसने तुंबकनारी पर पहली थाप देकर 'मंअज़ेराच शारद बअच गिन्दने' की धुन छेड़ दी और मेंहदी घोलने-बाँटने का काम रिश्ते की बहन शान्ता के ज़िम्मे कर दिया। शान्ता बड़ी-छोटी ताइयों, चाचियों, मौसियों और नाते-रिश्तेदारनियों, मुहल्ले की लड़कियों के हाथों

---

1. इन्फेक्शन, 2. विवाह में खेल दिखाकर रिझानेवाला।

पर हथेली भर-भर मेंहदी, नैवेद्य की तरह बाँटती बुजुर्गनों के आशीष और नेग बटोरने लगी। पुरुष वर्ग रवक से लगी बैठक में अपनी मजलिस जमाए बैठे थे। शादी के काम-क़ाज की बातें भी हो रही थीं और महिलाओं की मोहिनी झलक और सुरीले कंठों से निकले इश्किया नगमे सुनने का सुख भी लगे हाथों नसीब हो रहा था।

जब काशी गवैया ने, 'हय हय बुँ लूसुस सॅन्य त वोगन्य वेन्य चे़ दिवानी'[1] तान छेड़ते बुजुर्गनों को हाथ के इशारे से पीछे हटने को और चुलबुली युवतियों को पास खिंच आने का रसीला आमन्त्रण दिया तो नवेलियाँ घुटनों में सिर दिए दबी-दबी हँसी हँसती रहीं और बुजुर्गनों ने फिरन की बाँह के पीछे लजाते-मुस्कुराते मीठी गालियों की बौछार कर दी। 'वुछ कोसु दिवथ छस वअछ़मुच' ![2] तुम्हें हम बुढ़िया दिख रही हैं काशीनाथा ? हैं ?

" 'लोकुचि लोकुचि ब्रोंठकुन तँ बुजि बुजि पथकुन ?'[3] हाँ ऽऽ ! काकनी, थोड़ा पीछे खिसको, इन सुन्दरियों को मेरे साथ ताल मिलाने दो। आगे आओ, नाजनीनो ! आओ, तुम्हें मेरी कसम।"

"लो ! कलंकी अवतार ! बाल पक गए पर दिल बूढ़ा न हुआ।"

हँसी-ठहाके, छकरी के सामूहिक बोल, भजन, इश्किया नगमे और शादियाने का हंगामा ! आज सभी खताएँ माफ।

महदे ने गाँव से नचनी टोली बुलाई थी। लड़ीशाह ने शार सुनाए। 'बांड पअथर' देख औरतें हँस-हँसकर लोट-पोट हो गईं। मुच्छड़ जागीरदार और गरीब किसान का वार्तालाप, धौंसियाती पुलिस और चार पैसे हाथ पर रखकर खता माफ करनेवाली 'पोंड पुलिस'। तंज, हास्य, दैन्य, हकीकत और स्वप्न ! ज़िन्दगी के सफेद, काले रंग, सभी गड्डमड्ड होकर मनोरंजन का साधन बन गए।

केश खोले, हाथों में, पैरों पर मेहंदी रचाए शारिका और दिद्दा महिला मंडल से घिरी 'इसबंद' और आशीषों की बौछारों में, आनेवाले कल के दिवास्वप्न देख रही थीं। तुम्बकनारियों की थापें दूर-दूर तक शादियाने के सन्देशे भेज रही थीं। तभी किसी अपशकुन की तरह लीलावती की बहन शोभा तूफान उठाती ठसाठस भरे रवक में घुस आई। घबराई, बदहवास, चेहरे पर हवाइयाँ उड़ी हुईं।

"अरे शोभावती ! कब आई बारामूला से ? ठीक तो है सब ? यह क्या हुलिया बना रखा है ?"

लेकिन शोभावती प्रश्नों के उत्तर देने की स्थिति में कहाँ थी ?

कमरे में घुसते ही छाती पीटकर चीखने लगी, "वे लोग बारामूला पहुँच गए हैं। मार-काट मची हुई है। तुम लोग यहाँ तुम्बकनारियाँ बजा रहे हो ? सुबह तक इधर पहुँच जाएँगे...।"

---

1. हाय मेरे प्यार ! मैं तुझे ढूँढ़ते-खोजते हलकान हो गई। 2. देखो तो कैसी बुद्धि भ्रष्ट हो गई है। 3. युवतियाँ आगे आएँ और बुढ़ियाँ पीछे चली जाएँ...

"कौन बारामूला पहुँच गए शोभा ? कैसी मार-काट ? क्या हो गया तुम्हें ? बड़े दिन में अमंगल बोल रही हो ?"

काकन्यदेदी को लगा, शोभा अचानक पागल हो गई है। न कपड़े-लत्ते का होश और न बात का सलीका। ऐसी फूहड़ गँवार तो नहीं है।

"वो...वो कबाइली आ रहे हैं। लोग भाग रहे हैं। हम लोग नंगे पैर जान बचाकर भाग आए हैं। अभी घर में कदम रखा तो मैं तुम लोगों को बताने चली आई। उन्होंने मुजफ्फराबाद पर कब्ज़ा कर लिया है। सोना का जेठजी तो मुहरा में है, कमला भाभी की बहन बारामूला से निकल पड़ी है, कौन जाने किस हाल में हो। वे लोग औरतों की छीछालेदर कर रहे हैं। प्रलय आई है, तुम लोगों को क्या कुछ भी मालूम नहीं ?"

महिला मंडल में रोना-धोना मच गया। पुरुष वर्ग सतर्क हो गया। किसी का बेटा ऊडी में, किसी का पूरा अयाल बारामूला में ! सोना के जेठजी का हाल में ही मुहरा तबादला हुआ है। लीलावती शारिका-दिद्दा की शादी के लिए ही सात दिन पहले बच्चों को लेकर चली आई थी, सोचकर कि बेटियों की शादी है, कुछ काम-धाम में हाथ बँटाएगी। अब यह अचानक कैसी बिजली गिरी।

घबराहट से लीलावती के दाँत बैठ गए। तुलसी की माँ छाती पीटकर रोने लगी, कौन जाने तुलसी का क्या हश्र हो गया हो। बलभद्र का भाई मुजफ्फराबाद में फारेस्ट रेंजर है। नौकरियों के चक्कर में कोई कहीं, कोई कहीं। हे प्रभो ! यह कैसी आपदा !

शादीवाले घर में अचानक रोना-पीटना मच गया। मौत का समाँ बँध गया। आधी रात को ही मर्द-औरतें हाँफते-काँपते अपने-अपने घरों की ओर भागे। अपनों की खैर-खबर सुनने को उतावले, एक-दूसरे को ढाढस बाँधते, फिर भी चिन्तित। क्या कल का सूरज देखना नसीब होगा ?

रात से ही बनते पकवानों की देगों को उतार, जलते चूल्हों पर पानी डाला गया और रसोइए, खानसामा, नौकर-चाकर, सभी भागकर अपने-अपने दड़बों में घुसकर सिमट गए। अजोध्यानाथ ने रोती-कलपती स्त्रियों, सहमी दुल्हनों, बच्चों और चिन्तित बेटों को दीवानखाने में बुलाया। सलाह-मशविरा हुआ। अब बात गुप्त नहीं रही थी।

"कबाइली हमारी वादी में घुस आए हैं। आपत्ति आई है। पर घबराने से काम नहीं चलेगा। रोना-धोना छोड़ो। हिम्मत से काम लेना होगा। जो कुछ होगा, सभी मिलकर मुकाबला करेंगे।" अजोध्यानाथ ने स्थिति स्पष्ट कर दी।

शोभा के पति मुहल्ले में ही रहते हैं। शिवनाथ उनके पास जाकर पूरी जानकारी ले आया और अजोध्यानाथ के सामने स्थिति स्पष्ट कर दी।

"सुना, वे बड़े खूँखार लोग हैं। औरतों की बेहुरमती करते हैं। पीताम्बर भट्ट के पूरे परिवार को कतार में खड़ा कर एक ही गोली से भून दिया। ज़र, ज़मीन और जोरू के चक्कर में मार-काट मचा रखी है।"

"शोभा कह रही थी, सोने के भ्रम में पीतल के समावार, पतीले-लोटे भी समेट रहे हैं, हत्यारे बड़े ज़ालिम हैं।" यह सब शोभावती ने कहा जो दो बच्चियों और पति

सोमनाथ के साथ कबाइलियों के आतंक से छिपते-छिपाते श्रीनगर पहुँच गई थी। "भला हो यूसुफ लोन का, उसने भागने में मदद की। लॉरी पर बिठा दिया। अपनी जान पर खेलकर हमें गाँव से बाहर निकाला।"

अब आगे क्या किया जाए ? शादी अधबीच ही रोक दी गई। मेंहदी लगी दुल्हनें अँधेरे कोने में सिमटकर बैठ गईं। कबाइली आक्रमण श्रीनगरवासियों के लिए सच्चाई बन गया, जब उन लोगों ने मुहरा के पावर हाउस पर कब्ज़ा कर लिया। पूरी वादी अँधेरे ताबूत में बन्द हो गई। 25-26 अक्तूबर, 1947 की रात वादी के लोगों के लिए कहर की रात थी। कल तक कबाइली शहर तक पहुँच जाएँगे तो शादी कैसी ? क्या पता बहू-बेटियों का क्या हश्र हो। अजोध्यानाथ का वकीली दिमाग भी काम नहीं कर रहा। शिवनाथ केशवनाथ घर के चाकू, छुरियों से लेकर धान कूटने का 'मुहुल' बल्लम, केन, सोटियाँ इकट्ठा करते रहे। ताता की वह तलवार भी बक्से से निकाली गई जो महाराजा बहादुर के जन्मदिन पर बधाई देने हाज़िर होते वक्त, अचकन-गाउन पहन कमर में लटकाई जाती थी। वर्षभर मखमली म्यान की शोभा बनी इस तलवार को स्वयं शिवनाथ ने धार देकर चमकाया। मोटे हत्थेवाली तलवार उठाने में ही उन्हें काफी वज़नी लगी, पता नहीं ज़रूरत पड़ने पर वे उस तलवार का क्या उपयोग कर पाते !

रातभर अजोध्यानाथ के घरवाले बैठक में सिर झुकाए बैठे इन्तज़ार करते रहे। मौत की-सी काली रात बीतने का इन्तज़ार। यह रात सिर्फ अजोध्यानाथ के ही घर पर खौफ बनकर नहीं छाई, पूरा शहर अगले क्षणों की शंकित और भयभीत होकर प्रतीक्षा कर रहा था। अजोध्यानाथ के हुक्के की गुड़गुड़ खामोशी का अहसास बढ़ा रही थी।

दुल्हन लड़कियाँ चुपचाप आँसू बहाती बेहाल हो गई थीं। काकन्यदेदी ने उनकी हिचकियों भरी देहों को अंकवार में भरकर चिपका लिया था। पोतियों के खुले केशों में उँगलियाँ फिराती, वे उन्हें सुलाने का यत्न कर रही थी। मन में करोड़ों देवी-देवताओं से प्रश्न पूछती कि यह प्रलय की घड़ी इसी दिन आनी थी ? लाड़लियों की हौंस-हवस पर अब्रहीन आसमान से बिजली गिरनी ही बदी थी ? हे सिद्धिदाता ! मैंने तेरी पूजा-आराधना में कहाँ गलती की ?

ताता की चिन्ताएँ ज्यादा गहरी थीं। कबाइली अगर श्रीनगर आ ही पहुँचे तो बहू-बेटियों को आँखों के सामने बेइज़्ज़त होते देखने से मर जाना क्या बेहतर न होगा ? कौन-सा विकल्प बचेगा हमारे सामने ? क्या ज़हर खिलाकर सुला देना धर्म होगा ? हत्या नहीं होगी वह ?

धर्म-अधर्म की साँप-छछूँदर गति के बीच फँसे ताता अपलक आँखों विनाशकारी बाढ़-सी घिर आई काली रात को सीने पर सहते रहे !

तलवार-चाकू-छुरियों से गोलियों का सामना करने का विचार ही हास्यास्पद था। कहीं भाग निकलना एकमात्र विकल्प है पर भागना कहाँ और कैसे ? बर्फ ढके बानिहाल और पीर पंचाल के शिखर लाँघना मर्द-मौतबरों के बस की भी बात नहीं, स्त्रियों-बच्चों

की तो बर्फ में ही कब्र बन जाएगी।

आधी रात को अचानक अप्रत्याशित भँवर में फँस गया था शहर। दाएँ-बाएँ इंच भर हिलने की भी गुंजाइश नहीं। पहाड़ों की गोद में सहमी-दुबकी वादी महाकाल के भय से अन्धी खोह में साँस रोके बैठी थी।

लेकिन उम्मीद को आखिरी छोर तक तिलांजलि नहीं दी जा सकती और जल्दबाज़ी में कोई कदम नहीं उठाना है। ताता को अपने पिता का बार-बार दुहराया पंचतन्त्र का श्लोक याद आया।

> भये वा यदि वा हर्षे सम्प्राते यो विमर्श येत्
> कृत्यं न कुरुते वेगान्न स सन्ताप माप्नुयाते ![1]

अँधेरे में दीयों की थरथराती रौशनी में अपनी लम्बी-छोटी काँपती परछाइयाँ घूरते, घर के पुरुष विचार करते रहे और उम्मीदों के दीये बालते रहे।

"महाराजा ज़रूर कोई प्रयास कर रहे होंगे। आखिर उनका धर्म है प्रजा की रक्षा करना !" शिवनाथ-केशवनाथ गझिन खामोशी के बीच एकाध वाक्य बोलते जो मेंढक की तरह उछलकर रात के काले पानी में डुब्ब हो जाते।

"हूँ ! सो तो ठीक कह रहे हो। परन्तु..." अजोध्यानाथ ज़ोर-ज़ोर से हुक्के के कश खींचने लगते।

"परन्तु क्या ताता ?" किसी आखिरी उम्मीद की कमज़ोर पकड़ छूटने का भय !

"वही, पहले आत्मा फिर परमात्मा ! अभी हवा राजा के विरुद्ध है।"

"तो ? यानी कि क्या हमें अधर में लटका छोड़ देंगे ?"

"महान राजा ललितादित्य[2] अपने डामरों द्वारा ही धोखे से मारा गया था। हमारे महाराजा जानते हैं। वे पहले अपनी जान बचाएँगे।"

लल्ली, कमला, कात्या, राझा करने को कुछ न पाकर इन्द्राक्षी का पाठ करने लगीं, 'इन्द्राक्षी नामसा देवी, देवतैः समुदाहृता...' घबराहट, भय और आशंकाओं से लरजती वाणी ! जहाँ हाथ-पैर मारने की गुंजाइश नहीं, वहाँ उस अदृश्य शक्ति को ही समर्पित होना होगा।

मुन्ना ज़मीन पर ही बाँह का तकिया लगाए, गुड़ी-मुड़ी होकर सो गया था। शादीवाले घर में मुर्दनी और मातम का आलम।

एक ही रात में पूरी सृष्टि जलप्लावन में समा गई थी। 26 अक्तूबर, 1947 का दिन अटकलों, अंदाज़ों और वहमों भरा दिन था। पत्थर बँधे पैरों उठकर घर की औरतों ने चूल्हा बाल लिया। पेट का जहन्नुम तो मुसीबत में ज्यादा ही गुड़गुड़ाता है। मुकुन्दराम पौ फटते ही अपने गाँव भाग गया था।

अजोध्यानाथ ने शिवनाथ के हाथ शारिका-दिद्दा के ससुरालवालों को सन्देशा

---

1. भय या हर्ष प्राप्त होने पर जो मनुष्य भली प्रकार विचार करता है और जल्दबाज़ी से काम नहीं करता, वह कभी कष्ट को प्राप्त नहीं होता। 2. 725 ई. से 753 ई. के बीच कश्मीर का महाराजा।

भिजवा दिया कि बच्चों का 'देवगोन'[1] फिलहाल रोक लिया जाए। क्या पता कल तक क्या स्थिति बन जाए।

27 अक्तूबर को आकाश में गड़गड़ाहटें सुनाई दीं। चौकन्ने कानों ने सुना, आँखों ने अविश्वास से देखा, सिरों पर मँड़राती विशाल चीलें !

"तो भारतीय फौजें हमारी मदद को आ गईं।" डूबते हुओं को नदी किनारे के काई-कछार मिल गए। ज्यों असम्भव घट गया हो, स्वयं प्रकट हो गए हों शंभो ! "हे माँ शारिका ! तुम्हारी जय-जयकार ! तुमने हमारी अरदास सुन ली।"

करिश्मा हो गया था। लोग खुशी से रोने लगे। जिन्होंने भागकर जान बचाने, वितस्ता में छलाँग लगाकर, जलसमाधि ले अपना धर्म बचाने या बल्लम-भालों से दुश्मन को मारकर मर-मिटने की सोची थी, उन्हें अचानक जीवनदान मिल गया। जिन्होंने कुछ सोना, चाँदी और नगदी गठरी-मुठरी में बाँध बानिहाल पार भागने की तरकीबें सोची थीं, उन्होंने गठरियों की गाँठें खोलकर तसल्ली की साँस ली ! माँ पार्वती ने अपनी प्रजा की रक्षा की।

अजोध्यानाथ ने घर की ऊपरी मंज़िल से बेटों-बहुओं और बच्चों को आकाश में कलाबाज़ियाँ खाते बमवर्षक विमान दिखाए।

"वह देखो। वह उधर एरोड्रोम की तरफ उठती आग और धुएँ की लपटें ! देख रहे हो न ? बड़गाम तक घुस आए थे कबाइली ! वे स ऽऽ ब मारे जाएँगे ! एक भी साबुत न बचेगा !"

श्रीनगर में लाखों आँखों ने लड़ाकू विमानों को हवाई अड्डे और शालटेंग की तरफ बम गिराते देखा। आसमान रँगती लाल लपटें और काले बादलों को लपेट में लेते धुएँ के अम्बार !

कबाइली मुजफ्फराबाद पर नियन्त्रण कर बारामूला मुहरा से होते नीचे शहर की सीमा शालटेंग तक पहुँच गए थे। दूसरी ओर हवाई अड्डे पर अधिकार करने ही वाले थे कि ऐन वक्त पर भारतीय सेना ने आकर उन्हें खदेड़ दिया।

"अब सब ठीक हो जाएगा। गाँधीजी और नेहरूजी ने हमारी रक्षा के लिए सेना भेज दी है। आखिर हम उनकी प्रजा हैं, हमें मरते हुए वे थोड़े ही देख सकते हैं ?"

निहत्थों के अखंड विश्वास ! नेताओं पर अटूट श्रद्धा और आस्था ! कैसे क्या हुआ, इसकी जानकारी सहमे, भयग्रस्त लोगों को नहीं थी। वे इतना जान गए कि महाराजा ने भारत के साथ 'इलहाक' किया है और शेख साहब ने लोगों को हिम्मत दी है। अब सब ठीक हो जाएगा।

अजोध्यानाथ उस दिन स्वयं समधियों के पास चले गए। बादाम की टोकरी और मिसरी के कूजोंवाला मटका लेकर ! पहली बार, होनेवाले समधियों के यहाँ जाना क्या

---

1. लग्न से पूर्व, कश्मीरी, देवताओं को प्रसन्न कर आशीष माँगने हेतु हवन करते हैं, दूल्हे-दुल्हनों को नए वस्त्र एवं आभूषण पहनाते हैं।

खाली हाथ होगा ? दिल को अब तसल्ली भी थी कि संकट की घड़ी टल गई है।

"भाई साहब ! ईश्वर हम पर कृपालु है। महाराजा बहादुर ने कश्मीर के भारत में अधिमिलन के लिए दरखास्त भेजी है। सुना है, वाइसराय ने अपनी स्वीकृति भी दी है।" उन्होंने देश की ताज़ा स्थिति पर विचार-विमर्श किया।

"हाँ समधी जी, तभी तो फौजें हमारी रक्षा के लिए आ गईं। एकाध दिन की भी देरी हो जाती तो पूरा शहर मटियामेट हो गया होता।"

"देर भी क्या थी प्रलय होने में ? सुना है तुलामुला[1] में खीरभवानी के कुंड का जल काला स्याह हो गया था।"

"डाढे ग्रह थे अजोध्यानाथ जी, टल गए प्रभु-कृपा से।"

"हाँ ! अन्त भला सो भला ! बच्चियाँ मेंहदी लगाकर बैठी हैं। अब आप क्या सलाह दे रहे हैं ?"

समधी साहब भी बेटियोंवाले थे। उन्होंने ताता को बधाई दी और 'देवगोन' करके बारातियों का स्वागत करने की मन्त्रणा दी, इस शर्त के साथ कि हालात को मद्देनज़र रखकर शादी 'सभ्यता' से, पर बिना तामझाम के होनी चाहिए।

सो ताता की लाड़ली पोतियों का विवाह बड़ी सादगी से सम्पन्न हुआ। देवगोन पर मासियों के हाथों लड़कियों को 'डेज़होरू'[2] और पाँच गहने पहना दिए गए। शादी में कुछ करीबी रिश्तेदार ही आए। कुल बीस-बीस जनों की दो बारातें आईं। हाँ, यज्ञ, मन्त्र, वनवुन और विवाह सम्बन्धी धार्मिक अनुष्ठानों में कोई कोताही नहीं हुई। महिलाओं ने रुँधे गले से 'सतिये वोतुयवेवाहकार'[3] के साथ 'वनवुन' और आशीषों की बौछार की और बेटियों को आँसूभरी बिदाई दी। दामादों पर पुष्प-वर्षा की गई। काकन्यदेदी के साथ कमला और लल्ली ने भी महागणपति को 'रोठ' और 'लड्डू' का भोग चढ़ाया और शीश नवाए। "तेरी कृपा विघ्नहर्ता ! हमारी नाव पार लगा दी। अब बेटियों को अखंड सौभाग्यवती बनाए रखना।"

1. तुलामुला गाँव में खीरभवानी-राज्ञा का मन्दिर। यहाँ एक जलाशय है जिसका रंग बदलता रहता है। गुलाबी रंग समृद्धि और काला देश पर विपत्तियों का सूचक माना जाता है। 2. कान में पहना जानेवाला विवाह का प्रतीक आभूषण। 3. 'सती ! तेरे विवाह का समय आ गया।'

# कालरात्रि में अधिमिलन
# उर्फ जान बचे तो लाखों पाए

लूटपाट, कत्लोगारत और बलात्कार की वहशी हरकतें करते कबाइली वादी से बाहर तो हो गए पर भुक्तभोगियों को न पुरनेवाले जख्म दे गए। एक तरफ उनके सालों साल नासूर बनकर टीसते जख्म, दूसरी ओर अधसोयी-अधजागी वादी में नया उफान ! सिरों पर पड़ी बर्फ झटककर लोग नए जोश और होश से उठ खड़े हुए।

नुमाइश के मैदान में युवकों ने बन्दूक चलाने की ट्रेनिंग ली तो युवतियाँ भी उनके साथ हो लीं। बकौल 'आज़ाद'[1] लड़कियों ने पिंजरे और सलाखें तोड़, वक्त के साथ कदम मिलाकर चलने की ठान ली। शेख अब्दुल्ला के नेतृत्व का खासा असर था यह !

ब्राह्मण समाज ने लड़कों के उत्साह की प्रशंसा करते हुए भी लड़कियों की भागेदारी पर चिन्ता प्रकट की।

"कैसा समय आ गया ! अब लड़कियाँ लाज-हया छोड़ लड़कों के साथ बन्दूक चलाना सीखेंगी। 'वलन्टीर'[2] बनेंगी ?"

औरतों ने ज़माने पर खाक डाल दी, "अब इन मर्द लड़कियों से शादी कौन करेगा ? कहाँ से ढूँढ़ेंगे इनके लिए पुलिस-थानेदार ?"

ज़ाहिर है शादी की शर्त लड़की का कोमलांगी, छुई मुई, असूर्यंपश्या होना था। अब इधर यह नई हवा सभी मानदंड उल्टा गई। ऐसी बाढ़ कि सारे कूल-किनारे ढहाने को सन्नद्ध !

जगह-जगह मुहल्ला कमेटियाँ सक्रिय हो गईं।

"हमलाआवर खबरदार ! हम कश्मीरी हैं तैयार।" नए नारे ! नया जोश ! जो वादी ने आँखें मुलमुलाकर देखा ! इतिहास में पहली बार।

शिवनाथ-केशवनाथ के साथ आरामपसन्द प्रेम जी भी रात की गश्त के लिए निकले। लोगों ने अपने-अपने मुहल्लों की रखवाली की ज़िम्मेदारी सँभाली। हाथ में बल्लम, शहतीरें, डंडे, केन, जो भी हाथ आया। जो बन्दूक चलाना सीखे थे उनमें कुछ ने लाइसेंस लेकर बन्दूकें भी अपने पास रखीं, क्या पता कब ज़रूरत पड़े ! हर वक्त सरकार का ही मुँह तो नहीं जोहेंगे।

---

1. अब्दुल अहद आज़ाद (प्रसिद्ध कश्मीरी कवि)। 2. वालंटियर।

यह शायद प्रत्यक्ष-अप्रत्यक्ष प्रभाव था उस स्थिति का, जहाँ राजा की फौज के होते हुए भी जनता की रक्षा नहीं हो पाई थी। आत्मनिर्भरता का नया पाठ भी ! हर घर से एक-एक मर्द बारी-बारी से चौकीदारी करेगा ! राधेश्याम और श्यामलाल जैसे सुख की नींद सोनेवालों को भी ललकारकर जगाया गया, "राधेनाथ चादर त्राव, श्यामलाल नेंदर त्राव !"[1]

धार्मिक सद्भाव की नई लहर उठी। लोगों ने कहा, "देखो तो शेख साहब का करिश्मा ! दूध और शक्कर की तरह घुल-मिल गए लोग।"

"सच ही तो। 26-27 अक्तूबर, 1947 की रात वे हमारे रहनुमा न बनते, तो आज हम जाने किस हाल में होते ! या होते भी ?"

अहमद दर्जी ने राहचलती लड़कियों से छेड़खानी करते मनमौजी लौंडों को तरेर भरी आवाज़ में चेताया, "सा ऽऽ ले जहान के ! सुना नहीं शेख साहब ने क्या कहा है ? 'बटनियाँ'[2] हमारी माँ-बहनें हैं। उनसे बदतमीज़ी न करें।"

अजोध्यानाथ ने भी मित्र-मंडली में कटु सत्य को स्वीकार लिया, "महाराजा बहादुर तो भारत के साथ एक्सेशन कराके वादी छोड़कर चले गए। प्रदेश की ज़िम्मेदारी शेख साहब के हाथ सौंप दी। अब मुल्क बचेगा तो उन्हीं की वजह से !"

बलभद्र ने अनुमोदन में सिर हिलाया, "सोलह आना सच है भाई। शेख साहब में जोश है। देश के लिए कई बार जेल गए। बड़े नेताओं के साथ रसूख हैं। वो 'कश्मीर छोड़ो' आन्दोलन याद है न ? वही भई 20 मई (1947) का दिन, जब उन्हें गिरफ्तार किया गया। कैसे पंडित नेहरू राजा की आज्ञा का उल्लंघन करके उन्हें छुड़ाने दिल्ली से कश्मीर आए..."

"हाँ भई, कैसे याद न होगा वह दिन ! कितना हंगामा हुआ था वादी में। महाराजा ने नेहरू जी को बन्दी बना दिया, लेकिन उन्होंने परवाह नहीं की।"

"हाँ, दोस्तों के दोस्त हैं नेहरू जी ! उस दिन तो हमारे गले खाना नहीं उतरा। बहुत बड़ा धक्का था हमारे लिए नेहरू जी को बन्दी बनाना, अपने ही पुरखों के घर में, अपने ही राजा द्वारा !"

नेहरू जी को बन्दी बनाने का प्रसंग दुखदायी था। इस घटना ने महाराजा और नेहरू जी के सम्बन्धों में न पुरनेवाली दरार डाल दी और शेख साहब और नेहरू जी की दोस्ती की गिठान कस दी।

सो बात को शेख साहब तक ही सीमित रखा गया। ज़मीनदार पृथ्वी दर, हालाँकि शेख साहब से, उनकी ज़मीनदारी उन्मूलनवाली नीतियों से नाराज़ थे, बिना ज़िरह किए मान गए कि हमारे लिए शेख साहब भगवान का अवतार बनकर आ गए हैं।

शेख साहब के गुणगान के साथ प्रबुद्ध लोगों के मनों में कई अनुत्तरित प्रश्न बेचैन करवटें ले रहे थे।

---

1. राधेनाथ ! चादर-लिहाफ छोड़ दो, श्यामलाल ! नींद से जागकर बाहर आओ। 2. ब्राह्मण स्त्रियाँ !

"आज़ादी के वक्त सत्ता के हस्तांतरण के साथ ही हमारे महाराजा को कोई फैसला लेना चाहिए था, कि भारत के साथ रहे या पाकिस्तान के साथ। उन्होंने दोनों के साथ एग्रीमेंट क्यों साइन करना चाहा ?"

"कश्मीर के भाग्य का फैसला रोक क्यों रखा ? आखिर वे क्या चाहते थे ?"

"महाराजा के राजगुरु स्वामी सन्तदेव ने तो राजा के उज्ज्वल भविष्य की भविष्यवाणी की थी। फिर राजा को वादी में रोकने के लिए बजाय 28 अक्तूबर की रात दो बजे वे भी राजा के साथ-साथ जम्मू के लिए क्यों रवाना हुए ?"

"पंडित रामचन्द्र काक तो उनके सलाहकार थे, उन्होंने भी कोई राह न सुझाई ?"

ये ऐसे यक्ष प्रश्न थे, जिनका सही उत्तर देना किसी के बस में नहीं था। यों भी उत्तर देनेवाले मंच से उठकर चले गए थे। पीछे रह गए थे प्रश्न और ब्राह्मण समाज की आहत मनःस्थिति ! क्योंकि सतीसर प्रदेश का राजा उनके जाने भगवान का अवतार था। वह प्रजा को बीच धार छोड़कर कैसे किनारा कर गया ? लोगों के भोले विश्वासों में दरार पड़ गई। ऐसी अनहोनी कैसे हो गई ?

अब सामने नंगा यथार्थ था। मुजफ्फराबाद, ऊडी, बारामूला, मुहरा और तमाम लुटे-पिटे गाँवों से जान बचाकर आए नंगे-बुच्चे लोग और उनकी दहशतनाक दास्तानें !

"सुना है हमलाआवर आफरी और मसूद जाति के खूँखार कबाइली हैं। मन में ज़रा भी दया-मया नहीं। चुन-चुनकर हिन्दुओं और सिखों को कत्ल कर दिया।" दीनानाथ आँखों-देखी सुना रहे थे।

"स ऽऽऽ ब पाकिस्तान की कारस्तानी है। जैसा पढ़ा-लिखाकर भेजा है वैसा ही तो करेंगे। साथ में कुछ देशी विभीषण भी जुड़ गए।"

"हाँ ! हाथ में पाँच उँगलियाँ, सभी एकसमान थोड़ी हैं ?"

"परले दरजे की खूँखार और अहमक कौम है इन कबाइलियों की ! सोने के लालच में पीतल की देगचियाँ-समावार भी उठाकर ले गए।"

राजरानी की आँखों का पानी सूखता ही नहीं।

"हमने कहा, सब ले लो, हमें छोड़ दो ! बाँह-कान के गहने-जेवर आप ही निकालकर हाथ में धर दिए। पर माने नहीं आततायी ! धान-कुठारों में, घास के गट्ठरों तले दबी-छिपी औरतों को घसीटकर निकाल लाए। खंदकों-खाइयों में बन्दूकें गाड़-गाड़ कर कोंचा, 'हय क्याहगोम'[1]।

"मर्दों को कतारों में खड़ा कर एक ही गोली से भून दिया। क्या कसूर था उनका ? नाश हो उन तावनज़दों का।"

बारामूला के सेंट जोजफ कान्वेंट की अध्यापिका मोहिनी समझ नहीं पा रही कि समद डार के ऋणों से किस जन्म में उऋण हो सकेगी। उसने जो बेटी बनाकर घर में पनाह दी। फिरन-बुर्के से ढककर आतताइयों से छिपाकर रखा ! वह क्या कोई सगा भी

---

1. हाय ! यह क्या हुआ।

कर लेता ? जबकि उसके अपने लोग भी जान जोखम में डालने के लिए उनकी फज़ीहत कर रहे थे !

"मरहबा समद डार !" तुमने इन्सानियत का कद बुलन्द कर दिया।" यह बलभद्र ने कहा, "आततताइयों को भनक भी मिलती तो घर में आग लगा देते।"

"ऐसे धार्मिक लोगों के प्रताप से ही धरती टिकी हुई है अजोध्यानाथ जी !" आनन्द शास्त्री ने अपना निष्कर्ष दिया।

मोहिनी डरी हुई थी। कान्वेंट में हुई हौलनाक घटनाएँ उसके ज़ेहन में फ्रीज़ होकर रह गई थीं।

"उन लोगों ने ननों की हत्या की। सती-साध्वियों का बलात्कार किया। प्रिंसिपल ने आखिरी वक्त तक स्टाफ को गोदाम में छिपाए रखा। पर खबरें किसने उन्हें सुराग दिया। वहीं आकर प्रलय मचा दी। उनकी सफेद फ्राकें खून से लाल हो गई थीं..."

"वे 'ज़हरबादलद'[1] ज़र और जोरू के चक्कर में पड़ गए। नहीं तो सीधे सिरीनगर में आकर झंडा गाड़ देते। रोकनेवाला कौन था ?"

दीनानाथ के विदाख खत्म ही नहीं हो रहे, "गाँव-घर जला दिए। सोपोर में सुम्बलियों के महल खाक कर दिए। सड़कों पर कटे हुए सिर खुली आँखों हमें देख रहे थे अजोध्यानाथ भाई ! मेरी नज़रों से वे दहशतनाक दृश्य हटते ही नहीं, क्या करूँ ?"

मर्द मौतबर दीनानाथ के गले से निकलते बोल थरथराए और आँखों से भल-भल आँसू धारोंधार बहने लगे।

मुजफ्फराबाद से भाग आए राघव पंडित और मक्खन सिंह की दास्तानें भी कम हौलनाक नहीं थीं।

"हमारी फौजें तैयार नहीं थीं इस हमले के लिए। 23 अक्तूबर को हुजूम के हुजूम कबाइली मुजफ्फराबाद में घुस आए। आगज़नी, लूटपाट और मारकाट। कौन-सा हाहाकार नहीं मचाया उन्होंने !"

"मेरी सुच्ची माई।" मक्खन सिंह हाथों से माथा पीटने लगा।

"उन्हें दूर से आते देखते ही मेरी माई ने ढक्की से नीचे छलाँग मार दी। हमारी कितनी ही माँ-बहनों की चीखें कृष्णगंगा के हहराते शोर में गुम हो गईं। कैसी तकलीफ हुई होगी उन्हें। ओ सुच्चे बादशाह ! तू अपने बन्दों की रक्षा क्यों नहीं कर सका ?"

"सबर करो मखना, सबर सरदारा ! होनी के आगे किसका बस ? जो बचकर निकले उनकी खैर मनाओ।" बलभद्र ने पीठ सहलाकर हिम्मत बँधा दी, "तुम लोग कैसे निकल पाए ?"

"कुछ न पूछिए भैया साहब ! बदहवास रोती-कलपती औरतों और बच्चों को लेकर कैसे लुकते-छिपते ऊडी पहुँच गए, सोचकर रूह तक सिहर उठती है। बारिश, ओले और पहाड़ों से रिड़कते ढोक-पत्थर ! जंगलों के बीच जानवरों का भय अलग से ! दबे

---

1. गाली।

पाँव भागते पत्तों पर भी पैर पड़ता तो काँप उठते, कहीं दुश्मन आसपास हों तो आवाज़ से सुराग न पा जाएँ ! रातोंरात बिना रुके चलते रहे, सूजे पैर और मनभर वज़नी टाँगें घसीटते। सालभर की मेरी निक्की भूख से बेहाल रोने लगी तो मैंने इन्हीं हाथों से सुरेन्द्र कौर की चुन्नी से उसका मुँह बाँध दिया। बख्श मुझे वाहे गुरु !'' मक्खन सिंह धरती पर हाथ पटक-पटक ज्यों हाथों को सज़ा दे रहे हों।

''सही कह रहा है मक्खन सिंह। जंगलों के बीच भागते बच्ची की आवाज़ दुश्मन को हमारा पता बता देती और हम दोनों परिवार भून दिए जाते ! मौत को करीब पाकर आदमी सब दया-धर्म भूल जाता है।''

''दूसरी रात पहाड़ी पर एक भले गूजर बकरवाल की कोठरी में गुज़ारी ! गूजरी भलीमानस थी। उसने निक्की का मुँह खोल चम्मच-दो चम्मच दूध मुँह में डाला तो बच्ची को होश आ गया। पौ फटते ही गूजरी ने हमें ट्रक पर बिठाकर रवाना कर दिया। मैं तो अपनी ही बच्ची का हत्यारा बन गया था।''

मक्खन सिंह धाड़ मारकर रोने लगा, ''हाय मेरी सुच्ची माई ! तेरी देह को मेरे हाथ नहीं लगने थे ! कैसा बदनसीब निकला मैं ?''

राघव पंडित ने मक्खन सिंह के आँसू पोंछ दिए, ''दुख न मनाओ भाई, तेरी माई तुझे माफ कर देगी। अब वह फरिश्ता बन गई है।''

''दुनिया रसातल में चली जाती, अगर यहाँ भले लोग न होते।''

अजोध्यानाथ ने गूजरी की प्रशंसा की। पर वे हैरान थे कि हमलाआवरों की इतनी बड़ी तादाद को मुजफ्फराबाद में घुसने क्यों दिया गया ? सरकार ने प्रदेश की रक्षा के उपाय क्यों नहीं किए ?

''पाकिस्तान बनते ही जिन्ना साहब ने कश्मीर को 'एकोनोमिक ब्लॉकेड' के तहत नमक भेजना बन्द कर दिया। भूल सकता है कोई वे कष्ट और तंगी के दिन ?''

''कैसे भूलेंगे बलभद्र भाई। दही-भात में टुकड़ा-भर नमक थाली में हिलाकर धो-पोंछ अगले दिन के लिए उठाकर रखते थे। हिन्दुस्तानी नमक रेत की तरह गले में करकता था। उन्होंने रावलपिंडी रूट बन्द कर दिया। क्या उनके इरादे सरकार समझ नहीं पाई ?''

''कृष्णगंगा का पुल डायनामाइट से उड़ाया जाता तो यों दनादन चलकर वे हमारे सीने पर सवार तो नहीं हो सकते थे।''

बुद्धिजीवियों के दिमाग में अनेक प्रश्नोत्तर कुलबुलाते रहे, ''लेकिन डायनामाइट था कहाँ ? तभी तो कबाइली राहेरास बारामूला तक चढ़ आए। तब राजा साहब ने नैया भँवर में फँसी पाकर भारत सरकार से मदद माँगी।''

आप ही किए गए प्रश्न, आप ही दिए गए उत्तर। कहीं कोई भारी कमी रही थी राजा के निज़ाम में, जिसका खमियाज़ा गरीब जनता को भुगतना पड़ा।

''मदद तो आ गई, पर हमारे भाग्य में जो दुर्गति बदी थी, वह तो होकर रही,'' दीनानाथ के सामने उसका भाई गोली से दागा गया।

"हाँ ! मारकाट तो बहुत हुई। सुना है, करीब तीस हज़ार लोगों की जानें गईं। 'न्यूयार्क टाइम्स' में लिखा है।" शिवनाथ समाचारों की खबर रखते हैं।

दुख की घड़ी में जो सोच सबके ज़ेहन को कौंच रहा था वह यही कि 'पहले एक्सेशन' क्यों न हुआ ? होता तो पाकिस्तान साहस न कर पाता, यों छिपकर आक्रमण करने का।

"भाया ! सितम्बर, 1947 में जब जम्मू-पठानकोट के बीच सड़क पक्की कर दी गई, रावी नदी पर पुल बनाने की योजना बनी, तो लगा था, कश्मीर का भारत में विलय होगा। तब तो महाराजा जो चाहते करते। हमें एतराज़ न होता।" पृथ्वी दर बात का समापन करते पर भीतर उगते प्रश्नों का समाधान आसान नहीं था।

अचानक एक सीधी-सादी स्थिति उलझ गई थी। ऐसा हुआ होता तो जो हुआ सो न हुआ होता। हुए और अनहुए के बीच अंदाज़ों-सम्भावनाओं के घने अस्पष्ट जंगल !

24 अक्तूबर को उधर पुंछ-राजौरी में जो मारकाट, बलात्कार, आगज़नी हुई, वह न होती अगर सरकार के पास पर्याप्त सैनिक शक्ति होती।

"तहसीलदार के बँगले में पैट्रोमैक्स जल रहा था, हमने सोचा वे वहीं हैं। हमले की खबर सुनकर उधर दौड़ पड़े तो देखा घर खाली है, तहसीलदार अपनी जान बचाकर भाग गए थे। हमसे अपनों ने भी कम धोखा न किया।"

यानी राजौरी तहसील के आँगन में एक वर्ग के पुरुष पंक्तियों में खड़े करके एक ही गोली से भून न दिए जाते यदि तहसीलदार समय पर लोगों को चेताता, या भागने की राह सुझाता। कटे रुंड-मुंड बेहिस्स आँखों से लहू चुआती बहनों-बेटियों को, बच्चे सीने से चिपकाए, बियाबानों में हाँफते-काँपते भटकते न देख रहे होते, यदि हमारे आका हमसे दगा न करते। माँएँ अपने कोखजायों के गले न घोंट देतीं अगर..."

"गुपाल भान की जवान जहान बेटी राधा को कबाइली सरदार खराब न करता...अगर..."

अगर-मगर, किन्तु-परन्तु !

"एक्सेशन हुआ, यह तसल्ली की बात हुई, संकट कटा। माउंटबैटन ने कश्मीर का भारत से एक्सेशन स्वीकार किया गो कि नेहरू जी ने एक शर्त रखी।"

"शर्त ? कैसी शर्त ? अपने नेहरू जी ने या वाइसराय ने ?"

"क्या ऽऽ पता ! सुना है, शान्ति बहाल होने पर जनमत संग्रह कराने की शर्त रखी है।"

"लेकिन क्यों ? जब हम अपनी इच्छा से विलय की बात कर रहे हैं ! भोले लोग राजनीति के दावपेंच क्या जानें ?"

मन में एक के बाद दूसरे प्रश्न उभरते रहे, "नेहरू जी का आदर्शवाद ? उनकी साफ-सुथरी छवि और बेदाग चेतना ! कहीं कल किसी के मन में शंका सिर न उठाए कि हमारे साथ ज़ोर-ज़बरदस्ती हुई..."

"आह ! ज़बरदस्ती ! क्या हम खुद ही मदद माँगने उनके पास न गए ? वे फौजें न भेजते तो जिन्ना-लियाकत अली खान साहब की आँख की किरकिरी बना हमारा प्रदेश मटियामेट न हुआ होता ?"

"वाइसराय तो पराए थे। हमारे काँटे उन्हें क्यों चुभने लगे ? पर नेहरू जी तो अपने हैं, वे भी अपनों के मनों को न समझ पाए ?" इससे बड़ी निराशा और क्या हो सकती थी ?

अब चुप्प ! इन सियासतों के चक्रव्यूह में घुसने पर बाहर निकलने का रास्ता नहीं मिलता, पर इस सियासती चक्रव्यूह में प्रदेश जाने-अजाने घुस गया था। अब अभिमन्यु की नियति उसके लिए लिख गई थी।

सो निष्कर्ष की प्रतीक्षा में रुके बिना, भाग्यभरोसे जीते लोगों ने अनिश्चय में जीना सीख लिया।

शारिका-राजदुलारी ससुराल में खुश थीं। प्रदेश की रक्षा के लिए अब भारतीय फौजें थीं। बड़े-बड़े देशी-विदेशी दिमाग प्रदेश की जनता के लिए सोच रहे थे, आखिर एक 'स्ट्रेटजिक पॉइंट' था कश्मीर ! विश्व शक्तियाँ यह सत्य भूल कैसे सकती थीं ? बहरहाल ! लड़कियाँ नए घरों में नए तौर-तरीके जानने-सीखने में व्यस्त हो गई थीं।

इधर कात्या का मन तुलसी में अटका हुआ था। क्या हुआ तुलसी का ? कोई भी खबर-अतर नहीं। कहाँ होगी वह ? किस हाल में होगी ?

अब वह बछेरी-सी घर-घर घूमनेवाली खिलंदड़ी बच्ची नहीं थी। सोलह साल की युवती उन दिनों काकन्यदेदी के कहे, "दो-तीन बाल-गुपालों को गोदी खिलाया करती," सो मौके-बेमौके दरवाज़े की संध से निकल भाग, तुलसी की देहरी पर हाज़िरी नहीं दी जा सकती थी।

कात्या ने माँ को मनाया, "तुलसी के यहाँ हो आऊँ माँ ? पता नहीं उसका क्या हुआ होगा।" कात्या तुलसी का ज़िक्र करते हिलककर रोने लगी। ऐसे में लल्ली बिटिया को कैसे रोक लेती ? नन्दन के साथ तुलसी के घर भिजवा दिया, "जाकर मिल लो।"

दो-एक साल में ही तुलसी का घर परिचित चिन्हार खो गया था। कात्या ने हिलती चूलों पर डोलते, पानी खाए दरवाज़े पर कुंडा हिलाकर दस्तक दी तो 'वोट्ट' की खिड़की से तुलसी की भाभी ने गर्दन बाहर निकाल ली, "कुस छुव ?"[1]

कात्या की झलक पाते ही भाभी बुक्का फाड़कर रोने लगी।

"क्या हुआ भाभी ? रोती क्यों हो ? घर में सब ठीक तो है ?" कात्या सिहर उठी।

"करम फूट गए ननदी के बहन ! मेरे भाय साहब नहीं रहे। पूरा का पूरा खानदान नेस्तनाबूद कर दिया ज़ालिमों ने ! ऊपरवाला कहीं है तो उन 'त्रटिलदों'[2] का बीज नाश करेगा। हाय ! मेरे भाय सा ऽऽऽऽ ब..."

---

1. कौन है ? 2. जिन पर बिजली गिरी हो।

कात्या भाभी की लम्बी-चौड़ी काया को थामे-थामे मौन तसल्लियाँ देती रही, अचानक आघात से सुन्न ! तुलसी, कमरे के नीमअँधेरे कोने में सिर-मुँह लपेटे, घुटने छाती से सटाए सो रही थी। तुलसी की माँ कात्या को देखते ही छातीं कूटकर बैन करने लगी, "तेरी तुलसी तो बरबाद हो गई कात्यायनी। उम्रभर का जागरण लिख गया कपाल में ! 'हय क्यांहगोम'[1] ! सोनकूरी गिसकूर हो गई।"

माँ के छत फोड़ बैन सुन तुलसी हड़बड़ाकर जाग उठी और बौराई आँखों कभी माँ, कभी कात्या को देखने लगी।

"बेटी को तो सूप में चावल की तरह फटककर ही पाला था मैंने ! सोचा था नसीब से रानी बन गई। हाय, मुझ शिकसलदी की नज़र ही खा गई मेरी बेटी को। मैं ही करमजली जनम-जनम की..."

काकनी के धाराप्रवाह बैनों के बीच काठ का बुत बनी तुलसी को देख कात्या दहल गई। कैसी निचुड़ गई है लड़की। सिर पर सूखे जटाजूटों के बीच पीली 'आरवल'[2] सी दिखती तुलसी की आँखों में दहशत ठहर गई थी।

यह वही तुलसी है क्या, जो बूढ़े से ब्याही जाने पर भी 'मेरा यह, मेरा वह' गाती चहक रही थी ? जिसने कात्या के मुँह से पति की शान में गुस्ताखी का एक शब्द भी सुनना मंजूर नहीं किया था, "कुछ मत कह बेन्यी, तुझे मेरी कसम ! अब वह मेरा सुहाग है। मुझे सभी सुख देता है..."

कितनी छोटी थी तुलसी के सुख की अवधि। कितनी मायावी कि चार दिन की उधारी के लिए बीस सालों की उम्मीदें वसूल कर दीं।

कात्या ने बाँहों में भरना चाहा।

"न, न मुझे मत छूना।" तुलसी छिटककर अलग हो गई।

"यह देह अब झूठी हो गई, मैं पापिन बन गई..."

"ऐसा ही करती है अभागी !" तुलसी की माँ अब हिल-हिलकर बैन कर रही थी, "हा ऽऽ य मेरी कू ऽऽऽ री ऽऽऽ !"

"इसकी तो दुनिया ही उजड़ गई। सबसे पहले सरपंच के घर पर ही हमला हुआ। ज़मीन-ज़िरातवाले थे। जवान बहू-बेटियाँ। स ऽऽ ब खत्म हो गया। मिट्टी तक न बची। दामाद गया, उसके दो बेटे ! हाय ! फूल से बच्चे काट डाले। यह अभागी इस नन्ही जान को लेकर भाग आई। धर्म भ्रष्ट हो गया लड़की का। किसे मुँह दिखाएगी ?"

कात्या चौके से पानी का लोटा-गिलास लेकर आई।

"पानी पियो काकनी ! मुँह धो लो। तुम ऐसे बेहाल हो जाओगी तो तुलसी को कौन सँभालेगा ? पाप-पुण्य की बात मत करो। कितनों के साथ तो ये हादसे हुए..."

क्या कहे कात्या ? कुछ समझ ही न पाई ! काश ! माँ को साथ ले आती। वह बेहतर ढंग से स्थिति सँभाल लेती। कात्या तो बिल्कुल अनाड़ी है।

---

1. सोना बेटी मल-मूत्र में लिथड़ गई। 2. एक पीला फूल।

चिथड़ों में लिपटा बच्चा हो-हल्ले से जाग गया। पहले कुनमुनाया, फिर चीखकर रोने लगा। उसके सफेद गले की जिल्द के भीतर नीली नसें उभर आईं।

"रोता ही रहता है अभागा। चम्मच से गाय का दूध मुँह में उँड़ेलते हैं, तो उलट देता है। इसके तो दूध में भी ग्रहण लग गया। गोद में भी नहीं लेती। कोशिश तो कर लेती..."

कात्या ने बच्चा भाभी से लेकर तुलसी की गोद में डाल दिया।

"तुझे मेरी कसम तुलसी, इसे दूध पिला दे। इस बेचारे का क्या कसूर है ?"

कात्या की आवाज़ रुँध गई। तुलसी ने बाँह हिलाकर बरज़ दिया, और घुटनों में सिर डाल सुबकने लगी। स्नेह-स्पर्श पाकर जमा ग्लेशियर बूँद-बूँद टपकने लगा।

"तुलसी ! तुझे मेरे मरने की सौंह ! इसे गोदी में ले ले। देख कैसे हल्कान हुआ जा रहा है। तुझे निष्पाप नज़रों से देख रहा है..."

कात्या ने भाभी के हाथ से गर्म दूध का 'खासू'[1] लेकर तुलसी के होंठों से लगाया। बाँहों से घेरे-घेरे आँखें पोंछ दीं और खुद ही फफककर रो पड़ी। दोनों एक-दूसरे को जकड़े रोती रहीं। मन के गुबार आँखों की राह बहकर हल्के होते गए।

"इसी के लिए बेन्यी ! इसी नन्ही जान के लिए मर भी नहीं सकी। अपनी यह अधमरी देह वितस्ता के हवाले न कर सकी। इस अभागे में जान रहती थी उनकी।" तुलसी का विलाप टुकड़ा-टुकड़ा सिसकियों में बिखर गया।

दोनों सखियाँ देर तक खुद को उँड़ेलती-सहेजती रोती रहीं।

"कुछ नहीं बचा कात्या ! मेरे सामने ही इसके 'बबा'-भाइयों को काट डाला। मुझे बचाते अपनी जान दी उसने। उसकी खुली आँखें आखिर तक मेरी तरफ ही देखती रहीं। कितना मोह था उन आँखों में, कितनी पीड़ा।" तुलसी के दिल की गहराइयों में दुख ने गहरे शिगाफ कर दिए थे।

"खुद को सँभाल तुलसी। धीरज रख मेरी बेन्यी। दुर्भाग्य को पाप-पुण्य की कसौटी मत बना। तुझे जीना है। पिछले को भूलकर ही जी सकोगी।"

"क्या-क्या भूल जाऊँ कात्या ? उन आतताइयों ने मेरी देह को नहीं, आत्मा को नोच डाला..."

"बस कर तुलसी ! देह से बड़ी अपनी आत्मा को बचा। कुछ और मत कह ! समझ ले दैवी प्रकोप था। एक तू ही उनकी शिकार नहीं हुई, औरों की भी तो सोच..."

लेकिन तुलसी निरपराध होकर भी अपराधिनी थी। शीलहनन को पहला और अन्तिम अक्षम्य अपराध माननेवाले समाज में वह 'सुच्ची नारी' नहीं, ध्वस्त खँडहर थी क्योंकि वह दो दिन कबाइलियों के कब्ज़े में रह चुकी थी।

दया-धर्म का ठेकेदार समाज लुटी-पिटी स्त्रियों के प्रति दयालु भले हो, उन्हें

---

1. कांस्य का प्याला।

अपनी बनाई सुच्ची लकीरों के भीतर स्वीकार नहीं सकता था। अचानक घर की देवियों से कलंकिनी बनी स्त्रियों के प्रति धार्मिक जनों का रवैया बेहद ठंडा और तटस्थ नीति का कायल था। ईश्वरेच्छा ! पूर्व कर्मों का फल ! इसे भोगे बिना मुक्ति कहाँ ?

लेकिन ऐसी स्त्रियों को सड़क पर भी फेंका नहीं जा सकता। दोनों ओर धर्म संकट ! नतीजन, कुछ स्त्रियाँ अनादर और ज़िल्लतों की ज़िन्दगी कबूल करतीं और कुछ समय बाद उन ज़िल्लतों की आदी हो जातीं। "अरे यह वही है न ? इसे कबाइली ले गए थे न ?" कुछ ही इस अकारण थोपे अपमान की काली गुफा से बाहर आकर, सिर उठाकर नए सिरे से जीने के रास्ते तलाशतीं।

कात्या ज़ाहिर है दूसरी श्रेणी की लड़कियों का सम्मान करती थी। सो तुलसी की माँ को जितना समझा सकती थी, समझाया।

"कम-से-कम तुम तो इसे अभागी कहकर मत कोसो काकनी। इसका कसूर यही है न कि आखिरी सहारे की उम्मीद में तेरे पास चली आई..."

"हाँ री ! मुझ हींगभरी को यह सब देखना बदा था। मौत को भी मेरी दरकार नहीं।" काकनी ने आह भरी, "युस न यति बकार, सु न तति बकार।"[1]

कात्या लगभग रोज़ ही तुलसी को देखने आती। दादी इस आवन-जावन से चिढ़ उठी, "दया-मया सब ठीक है मुन्नी। सखापा भी। पर वह लड़की कबाइलियों के साथ रहकर आई है। कुछ धर्म-अधर्म की भी सोच। फिर तू कुँवारी लड़की, कल शादी होगी, लोग क्या कहेंगे ?"

काकन्यदेदी ने कात्या के सिर पर हथौड़ा मारा हो जैसे ! वह चोट खाकर तिलमिलाई, "काकनी ! भगवान के लिए ऐसे निठुर बोल मत बोलो। पूरे गाँव में हत्या का तांडव मचा। उसमें बेदाग कौन बच गया ? उस विपत्ति में जो बचकर निकली, वो भी गोद में नन्हे बच्चे को लेकर, उसे तुम अधर्मी कैसे कहती हो ? उसकी जगह मैं होती तो क्या तुम मुझे पापी मानकर घर से निकाल देतीं ?"

"शुभ-शुभ बोल लड़की ! कैसी कतरनी-सी ज़बान चल रही है। जो मुँह में आया, बक दिया। लल्ली बहू ! हटा दे इस कुभाषी को मेरे सामने से। पढ़ाई ने इसका भेजा फिरा दिया है।" दादी गुस्से से उबल गईं।

लल्ली ने बेटी का थरथराता आक्रोश सहलाया, "उन लोगों के लिए हमसे जो भी बन पड़ेगा, ज़रूर करेंगे मुन्नी ! तेरे दादा जी तो सुधार समितिवालों से इन्हीं कामों के लिए जुड़े हैं। गोपी कृष्ण जी, वकील साहब, रामजू पंडित, सुदर्शन लंगू और कितने-कितने इज़्ज़तदार लोग घर-घर जाकर कपड़े-लत्ते, रुपया-पैसा इकट्ठा कर रहे हैं। वह सब इन घर-बार से उजड़े शरणार्थियों के लिए ही तो। मन में इनकी बिगड़ी सँवारने की चिन्ता न होती तो मुहरा के उजड़े गाँव से निरंजन को घर क्यों ले आते ? ज़हीन लड़का है, सोचकर उसे कॉलेज भेजने का संकल्प तो निभाया न उसने ? एक तुलसी

---

1. जिसकी ज़रूरत इस दुनिया में नहीं, उसकी ज़रूरत दूसरी दुनिया में नहीं। (मुहावरा)

ही नहीं है मुन्नी, गाँव के गाँव उजड़ गए हैं, तू तो जानती है...''

''लेकिन तुलसी के लिए महज़ कपड़े-लत्ते से काम नहीं चलेगा माँ !''

कात्या कुछ करना चाहती थी तुलसी के लिए। दोस्ती अचानक एक कर्ज़ बन गई थी, जिसे चुकाए बिना उसकी मुक्ति नहीं।

उम्रभर तुलसी, भाई-भाभी की कृपा और अहल्ले-मुहल्लेवालों की 'हाय अभागी' वाली लिजलिजी दया के साये में राँधती, बुहारती, झुलसती नहीं रहेगी। चार दिन के राजपाट की यादों को रोती-कलपती ज़िन्दगी का मातम नहीं मनाएगी।

तुलसी श्मशान वैराग्य के धक्के से थोड़ी उबर गई तो कात्या ने सुझाव रखा, ''मेरी किताबें पड़ी हैं तुलसी, तुम अपनी पढ़ाई पूरी कर लो। नौवीं कक्षा तो तुम कर चुकी थीं, प्राइवेट मैट्रिक कर लो।''

इधर झुककर बैठने और वक्त-बेवक्त घुटनों में सिर देने की आदत ने तुलसी की पीठ गोलाई में झुका दी थी। सवालों के जवाब वह झुककर ही हाँ-ना में देती। गर्दन उठाकर अगले को देखने से उसकी रीढ़ की हड्डी दुखने लगी। कात्या की बात का उत्तर भी उसने नकार में ही दिया, पाँव के अँगूठे से धरती कुरेदते।

''देख ! मैं तेरी 'ना' नहीं सुनूँगी। और सुन तुलसी, सिर उठाकर बात करो। इतना झुकोगी तो तेरा कूबड़ निकल जाएगा। मुझे कुबड़ी लड़की बिल्कुल पसन्द नहीं। सीधे मेरी आँखों में देखकर जवाब दे और हाँ में ही दे।''

''मुझसे नहीं होगा कात्या, कोई हौंस ही नहीं बची अब...''

''चुप ! मुझे तेरी हौंस-हवस का हिसाब नहीं देखना,'' कात्या ने सखी का अधिकार जताकर डपट दिया, ''मैं रोज़ नहीं तो दूसरे दिन आकर तुझे खुद पढ़ाया करूँगी। कभी-कभी तू हमारे घर आकर 'भाय साहब' से गणित के प्रश्न पूछना। मैं तो गणित में फिसड्डी ही रही।''

कात्या ने कमर कस ली। उसे तुलसी को कमज़ोर नहीं देखना। अमरनाथ को मनाया। घर का अकेला पुरुष होने के गुमान से अपने हाथ में आखिरी निर्णय लेने का अधिकार रखे वह थूथन लटकाए बुदबुदाया, ''अब इसे कौन से अकूँटटी के दफ्तर जाना है ? पढ़ाई से इसका भाग बदलने से तो रहा। जो लिखा लाई, भुगत लेगी। मैं जब तक हूँ, भात के लाले पड़ने न दूँगा।''

''वह बात नहीं भाई साहब, किताबों से इसका मन भी बहलेगा। अभी तो चौपहर रोती रहती है। ऐसे कब तक जिएगी !''

''जो जी में आए करे।'' अमरनाथ को कात्या की अतिरिक्त सहानुभूति शायद उनके घरेलू मामलों में दखलअंदाज़ी लगी, चिढ़कर बोला, ''मैं क्या मना करता हूँ ? मुसीबत तो हम सब पर आ गई है।''

कात्या को अम्बा का घीया-तोरी-सा लटकता चेहरा और 'भाग्य' की दुहाई देती भाषा अच्छी नहीं लगी। मुसीबत उस पर आई या तुलसी पर ? इस मसले पर बहस किए बिना उसने तुलसी की माँ से वादा लिया कि वह मुन्ने को देखेगी और तुलसी पढ़ाई

करेगी।

छूटी दुनिया का सिरा पकड़ फिर से निर्माण करने की कोशिशों में तुलसी ईंट पर ईंट रखती गई और कात्या सीमेंट-रोड़ी पकड़ाती रही।

बर्फबारी में गज़-गज़ ऊँची बर्फ, घरों की खिड़कियों से झाँक-झाँक, दो सहेलियों को किताबों से उलझते देखती रही। छतों से बेलचे भर-भर बर्फ उतार, घरों को धँसने, ढहने से बचाते, मुहल्ले के पुरुषों को अधखुली खिड़की से कात्या-तुलसी की झलक मिलती, तो दोनों कागज-कलम-स्लेट के साथ जूझ रही होतीं।

चिल्लयकलान में शीशे-सी, मूलीनुमा शिशिर गाँठें[1] छज्जों-दालानों की परछत्तियों से लटक आईं। हवा में ठंड की बर्छियों से जान बचाती नन्ही अबाबीलें घरों में घुसकर छतों के कोनों-अन्तरों में रिहाइशें बनाती रहीं। कात्या घर की गुनगुनी गरमास छोड़, फिरन के ऊपर स्कार्फ बाँध, मोज़े-दस्तानों से लैस तुलसी की गलियाँ नापती रही। कॉलेज तो छुट्टियों में बन्द था। यों भी हालात की अनिश्चितता के कारण लम्बे समय के लिए स्कूल-कॉलेजों के कपाट मुँद गए थे।

तुलसी की काकनी तपी काँगड़ी और गरम कहवा तैयार रखती। कभी-कभी कात्या के लिए चिन्तित भी हो उठती।

"अपनी पढ़ाई भी कर लिया कर मुन्नी, दो दिन तुलसी की पढ़ाई रुक भी गई तो क्या फर्क पड़ेगा ? तू इस 'कठकोश'[2] में कहीं ठंड से बीमार हो गई तो मैं जानकीमाल को कौन-सा मुँह दिखाऊँगी ?"

मुहल्लेदारिनों ने झिरींभर खिड़कियाँ खोल एक-दूसरे से इशारे किए, कुछ कनबत्तियाँ और चेमेगोइयाँ भी हुईं, कुछ ने नाक-भौं भी सिकोड़ी। "उँह ! चोंचले ! और क्या ? बूढ़ी तोती की राम-राम ! तीनेक साल हो गए किताब 'ताख' पर रखे। अब धूल-गर्दा झाड़ फिर से क, ख, ग, बाँचेगी। ऐसे ही बनती हैं आज विद्यावतियाँ !"

अमरनाथ बहन को किताब खोले और बीवी को भात राँधते देखता तो बीवी उसे घर के लिए खटती नौकरानी नज़र आती। वह चौके की दहलीज़ पर बैठ, तुलसी और माँ से एक साथ मुखातिब होकर बुड़बुड़ करने लगता, "वकील साहब की पोती पर पढ़ाई का भूत सवार है, या समाज सुधार का, यह तो वही जाने। मुझे तो तुलसी का किताबों से माथा फोड़ना वक्त की बरबादी ही लगता है। इससे अच्छा होता भाभी का हाथ ही बँटा देती, दिनभर गधे की तरह खटती है अकेली..."

तुलसी ने सुना तो अपनी बदली जगह का अहसास भोंथरे चाकू-सा खुभ गया। ससुराल से लौटकर आई लड़की, जिसकी ससुराल से अर्थी उठनी थी, वापस मायके आई है, अब वह पहलेवाली जगह पर कहाँ है ?

तुलसी ने भाभी से काम का बँटवारा कर लिया, 'शाम का खाना मैं बनाया करूँगी भाभी ! माँजना-धोना भी मेरा ज़िम्मा। किताबों के साथ कहाँ तक सिर खपाते बैठूँगी !

---

1. शिशिर गाँठ—जमी हुई पारदर्शी बर्फ—"आईसिक्ल", 2. बर्फ जमी ठंड की ऋतु।

तुम थोड़ा आराम करो अब।''

''मैं जो हूँ। 'ठुठ्यगोगजी'[1] की तरह पैरों की ठोकर से किसी भी दिशा में उछाली जाने को अभिशप्त !''

तुलसी भाई के मन में ममता भले न जगा सकती हो, हसद और वैरभाव पलते भी देख नहीं सकती। एक अकेला भाई ! 'बोय कन्यं तें बेनि, थन्य'[2] वाली कहावत, उसे अम्बा की खुश्क मिजाजी व अकारण खौखियाहट पर नाराज़ होने से बचा लेती। फिर भी अपने हिस्से का तत्ता-तीखा तो उसे सहना ही होगा न, भुगते बिना मुक्ति कहाँ ? कात्या उसके दिमाग की काई साफ करने में मदद कर सकती है, माथे की कालिख कैसे धो लेगी ? रिश्तों के झोल सलवटें तो उसे ही निकालने होंगे।

यों कात्या उसे सोचने का मौका नहीं देती थी। किताबों की खूब विस्तृत दुनिया में घूमने को आज़ाद छोड़ देती। जिससे जी चाहे, बतिया ले। सवालों के जवाब ढूँढ़ ले। प्रेमचन्द, शरत, जैनेन्द्र, महादेवी ! हाथ बढ़ाकर कोई भी किताब आले से खींच ले। कात्या ने मिट्टी के ताखों पर कागज बिछाकर तुलसी के कमरे में अपने पुस्तकालय की किताबें सजा दीं। विशाल समाज के सुख-दुख, हौसले-हिम्मतों से जुड़ेगी तो आत्मदया की शिकार होने से बच जाएगी।

गोर्की की 'माँ', पर्लबक की 'गुड अर्थ', मोपासाँ की कहानियाँ ! जो भी जी करे, पढ़े। कात्या के पास किताबों की कमी नहीं।

सोना बुआ की तरह तुलसी आतंकवाद का शिकार हो गई, चाहे थोड़े बहुत फर्क के साथ ! पर सोना बुआ की तरह वह आधी संन्यासिनी, आधी पागल बनकर नहीं जिएगी। यह संकल्प तुलसी का भले न हो, कात्या का तो ज़रूर है।

---

1. शलगम का ठूँठ। 2. भाई पत्थर-सा सख्त और बहन मक्खन की बट्टी-सी नरम।

# अहिंसा की हिंसा

इस बार जनवरी में वह ज़बरदस्त जाड़ा पड़ा कि लोग पिछले सालों के कहर भरे चिल्लय-कलान भी भूल गए। गरम ऊनी रजाइयों, तुलाइयों के ऊपर बंडपुरी लोइयों, कम्बलों की कब्र में घुसे लोग-लुगाइयाँ काँपते-ठिठुरते हाड़ों को गरमाहट देने की कोशिशें करते रहे। गरम बिस्तर के भीतर भी ठंडा मेह झर रहा हो जैसे। फिरन के भीतर दहकती काँगड़ियों ने पेट-जाँघों को 'नारतत्यों' के लाल दागों से पाट दिया।

ऐसे मौसम में जब ऊपर से अनवरत गिरती और नीचे अम्बारों में इकट्ठा होती बर्फ की गज़-गज़ भर ऊँची तहों में वादी ठिठुर रही थी, घर से बाहर निकलना दुश्वार हो गया। ऐसे 'दीदाए रूए-यार, मुश्किलशुद'[1] वाले माहौल में फिरन के भीतर काँगड़ी लिए, कंटोप-कम्बल से ढके बलभद्र भारी बूटों से धप्प-धप्प बर्फ फोड़ते, अजोध्यानाथ के घर में घुस आए।

"अजोध्यानाथ भाई ! शिवनाथा ! कहाँ हो ? तुम लोगों ने कुछ सुना ? महात्मा गाँधी की हत्या कर दी गई...।"

बर्फ-कीच से लथपथ लांग बूट निकाले बिना बरामदे में घुसते ही बलभद्र शुरू हो गए। हंफनी ऐसी कि मीलों दौड़ आए हों। अजोध्यानाथ का परिवार गोल घेरे में बैठा बापू का ही शोक मना रहा था। अचानक भूचाल से धरती डोल रही थी। जब से यह दुखद समाचार सुना, किसी के हलक से पानी तक न उतरा। गले में रेत जमी हो जैसे ! घर की औरतें-मर्द पूरे राष्ट्र के शोक में भागीदारी कर रहे थे।

"फ्रेंड्स एंड कामरेड्स ! द लाइट हैज़ गॉन आउट ऑफ आवर लाइव्ज़, एंड देयर इज़ डार्कनेस एवरी वेयर...। बट द लाइट शोन इन दिस कंट्री, वाज़ नो ऑडिनेरी लाइट...इट रिप्रेजेंटेड द इटरनल ट्रूथ शोइंग राइट पाथ...ड्राइंग अस फ्राम एरर...टेकिंग दिस एंशेंट कंट्री टु फ्रीडम...।"[2]

रेडियो के इर्द-गिर्द बैठे घरवालों के कानों में शोक-विह्वल नेहरू जी के लरज़ते स्वर गूँज रहे थे। बापू को विदा देते शब्द ! भीतर-भीतर आदमी कैसे हूकें भर-भर रोता है। उस

---

1. 'यार का दीदार मुश्किल हो गया।' 2. मित्रो और साथियो ! हमारे जीवन से रौशनी चली गई है। चारों ओर अन्धकार छा गया है, पर बापू ने जो जोत इस देश में जलाई, वह साधारण जोत नहीं थी। शाश्वत सत्य की इस जोत ने हमें सही रास्ता दिखाया, हमें गलतियों से बचाया और हमारे इस प्राचीन देश को स्वतन्त्रता के पथ पर ले आई।

घुटे रुदन के साक्ष्य थे नेहरू के शब्द। खुद को और समस्त राष्ट्र को सांत्वना देते शब्द।

"अपनी मृत्यु में भी बापू ने हमें जीवन में महत्त्वपूर्ण और बड़ी चीज़ों की ओर प्रवृत्त होने का संकेत किया। सत्य का रास्ता दिखाया। उनके बताए सत्य के मार्ग का यदि हम अनुसरण करें, उसे याद रखें तो भारत का भला होगा।"

बलभद्र जैसे आज ही अनाथ हो गए हों।

"चार पसली की नाजुक देह, उसे गोलियों से छलनी कर दिया। क्या मिला उस हत्यारे गोडसे को ! अरे ! अंग्रेज़ी राज्य से घृणा करनेवाले इस इनसान दोस्त ने तो अंग्रेज़ों से भी दोस्ती निभाई..."

अजोध्यानाथ ने तसल्ली दी, "वे हमसे बहुत बड़े थे। हम उन्हें समझ न पाए।"

लल्ली ने उठकर खुद ही कहवा बनाया। निरंजन, जो पढ़ाई के लिए अजोध्यानाथ के घर में ही रहने लगा था, बलभद्र काका के लिए तपी काँगड़ी ले आया। बलभद्र का ध्यान बापू से हटता ही न था। चेहरा कैसा तो निचुड़ गया था।

"इस विभाजन ने उन्हें तोड़ दिया अजोध्याभाई। इतना खून-खराबा उनसे सहा नहीं गया। हिंसा से तो शुरू से ही विरोध था उनका। उस चौरी-चौरा कांड की हिंसा से कितने उद्वेलित हुए थे बापू ! याद है न, उस हादसे से दुखी और नाराज़ होकर चरम पर पहुँचे जन-आन्दोलन को वापस लेने की घोषणा की थी उन्होंने। पूरा राष्ट्र हैरान हो गया था उस वक्त। नेहरू जी और मोतीलाल जी भी कम दुखी न हुए, पर बापू से हिंसा देखी नहीं गई। बापू की बातें करने से मन का गुबार कुछ शान्त हो शायद।

"सो तो सही कहा बलभद्रा, जिन्ना साहब ने जब पाकिस्तान की माँग की तो बंगाल और बिहार में हुए दंगा-फसाद क्या उनसे देखे गए ? कलकत्ता में आमरण अनशन पर नहीं बैठे ?

"हमसे खुश थे बापू।" शिवनाथ ने वादी की बात की। देश-विभाजन के समय उत्तर भारत में हत्याकांड चला। पर हमने भाईचारे की मिसाल कायम कर दी, तभी तो बापू बोले, "मुझे कश्मीर में आशा की किरण दिखाई देती है।"

बापू उनसे खुश थे, इसलिए ज्यादा अपने हो गए थे, अपनों का दुख बेहद सालता है।

"कितना कुछ घटा पिछले कुछेक महीनों में।" अजोध्यानाथ ने ज़रा-सा सिर मोड़ कन्धे के पीछे देखा, "पाकिस्तान का हमारे मुल्क पर कबाइलियों से हमला करवाना, और इस हमले की हार से बौखला जाना, आरोप-प्रत्यारोप ! जिन्ना साहब की ज़िद कि भारत कश्मीर से अपनी फौजें हटाए और सुरक्षा परिषद् की मध्यस्थता में जनमत संग्रह कराए...क्या-क्या तमाशे न हुए..."

"यह युनाइटेड नेशन्स की मध्यस्थता को लेकर सचमुच एक बवाल खड़ा कर दिया पाकिस्तान ने। घर की बात बीच बाज़ार आ गई।"

शिवनाथ ने पूरी रिपोर्ट ही पेश कर दी। कैसे सरदार पटेल और नेहरू ने यू.एन.ओ. की मध्यस्थता से इनकार कर दिया। 26 दिसम्बर, 1947 को तो नेहरू जी

ने लार्ड माउंटबैटन से कह भी दिया कि, ''पाकिस्तान भारत पर झूठे आरोप लगा रहा है और अपनी आक्रमणकारी नीतियों पर पर्दा डालकर ढँकना चाहता है। इसे सबक सिखाना ज़रूरी है।'' वे पिलिबिसाइड के लिए तैयार थे, पर पहले शान्ति तो बहाल हो।

''हाँ शिवनाथ !'' अजोध्यानाथ ने बेटे की बात का समर्थन किया, ''पर आखिरकार बापू को भी यू.एन.ओ. की मध्यस्थता को स्वीकृति देनी ही पड़ी, बेमन से ही सही। दरअसल, यह 'अपीजमेंट पॉलिसी' के तहत उठाया गया कदम था...''

''इसी पहली जनवरी को कश्मीर मामला अन्तर्राष्ट्रीय शक्ति की राजनीति में फँस गया, यह अच्छा नहीं हुआ।'' केशव ने अपनी राय ज़ाहिर की, क्या नहीं किया बापू ने पाकिस्तान को सन्तुष्ट रखने के लिए ! कश्मीर मसला हल होने तक, वो बँटवारे के वक्त तय की गई पचपन करोड़ रुपयों की रकम मुलतवी करने की बात क्या हुई कि बापू ने अनशन ही कर दिया। इसी 13 जनवरी, 1948 को पाँच दिन के लिए निराहार रहे। ज़िद पकड़ ली कि जल्दी पाकिस्तान को धनराशि दे दो। कितना बड़ा दिल था। उनकी बुरनीतियों को जानकर भी उन्हें क्षमा कर दिया।'' अजोध्यानाथ ने आवेश में बोलकर इतने ज़ोर से हुक्के का कश लिया कि बाहर फेंकने की जगह धुआँ फेफड़ों में उतार दिया। केशव चौके से पानी का गिलास ले आया।

''गो कि बापू की इस उदारता से अच्छे प्रभाव पड़े पर बापू के गमन के कारण भी यहीं कहीं से पैदा हो गए।'' धसका थमा तो अजोध्यानाथ फिर शुरू हो गए, ''हाँ ऽऽऽ ! सिरफिरों का किसी भी देश में अकाल नहीं।''

औरतों की आँखों से आँसू बहे। नाकों से सुन-सुन की आवाज़ें आने लगीं। आँसुओं ने गले रूँध डाले।

''शहीदों की मौत मिली है बापू को।''

केशवनाथ ने 1926 में हुई स्वामी श्रद्धानन्द की हत्या का हवाला देते कहा, ''बापू ने तो स्वयं साम्प्रदायिक सद्भाव के लिए लड़ते हुए मृत्यु की कामना की थी, कहा कि स्वामीजी की हत्या असहनीय है, पर मेरा मन चाहता है कि मानवीय पक्षों के लिए लड़ते हुए हम भी इसी प्रकार शहीद हों...''

''इसी मानवीय पक्ष को मद्देनज़र रखकर बापू ने हमारे कश्मीर को टुकड़ों में काटने का विरोध किया।'' शिवनाथ ने जोड़ा।

सियासी कीच से ऊपर थे बापू। अमीन कामिल ने उनके लिए क्या ही सही लिखा—

यि[1] छू कुसतान्य आदम ज़ात बदल।

अजोध्यानाथ शायरों-अदीबों की ओर मुड़े।

''दीनानाथ नादिम ने तो बापू को 'अख सोदुराह तुँ ज़ितिन्याह अख' कहा था। गहन-गम्भीर सागर-सा मन और ज्योतिपुंज-सा व्यक्तित्व। बापू की बात छिड़ी तो अन्तहीन प्रसंगों और घटनाओं का ज़िक्र होना ही था।

---

1. यह तो किसी दूसरी की ज़ात का आदमी है। (निष्कलुष)

# नए रंगों के छिड़काव

इधर लम्बी छुट्टियों के बाद स्कूल-कॉलेज खुले तो पूरे माहौल में नई सरगर्मियाँ साँस लेने लगीं। इस बार के 'नवरेह'[1] में बादाम आड़ू के बरजस्त, महकते बौरोंवाले पेड़ राजा के सूने महल से बाहर निकल जम्हूरियत की महक-मुश्क के साथ गली-मुहल्लों में छटा बिखेरने लगे।

सदियों बाद कश्मीर की वादी ने 'लोकराज्य' नाम सुना था। इस लोकराज्य के लिए लोग अपने दायित्व और भागीदारी समझने-समझाने में सक्रिय हो उठे। लोकराज्य यानी सामन्तशाही से छुटकारा। लोकराज्य यानी काश्तकारों का अपनी ज़मीन पर पसीने से उगाई फसल पर अधिकार। लोकराज्य यानी रसूम, टैक्स, कर्जों से मुक्ति ! अपना राज्य। अब नन्दराम काश्तकार या वली मुहम्मद को रसूम न देने के जुर्म में पटवारी घसीटकर नहीं ले जाएगा।

शेख अब्दुल्ला नए नेता का जिम्मा सँभाल रहे थे। कल्चरल फ्रंट, कौमी कल्चरल महाज़ आदि संस्थाओं में अदीब, शायर और समाज सेवी, सामाजिक-सांस्कृतिक मोर्चे पर काम करने लगे थे। इस चौमुखी जागरण के लिए, 'महजूर' के साथ नूर मुहम्मद नूर, अमीन कामिल, गुलाम मुहम्मद फाज़िल, नन्दलाल अम्बारदार, चमनलाल चमन, दीनानाथ नादिम आदि शायरों के समन्वयवादी स्वर वादी में गूँज रहे थे। सामन्तवादी से छुटकारा तो मिला, पर दबे-पिसे समाज में नई उमंग और जोश जगाने की दरकार थी। इस काम को इन शायरों ने जोशोखरोश से सँभाला, हालाँकि बकौल नादिम, 'गरीबों की शिकस्ता तकदीर नूर अफशाँ होगी' की उम्मीदें पूरी होने के रास्तों में अड़चनें थीं क्योंकि राष्ट्र स्वतन्त्र होने के बाद भी 'कश्मीर' समस्या बनकर रह गया था।

कात्या छुट्टियों के बाद कॉलेज गई तो लगा, हवाओं ने तासीर बदल दी है। नई चहल-पहल, नई चेतना, और नई उत्तेजनाएँ !

पिछले वर्ष कॉलेज में दाखिला लिया तो अजनबी माहौल में अपरिचय और संकोच पंजे फैलाए बैठा था। सहशिक्षा के कुँआरे अनुभवों में एक ओर लड़के-लड़कियों का आपसी आकर्षण और दूसरी तरफ जच्चा-बच्चा कक्ष से निकलते ही लड़कियों को लक्ष्मण रेखाओं में बाँधने की साज़िशों का असर ! खिंचाव और अलगाव कुछ ऐसे

1. नववर्ष का पहला दिन, पहली चैत्र।

गड्डमड्ड कि लड़का-लड़की जब भी एकान्त में आमने-सामने पड़ जाते तो हड़बड़ा उठते। सीने में अकारण धुकधुकी और बेचेहरा भय ! जन्मते ही व्यक्ति को लड़की बनाने की परम्परा का प्रभाव। कट्टरपन्थी समाज की ज्यादातर लड़कियाँ घर में अनशन-सत्याग्रह करके, या चूहा मारनेवाली दवा या संखिया खाकर मर जाने की धमकी के फलस्वरूप 'कोएड' कॉलेज में घुस पाई थीं। पितागण तो नई लहर और प्रगति के नाम पर 'शहीद' होने की मुद्रा में बेटियों की सहशिक्षा पर राज़ी हो गए, पर माँएँ हज़ारों चिन्ताओं-आशंकाओं में घुली ज़माने को कोसती रहीं।

"आज लड़की सही-सलामत घर लौटी है, कल 'मयसुमा' बाज़ार से ही कोई दलाल-लफंगा उठाकर ले जाए तो ?"

"अरे, सड़कों-कूचों के मुहानों पर जो गुंडे-बदमाश लड़कियों की ताक में खड़े रहते हैं, उनका ही क्या भरोसा ? हाथ-वाथ लगाकर फज़ीहत ही करा दें ! खींची नहीं थी दुर्गा की चुन्नी कॉलेज जाते बीच बाज़ार ?"

शिवनाथ के लाख समझाने पर कि महाराजा हरीसिंह ने पहले ही वेश्याओं, हाफिज़ाओं की दुकानें बन्द करवा दी हैं, कमलावती यह बात मानने को तैयार नहीं, "हाँ ! ऐसे ही बन्द करेंगी वे अपना कारोबार ! फिर उनके दलाल ? वे ही जवान-जहान लड़कियों को बहला-फुसला भटकाकर कोठे पर पहुँचा दें, तो धूल बराबर आबरू भी बची रहेगी माँ-बाप की ? उम्रभर कपाल पर हाथ धरे रोने के सिवा और कौन-सा ठौर बचेगा उनके लिए ?"

जानकीमाल भी कम चिन्तित न थी।

"यह अच्छी आज़ादी आई। एक हम थे कि घर के बड़े-बुजुर्गों से कभी आँख मिलाकर बात न की। एक ये मुँह उठाए बाज़ार लाँघती एक्सचेंज वाली सड़क से सिर उघाड़े घूमती फिरेंगी। अपनी राजदुलारी ने हिन्दी-संस्कृत और धर्मशास्त्रों का ज्ञान प्राप्त नहीं किया घर में बैठकर ? अब ये छोकरियाँ कौन-सा 'हातिमुन तै'[1] करेंगी ?"

लेकिन इस विरोध के बावजूद लड़कियाँ दड़बों से बाहर निकल अपने-अपने टुकड़ा भर आकाश की तलाश में निकल पड़ी थीं। कात्या ज्यादा भाग्यशाली थी क्योंकि ताता, केशव और लल्ली भी उसके पक्ष में खड़े थे।

यों कॉलेज में दाखिला कात्या के लिए भी दूसरी दुनिया के प्रवेशद्वार खुलना था। चिनार, कीकर और सफेदों के छतनार सायों तले बैठा कॉलेज का लम्बा-चौड़ा अहाता और उसमें झुंडों में बैठे या चहलकदमी करते, पुस्तकें बगल में दबाए लड़के-लड़कियाँ ! जिनकी आँखों में भविष्य के सपने थे और मनों में उन्हें ठोस शक्ल देने के इरादे ! कात्या को लगा, यहीं से उस 'जैक एंड बीनस्टॉक' वाली लम्बी सीढ़ी की शुरुआत होती है जो 'सोनकिसरी'[2] को चाँद तक पहुँचा गई थी। "पीछे मुड़कर मत देखना, देखोगी तो पत्थर बन जाओगी," उस सोने के पानी, बोलनेवाले दरख्त और गानेवाली चिड़िया की कहानी

---

1. हातिम के कारनामे, 2. लोककथा की नायिका।

के राजकुमार की तरह, जिसमें जो बिना पीछे मुड़े सोने के पानी की तलाश में गया, वही जीतकर लौट गाया। जिसने मुड़कर देखा वह पत्थर का बुत बन गया। जिन्होंने पीछे मुड़कर नहीं देखा, उनमें कमला मदन, कमला ज़ाडू ही नहीं, डॉक्टर प्रभागंजू, डॉ. प्रभा लाबरू जैसी हौंसलेवाली महिलाएँ भी थीं। महमूदा अहमद अलीशाह, मिसेज़ कुरेशी और बरकत बेगम भी रूढ़ नैतिकता को छोड़कर नई लीकें बनाने निकल पड़ी थीं।

शहर के मध्यभाग और निचले हिस्से से आई लड़कियाँ, माथे तक ओढ़नियाँ खींच, गर्दन झुकाए सड़कों से गुज़रती, पर शहर के ऊपरी भाग-अमीराकदल वज़ीरबाग, हजूरीबाग आदि से आई लड़कियाँ सिर-मुँह उघाड़े कन्धों पर चुन्नियाँ तहाए सड़कें-कूचे लाँघती, कॉलेज में बेहिचक घूमा करतीं। उनके पूर्वज रणजीत सिंह, गुलाब सिंह के ज़माने में पंजाब से आकर वादी में बस गए थे। छुई-मुई ब्राह्मण कन्याओं या ढकी-मुँदी बुर्कानशीन मुसलमान बेटियों की बन्दिशें उन पर लागू नहीं होती थीं जिन्होंने पठानों, अफगानों के समय औरतों की बेहुरमती और बेइज़्ज़ती की हौलनाक दास्तानें सुनी थीं।

कुल मिलाकर लड़के-लड़कियाँ अलग-अलग गुटों में ही आया-जाया करते। यह दीगर बात है कि इस अलगोझे के बावजूद साइंस की प्रयोगशाला के पिछले गलियारे में या बूढ़े चिनार की छाँह में लेटे बेंच पर बैठी किसी अकेली लड़की का लड़के से आमना-सामना होता तो अनाम खतरों से दिल धड़कने लगता। लड़के झुकी नज़रों से ही 'स्याह चश्म' की अबोली भाषा बूझ लेते। ढके सिरवाली की कमर तक लटकी चोटी की गिरहों में बिंध जाते। नतीजन, लॉन के बेंचों, पेड़ों की छालों और बाथरूम की दीवारों पर 'आई लव यू' अलाँ-फलाँ या 'अँखिया मिला के, जिया भरमा के चले नहीं जाना' नुमागीत लिखे मिल जाते। सनातन काल से चले आते छोटे-मोटे इश्किया हादसे हुआ करते।

लड़कियाँ झुंडों में होतीं तो खिलखिलातीं, "तेरे लिए लिखा है कात्या, ज़रूर त्रिभु ने लिखा होगा।"

"नहीं, त्रिभु ऐसा लड़का नहीं है, भूषण का काम लगता है।"

"ज़रूर शोभा के लिए लिखा है। मैं तो किसी को घास भी नहीं डालती। इसी का मेंढक काटते लेबोरेट्री में हाथ काँपता है, बेचारे भूषण को इसका अधूरा डायसेक्शन पूरा करना पड़ता है। मुझे तो उसी की लिखावट लगती है..."

"शी ऽऽ चुप ! प्रोफेसर मदन आ रहे हैं।"

लिहाज, मुरौव्वत और भय ! यानी खिलखिलाहटों पर विराम ! लड़के आपस में मसखरियाँ करते, "कौन-सी वाली है तेरी ? बोल दे यार ! कहीं अनजाने में घपला न हो जाए..."

लेकिन अक्सर ख़याली पुलावों या हद से हद चिट्ठी-पत्री के आदान-प्रदान से आगे बात नहीं बढ़ती। लड़कियों से छेड़छाड़ करना जो गुंडों-बदमाशों का काम था, और 'पराए लड़के' की ओर आँख उठाकर देखना भी 'रौरव नरक' में जाना था। फिर

घरवालों तक बात पहुँचने का सबसे बड़ा डर।

कॉलेज पढ़ाई करने के लिए बना था। इश्क के पेंच लड़ाने के लिए नहीं। यह बात तन-मन से ठूँठ होते अधेड़ प्रोफेसर अक्सर लड़कियों की ओर देखकर लड़कों को समझाया करते, "तुम्हारे माता-पिता गाढ़ी कमाई खर्च कर तुम्हें यहाँ पढ़ने के लिए भेजते हैं, मटरगश्ती करने के लिए नहीं। तुम्हें भविष्य में कुछ बनकर अपने माता-पिता और इस महान कॉलेज का नाम रौशन करना है। डू यू अंडरस्टैंड ?"

किताबों में मुँह गड़ाए, किताबें बगल में दाबे और किताबें ओढ़ने-बिछानेवाले छात्र-छात्राएँ प्रोफेसरों की आदत बनी सीख-हिदायत सिर माथे धर, किताबी कीड़े बन जाते।

लेकिन इधर अचानक फर्क नज़र आने लगा। नया सत्र शुरू होते नए कार्यक्रम और सांस्कृतिक समारोहों की धूम-सी मच गई। आर्ट सेक्शन, समय-समय पर ओथेलो, किंग लियर, मर्चेन्ट ऑफ वेनिस आदि शेक्सपीयरीय नाटकों का मंचन करने लगा। विज्ञान के छात्र प्रयोगशालाओं में ज्यादा व्यस्त रहने के कारण नाटकों में कभी-कभार ही भाग ले पाते, पर छकरी समूहगान 'रोव' आदि में गर्मजोशी से शामिल होते। इन आयोजनों में लड़के-लड़कियों की नज़दीकियाँ बढ़ने लगीं। यानी माहौल में नए शोख रंगों का छिड़काव।

समूह गानों में भी राष्ट्रीय स्वर, आपसी प्रेम-सौहार्द्र के तरानों की धूम मचने लगी। एक तरह से सांस्कृतिक आन्दोलन अपने चरम पर पहुँच गया। शुरुआत तो स्वतन्त्रता आन्दोलन से ही 'विजयी विश्व तिरंगा प्यारा', और 'सरफरोशी की तमन्ना अब हमारे दिल में है'-नुमा गीतों से वर्षों पहले हो चुकी थी।

चुप्पे से 'बुकवर्म' त्रिभु ने शेख साहब के सामने हुए सांस्कृतिक कार्यक्रम में दमदार आवाज़ में 'वतन आज़ाद थावुन छुम' 'नोबुय कश्मीर बनावुन छुम ! मुहब्बत बॉगरावुन छुम...'[1] गाना क्या सुनाया था कि शेख साहब ने कार्यक्रम सम्पन्न होते ही त्रिभु को बुलाकर पीठ ठोंक शाबाशी दी। यह भी कहा कि "तुम जैसे जोशीले नवजवानों की हमें आज बड़ी ज़रूरत है।"

कात्या को त्रिभु का जोश और उसकी आवाज़ का सोज़ दोनों बहुत अच्छे लगे, सोचा, मौका मिलते ही वह भी त्रिभु को ज़रूर बधाई देगी।

त्रिभु पर इस शाबाशी का असर कुछ ऐसा पड़ा कि उसने 'कॉमरेडों' के बीच उठना-बैठना शुरू कर दिया। मिसरी और उनके ग्रुप के साथ लेनिन-मार्क्स की किताबें खँगालने लगा। दीनानाथ नादिम उसके प्रिय शायर बन गए, जो उन दिनों मुशायरों में जोशीले स्वर में 'म्य छुम ताज़ यावुन' कलाम पढ़ा करते थे।

'पकुन छुम पकुन छुम, म्यं जम्हूरियतक्यन मशवरन प्यठ/नज़र म्य छम कशीरिक्यन रहबरन प्यठ/व ब्ययि कॉशिरेन प्यठ/म्य दुनिया छु मिलचार किन्य कुन बनावुन/म्य छुम

---

1. मुझे अपना वतन आज़ाद रखना है, नया कश्मीर बनाना है, प्यार और मुहब्बत बाँटना है।

ताज़ यावुन।"[1]

रगों में ताज़े यौवन के वलवलों को महसूस कर त्रिभु अक्सर छोटे-छोटे समूहों में शोषण और शोषितों की बातें करने लगा, कुछ ही समय में छोटा-मोटा नेता बन बैठा। एक दिन कॉमरेडों के साथ जुलूस में नारे लगाता हब्बाकदल के जनसंघी समूह से भिड़ गया। दोनों दलों की मुठभेड़ में खूब धौलमुक्का हुआ। रोज़ दंड पेलकर लोहा बने जनसंघियों ने लहीम-शहीम त्रिभु को पकड़कर ऐसी पटकनी दी कि चोट खाकर त्रिभु के माथे से खून की सतर ढुलक आई।

गल्ला तौलते सुला आढ़तिया ने देखा तो दुकान छोड़ त्रिभु को सड़क से उठाया। ब्रज कंपाउंडर ने डेटोल से माथा धोकर पट्टी-वट्टी कर दी और समझाया कि "तुम अभी 'स्टूडेंट' हो। फालतू के परपेंच में पड़कर क्यों अपने कीमती वक्त और माँ-बाप की उम्मीदों पर पानी फेर रहे हो। जाओ, घर जाकर आराम करो। किसी लायक बन जाओगे तो जितने टंटों-बखेड़ों में पड़ना चाहो, पड़ लेना। अभी तुम्हारी उम्र 'पालिटिक्स' करने की नहीं है।" निरंजन ने, जो इधर खुद कम्युनिस्ट ग्रुप में शामिल होकर कॉमरेड बन गया था, घर आकर त्रिभु की हिम्मत की बढ़-चढ़कर तारीफ की।

दो दिन की 'सिकलीव' के बाद त्रिभु जब सिर पर पट्टी बाँधे कॉलेज के अहाते में घुसा तो सचमुच हीरो लग रहा था। दोस्तों ने गले लगाया, शाबाशी दी ! बिना खून बहाए कोई नेता हो सकता है क्या ? बापू के अहिंसक विरोध के साथ सुभाष की आज़ाद हिन्द फौज में जो लोग सशस्त्र क्रान्ति में शहीद हुए, उनका महत्त्व क्या कमतर है ?

गो कि पढ़ाई और सिर्फ पढ़ाई तक महदूद विद्यार्थियों ने बुरा-सा मुँह बनाकर एक दूसरे को टहोका दिया, "खुद को बड़ा रुस्तमे हिन्द समझता है। गणपत टपलू के दो धौल क्या पड़े कि आसमान में उड़ते धरती पर चित्त हो गए। ये तो सुला आढ़तिये ने बीच-बचाव किया नहीं तो हज़रत आज स्लिंग में बँधे टूटी हड्डियों का चूरा बटोर रहे होते।"

उस दिन कात्या ने पहली बार त्रिभु के पास जाकर हालचाल पूछा। त्रिभु ने हल्का-सा मुस्कुराकर बेफिक्री से सिर झटक दिया, "अरे कुछ नहीं हुआ। ज़रा-सी खरोंच लगी है, बस ! अब इससे डरकर घर में बन्द रहें तो हो गया..."

"क्या हो गया ?" कात्या ने नहीं पूछा। पर उसे त्रिभु का लहजा अच्छा लगा। उसकी हिम्मत पर दाद देने का मन हुआ। लेकिन आसपास कई लड़के-लड़कियों की आँखें उसे उसके अप्रत्याशित उत्साह पर घूरे जा रही थीं। सो आँखों से ही, 'ओके जल्दी ठीक हो जाओ' कहकर आत्मीय संभाषण को 'कभी आगे' के लिए मुलतवी कह लौट गई। त्रिभु ने गहरी नज़र से देखा और 'थैंक्यू' कहा। घर लौटते वक्त कात्या पीठ पर

---

1. मुझे जम्हूरियत के मशविरों पर चलना है। मेरी नज़र कश्मीर के रहबरों पर है। मुझे विश्व में एकता का सन्देश पहुँचाना है। मेरी रगों में युवा लहू बह रहा है।

त्रिभु की नज़रें महसूस करती रही। कान में गूँजते रहे दो शब्द 'थैंक्यू'।

जाने क्यों उस रात कात्या देर तक सो नहीं पाई ? वितस्ता की तरफ खुलनेवाली खिड़की से दिखते तारों जड़े आसमान के टुकड़े पर ज़र्द चाँद मज़े-मज़े डोल रहा था। नीले समन्दर में छोटी-सी नाव। उस नाव में बैठी कात्या का बेवजह उदास मन कहाँ भटकने लगा था ? कुहरे की तरह बेचैनी कलेजे को मुट्ठियों में क्यों कसे जा रही थी ?

कात्या बिस्तर छोड़कर खिड़की पर बैठ नदी का खामोश बहाव देखती रही। इस खामोशी के भीतर की हलचलों से बेखबर नदी के सीने पर बैठी नावें और बाहचें और उनमें रहते मल्लाह परिवार घोड़े बेचकर सो रहे हैं। कात्या के चौगिर्द की दुनिया नींद के आलम में गहरी साँसें ले रही है पर कात्या की नींद कौन छीन ले गया ? क्या हो गया आज अचानक ? न किसी से कोई बात, न मज़ाक, न ही कोई चिट्ठी उसकी झोली में गिरी।

क्या त्रिभु इस उदास बेचैनी की वजह हो सकता है ? खिड़की की रेलिंग थामे उसे जाने क्यों मंगला मौसी की बेटी तारा याद आ गई। 'नवरेह' के दिन वे लोग नए कपड़ों और नई उमंगों से लैस, हारी पर्वत पिकनिक मनाने गए थे। कात्या-तारा घूमते-घामते 'बादामवारी' की ओर 'फुलय'[1] देखने निकल गईं। खुबानी-बादाम की बरजस्त फुलयवाले सफेद-गुलाबी फूलों में दो लाल गुलाब लेकर कोई शोहदा-सा लड़का दीवार की ओट में खड़ा तारा को इशारों से बुलाने लगा। कात्या ने आँखें तरेरीं, पर तारा के चेहरे पर गुलाब का रंग बिखर गया, "तुम यहीं रुको, मैं अभी आई," कहकर दीवार की ओट में खड़े उस लड़के से खुसुर-पुसर करने लपक ली।

घर के लोग ऊपर 'चक्रेश्वर' के मन्दिर में 'ताहरी पूजन'[2] करने गए थे। लौटकर इस ओर आए और तारा की हरकतें देख लें तो तारा के साथ कात्या भी मारी जाएगी।

कात्या ने खाँस-खखारकर दो-चार बार पेड़ पीछे चोंच लड़ाते तोता-मैना को आगाह कर दिया, कि लौट आओ जल्दी, भगवान के लिए मुझे आफत में न डालो।

दसेक मिनट बाद जब ओढ़नी से दायाँ गाल ढके तारा लौटी तो भात की परोसी थाली सामने से छिनने का दबा-दबा रोष और उलझनभरी नाराज़गी उसके चेहरे पर लिख गई थी।

कात्या तारा के गले की सफेद जिल्द पर नीले दाग देख हैरान हो गई थी, "इतने खुले में तुम लोग...?" क्या कहें इस परले दर्जे की बेहया से ?

तारा ने हाथ से मक्खी हटाने के अंदाज़ में 'ऊँह' कह के पूरे मामले को 'छोटी सी बात' घोषित कर परे कर दिया। वापस लौटते तारा ने कात्या की अरसिक प्रकृति और डरी-सहमी मुद्रा पर व्यंग्यात्मक लहजे में जो कुछेक शब्द कहे, वे कात्या को उस वक्त भले बकवास लगे हों, बाद में गाहे-बगाहे विशिष्ट स्थितियों में ज़रूर याद आते रहे।

---

1. बादाम के पेड़ों के महकते बौर। 2. नवरोज़ के दिन कश्मीरी पीली ताहरी बनाकर नए वर्ष का स्वागत करते हैं। प्राचीन समय में इस दिन वसन्तोत्सव मनाया जाता था।

'नं बी, चॅ लगखनुं लव करनस।'[1]

कात्या के हवाइयाँ उड़ते चेहरे की भंगिमा को घूरने के बाद कहा गया निष्कर्ष वाक्य।

तो क्या सचमुच प्यार करना कात्या के बस का रोग नहीं ? ऐसा तो नहीं कहा जा सकता कि 'प्रेम' प्यार के बीजारोपण की खलबलियाँ, छोटे-मोटे हादसे उसके साथ नहीं घटे। दो-तीन होते-होते रह गए प्रेम-प्रसंग तो उसके दिमाग में आज भी ताज़े हैं। कात्या को आज उन्हें याद करना अच्छा क्यों लग रहा है।

पहला मौका—जब प्रेम भैया के दोस्त, गोरे-चिट्टे लड़कीनुमा जवाहर ने सीढ़ियों पर सामना होते, एक मोटा-सा लिफाफा उसे बिना भूमिका बाँधे थमाया था जिसमें सहगल का गाया—''दो नैना मतवारे तिहारे, हम पर जुल्म करें,' और फिल्म 'प्यार की जीत' में सुरैया-रहमान के कुछ इश्किया डायलॉगों के साथ निहायत सुन्दर शब्दों में लिखा गया था, ''कात्यायनी, तुम्हारी आँखें कमल के दो फूल हैं, सुराहीदार गर्दन के पीछे नागिन-सी लहराती दो चोटियाँ और चाल में हिरणी की चंचलता है...। काश तुम्हारे बदन के गुलाबों की खुशबू मेरे नसीब में होती।''

उस पत्र को पढ़कर कात्या की पहली प्रतिक्रिया यह हुई कि इसे ताता के हाथ में देकर बच्चू को गुलाबों के बदले डंडों-जूतों की खुशबू सुँघाई जाए, पर घरभर में बेकार का हो-हल्ला और ज़रूरत से ज्यादा कयासों-कल्पनाओं की आशंका से उसने ताता को इस फूहड़ हादसे से बाहर रखा और छोटे से पुर्जे पर जवाहर को उत्तर लिखा, ''मैंने भी पढ़ा है भाई साहब, कि ईश्वर ने पुरुष को बनाया तो सभी मसाले खत्म हो गए, पर स्त्री को बनाना भी ज़रूरी था, सो उसने प्रकृति से कुछ चीज़ें उधार लेकर स्त्री का निर्माण किया, उसमें लताओं, फूलों, हिरणों, कोयलों आदि से जहाँ कुछ विशेषताएँ लीं वहीं अग्नि और शेरनी से भी कुछ खूबियाँ लीं। जवाहर भैया, और तो मैं ज्यादा नहीं जानती, पर मेरे पास शेरनी की दहाड़ और पंजे तो ज़रूर हैं।''

उसके बाद जवाहर ने दूसरा पत्र नहीं लिखा। हाँ आते-जाते 'हैल्लो-लाइनेस' कहकर ज़रूर अपने दिल की कील निकाल लेता।

इस 'हादसे' के करीब दो मास बाद जवाहर की शादी हुई। ताता ने नई दुल्हन को 'दपनबत'[2] के लिए बुलाया तो जवाहर की 'भोली राधा'-सी दुल्हन ने कात्या को ज़रा-सा आत्मीय होते ही, पेट में खदबदाती बात उस तक पहुँचाई कि मेरे 'वे' आपसे प्रेम करते थे।

उस दिन आश्चर्य के दो धक्के कात्या को एक साथ लगे, पहला जवाहर के उजबकपने पर कि पहली रात ही अपने असफल प्रेम की बात नवेली तक पहुँचा दी, दूसरा सौतिया डाह से अनजान इस आत्ममुग्ध नई दुल्हन के सोच पर, जो किस्साए

1. नहीं जी, प्यार करना तुम्हारे बस का रोग नहीं। 2. नवविवाहितों के लिए भोज, जो विवाह से पहले भी और बाद में भी नाते-रिश्तेदार देते हैं।

लैला-मजनूँ की तरह पति की प्रेम-कथा उसकी पूर्व प्रेमिका (जो भले कभी 'वह' न रही) को मज़े-मज़े से सुना रही है। ऐसे में भला क्या कहा जा सकता था ?

कात्या ने हँसकर बात उड़ा दी, "अरे, ऐसा तो कुछ भी नहीं था।"

"नहीं, नहीं, वे मुझसे झूठ थोड़े बोलते ?"

लो, शुरुआत में ही पति देवता के वचन पर अखंड विश्वास। कात्या इस अटूट पतिभक्ति में दरार तो नहीं डालना चाहती थी पर थोड़ी चिढ़ ज़रूर गई, "तुम्हारे पति ने पहले दिन ही बिल्ली मारकर तुम पर रुआब डाला है। पति लोग ऐसा ही करते हैं। मेरी सलाह मानो तो बिना जाँचे-परखे जवाहर भैया की हर बात पर विश्वास मत किया करो।"

पता नहीं घर जाकर भोली राधा ने जवाहर से क्या कहा-सुना, पर दोबारा उसने कात्या से आत्मीयता बढ़ाई ही नहीं। शायद 'उनका' आदेश था।

दूसरा मौका—"जब चन्द्रा ने अपने छः फुटे 'घोड़ा मुँह' भाई साहब की एक चिट्ठी पकड़ाकर कात्या से डरते-डरते कहा कि, 'मैं यह चिट्ठी तुझे न देती, पर भाई साहब ने कहा कि तुम दोनों कई बार मिल चुके हो, तुम्हारे फोटो भी उनके पास हैं और तुम्हारे ताताजी तुम दोनों की शादी कराने को राज़ी हैं..."

कात्या इस बिन बादल बरसात की कल्पना से ही ऐसी उखड़ी कि भाई साहब की जगह चन्द्रा को बातों से ऐसी पटखनी दी कि वह रो ही पड़ी।

बाद में सुलह-सफाई करके ज़रा मज़ाकिया स्वर में पूछा, "तू मेरी सहेली है ? हूँ ? मुझे ज़रा भी नहीं जानती ? मैं इन फालतू के चक्करों में पड़नेवाली नज़र आती हूँ तुझे ? तूने देखे मेरे फोटो उसके पास ?"

"नहीं, उसने मुझे नहीं दिखाए।" चन्द्रा नाक पोंछती नकार गई।

"उसके पास होंगे तो तुम्हें दिखाएगा। देख चन्द्रा, अपने लम्बू भाई साहब से कह दे कि ताता उसकी बकवास सुनेंगे तो सीधे घर आकर ठोक-पिटाई कर इश्क का भूत उतार देंगे। ऐसा कौन-सा 'सल्तने[1] गुलिस्तान का शहज़ादा अलादीन है वह, जो ताता मुझ गुलअफशाँ' को उसके हवाले कर निहाल हो जाएँगे। फिर तू इस पचड़े में क्यों पड़ती है गुलअफशाँ की कनीज़ 'नायाब नज़र'[2] ? वह आप ही इश्क के मैदाने जंग में कूद क्यों नहीं पड़ता, जब सिर पर कफन बाँध ही लिया है ?"

इस डायलॉग के बाद दोनों सखियाँ बेसाख्ता हँस पड़ीं और एक और प्रेम-प्यार का किस्सा परवान चढ़ने से पहले ही दम तोड़ गया।

तीसरा किस्सा—कुछेक मास पहले अपने क्लासफैलो कुबड़े दयाल के साथ घटा। दयाल एक टाँग से लँगड़ाकर भी चलता था। लड़के पीठ पीछे उसे 'अष्टावक्र' कहकर चिढ़ाते। कात्या को उससे सहानुभूति थी। कई बार अपने सहपाठियों से उसके लिए उलझ भी गई। दयाल के पास बैठकर वह उसे जीव-विज्ञान के नोट्स भी लिखाती। इस

---

1. दास्ताने अलिफ लैला में अल्लादीन की कथा के पात्र।

आपसी लेन-देन और छोटी-छोटी मुलाकातों में एक बार दयाल ने दुखी मन से नरम दिल कात्या को सहपाठियों के 'अष्टावक्र' कहकर चिढ़ानेवाली बात कही तो कात्या ने उसे तसल्ली देते कहोड़ ऋषि के पुत्र विद्वान अष्टावक्र की कहानी सुना दी। कैसे पिता के उच्चारण में गलती निकाल वह अपने पिता द्वारा ही शापित हुआ। और कैसे उसने अपने पिता को बन्दी नामक वेदों के ज्ञाता से हारकर बन्दी बनाए जाने पर मुक्त कराया। राजा जनक की सभा में उसकी काया को देखकर जब सभासद हँस पड़े तो अष्टावक्र ने कहा, "यहाँ तो सभी चर्म प्रेमी गँवार हैं।" राजा ने जब पूछा, "कैसे ?" तो अष्टावक्र ने सविस्तार समझाया कि ज्ञानियों के लिए आत्मा ही महत्वपूर्ण है, शरीर नहीं। अन्त में कात्या ने जोड़ दिया, "फिर तुम क्यों इन गँवारों की बातों से दुखी होते हो ?"

लेकिन जब इस सहानुभूति में की गई ज्ञान-चर्चा का अर्थ दयाल ने 'प्रेम' के सन्दर्भ में ग्रहण किया तो कात्या ने अपना माथा पीट लिया। और तो वह कुछ न कर सकी, पर रक्षाबन्धन के दिन दयाल की हड्डियल कलाई पर राखी बाँधकर कहा, "भाई ! मुझे तो बड़ा लम्बा रास्ता तय करना है, तुम्हारा स्नेह चाहिए।"

अब ऐसे किस्सोंवाली लड़की से किसी होशमन्द लड़के को प्रेम हो सकता है भला ? तारा कुछ गलत तो नहीं थी। लेकिन आश्चर्य यह कि कात्या को ये किस्से याद कर आज अच्छा लगा। अच्छा लगा कि उसके भीतर अचीन्हा-सा दर्द हिलोर लेने लगा है। शायद प्रेम की सम्भावना यहीं कहीं से जन्म लेती हो।

उलझन भी कम न हुई। तारा के प्रेम-प्रसंगों को वह फुरसती लड़कियों के फूहड़ शौक समझती रही है। उसने कई बार अपना विरोध भी दर्शाया है यह पूछकर कि क्या मंगला मासी तुझे मना नहीं करती ?

तारा का जवाब भी हाज़िर, "तू कभी प्यार करेगी तो माँ से पूछकर करना। मैं तो बिना किसी की सलाह लिए अवतार कृष्ण के साथ मन्दिर भी गई थी।"

वही ! तेरे बस का तो कुछ भी नहीं डरपोक लड़की। यों उन दिनों मन्दिरों में जाकर गले में फूलमालाओं का आदान-प्रदान कर गन्धर्व विवाह करने का चलन अपनी वादी में तो नहीं ही था। फिर पंडे-पुरोहित जी हर राह-चलती लड़की को अपनी ही बेटी समझकर उनके माता-पिता तक, बहके कदमों के विस्फोटक समाचार पहुँचाना भी अपना धार्मिक दायित्व समझा करते थे। मजाल था कि बेटियों के पास फटकती हवा भी बुजुर्गवारों की नाक छुए बिना गुज़र जाए।

कात्या ने सोने की कोशिश की। आँख मूँदकर, माँ के कहे सभी नुस्खे आज़मा लिए, भेड़ गिनने से लेकर पंचकन्याओं के स्मरण करने तक।

लेकिन त्रिभु ध्यान से नहीं उतरा। ज़ेहन में हब्बाखातून और अरणिमाल के उदास नगमे गूँजते रहे। नींद आई भी तो चेतन से अवचेतन की तहों में खींच ले गई, जहाँ बड़ी गड्डमड्ड शक्लें हँसती, चिढ़ाती, डराती उसके रू-ब-रू आती गईं। त्रिभु का रक्त सना माथा और कात्या की ओर बढ़ते हाथ। कात्या ने लपककर सहारा दिया तो कमज़ोर आवाज़ें कोने-अन्तरों से गूँजने लगीं।

"थैंक यू, थैंक यू कात्या ! आई लव यू !"

कात्या वहाँ से भागना चाहती है, लेकिन पैर उठ क्यों नहीं रहे ? पीछे से आवाज़ों का शोर करीब आ रहा है, करीब और करीब ! आवाज़ों के लम्बे-लम्बे हाथ उसे हरे चरागाह में धकेलकर अदृश्य हो गए हैं। सामने नरगिस का सफेद फूल बड़ी-बड़ी आँखों से चौतरफ देख रहा है। कात्या पसीने से भीग रही है। काला भँवरा गूँ-गूँ करता उसके चेहरे के आसपास डोल रहा है। हवा में नरगिस की तन्द्रिल महक कुहरे की तरह फैल रही है। महक जितनी तेज़ी से फैलती जा रही है, भ्रमर उतनी ही त्वरा से गुन-गुन करता घुमेर लगा रहा है। यह अचानक आँधी-तूफान का चक्रवात कहाँ से घिर आया ? धूल सनी हवा में सूखे पत्ते शाँ-शाँ करते सिर धुन रहे हैं। नरगिस ? नरगिस का फूल कहाँ गायब हो गया ?

नींद में भी कात्या ने महसूस किया कि नरगिस और भ्रमर तो कभी मिलते ही नहीं, लल्ली ने उसे बंबुलंबरज़ल' की कहानी कितनी बार तो सुनाई है।

कात्या ने उठकर पानी पिया और आँख बन्द कर सोने की कोशिश करने लगी। इस बार उसने नींद को बुलाने के लिए पेड़ या बकरियाँ नहीं गिनीं बल्कि हरे चरागाह के चप्पे-चप्पे पर पाँव रखते नरगिस को तलाशने लगी।

# प्रवेश द्वार-बानिहाल पार !

इंटर की परीक्षाओं के परिणाम आ गए हैं। एक ओर आशंकाएँ, वहम, घबराहटें, दूसरी ओर बधाइयाँ, मुबारकें और दावतों के इसरार। पूतों के सुनहरी भविष्य की कामनाओं में घर-घर इलाचयी-बादाम-दारचीनी की भापीली सुगन्ध लिए कहवों, मलाईवाली गुलाबी 'शीरचायों'[1], नानबाई की खस्ता बाकरखानियों, ऐश मुकाम के कतलम्मों, सिद्धिदाता गणपति को लड्डू-रोठ के भोगों और पीर-औलियाओं के अस्तानों पर नियाजों का सुबह से शाम तक लम्बा सिलसिला।

सुबह-सुबह ही प्रोफेसर भान साहब अजोध्यानाथ के घर आए। लल्ली से तलख कहवे की माँग की और घरवालों की थोड़ी-बहुत उत्सुकता बढ़ाकर, "दावत खिलाओ वकील़ साहब, तब बन्द घड़े का मुँह खोल देंगे," के बाद खुशखबरी सुनाई, "कात्यायनी ने खानदान का नाम रौशन किया है। स्टेट में फस्ट पोज़ीशन लाई है।"

कात्या का दिल इतनी ज़ोर से उछला कि लगा छाती से बाहर कूद जाएगा। पेपर अच्छे तो हो गए थे पर फस्ट पोज़ीशन ?

ताता ने पोती का माथा चूम लिया, "मैं जानता था हमारी बिटिया सोने-चाँदी के मेडल लेकर आएगी।"

शिवनाथ और जानकीमाल ने आँखें चौड़ी कर दीं—

"ये लड़की ? ये लड़की फस्ट आएगी ? ज़रूर कुछ गलती लगी है सुनने में ! कित्ती देर किताब खोलती थी ? मुझसे पूछो। बिना नागा रोज़ दो घंटे तो तुलसी की मास्टरी करने में ज़ाया करती थी।"

सोना बुआ का कनू और शिवनाथ की बेटी राज्ञा सेकेंड डिवीज़न में पास हुए। कमलावती ने बुझे मन से बच्चों को असीसा, "चलो पास हो गए बच्चे। यही क्या कम है ? खुश रहें। लड़कियों को तो पढ़-लिखकर भी छाज-छलनी ही सँभालनी हुई। हाँ, कनू फस्ट आता तो और बात थी।"

शिवनाथ ने राज्ञा को थोड़ा डाँटकर कात्या की प्रशंसा की—

"कुछ सीखो कात्या से ! तुम तो किताबों में सिर घुसाए बैठी रहती थीं, मेडल तो तुम्हें मिलने चाहिए थे। पर जाने पढ़ाई का बहाना बनाकर तुम लोग क्या ऊटपटाँग

---

1. दूध-मलाईवाली गुलाबी रंग की नमकीन कश्मीरी चाय।

सोचते रहते हो। मगज में कुछ घुसे भी तो कैसे ?" भीतर कटार-सी खुभी थी। हर जगह केशव के पासंग में वह उन्नीस ही रहता है, अब बच्चों के मामलों में भी।

केशव ने दोनों लड़कियों को असीसा, "कात्या-राज्ञा ने कॉलेज की परीक्षाएँ पास करके घर में स्त्री शिक्षा के नए क्षितिज खोले हैं।"

लल्ली ने बेटी को गले लगाकर आकाश का चाँद दिखाया–

"तुम तो आकाश का चाँद छूना चाहती थीं ना ? देखो, कैसे दीवार पर झुक आया है, कहता है, लो ! मुझे छू लो।"

कन्वोकेशन के दिन जब कात्या ने शिक्षामन्त्री के हाथ से सोने का मेडल पाया तो लगा एक दिन वह ज़रूर दीवार पर झुक आए इस चाँद को छू लेगी।

आनन्द शास्त्री गोकि अब काफी अशक्त हो गए थे, कात्या की सफलता पर प्रसन्न होकर घर पर बैठे न रह सके। खरामा-खरामा चलकर अजोध्यानाथ के घर आए और कात्या के सिर पर हाथ रखा, "अध्ययन-मनन श्रद्धा और जिज्ञासा ! किस चीज़ की कमी है हमारी बिटिया में ? इसके लिए ज्ञान के द्वार सदा खुले रहेंगे। ऊँचे माथे वाली लड़की है, इसका भविष्य उज्ज्वल है। सिर पर हाथ रखे-रखे, सौभाग्य, आरोग्य, सुख, रूप, जय, यश का मन्त्र उच्चार कर जल्दी ही घर लौट आए।

कानों में बड़े-बड़े जड़ाऊ झुमके और डेजहोरू झुलाते दिद्‌दा बधाई देने आई। बहन की सफलता से खुश हुई और गले मिली। जाते-जाते दो-एक बातें कहना न भूली–

"मैं तो शादी के चक्कर में पढ़ाई-वढ़ाई छोड़ बैठी। नहीं तो तुमसे पहले ये मेडल मैं ही लेकर आती। अब शादी के बाद तो कामों का सिलसिला खत्म ही नहीं होता। कितनी तो माँगें हैं सास जी की। हर आध घंटे के बाद कहवा चाहिए। सो भी मेरे ही हाथ का बना। नाजुक इतनी हैं कि इलायची ज्यादा डली तो जुकाम हो जाता है, बादाम ज्यादा डले तो गर्मी। उस पर वर्ष के बारह महीनों में तेरह पर्व ! चतुर्मास, अष्टमी, पूर्णमाशी, अमावस्या, संक्रान्ति के व्रत अलग ! पलभर की फुर्सत नहीं। अब ऐसे लोगों की सेवा में रहना पड़े तो हो गई पढ़ाई-लिखाई।"

कात्या हँस पड़ी, अब भी दिद्‌दा अपने तेवर नहीं भूली है। बड़ी होने का गुमान ठसके से साथ-साथ चल रहा है। और जब तक दिद्‌दा बड़ी रहेंगी, तब तक चलता ही रहेगा।

देखते-देखते कॉलेज से विदाई का समय आ गया। सहपाठियों के साथ बिताए संग-साथ के दिन, हँसी-मज़ाकों-कहकहों, प्रतियोगिताओं, नाराज़गियों के दिन अब एकदम बीती बातें हो जाएँगे। दो वर्ष कैसे तो पलक झपकते खिसक गए और अब भावभीनी विदाई। प्रोफेसरों की शुभेच्छाओं और स्नेहसनी हिदायतों से रची-बसी।

आगे रास्ते अलग हो जाएँगे। मुड़कर सभी कॉलेज के दिनों को हेरेंगे तो भीतर का एक नरम कोना टीसने लगेगा। लेबॉरिटरी के गलियारों में उमग आए पहले-पहले प्यार की आकुल पुकारें पीछे छूटी जगहों पर बार-बार लौटाएँगी। चिनार के साए में टिका बेंच और ऊपर डालों पर चहकते बुलबुल लुक-छिपकर खुसुर-पुसुर करते युवा प्रेमियों

को तलाशते, चहकना भूल जाएँगे। कात्या क्या भूल सकेगी त्रिभु के कहे गए विदावेला के शब्द, "मैं तुमसे जो साल भर से कहना चाहता था, कह नहीं पाया। अब तुम जा रही हो तो सुन लो कात्या ! 'आई लव यू एंड आई विल मिस यू ए लॉट' !"

" 'मी टू त्रिभु ! मी टू' !" आँख से एक खामोश आँसू टपका एक स्वीकारोक्ति दबी आवाज़ में गहरी बात कह गई ! और बस ! पटाक्षेप ! एक अप्रत्याशित अचीन्हे प्रेम की शुरुआत से पहले ही अन्त ! गर्भ में घुटकर रह गया रेशमी कीड़ों-सा कोमल घुटा-घुटा भाव ! जब तक आँखें खोल उसे ठीक से पहचान लेते विदा की घड़ी आ गई। वही तारा की बात, प्यार करना तुम्हारे बस का नहीं ! आगे वही नरगिस और भ्रमर की कथा ! जो किसी भी देशकाल में, किन्हीं भी स्थितियों में एक-दूसरे से मिल नहीं पाए !

कात्या की इस उदास मनःस्थिति के बावजूद ताता-केशव की एक बड़ी चिन्ता दूर हो गई। आगरा मेडिकल कॉलेज में कात्या को दाखिला मिल गया। जल्दी ज्वाइन करना होगा।

सो कई-कई तैयारियों के साथ हिदायतों, मशवरों, और शुभकामनाओं से घिरी कात्या घर-परिवार के सदस्यों समेत बस अड्डे पहुँच गई। कात्या से ज्यादा कात्या के परिवार जन सोच-विचार करते रहे। केशव बेटी के साथ आगरा जाएगा। वहाँ हॉस्टल के अलावा अभिभावक का भी प्रबन्ध करना पड़ेगा। आखिर लड़की का मामला है। पराई जगह, अपनों से दूर रहकर पढ़ाई करेगी। हारी, बीमारी, ऊँच-नीच में कोई तो पास रहना चाहिए। हज़ार चिन्ताएँ, अजोध्यानाथ ने डॉ. काटजू के नाम पत्र दिया है। अपनी बिरादरी की मदद करते हैं। ताता से अच्छी पहचान भी है।

"पानी की सुराही साथ रखी बेटे ?" अजोध्यानाथ ने याद दिलाया, "बस तो नियत स्टापों पर ही रुकेगी, फिर हर जगह साफ-सुथरा पानी कहाँ मिलेगा ? बनिहाल पार करते ही दिक्कत शुरू ! हाँ, सुराही में कुद का पानी ज़रूर भर लेना..."

जानकीमाल ने नाश्ते की टोकरी थमा दी। ढेर-सा तला-भुना पकाया सामान, "काजीगुंड में पराँठों के साथ रोगनजोश के एक-दो पीस ज़रूर ले लेना। यों लसराम के पास जाओगे तो वह अपनी दुनियादारी तो निभाएगा ही, फिर भी दूसरे के भरोसे तो नहीं रहना चाहिए...!"

"खाना तो बनिहाल में चन्द्रभागा के किनारे बैठकर खाना। हम जम्मू जाते हैं तो उधर ही बस रुकवा लेते हैं। बड़ी सुन्दर जगह है...।"

दरबार मूव के साथ हर वर्ष छह मास जम्मू जानेवाले नानाजी ने अपनी सलाह दी।

"ट्रेन में अकेली नीचे न उतरना कात्या। बाबू जी के साथ रहना। उधर का पता-वता बक्से में लिख दिया है न ?"

"रास्ते में बिटिया का ध्यान रखना केशवनाथा ! पहली बार रेल का सफर कर रही है लड़की। लुच्चे-लफंगे तो लड़कियों के पीछे लगे ही रहते हैं। कौन देश, कौन जात के लोग, क्या पता ? इधर तुम्हारी नज़र हटी, उधर बगुले मछलियों पर झपट्टा मारने

को तैयार।"

केशव ने पिता, माँ, भाई, ससुरजी, की हिदायतें गाँठ बाँधते बेटी को बस में अपनी बगलवाली सीट पर बिठाकर परिजनों को आश्वस्त कर दिया। "चिन्ता न करें! भगवान भरोसे हमें विदा करें।"

कात्या बारी-बारी से माँ, चाची, दादी, नन्दन और राज्ञा के गले मिली। माँएँ विदा-वेला में आशीष थमाती आँखें पोंछती रहीं, "बानिहाल पार करना है। ऊँची खड़ी चढ़ाई! डरना नहीं मुन्नी, ईश्वर पार उतारेगा। उसी के हवाले कर रहे हैं तुझे...।"

"यह पाकिस्तान क्या बना कि रावलपिंडी वाला रास्ता ही बन्द हो गया। तेरे ताता तो उस रास्ते ताँगे पर बैठ लाहौर तक चले जाते थे।"

"बानिहाल पार हो जाओ तो आगे भी महागणपति पार उतारेंगे।" अपने सगों की गम्भीर चिन्ताएँ! साल के साल बर्फ़ ढका तंग घुमावदार पहाड़ी रास्ता, आगे रामबन, रामसू के पास खूनी नाला, मलबे-पसियों अटा फिसलना रास्ता। एक तरफ भुरभुरे पहाड़, दूसरी ओर गरजती हुई फेनिल चन्द्रभागा। गहरे खड्ड और खाइयाँ! हे श्रीराम! हे शम्भो! बाप-बेटी की रक्षा करना।"

लखनपुर में 'परमिट'[1] दिखाना न भूलना। उधर सामान की जाँच होगी। ध्यान से ट्रंक खोलना। चेकिंगवाले हड़बड़ी मचा देते हैं...।"

नाथ जी पोटली भर अखरोट की गिरियाँ थमा गया।

"मातायी ने सफापोर से भेजी हैं खास कात्यायनी के लिए।"

दो ताँगों में लदे परिजन बस छूटने तक हिदायतें देते रहे। महान अभियान पर जाने का-सा माहौल! खतरों से सावधान कराते अपने-अपने अनुभवों का निचोड़ कात्या के हाथ में पकड़ाते, कात्या के सगे, बुजुर्गों का दायित्व तब तक मुस्तैदी से निभाते रहे जब तक बस घरघराहट के साथ स्टार्ट न हो गई! विदा में हाथ हिले, "अच्छा बाश्शाओ!" "खुदा हाफिज, बिरादर!" "नमस्कार काकलाल!" "भगवान सहवाल।" चिट्ठी लिखूँगी, पहुँचते ही। चिन्ता मत करना!" "पीर पंडित पादशाह रक्षा करे...।"

"मन लगाकर पढ़ाई करना कात्या," दूर तक आवाज़ें पीछा करती रहीं। निरंजन उदास आँखों से देखता रहा और बस के आँख ओट होने तक हाथ हिलाता रहा।

दुर्गानाग, शंकराचार्य मन्दिर, झील डल और डल पर प्रतीक्षा करते हाउसबोट और नावें, हज़रतबल दरगाह, हारी पर्वत सभी ने झाँक-झाँककर कात्या को देखा। बादामी बाग से बस गुज़री और हाईवे पर दौड़ने लगी।

सड़क के दोनों ओर खड़े पंक्तिबद्ध सफेदों ने हाथ हिलाए, शुभकामनाओं और बधाइयों में होंठ बुदबुदाए। जो चाहा सो मिल रहा है। अब आगे तेरी अपनी कोशिश!

चिनार की टहनियों पर झूलते 'पोशनूल'[2] ने श्रीकृष्ण गूपियों पुकारकर ध्यान

---

1. उस समय जम्मू-कश्मीर सीमा से भारत की सीमा में प्रवेश करने के लिए परमिट (अनुमतिपत्र) की ज़रूरत पड़ती थी। बाद में इसे रद्द कर दिया गया। 2. पीलक पक्षी—गोल्डन ओरियोल।

खींचा। हमें भूल न जाना सखी।

शहर पीछे छूटता गया तो कात्या के दिल में हौल-सा उठने लगा। लल्ली, नन्दन, ताता, राझा और तुलसी। अपने सगे पीछे छूटे जा रहे थे। कैसे रह पाएगी उनसे दूर कात्या ?

आसमान में सँवलाए मेघ पहाड़ों के ऊपर दौड़ लगाने लगे। कालिदास के मेघ ! मार्तण्ड, अवन्तिपुरा का खँडहर हुआ भवन निर्माण कला का साम्राज्य ! ललितादित्य और अवन्तिवर्मन द्वारा समय की छाती पर खुदे आलेख ! पाम्पोर में केसर की क्यारियों में फूल चुनती, लहलहाते धान के खेतों में निराई-गुड़ाई करती किसान कन्याओं के होंठों से फूटते लोकगीत, नदी किनारे फैले चरागाहों में हरी दूब पर मुँह मारती भेड़-बकरियों की मिमियाहटें और उन्हें हुर्र-हुर्र हाँकते चरवाहों की मिली-जुली आवाज़ें तेज़ी से खिंचती रील की तरह आँख ओझल होने लगीं।

कात्या ने पिता के कन्धे पर सिर टिका लिया। भीतर उदास घुमड़न कलेजे को कोंचे जा रही थी। कात्या आँसू को पलकों पर रोके रही। ऐसा भर-भर आता मन लेकर तो कुछ नहीं कर पाएगी वह ! उसे तो कुछ बनना है। कम-से-कम पाँचेक साल घरवालों से दूर रहना ही होगा। सपने बोए हैं मन में, तो उन्हें फूलते-फलते देखने के लिए मजबूत होना होगा।

काजीगुंड में ड्राइवर ने बस रोक ली।

''चाय-चूय पी लो बादशाओ ! हाथ-मुँह धोकर ताज़ा होओ। आधा घंटा हाल्ट रहेगा।''

बस में पेट्रोल की गन्ध से मितली आ रही थी, हालाँकि ताता ने खुद अवोमिन की गोली खिला दी थी। चाटने के लिए नींबू-अनारदाना भी साथ रखा था।

काजीगुंड में मुकुन्दराम के भाई लसराम का शाकाहारी होटल बस-स्टाप के पास ही नज़र आया। लसराम केशवनाथ और कात्या को देखकर एक साथ चकित-हर्षित हो आया।

''अरे ! भोभाजी ! इधर कहाँ ! आओ, आओ गबरा, धन्य भाग मेरे ? भगवान मेरे घर आए ! बिटिया भी आई है ? बोलो क्या खाओगे ? नन्दलाला ! ओ नन्दलाला ! देख कौन आया है ? बिटिया को ऊपर ले जा। मुँह-हाथ धोकर ताज़ा हो जाएगी। जा बेटी जा ! अपना ही घर समझ ! ऊपर ही रहता हूँ न ! तेरी काकनी भी है उधर...।''

''लॉरी थोड़ी देर ही रुकेगी लसकाका ! तुम्हारे हाथ का कहवा पीना है। मुकुन्दराम ने ताकीद की थी कि तुम्हारे होटल में ही चाय पिएँ...।''

लसराम ने चाय के साथ गरम-गरम पराँठे और अंडे की बुर्जी भी खिला दी। शाकाहारी होटल में अंडा-वंडा तो नहीं चलता। शाकाहारी विज़िटर मांस-अंडे की गन्ध से ही बिदकते हैं। सो ऊपर से ही बनवाकर खिलाया। आखिर अपने भाईबन्द आए हैं मिलने, ठीक से खातिर-तवज्जो न की तो उम्रभर बात रह जाएगी कि लसराम तहज़ीब-तरीका नहीं सीखा।

जाते समय लसराम की पत्नी ने आठ-दस दूधिया भुट्टे भूनकर साथ दिए—"अखरोटों के साथ अच्छे लगेंगे। रास्ते में खा लेना और अपनी इस काकनी को याद कर लेना।"

ड्राइवर ने हार्न बजाकर यात्रियों को बुलाया तो बस की ओर जाते सलवार-कमीज़ पहने, खुशनुमा चेहरेवाले लड़के ने केशवनाथ को सलामअलैकुम कहा।

वालैकुम सलाम में आदाब का उत्तर देते केशव ने युवक को पहचानने की कोशिश की, "तुम वली मुहम्मद के बेटे हो ?"

" 'आहन हज, बु छुस इमरान !'[1] ये कात्यायनी आपा हैं न ?" लड़का दोनों को पहचानता था।

"हाँ, हाँ, यह कात्या ही है। तुमने ठीक पहचाना। मैंने काफी दिनों बाद तुम्हें देखा। एक अरसे से तो घर नहीं आए।" हल्की-सी शिकायत।

केशवनाथ ने ख़ुर्शीद के पोते से दादी का हालचाल पूछा। इधर काफी कमज़ोर हो गई है। उम्र का तकाज़ा है। इमरान एम.एस-सी. करने अलीगढ़ यूनिवर्सिटी जा रहा है।

"अच्छी बात ! मगर तुम्हारे अब्बा का तो हाउसबोटों का कारोबार है ?"

"वह तो भाई लोग देखेंगे ! मैं पढ़ाई करके कॉलेज में लेक्चरर बनना चाहता हूँ।"

"बहुत खूब ! खुदा तुम्हारी मुराद पूरी करे !"

इमरान बानिहाल में भी मिला। बल्कि उचक-उचक बसों की खिड़कियों में सिर घुसा उन्हें ढूँढ़ता रहा। बानिहाल में चन्द्रभागा के किनारे बैठ उन्होंने साथ ही खाना खाया। कात्या ने बिना यह पूछे कि भट्टों के हाथ का बना खाते हो, इमरान की प्लेट में रोगनजोश का टुकड़ा डाल दिया।

घर से दूर इमरान मिला तो अपनेपन की सोंध में लिपटी यादें लेकर आ गया।

इमरान ने हँसकर रोगनजोश लिया। "मेरी अम्मीजान ने 'रिस्ता' बनाकर साथ दिया है पर मैं आपको नहीं दूँगा बाबूजी।"

"मैं तो 'रिस्ता' ज़रूर खाऊँगी।" कात्या ने आप ही इमरान का टिफिन खोलकर एक टुकड़ा अपनी प्लेट में डाल लिया।

केशवनाथ इमरान की सूझ पर खुश हुए। खुले दिल का समझदार लड़का है। मन में गाँठें नहीं। यों भी बच्चे घर से बाहर बड़े समाज में निकले हैं तो पुरानी लीकों में हेरफेर तो होगा ही। दीन-धर्म की औपचारिक हदें भी ढहेंगी।

हाँ, केशव को माँ जानकीमाल ज़रूर याद आ गईं। वह इधर होतीं तो हदें पार करना मुमकिन नहीं होता।

रामबन-रामसू के पास पसियाँ गिरी हैं। सड़कों पर बेलचे, तसले-तगरियाँ लिए मजदूर सड़क से मलबा हटाने में जुटे हैं। मिलिट्री कानवाय रास्ते में रुका पड़ा है। ड्राइवर को सूचना मिली है कि लारियाँ रातभर बानिहाल में ही रुकेंगी।

---

1. हाँ जी, मैं इमरान हूँ।

चन्द्रभागा के किनारे होटल हिलव्यू में उन्होंने नदी की तरफ खुलती खिड़कियों वाला कमरा लिया। रातभर पत्थरों से टकराती फेनिल चन्द्रभागा की हहराती आवाज़ें सुनते कब ऊँघ-सी लगी, पता नहीं चला। कात्या अँधेरे में डूबी पहाड़ियाँ और उन भुतहा पहाड़ियों पर बसे गूजर बकरवालों के छोटे कोठों में टिमटिमाते जुगनू जैसी रौशिनयाँ देखती रही। दिनभर पहाड़ियों, जंगलों में अपने मवेशी चराते, बस्तियों में दूध, क्लाड़ी, ऊन आदि बेचते, लम्बे-ऊँचे गूजर शहरों से दूर प्रकृति की गोद में आदिम ज़िन्दगी जीते हैं ! धूप, आँधी-तूफानों में खड़े हाड़ हिलाते श्रम की ज़िन्दगी ! क्या इनकी ज़िन्दगी में रोमांस की कोई जगह होगी ?

सुबह बानिहाल रोड पर उनकी बस के आगे पहाड़ियों से उतरा भेड़-बकरियों का झुंड रास्ता रोके खड़ा हो गया तो ड्राइवर ने उन्हें हाँकती गूजरी को गलियाकर डाँटा था। गूजरी ने ड्राइवर की आँखों में झाँककर जाने क्या कहा कि ड्राइवर गुस्सा भूलकर मूँछों के भीतर मुस्कुराया।

''सा ऽऽऽ ली ! जब भी यहाँ से गुज़रता हूँ, बीच सड़क रेवड़ हाँक रास्ता रोक देती है...।''

अगली सीट पर बैठे किसी मनचले ने मसखरी की थी, ''आशिक-माशूका का किस्सा लगता है।''

तनी रीढ़ की गूजरी का चेहरा धूप में सूखे चमड़े-सा सख्त था लेकिन भीतर धड़कता नरम नाजुक दिल, जो कभी-कभार सन्तू ड्राइवर से दो बात करने को मचलता था।

कात्या को सफर में घटी छोटी-सी घटना याद आई। गूजरी की आँखों में कई दीए एक साथ जल उठे थे ! क्या था वह ? अचानक रात के निर्जन में बोलती खामोशी के बीच त्रिभु का चेहरा झाँक आया। कहाँ होगा इस वक्त ?

चन्द्रभागा रात भर शाँ-शाँ पुकारती रही !

आसमान पर हल्का-सा उजास छितरते ही बस अगले पड़ाव की ओर चल दी। आगे फिर वही तंग घुमावदार पहाड़ी रास्ते। पीर पांचाल की ऊँची पहाड़ियाँ। खूनी नाले और नाशरी नाले के पास ऊपर से अब गिरी, तब गिरी पसियों का डर और जगह-जगह बहती जलधारों से रपटीली और खतरनाक लगती सड़कें।

रास्ते में उन्होंने 'हस्तिवंज और 'भट्टगजिन' जगहें ढूँढ़ने की कोशिश की। इन्हीं ऊँची पहाड़ियों में कहीं होने चाहिए वे ऐतिहासिक स्थल !

लम्बा तवील सफर ! केशवनाथ बेटी को बातों में उलझाए रहे। लेकिन कात्या ने तो 'हस्तिवंज' नाम पहले कभी नहीं सुना।

''मिहिरकुल का नाम सुना है न ? हूण राज्य में, पाँच सौ अट्ठाईस ईस्वी के आसपास, तुर्क जाति का यह क्रूर आक्रमणकारी वादी पर यमदूत की तरह हावी हो गया था। कहते हैं मगध के बालादित्य और मध्य एशिया के यशोवर्मन ने उसे हराया। बड़ा क्रूर और अत्याचारी था मिहिरकुल !''

"कश्मीर कैसे आ गया ?"

"दरअसल भागकर यहाँ शरण लेने आया। यहाँ के राजा शरणागत को आश्रय देना धर्म समझते थे, सो उसने मिहिरकुल को आश्रय दिया। पर मिहिरकुल ने षड्यन्त्र रचकर धोखे से राजा का राज्य छीन लिया। उसी के बारे में कहा गया है कि एक बार इन्हीं पीर पांचाल की पहाड़ियों से उसने एक सौ हाथियों को नीचे गहरी खाइयों में लुढ़का दिया और उनकी करुण चीत्कार सुन खुश हुआ।

कात्या ने भय और घृणा की झुरझुरी महसूस की।

"बेजुबान पशुओं को मरवाकर उनकी चिंघाड़ सुनकर हँस पड़ना ! यह तो किसी पागल का ही काम हुआ। रोम के सम्राट नीरो जैसा सिर चढ़ा अहंकारी पागलपन।"

"हाँ मुन्नी ! महत्त्वाकांक्षाएँ जब हदें तोड़ देती हैं तो आदमी पागल ही हो जाता है ! कहते हैं उसने अन्त में आत्महत्या की।"

पीर पांचाल की ऊँची चोटियों को झुंड के झुंड धौले-साँवले बादल छू रहे थे। बादलों की सफेद पंक्तियाँ पहाड़ों के बीच भागती हुई पर्वतों के शिखर और धड़ अदृश्य आरी से अलग किए जा रही थीं। प्रकृति के अनूठे खेल !

"बाबूजी ! हमारे हिन्दी के अध्यापक कहते थे कि महाकवि कालिदास का जन्म कश्मीर में हुआ है। तभी वह पहाड़ों-झीलों, झरनों और प्रकृति के विविध रूपों का इतना जीवन्त वर्णन कर सके हैं। 'मेघदूत' तो कश्मीरी कवि ही लिख सकता है।"

"हाँ बेटी, कुछ विचारक ऐसा मानते हैं। पंडित लक्ष्मीधर, जो दिल्ली विश्वविद्यालय में संस्कृत के विभागाध्यक्ष रहे, संस्कृत के जाने-माने विद्वान हैं, वह भी ऐसा मानते हैं। कालिदास पर शैवमत के प्रत्यभिज्ञा दर्शन का भी प्रभाव है। मेघदूत और शाकुंतलम् इसके प्रमाण हैं।"

"ऐसा था तो वे कश्मीर छोड़कर क्यों चले गए ?" कात्या की सहज जिज्ञासा।

"कालिदास का जन्म पाँचवीं सदी के अन्त में या छठी शताब्दी के आरम्भ में माना जाता है। उस समय वादी में हूणों का राज्य था। हो सकता है उनकी अतियों के कारण वे वादी को छोड़कर उज्जैन चले गए हों, या और कुछ कारण रहे हों। लेकिन यह बात तो तय है कि प्रकृति के बीच रहे बिना और उसे हृदय की गहराइयों से प्यार किए बिना वैसा प्रकृति वर्णन सम्भव नहीं।"

बस ऊँचे मोड़ों पर मुड़ते लगती है, बस ज़रा-सी दाईं ओर झुकी तो नीचे खड्डों में 'रामनाम सत' हो जाएगा ! निचले घुमावों पर बसें माचिस की डिब्बियाँ जैसी रेंगती नज़र आती हैं। कैसे तो सिर घूमने लगता है।

केशवनाथ बेटी को 'भट्टगजिन' का अर्थ समझा रहे हैं या ध्यान बँटा रहे हैं, "इतिहास में तुमने पढ़ा तो है मुन्नी कि तेरह सौ ईस्वी के आसपास कश्मीर के राजाओं का नैतिक पतन हो चुका था। हत्या, हिंसा, षड्यन्त्र, गद्दी हथियाने की जालसाज़ियों ने राज्य को कमज़ोर कर दिया था। इसी समय तेरह सौ उन्नीस ईसवी में दुलचू या जुलिच नाम के आक्रमणकारी ने वादी में आतंक मचाया। हत्या, तोड़-फोड़, आगज़नी !

राजा सहदेव किश्तवाड़ भाग गया। दुलचू ने श्रीनगर में आग लगा दी और हज़ारों हिन्दुओं को दास बनाकर अपने साथ ले गया। लेकिन वापस लौटते समय वह पहाड़ों के बीच बर्फानी तूफान में फँस गया और सभी बन्दी भट्टों के समेत बर्फ में उसकी भी कब्र बन गई। इसी से उस जगह को 'भट्टगजिन' यानी भटों का तन्दूर कहा जाता है।"

विशालकाय पर्वत, अनेक कहानियाँ, दर्दनाक दास्तानें अपनी सलवटों में छिपाए हज़ारों-लाखों वर्षों से अडिग खड़े हैं। बर्फ से आच्छादित शिखरों को मुग्ध होकर देखने सराहनेवाले सैलानी कितने ऐतिहासिक सच जानते हैं ? और उस इतिहास के गर्भ में छिपी मानवीय यातनाओं की व्यथा-कथाएँ तो यहाँ की धरती में दफन हो गई हैं जो ज़रा-सा खुरचने पर चश्मों और स्रोतों की तरह फूटकर हमें भिगो देती हैं।

तभी शायद कात्या को गहरी खाइयों से करुण चीत्कार सुनाई दी। चन्द्रभागा की हरहराहट में एकतान हुई जाने कितनी करुण पुकारें कानों में कीलों-सी ठुकने लगीं।

केशवनाथ ने जगह-जगह पहाड़ों से फूट आए प्रपातों की ओर ध्यान खींचा—"ये झरने और प्रपात तुम्हें आगरे में तो नहीं मिलेंगे।"

"जर्रा जर्रा है मेरे कश्मीर का मेहमान नवाज। राह में पत्थर के टुकड़ों ने दिया पानी मुझे।" बाबू जी गुनगुनाने लगे, पहाड़ों से फूट आए पानी की धारों को देख। यह शेर कश्मीरी कवि ब्रजनारायण चकबस्त, ने कहा है, अच्छा बताओ—"गर फिरदौस बर रुए जमीन अस्त, हमीं अस्तो हमीं अस्तो हमीं अस्त[1]," यह शेर किसने कहा।

"हु ऽऽ म, मुझे मालूम है, जहाँगीर ने।"

आगे कुद बटोत की सुहावनी चढ़ाई। चीढ़ बाँज, बुरुंश और देवदार के घने जंगल। पंक्तिबद्ध सिपाहियों की मुद्रा में खड़े पेड़ जैसे कात्या का स्वागत कर रहे हों। हवा में चीढ़ की भीनी गन्ध थी। वनस्पतियों, पहाड़ी फूलों की महक यात्रियों को बौराने लगी थी। घूँट भर-भर हवा साँसों के भीतर भरने की ललक ! सीने से सरसब्ज़ हरियाली को लिपटाए आर्द्र होते परुष पहाड़ ! हिमालय की महान आत्मा रहस्य और आतंकभरे सुख से अभिभूत किए जा रही थी।

पहली बार इन ऊँचे रास्तों पर निकल आई है कात्या, उत्सुक और रोमांचित ! केशवनाथ तो लाहौर तक हो आए हैं !

पहाड़ियों से उतर बस समतल रास्तों पर दौड़ने लगी तो ऊधमपुर जम्मू के छोटे-छोटे गाँव स्वागत करने लपक आए। 'कटरा' की पहाड़ियाँ दिखीं, त्रिकुटा देवी की पर्वत मालाएँ। यात्रियों ने हाथ जोड़कर शीष झुकाए। 'जय माता शेराँवाली' का नारा लगाया। केशवनाथ ने कात्या से वादा किया कि छुट्टियों में जब कात्या घर लौटेगी तो जम्मू में अपने मित्र हरिकृष्ण वखलू के पास दो-एक दिन रुकेंगे।

---

1. यदि पृथ्वी पर कहीं स्वर्ग है तो वह यहीं है, यहीं हैं, यहीं है।

"तेरी माँ भी वैष्णव माता के दर्शन करना चाहती है। बड़ी हौंस है मन में। हम सभी माता के दर्शन करने जाएँगे।"

दूर से ही कई-कई मन्दिरों के कलश धूप में चमकने लगे। मन्दिरों के इस शहर में रातभर का पड़ाव पड़ा। सुबह यात्री रघुनाथ मन्दिर में श्रीराम और शिवमन्दिर में भगवान शंकर के दर्शन करने के बाद ही पठानकोट की ओर चल पड़े। जाम्बूलोचन का शहर।

पठानकोट में कात्या ने पहली बार ट्रेन देखी। यात्रियों, कुलियों, रेड़ों, हथगाड़ियों, लूले-लँगड़ों, भिखमंगों, घुटनों तक घूँघट निकाली सुथनवालियों से अटे पड़े प्लेटफार्म पर आती-जाती ट्रेनों के इंजन की सीटियों-चीत्कारों के साथ ऊँची-नीची आवाज़ों का हुजूम दौड़ रहा था। पोटलियों, बक्सों, बैगों के ऊपर बैठे यात्री, कुलियों के सिर पर चार-चार बक्से-होल्डाल लादे, पीछे-पीछे दौड़ते यात्री, बच्चों-बीवियों को थामे, झिड़कते-चीखते यात्री। धक्कमपेल और हड़बड़ी का अनोखा आलम।

कात्या आश्चर्य से दौड़ती भागती भीड़ को ट्रेन के भीतर घुसने की कशमकश में पिसते-दबते देखती रही। नए अनुभव, नया परिवेश ! गाड़ी में बैठने को जगह मिली तो भगवान को हाथ जोड़े।

गाड़ी तीखा साइरन बजाकर छुकछुकाती चल पड़ी तो प्लेटफार्म की भीड़, चाय के खोखे, सामान के ठेले, केबिन, रेलवे पुल और पूरा प्लेटफार्म थोड़ी देर साथ चला ! पटरी किनारे उकड़ूँ बैठे बच्चे, बूढ़े, कमर तक साड़ियाँ पलटाए, घूँघट में मुँह छिपाए औरतें 'फरागत' के लिए कतारों में बैठे दिखे तो कात्या ने शर्म से मुँह फेर लिया।

दिन चढ़ने लगा तो समतल मैदानों-खेतों में गर्मी से हाँफते गाय-गोरू, बैलों को हाँकते धूप तपी देहोंवाले किसान मुड़-मुड़कर धड़धड़ाती ट्रेन को गुज़रते देखने लगे और पीछे छूट गए।

ट्रेन से सिर निकाल नज़ारा देखते कात्या की आँख में इंजन का कोयला पड़ गया तो बाबूजी ने साफ रूमाल के कोने से आँख साफ कर दी। अम्बाला स्टेशन पर केशवनाथ सुराही में ताज़ा पानी भरने उतरे तो धक्कमपेल भीड़ में अपनी बारी का इन्तज़ार करते ट्रेन ने स्पीड़ पकड़ ली। कात्या ने घबराकर चौतरफ देखा, चीखी-चिल्लाई फिर लाल हैंडल में बँधी चेन खींच ली। गाड़ी रुक गई और हाँफते-दौड़ते केशवनाथ केबिन में घुसे। कात्या की रुलाई फूट पड़ी। टी.टी. की डाँट के बावजूद केशवनाथ और कात्या मुस्कुराए। एक-दूसरे को पा लिया था उन्होंने। "यह तेरा पहला सबक कात्या।" पता नहीं क्या सोचकर केशवनाथ ने कहा। कात्या पिता के कन्धे पर सिर रखे आँख मूँदे पड़ी रही। ट्रेन में खर्राटे भरते थुलथुल सेठ-सेठानियाँ, चिमटे-खड़ताल बजाते साधु, भिखमंगे, टिफिन से मठरी-मिठाई निकाल खाते-बिखेरते बच्चों के मुँह पर भिनभिनाती मक्खियाँ आँख ओझल हो गए। प्लेटफार्म आता तो फिर आवाज़ें लहरों की तरह उठतीं और झाग की तरह बैठ जातीं। चाय ऽऽऽ चाय ऽऽऽ।

बन्द आँखों ही कात्या ने छतनार चिनार को ढूँढ़ा। चीड़, सरो और देवदारों को

सदादी। कहाँ छूट गए तुम लोग ? कात्या को धूल, धूप और उमसभरी दुनिया में अकेला छोड़ गए। पूरी यात्रा में उसने पिता को स्टेशन पर उतरने नहीं दिया। कहीं फिर छूट गए तो !

रास्ते भर अकबके स्वादवाला गुनगुना पानी पीते उसे चश्माशाही जैसा ठंडा घर के नल का पानी याद आया। शहतूत के पेड़ पर बैठी गुगी की कुहुक कानों में बजने लगी।

'गू गू गु। गु गू गु ! माजिलोयनम,
काजवटु सूँत्य, ब्यनि लोयनम, यन्यि कानि सूँत्य...
बोय लोयनम...।'[1]

कात्या वहाँ नहीं है। गुणी अपने पिटने की शिकायतें किससे करती होगी ?

---

1. गु गू गु, माँ ने मुझे सिलबट्टे से मारा, बहन ने मुझे चरखे की पूनी से मारा, भाई भी तो पीछे नहीं रहा...गुगी बोलती है तो लोग कहते हैं वह पिटने की शिकायत करती है।

# संगिनी-अर्धांगिनी

लो ! हो गई न रही-सही कसर पूरी ? दीन बायू के पूर्वजन्मों के कर्म ! और क्या ! इस जन्म में तो महागणपति के ही चरण पकड़े रहा।

तिलक-टीके के लिए सिल पर चन्दन घिसता दीन बायू लोचभरे गले से, ''आसय शरण करतम दया, ॐ श्री गणेशाय नमः' गाता गणेश-स्तुति कर रहा था कि शैतान बच्चों की हुड़दंगी टोली 'कोक्कुर' कोक्कुर' चिल्लाती बरसाती नदी की तरह उफनकर मुख्य द्वार धकेल, मन्दिर में घुस आई।

और उनके बीचोबीच, जटाजूट फैलाए मुर्गाछाप साड़ी के पल्लू से रास्ता बुहारती ज़ोर-ज़ोर से कोसने सुनाती औरत !

''हाँ-हाँ, मैं पगली हूँ। तुम्हारी अम्मा हूँ बदज़ातो। जाकर अपनी काकनी को बोल दो, पगली भूखी है ! मेरी काँगड़ी में दो उपले डाल दो। देखो, ठंड से मेरे नाखून तक नीले पड़ गए हैं।....आँ ऽऽऽ ओं ऽऽऽ।''

पगली बुक्का फाड़कर रोने लगी। धाँय-धाँय छाती पीटने लगी। कबड्डी खेलने के स्टाइल में साड़ी पर छपे मुर्गे को छूकर पकड़ने-खींचने की कोशिश करते बच्चे, घबराकर पीछे हट गए। कहीं पकड़कर पटखनी न दे। मन्दिर की परिक्रमा करते भक्तजन मन्त्र भूलकर ठिठक गए। कौन है यह औरत ?

दीन बायू को मालूम भी हो कुछ, तो न मामले का खुलासा करें ? वह तो निचली धर्मशाला के अँधेरे कोने में पड़ी जयदेदी की उलझी सुलझाने में ही घर-बाहर की शंकाओं, आरोपों की गुंजलक में कसा जा रहा है।

बेचारी जयदेदी मन्दिर की साफसफाई करने के एवज़ में दो मुट्ठी चावल पाती है। अपना राँध-पकाकर खा लेती है। किसी की ले-दे में पड़ती नहीं, पर औरत ज़ात है, सो दीन बायू से प्रश्न पूछे जाएँगे। अब एक ही रिश्ता जो रह गया औरत-मर्द के बीच ! दया-धर्म तो दीन-जहान से उठ ही गया समझो। लेकिन दीन बायू अपने मन का क्या करे, जो दूसरों को कराहते सुन खामखाह खुरचने लगता है ? कोई धर्मी हो या अधर्मी, दूसरों के पापों का हिसाब करनेवाला वह कौन ? सो अपनी जगह अटल खड़ा है, लोगों की उल्टी-सीधी सुनकर भी।

''कौन हो भाई ? कहाँ से आए हो ? यह क्या हाल बना रखा है,'' आदि-इत्यादि

प्रश्न दीन बायू की ज़बान पर आने ही लगे थे कि सूरजभान की माँ ने आगंतुक महिला को पहचान लिया।

"अरी तुम ? तू तो गुपाल कान्दुर (नानबाई) की ज़नानी हो ! यह क्या तमाशा लगा रखा है ? घर क्यों नहीं जाती ? कुछ शर्म-हया है या बेच खाई ?"

आगंतुक औरत, जिसके दिमाग का एकाध पुर्ज़ा धुरी से सरक गया लगता था, 'शर्म-हया बेच खाने' वाले प्रश्न पर लयात्मक रुदन रोक, किंचित आश्चर्य से भद्र महिला को पहचानने की कोशिश करने लगी। ज़रा-सी चिन्हार उभरी तो झटके से उठकर मन्दिर के पिछवाड़े की ओर भाग ली।

"मैं नहीं जाती घर ! वह मुझे नोच-नोचकर खाएगा। तत्ते चिमटे से दाग देगा, वह राक्षस है।"

उसकी नज़रों में खौफ झाँकने लगा। कोई बाँह पकड़ बाहर न कर दे, इस डर से शिवालय का स्तम्भ बाँहों में जकड़ उकड़ूँ बैठ गई।

"हे शम्भो ! रक्षा कर !" दीन बायू कठिन स्थिति में फँसा, भगवान को सहायता के लिए पुकारने लगा।

लेकिन लाख पुचकारने, समझाने, धमकाने पर भी औरत वहाँ से टली नहीं। भीड़ इकट्ठी हुई, फिर छितर गई। शाम की आरती का समय हुआ। भीड़ का रेला फिर जुटा। थाल, घंटे, मंजीरे, चिमटे के साथ आरती के सामूहिक स्वर गूँजे। सात दीयों के प्रकाश में गणपति का हस्तिमुख डरी हुई औरत को देखता रहा और औरत मुग्ध होकर तालियों की ताल पर 'ॐ जै जगदीश हरे' गाने लगी।

दीन बायू मन्दिर के पट बन्द करने आया, तो भी वह स्तम्भ से सटी-सटी बैठी रही। सूतभर टस से मस न हुई।

"देखो बहन, यहाँ रात को तुम रह नहीं सकतीं। अभी घर चली जाओ, कल सुबह फिर चली आना।" दीन बायू ने विनती की।

"इधर रात को भगवान विश्राम करेंगे न ! यह लो पूड़ी और लड्डू का प्रशाद। खाकर अपने घर चली जाओ। घर में लड़ाई-झगड़ा तो होता रहता है, दो बर्तन साथ रहेंगे तो खनकेंगे नहीं ?"...

करुणा से उमग आए सीख-सिखौवल के बोल सुन औरत ने सिर हिलाया, और कचर-कचर पूड़ियाँ भकोसने लगी।

दीन बायू कुछ देर देखता रहा, "भूखी है बेचारी ! भूख-प्यास क्या नहीं कराती मनुष्य से ? अधर्म, पापाचार। यह औरत घर नहीं जाएगी तो कहाँ ठिकाना पाएगी ? उम्र भी ज्यादा नहीं लगती।"

दीन बायू के दार्शनिक हो उठने से पहले ही औरत धरती पर पसर गई। बाँहों का तकिया लगाया। पैर सिकोड़कर घुटने छाती से चिपकाए और साड़ी का पल्लू चेहरे पर फैलाकर सो गई।

"हे भगवान ! दया कर !" दीन बायू को औरत नन्ही बच्ची नज़र आई। यह

औरत पागल है या दुखियारी ? ऐसे खुले में रातभर पड़ी रही तो सुबह तक ठंड से टें बोल जाएगी। कोई सताई हुई ज़नानी लगती है।

दीन बायू असहाय हो गया। क्या करे ? दबे पाँव घर के चौके में घुसा, भात ढकने की पुरानी लोई बगल में दबाकर लौटने लगा तो पत्नी प्रश्नवाचक चिन्ह-सी सामने खड़ी हो गई।

''सुबह वापस ले आऊँगा, ठीक ? कोई दुखियारी है।'' दीन बायू झेंप गया।

पत्नी ने आह भरी। अपने भोले भगत पतिदेव की हरकतें देख वह अपनी छाती कूटने के सिवा कुछ नहीं कर पाती। कहती नहीं कि दया-धर्म कर पुण्य कमाना वह भी चाहती है। यह लोक तो गया, कम-से-कम परलोक ही सुधर जाए, पर माँ लक्ष्मी जो उसके घर झाँकना भी भूल गई, उससे इहलोक-परलोक को छोड़ दें, तो सुबह भात बनाकर शाम को चढ़ावे के प्रशाद पूड़ी से ही बाल-बच्चों को बहलाना-पालना आदि-इत्यादि हो जाता है। दीन बायू को अपनी चद्दर की लम्बाई-चौड़ाई क्या समझाए उसकी पत्नी ? सिर ढके तो पैर नंगे हो जाते हैं, पाँव ढके तो धड़ नंगा ! लेकिन दीन बायू अपने मन से विवश है। यह सब उसकी धर्मपत्नी भी जानती है।

सुबह लोगों ने पूछताछ की। ब्राह्मण मंडल के स्वयंसेवकों ने अता-पता खोज निकाला और गुपाल कान्दुर का द्वार खटखटाया। उस वक्त गुपाला कुरते से जुएँ बीनने में तन्मय था। उत्साही भक्तों ने धर्म का वास्ता देकर गुपाल के भेजे में बात भरने की कोशिश की।

''ठंड में मर-मुर गई तो ब्रह्महत्या सिर लगेगी भाया। सात जन्म अकारथ जाएँगे। आखिर तुम्हारी धर्मपत्नी है, तुम्हारे बाल-बच्चों की माता...।''

''बाल-बच्चे ?'' गुपाले ने मुँह घुमाकर थूक का लौंदा खिड़की की तरफ फेंका, ''पूरी उमर लड़कियाँ ही जनी हैं इस कुभागी ने। पूरी चार लड़कियाँ ! उन्हें कैसे ब्याह दिया, हाथ की जगह पैर और पैर की जगह हाथ का इस्तेमाल किया। तब कहीं कन्धे उतरीं काले सिरवालियाँ। कर्मफूटी न होती तो इस उम्र में रोग धर दबोच लेता ? कोई चूज़ा भी जना होता मर्द बच्चे के नाम पर तो सेवा-टहल करता। मैं हाथ-मुँह जला खुद ही दो मुट्ठी भात राँध लेता हूँ। नहीं सज्जनो ! मुझे बख्श दो ! अपने से इस उम्र में तीमारदारी नहीं हो पाएगी।''

ब्राह्मण मंडल की विनती अकारथ गई। गुपाल के कानों पर जूँ तक न रेंगी क्योंकि सभी जुएँ उसके सिर और फिरन के सुरक्षित घोंसलों में लुकी-छिपी बैठी थीं।

''गुपाला ! बेचारी बेसहारा औरत जाएगी कहाँ ? माँ-बाप तो बैठे नहीं कि उधर पहुँचा दें। कुछ दया-धर्म की भी तो सोचो।'' उन्होंने आखिरी कोशिश की। गुपाल को रौरव नरक के द्वार दिखाए। घर से निकाली औरत को घर के कोने-अन्तरे की सुरक्षा देने की चेष्टा की पर गुपाला अड़ गया।

''जहन्नुम में जाए। मेरी बला से। भुगते अपने कर्मों के फल ! मैं पागलों की सेवा करूँ या धन्धे-पानी की फिकर ?''

"आप लोग इस 'वोंद मज़हर'[1] की फिकर में क्यों दुबले हुए जा रहे हो ? इसके पास जाकर देखिए, बदबू आती है जिस्म से। मुझसे मत बुलवाइए। आपने पुण्य करने का ठेका लिया है तो मन्दिर में पड़ी रहने दीजिए, प्रशाद-पूड़ी का टुकड़ा मिल जाएगा। जीना तो यों भी उसे ज्यादा दिन नहीं, मैं क्यों सड़ूँ इसके साथ ?"

नाथ जी ज़ाडू ने गुपाले को रोका, जी हुआ चार धौल जमाकर कूबड़ निकाल दें, "अरे तेरी बीवी है, सुख में साझी रही, रोग-शोक में रास्ते पर डाल दोगे ?" लेकिन बुजुर्गों ने नाथ जी को समझाया, "जाने दो कुकर्मी को, काटेगा अपना बोया। उसे ज़बरदस्ती ले भी आओगे तो क्या मालूम, कुछ खिलाकर हमेशा के लिए सुला ही न दे ? देखेंगे क्या हो सकता है...।"

अगले दिन मन्दिर की परिक्रमा करके जब पगली की टाँगों के बीच बहती जलधार कदमों के साथ-साथ लकीर बनाती गई तो उसके रोग की चिन्हार हो पाई।

"त्राहि-त्राहि ! ऐ करमजली ! अब मन्दिर को अपवित्र करके भगवान के कोप की भागी भी बनेगी ? चल, फूट इधर से। मर कहीं बाहर जाकर। दीनकाका ! तुमने इस पवित्र थान को रोगिणियों का अड्डा बना दिया क्या ? जाती बेर धर्म-कर्म को तिलांजलि दी क्या ?"

कुछ भक्तजनों ने एतराज़ किया, "हटा दो इसे यहाँ से।"

कुछ ने रोगिणी को अस्पताल में भर्ती कराने का सुझाव दिया। जाँच-पड़ताल, दवा-दारू से ठीक हो जाएगी। नाथ जी ज़ाडू ने धर्म का काम किया, आप ही सरकारी अस्पताल पहुँचा आया।

लेकिन दसेक दिन बाद 'कोक्कुर मच'[2] मन्दिर में नमूदार हुई। दीन बायू ने देखा तो अपने कपाल पर हाथ मारा। डाँट-डपटकर भगाना चाहा तो शिवालय का द्वार जकड़ कर चिपक गई। अब उठाओ यहाँ से ! दुनिया में ऐसा बेलचा नहीं बना, जिससे तुम इस धरती से चिपकी औरत को जीतेजी यहाँ से उखाड़ सको।

आफत ! सचमुच की आफत ! गले में फँसी हड्डी, न उगलते बने न निगलते। दीन बायू ने ब्राह्मण मंडल के सदस्यों, प्रबुद्धजनों से सलाह-मशविरा किया। आखिर भगवान का थान है, शरणागत को प्रवेश करने से रोका नहीं जा सकता। पर अपवित्र भी नहीं होने दिया जाएगा। क्या करें ? दीन बायू ने बीच का रास्ता निकाला। धर्मशाला की निचली कोठरी में जयदेद के पास रह ले, मान जाए वह तो ! घर में कोई तो रखेगा नहीं। अस्पतालवालों ने नर्सों की कमज़ोरी बताकर चार-छह दवाई की पुड़िया हाथ में थमाकर रुखसत कर दिया।

"जाओ बी, उमरभर इधर पड़ी मुफ्त की रोटी तोड़ोगी क्या ? अच्छी खुराक से ठीक हो जाओगी। हमें और भी बीमार देखने हैं, बेड खाली कर दो और घर जाओ।"

पर घर कहाँ था पगली का ? गुपाल ने अपनी तीन ताक की कोठरी में बीसेक

1. जी का जंजाल। 2. कुक्कड़ पगली।

साल खटती औरत को धक्के देकर बाहर निकाल दिया था। कभी न लौटने की हिदायत देकर। और माँ-बाप तो स्मृति की धुँधली छाँहों में अक्स भर बनकर ही उभरते थे। वे होते तो गुपाल कान्दुर जैसे राक्षस के पल्ले बाँध देते ?

ब्राह्मण समाज ऐसी निर्विकल्प स्थितियों में बड़े धर्मसंकट में पड़ जाता। घर से दुत्कारी औरत का हश्र क्या होगा ?

लेकिन अब बदलाव आ गया था। नई-नई सुधार-समितियाँ बनानेवाले उत्साही 'भद्रजन-हयोत-द्योत'[1] की कमी, व्यभिचारी पति या ज़ालिम सास-ससुरों से दुखी स्त्रियों के मसले बीच में पड़कर हल करने की कोशिशें करते। सलाह-मशविरों से सुलह-सफाई, रज़ामन्दी हो तो बढ़िया, नहीं तो जलसे होते, जुलूस निकाले जाते—

" 'अबूबि अरबा, पोशमाल चरबा'-नुमा नारें नौटंकियाँ हों तो समाज में मुँह दिखाने की गुंजाइश बरकरार रखने की कोशिश में चंडी सासें और रीढ़विहीन गृहस्वामी भी हथियार डाल परित्यक्त बहू को घर ले आते। कुछ दिन घर में गुपचुप खामोशी, चीखों, चिल्लाहटों को काबू में रख लेती पर धीरे-धीरे खामोशी के फटे कम्बल के नीचे छिपी 'असलज़ात' यानी कि नंगई उघड़ जाती। और पुरानी दाद-खाज, खुजली, नासूर बनकर नए सिरे से टीसने लगती।

'घर की बात घर में रहे' वाली नीति का अनुपालन करती गृहणियाँ मुँह, कान बन्द कर विकल्पहीन स्थितियों के आगे माथा झुकातीं और गृहस्वामियों की सस्वर धौंस-धमाल धीमी दाँत पीस गालियों, तानों, फिकरों में बदलकर चालू रहतीं।

एक तरह से दोनों वर्गों का आपसी समझौता ! लेकिन जिन स्थितियों में समझौते की गुंजाइश नहीं, उन्हीं में पगली धक्के खा रही थी।

दीन बायू ने हल तो निकाला पर भीतर शंका बनी रही। कहीं दोनों पगलियाँ मिलकर महाभारत का रण न छेड़ दें। एक-दूसरे के झोंटे न खींचने लगें। पर आश्चर्य ! दोनों पगलियाँ एक-दूसरे को शक की नज़रों से चीन्हने के बाद जल्दी ही दोस्त बन गईं। धर्मशाला की नीम अँधेरी कुठरिया की इकलौती खिड़की पर बैठी जयदेदी ने वितस्ता पर डोलती नावों से नज़र हटाकर दो-एक मिनट इस आगंतुक महिला को घूरकर देखा, जिसकी हड्डियल काया इकहरी धोती में काँप रही थी, जिसकी आँखों में आकाश भर गूँगी व्यथा सहमकर बैठी थी। यह औरत थी या ज़िबह के लिए जाती बकरी ?

यह औरत, जिसकी साड़ी पर चार-छह मुर्गे बने होने से लोग 'कुकुड़-पगली' कहकर बुलाने लगे थे, इसका नाम पहली बार जयदेदी ने ही पूछा।

"मुझे जयदेद कहते हैं, तुझे ?"

"दुर्गा।"

"दुर्गा ! इधर बैठ, खिड़की पर, यहाँ से बहती वितस्ता दिख रही है।" जयदेद

---

1. दहेज।

ने दुर्गा के लिए जगह निकाल दी। दोनों जनियाँ कुछ देर वितस्ता को बहते देखती रहीं। चुपचाप। दीन बायू मंच से हट गया। तसल्ली हुई, निभा लेंगी दोनों।

"मैं पागल नहीं हूँ," दुर्गा ने लंबाती खामोशी तोड़ दी, "ये झूठ बोलते हैं, हाँ बीमार हूँ।"

जयदेद चुपचाप टुकुर-टुकुर ताकती रही।

"देखो, यह देखो !" टाँगों से पेटीकोट हटा दुर्गा ने जाँघों के घाव दिखाए, "रिसता है। कमर के नीचे का हिस्सा सुन्न हो जाता है तब हाजत की खबर नहीं रहती। उसने इलाज नहीं कराया। पागल कहकर घर से निकाल दिया..."

जयदेद ने पेटीकोट खींचकर उघड़ आई जाँघें ढक दीं।

"तुझे भी घिन आती है ?" दुर्गा का मुँह उतर गया।

"नहीं," जयदेद ने नकार में दो बार सिर हिलाया।

"मेरा भर्ता मुझे दूसरी कोठरी में धकेल आता था। आठ बच्चे जने मैंने, आठ पूरे और नौंवा अधूरा।" दुर्गा ने उँगलियाँ जोड़कर गिनाया। "चार लड़कियाँ बच गईं, बाकी एक-एक कर चले गए।"

"तब तो पीछे-पीछे घूमता था, लड़के की हौंस थी न ? नौंवा बच्चा पेट में ही मर गया था। ऑपरेशन हुआ, क्या पता कोई घाव लगा बच्चा निकालते, ये डॉक्टर लोग औज़ारों से काटा-कूटी भी तो कम नहीं करते..."

"दुखता है ? बहोत दुखता है ?" जयदेदी की आँखों में पानी थर्राया।

"पता नहीं चलता। बिस्तर गीला हो जाता है, क्या करूँ ? दिन में दस बार बाहर जाती हूँ, फिर भी। अब चौपहर पाखाने में ही तो नहीं बैठ सकती...!"

जयदेद ने दुर्गा के दोनों हाथ भींच लिए, उसके होंठों में फड़फड़ाहट हुई और आँखों में घुमड़ता बादल बेआवाज़ बहने लगा। दुर्गा उसे अविश्वास से देखती रही, अवाक्।

यह उसकी कुछ न लगती औरत उसकी हालत पर रोने क्यों लगी ? क्या लगती है यह उसकी ? कोई माँ, कोई बहन ? नीम अँधेरी कोठरी में बिल से निकलते चूहों ने दो औरतों को चुपचाप रोते देख बर्तन खटकाए। दुर्गा ने पल्लू से आँखें सुखा लीं, "तुझे क्या हुआ है ? तू तो अच्छी-भली है, कोई रोग भी नहीं।"

जयदेद ने मुँह फेरकर बहती वितस्ता को देखा, "पागल हूँ, उसका सिर फोड़ दिया मैंने।"

घुटनों पर हाथ रख जयदेद कोने में रखे स्टोव के पास गई। राख से मँजा 'तुम्बा'[1] धो-धाकर चूल्हे पर चाय चढ़ा दी।

"तुम पागल नहीं हो," दुर्गा ने उसे आपादमस्तक मुआयना करने के बाद नाराज़गी से पूछा, "मुझसे झूठ क्यों बोलती हो ?"

---

1. पीतल की घड़वी।

जयदेद ने ज्यों माफी माँग ली, "नहीं री पागल नहीं हूँ, पर कभी-कभी बन जाती हूँ। अकेली औरत के लिए ज़रूरी है...।"

दुर्गा नहीं समझी। जयदेद के भीतर कौन-से अंधड़ बन्द हैं, किन कँटीले गलियारों से गुज़र, कटती-छिलती यहाँ पहुँच गई है ? पर कोई अदृश्य तार उन्हें जोड़ गया, दुख और पीड़ा का साँझा इतिहास ?

नीम अँधेरी कुठरिया में घुटने-बाँहों से बाँध दो सताई औरतें, जो समाज की नज़र में पगलियाँ थीं, जाने कितने मनवन्तरों से सीने में छिपाई अनकही बातें एक-दूसरे से कहने को व्यग्र हो उठीं। जख्मों के बैंडेज पर्त दर पर्त खुलते रहे।

"तूने नौ बच्चे जने, मैंने एक भी नहीं।" जयदेद ने कहवा दो खासू में डाल दिया।

"तूने कोई इलाज नहीं कराया ?" गरम कहवा सुकून की तरह गले से होता हुआ जिस्म में उतर आया, "बहुत अच्छा है।"

"ठंड तेरी हड्डियों में भर गई है, पी ले, मेरे खासू से और दो घूँट ले।"

"नहीं, बहुत है, शम्भो तेरी पीर हर ले। हाँ, तो तूने बताया नहीं..."

"क्या-क्या नहीं किया मैंने, अब क्या कहूँ ? सास श्मशान में रहते किसी तान्त्रिक बाबा के पास ले गई। जलते मुर्दे पर रोटी पकाकर खाई, तब भी कुछ न बना तो खनबल के जटाधारी बाबा जी के पास भेजा।"

"तो ?"

"तो क्या ? वह संन्यासी थोड़े था ? पाखंडी बदमाश था, बोला, 'नहा-धोकर सूर्योदय से पहले आओ, मन्त्र दूँगा।' और जब मैं उसकी, गाँजे के धुएँ से भरी कोठरी में गई तो बोला, 'सेवा करो। सिद्धबाबा को प्रसन्न करो तो बीज पड़ जाएगा।' उसका पूरा शरीर काँप रहा था। मैं डर गई, जब उसने मुझे जकड़कर पास खींचा तो मैं पूरा ज़ोर लगाकर भाग आई..."

"हे भगवान ! ऐसे पाखंडी ही सन्तों का नाम बदनाम करते हैं। नरक में जाएगा कुकर्मी।"

"पता नहीं, पर मुझे सास जी पर गुस्सा आया। क्यों जाती हैं औरतें उससे सन्तान माँगने ? वह कोई भगवान है क्या ? असल में मेरा पति बहुत सीधा था। बहुत अच्छा, पर कमज़ोर था। डॉक्टर ने बोला था, पर सास जी नहीं मानीं, मुझे ही बाँझ कहकर कोसती रहीं।"

"तेरे ससुर जी, जेठ जी ?"

"जेठ जी की अच्छी कही। उसने भी कम उलाहने न दिए। मेरा वो इसी गम में गुज़र गया।"

"हे भगवान !"

"भाई के गुज़रने के बाद तो छुट्टा साँड ही हो गया। रात को अकेली पाकर दबोचता था ! सोचता था, बाँझ हूँ, किसी को कुछ पता न चलेगा। मैंने सास जी से

शिकायत भी की पर वह उल्टे मुझे ही दोषी ठहराती रही। बोली, 'तू किश्तवाड़ की डायन है।' मेरा पति मुझे किश्तवाड़ से लाया था न ? बोली, 'तुम लोग वशीकरण, उच्चाटन मन्त्र जानती हो। पहले मेरे बेटे को खा गई, अब जेठ का दिल चुराकर खाना चाहती हो। चुड़ैल हो।' "

"डायन तो तेरी सास थी, तुझे सताती थी अकारण। बेटे को डाँटा नहीं ? कमाऊ बेटे से डर गई, ससुर जी बूढ़े थे, बीमार ! सास जी ने सोचा होगा, कुछ कहूँगी तो माँ-बाप को रोटी को तरसाएगा, दुष्ट तो था ही।"

"आह !" दुर्गा ने सीने में बैठी पीर लम्बी साँस में बाहर निकाल दी, "औरत जनम तो दुख का अम्बार। उमरभर मर्द से डरती रहे। बाप हो या पति, अन्त में अपने कोखजने से भी डर ! चल ! तू दुख न मना। मैंने नौ बेटियाँ जनीं तो कौन-सा सुख पाया ? बेटे भी जनती तो क्या होता ? वह कहा है न कि सात पुत्रोंवाली को कुत्ते खा गए थे।"

"तेरी कोख न फली तो इसमें तेरा क्या दोष ?"

"नहीं री !" जयदेद दिल में जमे पत्थर को हटाना चाहती थी। "जना था मैंने। मेरी कोख में दोष नहीं था। पर वह जेठ का पाप था। माँ-बेटे ने कहा गिरा दो, तुम बदचलन कंजरी हो। क्या-क्या न कहा। पर मैं अड़ गई, हत्या न करूँगी। उन्होंने लात-बेंत से मारा। मुझे जेठ पर गुस्सा था। अपनी करनी दूसरों पर थोप साधू बन रहा था। मैंने भी सिलबट्टा मार उसका माथा फोड़ दिया।"

"मार ही डाला ?"

"नहीं, बच गया। फिर घरवालों ने पागल कहकर सड़क पर फेंक दिया। मुहल्ले वालों से कहा, पागल है। सिर पर खून सवार होता है।"

"बच्चा ?"

"गिर गया।"

"तूने गिराया ?"

"नहीं, नहीं, मैं तो बच्चा जनना चाहती थी। अब तुझसे क्या छिपाऊँ, मन में ममता-सी भर गई थी। हौंस-सी उठी कि जान लूँ कैसे औरत धरती की तरह हरिया उठती है, ब्रह्मा के आसन पर बैठ जाती है। पर मेरे भाग में नहीं था।" जयदेद जैसे किसी दूसरी का किस्सा सुना रही हो।

"वितस्ता से पानी लाते सीढ़ियों से फिसल पड़ी। गुलहाँजी की बीवी ने हाथ पकड़ उठाया तो खून ही खून ! दीनकाक अस्पताल ले गया। भला आदमी है। उसने ब्राह्मण मंडल का कोप सहा, वे बोले तेरा ही बीज होगा। पर वह धर्मात्मा है।"

"तूने देखा था उसे ? बच्चे को ?"

"बाल्टी में रुई से ढका मांस का लोथड़ा देखा। नर्स से चिरौरी की, तो उसने दिखाया। औरत का दिल बेन्यी ! पिघल गया। कहा, चार-पाँच मास का लड़का था। चेहरा-मोहरा भी बन गया था !" जयदेद की आवाज़ बेहद सर्द थी।

"परमात्मा की इच्छा समझ भूल जा ! पुरुकर्मों का फल और क्या ?"[1]

"हाँ ऽऽऽ ! ब्राह्मण मंडल का कोप मेरे साथ दीनकाक ने भी सहा, पर मुझे दिलासा दिया। कहा, 'पड़ी रह शिवजी के चरणों में, वह दयावान हैं।'

"लोगों ने मुझे पागल ही समझा। मैं चुप रही। अपने न समझे तो दूसरे क्या समझते ?"

"तू बड़ी दुखी है बहन !" दुर्गा की कीचभरी आँखों से ममता उझक आई।

"ना ! सुख और दुख क्या ! शिवनाथ की सेवा में हूँ।"

जयदेद ने उठकर कथरी झाड़ ली। चिथड़ा हुए गद्दे पर झाड़ू फेर दी, "आ जा ! इधर लेट ! इसमें रुई है, गर्मी रहेगी।"

"तुम ? तुम कहाँ सोओगी ? न, न, तुम इधर लेटो, मैं उस कोने में पड़ी रहूँगी ?" दुर्गा ने दरवाज़े की तरफ उँगली दिखाई, "रात को दो-तीन बार उठना पड़ेगा न।"

"न, न, उधर अकड़ जाएगी। पास-पास सोएँगे तो शरीर की गर्मी से अच्छी नींद आएगी।"

"मेरी देह में घाव है बेन्यी। तुझे 'लाग' लगेगी।"

"तुम अन्दर से चद्दर लपेट लो। कुछ नहीं होगा मुझे। बड़ी ठंड है।"

"हाँ ऽऽ !" दुर्गा बिना बहस किए जयदेद की कथरी में घुस गई।

देह में ठंड से फुरहरी दौड़ गई। "दया कर, दयासागर।"

"माथे तक खींच कथरी और सो जा। इधर मन्दिर के पीछे ही 'मांक फयल' हकीम रहता है। गुणी है। उससे मलहम लेंगे। तू ठीक हो जाएगी। कमलावती-लल्लेश्वरी, प्रभात में मन्दिर आएँगी तो उनसे कहलवा दूँगी। लल्लेश्वरी के मन में दया है। वह मदद करेगी। तू 'फिकिर'[2] मत कर। सब शिवनाथ पर छोड़ दे...।"

"ठीक कहती है। उसी का सहारा है। 'बेपायन होन्द वोपाय छु सुयं।' "[3]

दोनों औरतें गुड़ीमुड़ी होकर लेट गईं। जयदेद ने दुर्गा की हड्डियल काया को देखकर उसाँस भरी, "बड़ी दुखियारी है बेचारी।"

जाने क्यों उसका मन हुआ कि बाँह पसारकर उसे सीने से लगा ले। ज़िन्दा साँस को महसूस करने की आकांक्षा ! कितने वर्षों से वह इस ठंडी गुफा में निपट अकेली और व्यर्थ महसूस करती, मृत्यु में मुक्ति की कामना करती आई है। आज मन में ज़िन्दा रहने की इच्छा सिर उठाने लगी है। "यह दुर्गा ! यह ठीक हो जाए, तो फिर जो हो, सो हो ! हे शम्भो ! तू अन्तरयामी है।"

खिड़की की झिर्रियों से चाँद की ठंडी परछाइयाँ दोनों स्त्रियों को एक साथ छूने लगीं, क्योंकि आसमान के चाँद के लिए भी यह निर्णय करना सम्भव नहीं, कि दो में से कम दुखियारी कौन है ?

---

1. पूर्व जन्म के कर्मों का फल। 2. फिक्र, 3. बेसहारों का सहारा वही ईश्वर है !

# इतिहास की विरासतें

नई जगह, नए लोग, नई ज़मीन, पानी नया। कात्यायनी को आगरा मेडिकल कॉलेज जाकर वहाँ का आसमान भी अलग लगा। कॉलेज का कैम्पस खुली छतोंवाले हॉस्टल, दूर तक दिखते बड़, पीपल और आम के पेड़ ! लेंटाना-तिकोमा की बाड़ों के बीच कन्हेर की झाड़ियों पर उगे गुलाबी पीले फूल ! शाहे चिनार का शेहज़ार-साया दूर-दूर तक नज़र नहीं आता। फलों से झुक-झुक जाते सेब, खुबानी और नाशपाती के पेड़ सपने हो गए। पहाड़ों के पीछे से उझककर खिड़की की सन्धों के बीच लुका-छिपी खेलते चाँद-सूरज भी आसमान के दूर पार के छोरों पर चले गए थे। हवा में उड़ती धूल, धूप और पित्त उगाता पसीना।

वसन्त में आम के पेड़ों पर कोयल कुहुक उठती तो गुगी के बोल याद आ जाते। मन उदास, दूर छिटका पड़ा, अकेला।

सुबह किसी मस्जिद से आए अज़ान के बोल नींद पर दस्तक देते तो जैसे शाहे हमदान से पुकार आ रही हो–

'अल्लाहु अकबर ! अश्हदुअल्लाइल्लाह, इल्लल्लाह,
हय्य अलस्सलाह।
हय्य अल्ल फलाह, अस्लातु खैरूम मिन्नन्नौम...।'

अज़ान के बोलों के साथ वितस्ता याद आती और वितस्ता किनारे महाकाली की प्रतिमा के आगे पुजारी के भाव-विभोर स्वर–

'या देवी सर्व भूतेषु शक्तिरूपेण सस्यिता
नमस्तस्यै नमस्तस्यै नमस्तस्यै नमो नमः...'

मस्जिद और मन्दिर एक घाट पर। संस्कारवश हाथ जुड़ जाते और नींद से बोझिल पलकें लिए कात्या दिन की शुरुआत करती।

अलग-अलग प्रदेशों से आए भिन्न बोली, वाणीवाले छात्र, कॉमन रूम या मेस में आकर एक हो जाते। मेडिकल के छात्र-छात्राएँ ! नए छात्रों की रैगिंग हो या पतली दाल-सब्ज़ी के विरोध में प्रदर्शन, हो-हल्ला, विद्यार्थी एक तार से बँध जाते। छोटी-बड़ी परेशानियाँ, दिक्कतें साथ शेयर करते दोस्ती गलबहियाँ डालने लगी।

डॉक्टरी की पढ़ाई। व्यस्त कार्यक्रम, शैक्षिक दौरे। कभी अस्पतालों में, कभी

म्यूज़ियम, कभी 'मोर्ग'[1] ! फॉरमलीन की गन्ध से कात्या को चक्कर आते, उबकाई होने को होती, सिविल अस्पताल के अनाटोमिकल मयूज़ियम में रखे अधबने विकलांग नवजात शिशु देखकर तो कई दिन वह दहशत में रही। माथे पर तीसरी आँखवाला बच्चा, नाक की जगह महज़ एक छेदवाला मांसपिंड ! फ्रीक्स ऑफ नेचर।

किस दुनिया में आ गई कात्यायनी ? एक ढके-मुँदे सुरक्षित और आत्मीय उष्ण संसार से खुरदुरे नग्न यथार्थ के बीच। जहाँ और चाहे जो भी सम्भव हो, भावुकता के लिए जगह नहीं थी, जहाँ रक्त-मांस कोशिकाओं के अनधुले रूप और गन्ध बिखरे थे।

नए सन्दर्भों से परिचित होते कात्या को सबसे पहले अपने भीतर को मजबूत करना था।

और समय धीरे-धीरे बीतता गया। अपनी नियत शैली में। पेरनेवाली पढ़ाई से दम मारने की फुरसत मिलती तो कॉमन रूम में छात्र इकट्ठा होते, अपने सुख-दुख, आशंकाएँ शेयर की जातीं। किसी को घर से पैसे न मिलने पर हॉस्टल से खदेड़े जाने की चिन्ता, किसी को मेस का बिल अदा न करने पर बेइज़्ज़त होने का गम ! आपस में छोटी-मोटी ले-दे से कुछ फर्क पड़ता तो छात्र तैयार रहते। एक साँझा रिश्ता जो बन गया था आपस में ! कात्या क्यों पीछे रहती ऐसे मामलों में ?

कात्या के साथ एक ही दिक्कत थी, अचानक अकारण उदासी के दौरे पड़ने की ! साथी ताड़ लेते कि घर की याद आती है और उसे बहलाने की कोशिश करते।

"अच्छा कात्या, यह तो बताओ कि नैसर्गिक सौन्दर्य के अलावा तुम्हारे प्रदेश में ऐसी क्या खूबी है जो वह अक्सर चर्चा का विषय बनता है ?"

भारद्वाज के प्रश्न पर कात्या मुस्कुराकर सामने पड़े पानी के गिलास की ओर इशारा करती, "यह पानी ! यानी आब !"

"आबोहवा तो है ही। चश्माशाही की छोड़ दें, तो ग़ली-मुहल्लों के नलों का पानी भी ऐसा कि थालीभर खाना खाओ तो दो घूँट पानी पीकर पचा लो।" जम्मू की नीला राजपाल श्रीनगर रह आई है। उसके पिता दरबार मूव के साथ छह मास कश्मीर चले जाते हैं।

"थैंक गॉड !" सुरेन्द्र सिंह आबोहवा की तारीफ सुन ऊपर की ओर हाथ जोड़ देता, "ऐसा पानी यहाँ होता तो हमारे 'मेस' के महाराज हमारे लिए रात-दिन रोटियाँ ही बेलते रहते।"

हँसी, कहकहों में उदासी भाग जाती। लेकिन चार जने भी मिल बैठते तो राजनीति-देशनीति की बात छिड़ते कश्मीर का ज़िक्र ज़रूर आता और कात्या उसमें ज़रूर शामिल हो जाती।

"भई, कोई वजह तो है जो पूरी दुनिया कश्मीर को मुद्दा बनाकर वहाँ की स्थिति को उलझा रही है।" भारद्वाज शुरू करता।

---

1. जहाँ मुर्दे फॉरमलीन में रखे जाते हैं।

अजय काशकारी ज्यादा जानता है। उसकी मातृभूमि है कश्मीर। कात्या से एक वर्ष सीनियर है।

"स्ट्रेटजिक पॉइंट भाई लोगो, स्ट्रेटजिक पॉइंट। तुम लोग तो जानते हो। घाटी के उत्तर में गिलगित है, हिमालय और कराकोरम की पहाड़ियाँ, सैनिक दृष्टि से अहम ! सबके स्वार्थ जुड़े हैं उनसे। महज़ आपसी रंजिश का मामला नहीं है।"

वे लोग 'डिक्सन योजना' पर बहस करते। 14 मार्च, 1950 में सुरक्षा परिषद ने सर ओवन डिक्सन को कश्मीर मुद्दे को हल करने के लिए भेजा, पर उसकी योजना न भारत को मंजूर हुई न पाकिस्तान को। शेख साहब ने भी उसका विरोध किया।

"भई, आप प्रदेश को तीन हिस्सों में बाँटने की बात करेंगे, धर्म के आधार पर बँटवारा चाहेंगे और एक हिस्से में पिलिबिसाइड की बात करेंगे, तो कौन राज़ी होगा ?"

"यह सब राजनीतिक दापपेंच हैं। कश्मीर का भारत से विलय हो चुका है। अब महाशक्तियाँ भी इसमें रुचि लेने लगी हैं।

देश की चर्चा छिड़ती तो कांग्रेस में बढ़ते विरोध, स्वतन्त्र गणतन्त्र के राष्ट्रपति, नेहरू-शेख सम्बन्धों की चर्चा होती। "नेहरू राजगोपालाचार्य को राष्ट्रपति बनाना चाहते थे, पर पटेल राजेन्द्र प्रसाद पर अड़ गए। नेहरू चिन्तित, ऊपर से कश्मीर का मुद्दा उनके लिए सिरदर्द बन गया। सैंतालीस में नेहरू ने कहा था, 'ओनली शेख अब्दुल्ला कैन डेलिवर गुड्स इन कश्मीर।' "

लेकिन इधर हालात तेज़ी से बदल रहे थे। ऊपर से शान्त दिखती झील में भीतर से खलबली मच उठी थी। कभी-कभार कुछ हलचलें बाहर भी सुनने को मिलतीं।

"कात्या ! सुना है पचास[1] में शेख साहब ने ओवन डिक्सन से कहा कि वे 'डिफेंस अफेयर्स' और 'कम्युनिकेशंस' के अलावा कश्मीर में भारत का हस्तक्षेप नहीं चाहते ? क्या जनता उनकी इस बदली नीति का विरोध नहीं करती ?"

"कश्मीर की जनता ने शेख साहब को अपना नेता चुना है। उन पर लोगों का विश्वास है।" कात्या कबाइली आक्रमण के समय शेख साहब की भूमिका बयान करती।

"सो तो है, पर इस रवैये से लगता है, शेख साहब स्वतन्त्र कश्मीर का सपना देख रहे हैं।" सुरेन्द्र सिंह बात सीधे मुँह पर मारने के लिए बदनाम है।

"कुछ भी स्पष्ट नहीं होता राजनीति में। कश्मीर की विधानसभा में शेख साहब ने 'सैक्यूलर भारत को मज़बूत' करने की बात की और 11 अप्रैल, 1952 को रणभीर सिंह पुरा में भारत की आलोचना की। 13 जुलाई के शहीद दिवस पर साफ कहा कि केन्द्र सरकार के हस्तक्षेप को सहन नहीं किया जाएगा।"

"यहीं से तो 'अपीज़मेंट पॉलिसी' की शुरुआत हुई।" गोयल ने दिल्ली समझौते का खुलासा किया जो अगस्त बावन में राज्य और केन्द्र के बीच हुआ।

"दिल्ली समझौता, समझा जाए तो कश्मीर को अपीज़मेंट पॉलिसी के तहत दिया

1. 1950 ई.।

गया नेहरू का तोहफा ही था। इसमें पैतृक शासन की समाप्ति, राज्य की प्रजा के लिए विशेष नागरिकता आदि का प्रावधान तो था ही, मुख्यमन्त्री को प्रधानमन्त्री कहने और अलग राष्ट्रीय ध्वज फहराने की इज़ाज़त भी दी गई, जो ज़ाहिर है भारत के अन्य प्रदेशों को पसन्द नहीं आया।''

''जम्मू में जो इसके विरोध में प्रजा परिषद का आंन्दोलन शुरू हुआ, उसका नारा ही था—'एक देश दो विधान, एक देश में दो निशान, एक देश में दो प्रधान, नहीं चलेंगे, नहीं चलेंगे'।''

पढ़ाई-लिखाई के बीच जो भी समय मिलता उसमें राजनीतिक हलचलों का जिक्र होता। राष्ट्रीय स्तर पर जनसंघ दिल्ली समझौते के विरुद्ध था। देशभर में विरोध हुआ। भारतीय जनसंघ के अध्यक्ष श्यामाप्रसाद मुखर्जी 'परमिट व्यवस्था' का उल्लंघन कर जम्मू-कश्मीर गए। वे इस आन्दोलन को बन्द करना चाहते थे। पर ग्यारह मई त्रेपन[1] को उन्हें बन्दी बनाया गया। 23 जून को पुलिस हिरासत में उनका निधन हुआ। इस घटना से देशवासियों को धक्का लगा। पूरा देश कश्मीर के विरुद्ध खड़ा हो गया हो जैसे ! यह कैसा प्रदेश है जो नेहरू जैसे शान्तिप्रिय दरियादिल मित्र की तमाम रियायतों के बदले स्वार्थी रवैया अपना रहा है, आखिर वे लोग चाहते क्या हैं ? उनकी मंशा क्या है ?

श्यामाप्रसाद मुखर्जी के अचानक निधन की खबर से अजोध्यानाथ का परिवार भी भौंचक रह गया। कात्या उन दिनों छुट्टियों में घर आई थी, प्रान्तीय जनसंघी भी काफी उद्वेलित थे। मुखर्जी की मृत्यु को सरकार ने रहस्य बनाए रखा। लोग जानना चाहते थे, पर जानकारी के दरवाज़ों पर सख्त पहरा था। कात्या की सखी तुलसी, जो इस बीच अस्पताल में नर्स बन गई थी, कात्या से मिलने आई तो बड़ी सहमी-सहमी नज़र आती थी। उसने दबे होंठों बताया कि, ''मुखर्जी साहब बीमार थे, मेरी ड्यूटी लगी थी वहाँ। रात को उनका जी बहुत घबराया, मैंने माथा दबाया, थोड़ी दवाइयाँ जो उन्होंने माँगीं, दीं। उन्हें किसी स्पेशलिस्ट की ज़रूरत थी। मैं कुछ नहीं कर सकी, बाहर सख्त पहरा था।''

तुलसी की आँखों में आँसू थे। ''उन्होंने मुझे बेटी कहा था। इतने बड़े व्यक्ति, नितान्त अकेले, पुलिस हिरासत में चले गए।''

''लोगों को उनकी मृत्यु का समाचार तब मिला, जब कलकत्ता में विशाल जनसमूह ने उनके अन्तिम संस्कार में भाग लिया।''

कात्या ने अजोध्यानाथ से पूछा, ''क्या स्थानीय नेताओं को भी उनकी बीमारी का पता नहीं चला था ?''

''वे पुलिस हिरासत में थे। डॉक्टर देख आते थे। तुम्हारी 'जया' तो साथ ही थी, इससे ज्यादा तो किसी को नहीं मालूम।''

---

1. 1953 ई.।

"पर ताता ! लोग तो यह भी कहते हैं कि उनके देहावसान के बारे में राज्य नेताओं को भी अगली सुबह मालूम पड़ा, कुछ को तो उनकी मृत देह श्रीनगर से दिल्ली भेजने पर ही बोध हुआ कि वे नहीं रहे। राजनीति अपनी जगह, पर मानवीयता भी तो कोई चीज़ है। यह तो साफ़ लापरवाही हुई।"

ताता क्या कहते ? कुछ भी तो स्पष्ट नहीं था। बाहर हलचलें थीं। अखबारों में चकित करनेवाले समाचार थे, उन लोगों के भविष्य को लेकर अटकलें, चिन्ताएँ, तरकीबें जो केन्द्र में रहकर भी हाशिए पर धकेले गए थे। 5 जुलाई, 1953 को तो न्यूयार्क टाइम्स ने एक नक्शा छापा जिसमें कश्मीर को एक स्वतन्त्र राज्य दिखाया गया था।

कश्मीरी खुद नहीं जानते थे कि वे कहाँ हैं ? पर हल्की-फुल्की मुठभेड़ों में, जलसों-जलूसों में फिर से साम्प्रदायिक तनाव बढ़ने लगे थे। विरोधी गुट सक्रिय हो गए थे।

कात्या छुट्टियों के बाद आगरा लौटी तो मन अशान्त था। घरवाले बाहर से 'सब सुखसान' वाला चेहरा ओढ़े होने पर भी भीतर से विचलित थे। नन्दन भी छुट्टियों में घर आया था। नारेबाज़ जलूसों और दबी-दबी आपसी रंजिशों से वह चकित कम और दुखी ज्यादा हो गया था। उसका दोस्त त्रिलोकी बी.एस.सी. में डिस्टिंक्शन लेने के बावजूद एक थर्ड क्लास ग्रेजुएट से नौकरी में मात खा गया। रिज़र्वेशन के ढाँचे में भी साम्प्रदायिकता घुसने लगी थी।

नन्दन ने ताता से स्पष्ट कह दिया कि इंजीनियर बनकर वह नौकरी स्टेट से बाहर ही ढूँढ़ेगा।

हालात का यह रुख कात्या को परेशान कर रहा था। ताता और केशवनाथ भी हतप्रभ रह गए थे बेटे की सूचना पर। अपनी वादी से प्राणोपन्न जुड़े लोग घर से दूर जाने की बात भी कैसे सोच सकते थे ?

लेकिन एक और नई शुरुआत हो चुकी थी। अनजाने और अनचीन्हे भी। अजोध्यानाथ भी अपने पोतों-पोतियों के भविष्य को लेकर चिन्तित होने लगे थे। अचानक वे नेहरू के दादा-पड़दादाओं से लेकर काटजू कुंज़रू, सप्रू आदि के वादी से बाहर जाकर बसने के किस्सों और कारणों पर नए सिरे से सोचने लगे थे।

उनका विश्वास था कि 1707 से लेकर 1753 के बीच जो कश्मीरी पंडित घर से बाहर के प्रदेशों में चले गए वे बेहतर काम की तलाश और महत्त्वाकांक्षाओं की पूर्ति की उम्मीद में ही पुरखों के घर-बार और मिट्टी से जुड़ी यादों से अलग हो गए। लेकिन क्या वे सचमुच घर की यादों से दूर हो पाए ?

सुलतान सिकन्दर[1] के राज्य में जो निष्कासन हुआ वह जबरन, अपने धर्म को बचाने की मुहिम में, बदहवासी की भागमभाग थी। अट्ठारहवीं शती में अफगान शासकों के समय उनके अत्याचारों से तंग आकर जहाँ कई पंडित प्रदेश छोड़ गए, वहीं अनेकों

---

1. 1389 से 1413 तक।

जुल्म सहकर भी अपने नियम-धर्म के साथ अपनी ज़मीन से जुड़े रहे। घर 'वंदहय घर सासा, बर नेरहय न जाँह, चटिथ यिमहय क्रूह सासा, चेहयू खासा न काँह' राग अलापने वाले दुनिया घूमकर भी घर में ही आत्मा का सुकून पानेवाले हुए।

कोई तो कारण रहा होगा अपनी मिट्टी की उस महक में जीने का, जिसमें जज्ब होना आदमी की आखिरी इच्छा होती है।

"परम्पराएँ ?" नुन्द ऋषि और लल्लेश्वरी ? सूफी सन्तों के दिए गए संस्कार या हिन्दू धर्म की अपरिमेय सहनशक्ति और नियतिवाद ? या पूर्व पुरुषों की जन्मनाल गढ़ी धरती के दिए ऋण ? या महज आर्थिक विवशताएँ ? या...? या चक्रेश्वर हारी पर्वत के पत्थरों पर लिखी जाती निजी व्यथाएँ जिन्हें माँ शारिका बाँचने आती है, या चरारे शरीफ में बँधी मनौतियों की गाँठों में अपूर्ण इच्छाओं को पूर्ण करनेवाले नुन्द ऋषि की कृपाओं-करामातों का विश्वास।

अजोध्यानाथ कुएँ के मेंढक नहीं थे पर जिस धरती की गन्ध उनकी साँसों में बसी थी, उससे दूर बसने की बात से ही उनके भीतर गहरे शिगाफ पड़ जाते। उन्हें विश्वास था कि अपने चौगिर्द के समाज में उनकी जो जगह थी, उनके न रहने पर भी वह उस खाली जगह में बने रहेंगे। वादी से बाहर तो वे अजनबी की ज़िन्दगी जिएँगे और अजनबीपन से अजोध्यानाथ समझौता नहीं कर पाएँगे।

लेकिन जो घर-गाँव छोड़कर गए वे क्या समझौते करने के बाद भी अपनी मातृभूमि को भूल पाए ?

अजोध्यानाथ के सामने लखनऊ में बसे ब्रजनारायण चकबस्त की कही पंक्तियों में उनका दर्द अनावृत हो उठता—

'छूटे हुए उस बाग को गुज़रा है ज़माना
ताज़ा है मगर उसकी मुहब्बत का फसाना।'

इसी मुहब्बत के फसाने ने तो लखनऊ में ही बसे बैरिस्टर बिशन नारायण दर से बुलवाया था—

'हैं आरजूए दिल की तेरी आरजू करें
जब तक ज़बाँ तर है तेरी गुफ्तगू करें
जो है हजार जान से तुझ पर निसार है
गुल से अज़ीज़ हमको तेरा खार-खार है।
मुद्दत से इश्तियाक है इक बार देख लें...
बुलबुल है चश्मे शौक से गुलज़ार देख लें...।'

पृथ्वी दर जो पुरखों के जागीरदारी दबदबे और आन-बान के मलबे पर बैठे विगत की गौरवगाथाओं में जी रहे थे, अपने बच्चों को बी.ए., एम.ए. करने की सलाह के साथ दुनिया के किसी भी छोर में अपनी किस्मत आज़माने की सलाह देते। अक्सर अजोध्यानाथ को मातृभूमि प्रेम और सन्तोषी वृत्ति के लिए टनोके देते रहते। नन्दन की बात सुनी तो भरे बैठे को जैसे गुब्बार निकालने की राह मिल गई।

"भाई साहब ! मैं आपके विचारों की कद्र करता हूँ। उम्र में मुझसे बड़े हैं तो आदर के पात्र हैं ही, पर आज जो नन्दन बेटे ने कहा, वह कुछ गलत तो नहीं कहा। बेहतर भविष्य के सपने देखने का हक तो सभी को है। हम-आप मिट्‌टी से जकड़े रहे तो पाया क्या ?"

अजोध्यानाथ आश्चर्य से पृथ्वी दर को देखते रहे।

"यह क्या कह रहे हो पृथ्वी भाई ? हमें तो किसी से कोई शिकायत नहीं। जिसके हम काबिल थे, वह सब हमें मिल गया।"

"नहीं भाई साहब ! आप मुरौव्वत की भाषा बोल रहे हैं। ये जो बैरिस्टर, कलक्टर बने दिल्ली, आगरा, इलाहाबाद में बसे, क्या नाम पंडित बिशन नारायण दर बार-एट-लॉ, तेजबहादुर सप्रू लॉ मिनिस्टर, मोतीलाल नेहरू बैरिस्टर वगैरह। आप उनसे औने तो न थे। कहिए, कुएँ में रहकर हम मेंढकों ने बाहर की दुनिया का फैलाव और सम्भावनाएँ नहीं जानीं... ।"

"वे लोग प्रतिभाशाली थे, इसमें दो राय नहीं, अपनी योग्यता से ही ऊँची पदवियाँ पाईं उन्होंने !" अजोध्यानाथ अपनी बिरादरी पर गर्व करते रहे हैं।

"लेकिन अपनी योग्यता दिखाने के अवसर कहाँ मिल रहे हैं हमें ? एक चारदीवारी में घिरे हैं आप। अपनी हदबन्दियों के अन्दर ! सो अपनी योजनाएँ कुन्द होकर ही रहेंगी न ? ऊपर से यह रिज़र्वेशन, कोटा। अल्पसंख्यकों की कितनी सीटें हैं ? चालीस में नेहरू जी ने क्या सही लिखा कि कश्मीरी पंडित की आकांक्षाएँ इतनी-सी ही हैं कि उन्हें अपनी क्षमताओं और योग्यताओं को दर्शाने के लिए मुक्त वातावरण और स्वतन्त्रता मिले। 'ए फ्री एंड ओपन फील्ड फॉर टेलंट एंड एबिलिटी।' हिन्दू राज्य में या ज़ैनुलाबदीन जैसे न्यायप्रिय राजाओं के शासन में हमने मम्मट, कल्लट, मंख, अभिनव गुप्त जैसे काव्याचार्य, शैवाचार्य, कल्हण, जोनराज जैसे इतिहासकार, लल्लेश्वरी, हब्बा, अरणिमाल जैसी कवयित्रियाँ पैदा कीं, लेकिन अब हमारी योग्यताएँ ही कुन्द हो रही हैं।"

"बाहर उन्हें सही माहौल मिला, पनपने के मौके मिले, चाहे मुगलों के साथ राजकौल को, महाराजा रणजीत सिंह के दरबार में गंगाराम को, या मोहनलाल कश्मीरी, अजोध्यानाथ कुंज़रू, राधाकृष्ण सप्रू, क्या नाम शम्भूनाथ पंडित वगैरह को अंग्रेज़ी शासन में ! कश्मीरी पंडितों को अपनी क्षमताएँ और योग्यताएँ दिखाने का अवसर अपनी वादी से बाहर जाकर ही मिला।"

अजोध्यानाथ पृथ्वी दर का दुख जानते थे। पीठ पीछे के गावतकिए खिसकने का दुख। लोकराज्य के पनपते ही जागीरदारों के महलों के कलश-कँगूरे ढहने लगे थे। सोना-चाँदी जड़ी दीवारें, एक आवाज़ पर गिरते-पड़ते दौड़नेवाले गुलाम, जो चौबीस घंटे मुँह बन्द किए हुकुम बजा लाने के लिए तैयार रहते थे, अब बीती बातें हो गई थीं। मुश्किल से वर्षभर के लिए धान जुटता था उस टुकड़ा भर ज़मीन से, जो पृथ्वी दर की जागीरदारी, अहलकारी का मुँह चिढ़ाने उसके पास छोड़ दी गई थी।

पृथ्वी दर की उम्मीदों पर धूल-गर्द पड़ गई थी। बेटों को बुलाकर नसीहत दी कि जिसे जो काम, नौकरी-चाकरी मिले, सूझे, करके अपने परिवारों का ज़िम्मा लो। बबा के पास अब हरिद्वार जाने के लिए लुटिया-कम्बल के सिवा कुछ भी नहीं रहा।

अजोध्यानाथ ने बहस नहीं की, दार्शनिक मुद्रा में अपने आपसे बतियाते कहा, "परिवर्तन ! परिवर्तन तो प्रकृति का नियम है। उसमें धूप-छाँह, तत्ता-ठंडा सभी कुछ शामिल है। नई सरकार कमपायों के लिए सुविधाएँ जुटा रही है। यह तो अच्छी बात है भाई ! हाँ, यह भी सही है कि एक के साथ न्याय करो तो दूसरे के साथ अनचाहे भी अन्याय हो ही जाता है।"

लेकिन अजोध्यानाथ दार्शनिक संवादों के बावजूद प्रदेश में बदलती स्थितियों के रुख से चिन्तित थे। उन्हें जून अड़तालीस का वह वाकया याद था, जब पंजाब यूनिवर्सिटी सोलन से बी.ए. के नतीजों में टॉप पोज़िशन प्राप्त कुछ लड़के शेख साहब से मिले थे और अपनी शैक्षिक योग्यता के आधार पर उनसे जम्मू-कश्मीर सरकार में नौकरी दिलाने की प्रार्थना की थी। तब नीलम होटल की सीढ़ियों पर शेख साहब ने उनसे कहा था, "तुम्हारे लिए तो 'बानिहाल पार' के दरवाज़े खुले हैं, मगर वादी के मुसलमान नौकरी ढूँढ़ने कहाँ जाएँगे ?"[1] तब से आज तक हिन्दू लड़के नौकरी की तलाश में घर-द्वार छोड़ने पर मजबूर हो ही गए हैं।

उधर आंग्ल-अमेरिकी गठबन्धन प्रदेश को स्वतन्त्र शासित प्रदेश देखना चाहता था। आगे क्लीमेंट एटली ने 11 नवम्बर, 1953 को लन्दन में एक बयान देते कहा कि कश्मीर को न भारत और न पाकिस्तान से जुड़ना चाहिए वरन स्वतन्त्र रहना चाहिए।

शेख साहब भी शायद ऐसा ही कुछ सोच रहे थे। लेकिन उनके मन्त्रिमंडल से विरोधी स्वर उभर रहे थे। उधर नेहरू हालात के रुख पर बेहद चिन्तित। शेख साहब से वार्ता करना चाहते थे पर हो कुछ नहीं पा रहा था।

भीतर की हलचलों से लोग उस दिन वाकिफ हुए, जिस दिन सदरे रियासत ने शेख साहब को गुलमर्ग में गिरफ्तार कर लिया।

7-8 अगस्त '53 के दिन वादी के लिए आश्चर्य, दुख और दहशत के दिन थे। सड़कों से हुल्लड़ मचाते, मारपीट करते हुड़दंगियों के हुजूम, जलसों-जुलूसों में विरोधी नारे लगाते गुज़र रहे थे। लोग आशंकित-भयभीत, किसी अघट की प्रतीक्षा में खिड़कियाँ-द्वार मूँदे घरों में बैठे थे। अजोध्यानाथ, केशव, शिवनाथ ने उड़ती खबर सुनी थी कि मन्त्रिमंडल के उपमन्त्री बख्शी गुलाम मुहम्मद और अधिकांश मन्त्रियों ने शेख साहब पर आरोप लगाया कि 'वे जनता के मन में अनिश्चितता का भाव पैदा कर रहे हैं।' सदरे रियासत ने मन्त्रिमंडल की बैठक बुलानी चाही पर शेख साहब गुलमर्ग चले गए। वहीं उन्हें बन्दी बनाया गया और 9 अगस्त को बख्शी गुलाम मुहम्मद को प्रधानमन्त्री की शपथ दिलाई गई।

---

1. सन्दर्भ—'कोशुर समाचार', अप्रैल 1993 में एच.एन. तिक्कू का आलेख।

शेख साहब को बन्दी बनाना उनके अनुयायियों के लिए गहरा धक्का था। श्रीनगर की सड़कों पर मारपीट हुई और लाशें बिछीं। लाशों को कन्धों पर उठाए सफाकदल से अमीराकदल तक सातों पुलों और सड़कों से 'शेरे कश्मीर ज़िन्दाबाद' के नारों के साथ जुलूस निकाला गया। विरोधी दलों से खून-खराबा हुआ लेकिन बख़्शी साहब दंगों से मजबूती से निपटे। दंगाइयों को हथकड़ियाँ पहनाई गईं और शहर में कर्फ़्यू लगाया गया।

प्रदेश चर्चा का विषय बन गया। घर से दूर रहनेवाले अपनों की खैर-खुशी जानने के लिए परेशान हो उठे। कात्या ने तार देकर ताता से हालात जानने चाहे। दूर रहते छोटे हादसे भी चिन्ताओं के जंगल में भटकाने लगते हैं। इस समय तो प्रदेश अखबारों की सुर्खियाँ बन गया था।

अजोध्यानाथ ने खुद कात्या को विस्तृत पत्र लिखकर हालात की जानकारी दी।

"मेरी लाड़ली कात्या !

"लगता है अखबारों की सूचनाओं से तुम घबरा गई हो, लेकिन मेरी बहादुर बिटिया ! अपने प्रदेश के इतिहास को तो तुम जानती हो। राजनीतिक उठा-पटक, षड्यन्त्र, नेताओं-राजाओं की महत्त्वाकांक्षाएँ और परिणामस्वरूप जनता की परेशानियों-कष्टों का लम्बा सिलसिला हमें विरासत में मिला है।

"इनसे घबराकर जीवन थोड़े रुक जाता है ? धुँधली-उजली स्थितियों के बीच स्थित-प्रज्ञ बने रहना तो हमारी खूबी रही है। विश्वास करो, जीवन बिल्कुल समगति पर ही चल रहा है। शादी-ब्याह, यज्ञोपवीत, खतने सब कुछ। हाँ, शेख साहब की गिरफ्तारी से कुछ लोग बौखला गए, कुछ अचानक बदलाव से निराश भी हुए, पर बख़्शी साहब ने बड़े प्रभावी ढंग से स्थिति सँभाली है। प्रधानमन्त्री बनने के बाद उन्होंने रेडियो भाषण में कहा कि, 'देश के हितों के साथ विश्वासघात होनेवाला था। आज़ादी का नारा खतरनाक था। एक साम्राज्यवादी शक्ति के प्रभाव के अन्तर्गत स्वतन्त्र कश्मीर भारत व पाकिस्तान दोनों के लिए खतरा होगा, यहाँ एक दूसरे कोरिया जैसे हालात पैदा किए जा सकते हैं।'

"चिन्ता न करो मुन्नी ! बख़्शी साहब ने प्रदेश में शान्ति और समृद्धि का आश्वासन दिया है। हालात सामान्य हो रहे हैं। तुम बिल्कुल निश्चिन्त रहो। अपनी पढ़ाई में मन लगाओ। तेरी दादी का गठिया लाइलाज हो जाए, इससे पहले ही डॉक्टर बनकर घर आ जाओ और उसका इलाज करो। घर में सब तुम्हें बहुत-बहुत प्यार और आशीष भेज रहे हैं।

"आजकल इधर सेबों का मौसम है। अम्बरी सेबों की पेटी आज ही भिजवा दी है। खाते हुए हमें याद करोगी। जीती रहो।

तुम्हारा अपना
ताता"

# रहमान जू

रहमान जू को इधर यकीन-सा होता जा रहा है कि खुदी को बुलन्द करने की कोशिशों के बावजूद खुदा ने उससे उसकी रज़ा नहीं पूछी। वह तो ताउम्र धोबी का गधा ही रहा, खरवार के खरवार बोझ ढोता गधा। कभी दूसरों की खातिर, कभी अपने आल-अयाल के लिए। खुद उसे क्या मिला ? जितना मंजिल की ओर दौड़ता गया उतना मंजिल दूर, और दूर होती गई। इधर कुछ.उम्मीदें बर आने की सूरत नज़र आने लगी थी। इलैक्शन में टिकट मिलना तो लगभग तय था कि हालात ने पलटी खाई। अब किसे मालूम था कि बब्बर शेर को भी कोई पिंजरा दिखाने की हिम्मत करेगा, सो भी अपना ही दोस्त अहबाब ? लेकिन सियासत के रंग हैं जनाब ! कोई क्या कहे ?

रहमान जू पर तो इस हादसे से आसमान ही गिर पड़ा। नवाकदल में बकरा पार्टी से कहासुनी भी हुई। हाथापाई में धौल-मुक्के खाए। रहमान की देह बुरी तरह से तड़क रही है। रातभर करवटें बदलते रहे। भला क्या जमा हासिल किया ज़िन्दगी में रहमान जू ने ?

रहमान जू का अब्बा उन कमनसीबों में था जिसके लिए कुछ भी आसानी से मयस्सर[1] नहीं होता। उसका अब्बा लार में खेती करता था कि एक साल ओलों-सैलाब ने पूरी फसल उजाड़ दी। भात के लाले पड़ गए। वह टब्बर को लेकर मजूरी करने शहर चला आया। गाँव के नीलकंठ भट्ट की सिफारिश लेकर, कि गुपाल भान को एक ईमानदार नौकर की दरकार है। भान साहब बहुत बड़े ज़मींदार नहीं थे पर दिल के खरे निकले। भान साहब ने पहले तो अपने घोड़ों के रख-रखाव, मालिश-दाना-पानी का ज़िम्मा दिया। घोड़े उससे परच गए तो बाद में साईस रख लिया। अब्बा भान साहब का ताँगा-घोड़ा हाँकता रहा और आल-अयाल के लिए नाज पाता रहा। झूठ क्यों कहें, सिर पर जो छत बनाई उसके लिए भी पैसा-टका भान साहब ने ही दिया।

रहमाना बचपन में दिनभर अहल्ले-मुहल्ले के निखट्टुओं के साथ गुल्ली-डंडा 'काठशालेबोम' खेलता और घंटा-दो घंटा मुहम्मद मल्ला के कमाल-जमाल के साथ पानी में छप-छप तैरता रहता या गली के आवारा कुत्तों के पीछे लगा रहता। अब्बा के ज्यादा दौड़-भाग करने पर एक तरफ तो कान उमेठ देता, क्योंकि ऐसा करने से ज्यादा भूख

1. उपलब्ध।

लगती जो मुट्ठीभर सत्तू से मिटती नहीं थी, दूसरी तरफ जब वह कभी-कभार अंग्रेज़-मेमों से पाया पैसा-टका अब्बा के हाथ में थमाता तो उसकी आँखें चमक उठतीं और वह दुलार-पुचकारकर उसे दोबारा घाट पर खेलने भेज देता, यह हिदायत साथ देकर, कि जब स्प्रिंग शिकारा में सैर करते मेम साहब दिखें तो दूर से ही 'गुड मारनिंग' की हाँक लगाना। अब्बा शहर में रहकर जीने के नए-नए ढंग सीख गया था पर रहमाना तेज़-तर्रार मल्लाह के छोकरों से अकसर पिटता, कि मेम साहब के पैसों पर पहला हक शिकारेवालों का है, तू बटों के घर जाकर माँग, हम उधर थोड़े माँगने आते हैं ?

अम्मी को रहमाने का हाथ फैलाना अच्छा नहीं लगा, तभी अब्बा से बिना पूछे वह रहमाने को भान साहब की बीवी राजरेन्यी के पास ले गई। हाथ जोड़ मिन्नतें कीं कि, "बच्चे को छोटा-मोटा काम देकर अपने पास रखें। आपके गोड़ दबाएगा, मालिक का हुक्का ताज़ा करेगा, आपका ही बच्चा है। यहाँ रहेगा तो थोड़ी 'तरबियत'[1] सीख लेगा, अल्लाहताला आपके खज़ाने भरता रहेगा।"

अब कितनी तरबियत सीख ली रहमाने ने, इसका लेखा-जोखा किसी ने न रखा। हाँ, भान साहब के घर रहने से उसे कुछ फायदे ज़रूर हुए। एक तो पेटभर भात और कभी-कभार रोगनजोश की हड्डी नसीब हुई, दूसरा भान साहब के इकलौते बेटे श्याम सुन्दर उर्फ किंगजी की नौकरी, जी हुजूरी में एकाध सिगरेट के टोंटे का सुट्टा और नुमाइश मैदान में सर्कस की सैर। किंगजी के दोस्त नाथ जी से भी वहीं मुलाकात हुई, जो बाद में दोस्ती में तब्दील हो गई। दरअसल वह दोनों, रहमान से चोरी-छिपे सिगरेट मँगवाते और उसे दरवाज़े के बाहर चौकीदारी के लिए बिठाकर भीतर सिगरेट के सुट्टे लगाने का शौक रखते थे। सर्कस दिखाने के लिए वह किंगजी का गुलाम ही हो गया। क्या-क्या हैरतअंगेज़ नज़ारे देखे वहाँ ! मौत के कुएँ में मोटरसाइकिल दौड़ाती काली मेम ! लम्बी चक्करदार सीढ़ी के ऊपर खड़ा आदमी, जो कपड़ों में आग लगाकर ऊपर से ही नीचे के पानी भरे ताल में छप्पाक से छलाँग लगाता था और साबुत का साबुत बच निकलता। शेर के ऊपर बैठी लड़की, आसमान में झूलते लड़के और लाल, नीली साटन की छोटी फ्राकें पहने खूबसूरत मेमें, जो ऊँची रस्सियों पर साइकिल चलातीं। उनके कारनामे देख वह घबराहट और ताज्जुब से उजबक की तरह सोचता, कि अगर ये गिर पड़ीं तो सिर-माथा तो फूटेगा ही फूटेगा, छोटी फ्राकें उलटने से नंगी भी हो जाएँगी, इत्ते-इत्ते लोगों के सामने !

रहमाने ने जब यही बात 'किंगजी' से कही तो उसने पीठ पर धौल मारकर पूछा, "क्या बात है रहमाना, अभी से ?

"अभी से क्या ?" वह बुद्धू-सा देखता रहा।

"अभी से नाशपातियों में रस भरने लगा ?"

भान साहब के घर में रहते रहमाने के भीतर कभी-कभी अजीब ख्यालात भी

---

1. तमीज़।

उठते। चावल छँटने आती अपनी मोजी का सात टाकियों जुड़ा फिरन देखकर उसके दिल में ख्वाहिश उठती कि उसकी मोजी क्यों राजरेन्यी के जैसे खुशरंग रेशम और रफल के फिरन नहीं पहन सकती ?

यह बात उसने एक बार अशी से भी कही, तो अशी ने, 'अपनी-अपनी तकदीर है गबरा,' कहकर आह भर ली, लेकिन अब्बा ने सुना तो कनपटी पर झाँपड़ जमाकर ज़ेहन में बात बिठा दी कि "वे हमारे मालिक हैं, हमारे खुदा, और हम उनकी रिआया। वे हमें दो वक्त का भात देते हैं, यह बात कभी मत भूलना।"

अब्बू ज्यादा देर जिया नहीं। जाने कहाँ से हैज़ा ने पकड़ लिया। चार-छह दस्त और कै, और साँस उखड़ गई।

अब्बू के तीजे चालीसवें पर गाँव से मामे, चाचे आए। फातिहा पढ़ा गया पर अम्मी 'इद्दत'[1] की रिवायत निभाने से पहले ही घर से बाहर आकर काम-धन्धों में लग गई। घर बैठे, कौन उसके बच्चों को भात देनेवाला था ?

उन्हीं दिनों पता नहीं किससे अशी ने बच्चा जनवाने का काम सीखा और 'दाई' बन गई। कमरे के एक हिस्से में अपना दुपट्टा टाँगकर अलग कमरा बना दिया, जहाँ वह कभी-कभार, लाल साबुन की टिकिया से मल-मलकर हाथ धोती और औरतों का 'मुआयना' करती।

दसेक साल के रहमाने ने एक बार ज्यादा जानने की नीयत से छिपकर पर्दे के छेद पर आँख टिका भीतर का नज़ारा देख लिया। उधर एक गोरी-उजली जाँघोंवाली औरत चित्त लेटी पड़ी थी और अम्मी उसके मटके जैसे पेट और खुली जाँघों के बीच टटोल-खोज कुछ ऐसे मुआयना कर रही थी कि औरत दर्द से बराबर चीखे जा रही थी। रहमाना उस दिन बेहद डर गया था। कहीं मोजी की हरकतों से अन्दर सोया बच्चा घबराकर बाहर कूद पड़े, तो ?

अशी ने बेटे की बदमाश हरकतें देख उसे खूब लताड़ा। यों लताड़ने की एक वजह यह भी थी कि नज़ीरे ने रहमाने से 'हज़ल'[2] किया था कि तेरी मोजी बदमाश औरतों के 'अइलेक्य'[3] करती है और यही बेहूदी बात उसने अशी तक जुमला ब जुमला पहुँचा दी थी। 'हराम की कमाई खाती है अशी।'

अम्मी की दौड़ राजरेन्यी तक ही महदूद थी। मुल्ले की दौड़ मस्जिद तक ! उसी के पैर पकड़कर घिघियाई, "राजबायी ! इस बदकिस्मत, बेबाप का कोई पक्का हीला-हवाला कर दे। मैं तो अब रास्ते पर ही आ गई।"

राजरेन्यी ने अब्बू की ईमानदारी और अम्मी की बदकिस्मती को नज़र में रखकर उसे ज्यादा ज़िम्मेदारी का काम सिखाया। साईस के पास बैठकर ताँगा-गाड़ी हाँकने और घोड़ों की खिदमत का काम यानी अब्बू का काम। आगे चलकर जब गुपाल भान गुज़र

---

1. इद्दत–तीन मास दस दिन, जो मुसलमान विधवा पति की मृत्यु के बाद घर में रहकर गुज़ारती है।
2. व्यंग्य। 3. गर्भपात।

गया और श्याम सुन्दर बड़ी पढ़ाई के लिए विलायत चला गया तो राजरेन्यी ने रहमाने को ताँगा चलाने का पूरा काम सौंप दिया। यह भी कहा कि गोड़-घुटनों में पानी भर जाने से अब मेरा ज्यादा घूमना-फिरना ठीक नहीं, तुम चाहो तो ताँगा खाली होने पर सवारियाँ बिठाकर चार पैसे कमा लो। हाँ, ताँगा ज़रा शऊर से चलाना।

श्याम सुन्दर विलायत से लौटा तो किसी अंग्रेज़ साहब की पुरानी मोटर खरीद ली। अब ताँगा भी पुराना हो चुका था। सो बूढ़े घोड़े और पुराने ताँगे को रहमाने के हाथ देकर दान का पुन्न भी कमाया और रहमाने की ज़िन्दगी भी बना दी।

रहमाना उम्रभर ताँगा ही चलाता अगर इस बीच आज़ादी का नारा न उठता। अब वह बाल-बच्चोंवाला ज़िम्मेदार आदमी बन गया था। पर मोजी का फटा फिरन और राजरेन्यी के रेशम रफल का फर्क उसके ज़ेहन के किसी कोने को बराबर खुरच रहा था। यह भी एक वजह थी कि वह आज़ादी की मुहिम में शामिल हो गया और शेख साहब उसके सरपरस्त[1] बन गए।

पिछले बीसेक सालों में पार्टीवालों के बदलते रंग, आपसी रंजिशें, अदावतें, एक-दूसरे की टाँग खिंचाई, क्या-क्या न देखा रहमाने ने ! पार्टी के पैंफ्लेट बाँटने और ताँगे में लाउडस्पीकर लगाकर जलसों, जुलूसों की खबर देने के काम करते वह अपने आपको छोटा-मोटा लीडर ही समझ बैठा था। आज ईदगाह मैदान में, कल गोल पार्क में, लीडरों की धुआँदार तकरीरें सुनकर अँगूठा छाप रहमाना अपने मुल्क का हिस्ट्री-जुगराफिया जान गया। बड़ी-बड़ी हुकूमतों और हादसों की खबरें। लोग कहते कि शेख साहब मुल्क का आज़ाद बादशाह बनना चाहता है। रहमाने के जाने तो वे बेताज बादशाह थे ही थे। फिर उसमें गलत भी क्या था। माज़ी में बादशाहों ने गरीबों की किस्मतें सँवारी हैं ! बड़शाह का नाम तो गली-मुहल्ले के बच्चे भी जानते हैं। कैसे बेघर हुए 'बटों' को वापस घर ले आए थे। अफगान सुलतानों ने गोया कि सख्तियाँ भी बरतीं पर 1810 ईस्वी में अता मुहम्मद खान ने जो चरारे शरीफ की इमारतें बनाईं, कारोबार बढ़ाया और नुन्द ऋषि के नाम का सिक्का चलाया, वे तो अच्छे काम ही हुए। शेख साहब ने भी तो गरीब किसानों को ज़मीन का हक दिलाया। उन्हीं की मेहरबानी से तो रहमाने के बच्चे हिल्ले से लग गए। बड़े को सरकारी लोन मिला और वह सेबों की खरीद-फरोख्त का व्यापारी बन गया। छोटे ने मैट्रिक की पढ़ाई की और खनाबल के प्राइमरी स्कूल में मास्टर लग गया। बाप को तो दीनी तालीम भी नसीब न हुई, बेटा उर्दू, अंग्रेज़ी सीख गया। शेख साहब बोले, बच्चों को पढ़ाओ नहीं तो उम्रभर गुलाम ही रहेंगे। बेटी ज़ीनत की शादी में क्या खूब दावत दी रहमाने ने। ज़ेबा लौंडी से रानी बन गई है। अशी भी बुढ़ापे में सुकून की साँस ले रही है। ये सब किसकी मेहरबानी से ?

और अब देखो, सब कुछ खत्म ही हुआ जा रहा है।

"किसी नदीदे की नज़र लग गई हमारे घर को बेटे।"

---

1. अभिभावक।

अशी मोतियाबिन्दी आँखों से बेटे का चेहरा पढ़ने की कोशिश कर रही है, "तू फिक्र मत कर, अल्लाहताला बिगड़ी सँवार देगा। वह मुश्किल कुशाँ सबकी मुश्किल आसान करनेवाला है।"

अशी ने दुआ में हाथ उठाए पर रहमान जू के दिल को यह ख्याल बराबर कुरेदता रहा कि ईमानदारी का तकाज़ा था, शेख साहब के साथ वह भी जेल चला जाता। अपनी पार्टी की खातिर कुरबानी देता।

दसवीं पास मास्टर बेटा अब्बू की मायूसी और रंज को हेंद फलाँगता देख चुप नहीं रह पाया।

"बबा। बीस-बाईस साल सियासत के रंग-ढंग देखकर भी तुम बेवजह जेल जाने की क्या इसलिए सोच रहे हो कि सरकार तुम्हारी ईमानदारी से खुश होकर तुम्हारे साथ तुम्हारे लीडर को भी छोड़ देगी ? तुम कोई महात्मा गाँधी तो हो नहीं बबा, जिसके सत्याग्रह से अंग्रेज़ डर गए।"

रहमाने को घूरता देख बेटे ने आवाज़ का सुर और लहजा बदला, "हिन्दुस्तान की आज़ादी में भगत सिंह, अशफाक उल्ला जैसे क्रान्तिकारी हुए, वतन के लिए कुरबान होनेवाले उन शहीदों को तो गाँधी जी भी नहीं बचा पाए। फिर जब पार्टी के आक़ा खुद ही गिरफ्तार हो गए तो तुम्हारा क्या होता, यह भी कभी सोचा ? बबा ! बड़े लीडरों को जेलों में भी सहूलियतें मिलती हैं। हम जैसों को तो पुलिस थानेदारों के डंडे-कमचे खाने ही हैं। ऊपर से ज़रा-सी हुकुमउदूली पर गरम इस्तरी से खाल भी दागी जाती है।"

बेटे की बातों से रहमाने का माथा गरम हो गया। मगर बात में दम है, सोचकर चुप रहा। बेटा सच बोलना सीख गया है, 'इल्म'[1] की तासीर है।

और बेटे ने इल्मी होने का सबूत तब दिया जब रहमाने के गोड़ दबाते 'शीरीं'[2] जुबान में वह बाप से मुखातिब हुआ।

"बबा ! छोटे मुँह बड़ी बात कर रहा हूँ, माफ करना। तुमने बाईस साल पार्टी की खिदमत की है। तुम तो पार्टी के ही मुलाज़िम हो। तुम्हारी ईमानदारी में फर्क कहाँ आ गया ? लीडरान बदलते रहते हैं। पहले शेख साहब थे, अब बख्शी साहब नए लीडर हो गए, तो हमारे आक़ा भी वही हुए समझो।"

"हुम !" रहमाने ने छोटा-सा हुंकारा भर दिया। बोले कुछ नहीं। बेटे को बेपेंदे का लोटा भी नहीं कहा, पर दिमाग पर दस्तक-सी हुई, कि रहमाना, तेरा बेटा आगे चलकर ज़रूर सियासत करेगा। तू तो उम्रभर पार्टी का भोंपू बना, पैंफ्लेट ही बाँटता रहा।

इस 'इलहाम'[3] के होते रहमान जू ने अगले दिन ही बीमारी को धक्का देकर रुखसत कर दिया। नहा-धोकर सफेद लट्ठे की कड़क सलवार पहन ली। उस पर खास मौकों के लिए रखा गया कोट भी डाटा और बख्शी साहब के दर पर गुहार लगाने निकल पड़ा।

---

1. विद्या। 2. मीठी। 3. आत्मबोध।

"हुज़ूर ! बाईस साल से आपकी पार्टी की खिदमत की है..."

बख़्शी साहब उड़ती चिड़िया के पर गिननेवालों में से थे। मुस्कुराकर रहमाने की बात सुनी। काम का आदमी साबित हो सकता है। जल्दी ही पार्टी का ज़िम्मेदार काम सौंपने का वादा किया।

मेहरबान होकर कहा, "रहमान जूआ, अब अपने नाती-पोतों को स्कूल में दाखिल कराओ, और उन्हें 'अच्छगाश'[1] दे दो। हम एम.ए., बी.टी. तक फ्री एज्युकेशन का वादा कर चुके हैं। स्कीम जल्दी अमल में लाई जाएगी। मुल्क की तरक्की के लिए इल्म की बड़ी ज़रूरत है।"

यह भी समझाया कि बच्चे पढ़ेंगे-लिखेंगे नहीं तो कुएँ के मेंढक ही बने रहेंगे। आगे वतन की हिफाज़त नए लोगों को ही करनी है। आँख खोलकर चौतरफ देखो। आदमी चाँद पर पहुँचने की कोशिश कर रहा है।

रहमान जू नए जोश से घर लौटा। अरे ! यह तो हू-ब-हू शेख साहब की ही बोली बोल रहे हैं। वैसी ही शीरीं बोली ! इलम और वतन की हिफाज़त की बातें ! वही 'आरिफ'[2] साहब का कलाम, 'चमन छु लालज़ारा म्योन/निशात त शालमारा म्योन/यि जुव यि दिल निसार म्योन/वतन रछुन छु कार म्योन'।[3]

रहमान जू ने अल्लाहताला को माथा नवाया। "तेरी मेहर खुदाबन्दे करीम ! तू एक दरवाज़ा बन्द कर देता है, तो दूसरा खोल देता है। तू चाहे तो कौन-सी चीज़ नामुमकिन है।"

मन में फिर से उम्मीद बँधी, इंशाअल्लाह। एक दिन रहमान जू भी छोटे-मोटे मिनिस्टरों की पाँत में बैठने का हकदार हो जाएगा।

1. शिक्षा। 2. कश्मीरी कवि। 3. मेरा चमन, मेरा निशात और शालामार बाग, मेरा दिल मेरी जान इस पर निछावर! मुझे इस वतन की रक्षा करनी है।

# कदम दर कदम

आज़ादी के दसेक वर्षों में ही कैसा कायाकल्प हुआ है वादी का। यों सूर्य क़ी गुनगुनी छुअन हरमुख पर्वत की यख बर्फीली चोटियों को सदियों पुराने ढंग से ही पिघलाकर जलधारों में छलका रही है। महाभारत काल में कश्मीर की सम्राज्ञी यशोवती के गर्भ में जब प्रदेश का भावी सम्राट गोनन्द द्वितीय पल रहा था, तब भी जलधारें ऐसे ही बही होंगी ! ईसा से 273-232 वर्ष पूर्व सम्राट अशोक के बनाए बौद्ध विहार-मठ रहे हों, आठवीं शती में हिन्दू सम्राट ललितादित्य के गगनचुम्बी मार्तण्ड के मन्दिरों के सुनहरी कलश, या बाद के सूफी सन्त बुलबुलशाह, शाह हमदान, बड़शाह ज़ैनुलाबद्‌दीन की ज़ियारतें ! अनेकरंगी ऐतिहासिक उथल-पुथलों, भौगोलिक भूचालों, बाढ़ों और राजनीतिक परिदृश्यों के बीच भी ऋतुएँ एक-सी नज़रों से सृष्टि को तौलती हैं। समदृष्टि समभाव की शिक्षिका जो हुई !

पौष-माघ मास आए, कि बर्फ की बुढ़िया वादी के पेड़-पौधों, खलिहानों-घरों को सफेद कम्बल ओढ़ा देती है ! पहले भी, आज भी। लल्ली, कमला, फातिमा-ज़ेबा घरों में घुस आईं गर्भवती अबाबीलों के घोंसले ढककर नन्हे बच्चों को जनने की सुरक्षा देती हैं ! जननियों का मन !

चैती वसन्त सुगबुगाया कि धरती के अँखुवे नवजातों की उत्सुकता से आँखें मुलमुलाकर चौतरफा देखने लगते हैं और उन्हें देखने घरों से निकल पड़ते हैं युवजन ! फिरन-काँगड़ी छोड़ शालामारों और निशातों की फिज़ाओं में !

हवाओं में बौराती नर्गिसी गन्ध और उर्वशा धरती की नई-नकोर महक ! गुलचीनी, गुलाब और पैंज़ी की क्यारियों पर मखमली-पीली, धारीदार पंखोंवाली तितलियाँ मँडराती हैं। दिलों के कोनों-अन्तरों में सोए इश्किया दर्द माशूकों के लिए, अँगड़ाई लेकर जाग उठते हैं। हवाओं में हब्बाखातून और अरणिमाल के आर्द्र गीतों की गूँज।

'रोशि वला म्यानि दिलबरो, पोशन बहार आव यूरय वलो'[1]

लेकिन तफरीहों से हटकर महद जू और मातायी का कृषक परिवार बर्फ फोड़कर झाँक आई हरियल धरती को देखते ही हल-बैल और बीजों के इन्तज़ाम में जुट जाता है।

---

1. फूलों में बहार आई है, मेरे रूठे हुए प्यार, अब मेरे पास लौट आओ।

वादी पर प्रकृति की मेहरबानियाँ ! कल्हण ने क्या यों ही कश्मीर को धरती का स्वर्ग कहा था ?

इधर नए मालिकों के हस्तक्षेप ने शहर की रौनकें बढ़ा दी हैं। चौड़ी सड़कें, नई ऊँची सरकारी इमारतें, बुलिवार्ड पर थ्री स्टार, फाइव स्टार होटलों की कतारें ! सदियों पुराने, राजा प्रवरसेन द्वितीय के बनाए प्रवरपुर, यानी आज के श्रीनगर की श्री में खासी बढ़ोत्तरी हो गई है। नई बस्तियाँ, नए नगर, यूनिवर्सिटी, फैलता हुआ शहर ! शेख साहब की जगह बख़्शी साहब बैठ गए हैं।

एक खो देता है, दूसरा पा लेता है !

राज्य के उप-प्रधानमन्त्री बख़्शी गुलाम मुहम्मद ने देश के हितों के साथ विश्वासघात होते देखा, तो कैबिनेट मन्त्री शामलाल सराफ और गिरिधारी लाल डोगरा के साथ मिलकर शेख साहब के नेतृत्व के प्रति अविश्वास प्रस्ताव रखा। सदरे रियासत कर्णसिंह ने नया नेता चुना, और राज्यकाज चलता रहा।

लेकिन इस खोने-पाने के बीच राजनीति में कितना कुछ घटा, उसकी जानकारी आम मजूर जन को भले न रही हो, पढ़े-लिखे विद्वज्जनों के दिलो-दिमाग नेताओं की महत्त्वाकांक्षाओं से डर और आशंकाओं के दौर से गुज़र रहे थे।

गाँव-शहरों से ठट्ठ के ठट्ठ मजूर-किसान, हाजी, अशी, गनी, सुला, गुला, रहमान जू, शेख साहब को सुनने हज़रत बल दरगाह जाते। नमाज़ की नमाज़ और शेख साहब की तकरीरें सुनने का चाव ! यानी आज़ादी की बातें, अपने हकों की बातें, दीन-ईमान की बातें !–'या इल्लाहा इल्ललाह, मुहम्मद उर्ररसूललिल्लाह !' 'नालय तकबीर', 'अल्लाहो अकबर !' हुंकारों से झील डल की लहरें प्रतिध्वनित हो उठतीं।

"अल्लाहताला निगेहबान ! सेहत और राहत बख़्शे ! पूरे मुल्क का बादशाह बना दे ! हमारे नेता मज़हबी नेता है। गरीबों के परवरदिगार !"

दुआ में असंख्य हाथ उठते ! भोले विश्वासियों, दरिद्र जनों, नेता में पैगम्बर की आस्था रखनेवालों के हाथ !

इधर अजोध्यानाथ वकील, बलभद्र, सन्तोख सिंह हाजी साहब जैसे जानकार, जन नेता की महत्त्वाकांक्षाओं, राजनीतिक दाँव-पेचों और बदलते मिजाज़ में प्रदेश को उलझते देख दंग और मायूस थे।

यह वही जन-नेता थे, जिन्हें महाराजा हरी सिंह ने आपातकालीन शासन का प्रमुख बनाया था और राष्ट्र के प्रधानमन्त्री नेहरू ने 4 मार्च, 1948 को प्रदेश का मन्त्रिमंडल युक्त प्रधानमन्त्री बनाकर प्रदेशवासियों का भविष्य हाथ में थमा दिया था।

जननेता अचानक जन के सुख-दुख से दूर क्यों होता जा रहा था ? तकरीरों में विरोधी बातें क्यों करने लगा था ?

लोगों के मनों में प्रश्न उग रहे थे ! अल्पसंख्यकों की चिन्ताएँ गहरा रही थीं।

"1947 में कश्मीर के भारत में अधिमिलन प्रस्ताव पर, जिसकी अनुमति के लिए नेहरू जी ने ज़िद पकड़ ली, उसी विश्वस्त मित्र से शेख साहब हाथ क्यों खींच रहे थे ?"

“नेहरू शेख की माँगें पूरी करते रहे। धारा 370 के अन्तर्गत जम्मू-कश्मीर को विशेष दर्ज़ा दिया गया।”

“1951 में राज्य का अपना संविधान बना, लेकिन माँगों का कोई अन्त नहीं था।”

“1952 में दिल्ली समझौता हुआ। पैतृक शासन की समाप्ति के साथ विशेष नागरिकता, अलग प्रादेशिक ध्वज की स्वीकृति, मुख्यमन्त्री को प्रधानमन्त्री की उपाधि मिली।”

जम्मू में प्रजा परिषद ने दिल्ली समझौते का विरोध किया।

“अलग ध्वज की माँग क्यों, जबकि हमारे प्रदेश का विलय भारत में हुआ है। अलग विधान, अलग प्रधान ! मतलब ?”

क्या हमारा भविष्य राष्ट्र के भविष्य से अलग होगा ?

“भविष्य की बात तो भविष्य के गर्भ में छिपी है जियालाल !” बलभद्र ने चिन्ता की बात कही, “फिलहाल सच यह है कि अपने नौनिहाल नौकरियों की तलाश में बानिहाल पार जाने लगे हैं। इधर उनके लिए नौकरियाँ नहीं हैं।”

बानिहाल पार जाने की बात पर पलभर चुप्पी छाई रही। अपने घरों से निष्कासन का यह नया दौर था। अल्पसंख्यक परिवारों के बेटे, ऊँची पढ़ाई और नौकरियों की तलाश में, अपनों से दूर जाने को विवश हो गए थे।

जियालाल का एम.एस.सी. पास बेटा दीपक, अध्यापक की नौकरी के लिए कोटपुतली चला गया। एक घर के दो घर हो गए। कौन-से दो-तीन बेटे जने थे जियालाल की पत्नी लाजवती ने, जो दीपक के पीछे, आँख मुँदने पर पिता के मुँह में दो बूँद गंगाजल डाल देते ?

जियालाल ने प्रसंग बदला, “भाई साहब ! ये जो दिल्ली समझौता है, नेहरू जी ने अपीज़मेंट पॉलिसी के तहत, शेख साहब को, समझो, तोफा दिया है। नेहरू जी का कहना है, ‘जो भी हो, जैसे भी हो, एक शेख साहब ही हमारी डूबती नाव पार लगा सकते हैं। ओनली ही कैन डेलिवर द् गुडस।’ ”

नाज़िर साहब के माथे की उभरी नीली नस फड़कने लगी।

“नेताजी के हम अहसानमन्द हैं भाई, कबाइली हमले के वक्त उन्होंने हमें जीवनदान दिया। पर इस अहसान को अब वे तुरुप की तरह इस्तेमाल कर रहे हैं...”

“तुरुप-वुरुप की जाने दो प्राजी,” सन्तोख सिंह बहुत जल्दी घबरा जाते हैं।

“शेख साहब ने रणभीर सिंह पुरा में जो भाषण दिया, उसमें साफ-साफ भारत पर साम्प्रदायिक होने का इल्ज़ाम लगाया है, और नेहरू जी मुँह में दही दिए चुप्प बैठे हैं।”

‘मुँह में दही’ वाली बात पर अजोध्यानाथ मुस्कुराए। बलभद्र को इसमें मुस्कुराने जैसी बात नज़र नहीं आई।

"ठीक कह रहा है सन्तोख, ताता ! बावन[1] के शहीद दिवस पर तो शेख साहब ने यह भी कह दिया कि राज्य में केन्द्र के हस्तक्षेप को बरदाश्त नहीं किया जाएगा। तब भी नेहरू जी ने क्या किया ? इधर जमाएते इस्लामी का भी ज़ोर बढ़ रहा है। आए दिन कोई न कोई हंगामा होता रहता है !"

"बेशर्मियाँ और बदलिहाज़ियाँ भी तो बढ़ रही हैं। बच्चियाँ कॉलेज जाती हैं तो शोहदे ऊल-जलूल बकते हैं। निक्की की सहेली सुरेन्द्र का तो महाराज गंज में भर दुपहर किसी बदज़ात शोहदे ने दुपट्टा खींच दिया। कोई न्याय, इंसाफ, ईश्वर का डर, कुछ भी तो नहीं रहा।"

त्राहि ! त्राहि की आवाज़ों में भद्रजनों ने ईश्वर को याद किया। सन्तोख सिंह फ्रूट मर्चेंट की दुकान महाराज गंज में है। वह सोच रहा है कि दुकान बढ़ाकर जम्मू चला जाए ! कौन गुंडा है, कौन साधु, अब इस चक्कर में कौन पड़े ?

"जम्मू में भी कम हंगामा नहीं हो रहा आजकल।" जियालाल को यह जम्मू-पंजाब वाली बातें जाने क्यों चुभने लगती हैं। एक बार जो घर-द्वार छोड़ देता है, वह लौट पाता है क्या ? ऐसे ही भाई-भाई अलग हो जाते हैं, घर टूट जाते हैं। जम्मू ! पंजाब ! अह !

"उधर जम्मू में प्रजा परिषद ने दिल्ली समझौते का विरोध किया। ज़बरदस्त हंगामा हुआ। पुलिस ने लाठियों से आन्दोलनकारियों के सिर फोड़ दिए। कितने तो निर्दोष जन मारे गए। उधर भी कौन-सा सुकून मिलनेवाला है ?"

दिल्ली समझौता, प्रजा परिषद, जनसंघ और फिर बात आई भारतीय जनसंघ के अध्यक्ष डॉ. श्यामाप्रसाद मुखर्जी पर ! जो प्रदेश आए थे समझौता कराने, पर सन्देहास्पद स्थिति में मृत्यु को प्राप्त हुए।

पूरे प्रदेश के लिए शर्मनाक हादसा !

"लेकिन इस शर्मनाक हादसे से भी क्या हमारे नेताओं ने कुछ सीखा ?"

हाजी साहब अब बूढ़े हो गए थे। चेहरे पर झुर्रियों के जालों के बीच, आँखों से भी धुँधला दिखने लगा था। लेकिन इतने बूढ़े नहीं, कि आदमी के ज़ेहन में उगती महत्त्वाकांक्षाओं की आकाश बेल को पहचान न सकें। लटक आए पपोटों में धँसी भूरी आँखों पर ज़ोर देकर, चश्मे के मोटे काँच के बीच, अखबारों की सुर्खियाँ बराबर पढ़ते रहते। 5 जुलाई, 1953 को 'न्यूयार्क टाइम्स' में छपा वह नक्शा भी देख लिया, जिसमें कश्मीर को एक स्वतन्त्र राज्य दिखाया गया था।

नक्शा देख हाजी साहब सोच में पड़ गए। शेख साहब के नेहरू जी और भारत से वादे, दोस्तियाँ, इलहाक ! सब मज़ाक-मसखरियों में बदलते जा रहे थे। शेखशाही की हसरत में, अपने कौल से फिर रहे थे शेख साहब ! क्या हो रहा है यह ?

यों वे जानते थे कि 1950 के दौर से ही अमरीकी राजदूत, एडलॉय हंडरसन से

1. 1952।

जो, अमरीकी मदद से स्वतन्त्र कश्मीर का शेख बनने के सिलसिले में बातचीत शुरू हो गई थी, एडलॉय स्टीवेंसन ने उसे उकसा दिया था और 11 नवम्बर, 1953 को, क्लीमेंट एटली ने लन्दन में बयान भी दिया कि 'कश्मीर को स्वतन्त्र रहना चाहिए, भारत या पाकिस्तान का अंग बनकर नहीं।'

लोगों ने न एडलॉय स्टीवेंसन को दोष दिया, न क्लीमेंट एटली को ! नेहरू ने अपनी अखंड दोस्ती पर विश्वास बरकरार रखते, ज़रूर एंग्लो अमरीकी गठबंधन को कसूरवार ठहराया, जो अपने स्वार्थ के कारण उनके प्रिय मित्र को मुहरा बनाकर शतरंज खेल रहे थे। कश्मीर की सीमाएँ चीन और रूस से जो मिलती हैं, अमरीकी वहाँ अपनी सुरक्षा-चौकियाँ बनाना चाहते हैं, डिफेंस बेस !

लेकिन नेहरू जी ज्यादा देर भावनाओं के अँधेरे में नहीं रह पाए। 13 जुलाई, 1953 को शेख साहब ने डंके की चोट ऐलान किया कि "हमारा राज्य भारत या पाकिस्तान का अंग बने, यह ज़रूरी नहीं।"

विचित्र स्थिति ! अब प्रेमनाथ बज़ाज़ जैसे पाकिस्तान के समर्थक या रामचन्द्र काक और स्वतन्त्र कश्मीर के पक्षधर, वादी में नहीं थे। शेख साहब ने अल्पसंख्यकों के नेता, शिवनारायण फोतेदार से ज़िक्र किया, पर उन्होंने स्वतन्त्र कश्मीर मामले में रुचि नहीं दिखाई।

शेख साहब अपने तनावों में फँसे रहे। राज्यकाज ढीला पड़ गया। हज़रत बल के भाषणों में उन्होंने कहा कि 'देश का फैसला जनता करेगी, मन्त्रिमंडल नहीं', लेकिन मन्त्रिमंडल को यह कथन रास नहीं आया। नेता के विरुद्ध आवाज़ें उठने लगीं।

सदरे रियासत ने शेख साहब को मन्त्रिमंडल की बैठक बुलाने का आदेश दिया, पर शेख साहब चुप रहे। आदेश का पालन नहीं हुआ।

9 अगस्त, 1953 ! सदरे रियासत ने शेख साहब को गुलमर्ग में गिरफ्तार करवाया ! मिर्ज़ा मुहम्मद अफ़ज़ल बेग और अन्य साथियों समेत।

बख्शी गुलाम मुहम्मद राज्य के नए प्रधानमन्त्री बने !

उस दिन वादी में विरोधी हलचलें तूफान उठाती रहीं। एक तरफ मुर्दाबाद के नारे, दूसरी ओर ज़िन्दाबाद के। मारपीट, आगज़नी अलग से ! चारपाइयों, खटियाओं के ऊपर, जख्मियों, मृतकों को उठाकर शहर में घुमाया गया। खोपड़ियों से झरता जनूनी रक्त, फूटी पसलियों से निचुड़ता काला चिपचिपा खून ! शेरे कश्मीर के समर्थकों ने कुहराम मचाया, शेरे कश्मीर ज़िन्दाबाद ! बख्शी साहब के समर्थक अलग हो गए। जिसकी गद्दी उसको नमन। लाठियाँ, बल्लम, चप्पू, मूसल घुमाते दंगाइयों को पुलिस ने थानों में बन्द करवा दिया।

अजीब माहौल था। कइयों के दिल धँस गए, कइयों की उम्मीदें सीढ़ियाँ चढ़ने लगीं। रहमान जू ने दंगे में अपना सिर फुड़ा दिया। पुलिस ने उसे भी धर-पकड़ तो लिया, पर रहमान सियासत में रहकर 'पोंड पुलिस'[1] की नब्ज़ पहचान गया था, सो

1. चवन्नी पुलिस (घूस लेनेवाले)।

पुलिसिए के हाथ पर दो रुपया रख बरी हो गया।

घर आया, तो मास्टर बेटे ने जख्म धो-धाकर, मरहम-पट्टी कर दी, और नाश्ते के साथ एक प्रश्न भी सामने परोस दिया, कि "ये जो अपने बख्शी साहब हैं न, नए प्रधानमन्त्री ! अल्लाहताला, उम्रदराज़ करे। ये तो शेख साहब को अपना छटा ईमान बता रहे थे, उसी शेख साहब को कुर्सी छोड़ने पर मजबूर कर गए और जेल..."

रहमान जू ने बेटे को कड़ी नज़र से देखकर अधबीच ही बकवास बन्द करने का हुकुम दिया, "ज़बान सँभालकर बात कर गबरा ! शेर तो शेर ही रहेगा, बकरा नहीं बनेगा। जेल जाएँ उनके दुश्मन, हाँ, अभी उनका खराब वक्त चल रहा है, सो 'सोलिटेरी कनफाइन्मेंट' में रखा है ! सो भी कितनी देर तक ?"

"सही फरमा रहे हैं बबा !" बेटा वालिद की इज़्ज़त करना जानता है।

"लेकिन, जो भी हुआ, मुलुक की बेहबूदी के लिए ही हुआ न ? आखिर मुलुक तो दोस्ती-ईमान से भी ऊपर रहा न ?"

अब यही तो मुसीबत है ! चार हरूफ पढ़े लौंडों से क्या बहस की जाए ! जाने कहाँ-कहाँ के तोड़ निकाल अपना सिक्का मनवाते हैं। रहमान जू मुँह का तूँबरा बनाए, खामोश बैठे रहे।

यों रहमान जू ने भी रेडियो पर बख्शी साहब की तकरीर सुनी थी, और बात कुछ भेजे में घुस भी गई थी ! बख्शी साहब बोले थे, "मुल्क की बेहबूदी के लिए यह कदम उठाना ज़रूरी था।"

बख्शी साहब के साहस पर राष्ट्र ने बधाइयाँ भेजीं। वे अपने मन्त्रिमंडल के सहयोगियों, सराफ साहब और डोगरा साहब के साथ मिलकर, शेख साहब के नेतृत्व में अविश्वास घोषित कर, सदरे रियासत के सामने मन्त्रिमंडल बरखास्त करने का प्रस्ताव न रखते, और कर्णसिंह कार्यवाही न करते, तो कौन जाने राज्य का क्या हश्र होता ?

आनन्द शास्त्री ने कहा, "ऋतुचक्र जैसा ही तो जीवन-चक्र चलता है जजमान ! अपनी धुरी पर सतत गतिशील ! शेख साहब के बुरे ग्रह चल रहे थे और बख्शी साहब का राज्य योग !"

और कालचक्र ? वह क्या कभी रुकता है किसी के लिए भी ? कात्या डॉक्टर बनकर लौटी तो पाँव की आहट पहचान, आटे-सने हाथ लिए लपककर भेंटनेवाली नानी गुज़र चुकी थी। डॉक्टरी में प्रवेश पाने से पहले ही डॉक्टर कूरी[1] बुलानेवाले नानाजी की जगह भी खाली हो गई थी।

---

1. बिटिया।

# बाज़ार से गुज़रते (जमा-हासिल)

'योत यिथ ज़नमस कुस क्याह छु प्रोविथ,
त्रॉबिथ छु गछुन वांगुजवोर।'[1]

"इस संसार में जन्म लेकर किसने क्या पाया बिटिया ? यह किराए का घर, कहा है बुद्धिमान जनों ने, आखिर तो छोड़कर ही जाना है।"

जानकीमाल पर मृत्यु का दर्शन हावी हो गया। दुखी और स्तब्ध पोती को अंकवार में भरकर सांत्वना दी, "कौन इधर हर हमेश रहनेवाला मुनिया ? अन्नपूर्णा थी तेरी नानी, आल-अयाल को भात परोसते अपने घर चली गई। उम्रभर एक ही हौंस रहो, 'हे शम्भो ! सधवा सतवन्ती चली आऊँ तेरे पास ! अपने पीछे नाती-पोतों का संसार छोड़कर !' मुझसे कहतीं, 'काकनी ! आशीर्वाद देना, मेरे यह गोड़-घुटने साथ दें आखिर तक...' "

कात्या की देह हिचकियों में सिहरती रही, "मेरे लौटने तक भी न रुकीं..."

"समय घड़ी क्या टले पगली ? दुख मत मना। तू तो पढ़ी-लिखी सयानी लड़की ! मेरे लिए माँग गणपति महाराज से ऐसी मृत्यु। आहा ! क्या तेज था सती के चेहरे पर। जैसे नींद में सपना देख रही हो ! पूरन कर दी कामना शारिका माँ ने ! भगतन जो थी ! भवानी सहस्रनाम वह पढ़े, भगवद्गीता के अट्ठारहों अध्याय कंठस्थ थे उसको ! ऊपर से बारह मासों में पचासों वरत[2]..."

"लेकिन नाना-नानी दोनों एक साथ...! नानाजी को कितना चाव था मुझे डॉक्टर देखने का..."

"हाँ बिटिया ! दिनों का ही फर्क रहा। जिस दिन तेरी नानी चली गई, पंचक की कुछ घड़ियाँ आरम्भ हुई थीं। सो पंचक ने अपना प्रभाव दिखाया। ग्रह-नक्षत्रों की माया मुन्नी ! देर क्या लगी ? फाल्गुन शुक्ल पक्ष प्रतिपदा की दुपहर, पंचक लगा ही था कि सरस्वती ने प्राण त्याग दिए और तैलाष्टमी की रात जो सोए कृष्ण जू, अगली सुबह का सूर्योदय नहीं देखा।"

कात्या ग्रह-नक्षत्रों की माया से तटस्थ, नाना-नानी के चेहरे खोजती रही।

जानकीमाल ने लम्बी हूक-सी आह भरी, "अच्छे-भले थे शाम को कृष्ण जू। हाँ,

---

1. यहाँ जन्म लेकर किसने क्या पाया ? आखिर तो यह किराए का घर छोड़कर जाना ही है। 2. व्रत।

भूख कुछ मर-सी गई थी। भद्रा से कहा, 'एक खासू दूध पियूँगा। भात की इच्छा नहीं है। कुछ हरारत-सी मालूम पड़ती है।' "

"द्वार पर दस्तक दे रहा था न यमराज !"

"देर तक शीतलनाथ के आँगन में बच्चों को काँगड़ियों[1]-क्रंजुलों की होली चलाते देखते रहे। क्या जाने कौन से कोह-बाल[2] चढ़ते रहे। उम्रभर का संग-साथ निभानेवाली का बुढ़ापे में अकेले छोड़ देना कम कष्टकारी नहीं होता बिटिया ! भले उम्रभर औरत की कद्र न समझे आदमी !"

'कद्र' शब्द के साथ एक और आह भर ली दादी ने !

क्या पता वकील की पत्नी को अपनी कद्र का भान हो आया हो !

"भद्रा से कहा, पलभर के विराम के बाद दादी फिर शुरू हो गई, कहा, 'तुम्हारी काकनी साल भर के पुराने टोकरे-क्रंतुल 'इस ज तूँ तूँ'[3] के लिए इकट्ठा करती थी। अपनी डॉक्टर बिटिया को ज तूँ तूँ खेलने का बड़ा चाव था न !' "

बस और कोई बात नहीं !

"तुमने मुझे ढूँढ़ा था नाना !" कात्या के गले में लोथ धँस गई। आँखों के आगे बचपन की तैलाष्टिमियाँ गुज़र गईं। नानाजी के साथ, शीतलनाथ के आँगन में, कात्या रस्सी बँधी काँगड़ियाँ घूम-घूम जलाती रही, जलती काँगड़ियों-टोकरियों की मशालें, रौशनी के चलते-फिरते स्तूप और बच्चों की सामूहिक गूँजें दिमाग भन्नाने लगीं, 'काँगरि खोरन आव ग्यूर, ज तूँ तूँ, ज तूँ तूँ।' "

नानाजी की ऐनक में आग की मशालें झलमलाने लगीं, चेहरा रौशनी के दायरे में दिपदिपाने लगा। कात्या के साथ-साथ घूमते, हँसते, घबराते, हल्का-हल्का डाँटते नानाजी, "देख हाथ न जलाना मुन्नी।"

"नाना जी की आँखों में 'ज तूँ तूँ' ! नाना जी की आँखों में..."

"आठेक दिनों में दो-दो मौतें, सो भी माँ बबा की !" दादी ने एकदम चौंका दिया।

"लल्ली तो भीतर ही भीतर घुलती रही। आवाज़ निकाल माँ-बबा को पुकारा भी नहीं। तू अपनी माँ को सँभाल- मुन्नी ! आखिर 'पनुन बब त मोज्य कति बनि' ? (आखिर अपने माता-पिता कहाँ मिलते हैं ?)"

कात्या ने माँ को देखा। गालों की हड्डियाँ कुछ ज्यादा ही उभर आई हैं। नाक ज्यादा तीखी और आँखों में ठहरी हुई झील !

माँ-बेटियाँ लिपटकर रोईं। भूचाल के धक्के से पक्की इमारत ज्यों भरभराकर ढहने लगे ! कात्या ने माँ को इतना हताश और टूटा हुआ कभी नहीं देखा।

"तेरे नाना-नानी मेरा मायका साथ लेकर गए मुन्नी !"

---

1. गोल टोकरियाँ। 2. कोह-बाल-पहाड़। 3. कश्मीर में तैलाष्ठमी को, पुरानी काँगड़ियों, टोकरों की होली जलाकर शीत को विदा देने की प्रथा है।

"मुझे बुलाया होता माँ ! मैं क्या उनकी कुछ भी न लगती थी ?"

कथबब नाना ! कात्या तुम्हें कितना सताती थी, जोर-ज़बर, रूठना, तेवर दिखाना ! प्यार का अत्याचार ! नाना जी कहानी, नाना जी शीतलनाथ चलो, नाना जी पंबछ[1] ला दो, नाना जी मिशिरि मकाय...

नाना की खाली जगह टुकड़ा-टुकड़ा यादों में सालने लगी।

"तू फाइनल परीक्षा की तैयारी में लगी थी। तेरे नाना ने खुद मना किया कि तुझे न बुलाएँ। फिर सोचने-समझने का मौका ही कहाँ दिया उन्होंने ? चार दिन सेवा ही कराते..."

माँ-बेटी के धारासार आँसू काकनी को हिला गए। जेब से रूमाल निकाल आँखें पोंछी, "अकेली बेटी लल्ली ! अब कौन मायका और कैसे भाई-बहन ? ऊपर से इन सोनकूरी ने माँ-बबा की आखिरी निशानी भी उठाकर डाल दी नाथे की झोली में। कृष्ण जू की पूरी जायदाद की अकेली वारिस थी लल्ली, मुत्तबन्ना कहो। बबा की बैठक में ही ताला डाल देती। कभी जो मायके की कसक जागे, तो उधर बबा की जगह घड़ी-पल बैठ, उनकी महक-मुश्क ही महसूस करती। बर्तन-भाँडों की इसे तो क्या ज़रूरत थी। दिए तो अच्छा ही किया..."

"काकनी ! कैसी बातें करती हो ? नाना-नानी के बाद उनकी महक-मुश्क क्या उसी कमरे में बन्द होकर रहेगी ?"

कहने को कह गई कात्या ! पर एक महक जो उसके ज़ेहन में ठहर गई है, उसे तो वह इस वक्त भी सूँघ सकती है। नानी के फिरन से उठती हींग-बघार, कानुल साग, सोंचल, पसीने और प्यार की मिली-जुली गन्ध ! बाँहें पसार कात्या की ओर लपक आती गन्ध !

लल्ली ने बेटी को हाथ के इशारे से बरज दिया। दादी से बहस न करे। वह अपने ढंग से सोचनेवाली है।

"कमरा बन्द कर देती, तो और भी अकेली हो जाती काकनी ! माँ-बबा ने तो नाथजी को कभी पराया नहीं समझा, तभी तो 'विल' नहीं बनाई। उन्हें क्या सिखाने की ज़रूरत थी ?"

लल्ली ने सँभलने की कोशिश की। दुख के आइसबर्ग का वही सिरा तो लोगों को दिखेगा, जो बाहर झाँक रहा हो। भीतर का शिलाखंड तो अपने सीने पर ही झेलना होता है।

जानकीमाल ने भी दुनिया देखी है। श्मशान वैराग्य से तो आदमी दीन-दुनिया की सच्चाइयों से मुख मोड़, संन्यासी बन जाता है। पर सृष्टि संन्यास की धुरी पर तो नहीं टिकी ! जानकीमाल के अपने तर्क हैं।

"तेरे ताता तो ये विरासत-जायदाद की बातें ज्यादा जाने मुन्नी ! तभी तो लल्ली

---

1. कमल पुष्प का फल। 2. भली लड़की।

को पास बिठाकर समझाया। कोर्ट-कचहरी के कायदों, जायदाद के हक-हकूक का खुलासा किया। बख्शी साहब भी ताता के दोस्त हैं। कोई भी बात मुश्किल न थी। पर तेरी माँ एक ही टाँग पर खड़ी रही। 'मुझे मेरे भाई-बहन चाहिए। ईंट-चूने की बेजान दीवारों का मैं क्या करूँ। अब क्या कहूँ' !"

"शायद ठीक ही किया। रहेगा तो आखिर सभी कुछ इधर ही ! जैसी गणपति की इच्छा !" जानकीमाल ने बुद्धिमत्ता से हथियार डाल दिए।

अचानक उन्हें नुन्द ऋषि का श्रुख याद आया–

यिनु गॅरा तु गछुन्य गॅरा, लरि तल मेच़ तु वुरुन्य मेच़।
लदिथ छुनिथ वोगन्य लॅरा, कॅल्य हम मरख त कस किच़ ?[1]

"फिर एक कमरे में ताला देखकर भद्रा के दिल से ही बद्‌दुआ निकलती, तो इसे क्या फलना था ? समझो, उसी से मोल लिए भाई-बहन।"

जानकीमाल भौतिक धरातल से आध्यात्मिक संसार में चली गई। "अपने सूफी-सन्तों ने खरी बातें कहीं हैं मुनिया।"

सचमुच नाथ जी ने आखिरी साँस तक लल्ली को सगी बहन ही समझा। शिवरात्रि, नवरेह, जन्माष्टमी पर नेग-अतगथ, रोट-अखरोट, काँगड़ी ! पहले लल्ली दीदी, उसके बाद राधा और बटनी। कृष्ण जू-सरस्वती के मासवार श्राद्ध भी विधिवत निभाए।

लल्ली का त्याग नाते-रिश्तेदारी में चर्चा का विषय बन गया।

"देखा अजोध्यानाथ वकील की बहू को ? स ऽऽऽ ब माया हाया छोड़कर, अपना हक चाचा के बेटे नाथे को दान कर दिया। कोई छोड़ता है इंचभर धरती भी आजकल ? एक लोटे-पतीले पर सिर फोड़ने लगे हैं भाई-भाई आपस में।"

"अमरावती की बहुओं ने क्या जो महाभारत मचा रखा है घर में, छिपा है किसी से ? दादा बालकराम (स्वर्ग में जगह मिले ! ऋषि-मुनि थे) लद्‌दाख से एक तिब्बती कालीन लाए थे, जब उधर पोस्टमास्टर रहे। उसको भी बहुओं ने बीच में दो फाड़ करके आपस में बाँट लिया, भले कालीन का चिथड़ा हो गया। और अमरावती का बड़का बेटा भास्कर, भंडारघर की चाबी लँगोट में बाँधकर सोता है। अपने बाल-बच्चों पर भी भरोसा नहीं। क्या जाने कौन-सा कोहनूर छिपा रखा है उधर ?"

"भास्कर की पत्नी अरनी भी कम खड़ूस नहीं, बहू को चावल-चीनी मापकर देती है। बहू भी नहले पर दहला। सास की आँख बचा, पड़ोसियों को कटोरे भर-भर पकवान खिलाती है। बैठी रहे अधभूखी भले ही।"

औरतों के गोल की खुसुर-पुसर में कात्या प्रश्नवाचक चिन्ह-सी अड़ जाती। "क्या सिर्फ बहुओं के ही दोष गिनाओगी मौसी ? या बेटों ने भी लहँगे पहने हैं ? और भास्करनाथ चाचा के बारे में जो कह रही हो, यह क्या ठीक बात है ?"

---

1. आना-जाना घड़ीभर का। बिछौना, मिट्‌टी और ओढ़ना मिट्‌टी ! फिर यह लम्बा-चौड़ा भवन तैयार किया सो किसके लिए ?

"अब जो भी हो बेटी ! बहू तो घर की नींव-बुनियाद ! दोषी तो उसे ही ठहराया जाएगा ! भास्कर का लँगोट खोल कौन देखेगा ? जवाबदारी तो औरतों की।"

"नहीं मौसी ! बहू-बेटा दोनों घर को बनाते-बिगाड़ते हैं। तुम लोग अपनी ज़ात का कुछ मान-सम्मान भी करना सीखो। कब तक अपनी ही जड़ें खोदती रहोगी ?"

कात्या तो डॉक्टर ! लड़कों से ज्यादा कमानेवाली ! सो औरतें एक-दूसरे को टहोके-टनोके देते भी चुप्पी साध लेतीं। 'मर्द-लड़कियों' को क्या समझा सकते हैं ?

लेकिन बुजुर्गनों की तकलीफों का कोई ओर-छोर न था।

"अह ! अह ! यह खज़ांचियों की जया ! अरे वही, जो कल तक बलजू के आँगन में झोंटे खोले, 'तुले लंगुन तुलान छस' खेला करती थी। कल, भर दुपहर हब्बाकदल के बीच, किसी जवान लड़के से ही-ही करती नंगे सिर घूम रही थी। रूप भी क्या निखरा है झंडी का !"

"लड़की तो लड़की ! अरनी की बहू को देखा ? बैंक में क्लर्क लगी है, बाहर तो मर्दों के बीच उठती-बैठती है, और उस पर फूलकुमारी, घर में ससुर जी की आँख में आँख डाल, अलग घर बसाने की बात करती है..."

"अरनी के तो भाग्य ही फूटे समझो। अभी भी जेठ-देवरों के आगे नन्दी बैल सी हाँ-हाँ सिर हिलाती है। आधी उम्र, पति कभी बारामूला तो कभी मागाम में मास्टर रहा। दो मुट्ठी भात पकाने के लिए हाथ-मुँह जलाता रहा, पर पत्नी को पास बुलाने की हिम्मत नहीं की। घर में बड़े-बुजुर्ग जो बैठे थे, अलगोझे की बात सोच भी कैसे लेते ?"

बेचारा ज़माना कोसने सुनता रहा। निर्धारित नीतियों-रीतियों के बुसे ढाँचे चरमराते रहे।

सुबहान मल्लाह को गुज़रे पाँचेक वर्ष हो गए तो ख़ुर्शीद ने बहू-बेटों को पास बुलाकर घर-सम्पत्ति के बँटवारे की बात चलाई। कब तक साँझे चूल्हे के फायदे गिनाती बहू-बेटों को जोर-ज़बर्दस्ती एक-दूसरे से बाँधे रखती ? इधर अली की बीवी का भाई मिलने आता, तो अली के कमरे से हीटर पर कबाब भूनने की गन्ध आती। गनी की बीवी भला क्यों पीछे रहती ? वह भी कमरे में स्टोव रखकर अपनी सखी-सहेलियों को अंडे की भुर्जी, रोगनजोश खिलाने लगी। साँझे चूल्हे पर जो भी पकेगा, सभी के लिए पकेगा।

लेकिन सबकी अपनी लिहाज़दारी, अपने शौक-अरमान ! क़हाँ तक मारे मन को आदमी दूसरों की खातिर ?

ख़ुर्शीद ने समझदारी का सुबूत पेश किया। चोरी-छिपे का राँधना-पकाना बन्द।

"बबा के रहते तुम लोगों ने मिलकर घर बनाया। उनकी रूह को तसकीन मिली। अब मेरे रहते अपने चौके-चूल्हे अलग कर, मनमर्ज़ी से पकाओ-खाओ। मेहमानों की खातिर-तवज्जो करो और आपस में मुहब्बत से रहो। अब रही मेरी बात ! मैं अभी भी अपने लिए मुट्ठीभर भात तो राँध ही सकती हूँ।" ख़ुर्शीद ने कनवाजियों[1] में धागा

1. कान के गहने (बालियों जैसे)।

पिरोते फैसला सुनाया।

बहुओं के मन में लड्डू फूटे। अली, गनी, वली ने अपने सिर पीट लिए। "हमारे रहते, तू अपने लिए आप ही पकाएगी मोजी ? तेरी बहुएँ मर गईं, तो क्या हम भी अल्लाह को प्यारे हो गए ?"

"अल्लाह निगेहबान हो ! मेरी उम्र लगे मेरे नूरचश्मों को ! कुबात मुँह से मत निकालो।"

ख़ुर्शीद को बेटों के सीधेपन पर प्यार आ गया। फैसला हुआ कि वह तीनों बेटों के पास, एक-एक मास खाना खाएगी, जब तक अल्लाहताला की मर्ज़ी होगी ! अब खुश ?

सोचा, अब और कितने दाने बचे हैं अपने लिए ? एक पैर तो कब्र में उतरा ही है। बाद में तो यह सब होना ही है। हवा का रुख है।

लेकिन यह खुशी सोना को रास नहीं आई। रघुनाथ, ब्रजनाथ और कन्हैयालाल अब काम-काजी हो गए थे। घर में बहुएँ थीं। सोना दादी बन गई। उसने नन्हों के लिए भूल चुकी कहानियाँ पिटारियों से निकालीं। मक्खन का बँटवारा करता चालाक बन्दर, जो दो लड़ाकू बिल्लियों का झगड़ा निपटाते, टुकड़ा-टुकड़ा मक्खन खाता रहा और आखिरी टुकड़ा मेहनताने के रूप में हड़प गया। वो पेटू चुहिया। जो खिचड़ी का स्वाद चखते कौर-कौर करते पूरा पतीला ही चाट गई। और खिचड़ी की प्रतीक्षा में गुस्साए पति चूहे ने पतीला खाली देख, वो ज़ोर का सिल-बट्टा, ऐन कान के ऊपर दे मारा, कि चुहिया का पूरा का पूरा कान लहूलुहान हो गया। बेचारी चुहिया ज़ार-ज़ार रोई, इसलिए नहीं, कि उसे चोट लगी, बल्कि इसलिए कि अब वह लम्बे-लम्बे झुमके और कनवाज़ियाँ कैसे और किस जगह पहनेगी ?

तहाकर रखी गई लोरियाँ धूल झटक सोना के गले से संगीत के स्वरों-सी फूट आईं, "सोन्दरो ! बु सोनु सोंज़ल गरय, हो हो करय श्याम सोन्दरय..."[1]

सोना एक बार फिर बचपन की गलियाँ घूमी, यौवन की देहरियों पर झूली ! फिर से अपनी कोख को हरियाता देख, उमग उठी। सोना फिर से ज़रूरी हो गई।

दो बहुओं ने निभाया, पर तीसरी बहू क्षमा के घर में कदम रखते ही, काला कलह, दाई माँ की तरह, बहू के साथ प्रवेश कर गया। जुतशी खानदान की लाड़ली बिटिया, गर्ल्स कॉलेज में लेक्चरार, राख-मिट्टी में भला हाथ क्यों सानेगी ? घरभर के पसीने अटे, बच्चों के मल-मूत्र से गँधाते कपड़े धो नहीं सकेगी। उसके घर में नौकर-चाकर, उसकी कानी उँगली के इशारे पर नाचने को तैयार रहते हैं...

ब्रज की बी.ए. पास स्कूल टीचर पत्नी ने सुना, तो सुबह-शाम रघू की पत्नी का हाथ बँटाना बन्द कर दिया। 'तू भी रानी मैं भी रानी' वाले मुहावरे में रघू की पत्नी,

---

1. ओ मेरे सोना बेटे ! तेरे लिए मैं सोने का पालना बनवाऊँगी मेरे श्यामसुन्दर ! तुझे मैं प्यारभरी लोरियाँ गा-गाकर दुलराऊँगी।

पनघट पर पानी भरती रही। सिर्फ मैट्रिक पास बड़की बहू, घरभर का जुआ कन्धों पर उठाए थकती-चुकती, भीतर फन उठाए गुस्से को दाबे, ब्रज के बच्चों के पोतड़े-पातड़े भी धोती रही और मेहमानों की खातिरदारी में शीरचाय-कहवे भी बनाती रही।

यों बच्चे सोना की ज़िम्मेदारी थे, पर बड़की बहू इतनी बेहया न थी, कि माघ मास की ठंड में सास जी पोतों के मल सने पोतड़े धोती रहे और ठंड से अकड़े पड़े हाथ, काँगड़ी पर गर्माते, तीखी खुजलीभरी पीर से कराहती रहे और रघू की पत्नी हाथ पर हाथ धरे बैठी तमाशा देखती रहे।

सो वही हुआ जिसकी आशंका हो सकती थी। बड़की की सहनशक्ति का घड़ा भर गया और छलक आया। रघू ने कभी मुड़कर जवाब न देनेवाली पत्नी की दो-टूक चेतावनी सुनी कि, "आगे से वह देवरानियों की चाकरी नहीं करेगी। जितना किया बहुत किया। आगे नाज़नीनों को, क्यूटैक्स लगे नाखूनों से, तेल घर सनी देगचियाँ-हाँडियाँ खुरचने-माँजने का सुख भोगना होगा, क्योंकि वह दोपहर में दो घड़ी-पल तख्ता हुई कमर सीधी करने का हक पाना चाहती है।"

बड़की बहू ने हाथों की खुरदुरी खाल, और बिवाइयाँ फटी उँगलियाँ-एड़ियाँ आगे कर, शेष अनकहा भी कह दिया कि जब माँ के घर से आई थी, तो मेरे पाँवों को हथेलियों में भरकर, तुम कहते थे, कि तेरे पैर हैं कि मक्खन की बट्टियाँ ? और अब इन्हें छूने भर से तुम्हें काँटे चुभने लगते हैं।

रघुनाथ ने पत्नी को फटी बिवाइयों के लिए वैसलीन की शीशी थमाकर, त्यागमयी उदारमना, सेवाभावी गृहलक्ष्मी आदि-इत्यादि बनने की सीख दी। पर बड़की बहू अपने हिस्से का त्याग पहले ही कर चुकी थी, सो उसने अबोला धारण कर लिया, और लिहाफ का सिरा कानों तक खींच, पति की तरफ पीठ मोड़कर सो गई।

महीनेभर का मौनव्रत सहने के बाद, रघू माँ की शरण में गया, तो सोना का माथा ठनका। गृहस्थी में पड़ती दरारों को वह पहले ही भाँप चुकी थी और अपनी तरफ से छोटे-मोटे काम सँभालती, घर को जोड़े रखने की कोशिशें भी करती रही थी। लेकिन रघू के चेहरे पर लिखी निरुपाय विवशता ने उसे भीतर तक थका दिया। उसके गले में अटकते बोल, माँ और पत्नी से जुड़े तारों को सहेजने की कमज़ोर कोशिश ! सोना ने 'यथेरूछसि तथा कुरु'[1] का मन्त्र दुहराया, और उसके भीतर चुपचाप, दरारोंवाली दीवारें भरभराकर ढहने लगीं। वह जानती थी कि बड़की ने घर को जोड़े रखने की कोशिशें कीं, लेकिन देवरानियाँ सम्मिलित परिवार की मान्यताओं को बन्धन समझने लगी हैं। सोना उन्हें बाँधना नहीं चाहती। जब नाते बन्धन लगने लगें तो समझो उनकी जड़ों में घुन लग गया।

तीन नन्हे सोते, रेत की तपिश भरी प्यास ने सोख लिए, प्रपात कैसे बन जाते ? सोना घर को टूटने से बचा नहीं सकी। कहाँ चूक गई सोना ? यों सोना अब पूजा-पाठ

1. जैसी इच्छा हो वैसा करो।

में ही ज्यादा लगी रहती थी। भरे-पूरे परिवार मे रहकर, रिश्तों की तनातनियों और लगावों के मोहजालों को, दीवार पार से देखती, दैनन्दिन खटरागों के बीच दामन बचाकर गुजरती ! कभी-कभी कन्हैया के साथ, शैवाचार्य स्वामी लक्ष्मण जू के प्रवचन सुनने इशबर चली जाती। शेष समय 'दुनिया में हूँ दुनिया का तलबगार नहीं हूँ' वाले दर्शन को पल्लू में बाँधे अपने भीतर बन्द रहती। जिस बाज़ार से सोना गुज़र रही थी, उसमें वह खरीददार की जगह पर नहीं रही। पोतों की दूध धुली मुस्कुराहटों और नींद में अलसाई जम्हाइयों ने, ठहर चुके ताल में लहरियाँ ज़रूर उठाई थीं। अनगढ़ उँगलियों की छुअन से, कड़ी दुपहर का ताप घुलने लगा था, पर रघू के लटके चेहरे ने, दीवार फाँदती उम्मीदों की रास थाम ली। उधर कहाँ ? रास्ता तो इधर है। वही बाज़ार, जहाँ से उसे गुज़रना भर है, चुपचाप, मुँह-आँख बन्द किए। बिना आह-कराह के ! दुनिया में हूँ दुनिया का तलबगार नहीं हूँ...

कैसा बाज़ार था यह भी ? यहाँ मन के झरते आवेग को, मन्त्रों-आरतियों में डुबोने का विधान था, तन की दहकती माँगों के लिए नीतिबद्ध मर्यादाएँ थीं। प्यार किससे, कितना और कब करने के कड़े कायदे निर्धारित थे। शरीर की सहज माँग यहाँ वासना और पापाचार थी, सो ठिठुरते माघ मास में वितस्ता के ठंडे जल में डुबकी लगाने में, उबरने के इलाज थे।

यख देह ! सुन्न ज़ेहन ! व्रत-अनुष्ठान ! 'सुषा रथिर इवान यत्र मनुष्यान...।' मन के घोड़े को लगाम देने का अनुशासन ! नश्वर देह का मोह क्यों ? आखिर तो इसे मुट्ठीभर राख ही होना है न ? शिव की लीला यह सृष्टि, शिव में ही लीन होनी है ! वही अन्तिम सत्य है। लेकिन शिव में लीन होने से पहले, सोना ने भूकम्प के कई ज़बरदस्त धक्के झेल लिए। तीनों भाई अलग होकर, जैसे एक-दूसरे के लिए पराए हो गए।

कन्हैया हिन्दुस्तान मोटर्स में नौकरी करने कलकत्ता चला गया। सोना किसके साथ रहे, इस मसले पर उठते-बैठते बहुएँ आपस में झगड़ती रहीं। तीनों को उसकी ज़रूरत थी।

बड़ी तो घूँघट उठाते ही सास की सेवा में समर्पित हो गई थी। अब कुछ दिनों की मेहमान, इस 'पक्की नाशपाती' को, अपने से अलग कर, समाज का दिया तमगा देवरानियों के हाथ कैसे थमा देती ?

ब्रज के दो छोटे बच्चे और पत्नी नौकरीपेशा। भला माँ के पीछे बच्चों को कौन सँभालेगा ? दादी के लाड़ में पले नन्हे-मुन्ने, दादी के बिना कुम्हलाएँगे नहीं ? इधर कन्हैया की क्षमा भी गर्भ से है। उठते-बैठते खतरे ! भारी बर्तन उठाए तो गर्भ गिर सकता है। दूर पार का देश कलकत्ता। कोई अपना पास हो, तो कितनी सुविधा हो ? यों नौकर तो वह रख सकती है। फिर भी !

चाहने के ढेर से कारणों में, सोना ने वह कारण ढूँढ़ने की खामखाह कोशिश की, जो सोना को, सोना के लिए चाहता। जन्मदात्री की ओर, उसकी गरिमाभरी उष्णता के

लिए, बाँहें पसार लपक आता। वह कारण, जो असमय चिथड़ा हुई औरत की प्यास को, घूँटभर पानी पीने की मनाहीवाली इच्छा के जुर्म में, भर दुपहर तपती रेतियों में घुमाता रहा।

उस माँ के लिए, क्या सिर्फ माँ होना कारण नहीं था, जिसने उम्र के पच्चीसवें वर्ष से अकेलेपन को इसलिए स्वीकारा, कि उसके भीतर तीन नन्हे सोते उमग आए थे, जो उसकी रेतियों में, अन्तर के अनन्तनाग से फूटते ठंडे चश्मशाही के प्रपात बन सकते थे ? वह भूल जाती, कि उसके ठंडे यख देह-मन को पिघलाने, मास्टर जी प्रमथ्यु बनकर, रौशनी और आग लेकर आया था। उसने मास्टर जी को प्रमथ्यु का कष्ट नहीं दिया। नोच काटकर चिथड़ा-चिथड़ा मृत्यु का कष्ट। सोना ने छिलने-नुचने का कष्ट आप ही सहा। एक उम्मीद जो उगी थी गर्भ से।

लेकिन हुआ नहीं। सोते, हवा के बुलबुलों में तब्दील हो गए। पेनीलोप का स्वेटर, पूरा होते-होते आखिरी फंदों में अटक गया।

माधव जू पटवारी का चौमंजिला घर, तरखानों-कारीगरों की खटर-पटर से बजता अलग-अलग हिस्सों में कट गया। कमरों के बीच दीवारें उठीं। बहुओं की इच्छाओं को सोना ने मान दिया। कानी[1] ब्रज को, हवादार रवक[2] कन्हैया को और नीम अँधेरा वोट्ट[3] रघू को, जिसे बड़ी बहू ने सिर झुकाकर इसलिए कबूल किया, कि वह पहले से ही दुखी सास को और कष्ट देना नहीं चाहती थी।

बर्तन-भाँडे, कालीन-नमदे, सोना-चाँदी ! सोना ने किसी चीज़ को हाथ न लगाया। ताता को आगे कर उन्हीं के परामर्श पर बँटवारा हुआ। सोना खुद बँटवारे की चीज़ नहीं बनी। उसके भीतर बचा-खुचा जो भी था, शून्य में तब्दील होता गया। 'आयस वते, गयस ति वते सेमंज़ सोथे लूसुम दोह ! चन्दस बुछुम हार न अते, नावि तारस क्याह दिम बो।'[4]

कोई नाराज़गी नहीं। गुस्सा करना तो उसने अरसा पहले छोड़ दिया था। रघू माधव के पेंशन के पैसे लेकर आता, "माँ, तुम्हारे पैसे हैं।"

"इससे दाल, चावल लाकर दो बेटे, पैसे का क्या करूँ ?"

ब्रज की पत्नी सुबह मटर-पनीर लेकर आती, शाम बड़की बहू खीर की कटोरी लेकर हाज़िर हो जाती।

सोना लौटा देती, "नहीं बच्चो। अपने हाथ की बनी सुच्ची खिचड़ी ही ठीक रहेगी।" सोना ने अपने और बहू-बेटों के बचाव के लिए, सुच्चे को माध्यम बनाया।

'माँ मेरा धुस्सा रख लो, पश्म का है।" रघू ने मनुहार की।

"माँ ! मेरी बुखारी तुम्हारे कमरे में जलेगी। ठंड से आराम रहेगा।" ब्रज ने चिन्ता

---

1. कानी—उपरली मंजिल का बड़ा कमरा। 2. रवक—बीच की मंजिल का बड़ा कमरा। 3. वोट्ट—पहली मंजिल की बैठक। 4. निश्चित रास्ते आई और तय रास्ते जाना भी चाहा पर बीच राह दिन ढल गया। जेब में एक कौड़ी भी नहीं, सागर पार करने के लिए माँझी को क्या दूँ ? (लल्लेश्वरी का वाक)।

दिखाई।

"नहीं बेटा ! इतना सब कुछ तो है। कुछ और चाहिए तो तुम लोगों से ही तो कहूँगी। मैं तो बड़े आराम से हूँ।" माधव की लाड़ली सोना, तीन-तीन बेटों की माँ सोना ! भला उसे क्या कष्ट हो सकता है ?

इतना कुछ। एक कम्बल, काँगड़ी, गदेला, लिहाफ, छोटा दमचूल्हा और दो पतीलियाँ। चाय के लिए तुम्बा ! एक वक्त खाना ! शेष समय देवताओं की पूजा। रहने के लिए सोना ने ठाकुरद्वारे का कमरा चुना, जिसकी खिड़की, पिछवाड़े की, मॉरबल[1] के 'वीर वन' की ओर खुलती थी। जहाँ ठहरे हुए पानी की जलकुम्भियों के बीच, एक पुरानी बुसी हुई नाव लावारिस पड़ी थी।

ताता ने कहा, "हमारे साथ रहो। बच्चे अब गृहस्थ हो गए।" सोना ने नकार में सिर हिलाया। जब अपने जाए ही माँ का मन न जान पाए, तो भाई-भतीजों के बीच कौन मान-सम्मान मिलना था ? ताता ने, सोना की धरती ताकती हुई भरी आँखों की चीख पढ़ी और आहत हो गए। जानकीमाल ने तो बिस्तरा ही पकड़ लिया। सोनकूरी ! तेरी परीक्षाएँ कब पूरी होंगी ?

लल्ली-केशव-शिवनाथ हफ्ते में दो-तीन बार आकर, फल-सब्ज़ियाँ, मेवे और पूजा के लिए गेंदे-गुलाब रख जाते। 'ताता ने कसम दी है। मेरा मरा मुँह देखो जो फल-फूल लौटा दो।' लल्ली लिपटकर कसम देती। कात्या अपने हाथों से कंघी करती, चाय बनाकर पिलाती। "देख बुआ, नहा-धोकर आई हूँ। पीरियड भी नहीं है। बिल्कुल सुच्ची।"

"पगली ! तू तो हमेशा की सुच्ची बेटी ! लल्ली की सन्तान है न ! मैं अपनी सखी भाभी से अच्छी माँ बनना भी कहाँ सीखी ?" सोना की आँखों में अदेखा आँसू थरथराता। सोना मना नहीं कर पाती, लेकिन भाइयों के संजीदा चेहरों की परत के नीचे छिपी उदास करुणा, वह ताउम्र सह नहीं पाई। बचे-खुचे आत्मसम्मान को मुट्ठियों में भींचते, लहूलुहान होती रही।

"तीन-तीन बेटों के रहते, ताता को चिन्ता क्यों करनी पड़ी मेरे लिए लल्ली भाभी ?"

रघू-ब्रज के बच्चे दादी के पास कभी-कभार चले आते, कथा-कहानी के लालच में ! सोना मुट्ठीभर मेवे, फल उनके हाथों में थमाती और सिर पर आशीष का थरथराता स्पर्श ! कहीं पिघलकर अर्राती ढह न जाए वह दीवार, जो सोना खुद ही अपने हाथों अपने भीतर उठा रही है।

और शेष समय के लिए अपने कमरे में बन्द हो गई सोना। बन्द दरवाज़े की झिर्रियों से पूजा-पाठ, धूप-दीप की गन्ध के साथ, आरती के स्वर बाहर आते। कभी-कभार उदास स्वरों में शाह गफूर की सात्विक पंक्तियाँ।

---

1. ठहरी हुई काई जमी झील।

योत यिथ ज़नमस केंह छुन लारून, दारनायि दारून सू हम सू।
ब्रह्मा व्यषिन महीश्वर गारुन, दारनायि दारून सू हम सू।[1]

अन्तिन पंक्ति के साथ टूट-टूटकर बह आती सिसकियाँ। तो यही होता है, उम्रभर के लिए धरे का जमा हासिल !

आगे एक बैसाखी के दिन इसी पूजा-कोठरी में, जिसमें पिछवाड़े की ओर, एक पिंजरेनुमा जालीदार खिड़की थी, जहाँ से काई जमी झील के मटियाले-भुरभुरे किनारे खड़े वीर के पेड़ों के बीच, मल्लाहों के मिट्टी पुते घासीले छप्परों के घर झाँकते थे; जहाँ पानी पर एक बुसी पुरानी नाव लावारिस पड़ी थी। इसी पूजा-कोठरी में एक घटना घटी।

हुआ यों, कि हारी पर्वत की शारिका, सूँड़वाले लड्डू गणेश, तुलामुला की खोर भवानी और ढेरों ढेर मंगल मूर्तियों के पीछे छिपे, माधव पटवारी और तीन नन्हे बच्चों की फोटों के सामने, बिखरे फूलों के बीच, जलते दीप के आगे, सोना साष्टांग प्रणाम की मुद्रा में धरती जकड़े, मृत पाई गई।

लेकिन यह तो आगे की बात है, जब कलकत्ता में कन्हैया, एक नन्ही बिटिया का पिता बन गया। सुना, उसी दिन घर में पहली लड़की होने की खुशी में बौराया, माँ को तार देकर बुलाने के लिए टेलिग्राफ ऑफिस जा रहा था, कि तेज़ स्पीड से आती कार से कुचला गया। दूसरी सुबह किसी कश्मीरी दोस्त ने शिनाख्त की और घरवालों को सूचना दी। उस दिन घर में रोने-पीटने की बदहवास आवाज़ें, पता नहीं सोना ने सुनी थी या नहीं, बहू-बेटों को भी उस सदमे में माँ का ध्यान तब आया, जब सोना के कमरे से, धम्म की आवाज़ के साथ, जलाँध की बू आ गई। बड़की ने दौड़कर कमरे का दरवाज़ा खोला। सोना के बालों से उठता धुआँ देखा, तो कम्बल सहित पूरा शरीर सास के ऊपर डाल दिया। साड़ी के पल्लू से बाल झाड़े, तो बालों की टोपी हाथ में आ गई। बदहवास बड़की बहू चिल्लाई और मुट्ठी भर बाल सोना के नंगे अधजले सिर पर जमा दिए। सीने से गीला गुब्बार उठा, 'माँ ऽऽऽ जी ऽऽऽ।' इन्हीं बालों की सजावट, जानकीमाल, सोने के चन्द्र और सूर्य जड़ा कर करती थी।

सोना के आसपास अपनों-परायों की भीड़ इकट्ठा हो गई। माधव गया, तो कन्हैया सोना के गर्भ में कुनमुना रहा था। सोना उम्रभर रोती रही—भीतर-बाहर ! हँसकर, गाकर ! कन्हैया चला गया, तो सोना कृष्ण-कन्हैया की मूर्ति के आगे, दंडवत की मुद्रा में चुप हो गई। दुनिया के बाज़ार से गुज़रते, उसका रोना-गाना पहले ही चुक गया था।

---

1. इस संसार में जन्म लेकर कुछ भी हासिल नहीं होना है
सो ब्रह्मा, विष्णु और महेश्वर को मन में धार लो।

# नए खटराग

ताता की रीढ़ की हड्डी में अब पहले जैसा सधाव नहीं। सोना का दुख रोगों का काफिला लेकर आया। शूगर की बीमारी ने आँखों की ज्योति भी धुँधला दी। पर बूढ़ा शेर कितना भी पक जाए, होता तो जंगल का राजा ही है। समाज में पुरानी साख अब भी बनी हुई है। ज़रा-सा बख़्शी साहब से ज़िक्र किया कि बेटी अपने मुल्क की खिदमत करना चाहती है कि बख़्शी साहब ने मुबारकबाद देकर कहा, ''हमें अच्छे डॉक्टरों की सख़्त ज़रूरत है,'' और सरकारी अस्पताल में नौकरी पक्की करवा दी। रुतबे का असर। ताता बख़्शी साहब के गुण गाते थकते नहीं।

''बख़्शी साहब कमाल के नेता हैं। सशक्त जन नेता, सेक्युलर माइंडेड, हँसमुख, हरदिल अज़ीज़। हरेक ज़रूरतमन्द की मदद के लिए तैयार। और अनुशासन ? उसकी तो पूछो ही मत। गान्धरबली का नाम सुना है ? सीनियर सुपरिंटेंडेंट गुलाम कादिर गान्धरबली ! चोर हुड़दंगियों की रूह काँपती है उसका नाम सुनकर। खाल उतारकर भुस भरनेवाली कहावत सही हो जाती है, गान्धरबली साहब की हुकूमत में। पक्के भारतीय हैं। बख़्शी साहब की तरह ही सेक्युलर माइंडेड। बख़्शी साहब के 'पीस ब्रिगेड' के बारे में तो जानती ही हो।''

कात्या कभी-कभी अपना विरोध प्रकट करती—''ताता ! ये सिविलियन कपड़ों में, जो पीस ब्रिगेड की पुलिस घूमती है, यह जहाँ गुंडों-बदमाशों को धरपकड़ लेती है, वहीं नागरिक अधिकारों का हनन भी करती है। आई मीन, ये पीस बिग्रेडवाले वहाँ पहुँचकर लाठी-चार्ज जैसी अशान्त हरकतें करते हैं, जहाँ किसी विरोधी पार्टी का जलसा होता है। अपनी बात कहने का अधिकार तो लोकतन्त्र में सभी को होना चाहिए।'' ताता पोती की बात से सहमत तो होते, पर राजनीति का पक्ष भी प्रस्तुत करते।

''राजनीति बड़ी पेचीदा होती है, कात्या। बख़्शी साहब भारत विरोधी अभियान का दमन सख़्ती से कर रहे हैं, इससे गुंडाइज़्म को तो शह मिलती ही है, फिर भी यह सच है, कि बख़्शी साहब आम आदमी के हमदम बन गए हैं। अब देखो न, हमने प्रेम की शादी में बुलाया तो फूलों के हार लिए चले आए। विजया के हाथ में शगन भी दे दिया। जैसे अपने ही परिवार जन हों। यह छोटी बात नहीं है।''

प्रेम की पत्नी विजया गोल-मटोल चेहरेवाली प्यारी-सी लड़की है। दो बच्चों की माँ नहीं लगती। बहुत कम बोलती, आँखों से हँसती है। डाँटो तो पानीदार आँखों से

चुपचाप ताकती, अँगूठे से धरती खुरचनेवाली। कमलावती सन्तुष्ट है कि आजकल की हंड़ौनी लड़कियों-सी नहीं है, जो मायकेवालों को ज़रा ऊँच-नीच कहो, तो बिल्लियों-सी नोचने को लपके। बड़े खानदान की बेटी। इकबाल जू दर कुलचा दर[1] नहीं है, असल साहिबी दर[2] हैं। सत्कर्म थे मेरे जो विजया-सी बहू मिली। धर्म-कर्म में निष्ठा है। सुच्चे-जूठे का शऊर। पन[3] के रोट क्या खस्ता बनाती है कि बड़ी-बूढ़ियाँ देखती रह जाएँ। हाथ में दूब-फूल लिए श्रद्धा से आँखें मूँद, बीब गरज मोज्य की कथा सुनती है, तो स्वयं देवी बीब गरज मोज्य जैसी ही लगती है।

पता नहीं प्रेम जी भी ऐसा सोचते हैं या नहीं। इंजीनियरिंग में डिप्लोमा लेने के बाद वे पब्लिक वर्क्स डिपार्टमेंट में असिस्टेंट इंजीनियर बनकर दोनों हाथों लक्ष्मी बटोर रहे हैं, पर यारबाशी और सैर-सपाटों का शौक बरकरार है। पत्नी में बीब गरज़ मोज्य नहीं, सायरा बानो की छवि देखना चाहते हैं।

अपनी गोलमटोल, गदबदी पत्नी को, जिसे घर में प्यारी बहू कहकर बुलाया जाता है, 'प्यारी' कहकर पुकारते, कमलावती के सामने ही प्यारभरा आदेश देते हैं, "कल सुबह तैयार रहना ढंग से पहन-ओढ़ के। गुलमर्ग में सायरा बानो-शम्मी कपूर की फिल्म 'जंगली' की शूटिंग हो रही है। दिखाऊँगा तुझे भी। सायरा बानो को देखोगी, तो गश खा जाओगी। क्या बियूटी है ? (बियूटी शब्द पर थोड़ा ज़ोर देकर) संगमरमर में तराशा बुत देखा है न ? वो अजायबघर में ! बिल्कुल वैसी ही। तेरी तरह 'बंडल ऑफ सॉयल क्लोट्स'[4] नहीं है।"

प्रेम जी मज़ाक मसखरी में विजया के ढके सिर से साड़ी खींच देते हैं। गालों पर चिकोटी काटते हैं, तो कमलावती खिड़की से बाहर देखने लगती है। अपने कोखजने की ऊटपटाँग हरकतों की ज़िम्मेदार बहू को न ठहराकर भी ज़माने से उन्हें शिकायत तो है ही। एक वह वकील साहब की पत्नी है, जो अधबूढ़ी होकर भी ताता तो क्या, सास के सामने भी मुँह उठाकर पति से बात नहीं कर पाती, और एक ये है, जो दूल्हे राजा से फिल्म की शूटिंग देखने का निमन्त्रण पाती है, सो भी सास की ऐन नाक के नीचे।

"दोस्तों को चाय पिलानी है तो कप-प्लेट में सजाकर विजया ही दे आएगी। उनके संग ही-ही ठी-ठी भी करे और पिकनिक पार्टी भी जाए। न जाए, तो माडर्न कैसे लगेगी ? और यह गालों पर चिकोटियाँ ? हे श्री राम ! दया कर ! क्या चार पहर की रात काफी नहीं होती इश्क-मुश्क के लिए ?"

कमलावती को याद नहीं कि वह वकील पतिदेव के साथ एक बार भी अकेली फिल्म देखने गई हो। ताता ज़रूर नाते-रिश्तेदारों को साथ लेकर ताँगों में भर-भर, राम

---

1. कुलचा दर—जो पैसों के बल पर खानदानी कहलाए। 2. साहबी दर—खानदानी, जिनके वंश में अलखेश्वरी (रूपभवानी) भक्त कवयित्री ब्याही गई। 3. कश्मीर में पन नाम की प्रथा। विनायक चतुर्थी को रोट बनाकर देवी बीब गरज़ मोज्य की कथा कही जाती है, जो लोगों के कष्ट हरनेवाली है। 4. मैले कपड़ों की गठरी।

राज्य, भरत मिलाप और मेला दिखा आए हैं। सद्‌बीस साल उम्र हो उनकी। वह न दिखाते तो वह सीता माता को वन में विलाप करते कैसे देख लेती ? और वह अंग्नि परीक्षा, धरती में समाना ? जिगर से हूकें उठी थीं कमलावती के ! यह देखो ! सती स्त्री का भाग्य ! हमारी जैसों का जो न हो, उसी का आश्चर्य !

जीवन के दो ही रंग जाने कमलावती ने ! काला और सफेद। उसके बाहर जो भी खुश रंग हैं, उनसे कमलावती का कोई लेना-देना नहीं रहा। लल्ली की बात ज़रा फर्क थी। इसलिए कि केशवनाथ उसकी हौंस-हवस बिना पूछे भी समझ लेता है। कमलावती के जाने, ये भी पूर्व कर्मों के ही फल हैं।

"और नहीं तो ! बच्चे भी निकले एक से बढ़कर एक। अपने प्रेम को डिप्लोमा में सीट मिली, सो भी ताता की भरपूर कोशिशों के बाद। नन्दन इंजीनियरिंग के बाद अमरीका चला गया, एम.एस. करने, और वहीं नौकरी करने लगा।

"इधर नौकरी नहीं की। भेदभाव होता है बोलकर। अरे भई, हमारे बच्चे जो दिन-रात खटते हैं यहाँ, सो क्या उन्हें अतलस में लपेट दुलराया जाता है ? पर घर-बार छोड़कर, कहाँ देस-विदेस भटके आदमी ? मन को मारना ही पड़ता है मजबूरी में।

"अब तो नन्दन क्या लौटेगा घर ? चस्का लग गया उधर, ज़र-जोरू का। अब न घर का भात सुहाएगा न देसी लड़की। करता नहीं शादी-ब्याह अभी तक नहीं तो ? या क्या पता रख ली हो कोई मेम-वेम उधर ! कौन देखने जाएगा ? छूट है वहाँ, जो भी करो। सौ खून माफ ! किया नहीं लस ज़ाडू के बेटे ने, अंग्रेज़ बँदरिया से ब्याह उधर ? यहाँ बेचारी सती उम्रभर पलकें बिछाए द्वार टोहती रही कि आएगा एक दिन उसका भर्ता।

"आ गया, सपने में ! बेटे से चिट्ठी लिखवाती और हर ऐरे-गैरे, अपने सगे को दिखाती फिरती। जल्दी आने को कह गए हैं, देखो तो, अपने हाथों से लिखा है।

"और वो ? साल में दो-तीन चिट्ठी-पत्री भेज देता, और बच्चों के लिए मेमों के फोटू वाला कैलेंडर ! लौटने का नाम भी नहीं लेता। बाद में वह भी कहाँ ? बाप चिट्ठी लिख-लिख एक दिन थक-हारकर सो गया। बेटे-बेटी की शादी भी बूढ़े ने ही की। सुना, कुछ पैसे-रुपए भेज दिए थे बच्चों के लिए। और बस, हो गई कर्मों की इति। बीवी जैसे थी ही नहीं। लौटना तो खैर, क्या था। उधर की मेम से जो बच्चे हो गए थे, वह लौटने देती ? सुना, खून चूसनेवाली हुई वे बेवफा पतियों की। हे भगवान ! जो हुआ सती का, वह किसी का न हो !

"कात्या तो दो साल बड़ी है नन्दन से ! डॉक्टर बन गई। पर वह भी बैठी है बिन ब्याही। मेरी राज्ञा ने उन्नीस पार किए तो लोगों की छाती पर साँप लोटने लगे। बड़ी हो गई शिवनाथ की बेटी ! अब जो अट्ठाईस साल की बूढ़ी लड़की बैठी है घर में, मजाल है, जो कोई मुँह खोलकर बात करे उसकी। डॉक्टरी का रौब है। हाँ ऽऽ ! आप कमाएँगी, चार को खिलानेवाली हो जाएँगी, तो क्यों लात-बेंत सहने के लिए शादी करेंगी ? आदमी का धौंस-धमाल सहेंगी ? लल्ली भी बेटी से शादी की बात नहीं करती।

"सास जी ? उनकी बुड़-बुड़ अब कौन सुनता है ? यों भी अब वह सनक-सी गई हैं। जूठे-सुच्चे के फेर में, दिन में सौ बार हाथ-मुँह धोकर पवित्र होती रहती है। यह जूठा वह जूठा, करके झींकती रहती है। लड़की सोना ने भी तो कमर तोड़ दी। उस पर घर में अट्ठाईस साल की औरतनुमा कुँवारियाँ बैठी रहें, तो धर्म की हानि तो होनी ही हुई ?"

लेकिन कात्या अपने काम में व्यस्त है। नए क्षितिजों को रँगने-सँवारने की ललक में इतना वक्त कहाँ, कि फालतू बातें सोचकर सिर दुखाए ? अस्पताल, मरीज़, दवाइयाँ, डायग्नोसिस, ऑपरेशन। कमज़ोर, पीलियाग्रस्त महिलाएँ। प्रदर और अनियमित मासिक धर्म ढोती, हारूत मारूत परियाँ, कैसे, फ्रेंच नेचुरलिस्ट, 'विक्टर जैक्यूमेट' के कहे, 'बदसूरत जादूगरनियों' में बदल जाती हैं, कात्या देखकर स्तब्ध हो जाती।

"तुम तो मेरी माँ हो डॉक्टरनी साहिबा। मुझे इस अज़ाब से आज़ाद करो। तुम्हें अल्लाह का वास्ता...।"

अपने से दुगुनी औरतों की माँ। इयाँ ऽऽऽ, याँ ऽऽ, आह ! ऊँह ! हाय ! प्रसव-वेदना से छटपटाती, ऐंठती औरतें, कात्या का कोट जकड़ लेतीं, "इस बार आज़ाद कर दो डॉक्टर ! आगे कभी ऐसी भूल न करूँगी, वादा करती हूँ।"

कात्या माथा सहलाती, "झूठी, बिल्कुल झूठी ! चाँद-सा बच्चा सामने आएगा न, तो अपनी भीष्म प्रतिज्ञाएँ पलभर में भूल जाओगी।"

बेटे जनने पर मिठाइयाँ, बेटियाँ जनने पर मातम ! कात्या बेटियोंवाली माँ के पास दस-पाँच मिनट रुककर, बच्ची को दुलराती, "कितनी प्यारी बच्ची पैदा की है, देख तो, कैसे बिटर-बिटर ताकती है। बिल्कुल सरस्वती की मूरत ! क्या नाम रखोगी इसका ?"

"तीसरी बेटी है डॉक्टर साहिबा ! क्या नाम रखें ! लड़की की कोख है अभागी की, क्या करूँ ! कितने तो मन्त्रों-तन्त्रों का सहारा लिया, अगनित जतन किए, पर हर बार एक और काले सिरवाली ! सास तो सास, इसका भर्ता भी अब इसे ताने मारने लगा है।"

कात्या गुस्से से तन जाती, "तुम औरतें जाहिलों की तरह क्यों बातें करती हो ? बेटा-बेटी होना औरत के हाथ में नहीं होता।" स्त्री थोड़ी शिक्षित होती तो एक्स वाई क्रोमोज़ाम के मेल से सन्तानोत्पत्ति की बातें समझाती।

"देखो, यदि लड़कियाँ जनने का दोषी किसी को ठहराना ही है, तो स्त्री को नहीं, पुरुष को ठहरा दो।"

"पुरुष को ? वह तो निःसंग है। क्रिया के पूर्ण होते ही अछूता, अलग।"

"हाँ पुरुष को ! संग-निसंग की बातें यहाँ लागू नहीं होतीं। स्त्री के पास तो एक्स क्रोमोज़ोम ही होते हैं। एक्स-वाई क्रोमोज़ोम पुरुष के पास। एक्स और वाई क्रोमोज़ोम के मेल से ही लड़का बनता है। एक्स-एक्स के मेल से लड़की। तो भला स्त्री कहाँ दोषी ठहरती है ? उसके पास तो वाई क्रोमोज़ोम होता ही नहीं। समझीं ?"

"हम तो समझीं डॉक्टर साहिबा, पर हमारे समाज को कौन समझाएगा ?

वैज्ञानिक व्याख्या सनातन काल से चले आए रूढ़ विश्वासों को इतनी जल्दी ढहा नहीं पाएगी, इसमें बीसियों वर्ष लगेंगे। तब तक तो हमें सहना ही है...''

''नहीं बहन, सहने का तर्क यहाँ अधकचरा और बेवकूफाना लगता है। मैं तुम लोगों को बगावत करने के लिए नहीं कहती, पर तुम अपने मनों में हीन भावनाएँ मत पालो, और बेटियों को अच्छी शिक्षा दो। वे अपने आप अपने अधिकारों के लिए लड़ेंगी। इतना तो तुम कर सकती हो।''

पता नहीं लड़कियाँ जननेवाली माँएँ, अपने अपराधबोध से मुक्त हो पाईं या नहीं, पर कात्या उनके दिमागों पर दस्तकें ज़रूर देती। मन और तन से छिजती स्त्रियों के लिए, जहाँ उसके मन में करुणा के सोते बहते थे, वहीं अनाम गुस्सा भी थरथराता।

हल्दी पीली त्वचा, मुरझाई हड्डियल काया, बिखरे बाल, प्रदर, मासिक धर्म के रोगों, हाई-लो ब्लड प्रेशर, कमर दर्द, खाँसी और हर दूसरे-तीसरे साल गर्भ के भार से लदी-फदी औरतें ! गन्दगी, गरीबी और रूढ़ परम्पराओं की शिकार, ये टूटी-फूटी स्त्रियाँ, जिन्हें कभी अपने बारे में सोचने का मौका नहीं दिया गया, आखिर ये कब अपनी सदियों की नींद से जागेंगी ?

लेकिन कात्या के पास ज्यादा सोचने का वक्त नहीं।

डॉक्टर अवतार हड़बड़ाता कमरे में दाखिल हो जाता है।

''डॉक्टर कात्या, एमरजेंसी केस आया है, आपकी ज़रूरत पड़ेगी, जल्दी आइए।'' मेज पर से स्टेथस्कोप उठाकर कात्या डॉ. अवतार के साथ एमरजेंसी रूम की तरफ चली जाती है। दरवाज़ा खोलते ही, ऑपरेशन टेबल पर चित्त लेटी औरत पर नज़र पड़ती है। चेहरा पहचाना-सा लगता है, लेकिन नहीं, यह...

''यह फज़ी है ?'' कात्या चाहती है कोई कहे, नहीं, यह फज़ी नहीं है।

''हाँ, आपकी पेशंट फज़ी ही है। छह मास का गर्भपात हुआ है, लगता है, कोई उल्टी-सीधी दवा खाई है, पूरे जिस्म में ज़हर फैल गया है। बड़ी छटपटा रही थी। हमने मारफिया का इंजेक्शन दिया है...''

नीला, काला धुआँखा शरीर ! उलझे बाल, मैल और पसीने से लिथड़े, मुँह-माथे पर चिपके हुए। गुलाब की पंखुड़ियोंवाले होंठ सूजकर लटक आए हैं। यह वही फज़ी है जिसे पहली मुलाकात में ही कात्या ने 'हारूत मारूत परी' कहा था ?

''परी और मैं ?'' फज़ी लाज से सिकुड़ गई तो गालों पर सिन्दूर बिखर गया था।

''सच फज़ी। तुम जैसी प्यारी लड़कियों को देखकर ही, कई साल पहले एक परदेशी अंग्रेज़, एंड्रू विलसन ने, यहाँ की स्त्रियों को 'हारूत मारूत परियाँ' कहा था। कहीं तुम ही तो नहीं थीं ? नहीं, इतनी बूढ़ी नहीं हो, पिछला जन्म रहा होगा।''

''डॉक्टर साहिबा, मुझे ऐसी बातों से शर्म आती है।''

कात्या को फज़ी अच्छी लगी थी, चपल, चुस्त और चुलबुली।

''मेरे साथ अस्पताल में काम करोगी ?''

''मैं क्या काम जानूँ डॉ. साहिबा ? झाड़ू-पोंछा, साफ-सफाई कर सकती हूँ।''

"हाँ, यही छोटे-मोटे काम ! औरतों का मुआयना करते मुझे दाई की ज़रूरत तो पड़ती ही है, एक और लड़की रहेगी, तो मुझे सुविधा होगी और तुम्हें भी काम मिलेगा।"

"अब्बू से पूछूँगी डॉक्टर साहिबा।" फज़ी को विश्वास नहीं आया कि वह डॉ. साहिबा के साथ रहकर काम करेगी।

कात्या ने चाहा था उसे नर्सिंग ट्रेनिंग दिलाए, पर उसका अब्बू नहीं माना। उसके लिए उसकी ज़िम्मेदारी बेटी की शादी थी, नौकरी-ट्रेनिंग नहीं। सो फज़ी की शादी हो गई और तीन साल में दो बच्चे भी हुए, अब यह तीसरा, जो पूरा नहीं हो सका।

फज़ी दूसरा बच्चा जनने आई तो कात्या ने समझाया—"अभी और नहीं फज़ी। तीनेक साल तक तो बिल्कुल नहीं। काफी कमज़ोर हो गई हो।"

लेकिन बेटा तीनेक मास का हुआ कि फिर गर्भ रहा। उस दिन भी कात्या फज़ी को पहचान नहीं पाई। अधमैले दुपट्टे से उलझे बाल ढके, हल्दी पीला चेहरा लिए, वह कात्या के सामने सुबक उठी थी। दूसरे प्रसव के बाद से ही पेट के निचले हिस्से में दर्द रहने लगा था। कात्या ने एहतियात बरतने की हिदायत दी थी। "खाविन्द के पास तो बिल्कुल मत जाना। उसकी खोपड़ी में अक्ल तो है ही नहीं।"

कात्या ने मुआयना किया, और गुस्से और दुख से हाथ खड़े कर लिए।

"मैंने मना किया था। अब भुगत लो। मैं क्या कर सकती हूँ ? तुम्हारे आदमी को भी समझा दिया था।"

फज़ी की आँखों से गर्म आँसू का सोता फूट पड़ा, "कुछ करो मोज्यी ! इस बार मैं बचूँगी नहीं। मेरे बच्चों का क्या होगा ? इसे निकाल दो। मोजी, खाविंद को कहूँगी, आप ही गिर गया।

"रात-रात भर चीखती रहती हूँ। वह मानता नहीं। कुछ कहूँ तो धमकाता है, दूसरी कर लूँगा।"

"तो करने क्यों नहीं देती दूसरा ? तुम्हारी जान तो छूट जाएगी..."

फज़ी की आँखों में अवसाद की काली छाया गहराई। दो गदबदे बच्चे और अपनी असमय गलती देह। पति से प्यार भी रहा होगा, नहीं तो दूसरी लाने की धमकी क्यों सह लेती।

कात्या ने दवाइयाँ-इंजेक्शन लिखकर दिए, पर बच्चा गिरा नहीं पाई। सोचा, इस बार के प्रसव के बाद ऑपरेशन के लिए राज़ी कर देगी। गर्भपात करना 1971 से पहले कानूनन जुर्म भी था। फज़ी के पति को समझाया भी। पर असद लुहार खुद को सीधा-सादा 'खुदादोस्त' कहता था। फैमिली प्लानिंग को कुफ्र। माथे पर बल दिए ज़मीन ताकता रहा।

यानी दीन-धर्म के मामलों में डॉक्टर न पड़े तो अच्छा। बीमार का इलाज करे, बस ! शहर में क्या डॉक्टरों का टोटा है ? यह तो फज़ी की ज़िद थी, कि डॉ. कात्यायनी ही इलाज करेगी। ज़िद्दन जो ठहरी। बेवकूफ औरत।

किस-किसको समझाए कात्या ? एपलेप्सी की मरीज़ दया को 'भूत' चिमट गया

है, 'प्राह' हो गया है, कहकर झाड़ू मार-मारकर अधमरा कर दिया, वह फेन उगलती छटपटाती रही। थक-हारकर चित्त हो गई, तो ससुर जी ने ओझा जी की करामात के आगे माथा झुकाया। फलों की डाली लेकर उसके घर पहुँचे। इलाज कराने की बात से ही बिदक गए।

इलाज न कराने के पीछे जहाँ अन्धविश्वास थे, वहाँ दरिद्रता भी तो मुँह बाए खड़ी थी। महँगे इलाज के लिए पैसा कहाँ से आएगा ?

कात्या फज़ी की नीली देह के सामने बुत बन गई। ऑपरेशन करके मृत बच्चा तो निकाला, पर होश में नहीं आई फज़ी। एक बार लगा, पलकें फड़फड़ाईं, लेकिन नहीं। खुली आँखों कात्या को देखती रही। अब न उसे पीछे छूटे दो नन्हे बच्चों की चिन्ता थी और न पति को नाराज़ करने का गम। खुली आँखें प्रश्न बनकर ठहर गई थीं, "मैं नहीं चाहती डॉक्टर साहिबा ! आप उसे समझा दो न ! रात-रात भर चीखती रहती हूँ। वह नहीं मानता। बहुत तकलीफ है। मुझे आज़ाद कर दो न...कह दूँगी आप ही गिर गया..."

अस्पताल के बरामदे में फज़ी की माँ, दोनों रोते बच्चों को, दो बाजुओं में उठाए, चुप कराने की कोशिश में खुद सुबकती जा रही थी। फज़ी का खाविन्द सिर झुकाए खड़ा, उजबक-सा एमरजेंसी रूम का दरवाज़ा ताक रहा था।

"ले जाओ।" कात्या और कुछ न कह पाई। गुस्सा, दुख, सहानुभूति के दो शब्द ! कुछ भी नहीं।

बाहर पानी बूँद-बूँद बरस रहा था। आकाश कुहरे और बूँदाबाँदी के बीच स्याह समन्दर में डूबता जा रहा था। घना कुहरा ज्यों कात्या की छाती में घुमड़ रहा हो। सिर दर्द से फटा जा रहा था। सोचा, घर जाकर कहवे के साथ एस्प्रो की टिकिया लूँगी और घंटा-दो घंटा आराम करूँगी।

लेकिन आराम कहाँ ? घर में मंगला मौसी एक और सिरदर्द का कारण लेकर पहले ही पहुँच गई थी। तारा ! दो-एक मास का गर्भ धारण किए, जिसे गिराने के लिए रातोंरात कात्या को हरसम्भव उपाय करने होंगे, क्योंकि सूर्योदय होते ही बात अहल्ले-मुहल्ले, नाते-रिश्तेदारी में फैलना तय था। इसके जो परिणाम हो सकते थे, उन्हें निर्लज्ज तारा भले ठेंगे पर ले, मंगला अपनी खोटी कोख को कोस, रोकर मुँह सी ले, पर तारा के पिता दीनकाक या तो उन दोनों को काटकर गाड़ देंगे, या खुद ही आत्महत्या करेंगे।

कात्या थक गई थी, पर मंगला की बदहवासी थकान पर हावी होनेवाली थी। उसने मौसी को दिलासा दिया और तारा को अपने कमरे में बुलाकर स्थिति का खुलासा चाहा।

"जो भी है कात्या बहन। तुम्हारे सामने है। मेरे इनकार करने की गुंजाइश ही कहाँ है ?"

"लेकिन यह सब क्या कर दिया तुमने ? तुम्हारी इस बेवकूफी से तुम्हारे घरवालों पर मुसीबतों का पहाड़ टूट पड़ेगा, यह तो सोचा होता।"

क्या कहे कात्या ? अपनी हमउम्र रिश्ते की इस बहन की उच्छृंखलता को वह वर्षों से जानती है पर, घर-समाज की मर्यादा को भी दाँव पर लगा देगी, ऐसा तो सोचा नहीं था।

''घर की मर्यादा ? समाज मैं नहीं जानती। लेकिन, कैसी और किस मर्यादा की बात कर रही हो तुम ?''

तारा भरी बैठी थी, छूते ही फट पड़ी।

''मैं न घर जानती हूँ, न मान-मर्यादा। मुझे न तुम्हारे जैसे संस्कार मिले हैं, न परिवेश और न शिक्षा। मैं तो इतना जानती हूँ कि एक मकान है, जिसमें मैं कैद हूँ। एक औरत है, जो भर-दुपहर बेपहचाने चेहरों के साथ कमरे में बन्द हो जाती है, मुझे चाय-पकौड़ियाँ बनाने का ठसकेदार आदेश देकर। मैं किसकी खातिरदारी करूँ, और किस नाते करूँ, यह जानने का हक उसने मुझे नहीं दिया। पिताजी ? वे तो बोट्ट के अँधेरे कोने में, कम्बल-लिहाफ से ढके-मुँदे हुक्का गुड़गुड़ाते रहते हैं। अस्थमा ज़ोर पकड़ता है, तो 'बेटी', 'बेटी', चिल्लाते छाती-पीठ मलने और तलख कहवा बनाने के लिए पुकार मचाते हैं। बाकी वक्त मेरा वजूद होता ही नहीं।

''एक भाई ज़रूर है, जो भरी जवानी ज़िन्दगी का मातम मना रहा है। दरवाज़े पर खड़ी मौत को बन्द आँखों से महसूस कर, उसकी चुकती साँसें छीजती जा रही हैं। जिसका मल-मूल उठाते, मैं पिसपॉट पर नज़रें जमाए रखती हूँ, क्योंकि उससे नज़र मिलते ही, मौत एक कदम और उसकी तरफ बढ़ने लगती है। इसी मृत्युगन्ध में तारा रहती है। क्या यही घर-परिवार होता है ?

''बोलो, कात्या बहन ! क्या इस घर-परिवार में तुम एक दिन भी रह पाओगी ?''

# भूत घर के प्रेत

मनमौजी मौसम भी कितने चेहरे जेब में लिए घूमता है ! वादी के खुले बाग-बगीचों और बँगलों में वसन्त की सुवास लिए मज़े-मज़े डोलता है और शिशिर में, अँधेरी तंग गलियों में, कन्धे से कन्धा जोड़े पुराने बुसे घरों की सिलवटों में घुसकर पालथी मारे जो बैठ जाता है, जाने का नाम ही नहीं लेता।

तारा कहती है, "मैंने अपनी गली में कभी बहार नहीं देखी। यहाँ हमेशा चिल्लयकलान, काला कम्बल ओढ़े साल के साल ठिठुरा बैठा रहता है।"

उसे शिकायत भी नहीं ! भला बहोरी कदल की गँधाती कीच और मल-मूत्र-विष्ठा से भरी बहती नालियों के सिरे पर बैठे, लचकी कमर और झुके सिरवाले उसके भुतहा घर में बहार आए, तो उसका दम न घुट जाए ?

ज़ीरो पावर लट्टू के प्रकाश में चौके से लेकर शयन कक्ष के कार्य-कलाप कुशलता से निभाती मंगला, पहले-पहले जब इस मुहल्ले में नई आई थी, काफी दुखी रहा करती थी। कहाँ विचा़रनाग के पेड़-पौधों से छवाया घर, जहाँ सुबह-सुबह हवा विचा़रनाग ताल की लहरियाँ छूती, मन्दिर की पवित्र धुनों पर बैठी, कानों पर मीठी दस्तकें देकर जगाती थी, और कहाँ यहाँ, गली की अधमरी मछलियों की गन्ध के साथ, सुबह-सुबह कोसनों और गालियों के साथ, रेड़ेवालों, सब्ज़ीफरोशों, और बूचड़खाने ले जाते भेड़-बकरियों से रिश्ता जोड़ते फाहश-जुमले आँख खोलने पर मजबूर करते हैं।

लेकिन आदत हो जाती है रहते-रहते, सहने की। यहाँ वाले इसे 'गंज़ नस' कहते हैं। तारा कहती है, इस घर में पिशाच और भूत रहते हैं, पर मंगला को भूतों से डर नहीं लगता। लगेगा कैसे ? वह तो खुद एक प्रेत है ! भला चोर-चोर मौसेरे भाई नहीं होते ?

कात्या को तारा की यह ज्यादती अखरती है। उसने सुना है, तारा-दीनकाक, कभी विचा़रनाग की चौमंजिली इमारत में रहा करते थे। ससुर जी ने बेटों को हवेली विरासत में सौंप दी थी। तीन भाइयों का रचा-बसा संस्कारशील परिवार, जहाँ भगवद्गीता और रामायण का नित्य पाठ हुआ करता था...

"और इकत्तीस के दंगों में वह हवेली जला दी गई। मुआवज़ा भी न के बराबर मिला। सुना है मैंने बाबूजी से, कई बार सुना है !"

"कात्या बहन ! अच्छा हुआ मैंने वह सब न देखा ! देखा होता, तो इस अपवित्र

माहौल में रहना मुमकिन नहीं होता। आँख खुलते ही भाग खड़ी होती यहाँ से ! इस कंगाली की आदत कैसे पड़ती ?"

तारा हँसती है, तो तराशी नाक के आसपास विद्रूप की लकीरें खिंच आती हैं, गालों के हल्के गड्ढे उझक आते हैं। मोह उपजता है मन में।

कंगाली ! रचा-बसा घर ! रचे-बसे घर में गई प्रभा दीदी को यह कंगाली चैन से सोने नहीं देती, क्योंकि वह रचा-बसा घर, प्रभा की कंगाली के बहाने, प्रभा को उठते-बैठते लतियाता है।

उसके ससुर जी माथे पर हाथ देकर कहते हैं, "कंगालों की लड़की लाई तो लक्ष्मी हमसे रूठ गई।"

"और दो बच्चों की माँ बनने के बाद भी सास जी उठते-बैठते, इस-उसके बहाने, बहूरानी को प्रशंसा भरे कवित्त सुनाती हैं।"

"कवित्त ? क्या बकती है ? कौन-से कवित्त ?"

"वही सासजीयों का पसंदीदा कवित्त–

"वोनथम-थ्योकथम सुज़हारि सोनछुम,
अजहारि कनवाजि द्राये नो..."[1]

"दे भी क्या पाए होंगे बाबू जी ? क्लर्क बाबू के पेंशन से तो साग-भात भी पूरा न जुटता था। पहले चाचा लोग थे, तो घर का ताम-झाम निभ जाता था।"

"प्रभा को ससुरालवाले माँगकर ले गए थे तारा, यह भूलो मत।"

"हाँ, सुन्दर मुखड़ा जीजा की नींदें चुरा गया था, पर नींद का सामान जुटते ही वे कुम्भकरण की नींद सो गए। घर में जो हो रहा है होता रहे, उन तक आवाज़ पहुँच ही नहीं पाती। अपनी प्रभा दीदी जैसी गृहलक्ष्मी, पतिव्रता सुगुणी नारी सहने के लिए ही तो जन्म लेती हैं। उसने भी कभी मुँह खोलकर शिकायत करने की भूल नहीं की।"

"उसे जीजा से बात करनी चाहिए थी, वे माता-पिता को समझाते..."

"हुई न मैं उसकी जगह, तो सास जी को बहू की कद्र करना सिखाती। बेचारी दीदी तो, चुक गए खानदानी संस्कारों की मारी है...संस्कार क्या, संस्कारों के भूत समझो उस पर हावी हैं।"

"तुम तो झाँसी की रानी हो।" कात्या मज़ाक करती।

"हो सकती थी, पर इस भुतहा कोठरी में मेरी योद्धा नारी घुट गई। मुझे चाचा लोगों के साथ दिल्ली-बंबई चले जाना चाहिए था।"

"यहाँ तुम्हारे माँ-बाबू जी रहते हैं, तुम्हारे भैया। अपने लोगों को छोड़कर कहाँ जातीं तुम ? खौर जाती भी, तो तुम्हारे घर का कौन उद्धार होता ?"

"घर का तो क्या होना है दीदी ? हाँ, मेरा कुछ तो हुआ होता। कम-से-कम

---

1. बहू को सम्बोधित कर सास कहती हैं–तू तो अपने मायकेवालों की हैसियत की बड़ी डींगें मारती थी कि तेरे मायके से सोने से भरा बटुआ आएगा, पर तेरे कानों में उन्होंने आधी कौड़ी की बालियाँ भी न डालीं।

मुट्ठी भर खुली हवा और धूप की हकदार तो मैं हो जाती।''

कात्या तारा की दमघोट दुनिया के अँधेरे से वाकिफ थी, और पिंजरे के पंछी की, उड़ान की आकांक्षाओं को स्वाभाविक मानती थी, लेकिन घर से भाग खड़ा होना तो विकल्प नहीं था।

तारा को कोई दूसरा विकल्प नहीं सूझता। ''जो चले गए, इस मनहूसियत से, वह उबर गए। दोनों चाचे गए। एक सेना में भर्ती होकर, दूसरे को यार बंबई उड़ा ले गया, फिल्मों का हीरो बनाने। उसे खुले पाखानों और गँधाती नालियों से गुज़रते उल्टियाँ आती थीं। वह चाहे बंबई जाकर 'हीरो' न बना, पर देवानन्द के स्टूडियो में कैमरामैन तो बन गया। हुनर था हाथ में। रह गए बाबूजी, जिनकी उम्र, सरकार का कर्ज़ा चुकाते वक्त से पहले ही रीत गई। साथ लगा अस्थमा और चिड़चिड़ापन। ऊपर से बेटे की बीमारी ने कमर तोड़ दी। अब वे नीम अँधेरे कोने में बैठकर, हाँफते-कराहते, दुनिया से नाराज़, अपनों को कोसते और गालियाँ बकते रहते हैं।''

''मंगला मासी तो आज भी घर-गृहस्थी के साथ रिश्तेदारियाँ निभाती है तारा ! बिना चाय पिलाए किसी मेहमान को जाने नहीं देती। तुम्हारी तरह शिकायतों का दफ्तर खोले नहीं बैठती।'' कात्या मंगला मौसी से प्रभावित है।

''माँ को किसी तान्त्रिक साधू ने कहा है कि घर आए मेहमान को बिना चाय-पानी पिलाए छोड़ना नहीं। उस पर भूतों का साया है न, शायद मेहमान के रूप में कोई भूत-प्रेत आए और खातिरदारी से प्रसन्न होकर माफ कर दे...''

कात्या तारा को फटकार सुनाती है। ''वह तुम्हारी माँ है तारा, और फिर तुम कब से भूत-प्रेत और वाहियात किस्सों पर विश्वास करने लगीं ?''

लेकिन तारा चुप नहीं रहती। उसने खुद भूतों को देखा जो है। रात को दरवाज़े पर पड़ती थापें सुनी हैं। धूल-भरे आँगन में चौड़े-चकले उल्टे पैरों के निशान भी देखे हैं। उसकी माँ भी तो समस्याओं के हल ढूँढ़ने 'राम दीपक' के पास पहुँच जाती है, जो दीये की लौ में से भूत-प्रेत को प्रकट करता है, और उनसे विगत आगत की खोज-खबर लेता है।

बचपन की स्मृति उसके मन-ज़ेहन पर खुद गई है। छोटी-सी थी, तो माँ के कमरे से खरजदार, भारी, घुटी-घुटी आवाज़ें सुनकर, धड़-धड़ धड़कते दिल और थरथराती टाँगों से, उसने बन्द दरवाज़े की झिर्री पर आँख लगाकर देखा था। बाबू जी तो अपनी खटिया से गायब थे। माँ के ऊपर प्रेत झुका था, उसे धुनता-दबोचता।

तब वह मुश्किल से दसेक वर्ष की थी, चीख भी न सकी। क्या पता प्रेत सुन ले और उसे भी झपट ले ?

तब घर में आर्मीवाले चाचा और उनकी बेटियाँ निक्की, गुड़िया रहा करती थीं। उसने निक्की से माँ के कमरे की बात कही, तो वह भी सोच में पड़ गई थी।

''कौन हो सकता है ? मुशरान ? नहीं, वह तो चिथड़ा पहने बूढ़े का रूप धरकर आता है।'' बूढ़ा था क्या ?

"पता नहीं...।" तारा ने बस आवाज़ें ही सुनी थीं।

"वफ था ? लेकिन वह तो खँडहरों में रहता है। कुत्ते की शक्ल में आकर डराता है। ऊँहू, वह भी नहीं। 'ब्रम-ब्रम चौक' भी नहीं हो सकता, वह खेतों और कब्रिस्तानों में रहता है। उसकी आँखें दीये-सी जलती हैं।"

"फिर ? कौन था भला ?"

"भूत हो सकता है। रात को रोने-चीखने की आवाज़ें निकाल डराता है।"

"लेकिन वह रो नहीं रहा था...।" इतना तो तारा को विश्वास था।

निक्की बहुत कुछ जानती थी। नानी ने उसे प्रेतों की खूब सारी जानकारी दी थी। वह तो 'रिह' रअंटस, 'डायन' जैसी बुरी प्रेतनियों के बारे में भी जानती थी। पर वे स्त्रियों के पास नहीं, पुरुषों के पास जाती थीं। उन्हें जाल में फँसाने। सो भी सुन्दर स्त्री का रूप धरकर ! नानी सब जानती थी।

अन्त में निक्की ने हार न मारकर, तारा को तसल्ली-सी दी थी, कि डरने की कोई बात नहीं। यों तो हमारे मुहल्ले में बड़े-बड़े भूत, जिन्न, राँटसें रहती हैं, पर अपने इस दुमंजिले तंग घर में बड़े भूत तो नहीं रहेंगे, क्योंकि उन्हें लेफ्ट-राइट करने के लिए खुले घर चाहिए। हाँ, 'घर-देवता' ज़रूर हर घर में रहता है। ताई जी ने कोई पाप किया होगा तभी उसे दबोचने आया होगा। घर-देवता तो घर को सुच्चा देखना चाहता है न ?

"घर-देवता ? जो धर्म भ्रष्ट होने पर रात को आकर खड़-खड़ किवाड़ खड़काता और पापी के कपड़े चुराकर ले जाता है ?"

"और नहीं तो ?"

"सच कहती है तू मरी ! माँ के तन पर कपड़े थे ही नहीं, मुझे याद है।"

कात्या ने सुना तो हँस पड़ी, "पागल ! वह घर-देवता नहीं, तेरे बाबूजी रहे होंगे। इस निक्की का दिमाग भी खराब हो गया है।"

"शायद !" तारा उस वक्त भले मान गई हो, पर उम्र बढ़ते, जब उसे दिन-दहाड़े आदमियों की शक्ल में भूत और राक्षस नज़र आए, तो उसने उन भूतों को भगाने की सोची।

पहली बार तारा ने कंजी आँखों, भद्दे होंठों और राक्षसी मूँछोंवाले, उस 'सुदर्शन' नाम वाले कुरूप भूत को भगाने की सोची, जो डॉक्टर बनकर क्षयग्रस्त भाई को इंजेक्शन-दवाई देने के बहाने कभी भर दुपहर, तो कभी साँझ ढले घर आ धमकता था, जिसके लिए माँ खुद गरम बाकरखानियाँ लेकर आती और तारा को बादाम दारचीनी वाला कहवा बनाने चौके में बिठा देती। तारा को तो डॉक्टर की आँखें देख उल्टी आती, कैसी लार-सी बहती थी उन घूरती आँखों से ! एक बार मौका देखकर उसने डॉक्टर को दरवाज़े से ही, यह कहकर टरका दिया, कि "ऊपर दूसरा डॉक्टर, भैया को देखने आया है, बापू कहते हैं, अब उसी का इलाज करेंगे।"

बैरंग लौटा डॉक्टर जब सप्ताहभर नमूदार न हुआ, तो मंगला उसकी दुकान पर फरियाद लेकर गई। लौटी, तो तारा की करतूत पर डंडे से उसकी हड्डी-पसली नरम

करते, आप ही सिसक-सिसककर रोई। तारा अच्छी तरह समझ गई कि सुदर्शन डॉक्टर अजय भैया का इलाज न करेगा, तो वह मर जाएगा। नमूने के लिए आई टिकियाँ, बन्द बोतलें और इंजेक्शन मुफ्त में दे, तो उसकी कीमत माँ को चुकानी होगी, क्योंकि बाबू के पास पैसे नहीं हैं।

"वह क्या भगवान है ?" तारा ने बेवकूफ-सा प्रश्न किया, तो मंगला निर्विकार भाव से कथरी झाड़ती हुई बोली, "हाँ, भगवान ही समझो। भगवान को भी भेंट-चढ़ावा तो देना होता है न ?"

मंगला के पास क्या था एक देह के सिवा ? प्रौढ़ उम्र में भी भरी-भरी उजली देह, जो धुँआती लकड़ियों पर साग-भात राँधते भी कलौंछ से बची रह गई थी।

खाँस-खाँसकर बेदम होते अपने इकलौते पेट पोंछने बेटे को मंगला अंकवार में भर लेती, चेहरे से चेहरा सटाकर, ताप से तपे गोरे चेहरे पर पुती कालिख पोंछ देती, काश ! बेटे का रोग वह अपनी देह में धार सकती ! उसकी असमय छिजती उम्र, मंगला असहाय होकर नहीं देख पाई।"

रोग भी लगा अजय को, तो राजरोग ! दवाइयाँ, इंजेक्शन, फल, दूध ! दीनकाक पेंशन के डेढ़ सौ रुपए मंगला के हाथ में देकर अपराधी बन जाता। एकाध ट्यूशन के लिए दोस्तों, हमसायों के दरवाज़े खटखटाए, तो चिन्ता में डूबे शुभचिन्तकों ने अफसोस ज़ाहिर किया, "अह अहं, दीनकाक ! चार पसली की तुम्हारी देह, और अस्थमा से धौंकती छाती ! अब घर में बैठकर थोड़ा आराम करो, तो चार दिन चल जाओगे, वरना किसी दिन सड़क पर टें बोल जाओगे, तो अंत समय बेटे के हाथ से दो बूँद जल भी नसीब न होगा। ये तुम्हारी काम करने की उम्र है ?"

बेटे के हाथ से दो बूँद जल ! दीनकाक भीतर तक धँस गया, और कमरे के अँधेरे कोने में सिमट गया। मंगला किसी के दरवाज़े पर काम माँगने नहीं गई, क्योंकि वह अपने ब्राह्मण वर्ग की कुलीन चिन्ताओं से खूब परिचित थी।

"अह, अह ! घर-घर चावल छँटने जाकर खानदान पर खाक डाल दोगी ?"

"तेरी सात पीढ़ियों में किसी ने अड़ोस-पड़ोस के जूठे बर्तन धोए हैं ?"

"नाक कटा दोगी सो अलग, तेरे घर में जो जवान बेटा-बेटी हैं, उनका रिश्ता क्या म्लेच्छों से करोगी ?"

लेकिन मंगला बेटे की उम्र को छीजने नहीं देगी। उसने ठाकुर के चरणों पर माथा पटका, "मैं सही-गलत नहीं जानती ठाकुर ! अजय बेटे को जीना है।"

चौतरफ की बाढ़ से घिरी मंगला ने छटपटाकर किनारा छूने की कोशिश की। तभी सुदर्शन डॉक्टर की फन उठाती इच्छा, अपनी ओर लपकती नज़र आई। करुणा नहीं, वासना की कीचड़ में लसलसाती कामना ! पीले दाँतों को देखकर उबकाई आने लगी। लेकिन अजय को बचाना था।

बात-बेबात हँसनेवाली, मसखरी-मज़ाक से मनहूसों को गुदगुदानेवाली मंगला, किन अँधेरी सुरंगों-खोहों से गुज़रकर अपनी देह के पार हो गई, किन बीहड़ गलियों में

रपटी, कितनी बार यमराज के द्वार पर पहुँची और कितनी बार वापस लौट आई, कोई नहीं जान पाया। वह तो जीना-मरना, पाप-पुण्य की परिभाषाएँ और तमाम कठिन प्रश्न, उस आदिदेव की देहरी पर रख आई थी, जहाँ शीत-घाम की सुरमई सुबहों, और रहस्यमय त्रिसन्ध्या वेला में सिर झुकाना वह ताउम्र नहीं भूली।

"तुम जानते हो शम्भो ! तुम सब जानते हो ! त्वदीय वस्तु गोविन्दम् तुम्यमेव समर्पये !"

"दोगली ! पाखंडी ! सड़-सड़कर मरेगी।" तारा ने गुस्से में मुट्ठियाँ भींच लीं, "एक पैर कब्र में उतरा है, पर देह-सुख छूटता नहीं।"

देह-सुख, या देह के पार जाने का सुख ? भला मंगला से कौन पूछता ! प्रेतनी जो ठहरी !

पर तारा की रग-रग में शिकायतों का लावा सुलग रहा है। तारा को कॉलेज नहीं भेजा। घूमने-फिरने की मनाही की। दो जोड़ी कपड़ा, वही धो लो और सुखाकर पहन लो। पकड़ा दी, डी.एम.सी. की दो-चार लच्छियाँ ! लो, काढ़ो चद्दरें, दहेज में काम आएँगी और दूल्हा टपकेगा आसमान से ! तुम फूँको चूल्हा और भून दो जवानी आग में, फिलहाल !

उन दिनों आसमान भी दुख का भार सीने पर ढोता गुमसुम ताकता रहता था। तारा बर्तन माँजकर चौके से लगी खिड़की की सीध में लेट जाती। कहीं कोई नीला कोना तो मिले, जहाँ बचपन के पाँखियों के झुंड के झुंड, पंख फड़फड़ाते, चिढ़ाते-चहचहाते, घरों की ओर लपक जाया करते थे। आँख मूँदकर तारा अपने चौगिर्द, छोटे चाचा और निक्की-गुड्डी को तालियाँ बजाते सुन लेती। हज़ारों पंखों की फड़फड़ाहट में आसमान ओट हो जाता। चाचा के स्वर में बच्चों की कूकती आवाज़ें पाँखियों को चिढ़ाने लगतीं।

'काव यन्यिवोल ! मुरादुन मोल ! दिहमनय रस हअन, कड़य मूल छोग...।'[1]

और बाराती कव्वे 'काव-काव' चीखते अपने घोंसलों की ओर भागने लगते, गोया कि देर हो गई तो बच्चे सच ही कहीं घोंसला न उखाड़ दें !

छोटे चाचा को आसमान की ऊँचाइयाँ नापने का शौक था। वह भला अँधेरी गली में उकड़ूँ बैठे इस भुतहा घर में कैसे, और कितनी देर टिक पाता ?

निक्की-गुड्डी के साथ बचपन की यादें थीं। आँगन के धूलभरे कोने में ठप्पों की तरह बैठे, कीकली खेलते पाँवों के निशान थे–

'हिकटाह-मिकटाह, बअय अनिनम डून्य काह
रव्यम क्याह तु चम क्याह, हशि हेहरस दिम क्याह...?'[2]

---

1. ऐ कौव्वों की बारात ! तुम बड़े स्वार्थी हो। मुझे खाने को कुछ न दोगे तो जान लो, तुम्हारा घोंसला उखाड़ दूँगा...। 2. लड़कियाँ हाथ पकड़कर नाचती हुई गाती हैं–आओ कीकली खेलें, भैया मेरा लाया ग्यारह अखरोट ! मैं खुद क्या खाऊँ और सास-ससुर को क्या दूँ...?

चाचा जी को पुंछ में फैमिली स्टेशन मिला तो निक्की-गुड्डी भी छूट गईं। उनके साथ बचपन भी चला गया। कभी खिड़की पर बैठती, तो कल के छोकरे जवानों की हरकतें करने लगते। या तो बकरियों या कुत्तियों के पीछे लगे रहते, या अकेली लड़की को देखकर पाजामे का नाड़ा खोलने लगते।

जब तक स्कूल था, अकेलापन सखियों से पुर जाता। तारा ने एक-दो छोटे-मोटे प्यार भी किए। फिल्मी किस्म के प्यार। 'आजा सनम मधुर चाँदनी में हम तुम मिले तो...।' 'विरानियों में बहार !' 'छोड़ गए बालम !...मुझे हाय अकेला छोड़ गए।' और वो, 'आएगा SSS आएगा SSS आएगा आनेवाला !'

लेकिन वह दर्दभरा एहसास, अजय की बीमारी ने लील लिया ! भीतर एक सूना विवर बच गया।

"फिर यह सब क्या है ?" कात्या ने धैर्य से तारा की दास्तान सुनी और मुद्दे की बात पर आ गई, "कौन है वह ?"

तारा चुप रही ! जैसे कहानी अचानक खत्म हो गई हो। लेकिन कात्या जाने बिना नहीं रह सकती। मंगला मौसी परेशान है।

"क्या कहूँ दीदी ! मैंने जो सच समझा वह झूठ निकला, जो सही लगा था, वह गलत हो गया। दोषी तो मैं ही हुई न ! भुगतूँगी भी मैं ही !" तारा की आवाज़ लरज़ गई।

कात्या ने कन्धे से घेरा, "मैं तुम्हारी बहन हूँ तारा ! सच कहोगी तो तुम्हारी मदद करने की कोशिश करूँगी। तुम निश्चिंत होकर सच बोल दो ! क्या तुम उस लड़के से प्यार करती हो ?"

"मैं तो देवदास की पारो ही बन गई थी। झलकभर देखने छज्जे पर टँग जाती। ज़रा-सी आवाज़ सुनती, तो मछलियों की गन्धभरी गली में गुच्छा भर योसमन (फूल) महक उठती।"

"तुमने उसका नाम नहीं बताया तारा !"

"भैया का दोस्त पुष्कर। जानना ज़रूरी है तो।"

"डॉ. वली का बेटा ? जो पंजाब में इंजीनियरिंग कर रहा है ?"

"वह...वह तुम्हें कैसे मिला ?"

"छुट्टियों में आया था। पिछले साल ही छुटपुट मुलाकातें हुई थीं। इस बार तो भाई को देखने लगभग रोज़ ही घर आता रहा।"

"और तुमने एकदम अपने को दे डाला। बिना आगा-पीछा सोचे।" तारा विचलित नहीं हुई।

"तुम तो प्यार के मामलों में काफी जानकार हो, तारा !"

तारा को फिर भी गुस्सा नहीं आया।

"तुम क्या कहना चाहती हो, समझती हूँ दीदी ! तुम्हें सालों पहले का वह लड़का याद आया है, जो हारी पर्वत की बादामवारी में मुझे मिला था। सच मानो दीदी, वह

प्यार नहीं, इंफैचुएशन थी। घर की ऊब और अकेलेपन से निजात पाने का एक कारण भर ! निक्की-गुड्डी के जाने के बाद, मैं घर में बहुत अकेली हो गई थी। उन्हीं दिनों, गली-बाज़ार से गुज़रते वह उजबक मुझे मिला। कभी मधुबाला, तो कभी नरगिस कहकर बुलाता। मुझे तस्वीरोंवाली फिल्मों किताबें थमाता, और कब मैं स्कूल के लिए निकलूँ, इसी उम्मीद में घंटों गली-कूचे नापता रहता। उसने मुझे शाहजहाँ की मुमताज बना दिया था। मैं तो अकेली थी ही, उसके चक्कर में आ गई। लेकिन वहाँ छुआ-छुऔवल के सिवा कुछ नहीं हुआ। मन्दिर जाकर गले में फूल-माला डालनेवाली बात मैंने तुम्हें चिढ़ाने के लिए कही थी। प्यार तो मैंने पुष्कर से ही किया है।''

''उसके आश्वासन देने पर, कि वह तुमसे शादी करेगा ?''

''कात्या बहन ! प्यार करते मैंने कोई जोड़-गुणा नहीं किया। वह तो बस, आप ही हो गया। उन दिनों मैं भाई के पास बैठी, कभी माथे पर ठंडी पट्टियाँ बदलती रहती, कभी थूक, कफ साफ करती रहती। प्यार करने की सिचुएशन वहाँ नहीं थी। वह मेरे हाथ से पट्टी लेकर भाई के माथे पर रखता। मुझे नज़र भर देखता। बस, कहता कुछ भी नहीं।''

कात्या बिना टोके तारा को खुलते देखती रही।

''सच मानो तो, उसने मुझसे कोई वादे नहीं किए। इस बार आया, तो दो-तीन बार किसी न किसी बहाने घर से बाहर ले गया। उसे चिन्ता-सी लगी रहती, कि कहीं इस सीलनभरे अँधेरे घर में, मैं भी क्षय रोग की शिकार न हो जाऊँ। मुझे खुली हवा और धूप के बहाने बाहर ले जाता। माँ को भी समझाता कि अजय के कपड़े-बर्तन अलग रखा करो, खुली हवा घर में आने दो...। माँ उससे खुश थी। तभी, कभी-कभार मुझे पुष्कर के साथ भेजना उसे बुरा नहीं लगा। या क्या पता, मेरी बढ़ती उम्र भी उसके दुखों को बढ़ाती रही हो, पलभर मेरा आँख ओट होना उसे राहत देता हो...''

''मासी की बात छोड़ो, उसे तुम नहीं समझ पाओगी। यह बताओ, क्या अभी भी पुष्कर से प्यार करती हो ?'' कात्या क्या जानना चाहती थी ?

''प्यार क्या कुछ देर के लिए किया जाता है दीदी ? मेरे अन्दर तो पुष्कर गुनगुना आबशार बनकर रात-दिन उमगता रहता है। अजीब-सी आग है, जिसमें मेरा तन-मन कुन्दन हो गया है। किसी से गिला-शिकवा भी नहीं रहा। माँ के लिए भी अब मन कड़आ नहीं है। मैंने कब खुद को उसे सौंप दिया, मुझे खुद नहीं पता। नहीं, नहीं, निशात-शालामार में नहीं, हिमालय की बर्फीली चोटियों से झरती, संदली हवाओं के आगोश में भी नहीं। मेरे यहाँ वैसी फिज़ाओं की गुंजाइश कहाँ है ? जो भी हुआ, यहीं, इसी भुतहाघर के कोने-अन्तरों की साक्षी में हुआ, लेकिन सच मानो दीदी, जो हुआ, मुझे उसका पछतावा नहीं है। ढीठ हूँ न ? बल्कि लगा, अचानक घर से प्रेतों का साया उठ गया।

''मैं पागल हो गई थी दीदी, हर वक्त मेरे वजूद पर वह हावी रहता। हवा उसे छूकर महक उठती। कौव्वा मुँडेर पर बोलता, तो लपककर दरवाज़ा खोलती, कहीं वह

आए और दस्तक दिए बिना न लौट जाए...।"

कात्या ने तारा को गले लगाया। प्यार क्या सचमुच भीतर की गिठानें खोल प्रेमी को बहना सिखाता है ? इतनी निश्छल, इतनी सच्ची तो तारा पहले कभी न लगी थी।

कात्या पहले पुष्कर और बाद में डॉ. वली से मिली। डॉ. वली खुले विचारोंवाले व्यक्ति थे, डॉक्टर बिरादरी का भी कुछ असर हुआ। गो कि जल्दबाज़ी के विवाह का कारण उन्हें कुछ समझ नहीं आया। मन में अच्छे-खासे दहेज की सम्भावना की समाप्ति का दुख भी अटका रहा, पर चलो, बेटे के लिए पिता का दायित्व निभाया, कुछ बलिदान देना पड़ा, पर बेटा तो हाथ में रहा। आखिरी आस तो वही है। पिंडकर्ता।

डॉ. वली ने पत्नी को स्थिति समझाने के बहाने अपने आपको भी तसल्ली दी– 'ईश्वरेच्छा ! कर्मलेखा ! शादियाँ तो स्वर्ग में ही तय हुआ करती हैं !'

जल्दी में विवाह सम्पन्न हुआ। दीनकाक ने अँधेरे कोने से उठकर उजाले में, लगन मंडप पर कन्यादान किया। हाथ-पैर तो फूले थे, कैसे क्या होगा ? पर मंगला, ईश्वर के आगे हाथ जोड़े प्रसन्न चित्त खड़ी रही। "तू जो करता है, हमारे भले के लिए ही करता है शम्भो ! हम मूरख जीव तेरी लीला क्या जानें !"

आखिर लड़की के जन्म से ही थोड़ा-थोड़ा जमा करने, बटारेनेवाली मा
बन्द आँखों ही कात्या ने छतनार चिनार को ढूँढा। चीड़ सरो और देवदारों को माँएँ तो बेटियों के ब्याह की तैयारियाँ उस दिन से बहुत पहले कर चुकी होती हैं, जिस दिन पिता को बेटी बड़ी दिखने लगती है।

कात्या शादी होने तक साथ-साथ रही, और आश्चर्य से मंगला को दौड़-भाग करते देखती रही। नए-नकोर कपड़ों में दिपदिपाता प्रौढ़ चेहरा, बेटी का माथा चूमती, गंगा नहाई माँ की आर्द्र भंगिमा, दामाद पर पुष्प-वर्षा करती, इंजीनियर दामाद की गर्व-भरी सास का ऊँचा माथा, और मना-मनाकर मेहमानों को पकवान खिलाती गृहणी मंगला।

मंगला मौसी की एक्स-रे नज़र और दूरदर्शिता की, कात्या तब सचमुच कायल हो गई, जब उसने कात्या के कान में कहा–

"शादी के सात मास के बाद ही होगा न बच्चा ? मेरा अजय भी तो सतमासा ही है..."

मुहल्लेवाले दंग हैं। मंगला इतनी गुणी होगी, कौन जानता था ? गिरती दीवारों को कन्धों पर थामे रही। बेटे का इलाज, बेटी की रचे-बसे घर में शादी ! अब तो दीनकाक भी छाती तानकर चलने लगा है, क्या अस्थमा भी ठीक हो गया ?

जिन्हें देर-सवेर सुदर्शन डॉक्टर के घर आने से एतराज़ था, वे भी मान गए कि मंगला में हौसला है। बुद्धिमान जनों ने राजा तुंजिन की कथा का हवाला देकर कहा, कि स्त्री बुद्धिमती हो, तो घर क्या पूरी प्रजा को बचा सकती है। देश जब अकालग्रस्त हुआ था, सदियों पहले की बात कह रहे हैं, तो राजा तुंजिन सभी प्रयास कर हार गया और निराश होकर आत्महत्या करने के लिए तैयार हो गया। तब उसे किसने हिम्मत

दी ? उसकी पत्नी ने ही न ? बोली, कोशिश जारी रखो। खुद ध्यान किया, तो अगली सुबह घरों में कबूतरों का मांस पाया गया। तब आसमान भी साफ हुआ और अकाल भी समाप्त हुआ। उसी रानी ने, कैमूह और रामूह में, ज़रूरतमन्दों के लिए शरण स्थल भी बनाए। धैर्य और साहस ! और क्या चाहिए विपत्ति से लड़ने के लिए ? बोलो ?

कात्या ने सोचना चाहा, और क्या-क्या किया होगा मंगला ने, बीमारी से लड़ने और खाली घर को बचाने-भरने के लिए ? यह भी सोचना चाहा कि वह डॉ. वली को न समझाती, तो मंगला का अगला कदम क्या होता ? क्या बेटी का अवैध गर्भपात ?

लेकिन कात्या ने कुछ नहीं सोचा, क्योंकि मंगला ने सभी बचे हुए सोच ऊपर वाले के ज़िम्मे डाल दिए थे। उसकी मुक्ति, उसका मरण, वह घर-परिवार के नाम कर गई थी। आखिर घर-परिवार तो मंगला का पहला और आखिरी कर्म था। उसके कहे, ''भगवान ने तो खुद कहा है, 'अपना कर्म करो', फल की चिन्ता तो वह आप करनेवाला है।''

# तुम्हारी थाह लिए

ओ साँवरिया ऽऽऽऽ ! मोहे अंग लगा दो, मोरे नटवर गिरिधर...!

साँवरिया की हूक, संगीत के आरोह-अवरोह से लिपटती सोए हुए मुहल्ले को सिहराती गूँज रही है, आसमान के खोखल में छेद करती हुई !

साँवरिया ऽऽऽऽ !

दिन को बचकाने लगते यह बोल रात को बेसुध खामोशी में भीतर के किसी नरम कोने को कोंचने लगते हैं। आसमान के बीचोबीच डोलता बेचैन चाँद वितस्ता को बाँहों में समोने झुक जाता है।

खुराफाती मंज़र ! अच्छे-अच्छों के दिमागी पुर्ज़े ढीले करनेवाला।

ताँगे पर बैठी परिणीता मीनाकुमारी नहीं, राधे रानी की देह अपने मोहन से दूर जा रही है, घोड़े के टापों के साथ वक्त को रौंदती हुई। भीतर से उठती खामोश चीख मुड़-मुड़कर उस समूचे हासिल किए को देख रही है जो जबरन पीछे छूटा जा रहा है। जो छूट गया तो दोबारा पकड़ में नहीं आएगा। बस, एक पुकार उठती रहेगी मन के अकेले पड़े कोने से।

बिस्तर पर लेटी कात्या बुखारचे की जाली से चाँद और लहरों का सनातन खेल देख रही है ! जैसे पहली ही बार ! नहीं, दूसरी बार ! वर्षों पहले जब त्रिभुवन से मिलकर बेचैनी की कौंच महसूस की थी, तब भी देर रात जागते उसने धरती और आसमान के राग को अपनी नसों पर हावी होते महसूस किया था। नर्गिस और भ्रमर के सपने देखे थे। लेकिन तब से आज तक वितस्ता के पुलों के नीचे कितना तो पानी बह गया है। अब वह मज़बूत इरादोंवाली सफल डॉक्टर है, जिसे बड़े-बुजुर्ग डॉक्टरों का स्नेह और प्रशंसा मिल रही है। आज वह डॉ. कार्तिकेय जैसे हार्ट-स्पेशलिस्ट के ज़ख्मी दिल पर मरहम लगाने की हिम्मत कर सकती है।

लेकिन यह अचानक उमड़ आई पीड़ा ? कोई तो कारण है, मन और ज़ेहन को कौंचती इस बेचैनी का ? इस मन के अकेले कोने से उठती पुकार का ? क्या कार्तिकेय ? या फिर वही त्रिभुवन ? एक अपने ही दुख में बौराया खुद सुकून की तलाश में भटकता। दूसरा खाती-पीती ज़िन्दगी के लिए अपने असूलों और विश्वासों की बलि चढ़ाता, मौकापरस्त।

किस साँवरिया के लिए यह पुकार मन को खरोंचे दे रही है ? नींद नहीं आ रही।

कई वर्षों बाद विगत एक बार सामने आया भी तो किस शक्ल में ? एम.बी.बी.एस. के बाद बख़्शी साहब ने उसे सरकारी खर्चे पर आल इंडिया मेडिकल इंस्टिच्यूट में गायनाकोलोजी में स्पेशलाइज़ेशन के लिए भिजवाया। इस वादे पर कि लौटकर अपने मुल्क की खिदमत करेगी। कात्या को यह सुझाव रास आया और वह गवर्मेंट हॉस्पिटल में नौकरी पा गई। इतने सालों में उसे त्रिभुवन याद न आया हो, ऐसा तो नहीं, पर नए काम के उत्साह और व्यस्तता में वह अपने बारे में सोचना लगभग भूल गई थी।

और वर्षों बाद की अप्रत्याशित मुलाकात में त्रिभुवन ने कात्या को डॉक्टर नो-नानसेंस कहकर सम्बोधित किया, पिछली पहचान का अधिकार लेकर ! उस वक्त कितने व्यर्थ लगे थे वे दिन, जो वर्षों एक्वेरियम में सुरक्षित सुनहरी मछलियों की तरह सहेजकर रखे थे। महज़ बचकानी भावुकता !

गायनी कक्ष में गर्भवती महिलाओं का मुआयना करते उसने, पाँच वर्षों में तीन बच्चों की माँ बनी भारी-भरकम, हाई ब्लड प्रेशर और अस्थमा की मरीज़ स्त्री को ज़रूरी हिदायतें देते, उसके पतिदेव से बात करने का इरादा ज़ाहिर किया था।

"मेरे पति ? मैं...उन्हें...बुलाऊँ ?" स्त्री भीतर बैठे डर और अबूझ आशंका से हकला-सी गई। सदियों से डरी हुई औरतें, डर जिन्हें संस्कार और विरासत के रूप में मिला है।

"चिन्ता मत करो। तुम्हारी शिकायत नहीं करूँगी और न ही उसे तुम्हें डाँटने का मौका दूँगी।"

कात्या ने स्त्री का डर भगाना चाहा और मज़ाक के लहज़े में जोड़ दिया, "आखिर तुम्हारे शूरवीर पतिदेव ने पाँच वर्षों में तुमसे तीनेक बेटे पैदा करवाकर तमगा पाने का काम किया, हमें उनके दर्शन करने का सौभाग्य नहीं दोगी ?"

स्त्री के पति के रूप में जब सामने त्रिभुवन खड़ा हो गया, तो कुछ क्षणों के लिए भौंचक रह गई कात्या।

"नमस्ते !"

"नमस्ते, आप ? तुम ?" अचानक धरती फोड़ कैसे निकल आया ?

"जी, मैं त्रिभुवन, मुझे लगा था आप पहचानेंगी नहीं।"

सालों बाद एक आत्मीय को देखकर चेहरे पर उत्फुल्ल भाव आना चाहिए था। लेकिन यहाँ एक पिटी हुई मुस्कुराहट खिसिया रही थी।

स्टेथस्कोप मेज़ पर रखकर कात्या ने प्रेस्क्रिप्शन लिखने के लिए पैड अपनी ओर खींचा। कुछ क्षण ज़रूरी थे खुद को समेटने और स्थिति का सामना करने के लिए।

"बहुल सालों के बाद आपको देखा, यों आपके बारे में सुना तो काफी कुछ था।" कात्या ने स्वर को सहज बनाए रखा।

त्रिभुवन कनपटी खुजाने लगा। क्या कुछ याद आया ? लेकिन कात्या याद दिलाना भी नहीं चाहती।

"यह आपकी पत्नी है ?" सीधे प्रश्न पर आ गई।

"जी !" त्रिभुवन कात्या से आँख मिलाकर बात नहीं कर रहा।

"बैठिए कामरेड त्रिभुवन !"

कात्या ने सामने खड़े त्रिभुवन को नज़र भर देखा। हाथों में रत्नों-माणिकों की तीन-चार अँगूठियाँ पहने यह खाता-पीता दुनियादार आदमी, जिसके कसे बेल्ट से सम्पन्नता की सूचक छोटी-सी तोंद बाहर की ओर झुकी जा रही है, यह इस अस्थमा, हाई ब्लडप्रेशर और बुझे चेहरेवाली स्त्री का रुतबेदार पति है। जाने क्यों कात्या की आवाज़ में रूखापन झाँक आया। गुस्सा ? थकान ? या अप्रत्याशित का खम ठोंककर सामने खड़े होने पर अचकचाहट ? लेकिन कात्या डॉक्टर है।

"आपकी पत्नी बेहद एनीमिक है। पाँचेक वर्षों में तीनेक बच्चों को जन्म देना खेल नहीं होता। यह भी शोषण का एक तरीका है कामरेड।"

'कामरेड' शब्द पर कात्या ने ज़ोर दिया। पत्नी के प्रति क्रूरता की हद तक लापरवाही। वाह रे कामरेड। कहाँ गया तुम्हारा दर्शन ? स्त्रियों के समान अधिकार और सम्मान की बातें ? कात्या सुन चुकी थी कि एक कामरेड की मृत्यु की दुर्घटना और उसकी जगह पर दूसरें अवसरवादी, महत्त्वाकांक्षी व्यक्ति के जन्म की कथा। इंटरमीडिएट के बाद ही बारामूला के तहसीलदार आफताब कौल की इकलौती बेटी को इसलिए ब्याह कर लाना कि सोने, चाँदी, बर्तन-भाँडों, सूट-ट्रांज़िस्टर, घड़ी-वड़ी के साथ इंजीनियरिंग की पढ़ाई के लिए एक तगड़ा चैक उनसे वसूल किया जा सकता है।

"तगड़ी आसामी ढूँढ़ ली त्रिभुवन ने।" चन्द्रा ने चुटकी ली थी। "तुम तो भई, बड़ी प्रभावित थीं उससे कॉलेज के दिनों में। पूछ लेती कि वह प्रोग्रेसिव फिलासफी, वह जोश, क्या भाषण झाड़कर साथियों पर रौब जमाने तक ही सीमित था ?"

कात्या को चन्द्रा की बात याद आई। प्रेस्क्रिप्शन लिखते नज़र भर त्रिभुवन को देखा। माथे पर त्रिपुंड और खिंची भौंहें। अच्छी नहीं लगी कात्या की बात। लेकिन अभी तो कुछ भी नहीं कहा कात्या ने ! शोषितों का पक्षधर होने की बात भर याद दिला दी।

"तो आपकी शोषितों के लिए सहानुभूति कॉलेज की पढ़ाई के साथ ही खत्म हो गई। मैं तो समझ रही थी कि आप अब तक सादिक साहब के साथ जुड़कर नेता-वेता भी बन चुके होंगे।"

त्रिभुवन के चेहरे पर परछाईं-सी डोली। वह आदी नहीं है सुनने का। बात को हवा में उड़ाने के अंदाज़ से बोला, "अच्छा है, आपको कॉलेज का ज़माना अभी याद है। पर तब से स्टेट की सियासत में काफी उलटफेर हो गया। शेख साहब जैसे नेता आज जेल में हैं और बख्शी साहब के 'गोगे' और 'गान्धरबली' जैसे पुलिस अफसरों की दहशत से जलसे-जुलूसों में बात करना भी नामुमकिन हो गया है। भाषणों की तो बात ही छोड़िए। पीस ब्रिगेड, विरोधी अभियान को तहस-नहस करने के लिए बना है। प्रोग्रेसिव अखबारों पर भी लगभग रोक लगा दी गई है।"

"लेकिन सादिक साहब तो संविधान सभा के अध्यक्ष रहे और बाद में बख्शी

साहब के मन्त्रिमंडल में शामिल हो गए...'' कात्या त्रिभुवन के सोच में गहरे उतरना चाहती थी। क्या सोचता है त्रिभुवन ?

''सादिक साहब जैसे तजुर्बेकार और कामरेड नेता बख़्शी साहब के मन्त्रिमंडल में भला कब तक रह सकते थे ? बख़्शी साहब की कार्यकुशलता और नेकनीयती अपनी जगह, पर बख़्शी ब्रदर्स कारपोरेशन, 'बी.बी.सी.' जो हमारे पॉलिटिक्स पर हावी हो गए, उनकी दमननीति से हमारा ग्रुप एकमत हो ही नहीं सकता था और हुआ भी वही। सादिक साहब और उनके ग्रुप ने डी.पी. धर, मीर कासिम सहित इस्तीफा दिया और डेमोक्रेटिक नेशनल कांफ्रेंस बना ली। लेकिन इसके बावजूद बख़्शी साहब अपना आधिपत्य जमाए बैठे हैं।''

त्रिभुवन उत्तेजित हो उठा। आवाज़ बहस की शक्ल लेने लगी तो कात्या ने बात का रुख मोड़ दिया।

''कामरेड, राजनीति की शतरंज पर सीधी-टेढ़ी चालें सदियों से खेली जाती रही हैं, उसमें सही-गलत दोनों शामिल हैं। यहाँ हमारा व्यक्तिगत रुझान या हमारी निष्ठा ज्यादा दखल नहीं रखते पर अपना निजी जीवन तो हम सुथरा रख ही सकते हैं। उसमें यदि हम समझौते करते हैं तो जवाबदेही भी हमारी होती है।''

त्रिभुवन का चेहरा सख्त हो आया। लगा, कात्या अपनी सफलता के अहम से तनी उसे बराबर नीचे धकेलती जा रही है। सालों बाद अपनी सहपाठिन से तीखे तुर्श जुमले सुनने को वह तैयार नहीं था।

''मैं नहीं जानता, आप किन व्यक्तिगत समझौतों की बात कर रही हैं ? अगर महत्त्वाकांक्षाएँ गलत हैं तो मैं गलत ही सही। मैं इंजीनियर बनना चाहता था। बनारस यूनिवर्सिटी में मुझे सीट भी मिली पर मेरे पिता जी वकील मुंसिफ नहीं थे। आप समझ सकती हैं डॉ. नो-नॉनसेंस।'' बात में दंश था, लेकिन कात्या ने छेड़ा है तो त्रिभुवन बौखलाएगा ही।

कात्या के चेहरे पर मुस्कुराहट आ गई। 'नो-नॉनसेंस'। कॉलेज में उसके ग्रुप ने यही नाम उसे दिया था। 'मिस नो-नॉनसेंस'।

''देख रही हूँ आपको भी कॉलेज के दिनों की कई बातें याद हैं। सिर्फ प्रगतिवादी विचारधारा के तहत दिए गए जोशीले भाषण, वह, 'म्य छुम ताज़े यावुन' के उफनते स्वर, वह हब्बाकदल में जनसंघियों की हड़ताल रुकवाते सिर फुड़वाना...। वह सब भूल गया है। क्यों, मैं गलत कह रही हूँ।''

कात्या की मुस्कुराहट ने कमरे का तनाव ढीला कर दिया।

''भूला नहीं, लेकिन यह सच है कि हमारे ग्रुप के लोग जल्दी छितर गए। नेतागण अपने-अपने स्वार्थ साधने में लग गए। दरअसल माहौल ही बदल गया। फिर मैंने भी आपके कहे, समझौते किए। लेकिन एक बात आपको माननी पड़ेगी, अगर मैंने किसी को लूटा तो एक लखपति को ही न ? मार्क्सवाद इसका विरोध नहीं करता।''

त्रिभुवन ने हल्का-सा ठहाका लगाया, ''देख लीजिए, उनकी बेटी का बोझ भी

उठा रहा हूँ, गिव एंड टेक। काफी वज़न है।''

कात्या ने शुक्र मनाया कि त्रिभुवन की पत्नी बाहर बैठी है। बिना कारण पत्नियों को अपमानित करनेवालों में कात्या त्रिभुवन को नहीं रख सकती थी। उसके चेहरे पर नाराज़गी झलक आई।

''यों तो बड़े से बड़े दर्शन को भी हम अपनी सुविधा और सोच के हिसाब से विश्लेषित करने को स्वतन्त्र हैं, पर आपके इन ऊँचे विचारों से मैं सहमत नहीं हूँ। बहरहाल।''

कात्या ने प्रसंग बन्द करना चहा। कोई फायदा नहीं। दीवार से सिर टकराओ तो खुद ही लहूलुहान हो जाओ।

कुछ टॉनिक इंजेक्शन और चेकअप की तारीखें समझा दीं।

''अब आप इनका बोझ उठा ही रहे हैं तो इनकी सेहत की ओर भी थोड़ा ध्यान दीजिए। बेहद एनीमिक हैं। ब्लड प्रेशर भी हाई है। इस बार बच्चा शायद ऑपरेशन से ही होगा। नमक बिल्कुल बन्द करवा दीजिए। और दवाई नियम से देते रहिए। अच्छा हो, आप स्वयं ध्यान दें। सब कुछ घरवालों पर मत छोड़ दीजिए। एक बात और ! यों आपको कहने की ज़रूरत तो नहीं पड़नी चाहिए थी ! इस डेलिवरी के बाद फैमिली प्लानिंग के बारे में ज़रूर सोच लें।''

कात्या ने उड़ती नज़र से देखा। त्रिभुवन ने सिर को हल्का-सा झटका दिया। नुस्खा उठाते होंठ भींचकर मुस्कुराया।

बेल दबाकर कात्या ने दूसरी पेशेंट को लाने का संकेत किया।

बेहया ! ब्रूट ! कहना चाहा, पर खुद को रोक लिया। वह जान गई कि 'सब सही है' वाले रास्ते पर चलते, त्रिभुवन कहने-सुनने और समझने की हदों से बाहर चला गया है।

रात सिरहाने पर सिर रखते कॉलेज के दिन कात्या के आगे खड़े हो गए। इसी त्रिभुवन के साथ एक छोटे से हादसे ने उसे प्रेम की पीड़ा का पहला स्वाद दिया था। आगरा जाकर सालभर वह त्रिभुवन के पत्र की प्रतीक्षा भी करती रही। उसने विदा होते जो कहा था, ''आई लव यू, एंड आई विल मिस यू ए लॉट।''

पहला प्यार ! पहले निशान ! धड़कनों का हर आहट पर छाती से बाहर लपक आने को छटपटाना। हवा की सरगोशियों में प्यार की अकुलाहटें। कितने भी बचकाने रहे हों वे अहसास, उन्हें भूलना आसान नहीं होता। कात्या कहाँ भूल पाई थी ? एक हूक की तरह मन का कोना सालने लगता था।

झील में डुबकियाँ लगाती श्वेत पंखी बत्तख-सी यादें, बार-बार मन की झील में गोते खातीं, कभी छिप जातीं और कभी सतह पर आकर गुनगुनातीं, 'आई लव यू—एंड आई विल मिस यू ए लॉट।'

कात्या के मन से खामोश प्रतिध्वनियाँ छीलती हुई निकल आतीं, ''मीटू त्रिभु ! मी टू !''

कात्या ने कई बार पत्र लिखे। लिख-लिखकर फाड़ दिए और इन्तज़ार करती रही कि उसकी अनकही बातें ज़रूर त्रिभुवन तक पहुँच जाएँगी। कच्ची उम्र के बचकाने भरोसे ! लेकिन समय एक लम्बी खामोशी के साथ बीतता गया। और खाली कोने में रेत का सहरा भरता गया। कात्या ने भी अपने भीतर उगे जलाशय को मान और हठ में सूखने दिया और पूरी एकाग्रता से पढ़ाई में जुट गई। नहीं तो न सहती ! वह याचिका नहीं बनेगी। बचपन से जो हठी रही है।

डॉक्टर बनकर कात्या लौटी तो नई व्यस्तताओं में ऐसी खो गई कि सोचा ही नहीं, कभी उसके भीतर भी कोई गुनगुना आबशार फूटा था।

और अब ? अकारण बेचैनी। लेकिन कुछ हुआ ज़रूर था। बड़े अप्रत्याशित ढंग से, बिना जाने। बिना किसी योजना के कार्तिकेय उसके जीवन में आ गया था। और कात्या अपने बारे में सोचने लगी थी।

भरी-पूरी दिनचर्या में, जब वह स्वयं अपनी क्षमताओं को परखना चाहती थी, वह अपने समवयस्क डॉक्टरों का स्नेह और सहयोग पा चुकी थी। बड़े डॉक्टर भी उसकी दक्षता और लगन से प्रभावित थे। डॉ. हफीजुल्लाह, डॉ. प्रभा लाबरू, डॉ. कौल उसे कभी-कभार मेजर ऑपरेशन के समय साथ रखते। पेशेंटों की समस्याओं पर विचार करते। पिछले दिनों ही जब बख्शी साहब अस्पताल का मुआयना करने आए तो डॉक्टर हफीजुल्लाह ने बड़े स्नेह से कात्या की ओर इशारा कर बख्शी साहब से कहा था, "वह दिन दूर नहीं हुजूर, जब लोग मुझे छोड़ इस नई डॉक्टर की माँग करने लगेंगे। शी इज़ गैटिंग वेरी फेमस।"

बख्शी साहब ने खुश होकर कात्या की पीठ थपथपाई, "यह लड़की आप सबका प्यार पा गई है। अगर आप इज़ाज़त दें तो मैं इसे सियासत में लेना चाहूँगा।"

"सियासत और डॉक्टरी का क्या मेल सर।" कात्या सिर उठाकर बात करने का हक पा चुकी है।

"अरे भई, हम लोग डॉक्टरी ही तो करते हैं, मुल्क की बीमारियों का इलाज ! कोई फर्क है ?" बख्शी साहब डॉ. लाबरू से सम्बोधित हुए।

"आप लोग ऑपरेशन करके फोड़े चीर देते हो तो इसलिए न कि मवाद ज़हर बनकर जिस्म में फैल न जाए। हम भी कभी सख्ती बरतते हैं तो इसलिए कि मुल्क की सेहत दुरुस्त रहे।"

कात्या बख्शी साहब के खुराफाती गोगों से भले नाराज़ हो, पर बख्शी साहब के खुलेपन, हँसमुख स्वभाव और केन्द्र से सम्बन्ध मज़बूत करने की नीति और निष्ठा की वह कायल रही है।

बख्शी साहब ने ज़हर फैलने नहीं दिया। अपने कार्यकर्ताओं से ऑपरेशन करवाए। पर इस बहुत कम पढ़े-लिखे सशक्त नेता की ज़िन्दादिली और मानवीयता भी अपनी जगह बेजोड़ थी। कात्या को याद आया बख्शी साहब का पिलिबिसाइट फ्रंट का सामना करना, नेताओं को बन्दी बनाना, और दूसरी ओर कैदियों के परिवारों को सुरक्षा-

सुविधाएँ देना। अभी-अभी शेख साहब को रिहा करवाना, तमाम रंजिशों के बावजूद ! कश्मीर कांसिपरेसी केस से शेख साहब न जुड़ते तो दोबारा जेल क्यों जाना पड़ता ? भारत विरोधी अभियान बख़्शी कभी भी सह नहीं पाए।

कुछ लोगों ने कहा, ''राजनीतिज्ञ हैं। सभी रास्ते अपने लिए साफ रखना जानते हैं। विरोधी पक्ष की गुडविल भी मिलती है। नहीं तो पिलबिसाइट फ्रंट को सभा करने की इज़ाज़त देते ?''

कइयों ने प्रशंसा की, दिल्ली समझौते का पालन तो ढंग से इन्होंने किया और मुलायम दिली देखो, अपने विरोधी नेता के बेटे फारुक को डॉक्टरी सीट दिलवाने में मदद की...

''और मेहमाननवाज़ी ? बिना अगले से पूछे कि आप शाकाहारी तो नहीं, ज़बरदस्ती गोश्ताबा मुँह में डाल देंगे।''

मुलायम दिली ! या मन का कोई खाली कोना ? क्या था वह ? जिसने पक्की उम्र के बख़्शी साहब को अपने से काफी कम उम्र लड़की ख़ुर्शीद से निकाह करने को मजबूर कर दिया ?

वही खाली कोना ! शायद है कात्या के भीतर भी वह खाली कोना, गो कि वह सोचती रही है कि उसमें समय की रेत भरी पड़ी है।

लेकिन रेत जोड़ती नहीं, खुद ही भुरभुराकर रिसती जाती है और जगह फिर साफ और खाली की खाली।

यह बात लल्ली जानती है, तभी प्रतीक्षा में बैठी है कि बेटी कुछ कहेगी ! कोई तो चाहिए साथ चलने को !

बूढ़ी दादी के स्वर में थकान और थरथराहटभरी आशंका है। क्या पता पृथ्वी दर की बेटी की तरह मुन्नी भी...!

वह अशुभ सोच को अधबीच काट महागणपति, विघ्नहर्ता को हाथ जोड़ देती है। ''क्या आँख मूँदने से पहले बिटिया को अपने घर जाते नहीं देखूँगी ?'' सनातन दादियों की सनातन चिन्ताएँ।

ताता भी चाहते हैं कि बेटी अब कोई निर्णय ले, जो भी, जैसा भी मन चाहे। केशव को बेटी पर भरोसा है। जो करेगी, सही करेगी ! लेकिन आश्चर्य है, कि सनातनधर्मी परम्परा का अनुशासन माननेवाले अजोध्यानाथ रैणा भी पोती को डाँटकर आदेश देने या उत्तर माँगने की ज़िद नहीं करते।

क्या सफलता बीच में दीवारें उठाती है ? या कात्या ने अपने कर्म-कौशल से प्रश्न पूछने की गुंजाइश नहीं छोड़ी ? या प्रारब्ध और नियति को माननेवाले, किसी चमत्कार की आशा में दम साधे चुप बैठे हैं ? कात्या के पास विवाह न करने का कोई उत्तर नहीं है। एक टालू-सा भाव, कि कर लेंगे, जल्दी क्या है ? सामने कितना कुछ फैला है दीठ के आगे ! रोग, शोक, पीड़ा, घावों और दर्दों की कराहती दुनिया, जिसे सहलाते वह सपने देखना भूल गई है। कभी देखती भी है तो अपने आसपास के समाज की स्त्रियों

की दमघोंट नियति और दबी-दुबकी ज़िन्दगी देख ऊब और आक्रोश से भर उठती है। पढ़ी-लिखी लड़कियाँ भी शादी होते ही पुरुष वर्चस्व को आँख मूँद स्वीकारतीं, समझौतों की राह चलने लगती हैं। कात्या वैसी ज़िन्दगी नहीं जीना चाहती।

बुजुर्ग उत्तर माँगते या प्रश्न पूछते भी तो कात्या क्या कहती ? वही जो नई-नई डॉक्टर बनकर आने पर कहा था, "कि उसकी जन्नत मर्द के पहलू में ही नहीं है ?"

या यह कि किसी अचानक क्षण चलते-चलते, सहज साधारण बातचीत, और हथेलियों के स्पर्श भी, भीतरवाले नाजुक कोनों में ठप्पे की तरह अंकित हो जाते हैं पर उन्हें कोई नाम देने से पहले समझना होता है...!

डॉ. कार्तिकेय के साथ जो अबूझ सम्बन्ध बना वह गो कि सहज सहानुभूति से भीगा रिश्ता था, बड़े बेतुके ढंग से कात्या के अन्तर में धँसता चला गया। बिना सोचे अगला कदम न उठानेवाली कात्या कैसे मान ले कि कार्तिकेय अपने रिसते घावों की पीड़ा भूल, नए सिरे से जीना मंजूर करेगा ? दोनों में किसी ने तो कोई प्रश्न नहीं किया, न ही कोई उत्तर चाहा लेकिन कात्या ने सपने देखने शुरू तो किए।

क्या समय ही प्रश्नों का उत्तर है ?

त्रिभुवन का जाना और डॉ. कार्तिकेय का आना कहीं भी एक-दूसरे की राह लाँघना नहीं है। त्रिभुवन कभी उसके करीब था, कात्या कार्तिकेय के पासंग में उसे नहीं बिठा सकती। वर्षों बाद मिलने पर जो गलत लगा, वह किसी दिन अलग शक्लोसूरत में अच्छा लगा था। मन की गहराइयों में समेटा भी था। तभी शायद कात्या ने बातचीत में तल्खी के बावजूद, त्रिभुवन को मन-ही-मन माफ भी कर दिया।

या शायद इसलिए कि अचानक कार्तिकेय ने आकर उसके भीतर जुड़ाव की चाह नए सिरे से जगा दी थी और पात्र बदल गए थे। घटे हुए पर शोक मनाने की स्थिति भी समाप्त हो गई थी।

कार्तिकेय की आँखें कात्या के चेहरे से हटती नहीं। पता नहीं क्या खोजता है कात्या में। कात्या अवश खिंचती जा रही है। क्या है उस चेहरे में ? क्या देखती है कात्या उन आँखों में जो पूरे वजूद को ढक देती हैं ?

बकौल मुक्तिबोध–

'मुख है कि मात्र आँखें हैं वे आलोक भरी
जो सतत तुम्हारी थाह लिए होती गहरी,
इतनी गहरी
कि तुम्हारी थाहों में अजीब हलचल
मानो अनजाने रत्नों की
अनपहचानी-सी चोरी में
धर लिए गए
निज में बसने, कस लिए गए।'

ऐसे भी कोई कात्या की ज़िन्दगी में आएगा और अपनी गिरफ्त में लेगा, किसे

मालूम था ?

कार्तिकेय तो दिमागी सन्तुलन ही खोने लगा था। अचानक आघात था वह ! भरी बस्ती ढहानेवाला भयंकर भूकम्प।

पहले नन्हे बबलू को आवाज़ दी, उत्तर दिया घर में इकट्ठा हुई भीड़ ने, हूँकें भर-भर रोते हुए।

आशंका से दहला कार्तिकेय अपने चौतरफ देखने लगा, यह लोग उससे मिलने आए हैं या किसी भयानक घटित का अनावरण करने ? घबराकर पत्नी सुनयना को पुकारा। लेकिन सुनयना कहाँ थी ? घरवालों का धैर्य धारासार आँसुओं में बहने लगा।

"अब सुनयना नहीं लौटेगी बेटे। बबलू को लेकर हमसे दूर चली गई।"

"धीरज धरो मेरे बच्चे। इतना ही साथ था उनका।"

"विधि का लिखा कौन मिटा सकता है ?"

तसल्लियाँ, करुणा, अवश समझौते।

कार्तिकेय कुछ भी सुनने की शक्ति खो चुका है। लेकिन घर के लोग हालात बयान कर रहे हैं। बबलू सुनयना और किश्तवाड़ी नौकर मुन्नू ! तीनों तुलामुला[1] में होम हो गए। ठीक जेष्ठ अष्ठमी के मेलेवाली रात ! होनी थी सो होकर रही। नहीं तो सुनयना की दीदी मना-मनाकर क्यों ले जाती ? क्यों देवी चरण स्पर्शों के चार-छह करिश्मों के उदाहरण देते कहती कि बबलू, जो इधर दिन ब दिन दुबलाता जा रहा है, राज्ञा के चरणों में डाल दोगी तो देवी सभी कष्ट हरेगी। उन उदाहरणों में नन्दलाल की छुटकी का माता के प्रकोप से और मखने की मिर्गी से मुक्ति भी शामिल थी।

श्रद्धा से सुनयना ने पूजा-अर्चना की। रतजगा किया। प्रातः बेला बबलू को सुलाने धर्मशाला के कमरे में ले गई, मुन्नू नौकर को साथ लेकर कि घंटाभर सोएँगे दोनों बच्चे। वह भी आँख झपकाकर हल्की हो जाएगी। बाद में कुंड में स्नान-ध्यान कर पूजा करके घर लौट जाएँगे।

लेकिन वह तो नींद के बहाने स्वयं यमराज न्यौता लेकर आया था। आधेक घंटे में ही निचली मंजिल की दुकान में हलवाई के लुच्चियोंवाले खौलते कड़ाह से जो आग की भयंकर लपट उठी, वह पलक झपकते लकड़ी की धर्मशाला को लपेट में ले गई। धू-धू हाहाकार ! चीख-पुकार और घुटा-घुटा आर्तनाद !

पलक झपकते लकड़ी की धर्मशाला राख की ढेरी में तब्दील हो गई।

खीर भवानी के प्रांगण से उठते हवन के मन्त्र और माँ भवानी से दया की याचना करते आराधना के सामूहिक स्वरों में दर्दनाक चीखें घुल गईं। पटपट जलती, चिटकारती, सूखी लकड़ियों के दरवाज़े-खिड़कियाँ दहकती मशालें बन गईं और धुईली राख माँ राज्ञा के आँगन में बिछे बेदाग पत्थरों पर कालिख बनकर चिपक गई। चिनारों पर घोंसलों में सोए पाँखी चीखकर भागे और आसमान की खोखल में गुम हो गए।

---

1. खीर भवानी का सुप्रसिद्ध मन्दिर।

जब तक बदहवास लोगों ने बाल्टी भर-भर पानी आग पर उँडेला और फायर ब्रिगेटवाले धर्मशाला के आँगन में पहुँचे तब तक राख की ढेरी में, जलती खपच्चियों के बीच दस-बारह हड्डियों के काले ढाँचों के सिवा कुछ नहीं बचा था।

लोगों ने आग में कूदकर अपनों को खोजने की कोशिशें की तो अधजले रुंड-मुंड उठाते-पलटते अपने हाथ-पैर ही जला डाले, क्योंकि कोयलों की ढेरी में कोयला हुई देहों की शिनाख्त करना किसी भी मनुष्य के बूते से बाहर था। बाद में लोगों ने कहा कि नन्द बबा ने चेताया था विशम्भर के लड़के को। बीच बाज़ार फतेहकदल में गले लगाकर रोया नहीं ? क्या था वह ? लेकिन लड़का इशारा नहीं समझा, बीवी-बच्चों समेत होम हो गया धर्मशाला में। होनी थी और क्या ? नन्द बबा की चेतावनी कभी गलत सिद्ध हुई है ?

"कुछ गलत हुआ है। देवी का आँगन अपवित्र हुआ है, मीट-मुर्ग खाकर तो नहीं आए थे वे लोग ? माँ राज्ञा के आँगन में तन-मन को पवित्र करके घुसना पड़ता है। कहीं कोई गलती ज़रूर हुई है।"[1]

बारह जनों की कब्र बन गई, कुछेक मिनटों में ही—जिसमें सुनयना, बबलू और मुन्नू भी शामिल थे।

कार्तिकेय वर्षभर के बबलू और पत्नी सुनयना की हौलनाक मौत से बौरा गया था।

"क्या राख-मिट्टी भी न मिली माँ-बेटे की ?"

"मेरे लौटने तक रुकी क्यों नहीं ? मैं तो चारेक दिनों में लौटनेवाला था। आप लोगों ने रोका क्यों नहीं ? मैं भी साथ चलता।"

कभी चुपचाप अपने आपसे ही प्रश्न पूछता, आप ही उत्तर देता। 'गरम चाय पीने से मुँह में फफोले पड़ते थे नयना के। आग में झुलसते बहुत छटपटाई होगी. ।' घुटे आँसुओं से गला रुँध जाता।

'बबलू तो मक्खन की बट्टी-सा था। मैं उछालता, तो दूध के दाँत निकालकर हँसता था। नयना ने कमर में काला धागा बाँधा था, नज़र न लगे बच्चे को। उससे निशान पड़ गया था। मैंने देखा तो बहुत नाराज़ हुआ। खूब डाँटा था उसे।' कार्तिकेय बच्चे की तरह फफक पड़ता।

"मुझे ज़रूर पुकारा होगा नयना ने। मैंने उसकी आवाज़ क्यों न सुनी ?" डॉक्टर काक ने कात्यायनी से कहा।

"मेरे कुलीग रहे हैं डॉ. कार्तिकेय। अभी-अभी अपना प्राइवेट अस्पताल खोला है। खूब तरक्की की। हाथ में गज़ब की शफा। अपने छोटे से परिवार में खूब खुश थे। बेहद हँसमुख ! अब देखो। इस हादसे से उसकी दुनिया ही उजड़ गई। हफ्ते भर के लिए दिल्ली गए थे, मेडिकल कांफ्रेंस अटेंड करने, इधर ये कांड हो गया।"

---

1. यही न लोगों ने कहा जो खीर भवानी से लौटते ही सिन्ध नदी की माछ घर लाना नहीं भूलते।

कात्या एक-दो बार मिली थी, दिल्ली जाने से पहले। खूब चुस्तदुरुस्त और मुस्कुराता चेहरा। चौड़े माथे के ऊपर पीछे की ओर सँवारे सुनहरे बालों में हल्की-सी घुँघराली सलें, जिन पर देखनेवालों की नज़रें ठहर जातीं। आँखें जैसे आपके भीतर उतरकर अनकहे को समझना चाहती हों। सर्जरी में स्पेशलाइज़ेशन करके दो-ढाई साल पहले ही इंग्लैंड से लौटे थे। लौटकर अपनी पसन्द की लड़की से शादी की। बेटा तो सालभर का भी नहीं था अभी...।

कात्या को बेहद अफसोस हुआ था दुर्घटना की खबर सुनकर। वह काक के साथ डॉ. कार्तिकेय के शोक में शामिल होने गई थी।

वहाँ जाकर लगा कि हर दुख में भागीदार होना सम्भव नहीं है। कार्तिकेय अपने भीतर किसी अन्धी खोह में गुम हो गया था। सांत्वना के शब्द बिल्कुल निरर्थक लगे थे क्योंकि वे कार्तिकेय तक पहुँच ही नहीं पाए।

कात्या ने बन्द कपाटों पर धीमे से दस्तक दी थी।

"डॉक्टर साहब !" आवाज़ में उमड़ आता करुण स्पर्श।

कोई फायदा नहीं। अपनी ही आवाज़ बार-बार वापस लौट आई। एक, दो, तीन बार। स्वभाव में हार न मानने की ज़िद। कैसे नहीं पहुँचेगी कात्या उस अन्धी खोह तक, जहाँ डॉक्टर गुम होना चाहता है !

"डॉक्टर कार्तिकेय !" डॉक्टर के अनसुलझे बाल माथे तक छितर आए थे। चेहरे पर सफेद राख-सी पुत गई थी।

तीसरी बार कात्या अकेली चली गई। कार्तिकेय को पत्थर बने देखना कात्या से नहीं होगा। यह भी क्या कोई अबूझ ज़िद थी ?

डॉक्टर की किसी बिन्दु पर ठहरी आँखों में हरकत हुई। अगले को देखते हुए भी कहीं दूर देखती आँखें। कात्या उनकी बन्द होती और खुलती मुट्ठियों को कुछ देर देखती रही। कमरे की अधखुली खिड़की हवा के झोंके से खटाक से खुल गई। लॉन में खड़े चिनार के मुट्ठीभर पत्ते चीखते हुए कमरे में दाखिल हो गए। डॉ. बुत बना बैठा रहा।

कात्या ने उठकर खिड़की बन्द कर दी। भीतर कमरा चुप हो गया, बाहर शाँ ऽ शाँ ऽ की आवाज़ें पत्तों से सिर फोड़ती रहीं। चुप्पी, छाती पर सवार होने लगी तो कात्या ने अपनी हथेली से कार्तिकेय की बन्द होती खुलती...बन्द होती खुलती हथेलियों की हरकतें रोक लीं—"प्लीज़ डॉ. साहब।"

कार्तिकेय ने स्पर्श की आवाज़ महसूस की।

"सॉरी ! आप...आप कब आईं ?"

"आप अपने सोच में व्यस्त थे। मैं पन्द्रहेक मिनटों से यहाँ बैठी हूँ आपके पास।"

"ओ, हाँ, पता नहीं चला।" फिर स्वर में क्षमा-याचना।

"क्या सोच रहे थे ? मुझसे कहेंगे ?" कात्या ने अचानक लगाव-सा महसूस किया। कार्तिकेय के दुख और टूटन का अहसास।

''नहीं, क्या सोचना ?'' चेहरे पर हल्की-सी शिकन आकर चली गई।

''कुछ तो !'' खुलने का आत्मीय आग्रह।'' मुझसे अपना सोच शेयर नहीं करेंगे ?''

भीतर घुमड़ते चक्रवात को स्वर देना चाहा डॉक्टर कार्तिकेय ने।

''कात्यायनी ! नागासाकी पर जब बम गिराए गए तो आग के पूलों ने आसमान को ढक दिया था, लेकिन जो लोग उस आग में झुलसकर भस्म हो गए, उनकी पीड़ा का कोई चश्मदीद गवाह बचा नहीं जो बता सके...''

कात्या ने दोनों हाथों से डॉक्टर की थरथराती हथेलियाँ थाम लीं। ठंडी बर्फ हुई हथेलियाँ ! डॉक्टर की आँखें कात्या के चेहरे पर ठहर गईं।

''ऐसे में, क्या तुम्हें नहीं लगता कि आदमी शॉक से ही मर जाता होगा। आई मीन—नयना और बबलू ने झुलसन की तकलीफ महसूस नहीं की होगी न ?''

ख्यातिप्राप्त हुनरमन्द डॉ. कार्तिकेय, आश्वासन चाहता था। कोई तो कहे कि उसकी सुनयना और नन्हा बबलू झुलसने-तड़पने की नारकीय यन्त्रणा से नहीं गुज़रे। कोई तो कहे कि घबराहट से ही उनके दिल की धड़कनें रुक गईं और वे नींद में ही खामोश हो गए...

हादसों से गुज़रते, मरीज़ों की आधी बीमारी सांत्वना-स्पर्श से दूर करनेवाला डॉक्टर सर्जन इस अचानक हादसे से भीड़ में खोया निरीह बच्चा-सा, बौराया, छूटे हुओं को ढूँढ़ रहा था, उनकी खोज-खबर में उनकी यातना से बिंधा-जकड़ा सहारे के लिए ढहते कूल-किनारों की ओर लपकता, जबकि वह जानता था कि इन भीगे भुरभुरे किनारों में उसे सहारा देने की ताकत नहीं है।

कात्या के भीतर अचानक कुछ घट गया। एक काँपता आवेग, थरथराती लौ-सा भड़क उठा। मन हुआ कि इस अकेले पड़े खोए बच्चे को सीने से लगाकर डर और आशंकाओं को इसके ज़ेहन से दूर कर दे। अपने लिए इसे बचा ले।

डॉक्टर को देखा, वह उम्मीदभरी आँखों से उसे देख रहा था। कात्या ने झुककर डॉक्टर की बँधी हथेलियों पर अपने होंठ रख दिए और चुपचाप लौट आई।

बारहवीं, तेरही, मटन, गया, हरद्वार में श्राद्ध-तर्पण, दान-पुण्य, ब्राह्मण भोज, सभी आयोजनों में कार्तिकेय चुपचाप शामिल होता गया, आस्था-अनास्था के प्रश्नों पर बहस किए बिना। इस भरोसे, कि शायद कहीं कुछ ऐसा हो जो मृतक की आत्मा को शान्ति देता हो। अतार्किक और अप्रमाणित आस्थाएँ। विज्ञान की तरह वहाँ प्रमाण ढूँढ़ना तो बेमानी ही है।

कुछ ऐसा ही अतार्किक भरोसा कात्या के ज़ेहन में घुसने की दस्तकें देने लगा है, कि कार्तिकेय उसके जीवन में आएगा। साँवरिया की हूक उठाती उस ठंडी रात में कार्तिकेय की यख़ हथेलियों पर अपने होंठ रखकर अनजाने में ही सही, उसने कार्तिकेय तक अपना भरोसा पहुँचा दिया है, कि वह अकेला नहीं है।

# नदी है तो बहेगी ही

कार्तिकेय के पिता कामेश्वरनाथ, जो अपने मझले और छोटे बेटों के पास लखनऊ में रह रहे थे, बहू-पोते के हादसे का दुखद समाचार सुन कार्तिकेय के पास चले आए। घोर धार्मिक प्रवृत्ति के कामेश्वरनाथ, ईश्वरेच्छा के आगे सभी सुख-दुख चिन्ताओं, यातनाओं के प्रसंग परोसकर माथा झुकाना जानते थे। तुम्हारा ही दिया तुम ही सँभालो ! प्रारब्ध और नियति के सनातन विश्वासों से बँधे प्राणी ! ईश्वर उनकी शक्ति भी था और सीमा भी। जो भी होगा, उसी की इच्छा से।

'ॐ नमो भगवते वासुदेवाय' का मन्त्र बुदबुदाते वे अगले से बातचीत के दौरान पलभर की खामोशी या अन्तराल, ॐ नमो...ॐ नमो भगवती...ॐ नमो भगवती वासुदेवाय...के अधूरे पूरे वाक्यों से भर देते, अन्तराल की लम्बाई के हिसाब से। उन्हें जाननेवाले कहते थे कि कामेश्वरनाथ को भगवान के दर्शन हो चुके हैं। 'सु छु भगवानस सूत्य मीलिथ गोमुत।'[1]

कार्तिकेय की माँ बहुत पहले, सातवें प्रसव के दौरान चल बसी थी। जीवित होती तो पता नहीं पहलौटी के बेटे को किन शब्दों में दिलासा देती ? भाई-बहनों ने महीने भर बाद ही दबी जुबान से ही सही, दानिशमन्दी का प्रमाण देते, अपनी राय ज़ाहिर कर दी कि बड़े भैया को फिर से गृहस्थी बसानी चाहिए, अभी उनकी उम्र ही क्या है ?

"हाँ, और क्या ? श्मशान वैराग्य कितनी देर रहता है ? ज़रा सँभल जाएँ तो अच्छी से अच्छी लड़की विवाह के लिए खुद को भाग्यशाली समझे। लाइन लगेगी लड़कियों की, लाइन। भला लड़कियों की क्या कमी अपने समाज में।"

हरी झंडी देख ज़रूरतमन्द माता-पिता जुट जाए।

"इतना धन ! इतना वैभव ! अपार यश ! और रूप-गुण में तो राजा इन्द्र समझो। जाने किसका भाग जागा है।"

"तैयार हो जाएँ, तो मैं अपनी लेक्चरर लड़की के लिए बात करूँ। वह भी कम गुणवती नहीं।" जयदेदी की बेटी अंग्रेज़ी पढ़ाती है गर्ल्स कॉलेज में।

"अह ! लेक्चरर ! सूरत देखो, काली-कलूटन ! नाक तो चिनार की जड़।"

कुदमाली ने पीठ पीछे लेक्चरर बेटी की सम्भावनाओं पर पानी फेर दिया। उनकी

1. वह भगवान से मिल गए हैं।

चन्नी के रहते, डॉ. को दूसरी लड़कियाँ ढूँढ़ने की भला क्या ज़रूरत ?

"भला ऐसा भी क्या खास है आपकी चन्नी में ?" किसी जलनखोरी ने मुँह पर थप्पड़ जैसी बात दाग दी।

"मेरी चन्नी ? सुनना चाहती हो, क्या है उसमें ? सह पाओगी ? तो सुनो। चन्द्रलेखा-सी सुन्दर है मेरी चन्नी ! ग्रह-नक्षत्रों की स्थिति तो देवजाति की।"

"ग्रह-नक्षत्र तो ठीक, पर यह चन्द्रलेखा कौन-सी बला का नाम है ?"

जयदेदी ने अपना अज्ञान दर्शाया भी तो ठसके से। कुदमाली भी सिर पर तरंगा पहनती है, भला दबेगी ? सो भी इस धुँआ देती काँगड़ी से।

"चार अक्षर पढ़ी होती तो न चन्द्रलेखा की कथा जानती। मैं नागराज सुश्रावस की बेटी चन्द्रलेखा की बात कर रही हूँ, जिसने घोड़े की पीठ ज़रा-सा थपका दी कि उसकी पीठ पर चन्द्रलेखा की उँगलियों की सुनहरी छाप पड़ गई। जिसे देख किन्नरपुर का राजा भी मोहित हो गया। रूप तो रूप, गुण भी कम न थे।"

"ओ ऽऽऽ ! हाँ ! उँगलियाँ तो अच्छी हैं। सितार अच्छा बजाती है आपकी बेटी। डॉक्टर को और क्या चाहिए, खाएगा भी संगीत, पिएगा भी संगीत।"

जयदेदी ने मुँह घुमाकर रूपा की माँ को टहोका दिया—हीमाल ! जुवलमाल ! लड़कियों की माँएँ अपनी-अपनी बेटियों के सौन्दर्य और गुणों का बखान करती आपस में उलझती रहीं पर कार्तिकेय तक बात कौन लेकर और कैसे पहुँचाई जाए, इस समस्या का समाधान ज़रा मुश्किल था।

'मज़िमयोर'[1] को तो डॉ. घर में घुसने नहीं देगा, पर दोस्त-नातेदार तो हैं ! कुछ न कुछ जोड़-जुगाड़ करना ही होगा।

जानकीमाल ने बेटीवालों को डॉ. के घर सन्देशे भेजते सुना तो आह भरकर 'सुनयना' का शोक मनाया। नयना के माता-पिता तो रो-रोकर अन्धे हुए जा रहे हैं और डॉ. के घर रिश्ते आने लगे, अरे लड़की की राख तो ठंडी होने दो।

"सच कहा है बुजुर्गों ने—'बबे मरय, मोज्य मरय, अच्छ न हुन्दिस गाशस फरय, हशं मरय, हेहरॅ मरय, वोट बरय कुठ बरय !' "[2]

कार्तिक दूसरी शादी करेगा यह सभी जानते और मानते थे। घर-संसार बसाना ही होगा। जानेवाले के साथ थोड़े ही कोई जाता है ? लेकिन यह शादी कात्यायनी के साथ होगी, यह देखने क्या, सुनने तक भी जानकीमाल ज़िन्दा नहीं रही।

"जीवन-मरण के काज कहीं रुकते हैं ? संसार-चक्र तो अपनी धुरी पर घूमता ही रहेगा। उसे रोकनेवाला कौन ?"

"एक का उच्छिष्ट, दूसरे की गिज़ा।" यह बात बाद में कमलावती ने कही।

लेकिन कार्तिकेय काफी देर तक सँभला ही नहीं और जब सँभला तो लोगों ने

---

1. नाई। 2. बेटी मरती है तो माता-पिता की आँखों की रौशनी छिन जाती है और बहू मरती है तो घर के बैठक, कमरे भर जाते हैं। यानि शोक मनाने की रीत भर निभती है।

डॉ. कात्यायनी को सुनयना अस्पताल में डॉ. कार्तिकेय के साथ काम करते देखा और उनके ज्ञानचक्षु खुल गए।

"अच्छा, तो यह खिचड़ी पक रही थी अन्दर ही अन्दर ! हमें तो भनक भी न लगी।"

ज़रूरतमन्दों को धक्का लगा। अच्छी-भली सरकारी नौकरी को लात मार कार्तिकेय के 'सुनयना अस्पताल' चली गई। इसका मतलब ? उन्होंने दिमाग टहोके, कान खुजाए, इधर-उधर नाक-आँख घुमाई।

"यही कि प्रस्थान की जूती घर से निकल पड़ी है, अब कभी भी बिना साइत-मुहूर्त देखे सुहागरात मनेगी।"

"आह ! सुनयना बेटी ! कौन-से सपने न देखे होंगे तूने अपने परिवार के लिए ? तेरी आत्मा को शान्ति मिले !" निराश माताओं के आँसू बहे।

"सच कहा है, जिसने आँख बन्द की, वही मुक्त हो गया ! 'युसुय गछान सुय मोकलान' ! हम तो समझे थे डॉ. दूसरी शादी के लिए कभी तैयार न होगा। अस्पताल का नाम भी तो बदलकर 'सुनयना' रखा। दूसरी शादी करके भला भूल पाएगा, उस लक्ष्मीरूपा पत्नी की मोहमाया को, जिसने घर में कदम क्या रखा कि धन-दौलत आकाश से बरसने लगी...?"

यह फतवेबाज़ियाँ, चेहमेगोइयाँ, चिन्ताएँ, तन्ज़, अंदाज़े बयानियाँ आदि इत्यादि उस दिन चरमोत्कर्ष पर पहुँच निराशाओं में तब्दील हो गईं जब कार्तिकेय के पिता कामेश्वरनाथ, ताता उर्फ अजोध्यानाथ रैना से स्वयं मिलने घर आए।

कामेश्वर ने 'ॐ नमो भगवते वासुदेवाय' का स्मरण कर अजोध्यानाथ का हालचाल पूछा और ताता को स्वप्न-कथा सुनाई। दरअसल हुआ यह था कि रात अचानक भगवती शारिका ने कामेश्वरनाथ को स्वप्न में आकर दर्शन दिए और आदेश दिया कि कार्तिकेय की शादी केशवनाथ की बेटी कात्यायनी से होनी है। यही कर्मलेखा है।

ताता कामेश्वरनाथ की श्रद्धा, भक्ति व निष्ठा से खासे प्रभावित थे, जंगलात में रेंजर रह चुके कर्त्तव्यनिष्ठ अफसर का आदर भी करते थे, पर कात्यायनी की राय जानना उनके लिए बेहद ज़रूरी था। अपने भविष्य का फैसला करने का अधिकार ताता ने खुद उसे सौंप दिया है, सो ताता जल्दबाज़ी में वचन न दे पाने की असमर्थता ज़ाहिर कर साथ में यह भी जोड़ बैठे कि अभी कात्या की दादी जानकीमाल की मृत्यु का 'षड़मोस' भी नहीं हुआ। यदि ईश्वरेच्छा हुई तो शुभ विवाह बरसी के बाद ही सम्भव हो पाएगा।

सन्त प्रवृत्ति के कामेश्वरनाथ ने वक्त की नज़ाकत और धार्मिक अनुष्ठानों की अनिवार्यता से बँधे, अजोध्यानाथ से सहमति ज़ाहिर की और कोने में टिकाकर रखा केन उठाकर दरवाज़े की ओर प्रस्थान किया।

देहरी पार कर एक बार मुड़कर अजोध्यानाथ से फिर सम्बोधित हुए, "इस मिलन से भाभी की आत्मा भी सन्तुष्ट होगी वकील साहब, माँ शारिका का आदेश है यह।"

और 'ॐ नमो भगवती वासुदेवाय' उच्चार, जल्दी उत्तर पाने की आकांक्षा के साथ ज़ीना उतरने लगे।

लल्ली ने कात्या के बाल सहलाए, "तुझे कुछ कहना है मुन्नी ?"

कात्या के भीतर भँवर उठ रहे थे। दिमाग जैसे काम करना बन्द कर गया हो। कैसी तो कमज़ोरी रगों में आलस्य भरती जा रही है।

"कुछ तो कहो मेरी बेटी !"

कात्या की आवाज़ में बेचैन आकुलता उझक आई, "वे बहुत अकेले हो गए हैं माँ !"

लल्ली स्पर्शों से बात करना जानती है। कार्तिक का अकेलापन कात्या को अकारण ही नहीं कचोटता।

"तुम अपनी भी तो कुछ कहो मुन्नी ! दूसरों की चिन्ता करना जीवन को अर्थ देता है, पर अपने लिए भी तो कुछ सपने बचाकर रखने चाहिए कात्या !"

कात्या ने माँ को देखा, 'उसने अपने सपनों की गठरी कहाँ छिपा रखी होगी ?'

"तुमने अपने लिए कोई सपना देखा है माँ ?"

कात्या का अप्रत्याशित प्रश्न ! लल्ली के भीतर कोई आहट-सी हुई। मुस्कुराई, "मैंने अपने सपने अपने बच्चों की झोली में डाल दिए। अब तुम्हारी आँखों से उन्हें पूरा होते देखना चाहती हूँ।"

"माँ, सच कहो, ऐसे नटो मत !" कात्या की ज़िद।

"सच मानो हमारे सपनों में भी निजी कुछ नहीं होता था बेटी। बचपन से गुड़ियों और घर संसार से जुड़े खेल, हमें घर-गृहस्थी, दूल्हों, गहनों-कपड़ों से जुड़े सपने ही दिखाते थे, नए-नकोर लिश्कते कपड़ों, चन्दनहार, अलकहोर और चूड़ियों भरी बाँहों के सपने, या सुन्दर-सलोने दूल्हे का सपना ! और क्या ? अक्सर हमारे सपने भी लीकों के अन्दर बन्द होते थे।"

"और कोई इच्छाएँ-आकांक्षाएँ ! कोई बागी सपना ?"

"उठते-बैठते बड़ों की हिदायतें, सिखौवलें, पारम्परिक मर्यादाएँ। सीता-सावित्री के आदर्श, पंचकन्याओं की स्तुति, किस रूप में ढलें, सभी कुछ हमारे लिए पहले से तय किया होता था। जन्म से ही अच्छी बहू, अच्छी पत्नी, अच्छी माँ बनने के आशीष हमें ससुराल में आँखें झुकाए, कान बन्द किए, बड़ों के आदेशों का पालन करने के लिए ठकठकाते थे। लीक-लीक चलना ही सुखी-सफल होने की गारंटी था। हमारी इच्छाएँ भी दूसरों की अपेक्षाओं की कसौटी पर खरे उतरने से ही ताल्लुक रखती थीं।"

"मन कभी बगावत नहीं करता था ?"

"कभी करता तो उसे मारना ही पड़ता, वरना घर-खानदान की आबरू पर आँच आने का खतरा था। जो लीक तोड़कर चलीं वे समाज की आँख की किरकिरी तो बनीं ही, उनके खानदान में भले घर के रिश्ते आने भी बन्द हो गए। कौन ? वो ? जो फलाँ के साथ बंबई भाग गई थी ? उसकी बेटी ? त्राहि-त्राहि ! क्या एक वही घर रह गया

कुल कश्मीर में रिश्ता करने को ? खैर, छोड़ो पुरानी बातें। अब तो काफी कुछ बदल गया है। हमारी सासजी ने बड़दादी के रहते कभी ताता से बात नहीं की। उनके सामने हमेशा दरोदीवार से ही बतियाती रहीं। आज वैसी बात नहीं है।''

''और तुमने माँ ? तुमने क्या किया।''

''मैं तो हाँ-हूँ मैं उत्तर देती थी। वह भी इसलिए कि पिता जी ने मुझे मिडिल पास करवाया था। बड़दादी यों तो मेरा बड़ा लाड़ करती थी पर कभी-कभार इस-उसके हीले-टहोके भी दिया करती। अरे वो, वो तो मिडिल पास है। यानी बगावत तो मैं करूँगी ही। अब ज्यादा...क्या बोलना ?''

''माँ ! मुझे तो लगता है स्त्री अभी भी नहीं बदली। मन से तो वह आज भी दूसरों के सपने पूरा करने की माध्यम भर है। घर-परिवार की ज़रूरत ! पूजा-विधानों में बाईं ओर जगह पानेवाली, शान्ता बुआ की तरह, जिसे फूफा जी यज्ञ-पूजा या बच्चों की शादी पर धार्मिक अनुष्ठानों में बाईं ओर बैठने का हक तो देते हैं, पर अनुष्ठान पूरा होते ही कुत्ते की तरह दुरदुराते हैं।''

''ऐसा नहीं है बेटी !'' लल्ली फूफाजी का बचाव करना चाहती है।

''छोड़ो माँ ! लगन-मंडप में घी कम पड़ गया तो भरे कमरे में अहल्ले-मुहल्लेदारिनों के सामने अंट-संट बकते हाथ उठाया कि हाथ में थामी आरती का थाल फर्श पर गिर गया। अपनी बेटी की शादी के दिन। उस पर अपशकुनी कहकर माँ-बहन और सात पुश्तों का श्राद्ध कर डाला। यह तो वह मानिनी निकली कि सालभर मायके में बैठकर विरोध जताया। ऐसी कितनी हैं, हमारी बिरादरी में ? मार खाकर भी पड़ी रहती हैं चरणों में, पंपी डॉग-सी।''

लल्ली ने ठंडी आह भरी, ''शान्ता के चहकते स्वभाव में खामोशी का विराग भरने वाले तेरे फूफा तो तीखी मिर्च हैं, क्या कहें। जाने दो। तुम्हारे बाबूजी ने तो मुझे हमेशा पलकों पर बिठाया।''

लल्ली ने प्रसंग बदला।

कात्या मुस्कुराई, ''तुम हो ही इतनी अच्छी माँ, कि बाबूजी के पास दूसरा कोई चारा ही नहीं।''

''अच्छा तो ठिठोली छोड़कर बता, कामेश्वरनाथ का सपना तुम्हें कैसा लगा ? डॉ. तुम्हें पसन्द है न ?''

कात्या का चेहरा लाल हो गया। लल्ली उसे उठते-बैठते ही नहीं देखती, मन में घटते को भी सूँघ लेती है।

''क्या कहूँ माँ, सोचा था प्रेम-व्रेम के चक्कर में नहीं पडूँगी, पर डॉक्टर ने तो जैसे बाँध-सा दिया है।''

''कुछ कहा उसने ? शादी-ब्याह की बात की ?''

लल्ली ज्यादा जानना चाहती है। डॉ. कार्तिकेय हर लिहाज से उसे बेटी का साथी बनने के योग्य लगता है।

"कहा तो कुछ नहीं, पर ज़रा देर से अस्पताल पहुँचती हूँ तो बरामदे में चहलकदमी करते रहते हैं।"

कैसे कहे माँ से कि कार्तिक के धाव सहलाते मैं खुद जख्मी हो गई। मुझे अपने आसपास न पाकर वे सुनयना की यादों में भटकते, मौत के सायों से घिर जाते हैं, मैं भी तो भागती-हाँपती उसी के पास पहुँचने की कोशिश करती हूँ।

"दो-तीन दिन डॉ. की मेज़ पर मैंने चार गुलाब फर्न में सजाकर रख दिए। चौथे दिन किसी काम में उलझकर ध्यान नहीं रहा तो मेज़ सूना रहा। माली को डाँटा, गुलदस्ता क्यों नहीं सजाया ? माली बोला, 'डॉ. साहब मना करते हैं। कहते हैं आप खुद लगा लेंगी।' मैंने कार्तिक को छेड़ा तो बड़ा मासूम बनकर कहा, 'आजकल जाने माली को क्या हो गया है, गुलदस्तों के नाम पर झाड़ बना देता है।'

"अस्पताल का स्टाफ, नौकर-चाकर मेरी तरफ उम्मीदभरी नज़रों से जाने क्यों देखते हैं। उनका चहेता डॉक्टर ठीक होने लगा है, वे बेहद खुश हैं। डॉ. तो कुछ नहीं कहता।"

कात्या पलभर रुकी, "क्या सभी कुछ कहने से ही समझा जाता है माँ ?"

"नहीं बेटी। मैं यह तो समझ रही हूँ कि तुम उसकी ज़रूरत बन गई हो। तुम्हारे भीतर भी तो कुछ जन्मा है, जिसे तुम शब्द नहीं दे पा रहीं।"

"शायद तुम ठीक कहती हो माँ।" कात्या ने स्वीकार किया।

"कामेश्वरनाथ ने स्वप्न में देवी-दर्शन और विवाह के आदेश की बात की। इस बात पर तुम्हें हँसी आ सकती है पर यह उनका अपनी बात कहने-समझाने का ढंग है बेटी ! उन्होंने बेटे के मन की थाह पा ली है। आखिर पिता हैं वे !"

कात्या चुप हो गई। मन की थाह ! भीतर उमग आई झील की थाह। अकेले पड़ते कलेजे को कोरनेवाली चुभन की थाह। कुछ तो जानने लगी है कात्या भी, तभी कार्तिकेय के साथ अस्पताल के लॉन में टहलना अच्छा लगता है। सफेद एस्टर और काले गुलाब की सुन्दरता का रहस्य तिलिस्म की तरह, कार्तिक के साथ ही परत दर परत खुलता जाता है। बरामदे में पास-पास बैठे, बरसते आकाश तले हरियायी धरती को सिहरते देख कार्तिक से दो हाथ की दूरी, मीलों मील लम्बी लगने लगती है। कार्तिकेय का चार बजे की कॉफी कात्या के साथ, लॉन में बैठकर पीना अच्छा लगने लगा है। एक आदत-सी होने लगी है, चुपचाप कॉफी के घूँट भरना और सामने फैले चिनार के छतनार पेड़ के पीछे, बर्फीली पहाड़ों पर ग़पटती सूर्य किरणों को पिघलते देखना ! कात्या बच्चों की तरह किलक उठती है, 'हाऊ बियूटिफुल' ! कार्तिकेय ज़रा-सा मुस्कुराती आँखों से देख ले तो मन करता कि उसकी बाँहों में बँधकर उसे अपने भीतर समो ले। इतना आवेग कहाँ से जन्मा कात्या के भीतर, कि कार्तिकेय ज़रा-सा छू दे तो वह सहस्त्रधारा बनकर बह जाए ?

शारिका देवी के स्वप्न आदेश पर कात्या की शादी होना नाते-रिश्तेदारों के लिए भी अजीब घटना थी। यह ज़िद्दी लड़की जो बड़े-बुजुर्गों की दलीलों और घर की

परम्पराओं के आगे प्रश्नचिन्ह बनकर खड़ी हो गई, जो अपनी तारीख का उनवान बदलने को बज़िद थी और अपनी बहनों की मनुवादी फेहरिस्त से बँधी सोच और जीवनचर्या से खीजती-ऊबती शायद ठसके से अकेली रहना पसन्द करती, अचानक पिघलकर कैसे बह गई और शादी कर बैठी, सो भी चुपचाप, बिना किसी तामझाम के ?

किसी-किसी को ही यह आभास हुआ कि इस ज़िद्दी लड़की के पिघलकर बहने का रहस्य, मन के भीतर अचानक फूट आते गुनगुने सोतों से ताल्लुक रखता है। वे स्रोत, जो सृष्टि के प्रथम युगल आदम-हवा से शुरू होकर सनातन काल से प्रेमी-प्रेमिकाओं के भीतर फूट आते रहते हैं।

तारा को मौका मिला अपनी बात मनवाने का, ''बाढ़ को सूप से ढकनेवाला मज़ाक तो तुमने भी सुना है कात्या बहन। 'यूपिस शुप ढक थावुन'! हम तो जानते ही हैं कि भीतर की बाढ़ के आवेग में बहने के सिवा कोई दूसरा रास्ता नहीं है। अब तो तुम भी मान ही लो।''

मान लिया कात्या ने कि वह नदी बनकर बहने लगी है और इस बहाव के लिए वह कार्तिकेय की शुक्रगुज़ार है।

# यूसमर्ग की तराइयाँ

पहाड़ों की गोद में लमलेट, यूसमर्ग की तराइयों में रात पाँव पसारे नींद में ऊँघ रही है। डाकबँगले का कमरा बुखारी की मद्धम आँच से गुनगुना, खासा सुकूनदेह हो उठा है।

नीलनाग झील तक आने-जाने की उछाह भरी यात्रा में भी घोड़े पर बैठने से कूल्हे दर्दभरी थकान से पिरा गए हैं। शायद इसी कारण कार्तिकेय ने तकिए पर सिर रखते ही गुदगुदे स्पर्श से राहत पाकर आँखें बन्द कर ली हैं।

कात्या को कुछ अटपटा-सा लगा। आज के दिन, कम-से-कम इस नींद को तो थोड़ी देर के लिए मुल्तवी किया जा सकता था।

लेकिन शायद वह महज़ नींद नहीं थी। बाहर की थकान से ज्यादा भीतर की कोई चिलक कार्तिक को पस्त किए दे रही थी और वह कात्या को उसका आभास देकर उसकी उड़ानों में सीसा नहीं भरना चाहता। यह भी तो हो सकता है।

उमग आई कात्या एकदम उस चिलक को समझने-सहलाने का धैर्य जुटा नहीं पाई। कुछ देर कार्तिकेय के पलंग से लगे बिस्तरे पर लेटी-लेटी इन्तज़ार करती रही। नहीं, आज की रात कार्तिकेय को मायूसियों की नींद में खोने नहीं देगी कात्या। लेकिन कार्तिक ने तो बीच में नींद का परदा तान दिया।

खिड़की के काँच से भीतर आती ज़र्द चाँदनी का अक्स बिस्तरे की चादर पर ठहर गया था। दूर से आती रात की आवाज़ों से अटा कमरा, कहीं पत्तों की खड़-खड़, और कभी पंखों की फड़फड़ाहट के साथ लम्बी-सी चीख, दूर बस्ती के लिए खजियल कुत्ते की काँखती पुकार, फिर सब चुप्प। कात्या ने आँखें बन्द करने की कोशिश की। पर नहीं हुआ। दम-सा घुटने लगा। अचीन्हा-सा आवेग ज़िद बनकर उकसाने लगा। नाइटी के ऊपर शाल लपेट वह बरामदे में निकल आई। रेलिंग थामे सामने खड़े चीड़ देवदारों के पीछे ठसके से खड़े अडोल सुरमई पहाड़, यहाँ-वहाँ गूजरकोठों में जलती आग की आँखों से उसे चिढ़ाने लगे। इतनी बौनी तुम ? ऐसा क्या है जो कल तक चुक जाएगा ? कोई आज की रात ही तो नहीं है तुम्हारे पास ?

लेकिन आज की यह रात मामूली रात नहीं है कात्या के लिए। यह लम्बी प्रतीक्षा का दौर दूर-दूर तक पसरा रेत की लहरें उठाता अछोर मरुस्थल क्यों होता जा रहा है ? कात्या कार्तिक के घावों पर फाहे लगाती, अपने को जबरन भुलाती रही, इस उम्मीद में कि कहीं तो इस रेतीले विस्तार का आखिरी छोर उसे हाथ लगेगा। मन के धूल भरे

कोने को बुहारकर वह कार्तिक के भीतर की झील का बन्द मुहाना खोल पाएगी।

क्या वह महज़ खुशफहमी थी ? अपने पर अतिरिक्त भरोसा ? कात्या ने भ्रम नहीं पाले, कोशिशें कीं, उन कोशिशों में उसकी इच्छा-आकांक्षाएँ भी साथ हो लीं। तो क्या सब व्यर्थ ही था ?

ज़िद में आकर कात्या बरामदे में रखे मूढ़े पर बैठ गई। ठंडी हवा की लहर सरसराते साँप-सी पीठ पर से होकर गुज़र गई।

क्या उनका प्रेम एक-दूसरे को हासिल कर समाज की मुहर के साथ अपने चरम को पा गया ? अब वह आश्वस्ति भरी तृप्ति में एक-दूसरे पर अधिकार के दावों के साथ सन्तुष्ट हो गए ? एक-दूसरे के भीतर घटते हुए-से तटस्थ होकर निःशंक या कार्तिक अपनी यादों में लौट गया है और आज कात्या के पहलू में सुनयना की पहली रात जीने लगा है।

वह तो कार्तिक की मायूसियों में भी शरीक होने निकली है, लेकिन कार्तिक अचानक उसे पाकर उससे दूर क्यों हो रहा है ? क्या शादी के बाद एक-दूसरे को जानने की जगह वे एक-दूसरे को मानकर चलने की नीति के कायल हो गए ? क्या वे उम्र भर अपने-अपने अकेलेपन से अलग-अलग जूझते रहेंगे और प्रेम ? उसका क्या होगा ? वह सम्बन्ध में परिणत होकर एक दिन दैनन्दिन ऊब और उमस में बिला जाएगा ?

एक भोथरा-सा अहसास कात्या के आवेग पर धूल की तरह बैठ गया। वह हिलोर ही क्या, जो दोनों छोरों को समेटती साथ न बहा ले जाए ?

यों पूरा दिन खूब भरा-भरा बीता था। दिन ही क्यों, पिछले सप्ताहभर से कार्तिक भी कात्या के साए की तरह आसपास मँडराता रहा, लेकिन इस स्तब्ध करनेवाली मोहक रात में उमड़ जाते आवेग अचानक थम गए। अकारण ही क्या ?

मुड़कर देखा, दादी की बरसी के बाद सादा-सा वैवाहिक अनुष्ठान हुआ था। कात्या ने दादी की खाली जगह को तीखी चिलक के साथ महसूस किया। कितनी हौंस थी उसे पोती को दुल्हन देखने की। नन्दन अमरीका से आया था और महद जू अपने बेटों, गुले और रसूले को साथ लेकर 'आही'[1] देने हाज़िर हुआ था। खतिजी के स्यापे के बरसों बाद फाता ने उसका घर बसाया। बूढ़ा बाप फरियाद लेकर ताता के पास आया था, "हुजूर इसके दोनों भाई नौकरी की तलाश में बानिहाल पार चले गए। मैं कब्र में एक पैर उतारकर बैठा हूँ। महदा घर बसाए तो ज़रा उम्मीद हो जाए कि मज़ार तक पहुँचा आएगा और कब्र पर दो मुट्ठी मिट्टी डाल देगा...बाकी आपका गुलाम है, जब भी आवाज़ दोगे, चला आएगा..."

ताता ने गाँव में आबी ज़मीन का टुकड़ा दिलाकर महदू को विदा कर दिया था। "जाओ, अपना घर-बार सँभालो ! बहुत खिदमत की तुमने हमारी।"

लेकिन घर जाकर भी महद जू बच्चों को भूल नहीं पाया। कात्या को तो गोदी में खिलाया था, सो उसे 'उचकबोड' होने की 'आही' दिए बिना कैसे रह सकता था।

1. आशीष।

इस नटखट मुन्नी ने बचपन में महदू को नाच भी तो खूब नचाए थे ! देखें अब डॉक्टर साहब को कौन-से नाच नचाती है। अच्छा लगा। महद जू को देख बीता बचपन देहरी पर झाँक आया। भद्रा, नाथजी, इन्द्रा अपने तीनों बच्चों के साथ ननिहाल का नेग लेकर आए, साड़ी डेजहोरू ! नाना-नानी की यादों ने आँखें भिगो दीं। ताता, कात्या सोशल रिफार्म चाहते थे, पर भद्रा अब नानी की जगह पर थी, सो इनकार कैसे कर सकते थे नेग लेने से ? उनके मन को ठेस न लगती कि पराया समझ बैठे ?

कामेश्वर नई बहू और परिजनों के साथ अगले ही दिन अपनी इष्टदेवी शारिका के दर्शन करने हारी पर्वत गए। पीली ताहरी का शगुन लेकर। दूल्हा-दुल्हन शादी के बाद पहली बार घर से साथ निकले तो शारिका माँ का आशीष लेना ज़रूरी था। ब्राह्मण परिवारों की प्रथा निभानी ज़रूरी !

चक्रेश्वर की सिन्दूर पुती चट्टान के आगे नत-मस्तक हो पुरोहित के स्वर में स्वर मिलाकर कामेश्वरनाथ ने माँ शारिका की स्तुति की। कात्या के कानों में छोटा-सा नगजड़ा डेजहोरू और दाएँ हाथ की अनामिका में कार्तिकेय के नाम वाली अँगूठी ! बस इतना ही तामझाम। दाईं ओर साथ खड़ा उसका प्रेमी पति ! और क्या चाहिए ! शारिका वंदना के लयबद्ध स्वर हारी पर्वत के दामन में फैली बादामवारी से लेकर चोटी पर स्थित किले तक गूँजने लगे—

> 'बीजैः सप्तभिरूज्ज्वला कृति रसौया सप्त सप्ति द्युति।
> सप्तऋषि प्राणिताड़िंन्ध्र पंकज युगा या सप्तलोकार्तिहृत
> काश्मीर प्रवेरेश मध्य नगरी प्रद्युम्न पीठे स्थिता
> देवी सप्तंक संयुता भगवती श्री शारिका पातुनः !'[1]

हारी पर्वत के दामन, भैरव आँगन में बैठे परिजनों बहुओं-बेटों के साथ कामेश्वरनाथ बिना विराम, अर्धविराम बतियाते रहे। खूब सन्तुष्ट कि कार्तिकेय बेटा सघन दुख से उबरने लगा है और कर्म को समर्पित हो गया है, क्योंकि उनके माने, कर्म से मानव को मुक्ति नहीं। सत्यवादी राजा हरिश्चन्द्र को चांडाल का कर्म करने से छुटकारा नहीं मिला। छटे मनु चाक्षुक को घोर तपस्या के बाद भी धरती पर कर्म हेतु जीना पड़ा। कार्तिक भरी जवानी में संन्यासी कैसे हो सकता था ?

उनके पास आस्तिक-नास्तिक दोनों के लिए कहानियाँ थीं जिनमें सूचनाएँ, इतिहास, पुराण, मिथ, धर्म सभी शामिल थे। हारी पर्वत से बँधी किंवदंतियाँ, जब बारामूला के पास देवताओं ने सतीसर झील के पानी की निकासी की और दुर्गा ने शारिका का रूप धारण कर जलोद्भव राक्षस को भारी पत्थर से दबाकर जनता को भयमुक्त करा दिया, उसी शारिका द्वारा चोंच में उठाया वह छोटा-सा पत्थर कालान्तर में हारी पर्वत की पहाड़ी बन गया। तभी से इस विपत्तिनाशिनी माँ का नमन करने भक्त

---

1. प्रद्युम्न पीठ पर स्थित शारिका सात मातृकाओं के साथ जो लाखों सूर्यों के समान तेजवती है, सप्तऋषि जिसके चरणों में आश्रय लेते हैं, जो सात लोकों के पाप-शाप हरती है, ऐसी शारिका हमारी रक्षा करे। (शारिका स्तुति)

जन दूर-दूर से आते हैं।

चक्रेश्वर में सिन्दूर मढ़ी भारी चट्टान, जिस पर किसी पुरातन लिपि में लिखे आलेख अंकित हैं, वह पाषाण काल का कोई अवशेष है, जो भूचाल, भूमि धसाव, बाढ़ आदि प्रकोपों के कारण इस पर्वत पर ऐसे टिक गया है जैसे किसी करिश्माई मशीन द्वारा इस वृहत शिला को यहाँ गाड़कर खड़ा कर दिया गया हो।

कामेश्वरनाथ ने ऐतिहासिक जानकारियाँ भी खूब दीं। अब किसे मालूम है कि हारी पर्वत का किला अफगान गवर्नर सरदार अता मुहम्मद खान ने अपनी सुरक्षा के लिए बनवाया था और वह हारी पर्वत को घेरती लम्बी दीवार, जिसमें भीतर एक ही प्रांगण में अंखुद मुल्लाशाह की मस्जिद और गुरुद्वारा पातशाही भी खड़े हैं। इसे पन्द्रह सौ छियानवें (1596 ई.) में अकबर बादशाह ने बनवाया था ?

महज़ 'ॐ नमो भगवती वासुदेवाय' ही नहीं रटते कामेश्वरनाथ !

'सब कुछ ईश्वर कृपा से मंगल है' वाला आश्वस्तिभरा भाव लेकर अगले दिन कामेश्वरनाथ दूल्हा-दुल्हन को कार में बिठाकर विदा कर आए, "कुछ दिन यूसमर्ग की सैर पर आओ। मन प्रसन्न हो जाएगा, और पहाड़ों पर खड़े देवदारों और चीड़ों की स्वच्छन्द हवा से काम की थकान भी दूर हो जाएगी। बड़ी शान्त जगह है।"

मधुचन्द्र, हनीमून का नाम कामेश्वरनाथ ने नहीं लिया। समझदार हैं, खुद समझ जाएँगे।

कार शहर के लाल चौक, बाज़ारों, गलियों को लाँघती दुर्गानाग, शंकराचार्य और आगे बादामी बाग को पीछे छोड़ खुले खेत-खलिहानों के बीच दौड़ने लगी।

कात्या ने शाल से कन्धे ढक लिए। सुबह की हवा में ठंड की चिलक थी। कार्तिक ने देह से सर्दी की सिहरनें उठती देखीं तो बाँह बढ़ाकर कन्धे से घेर लिया। गुनगुनी लहर कात्या के पोर-पोर में भर गई। सुरमई पुलोवर से ढकी बाँहों की गर्मी थी या पुरुष गन्ध का मादक आमन्त्रण, कात्या ने कार्तिक के कन्धे पर सिर टिकाकर खुद को ढीला छोड़ दिया। काँच के बाहर भागते-दौड़ते पेड़-पौधे, छोटे करैवे, बड़े चरागाह सिर उठाकर नज़र भर देखने लगे और दुआ देते गुज़रने लगे। चिड़ियों के गीत शीशे की दरार से भीतर आए।

धान के खेतों में निराई-गुड़ाई करती किसान-कन्याओं ने सुरीले स्वरों में 'थलि वोवमय ब्योलए, कलि दामा चेतमों' की गुहार लगाई। शिवप्रिय देवदारों ने बाँहें उठाकर आशीष दिए।

आगे लाल भूरी मिट्टी की पहाड़ियों के घुमावदार मोड़ ! हर घुमाव पर हल्का झटका और कार्तिक की बाँह का बोलता दबाव, मैं साथ हूँ तुम्हारे !

चिन्ता न करो !

बार-बार पूछता, "ठंड तो नहीं लग रही ?"

"अटैची से कम्बल निकालें ?"

कात्या नकार में सिर हिलाकर कार्तिक की गोद में दुबकी पड़ी रही। अभी तो

धरती और आसमान मेरे कदमों में सिमट आए हैं, और क्या बचा है चाहने को ?

चरारे शरीफ में सन्तोख सिंह ड्राइवर ने गाड़ी रोक दी।

"साहब, कोई मन्नत माँगनी हो तो माँग लो, यहाँ माँगी मुराद ज़रूर पूरी हो जाती है, मैं भी मत्था टेक आता हूँ।"

"तुम्हें माँगना है कुछ ?" कार्तिकेय ने कात्या को टटोला।

"क्या माँगूँ ? अभी तो दिए गए के लिए धन्यवाद देना है।" कात्या की आँखों में तृप्ति का आलोक !

"साहब, मेरी सतिन्दर की कोख में तो रेगिस्तान समा गया था। क्या-क्या इलाज न किए। हार गया। किसी ने कहा नुन्द ऋषि के अस्तान पर मन्नत का धागा बाँधो ! बस जी, सालभर में घर का चिराग जम्म पड़ा और उसके बाद तो बालड़ों की बहार ही बहार ! अब कोई कन्धे जकड़ता है, कोई कमर !"

सन्तोख सिंह मूँछों में मुस्कुराया ! सन्तुष्ट, कृतज्ञ।

कार्तिकेय के चेहरे पर काली परछाईं-सी डोली। घर का चिराग ! उसके घर का चिराग तो बिना माँगे मिल गया था। किसने छीन लिया ?

कात्या ने झट उबारा, "इन्हीं नूरुद्दीन शेख के बारे में कहा जाता है कि बड़शाह[1] इनकी मैय्यत के पीछे-पीछे चले थे।"

कार्तिकेय खोया रहा। कामेश्वरनाथ ने बबलू का नाम कुलदीप रखा था। घर का चिराग ! कुछ लम्हों का वह चिराग मनों मिट्टी तले दबा सो रहा होगा।

"मेरी माँ बचपन में मुझे ललद्यदी और नुन्द ऋषि की ढेरों-ढेर कहानियाँ सुनाती थी। करिश्मों भरी कहानियाँ।" कात्या ने फिर कोशिश की उबारने की।

"कहते हैं, नुन्द ऋषि ने माँ का दूध नहीं पिया। तब लल्ली ने आकर बच्चे से कहा, 'जब जन्म लेने में शर्म नहीं, तो दूध पीने में क्या संकोच ?'

"लोक विश्वास है कि लल्ली ने नुन्द ऋषि के मुँह में उँगली दी तो उससे टप-टप दूध टपकने लगा। भला आज कोई मानेगा इन बातों को ? लेकिन क्या इसके मानी यह नहीं कि ललद्यद ने नुन्द ऋषि को अपनी विरासत से जोड़ा ? आगे नूरुद्दीन ने 'तस पदमानपोरि चे लले' श्रुख में लल्ली का अमृतपान करने की बात स्वयं की और उसे गुरु माना। तुम्हें क्या लगता है ?"

"हाँ, हाँ ?" कार्तिकेय सोए से जागा हो जैसे—"तुम कुछ कह रही थीं ?"

"मैं शेख नूरुद्दीन वली उर्फ नुन्द ऋषि, सहजानन्द की बात कर रही थी साहब ! जो सिर्फ सूफी-संत और पीर औलिया ही नहीं, एक अच्छे समाज-सुधारक और कवि भी थे। आप तो मेरी बक-बक से कान बन्द किए बैठे हैं।"

"अरे नहीं ! सुन रहा था, पर कवि के बारे में कुछ नहीं जानता।"

"इनके लिखे श्रुख (श्लोक) ललद्यद के वाख से कितने मिलते हैं। ललद्यद के

---

1. सुलतान ज़ैनुलाबद्दीन कश्मीर का सुप्रसिद्ध राजा।

वाख तो आपने सुने होंगे, पापा बात-बात में कोट करते रहते हैं।''

''हाँ !'' कार्तिक को पापा का काव्य-प्रेम याद आया और वह मुस्कुरा दिया।

''पापा तो भगवान के साथ कवियों-शायरों के भी भक्त हैं। बहुत छोटा था तो उनके साथ इधर आया था। पापा बोले थे कि नुन्द ऋषि के मज़ार के साथ की दो तले की यह मस्जिद अफगान गवर्नर अता मुहम्मद खान ने बनवाई थी। देवदार की लकड़ी का इस्तेमाल हुआ है।''

''मैंने तो सुना है कि यह ज़ियारत अकबर के समय बनी।''

''कई शासकों ने इसे सुधारा-सँवारा होगा। हाँ, तुम श्रुख की बात कर रही थीं।''

'अच्छा चलो, दो पद सुनाती हूँ। पहचान लो, कौन किसने रचा है।'' पहला है–

> 'भंज मैदानस लॅरा लज़ेयम, अंदि अंदि करिमस तकिय त गाह
> यि रोज़ि यती–
> त बु गछ़ पानस, वोन्य गव बोनिस फालव दिथ।'

दूसरा भी सुनो–

> 'यिनु गेरा तु गच्छिन्य गेरा, लरि तल म्येच़ तु वुरिन्य मेच़
> लदिथ छुनिथ वोगुन्य लरा, कॅल्यहम मरख, तु तिकस किच़ ?'

''मतलब तो दोनों का लगभग एक ही है। इस नश्वर संसार में तुमने बड़े-बड़े भवन बनाए, धन और सुविधाएँ जुटाईं, पर साथ तो कुछ भी न जाएगा। दोनों सन्त-फकीर थे। दुनियावी ऐश्वर्य से ऊपर प्रेम और भाईचारे को महत्त्व देते थे।''

''अर्थ तो हम भी समझते हैं जनाब ! आप घपला क्यों करते हैं ? मान जाइए न कि फर्क नहीं कर पाए।''

''मान लिया मैडम ! अब आप ही खुलासा कीजिए।''

''हाँ। यह हुई न बात ! तो सुनिए, पहला वाख ललद्यदी का है, दूसरा नुन्द ऋषि का श्रुख। कितना साम्य है दोनों में ? अच्छे-अच्छे गच्चा खा जाएँ। धर्म जाति कैसे एक हुए हैं यहाँ।''

''इसके कारण भी हैं कात्या ! नूरुद्दीन शेख के पूर्वज किश्तवाड़ के हिन्दू राजवंश से जुड़े थे। किसी अशान्त समय में 1320 ई. के आसपास दो भाई वहाँ से भागकर कश्मीर में बस गए। इसी खानदान के सलरसंज़ ने मुसलमान सन्त सैयद हुसैन समनानी के प्रभाव में आकर इस्लाम ग्रहण किया और शेख सालार बन गए। इसी शेख सालार और उसकी पत्नी सदरमाजि से 1373 ईस्वी में नूरुद्दीन का जन्म हुआ। धर्म-जाति का भेद तो उनके जीवन में ही मिट गया था, विचारों में कैसे रहता ?''

''उनकी पत्नी भी हिन्दू थी। जयदेद। उसे भी खैमूह में दफन किया गया। नुन्द ऋषि के साथ एक कहावत जुड़ी है–'जेठेव नर्‌यव खेयिव साल' (लम्बी बाँहों, भोज खाओ) उसकी कथा जानते हो ?''

''नहीं, कहो।''

''कहते हैं, एक बार उन्हें भोज के लिए निमन्त्रण मिला, वे अपने फटे फिरन

में ही चले गए। लोगों ने देखा तो भिखमंगा समझ दरवाज़े से बाहर निकाल दिया। पर जब दोबारा बुलावा आया तो नूरुद्दीन ने लम्बा चोगा पहना। चोगे की लम्बी बाँहें खाने की थाली पर रखकर कहा, 'लम्बी बाँहों, भोज खाओ।' भोज तो कपड़े के लिए था, नूरुद्दीन के लिए थोड़े ? ज़ाहिर है मेज़बान शरमिंदा हो गया।''

बातों-बातों में घुमावदार रास्ता कटता गया। ढलानों पर खड़े चीड़ों के बीच शाहाना चिनार पत्तों के हाथ हिला-हिलाकर अभिवादन करते रहे। श्रीकृष्ण गूपियों, वोडि छय न टूपियो के तरन्नुम भरी आवाज़ में पोशनूल टहनियों के बीच सिर उठा मसखरी करता रहा।[1]

कार्तिकेय अब खुल गया था। कात्या के साथ वह भी पहाड़ियाँ उतरते भेड़-बकरियों के झुंडों के साथ फटे फिरनों के नीचे नंगी टाँगें दिखाते कम उम्र के चरवाहों को देखते सोचता रहा, कि धन्यधान्य से सुहागवती प्रकृति के गोद में, ये अधनंगे चरवाहे और भूमिहीन मज़दूर, आज़ादी के बाद कितना बदल गए ? शेख साहब और बख्शी साहब के रहते भी ये वहीं खड़े हैं, जहाँ पहले थे। दो वक्त की रोटी के जुगाड़ में सुबह से शाम तक धूप-घाम और शीत की बर्छियाँ तन पर झेलते ! धरती फोड़ते, ईंटगारा कंधों पर ढोते ये लोग सड़क से गुज़रती बसों और कारों को पलभर ठिठककर खड़े-खड़े देख लेते हैं। घर जाकर कभी-कभार होगाड़बत[2] खाकर जश्न मनाते या साग-भात के झोल से पेट की आग बुझाते, रात को ओढ़ने में दुबक जाते हैं। अगली सुबह के लिए हाड़ में नए युद्ध के लिए नई ताकत भरने।

''गो कि बदलाव से इनकार नहीं किया जा सकता। शहर में होटलों की नई इमारतें, चौड़ी सड़कें और मुफ्त शिक्षा, स्कूल कॉलेज, यूनिवर्सिटी। कितना कुछ तो नया नज़र आ रहा है''—कार्तिक मायूस नहीं था।

''और बख्शी ब्रदर्स और शेख साहब के नाते-रिश्तेदारों के साथ कई राजनीतिक सेठों की शानदार कोठियाँ ! उन्हें क्या कहें ?'' कात्या ने खुले लॉनोंवाले शानदार बँगलों को देखकर टहोका।

''हाँ नेता लोग समृद्ध तो हो गए, इस बहाने श्रीनगर की श्री भी बढ़ गई।''

''एक अच्छा काम, पहले के युवराज और अब के सदरे रियासत कर्ण सिंह ने ज़रूर किया कि अपने पूर्वजों के महल 'गुलाब भवन' को ओबेराय साहब को पट्टे पर दे दिया। इस बहाने कश्मीर को पहला पाँचसितारा होटल ओबेराय को मिला।''

कहीं वट्टों पर फिसलते-किलकते पानी की कल-कल आवाज़ सुनाई पड़ी कि कात्या कार रुकवा लेती, घुटनों-घुटनों छिछले पानी में उतर छींटे उछालती। कार्तिक लपककर कार का दरवाज़ा खोल भीतर बैठ जाता।

''बिल्कुल बच्ची हो।''

---

1. श्रीकृष्ण गोपियों के नाम रटता पोशनूल (पीलक पक्षी) राह चलतों को टहोके देता है, अरे ! तेरे सिर की टोपी कहाँ गई ? 2. सूखी मछली और भात।

कात्या चाहती, काश, वह हमेशा बच्ची बनी रहे और कार्तिक के चेहरे पर खिल आई हँसी की धूप में जी भर नहाती रहे।

आगे देवदार और चीड़ के कद्दावर सायों में ऊँघती यूसमर्ग की तराइयाँ दीठ के आगे खुलती गईं तो स्तब्ध करनेवाला विराट सौन्दर्य, संवेदन तन्त्र पर हावी हो गया। यहाँ कात्या कार्तिक के साथ सदियाँ भी गुज़ार ले तो वक्त रुका हुआ महसूस हो।

यूसमर्ग पहुँचते ही घोड़ेवालों ने घेर लिया, "नीलनाग जाना है साहब, तो जल्दी चलो। देर होने से आँधी-पानी का डर रहता है। ऊँची चढ़ाई, घना जंगल। शाम ढलने से पहले लौटना मुनासिब होगा।"

सफेद-काले, चितकबरे घोड़े को देख कात्या मचल पड़ी।

"चलेंगे न अभी ? मैं यह सफेद घोड़ा लूँगी, तुम ? वह चितकबरा। कितना शानदार है !"

कार्तिक कुछ जवाब दे कि कात्या ने सभी सवाल हल कर दिए। जल्दी से साथ लाए कीमा-पराँठे निकाले। सन्तोख सिंह पानी ले आया।

"जल्दी से कुछ खा लें। ठीक ?"

"पहले होटल में सामान तो उतार लें !"

"सन्तोख सिंह ले जाएगा। शाम तक तो लौट आएँगे न हम ?"

कार्तिक ने एक बार फिर महसूस किया कि उसके साथ डॉक्टर कात्यायनी नहीं, एक खिलंदड़ी किशोरी कात्या है, थोड़ी मनचली और बेहद खुश।

उन्होंने जूतों के फीते कसे। रकाबियों में पाँव फँसाए और घोड़ों को एड़ दी। घोड़ेवाले लगाम थामे साथ-साथ चलते रहे। भीतर से उत्सुक, बाहर से तटस्थ ! नया जोड़ा है। गोल टोपीवाले घोड़ेवाले की भौंहें मुस्कुराईं।

घने जंगलों के बीच नन्ही पगडंडियों पर कभी कात्या का घोड़ा आगे हो जाता, कभी कार्तिक का।

"साथ-साथ चलिए न !" कात्या बाँह बढ़ाकर पास बुलाती। हाथ भर की दूरी भी पसन्द नहीं। सन्नाटे भरा चीड़ वन ! सूखे पत्तों और फिसलने चीड़ तृषों से अटा रास्ता। देवदारों के बीच हवा बाँसुरी बजा रही है। इश ऽऽऽऽ। शाँ ऽऽऽऽऽऽ। आज कात्या नई राहों पर चल पड़ी है, नई दुनिया को खोजती, खंगालती।

सर्रर-सर र र ! कोई जंगली जीव रेंगता, शूँकारता, पगडंडी पार कर घने पेड़ों की गुच्छा-गुच्छा जड़ों में घुसकर गुम हो गया। काली लिशकती खाल का लिजलिजापन कँपा गया।

"कार्तिक !" कात्या की चीख निकल गई।

कार्तिक ने भी देखा हो शायद। अपना घोड़ा कात्या के घोड़े के साथ जोड़-सा दिया।

"बड़ी बहादुर हो तुम। ज़रा-सा साँप रेंगता देखा कि चीख निकल गई। कहीं शेर-चीता देखोगी तो ?" कमर से घेरकर साथ का अहसास दिलाया।

घोड़ेवाले ने बन्द बटुए-सा मुँह खोला, "दिन को तो शेर नहीं दिखेगा साब, वह तो रात को ही घूमने निकलता है। फिक्र मत करो कूरी ! इधर के साँप अजगर आदमी को छेड़ते नहीं। बस घोड़े का खुर उन पर न पड़े, यह एहतियात बरतना पड़ता है। मैं देखता हूँ न ! अल्लाह पर भरोसा रखो।"

कात्या निश्चिन्त हो गई, थोड़ी शर्म भी आई। कैसे बच्चों की तरह चिल्लाने लगी ! क्या सोचेगा कार्तिक ? और यह घोड़ेवाला ?

आगे हंद, क्रछ, वेन्ना, वनस्पतियों और जंगली बूटियों की ताज़ी कचहरी गन्ध बौराने लगी, मुँह उठाकर ऊपर आकाश-छूती फुनगियों को देखो, तो सूर्य-किरणें पत्तों के बीच सरककर आँखें मिचमिचा दें। कार्तिक की सफेद शर्ट और सुरमई पुलोवर पर रौशनी के धब्बे हिलने लगे।

कात्या ने कार्तिक की बाँह थाम ली ! साथ का अहसास ही काफी नहीं है आज ! प्रेमी पति की मादक गन्ध उस पर नशे की तरह छाने लगी है। कात्या अपने को आज पहचान नहीं पा रही। जंगल के आर-पार चक्कर काटती, वन पाँखियों की आवाज़ें चहक रही हैं—ट्वीं टु ट ऽ ! चिरि रियो, कुहू-कुहुक...कू ऽऽ हू मंगल ध्वनियाँ ! कैसा आमन्त्रण !

नीलनाग में कमल के फूल, खिलवतरों के चौड़े मखमली पत्ते, आकाश की ओर मुँह उठाए, घिर-घिर आते बादलों को उचककर देख रहे हैं। हरे खिलवतरों पर पानी की बुँदकियाँ हैं या नाक के नकबेसर ?

पेड़ों के झुरमुट हैं या रक्षकों का दायित्व निभाते सैनिकों की पलटन ? दूर तक धान के खेत पीली रोशनियों में नहा रहे हैं, और नीले जल की बेचैन लहरों को हवा थपकियाँ दे-दे दुलार रही है। मीठी-सी चिलक कात्या को हल्के-हल्के कौंचती है, अच्छा लगता है यह अलग-सा, कभी महसूस न किया सुख ! कार्तिक इतना दूर क्यों है ?

कार्तिकेय टुकड़ों में बातें करता है। दुनियावी !

"सुना है, किसी युग में नागराज नील इस झील में रहता था।"

"मेरा मन करता है, एक छोर से दूसरे छोर तक तैरकर इस नीले पानी से खिलवाड़ करूँ !"

"प्लीज़, ऐसा सोचना भी मत ! चालीस फुट गहरा यह नीलनाग, सौ गज़ लम्बा और बीस गज़ चौड़ा है। उस पर पानी के भीतर हिल शैवाल और पनियल सर्प ! बड़े-बड़े तैराकों की हिम्मत नहीं पड़ती इन पानियों को छेड़ने की, आप किस ताल की सोन मछली हैं ?"

कार्तिक ने उमग आए उत्साह पर गीली लीर फेर दी।

"हाँ, वुलर क्रास तो नहीं किया मैंने। डूब जाऊँगी तो तुम हो न, बचाओगे।"

दोनों पास की चौकी पर बैठकर नीलनाग में उठती लहरें देखते रहे, अपने अन्दर की हिलोरों से उद्वेलित ! पर्वत, पानी और चीड़ों को छूकर आती हवा देह-मन में पुलक

भरती रही। चौतरफ का माहौल बाहर से शान्त और भीतर से अजाने रहस्यों से अटा पड़ा।

"ऐसी जगहों पर ज़रूर ऋषि-मुनि रहते होंगे ! कैसा सुकून दे रहे हैं ये पेड़, पहाड़ और यह सरसब्ज़ बिस्तार ! चुप्प ! पर अपनी चुप्पी में भी बेहद बातूनी।"

"अच्छा ? क्या बोलते हैं, ज़रा हमें भी बता दो, हम तो कुछ समझ नहीं पाते।" कार्तिक मज़ाक के मूड में आ गया।

"कान लगाकर सुनो ! तो बहुत कुछ सुन भी पाओगे और छू भी लोगे।" कात्या ने कार्तिक के पिघल आए होंठों को उँगली से छुआ। कार्तिक ने झुककर उसके गले के पास होंठ रख दिए। गरम साँसों की छुअन से कात्या की साँसें थम-सी गईं। पिघलती मोम नसों में बहने लगी। बाँह से कार्तिक का झुका सिर थाम लिया। जैसे थामे नहीं तो यह पिघल आई मोम की नदी दोनों को साथ बहा ले जाएगी और बहने की गुंजाइश वहाँ नहीं थी। आसपास लोग उन्हें घूरते चले जा रहे थे।

वीर वृक्ष की लचीली टहनियाँ झुककर पानी को छूने लगीं और टहनियों के बीच छिपा नीलकंठ पानी के ऊपर उड़ता-उड़ता उनके पास से गुज़र गया।

"गुडलक !" लाल गुलाब की डाल, कात्या ने बिखरे बाल सँवारे।

"सेम टु यू !" कार्तिक ने सँवरे बाल फिर से छितरा दिए।

दोनों हँस पड़े। हँसी पानी की सतह पर तैरती दूर तक खिंचती गई।

पीछे से आकर घोड़ेवाले ने ख्यालों में ब्रेक लगा दी, "साहब ! आसमान में अब्र की टहनियाँ झाँकने लगी हैं। हमें चलना चाहिए।"

चाहिए की अनिवार्यता से बँधे कात्या-कार्तिक उठे तो लगा, वक्त का एक खुशनुमा लम्हा हाथ में आते-आते फिसल गया।

उतराई पर एहतियात से कदम रखते, घोड़ों की रास घोड़ेवालों ने अपने हाथों में ले ली।

"यों तो घोड़े रास्ता पहचानते हैं साहब, पर ढलान पर उतरते रपटीले चीड़ के पत्तों पर गिरने का खतरा बना रहता है। आप कहीं रास कस दें और घोड़ा दौड़ने लगे तो नाहक परेशानी।"

"अरे ! फिक्र मत करो, इतने अनाड़ी नहीं हैं।" कार्तिक ने घोड़े की अयालों पर हाथ फेरा, पुट्ठे सहलाए। "कई बार खिलनमर्ग में घोड़े दौड़ाए हैं मैंने..."

"वो तो सही बात साहब। पर ये लड़की खौफ खाएगी।"

कात्या को बुजुर्ग घोड़ेवाले की चिन्ता अच्छी लगी। रास्ते भर वह उनसे बतियाता रहा। उसे शिकायत थी कि अपने लोग निशात, शालामार की सैरों से ही खुश हो लेते हैं। नीलनाग देखने ज्यादातर बाहर के सैलानी ही आते हैं जबकि जन्नत यहीं है।

घने जंगल के बीच बिजली कड़की। या अल्लाह ! खैर कर ! घोड़ेवाला होंठों में बुदबुदाया। पानी की बूँदें चेहरों, हाथों-बाँहों पर छिड़काव करने लगीं।

"वो पनियल बदली का टुकड़ा है, सरक जाएगा दूसरी तरफ ! उधर देखो, उरली

पहाड़ी के दामन में धूप खिल आई है !" घोड़ेवाले ने तराई पर पसरी धूप की ओर इशारा किया।

पहाड़ के रंग ! एक तरफ पानी की बौछार, दूसरी तरफ सुनहरी धूप। हरियाले आलम पर सतरंगी चादर ! मुखर हो आई कात्या, कार्तिक को रास्ते भर नीलनाग की कहानियाँ सुनाती रही। बतकहियों का साथी जो साथ चल रहा था।

"मेरे नाना जी नीलमत पुराण के अच्छे जानकार थे। हमें नाग और यक्षों की कहानियाँ सुनाते। हो सकता है, सभ्यता के प्रथम चरण में यहाँ कोई बस्ती रही हो, जहाँ नागों का राजा नील रहता हो। आर्यों के आने से पहले तो नागवंशी ही रहते थे यहाँ।"

"बात तो सही है।" कार्तिक ने हामी भरी।

"कहते हैं, पहले-पहले जब वादी में नाग, पिशाच आदि आदिवासी जातियाँ रहती थीं, ब्राह्मण छह मास वादी में रहते और छह मास मैदानों में चले जाते थे। एक बार एक कमज़ोर ब्राह्मण चन्द्रदेव, सर्दियों में भी वादी में रह गया, तो एक पिशाच ने उसे उठाकर नीलनाग में फेंक दिया। झील के अन्दर कश्यप पुत्र राजा नील को देखकर ब्राह्मण ने अपना दुख उसे सुनाया। नील ने ब्राह्मण को तसल्ली दी और नीलमत पुराण ग्रन्थ हाथ में थमाकर आदेश दिया कि इसमें वर्णित विधि से रहो। धर्म, कर्म करो, दान-पुण्य ! तो तुम्हारे दुख दूर हो जाएँगे और तुम सदा के लिए वादी में बस सकोगे।"

"यह नीलमत पुराण राजा नील का ही रचा हुआ माना जाता है न ? पापा भी इसके श्लोक सुनते हैं, कभी-कभी। कहते हैं, ब्राह्मण ने बाहर आकर ठीक वैसा किया जैसा नील ने आदेश दिया और तभी से ब्राह्मण, नाग-पिशाच, यक्ष आदि जातियों के साथ मिलकर रहने लगे।"

"हमारा खिचड़ी अमावस्या का पर्व भी तो इसी कथा से जुड़ा हुआ है ! कई पुराण कथाएँ, लोकविश्वास इस नीलनाग से जुड़े हैं।"

"पुराणों में समय का सच कथा-कहानियों में गूँथा गया है। वक्त के अन्तराल में सच, मिथ और लेजेंड बनकर जनमानस में बस जाता है। उसमें गहरे जाओ तो इतिहास का सच भी खुल जाता है। नीलमत पुराण के अलावा, भौगोलिक साक्ष्यों के आधार पर भी तो यह सिद्ध हो चुका है कि कश्मीर वादी पहले बहुत बड़ी झील थी। आरकेयोलोजीस्ट मानते हैं कि किसी भयंकर भूकम्प या भूमि धँसाव से पानी की निकासी हुई होगी। पानी सूखने में ज़ाहिर है, वर्षों लगे होंगे। तभी ठंड में लोग छह मास के लिए गर्म प्रदेशों की ओर चले जाते रहे होंगे।" काल का यही सच कथाओं में झाँक आता है।

"हाँ, धीरे-धीरे पानी सूखने से जलवायु में तब्दीली आई होगी, तब लोगों ने कृषि अपनाई होगी और बाकायदा रहने लगे होंगे।"

कार्तिकेय पौराणिक कथाओं के वैज्ञानिक आधार खोजता वादी के मूल निवासियों की जानकारियाँ देता रहा। नाग, पिशाच, यक्ष जैसी आदिवासी जातियों को, बाहर से आए आर्यों ने हिकारत से देखा, तभी पिशाच, यक्ष शब्द असभ्यता का प्रतीक बन गए।

कार्तिकेय ने सर यंग हस्बंड के हवाले से यह भी कहा कि नाक-नक्श के आधार पर कश्मीरी मूल में यहूदियों का भी प्रभाव देखा गया है। कुछ का मानना है कि क्राइस्ट भी यहाँ आकर रहे।

दो प्रेमी नहीं, दो दोस्त बातें करते रहे, इतिहास, भूगोल और राजनीति की बातें। बातों में वक्त कैसे बीता, पता ही नहीं चला। यूसमर्ग के डाकबँगले तक आकर उतराई पर झुकने और धचके खाने से कमर थोड़ी दुखने लगी थी, पर कात्या का उत्साह हवा के पंखों पर सवार था।

खाना खाकर कार्तिकेय बिस्तरा छूते ही जैसे अलग हो गया।

"कम्बल काफी नहीं है। लिहाफ ले लो। रात को इधर काफी सर्दी हो जाती है।" कार्तिक अब अभिभावक की जगह बैठ गया था।

"नहीं, काफी है। हल्की बुखारी भी जल रही है न ! तुम्हें ठंड लग रही है ?"

एकान्त में कात्या को इस सहज साधारण वार्तालाप से थोड़ा आश्चर्य-सा हुआ। शब्द कितनी आसानी से जोड़ लेते हैं और कितना जल्दी दूर करते हैं।

"नहीं, थोड़ी थकान है। सो जाऊँगा। तुम भी आराम करो। घोड़े पर बैठने की आदत नहीं है न, कमर दुख रही होगी।"

"ओ.के. गुडनाइट।"

"गुडनाइट ! क्या अभी भी हमारे साथ सन्तोख सिंह और घोड़ेवाला चल रहा है ?"

कमर दुख रही होगी, कहा कार्तिक ने ! पर हाथ से छूकर दुखन को मिटाया नहीं। उस क्षण जादुई तिलिस्म से कुछ भी अप्रत्याशित घट सकता था। खाली डिब्बे से के.लाल, रंगीन फूलों के गुलदस्ते निकाल सकता था। गोगिया पाशा 'गिलि गिलि छू'[1] करके दो हिस्सों में कटी औरत को जोड़कर नमस्कार की मुद्रा में दर्शकों के सामने खड़ी कर सकता था। सुनहरा दिन, तारों भरी रात, पहाड़ों का कुहरा, मेघदूत के बादल, घड़े पर चनाब पार करती सोहनी, हीमाल को ढूँढ़ता नागराय, पहाड़ फोड़ता फरहाद, ये सभी एक साथ इस गुनगुनी खामोश रात में कार्तिक-कात्या के आसपास इसी कमरे में अँगड़ाई लेकर जाग सकते थे।

लेकिन कुछ नहीं हुआ। 'गुडनाइट' शब्द ने भरे-पूरे दिन पर रात का काला परदा डाल दिया।

क्या यही वह प्रतीक्षित मंजिल थी, जिसकी तरफ सातों स्वरों को संगीत की धुनों पर सप्तम के चरम पर आना था ? ऐसी अकेली उदास, बेरंग, कुलबुलाती, बेहिस्स रात ?

'या इसी क्षण कार्तिक पर विगत का सालता क्षण हावी होना था ?'

कार्तिक ने थकान की बात की। कात्या तो इस थकान में भी धरती के छोरों

---

1. जादूगरों के नाम।

छोर लाँघ सकती थी।

साल से ऊपर हो गया, कात्या कार्तिक के जख्म भरने की भरपूर कोशिशें करती रही है। एक-दूसरे के लिए अहम होकर, दोनों हमसफर बन गए। कार्तिक भी उमड़ आया है। लेकिन बहाव के इस मोड़ पर पहुँचकर अचानक हाथ हिलाकर लौट गया। यह लौटना धार के विरुद्ध था, काफी तकलीफदेह ! कात्या के लिए ! कार्तिक के लिए भी रहा होगा।

और हमसफर, हमराज़ साथी के लिए अपमानजनक भी, जो उभर आई टीस के गुबार को सहला न सके, वह कैसा साथी ?

'कहीं कोई कमी रह गई है ! इम्तिहानों से गुज़रना उम्रभर की कवायद है !'

दिमाग के घोड़ों का दौड़ना रुका नहीं।

'कार्तिक के जख्म गहरे हैं। फूलों की छुअन भी उनमें चीस पैदा करती है। लेकिन विगत के बैताल को कन्धे पर बिठाए, कब तक बार-बार लौटता रहेगा कार्तिक, वहीं वहीं बैताल के पास ? यादों को बैताल की तरह कन्धों पर लादे आगे नहीं चला जाएगा। वह दया का पात्र क्यों बन जाता है ? कार्तिक उन यादों को कात्या के साथ शेयर भी तो कर सकता है ? उन्हें छाती का पीपल बनाना ज़रूरी क्यों ?'

'जो घटा, वह कितना भी त्रासद हो, उसे आज पर हावी नहीं होने देना है। यह गलत है। यह ठहर जाना है, कार्तिक ऐसा नहीं करेगा।'

आज की रात कात्या की रात है। रंगीन झालरों, फूलमालाओं से सजे बिछौने की कामना किए बिना भी, वह कार्तिक से कुछ अर्थहीन बातें करना चाहती है। समझदारियों के आवरण से ढक-मूँद, वह उमग आई इच्छा के पंख नहीं नोचेगी।

बचपन की ज़िदों से अलग ज़िद ! बेशक ज़िद ही कह लो, कार्तिकेय को उसे ढूँढ़ने-खोजने की पहल करनी पड़ेगी। कात्या ने शाल माथे तक खींच लिया, देवदार के जंगलों से घिरी उसने खुद को बेहद अकेला महसूस किया। हवा पसलियों में बजने लगी। भीतर जो आवेग उमड़ आया था उसका बराबर का भागीदार, जिसने कात्या के भीतर का शिलाखंड पिघला दिया, रस्में निभाकर कैसे अलग हो गया ? क्या यही होना है ?

पूर्व में पहाड़ों के ऊपर राख रँगे बादलों की चित्रकारी के बीच सुनहरी लकीरें खिंच गईं। जल्दी ही सूरज मुँह उठाकर तराइयों में झाँकने की कोशिश करने लगेगा। सुबह ही हवा ने वन मैनाओं को खुश कर दिया।—चीं ऽऽ रियो...चुक...चुक...चीयर अप ! रात बीत गई।

कात्या मूढ़े पर बैठी-बैठी ही सो गई थी शायद। वन मैना की आवाज़ से या हवा के वेग से, चौंककर आँखें खोलीं।

सामने कार्तिकेय खड़ा था। कन्धे पर दायाँ हाथ रखे।

"रातभर ऐसे ही बैठी रहीं ?" आवाज़ का भीगापन छू गया।

क्या कहे ? सच कहे तो बचकाना, झूठ बोलने की आदी नहीं कात्या।

"नहीं, रात की रुपहली चाँदनी में जंगल देखना मुझे अच्छा लगता है।" कार्तिक

जैसे किसी भूल के लिए शरमिंदा हो।

"मुझे भी जगाया होता, मैं भी तुम्हारे साथ चाँदनी में भीग लेता।"

कात्या के भीतर कौन-सी गाँठ पड़ी है कि खुल नहीं रही।

"छोड़िए, मैं तो बस मूडी हूँ, बचकानी हरकतें करती हूँ। आप थके थे, फिर आपको ठंड भी लग जाती..."

तुम से आप तक जाते दूरियाँ कितनी बढ़ जाती हैं।

"तुम्हारे साथ भी मुझे ठंड लगती ?" कार्तिक के शब्द कमज़ोर कर देते हैं।

"बचपन में घर में मुझे कलन्दर कहा करते थे। ऐसी ही ऊटपटाँग जो थी।"

कात्या की आवाज़ थरथरा गई, या कार्तिक ने ऐसा महसूस किया।

"प्लीज़ कात्या ! प्लीज़ डियर ! मुझे माफ कर दो !"

कार्तिकेय का चेहरा पास आया, "पता नहीं, थक-सा क्यों गया। तकिए पर सिर रखते ही नींद आ गई। सोचा भी नहीं कि तुम जाग रही हो ! आई एम रियली सॉरी..."

कात्या उठकर कमरे के अन्दर जाने लगी।

"अरे ऐसा क्या हुआ...जो...? रात तो सोने के लिए ही होती है..."

शब्दों ने साथ नहीं दिया। मन का आवेग आँखों के रास्ते बहने लगा। कात्या ने ज़िद में मुँह फेर लिया। इतनी कमज़ोर नहीं है वह, कि दो शब्दों से पिघलकर बह आए।

कार्तिकेय ने अधबीच ही रोककर बाँहों में जकड़ लिया। कात्या कुछ बोल नहीं पाई, क्योंकि कार्तिकेय ने अपने होंठों से उसकी बोलती बन्द कर दी। आँखों में भर आते मान के आँसू होंठों से पोंछ लिए।

"यह रात तो सोने के लिए नहीं थी, मैं ही अहमक निकला।"

"तो क्या शेर का शिकार करना था ?" कात्या ने सहज होने की कोशिश की।

"ऊँहूँ, शेर नहीं, बिल्ली मारनी थी। पहली रात बिल्ली न मारी तो मेरा रुआब कैसे मानोगी ? बाद में चाहे हज़ारों बिल्लियाँ शहीद करूँ।"

कात्या मुस्कुराई। इतनी जल्दी बादल हट गए ? "बिल्ली मारे बिना भी आपका रुआब मानूँगी, अगर मानना हुआ तो..."

"अच्छा चलो, मेरी नींद पूरी नहीं हुई, थोड़ा सो लेते हैं..."

"सुबह हो रही है, बैरा चाय लेकर आ रहा होगा।"

"मैंने दरवाज़े पर 'डोंट डिस्टर्ब' की चिट चिपका दी है।"

"प्लीज़ कार्तिक।"

"अभी भी नाराज़ हो ? सॉरी कहा न !"

"आज की रात, मैं तुमसे तुम्हारी बात करना चाहती थी।"

"तो अभी रात खत्म कहाँ हुई ? कहो, कहाँ से शुरू करूँ ?"

"मज़ाक मत करो। आज सिर्फ तुम्हारी बातें सुननी हैं।"

"मज़ाक नहीं कर रहा, सीरियस हूँ..."

कार्तिकेय जो भी था, अहमक नहीं था, रुआब गाँठना अच्छा नहीं लगता था, यों वहाँ बिल्ली थी भी नहीं, जिसे मारा जाता। पूरी रात खुले बरामदे में ठिठुरकर कात्या ने उसे कल से आज में लौटा दिया था, और आज में कात्या उसकी प्रेमिका दुल्हिन थी, आवेग, प्यार, उमंग और अबोले उलाहनों से आमन्त्रित करती हुई।

कात्या की ज़िद कमज़ोर पड़ती जा रही थी। कार्तिक की बाँहों ने शिराओं में हलचल मचा दी थी। एनीस्थिसिया के पहले की घबराहट और फिर धीरे-धीरे सुन्न होता जिस्म। कार्तिक के हाथ उसके अनाड़ी जिस्म को जगाते रहे, होंठ आवेग का ताप मापते रहे। गर्दन, वक्ष, नाभि से होते स्रोत के मुहाने तक पहुँचते, कभी ऊँची चढ़ाइयाँ चढ़ते, हाँफते-काँपते, पसीने से लथपथ, कभी यूसमर्ग की तराइयों में फिसलते।

तनाव से कात्या की देह ऐंठ रही थी। दम घुटने का-सा अहसास ! कार्तिक अपने आवेग को थामता रहा, बार-बार, मखमल की सेज ! कहीं सल न पड़ जाए। गुट्ठिल धागों को सुलझाते, परत दर परत खुलते आवरण ! कात्या ने बाढ़ से बचने के लिए बाढ़ को ही थाम लिया। कार्तिक को बाँहों में जकड़ लिया।

फुहारों में नहाते, एक-दूसरे पर जल उलीचते वे ठंडे स्रोत के उस मुहाने तक पहुँच गए, जहाँ आवेग और उद्वेलन शान्त निर्वेद में तब्दील हो जाते हैं।

"तुम्हें कुछ कहना था, कहो।" कार्तिक को जैसे कोई भूला वादा याद आया।

"ऊँ हूँ, अभी नहीं।"

"कल ?"

"हाँ !"

सुबह की कुँआरी हवाओं में स्वेद भरे क्लान्त और तृप्त, वे एक-दूसरे की बाँहों में लिपटे सो गए। खिड़की की रेलिंग पर जाने कहाँ से उड़कर आया एक नीलकंठ, बैठकर उन्हें चकित नज़रों से देखने लगा। बाहर, चीड़ों के पीछे सूरज का गोला तो झाँक रहा है, पर शायद इधर अभी रात बीती नहीं !

# गुर गुर चाय, छंग और गोम्पे

तीन साल फ्रेंटियर देना ज़रूरी न होता, और लेह में प्रेम के भोजन की व्यवस्था का प्रश्न न उठता, तो विजया कभी लद्दाख न जाती !

कथबब नाना जी से क्या उसने नहीं सुना था कि ऐसे पन्द्रह दिन घोड़ों पर सवार और खच्चरों पर सामान ढोकर, किन खतरनाक रास्तों से होकर, नाना-नानी लेह पहुँचे थे ? मीलों मील फैले बंजर पहाड़ और ज़ोजीला दर्रे ! पहाड़ों को काटकर बने तंग रास्ते कि थोड़ा ज़रा-सा बिदक जाए तो बाईं ओर खंदक-खाइयों में गुडुप हो जाए। सोनमर्ग, करगिल, लामायूरू और सिन्ध नदी और पता नहीं कहाँ-कहाँ से होते लेह पहुँचे तो घोड़े की ज़ीन से नानी की पिंडलियाँ छिल गई थीं। और जो पहाड़ के उपरले मोड़ पर नाना जी आँख ओझल हो गए तो सिन्ध नदी के शोर में नानी की चीख-पुकार खो गई थी। कितना रोई होगी नानी, उस सुनसान बियाबान इलाके में, अकेली निपट !

विजया ने साफ कहा कि प्रेम जी के साथ सौ प्रतिशत वैसा ही हो सकता है, फिर तो लद्दाख विजया नहीं, उसकी लाश ही पहुँचेगी। हार्ट फेल तो होगा ही होगा।

प्रेम ने छेड़ा—"अरे भई किस ज़माने में अटकी हो ? अब तो हवाई जहाज़ जाते हैं, बसें और जीपें जाती हैं। भला तुम क्यों घोड़े पर बैठोगी ? बेकार के डर ! फिर मैं साथ रहूँगा न तुम्हारे। यमदूत आएगा तो भगा दूँगा।"

लेकिन विजया जानती है कि प्रेम जी साथ चल नहीं सकता। घर से बाहर कहीं भी जाओ, दस कदम आगे चलेगा, विजया घिसटती-लपकती पीछे-पीछे ! आदत थोड़े छूटती है ?

एक वजह और भी थी, पंपोश और बुलबुल ! माँ और बाबूजी उन्हें छोड़ेंगे नहीं और विजया उनसे दूर रह नहीं पाएगी। लेकिन यह बात बड़ों से कैसे कह सकती थी विजया ?

लेकिन जाना ज़रूरी था, सो वही हुआ जिसका डर था। पंपोश-बुलबुल दादी के पास रहे। कमलावती ने दोटूक बात कही, "न भई ! बु त्रावख न शुर्य ! बच्चों को मैं वहाँ नहीं भेजूँगी। हाड़ कँपाती ठंड और ऊपर से पैरों में 'शूह' हो जाए तो क्या करोगे ? तुम लोग जाओ, नौकरी है, कैसे रोकूँ ! प्रेम जी को दो मुट्ठी भात पका दोगी। जाओ, महागणपति के हवाले !"

विजया ने चुपचाप रोते बिस्तर-बक्से तैयार किए। सासजी ने ढेर सारे बुगचे-बैग

थमाए। उधर यह नहीं मिलेगा, वह नहीं मिलेगा। सूखे साग की पोटली तो ज़रूर थी। साग-सब्ज़ी को तरसोगे वहाँ। जाते-जाते सास जी की आँख बचाकर पंपोश-बुलबुल को छाती से भींच लिया। बुलबुल हिलक-हिलक रोया। 'नदरमोंजी-नाशपाती' का लालच दे, दादी एक तरफ ले गई, नहीं तो खूब हंगामा खड़ा करते बच्चे !

रास्ते भर विजया बिसूरती रही, ज्यों काले पानी भेजा जा रहा हो। प्रेम भी उदास था, पर विजया की तरह हू-ह कर रो नहीं सकता था। उसने माँ और विजया को आँसू बहाते देख कहा भी, "तुम औरतों के मज़े हैं। ज़रा-सा आँखों को हुकुम दो, कि झट से झर-झर बरसात शुरू।"

सोनमर्ग से आगे खड़े पहाड़ों की काट डरावनी लगी। अन्धे मोड़ों से अचानक झाँक आई बस या जीप से टक्कर हो जाए तो राम नाम सत्त। गहरी खाइयाँ, खड्ड, आगे दर्रे और सिन्ध नदी का हहराता शोर।

डर के मारे विजया आँखें बन्द किए सीट की पीठ से सिर टिकाए पड़ी रही।

प्रेम ने रास्ते भर बातों में उलझाए रखा। विजया कभी आँखें खोले, कभी बन्द किए, हूँ-हाँ करती रही। बस के शोर में जितना कुछ सुन पाई, उसमें 1839 में बहादुर जनरल जोरावर सिंह की वीरगाथा थी कि कैसे, 'उस ज़माने में', इन बीहड़ घाटियों में घुसकर उसने लद्दाख को जीतकर डोगरा दरबार में शामिल कर दिया था।

दूसरी बात थी 1846 में डोगरा दरबार और अंग्रेज़ों के बीच हुई अमृतसर ट्रीटी, जिसके फलस्वरूप लद्दाख जम्मू-कश्मीर का हिस्सा बन गया।

प्रेम ने यह भी कहा कि लद्दाखी लोग भौगोलिक दृष्टि से तिब्बती लोगों के करीब हैं। लेकिन तिब्बत को चीन हथिया ले गया है। यों विजया भी बासठ[1] के चीनी हमले के बारे में खूब जानती है। उसने भी तो वार फंड में सोने की दो चूड़ियाँ दी थीं। तिब्बत पर तो पहले ही कब्ज़ा जमाया था चीन ने !

करगिल तक पहुँचकर ही विजया के अंजर-पंजर ढिला गए। गले में तो जैसे रेत ही जम गई। बस ज्यों-ज्यों ऊँचाइयों की तरफ बढ़ती गई, विजया को ऑक्सीजन की कमी भी महसूस हुई। चक्कर और उल्टियों से बुरा हाल, अलग। प्रेम के कन्धे पर सिर टिकाकर विजया बेआवाज़ रोती रही। इस धुर बियाबान में अपनों से दूर कैसे रह पाएगी ?

प्रेम ने दिलासा दिया, जगह-जगह रुककर चाय-नींबू पिलाता रहा। लद्दाख के इतिहास और भूगोल में जी को रमाए रखा। हिमालय और कराकोरम की पहाड़ियों से घिरे गिलगित का किस्सा सुनाया। कैसे 31 अक्तूबर, 1947 को पाकिस्तान के भड़काने पर वहाँ मुसलमान अधिकारियों ने विद्रोह किया और गवर्नर ब्रिगेडियर धनशारसिंह को बन्दी बनाया गया।

नाक से सूँ-सूँ की आवाज़ों के साथ रुक-रुककर आती सिसकियों को दबाकर

---

1. 1962।

विजया ने पलभर सिर उठाकर उस दिशा में देखा, जहाँ गिलगित था जो अब पाकिस्तान में चला गया था क्योंकि ब्रिटिश अधिकारी मेजर ब्राउन ने वहाँ पाकिस्तानी झंडा फहरा दिया था।

लेकिन चीन, रूस, पाकिस्तान-अफगानिस्तान से घिरे इस बीहड़ प्रदेश में विजया को अछोर अनन्त बियाबान के सिवा कुछ भी नज़र न आया। हरियाली को जैसे भूत सूँघ गए हों। कैसे रहेगी वह तीन साल यहाँ ? सोचकर ही जैसे दिल में हूक उठने लगी। दम न घुटेगा उसका ?

लेकिन दम-वम कुछ नहीं घुटा विजया का। लेह पहुँचते ही इंजीनियर साहब का अच्छा-खासा स्वागत हुआ।

डेरे पर पहुँचे तो आठ-दस कश्मीरी परिवारों की अच्छी-खासी भीड़ जमा हो गई थी। पी.डब्ल्यू.डी. के इंजीनियर, ओवरसियर, सीनियर स्टाफ के ज्यादा लोग वादी से ही आए थे। पोस्टमास्टर, डॉक्टर, कंपाउंडर, स्कूल के हेडमास्टर भी श्रीनगर से ही थे।

पोस्टमास्टर साहब की पत्नी सम्पत्तदेदी ग्रुप की लीडर लगी। जूनियर इंजीनियर कौल की पत्नी ने तो पंचमंज़िला टिफिन कैरियर खूब ठुसा-ठँसाकर भर दिया था।

"आप लोगों ने बहुत कष्ट किया..."

विजया को समझ न आया कि इन अपरिचितों का आभार कैसे प्रकट किया जाए। इतनी आवभगत की तो उसने दूर तक न सोची थी।

"अरे ! थके-माँदे आए हो लम्बे सफर से। मैं क्या जानूँ नहीं ? चार दिन तक हड्डियाँ दुखती रहेंगी। दो दाने मुँह में डाल दो तो होश आ जाए।"

सम्पत्तदेदी ने मना-मनाकर चाय और गरमागरम पराँठे खिलाए और साथ ही कमलावती की सहेली और उनके पिता की बुआ की जेठानी की नातिन होने के नाते रिश्तेदारी का सूत भी बाँधा ! "कमली ने तुम्हें कुछ नहीं कहा ?"

इतनी आत्मीय शैली से अचकचाकर विजया ने मदद के लिए प्रेम की ओर देखा तो वे बचाव के लिए तत्पर हो लिए।

"हाँ, हाँ, मासी। कहा तो था। बल्कि मैं कौल साहब से आपके बारे में पूछने ही वाला था...।"

सुबह प्रेम के दफ्तर जाते ही निम्मा-विमा ने दरवाज़े पर दस्तक दी।

"भाभी ! माँ ने बुलाया है सुबह-सुबह ?"

"काम ज़रा खत्म करूँ !" विजया ने फैले हुए सामान की तरफ इशारा किया।

"काम तुम करोगी भाभी ? फिर नौकर-चाकर किसलिए हैं ?"

विमा ने समझाया कि एक आवाज़ मारो तो चार चाकर हाज़िर हो जाएँगे। आखिर इंजीनियर साहब की बीवी हो। इधर तो हेडमास्टर साहब के घर में भी दो-एक नौकर हाज़िर रहते हैं।

विजया को चार चाकरों की मालकिन होने के गुमान ने छुआ नहीं तो लड़कियों का मुँह उतर गया। विजया को साथ चलने के सिवा दूसरा विकल्प नहीं सूझा।

अब अकेलापन कहाँ था ? आज सम्पत्तदेदी के यहाँ शीरचाय पार्टी है। भोटनियाँ सुच्चे मोती लेकर आई हैं। जूनियर इंजीनियर की पत्नी रूपावती ने बेटियों के लिए चार मालाएँ खरीद ली हैं। मोती हैं कि हीरे ! और सस्ते इतने कि मोती न हुए, काँच के टुकड़े हो गए।

विजया भी पंपोश के लिए मोतियों का सेट बनवाएगी। सम्पत्तदेदी किसी भोट से ल्हासा के कालीन लाई है, दो बेटियों के लिए। पहले के रखे थे। अब तो ल्हासा चीन ने हथिया लिया। अब कहाँ ?

"कुशक के बेटे से दोस्ती है मास्टर जी के बेटे की। उसी ने दिलवाए हैं। तुम चाहो तो तुम्हें भी दिला सकती हूँ..."

"पूछूँगी इनसे।"

विमा हँस पड़ी, "भाभी ! सभी बातें भैया से पूछोगी तो इधर आने का कोई मतलब नहीं..."

"यानी ?" समझी नहीं विजया।

"यानी कि इधर खरीददारी का ज़िम्मा औरतों ने ही लिया है। इंजीनियर कौल की पत्नी खूब सामान लेती है और दर साहब की पत्नी की तो पूछो ही मत। भोटनियाँ घरों में आती हैं सामान लेकर। जो पसन्द हो ले लो। तुम्हें कौन हाट-बाज़ार जाना है ?"

"मुझे क्या चाहिए ?" यानी कि इधर ऐसा क्या है ?

"सुच्चे मोती, बढ़िया ऊन, गलीचे, रेशम...कुछ भी ले लो। गोंचे तो तुम पहनती नहीं।"

निम्मा चिड़चिड़ी लड़की है। थोड़ी मुँहफट भी। "इंजीनियरों की तो यहाँ चाँदी है भाभी। सुरंगें खोदने, खाइयाँ पाटने, पहाड़ काटकर सड़कें बनाने में करोड़ों का बजट बनता है। अब कितनी सड़कें बनीं, कहाँ बनकर ढहीं और कागज पर कितनों का हिसाब-किताब था, यह तो सड़कों के प्लान बनानेवालों को भी पता नहीं चलता। इधर के लोग तो सहज विश्वासी, सीधे लोग, इसी बात में खुश कि कुछ तो हो रहा है। हिसाब लेनेवाला कौन है ?"

"हूँ।" विजया को बात कुछ अच्छी नहीं लगी।

"अब भाभी ! इतनी रकम में कुछ पत्रम्-पुष्पम्, इंजीनियरों-ओवरसियरों को न मिले तो इस बीहड़ बियाबान में आने का मतलब ही क्या ?"

"क्या सभी एक जैसे होते हैं ?" विजया से रहा नहीं गया।

"सभी एक जैसे न भी हों पर सेब सेब को देखकर रंग तो पकड़ ही लेता है। फिर पूरा डिपार्टमेंट ही सबका ख्याल रखता है। एक अकेला ईमानदार तो विभीषण बनता है, मुकुंद जू ओवरसियर की तरह ! नाक से लेकर माथे तक टीका लगानेवाला मुकुंद जू, विष्णु स्तोत्रम् और भवानी सहस्रनाम पढ़ते-पढ़ते छह मास में वापस घर लौट गया, बैरंग। इधर उसकी ज़रूरत ही न थी। न खुद खाता था, न दूसरों को खाने देता था।

विजया ने निम्मा को गौर से देखा। बड़ी-बड़ी आँखोंवाली साँवली-सी, छरहरी लड़की। उम्र का अंदाज़ा लगाना मुश्किल, कोई पच्चीस से तीस के बीच। शादी नहीं हुई। विमा दो-तीन साल उससे छोटी लगती है अभी। वह हँसना भूली नहीं है।

पोस्टमास्टर साहब सोने के लिए घर आते हैं। पूरा दिन बाहर। घर की मालकिन, चौकेदारिन और अहल्ले-मुहल्ले में ढिंढोरची-सलाहवार की भूमिका अदा करती है सम्पत्तदेदी ! विजया को भी कुछ सीख देनी ज़रूरी थी।

"तुम्हारी पति भक्ति से तो मेरी अन्तरात्मा तृप्त हो गई बहू ! पर कुछ बातें तुम्हें समझनी बाकी हैं। बच्ची हो न ! अब घरवाला कमाएगा तो घर-परिवार के लिए ही न ? पर मर्द से कभी घर गृहस्थी-निभी है ? बोलो। सो कभी-कभार दो-तीन सौ, चार सौ जैसा बने, अलग रखा करो। खर्चने तो तुम्हें घर के लिए ही हैं न ? अब क्या बार-बार मर्द के आगे हाथ फैलाना अच्छा लगता है ? हँ ? फिर गाढ़े गिरावी में निकालो दो-चार-छह सौ और देखो कैसे मर्द तुम्हारी सूझ की दाद देता है। औरत तो बैंक होती है बहू ! आड़े वक्त मदद के लिए हाज़िर।"

विजया आश्चर्य से सम्पत्तदेदी को सुनती रही।

"हाँ, एक बात तुम्हें बताना ज़रूरी है। यह कल जो तेरे घर आई थी, यह 'त्रोंभ बुथ दूरा'[1] इससे ज़रा दूर ही रहो।

"क्यों मासी ?"

"अब क्या कहूँ, तुम तो बच्ची, क्या समझोगी इन जादूगरनियों के दन्द-छन्द ! दूसरा मर्द किया है इसने। पहले के दो बच्चे हैं उधर शुपैयाँ में..."

"उन्हें क्यों छोड़ा ?" विजया को धक्का लगा।

"अरे सास ने रख लिया। इसके 'केरन' ही बुरे थे। बोली, जा मर तू ! बदमाश है। कहते मेरी जीभ जलती है...'

"अब इस 'तेलुक लंडूरे' को भी कहाँ मिलती लड़की ? ऊपर से बाप रसोइया। घर में लड़की के नाम पर कपड़े की गुड़िया तक नहीं। सो झपट ली हुस्न परी..."

विजया को बुरा लगा। "रूप-रंग तो जैसा ईश्वर ने दिया। उसमें इस बेचारी का क्या दोष ?"

"दोष तो करनी में बहू ! साफ-सुच्ची होती तो, दो बाल-गोपालों की सेवा में उम्र गुज़ार देती। यह इस उम्र में दूसरा मर्द कर इहलोक और परलोक दोनों बिगाड़ बैठी...

"और वह चुन्नी है न, मास्टर साहब की बेटी। उसका तो दिमाग सरक गया है। कोई इश्क-विश्क का चक्कर था, किसी लखपति के बेटे से उधर ! आग लगे मेरी जीभ में ! बहू-बेटीवाली हूँ, पर जो सच है वह सूरज-चाँद ! उसको क्या लुकाना ! सुना, पेट रह गया था।"

---

1. चेचक के दागवाले चेहरे की दूरा।

विजया ने चुन्नी को सुना है। माथे तक खिंची ओढ़नी के नीचे दो वीरान आँखें। जैसे लेह के पठार उसके भीतर फैल गए हों। उसके और उस नामुराद के बीच, जो चुन्नी को कह तो गया, बारात लेकर आऊँगा, पर लौटा नहीं। माँ ने कहा, बिजली तार को हाथ लगा आत्महत्या करूँगी। थानेदार बाप की एक टंकार से पाजामा गीला हो गया। इंजीनियर बेटा ! अमरीकी डॉलर ! भला दरिद्र मास्टर की बेटी घर लाकर खानदान में अपनी भद्द उड़ाएगा ?

"चुन्नी दोतल्ले के कोठेनुमा घर की खिड़की पर बैठी, नीचे बाज़ार की ओर जाती, सड़क निहारती रहती है और भीगी आवाज़ में गुनगुनाती है—'सूर गोम चाने दूरयरय[1]...' गोताखार से मिन्नतें करती है, कि इस प्रेम के सरोवर में डुबकी लगाकर इसके राज़ को जान लो ! ओ गोताखोर ! मेरे लिए मेरा हीरा ढूँढ़ निकालो।"

कहाँ खो गया वह प्यार, जो जीने का कारण बनकर आया था ?

"आवाज़ दे SSS कहाँ है...?" उम्मीदें पल्ला नहीं छोड़तीं।

रेतीले पसार, भुरभुरे पहाड़, खाइयाँ-खंदक और माइनस चालीस डिग्री सेल्सियस की हाड़छेद ठंड ! भला भूषण आए भी तो कैसे ? इतनी बर्फ में जम न जाए ? भला बहता दरिया आइसबर्ग बनना क्यों चाहेगा ?

विजया उदास हो गई। प्रेम ने सँभाला।

"चलो, तुम्हें गोम्पों की सैर करा लाते हैं। मन भी शान्त हो जाएगा। क्यों इन फालतू की फुरसतियों के पास जाती हो ?"

आज स्पितुक, कल रिजोंग ! तान्त्रिक बौद्ध लामाओं के विहार देखे। पूजा-स्थलों में लामाओं की प्रार्थनाएँ सुनीं ! 'ॐ मने पदमे हूँ, ॐ आहूँ', के मन्त्र उच्चारे !

लेह से पच्चीस मील दूर हेमिस का मेला देखने वह घोड़े पर गए। प्रेम घुड़सवारी का शौकीन रहा है।

हेमिस मेले में उन्होंने मुखौटोंवाला पिशाच नृत्य देखा। पंपोश-बुलबुल देखते तो डर जाते। भयानक चेहरे।

लेह के गोम्पे में बुद्ध की दुमंज़िली प्रतिमा की भव्य विशालता के आगे विजया नतमस्तक हो गई। कितनी शान्ति मिली। बोधिसत्व के चेहरे पर शान्ति का आलोक वृत्त। सुख, दुख, जन्म, मरण, जरा, व्याधि से परे। प्रदक्षिणा करते उन्होंने भी पीतल के गमलेनुमा विशाल घंटाओं को घुमाया। विजया को आश्चर्य हुआ, जब उसने देखा कि उनका घोड़ा भी छोटे-बड़े गोम्पों की परिक्रमा लिए बिना आगे नहीं बढ़ा।

गोम्पे के गुम्बदाकार लम्बे-ऊँचे हॉल में बैठे, एड़ियों तक लम्बे रोब पहने, घुटे सिरोंवाले लामा, भावहीन चेहरों पर अध्यात्म का आलोक धारे बैठे थे। प्रार्थना में उठते-गिरते गहरे उच्छ्वासों जैसे स्वर, लगता था किसी दूसरे लोक से आ रहे हों, जहाँ मनुष्य को कोई द्वन्द्व नहीं सालता और जहाँ शान्ति सहज प्राप्य है !

---

1. तुम्हारी जुदाई में मैं राख हुई जा रही हूँ।

यों तो सब ठीक-ठाक ही चलता रहा। नवरेह के दिन दूरा प्रशाद लेकर घर आई तो विजया से घंटाभर बैठकर बतियायी। उसकी बातें सम्पत्तदेदी की उत्सुकताओं और हिदायतों से अलग थीं। विजया को अच्छी लगी यह सुलझी हुई स्त्री।

बातों-बातों में उसने कहा कि विजया बहन के पास थोड़ा समय हो तो क्यों न बड़ी उम्र की औरतों को एकाध घंटा अक्षर-ज्ञान सिखाएँ। दूरा यों तो कुछ भोटनियों और अन्य स्त्रियों को स्वेटरों के नए-नए डिज़ाइन सिखाती है। ऊन का काम तो करती हैं यहाँ स्त्रियाँ, सिर्फ कुछ अच्छे डिज़ाइनों की जानकारी चाहिए।

"उससे क्या फर्क पड़ेगा, पहनेंगी तो गोंचे के नीचे ही ?"

"नहीं बहन, पहनने के लिए नहीं।" दूरा ने खुलासा किया, "ये लोग स्वेटर, दस्ताने वगैरह बनाती हैं। मैं उन्हें श्रीनगर भिजाकर उनकी बिकवाली में मदद करती हूँ। थोड़े पैसे बनते हैं उनके। ये लोग बहुत मेहनती हैं, पर शोषण भी कम नहीं होता इनका।"

दूरा पढ़ी-लिखी नहीं थी। बिना पूछे भी उसने अपनी कहानी सुनाई। कैसे तो रिश्ते बनते हैं। कभी-कभी, बिना कोशिशों के भी !

वही विधवा बहू की सनातन कष्ट-गाथा। पर यहाँ अन्तर इतना था कि सास-ससुर की निरन्तर लानत-मलामत, और अपशकुनी अभागिन होने के आरोप दूरा ने नहीं सुने। हिन्दू कोड बिल पास हुई है और विधवा विवाह कानूनन मान्य है, न जानते हुए भी उसने त्रिलोक कंपाउंडर का हाथ थामा। दोनों को एक-दूसरे की ज़रूरत थी। बच्चों को सास पहले ही अलग कर गई थी।

विजया सम्पत्तदेदी के परिवार के विरोधाभास पकड़ नहीं पाई। दूरा ने बहुत गहराई में गए बिना इतना ही कहा, "कि सुना है कि उनके बेटे किंग जी की शादी में एक और दूल्हा बारात लेकर आया था। शादी किंग जी ने की, पर अगले दिन सुहागरात बिताकर लड़की को वापस मायके भिजवा दिया।"

"वापस भेजना था तो शादी क्यों की ?" स्वाभाविक प्रतिक्रिया।

"पता नहीं बहन ! कोई कहता है बदला लिया लड़की से बेइज़्ज़ती का, कोई कहता, नामर्द था। सुना है लड़की ने अपने प्रेमी से अगले महीने ही शादी की, पर किंग जी सालों से अकेला रह रहा है। राजस्थान में नौकरी है। शादी की सोची ही नहीं। खजलखारी, विराग, निराशा, या मोह भंग ? सम्पत्तदेदी के पति पोस्टमास्टर साहब ने तबादला करवाया। फ्रंटियर तो देना ही था आगे-पीछे। समाज में मुँह दिखाना मुश्किल हो गया था।"

विजया को सम्पत्तदेदी से सहानुभूति-सी हुई। दो जवान बेटियों की माँ, सुबह से शाम तक उम्र की लकीर पीटती औरत, न किए गुनाहों की सज़ा पाती औरत। उसका दुनियाभर से नाराज़ होना, अपनी अवश असहायता पर बौखलाहट का विकल्प था। कोखजाइयों को तो शिकार होना ही था।

माँ की दिनचर्या ! सुबह ट्रंक खोल दुल्हन बेटियों के कपड़ों-लत्तों में फिनाइल

कुल्थ डाल सँजोना-तहाना, कि एक दिन आएगा शिवरूप दूल्हा और वर लेगा उमा को। सम्पत्तदेदी आर्द्र गले से वनवुन करेगी—

'छमय ईशानस पोशि पूजा।'

सम्पत्त गंगा नहाएगी। बेटे का भाग ! या शायद सम्पत्त का ही। कहा है मास्टरजी[1] ने—'पथ कालि छिम नु दितिमुत्य, यिम मोख़ुत दान व्यसिए, ॲन्य सारि क्या लबख वोन्य तिम मोख़्त दान व्यसिए।'[2]

निम्मा चिड़चिड़ाती सूखती जा रही है। विमा खुद को बचाए हुए है। लेकिन कब तक ? मास्टरजी के पास विमा पढ़ने जाती है, बी.ए. कर रही है। प्राइवेट ! उधर कयूम भी आया करता है। लेकिन सुना है कयूम के पिता का तबादला रजौरी हो गया है। कयूम को भी जाना पड़ेगा। विमा की हँसी क्या बनी रहेगी ?

जल्दी ही विमा भी, दूर जाती सड़कें ताकती, इन्तज़ार करेगी। कभी खत्म न होनेवाला इन्तज़ार। माँ कभी अगरबत्ती-सी चलती सुगन्ध बिखेरेगी और कभी धुआँ उगलती चिमनी बनी कडुआती रहेगी और बेटियों के लिए दहेज जोड़ती रहेगी।

रात के शब्दहीन सन्नाटे में टीले पर बैठा राजा का महल बेहद अकेला लग रहा है। सम्पत्तदेदी लड़कियों को मनाती है, 'निम्मा-विमा, भाभी को राजा के महल कब दिखा रही हो ?'

विमा को बस इशारे का इन्तज़ार है, "कल ही चलो, भाभी ! दिद्दी, तुम भी आओगी न ?"

निम्मा नकार में सिर हिलाती है। "जाना तुम भी, अब मैं बड़ी-बूढ़ी, बच्चों के बीच क्या अच्छी लगूँगी ? जाएगी विमा भी।" माँ निम्मा को पुचकारती है।

"नहीं, मैं नहीं जाती।" निम्मा इतनी उद्दंड क्यों है ?

"क्या है उधर ? खँडहर होता महल ! जहाँ न आदमी, न आदम जात। दिनभर उल्लू, चिमगादड़ बोलते हैं। ऐसे सूने महल में मेरा जी घबराता है। बड़ा मनहूस-सा लगता है।"

"आज कोई नहीं रहता। पर सोचो, कभी राजा और उसके दरबारी, मन्त्री-सन्त्री सभी रहते होंगे। तामझाम और धूमधाम रही होगी ?"

विमा की आँखों के दीये टिमटिमाते हैं। राजा के सपने आते हैं उसे। निम्मा बस खँडहर देखती है और माँ राजा के महलों के 'होने' को सिद्ध करना चाहती है ! जो रहे हैं और रहेंगे भी आगे। शायद !

निम्मा लड़कियों के स्कूल में पढ़ाती है। मास्टर जी ने ही सिफारिश की। बी.ए. पास लड़की घर बैठी क्या करेगी ? सम्पत्तदेदी तमाम कोशिशों के बाद भी योग्य वर नहीं जुटा पाती। लड़कियों के लिए, और लड़कियाँ इस बियाबान में सूखती-खिजती

---

1. मास्टर जिन्दा कौल (कवि)। 2. पिछले जन्म में जो मोती दान नहीं किए, उन्हें इस जन्म की अन्धी टटोल में कैसे पाओगे ?

बीत रही हैं, लम्बे इन्तज़ार में। जिसने शेष दुनिया की नियामतों को भूमिगत कर दिया है, "इधर करने को क्या है ? बस, देखते रहो पहाड़ और पठार, जब तक आँखें फट न जाएँ।"

लेकिन दूरा कहती है, कितना कुछ है करने को !

"विजया बहन, तुम थोड़ा वक्त निकाल सको तो...भाषा ज्ञान और थोड़ा गणित ! हिसाब-किताब में गड़बड़ा जाती हैं ये औरतें। कोई भी ठग सकता है इन्हें। सिखा दोगी न ? अच्छा काम होगा।"

विजया दिन के दो घंटे घर में मास्टरी करती है। भोटनियाँ कई बार उसे अपने घर ले गईं। बड़े प्यार से गुरगुर चाय पिलाई। मक्खन की डली डालकर मथी हुई नमकीन चाय। "थोड़ा फूँककर पीना। मुँह में बाल न आ जाए।" दूरा ने चेताया।

"क्या ऽऽऽ ! बाल ऽ ?"

"नहीं-नहीं, कुछ नहीं। मक्खन पाउच में रहता है, कभी-कभी उसमें पाउच के रेशे मिल जाते हैं...।" दूरा के पास समाधान है।

प्रेम सड़कों-पुलों के डिज़ाइन बनाने से लेकर सड़क निर्माण के काम को मुस्तैदी से देख रहा है। जगह-जगह जीप पर आना-जाना। समुद्र तल से साढ़े ग्यारह से सोलह हज़ार फुट ऊँची पहाड़ियाँ। खतरनाक रास्ते ! सीमा पर सैनिक-चौकियाँ ! प्रेम जवानों के कठिन जीवन और साहस को देखकर चकित है। ताता को लम्बे-लम्बे पत्र लिखता है।

"मेरे प्यारे ताता !

"आपकी बहू ने यहाँ आकर क्या रंग बदला है ताता, क्या कहूँ ? पहले चार-छह दिन रो-रोकर आँखें सुजाईं। मन नहीं लगेगा, कैसे रहूँगी अकेली ? अब सहेलियों, बहनों, भाभियों की गिनती ही नहीं। ऊपर से भोटनियों को पढ़ाने का ज़िम्मा भी लिया है। अच्छी-खासी मास्टरनी बनी है।

"ताता ! मुझे यहाँ सभी सुविधाएँ हैं। यहाँ के लोग बेहद परिश्रमी, सीधे-सादे और धर्मनिष्ठ हैं। अपनी संस्कृति से प्यार करते हैं। लामाओं के अन्धभक्त समझिए। लेकिन समय से बहुत पीछे हैं। जम्मू-कश्मीर में जिस गति से शिक्षा का प्रसार हुआ है, उस हिसाब से लद्दाखी बहुत पीछे हैं। मेडिकल सुविधाएँ भी पर्याप्त नहीं। सरकार इनसे सौतेला व्यवहार क्यों करती है ?

"ताता ! लद्दाख में सेना के जवान बड़ी बीहड़ ज़िन्दगी जीते हैं। इनका नमन करने को मन करता है। मैदानी इलाकों से आकर, घर-परिवारों से दूर, मीलों मील फैले पठारों, पहाड़ों और दर्रों से गुज़रते, सीमाओं की रक्षा में मुस्तैद इन जवानों के भरोसे हम निश्चिन्त तो रहते हैं, पर इनकी सुविधाओं का कितना ध्यान रखा जाता है ? बासठ का चीनी हमला याद कर रोंगटे खड़े हो जाते हैं ताता। कृष्णमेनन, बिज्जी कौल आदि अधूरी सूचनाओं, सलाहों के लिए ज़िम्मेदार तो थे ही थे, पर राष्ट्रनेता भी उस हार के लिए कम जवाबदेह नहीं। यहाँ लद्दाख के पास ऊपर चिपचिप में चीनियों की चौकियाँ

हैं। अक्साई चिन पठार हथिया लिया है, जहाँ ज़ाहिर है अस्त्र-शस्त्रों का खासा ज़खीरा इकट्ठा कर दिया गया है। मुझे आश्चर्य होता है अपने राष्ट्रनेता के भोलेपन पर, वे कैसे कह सके कि 'यदि चीनी अन्तर्राष्ट्रीय सीमा पार करेंगे, तो उन्हें उठाकर बाहर फेंका जाएगा ?' हमारे सैनिकों के पास न तो अस्त्र-शस्त्र बराबर थे, न सड़कें, जहाँ से राशन-राहत या युद्ध सामग्री पहुँच जाती। दरअसल पार्टीशन के बाद घरेलू समस्याओं से उलझे हम देश की सीमाओं की ओर ध्यान नहीं दे पाए। ऊपर से नेहरू जी के अखंड विश्वास ! जिन्हें दोस्तों ने ही ढहाने में कोई कोताही न बरती।

"ताता, यहाँ के लोग तिब्बती सभ्यता से गहरे जुड़े हैं। कुशक कहते हैं, जब चीनियों ने तिब्बत पर कब्ज़ा कर लिया, तब ल्हासा में पाँच सौ लद्दाखी भिक्षु प्रशिक्षण पा रहे थे। सोचकर रोंगटे खड़े होते हैं कि कैसे दलाई लामा अपने कुछ सहयोगियों के साथ रात के परदे में गायब कर दिए गए, और किन हालात में मीलों मील पहाड़ों, पठारों से गुज़र, जान हथेली पर लिए तवांग पहुँचे। हर आहट पर चीनियों के बन्दूकों और नेज़ों का डर !

"समस्याएँ अनेक हैं ताता ! बौद्ध संस्कृति की रक्षा के लिए भोट नेता चिन्तित हैं। मास्टरजी[1] ने भी लद्दाखियों को सोते से जगाया है। यहाँ के युवा उन्हें आदर देते हैं।

"कुशक[2] बकोला नाराज़ हैं कि पंचायत और कृषि सम्बन्धी लाभ लद्दाखियों को नहीं मिले हैं। मेरा यकीन है ताता, कि लद्दाख को जब तक आटोनोमस हिल काउंसिल का दर्जा न मिले, तब तक इन्हें न्याय मिलना मुश्किल ही है।

"बाकी सब ठीक है ताता। आप चिन्ता न करें। मैं काम में व्यस्त हूँ, हालाँकि अपना कंस्ट्रक्शन विभाग खासा बदनाम है, कोशिश करता हूँ अपना दामन बचाए रखूँ। और तो कोई गलत काम नहीं करता, हाँ, कभी-कभी कुशक के साथ थोड़ी छंग[3] ज़रूर पीता हूँ। ठंड में ज़रूरी है ताता। यों छंग का प्रयोग धार्मिक आयोजनों में होता है, सोमरस समझिए। आप नाराज़ तो नहीं होंगे ?

"ताता ! पंपोश-बुलबुल तंग तो नहीं करते ? माँ को हमारा प्यारभरा नमस्कार दें। सादर और सप्रेम। आपका प्रेम।"

लेह में प्रेम-विजया का समय अच्छा ही बीता, आगे भी शायद अच्छा ही बीतता अगर इस बीच एक-दो घटनाएँ न घटतीं।

एक वह घटना जिसके लिए विजया साक्षात चंडी ही बन गई। दरअसल उस दिन प्रेम ने छंग कुछ ज्यादा पी ली थी, तभी घर आई एक गोंचेवाली उसे मेनका रम्भा दिखाई पड़ी, और उसने गोंचेवाली को छू-टटोलकर महसूस करने की हिमाकत की। विजया दूरा के पास किसी काम से गई थी, लौटकर पतिदेव को झूमते-झामते, गोंचे का रेशम टटोलते देखा, तो आग ही हो गई। अच्छा हुआ कि प्रेम के नशे पर घड़ों पानी पड़ा और वह

---

1. श्री श्रीधर डुलू। 2. लद्दाखी नेता। 3. देसी शराब।

आसमान से ज़मीन पर उतर आया। गोंचेवाली से माफी माँगी, जो उसने मुस्कुराकर दी, क्योंकि छंग के अतिरिक्त प्याले का असर वह महसूस कर चुकी थी। विजया तो हफ्ताभर नाक रगड़वाकर, इकलौते बिस्तरे में करवटें बदलवाकर, रसूले से खाना परसवाकर और मौन का परदा तानने के बाद ही दरियादिली का सबूत दे गई। जाओ, माफ कर दिया। तुम भी क्या याद करोगे।

दूसरी घटना बाहर से कम, भीतर से ज्यादा घातक निकली, हुआ यों कि दो जूनियर इंजीनियरों और एक सीनियर आफिसर को घूस लेने के आरोप में मुअत्तल किया गया। प्रेम पर आरोप तो नहीं लगे, पर समय से पहले तबादले का आर्डर आ गया। तबादला श्रीनगर नहीं, कि घर जाने की खुशी में उछल पड़ता प्रेम जी, तबादला हुआ जम्मू के पुंछ सेक्टर में। प्रेम जी को भूकम्प से पहले का चिड़ियों का शोर सुनाई पड़ा और उसने मन-ही-मन निर्णय लिया कि अब स्टेट की नौकरी वह नहीं करेगा। यहाँ कुछ भी हो सकता है। किसी की खता उसके सिर मढ़ी जा सकती है। शायद उसके भी घर-बाहर होने का वक्त आ गया है।

# खुदाई मंज़िल

'हम्पटी डम्मटी सैट ऑन द् वॉल
हम्पटी डम्मटी हैड ए ग्रेट फाल...'

लाल-नीली रिबनों से सजे, कन्धे तक कटे बाल, मुँह-माथे पर छितराए, बेबी डेज़ी, सहेलियों के साथ गोल घेरा बनाए तालियाँ पीट-पीट गा रही है, बीच में छोटे स्टूल पर सजे हैं गोल गुँथने शब्बीर मियाँ उर्फ बबलू जी।

'हैड ए ग्रेट फॉल' पर उन्हें स्टूल से लुढ़ककर धप्प से घास पर गिर जाना है ! खेल है साहब, तो बबलू जी गिरेंगे ही गिरेंगे और तालियाँ पीट-पीटकर, घुटने-उघाड़ फ्राकोंवाली बच्चियाँ हँस-हँसकर मज़ा लेंगी।

बँगले के बरामदे में तख्तपोश पर बैठी ज़ेबा, मटर छीलने के साथ-साथ, नज़रें उठा, बच्चों की चौकीदारी भी कर रही है। खेल भी कैसे ओखे, गिरकर हाड़गोड न तोड़ दें बच्चे ! दादी माँ की चिन्ता।

अपने बचपन के खेल याद आए, 'हारि ओननय सियादान, बिया बिया कोतरो...'

ज़ेबा के होंठों से गुनगुनाहट फूटी, "वोथि रंग च़रिए दामान दरिये..."

कीकलियाँ खेलती सहेलियाँ, धूल भरे आँगनों में पैरों के निशान छोड़ती, नाच-नाच हँसती, कूकती, हाँफती, गीत गाने लगीं। जिन गीतों में मैनाएँ बोलती थीं, रंगीन चिड़िएँ घर-द्वार सँभालती...यह हम्टी डमटी बला नहीं थी।

'हैड ए ग्रेट फाल' ! की गूँज के साथ फलक शिगाफ चीख ! ज़ेबा मटर की पछिया सरकाकर हड़बंड़ी में उठी, तो मुए घुटनों ने 'कट' की आवाज़ के एक-दो जान लेवा कटकों ने उम्र की लाचारी की दस्तक देते चाल लँगड़ा दी, मगर बच्चे की चीख के दर्द में अपना दर्द भुलाती ज़ेबा बच्चों के झुंड में लपककर घुसी, तो लॉन पर गिरे बबलू जी के छिले घुटनों से घासीली मिट्टी पोंछती लड़कियाँ नन्हे भाई को सहलाते-पुचकारते भी, चिल्लाने पर उसे धमका रही थीं।

"भला खेल-खेल में कोई रोता है ? ऐसा आटे का बना है तो आगे से हम्टी-डम्टी मत बनना, हम ठबलू को बनाएँगे हम्टी !...क्राई बूबी ! 'क्राई बेबी क्राई। पुट युवर फिंगर इन युवर आई, एंड टेल युवर मदर, इट वाजंट आई'।" छुटकी डेज़ी ने ताली बजा-बजाकर चिढ़ाना शुरू किया।

"या खोदाया[1] ! बुलटु गिन्दुन (उल्टा खेल)। अरी किस्मतवालियो, अकल की दुश्मनो ! अपने इस बन्दर खेल में बबलू ही मिला बकरा बनाने को ? हटो परे...।" ज़ेबा ने ताली बजाती लड़कियों को डाँटा।

बबलू जी दादी-अम्मा को बाँहें पसारे आते देख चिल्लाना छोड़ सुबक उठे। "एक तो इस बेबी ने धक्का देकर स्टूल से गिरा दिया, ऊपर से 'क्राई बूबी' बोलती है, ऊँ ऽऽऽ !"

"गन्दी बात !" ज़ेबा 'क्राई बूबी' के मानी न समझते भी मान गई कि कुछ गलत बात कही गई है उसके नूरेचश्म से। जी हुआ, दो धौल मारकर बच्चियों को सही खेल सिखा दे। मगर, दादी-अम्मी के हक, प्यार-लाड़ करने तक ही महदूद हैं, डाँट-पीट का हक तो माँ-बापू का, सो सब्र कर गई और बबलू को गोद में दुबका सहलाने-मनाने लगीं।

लम्बे-चौड़े लॉन के दूसरे सिरे पर गार्डन चेयर पर बैठे रहमान साहब, हुक्का गुड़गुड़ाना छोड़ चीख की तरफ चले आए, और उनके पीछे-पीछे दौड़ आए माली और दरबान !

बबलू जी को गोद में उठाकर बँगले में ले जाया गया, छिलन पर डेटोल-शेटोल लगाने के लिए। चोट ज्यादा नहीं थी, अल्लाह का शुक्र ! खेल-खेल में बच्चे तो गिरते, घुटने-गोड़ छीलते ही रहते हैं। फिक्र की बात नहीं।

भीतर बहूरानी ने खाविन्द को फोन किया, कि बबलू का घुटना छिल गया है, तो खाविन्द और बबलू के वालिद ने, छोटी-सी डाँट, कि बच्चों का ख्याल रखा करो और बड़ी-सी हिदायत, कि कहीं 'टिटनेस' न हो जाए, के साथ, बबलू को जल्दी डिस्पेंसरी में ले जाकर टिटनेस का इंजेक्शन लगवाने का हुकुम दिया।

रहमान जू, जो अब रहमान साब हो गए हैं, दानिशमन्दी से सिर हिलाते, बबलू को डिस्पेंसरी ले जाते देखते रहे, और कहने को कुछ न पाकर, लॉन में पड़ी कुर्सी और अखरोटी लकड़ी की तिपाई पर गुमसुम बैठे फर्शी हुक्के की तरफ, कुछ-कुछ हैरानी से मुड़ गए कि अपने ज़माने में तो ऐसी छिलन पर चुटकीभर मिट्टी रगड़ देते थे, और अपने को न टिटनेस हुआ न नासूर।

रहमान साब आजकल बेबात दिलमलूल हो जाते हैं। क्या कमी है भला ? सात पीढ़ियों के दरिद्र कट गए रहमान ताँगे को रहमान साब तक आते-आते। अल्लाहताला की मेहर।

यह खुदाई मंज़िल ! कभी सोचा भी था रहमान जू ने ऐसा ताम-झाम देखना नसीब होगा ? जो अधूरा रहा, वह फरज़न्द ने पूरा कर दिया।

तिकोन गेबलों, जालीदार बरामदों, नक्काशीदार छतोंवाला बँगला। चमेली, जूही के क्रीपरों की खुशबुओं से महकता परदानशीन दोशीज़ा-सा खड़ा, अपनी खूबसूरती में भीड़ से अलग और खासुलखास ! इसकी ढलुवाँ भूरी छत और रंगीन काँच के शीशे

---

1. रोंदू बच्चा।

झलकाती खिड़कियाँ, टूरिस्ट रिसेप्शन सेंटर से शंकराचार्य पर्वत की ओर जाती सड़क से गुज़रनेवालों को, शाही चिनार की ओट किए, नज़रें-मेहर से नवाज़ती हैं, पर किसी ऐरे-गैरे को अपने राज़ों से वाकिफ नहीं करातीं ! रश्क से दिल जलते हैं अपनों-परायों के।

काश ! अशी ने भी देखा होता खुदाई मंज़िल का ताम-झाम। अपने बेटे-पोते का राजपाट और पड़पोतों-पोतियों की अंग्रेज़ी गिटपिट।

वक्त के साथ बचपन भी बदल गए। रहमान जू को आज भी याद आती है वो क्रालखुड की दो ताखोंवाली भूर्जपत्री छत की लिपी-पुती झोंपड़ीनुमा कुठरिया, जहाँ छेदों वाले पर्दे से आँख सटा वह अशी को ज़नानियों का मुआयना करते देखता था। हैरान-परेशान, साँस रोक, आँखें फाड़ उस घड़ी का इन्तज़ार करता, जब अशी, चीखती-ऐंठती ज़नानी की जाँघों के बीच हाथ डाल बच्चे को खींच निकाले।

बाहरी दरवाज़े पर पठानी सलवार-कुरता डाटे, मुच्छड़ पहलवान, दरबान खड़ा रहता है, जो अपने काँइयेपन और अगले की अंतड़ियाँ गिनने के दावे के साथ, चौकीदार, खबरदार, हुकुमबरदार वगैरह नामों से अपना तआरूफ कराता है। यों तो अँगूठा छाप है, पर इलम इतना कि किसको साहब से मुलाकात करने की इजाज़त किस शर्त पर दी जाए, और किसे ड्योढ़ी से बाहर ही किस हीले-हवाले से बाइज़्ज़त रुखसत किया जाए, इस हिसाब में कभी गलती नहीं करता।

आधी उम्र नेशनल कांफ्रेंस पार्टी के पेंफ्लेट बाँटते रहमान जू, उम्र के चौथे पाटे में सियासत तो समझ गए, बख्शी साहब के रहमोकरम से मुहल्ला कमेटी, बाद में म्युनिसपैलिटी में घुसकर थोड़ी अफसरी भी की, पर बेटा कासिम बाज़ाप्ता इलेक्शन लड़कर एसेंबली में पहुँच गया। और सही मायनों में हुकूमत करने लगा।

यों नूरेचश्म कासिम, सियायत तो माँ के पेट में ही सीखकर आया था, बाकी जो कमीबेशी थी, वह अब्बा हुजूर की नाकामियों और दौड़ में पिछड़ने की वजहों पर गौर करके समझ ली। आखिर आधी उम्र ताँगा हाँकने में गँवाने के बाद आदमी सियासत में कितनी दूर जा सकता है ?

बेटा इस बात को समझता है। इसलिए अब्बा हुजूर की कद्र भी करता है।

कद्र इसलिए भी करता है कि पढ़ा-लिखाकर, पार्टी में कदम रखने से लेकर इलेक्शन लड़ने के लिए टिकट पाने तक, वह अब्बा हुजूर का ही अहसानमन्द है। उसका फर्ज़ बनता है कि वालिद के अधूरे अरमानों को पूरा करे।

घर में रौनकें हैं ! शबीर, मुराद, बबलू-ठबलू हो गए हैं और हसीना-सुग्रा बेबी डेज़ी। बर्नहाल कान्वेंट के बच्चे, अपने चचेरे-फुफेरे भाई-बहनों से हर हाल में बीस पड़ते हैं। अंग्रेज़ी की गिटपिट ऐसी, कि लगे चिड़ियाँ चहचहाती हैं।

खुदाई मंज़िल पर खुदा की सीधी नज़र। अब इस घर में टट्टी-पेशाब जैसे बदबूदार लफ्ज़ों का इस्तेमाल नहीं होता। हाजत-फरागत तो रहमान जू तक महदूद है। अब इन ज़रूरतों के लिए लैट्रिन-बाथरूम लफ्ज़ चलते हैं। सुनने में भी भले लगते हैं।

बहुएँ सलवार-कुरते पहनती हैं। सोने के गहने। अशी ने चाँदी की कनवाज़ियाँ भी बुढ़ापे में ही पहनीं और ज़ेबा को उम्र की ढलान पर सोना-पहनना नसीब हुआ। छोटी कभी-कभी पार्टियों में साड़ी भी पहनने लगी है, शुक्र है ऊपर से नकाब डालना भूली नहीं, मगर पोतियाँ तो इंगलिश स्कूलों में स्कर्ट-शिकर्ट डाल घर में बिल्कुल मेमें दिखती हैं। बेसलवार गोड़-घुटने देख रहमान जू नज़र मोड़ देते हैं।

अच्छा है ! ज़माने के साथ तो पहनावा भी बदलेगा ही बदलेगा। गो कि रहमान जू जानता है कि महज ज़माना ही नहीं, उसकी बदली औकात भी इस बदलाव की वजह है ! गाँव-जवार में वही फिरन सदियों से चल रहा है। औरतें आज भी दुपट्टा सिर के पीछे बाँध, खेत-खलिहान में बुवाई-गुड़ाई करती हैं।

मलाल है तो इस बात का, कि बच्चे बड़ों को तसलीमात अर्ज़ करना भूलते जा रहे हैं। गुडमार्निंग-गुड ईवनिंग तो ठीक है, पर अपनी रिवायतें, अपनी तहज़ीब ? वह क्या भूलने की चीज़ है ?

रहमान के बेटे, कयूम-कासिम जबरी स्कूल में पढ़े। अशी ने ही भर्ती करवाया कि चार हरुफ सीखेंगे तो खतोखिताबत तो कर पाएँगे। महाराजा परताप सिंह ने मुफ्त 'जबरी स्कूल' खोले ही उन लोगों के लिए थे, जो पैसा-टका खर्च करके बड़े स्कूलों में बच्चों को पढ़ा नहीं सकते थे।

रहमान जू को याद है, अशी हथेली पर तेल लेकर पोतों की जाँघों पर रगड़ देती थी। स्कूल में खुरदुरे टाट पर बैठने से जाँघों पर रस्सियों के छापे जो पड़ते थे। अशी को भरोसा था कि उसके पोते हाकिम हुकुमरान बनेंगे। एक दिन उनके रास्तों में कालीन बिछेंगे।

कयूम पाँच क्लास से आगे नहीं पढ़ा, पर कासिम को शेख साहब की मेहरबानी से गवर्नमेन्ट हाई स्कूल में भर्ती करवा दिया था। मैट्रिक किया, मास्टर बना, पर उसे तो सियासत में आकर हुकूमत करनी थी।

बड़ा फ्रूट मर्चेंट बना ! अच्छा पैसा कमाता है ! उसके बेटे भी हेडो मेमोरियल स्कूल में पढ़े, लड़कियाँ तो अब बड़ी हो गईं, गर्ल्स कॉलेज में दाखिल हैं, उधर मिस महमूदा साहिबा प्रिंसिपल है ! अच्छा है। मुलुक ने तरक्की की है !

बख़्शी साहब की बदौलत खूब पढ़-लिख गए लड़के-लड़कियाँ ! रहमान जू खुश है !

पर रहमान जू थोड़ा नाखुश भी है।

ज़माने की रफ्तार पकड़ नहीं पाता रहमान जू ! न घर में न घर से बाहर।

अब सादिक साहब का ज़माना है। रहमान जू बीती बात हुए जा रहे हैं। क्या करें ?

दस साल खिदमत करते, बख़्शी साहब से कुछ ऐसी मुहब्बत हो गई कि पाला बदलना अब बेईमानी लगती है। पहले जो भी किया हो। दूध का धुला नहीं समझते खुद को रहमान जू।

रहमान जू हुक्का गुड़गुड़ाते काफी सोच-विचार भी करते हैं, अब दोस्तों-बुजुर्गवारों के साथ ! सियासत का अच्छा तजरुबा है। यों सियासत में कौन किसका होता है ? इसके उसूल अलग, उसका इंसाफ अलग।

आज जो दोस्त, कल वही दुश्मन !

महाराजा हरीसिंह हों, शेख साहब हों, बख़्शी साहब हों या सादिक साहब ! आपसी रिश्ते गिरगिटी रंगों के।

माज़ी में जाओ तो और भी हैरतअंगेज़ कारनामे। रहमान जू अल्लाह का शुक्र मनाते हैं कि उसने सियासत में, हाकिमों को, गद्दी से उतारो, जेल भिजवाओ, जेल से छुड़ाओ और नज़रबन्द करो वाले फरमान जारी करते ही देखा। दीन जहान में हो, या अपने मुलुक में, राजाओं-बादशाहों ने तो हुकूमत के लिए रिश्तेनाते, दीन-ईमान से लेकर इन्सानियत तक बालाए ताक रख दी। सुना है, दसवीं सदी में दिदारानी ने अपने पोते तक की जान ली। सुलतानों-अफगानों की तो पूछो ही मत। चौदहवीं सदी में सुलतान सिकन्दर की माँ, हौरा ने अपनी बेटी और दामाद कत्ल करवाए। भोट रिनचिन, राजा सहदेव की पनाह में आया और उसके वज़ीर रामचन्द्र को मारकर राजा बना।

रहमान जू नय एक ओर टिका बँगले के भीतर चले गए। ज़ेबा रसोई में बावर्ची को कुछ हिदायतें दे रही थी। वे खरामा-खरामा अपने कमरे की तरफ हो लिए।

ड्राइंगरूम का दरवाज़ा खुला था। 'सुबहाना द वर्स्ट' के गुदगुदे कालीनों से सजे कमरे की दीवार पर, हाँगुल का सिर लम्बे सींग उठाए हर आते-जाते को घूर रहा था। अखरोटी लकड़ी की लम्बी मेज़ पर बेहद खूबसूरत नक्काशी, देखनेवालों को कश्मीरी कारीगरों के कमाल से वाकिफ करा रही थी। बचपन में गुपाल भान के यहाँ देखा था यह रईसी ठाठ ! देवदारी सोफे और पेपरमैशी के आदमकद टेबल लैम्प ! चाँदी की सुराही, चिनार के पत्तों कढ़ा ताँबे का समावार ! कौन-सा कीमती सामान नहीं सजा है बँगले में ? कासिम का रुतबा है। मन्त्री-सन्त्री दावतों पर घर आते हैं।

रहमान जू ने एक बार फिर अल्लाहताला का शुक्र मनाया।

रहमान जू पलंग पर लेट गए। सोचा, थोड़ी नींद लूँ। पर नींद आई नहीं। बन्द आँखों के पर्दे के पीछे रील दर रील वाकयात घूमते रहे। वाकयात, जो ज़ेहन पर गाहे-बगाहे हावी होते ही रहते हैं।

कामराज प्लान !

जाने कौन-सी बला थी वह कामराज प्लान। तमिलनाडु के किसी कामराज साहब का प्लान था कि राज्य के चीफ मिनिस्टरों और कैबिनेट मिनिस्टरों को इस्तीफा देकर कांग्रेस पार्टी का काम करना चाहिए। खुदा जाने, इस प्लान का मकसद कांग्रेस पार्टी को मज़बूत करना था, या नेहरू के बाद, दूसरे नम्बर पर बैठे मोरारजी देसाई के लिए, अगले के बाद वतन का प्राइममिनिस्टर बनाने की गुंजाइश खत्म कर देना ? वही सियासत का खेल ! रहमान जू का दिमाग इतना दूर नहीं दौड़ पाता।

रहमान जू को हैरानी इस बात की, कि अपने स्टेट में तो कांग्रेस का वजूद ही

नहीं था तब, सो यह प्लान जम्मू-कश्मीर में लागू होना नहीं था। पर तकदीर के करिश्मे, कि बख़्शी साहब अपनी दरियादिली में दिल्ली पहुँचे और अपना इस्तीफा थमा दिया नेहरू जी को, जो उन्होंने मंजूर कर लिया।

रहमान जू के दिल में हौल-सा उठा। बख़्शी साहब का इस्तीफा देना, मुलुक के लिए बदकिस्मती थी, उनको यकीन है ! क्या खूब इनसान थे। बाकी, लोग जो भी कहें, नाम लिख गए बख़्शी साहब स्टेट की सियासती किताब में। लोगों के दिलों में ! इनसानी इख़लाकी रिश्तों में।

दिल्ली से लौटने पर लोगों ने कितना दबाव डाला, कि इस्तीफा वापस लो, मगर वे इरादों के पक्के निकले। नहीं कहा, तो नहीं।

कैसी तो हलचलें हुईं इस इस्तीफे के बाद अपनी वादी में। नेशनल कांफ्रेंस के सेक्रेटरी, बख़्शी साहब के चचाजाद भाई अब्दुल रशीद ने इस इस्तीफे की सख़्त खिलाफत की। जुलूस-जलसे, नारे ! इस्तीफा वापस लो।

दूसरी तरफ पाकिस्तानपरस्त पोलिटिकल कांफ्रेंसियों ने रंग बदले, और भारत परस्त बनकर इस्तीफे को सही करार दिया। 'लोहा तपे तो चोट करो' वाली हरकत। मौका हथिया लो।

नेशनल कांफ्रेंस का सादिक वाला गुट पीछे रहा, मूछों में मुस्कुराता। अन्दरूनी मुखालफत तो थी, गो कि बख़्शी साहब सादिक साहब से दोस्ती निभाते रहे।

बख़्शी साहब के चचाज़ाद भाई अब्दुल रशीद साहब ! लाहौलवला कुव्वत। क्या दबदबा और कैसी मनमानियाँ ! 'करे कोई और भरे कोई' के मुहावरे में खामियाज़ा बख़्शी साहब को भुगतना पड़ा। जवाबदेह थे। सो दिल्ली-कश्मीर के बीच आवाजाही के बाद ख़्वाजा शमसुद्दीन को नया चीफ मिनिस्टर बना दिया।

बख़्शी साहब ने नामज़द किया और आम राय से ताजपोशी हो गई।

शमसुद्दीन साहब ने बख़्शी साहब का शुक्राना अदा करते, उनके नक्शेक़दम पर चलने का वादा किया। कहा, "कि जिस दिन बख़्शी साहब वापस आएँगे, वह दिन उनकी ज़िन्दगी का एक मुबारक दिन होगा।"

लेकिन जो छूट गया वह दोबारा हाथ कहाँ आया ? बख़्शी साहब की दस साल की हुकूमत खत्म हो गई। उनके, मुल्क की बेहबूदी के लिए किए गए काम, आपसी अमन, भाईचारे की मिसालें, बस याद रहने की चीज़ें रह गईं।

जाते-जाते विधान परिषद में ऐलान किया, कि आगे से, सदरे रियासत राज्यपाल और प्राइम मिनिस्टर, चीफ मिनिस्टर कहलाया जाएगा।

लेकिन कितने दिन हुकूमत कर पाए शमसुद्दीन साहब ?

खिड़की की सीध में खड़े चिनार के पत्तों में आतश झलकने लगा है। हरुंद[1] की आमद ! भीतर की आग बाहर धधक आती है तो सब्ज़ज़ार भी आतश उगलने लगता है।

---

1. पतझड़।

आतश, अंगार और मखसूस उदासी के रंग। पलंग से उठकर रहमान जू दोबारा लॉन में आ गए। लॉन पर पड़ा पाइप उठाकर गुलाबों पर पानी छिड़कने लगे। पानी की फुहारों से नहाकर गुलाब हँस पड़े। खुशबुएँ दिमाग को तर कर गईं।

माली बाड़ की छँटाई रोक लपककर रहमान जू की तरफ बढ़ा, "हुज़ूर, आप ज़हमत न उठाएँ।"

"अरे कोई ज़हमत नहीं गुले ! मुझे अच्छा लग रहा है।"

गुला टला नहीं, "हुज़ूर ! छोटे मालिक आपको बागवानी करते देखेंगे तो मेरी नौकरी चली जाएगी। मेरे टब्बर पर रहम करें हुज़ूर।"

भात की पीच के साथ साग के पत्ते का घोल पीकर जिया है रहमाना। भला गरीब के पेट पर लात कैसे मारेगा ?

पाइप छोड़ दी। छोटे मालिक अब बड़े मालिक हो गए हैं। अब घर में उनका हुकुम चलता है।

चिनार की टहनियों में मज़बूत रस्सों का झूला डला है, बच्चों के लिए। हवा से लकड़ी का फट्टा हिलता है। पेड़ के दामन में पीले पत्तों का गलीचा बिछ गया है। उम्रदराज़ पत्तों के गिरने और नए-नकोर पत्तों के उगने का आसमानी खेल, रहमान जू, गर्दन पीछे की ओर झुकाए देख रहे हैं। कितने चेहरे छूटे, कितने हमराज़ बिछड़ गए।

यही सच है ! कुदरत के तमाशे।

रहमान जू कुर्सी पर बैठकर चिनार के आतश को देखते दूर चले जाते हैं। कभी पीछे, कभी आगे। यादों के हिचकोले।

आतश ! आग ! पेड़ तो पेड़। लोगों के सीने में जब आतश धधकता है, तो उसे रोकना सहल नहीं होता। वक्त-वक्त पर अन्दर की आग बाहर फूट ही आती है।

रहमान जू गवाह है वक्त की आतशों का। वो इकतीस[1] का दंगा, जिसमें अजोध्यानाथ रैना के दामाद को दंगाइयों ने काट डाला था, पुलिस थाना जलकर खाक हो गया था।

सन् 1953 का दंगा, जब शेख साहब को गुलबर्ग में गिरफ्तार कर लिया गया। कहर का समाँ। कई सौ की तादाद में मौतें। गिरफ्तारियाँ, सिर फुटौव्वलें ! ज़िन्दाबाद, मुर्दाबाद।

लगा, अब मुलुक उबरेगा नहीं। मगर उबर गया। बख़्शी साहब ने मज़बूती से सँभाला स्टेट को ! हाँ, शेख साहब की गिरफ्तारी के दंगों से बख़्शी साहब थोड़ा डर ज़रूर गए। तीन दिन गार्डों से घिरे, बँगले से बाहर नहीं निकले। भला हो गाज़ी अब्दुल रहमान, गुलाम मुहम्मद सोफी, सैफुद्दीन मखदूमी जैसे वतनपरस्त दानिशमन्द हज़रत का, जिन्होंने शहर में एक बड़े जुलूस की अगवानी की, जिसमें मुसलमानों से ज्यादा हिन्दू शामिल हुए। क्या नारे लगे, 'हिन्दुस्तान ज़िन्दाबाद !' 'बख़्शी गुलाम मुहम्मद ज़िन्दाबाद'

---

1. 1931।

के ! पोलोग्राउंड पहुँचकर सादिक साहब जुलूस से मुखातिब हुए, जोशीली तकरीर की, डेमोक्रेटिक हिन्दुस्तान के लोगों का भरोसा जगाया और शेख साहब की गिरफ्तारी को जायज़ ठहराया। जुलूस बख़्शी साहब के घर तक गया। तब बख़्शी साहब को भी भरोसा हुआ कि अवाम उनके साथ है। उन्होंने बाहर आकर तकरीर की। जो हुआ सो क्यों हुआ, खुलासा किया।

फिर दस साल बाद बख़्शी साहब ने कामराज प्लान में इस्तीफा दिया और शमसुद्दीन आए। पर कितने दिन ?

मोये मुकद्दस !

रहमान जू ने कलमा पढ़ा, 'ला इलाहा इल्ललाह, मुहम्मद उर्ररसूल लिलाह।'

27 दिसम्बर, 1963 का वह मनहूस दिन। भला भूल सकता है कोई ? हज़रत बल की पाक दरगाह से मोये मुकद्दस चोरी हो गया। खबर थी कि जंगल की आग ? अनन्तनाग, बारामूला, शुपैयाँ, सुम्बल, शादीपोर, मराज़, कमराज़, कहाँ-कहाँ से इकट्ठा न हुए हुजूम के हुजूम लोग। मज़हबी जज़बातों को ज़बर्दस्त धक्का लगा। औरतें, मर्द, बच्चे हज़रत बल की दरगाह में जुट आए ! बदहवास ! मायूस !

मुगलों के ज़माने से, जो पैगम्बर साहब की दाढ़ी का मुकद्दस बाल, छोटी-सी नली में सँभालकर रखा गया है, जिसका दीदार, खास मौकों पर मस्जिद में जमा हुए लोगों को कराया जाता है, उसे हाथ लगाने की हिम्मत भी किसे पड़ी ?

पता चला, किसी नामाकूल ने मस्जिद की खिड़की तोड़कर मोये मुकद्दस वहाँ से बाहर निकाला है।

वादी में गुस्सा, मातम, जुनून की हद तक पहुँच गया। शमसुद्दीन तो शमसुद्दीन, बख़्शी साहब के भी लोग दुश्मन हो गए। रेज़ीडेंसी रोड पर उनकी दुकानों और सिनेमाघरों में आग लगा दी गई। कोठी बाग पुलिस स्टेशन को खाक कर दिया गया।

शमसुद्दीन साहब के होश फाख्ता हो गए। मुहम्मद सईद मसूदी की सदारत में 'एक्शन कमेटी' बनी, जिसमें शेख साहब के फरज़ंद फारुख साहब भी शामिल हो गए। ढूँढ़ शुरू हुई।

उस दिन तो रहमान जू के घर में भी चूल्हा न जला। बच्चों को कैसे क्या खिलाया, अल्लाह जाने ! पूरी वादी में काले कपड़े, काले झंडे छा गए। मजाल है, कोई गाड़ी सड़क से गुज़रे, जिस पर काला मातमी झंडा न हो। बुर्कों में रोती औरतें सड़कों पर निकल आईं।

याद आया, सदरे रियासत कर्णसिंह का हज़रत बल दरगाह में जाना। तबर्रुक की वापसी के लिए इबादत करना। कई बूढ़ों ने उनके गोड़ पकड़कर कहा, "हमारा बादशाह आ गया।" "वह कुछ करेगा, मोये मुकद्दस हमें दोबारा मिल जाएगा।" भोले लोगों का भरोसा ! वे सियासत क्या जानें ?

रहमान जू हुक्का छोड़ परिवार के साथ-साथ चहलकदमी करने लगे, पीठ-पीछे कमर पर हाथ बाँधे !

भारत सरकार ने बड़े अफ़सरान वादी भेजे। इंटेलिजेंस ब्यूरो के डायरेक्टर बी.एन. मलिक साहब आए। लालबहादुर शास्त्री साहब आए। क्या तरकीब निकाली गई ! चौबीस घंटे तक हज़रत बल दरगाह से सभी पहरेदार हटवा दिए गए, ताकि जिसने भी मोये बाल बाहर निकाला हो, वह चुपके से भीतर जाकर उसे वापस रख आए।

और करिश्मा हो गया। तबर्रुक वापस मिला, चार जनवरी को।

मगर आज़ाद कश्मीर[1] रेडियो जहर उगलता रहा। यह नकली बाल है, धोखा है।

तब शिनाख्त के लिए, 80 बरस के खुदापरस्त सूफी मिराक शाह ने खचाखच भरे हॉल में मोये मुकद्दस की नली को उजाले में ले जाकर गौर से देखा। हॉल में लाल बहादुर शास्त्री भी बैठे थे, कर्णसिंह भी और कई हाकिम लोग। रहमाना पिछली लाइन में दुबका बैठा सूफी साहब को जाँच करते देख रहा था, साँस रोके।

सूफी साहब ने खूब देख-परखकर ऐलान किया, "अलहक ! अलहक[2] !"

मुलुक की थमी साँसें बहाल हो गईं। घरों में फिर से चूल्हे जले !

बाद में कयास हुए, किसी को उखाड़ना, किसी को पछाड़ना तो ऐसे मामलों में होना ही था।

बख्शी साहब बोले, "यह मुलुक के दुश्मनों की कारसाज़ी थी।"

उधर जेल से ही शेख साहब ने बख्शी साहब पर इलज़ाम लगाए, शमसुद्दीन को बख्शी साहब का पिट्ठू कहा गया।

किसी ने कहा, "बख्शी साहब की वालिदा साहिबा बीमार थी, उसकी दिली ख्वाहिश थी, मोये मुकद्दस का दीदार करने की। क्या पता, बेटे ने उसकी ख्वाहिश पूरी करने के लिए ऐसा करवाया हो ?"

जमाते इस्लामी तो बख्शी साहब की दुश्मन ही हो गई थी।

कुछ लोगों ने इसे किसी पाकिस्तानी एजेंट की खुराफात कहा। रियासत में बदअमनी फैलाने के नए-नए मौके और नई वजहें तो वे तलाशते ही रहते हैं।

जो भी हुआ हो, शमसुद्दीन को इस्तीफा देना पड़ा और बख्शी साहब को नए चीफ मिनिस्टर के लिए सादिक साहब का नाम तज़वीज़ करना पड़ा।

तो ऐसे रंग देखे हैं रहमान जू ने, सियासत के रंग। कुर्सी पर बैठे, तो आप हाकिम, माँ बाप ! उतरे, तो तू कौन ? खामखाह !

सादिक साहब पढ़े-लिखे, सुलझे, सेक्यूलर लीडर ! मगर हिन्दू-मुसलमानों के आपसी रिश्ते इनके निज़ाम में बिगड़ने शुरू हो ही गए। ड्राइंग रूम पॉलिटिक्स ! कहते हैं सादिक साहब को जाननेवाले। ड्राइंग रूम पॉलिटिक्स से मुलुक को चलाया नहीं जा सकता। लोगों पर राज करने के लिए उन्हें समझना पड़ता है और फैसले लेने पड़ते हैं।

वाक़यों पर वाक़ये हुए सादिक साहब के निज़ाम में।

11 सितम्बर, 1964 का दिन ! भूल नहीं पाता रहमान जू।

---

1. पाकिस्तान के कब्ज़ेवाला कश्मीर का हिस्सा, 2. यह असली है।

मट्टहाँजियों[1] ने चींक्राल मुहल्ले में बटों के घरों पर हमला बोल दिया। बटनियों को घसीटा, उनके डेजहोरू काटे, छातियाँ नोंचीं।

ज़मीन के एक टुकड़े पर झगड़ा शुरू हुआ। भला अपनी ज़मीन कोई क्यों किसी को छीनने देगा ? मट्टहाँजी कोई शेड बनाना चाहते थे शायद ! यही वजह बनी दंगे की। बहाना था, और क्या ?

मट्टहाँजियों ने मुसलमान भाइयों को दंगों के लिए उकसाया। मलापोर के महानन्द कौल पीर ने सादिक साहब को दरखास्त दी, हादसा बयान किया। मगर इंसाफ कहाँ हुआ ? बात लालबहादुर शास्त्री तक पहुँचा दी गई। नेहरू जी का इन्तकाल हो गया था। कई बटों ने साफ कहा कि अब हमारा वादी में रहना खतरे से खाली नहीं। दिलों में दरारें पड़ गईं।

उस वक्त बख्शी साहब का निज़ाम याद आया। उनके सामने ऐसा हादसा मुमकिन था ?

और वह रैनावारी वाली गरीब बेवा की लड़की परमेश्वरी और गुलाम रसूल कांट का किस्सा। 1967 में। उसने तो रही-सही कसर पूरी कर दी।

पंडितों ने जलसे किए, जुलूस निकाले कि नाबालिग लड़की को फँसाकर मुसलमान बना दिया गया। ज़बरदस्ती। शहर में तनातनी और दहशत छा गई। पंडितों ने हिन्दुस्तान तक अपनी फरियाद पहुँचा दी। हमारा दीन खतरे में है।

रहमान जू पंडितों के साथ कन्धा मिलाकर जिया। हमनिवाला, हमप्याला बनकर। उसे यह आपसी रंजिश पसन्द नहीं। लड़की नाबालिग थी तो ज़ोरजबर क्यों ?

सियासतदान कासिम अब्बाजान से उलझ पड़ा, "बबा ! लड़की 18 साल की होनेवाली है। डिपार्टमेंटल स्टोर के कैशियर गुलाम रसूल के साथ मर्ज़ी से निकाह करना चाहती है। खुद उसने इस्लाम कबूल किया है। ज़ोर-ज़बर की बात करना बेमानी है।"

"मानी या बेमानी, मैं नहीं जानता। पहले भी हिन्दू-मुसलमानों में आपस में शादियाँ हुईं, तो दंगे क्यों न हुए ? जया जमीला बनी तो किसी ने जुलूस नहीं निकाले। घरवालों ने चाहे इसे पसन्द नहीं किया, सो अलग बात ! यहाँ जो कुछ हुआ, वह ठीक नहीं हुआ। गरीब लड़की को देर शाम तक स्टोर में रोके रखना, गलतियों के लिए धमकाना, यह सब खास इरादों के तहत ही हुआ लगता है। लड़की का गायब होना, फिर बाज़पोर में दोनों का नमूदार होना। इसकी तहकीकात सही ढंग से होनी चाहिए थी। एफ.आई.आर. दर्ज किया गया तो जाँच कमेटी में बटों को भी शामिल करना चाहिए था। नाहक इतना खून-खराबा हुआ और आपसी रिश्ते खराब हो गए।"

"बबा ! कोशिशें तो हुईं। कांग्रेस प्रेजीडेंट मीर कासिम साहब ने फरमाया भी, कि जब तक पूरी तहकीकात न हो जाए, लड़की को किसी तीसरी पार्टी के पास रखा जाए..."

---

1. मल्लाहों की एक कौम।

"मालूम है बेटे ! सादिक साहब की बहन, कांग्रेस की लीडर ज़ैनब बेगम साहिबा इसके लिए राज़ी नहीं हुईं। बोलीं, 'लड़की अपने शौहर कांट के साथ ही रहे'।"

"देखा जाए तो ठीक ही हुआ। मियाँ-बीवी राज़ी तो काज़ी क्या करे ? दरअसल बबा, भट्टों को समझना चाहिए कि अब वक्त बदल गया है।"

रहमान जू ने लम्बी आह भरी, "खुदा जाने सच क्या और झूठ क्या ! सवाल रह गए गबरा ! जाँच करनेवालों ने जँचनेवाली रिपोर्ट नहीं दी। कहा, 'लड़की ने 20 जुलाई को इस्लाम कबूला। 28 को निकाह हुआ, और 3 अगस्त को अगवा की गई। दीन बदलकर हिन्दू माँ के साथ कैसे रह लेती ?' "

"असल बात यह कि इस बार बटों ने जो एजिटेशन उठाया, उसकी वजहें गहरी थीं। यह बटों की इंसाफ के लिए पुकार थी। पढ़ाई में उनका रिज़र्वेशन कोटा भी कम कर दिया गया था। ऊपर से उन्हें अपना दीन खतरे में दिखाई पड़ा। दिलों में खौफ पैदा हो गया ! और जो दंगों में मारे गए वो क्या लौट आएँगे कभी ?"

रहमान जू को याद है वह दहशतभरा मंज़र, जब महाराज कृष्ण राज़दान और लसकौल बादाम की अर्थियाँ ले जाते जुलूस पर हुड़दंगियों ने पत्थर बरसाए थे।

सबसे ज्यादा जख्म दिए नाथजी ने ! यारों का यार नाथजी इस एजिटेशन में मौत के हवाले हो गया और रहमान जू कुछ नहीं कर पाया। इन्द्रा भाभी को उम्रभर का ग़म मिला। बड़ा लड़का तो पहले ही बुरी सोहबत में पड़कर पंजाब भाग गया था, उसका कोई पता-ठिकाना नहीं। जवान बेटी अस्पताल में नर्स बनी है, माँ और छोटे भाई की परवरिश कर रही है। गज़ब की खुद्दार[1] लड़की। किस्मत का क्या करे कोई ?

रहमान जू भी कुछ न कर पाया। कासिम के बेटे ने साफ मना किया, "अब्बा हुज़ूर ! ऐसा कुछ कीजिए कि आपके बेटे को लोग शुबह की नज़रों से देखें। मैं सियासत का हिस्सा हूँ और आप जानते हैं, यहाँ कोई किसी का नहीं होता।"

शुक्र है, बेटे ने यह न कहा कि सियासत में कोई किसी का बाप नहीं होता। यह भी न कहा कि तुम नाथजी के घर जाओगे तो उन्हें माज़ी का रहमान ताँगा याद आएगा, रहमान साहब नहीं। सिर्फ नाथजी के घर जाने की मनाही कर दी।

मगर रहमान जू एक बार गया इन्द्रा भाभी से मिलने। मातमपुरसी करने ! बच्चों के सिर पर हाथ रखते बच्चों की तरह रो पड़ा। सियासत में रहकर भी इंसानियत भूला नहीं।

इन्द्रा भाभी ने पानी का गिलास थमाया और आँखों से दरिया बहाते बोली, "आपको कभी भूले नहीं वो ! साथ बिताए बचपन की कितनी तो दास्तानें सुनाते थे मुझे ! बाद में आप सियासत में चले गए..."

रहमान जू को उस दिन तहे दिल से अफसोस हुआ कि सियासत ने चाहे उसे दुनियावी दौलत दी पर बेलाग रिश्तों से महरूम करके रख दिया। मसरूफियत के बहाने

---

1. स्वाभिमानी।

उसने नाथजी जैसा प्यारा बचपन का यार खो दिया।

ख्यालों में खोए कब सूरज ढला, कब शाम बीतने लगी, ध्यान ही न रहा। सोचों में लम्बा सफर तय करते रहे रहमान जू।

खानसामा बुलाने आ गया।

'दस्तरखान लगा है हुज़ूर !''

रहमान जू घुटनों पर हाथ देकर उठे। इधर खड़े होते घुटनों में टीस उठने लगती है। हड्डियाँ चटखने लगी हैं—या मौला ! सख़्त जान रहमाने को उम्र के आखिरी पाटे में नातवान तो न बना।

बेटा दस्तरखान पर बैठा इन्तज़ार कर रहा है। गनीमत है। सवाल किया है कोई रहमान जू ने ! नहीं तो आज कौन बेटा खाने के लिए बबा के इन्तज़ार में बैठा रहता है ? टी सेट, डिनर सेट वाले घर में आज भी रहमान जू बेटों के साथ बुशकाब में खाना पसन्द करता है। चाँदी के नक्काशीदार बुशकाब दस्तरखान पर सजते हैं और गोल घेरे में सजते हैं रहमान जू और उसके बेटे !

पोते-पोतियों के लिए हैं प्लेट और चीनी डोंगे। नए बच्चों के लिए नई चाल !

खाना खाते छोटी-छोटी बातें होती हैं। सुबह-शाम ! दिन तो बेटे ने सियासत के नाम कर दिए हैं। अब फुरसतें कहाँ ?

''घुटनों पर बाम लगवाया अब्बा ? कल ही ऑरथोपेडिक सर्जन से बात करूँगा। उसे दिखाना ज़रूरी है।''

''अरे कुछ नहीं गबरा, उम्र की तासीर है। फिक्र मत कर ! हड्डियों की चटखन, गठिया, शाटिका-वाटिका तो बुढ़ापे की सौगातें समझो। कब्र में ही ठीक हो जाती हैं।''

''अभी तो आपकी रीश भी सफेद नहीं हुई बबा। सौ साल जीना है आपको। नाउम्मीदी की बातें मत कीजिए।''

''क्या करूँगा सौ साल ? जड़ें तो रोप दी हैं, खुदा की मेहर से।''

''शब्बू साहब को विलायत भेजना है। बेबी डेज़ी के निकाह करने हैं''...

बड़का कयूम ज्यादा नहीं बोलता, अपने व्यापार के नफे-नुकसान की बात करे तो करे !

''बबा, रोगनजोश लो।''

''दाँत में फँसता है बेटा। मसूड़े कमज़ोर हो गए हैं।''

''कल डेंटिस्ट से अपॉयंटमेंट लूँगा। कयूम भाई, तुम साथ जाना बबा के। गाड़ी भिजवा दूँगा...''

चौतरफ की खातिरदारी से घिरे रहमान जू को खाते-खाते धसका लगता है। ज़ीनत बहू पानी का गिलास हाज़िर कर देती है।

ज़ेबा खाविन्द से मुखातिब होती है, ''वह मेरी नमक की थैली कहाँ रखी ?''

''नमक की थैली ?'' रहमान जू हैरानी से बीवी को देखते हैं।

''हाँ-हाँ, नमक। याद करो न ?''

बच्चे हँसते हैं, "दादाजान को हिकअप्स लगे हैं और दादीजान पूछती है, नमक याद करो, हाऊ सिल्ली ?"

रहमान जू की हिचकियाँ थम जाती हैं।

"ओ हाँ, हाँ, नमक ! नमक को कभी भूलना नहीं है।"

रहमान जू ठहाका लगाकर हँसते हैं, ज़ेबा नमक याद करने का राज़ खोलती है, "जब भी धसका लगे, पूछो, नमक कहाँ रखा ? एक मिनट में धसका बन्द।"

मोटा शब्बू खिलखिलाता है, "दादी-अम्मा का मैजिक।"

"हाँ मैजिक ! धसके से ध्यान हटा, तो धसका बन्द और फिर नमक कोई भूलने वाली चीज़ है ?"

बनी रहे यह साँझी हँसी ! यह रफाकतें, यह मुहब्बतें !

"इंशाअल्लाह !" ज़ेबा दुपट्टा फैला, अल्लाहताला से दुआ माँगती है। कब तक ?

रहमान जू के भीतर खामखाह सवाल उठते हैं। जानते हैं न, कि सियासत की तरह ज़िन्दगी में भी हमेशा के लिए कुछ भी तय नहीं होता।

# बाढ़

अँधेरी भयावह रात ! सुँते सन्नाटे के बीच वितस्ता की गाभिन शूंकार ताता को सोने नहीं देती। पक्की उम्र में यों भी नींद दुश्मन हो जाती है, ऊपर से कूल-किनारे ढहाती वितस्ता का रौद्र रूप आशंकाओं में घर्स ट ले जाता है। खिड़कियों-दरवाज़ों की सन्धों-फाँकों से घरों के भीतर घुस आता मटियाले पानी का यह सैलाब क्या पता, किसी घड़ी-पहर बस्तियों को लील ले ! निक्के, मुन्ने, बीमार, बुजुर्ग कैसे पहुँचाए जाएँ सुरक्षित स्थानों पर !

कालिख पुते आसमान के नीचे मरोड़ खाते भँवरों और गज़भर उछलती लहरों की मार सहती घरों की कतारें, कमर तक पानी में डूब गई हैं। किस घड़ी अर्श कर ढह जाएँ, कोई नहीं जानता। चौतरफ फिक्रमन्द सन्नाटा गहरी साँसें थामे स्तब्ध खड़ा है। ना खुद सोए न दूसरों को सोने दे !

अँधेरे को घूरते पुतलियाँ दुखने लगीं, तो ताता ने आँखें बन्द कर लीं। अचानक लगा, किसी अदृश्य हाथ ने झकझोरकर पलंग हिला दिया। खिड़कियों के पल्ले बजने लगे। साँकलें खड़कने लगीं। कोई हवाई जहाज़ घर की छत को छूता हुआ गुज़र गया क्या ?

भूकम्प का झटका था। 'ॐ नमः शिवाय' ! संकट की स्थिति में शिव को पुकारना अभ्यास से संस्कार बन गया है। ताता ने पलंग से उठने की कोशिश की। दूसरा झटका आ जाए, तो पानी में खड़े सीजे घर, ताश के पत्तों से ढह जाएँगे।

सुन्न होती दाईं टाँग धीमे-धीमे झटकारते खड़े हुए कि शिव केशव दोनों दरवाज़ा खोल पास आए, "आप ठीक तो हैं न ताता ?"

केशव ने बाँह का सहारा दिया।

"हल्का-सा झटका था भूकम्प का। आप घबराए तो नहीं ?" ताता ज्यों नन्हे बच्चे हों। दादी थीं तो ताता बुजुर्ग थे।

कमला-लल्ली देहरी पर उतरने की ज़िद करने लगीं, "सैलाब ने घरों की नींवें सिजा दी हैं, एकाध झटका और आए तो प्रलय ही हो जाए...।" कमला बदहवास हो जाती है। ज़रा-सा हिचकोला आया कि चीखती हुई आँगन में आ खड़ी हो जाती है, लल्ली जेठानी को कन्धे से घेरती है, "हम सब साथ हैं न ?" यानी इसमें डर कैसा ? अकेली नहीं हो तुम ? लेकिन अकेला कौन नहीं है ?

''हे शम्भो !'' कमला की आँखें छलक आती हैं। ''कहाँ बिखर गया हमारा आल-अयाल ? अपने हाथ-पैर जुदा हो गए ! मेरी आँखों की रौशनी...।''

उसे दुख है कि प्रेम सपरिवार कलकत्ता चला गया। अब घर नहीं लौटेगा। शारिका पहले ही वादी छोड़ गई थी। नाती-पोतों की किलकारियों को तरसती कमला इस ग़म से भी बदहवास है कि मरते वक्त मुँह में दो बूँद पानी देनेवाली औलाद को आँखें ढूँढ़ती रहेंगी।

''पगली ! शुभ-शुभ सोच ! कल ही तार देकर प्रेम को बुलाओ शिवनाथ ! आठ-दस दिन की छुट्टी लेकर आए। कमला देखेगी तो मन शान्त हो जाएगा।'' ताता तसल्ली देते हैं। आदत होती तसल्लियाँ।

'हाँ-हाँ' करते शिव खिड़की से वितस्ता का हहराता प्रवाह बाँचने की कोशिश करते हैं। 'रात वर्षा न हुई तो सुबह तक पानी उतर जाएगा...' शिव कल के लिए परेशान है !

''आकाश साफ लग रहा है। चिन्ता मत करो, जाकर सो जाओ...''

''नदी पार हंगामा हो रहा है। ढोंगे, किश्तियाँ, बाहचें पानी के कद के साथ ऊँचे और ऊँचे उठने की मजबूरी में बल्लम, मेखों और मज़बूत रस्सों से किनारों के खूँटे तलाश रहे हैं। लोग अधनंगे, अधजागे देहरियों में निकल आए हैं ! 'ॐ नमः शिवाय' ! 'हा खोदायो ऽऽऽ रहम कर'। पानी न उतरा तो मन्दिरों, मैदानों और खुली सड़कों पर परिवार घर बनाएँगे। चौके, चूल्हे, बिस्तरे-कथरियाँ नंगे आसमान के नीचे बिछेंगे। ताता ने पहले भी बाढ़ देखी है। बाढ़ कुछ ढहा देगी, सरकार कुछ राहतें देगी और जीवन चलता रहेगा।

ताता को ढक-ओढ़ा, शिव-केशव अपने कमरों की तरफ चले गए। पास-पास हैं कमरे ! ज़रा-सी आहट हुई, कि तीनों कमरों में प्रतिध्वनियाँ होने लगती हैं। यह ज़रूरी है। एक-दूसरे की खोज-खबर रखने की विरासत बुजुर्गों ने दी है, जबकि नई पीढ़ी रिज़्क के लिए देश-विदेश भटक रही है। एक-दूसरे से बेखबर।

ताता घर का बिखरना देख रहे हैं, स्वीकार नहीं पाते। वक्त और हालात के बदलाव के बीच भी रचे-बसे संयुक्त परिवार का मोह छूटता नहीं। ताता को बबलाल याद आते हैं, स्कूल मास्टर पिता, वेदों-पुराणों के जानकार पिता लक्ष्मण जू रैना, जो आशीर्वाद की तरह अथर्ववेद की वे पंक्तियाँ सुझाया करते, जिनका सार था कि कभी जुदा मत होओ, इकट्ठे फलो-फूलो, समृद्ध होते, एक तार से जुड़े रहो। एक-दूसरे से मधुर वचन बोलते, विचार-विवेक से, मन से, एक महत्त उद्देश्य के लिए साथ रहो। इस साथ रहने के पीछे वह संयुक्त परिवार था, जहाँ व्यक्ति की स्वतन्त्रता के साथ परिवार की हित-चिन्ता जुड़ी थी। एक-दूसरे से सीखने, दुख-कष्ट में बाँह थामने और परम्पराओं से पीठ पीछे के प्रकाश की तरह आगे के अँधेरों का सामना करने की युक्तियाँ भी थीं।

लेकिन वह सब अब पीछे छूट गया है ! ताता इसे बचा नहीं सकते। तेज़ी से

इतिहास होता समय ! अपनी भूमिका तो अदा कर चुके ताता। सभी को अपना रोल अदा करना होता है।

समय की बाढ़ को रोकना किसी के हाथ में नहीं ! बबलाल अपने ढंग से जिए, परम्परा को नमस्कार करते, नए रास्ते तलाशे। अपने पंडित होने के गर्व से दीप्त, अक्सर बेटे को किस्से-कहानियों के बहाने अपने होने पर मान करना सिखाते। ''ऋषि भूमि पर जन्म लेना सबके भाग्य में नहीं होता, अयोध्या। हमने धर्म, दर्शन, शास्त्र, साहित्य, वैधिकी, ज्योतिष, किस क्षेत्र में अपना योगदान नहीं दिया ? राष्ट्र तो राष्ट्र, चीन, जापान, जर्मनी कहाँ नहीं फैले हमारे पूर्वजों के हस्तलिखित ग्रन्थ ?''

शारदा देश, शारदा पीठ की विरासत का गर्व ! ताता पिता का सम्मान करते थे। कभी लगता, पिता सदियों पुराने समय में ठहर गए हैं, लेकिन मास्टर लक्ष्मण जू बिना ऐनक भी बेटे की मुद्राएँ पढ़ लेते।

''हमारा इतिहास बड़ा दुर्भाग्यपूर्ण रहा, फिर भी हमने सूफी-ऋषि परम्पराओं के साथ शैवदर्शन को जिया है ! व्यवहार में जिया है अयोध्या ! हार नहीं मानी ! रुक नहीं गए हम।''

''क्या-क्या नहीं घटा हमारे साथ ? तुम जानते हो। सर यंग हस्बंड को पढ़ो, लिखा है उसने, 'इन स्पाइट ऑफ द स्पलैंडिड मोगल्ज़, ब्रूट पठान्स, बुलिइंग सिक्खस एंड रूड डोगराज़, द कश्मीरीज़ एवर रिमेंड द सेम !' ''

बबा ठेठ पंडित थे। नहाते, सीढ़ी चढ़ते-उतरते शिव शम्भो, 'राम-राम', 'हे कृष्णा' उच्चारते। पालथी मार आसनी पर बैठ चौकी पर खाना खाते। कुत्ते-कव्वे का हिस्सा कभी न भूलते। ध्यान-प्राणायाम, पूजा करके, बच्चों को आशीर्वाद, गृहणियों को हिदायतें देकर घर के बुजुर्ग का दायित्व निभाते ! जन्म दिन, श्राद्ध, पर्व, यज्ञ, ठाकुर पूजा के साथ, राजा अन्नदाता का गुणगान ! ''लेफ्टिनेंट जनरल हिज़ हाइनेस महाराजा सर प्रताप सिंह इन्दर, महेन्दर बहादुर, सिपारे सल्तने इंगलिशिया जी सी एस.आई.जी.सी.-आई.ई., जी.बी.ई., एल.एल.ओ... कोई ऐरे-गैरे राजा नहीं थे हमारे महाराज !''

''ओह बबा ! इन डिगरियों का कोई आखिरी सिरा तो होगा...?''

''अरे, दूसरा राजा न हुआ पृथ्वी पर उन जैसा ! चालीस व्यंजनों के साथ खाना खानेवाला, बहादुर, धार्मिक प्रवृत्ति का यह महाराजा, उस दिन उपवास करता, जिस दिन किसी अपराधी को मृत्युदंड देना पड़ता। पंडे-पुरोहित तो दीवाने थे उस मलमल के टुकड़े पर, जो सुबह उनके तन को छूकर दान दिया जाता था।''

''बस इसीलिए प्रतापी थे ?''

अजोध्या की बचकानी सोच ! बबा की आवाज़ गम्भीर हो उठती।

''गरीब जनता के साथ न्याय किया इस महाराजा ने। सर वाल्टर रोपर लारेंस को भूमि सुधार के लिए किसने नियुक्त किया ? किसान को ज़मीन का हक दिलाने के लिए 'सेटलमेंट ऑफ कश्मीर वेली' कानून लागू किया। बेगार का अन्त हुआ। नगरकोट और चित्राल के युद्ध लड़े। तभी तो कराकोरम् के रास्ते व्यापार की लूट बन्द हो गई।''

बबा साग-भात के लिए ईश्वर का धन्यवाद देना कभी न भूले। इसके बाद जो समय बचता, वह अध्ययन-मनन और टाँग धुसाई की हद तक, दोस्तों-मुहल्लेदारों की बिगड़ी बनाने में सार्थक कर देते। "कर्म बेटे कर्म ! परोपकार कर सको तो करो, सुख-दुख सभी कर्म फल ! स्वर्ग-नरक सब इसी जन्म में ! शेष सब कल्पना है। गीताजी में भगवान कृष्ण ने क्या कहा है ?"

जहाँ बैठते, अपनी कथाओं, चुटकुलों से महफिलें जुटाने में माहिर !

कथाएँ, अपनी जाति की सूझबूझ और हाज़िरजवाबी की, जिनमें दीवान दिलाराम कुली खान होता, जिसने काबुल के तैमूरशाह दुर्रानी को अपनी हाज़िरजवाबी से निरुत्तर कर दिया था। तैमूर शाह ने सवाल दर सवाल पूछे, "पंडित, माथे पर टीका क्यों लगाया ?"

"हुजूर, यह बताने के लिए कि ईश्वर एक है !"

"पंडित ! दो कर्णमूलों पर भी दो बिंदियाँ क्यों ?"

"हुजूर, यह इस सच के दो गवाह हैं।"

"वो तो सही, पर यह गले पर जो टीका लगा है, वह क्यों ?"

"हुजूर, यह इसलिए कि जो आदमी इस बात पर शक करे, उसका गला काटना चाहिए।"

और वह किस्सा, जब महाराजा गुलाब सिंह ने पंडितों को कायर कहकर धिक्कारा, कि वे सेना में भर्ती होने से कतराते हैं, कैसे दरबार में उपस्थित एक पंडित ने आदर सहित, बात की नोक चुभाकर, महाराजा को चुप करा दिया था, "महाराजाधिराज, शुक्र है कि पंडित तलवार नहीं उठाते ! क्या आपको स्मरण नहीं, कि पूर्वकाल में एक ब्राह्मण ने (परशुराम) तलवार उठाई तो क्या परिणाम हुआ ?"

पंडितों की योग्यता के प्रणामस्वरूप बबा, 'रुकते आलमगीरी,' में दर्ज, बादशाह औरंगजेब का आगरा दरबार में कहा गया यह वाक्य भी दुहराते, कि 'कश्मीरी यहाँ होते तो हम उन्हें अपने दफ्तरों में नियुक्त कर लेते।'

"योग्यता, ईमानदारी और हर स्थिति के अनुरूप खुद को ढालने का सामर्थ्य, सबके बस का नहीं होता बेटा !"

ताता मानते हैं कि कुछ है, जो ग्यारह घरों में सिकुड़ने के बाद भी पंडितों को जिलाए रख सका ! कुछ तो है, जो घर-बाहर होने के बाद भी आम से खास बनकर जिए हम !

जिस धरती पर जीने-मरने की कसमें खाईं, वहाँ से छिटककर देश-विदेश में बिखर गए, दिल्ली, आगरा, लखनऊ, इलाहाबाद...। कभी मजबूरी वजह बनी, कभी आकांक्षाएँ।

ताता ने करवट बदली। कई-कई चेहरे आँखों के आगे घूमने लगे, कई-कई नाम ज़ेहन में उभरते गए, जिनमें राष्ट्र पर छा जानेवाले नेहरू परिवार के साथ, एलेक्जेंडर बर्न्स के साथ फारस-अफगानिस्तान की यात्रा करनेवाला, मीर मुंशी मोहनलाल कश्मीरी था, रंजीत सिंह के दरबार में बुलाया जानेवाला, सर गंगाराम था, 1861 में कलकत्ता

हाई कोर्ट का पहला भारतीय जज, शम्भूनाथ पंडित था, बार एट लॉ बिशननारायण दर और लार्ड रीडिंग के कैबिनेट में लॉ मिनिस्टर रहा तेज बहादुर सप्रू था। कौन-कौन नहीं था ?

मुगलों-अफगानों के समय उर्दू, फारसी और अंग्रेज़ी के साथ अंग्रेज़ी में प्रवीण होनेवाले पंडित, वक्त की लहर को पहचानते, जहाँ-जहाँ गए, मुहल्ले-टोले बनाकर जिए, नवाबी ढंग अपनाए, शेरो-शायरी की, पर न अपने वतन को भूले, न अपने धर्म और बिरादरी को। अपवाद भले रहे हों।

नन्दन ने कहा था, "ताता ! इधर हमारे लिए अब कुछ नहीं है। मैं अन्धी गुफा में गुम होना नहीं चाहता, कुछ बनना चाहता हूँ...।" क्या फिर धरती सिकुड़ गई हमारे लिए ?

थोड़ा मौका, थोड़ी सुविधाएँ ! नन्दन ने अपमानित महसूस किया था, जब नए लोकतन्त्र में उम्मीदों भरे छात्र, नए नेता के पास मार्गदर्शन के लिए गए और उत्तर पाया, "तुम होनहार लड़के ! पूरा भारत तुम्हारा है, मगर ये बेचारे कहाँ जाएँगे ?" नन्दन ने कहा, "इस नए निज़ाम में हमारा कोई भविष्य नहीं है। यह आपकी ललद्यद और नुन्द ऋषि के बीच दीवार खड़ी कर देंगे, बल्कि करने लगे हैं। हमें जाना होगा ! ताता ! कितनी देर चोंच पंखों में घुसाए सच को अनदेखा कर सकते हैं ?"

"तुम शायद ठीक हो नन्दन ! लेकिन जो वतन छोड़कर गए, घर-द्वार की यादें क्या जख्म बनकर उन्हें ताउम्र टीसती नहीं रहीं ? इतना आसान नहीं होता, अपने उम्र के घरोंदों को छोड़कर जाना।

"तुम अभी बच्चे हो नन्दन ! लल्ली-केशव की चुप्पी के पीछे तुम्हारी खाली जगह के जख्म हैं। खाना खाते-खाते थाली में हाथ रुक जाना ! तपे माथे पर उँगलियों की छुअन की चाह ! इनके पीछे के क्यों-किसलिए ? प्रश्न अभी तुम्हें छू नहीं पाते ! आगे की ओर दौड़ते, पीछे छूटे हुओं को भूलना मुमकिन नहीं होता बेटे ! जिस दिन इस बात का अहसास होगा, तुम्हारे भीतर का नरम कोना ज़रूर छिल जाएगा ! और वह छिलन लल्ली-केशव के जख्म गहरा देगी !"

ताता के सीने में गुब्बार-सा उठा। कहाँ से कहाँ पहुँच जाते हैं वे। स्मृतियों और स्वप्नों में कब तक जिएँगे वे ? बदलते समय की सच्चाइयों को स्वीकारने में कष्ट क्यों हो रहा है ?

बाहर आसमान में काले बादल गुस्सैल साँड़ों की तरह सींग भिड़ा रहे हैं। कंस के हाथ से छूटी नवजात कन्या बिजली बनकर चमकी है। नदी पार का शोर मायूस चुप्पी में थम गया है। मल्लाहों के कई पुराने बुसे घर सुबह तक पानी में बह जाएँगे। सुबह तक वितस्ता अपनी हदों में लौटेगी नहीं, तो ताता को भी घर खाली करना होगा और अगर रात में ही घर ढह गया...? एक और वुलर झील बस्तियों को अपनी कोख में समो लेगी। कल्लक ऋषि के शाप से, क्रूर राजा सुन्दरसेन की नगरी जलमग्न होकर बनी थी वुलर झील ! सदियों से बाढ़ और भूकम्प सहती वादी।

नदी-किनारे बसे लोगों पर डर हावी है। टाँगों से बेज़ार, अशक्त ताता भी डर रहे हैं। बहू-बेटों पर बोझ बनी पक्की उम्र ! वे लोग खुद को बचाएँगे या ताता को ? कहीं ताता उनके संकट की वजह न बन जाएँ ! हे शम्भो ! रक्षा कर !

लेकिन डर क्यों ? शिव में लीन होने की उम्र में भी क्या माया-मोह बचा है अजोध्यानाथ रैना में ?

अँधेरे में दो करुणाभरी आँखें ताता को एकटक देख रही हैं। बर्फ ढके पहाड़ों के शिखरों को छूती स्वामी लक्ष्मण जू की भयमुक्त करती आवाज़, ईश्वर आश्रम में गूँज रही है।

'स्वात्मनि विश्वगते त्वयिनाथे, तेन न संसृति भीते कथास्ति !
सत स्वपि दुर्धर-दुःख विमोह त्रास विधायिषु कर्म गणेषु !'[1]

कब देखी थीं करुणा से भरी वे आँखें पहली बार ताता ने ? माधव की मौत के बाद ताता टूट गए थे। बबलाल पहले ही पिता की जगह खाली कर गए थे। आनन्द शास्त्री तब इसे युवा संन्यासी के पास ले गए, बीस वर्ष की उम्र में जिसे आत्म ज्ञान प्राप्त हुआ था। अभिनव गुप्त की पंक्ति में बैठे इस युवा दार्शनिक से वे बेहद प्रभावित हुए थे। नारायण दास रैना का बेटा, स्वामी रामजी का शिष्य, जिसने महताब काक से शैवदर्शन की दीक्षा पाई, उस स्वामी लक्ष्मण जू की दृष्टि में जाने कैसा जादू था कि आदमी परत दर परत खुलता, अपने दुखों-द्वन्द्वों से परे चला जाता। एक विराट आध्यात्मिक चेतना ज़ेहन पर छा जाती। मन में सुकून और शान्ति का वैसा माहौल बनते ताता ने ईश्वर आश्रम के अलावा, नागडंडी की पहाड़ियों में भी महसूस किया है, जहाँ ऊँचे-लम्बे कद के कोमल चेहरेवाले स्वामी अशोकानन्द रहते थे। एक विचित्र-सा दिव्य भाव उन्हें आलोकवृत्त की तरह घेरे रहता, जो ऊँचे शिखरोंवाले हिमालय की पहाड़ियों के बीच खिलखिल बहते झरने, और नन्ही पहाड़ी नदी की आवाज़ों के बीच, किसी दूसरे लोक का अनुभव देता था। क्या ऐसे ही होते होंगे वे ऋषि-मुनि, जो सदियों पूर्व हिमालय की इन पर्वत श्रेणियों में तपस्या करते थे ? वहाँ पास खड़े पहाड़ी शिखरों पर पिघलते बर्फ को जलधार में बहते देखना, भीतर के अहम को पिघलते महसूस करना था। अद्भुत अनुभव ! विराट प्रकृति में लीन होकर, खुद से बाहर होकर खुद को देखने का अनुभव !

शून्य की स्थिति ? 'फना-फिला' कहा था, हब्बा खातून ने। उस शून्य में अपना अहम भाव कहाँ ठहरेगा ? ताता नागडंडी पहुँच गए। पिघली बर्फ से धुली हवाएँ, देवदार-चीड़ों और वनस्पतियों की हरी कचहरी महक, पहाड़ों को छूकर, पेड़-पौधों की फुनगियों में झाँकते मेघ, नीचे और नीचे उतरते, कि पंजों के बल उचककर उन्हें छू लो ! और वह ढोक-पत्थरों से लड़ियाती नदी का छलछलाता प्रवाह। उत्तर कुरु प्रदेश का यही

---

1. हे नाथ ! भयंकर दुख और मोह उत्पन्न करनेवाले कर्मों के जाल में फँसे आपके भक्त, इस भावना से, कि विश्व आपका ही रूप है, संसार के क्षणिक दुखों से डरते नहीं हैं, क्योंकि भय तब होता है, जब दूसरा हो। जब आपके बिना कोई दूसरा नहीं तो डर कैसा ?

हिस्सा कभी अलकापुरी तो नहीं रहा ? मेघ दूत बनकर इन्हीं पर्वतमालाओं के ऊपर से गुज़रा होगा। कालिदास के 'कुमारसम्भव' की कथा-भूमि यही तो नहीं ? वहाँ बैठे-बैठे ताता को यकीन-सा हुआ, कि 'अभिज्ञान शाकुंतलम' के सातवें अंक में मातलि, दुश्यन्त को उत्तर कुरु प्रदेश में जिस हेमकूट पर्वत का ज़िक्र करते हैं, जिस पर कश्यप ऋषि तपस्यारत रहे, वह यहीं कहीं रहा होगा। मारीच, दाक्षायणी, और शाकल्य जैसे तपस्वियों की भूमि ! स्वर्ग से बढ़कर शान्ति का अनुभव यहीं हो सकता था। भला युद्ध यहाँ किसलिए होता ? भीतर का हो या बाहर का।

लगा, ज़रूर कालिदास का यक्ष यहीं के समाज का सदस्य रहा है। राक्षसों के साथ यक्ष, गन्धर्व और उन पर आधिपत्य रखते कुबेर की इस भूमि की कहानियाँ, मिथ, लेजेंड और पर्व बनकर तो आज भी घरों में मौजूद हैं। यक्ष अमावस्था और धनकुबेर की टोपी चुराने की कथाएँ।

लेकिन 'विष्णु पुराण' में जिस कश्मीर को 'कार्तस्वाराकार' (सोने की खान) कहा गया, सदियों बाद ब्राह्मण, बौद्ध, सुलतान पठान, अफगान, सिक्ख, डोगरों के शासन से गुज़रते, जिस लोकतन्त्र तक आज वह पहुँच गया, वह आगे हमें कहाँ ले पटकेगा, इसका अंदाज़ा उम्रदराज़, ज्ञानी-विज्ञानी वकील अजोध्यानाथ रैना नहीं लगा पाते।

बस चुपचाप देखते हैं, घर-बाहर होते तमाशे। ग़ालिब के कहे—

"बाज़ीचः-ए-अत्फ़ाल है दुनिया मेरे आगे
होता है शबो-रोज़ तमाशा मेरे आगे।"

शबोरोज़ होते इन तमाशों को रोकना किसी के बस में नहीं, क्योंकि वह बच्चों का खेल नहीं होता। घर-परिवार, राष्ट्र और विश्व-हितों-स्वार्थों से जुड़े खतरनाक खेल होते हैं। उनसे या जूझना होता है, या बस देखना है और टूटने से बच सको तो खुद को साबुत रखना है। अपने विश्वासों और भरोसों के साथ।

लेकिन नहीं होता। साबुत बचना आसान नहीं। ताता के भीतर कुछ टूट रहा है। फौलादी इरादोंवाले जवाहरलाल भी खुद को टूटने से बचा नहीं सके, जिस दिन उनके भरोसे झूठे सिद्ध हो गए।

ताता के लिए सबसे तकलीफदेह रही जवाहरलाल की मौत। उनके जाने नेहरू उसी दिन मर गए थे, जिस दिन बचे-खुचे विश्वास झूठे पड़ गए। 20 अक्तूबर, 1962 का दिन, जब एक तरफ नेफा रिवर्स में चीन ने 'हिन्दी चीनी भाई-भाई' कहते नमकाचू वेली पर और लद्दाख में डुँगली पर ज़बर्दस्त हमला बोल दिया था। तीस दिनों का वह युद्ध ! हिमालय की कठोर, क्रूल जलवायु में लगभग निहत्थे, नातैयार सिपाहियों का युद्ध ! जल्दबाज़ी में दिए गए निर्देश ! जांबाज़, मगर विवश सिपाहियों के अर्थहीन बलिदान ने राष्ट्र को दहला दिया। बख़्शी साहब ने जगह-जगह ओजभरे भाषण दिए। राष्ट्रीय रक्षा कोष के लिए धन इकट्ठा किया गया। औरतों ने बाँहों के कड़े, चूड़ियाँ निकालकर दीं। कात्या ने अस्पताल की नर्सों के साथ खुद बनाए स्वेटरों-दस्तानों के पार्सल सीमा पर भिजवा दिए। कॉलेजों, स्कूलों, गोल पार्क, परेड ग्राउंड में लड़के-लड़कियों

ने राइफल चलाने की ट्रेनिंग ली। शर्म और क्षोभ की लहर में, शान्तिदूत स्वप्नदर्शी, पंचशील और दोस्ती की बात करनेवाले, ऊँचे कद के राष्ट्रीय नेता ने रेडियो प्रसारण में भरे कंठ से उन सैनिकों को श्रद्धांजलि दी, जो हिमालय की पहाड़ियों के बीच, चीनियों के मोरटार, मशीनगनों और आधुनिक हथियारों से लैस सेना के बीच, लगभग निहत्थे घिर गए थे। अपनी हार मान ली थी नेहरू ने, प्रकारान्तर से।

लार्ड मोंटगुमरी ने कहा था, ''इफ एवर ए मैन हैड द हॉलमार्क ऑफ ग्रेटनेस, इट इज़ नेहरू !'' वह हॉलमार्क यकायक धुँधला पड़ गया।

ताता के बूढ़े गले में रुका रुदन दम घुटाने लगा। आनन्द भवन के तामझाम में पले, आज़ादी के इस दीवाने ने जब काँटों भरे रास्तों पर पाँव रखे, तो ताता उनके भक्त ही बन गए थे। सफेद को काला और काले को सफेद सिद्ध करनेवाले पेशे के अजोध्यानाथ रैना ने, तब सूट-टाई पहनना छोड़ अचकन, चूड़ीदार और जवाहर जैकेट पहनना शुरू कर दिया। सरफरोशी की तमन्ना दिल में हूक बनकर उठने लगी थी।

बबा बेटे को आमादमस्तक देखते, बेटे के ज़ेहन की खलबली भाँप मुस्कुराए थे।

''बिल्कुल जवाहरलाल लग रहा हो अजोध्या। अच्छा है। तुम पर फबता भी खूब है। आज़ादी अच्छी चीज़ है। महाराजा के ऊपर जो यह ललमुँहा रेज़ीडेंट रहता है, न रहता, तो राजा अपनी प्रजा के लिए क्या न करता...।''

राजभक्त बबा के अपने तर्क थे, पर अजोध्यानाथ मन-ज़ेहन से नेहरू के साथ रहे। क्या कहा, क्या लिखा, हर गतिविधि, हर शब्द पर विचार-विमर्श करते रहे। जेल में रहकर भी हाथ पर हाथ धरे नहीं बैठे। पढ़ो शिवनाथा ! यह, 'डिस्कवरी ऑफ इंडिया' पढ़ो। 'यह जो वक्त के तमाम संकट सहकर भी हम ज़िन्दा हैं, इसके पीछे मनुष्य की जीवन्त आत्मा, उसकी अजेय ऊर्जा, और उसकी तर्कशक्ति का रहस्य छिपा है' यही कहा है नेहरू ने।

अपनी आत्मा को दागदार होने से बचाया जवाहर ने। गो कि तमाम दानिशमन्दी के बावजूद चूकें उनसे भी हुईं।

ताता ने कमला नेहरू, सरोजिनी नायडू, बा और स्वरूप रानी को घर की स्त्रियों के लिए आदर्श बनाया। बहू-बेटियों को चौहद्दियों से बाहर की खुली धरती और आकाश के उजाले दिखाए। बबा के समय भगवद्‌गीता और भवानी सहस्रनाम, हद हुई तो परमानन्द, कृष्ण जू, राज़दान को ही जान पाई थीं घर की स्त्रियाँ।

इस बाढ़ की रात यादों का सैलाब ताता को घेरे हुए है।

नेहरू फूलों से सजे शिकारे[1] में श्रीनगर के सात पुलों के बीच गुज़र रहे हैं। वितस्ता ड्योढ़ियों-बन्दनवारों से सजी दुल्हन लग रही है। दोनों किनारों पर खड़े जय-जयकार करते, पुष्पवर्षा के स्तूप बनाते लोग, वादी के बेटे को झलकभर देखने, हुजूम

1. शाही नौका।

दर हुजूम उमड़े पड़े हैं। आँखों में ढेर-सा प्यार और मनों में दुआएँ लेकर ! चकबारी में बैठे, नदी से गुज़रते विगत के राजाओं से ज्यादा सम्मान और स्नेह के हकदार, इस राष्ट्र नेता के अस्थिकलश के दर्शन करने वितस्ता किनारे के गदाधर मन्दिर में लोगों का सैलाब उमड़ पड़ा है। अजोध्यानाथ के परिवार के साथ अजोध्यानाथ भी हिलक-हिलककर रो रहे हैं। वादी के प्यारे बेटे की मौत हो गई है। चीन से हार के बाद कहे वाक्यों की पीड़ा कचोट रही है, कि 'दुनिया की वास्तविकता से उनका सम्पर्क टूट रहा है'। ताता के आदर्श की मौत हुई थी, उस दिन। इतिहास को खँगालनेवाले जवाहर ने, खुद इतिहास से क्यों सीख नहीं ली ? गाँधी ने इन्हीं को तो 'ट्रथफुल बियांड सस्पिशन' कहकर राष्ट्र की बागडोर हाथ में थमाई थी। तमाम मतभेदों के बावजूद, वे जानते थे कि मेरे बाद जवाहर मेरी बोली बोलेगा। उसी के होते राष्ट्र को शर्मिंदगी उठानी पड़ी, क्या इसके पीछे मनुष्यता में आस्था, विश्वास और युद्ध को सत्य और मानवीयता का नकार मानने की धारणा काम नहीं कर रही थी ? कश्मीर के भारत के साथ अधिमिलन के समय प्लिबिसाइड की शर्त रखना भी क्या उसी विश्वास का नतीजा नहीं था ?

जिसे औसत होना मंजूर नहीं था, जो देश को अन्धविश्वासों की हदबन्दियों से बाहर निकाल, विज्ञान के आलोक में समृद्ध देखना चाहता था, वह 1950 से ही तिब्बत पर धावा बोल, सुइयाँ चुभोनेवाले इस दोमुँहे चीनी दोस्त पर विश्वास कैसे बनाए रख पाया ?

क्या शरणागत दलाईलामा को आश्रय देना दोस्त को दुश्मन बनाना था ?

ताता समझाना चाहते थे, पूरा राष्ट्र जानना चाहता था, शायद जवाहरलाल खुद भी अपने विश्वासों की आधारभूमि के पोलेपन को समझ रहे थे, लेकिन जो गुम चोट थी उसकी पीड़ा समझना किसी के बस में नहीं था।

शायद स्वप्नों का मूल्य चुकाना ज़रूरी है। समय को उसके खाँटेपन में विश्लेषित करना भी अनिवार्य है।

रात आँखों में बीती ! यादों का कारवाँ गुज़र रहा है। चीनी हमले के बाद कृष्ण मेनन ने पद छोड़ दिया, लोगों ने दबी आवाज़ में कहा, 'नेहरू को भी गद्दी छोड़नी चाहिए थी।'

ताता ने सोचा, गद्दी छोड़कर जनता के सामने हार स्वीकार करना आसान होता शायद। कृष्ण मेनन, जनरल थापर और बिज्जी कौल ने त्याग-पत्र दिए और किसी हद तक मुक्त हो गए। पर अपने विश्वासों की हार का स्वीकार देह-आत्मा की मुक्ति के साथ ही सम्भव होता है ! यही हुआ जवाहर के साथ। पहाड़ों, नदियों और वादी के गली-कूचों में बिखरी उनकी अस्थि-राख ने शान्तिदूत का आखिरी सन्देशा हवाओं में गुँजाया। युद्ध सत्य और मानवता का नकार है। जीवन सत्य है, जब तक, तब तक ! परलोक किसने देखा है ?

खिड़की के काँच पर सुबह की रौशनी के अक्स झिलमिला रहे हैं। रात का अँधेरा हट गया है।

"प्रभात आव पोशनूलो वन
सोंदरवाणी प्रसन्न करु मन..."[1]

जानकी की आवाज़ कहाँ से आई ? ताता ने आँखें मुलमुलाकर चौतरफ देखा। हाथ से बिस्तर टटोला। ऐसा क्यों लगा कि कोई बगल से उठकर अभी-अभी गया...

जानकी ! उसे तो गए चार साल से ऊपर हो गए। ताता को लगा, सिर पर पहाड़ भर वज़न धरा है। देह टूट-सी रही है। क्या जानकी बुलाने आई थी ? अचानक ?

रात ठीक से सो नहीं पाए। कहाँ-कहाँ की यात्रा कर आए ? मुँह सूख-सा रहा है। कोई पानी पिला दे। तिपाई पर लोटा-गिलास ढका पड़ा है, पर बाँहें जैसे हिलने को मना कर रही हैं।

"केशवनाथा ऽऽऽ !" ताता ने आवाज़ उठाकर पुकारा।

"शिवनाथा ऽऽऽ !" आवाज़ का जोर कहाँ गया ?

लल्ली शायद हुक्का माँजकर पास रख गई है। माथे पर उँगलियों के स्पर्श किसके हैं ? मेरी माँ ! क्या तुम हो ?

"कौन प्रेम ?" ताता जानते हैं, माँ को गुज़रे वर्षों हो गए। उसका स्पर्श-भर लौटा है।

"ताता, मैं लल्ली ! आपका माथा गरम है। बाम लगा दूँ ? रात सोए नहीं आप ? ठंड तो नहीं खा गए ? कल तो ठीक थे।"

माथे पर उँगलियों का दबाव अच्छा लगता है।

"बहू ! पानी पिला दो। केशव को भेज दो। बहू ! प्रेम आ गया ?"

"आएगा ताता ! कात्या को सन्देशा भिजवाती हूँ। आपको देख लेगी ! चिन्ता न करें। थोड़ी हरारत भर है।" लल्ली माँ बन गई है।

"हाँ, हाँ !" ताता कुछ बुदबुदा रहे हैं, बुखार तेज़ लगता है। केशव-शिवनाथ चिन्तित हैं।

"बैठो इधर !" ताता बिस्तरे पर बैठने का संकेत करते हैं।

"प्रेम को बुलाओ ! शिव, राज्ञा, शारिका को भी। राजदुलारी तो जम्मू में है न ? आएगी वह भी। पर नन्दन ? उसे क्या देखना नहीं होगा ?" ताता का स्वर बुझ जाता है। लल्ली के गले में लोथ फँस जाती है।

"बहुत दूर गया तेरा बेटा लल्ली।"

"लौट आए तो अच्छा। परदेस से देस भला। दिल्ली, बंबई, जहाँ जी चाहे रहे, घर से जुड़ा तो रहेगा। परदेश हमें बहुत दूर कर देता है। कह देना, मेरी तरफ से कह देना।"

"रात तक तो ठीक थे ताता, आज कैसी बातें कर रहे हैं..."

"बाहर कैसा शोर है शिव ? पानी उतर गया क्या ?"

---

1. सुबह हो गई ओ पोशनूल पाँखी ! सुन्दर बोली से मन को प्रसन्न करो।

"हाँ ताता, बाढ़ उतार पर है, आप चिन्ता न करें।"

"पर यह शोर कैसा ? कोई डूब गया क्या ?" ताता जानना चाहते हैं।

"नहीं ताता, नदी पार मल्लाहों के दो-तीन घर बह गए। बुसी पुरानी लकड़ियाँ पहले ही पानी में सीज गई थीं। भूचाल ने दरारें डाल दी होंगी, वे ही सामान, फट्टे वगैरह इकट्ठा कर रहे हैं, जानें बच गईं। शुक्र है।"

"हाँ ! बाढ़ आएगी तो कुछ न कुछ बहा ले ही जाएगी।"

शिव पिता को देखते रहे। चेहरे पर सफेद राख-सी क्यों पुत गई है ? माथा तो तप रहा है। केशव डॉ. कार्तिकेय-कात्या को बुलाने चला गया। पक्की उम्र है ! ज्यादा नहीं चलेंगे ताता।

ताता ने ओ ऽऽ म की मुद्रा में लम्बी साँस छोड़ी। लल्ली को लगा, उन्होंने एक लम्बी सिसकारी को 'ओ ऽऽ म' शब्द में तिरोहित कर दिया।

शिव लड़कियों को बुलाने चले गए। राज्ञा, कात्या तो पास ही हैं। मामूली हरारत हुई तो ताता दो-एक दिन में ठीक हो जाएँगे। फिर भी प्रेम को बुलाना ज़रूरी है और नन्दन ?

ताता ने कह ही दिया था कि नन्दन को देखना मुमकिन नहीं होगा।

# ताता साहब

ताता नहीं रहे। देखा जाए तो वकील अजोध्यानाथ रैना घटनाओं, हादसों, कामयाबियों और नेकनामियों से भरपूर एक लम्बी उम्र जिए। लेकिन धूप-ओलों में छाते की भूमिका निभाते ताता के जाने के बाद जो खाली जगह रह गई, उसे शिवनाथ घर के बड़े होने का अधिकार पाने के बावजूद भर नहीं सके।

घर-बाहर एक धुआँ-सा भरता जा रहा है, उदास-सूनापन घर में ऊपर से नीचे तक भाँय-भाँय करता घूम रहा है। ताता के दोस्तों की महफिलें रुखसत होने के बाद भी, घर बच्चों की चहक-महक से भरा रहता था, लेकिन अब ?

लल्ली-केशव घर के एक कोने में, शिव-कमला दूसरे कोने में। ताता जीते जी घर का बँटवारा कर गए, इस हिदायत के साथ, "यह सब इसलिए कि आगे तुम या तुम्हारे बच्चे ईंट-सीमेंट के इन खाँचों के लिए दिलों को बाँट न लें !" बाकी दादाजी का सिखाया ऋग्वेद का सन्देश वे जाते-जाते भी याद दिला गए ! मिलकर चलने का सन्देश !

"प्रेम 'संगच्छध्वं' श्लोक याद है ? ज़रा सुनाओ।"

प्रेम ताता को देखने कलकत्ता से घर आया था।

शिव-केशव ताता का पसीना अटा ठंडा माथा सहला रहे थे, कात्या, दुलारी, राज्ञा चुपचाप आँसू बहा रही थीं। प्रेम ने रुँधे गले से ताता की इच्छा पूरी कर दी।

"संगच्छध्वं सं वंदध्वं सं वो मनांसि जान ताम्।
देवा भागं यथा पूर्वे सज्जानाना उपासते॥"[1]

प्रेम कभी-कभी शिवनाथ से कहता, "बाबूजी, आपको नहीं लगता हमारे ताता एक काम्पलिकेटेड पर्सनैलिटी हैं ? कभी कबीले के सरदार से इतने ऊँचे, कि आप उन्हें छू न सकें। उनकी बात आखिरी बात ! और कभी इतने पास, कि नामुमकिन माँगों को भी हँसकर पूरी करा दो, मुँह पर शिकन नहीं लाएँगे।"

"तुम्हारे ताता ने परम्परा का आदर करते हुए भी व्यक्ति की आकांक्षाओं को इज्जत दी है प्रेम !"

---

1. तुम सब मिलकर चलो, मिलकर अपनी बात कहो, और तुम्हारे मन भी एक हों। जिस तरह देवता एकमत होकर यज्ञादि में अपना भाग स्वीकार करते हैं, उसी तरह तुम लोग भी सहमत होकर अपना अंश ग्रहण करो। किसी को भी अभावग्रस्त न होना पड़े।

शिवनाथ जानते हैं ताता के खामोश जुझारूपन को। 1885 ई. में महाराजा प्रताप सिंह के प्रतापी राज्य में मध्यवर्गीय ठेठ कर्मकांडी पंडित, मास्टर लक्ष्मण जू रैना के घर जन्मे अजोध्या, बी.ए. के बाद प्रताप स्कूल या बिस्को स्कूल में अध्यापक होकर एक औसत-सी ज़िन्दगी जीकर सेवानिवृत्त हुए होते, लेकिन उन्होंने असम्भव-सी महत्त्वाकांक्षाएँ मन में पाल ली थीं। वे वादी से बाहर गए उन तमाम वकीलों, जजों, बार-एट-लाओं की सफलताओं, प्रसिद्धियों से अभिभूत हुए, जिन्होंने असम्भव को सम्भव कर देश के इतिहास में अपनी जगह बना दी थी।

आखिर अजोध्या भी तो उन्हीं की तरह वादी का बेटा था। कल्हण-बिल्हण की गौरवशाली परम्परा का अंश उसमें भी तो था, और वह कश्मीरी नाक ! तोते जैसी लम्बी, आगे कुछ झुकी हुई, आँखें, जिन्हें काकनी पंपोश नेत्र[1] कहती थी। चौड़े माथे पर सौभाग्य रेखाएँ तो तभी दिखने लगी थीं, जब स्कूल-कॉलेज में अजोध्या को वजीफा मिला और खुद पढ़ाई करते, उसने ट्यूशन करके कुछ रुपया भी इकट्ठा कर लिया कि एक दिन वह बैचलर ऑफ लॉ हो जाएगा।

उन दिनों मोतीलाल नेहरू का खासा रुआब और गर्व वादी के पंडितों की गर्दनों पर सवार था। अजोध्या भले जवाहरलाल की तरह मुँह में चाँदी का चम्मच लिए पैदा न हुआ हो, पर महत्त्वाकांक्षाएँ और उनको पूरी करने की ललक तो मन में थी। वह सोचता, यदि इलाहाबाद हाईकोर्ट का वकील अजोध्यानाथ कुंजरू, 1888 में इंडियन नेशनल कांफ्रेंस, इलाहाबाद में रिसेप्शन कमेटी का चेयरमैन बन सकता था, क्या उनका हमनाम अजोध्यानाथ रैना, महज़ मास्टर या क्लर्क बनकर बच्चों की कापियों या दफ्तर की फाइलों पर झुका-झुका ही बूढ़ा हो जाएगा ?

अजोध्या का किशोर मन बागी हो उठा, जब रातों को भी सपनों में कभी, बार-एट-लॉ बिशन नारायण दर उसे कलकत्ता की अदालत में बिठाते, कभी जगतनारायण मुल्ला लखनऊ के कोर्ट में मुवक्किलों की पैरवी करते, उस पर अपनी धाक जमाते ! और तो और, लाहौर कोर्ट में शिवनारायण 'शमीम' से उन्हें लगाव-सा हो गया था, जो वकील तो थे ही, साथ में कवि और समाज-सुधारक भी ! वाह ! क्या अद्‌भुत संगम !

अपनी चद्दर की लम्बाई के हिसाब से पाँव पसारने-सिकोड़ने के हिमायती मास्टर पिता के लिए पाँच सन्तानों में अकेले बचे आँख के तारे, अजोध्या को बार-एट-लॉ बने देखना तो धरती पर स्वर्ग की झलक पा लेने जैसा अलौकिक करिश्मा होता, पर ब्राह्मण जन्म, पारम्परिक ज्ञान, अध्यापकीय अनुशासन और ज़िन्दगी के तजरुबों ने उन्हें सन्तोषी वृत्ति और निष्काम कर्म का वरदान दिया था। बेटे की महत्त्वाकांक्षा उनके जाने एक स्वप्न जैसी थी। रात को देखा स्वप्न, जिसका कारण बदहज़मी या वात-पित्त का विकार ही हो सकता था, वह किसी भविष्यवाणी का पूर्व संकेत तो नहीं हो सकता।

वे बेटे से प्रश्न करते, "रात तेल में तली-भुनी चीज़ें तो नहीं खा लीं ? तेरी

1. कमलनयन।

काकनी जो बुढ़ापे में घी-तेल बघार और चटक मसाले खाने की शौकीन हो गई है, चटोरी !''

साथ में सलाह देते कि शाम को थोड़ा टहल लिया करो तो रात को ऊलजलूल सपनों से ज़ेहन पर बोझ नहीं पड़ेगा।

लेकिन मास्टर लक्ष्मण जू, गंजे-घुचे सिर पर करीने से बँधे अबरक-माँड़ लगे साफे के नीचे गाँठ पड़ी चोटी धारण करनेवाले, राजा के गुणगान के साथ अंग्रेज़ों के अनुशासन के कायल मास्टर जी, जो बच्चों का चेहरा देखकर मन में पकती खिचड़ी की गन्ध सूँघ सकते थे, बेटे को समझने में भूल कर गए।

अजोध्या ने पिता के पाँव दबाते एक शाम ट्यूशन से इकट्ठा किया रुपया, चरणों में रखकर मन की इच्छा और अपना इरादा ज़ाहिर किया, ''ताता, मुझे आदेश दें।''

मास्टर रैना पहले कुछ चौंके, फिर बेटे के चेहरे पर लिखे मज़बूत इरादे को पढ़ा और मुस्कुराए।

''चलो ! कल तुम्हें 'न ज़ामिन, न ज़िम्मेदार' चचा के पास ले जाते हैं।''

ज़ाहिर है लॉ की पढ़ाई, सो भी लाहौर में, ट्यूशन के पैसों से ही नहीं हो सकती थी।

दूर के चाचा, 'न ज़ामिन, न ज़िम्मेदार' तकिया कलाम वाले ने, खुद रुपए न दे पाने की विवशता जताकर, दामोदर भट्ट से सूद पर रुपए दिला दिए। बिना झमेले की सदाशयता और अहसान से दबे मास्टर जी ने अजोध्या को आशीर्वाद दिया और अजोध्या ताँगे पर सवार होकर पिंडी के रास्ते लाहौर पहुँच गया। रास्ते भर माँ के आँसू सनी फरियाद, कि 'तेरे बिना भात गले से कैसे उतरेगा, उधर मना-मनाकर कौन तुझे खिलाएगा...', याद करते अजोध्या उदास रहा। पिता ने तो हाथ उठाकर पितातुल्य आशीर्वाद दिया, ''जाओ बेटा, कुछ बनकर लौटो। हम तुम्हारी प्रतीक्षा करेंगे।''

पता नहीं अजोध्या लाहौर में वकील कवि और समाज सुधारक शिवनारायण 'शमीम' से मिले या नहीं, पर डिस्टिंक्शन के साथ वकालत की डिग्री लेकर लौट आए। आगरा, कलकत्ता, लखनऊ जाकर बड़े स्वप्नों को पूरा करने का ख्याल दिल से निकाल दिया। पिता का संगच्छध्वं वाला वैदिक सन्देश मन में गहरे जो पैठ गया था। मन को तसल्ली दी, कि वादी में रहकर भी काफी कुछ किया जा सकता है।

अजोध्यानाथ ने डोगरा-ब्रिटिश शासन में वकालत शुरू की। उन्होंने वकालत को धर्म की तरह निभाया। साम्राज्यशाही में भी और लोकराज्य में भी। जब व्यवस्था से तालमेल न बिठा पाए तो नौकरी छोड़कर प्राइवेट प्रेक्टिस की, और अन्त तक सलाह-निर्देश देकर दूसरों की उलझी सुलझाते रहे।

लेकिन घर का टूटना अजोध्यानाथ रोक न सके। उम्र की शाम में उन्होंने अपने रचे-बसे परिवार को बिखरते देखने की पीड़ा सही। नन्दन के देश छोड़कर विदेश जाने के साथ ही, साथ रहनेवाला वैदिक विधान टूटने लगा था।

नन्दन तीसरे-चौथे साल घर आ जाता। बहन-भाइयों, चाया-तायों और दोस्तों का

जमघट अपने आसपास इकट्ठा कर खूब चहकता।

ढोंगे में झीलों-बागों की सैर की ज़िद करता, "ताता, कितना अच्छा लगता है मिलकर ढोंगे में सैर करना। मिलकर पकाना और खिलवतरों पर खाना खाना। लगता नहीं, पुराने दिन लौट आए हैं ? मुहम्मद जू कव्वाल से कव्वाली भी सुनेंगे न ?"

"उधर अमरीका में तो एक से बढ़कर एक जगहें हैं, इधर क्या रखा है इन झीलों और बागों के अलावा !" प्रेम नन्दन के उत्साह पर गीली लीर फेर देता।

"मुझे पूरा यकीन है कि गुलाब सिंह ने जब 1846 की अमृतसर सन्धि में, यह वादी अंग्रेज़ों से 75 लाख रुपए में खरीदी, तो तीन-चौथाई भाग पहाड़, पानी और एक हिस्सा ज़मीन देखकर वह पछताया ही होगा।" प्रेम उन दिनों वादी से ज्यादा, वादी के निज़ाम से खीजा हुआ था।

ताता ने प्रेम को शान्त करने की कोशिश की, "इन पिछले सवा-सौ सालों में तो दुनिया का कायापलट हो गया। दो महायुद्ध हुए, फासिज्म-साम्राज्यवाद का अन्त हुआ...अब हम अपने भाग्य के निर्माता हैं। देश ने खूब तरक्की भी की है। अपना प्रदेश क्या अब वैसा ही है ?"

लम्बे वक्तव्य के समापन पर वे, "अपना देश तो अपना देश ही है," कलाम दुहराना नहीं भूलते।

"हाँ ताता !" नन्दन बेध्यानी में कह गया शायद, "उधर सब अच्छा है, पर आप लोग नहीं हैं न...!"

"लौट आओ नन्दन, अपने देश में कहीं भी रहो, सोच लो !" बोलते-बोलते ताता की आवाज़ पिघल गई थी। "अपनी माँ, बूढ़ी बीमार हो, तो क्या उससे मुँह मोड़ लेते हैं ?"

"सोचूँगा ताता।" नन्दन ने वह पिघलाव महसूस किया।

उन्हीं दिनों नन्दन बेटी का पिता बना था।

"शायद कुछेक वर्ष बाद लौट आऊँगा, यह पिंकी थोड़ी बड़ी हो जाए...तो शायद लौटना ही ठीक रहे..."

धरा ने नन्दन को तीखी नज़रों से देखा, "जो बच्चे वहाँ पलते हैं, वे क्या अच्छे नहीं रहते ?"

नन्दन चुप हो गया, तो ताता को यकीन-सा हुआ कि नन्दन अब लौट नहीं पाएगा। शायद प्रेम घर को बाँधे रखे।

लेकिन ताता के रहते ही प्रेम भी शारिका के पास कलकत्ता चला गया। लेह से आकर, ताता की सिफारिश से वह सलाल प्रोजेक्ट रियासी में असिस्टेंट इंजीनियर बनकर गया। वहाँ रेज़ीडेंट इंजीनियर, गुलाम रसूल से झगड़कर चीफ इंजीनियर को इस्तीफा पत्र दे दिया और नौकरी को नमस्कार कर लौट आया।

शिवनाथ नाराज़ हुए, "इस तरह नौकरी नहीं होती प्रेम। गुस्सा हुए, सीनियरों से झगड़ बैठे, और इस्तीफा दिया। यह क्या तरीका हुआ..."

ताता ने इस्तीफे का कारण जानना चाहा, प्रेम ने प्रतिप्रश्न किया, "ताता ! नौकरी का अर्थ क्या यही है कि आप अपना जमीर बेचकर हर गलत के साथ समझौते करें ?"

"ऐसा तो नहीं !" ताता की भौंहें सोच की मुद्रा में सिमट आईं।

"यहाँ ऐसा ही है ताता ! मेरा दोष इतना ही था कि लेबरर जगजीत को मैं सरकारी जीप में अस्पताल ले गया। चट्टान खिसकने से उसकी टाँगें कुचल गई थीं, सिर से भी खून बह रहा था। मैंने रेज़ीडेंट इंजीनियर को आदमी दौड़ाया, इजाज़त के लिए, पर वह साइट पर नहीं था। गेट के चौकीदार के पास सन्देश भी रखा कि इमरजेंसी हो गई है। जगजीत को एमरजेंसी में भर्ती करवाकर मैंने जीप लौटाई तो चीफ इंजीनियर ने मुझे शाबाशी देने के बजाय लेबरर्स के सामने ही खूब लताड़ा, कि तुमने बिना इजाज़त जीप बाहर लेने की जुर्रत कैसे की ? ताता ! आदमी की जान ज्यादा अहमियत रखती है या यह ब्यूरोक्रैटिक नियम ? मेरा खून तो अभी इतना सर्द नहीं हुआ।"

शारिका के पति ने कलकत्ता बुलाया, लिवर ब्रदर्स में उन्हें नौकरी दिलाई और प्रेम भी सपरिवार घर से बाहर निकल गया।

ताता चुप रह गए, कोई टिप्पणी नहीं की। लगा, घर का एक और पाया खिसक गया।

सूना घर शिवनाथ को उदास कर देता है। कमला तो बौरा गई है। लेकिन घर से बाहर भी तो परेशानियाँ बढ़ती ही जा रही हैं ! क्लब भी राजनीति का अड्डा होता जा रहा है।

पिछले कुछेक सालों से ही वादी की फिज़ा में धुआँ-सा भरता जा रहा है। अन्दर ही अन्दर कोई ज्वालामुखी सुलग रहा है। कभी यहाँ लपट, कभी वहाँ धुआँ।

यह धुआँ शिवनाथ को उसी दिन दिखा था, जब लाल चौक से गुज़रते उसने जिन्ना टोपियों की कतार देख ली, और देखे थे कश्मीरी लिबास में अजनबी चेहरे। शिवनाथ चौंक उठा था। "यह जिन्ना टोपियाँ कुछ ज्यादा ही दिखने लगी है इधर।" प्रेम हँस पड़ा था, "बाबू जी ! वादी में तो होनलुलू से नखलिस्तान तक का कोई भी टोपी धारी या गंजा सैलानी आता है।"

लेकिन कुछ ही दिनों बाद प्रेम 'आज़ादी की लड़ाई का ऐलान' शीर्षक वाला उर्दू इश्तहार लेकर घर आया था।

"बाबू जी, गवाकदल से जा रहा था कि ये पोस्टर बँटते देखे। काफी हंगामा हो रहा है उधर..."

शिवनाथ ने पोस्टर पढ़ा। किसी 'रेवेल्यूशनरी कौंसल ऑफ कश्मीर' की ओर से 'सदाए कश्मीर, श्रीनगर' प्रेस से छपा था।

शिवनाथ जानते थे कि इस नाम का कोई प्रेस श्रीनगर में नहीं है, उसी दिन जिन्ना टोपियों का राज़ भी समझ में आया।

प्रेम ने जिन्हें सैलानी समझा था, वे पाकिस्तानी छापामार थे।

यों अप्रैल, 1965 से ही कच्छ के मुहाने में पाकिस्तान ने भारतीय सेना से उलझना

शुरू कर दिया था। पाकिस्तानी प्रधानमन्त्री लड़ाकू बयान देने लगे थे। कश्मीर में मौलाना फारुख की, 'अवामी एक्शन कमेटी' ने आत्मनिर्धारण के अधिकार की माँग उठाकर आन्दोलन भी शुरू कर दिया था।

जगह-जगह आगज़नी और ज़हरीला प्रचार हो रहा था। लोग हैरान थे, किसकी कार्रवाई है यह ? पाँच हज़ार पाकिस्तानी घुसपैठिए वादी में स्थानीय लोगों के भेष में पर्चे बाँट रहे थे। लोगों को 'भारतीय साम्राज्यवाद' के विरुद्ध खड़े होने को उकसा रहे थे।

कुछ ही दिनों में छम्ब जोरियाँ क्षेत्र में पचास टैंकों के साथ पाकिस्तान ने हमला बोल दिया।

जम्मू से राजदुलारी के फोन आए। वह बेहद घबराई हुई थी।

"ताता ! सीमा पर बमबारी हो रही है। अखनूर, रणबीर सिंह पुरा, पुंछ-रजौरी से लोग भागकर जान बचाने जम्मू आ रहे हैं। इधर तवी पुल पर भी हवाई हमले हो रहे हैं। लोग घरों में सुरंगें और ट्रेंचज़ खोदने लगे हैं। मेरे ससुर जी बहुत बीमार हैं, सोचती हूँ हवाई हमला हो तो उनका क्या करेंगे...।"

क्या होगा ? कुछ भी स्पष्ट न था।

प्रदेश में आक्रमण के समय राज्य प्रशासन अस्तव्यस्त था। तमाम योग्यताओं के दावे करने के बावजूद, न सादिक साहब छापामारों को घुसने से रोक पाए या उनका घुसना ही जान पाए, न गृहमन्त्री डी.पी. दर ! शुक्र है, भारतीय सेना ने प्रत्याक्रमण कर एक ओर कर्गिल सैक्टर में युद्धबन्दी रेखा पार कर कुछ चौकियों पर कब्ज़ा किया, दूसरी ओर जम्मू सियालकोट सीमा पर धावा बोल दिया। पुंछ और ऊरी के बीच हाजीपीर और सियालकोट की कुछ ज़मीन भारत के हाथ लगी। उधर छम्ब का टुकड़ा पाकिस्तान के हाथ लगा।

वादी के लोगों ने छापामारों का साथ नहीं दिया इससे पाकिस्तान को खासा धक्का लगा।

लोग रेडियो से कान लगाकर समाचार सुन रहे थे—अखबारों की एक-एक खबर खँगाली जा रही थी।

प्रदेश में युद्ध की उत्तेजना थी, गो कि भारी लड़ाई पंजाब के मैदानों में लड़ी जा रही थी। स्त्रियाँ घायलों की तीमारदारियाँ कर रही थीं। घरों से खाना लाकर सैनिकों को मना-मनाकर खिलाती माँओं के दिल, बेटों के लिए दरिया बन गए थे।

लल्ली, कमला और बेटियों ने सोने की चूड़ियाँ, कर्णफूल राष्ट्रीय सुरक्षा कोष में दिए, पुरुषों ने कई दिनों के वेतन ! मंगला मौसी ने बीस कैरेट की घिसी हुई अकेली अँगूठी भी यह कहकर सुरक्षा कोष में दान दी, कि अब उसके पहनने के दिन तो लद गए, अब उसकी उम्र भी जवान-जहान बेटों को लगे, जो हमलावरों से मुलुक को बचाने गए हैं।

मंगला मौसी युद्ध के समाचार हर आती-जाती को सुनाती, यह बताना न भूलती,

कि 'अपने सूबेदार देवर जी जनरल स्पैरों (राजेन्द्र सिंह स्पैरों) के साथ खड़े ऐन स्यालकोट तक पहुँच गए हैं। और लड़ाई कोई तीर-तलवार-बन्दूक से नहीं, टैंकों पर बैठकर तोपों से हो रही है...'

सितम्बर के अन्त में जब महाशक्तियों और संयुक्त राष्ट्र संघ के हस्तक्षेप से युद्धबन्दी की घोषणा हुई और सेनाओं को उन जगहों तक, जहाँ वे 5 अगस्त, 1965 को थीं, पीछे हटने का आदेश मिला, ताता-शिवनाथ को बेहद निराशा हुई। सेना का श्रम, युवकों का बलिदान क्या वापस लौटने के लिए ही था ?

मंगला ने रूस-अमरीका दोनों को कोसा, खासकर तब, जब दुबले-पतले, मज़बूत इरादोंवाले प्रधानमन्त्री, जिन्हें शेख साहब ने 'एक कमज़ोर आदमी' समझा था, बहादुरी और साहस की मिसाल कायम कर गए।

मंगला ने उस दिन खाना भी नहीं खाया, जिस दिन सुना कि शास्त्री जी ने रूस में कागज पर दस्तखत किए और उनका हार्ट फेल हो गया।

पूरा देश दुखी था। एक ओर जीत का गर्व, दूसरी ओर शास्त्री जी की मृत्यु का शोक। प्रदेश के लोगों को इस अचानक युद्ध की सफलता से उम्मीद जगी थी कि शायद पाकिस्तान अब दोबारा कश्मीर का मुद्दा न उठाए और लोगों को चैन से जीने दे। पर ऐसा न होना था, न हुआ। पाकिस्तान का आक्रमण विफल हुआ, पर घाटी में धुआँ तीखा होता गया।

छापामार युद्धबन्दी रेखा के पार भाग गए, पर स्कूल-कॉलेजों, और रीजनल इंजीनियरिंग कॉलेज में भारत विरोधी तत्त्व उभरने लगे।

मौलाना मसूदी, गुलाम मुहम्मद करा व उनके अन्य साथियों को भारत विरोधी प्रचार के लिए गिरफ्तार कर जम्मू भेज दिया गया, पर आतंकवादी गतिविधियाँ बढ़ती गईं।

"भारतीय हैवानों को जान से मार दो।"

"टेलिफोन काटो, बसों में आग लगा दो।"

यहाँ-वहाँ बम फेंकना, आग लगाना जारी रहा। पाकिस्तान के बचे-खुचे प्रशिक्षित एजेंट वादी की शान्ति भंग करते रहे और शासन उन्हें छाँट न पाया।

बाहर से सब सुनसान, भीतर से धधकता लावा। प्रभावती हब्बाकदल के नाके पर सब्जीवाले से छाँटकर भाँजी लेती तो वह झिड़क देता, "जाओ बटनी, रास्ता नाप लो, छाँटकर सब्ज़ी नहीं मिलेगी। जो दे रहा हूँ चुपचाप ले जाओ..."

दीनानाथ, रेड़े वाले से सड़े फल तौलने की मनाही करता, तो फल वाला तराजू उलट देता, "जाओ बटा, कहीं और से सौदा लो, इधर तो यही सड़ा माल मिलेगा।"

अचानक तेवर और हिकारत की नज़र ! कौन ज़हर घोल रहा था पर्दे के पीछे छिपकर ?

नवम्बर '65 को शिवनाथ सुबह का अखबार ताता को पढ़कर सुना रहे थे। 'इकॉनोमिक एंड पोलीटिकल वीकली' में रोमेश थापर ने जम्मू-कश्मीर के विषय में

राज्यपाल कर्णसिंह की राय लिखी थी।

ताता उत्सुक हो उठे। ऐनक लगाकर खुद अखबार पढ़ने लगे। कर्णसिंह चाहते हैं कि कश्मीरी भाषी एक भाषीय राज्य हो। कर्णसिंह चाहते हैं, जम्मू का हिमाचल प्रदेश के साथ विलय हो। लद्दाख केन्द्रशासित प्रदेश हो और बानिहाल दर्रे के परे का इलाका, भारतीय संघ के भीतर एक नया राज्य बने।

कर्णसिंह अपनी बात को पुष्ट करते हैं कि यदि पंजाबी सूबा अलग बनता है तो ऐसा हो सकता है, क्योंकि कश्मीर में प्रशासनिक नृशंसता है।

ताता ने अखबार मोड़कर नीचे रखा और हुक्के के लिए इशारा किया।

ताता न कम्युनिस्ट थे, न जनसंघी, नेहरू-राधाकृष्ण के दर्शन से प्रभावित ज़रूर थे। उन्होंने बड़ी विचित्र-सी प्रतिक्रिया अपने भीतर उठती महसूस की। उन्होंने न इसे अमरीकी षड्यन्त्र कहा और न इससे मुसलमानों के वर्चस्व का खतरा महसूस किया। उन्हें लगा, कर्णसिंह ने कश्मीरी पंडितों के अस्तित्व को नकार दिया है और उनके बचे-खुचे विश्वासों को धक्का पहुँचाया है। उन्हें अलग-थलग कर दिया है।

शिवनाथ ने ताता को हुक्का थमाया।

"ताता, कर्णसिंह कहते हैं कि बटों को राज्य सेवा में उनके अनुपात के मुताबिक ठीक हिस्सा मिला है, जम्मू व लद्दाख को सही हिस्सा नहीं मिला।"

ताता ने तम्बाकू के दो-तीन कश एक साथ खींचे।

"जम्मू लद्दाख को सही प्रतिनिधित्व ज़रूर मिलना चाहिए।"

"ताता, क्या आप भीं मानेंगे कि राज्य सेवा में कुछ पद मिलने से ही बटों की सभी समस्याएँ हल हो गईं ? पंडित समाज में तो इन विचारों की बड़ी तीव्र प्रतिक्रिया हुई है !"

शिव ताता को खोलना चाहते थे।

"अब हमारे बच्चों को देश-विदेश में नौकरियाँ ढूँढ़नी होंगी शिव ! सादिक साहब ने भी 70/30 प्रतिशत में मुसलमान-हिन्दू को बाँट दिया है। अब योग्यता नहीं, कोटे के मुताबिक नौकरियाँ या यूनिवर्सिटी में सीटें मिलेंगी। बिज़नेस वगैरह में भी हमारे लड़कों को जाना होगा। वक्त की माँग है।"

"ताता, हमारे बच्चे देश-विदेश में भटक रहे हैं। कुलभूषण हैदराबाद तक गया, केमिस्ट की नौकरी के लिए। वहाँ इंटरव्यू में पूछा गया कि भारत इतना धन कश्मीर पर खर्च कर रहा है, तुम नौकरी माँगने यहाँ क्यों आते हो ?"

"जगह-जगह ज़लील हो रहे हैं हमारे बच्चे ! प्रश्न पूछे जाते हैं, उधर किसी भारतीय को बसने की इजाज़त नहीं है, तुम क्यों इधर बसना चाहते हो ? किस-किस को उत्तर दें हमारे लड़के ? अपने कर्णसिंह साहब को यह चीज़ें ध्यान में ही नहीं आतीं। उन्हें सिर्फ राज्य प्रशासन में दो-चार बटों के होने से ही स्थिति का समाधान नज़र आता है, जबकि सब जानते हैं, अपने प्रदेश में शासन मुखिया के ही हाथ में है ! लाख लोकतन्त्र के दावे होते रहें।"

ताता ने शिव को शान्त किया, "हमारे लड़के लायक हैं, प्रदेश उनके लिए छोटा पड़ रहा है। वे जहाँ जाएँगे, अपनी योग्यता प्रमाणित करेंगे। तुम बेकार में चिन्ता करना छोड़ दो। सुनाओ, आजकल कोर्ट में क्या चल रहा है ?"

ताता ने बात का रुख बदलना चाहा।

"कोर्ट में भी वही सियासी किस्से चले रहे हैं, ताता। एक को उखाड़ना, दूसरे को पछाड़ना। हर सूरत में अपनी कुर्सी का बचाव ही अब सियासत हो गई है। लोगों की आज कौन सुनता है ?"

"वो चींक्राल मुहल्ले में मट्टहाँजियों के खिलाफ महानन्द जू ने जो रिपोर्ट सादिक साहब को दी, उसकी कोई छानबीन हुई ?"

"उसकी तो क्या छानबीन होती ताता ? पुलिस भी दंगाइयों को पकड़ने में मदद नहीं करती। रामजी ने तो शास्त्रीजी तक फरियाद की, पर गवाही कौन देता है, ऐसे मामलों में।"

"हूँ !" ताता गम्भीर हो उठे, "सादिक साहब प्रोग्रेसिव ग्रुप के नेता हैं। न्याय का वादा कर चुके हैं। शेख साहब का कांस्पिरेसी केस विदड्रा करवाकर, उन्हें जेल से रिहा करके, उन्होंने अपनी तरफ से सबूत भी दिया है कि वे प्लिबिसाइट वाले बागी ग्रुप को पोलिटिकली फाइट करेंगे। शेख साहब क्या कहते हैं आजकल ? बार एसोसिएशन ने तो उन्हें एट होम दिया था।"

"वहाँ तो शेख साहब वकीलों से प्यार से मिले। कहा, आम कश्मीरी को जम्हूरियत का फायदा नहीं मिल रहा।"

"चलो, आगे देखते हैं कैसे सादिक साहब शेख साहब से निपटते हैं। शेर की माँद में हाथ डाला है उन्होंने।"

"ताता, मुझे तो इसमें भी सियायत नज़र आती है। एक तरफ बख़्शी साहब को कैद कर तारा महल भेज दिया, दूसरी तरफ शेख साहब को रिहा कर लिबरल होने का सबूत दिया..."

ताता ने, 'सो तो है', वाले अंदाज़ में गम्भीर हो उठे संवाद को हल्का करना चाहा, "शिवा, आजकल तुम्हारे पास राजकुमारी केस जैसे मसले नहीं आते।"

"राजकुमारी केस ?" शिवनाथ ने दुहराया।

"अरे, तुम राघव जू की बेटी राजकुमारी को भूल गए ? जिसने थानेदार द्वारिका के बेटे को पकौड़ियाँ खिलाने का निमन्त्रण देकर घर बुलाया और हाथों पर तेल का गरम कड़ाह उँड़ेल दिया।"

ताता हँस पड़े और शिवनाथ अचानक सकुचा गया। उसे राजकुमारी के भोले संवाद याद आ गए, "ताता साहब ! एक तो इसने मुझे दो बार गली में दबोचा, मैंने एक चाँटा जड़ दिया तो घर-घर बदनाम करने लगा कि मैं बदमाश हूँ। एफ.एल. इस्तेमाल करती हूँ..."

उस वक्त ताता भी सकते में आ गए थे। फ्रेंच लेदर !

थानेदार का बेटा हाथों पर डबल बैंडेज बाँध धरती ताक रहा था और थानेदार के हाथ राजकुमारी की धुनाई करने के लिए चुनचुना रहे थे। हुआ न महाराजा गुलाब सिंह का ज़माना, कि इस जघन्य अपराध के लिए लड़की की चमड़ी उतारकर उसमें भुस भर देते।

प्रकट में गुस्से से थरथराते इतना ही बोल पाए, ''वकील साहब ! यह लड़की झूठी है। इसके पास क्या सबूत है कि...कि...''

राजकुमारी ने अधबीच ही सबूत पेश करने की पहल की, ''ताता साहब ! आप कहें तो मैं काकनी को दिखा सकती हूँ। मेरे शरीर पर नील के दाग कर दिए इस गुंडे ने...''

''वह सब दिखाने की ज़रूरत नहीं,'' ताता ने नज़रों की टेप से लड़की का हौसला और सच्चाई दोनों माप लीं।

''मगर गरम तेल का कड़ाह डालते यह नहीं सोचा कि लड़के की जान जा सकती है ? तुमने कानून हाथ में क्यों लिया, जबकि अपने बाबू जी या भैया से कह सकती थीं...? वे निपट लेते।''

राजकुमारी ने सभी सवालों के खाँटी भाषा में जवाब दिए, कि वह खुद ही इस गुंडे को सबक सिखाना चाहती थी। और उसका इरादा लड़के को मारना थोड़े था, सिर्फ सबक सिखाना था, तभी तो तेल गुनगुना था...।

ताता ने फरियादी-अपराधी दोनों को धमका, समझाकर घर भेज दिया था और जाते-जाते राजकुमारी की पीठ भी ठोंक दी, ''आगे से दोषी को सज़ा देने के दूसरे तरीके सोचना, गरम तेल नहीं।''

मुहल्ले में राजकुमारी की खूब चर्चा हुई, 'साक्षात चंडिका है।'

''ताता ! मुहल्ले-टोलेवालों ने तो यह भी कहा कि आप लड़कियों को शह दे रहे हैं, ऐसे ही वे बेकाबू हो रही हैं।''

ताता संजीदा हो गए, ''लड़कियाँ पढ़-लिखकर अपने अधिकार समझ गई हैं। यह अच्छी बात है शिवनाथा, अब पंडिता साहब की बेटी की तरह लड़कियाँ स्टोव से जलकर नहीं मरेंगी।''

पंडिता साहब की लड़की की स्मृति ने कमरे में मृत्यु-गन्ध भर दी। आग की लपटों में जलती हुई सत्रहवर्षीय युवती चीखती रही। ''कोई मुझे बचाओ, मेरा डेजहोरू बेच दो, मुझे मेरे पापा के पास भेज दो...''

माघ मास की घुटनों-घुटनों बर्फ पर लिटा, मिट्टी का तेल डालकर उस नई माँ की अधजली देह का संस्कार हुआ। बेगानी जगह, बेगाने लोगों के बीच। बिना अपनों के ! अगले दिन युवती का पति छह मास के बिसूरते बच्चे को गोद में उठाए घर लौटा। ससुर जी के पैरों पर सिर पटककर अपनी बेगुनाही की फरियाद करता रहा। पंडिता साहब उम्र के आखिरी दिनों, मृत्यु से पहले ही ढह गए।

वादी में स्टोव से जल मरने या मार दिए जाने की यह पहली वारदात थी। यों

वितस्ता में फूली लाशें यदा-कदा तैरा करतीं। कोई छापल लावारिस साड़ी, घाट पर पड़ी मिलती। उसमें आत्महत्या से ज्यादा दुर्घटना की आशंका दिखाई पड़ती। लेकिन यहाँ सन्देह की कोई गुंजाइश ही नहीं थी।

पूरा समाज पंडिता साहब के चौगिर्द इकट्ठा हुआ।

"लड़की स्टोव से जल गई तो माता-पिता को सूचना क्यों नहीं दी गई ? तीसेक किलोमीटर दूर ही तो शहर था।"

"कम-से-कम अन्तिम संस्कार की खबर तो रिश्तेदारों को करनी थी...यह तो साफ हत्या का मामला है।"

निर्णय हुआ कि पंडिता साहब के दामाद को सबक मिलना चाहिए।

अजोध्यानाथ वकील खुद पंडिता साहब से मिले। वे जैसे किसी शाप से पत्थर हो गए थे। बच्चे की रुलाई से होश आया तो बच्चों की तरह रो पड़े, "वकील साहब ! कोर्ट-कचहरी से दामाद को फाँसी भी मिले, तो भी क्या मेरी बिटिया लौट आएगी ? मुन्ने को माँ मिल जाएगी ?"

अजोध्यानाथ के लाख समझाने पर भी पंडिता साहब नहीं माने। थकी-बूढ़ी देह उठा नन्हे बच्चे की दुहरी गार्जियनशिप लेने, और माँ के नाम जमा रुपया उसके खाते में डालने में सफल हुए। बस, आगे कोई कार्रवाई नहीं की।

कात्यायनी और वकील साहब शुपैयाँ गाँव जाकर तहकीकात कर आए, पर गाँव वालों के मुँह पर ताले लग गए थे। इंजीनियर दामाद ने पैसों से गाँववालों का मुँह बन्द कर दिया था। फिर इस मामले में मुद्दई ही सुस्त था।

ताता को अफसोस रहा कि वे अपराधी को सज़ा नहीं दे पाए। लड़कियों के साथ न्याय नहीं कर पाए। उसी दिन उन्होंने अपने आपसे एक वादा किया, कि वे लड़कियों को दुर्गा बनाकर रहेंगे, गो कि ब्राह्मण समाज ने उनकी पीठ पीछे अफसोस से सिर हिलाए कि वकील अजोध्यानाथ बुढ़ापे में मतिभ्रष्ट हो गए हैं। विनय, शील, संकोच और लज्जा की सीख देने की जगह, लडकियों को चंडिकाएँ बना रहे हैं। अब जो न हो, उसी का आश्चर्य।

राजकुमारी केस तो इस इरादे का एक छोटा-सा नमूना था।

# उम्मीदें बर क्यों नहीं आतीं

यहाँ दाईं ओर की खुली खिड़की से, तिमंज़िले-चौमंज़िले घरों के टॉवरों से ऊपर, दूर आसमान में सिर उठाए, हारी पर्वत के किले की दीवार दिखाई दे रही है। पहाड़ी के पाँवों में लेटी झील नज़र नहीं आती, जहाँ शिकारों-हाउसबोटों में देशी-विदेशी सैलानी वादी की पनीली हवाओं को आबे-हयात की तरह पीते हैं। जहाँ कैनोइंग, कैयाकिंग और वाटर गेम्स में ज़िन्दगी उछाल मारती, युवा उमंगों को पानी की झागल छाती में खँगोलती दुनियाभर को चुनौतियाँ दे रही है।

यहाँ से तो मुरादें पूरी करनेवाले सैकड़ों देवी-देवताओं, गुरुद्वारों और मस्ज़िदों का थान, और हारी पर्वत, आसमान की ओर फैला किसी याचक का भूरा थालभर नज़र आता है।

बच्ची थी, तो चक्रेश्वर की प्रदक्षिणा करते, मन में हारी पर्वत के शिखर पर बैठे इस किले को देखने की ललक उठी थी, पर माँ ने भौंहें जोड़ सख्ती से बरज दिया था।

"नहीं, उधर नहीं।"

"एक बार, बस एक बार, देखूँ तो क्या है उस किले के भीतर।"

"क्या है उधर ? मिलिट्रीवालों, ज़ालिम राजाओं और खूँखार दरिन्दों के भूत बसते हैं वहाँ। कोई जाता है उस तरफ ?"

"रात को उधर से रोने-चीखने की आवाज़ें आती हैं..."

माँ ने सुना था कि 1810 ईस्वी में अफगान गवर्नर अत्ता मुहम्मद खान ने हारी पर्वत की चोटी पर यह किला बनवाया था और अफगान हुकुमरान ज़ालिम थे। उसके ससुर जी, कृष्णजू कौल ने, तैमूर, ज़मानशाह, करीमदाद खाँ, जब्बार खाँ वगैरह अफगान शासकों के जो कारनामे सुनाए थे, उनमें जनता पर किए जुल्मों की लम्बी-चौड़ी फेहरिस्त तो थी ही थी, उनके आपसी झगड़ों, षड्यन्त्रों, बगावतों में, तैमूर के बेटों द्वारा अफगान शासक ज़मानशाह की आँखें निकलवाना भी शामिल था। बड़ी हौलनाक दास्तानें।

पापा हँस दिए थे, "हमारी इन्द्राणी ने ससुर जी से अफगान शासकों के कुकर्मों के साथ कुछ सुकर्म भी तो सुने होंगे। यह अमीराकदल का पुल और शेरगढ़ी की दीवार भी तो किसी अफगानी गवर्नर ने बनाए थे, जिनका नाम अमीर मुहम्मद खान जवान शेर किज़लबाश था। हो सकता है, उसका भूत भी वहाँ घूम रहा हो। चलो, एक दिन मैं तुम्हें खुद ही उन भूतों से मिलवाऊँगा।"

लेकिन जिस दिन किले के अन्दर कदम रखा, कंटियल झाड़-झंखाड़ से अटे-पड़े ऊबड़खाबड़ रास्तों के बीच, काई जमे ढोक-पत्थर, कहीं खाई, कहीं खड्डे और कहीं दरकी धँसी भूमि पर छोटा-सा समतल भूमि का टुकड़ा दीठ के आगे खड़ा हो गया। वहाँ ज़ंग खाए औज़ारों के मलबा हुए अवशेष, दीमक खाई तलवारों की बुरादा हुई मूठें और पत्थरों की दरारों के बीच रेंगते साँप, कनकौव्वल और छछूँदर देख मैं डर से चीख पड़ी।

भूत शायद भाग गए थे, पर चौतरफ अपने होने के निशान छोड़ गए थे।

"तेरी माँ वहमी है नीलू। भूत-प्रेत कुछ नहीं होता। जो मर गया वह हमेशा के लिए खत्म हो गया। मुड़कर थोड़े आएगा ?"

जैसे पापा मर गए तो खत्म हो गए और राजा भाई जीते जी जो गए, तो मुड़कर नहीं आए। और उदय ? उसके बारे में पापा बात करने सपने में भी नहीं आए।

लेकिन माँ के अखंड विश्वास ! उनका क्या कहें ? अपने विश्वासों के प्रमाण पेश करतीं, वह दफ्तरियों की गंगा का ज़िक्र करना नहीं भूलती, जो मरकर, पूरे सालभर घरवालों की नींद हराम करती रही, "आह ! आँधी-पानी और बर्फबारी की रातों में घर के टॉवर से नीचे गोदाम तक, जो धमधम सीढ़ियाँ चढ़ने-उतरने की डरावनी आवाज़ें आती थीं, सुनकर रोंगटे खड़े हो जाते थे। कुत्ते-बिल्लियों की आवाज़ें मुहल्लेवालों ने भी सुनी हैं। दूर क्यों जाएँ, वुथू साहब की बहू उमा क्या श्मशान बल में अर्थी से कफन फाड़, कूद नहीं पड़ीं ? क्या था वह सब ? बता सकता है कोई ?"

पापा रहते तो बताते शायद, हम माँ को क्या बताते ? माँ के ज़ेहन पर तो अपने घर के बुजुर्गों की आत्माएँ भी सवार थीं, उनमें भी खासुलखास दादाजी कृष्ण जू कौल की आत्मा।

माँ उसाँस भरती हुई विलाप करती है, "कुदरत के खेल और क्या कहें ? भवितव्यता प्रबल ! जिस कृष्ण जू कौल के खानदान में, 'खसवुनगुर तुँ वसवुन्य नाव'[1] मय्यसर थी, उसी खानदान की मिट्टी-पलीद होनी लिखी थी।"

दादाजी को मैंने नहीं देखा। दीवार पर शीशा जड़े फ्रेमों में पूर्वजों की जो भूरी-पीली पड़ी तस्वीरें जड़ी हैं, उनमें भारी पग्गड़, थानेदारी मूँछों और दूर तक देखती बड़ी आँखोंवाले गृहस्वामी, खासे रौबदाबवाले, मेरे दादा जी मुझे हमेशा अच्छे लगे हैं। शायद इसलिए कि वे बच्चों को ढेरों कहानियाँ सुनाया करते थे, जिनमें कुछ माँ-पापा और कुछ राजा भाई ने मुझ तक पहुँचाई हैं। सच्ची और खरी कहानियाँ, जिनमें चौदहवीं शती के प्रारम्भ में, राजा सहदेव के प्रधानमन्त्री रामचन्द्र की बहादुर बेटी, कोटा की कहानी है, जिसने मध्य एशिया से आए तातार डुलचू के आक्रमण और अत्याचारों से पीड़ित कश्मीरियों के हित के लिए, पिता के हत्यारे रिनचिन से शादी की। चालाकी से आक्रमणकारी अचला को मरवा दिया। पापा के कहे, कोटा रानी पैदाइशी राजनीतिज्ञ

1. चढ़ाई के लिए घोड़े और उतराई के लिए नावें ! सम्पन्नता का सूचक मुहावरा।

थी, दक्ष और चतुर। पद का लालच और रूमान उसकी कमज़ोरी थीं, लेकिन स्वात से कश्मीर आए शाहमीर ने, जब धोखे से राज्य पर कब्ज़ा किया और कोटा से शादी करने का प्रस्ताव रखा, तब कोटा रानी ने शाहमीर के शयनकक्ष में आकर खुद को कटार भोंककर खत्म क्यों कर दिया ? मैंने पापा से नहीं पूछा, क्योंकि मुझे लगा, नारी मन के रहस्यों को टटोलने का झंझट उठाए बिना वह उसे हारी हुई औरत मान लेंगे, और मैं उनसे सहमत न हो पाऊँगी। दादा जी होते तो शायद पूछ लेती। माँ के कहे, दादा जी सर्वज्ञ थे। वह थे तो क्या नहीं था ?

पता नहीं माँ के 'क्या नहीं था ?'' में क्या-क्या शामिल था ! दादा जी के किस्से-कहानियों के अलावा, घर में पुरुषों की खरजदार रौबीली आवाज़ें ! स्त्रियों की चपकल, चूड़ियों-चन्दनहारों की ठसक, ननद-देवरों की बोलियाँ-ठोलियाँ, प्रभाती, सान्ध्य आरती, यज्ञधूम, त्योहारी गन्ध, हँसी-ठट्ठा और बच्चों की 'यह दो, वह दो' की पुकारों से चहकता-महकता घर-आँगन।

''अब क्या है ? भर दुपहर घर में उल्लू बोलते हैं।''

मुझे लगता है, पापा थे तो क्या नहीं था ? मेरे क्या में, नाज़बरदार पिता, दोस्तों का दोस्त राजा भाई और हँसता-किलकता छुटका बब्बू था। कमरों-दालानों में होते धमालीवाले खेल थे, मास्टरों की नकल, शीतलनाथ में होते सत्यवान-सावित्री और सत्यवादी हरिश्चन्द्र के नाटक थे, रामचन्द्र मन्दिर के बाग में नवरोज़ के मेले थे और खिड़की से झाँकते, बादलों पर बैठे, कभी नीचे कभी ऊपर झकोले खाते चाँद से ढेर-ढेर बातें थीं।

मेरे 'क्या' में मेरे सपनों की गठरियाँ थीं। मेरा नर्म धूपीला आज, सुनहरा कल और पापा का आकाशभर लाड़ था। मस्ती की छूट थी।

माँ अफसोस से सिर हिलाती है, ''ज्यादा छूट ने ही तेरे भाई को गुमराह कर दिया। वक्त रहते रास थाम ली होती तो जो हुआ, वह न होता।''

माँ ने पापा का हमारे लिए बेइन्तहा लाड़ और छूट के सम्भावित खतरे महसूस किए, पर उनकी महत्त्वाकांक्षाओं का दमघोट दबाव नहीं देखा।

राजा भाई पापा की शादी के दस साल बाद जन्मे थे। घर के कुलदीपक ! और पापा ने आकाश भर उम्मीदें पूरी करने का वज़नी होमवर्क बेटे के बस्ते में डाल दिया था।

राजा भाई, पापा की उम्मीदों का बोझ सँभाल नहीं पाए और लड़खड़ाकर गिर गए।

''मैं तो ज्यादा पढ़ न पाया, पर मेरा राजा मेरे सारे अरमान पूरे करेगा। करेगा न ? नन्दन जी की तरह इंजीनियर बनेगा, नहीं तो रतन भान की तरह आई.ए.एस. होकर कलक्टर-कमिश्नर बनेगा। तेरी बहन तो डॉक्टर बनेगी...''

पापा राजा भाई का होमवर्क, स्कूल रिपोर्ट चेक करते, ''अरे ! गणित में सिर्फ अस्सी नम्बर ? अगली बार सौ में सौ ले आना। नन्दलाल मास्टर जी से कह दूँगा, घंटा

भर तुम्हें ट्यूशन दें। पैसे-टके की चिन्ता नहीं, बस, तुम क्लास में फस्ट आओ, मेहनत करो...''

उन दिनों राजा भाई रिपोर्ट कार्ड दिखाते डरने लगा था।

''इस बार भी अस्सी नम्बर ? अरे, मास्टर को मुट्ठी भर-भर रुपए देता हूँ, इसका तो ख्याल करो।''

साम, दाम, दंड, भेद ! पापा ने जल्दबाज़ी में सभी चाणक्य नीतियाँ अपना लीं, ''देख, तेरी बहन इस बार भी क्लास में फस्ट आई है। बब्बू की कापी तो देख, कितने गुड मिले हैं ! तेरी लिखाई को क्या हुआ ? अक्षर है या मरी हुई मक्खियाँ ?''

राजा भाई पहले गुस्सा हुए, मुझे और बब्बू को दुश्मनी नज़रों से देखते, बेबात डाँट लगाते। फिर धीरे-धीरे पढ़ाई से ही उनका मन फिर गया।

मैट्रिक में राजा भाई साइंस में रह गया तो पापा ने अपना माथा पीट लिया।

''रहमान ताँगे का लड़का तक मैट्रिक हो गया और अपना कुलदीपक साइंस में पास मार्क्स भी नहीं ले सका।''

राजा भाई दूसरी बार भी रह गया। पापा ज्यादा कठोर होते गए। पुराने परिचित मुहावरों में अपने आपसे संवाद करने लगे, जिसमें कुत्ते की दुम सौ बरस नली में रखने पर भी टेढ़ी की टेढ़ी रहने और गधे के घोड़े न बन पाने के अखंड विश्वासभरे मुहावरे शामिल थे। उस पर हवालियों-मवालियों की सोहबत और किताब देखकर साँप सूँघने का लांछन अलग से।

पापा ने राजा भाई को जेब खर्च देना बन्द कर दिया। घर से चहक गायब हो गई ! संवाद जाने कहाँ खिसक गए। राजा भाई चुप और गुमसुम। रात देर से घर आना और खाना खाकर अपने कमरे में बन्द हो जाना, उसकी आदतों में शुमार हो गया। मैं कभी बंद दरवाज़ा खटखटाती तो, ''मुझे नींद आ रही है,'' कहकर लौटा देता। उसके कमरे की सन्धों से सिगरेट और चरस की छुईंली गन्ध बाहर आती।

राजा भाई नशा करने लगा था। माँ ने कपड़े धोते वक्त कमीज़ की जेब देखते, चरस का गुल न पाया होता, तो उसे विश्वास ही न आता।

अगले दिन पापा ने दफ्तर के लिए तैयार होते राजा भाई को भी साथ चलने का आदेश दिया, ''उठो, किताबें वितस्ता में बहा दो, और मेरे साथ चलो। पढ़ाई तुम्हारे बस की नहीं।''

राजा भाई चुपचाप धरती ताकने लगा।

''साहब के गोड़ पकड़ लूँगा। तुम्हें टूरिस्ट सेंटर में कोई काम दें। आगे, बसों-ट्रकों का कांट्रैक्ट दिला देंगे।''

राजा भाई की आवाज़ में विद्रूप झाँक आया, ''मैं सुले-गुले की तरह 'एनी सर्विस ग्रीन बस' की हाँक नहीं लगाऊँगा।''

पापा खुद को ज़ब्त किए रहे, ''मैट्रिक पास कर लेते तो रतन लाबरू की तरह मद्रास भिजाकर आटोमोबाइल इंजीनियरिंग में डिप्लोमा ही करा लेता। चाहो तो मैकेनिक

की ट्रेनिंग लो। कोई वसीला तो हो आगे के लिए। मैं कोई संजीवनी बूटी खाकर तो नहीं आया हूँ..."

"आप मुझे तेल-ग्रीस में सना देखकर ही खुश हो जाएँगे।"

पापा का माथा गरम होने लगा, होंठ भिंचने लगे।

"मेहनत-मजूरी तुम करोगे नहीं, पढ़ाई तुम्हारे बूते की नहीं। फिर कौन-सी अफसरी मिलेगी तुम्हें ?"

"मैंने सुक्खा सिंह से बात की है, हार्डवेयर की दुकान के लिए। पचास हज़ार का इन्वेस्टमेंट है। उसके पिता पच्चीस देंगे। मुझे भी पच्चीस का इंतज़ाम करना है।"

राजा भाई का लहज़ा अनुरोध का नहीं, हक वसूली का था। पापा ने खुश्क होते गले से सपाट आवाज़ निकाली, "तुम दोनों अभी नातजरुबेकार हो। सुक्खा व्यापारी का लड़का है। मैं कुछ जोड़-जुगाड़ कर रुपए दूँ भी, तो वह बेवकूफी ही होगी। यही चाहते हो, तो गोपी मुंशी की हार्डवेयर शॉप पर कुछ दिन काम सीख लो। आज वह प्रदेश का सबसे बड़ा हार्डवेयर मर्चेंट है, शुरुआत तो उसने नेमत सिंह खत्री की नलपाइप और छोटे बीबकाक स्क्रूड्रायरों की दुकान पर बैठ, सामान बेचने और काम समझने से ही की थी। काम सीख लोगे तो दुकान के बारे में भी सोच लेंगे। मैं गोपी से बात करूँगा।"

"आप मुझे रुपए देंगे नहीं, पर दूसरों के गोड़ पकड़ भीख माँगेंगे। आपने मुझे हमेशा नाकारा ही समझा है।"

राजा भाई गुस्से में दनदनाता घर से बाहर निकल गया। पापा खुद को ही कोसने लगे, "लड़का भीख भी माँगेगा तो हाथी पर चढ़कर। धन्य भाग मेरे !" माँ चुप थी, जैसे इस घटनाचक्र में उसका हस्तक्षेप सम्भव ही नहीं हो।

राजा भाई का विरोध बेलगाम होता गया। देर रात के अँधेरे में घर लौटना, माँ का पटले पर बैठकर ऊँघना, हर खटके पर चौंककर दरवाज़े की कुंडी खोल देना, सुनसान रातों में पैरों की आहटें टोहना और दोबारा घुटनों में सिर दिए इन्तज़ार करना ! कैसी तो एक मुकम्मल इन्तज़ार बन गई माँ ! उन्हीं दिनों पापा की जेब से रुपए गायब होने लगे। पहले दस-बीस, तीस। जिस दिन सौ का नोट जेब से गायब हो गया, पापा ने राजा भाई का गला पकड़ लिया। "मेरी जेब से रुपए किसने निकाले ?"

राजा भाई की चुप्पी ढीठ हो गई थी। भारी झपकती पलकें खुल नहीं पा रही थीं। पूरे वजूद पर गुनूदगी तारी थी।

पापा भरे बैठे थे। कल ही राधेश्याम त्रिछल ने बड़ी संजीदगी से राजा भाई के लिए चिन्ता दिखाई थी, "कि आज राजा भाई अमरीश टॉकी में मिला। कि राजा अलफतह के असद अहमद के साथ बंड पर घूम रहा था, कि आप क्या बेटे को मना नहीं करते ? आखिर इन तौसफी बदमाशों की सोहबत पूरे खानदान को मुसीबत में डाल सकती है। वह अमीने अदालत (ड्राफ्ट्समैन) का किस्सा भूल गए क्या ? शामलाल दर का, भई ! इन अलफतहवालों ने ही, आरमी पोंशाकें पहन उसे धर दबोचा था। कसूर

क्या था बेचारे का ? जाने किस बात पर चिढ़ रहे थे। पूछा, 'भारत की ज़बान तो हिन्दी है, तुम उर्दू में क्यों लिखते हो ?' दरसाहब सीधा आदमी, बोला, 'हम तो डोगरा राज्य से ही उर्दू ज़बान में काम करते आए हैं।' अब यह तो कोई कसूर न हुआ। समझिए, खुशकिस्मत था, बच गया। अलफतहवाले पकड़े तो गए, पर थानेवालों ने थोड़ी पूछताछ कर बरी कर दिया। इन बदमाशों से तो पुलिस भी डरती है।''

पापा राधेश्याम को कोर्ट करते, राजा भाई पर धौल-मुक्के चलाते रहे, ''इन्हीं दोस्तों के लिए तुम चोरी करते हो ? नशा करते हो ? बोलो ? अब साँप क्यों सूँघ गया ?''

राजा भाई न हाँ बोले, न ना !

पापा ने हुक्के की नय उठाई। माँ ने लपककर पापा को रोकने की कोशिश की। कादिर जू भाई के ऊपर लिहाफ की तरह फैल गए।

''नहीं बाबू जी, आपको खुदा का वास्ता !''

पापा आग की लपट बन गए थे, माँ और कादर जू को एक तरफ धकेल बेटे पर टूट पड़े, ''यह लड़का, कृष्ण जू कौल का पोता, बाप की तरह मजूरी नहीं करेगा, तो क्या चोरी करेगा ? न डॉक्टर बनेगा, न इंजीनियर, चपरासी भी नहीं, चोर और जुआरी बनेगा। डुबो देगा सात पुश्त खानदान की। ऐसे बेटे का मुँह देखूँगा मैं ?''

पापा की नय का भरपूर वार राजा भाई की पीठ पर पड़ा, और राजा भाई की चीख निकल गई, ''ओ माँ ऽऽऽ ! मर गया।''

अजीब स्यापे की रात थी वह रात। किसकी मौत हो गई थी ? विश्वासों की, उम्मीदों की, या घर की बची-खुची चहक की ? उस रात घर में खाना नहीं बना। घर के कोनों-अन्तरों में जाने कौन कहाँ दुबक गया।

कादर जू के कहने पर मैंने उठकर दूध गरम कर राजा भाई को दिया। भाई की आँखें लाल थीं। सूखी और सख़्त। उसने हाथ से 'रख दो' का इशारा किया। मुझे उसकी दहशतभरी आँखों से डर लगा। तिपाई पर गिलास रख मैं उल्टे पैर लौट आई।

पापा के पास गई तो निचुड़ी सूरत लिए वे मुझे देखते रहे, ''भाई को कुछ खिलाया ?''

''हाँ,'' मैंने सिर हिलाकर हामी भरी।

''माँ को ? कादिर भी भूखा होगा। बब्बू कहाँ है ?''

बबू सहमा-सिकुड़ा, बक्सों-बिस्तरों से अटे कोने में दुबका सो रहा था। उसकी देह से रह-रहकर सिसकियाँ उठ रही थीं।

यही पापा की कमज़ोरी थी। गुस्से में हलाक भी कर दें, पर होश में लौटते ही अपने किए पर सिर धुनने लगते।

''क्या मैंने बहुत उम्मीदें रखीं तुम लोगों से ? बहुत ज्यादती की ? मैंने तो इतना ही चाहा कि जो मैं न कर पाया, मेरे बच्चे कर लें। बस इतना ही तो।''

यह चाहना ही तो सभी खुराफातों की जड़ है। पापा समझ तो गए, पर तब तक

बहुत देर हो चुकी थी।

उस रात सुंते सन्नाटे के बीच कुत्तों के रोने की आवाज़ से मैं जाग गई, तो कमरे के नीम अँधेरे में छाया-सी डोली। मैंने साँस रोककर देखा, क्या पापा राजा भाई के कमरे से लौट रहे थे ? कुछ कहने ? या पीठ का निशान देखने ? बिल्ली के पाँव माँ रसोई में गई, अब लौटी, पौने पर कटोरी जैसा कुछ लिए। गरम तेल ? नहीं, राजा भाई के कमरे से दबी-दबी आवाज़ें आती रहीं, आह-ऊह, नहीं ऽऽऽ !

रोने से मेरी पलकें भारी हो रही थीं। माँ कब लौट आई, पता नहीं चला।

सुबह खिड़की की जाली से घुसी धूप की किरणों ने छुआ या माँ के लयबद्ध विलाप ने कानों पर दस्तक दी, कि मैं चौंककर जाग पड़ी। पता चला, राजा भाई कमरे से ही नहीं, घर से भी गायब है।

पापा अपराधी से बैठे माँ के बैन सुनते रहे। हारा हुआ सिपाही कटघरे में खड़ा था।

"दस साल बाद। पूरे दस साल बाद इस जली कोख का शाप टला। अभी तो मनौतियों की गाँठें भी पूरी खोल नहीं पाई और तुमने, तुमने सर्वनाश कर डाला। कसाई भी बकरे पर छुरी चलाता है तो खुदा का नाम लेता है। तुमने बेदर्दी से मेरे बच्चे की पीठ छील दी। ऐसा बेपीर बाप होगा कोई इस संसार में ? क्या करूँगी अब ? कहाँ ढूँढूँगी अपने कलेजे के टुकड़े को ? अब चुप क्यों बैठे हो ? थोड़ा संखिया लाकर क्यों नहीं देते मुझे...?"

पापा कुछ देर माँ को सुनते रहे, फिर डाँटकर चुप करा दिया। फिरन के ऊपर कम्बल लपेटा और घर से निकल पड़े।

पापा राजा भाई को खोजने, मनाने, अपने किए की माफी माँगने घर से निकल पड़े। उस राजा बेटे को, कल जिसका मुँह भी न देखने का कौल किया था।

पापा पागलों की तरह सड़कें मापने लगे। थाने के चक्कर काटते रहे। अमरीका टॉकी, प्लेडियम, नीलम टॉकी के बाहर उमड़ आती भीड़ में उचक-उचक देखते रहे। अहदू होटल, पंजाबी ढाबे, गणेश मंदिर, जामा मस्जिद, निशात, शालामार दोस्त-नातेदारों के घरों में ढूँढ़ते रहे। आखिर जाएगा कहाँ ? जम्मू से बाहर कभी कदम भी नहीं रखा।

अनन्तनाग से मामा आए, मातायी के गाँव से हलधर मामा। शिवनाथ, केशवनाथ और रहमान जू ने भी तलाश की। आखिर, गया कहाँ ? जम्मू से राजदुलारी ने फोन पर सूचना दी, "एक बार मेरे पास आया था। दाढ़ी बढ़ा ली थी। मुझसे कहा, 'बंबई जा रहा हूँ, तेजे के भाई ने फिल्म में काम दिलाने का वादा किया है।' "

पापा बंबई चले गए। हाथ में राजा भाई के फोटो लेकर अजनबी बाज़ारों, गलियों, स्लम्ज़ और जुहू बीच की भीड़ में उस दुलारे बच्चे को ढूँढ़ते रहे, जिसे पिता ने दुर्गम बीहड़ रास्तों पर इसलिए भेजना चाहा, कि वह घर-खानदान और अपने लिए खुशहाली की चिड़िया ले आए। पापा दोषी थे।

थक-हारकर पापा, महीनाभर बाद बंबई से लौटे। तेजे के भाई ने एक-दो थानों

में हुलिया बताया, फोटो दिखाकर 'मिसिंग' रिपोर्ट लिखाई, लेकिन महानगर में नन्ही मछली कहाँ ढूँढ़ में आती ? खासकर तब, जब तेजे के भाई ने न उसे बुलाया था, और न देखा ही।

एक महीने में ही पापा के गालों की हड्डियाँ उभर आई थीं। उम्र में अचानक बीस साल जुड़ गए थे।

माँ ने राजा भाई के बारे में जानना चाहा तो पापा फट पड़े, "हरामज़ादी, मालज़ाद, शिकललदी..."

हम हतप्रभ ! यह पापा को क्या हुआ ? ये जो माँ को 'इन्द्राणी', 'हूर परी', 'बेगम साहिबा' कहकर पुकारते थे, अचानक रंडी और वेश्या का खिताब किस अपराध के लिए दे गए ?

पापा का दिमागी सन्तुलन बिगड़ने लगा। सोचती हूँ, पापा परमेश्वरी किस्से के दंगों में मारे न जाते, तो भी क्या वे सचमुच ज़िन्दा थे ? एक हारा, टूटा हुआ पिता, बेटे को खोने का अपराधी ! अपनी ही महत्त्वाकांक्षाओं की बलि चढ़ गए हमारे पापा।

माँ के ज़ेहन में बेटे की करुण चीख अटक गई थी। "ओ माँ ऽऽऽऽ !...मर गया।" वह किसी का रोना सुनती, तो बावली हो जाती, "राजा मुझे याद कर रहा होगा। हे भगवान ! मेरे राजा को लौटा दे। हे महागणपति ! मेरे बच्चे की रक्षा कर..."

"पागल हो जाएगी राँड़ !" पापा खामखाह माँ को गलियाने लगते। या शायद अपनी असहायता, भीतर-बाहर की विवशता या आत्मा की कोंच उन्हें धिक्कारती रहती और वे कुछ न कह पाने की वजह से चीखते-चिल्लाते। किसको सफाई देते पापा ? अपना कटा-घटा कलेजा कैसे दिखाते ?

राजा भाई पापा की मृत्यु पर भी नहीं लौटा। लोगों ने निष्कर्ष निकाला। पता नहीं कहाँ मर-खप गया। घर के कोने-अन्तरे में राजा भाई की यादें स्थिर हो गईं। राजा भाई का स्कूल बैग, हैंगरों पर लटके कमीज़-पतलून, ताखे पर रखी राजा भाई की लाल कंघी...

सोचती हूँ, राजा भाई लौट आते, तो क्या पापा उसे क्षमा कर गले न लगाते ? हो सकता था कि राजा भाई लौटकर अपनी पढ़ाई पूरी करने में जीजान से जुट जाते, कुछ बनकर दिखाते, या गोपी मुंशी से कुछ ट्रेनिंग लेकर अपना कारोबार जमा लेते और एक दिन 'हार्डवेयर किंग' कहलाते। वज़ीर बाग, जम्मू में कोठियाँ बनवाते। माँ खुड्डे वाले खुले पाखाने की जगह, इंगलिश सिस्टमवाला डब्ल्यू सी इस्तेमाल करती। बदबू से बचने के लिए उसे मुँह पर कपड़ा न बाँधना पड़ता। आखिर सपने तो राजा भाई ने भी देखे होंगे ?

लेकिन यह भी तो हो सकता था कि किसी चोरी-चकारी के इलज़ाम में गिरफ्तार कर पुलिस उसे शिनाख्त के लिए पापा के पास ले आती और पापा, प्यारे कौल की तरह, खानदान की नाक बचाने की खातिर बेटे को पहचानने से ही इनकार कर देते।

होने को क्या नहीं हो सकता था ? अनिल वली की तरह राजा भाई अफीम

खाकर जान भी दे सकता था।

जो हुआ और जो हो सकता था, उसकी वजहें हमारी ही सोच में थीं। हमारी पारम्परिक सोच में, हमारी खानदानी नाक में, जिसका ख़ामियाज़ा हमें भुगतना था। इससे निजात कहाँ थी ?

दंगों में कटा-फटा चेहरा लिए, पापा ने आखिरी बार खोजती आँखों से चौतरफ देखा। भूरी आँखों में बुझती उम्मीद की आखिरी कौंध हम सबने चिरते कलेजे से महसूस की। मुँह में गंगाजल देते बब्बू में क्या उन्हें राजा भाई दिखा ? मुझे क्यों लगा, कि पापा की आँख की जख्मी कोर पर जमे खून के थक्के में आँसू मिले हुए थे ?

मैं भी डॉक्टर कहाँ बनी ! इंटर में बायोलोजी में अच्छे नम्बर आए, पर पापा परिणाम घोषित होने से पहले ही चले गए।

पापा का जाना कई हादसों का एक साथ घट जाना था। यों हादसों से हमारे घर को मुक्ति ही कब मिली थी ? एक तरफ घर में मातमदारी, दूसरी तरफ कश्मीर हिन्दू एक्शन कमेटी के सदस्यों की पूछताछ और सलाह-मशविरे। हिन्दू एक्शन कमेटी पूरे समाज के लिए न्याय चाहती थी। हमारी तो दुनिया ही उजड़ गई थी। लेकिन एक्शन कमेटी की सहानुभूति के कारण, पुलिस हमारे घर के आसपास डोलने लगी थी। दोनों तरफ हम परेशान थे।

एक्शन कमेटीवाले लेजिस्लेटिव कौंसल के चेयरमैन पंडित शिवनारायण फोतेदार के पास न्याय की माँग लेकर गए। दंगों में मारे गए हिन्दुओं की अर्थियों पर दंगाइयों ने पत्थर बरसाए थे। रैनाबारी के हृदयनाथ मट्टू को दफ्तर से घर लौटते, नावपोरा में गुंडों ने धर दबोचा। गोपीनाथ हंडू, अवतार कृष्ण खुशू। कितने तो इस दंगे में बेमौत मारे गए। लेकिन फोतेदार साहब कुछ न कर पाए। सुना, कुछ कांग्रेस सदस्यों ने उन्हें इस मामले में न पड़ने की चेतावनी दी थी। कांग्रेस प्रेज़ीडेंट सैयद मीर कासिम ने विधानसभा में यहाँ तक कहा, कि 'राज्य सिर्फ हब्बाकदल या राजेन्द्र बाज़ार ही नहीं है।' यानी कि सब कुशल-मंगल है। ज़ोर-ज़बरदस्ती कहीं नहीं हुई।

कुछ तौसफियों ने, राज्य सरकार के रवैये से शह पाकर गृहमन्त्री वाई.बी. चव्हान को, 'ज़िम्मेदार मुसलमान बाशिन्दों की तरफ से', एक ज्ञापन दिया कि 'वादी के हिन्दू, मुसलमानों का नामोनिशान मिटाना चाहते हैं।'

अजीब स्थिति थी। मुट्ठीभर अल्पसंख्यकों की पुकार बहुसंख्यकों के शोर में दब ही नहीं गई, बल्कि हिन्दुओं को दंगाई घोषित कर उनके घरों पर पुलिस के छापे पड़े। कहीं वे हथियार तो इकट्ठा नहीं कर रहे ?

एक बार वादी के हिन्दुओं को फिर विश्वास हो गया कि वे न अपने घर में और न अपने प्रदेश में ही सुरक्षित हैं।

इधर माँ बौरा गई थी। न रोती न विलाप करती। खाना-पीना छोड़, देर रात तक खिड़की पर बैठ, पापा के लौटने का इन्तज़ार करती। उसे विश्वास ही नहीं आता कि पापा मर गए हैं। घने कुहरे के बीच आँखें फाड़कर परछाइयों को घूरा करती, "देख

तो नीलू, वो तेरे पापा तो नहीं ? चाल तो उन्हीं की है, चेहरा नहीं दिख रहा। बब्बू बेटे ! जा मनाकर ले आ, गुस्सा होकर गए हैं।''

कभी खिड़की से हट जाती, तो पापा के चद्दर, तौलिए, कुरते धोने-पछीटने लगती। हम हैरान, क्या करें, कैसे समझाएँ माँ को ! नातेदारों को रोते देख, वह 'अपशकुन-अपशकुन' कहती हट जाती। कार्तिकेय जीजा ने जगह बदली की सलाह दी।

घर में पापा की यादों से घिरी वह उलझती ही जा रही थी।

मामा-मामी अनन्तनाग से आए। उन्होंने माँ को गोद में उठाकर गाड़ी में बिठा दिया। माँ खिड़की से हटती ही नहीं थी, ''नहीं, नहीं, वह ठंड में गए हैं, राजा को ढूँढ़ने। आएँगे तो काँगड़ी तापकर कौन देगा ? गरम कहवा बनाकर कौन पिलाएगा ? तुम लोग समझते क्यों नहीं ?''

मामा-मामी ने कोशिशें कीं। नाना-नानी पहले ही गुज़र गए थे। मटन, पांद्रेठन, बिजबिहारा के आसपास के मन्दिरों में बब्बू से श्राद्ध-तर्पण करवाए। माँ के हाथों से ब्राह्मणों को दान-दक्षिणा दिलाई। शायद माँ मान जाए कि पापा नहीं रहे। पर माँ जैसे किसी अजनबी की क्रिया में शामिल हो रही थी। या वहाँ होकर भी कहीं और थी। उसकी खुश्क आँखों में बेअन्त इन्तज़ार जैसे स्थिर हो गया हो।

सफापोर से माँ के ममेरे भाई हलधर मामा जी आकर हम सबको अपने साथ ले गए। माँ हलधर मामा को बहुत मानती रही है। ''कहाँ ?'' माँ ने आँख उठाकर पूछा।

''मातायी के गाँव चलेंगे।'' हलधर मामा ने जैसे किसी बच्ची को पुचकारा, ''चलेंगे न ?'' माँ चुपचाप साथ हो ली।

तील साल पहले गुज़र चुकी मातायी का बड़ा लड़का राम जू भी अब नहीं रहा। उनके दोनों भाई कृष्णा जू और नारायण जू अपने-अपने बेटों के पास दिल्ली, बंबई में बस गए हैं। गाँव भी काफी कुछ बदल गया है। सुना है, मातायी की चौमंज़िली इमारत, जो कभी गाँव में ठसके से खड़ी थी, कई ईर्ष्यालुओं की आँख की किरकिरी बन गई थी। कबाइली हमले के वक्त, जब वह इमारत रातोंरात जला दी गई, रामचन्द्र के परिवार को समद जू ने धान-कुठार में घास के पूलों से ढककर छिपा दिया था। समद जू ने मातायी का ऋण चुका दिया और रामचन्द्र को उम्रभर के लिए ऋणी बना दिया। रामचन्द्र ने जले हुए घर के मलबे से एक छोटा-सा घर खड़ा कर दिया। समद जू के रहते वे गाँव कैसे छोड़ सकते थे ?

अब उस छोटे से घर में राम जू का बड़ा बेटा हलधर मामा अपनी पत्नी पिट्टी मामी के साथ रहता है। बड़की मामी के पास दो गायें हैं, लल्ली और सुन्दरी। छोटा-सा खेत और फलों का बगीचा है, जिसमें अखरोट और नाशपातियों के पेड़ हैं। पिट्टी मामी की कोशिशों से ही माँ हमें वापस मिल गई। उसने माँ के बचपन की यादें ज़िन्दा कर दीं। सखियों के जमघट जुटाए। आलूचे के पेड़ के नीचे दरी बिछाकर हमने नमक-काली मिर्च मिले खट्ठे-मिट्ठे आलूचे खाए। भुट्टे के खेत से, नरम-नरम भुट्टे तोड़ पिट्टी मामी ने कोयलों पर भून दिए, तो माँ ने चाकू से हरे अखरोट गोदकर गिरियाँ

निकालीं। मामी ने माँ को चावल के सोंधे फुल्के बनाकर खिलाए। माँ पिट्टी मामी के साथ सहज होती गई। अहद बांडे की बीवी कतिजी ने, माँ के सामने सुई से बिल्ली के कान छेदे, तो माँ अचानक चीख पड़ी, "क्या कर रही हो, कतिजदेदी ?" कतिजी ने गहरी नज़र से माँ को देखा। बचपन में माँ बिल्लियों के कान में चाँदी के गहने पहनाया करती थी, पर बिल्ली के चीखने की आवाज़ सह नहीं पाती थी।

माँ के भीतर कोई हलचल होने लगी, जब कतिजी ने बिल्ली, माँ को थमाते आदेश-सा दिया, "लो इन्द्राणी। अब इसे कनवाजियाँ पहना दो। मैंने तो कनछेदन कर दिया।"

"इन्द्राणी !" माँ के होंठ हिले, उसने चौतरफ देखा। पापा का लाड़भरा सम्बोधन ! मैंने चाँदी की कनवाजियाँ माँ की तरफ बढ़ाईं और रो पड़ी ! माँ के भीतर आवेग का तूफान-सा उठा। पता नहीं, 'इन्द्राणी' सम्बोधन से पापा ने पुकारा, या बिल्ली की पहचानी चीख से एक खोई पहचान लौट आई ? अपने भीतर का कोई खोया अहसास चिलक उठा। माँ ने मुझे कलेजे से लगा लिया। उसका रुका हुआ बाँध ढहने लगा। हलधर मामा ने आँखें पोंछ दीं और पिट्टी मामी बेआवाज़ रोती रही। उस रोने ने हमारे सीने से मनभर बोझ हटा दिया।

दो दिन माँ की सिसकियाँ नहीं रुकीं। तीसरी सुबह वह नहा-धोकर आई और हलधर मामा से बस अड्डे पहुँचाने का आग्रह किया, "घर छोड़े बहुत दिन हो गए भैया ! अब मुझे लौटना चाहिए।"

उस वक्त आँसुओं ने माँ की आँखों में ठहरे उजाड़ इन्तज़ार को आर्द्र कर दिया था।

माँ थोड़ा सँभली तो कात्या दीदी ने मेडिकल सीट के लिए अप्लाई करने का सुझाव दिया, "तुम्हारे नम्बर काफी अच्छे हैं। सीट न मिले तो 'रिट' कर देंगे। लोन के लिए भी दरखास्त देंगे।"

पाँचेक वर्षों की लम्बी पढ़ाई। बड़ा खर्चा। लोन यों तो कोटे के मुताबिक पंडित लड़की को मुश्किल से ही मिलेगा, क्योंकि पंडित लड़की दरिद्र बेसहारा परिवार में पीच खाकर भी जिए, तब भी वह न बैकवर्ड सेक्शन में आएगी न शिड्यूल कास्ट में। बटा है, तो ज़रूरतमन्द कैसा ? मकबूल साहब कहते हैं, " 'बटा' गरीब हो ही नहीं सकता। इन्होंने हम पर सदियों राज्य किया है। वही, बेचारे भेड़ की कथा। 'तुमने न सही, तुम्हारे बाप ने मुझे गाली दी थी, इसलिए तुम्हें बलि चढ़ना ही होगा।' "

फिर पाँच वर्ष घर का क्या होगा ? बब्बू की पढ़ाई पूरी कैसे होगी ? मैंने नर्सिंग ट्रेनिंग में डिप्लोमा कोर्स किया। लल्ली बुआ, भोभाजी और कात्या दीदी की शुक्रगुज़ार रही, पर अहसानों का बोझ कहाँ तक ढो लेती ?

डॉक्टर दीदी ने अपने अस्पताल में नौकरी दी। बिना अहसान जताए शॉर्ट ट्रेनिंग कोर्सिस लेने की सुविधा दी। ऑपरेशन के वक्त मुझे अपने साथ रखतीं। तीनेक वर्षों में ही मैं अस्पताल के लिए ज़रूरी हो गई।

चाहती थी, बब्बू को इंजीनियरिंग कराऊँ, पर बब्बू ने बी.काम कर बैंक में नौकरी करना पसन्द किया। अपने ही बूते इंटरव्यू में सफल हो गया। उसका भी तो आत्मसम्मान जाग गया था। बहन ने डॉक्टर बनने की सम्भावना भी नहीं टटोली, तो भाई अपने सपनों की पतंग, हवा में कितनी ऊँची उड़ाएगा ?

मुझे लगा, मेरी हार हो गई। बब्बू जैसे क्षमायाचना करने लगा, "एम.ए. प्राइवेट कर लूँगा दीदी, पढ़ाई बन्द थोड़े कर रहा हूँ ? तुम कहाँ तक अकेली घर के लिए खटकी रहोगी ?"

माँ सिलाई मशीन पर कपड़े सीती है, छिप-छिपकर।

"दिन नहीं कटता नीलू। क्या करूँ ? बैठे-बैठे घर के ही कपड़े सी लूँ।" लेकिन दरवाज़े पर किसी के आने की आहट होती है, तो मशीन को चादर से ढक देती है। उसे डर है कि मुहल्लेवाले मशीन चलाते देख लेंगे, तो दर्ज़िन का खिताब देंगे। अपने ब्राह्मणसमाज में दर्ज़ी, नानबाई, रसोइयों से कौन खानदानी रिश्ता करता है ?

माँ के ज़ेहन के किसी कोने में भावी दामाद उदय बैठा है।

"माँ ! हम जो हैं, जैसे हैं, ठीक हैं। इसमें किसी से कुछ भी छिपाने की ज़रूरत नहीं।"

माँ के माथे पर हल्के बल पड़ते हैं। वह दिखाना नहीं चाहती, पर वे दिख जाते हैं। तमाम भ्रम टूटने के बाद भी माँ, पता नहीं किस करामात के घटने का इन्तज़ार कर रही है !

"तेरे पापा उदय को बहुत पसन्द करते थे।" उसका लहजा सर्द है। "उदय जुत्शी की माँ, राजरानी ने सगाई की बात भी की थी..."

उदय मुझे भी बेहद पसन्द था। हम दोनों तब किशोर थे। किशोरों को सपने देखना अच्छा लगता है। हम लोग कहीं एकान्त में मिलते तो उदय शुरू हो जाता—"नीलू, मैं इंजीनियर बनूँगा, तुम डॉक्टर बनना ! मेरे पापा मुझे एम.एस. कराने विदेश भेजना चाहते हैं। तुम मेरा इन्तज़ार करोगी न ?"

"तुम शेखचिल्ली हो।" मैं चिढ़ाती, "पहले दूध बेचो, ढेर-सी बकरियाँ खरीदो, फिर उनका ऊन बेचकर खूब पैसा कमाओ, तब उन रुपयों से महल-दुमहले बनाओ..."

"फिर ? फिर क्या करूँ ?" उदय अपने और मेरे बारे में सुनना चाहता।

"फिर क्या ? सिर मत हिलाना। कहीं दूध की मटकी गिर गई तो सभी योजनाएँ धरी रह जाएँगी। फिर मुझे दोष मत देना।"

"मैं दोनों हाथों से मटकी को कसकर पकड़े रहूँगा। देख लेना। कहीं तुम ही मुकर न जाना, मेरी नीलमाल परी।"

सोलह साल की उम्र। धूप पहाड़ों के बर्फीले सीने में घुसकर गुनगुने आबशार बहाया करती। हम खयालों में ही हनीमून से लेकर, 'दो या तीन बच्चे, लगते हैं घर में अच्छे,' वाले स्लोगन को ध्यान में रख, बच्चों के प्लान भी बना लेते। उदय, नीलू ! बच्चों के नाम ? 'नमिता, निशिगंधा, नयना'। नहीं, 'उदित, उल्लास, उशीनर...'

लेकिन कथा के ग्वाले ने सिर हिलाया और मटकी टूट गई। मिट्टी की थी न ! उदय ने चंडीगढ़ युनिवर्सिटी से इंजीनियरिंग की। उन दिनों मध्यम वर्ग के पंडित, बेटों को इंजीनियर और बेटियों को डॉक्टर देखने के स्वप्न बुना करते थे। स्वप्न देखने में क्या हर्ज ? लेकिन तब तक मैं नर्स बन चुकी थी। जुत्शी साहब ने बेटे से तुर्श-सा सवाल किया, "दाई से शादी करोगे ?"

उदय एम.एस. कर विदेश से लौटा। मुझसे मिला। वह बेहद निराश और थोड़ा दुखी भी हुआ, "तुमने भावुकता में अपना कैरियर बिगाड़ दिया। अब भी चाहो तो..."

लेकिन मैंने वह नहीं चाहा, जो दूसरे मुझसे चाहते थे। पापा की चाहनाओं ने मुझे यही सिखाया था। काश ! उदय अपनी पुरानी चाहना के नाते, मुझे अपने लिए माँगता। उसने तो डॉक्टर की चाहना की, नीलू की नहीं। अब तो वह 'फॉरेन रिटर्न्ड' भी था।

मैंने उदय की सहेजी स्मृतियाँ उसे लौटा दीं, और अपने खर-पतवार भरे घर-आँगन को बुहारने में लग गई।

घर में अजीब-सी बू फैल रही है। ज़ख्मों-नासूरों की पीपभरी गन्ध ! सुलवातुल (भंगी) का लड़का गुले से गुल मुहम्मद हो गया है। रोज़ पाखाना साफ करने नहीं आता। माँ ज़माने को कोसती है। कितनी बदबू है ? पहले दिन में दो बार टट्टियाँ धुलती थीं। अब भंगियों का मिजाज़ भी आसमान छूने लगा है। कलियुग और क्या ? पहले यही लोग ठंडे साग-भात के लिए कटोरा ले-लेकर दरवाज़े से बाहर खड़े रहते थे और टुकड़ा भर सालन के लिए हज़ार दुआएँ दे जाते थे। अब आँख में आँख डालकर बात करते हैं। सरकार ने भी तो इनका दिमाग खराब कर दिया है। पहले सिर पर मैला ढोते थे, अब हाथगाड़ियाँ मिल गई हैं। रुतबा बड़ा है। कुछ कहो, तो दस फरमान सुनाते हैं, "पाखाने में राख डाला करो। पीपे में पानी भरकर रखा करो, यह करो, वह करो..." अरे, ये काम हम करें तो फिर तू क्या करेगा ?

माँ के सोच में समय सदियों पीछे रुक गया है। कृष्ण जू कौल के समय से भी सदियों पीछे, वहीं कहीं, जहाँ शूद्रों के वेदपाठ सुनने के अपराध में, उनके कानों में पिघला सीसा डालने का दंड-विधान था।

घर का नौकर कादर जू अब बूढ़ा हो गया है। बीस सालों से घर को कन्धों पर उठाए बैठा है। उसके बच्चे छोटे-मोटे धन्धे करने लगे हैं। अब बटों की चाकरी करना उन्हें अपमान लगता है। वह गुले को 'गुलसाबा' कहकर मनाता है, "गुलसाबा, मेहरबानी करो, मैं पानी डालता हूँ।'

कादर जू ज़माने के बदलाव को महसूस करके भी, घर छोड़ नहीं पाता। नौकर क्या, घर का सदस्य बन गया है वह। हमें गोद में खिलाया है, अब मुश्किल के दिनों में हमें अकेला कैसे छोड़ सकता है ? नमक का हक अदा कर रहा है या घर के 'अमार'[1]

1. मुहब्बत।

की वजह से घर छोड़कर जा नहीं पाता, यह शायद कादर जू भी नहीं जानता।

इधर एक अच्छी बात भी हुई, बब्बू को संगीता मिल गई। मास्टर कृपाराम कल्ला की तीसरी बेटी। बैंक में बब्बू के साथ ही नौकरी करती है। पुरोहित वर्ग की दुबली-पतली, साँवली-सी लड़की। पता नहीं कितने सम्भावित सास-ससुर, ननद-जेठ इस अधमरी-सी लड़की को बहू बनाने के इरादे से देखने आए और संगीता में रूपमती, हूरपरी न पाकर, खा-पीकर लौट गए। "आह ! पौने जैसा रंग। कोयले की कोठरी से निकल आई है, नौकरी है सो ठीक, पर हमें घर में कलूटों की पीढ़ी तो खड़ी नहीं करनी !"

नीलकंठ शिवशंकर के भक्त कृष्णवर्णियों को बहू के रूप में नहीं देख सकते। रंग गोरा नहीं, तो रूप कैसा ?

लेकिन बब्बू तो उसी दिन संगीता से बँध गया, जिस दिन ज़ीरो आँकड़े की गलती पर, मैनेजर की डाँट से घबराकर संगीता लेजर पर झुकी-झुकी रो रही थी। बब्बू ने देखा, संगीता रो रही है, मैनेजर गुस्सा हुआ तो उसकी नौकरी छूट सकती है, फिर उसका क्या होगा ?

बब्बू के भीतर कोई अनछुआ कोना पिघल आया, "रोओ मत, मैं हूँ न ! मुझसे कहो। अह ! एक ज़ीरो की भूल का इतना क्लेश ?"

बब्बू उन दिनों कविताएँ लिखने लगा था। उन कविताओं में मीठी चिलक थी। अकारण उदासी और दिल, जिगर, चाँद, मुहब्बत, प्रिया जैसे बब्बू के अभी तक अनकहे शब्द थे। मैंने टटोला, "बब्बू ! 'उसका' नाम क्या है ?"

बब्बू पहले शरमाया, फिर खुल गया। मुझे अच्छा लगा। रिश्तेदारी में कुछ अड़चनों के बावजूद बब्बू-संगीता की शादी हो गई।

माँ ने आशीर्वाद दिया और सभी तमाशे से अलग हो गई। उसे लगा, इस रिश्ते से कृष्ण जू कौल के पश्म के दुशाले में एक और टाट का पैबन्द लग गया। अब वह कन्यादान नहीं कर पाएगी। यानी गंगास्नान नहीं होगा, यानी इहलोक में भी नरक, परलोक में भी नरक।

राधा और बटनी बुआएँ मुझसे नाराज़ हैं, "अब तो बहू भी आ गई। आखिर कब करोगी शादी ? ऐसे तो उम्र निकल जाएगी..."

"बुआ ! चिन्ता न करो, मैं खुद ही किसी बूढ़े को ढूँढ़ लूँगी।"

मैं शायद तीखा बोलती लगी हूँ। माँ नाराज़ है। आखिर वे हमारे हमदर्द हैं। अस्पताल में भी मेरे हमदर्दों की कमी नहीं। "कब करेगी शादी नीलू ?" पता नहीं मेरे कुँआरेपन से उन्हें डर है या मेरी चिन्ता, कि बेबाप की लड़की कहीं बूढ़ी हो गई तो जन्म कुँआरी मरेगी।

बब्बू का तबादला जम्मू हो गया। संगीता के लिए भी कोशिश हो रही है। माँ मुझे छोड़कर कहीं नहीं जाना चाहती।

"ज़माना तो औरत को आँखों से लीलनेवाला, फिर अकेली जवान लड़की ?"

बुआएँ भी कम परेशान नहीं, "आग लगे ज़माने में ! आए दिन कोई न कोई

हादसा घटता है। वो, सत्थूवालों की शामा, दो दिन अपने बॉस के साथ हाउसबोट में रहकर आई। घरवालों को हवा भी न लगने दी।''

''नन्द कारिहलू ने सुबह हारी पर्वत से लौटते, दो जवान लड़कियों को सड़क पर पड़े देखा। नशे में धुत्त ! एक हिन्दू, एक मुसलमान। दोनों की जेबों से नोटों के बंडल निकले ! हे शम्भू ! अब प्रलय कब होगी ?''

मैं फट पड़ी, ''प्लीज़ बुआ ! यह सब सच्ची-झूठी यहाँ आकर न सुनाया करो। मुझे न कोई उठाकर ले जाएगा, न मैं ही कहीं भाग जाऊँगी। लड़कियाँ नौकरी करके घरबार चलाती हैं, चकलों पर नहीं बैठतीं।''

राधा बुआ नाराज़ होकर चली गईं, ''अच्छा सिला मिला, करो भला, हो बुरा।'' माँ ने दुपट्टे से आँखें पोंछ लीं, ''पता नहीं और कितना जियूँगी मैं ! क्या-क्या देखूँगी ?''

माँ अब मुझसे कुछ नहीं कहती। मैं ज़िद्दन बेटी, जाने क्या अंट-शंट जवाब दूँ, या राजा भाई की तरह क्या पता...?

मैं माँ को गले लगाती हूँ। कहना चाहती हूँ, 'तुम चिन्ता क्यों करती हो ? हमारे लिए सभी दरवाज़े बन्द नहीं हुए ! हुए भी तो क्या, हम नई खिड़कियाँ नहीं खोल सकते ? तुम और मैं, हम दो जनियाँ हैं न, एक-दूसरे को सँभालने-समेटने के लिए क्या इतना काफी नहीं ?'

लेकिन गले में कोई गोला-सा अटककर शब्दों को पीछे ठेल देता है। मैं कहना कुछ चाहती हूँ, कह कुछ और ही देती हूँ।

''माँ ! यहाँ खिड़की से हारी पर्वत देखो ! कितने देवी-देवता निवास करते हैं वहाँ ! घर बैठे हमें सभी के दर्शन हो जाते हैं। अगली इतवार को, माँ, हम चक्रेश्वर जाएँगे। लौटते में झील डल की सैर करेंगे, शिकारे में बैठकर ! तुम और मैं ! ठीक है न ? उधर से कोतरखान, सोनालांक भी जाएँगे, खिलवतरों पर खाना खाएँगे ! तुम बढ़िया कीमा बनाना, पराँठे में सेंक दूँगी...''

मेरे साथ माँ भी हारी पर्वत की तरफ नज़रें घुमाती है। मैं जानती हूँ, वह भी मेरी तरह न झील डल देखती है, न चक्रेश्वर मन्दिर। हम सिर्फ वह किले की ऊपरी चौकोर दीवार भर देखते हैं। किला यहाँ से आसमान की ओर फैला किसी याचक का मटमैला थाल-सा नज़र आता है, जिसके अन्दर के झाड़-झंखाड़, खाइयाँ-खन्दक, हम बहुत करीब से देख चुके हैं। अब उनसे हमें डर नहीं लगता। सिर्फ मायूसी होती है। आत्मा को दीमक की तरह चाटती मायूसी, कि जो होना था, वह क्यों न हुआ, और जो हुआ, क्या उसे रोकना हमारे वश में नहीं था ?

लेकिन माँ मेरा इरादा भी जानती है ! मैं खिड़की पर बैठकर, उसे हुए पर स्यापा नहीं करने दूँगी। हम धूप से नहाई झील पर नाव में सैर करने ज़रूर जाएँगे। आँधी आएगी तो नाव को सोना लेक के मज़बूत चिनार से बाँध देंगे। पापा ने मुझे चप्पू चलाना सिखाया है। माँ को मालूम है कि आँधियों से मुझे डर नहीं लगता।

# हुआ होता, जो होना था

गुलमर्ग की ऊँची-नीची पहाड़ियाँ, समतल चरागाह और तराइयाँ, बर्फ की चादर से ढक गई हैं। गोल्फ के मैदान, चीड़, देवदार, होटल, लॉज और बस्ती की झुकी छतों पर आसमान के धुनकर ने बोरे भर-भर रुई धुनक दी है।

स्कीइंग की ढलानों पर छह एक इंच की मोटी बर्फीली परत जम गई है, और बर्फ है कि अन्धाधुंध गिरती ही जा रही है।

''स्कीइंग करनेवालों के मज़े हैं साहब। क्या खूब बर्फ गिरी है ! इस बार विंटर स्पोर्ट्स खूब जमेगा। देसी अंग्रेज़ी खूब विज़िटर इधर आएँगे।''

अयूबा फिरन पर जमी बर्फ की फुहारें खुश होकर झटक रहा है। प्रेम जी बुखारी से तपे होटल के कमरे से ही, गुनगुनी रजाई ओढ़, खिड़की से गिरती बर्फ का नज़ारा देखना चाहते थे। ठंड है कि बर्फ की बर्छियाँ ? दसियों कपड़ों के भीतर घुसकर पसलियों में उतर जाती है। बर्फ छूने के अंदेशे भर से रीढ़ की हड्डी में ज़लज़ला आने लगता है। प्रेमजी को इलहाम हो जाता है कि वे जवान नहीं रहे।

लेकिन पंपोश, बुलबुल, धरा, नन्दन और उनके बच्चे पिंकी, चिन्टू, फर-जैकेट, ओवरकोट, कनटोपों, लांग बूटों से लैस अभियान के लिए तैयार हैं। आखिर वे स्कीइंग का मज़ा लेने आए हैं गुलमर्ग ! बूढ़ों की तरह कमरे में बैठकर, बर्फीले फाहों का गिरना देखने नहीं।

चार साल बाद नन्दन, धरा और बच्चों को साथ लेकर आया है, क्रिसमस की छुट्टियाँ भी थीं। प्रेमजी ने भी उन्हीं दिनों घर आने का प्रोग्राम बनाया। बच्चे कैसे अपनों से छिटककर एक-दूसरे के लिए अजनबी होते जा रहे हैं। कुछ दिन साथ रहेंगे तो हेलमेल बढ़ेगा। माँ के कथन से प्रेम सहमत होने लगा है कि तुम लोग सालों बाद मेहमानों की तरह मिलोगे, तो तुम्हारे बच्चे एक-दूसरे से अजनबी हो जाएँगे। क्या पता, किसी दिन आपस में ही शादियों के रिश्ते भी आने लगें...।

पंपोश, बुलबुल ने गुलमर्ग जाने की ज़िद की, तो नन्दन ने सुझाव भर दिया। ''क्यों न स्कीइंग का प्रोग्राम बनाएँ ? पिंकी स्केटिंग में भी माहिर है।'' शिवनाथ ने फोन करके वहाँ होटल भी बुक करवा लिया। सोमनाथ वकील टंगमर्ग में रहते हैं, वे बच्चों की सुविधाएँ देखेंगे।

अब सामने फैला गुलमर्ग है, बर्फ के कालीन बिछाए, आमन्त्रित करता। आओ

और लोट लगाओ।

लकड़ी के पतले-तिरछे पटरों पर पिंकी-चिन्टू लम्बे स्लोपों पर फिसल रहे हैं। छलाँगें लगाते बर्फ की बेदाग चादरों पर सलवटें डाल रहे हैं, कहीं धप्प से बर्फ फुहारों में उछलती है, कहीं किनारों की तरफ दौड़कर रास्ता छोड़ देती है।

पंपोश-देविका हाथ में हाथ डाले एहतियात से छोटे स्लोपों पर अटक-अटक फिसल रही हैं, बार-बार गिरतीं, बार-बार कपड़े झाड़ खड़ी होतीं, हँसती-किलकती अपने अनाड़ीपन पर शरमातीं।

हेल्पर अयूबा बुलबुल के साथ-साथ दौड़ रहा है। दो-तीन कमीज़ों के ऊपर, रुई डली सदरी, और उसके ऊपर कन्धों से झूल आए पट्टू के फिरन में दौड़ते हुए वह आँधी में हिलता बिजूका लग रहा है। पिंकी, चिन्टू घूम-घूमकर नृत्य की मुद्राएँ बना रहे हैं। आसपास ढुक आया सैलानियों का झुंड, अविश्वास और हसरतभरी नज़रों से देख रहा है। "कहाँ से सीखकर आए हैं ये बच्चे ? पाँव कैसे लय में थिरकते हैं ! खूब फर्राटेदार अंग्रेज़ी बोल रहे हैं। इधर के तो नहीं लगते।"

"कम ऑन पंपोश, फालो मी, इट्ज़ फन, ऊ ऽऽऽ हे ऽऽ य !" ब्रज की रफ्तार भी खूब सधी हुई। दूर से देखो तो कन्हैया लगता है। कद-काठी की वही उठान ! कन्हैया तो दीवाना था बर्फ का, "प्रेम भैया, स्नोमैन बनाएँगे। प्रेम भैया, शीन जंग खेलेंगे, प्रेम भैया, मुझे भी ले चलो न गुलमर्ग, मैं भी स्कीइंग करूँगा।"

कन्हैया नहीं रहा। प्रेम उदास हो जाता है। सबसे छोटा, सबसे होनहार। काल इतना क्रूर क्यों है ?

अयूबा खुश है कि इस बार खूब बर्फ गिरी है। "ज्यादा बर्फ, यानी ज्यादा विंटर स्पोर्ट्स, ज्यादा टूरिस्ट, यानी ज्यादा आमदनी। यानी गरम-गरम भात और टुकड़ा भर गोश्त भी। नया पट्टू का फिरन और लांग बूट, यानी अल्लाहताला की सीधी नज़र ! बबा ने वादा किया है, टूरिस्ट ज्यादा आएँ तो नया जूता ले आऊँगा।"

दौड़ते-भागते, बूट की उधड़ी सीवनों से बर्फ भीतर घुस आती है और मोजे गीले हो जाते हैं, गीले मोजे पहनो तो शूह से सुन्न पैर टीसने लगते हैं। अयूबा रुककर बूट झाड़ता है, तो बुलबुल की रफ्तार धीमी पड़ जाती है।

"क्या हुआ अयूबा, थक गए ?" बुलबुल को अयूबे से दोस्ती हो गई है।

"ना साब, दायाँ पैर थोड़ा दिक् कर रहा है, थकना कैसा ?" अयूबा बार-बार लड़कों से पूछता है, "अच्छा लगता है न साब, यह बर्फ का फिसलबंडा ?"

"बहोत ! इट्स वंडरफुल।" फर कैप के नीचे से बालों की दो-तीन लटें बुलबुल की आँखों तक झूल आई हैं।

"इधर बड़ा-बड़ा हीरो आता साब। बंबई से शूटिंग करने। शम्मी कपूर, सायरा बानो ! वो 'जंगली' फिल्म देखा साब ? उसमें हम भी हैं...। हमको पहचाना साब ? तब हम छोटा था साब।"

"देखा, देखा।" बुलबुल क्या कहे ? फिल्में देखकर ही तो गुलमर्ग में स्कीइंग

करने का भूत दिमाग पर सवार हो गया। नहीं तो जनवरी मास में बंबई से कश्मीर आने की तुर्क ही क्या थी ? हर साल तो गर्मियों की छुट्टियों में घर आते थे। मगर तब बर्फ के ये मज़े कहाँ ?

"या ऽऽ हू ऽऽऽ !" बुलबुल लम्बी छलाँग लगा शम्मी कपूरी हाँक लगाता है कि बर्फ में धँसी-फँसी दो खिलंदड़ियों से टकराता है।

"ऐ ऽऽ जंगली ! बिहेव युअरसेल्फ।"

लाल टोपवाली लड़की थोड़ी नाराज़ हो जाती है।

"सॉरी गर्ल्ज़ !" बुलबुल हँसकर माफी माँगता है। साथवाली लड़की अभयदान देती है, "ओ.के. कैरी आन, शम्मी कपूर की दुम !"

"थैंक्स।" बुलबुल मुड़-मुड़कर 'ओके' वाली लड़की को देखता है, क्या मीना कुमारी की-सी आँखें हैं ! अयूब की हँसी छलक जाती है–

"साब ! चुँ छुख शम्मी कपूर ह्यू लगान, बाखोदाय !"

पंपोश-देविका हँस-हँस दुहरी हुई जा रही हैं, "अयूबा ! इस जंगली के लिए कोई सायरा बानो ढूँढ़ लाओ। अभी मौका है...।"

दौड़ते-फिसलते, गिरते-सँभलते, लाल हुए गालों पर ठंडी बर्फ, छुआ-छुऔवल खेल रही है। टोपों पर बर्फ की झीनी परत जम गई है। बर्फ के फूल टहनियों से झर-झर, झर रहे हैं।

प्रेमजी दूर से लाल-नीले-सफेद ऊनी टोपों को ऊपर-नीचे जाते देखते हैं। हवा में रंग-बिरंगे गुब्बारे ज्यों छितर गए हों। ढलान से उतरते वो गुब्बारा दिखा कि पलक झपकते नज़र से ओझल। वाह, वाऊ, आह, धप्प ! युवा साँसें भाप बनकर ठिठुरे गुलमर्ग में पागल उफान भर रही हैं। उम्र की तासीरें।

प्रेम जी कुछ देर चुपचाप देखते रहे। पिंकी-चिन्टू सधे पैरों से बर्फ पर नाच रहे हैं, पर पंपोश, देविका और बुलबुल कछुवों की तरह रेंग रहे हैं। कॉलेज के दिनों प्रेम जी खिलनमर्ग, बाबा ऋषि, अलपत्थर, अफरबट कहाँ-कहाँ नहीं गए ? हाइकिंग, घुड़सवारी और माउंटिनियरिंग में तमगे पाए। और उनके बच्चे बर्फ पर यों अटक जाएँ कि जैसे पहली बार बर्फ देखी हो ?

प्रेमजी बच्चों को हैरत में डाल, अचानक स्कीज़ लेकर मैदान में कूद पड़े। पहले थोड़ा लड़खड़ाए, रुककर सँभले, और सर्र से साँप की तरह स्लोपों से होते हुए आँख ओझल हो गए।

"पापा ऽऽ," बुलबुल चिल्लाया। ब्रज भी थोड़ा घबरा गया। मामू भाई को तो आदत नहीं रही अब स्कीइंग की ! कहीं ढलान पर गिरकर चोट तो नहीं खा गए ?

प्रेमजी जल्दी ही अगले स्लोप पर नमूदार हो गए।

"घबरा गए तुम लोग ? अरे बच्चो, अभी रगों में जवानी का जोश बाकी है। कब से देख रहा हूँ, तुम लोग कछुवों की तरह रेंग रहे हो। मेरे बच्चे हो तुम, आओ तुम्हें सिखाते हैं, कैसे स्कीइंग की जाती है...।"

लड़के-लड़कियाँ प्रेमजी के साथ बारी-बारी फिसलती रहीं। खूब खुश, चहकते-हँसते। प्रेमजी को लगा, वे अचानक गए समय में लौट आए हैं।

"बारह हज़ार फीट की ऊँचाई पर स्थित, "लिल्ली व्हाइट शोल्डर' से गुलमर्ग तक की तीन मील की ढलान पर स्कीइंग की है मामू भैया ने !" ब्रज ने बच्चों को पापा के तमगों की याद दिलाई। प्रेमजी इतने मस्त हो गए कि ब्रज को रोकना पड़ा। "कहीं बच्चे ठंड खाकर बीमार न हो जाएँ। अब लौटना चाहिए, मामू भाई।"

बर्फ में लोट लगाने के बाद होटल फिरदौस का बुखारी से तपा गुनगुना कमरा बेहद सुकूनदेह लगा। कमरे में घुसकर बूट-कोट उतार लड़के-लड़कियाँ कम्बल-काँगड़ी ले बुखारी के इर्द-गिर्द गोल बनाकर बैठे, तो बैरा खुशबू के भपारे छोड़ता कहवेभरा समावार लेकर हाज़िर हो गया। प्रेमजी थोड़ा चकित और ज्यादा खुश हो गए।

"सर्विस तो आप लोगों की बड़ी अच्छी है। हम कमरे में आए नहीं कि कहवा हाज़िर।"

"साब ! मालिक ने भेजा है, वे आपसे मिलना चाहते हैं।"

"अभी !" प्रेम को लगा, सर्विस तो ठीक, पर मालिक इस तरह मिलने की जल्दी क्यों मचा रहे हैं। कोई खास वजह ?

"आने दीजिए, हर्ज क्या है। होटल मालिक आपके दोस्त रहे हैं।"

प्रेमजी को याद नहीं आया कि उनके कौन-से दोस्त होटल मालिक हैं, मगर अब उन्हें देखा तो चेहरे पर पहचान खिल उठी। लपककर गले मिले।

"एहसाना तुम ? तुम कब से होटल मालिक बन गए ?"

"यार ! तुम कलकत्ता, बंबईवाले हो गए, अब तुम्हें पुराने यारों की याद ही कहाँ रही ?" एहसान ने शिकायत की। प्रेमजी और एहसान मलिक कॉलेज के दिनों की यादें ताज़ी करते रहे तो लड़के-लड़कियाँ आश्चर्य से दो बुजुर्ग होते युवाओं को सुनते रहे। उन्होंने खाना कमरे में ही मँगवाया और बुखारी पर मूँगफलियाँ-मिशिरमकाय भूनते-टूँगते रहे।

एहसान मलिक ने बातों के दौरान बताया कि अब्बा हुजूर ने उसे एम.बी.ए. करने बंबई भेजा था। मगर खुदा ही जानता है कि वे दो साल उसने कैसे गुज़ारे। गर्मी और उमस के मारे हाल तो बेहाल हुआ ही, एहसान घर के साग-भात के लिए तरस गया। उधर का न पानी सुहाए, न खाना। भिंडी-टिंडे खाते मुँह का ज़ायका ही बिगड़ गया।

बुलबुल ने अधबीच ही टोककर कहा, "अंकल ! बंबई तो फिल्मी सितारों की नगरी है। उधर समुद्र है, जुहू बीच है, एलिफेंटा केव्ज़ और नेहरू प्लेनेटेरियम है, गेटवे ऑफ इंडिया के पास होटल ताज है...।"

"मगर बेटे, वहाँ न गुलमर्ग है न गुलमर्ग का होटल फिरदौस !"

एहसान ने मुँह कुछ ऐसे बनाया कि बुलबुल हँस पड़ा।

"सच यार ! अपनी वादी की आबोहवा कुल जहान में नहीं मिल सकती। मेरा भाई गोवा तक बिज़नेस के सिलसिले में जाता है, पर माह-दो माह रहकर अपने घर

लौट आता है। यार। मुझे समझ में नहीं आता, कि तुम उधर की धूल-उमस में कैसे रहते हो ? उधर न अपनी बोली-बानी, न अपना रहन-सहन ! रोटियाँ खाते तो मुझे खुश्की हो गई...। बाखुदा, अपना मुलुक तो जन्नत है। लौट आओ अपने घर दोस्त। अपनों में रहो, भले दो लुकमे कम खाओ।''

प्रेम जी और नन्दन जी सुनते रहे, ''सही कह रहे हो दोस्त ! अब की बाबा ऋषि के थान जाओ, तो हमारे लिए दुआ माँगना। यों अब हमारी रोज़ी-रोटी तो यहाँ से उठ ही गई समझो।''

बातचीत अचानक गम्भीर हो उठी। थोड़ी तल्ख भी। पिकनिक का मज़ा खराब क्यों करें ? सालों बाद मिले हैं। एहसान ने तुम्बकनारी और घड़ा मँगवा लिए। धरा ने चाबी के गुच्छे से घड़े पर थाप दी। एहसान ने तुम्बकनारी उठा ली ! प्रेमजी हारमोनियम अच्छा बजाते हैं। छकरी का समाँ बँध गया।

''बतिना यि दूरेर चोन ज़रय, बाल मरेयों,'' (ओ मेरे यार ! तेरी जुदाई सह न पाऊँगी, तुझसे दूर मैं मर जाऊँगी)

छकरी थम गई तो कमरा अचानक चुप हो गया। तभी गहराते अँधेरे से रोशनी की लकीर-सी बाँसुरी की तान उठी। कमरे ने ज्यों लम्बी आह भरी। शब्दों की अनुपस्थिति में, संगीत की धुन कमरे में हल्के पगों से घुँघरू बजाने लगी, दिन को छूती-सहलाती।

''कौन बाँसुरी बजा रहा है एहसाना, इस वक्त ?'' प्रेम ने जानना चाहा।

''गोजर है। मेरे यहाँ काम करता है।''

''बकरवाल ?''

''हाँ, यहाँ गुलमर्ग के जनूब की तरफ ग्यारह से तेरह हज़ार फीट की ऊँचाई पर गरजन ढोक है।''

''जहाँ छोटी-छोटी पाँच झीलें हैं, ज्यादातर जमी ही रहती हैं ?''

''हाँ, उधर गर्मियों में झीलों के आसपास बेंहद सुन्दर फूल खिलते हैं। खूब हरे चरागाह, जिन पर बकरवाल अपनी भेड़-बकरियाँ और भैंसें चराने जाते हैं। गए हैं हम वहाँ एक बार।''

''मगर उधर तो बस्तियाँ नहीं हैं...''

''उसके नीचे बच्छन ढोक है, वहाँ गूजर कोठे हैं। उधर ही थोड़ा नीचे अच्छन ढोक है। हमारा गूजर उधर का ही है। सर्दियों में चरागाह बर्फ से ढक जाते हैं तो बकरवाल नीचेवाले गाँवों की ओर उतरते हैं। यह लड़का पिछले तीनेक सालों से सर्दियों में मेरे पास काम करने आता है।''

''चुप्पा है, मगर कोई भी काम कहो, नटता नहीं। हाँ, शाम ढलते बाँसुरी ज़रूर बजाता है।''

''मजनूँ लगता है ? आवाज़ में दर्द है।''

''कुछ ऐसा ही समझो। किसी लड़की से इश्क है, पर शादी नहीं करता। इसे

डर है, शादी करूँगा तो लड़की की मौत हो जाएगी।''

''कमाल है ! ऐसा भी क्या डर एहसान भाई ? ये लोग तो बड़े जीवटवाले होते हैं।'' नन्दन को एहसान की बात सही नहीं लगी।

''जीवटवाले तो हैं, पर बड़े अन्धविश्वासी भी हैं।'' एहसान ने गोजर के हवाले से बच्छन ढोक के जमदयाल कबीलेवालों की कहानी सुनाई, जो हज़ारों साल पहले काफिरिस्तान से चलकर बच्छन ढोक पहुँच गए। उस वक्त वहाँ कोई पेड़-पौधा न था, बस, चरागाह ही चरागाह। एक सोलह साल की लड़की, तोरा भी बकरियाँ चराती वहाँ पहुँची और ज़बरदस्त तूफान से घिर गई। लड़की ने सच्चे दिल से 'राक्सू देवता' से मदद माँगी। तब अचानक लड़की ठोकर खाकर गिर पड़ी और सैकड़ों फुट हवा में उतरने पर एक घने पेड़ के साए में पहुँच गई। कथावाचक ने कहा कि वहाँ बड़ी अनोखी रौशनी थी। किसी दूसरी दुनिया का नूर। अगले दिन लोगों ने देखा, वहाँ शाह बलूत का पेड़ उगा है, जिस पर 'राक्सू' देवता की तस्वीर खुदी है। तोरा 'राक्सू' की पूजा करने लगी। कबीलेवालों ने वहाँ मन्दिर बना दिया।

सब ठीक-ठाक चल रहा था, पर अचानक एक दिन तोरा को एक अजनबी मिला, जिससे उसने मुहब्बत की। भरपूर मुहब्बत। अच्छन ढोकवालों को उनकी मुहब्बत रास न आई। क्योंकि तोरा देवता की पुजारन थी, उसे आदमी से प्यार करने की इजाज़त न थी। उन्होंने दोनों को मारकर गाड़ दिया। गोजर कहता है, आज भी उन दो प्रेमियों की कब्रें वहाँ हैं।

पंपोश को एहसान की कथा का अन्त अच्छा नहीं लगा, ''क्या कबीलों में यह सदियों पुराने कानून आज भी चलते हैं पापा ? जो पेड़ और पत्थर को देवता मान पूजा करे, वह हाड़-मांस के आदमी से प्यार नहीं कर सकती ? यह कुछ-कुछ देवदासियों जैसा किस्सा नहीं लगता ?''

''दिस एज़ एब्सर्ड पापा !''

''मगर इस कहानी का गोजर से क्या लेना-देना ?'' धरा समझी नहीं।

''दरअसल गोजर की माशूका भी खुदा की बन्दी है भाभी। गोजर को डर है कि वे शादी करें तो कहीं कबीलेवाले उसकी माशूका को भी मारकर गाड़ न दें। अपने लिए नहीं, पर लड़की के लिए फिक्रमन्द है।''

''वह कबीलेवालों को समझा नहीं सकता ?'' नन्दन को ताज्जुब है कि बाहर के लोग जल्दी ही चाँद पर बसने लगेंगे, और ये लोग पुराने रिवाज़ों की चौखटें तोड़ नहीं पाते।

''नन्दन भाई, बकरवाल, गोजर, गद्दी कबीलों के अपने कानून होते हैं। कई कबीलों के रीति-रिवाज़, भूत-प्रेत, ज़िन्दगी और मौत के बारे में ख्यालात, सुमेरियों और ईरानियों की पाक किताब जेंदावस्ता से मिलते हैं। ये लोग झाड़-फूँक, जादू-टोनों और जड़ी-बूटियों के इलाज पर यकीन करते हैं। घुमंतू हैं, मवेशियों को लेकर हरे चरागाहों की खोज में भटकते हैं। दूध क्लाड़ी, ऊन बेचने शहरों में ज़रूर जाते हैं। पर अपने

कानून साथ लेकर चलते हैं।''

''क्या सरकार इनके लिए कुछ नहीं सोचती ?''

नन्दन को शिकायत है कि हिन्दुस्तान करोड़ों रुपए जम्मू-कश्मीर सरकार को देता है, उनमें बकरवाल गोजर जैसे कबीलों के लिए भी योजनाएँ होनी चाहिए। इनके लिए स्कूलों, स्वास्थ्य सुविधाओं का भी प्रबन्ध होना चाहिए।

''अरे बिरादर, तुम स्कूल-कॉलेज की बात कर रहे हो ? सरकार बड़ी योजनाओं के नाम पर जंगल काट रही है, जिससे पहाड़ भुरभुरे होकर रपटने लगे हैं। इनके लिए चरागाहों की कमी तो हो ही रही है, उस पर इनके पहाड़ी कोठे भी पसियाँ गिरने से ढहने लगे हैं। यों ये सीधे-सादे मेहनती लोग हैं। दुनियावी दन्द-फन्द नहीं जानते, पर इनकी मुश्किलें भी कम नहीं। अल्लाह ही निगेहबान है।''

धरा को कॉलेज के ज़माने का वाकया याद आया, जो उसने एहसान मलिक को सुना दिया। कैसे एक बार गुलमर्ग से टंगमर्ग लौटते वह और उसके पापा, रास्ते में आँधी-ओलों के अन्धड़ से घिर गए थे। खोपड़ी पर बरसती ओलों की मार से बचने के लिए वे रास्ते में पहाड़ी के ऊपर बने छोटे से गूजर कोठे में घुस गए थे। कोठे के अन्दर नीम अँधेरे में आठेक जनों का परिवार लकड़ी के अलाव के आसपास घेरा बनाकर बैठा था। एक तरफ कुछ भैंसें बँधी थीं, दूसरी तरफ दो औरतें मक्की के डोडे पका रही थीं। वहाँ अजीब-सी चुप्पी छाई थी। लगता था, वे सब गूँगे हैं। भूरी दाढ़ीवाले लम्बे-ऊँचे एक गूजर ने ज़रा सरककर उन्हें अलाव के पास बैठने की जगह दी, पर कोई कुछ न बोला। धरा वहाँ बैठे-बैठे दहशत से भर गई थी कि कहीं वे लम्बे-चौड़े, सख्त चेहरोंवाले चुप्पे गूजर, अंधड़ का फायदा उठाकर उन्हें लूट न लें और काटकर खाई-खंदक में फेंक दें। बड़े रहस्यमय-से लगे थे वे।

लेकिन ओले थमने पर जब धरा के पापा ने गूजरों से शुक्रिया कहा तो उन्होंने सलाम में हाथ माथे से लगाए थे, गूजरी ने रोटी की तरफ इशारा कर खाकर जाने का निमन्त्रण दिया था। धरा को तब अफसोस हुआ कि वह अनजाने ही सीधे-सच्चे गूजरों को कातिल और हत्यारे समझ बैठी।

''इनकी ज़बान थोड़ी अलग है। आपको परदेसी समझ बैठे। इसी वजह से चुप्प रहे होंगे।''

रात देर तक कानों में गूजर की बाँसुरी दिल में हूक बनकर बजती रही। मजनू गूजर ! पंपोश उदास थी, कि मजनू गूजर को अपनी प्रेमिका नहीं मिल सकती।

गुनगुने माहौल में एहसान ने प्रेमिका की कहानियाँ छेड़ दीं। यूसुफ शाह चक और हब्बा खातून की कहानी !

''तुम्हें मालूम तो होगा प्रेम, कि गुलमर्ग, यूसुफ शाह चक और हब्बाखातून ने खोज निकाला था। बाद में अंग्रेज़ों ने इसे अपनी सैरगाह बनाया। गोल्फ, घुड़सवारी और माउंटेनियरिंग के लिए इधर आते रहे, पर ढूँढ़ निकाला यूसुफ ने। सुनते हैं, यूसुफ-हब्बा घूमने-फिरने के शौकीन थे। कुदरत के करिश्मे से खूबसूरत जगहों को ढूँढ़ते, वे दो प्रेमी

एक दिन यहाँ पहुँचे। यहाँ हब्बा खातून की टेकरी भी है। कभी इन बच्चों को दिखाएँगे।"

बच्चों के आग्रह पर एहसान ने शायरा हब्बा खातून की दर्दभरी कथा सुनाई। पांपोर के निकट, चंदहार गाँव में, अबदी राथर के घर जन्मी जून की कथा, जो पीड़ा के लम्बे दौर से गुज़रकर यूसुफ शाह चक की रानी बनी और हब्बा खातून कहलाई। यूसुफ शाह ने हब्बा से अज़हद मुहब्बत की, पर सुख ज्यादा देर उनके भाग्य में नहीं टिका। यूसुफ शाह राजा था, गृहकलह और षड्यन्त्रों के कारण हब्बा से दूर हो गया। सन् 1585 में, उसने मुगलों के आगे आत्मसमर्पण किया और दोबारा कश्मीर नहीं लौटा। हब्बा उसकी जुदाई में दीवानी हो गई। उसने मर्मान्तक विरहगीत रचे। पहाड़ और जंगल उन दर्दभरे गीतों से गूँज उठे, 'चु कमि सोन्यि म्यानि भ्रम दिथ न्यून खो, चे किहोज़ि गयि म्यॉन्य दुय...'[1]

हब्बा दीवानगी में यूसुफ शाह को ढूँढ़ते-ढूँढ़ते बसोक पहुँच गई और वहीं मर गई। बसोक में दो कब्रें साथ-साथ बनी हैं, हब्बा-यूसुफ की कब्रें।

"मुहब्बत करनेवालों की किस्मत में जुदाई ही लिखी होती है, भई।" एहसान ने निष्कर्ष निकाला।

"यह भी कोई अन्धविश्वास ही लगता है।" पंपोश के माथे पर हल्की त्योरियाँ झलक आईं। या शायद प्रेम जी को ही वे नज़र आईं।

"किस्से-कहानियाँ यही बताते हैं बेटी ! शीरीं-फरहाद, लैला-मजनू, बंबुर-लोलर...कोई भी किस्सा ले लो। इश्क, दर्दभरा अफसाना ही बन जाता है।"

"यह बंबुर-लोलर कौन ?" नए लड़के-लड़कियाँ 'बंबुर-लोलर' को नहीं जानते।

एहसान ने जितना सुना था, उस हिसाब से, पुराने ज़माने का दानी राजा बंबुर एक खूबसूरत औरत लोलर के प्रेम में गिरफ्तार हो गया।

"गिरफ्तार ?"

"यानी, दिवाना हो गया। बंबुर लोलर को पा नहीं सका क्योंकि लोलर उसके रिश्ते के भाई की पत्नी थी। समाज के कानून इसकी इजाज़त नहीं देते थे। पर इश्क कोई कायदा-कानून मानता है क्या ? राजा राज-काज छोड़ इश्क के जनून में जंगलों-पहाड़ों में भटकता रहा। लोलों-लोलों पुकारता रहा। उधर लोलर की हालत भी बुरी। वह प्यार ही क्या, जो दोनों को साथ लपेट न ले। नतीजन दोनों ने जुदाई के गम में अपनी जानें दे दीं।"

"ओ गॉड ! यहाँ भी ट्रैजिक एंड ? लगता है हमारे बुजुर्ग इन लोककथाओं के बहाने हमें खतरे की घंटी सुनाते हैं। खबरदार, इस रास्ते न जाना, उधर गहरे खड्ड हैं, राम नाम सत हो जाएगा।"

---

1. ओ मेरे प्यार ! तुझे मेरी किस सौत ने भरमा दिया है। तेरी जुदाई में मेरी देह बर्फ के डले-सी गल रही है। मेरे प्रिय ! एक बार आ जाते, मैं अपनी जान तुम पर कुर्बान करती।

प्रेम ने बेटी को कुछ चकित होकर देखा। कहीं वह भीं किसी मजनू की दीवानी तो नहीं।

''इश्क तो इबादत है बच्चो !'' एहसान भावुक हो उठा, ''पर इस राह जो चलता है, जान हथेली पर लेकर ही चलता है। उसे मरने का क्या गम ?''

''भई, हम तो यह जानते हैं कि सच्चे प्रेमी मिसालें कायम करते हैं। हीमाल, नागराय हो, लैला-मजनू या बुंबर-लोलर, हमारे लोकगीतों में सदियों से ज़िन्दा हैं। हमारे कश्मीरी कवियों ने तो गीतों में 'लोलो' जोड़कर बोंबर की आकुल पुकार को अमर कर दिया है।''

पंपोश के ज्ञान-चक्षु खुल गए, ''ओ ! अब समझी, हमारे लोकगीतों में लोलों शब्द क्यों जुड़ा है। लोलर की याद में ही न ? 'जून खच़य ओबरस छ़ायि लोलो।' ''[1]

एहसान, धरा, प्रेम और देविका ने भी 'लोलो' शब्द वाले गीत ढूँढे और देर रात तक गीतों की स्वर-लहरियाँ 'लोलो' को पुकारती रहीं।

सुबह मटमैला आसमान बरसकर थम गया था। खच्चरों पर सामान लाद, प्रेमजी की पार्टी टंगमर्ग के लिए पैदल ही रवाना हुई। अयूबा दूर तक साथ चला, थोड़ा लँगड़ाता, सीवन लगे जूतों से बर्फ को फोड़ता, फटकारता। 'नया बूट' कब ला रहे हो, के जवाब में मासूम-सा उत्तर थमाता, ''बबा बोला, भाई लाएगा, कटरा से। बाहर आते ही लौटेगा ना ?''

वह भाई, जो जाड़ों में दो-तीन मास वैष्णो देवी की पहाड़ियों पर पिट्ठू बनकर मजूरी करता है। उधर साल के साल यात्री आते हैं। अच्छा पैसा मिलता है। तब तक अयूबा इन्हीं जूतों में सूजे पैर लिए विज़िटर्स के साथ-साथ दौड़ता-पूछता रहेगा—

''अच्छा लगता है न साब, यह बर्फ का फिसलबंडा ?''

एहसान मलिक टैक्सी स्टेंड तक छोड़ने आया।

''यार ! अगली बार जल्दी चक्कर लगाना। इस बार पूरे बाईस साल बाद इस तरफ आए। कमाल ही कर दिया। घर आते रहे, पर इस तरफ नहीं। मुझे ठीक याद है, उस साल बख़्शी ने शेख साहब को यहीं गुलमर्ग में गिरफ्तार करा दिया था।''

वह साल प्रेम कैसे भूल सकता है ? आँखों के आगे बाईस साल पहले के दृश्य ज़िन्दा हो उठे। शेख साहब के गिरफ्तार होते ही पूरी वादी में दंगे भड़क उठे थे।

''वह हमारा दोस्त अमीर अली, उन्हीं दंगों में हलाक हो गया था। यारों का यार था अलिया। खुदा जन्नत बख़्शे।'' प्रेम अली को याद कर उदास हो गया।

''इन्ना इलाहे वे इन्ना इलाहे राजऊन...।''

एहसान ने मृतक के लिए प्रार्थना में हाथ उठाए। जैसे अभी-अभी उसके गुज़र जाने की बात सुनी हो।

''सियासत के दन्द-फन्द आम आदमी की समझ से बाहर हैं बिरादर ! एक बात

1. चाँद बादलों की ओट झाँक आया है, लोलों !

ज़रूर अब साफ हो गई कि शेख साहब ही कश्मीरियों का सच्चा लीडर है। अवाम का मसीहा। बाईस साल बाद वह फिर से हमारा रहनुमा बनकर आ रहा है। अल्लाहताला ने चाहा तो हालात अब बेहतर हो जाएँगे। गरीबों की शिकस्ता तकदीर अब बदल जाएगी।''

दो टैक्सियों में घर लौटते प्रेम जी और पार्टी ने भी महसूस किया कि शेख साहब को आम कश्मीरी अपना भाग्य-नियंता समझता है।

सड़कों के किनारे बर्फ के अम्बार थे। बाज़ारों में यहाँ-वहाँ फिरन में काँगड़ी थामे मज़दूरों-किसानों के झुंड इकट्ठा हो गए थे और छोटे-छोटे जुलूसों में ज़ोरदार नारे उछल रहे थे–

''यि करि ति करि बब करि, अलुँ करि वांगन करि बब करि।''[1]

नन्दन हैरान था कि जो नेता बाईस साल जेल में रहा, बार-बार छूटा और बार-बार नज़रबन्द किया गया, विरोधी वक्तव्य देता रहा, 1950 के विधानसभा के भाषण में जिसने 'सेक्यूलर भारत के हाथ मज़बूत करने' का वादा किया और 1952 के शहीद दिवस पर हज़ारों की भीड़ के सामने ज़ोरदार शब्दों में कहा, ''राज्य में केन्द्र सरकार के दखल को बरदाश्त नहीं किया जाएगा।'' उस नेता में ऐसा कौन-सा करिश्मा था कि लोगों ने उसे सिर-माथे पर बिठाया ?

प्रेम ने अपनी राय दी, ''शेख साहब बड़े कद के नेता हैं नन्दन ! मज़लूमों के पक्षधर रहे हैं। साम्राज्यवाद के खिलाफ संघर्ष किया। लोगों ने उनकी यही छवि मन में सँजोए रखी है।''

''प्रेम भैया ! शेख साहब की खूबियों के हम सभी क़ायल हैं, पर यह बात भी हाथ कंगन-सी सामने है कि महाराजा हरीसिंह के राज्य का अन्त होते ही, उनके मन में शेख शाही का सपना साकार करने की महत्त्वाकांक्षा जागी। यह महत्त्वाकांक्षा हठ की तरह कुछ ऐसी काबिज़ हो गई कि नेहरू जैसे दोस्त से किए वादे भी वे भूल गए। यह भी भूल गए, कि भारत के साथ राज्य का एक्सेशन हमारी ही ज़रूरत थी।''

''सो तो है। नेहरू जी ने शेख साहब से दोस्ती निभाने की भरपूर कोशिशें कीं। पटेल, श्यामाप्रसाद मुखर्जी जैसे कद्दावर नेताओं की चेतावनियों पर भी ध्यान न दिया। शेख साहब की माँगें पूरी करने के लिए अगस्त बावन में दिल्ली समझौते जैसे विवादास्पद तौफे दिए, पर हुआ क्या ? शेख साहब बराबर इंग्लैंड-अमरीका से सम्पर्क बनाए रखे। राज्य के बँटवारे के हामी 'ओवन डिक्सन'[2] प्लान को भी आजमाना चाहा। अट्ठावन में बख्शी सरकार के रिहा करने के बाद भी वे 'कश्मीर कांसिपिरेसी' जैसे केस में उलझे और बार-बार बन्दी बनाए गए। और अब देखो, एकदम नर्म रवैया अपनाकर इन्दिरा

---

1. 'जो करेगा सो करेगा बबा (शेख) करेगा, बुरा करेगा, भला करेगा, बबा करेगा।' 2. ओवन डिक्सन प्लान के अनुसार पाँच वर्ष के लिए जम्मू कश्मीर को तीन भागों में बाँटने का सुझाव था। हिन्दू बहुसंख्यक एरिया जम्मू भारत के साथ, आज़ाद कश्मीर पाकिस्तान के और वादी यूनाइटेड नेशंस की निगरानी में स्वतन्त्र रहे। बाद में इलेक्शन हो।

गाँधी सरकार से वार्ता चल रही है, जिसमें सहमति के आसार भी नज़र आ रहे हैं।''

''एकदम से कुछ नहीं होता नन्दन !'' प्रेम ने प्रदेश के इतिहास का हवाला देते अतीत के राजाओं-सुलतानों की महत्त्वाकांक्षाओं की परिणतियों का खुलासा किया।

''छोटे-छोटे हादसे विस्फोटों का कारण बन जाते हैं और हालात बड़े से बड़े नेता को झुकना सिखाते हैं। यही सियासत है, कि जो घटा, उसे भूलकर आगे देखो, अपना वर्तमान सुधारो।''

''हाँ भैया, इन बदलते हालात में, पाकिस्तान से बंगलादेश का अलग होना, और इस बंगलादेश से जुड़े भारत-पाक युद्ध में, पाकिस्तान की ज़बर्दस्त हार भी शामिल है। नब्बे हज़ार सैनिकों के साथ समर्पण करनेवाला पाकिस्तान, शिमला समझौते पर दस्तख़त कर गया। अब उनसे हमारे नेताओं को क्या उम्मीद हो सकती है ?''

''रही-सही उम्मीदें तो भुट्टो साहब ने भी मिटा दीं, यह कहकर कि 1947 में ही कश्मीरियों ने 'सेल्फ डिटरमिनेशन' का अधिकार खो दिया है, क्योंकि उन्होंने भारत के साथ 'एक्सेशन' मंजूर किया।''

श्रीनगर बस स्टैंड पास आ गया था। दोनों टैक्सियाँ घर की राह पकड़ने लगीं तो सड़क-किनारे पहचानी बस्तियाँ और वितस्ता दीठ में आ गई। नन्दन ने मन को सालता प्रश्न प्रेम को थमा दिया, ''प्रेम भैया ? मैं अक्सर सोचता हूँ, यदि हमारे कद्दावर नेता भारत के साथ अधिमिलन प्रस्ताव पर हस्ताक्षर करने के बाद, इस अधिमिलन को गम्भीरता से लेते, और शेख शाही की हसरतें न पाल, आम लोगों की परेशानियों का हल खोजते, तो आज हालात कुछ और ही होते। कम-से-कम हम लोग अपने घर 'विज़िटर्स' बनकर नहीं आते।''

अधिमिलन ! प्रेम ने सैंतालीस[1] को मुड़कर देखा, आज़ादी का जश्न, महाराजा का अनिर्णय, उदरशूल का बहाना, भारत-पाक दोनों के साथ, 'फिलहाल' सम्बन्ध रखने की बात। इस बीच कबाइली आक्रमण ! एक तरफ बारामूला-शालटेंग, दूसरी तरफ हवाई अड्डे तक पाकिस्तानियों का वादी में घुसना। हार के आसार देख, राजा का भारत से सहायता का अनुरोध।

अधिमिलन, महाराजा हरीसिंह की हताशा के चरम की प्रतिक्रिया थी। महाराजा को अपनी जान भी बचानी थी, जनता भी। दूसरा रास्ता कौन था ?

नेहरू, महाराजा से नाराज़ थे, उन्हें नज़रबन्द करने की हिमाकत के लिए ! शेख साहब दोस्त थे। नेहरू ने शर्त रखी, ''अधिमिलन पत्र पर शेख साहब के भी हस्ताक्षर चाहिए।'' शेख साहब पर अटूट विश्वास था नेहरू को। कश्मीर के भविष्य को वही सुधार सकते थे। हिन्दू-मुसलमान दोनों के नेता थे शेख।

''लेकिन कभी-कभी महत्त्वाकांक्षाएँ व्यक्ति का ही नुकसान नहीं करतीं, देश का भाग्य भी बदल देती हैं।'' प्रेम क्या कहे, वादी का इतिहास गवाह है।

---

1. 1947।

''ग्यारहवीं शताब्दी की दिद्दा रानी को ही लो।''...

माहौल भारी हो उठा, प्रेम ने हल्का करने की कोशिश की।

''नन्दन भाई, हालात कुछ और होते, तो आप आज अमरीका में न होकर अपने राज्य की सेवा कर रहे होते। और क्या होता ? जवाहर टनल या हाइडल प्रोजेक्ट्स में अपनी इंजीनियरी का कमाल दिखाते। और हाँ, ताता साहब के सैर-सपाटों की रीत बरकरार रखते, झीलों-बागों में पिकनिकें मनाते, और डोगरा राज्य के गवर्नर नाज़िर के शब्दों में, 'अल्लाह अल्लाह क्या हुसने चमन है पानी में, इक सब्ज़परी का है वतन पानी में, गाहे-बगाहे गुनगुनाया करते।' ''

नन्दन मुस्कुराया, ''प्रेम भैया, आपने देसी शायरों का नाम नहीं लिया। महजूर, नादिम, राही ! इनके आप फैन रहे। क्या मैं मान लूँ, आप भी उम्मीदें खो चुके हैं ? मान चुके हैं कि हमारी, नुन्दऋषि और ललद्यद की ऋषि-सूफी परम्परा में दरारें पड़ चुकी हैं ?''

''हमारे दोस्तों के दिलों में अभी दरारें नहीं पड़ीं नन्दन ! तुमने एहसान मलिक का प्यार महसूस नहीं किया क्या ? हाँ, सियासत ने काफी नुकसान किया हमारा। इसे हमारा दुर्भाग्य ही समझ लो।''

प्रेम ने बहस बन्द करनी चाही। कुछ है, जो उसे भीतर ही भीतर कचोटता है। जो होना चाहिए था, वह नहीं हुआ, और जो नहीं होना चाहिए था, वही हुआ। राज्य और केन्द्र, दोनों बाहरी परत को देखते रहे, भीतर कितना कुछ ढहता गया।

ब्रजनाथ, जो यह होता तो क्या होता, वाली दो भाइयों की गुफ्तगू चुपचाप सुन रहा था, बहस में आए अन्तराल में कूदकर अपनी उपस्थिति दर्ज कर गए।

''मामू भाई, हमें तो 'नादिम' साहब की कल की आशा। 'म्ये छम आश पगहुच, पगाह शोलि दुनिया'[1] में यकीन है। अभी हम पूरी आशा छोड़ नहीं चुके, तभी तो टिके हैं यहाँ।''

''अच्छी बात है ब्रजनाथा ! उम्मीद जिलाए रखती है। अब तो शेख साहब दोबारा आ रहे हैं, हालात भी बदल गए हैं।''

''सच मामू भाई ! कुछ उम्मीदें नज़र आ रही हैं। दुख यही है कि सैंतालिस में अधिमिलन के वक्त से ही नेताओं ने सच्चाई क्यों न समझ ली। क्यों वाइसराय और नेहरू जी ने अधिमिलन को आखिरी न मान, 'हालात सुधरने पर पिलबिसाइड' की पूँछ जोड़ दी !''

''एक और दुख भी है। हमारे सशक्त नेता ने इबादतगाहों को सियासत से जुदा रखना ज़रूरी नहीं समझा।'' नन्दन ने जोड़ दिया।

''घूम-फिरकर वही बात न, कि जो होना चाहिए था नहीं हुआ और...''

''उसका अब क्या रोना ?''

---

1. मुझे कल की आशा है, आनेवाला कल चमकदार होगा।

"रोना नहीं, मामू भाई ? 'वह' न हुआ होता, तो आज प्रेम मामू 'गवर्नर' नाज़िर का शेर न सुनाकर, गुलाम नबी नाज़िर के शेर से इत्तिफाक रखते, और गुनगुनाते भी !"

"कौन-सा शेर, भई, कह ही डालो, बेकार पेट में खदबदाएगा।"

ब्रज ने मीठी आवाज़ में नाज़िर की कविता पढ़ी—

"चु ज़ाल दीवी बलस चांग्य, बु छुस मशीदि बलुक बांग्य,
म्ये रोट काबा, चे़ बुतखान, चुँ म्योन बोय, बु चोन बोय।"[1]

टैक्सियाँ घर के आगे रुक गईं।

---

1. तुम देवी के मन्दिर में दीप जलाओ, मैं मस्जिद में अज़ान दूँगा। मैं काबा की शरण जाऊँगा, तुम बुतखाने की। तुम मेरे भाई हो और मैं तुम्हारा भाई।

# लौटना

इस यात्रा में तो लौटना था ही नहीं, लेकिन मैं लौट आई ! राज्ञा रैना, राज्ञा मुंशी नहीं सिर्फ राज्ञा बनकर।

राज्ञा रैना से राज्ञा मुंशी बनने की यात्रा छोटी-सी, फूलों-आशीषों और वेद-मन्त्रों से गुँथी यात्रा थी। डेढ़-दो घंटे की यात्रा। उसमें अग्नि की सादगी में सप्तपदी, अथवास, कन्यादान की रस्में शामिल थीं। उस वक्त विमल शिव थे, मैं पार्वती। रास्ते में यज्ञ-धूम और फूलों की महक थी। हमारे सिरों पर, चार कंजकों ने लाल बनारसी दुपट्टा फैला दिया था, जिस पर बड़े-बुजुर्गों ने पुष्पवर्षा कर गेंदे-गुलाबों के स्तूप बना दिए थे।

वेद मन्त्रों के साथ सामूहिक 'वनवुन'[1] में भीगे स्त्री स्वर, नदी पार तक लहरदार मंगल ध्वनियाँ भेज रहे थे—

"सोदुरु खोंत लदुर फोल, कोरि होन्द लोनुय
यन्द्राजुन येनिवोलुय आ ऽऽ व।"[2]

विदाई में अक्षत-फूल, आशीष और आँसूभरी हिदायतें थीं। यह करना, यह न करना के साथ सनातनधर्मियों का ब्रह्मकाव्य कि जा, तुझे भगवान के हवाले कर दिया। जिसका रहस्य समझने में मैंने पूरे बीस वर्ष गँवा दिए।

मैंने ही विश्लेषण में ज्यादा मगजपच्ची की। गैरज़रूरी धौल-धक्के खाए। अर्थ स्पष्ट ही था, सहना या मिटना, लौटना नहीं। माँ हो या दादी, उठते-बैठते, असीसते-डपटते, युवा बेटियों के सामने एक ही वेदवाक्य तो परोसती रही हैं, कि बेटी तो जन्म से ही दूसरे की अमानत। मेहमान बनकर रहे चार दिन मायके में, इतनी-सी गुंजाइश।

सब सुखसान था। खानदानी चौखट में फिट। मेरे अन्दर ही कोई आँच उठी, लावा बनता गया और एक दिन ज्वालामुखी बनकर फूट गया। मेरा मुंशीवाला पुछल्ला उसी में भस्म हो गया।

जो बीत गया सो भूत ! भूत बनना कौन चाहेगा ? चाहा तो मैंने पत्थर बनना भी नहीं था। अपना कमाया, सीखा, बक्से में बन्द कर, घर-खानदान की थमा दी गई संहिताएँ लेकर, एक तयशुदा रास्ते पर चल पड़ी थी। एक दिन अचानक लगा कि मैं

---

1. विवाह गीत। 2. सागर से रुद्राक्ष का दाना उभर आया जो बिटिया का भाग्य-विधाता बन गया। हमारी लाड़ली के लिए राजा इन्द्र बारात लेकर आ गया।

रुक गई हूँ।

दरअसल उस दिन मैंने अपने पैर देखे, वे धरती में धँसे थे। जड़, बेहिस्स ! पैरों के आसपास वर्षों के झाड़-झंखाड़ से अटी ज़मीन थी, बंजर बियाबान !

मैंने मुड़कर देखा। और भी तो यात्री थे मेरे साथ, कॉलेज के सहयात्री, नैनसी, चन्द्रा, तेज सुग्रा...सब कहाँ गए ? क्या वे भी लीक-लीक चलते कीचड़ में धँस गए या उनके रास्ते अलग थे ?

वादी की नई फिज़ा में मेरे साथ चले ढेर सारे दोस्त आगे बढ़ गए थे।

मुझे मुड़कर पीछे नहीं देखना चाहिए था, मेरे अपनों ने मायूसी में सिर हिलाए, "कथा के उस राजकुमार ने देखा था मुड़कर पीछे तो पत्थर हो गया। उसे तो हिदायत दी गई थी, कि लाख कोड़े पड़ें, पीठ पर गालियाँ बरसें, पर मुड़कर नहीं देखना, तभी सोने का पानी गानेवाली चिड़िया और टहनीभर बोलनेवाला दरख्त पा सकोगे। याद नहीं रखी बड़ों की सीख तो हो गया बंटाधार।"

मैं 'वटिस'[1] हो गई। मैं 'गौफक्राल'[2] और 'बुर्जहोम' की मिट्टी तले दबा 'मेनिहर' बन गई। हे भगवान ! यह कैसे हो गया ?

रह गई घर में एक बहूरानी, जो रानी कम, बाँदी ज्यादा थी। रोगनजोश, यखनी पकाती, कहवे-शीरचाय बनाती, प्रोफेसर जिठानी के बच्चों के पोतड़े धोती और रात घिरने पर पतिदेव का बिस्तर गर्माती ! इसमें रोगनजोश-पुलाव दानेदार न पकने, शीर चाय का रंग असल गुलाबी न बन पाने और सास जी के सामने किताब पढ़ने की बेअदबी, बेशऊरी पर ताने-तिश्ने, मुँह सीकर सहना तो शामिल था ही था।

मैं शायद दबी ही रहती अगर मेरी किशोर बेटी देविका ने एक दिन मेरे आसपास ज़रा-सी मिट्टी खुरच, मुझे सोने के पानी का छींटा न दिया होता।

"माँ ! तुम कहाँ हो ?" बेटी की पुकार में जाने क्या जादू था कि पत्थर में हरकत हुई।

उस दिन देविका के स्कूल का वार्षिकोत्सव था। मुख्य अतिथि ने देविका को पुरस्कृत किया था। उसने 'मर्चेंट ऑफ वेनिस' नाटक में पोर्शिया की भूमिका बखूबी जो निभाई थी।

मेरे हाथ में शील्ड थमाते उसने मुझे ऐसे देखा ज्यों पहली बार देख रही हो।

"ममा ! तुम कभी नाटक में झाँसी की रानी बनी थीं ?"

"क्यों पूछ रही हो बेटी ?" यानी क्यों खुरच रही हो भूला हुआ समय ?

"ममा ! तुम वाद-विवाद प्रतियोगिताओं में भी हिस्सा लेती थीं न ? तुमने कभी ज़िक्र ही न किया।"

मैं कुछ कहूँ, कि बेटी ने अगला प्रश्न दाग दिया, "एक बार इंटर कॉलेज डिबेट

---

1. वटिस—पत्थर, 2-3. गौफक्राल, बुर्जहोम—श्रीनगर से पच्चीसेक मील दूर स्थान जहाँ खुदाई के दौरान प्रागैतिहासिक काल की सभ्यता के अवशेष दबे पाए गए।

में तुम, 'वुमन इज़ वॉट मैन मेक्स ऑफ हर' टॉपिक के विपक्ष में बोली थीं और शिक्षामन्त्री ने खुद तुम्हें बधाई दी थी कि तुम बड़ी प्रगतिशील विचारोंवाली लड़की हो।''

देविका बहुत नाराज़ थी। डायरेक्टर ऑफ स्कूल्स, मिसेज़ राज़दान ने देविका को देखते ही पूछा था कि क्या वह राज्ञा रैना की बेटी है ? शक्ल-सूरत से ही नहीं, अक्ल से भी माँ जैसी लगती है, और देविका माँ को बिल्कुल नहीं जानती थी।

''आई कांट बिलीव इट ममा ! मिसेज़ राज़दान बोली कि वह तुम्हारी सहपाठी रही हैं। शी सेड, नथिंग वाज़ इंपासिबल फार यू।''

''वह सब पुरानी बातें हैं देविका ! शादी के बाद तो सब बदल जाता है। एक मृत्यु और दूसरा जन्म होता है।'' मेरे पास राज्ञा की बात का कोई जवाब नहीं था।

''नहीं ममा ! जो लड़की आसमान को छूना चाहती हो, वह दादी के ज़माने में कैसे लौट सकती है ? डोंट टेल मी दिस जनम मरन रबिश ! डॉक्टर मासी को देखो।''

देविका आवेश में थी। उसने असहमति में सिर झटक लिया। कन्धे तक लटके बालों को छितराकर, दोबारा रबर बैंड से उन्हें जमाया। उठकर कमरे में चहलकदमी करने लगी। वह मुझे नए सिरे से जानना चाहती थी। उसके पास ढेर सारे प्रश्न थे। मिसेज़ राज़दान, डायरेक्टर ऑफ एज्युकेशन बन सकी पर ममा सदियों पुरानी, आदेशों का पालन करती हुई, झुकी रीढ़वाली घरेलू औरत बनकर रह गई थी। आखिर क्यों ?

'आखिर क्यों,' के बेचैन प्रश्न ने मुझे हिला दिया। मेरे भीतर कुछ घट गया। अचानक नहीं था वह घटना। एक लम्बी प्रक्रिया पहले ही अन्दर, इंच दर इंच मुझे खुरचकर रास्ता बना रही थी। देविका कारण बन गई बहने का।

मैंने अपने भीतर उठते प्रश्नों के उत्तर खोजने शुरू कर दिए। मैंने जो माँ-दादी से सीखा, क्या मात्र वही जस का तस बेटी को थमा दूँगी ? वही पंचकन्याओं का मन्त्र, जो सोने से पहले हर रात, माँ मुझे बचपन से ही रटाती रही है, 'अहिल्या, द्रौपदी, तारा, सीता, मन्दोदरी...।' पंचकन्याएँ बनकर वे स्मृतियों में इसीलिए सुरक्षित रह गईं, क्योंकि वे सहना जानती थीं।

मैंने जो कुछ खुद जाना, सीखा, पाया, वह शादी के बाद कहाँ बिला गया ? मैंने विरोध किया था, ''स्त्री का निर्माता पुरुष कैसे हो सकता है ? स्त्री तो अपनी कोख में गढ़कर अपना अमृत पिलाकर उसे रूप, रंग, आकार देती है। 'राइट फ्रॉम द एम्ब्राइनिक स्टेज ऑफ मैनकाइंड, मैन इज़ वॉट वुमन मेक्स ऑफ हिम !' ''

माँ की भौंहों में मेरे जिरह से, गुस्सा सिमट आया, ''इतिहास बताता है कि पुरुष ने स्त्री को बनाया। जैसे उठाया, वैसे उठी, जैसे बिठाया, वैसे बैठी। अपने आधिपत्य से, शास्त्रों में लिखी रीति-नीति से।''

मैंने कहा, ''वह निर्माण नहीं था। स्त्री के तेज से डरकर पुरुष ने अपने सिंहासन के बचाव के लिए सत्ता के अस्त्र अपने हाथ में लिए। पुरुष ने हमेशा स्त्री का इस्तेमाल किया।''

आखिर एक दिन विस्फोट हो ही गया। यह हिरोशिमा-नागासाकी पर गिरा अणु

बम नहीं था। वियतनाम पर गिराया नापाम बम भी नहीं था। एक खामोश भूस्खलन था। राजा सुदर्शन सेन के समय आया कोई भूचाल था, जिसने एक बसी-बसाई नगरी को ध्वस्त कर वुलर झील में बदल दिया था।

सुनने को तो पहले भी बहुत कुछ सुना था, पर उस बार शब्द आग की लपट बनकर सीधे खोपड़ी पर बरस गए।

"किस बात का गुमान है ? बड़े बाप का या फटीचर टीचरी का ? एक लड़की जनी और कमर टूट गई। वारिस के नाम पर चिड़ी का बच्चा नहीं। मेरा बेटा गोबर गणेश न होता, तो कब की मौत सीने पर लाद देता, इस 'उपर बाँझ'[1] के।"

उस दिन मैं देर तक विद्यार्थियों की कापियाँ बाँचती रही तो खाना बनाने में थोड़ी देर हो गई थी। और ऐसा पहली बार हो गया था। घर का अनुशासन भंग।

मेरा खून खौल आया, "माँजी, बस कीजिए, आगे से मैं आपकी गालियाँ नहीं सुनूँगी। जो कुछ कहना है, बेटे से कहिए..."

मेरा यह पहला प्रतिवाद था। जानती थी, विस्फोट होगा। विमल जम्मू गया था। मैं दो दिन अपने कमरे से बाहर ही न आई। विमल की प्रतीक्षा थी। शायद वह अब भी कोई रास्ता निकाले। शायद मुझे इन रोज़-रोज़ की ज़िल्लतों से मुक्ति मिल जाए। शायद वह माँ-पापा को समझा सके कि देविका ने हमारी सन्तानेच्छा को पूरी कर दिया। शायद...।

लेकिन विमल ने मेरा पक्ष जानना ही नहीं चाहा। मेरी उम्मीद का आखिरी चिथड़ा भी फट गया।

दस घंटे के पहाड़ी सफर ने विमल को थका दिया था। मन तो पहले से ही ठंडा ठार था मेरे लिए। माँ के शोकगीतों की विध्वंसक ध्वनि ने दिमाग खौला दिया। माँ जी साड़ी के छोर से आँखें दबा-दबाकर ऊँचे सुर में विलाप करने लगीं, "उम्रभर तो बड़ों की सुनती-सहती रही, अब लाड़ो रानी के कोसने गुझसे नहीं सहे जाते।"

विमल ने तैश में आकर मेरे बन्द दरवाज़े पर लात मारी, "ऐसी हिम्मत किस कमीनी की हो गई, जो मेरी माँ को कोसने सुनाए ? झोंटा पकड़कर घर से बाहर न निकालूँ उसे ? जोरू का गुलाम नहीं हूँ मैं। बड़े बाप की बेटी होने का गुमान है तो रहे बाप के पास।" मैं स्तब्ध ! न हिली न डुली, न दरवाज़ा खोला, न किसी बात का जवाब ही दिया। सवाल था ही कहाँ ? वहाँ या तो आरोप थे या चुनौती।

विमल दरवाज़ा भड़भड़ाता रहा। देविका सहमी-काँपती मुझसे लिपट गई। थोड़ी देर धमकाती आवाज़ें आईं फिर थककर बन्द हो गईं।

मैंने अटैची में कुछ ज़रूरी कपड़े डाल दिए और देविका का हाथ पकड़े घर से बाहर निकल आई। उस वक्त देविका हिलक-हिलककर रो रही थी। मेरी आँखें खुश्क थीं। मैंने घर छोड़ दिया।

---

1. उपर बाँझ—जिस स्त्री का केवल एक बच्चा हो, उसे भी बाँझ ही समझा जाता था।

सड़क पर कुहरा था। चिनार-कीकर की आँखों में फँसा तापहीन सूरज, गँदला चिथड़ा-सा लटक रहा था।

पिता के घर की ओर जाते, मैं इतना जानती थी कि चल पड़ी हूँ, कहाँ किधर ? यह मालूम नहीं था। आँखें बन्द किए, मैं ऑटो की बैक सीट के सहारे अधलेटी-सी ढह गई, तो देविका ने मुझे कन्धे से घेर लिया। मैं दिमाग का डिब्बा बन्द करना चाहती थी, पर वहाँ कुछ ऊबड़-खाबड़ दृश्यों की रीलें तेज़ी से घूमने लगी थीं।

"बहू घर की नींव, 'ब्रांद कन्य', खिसक जाए तो पूरा घर ढह जाए।" यह माँ, दादी, चाची, सभी ने कहा था।

पता नहीं कहाँ खिसक गई थी नींव, कब पहली दरार पड़ी थी, कौन ढह गया था ?

दृश्य में उत्साह से छलकती लड़कियाँ हैं। दिल्ली में यूथ फेस्टिवल हो रहा है। अपनी टीम चुन ली गई है। नैनसी, नीरज़ा, सुग्रा, जया और मैं भी चुन लिए गए हैं। नादिम साहब का ओपेरा 'बोंबुर यंबरजल' तैयार हो रहा है।

मैं पापा से इजाज़त लेती हूँ, "मैं जाऊँ पापा ?"

पापा टिकट खर्चा थमाकर आदेश दे रहे हैं, "ससुर जी से आज्ञा लो। शादी के बाद पिता की नहीं, ससुर जी की आज्ञा चाहिए।"

विमल ने अभी इंजीनियरिंग की पढ़ाई पूरी नहीं की थी। उसकी इच्छा-अनिच्छा की कोई अहमियत नहीं थी।

ससुर जी का गोरा मुँह काला पड़ गया। नथुने गुस्से से हरकत करने लगे। मेरे सीधे प्रश्न की ढीठता को नज़रअंदाज कर उन्होंने सासू जी के माध्यम से मुझे फटकार सुनाई—

"यह क्या बेहूदगी है ? क्या मुंशी खानदान की बहुएँ अब ऐरों-गैरों के आगे नाटक-नौटंकियाँ करती फिरेंगी ? क्या आज़ादी का मतलब बेहयायी हो गया ?"

मैं ज़मीन में धँस गई। लहजा अर्थ का अनर्थ करने की कितनी ज़बर्दस्त शक्ति रखता है। यह उसी दिन समझ में आ गया।

कोफ्त तब ज्यादा हुई, जब मेरी ननद जया को जाने की इजाज़त मिल गई। वहाँ बेटी कल्चरल शो में जा रही थी, नौटंकी करने नहीं।

उस दिन पहली बार मेरे भीतर विरोध की एक खामोश चिंगारी फूट आई थी। बहू और बेटी के लिए अलग नियम-कायदे क्यों ? क्या यह भी मनु जी लिख गए हैं ? या इसलिए कि सास-ससुर के थानेदारी कोड़े, बहुओं की ओर सरकने की परम्परा रही है। चले यह परम्परा आगे भी !

सोचा देखूँ, ससुर जी के विद्वत्ताभरे चेहरे पर इस दोगली नीति ने कोई खिसियाना रंग तो नहीं पोता ? पर ऐन मौके माँ की सीख ने धमकाया, 'ऊँहूँ ! बड़ों से प्रतिवाद करना तो दूर, आँख उठाकर देखना भी गुनाह है।'

मैंने गुनाह नहीं किए। कई रात चुपचाप आँसुओं ने बहकर मेरा तकिया भिगोया।

उदास 'यंबरज़ल'[1] मंच की पीली रौशनी में घुटनों पर सिर दिए विलाप करती रही, 'तमन्ना[2] चानि दीदारूकम्ये छुम यंबरज़ले बोंबुरो[3]...।'

तब कहीं मैं विमल में जयन्त को तो तलाश नहीं रही थी ?

यंबरज़ल को दबोचने आँधी आई, हरूद (पतझड़) ने उसे ज़र्द कर दिया। नरगिस काँपी, थरथराई, पर टूटी नहीं।

उधर बोंबुर नरगिस को पुकारता रहा, प्रिया कहाँ ?

पुष्प दोस्तों ने घेर लिया, "इतने उदास क्यों होते हो यार ? आओ, मिलकर कोई उपाय सोचें।"

उपाय मिल गया। पतझड़ और झंझा को कैद कर लताओं के साथ बाँधा गया। प्यार और वसन्त के शत्रुओं को सज़ा देना ज़रूरी है। नादिम साहब ने कहा, शोषण का विरोध ज़रूरी है।

दुष्ट झंझा को तो मैंने भी कसकर बाँध दिया था। लेकिन माँ ने कहा, "शोषण सदियों से होता रहा है, होता रहेगा। एक किताबी बात है, दूसरा जिया-भोगा सच।"

रात पानी बरसने से सड़क के खड्डे कीचड़ भरे डबरे बन गए हैं। छींटे उछालता ऑटो, धचकता-मचकता आगे बढ़ रहा है। छप्प-छप्पाक ! बदबूदार कीचड़ का लौंदा मेरी साड़ी पर छींट आया है।

माँ ज़रूर कहेगी, साड़ी का कीच तो धुलेगा, पर जो कीचड़ हमारे खानदान पर पुत गया, वह कैसे धुल पाएगा ?

अड़तालीस[4] के दौर में मैंने नुमाइश के मैदान में लड़कों के साथ लड़कियों को रायफल चलाना सीखते देखा, तो मचल पड़ी थी, "ताता, मैं भी रायफल चलाना सीखूँगी ?"

वहाँ उमा राज़दान थी, कौशल्या, कृष्णा मिसरी, ज़ैनब बेगम...हवा में आज़ादी की महक थी, रगों में उमंगें और जोश ! वादी नारों से गूँज उठी थी, "यह कश्मीर हमारा है, इसकी हिफाज़त हम करेंगे। इसकी हुकूमत हम करेंगे।"

प्रेमनाथ[5] परदेशी ने कहा था, "हर नागरिक देश का सिपाही है। लड़कियाँ क्यों पीछे रहें ?"

गर्ल्स कॉलेज की हवा में बदलाव की लहरें हिलोरें मार रही हैं। सफाकदल, महाराजगंज, भानामुहल्ला, डाउनटाउन की ढकी-मुँदी लड़कियाँ, बन्द दरवाज़े धकेल खुली हवाओं में आ गई हैं। बुर्केवालियाँ कॉलेज के अहाते में कदम रखते की बुर्का उतार बाजू पर तहा देती हैं, त्रावी[6], प्रेनी किस्से तय अफसानय।' नादिम साहब ने लड़कियों को पिंजरों से बाहर आने की सदा दी है।

लड़कियाँ क्रिकेट खेल रही हैं। मोहिनी हॉकी की कैप्टन है। शान्ता ड्रामा में

---

1. यंबरजल—नरगिस। 2. ओ मेरे भ्रमर, तेरी नरगिस तेरा दीदार करने को तरस रही है। 3. बोंबुर—भ्रमर। 4. 1948, 5. कश्मीरी लेखक, 6. पुराने किस्से और अफसाने छोड़कर आगे बढ़ो।

हब्बाखातून बनी है, उमा यूसुफ शाह चक ! राज्ञा किंग लियर...।

प्रेम भैया चिढ़ाते हैं, "राज्ञा जैक ऑफ ऑल ट्रेड्स बनेगी, मास्टर ऑफ नन।"

पापा निराश हैं, "कात्या डॉक्टर बनेगी, इस लड़की के बस का कुछ नहीं। सिरे से बेकाबू लड़की। गुड फॉर नथिंग।" ऊपर से ताता शह दे रहे हैं, "कहीं लड़की हाथ से ही निकल गई तो ?"

जिस दिन मेरी कविता का पुर्ज़ा उनके हाथ लगा, उनकी रही-सही उम्मीद का पत्ता भी कट गया।

'जाने जग के दाँव-पेंच क्यों, तेरी-मेरी समझ न आते।' कुछ ऐसे ही शब्द थे, उस मुचड़े कागज पर, जो प्रेम भैया से छिपाते-छीनते भी पापा तक पहुँच गया था।

"यह सब क्या ऊलजलूल लिखा है ? तुम्हारी उम्र हो गई जग के दाँव-पेंच समझने की ? हैं ? और यह तेरा-मेरा क्या है ?" पापा दहाड़े।

उन्हें खतरे की घंटी सुनाई पड़ी।

जिस दिन मेरे और जयन्त के प्रेम सम्बन्ध की भनक मिली, उन्हें रैना खानदान की सात पुश्तों की आत्माएँ अज़ाब में दिखाई पड़ीं।

पापा ने फैसला कर लिया, इस ईवल को फैलने से पहले ही जड़ से उखाड़ना होगा।

पता नहीं कितना 'ईवल' था, वह सीने में कबूतरों का पंख फड़फड़ाना। चार सीढ़ियाँ लाँघ, ऊपरी मंज़िल के बुखारचे से, बगीचे के पिछवाड़े खड़े उस घुँघराले बालों वाले बेचैन लड़के को नज़रभर देखना, जिस पर दुनिया की कौन-सी नियामत निछावर न की जा सकती थी !

बंड के किनारे नदी में, शिकारों के चुन्नटदार पर्दे हवा में झकोले खा रहे हैं। हवा में गिलास-आडू के बरजस्त बौरों की पगलाती गन्ध है। यरमा कढ़ाईवाले गुदगुदे गद्दों पर बैठे युवा जोड़े, परदे की आड़ में चुम्बन-परिरंमन के रीतिकालीन खेल में व्यस्त हैं। किनारे खड़ा शाहाना चिनार, पानी में मुँह देखते बादलों के छौने और बुजुर्ग सिरोंवाले पहाड़ टक लगाए खेल देख रहे हैं, और मल्लाह हुक्का पीने में मसरूफ है ! हवाओं का असर है।

पचपन से पिचहत्तर[1] तक कितना कुछ बदल गया।

इन्हीं बरजस्त खुशबुओं के सायों में, सिर्फ एक बार मैं जयन्त से मिली थी। आडू की बौरों-सा महकता वह मिलन, हमारी देह-आत्मा की पोर-पोर महका गया था। हवा ने हमें देखा था और गुलाबी फूलों को छितराकर हँस दी थी। वन मैना ऐन कानों के पास झुककर कुहुक उठी थी। आधेक घंटे की उस अनन्त यात्रा में क्या कहा था जयन्त ने, कि इशबर की पहाड़ियों ने दूधिया झरने छलका दिए थे ?

मुझे तो बस वह खुशबू याद रही, जिसमें फरमारोज़ की लालारुख[2] को सुनाई

---

1. 1955 से 1975 तक। 2. लालारुख—टामस मूर की कविता। इसमें ईरान का शहजादा भेस बदलकर फरमारोज़ बनता है और अपनी खूबसूरत मंगेतर, औरंगज़ेब की बेटी, लालारुख की दिल्ली से कश्मीर की यात्रा में शामिल हो उसे कहानियाँ सुनाता है।

प्रेम-कहानियों की कसक थी। ईरान का शहज़ादा अपनी होनेवाली बेगम की यात्रा में शामिल हो गया। तय था, कि शादी कश्मीर की वादियों में होगी। पर शादी से पहले लालारुख का दिल टटोलना ज़रूरी था, या अपने लिए प्यार की प्यास भड़काना ?

शहज़ादी लालारुख परमारोज़ से विदा हुई। शादी के दिन आने का न्यौता दिया। 'जो माँगोगे दे दूँगी' पूरे सफर में यादगार कहानियाँ सुनाकर उस अजनबी ने जो दिल में प्यार की कसक जगा दी थी।

फरमारोज़ सीधा शयनकक्ष में नमूदार हुआ। लालारुख काँप गई। शहज़ादे शौहर को भनक मिल गई तो सर कलम कर देगा। और लालारुख सह न पाएगी। कुछ गहरे धँस गया था लालारुख के।

टामस मूर की कविता 'लालारुख' सुनाते, जयन्त ईरान का शहज़ादा था जो लालारुख को आज़माने फरमारोज़ बन गया।

" 'मेरा इनाम' लालारुख ? तुमने वादा किया है।"

यह जयन्त राज्ञा से नहीं, फरमारोज़ लालारुख से कह रहा था।

" 'इनाम' ? लालारुख तो राज्ञा बन गई थी। कोई खज़ाना तो नहीं था उसके पास। क्या दे ?"

जयन्त हँस पड़ा था। भरे होंठों के बीच बत्तखों की सजी पाँत ने राज्ञा को मोह लिया। जयन्त ने कहा, "क्या नहीं है तुम्हारे पास ?"

तब सफेद गुलाबी बौर गन्ध में पहली बार दूरियाँ सिमट गई थीं। उन्होंने बिना सोचे-समझे एक-दूसरे को बेहद नरमाई से चूम लिया था। सत्रह वर्ष की उम्र का वह कुँवारा अनुभव शादीशुदा उम्र के बीस साल, रगों में गुनगुने आबशार-सा बहता रहा। विमल की अभ्यास बनी तुर्श अहंकारी देह-क्रीड़ा के जख्मों पर जब-तब फाहे लगाता, टकोरता।

"तुमने जाना है स्पर्श का अर्थ राज्ञा ! तुम कंगाल नहीं हो !"

घर पहुँचते ही हमारा तिलिस्म टूट गया था। उस बौर गन्ध की जासूसी करने दुश्मन आ जुटे थे। किसी ने हमें हाथ में हाथ डाले, बेमतलब हँसते देखा था।

पुरुष हाथ, स्त्री हाथ (वह भी लड़की का) साँझी हँसी, खुला आकाश ! क्या होगा खानदानी आबरू का ? ऐसा घालमेल मेरी माँ पर कहर बनकर टूट पड़ा। सुने थे उसने किस्से, घरों में देवर-भाभियों के, दूर के रिश्तों में कुँवारे लड़कों-लड़कियों के। पर खुले में ? दिन-दहाड़े, माँ छाती पीट-पीटकर बेहोश हो गई। पापा ज्यादा व्यावहारिक निकले। दो मास में विमल मुंशी को ढूँढ़कर मुझे विदा कर दिया।

विमल पी डब्ल्यू डी का भावी होनहार इंजीनियर था, जो एक दिन प्रदेश के ही नहीं, देश-विदेश के तमाम पुल, बाँध, मन्दिर, मस्जिद बनानेवाला नामी चीफ इंजीनियर बनेगा। जन्मपत्री और भी बहुत कुछ बताती थी। बाँची भी किसने ? खुद पंडित रघुनाथ शास्त्री जी ने !

ताता ने जल्दी मचाने पर पहले आश्चर्य, बाद में एतराज़ ज़ाहिर किया, "लड़की

को बी.ए. की परीक्षा तो देने दो शिवा ! ऐसी कौन-सी बूढ़ी हुई जा रही है ? अभी तो इससे दो साल बड़ी राज्ञा बैठी है।''

''आपकी बहू ज़िद किए बैठी है ताता ! आप आशीर्वाद दीजिए। वे लोग आगे पढ़ा देंगे। अच्छा खानदान है, लड़का प्रॉमिज़िंग ! और क्या चाहिए ?''

पहली बार मैंने सुना कि मेरी माँ की ज़िद कोई मायने रखती है। बाहर से सब मंगल था। पर मंगल के साथ भौम शनि तो लगे ही रहते हैं, उनका पापा क्या कर सकते थे ?

एक पल मेरी सास जी खुश होतीं, ''जीवें तेरे पापा, मेरे घर लक्ष्मी भेज दी ! है तो सब कुछ तुम्हीं दो बहुओं का। मैं क्या साथ ले जाऊँगी ?''

दूसरे पल उन्हें मुट्‌ठू साहब याद आकर उदास कर जाते, ''देने का जिगरा तो मुट्‌ठू साहब में ! कभी देखा न सुना, दामाद जी की जन्म-पत्री लौटाई, तो सोने का खोल मढ़कर, सो भी चाँदी के जहाज़ में।''

चाँदी के जहाज़ में सोने की जन्म-पत्री ! सीमाओं में रहनेवाले ब्राह्मण समाज में मुट्‌ठू साहब का यह बचकाना दिखावा खासी चर्चा का विषय बन गया। नए निज़ाम में जिनके भंडार गले-गले भर गए, उन्हें समझ ही न आया कि खर्च कैसे करें !

वादी में दान-दहेज की नई प्रथाओं के बीज बोनेवाले मुट्‌ठीभर नवधनाढ्यों ने हज़ारों लड़कीवालों की गालियाँ खाईं। कहाँ तो अच्छा-खासा मध्य वर्ग, पाँच गहनों और सात जोड़ी कपड़ों, बर्तनों के साथ लड़की का कन्यादान, 'सुच्चापानी और फूलों का डेजहोरू' मानकर सकता था, कहाँ अब आधा दर्जन बक्सों-अटैचियों, फर्नीचर, चाँदी-सोना और यह-वह के साथ कैश रकम देना, वसूलना सामाजिक साख बनता जा रहा था।

वसन्ता ने ठीक कहा था, ''हमारे माता-पिता घर के खिड़की-दरवाज़े भी निकालकर हमारे ससुरालवालों को भेज दें, तो भी उन्हें लगेगा कि देने में कंजूसी कर गए। काश राज्ञा ! हमारे यहाँ भी बनियों की तरह दहेज-प्रथा होती। कम-से-कम कोई निश्चित रकम तो तय हो पाती ! यहाँ तो, दहेज-प्रथा नहीं है, पर बेअन्त उम्मीदें हैं। लड़कियाँ नाती-पोतेवाली हो जाती हैं, मायके के नेग-शगुन चलते रहते हैं। माँ-बाप गुजर जाएँ तो भाई लोग ऋण चुकाते हैं।''

मेरे बाइनाक्यूलर में जम्मू शहर आ गया है। परेड ग्राउंड का गर्ल्स कॉलेज ! रीता, विनोद, कैलाश मुझे मना रही हैं।

''चलो न आज तुम भी हमारे साथ। लंच टाइम तक लौट आएँगे।'' हमारी क्लास पिकनिक मनाने बाहू फोर्ट जा रही है।

''देर हो गई तो मेरी शामत समझो ! माँ जी की नज़र घड़ी की सुइयों पर ही अटकी रहती है।'' मैं इनकार कर देती हूँ।

''नहीं होगी देर यार ! तेरी ससुराल है या सेल्यूलर जेल ? घंटाभर देर हुई भी, तो कौन-सा पहाड़ टूट जाएगा।''

लड़कियाँ हँसतीं, हाँफतीं बाहू किले पर चढ़ रही हैं। हवा में चुन्नियाँ फहरा रही हैं। खुशनुमा धूप गालों पर गुलाब खिला रही है। मेरी नज़र कलाई घड़ी पर टिकी है। डर है या बिना अपराध किए अपराधबोध ? मैंने घर से परमिशन नहीं लिया।

घर में कदम रखते ही बम फट जाता है। ससुरजी सिर से साफा उतार मेरे पैरों पर डाल देते हैं, ''लो बहू ! डाल दो खाक मेरे दस्तार पर। रही-सही कसर भी पूरी हो जाए !''

''क्या किया है मैंने ? डर मेरी नसों में ज़हर की तरह फैल रहा है।''

सास जी पिंजरे में बन्द शेरनी-सी दहाड़ रही हैं, ''होता ऐसा मेरे ज़माने में, तो मेरी सासू जी नाई बुलवाकर सिर न मुँड़वा देतीं ?''

मैं फिर भी अपना अपराध समझ नहीं पा रही। लेकिन कहीं ज़मीन धँस गई है। आकाश ढह पड़ा है। मैंने बड़ों से आज्ञा लेना ज़रूरी नहीं समझा। मेरी पहली गलती उनके लिए चुनौती बन गई है। आगे मैं उन्हें ठेंगे पर न रखूँ, इसका क्या भरोसा ?

'' 'कहा नहीं है बड़ों ने। निके-निके बैंगन चोर, बड़े-बड़े सेंधमार ?' उनके पास सुने-सुनाए, मेरे अपराधों की लम्बी सूची थी। पड़ोसन आंटी ने अपने पति के हवाले से उनकी आँखोंदेखी बताई थी, कि राज्ञा बहू सेक्रेटेरियट ग्राउंड में, किसी जवान लड़के से हँस-हँसकर बतिया रही थी, और कॉलेज-वॉलेज की बातें तो तुम्हें-हमें बेवकूफ बनाने की बातें हैं। अलाँ की बेटी और फलाँ की बहू तो कॉलेज के बहाने यार के साथ सिनेमा देखने जाती थी। तुम तो बहन, गाय-सी सीधी और बकरी-सी मासूम। क्या पता कहाँ चली जाती है कॉलेज के बहाने। कल कुछ हो-हवा गया तो बेटे को कौन-सा मुँह दिखाओगी ?''

हँसकर बात करना, वह भी विप्रलब्ध नायिका का, चाहे वह कॉलेज के प्रोफेसर से ही क्यों न हो ? गलत था ! अपराध था।

मुझे लगा, मैं पिकनिक नहीं गई, किसी पर-पुरुष के साथ सोकर आई हूँ। भाग ही जाती, तो कौन-सी खाक न पड़ती ससुर जी के दस्तार पर ?

उस रात अकेले में हूकें भर-भर रोते जब मैं थक गई, तो मेरे अन्दर, धूप से भुनता, तड़कता गर्म रेगिस्तान फैलने लगा। कोई नदी-नाला, काई-कछार भी वहाँ नहीं था। दुख से ज्यादा अपमान की तीखी कौंच मुझे बकरी की तरह ज़िबह किए जा रही थी। मैं किस अपराध की सज़ा भुगत रही हूँ ? किस सदी में धकेल दी गई हूँ ?

विमल को लौटने में अभी चार महीने बाकी थे। मैंने टूटकर माँ को पत्र लिखा। ''विमल के लौटने तक मैं तुम्हारे पास रहना चाहती हूँ। मुझसे और सहा नहीं जाता, माँ !''

सत्रहवीं सदी में हब्बाखातून ने ससुराल के जुल्मों से तंग आकर मायकेवालों से फरियाद की थी। 'वअरि वेन सूत्य वार छस नो, चार कर म्योम मालिन्यो लो'।[1] बदलाव

1. मैं ससुराल में खुश नहीं हूँ, मेरा कोई उपाय करो, ओ मायकेवालो !

के दावों के बावजूद हम कितना बदल गए थे ?

माँ ने निरंजन को हवाई कबूतर बना, लम्बा-चौड़ा पत्र देकर भेज दिया, फलों की टोकरी के साथ ! 'ड्येक बअड, डेम्ब बअड'[1] के आशीषों के साथ, वही सनातन सीख-सिखौवल ! साथ में ललद्यदी, रूपदेदी की सहनशीलता के किस्से ! सास ने भात के नीचे पत्थर परोसा, लल्ली ने मुट्ठीभर भात खाया, पत्थर धोकर चौके में रख लिया। पति ने देर से घर लौटने पर लांछन लगाए, पानी का मटका फोड़ दिया, पर लल्ली ने मुँह खोला ? तभी न उसके बारीक कते सूत से ताल में कमल और कमल ककड़ियाँ उग आईं। ईश्वर ने सुन ली उसकी एक दिन और लल्ली सन्त योगेश्वरी बनी। और रूपभवानी ने ? उसने कम सहा ? मायके से खीर की देगची आई। सास ने हाथ-पैर नचाए, 'इत्ती-सी खीर ? किसे दूँ, किसे न दूँ ?' रूपदेदी ने सिर झुकाकर कहा, 'सिर झुका कर', माँ ने लिखा, 'आप बाँटना शुरू करें।' बस और कुछ नहीं। सास गुस्से और खुंदक में भर-भर कलछियाँ खीर की बाँटती रही। बाँहें दुख गईं, पर खीर खत्म ही न हुई। तब सास भी बहू को मान गई और अपने किए पर पछताई। यानी कि मेरे ससुराल वाले भी अपनी लगाई तोहमतों पर एक दिन शर्मिंदा हो जाएँगे। मुझे सब्र से काम लेना है। ये तो समय की परीक्षाएँ हैं।

वही, हर युग में ऐसा हुआ है, आगे भी होता रहेगा।

लेकिन मेरे पास न लल्ली, रूपदेदी का धैर्य था, न उनकी यौगिक शक्तियाँ। बीसवीं सदी में, चौदहवीं-सोलहवीं शती के उदाहरण मेरे काम नहीं आएँगे, यह बात माँ को समझाना असम्भव था। मैं फिर चुप रही।

विमल इंजीनियर हो गया। लगा, अब कुछ बदलेगा। मैं विमल के साथ आगरा गई, जयपुर गई, विमल ने माँ से कहा, "उधर खाने की तकलीफ है।" माँ ने बेटे की सेहत पर ध्यान रखते, बावर्चिन भेज दी। पतिदेव के बुलाने, और सास जी के पति के पास भेजने का यह पारम्परिक शालीन ढंग मुझे कडुवे घूँट की तरह पीना पड़ा।

मैं दो बार माँ बनते-बनते रह गई, तो कात्या दीदी खुद मुझे लेने आ गई, "राज्ञा को तीन महीने का बेड रेस्ट चाहिए। इसे मेरे साथ भेज दें।"

विमल को कात्या की दखलअंदाज़ी पसन्द नहीं आई। उसने कन्धे उचकाए, "मेरी माँ ने धान कूटते बच्चे जने हैं। दुनिया की हर औरत माँ बनती है। इसकी क्या प्राब्लम है, यही जाने।"

लेकिन कात्या ने मुझे अपनी देखभाल में रखा। जब छह पाउंड की बादामी आँखों वाली नन्ही जान ने अधमुँदी आँखें खोल मुझे देखा, मेरी छातियों से दूध की धार फूट आई। मैंने देविका के रेशमी होंठों से अपना दूध छुलाया, और दीन-जहान को मेरे साथ की गई ज्यादतियों के लिए माफ कर दिया।

आह ! ये ऑटो के धचके, अंजर-पंजर हिला रहे हैं। ऑटोवाला गाड़ी को

1. सुहागवती होओ ! पुत्रवती होओ !

माँ-बहन की दो-चार वज़नी गालियाँ देकर गियर बदलता है और बहन से रिश्ता जोड़कर एक्सेलेटर दबाता है। यों यह धक्के-डोले नए तो नहीं हैं मेरे लिए।

विमल एम.एस. करने अमरीका चला गया। वह उम्रभर जूनियर इंजीनियर बनकर नहीं रहना चाहता था। मैं ससुराल लौट आई। मेरे लिए घर में कुछ भी न बदला था, गो कि बाहर काफी तब्दीलियाँ आई थीं।

बख्शी साहब के निज़ाम में धड़ाधड़ नई कॉलोनियाँ बनने लगी थीं। खुली हवाओं में ! कर्णनगर के बाद अब जवाहर नगर, रावलपुरा, बरज़ुला, सन्तनगर, वगैरह-वगैरह ! श्रीनगर, पक्की हवेलियों, तिकोन गेबलोंवाले छोटे-बड़े बँगलों-घरों की धज के साथ फैलने लगा था। ठेकेदारों, इंजीनियरों, राज-मिस्त्रियों से लेकर ईंट-गारा ढोनेवाले मजदूरों के रेट बढ़ गए थे।

सरकारी कर्मचारियों को सस्ते दामों ज़मीनें मिलने लगीं, तो जेठ जी ने भी रावलपुरा में प्लाट लेकर घर बनाया। जिठानी जी को सास पुराण सुनने से मुक्ति मिली और हमारा सम्मिलित परिवार टूट गया।

मैंने ताता की शरण ली और एम.ए. हिंदी में दाखिला लिया। बी.ए. करने के छह साल बाद मैंने फिर से किताबें उठाईं। दो साल खाली बैठकर विमल के लौटने का इंतज़ार करना मुझे मंजूर नहीं था।

सास जी का गुस्सा बेकाबू हो गया, "बड़ी तो घर तोड़कर चली गई और छोटी ने फिर से अक्षर बाँचने शुरू कर दिए। मैं जो हूँ सेवा के लिए। उम्रभर जेठ-देवरों के बच्चे पाले। अभी भी हाथों से मलमूत्र सने पोतड़ों की गन्ध आती है। अब तो मुझे मुक्ति दो। या अब भी लाली बहू की जालीदार परांदी झूलती लटकती देखूँ और मुँह सीकर खटती रहूँ ?"

ताता ने घर बुलाया, ससुर जी से बात की, "बच्ची को हम देख लेंगे। राज्ञा को पढ़ाई जारी रखने की आज्ञा दें।"

ससुर जी ताता की बात नहीं काट सके। यों उन्हें भी मेरी पढ़ाई समझ में न आई। एम.ए. करना ही था, तो अंग्रेज़ी में करती, मैथ्स में करती। जिसे कहीं सीट न मिले, वह एम.ए. हिन्दी करती है। आखिर क्या होगा एम.ए. हिन्दी से ?

ताता ने मुस्कुराकर हिन्दी-संस्कृत का महत्त्व समझाया। हिन्दी को अपनी सभ्यता और संस्कृति की संवाहिका बताया। "हिन्दी संस्कृत की बेटी है मुंशी साहब ! आप तो जानते हैं, आपको क्या समझाऊँ। पीछे की बातें छोड़ भी दें, अपने यहाँ डोगरा राज्य में भी राजाज्ञा संस्कृत और हिन्दी में जारी हुआ करती थी। प्राइम मिनिस्टर, प्रधान आमात्य और प्रेजीडेंट-प्रजासभा प्रमुख कहलाया जाता था। यों अंग्रेज़ी सीखने में कुछ गलत नहीं। हम तो अंग्रेज़ी की ही रोटी खाते हैं, पर हिन्दी तो अपनी राष्ट्रभाषा है...!" ससुरजी ने ताता से बहस नहीं की। वकीली दलीलों से भिड़ना उनके बूते से बाहर था।

ताता ने प्रदेश में हिन्दी प्रचार-प्रसार के लिए खुद काम किया था। आज़ादी के

बाद नए निज़ाम ने उर्दू पर ज़ोर दिया और हिन्दी को बरतरफ करने की कोशिशें कीं। तब शिवनाथ कौल के लड़के त्रिभुवन कौल और उनकी बेटी विमला कौल ने ओरियंटल कॉलेज की स्थापना कर हिन्दी में कोविद से लेकर प्रभाकर तक हिन्दी कक्षाएँ खोलीं। इस मिशन में कश्यप बन्धु, श्रीधर डुल, शम्भूनाथ पारिमू, कमला पारिमू, प्रोफेसर श्रीकंठ तोशखानी, चमनलाल सप्रू और आर.सी. पंडिता आदि के साथ ताता भी जुड़ गए। शारिका, दुलारी, दीदियों ने हिन्दी में ही पढ़ाई की।

मेरे भीतर भी हिन्दी के लिए सम्मान उभरा। तभी तो छोटी उम्र में ही भीतर जो कुछ कहने की हुड़क उठी, वह हिन्दी कविता बनकर फूट आई। मेरे हिन्दी एम.ए. करने का एक कारण उस रचना बीज के पल्लवित होने से भी ताल्लुक रखता था, जो आगे सम्भव हुआ भी, लेकिन वह तो आगे की बातें हैं।

विमल ने लौटकर इंजीनियरिंग कॉलेज ज्वाइन किया। मैंने डॉक्ट्रेट करने की ज़िद की।

"जो मन हो करो, पर घर के काम में हर्ज नहीं होना चाहिए। मैं घर में आए दिन का महाभारत नहीं चाहता।"

विमल ने धमकी के साथ इजाज़त दी। मैंने चुनौती स्वीकार की। भोभाजी की कोशिश से, या कॉलेजों में उनके रुतबे से मुझे गर्ल्स कॉलेज में नौकरी मिली। मुझमें पहली बार आत्मविश्वास जाग आया।

दिन के चार-छह घंटे कॉलेज में बिताने के अलावा, मैं घर में पहलेवाली भूमिका ही निभाती रही। मेरा रुतबा वही रहा। हाँ, देर-सवेर होने पर काम अटका रहता और छोटे-छोटे युद्ध होते रहते। विमल का रुतबा, अलबत्ता बढ़ गया। घर से बाहर ड्रिंक पार्टियाँ तो थीं ही, कभी-कभार घर में भी देर रात तक यार-दोस्त जमे रहते।

मुझे विमल के पीने से इतना एतराज़ न था, जितना उसके बहकने और पीकर उल्टियाँ करने से।

एक दिन मैंने उल्टियाँ साफ करने से इनकार कर दिया। फिर पीकर देह के साथ खिलवाड़ करने पर एतराज़ किया।

पीकर विमल कभी भावुक हो उठता, "मैंने तुझे कोई सुख नहीं दिया डार्लिंग ! कैसे तो निचुड़ गई हो, दिन-रात खटते।" कभी तुर्श-तीखा हो उठता, "तुम आजकल मुझसे छिटकती क्यों हो ? क्या कोई यार मिल गया है ?"

कभी बेहद कंसर्न्ड दिखता, कभी भीतर की गाँठें खुल जातीं, "तुम्हें क्या हो गया है, पैंतीस की हुई नहीं कि चेहरे पर बुढ़ापा झाँक आया है ! ज़रा ढंग से रहा करो। यू टर्न मी ऑफ।"

मैं सचमुच जमने लगी थी। उसका एक ही सुझाव होता, "छोड़ दो नौकरी, कुछ आराम करो, आखिर हिन्दी की टीचरी ही तो करती हो ?"

मुझे विमल का स्पर्श चुभने लगा। मैं उससे दूर होती गई।

"मेरा मन नहीं है, प्लीज़। आज नहीं, फिर कभी।"

"तुम आँख बन्द कर पड़ी रहो। तुम्हें क्या करना है। मुझे मेरा काम करने दो।"

मुझे भोगकर विमल खर्राटे लेने लगता। मेरे भीतर चीखें उठतीं। यह देह धर्म का निर्वाह था या बलात्कार ? जिसमें मैं कहीं थी भी तो वस्तुभर !

अगली सुबह विमल याद दिलाता, "भूलो मत, तुम मेरी पत्नी हो।"

"तुम पति हो या बलात्कारी ?" मैं हिंस्र होने लगी थी।

"वह तो मेरा हक है बीबी रानी ! तुम्हें उठाकर नहीं लाया, वेद-मन्त्रों के साथ फेरे लिए हैं तेरे साथ !"

"वेद-मन्त्र ! मैं प्राण, तू वाणी, मैं साम तू ऋक ! मैं धर्म, अर्थ, काम में तुमसे अतिचार नहीं करूँगा।" मैंने याद दिलाया। विमल हँसा, "यह अर्थ तुम हिन्दीवाले समझते रहो। मैं पुरुष हूँ। कामकाजी, इन फालतू के सोच में दिमाग खराब नहीं करता।" विमल ब्रीफकेस उठाकर दफ्तर चल दिया।

मेरी देह पत्थर होती गई। कोशिश करने पर भी जगी नहीं। विमल को रबरपीस बनी इस देह ने कितना सन्तुष्ट किया, कितना खिजाया, टर्न ऑफ किया, यह सब जानने की कोशिश भी मर गई।

माँ ने कहा था, "औरत एक बर्तनभर है।"

"पुरुष को पाक साफ सन्तुष्ट रखने के लिए।" मुझे मल सना कमोड याद आया। मैं घिन्ना उठी।

माँ ! तुमने अपनी पतिव्रत धर्म की परिभाषा में, मुझे किस अन्धकूप में धकेल दिया है।

सामने घर का दरवाज़ा था। ऑटो ज़बर्दस्त ब्रेक देकर, उछला और रुक गया।

घाट की तरफ जाती पूजा की टोकरियाँ थामे औरतों ने मुड़कर मुझे देखा। मायके आई है, वकील साहब की बड़भागी बेटी ! उस वक्त शाम के धुँधले रंगों में ठंड घुलने लगी थी। वितस्ता किनारे की झुकी छतोंवाले घरों के पीछे, दूर कहीं सूरज की थकी किरणें, बर्फीली चोटियों पर प्यास बुझाने उतर चुकी थीं। उतरती शाम के झुटपुटे में मन्दिर का सुनहरी कलश ताँबई हो चुका था।

वितस्ता की ओर बहती खुली नाली मल-मूत्र और विष्ठा से अटी पड़ी थी। नाक पर रूमाल रख, देविका ने देवदारी लकड़ी का भारी-भरकम दरवाज़ा ठेल दिया।

आँगन लाँघ बरामदे में कदम रखा, तो माँ भारी-भरकम कमोड उठाए कमरे से बाहर आती नज़र आई।

उस वक्त मेरे दिमाग में एक बात आई, कि उम्रभर माँ पापा का कमोड साफ करनेवाली ही रहीं। मुझे तब मालूम न था कि रात पापा को पैरेलिटिक अटैक हुआ है, अब माँ को उनका सचमुच का कमोड साफ करना होगा।

कमरा अपनों-परायों से अटा पड़ा था। कात्या, डॉ. जीजा, ब्रज भैया, रघुनाथ भैया, निरंजन...।

कात्या ने मुझे और देविका को एक साथ लिपटाया, "अच्छा हुआ, तुम दोनों आ

गईं। हम निरंजन को भेजने ही वाले थे। पापा को देखभाल की ज़रूरत है।''

वादी के धाकड़ वकील शिवनाथ रैना, बेजान बेहरकत अंग लिए चित्त पड़े थे। बाईं तरफ थोड़ी-सी हरकतें बाकी थीं। हर बात पर पति की धौंस-फटकार, सुनने की आदी मेरी माँ, मुझे देखते ही धारासार आँसू बहाने लगी।

''एन्जायना बढ़ गया था। हाईपरटेंशन तो था ही...'' कमरे में दबे स्वरों में बातें हो रही थीं, ''कल रात अचानक गिर पड़े, फिर उठे नहीं...।''

पापा ने महीनाभर ही सेवा करवाई। मैं चम्मच से मुँह में खाना देती। एक तरफ लटक आए होंठ से रिसकर पानी गले तक बह जाता तो तौलिए से पोंछ देती। पापा अपलक आँखों देखते रहते। गूँ-गुँआकर कुछ कहने की कोशिश करते, और अपनी बात न कह पाने पर रोने लगते।

रात को माँ ही देखभाल करती। देर रात तक हाथ-पैरों में मालिश करती रहती। पैर चाँपते, माथा सहलाते ऊँघने लगती, पर हमारी मदद उसने स्वीकार नहीं की। रात में पापा केवल माँ की ज़िम्मेदारी थे।

एक रात पापा के कमरे से गूँ-गूँ की आवाज़ें आईं। 'छन्न' के साथ फर्श पर कुछ टूटने की आवाज़ से मैं चौंककर उठी। पापा के कमरे में झाँका। पापा बाएँ हाथ से पास रखी साइड टेबल पर कुछ टटोल रहे थे। इस टटोल में पानी का गिलास फर्श पर गिरकर टूट गया था। रात माँ के सिर में दर्द था। वह गोली खाकर सोई थी। आवाज़ सुनकर झुँझलाई—

''क्या चाहिए ? बाथरूम लगी है ? मेरी आँख लग गई थी, सिर दर्द से फटा जा रहा है...।''

मैंने पापा से पूछा, ''कुछ चाहिए ?'' उन्होंने उँगली से अमृतांजन की तरफ इशारा किया, ''सिर में लगा दूँ ?'' मैंने उँगली पर बाम लिया तो माँ की तरफ इशारा कर गुँगुआकर कहा, ''इसे लगाना चाहता था...।''

माँ ने अविश्वास से पापा को देखा, समझा और रो पड़ी।

''मैं ठीक हूँ अब, दवा खा ली न ? सो जाओ।''

माँ ताउम्र नहीं भूली कि पापा के मन में उनके लिए कोमल सोता उग आया। जाते वक्त ही सही, वे माँ को उसका दाय दे गए।

पापा की मृत्यु के बाद, शोक मनानेवालों की भीड़ में बांडीपुरा के मेरे मामा भी आ गए, जिन्हें हमने ठीक से पहचाना भी नहीं। पापा ने हमारे ननिहाल जाने पर पाबन्दी लगा दी थी, ननिहालवालों के लिए वर्षों पहले माँ को हिदायत मिली थी, ''मेरे घर में गँवारों की टोली नहीं आएगी।''

पापा के दादा जी ने बांडीपुरा के लसभट्ट की सुकन्या को लक्ष्मी रूपा समझ पोते के लिए चुना था। बिना बेटे से सलाह लिए वाग्दान दिया था, जो एक बार दिया तो लौटाया नहीं जा सकता था। ताता ने अपने पिता की वचनबद्धता और विद्वत्ता के आगे सिर झुकाया। पंडित लक्ष्मण जू का वचन राजा दशरथ का वचन था। लेकिन पापा

के लिए यह उम्रभर का बवाल था।

पापा अपने लिए कमला नेहरू जैसी बड़ी-बड़ी आँखों और पट्टेदार बालोंवाली कोमलांगी पत्नी चाहते थे। पढ़ी-लिखी, जो उल्टे पल्लू की साड़ी पहने होती, जो हिन्दी-अंग्रेज़ी में बात कर सकती, जो...

पापा ने दादा-ताता और दीन-जहान का गुस्सा माँ पर उतारा। फिरन पहनकर खेत-खलिहानों में बछेरी-सी घूमती लड़की ने, वकील साहब के घर के तौर-तरीके सीखे, चिट्ठी-पत्री लिखने लायक हिन्दी भाषा जान ली। पर पापा ने ताउम्र हमारी माँ को कठघरे में ही खड़ा रखा।

लेकिन माँ को आखिरी दिनों में अमृतांजन की ओर बढ़ता उनका हाथ याद रहा। सन्तोष रहा, कि उसकी तपस्या रंग लाई। पति के मन में उस निरपराध गँवारू, हर तरह से नालायक स्त्री के लिए प्यार जैसा कुछ उग आया। उसका उम्रभर का कलेश धुल गया।

लेकिन मेरे पास याद रखने लायक कुछ भी न था। मैं कठघरा तोड़कर आई थी। एक सन्तोष था कि पापा ने मेरा लौटना जाना नहीं। मैं उन्हें एक और धक्का देने के अपराध से बच गई।

महीनाभर बाद मैंने भोभाजी से ट्रांसफर की बात की।

"मेरा तबादला अनन्तनाग, बारामूला कहीं भी हो सके, तो मैं देविका को लेकर चली जाऊँगी। यहाँ रहकर चर्चा का विषय नहीं बनना चाहती।"

माँ चुपचाप रोती रही। भोभाजी कुछ कहते कि लल्ली माँ ने मुझे बाँहों में भरकर मीठा-सा झिड़क दिया, "तुम इतनी नासमझ कैसे हो गईं राझा, कि माँ को अकेली छोड़कर जाने की सोचने लगी ? हैं ? हम भी तो अकेले हैं यहाँ। तुम हमारे साथ रहकर हमारी देखभाल करोगी। और चर्चा का डर उसे होता है, जो अपराध करता है। तुमने तो बीस साल परीक्षाएँ ही दी हैं।"

कात्या ने कहा, "तुम बहुत डरकर रहीं, अब डर छोड़ दो, सब ठीक हो जाएगा।"

मेरे ससुरालवाले पापा की मृत्यु पर शोक प्रकट करने आए। एक-दो बार मेरे घर लौटने के सन्देश भी भेज दिए, पर मुझे लौटना नहीं था। मैंने तलाक के कागजों पर दस्तखत कर दिए। विमल ने देविका के नाम कुछ रकम सावधि जमा योजना में रख दी। न भी रखता, तो भी मैं कुछ न माँगती। मैं पिछले बीस वर्षों से जुड़ी हर घटना, हर लम्हे को अपनी यादों से खुरचना चाहती थी।

विजया भाभी और प्रेम भैया महीनाभर रहकर लौट गए। भाभी ने आग्रह किया, "कभी भी मन हो तो चली आना हमारे पास। हम भी ट्रांसफर की कोशिश करेंगे।"

दिन, मास और ऋतुएँ बदलती रहीं। चाँदनी रात में वितस्ता के पार कोई बाँसुरी की उदास धुन छेड़ देता, तो मैं बुखारचे में निकल आती। कोई लोकिनवार प्रेमिका को पुकार उठता, "लुक फॉर मी बाई मूनलाइट, वेट फॉर मी बाई मूनलाइट, आई विल कम टु दी बाई मून लाइट, दोह हेल शुड बार द वे।"

मेरी कलम कागज पर चलने लगती। मन उस लोकिनवार की तरफ दौड़ जाता, जिसका नाम जयन्त था। जिसे मेरी शादी के दिन अपने ही पित्ता ने घर में कैद कर दिया, कि कहीं वह तूफानों से टकराता-लड़ता, मुझ तक न पहुँच जाए। बेचारा मास्टर पिता, शिवनाथ वकील की ठसक-धमक के आगे, न पिद्दी, न पिद्दी का शोरबा ! जो वकील साहब ने कहा, वह सहमकर सिर-माथे रखा।

बीस साल बाद मैंने उसे अकेले में आवाज़ दी, "कहाँ हो जयन्त ?" मेरी आवाज़ें कभी चिल्लयकलान की ठंड में जम गईं। कभी बसन्त की महक में बादामवारी के आसपास बौराती फिरीं। मुझे जयन्त नहीं मिला। सुना वह बीस साल पहले, गुस्से और दुख से वादी छोड़कर चला गया था।

कुछ घट गया था, जो घटना नहीं था। कुछ ढह गया था, जो बन सकता था।

मन्दिर के पिछवाड़े की अँधेरी कोठरी खाली हो गई थी। चिल्लयकलान की एक सुबह निमोनिया से दुर्गा की मौत हो गई। दीन काक और जया ने दुर्गा की मृत देह पर ढेर से फूल डालकर अग्नि को समर्पित किया। जया तभी से कोठरी छोड़कर शिवालय के एक अँधेरे कोने में अपना संसार समेट लाई थी। माँ कहती है, "जया स्वर्ग चली गई। रोज़ सुबह-शाम शंकर की स्तुति करती थी न ! दीन काक ने खुद सुने थे उसके अन्तिम शब्द, 'नगेन्द्र हाराय त्रि-लोचनाय, भस्मांग-रागाय महेश्वराय...!' बोलते-बोलते शब्द लड़खड़ाए और एक हिचकी के साथ इहलीला खत्म।

"दीन काक भी अब नहीं हैं। उनका छोटा बेटा बंबई चला गया है। बड़ा मन्दिर में सुबह-शाम ड्यूटी देता है। न आवाज़ में पता का सोज़, न मन में वह श्रद्धा। यों ब्राह्मण मंडल ने कुछ मासिक वेतन तय किया है, पर दान-पात्र पर उसकी नज़रें यदा-कदा टिक ही जाती हैं।

पुरोहिती तो अब खत्म ही हुई समझो।

आसमान में बादलों के मेमने सिर उठाने लगे हैं। रमज़ानी टोकरा लिए घाट पर ठुमकती मुर्गियाँ ढकने निकली है। बाहर तार पर कपड़े पड़े हैं। माँ कपड़े समेटने उठ गई है। कहीं बारिश न आ जाए। मैं कुछ लिखना चाहती हूँ। उठूँ ! कितना कुछ तो घुमड़ रहा है भीतर !

# शिहुल विला

नवरेह ! समय की संधों-फाँकों में नयापन ढूँढ़ता। इस बार भी बेआवाज़ कदमों से अँधियारे को धकियाता हुआ, दीठ के आगे नमूदार हो गया। पूर्व के गुलाबी सुरमई रंगों के बीच, आसमान छूते सफेदों की नरम फुनगियों को बर्फ घुली हवाओं ने हल्के से चूमा, नवरेह मुबारक !

देर रात सोई कात्या ने करकती आँखें मुलमुला, साइड टेबल पर सजे नवरेह के ढके-मुँदे थाल को देखा। तौलिया हटा नमन किया, संस्कार बने स्तुति मन्त्र उच्चारे। थाल में चावल के स्तूप के चौगिर्द कटोरियों में सजे दूध, दही, मिष्ठान्न, फल और स्तूप पर बैठे लक्ष्मी-गणेश, सरस्वती, पंचांग, नरगिस के गुच्छों बीच मुस्कुराए। पेन उठा कात्या ने सधे हाथ से पैड पर 'ॐ' लिखा। सृष्टि का प्रथम और अन्तिम शब्द 'ॐ'। पृष्ठभूमि में ताता की मोतियों-सी सुन्दर लिखाई में 'ॐ विघ्नहर्त्रै नमः' शब्द झाँक आए।

आज को जीते कल गाहे-बगाहे अदीठ कोनों से झाँकता ही रहता है। 'वय' का कतला दही-चीनी में डुबोकर जीभ से छुलाया 'ऊँह, कड़ुवा है', किसी छोटी बच्ची ने मुँह सिकोड़ा।

''संजीवनी बूटी समझो इसे। खाओगी तो सालभर निरोग रहोगी।''

दूर विदेश में बैठी लल्ली ने बाल सहलाकर लाड़ किया। बीते वर्षों की तस्वीरें जी उठीं। पीढ़ी-दर-पीढ़ी चले आते इस उत्सव के साथ ब्राह्मण समाज नवरात्रों की धार्मिक-सामाजिक गहमागहमियों में व्यस्त हो जाता है और अनायास ही ज़रूरी हो जाती है घर की गृहणी।

चैत्र शुक्ल पक्ष प्रतिपदा। पौ फटते ही अन्न भरा थाल लिए घर के बुजुर्गों, बच्चों के मुँदे दरवाज़ों पर दस्तकें देकर, अन्न-धन और देवताओं की मुँहदिखाई उसी के हाथों होती है। उन्हें ही बोनी है घर के ताखों-मोखों और मिट्टी के थालों में जौ और धान। व्रत-पूजा, निष्ठा से बुलानी है घर में, हरी दूब की ओढ़नी में झाँकती नवदुर्गा। वर्षभर की सम्पन्नता और समृद्धि का प्रतीक।

डॉ. कात्यायनी भी पिछले बीसेक वर्षों से निभाती रही है यह परम्परागत त्योहार। डॉक्टरी की व्यस्तताओं और कई गैर पारम्परिक विश्वासों के बावजूद, घर की गृहणी उत्सवों के लिए समय निकालती है। उत्सव, जो हमें समाज इतिहास और प्रकृति से जुड़ाव सिखाते हैं। कार्तिकेय जानता है, नवरेह की बधाई देने कात्या सूर्योदय से पहले

जगा देगी। फाँक भर आँख खोल थाल को नमन करता है और बाँह से घेर कात्या के माथे पर होंठ रख देता है। नए साल का तोहफा।

बच्चे अधमुँदी आँखों थाल का दर्शन कर मुट्ठीभर अखरोट उठा, सिरहाने के नीचे खुसा देते हैं। अलसाई आवाज़ों, जमुहाइयाँ लेते, मम्मा को 'हैप्पी न्यू ईयर' कहते नकियाती ध्वनियाँ निकालते हैं—"थोड़ी देर और सो लें ? प्लीज़।" और धप्प से दोबारा बिस्तर पर लमलेट।

कात्या दही-चीनी मुँह में देने, 'वय' का कतला चबाने का आग्रह नहीं करती। जितना भी निभ जाए, अच्छा है।

खुद को बचपन के आँगन में खड़ी देखती है, उत्सवों की महक घटते ! वक्त कुछ तो चुराता ज़रूर है, झोलीभर देने के बावजूद ! अब दिद्दी-मुन्ना के साथ नन्ही कात्या, चौथी मंज़िल की बारादरी से निशाना साधकर अंखरोट वितस्ता तक नहीं पहुँचाती, और न घाट से लगी किश्तियों के बीच मल्लाहों के अधनंगे बच्चे, नदी में उतर, युद्ध स्तर पर अखरोट बटोरने की होड़ में छीना-झपटी करते हैं। हँसी-मज़ाक, उत्साह, धूमिल होते जा रहे हैं।

वक्त बचपन को निगल गया। नदी पार कराती, नावें, झील झल और नेहरू पार्क में, सैलानियों को सैर कराने चली गईं। अब सुस्ती में डोलते वाहनों में दूरियाँ लाँघने का न किसी के पास समय है और न ज़रूरत।

होड़ाहोड़ी में भागते समय को पकड़ने के लिए अब सिटी बसें हैं। टैक्सियाँ, स्कूटर, मेटाडोर, गगुर[1] और वूँ-वूँ मोटरें हैं।

हवाओं में धूल, धुआँ और शोर भरता जा रहा है। शेख साहब बाईस साल बाद फिर प्रदेश के नेता बने हैं। प्रदेश तरक्की कर रहा है। बुलिवार्ड पर देखो, पहलगाम, गुलमर्ग, सोनमर्ग में नए आलीशान होटल, बर्फ ढके पहाड़ों को सिर उठाए देख रहे हैं। नई फैक्ट्रियाँ खुली हैं। अखबार कहते हैं, 'अस्सी'[2] में सात लाख टूरिस्ट कश्मीर आए। पहले कभी दो लाख से ऊपर आए हों, याद नहीं।

लेकिन वितस्ता सूखने लगी है। मल-मूत्र, विष्ठा को अपने साथ बहाकर ले जाती माँ, कृशकाय और पीली पड़ती जा रही है।

काश ! कात्या इसका कुछ इलाज कर पाती। यों यहाँ, गुगजीबाग में, अस्पताल के अहाते से लगी डॉ. कार्तिकेय-कात्या की कोठी 'शिहुल विला' के सामने वितस्ता नहीं बहती। अर्जुन-ईशा जगाने पर बाल्कनी से निशाना साधकर अखरोट नीचे लॉन के बीच बने ताल में फेंक देंगे। ताल के फव्वारों में क्वैक-क्वैक पुकार, थिरकती सफेद बत्तखें, अखरोटों की चोट से बचती, फुदककर बाहर कूद आएँगी और सोन्ना माली के बेटे पानी में उतर अखरोट बीन लेंगे।

सोन्ना माली के बच्चे गुला, सुला अर्जुन-ईशा से हिल गए हैं। क्रिकेट खेलते जब

---

1. गगुर—लम्बे स्कूटर जैसे वाहन, 2. सन् 1980।

अर्जुन के चौकों-छक्कों में बॉल, गुलाब की बाड़ में छिप जाती है तो गुला दौड़कर बॉल ढूँढ़ निकालता है। अर्जुन के 'शाबाश, गुलशेरा' कहने पर टॉफी के लिए नन्ही हथेली आगे कर देता है। आँखों में मासूमियत। लहज़े में शरारत।

"खाली शाबाशी नहीं भायजान।"

"अरे बदमाश ! बिना टॉफी की शाबाशी काफी नहीं ?" अर्जुन आँखें तरेरता है।

"नहीं भायजान। जितनी बार बॉल बाउंड्री पार करेगी, उतनी टॉफियाँ लूँगा। ठीक है न आपा ?" गुला ईशा से समर्थन जुटाता है।

"ओके !" अर्जुन सिर पर चपत मार लाड़ करता है।

"पहले सलवार ऊपर खींच, खिसक रही है। और यह उँगली से नाक में क्या तलाश रहा है ? टॉफी ? तेरे स्कूल में यही कुछ सिखाया जाता है ? हँ ?"

स्कूल में क्या सिखाया जाता है, यह भी गुला, अर्जुन-ईशा को कभी-कभार सुना देता है।

"कायदा पढ़कर सुनाऊँ भायजान ? कल का सबक ?"

स्वीकृति की प्रतीक्षा किए बिना गुला दौड़कर बस्ता ले आता है और झूम-झूम कर पाठ पढ़ता है।

"छोटे बच्चो रहो शान्त।"

"हम बताएँगे, क्या है इस्लाम। तुम कह तो सकते हो कि फौज भी नहीं तुम्हारे पास। पर तुमको लड़ना है इस्लाम के नाम...।"

"और सुनाऊँ भायजान ?"

ईशा, अर्जुन को नज़रों से सवाल पूछती है। अर्जुन नासमझी में कन्धे उचकाता है। "सुनाओ..."

"हम कश्मीरी हैं। हमारा मुल्क कश्मीर है। यह भारत, चीन और ईरान से घिरा है..."

अर्जुन ने पहली बार गुले का कायदा पढ़ा, तो आश्चर्य हुआ कि तीसरी कक्षा के बच्चों को इस्लाम के नाम लड़ने की बातें कौन सिखाता है ? हमारे समय तो, 'लब पे आती है दुबा बन के तमन्ना मेरी, ज़िन्दगी शमह की सूरत हो खुदाया मेरी'...जैसी रौशनी किताबों से फूटती थी।

"किस स्कूल में पढ़ते हो गुले ?" अर्जुन ने जानना चाहा।

"मस्जिद के मदरसे में। मौलवी साहब पढ़ाते हैं। सबक याद न करो, तो 'मंदलू'[1] पर डंडा मारते हैं।" गुला बुलबुल-सा चहकता है।

यही सवाल अर्जुन ने पापा से भी किया।

"यह मस्जिदों में कैसे मदरसे खुले हैं, जो छोटे बच्चों को इस्लाम के नाम पर

---

1. मंदलू—पिछाड़ा।

लड़ने की बातें सिखाते हैं ? कश्मीर, भारत, चीन, ईरान से घिरा है, सिखाकर भारत से अलग होने की बात ज़ेहन में भर देते हैं।''

कार्तिकेय ने सुना तो था कि जमात-ए-इस्लामी गुट ने मस्जिदों-मकतबों में इस्लामी तालीम शुरू कर दी है। पाकिस्तान से प्रीचर्स आते हैं और छोटे बच्चों को 'निज़ामे मुस्तफा' की खूबियाँ समझाई जाती हैं। पर शेख साहब के लौटने पर उम्मीद बँधी थी कि साम्प्रदायिक प्रचार, कम-से-कम स्कूलों से हट जाएगा।

लेकिन जमात-ए-इस्लामी ने बच्चों के कच्चे मस्तिष्क को निशाना बना दिया था।

''हमने तो जमात-ए-इस्लामी हिन्द के बारे में पढ़ा था पापा, जो आज़ादी के बाद बनी, और इसलिए बनी कि भारतीय मुसलमानों की स्थिति में सुधार हो, शिक्षा के प्रति रुझान बढ़े। पर इधर तो मकसद ही कुछ और दिखाई पड़ता है।''

''नहीं अर्जुन, यह वह संस्था नहीं है। यह संस्था अपनी वादी में 1942 में शुपैयाँ में बनी। गुलाम मुहम्मद अहर ने कश्मीर की जमात-ए-इस्लामी की नींव डाली थी। यह कश्मीर के पाकिस्तान में विलय के लिए काम करती है। सेंट्रल गवर्नमेंट को 'दिल्ली दरबार' कहती है।''

''इन लोगों ने ही इन्द्रा-शेख के बीच हुए कश्मीर समझौते का विरोध किया था न ?''

''हाँ, विरोध तो किया था, पर बाद में यही लोग ऊँचे पदों पर बैठ गए।''

''अजीब स्थिति है पापा ! पहले तो, न शेख साहब ने और न बख़्शी साहब ने नेशनल कांफ्रेंस के अलावा, किसी दूसरी पार्टी को उभरने दिया। हालाँकि एक ज़िम्मेदार विरोधी पार्टी लोकतन्त्र को मज़बूत ही करती। प्रजा परिषद् और जनसंघ का, 'साम्प्रदायिक पार्टियाँ' हैं, कहकर घोर विरोध हुआ, और अब देखिए, क्या हो रहा है।''

कार्तिकेय को सादिक साहब याद आए।

''सादिक साहब ने कश्मीर में नेशनल कांग्रेस की नींव डाली, इस मामले में वे काफी लिबरल रहे। पर उनके जाते ही मीर कासिम ने पलटी खाई। उनके समय ही जमात-ए-इस्लामी ने लेजिस्लेटिव एसेंबली में पाँच सीटें जीत लीं।''

''और साम्प्रदायिक कट्टरता शासन में घुस गई। इसी का नतीजा हैं ये मदरसे।''

अर्जुन के भीतर दबी-दबी उत्तेजना थी, ''पापा ! क्या आपको नहीं लगता कि ये मदरसे हमारी कश्मीरियत के लिए घातक सिद्ध हो सकते हैं ?''

''बंग्लादेश बनने के बाद पाकिस्तान ने जो प्रॉक्सी वार कश्मीर में छेड़ दी और जनरल ज़िया-उल-हक ने, आई.एस.आई. का जो जाल यहाँ फैला दिया, उस सबसे ज्यादा भयानक तो यह शिक्षा है जो ललघद और नुन्द ऋषि की परम्परा को एक दिन खत्म करके रहेगी।''

अर्जुन सचमुच उद्विग्न है, ''आज ये नन्हे गुल और सुला हमें अपने लगते हैं, कल क्या पता मज़हबी कट्टरता इन्हें हमारा ही दुश्मन बना दे ?''

''इतना परेशान मत हो अर्जुन !'' पापा ने अर्जुन को तसल्ली दी, ''अभी तो शेख

साहब भड़कते ज्वालामुखी को दबाने में कामयाब हो रहे हैं। आगे क्या होगा, इसे तो वक्त ही बताएगा।"

वक्त जो रंग बदलता है, मौसम की तरह, और मौसमों की तासीर की तरह।

जो नहीं बदलता, वह भी क्या वैसा ही होता है, जैसा पहले था ?

पहले तय था कि दुर्गा अष्टमी को दुर्गानाग मन्दिर जाना है। शंकराचार्य पर्वत पर चढ़कर, चोटी पर स्थित शिवलिंग के दर्शन करने हैं। बच्चे, युवा, खड़ी पहाड़ी पर दौड़ते-हाँफते, कभी इस पत्थर की टेक लगा, कभी उस पेड़ से कमर टिका, एक हज़ार फुट की ऊँचाई से, नीचे झील झल का नज़ारा आँखों में भर लेते। बुजुर्ग पहाड़ों की गोद में बैठी झील पर माचिस की डिब्बियों-सी दिखती नावें और हाउसबोट। वह दूर चारचिनारी, यह इधर नेहरू पार्क और गगरीबल प्वाइंट ? वह ना, जहाँ मोटर लाँघ पानी में झागीली लहरों के पहाड़ बना रहा है ?"

कितनी उमंगों से इन्तज़ार रहता था, इस पिकनिकी उत्सव का ! बड़े भाइयों, बुजुर्गों से शंकराचार्य पर्वत और ज़ेठियार की गाथाएँ सुनना, कि ढाई हज़ार वर्ष ईसा पूर्व, गुणाढ्य वंश के राज़ा सन्धिमान ने, जिस शंकराचार्य पर्वत पर यह शिवमन्दिर बनाया, उसका नाम पहले सन्धिमान पर्वत था और मन्दिर का नाम जेठेश्वर।

और रामनवमी को रामचन्द्र मन्दिर, जहाँ मन्दिर के प्रांगण में हवन होता। और बाहर बाग में, चेरी-आडू की सफेद-गुलाबी बौर गन्धतले, समावारों से उठती कहवे की भापीली खुशबुएँ रूह ताज़ा कर देतीं। दूर-दूर तक हलवाइयों के टैन्ट, छप्परों तले 'नन्दरमोंजी'[1] और लुप्पियों के खौलते कड़ाह भूख जगा देते।

हरे अँखुवों में धरती की फूटती लालसा के साथ युवा दिलों के काबुकों में बन्द कबूतर पंख फड़फड़ाते—'रोशि वला म्याने दिलबरो पोशन बहार आव यूरय वलो।' आह ! इस मदमाती बहार में भी बंदिशें, जब सूरज की ज़रा-सी छुअन से बर्फ भी पिघलकर धारों में बहने लगती है ?

लुकाछिपियाँ ! नैन-मटक्के। बौर गन्ध खुमार-सी सिर चढ़ बोलने लगती।

अब तो बहार भी बस छूकर गुज़र जाती है।

आज़ाद हवाओं में खुलापन है। बुर्का, घूँघट पिछड़ेपन की निशानी बन गए हैं।

अर्जुन, ईशा-अलका को टहोकता है, "क्या भई, वही हारी पर्वत और शंकराचार्य मन्दिर ! हम तो पहलगाम में 'लिद्दर'[2] किनारे नवरेह मनाएँगे।"

"ममा से पूछना होगा।" अलका सोच में पड़ जाती है।

अलका, अर्जुन के कहे अड़ंगा लगाती है। स्पॉइल स्पोर्ट।

"यार ! तुम किस सदी में रुकी पड़ी हो, कलपुशबटनी[3] ? चार साल बाद डॉक्टर बनोगी, पर अभी भी ममा-पापा से पूछे बिना, घर से बाहर कदम नहीं निकालोगी। 'जाऊँ मम्मा ?' " अर्जुन ने मुँह बनाया।

---

1. नन्दरमोंजी—कमल ककड़ी के पकौड़े। 2. नदी। 3. पुराने ज़माने की औरत।

अर्जुन-अलका युनिवर्सिटी में मेडिकल के छात्र हैं। घरों में आना-जाना है। अर्जुन को शिकायत है, अलका अपने आप कोई भी फैसला नहीं ले पाती। 'आफ्टर आल यू आर नॉट ए किड ?'

"बड़ों से पूछने में कोई हर्ज तो नहीं अर्जुन ?" कात्या कभी-कभी हस्तक्षेप करती है, "बल्कि उन्हें अँधेरे में रखना गलत ही होगा। देर-सवेर घर लौटने पर उन्हें चिन्ता भी हो सकती है।"

"वह सब ठीक है ममा। पर ये लड़कियाँ पता नहीं क्यों ऑथेंटिक नहीं हो पातीं। अच्छा काम ही क्यों न हो, करूँ न करूँ की झिझक मन में बनी रहती है। तुम्हें नहीं लगता, कि दुविधा और आशंका इन्हें हमेशा त्रस्त किए रहती है, भले ही ऊपर से माडर्न दिखती हों ?"

"दुविधा और आशंकाएँ हमें विरासत में मिली हैं अर्जुन ! इनसे मुक्त होने में थोड़ा वक्त तो लगेगा। अलका और तुम्हारे वातावरण में थोड़ा फर्क है बेटे। अलका ढके-मुँदे परिवेश से निकली, परिवार की पहली लड़की है। उसे हर कदम सोचकर उठाना पड़ता है। शी हैज़ टु प्रूव हरसेल्फ। सब कुछ आसान नहीं है उसके लिए।"

"तुम तो लकी हो अर्जुन ! मनमाना करने की छूट है। लड़के हो ना ? मुझे तो अभी भी कॉलेज से लौटकर, घर में दिनभर बिताए वक्त का ब्यौरेवार हिसाब देना पड़ता है। ज़रा देर हुई कि पापा सड़क पर निकल आते हैं।" अलका की अपनी दुखती रगें हैं।

"यह क्यों भूलते हो भैया, कि अलका ठेठ डाउनटाउन, नवाकदल में रहती है, जहाँ नई हवा घुसने से पहले दस बार सोच लेती है। गुंडागर्दी की तो पूछो ही मत ! मैं तो हैरान हूँ, यह उन गलियों से कैसे गुज़र पाती है। मैं एक ही बार इसके घर गई। ताक में बैठे शोहदों ने जो रिमार्क कसे, वह तो छोड़ दो, छोटे-छोटे बच्चे भी मुझे देख शार पढ़ने लगे, 'बटनी-बटनी दोदुए मस, यि किहे कोरथम-दालि गढ़वस'।[1] मैंने सिर नहीं ढका था न।"

डाउनटाउन में कट्टरपन्थी अलफतह और जमात-ए-इस्लामी का ज़ोर है। आए दिन वारदातें होती रहती हैं। कई भट्ट परिवार शहर के ऊपरी हिस्सों में रहने आए हैं।

अलका के पापा कर्णनगर में किराए पर रहने की सोच रहे हैं। घर बिक जाए तो किसी भट्ट कॉलोनी में छोटा-सा प्लाट लेकर नया घर बनाएँगे। भट्टों में माइनारिटी सिंड्रोम बढ़ता जा रहा है।

ईशा को अलका से हमदर्दी है।

"तुम क्यों हमारे साथ 'शिहुल विला' में नहीं रहतीं ? मतलब, जब तक तुम्हारे पापा नया घर नहीं बनाते ?"

---

1. ओ रे भटनी ! जलें तेरे बाल, कहाँ रख दी मेरी गढ़वी भर दाल ?

कात्यायनी सहज है, "तुम चाहो, तो मैं तुम्हारे पापा से बात करूँगी। ईशा का कमरा शेयर कर सकती हो।"

"नहीं आंटी ! माँ को अच्छा नहीं लगेगा। आप चिन्ता न करें।"

युवा लड़की को आँख ओट करने का खतरा माँ नहीं उठाएगी। घर से कॉलेज तक की दूरी सह लेती है अलका की माँ। कैसे सह लेती है ? कात्या उस घोर पारम्परिक सोच वाले परिवार की गृहणी का मनोमन्थन और चिन्ताएँ समझ सकती है, जिसने ड्यूअल कल्चर में जीना अपनी नियति बना दी है।

अर्जुन इसे दुचिन्तापन कहता है, एक तरफ पुराने संस्कारों, अन्धपरम्पराओं को निभाते, घुटकर जीना, दूसरी तरफ वक्त की दौड़ में पीछे न छूटने की इच्छा रखना।

इन दो तरफों के बीच, जो आर्थिक-मनोवैज्ञानिक कारण हैं, उन्हें समझना, अर्जुन के लिए सम्भव नहीं, क्योंकि अर्जुन डॉ. कार्तिकेय-कात्यायनी का बेटा है, और शिहुल विला में रहता है।

अन्न भरा थाल लिए कात्या ऊँकार भाई के कमरे की तरफ चली जाती है। खुले बरामदे से दिखते शाहाना चिनार की शाखों पर सुबह की रौशनी उतरने लगी है। कहीं बुलबुल के पंखों की फड़फड़ें, कहीं पोशनूल की उनींदी कुरलाहट...ऊ ऊ ऽऽ ऊ...

ऊँकार भाई के अधखुले दरवाज़े से, सती की सुरीली आवाज़ बरामदे में तैर रही है, 'दे ऽ हि शिवा वर मोहे, कि शुभ कर्मन ते कब हूँ न टरौं...। दे ऽऽ हि शिवा वर मो ऽ हे...।'

स्वर में जादू भरी कातरता कहाँ से आई है ?

दरवाज़े पर हल्की-सी दस्तक सुन, सती बाहर आती है। थाल को हाथ जोड़ सिर नवाती है।

"नवरेह मुबारक सती !"

"तुम्हें भी दीदी, बहुत-बहुत मुबारक।"

"लो, थाल सँभालो। ऊँकार भाई और टीपू जगे तो दर्शन कराना। मैं वार्ड की तरफ जा रही हूँ। कल रात को सिज़ेरियन हुआ है न ? थोड़ा काम्पलिकेटेड केस है।"

"उधर तो नीलू बहन की ड्यूटी है न ? आप इत्ती सुबह ?"

"जल्दी लौटूँगी। थोड़ा देखभर आऊँगी। काफी ब्लड-लॉस हुआ है। तब तक तुम खीर-वीर बनवा लो। नहा-धोकर बच्चों को नए कपड़े पहना दो। आज तो स्टाफ की दावत भी है। याद है न ?"

"हाँ, दीदी, भूल कैसे जाऊँगी ? तुम फिकर न करो।"

सती के हाथ दिन की डोर थमा, कात्या घर से निश्चिन्त हो जाती है।

कुछ-कुछ लम्बोतरे चेहरे पर छोटी-छोटी आँखें, गहरी और आर्द्र। 'हूँ, हाँ, ठीक है दीदी,' जैसे छोटे चुस्त जुमलों के साथ, ज़रा-सा सिर हिलाती है, तो नाक का लौंग लिशक मारता है। कौन कहेगा सती सुन्दर नहीं है ?

पतियों के रुतबे की ठसक और खानदानी तेवरों से खामखाह तनी-ऐंठी देवरानियाँ,

सती को देख मुँह बनाती हैं, "डॉ. जेठानी क्या नायाब हीरा ढूँढ़ लाई रिफ्यूजी कैम्प से। न इसकी ज़मीन की खबर, न आसमान का पता। कोई कानी-कुबड़ी भी न मिली खानदानियों में।"

"ओ दीदी। अब हमारे पगलैट देवर को कौन-सी खानदानी हूर मिलनी थी ? एक काना एक कोड़ी वाली जोड़ी है। सलामत रहे।"

"हाँ ऽऽ ! और क्या ! जाने किस-किसने दबोचा होगा कबाइली हमले में। बिठा दिया राजगद्दी पर। धर्म-अधर्म, सुच्चा-झूठा सब ताक पर धर दिया। अब कौन पूछेगा ?"

कात्या ने न धर्म की व्याख्या की, न सती के अथाह दुख का खुलासा। सिर्फ एक वाक्य कहा, जो बहुत पहले तुलसी के सन्दर्भ में उसने अपनी दादी से कहा था, "कि उसकी जगह हम होतीं तो क्या नदी में डूब मरतीं ?"

देवरानियों के गोरे चेहरे काले पड़ गए थे। कात्या उनके हिसाब से अहंकारी, अक्खड़, अधार्मिक और क्या-क्या नहीं थी। जाने धर्मी-कर्मी ससुर जी, कामेश्वरनाथ को इस औसत-सी दिखती डॉक्टरनी में कौन-सी खूबी नज़र आई थी। ऊपरवाले के रंग, और क्या कहें ?

"सभी काम उल्टे। ऊँकार भाई की शादी में कोई सलाह-मशविरा नहीं, बस, मेहमानों की तरह कार्ड भेज दिया। हम क्या घरवाले नहीं ? कह दिया, घर में अड़ंगा नहीं चाहती। शादी लड़के की सहमति से हो रही है। पगलैट की मति नहीं तो सहमति क्या होगी ? कोई पूछे तो ?"

"अब कौन क्या-क्या पूछेगा ? कात्या के घर में नूरी खाना पकाती है, सुला-गुला चौके में घुसते हैं। शिवभक्त ससुरजी के रहते यह सब हो सकता था ?"

वे भूलना चाहतीं कि कामेश्वरनाथ कात्या को ताता साहब से माँगकर लाए थे। "ईश्वर स्वर्ग में जगह दे ! थे तो सनकी। जो जी में आया, किया।"

कात्या की शादी के बाद कामेश्वरनाथ जल्दी गुज़र गए। उन्होंने अपनी धारणाएँ किसी पर नहीं थोपीं। कात्या को सिर्फ एक ज़िम्मेदारी सौंप दी।

लम्बे-पूरे डील-डौल और बच्चों की जिज्ञासावाले अपने छोटे बेटे ऊँकार से परिचय कराते, उन्होंने कात्या से थोड़े शब्दों में बहुत कहा था।

"यह ऊँकार है। तुम्हारा सबसे छोटा देवर। इसकी कद-काठी पर मत जाना। मन से बच्चा है। तुम इसे बेटा मानकर जीना सिखाओगी, मुझे विश्वास है।"

कामेश्वर के विश्वास, चमत्कार की तरह किसी अचानक क्षण जन्म लेते थे, बल्कि घट जाते थे। मन में प्रकाश रेख-सी कौंध जाती। "होगा ! इसी के द्वारा, इसी से सम्भव होगा।"

कात्या ने कामेश्वरनाथ के इस भोले विश्वास की रक्षा की, जो कई बार चुनौती की तरह, उसके आगे धमकाता खड़ा हो गया, "अब बोल, होगा ?"

भरे-पूरे घर में हिकारत और तिरस्कार के बीच, बोधिसत्व की तरह निःसंग ऊँकार

भाई, सबसे अलग दिखे। भाई लोग ऐरों-गैरों के सामने बावले, पगलैट, कहकर बुलाते। ऊँकार भाई की कोई प्रतिक्रिया न होती। न दुख, न गुस्सा।

डॉक्टर, वकील और इंजीनियर भाइयों का छोटा भाई, मेंटली रिटार्डेड। कामेश्वरनाथ ने कोशिशें कीं, कुछ अक्षर ज्ञान ही सीखे। थोड़ी हिन्दी, उर्दू सीख गए, गणित-विज्ञान पल्ले ही नहीं पड़ा।

पिता को चिन्ता थी, मेरे बाद क्या होगा इस लड़के का ? न दुनियादारी का शऊर, न अपने भले-बुरे का होश। ऊपर से पापा से अज़हद जुड़ाव।

ऊँकार भाई पापा के पाँव मींजते बेहद सादगी से बोलते, ''मेरी चिन्ता क्यों करते हो पापा, आप हो न मेरे पास ?''

''कल मैं न रहा तो ?'' पापा की आवाज़ लरज़ जाती।

''तो क्या पापा, मजूरी करूँगा। दो वक्त भात तो मिलेगा। पढ़ाई मेरी समझ में नहीं आती पापा। क्या करूँ ?''

''बावला है।'' कामेश्वर बेटे को थपक भर लेते, कहते कुछ नहीं। यह भी नहीं कि घर-खानदान और भाइयों के बड़े ओहदे के साथ, मजूरी जैसे छोटे शब्द अटते नहीं हैं। और मात्र भात ही नहीं चाहिए जीने के लिए।

युवा शरीर में बच्चे का मस्तिष्क। कार्तिकेय ने इलाज कराए। कात्या ने भी अपनी तरफ स्पेशलिस्टों से मशविरा किया। चेक अप, अनेक टैस्ट ! डॉक्टरों ने हाथ झाड़ दिए।

''एक्सेप्ट हिम ऐज़ ही इज़। शुक्र करो, वालयेंट नहीं है। हो सकता है, धीरे-धीरे दुनियावी समझ आने लगे। ही नीड्स लव एंड केयर। नो मेडिसन्स। ही इज़ फिज़ीकली फिट।''

कामेश्वरनाथ ने उम्रभर की पूँजी ऊँकार के नाम कर दी। कात्या को गार्जियन बनाया ! लड़के को मोज़े बनाने की मशीन लाकर दी। बैठे-बैठे ऊबे नहीं। गलत सोहबत में न पड़े।

घरवाले हत्थे से उखड़ गए। ''पापा बुढ़ापे में सठिया गए हैं, बेटों के रहते बहू को गार्जियन बनाने में क्या तुक ? फिर मोज़े बनाएगा कामेश्वरनाथ का लड़का ? बिरादरी क्या सोचेगी ?''

लेकिन कामेश्वर का एक ही वाक्य। 'ॐ नमो भगवते वासुदेवाय।'

वे थे, तो सब ठीक था। उनके जाते ही ऊँकार भाई के सिर से शामियाना उठ गया। भाभियाँ नाक के आगे मोज़े हिला-हिलाकर हँसतीं।

''यह मोज़े किसके लिए, ऊँकार भाई। इन्हें किस दूकान पर बेचोगे ? कीमत क्या होगी ? ओ हाँ, यह मोज़े तो उमा सुंदरी के लिए हैं।''

पता नहीं कैसे ऊँकार भाई के साथ उमा सुन्दरी के किस्से जुड़ गए। कौन है यह उमा सुन्दरी ? सच या देवरानियों का दिमागी फितूर ?

मंझली ने ऊँकार भाई के सामने ही खुलासा किया, ''इधर कश्मीरी मुहल्ले में

रहती है। हूर की परी समझो। देखा होगा ऊँकार भाई को मन्दिर-वन्दिर में कहीं। बस ! समझो दीवानी ही हो गई। कहती है, 'शादी करूँगी तो ऊँकार के ही साथ। नहीं तो जन्म भर कुँवारी रहूँगी'।''

ऊँकार भाई ध्यान से सुनता रहा। चेहरे पर कई रंग आते-जाते रहे। जैसे आसमान से कोई कहानीवाली परी उतर रही हो, उमा सुन्दरी।

एक बार घूँघट काढ़े, लम्बी-चौड़ी काया, ऊँकार भाई के पाँव दबाती, जाँघें सहलाती। ऊँकार भाई के भीतर कुछ नामालूम-सा घटने लगा। कामना, तनाव या समझ से परे का कोई सुख। उलझन में ऊँकार भाई छिटक गए, ''क्या कर रही हो ? बड़ों के सामने शर्म भी नहीं ?''

कात्या ने कॉरीडोर से गुज़रते, ऊँकार की ऊँची आवाज़ सुनी, कमरे में झाँका, देवरानियाँ और बच्चे हँस-हँसकर दुहरे हुए जा रहे थे। क्या हो रहा है ? कौन है यह स्त्री ? लगा, कुछ गलत हो रहा है।

घूँघटवाली स्त्री कात्या के आते ही हड़बड़ी में खड़ी हो गई। देवरजी के बेटे ने साड़ी की पटली खींच दी, साड़ी खिसककर अन्दर से शॉर्ट्स पहने मर्दाना टाँगें उघड़ आईं। दहलीज़ लाँघते, उमा सुन्दरी के वेश में मँझली का भाई प्रदिमन कृष्ण झाँक आया।

ऊँकार भाई हयबुंग से देखते रहे। कात्या चंडी बन गई। शरीर का अहसास जगाकर देवरानियाँ, किस तरफ धकेल रही हैं ऊँकार भाई को ? क्या महज़ मजाक़ है यह ? अगर है भी तो कितना क्रूर और अश्लील ?

उसने ऊँकार भाई को हाथ पकड़कर उठाया। ऊँकार ने एक नज़र कात्या की डाँट खाकर खिसियायी भाभियों पर डाली, खड़े होते सपाट आवाज़ में बोला, ''समझती हैं पागल हूँ। मगर मैं पागल नहीं हूँ। गुस्सा दिखाएँगी तो किसी रात उठकर दबोच लूँगा।'' कात्या चौंक गई। यह क्या कहा ऊँकार ने ? माथा ठनका, नाराज़गी से देवर को देखा, वहाँ कोई प्रतिक्रिया नहीं दिखी। न कहे गए वाक्य पर लज्जा, न खेद। जैसे कोई आम-सी बात कही हो।

अगले ही दिन अपने साथ श्रीनगर ले आई। भाइयों ने खुद को एक तरफ होते देख दाँत भींचे। डॉक्टरनी घरभर पर अपना डिसीप्लिन थोप रही है। चैन की साँस भी ली। माल-मत्ता तो पापा इसी के नाम कर गए। फिर इधर बीसियों ओहदेदारों के बीच, बावले के कारण भद्द ही उड़ जाती थी।

ऊँकार जाते वक्त अगड़म-बगड़म सामान अटैची में इकट्ठा करता गया। पापा की दी हुई छोटी-मोटी चीज़ें, फोटुएँ, शेविंग किट, मोज़े बनाने की मशीन और स्टडी में लगी पापा की बड़ी तस्वीर।

कात्या ने पूछा, ''फोटो ले लेंगे, पर बाकी चीज़ें ज़रूरी हैं क्या ?''

ऊँकार ने संजीदगी से सिर हिलाया और अटैची को कसकर पकड़ लिया, ''पापा ने दिया है न ?''

कात्या भीतर तक भीग गई। पापा की महक ऊँकार अपने साथ रखना चाहता है। पापा नहीं हैं, पर उसकी छुअन, उसके लाड़, उसकी चिन्ताएँ, ओंकार अपने से दूर कैसे कर लेता ?

शिहुल विला में ओंकार भाई काफी दिन गुमसुम रहे। जवान पेड़ अपनी जड़ों से उखड़ गया था। पापा के जाते, पापा से जुड़े दृश्य उससे बिछड़ गए थे। कात्या-कार्तिक उसे बहलाते रहे।

अर्जुन आया, तो ऊँकार भाई को जैसे खिलौना मिल गया। अर्जुन रोता, तो ऊँकार भाई हाथों की गुलक बनाकर मुँह से पशु-पक्षियों की आवाज़ें निकालता, उ... "ऊ ऽऽ ऊ, यह बोली गुगी। मियाँ ऽ ऊँ ऽ, यह बोली बिश्त बिल्ली। भोंः भोंः, कौन बोला मुन्ने ? बोल तो ?"

ऊँकार बच्चे को गुदगुदा, प्रैम में बिठाकर लॉन में घुमा लाता। उसे एक नन्हा दोस्त मिल गया। अर्जुन भी उसे देखते ही बाँहें फैलाता।

सुनयना अस्पताल शाखा-प्रशाखाएँ फैलाने लगा, तो कात्या-कार्तिक को दिन-रात के चौबीस घंटे देखभाल के लिए कम पड़ने लगे। बँधी दिनचर्या। कभी रात को भी एमरजेंसी केसेस आ जाते। फिर भी, कभी-कभार दसेक मिनट निकाल कात्या, कार्तिक को मनाती, "ऊँकार भाई के साथ एक गेम कैरम खेलें ? कहीं अकेला न पड़ जाए, हमें तो न दिन की खबर रहती है न रात की ?"

ऊँकार खुश हो जाता। बोर्ड पर गोटियाँ सजाता। खेलते वक्त स्ट्राइकर ऐसे पकड़ता, गोया तनी रस्सी पर पैर रखकर चल रहा हो। कहीं कुछ भूल न हो जाए।

आखिर बच्चा ही तो था ऊँकार भाई।

लेकिन एक दिन कात्या-कार्तिक को इलहाम हुआ कि ऊँकार भाई बच्चा नहीं रहा।

हेड दाई जानी, जो अस्पताल में इतनी पुरानी हो गई है कि खुद को घर का सदस्य समझने लगी है, कात्या से बोली, "जान की अमान पाऊँ डॉ. बिटिया, तो एक बात कहूँ ?"

"क्या तोप दागने जा रही हो जानी, जो खबरदार कर रही हो ?" कात्या हँस पड़ी।

थोड़ी भूमिका बाँध जानी मुद्दे की बात पर आ गई, कि ऊँकार भाई में मर्दानगी ज़ोर मारने लगी है। आखिर जवान आदमी है, सो भी खूबसूरत। कल नूरी को 'सब्ज़ा' दिखाकर कमरे में बुलाया। पैसा देखकर तो गरीब आदमी का ईमान डिग सकता है न ? कल को कुछ ऐसी-वैसी बात हो गई तो, घर की बात सड़क पर आ जाएगी। आखिर जानी ने घर का नमक खाया है...।

कात्या को जैसे उसकी बेध्यानी का अहसास दिलाया जा रहा हो।

"घर में बैठा, ठाला-निठल्ला मुस्टंडा आदमी, इसे तुम बच्चा समझ बैठी हो ?" कात्या को लगा, जानी बात कुछ ज्यादा ही खींच रही है।

"नहीं जानी, ऐसा कुछ नहीं है। लगता है, नूरी को गलतफहमी हो गई है।"

जानी तैश में आ गई, "डॉ. साहिबा ! आपकी उम्र के मेरे बेटे-बेटियाँ हैं। मैं भी उड़ती चिड़िया के पंख गिननेवालों में हूँ। कई दिनों से शक पड़ गया था मुझे भी। समझो, नूरी साफ पाक लड़की है, जो मुझे बता दिया, वरना फिरन उठाने में क्या देर लगती है ?"

कात्या ने कार्तिक से बात की। ऐसा कैसे हुआ कि मरीज़ों के हाई-लो बी.पी., एनीमिया, ब्लड शूगर, हार्ट प्राब्लम आदि-इत्यादि से जूझते हम ऊँकार भाई की प्राब्लम से बेखबर रहे ?

कार्तिक ने कात्या को अनावश्यक अपराधबोध से उभारना चाहा।

"कुसूर मेरा है कात्या। मैं भी चूक गया।"

"तुम्हारा कसूर ? कैसे भला ?"

"वह ऐसे कि ऊँकार हमेशा एक ही गाना गाता रहा है, 'दुनिया रंग-रँगीली बाबा।' "

"तो ?" कात्या को बात मज़ाक की नहीं लगी।

"तो जिस दिन ऊँकार सुर उठाकर, 'प्रीतम आ ऽ न मिलो ऽऽ' पुकारने लगा, मुझे उसी दिन समझना चाहिए था कि कामदेव ने गलत जगह बाण मारा है।"

लेकिन बात मज़ाक में टालनेवाली नहीं थी। गम्भीरता से मसले पर सोचा गया। निष्कर्ष, शादी ! दाद, खाज, खुजली की राम-बाण दवा—ज़ालिम लोशन।

लेकिन शादी किससे ? बिरादरी में ऊँकार भाई पागल करार दिए गए हैं। "वोऽऽ पगलैट ? अरे, कुएँ में धकेल दो लड़की को, भारी पड़ रही है तो।"

यों बिचौलिए, खानदान और धन-दौलत के सब्ज़बाग दिखा किसी गरीब की जाई को बलि का बकरा बना ही देंगे। बाद में चाहे दोनों एक-दूसरे के सिर फोड़ते रहें। पर कात्या यह होने नहीं देगी।

कामेश्वरनाथ ने कात्या से कहा था, "तुम इसे बेटा मानकर जीना सिखाओगी, मुझे पूरा विश्वास है।"

विश्वास धमकाने लगा, अब बोल ? कहाँ मिलेगी ऐसी लड़की, जो ऊँकार की कमियों को जानकर भी उससे शादी करेगी ?

और एक बार शादी हो भी गई, तो कौन जानेगा, शयन कक्ष सुख की सेज बनता है या कुरुक्षेत्र ?

कात्या को चिन्ता हुई।

नीलू ने सुरेन्दर का हवाला दिया, "बीस साल से काले कोस पार करती आई है लड़की। सुगढ़, सलीकेदार और स्वाभिमानी है दीदी। बात कर लो। शायद मान जाए। मुझे तो सुरेन्दर पसन्द है।"

सुरेन्दर खुली किताब थी। छिपाने को कुछ था भी, तो वह भी सामने रख दिया।

कबाइली हमले के वक्त बारह साल की सुरेन्दर, ऊड़ी के जंगलों-पहाड़ों में

भागते-छिपते एक काली रात, माँ-पापा और प्राजी से जुदा हो गई। किसी भले सैनिक ने रो-रोकर हलकान हुई डरी-सहमी सुरेन्दर को चट्टान की ओट छिपा देखा, तो गाड़ी में बिठाकर कैम्प में छोड़ दिया।

सुरेन्दर बागेश्वरी के कैम्प में रही। सिलाई सीखी। कपड़े सिले। प्रेम नानबाई के घर बैठ गई। बुढ़िया सास के सिर में टटोले दे, जूँ, लीख निकालती, बिछड़ गए माँ-प्योऊ का इन्तज़ार करती रही।

"पूरे बीस साल दीदी। बीस काले साल। किसी भी गली-कूचे में दिखाई नहीं पड़े मेरे माँ-पापा। क्या मुझे मरी मानकर ढूँढ़ना छोड़ दिया मेरे प्रा ने दीदी ? ऐसा कैसे हुआ ?"

सुरेन्दर का गला रुँध गया, "मैं ही सख़्त जान निकली, इस उम्मीद में जी ली, कि एक दिन मिल जाएँगे मेरे अपने...।"

सुरेन्दर की बदबख़्ती ने उसे कहीं भी अकेले न छोड़ा। न प्रेम नान बाई रहा, न उसकी बूढ़ी माँ। दोनों हैज़े में चले गए। अकेली पाकर, प्रेम के दोस्त-नातेदार, तीन ताक की कोठरी के दावेदार बनकर आ गए। निपट अकेली सुरेन्दर किस कोर्ट-कचहरी में जाती ?

"कुछ कर्म अच्छे किए थे, जो डॉ. साहिबा, नीलू बहन मिल गई। इन्द्रा चाची कपड़े सिलाती थी मुझसे। घर में आना-जाना था। नीलू दीदी ने घर का एक कोना दे दिया है। मैं अपनी सिलाई मशीन साथ लेकर आ गई। अब और क्या चाहिए ?"

सुरेन्दर ने चाहना बन्द कर दिया और कपड़े सीती रही। हर अगले दिन को तार-तार होने से पहले टाँके लगाती रही। जब तक तब तक।

कात्या ने सुरेन्दर को सुना। तीस-बत्तीस की छरहरी, कुछ पीलियायी-सी लड़की, जिसमें यदि कोई आकर्षण था, तो आवाज़ का जादू और हार न मानने की ज़िद।

होगा। इसी से होगा। कामेश्वरनाथ की तरह कात्या के भीतर भी विश्वास-सा कुछ घट गया। सुरेन्दर ऊँकार को सँभाल लेगी।

कात्या ने न सुख की गारंटी दी, न धन का लालच। सिर्फ नंगे सिर पर एक छत का वादा किया।

"पति के नाम पर तुम्हें बच्चा सौंप रही हूँ। उससे मिल लो, तुम्हारा जो फैसला होगा, हम उसमें ख़ुश रहेंगे। कोई ज़बर्दस्ती नहीं है।"

सुरेन्दर ने अविश्वास से कात्या को सुना और बेआवाज़ रोने लगी।

कात्या ने गले लगाया, "हमें तुम्हारी ज़रूरत है बहन, तुम पर कोई अहसान नहीं कर रहे।"

सुरेन्दर ऊँकार भाई से मिली। दोनों में जाने कौन-सा समझौता हुआ कि सप्ताह बाद ही शादी की रज़ामन्दी दर्ज की गई। ऊँकार भाई बोले, "जो भाभी कहेगी, वही करूँगा।"

सुरेन्दर ने कहा, "आपने जो सोचा, मेरे लिए अच्छा सोचा। मैं आपकी सेवा

करूँगी।''

वह कृतज्ञ थी। कम-से-कम किसी ने उसके बारे में सोचा तो।

ऊँकार भाई की शादी हो गई। ऊँकार सजीला दूल्हा, खूब फब रहा था। गुलाबी साड़ी में छरहरी सुरेन्दर खूब उजली, खिली नज़र आई। कात्या ने सुरेन्दर को सती नाम दिया।

ऊँकार और सती के बीच बन्द कमरे में क्या घटा, यह तो किसी ने न जाना, पर सालभर बाद ही जब सती का पैर भारी हो गया, तो कार्तिक ने कात्या को गहरी नज़र से देखा। जानी गलत नहीं थी।

दोनों को और ज्यादा अच्छा लगा, जब टीपू घर में आ गया। ऊँकार भाई बच्चे को टीपू-टीपू पुकारते, नई चिन्ताओं और अबूझ लाड़ों में व्यस्त और त्रस्त दिखने लगे। वे अनायास ही सती को डाँटने का हक पा गए, ''अकेले धूप में छोड़ देती हो, कहीं बिल्ली आकर झपट्टा मारे तो ? अच्छी माँ हो ?''

रात को बार-बार जागकर बच्चे की नाक के आगे हाथ देकर उसकी साँसें महसूस करते। कहीं कपड़ा नाक के आगे तो नहीं आया ?

''ऐसे मस्त-मलंग कैसे सोती हो ? कहीं दम घुट जाए बच्चे का, हाँ ? नींद में खबर रहती है क्या ?''

उसे टीपू को अलग कॉट में सुलाना बिल्कुल नापसन्द था। और उसे अपनी नापसन्दगी ज़ाहिर करना आ गया था। कार्तिक हैरान था और कात्या खुश।

''हमारी माँ हमें अपने साथ ही सुलाया करती थी। मैं बहुत सुसू करता था न ? रातभर चद्दरें बदलती रहती, कभी-कभी आप गीले पर भी सोया करती।''

''आपको याद है ? हँ ?'' सती मुस्कुराती, पति की चिंता पर मुग्ध।

कात्या झूठ-मूठ सती को डाँट लगाती, ''कल टीपू को अपने साथ सुलाना, कॉट में नहीं। सचमुच कुम्भकरण की नींद सोती हो, ठीक़ कहते हैं ऊँकार भाई।''

ऊँकार भाई जीत जाते और अपनी जीत पर खुश हो जाते। चिनार पर बैठी बुलबुलें चहक उठतीं। कात्या ईश्वर को हाथ जोड़ आभार मानती। शिहुल विला पर तुम्हारी सीधी नज़र है। आगे भी रहे।

जानी कभी-कभार टीपू को खिलाने घर आया करती। सती से दो बातें कर लेती। वह भी उसे बिना चाय पिलाए न छोड़ती। यों अब उसे ज्यादा फुरसत नहीं मिलती। कात्या ने जानी को शॉट कोर्स करा के फैमिली प्लानिंग सेंटर का इंजार्च भी बना दिया है। काबिल है, और अपनी काबिलियत पर मुग्ध भी।

अक्सर चार-छह जनानियों को इकट्ठा कर परिवार नियोजन के नुस्खे समझाती है।

''यह देखो, यह होता है कॉपर टी ! इसे डॉ. साहिबा खुद लगाएँगी। जब तक अन्दर रहेगा, बच्चा नहीं ठहरेगा। यह निरोध रखो, खाविन्द को दे देना, बेफिक्र हो जाएगा। सेफ पीरियड समझती हो ?''

"हाय अल्लाह। यह फुग्गारा रमज़ाने को पकड़ा दूँगी, तो मुझे फाड़ खाएगा। ऐसे ही बदज़ाद बोलता है।"

"नहीं-नहीं, यह कुफ्र है। खुदा का कहर बरसेगा, बच्चे रुल जाएँगे। ऊपरवाले के निज़ाम में हमारा क्या दखल ?"

यानी वह देता है, हम झोली फैला ले.लेते हैं। यही दस्तूर है।

सुननेवालियाँ ज्यादातर मज़दूरों, मालिकों, माँझियों और किसानों की घरवालियाँ होतीं।

जानी अनपढ़ अन्धविश्वासी औरतों से बेहद खफा हो जाती।

"कुफ्र की बात मत कर बेन्यी। तेरा मर्द जो हर साल तेरी हड्डियों के पिंजर पर हमल का बोझ लाद देता है, यह क्या सवाब है ?"

कात्या टोकती, "दीनधर्म की बात बीच में लाना ठीक नहीं जानी। समझा भर देना काफी है। ऐसे कभी मुसीबत में पड़ सकती हो।"

उधर दिल्ली में एमरजेंसी के दौरान मजबूरन नसबन्दी की अफवाहों से लोग क्षुब्ध भी थे। गोकि वादी में एमरजेंसी का कोई खास प्रभाव नहीं था।

लेकिन जानी किसी से डरनेवाली नहीं। खरी बात कहनेवाली है। 'पज़िस क्याह ज़वाल ?'[1]

उसे मर्द ज़ात पर तो गुस्सा है ही, औरतों से भी कम शिकायत नहीं। हर दूसरे-तीसरे साल पेट लेकर आनेवालियाँ, जब प्रसव-पीड़ा से ऐंठती, कराहती हैं, तो वह दया नहीं दिखाती। कसकर डाँट लगाती है, "अय हय, देखो तो नाज़ों पली को। पाँचवीं बार भी लगे कोरा कच्चापन। चीख-चिल्लाकर अस्पताल सिर पर उठा रही है।"

"हाय मोजी[2], मर गई, हाय अल्लाह, मुझे बख्श दे..."

"ढोर-डंगर की तरह बिछ जाती हो खाविन्द के एक इशारे पर, तब यह दर्दें भी याद नहीं रहतीं। रबर वह लगाएगा नहीं, अप्रेशन तुम करोगी नहीं, फिर भुगतो चुपचाप। इसमें अल्लाहताला का क्या दखल ? अपनी कोशिश आप करो।" पसीने और पीर से बेहाल औरतों पर जानी की डाँट का कुछ ऐसा असर होता, कि गुस्से और दर्दों की मिली-जुली चीख के साथ कोख के मुहाने में फँसा बच्चा, छिटककर जानी के फैले हाथों पर आ गिरता।

कात्या जच्चा का माथा सहलाती, पसीना पोंछ देती और जानी से नाराज़गी ज़ाहिर करती, "तुम भी औरत हो जानी। कभी थोड़ा तरस भी खाया करो।"

जानी बुरा नहीं मानती, "शुक्र करो, डॉक्टर साहिबा, मेरी डाँट से जल्दी फारिग हो गई, बिना इंजेक्शन-ऑप्रेशन के।"

"वह तो ठीक जानी, पर..."

जानी बात पूरी नहीं होने देती, "औरत की हड्डी कुत्ते की हड्डी, डॉ. साहिबा।

---

1. साँच को क्या आँच ? 2. माँ।

आज तो तत्ते तवे की मछली-सी छटपटा रही है, अगले साल फिर डोल लेकर हाज़िर न हो जाए, तो जानी का नाम बदल देना। इनके भेजे में अपने ही फायदे की बात नहीं आती। उम्रभर मर्द की ही सुनी है न।''

पचास पार की जानी को समझाना कात्या के बस का नहीं। ठसके से कहती है, ''मैं तो ज़िन्दगी की सिखाई हूँ, डॉ. साहिबा, उससे बड़ा उस्ताद कौन ? मैं किसी कीं नहीं सुनती। अपने मर्द की नहीं सुनी मैंने।''

''उसे छोड़कर दूसरा कर लिया क्या ?'' कोई फूहड़ मज़ाक करे, तो भी जानी का जवाब हाज़िर।

''हाँ बेन्यी ! छोड़ना ही पड़ा। न छोड़ती तो दर्जनभर क्रिकेट टीम मेरी छाती पर मूँग दल रही होती आज। कौन जाने, ज़िन्दा भी रहती यह दिन देखने।

''मैंने चार बच्चे जने, तो खून की बीमारी लग गई। खाविन्द को तरले किए, पैर-गोड़ पकड़े कि ऑप्रेशन करवा लूँगी। नहीं माना। उसने भी कहा, 'कुफ्र की बात करती है। जहन्नुम में जाएगी।' मैं बोली, 'ठीक है, नहीं करवाती ऑप्रेशन। पर मुझे रात को बुलाना मत।' चिरौरी करने लगा, हाथ-पैर मींजे, 'कहाँ जाऊँगा ?' मैं बेन्यी, ज़रा भी न पसीजी। मर्दों के यही तो आज़माए नुस्खे, ज़रा बहला-सहला लो, तो आई औरत पाँव के नीचे। मैं बोली, 'कहीं भी मुँह मार। मैं और बच्चे जनने से रही।' आँखें तरेरने लगा, 'तलाक दूँगा।' मुझे लगा, परवरदिगार ने मेरी सुन ली।

''फिर दूसरा मर्द किया, फायदा क्या हुआ ?'' कुरेदनेवालियाँ भला चुप क्यों रहें ?

''फायदा हुआ बेन्यी।'' जानी होंठ भींचकर मुस्कुराती है।

''अरे, क्या जादू-टोना किया ? जादूगरनी तो नहीं हो।''

जानी ठहाका लगाकर हँसती है, ''मर्द तो दल्ले, शक्की मिज़ाज के। अब क्या कहूँ, बोला, 'तू ऑप्रेशन कराएगी, तो छुट्टी घूमेगी,' मैंने कहा, 'तो तू ही शहीद हो जा, भरोसा तो रहेगा न, मेरी पाकीज़गी का ?' समझो निकाह की शर्त रख दी मैंने।''

''उसके बच्चे ?'' अगली को जानी का दम-खम चकित कर देता।

''छह हैं। उन्हें भी मैं ही सँभालती हूँ। दो पहले के खाविन्द के। चार में दो उसने लिए। कुल मिलाकर आठ बच्चों को पालती हूँ, और देखो, मज़े में हूँ। खूब मस्त। कोई फिकर-गम नहीं।''

कोई फिक्र-गम है या नहीं जानी को, यह तो वही जाने। अगला इतना जानता है कि जानी अपने हुनर में भी माहिर है और दुनियादारी में भी। घर-मुहल्ले और मुलुक में क्या हो रहा है, इसकी खबर रखनेवाली भी। अर्जुन उसे 'मॉर्निंग न्यूज़' बुलाता है।

सुबह-सुबह जब कात्या-कार्तिक खुले बरामदे में, या लॉन में बैठकर चाय पीते हैं, अखबार पढ़ते हैं, तो जानी आउट डोर डिपार्टमेंट की चाबियाँ लेने कोठी पहुँच जाती है। अस्पताल की दीवार से तो लगी है कोठी !

जानी को देखकर कात्या अखबार बन्द कर देती है, ''आओ जानी, कैसी हो ?

कोई नई खबर ?"

जानी के दूसरे खाविन्द का बड़ा लड़का मजीदा, एसेम्बली एलेक्शन में कांग्रेस की टिकट पर चुना गया था, मीर कासिम साहब के वक्त। अब शेख साहब की हुकूमत में पल्टी खाकर नेशनल कांफ्रेंस में आ गया है। भला जानी को सियासत की हलचलों की खबर नहीं होगी ? कोई अपढ़ गँवार है क्या ?

उसे तो बस टॉपिक छिड़ने का इन्तज़ार रहता है।

"आजकल दिल्ली में जनता पार्टी का ज़ोर है, इधर की तो तुम ज्यादा जानती होंगी।"

जानी मोरारजी भाई के कश्मीर आगमन से बात शुरू करती है, "वो, जानती हो डॉक्टर साहिबा ? मौलवी फारूख साहब से मिलने आए थे मोरारजी भाई। हमसे पूछो, क्या तो इस्तेक़बाल हुआ। चारों तरफ हरे झंडे...।"

"मोरारजी भाई का इस्तेक़बाल हरे झंडों से ?" कार्तिक हँस पड़ता, "क्या बात करती हो जानी ?"

"मैं तो इन्हीं आँखों से देख आई डॉ. साहब ! गामो शहर से ठठ की ठठ औरतें आईं और काँधे जोड़ रोव करने लगीं। 'पाकिस्तानुफ गाज़ी हय आव।'[1]

"अब उन खरदिमागों को क्या समझा दें, कि ये पाकिस्तान से नहीं आए। उन्हें यह भी नहीं मालूम कि मोरारजी देसाई कौन है ? वे तो नेहरू जी को ही जानते थे। उनके तो फरिश्तों को भी पता नहीं कि मौलवी फारूख साहब आजकल जनता पार्टी वाले हो गए हैं। सियासत की बातें वे क्या जानें बीबी ?

"लेकिन मोरारजी भाई, इत्ते बड़े मुलुक के हाकिम, दानिशमन्द बुजुर्ग। सूँघ गए कि इधर जनता पार्टी की दाल नहीं गलनेवाली। आगे इलेक्शन में क्या हुआ, सो तो आपको खबर ही है। वादी में शेख साहब की झोली में गिरीं सारी की सारी सीटें। मजीदा कह रहा था, वादी में कुल जमा दो सीटें मिलीं जनता पार्टी को। कांग्रेस का तो पत्ता ही साफ हो गया इधर, उधर जम्मू में कुछ लाज बच गई।"

इकासी[2] में जो शेख साहब ने, बेटे फारूख साहब की ताजपोशी की, उसका ज़िक्र करते जानी की आँखें भर आतीं।

"पीपुल्ज़ कांफ्रेंस के अब्दुल गनी लोन को फारूख साहब का लीडर बनना पसन्द नहीं आया। लो सुनो बात। मेंढकी को जुकाम। शेर के आगे बकरी की म्याँ। हुजूम के हुजूम लोगों ने, खुदा आपको उम्रदराज़ करे, क्या खूब नारे लगाए–

'बबा पहने खान ड्रेस, क्या करेगी कांग्रेस।" और वो, क्या कहते हैं, "लहरा-ए-कश्मीर के झंडे, ताबे कयामत तक तू लहरा।'

"खुदा की मेहर इस आशियाने पर डॉ. साहब। वो इकबाल पार्क में शेख साहब की तकरीर तो दिलों को छू गई। मेरा तो जिगर तक हिल गया। शेख साहब बोले, 'मैंने

---

1. पाकिस्तान का गाज़ी आ गया। 2. सन् 1981।

अपने वतन के लोगों की बेहबूदी के लिए आँसुओं के दरिया में गोता लगाया है।' "

जानी ने जेब से रूमाल निकाल भर आई आँखें पोंछ लीं।

"इकबाल पार्क में तो शेख साहब को सुनने, शहरों गामों से भीड़ इकट्ठा हो गई थी। तुम इतनी भीड़ में कैसे जा पाईं ?"

"शेख साहब को झलकभर देखने की हौंस थी डॉ. साहिबा। सोचा, सुनूँ क्या कहेंगे। बातें तो कई कहीं, पर याद एक ही जुमला रहा। बोले, 'फारूख को काँटों का ताज पहना रहा हूँ।' काँटों का ताज डॉ. साहिबा, न फूलों का और न हीरे-मोती का।"

"फारूख साहब ने भी तो वादे किए जानी। आखिर बेटे किसके हैं ?"

"हाँ, बड़भागी।" फारूख साहब बोले, "जान दूँगा, पर कौम की इज़्ज़त से कभी न खेलूँगा।' हमें तो बड़ा लाड़ आया, लड़के पर। अल्लाहताला हाकिम हुकुमरान बना दे। वालिद हुज़ूर की मुरादें पूरी हों। आमीन !"

कात्या अस्पताल जाने के लिए तैयार होने खड़ी होती है, "एक बात समझ नहीं आई जानी ! शेख साहब को फारूख की ताजपोशी करने की जल्दी क्यों पड़ी ? फारूख तो शेख साहब के जेल से रिहा होने के बाद ही विलायत से लौटे हैं। कई साल उधर ही रहे। अंग्रेज़ लड़की से शादी की। उन्हें तो अभी अपने वतन के लोगों को जानना है। उनके सुख-दुख से जुड़ना है...।"

जानी भी कात्या के साथ खड़ी हो जाती है, "सो तो आप सही कह रही हो, पर वह जो उनके खानदान में ही बगावत उठने लगी है, उसी का इलाज ढूँढ़ा है शेख साहब ने। मैं तो यही समझूँ बीबी ! शेख साहब के दामाद जू, खालिदा बेगम के खाविन्द गुलशाह साहब, खुद गद्दी के लिए तिकड़में भिड़ा रहे हैं। अन्दर की बात तो यही है। फिर शेख साहब भी अब जवान नहीं रहे।"

"खालिदा बेगम भी तो शेख साहब की ही बेटी है जानी, उसे भी हक है लीडर होने का।"

"फिर भी डॉ. साहिबा। बादशाह तो फारूख साहब ही जमेगा। क्या खूबसूरत जवान है, चश्मे बद्दूर।"

फारूख क्यों जमेगा और खालिदा बेगम क्यों नहीं, इस गुफ्तगू की भनक सुबह-सुबह लॉन में जॉगिंग करती ईशा के कान में पड़ी, तो विमेंस लिब की हिमायती किशोरी युद्ध में मैदान में उतर आई।

"क्या कहा जानी ? औरत लीडर नहीं जमती ? इन्द्रा गाँधी, क्या मर्द हैं ? इंग्लैंड की महारानी एलिजाबेथ क्या औरत नहीं ?"

"ऐसा है बेबी," जानी ईशा के इस अप्रत्याशित हमले से अपना बचाव करना चाहती है।

"ऐसा-वैसा कुछ नहीं। पहले कुछ जानो, समझो। फिर अपना पॉलिटिक्स झाड़ो। वह गोल्डा मायर, मार्गेट थैचर, भंडारनायके...और बताऊँ ? औरतें कहाँ से कहाँ पहुँच गईं, कुछ मालूम भी है ?"

जानी ईशा के ज्ञान से ज्यादा, उसके तेवरों से जान बचाकर, गेट की तरफ लपक लेती है।

''आज तो देर हो गई ईशा बेबी। आठ बजे आउट पेशेंट विंग खोलना है। कल भंडारनायिकी के भंडारे में जाएँगे। पेटभर दावत खाएँगे।''

ईशा मुक्के तान जानी का पीछा करती है, ''क्या कहा, भंडारा खाएगी ? आओ, मैं खिलाती हूँ तुझे दावत...।''

कात्या मुड़कर देखती है। बरामदे में निकल आए अर्जुन के साथ, टीपू भी हँस-हँसकर तालियाँ बजाने लगा है। जानी के भागने पर, या ईशा का गुस्से में पीछा करने पर ? पता नहीं चलता।

कात्या को लगता है, सफेदों के घेरे में बैठा 'शिहुल विला' भी सुबह की मुलायम धूप में हँस रहा है।

# यात्रा चक्र उर्फ इन्द्रधनुष होती उम्मीदें !

इस बार लल्ली केशवनाथ का विदेश प्रवास कुछ ज्यादा ही लम्बा खिंच गया। पहले तीनेक मास रहकर घर लौट आते। पीछे कई हाथ वजहें बनकर खींचने लगते थे। पहली बार कात्या की बेटी ईशा आनेवाली थी, दूसरी बार शिवनाथ की गर्दन के पीछे कारबंकल निकल आया। केशवनाथ का मन भाई के आसपास डोलता रहा। बेचारी कमला अकेली कहाँ तक सँभालती ? उसे केशव लल्ली की ज़रूरत थी।

शिवनाथ के जाने के बाद प्रेम जल्दी ही बंबई से घर लौट आया। लिवर ब्रदर्स ने एक यूनिट श्रीनगर में खोल दिया, उसी में मैनेजर की जगह प्रेम को दी गई। इस बीच प्रेम के बेटे बुलबुल की शादी भी हो गई। बहू-बेटा बंगलौर में नौकरी कर रहे हैं। बेटी तो आरकेटैक्ट बन गई, दिल्ली में नौकरी कर रही है।

राज्ञा और देविका तो कमला के पास ही रहती हैं। एक तरह से माँ के लिए सहारा हैं। नन्दन धरा ने शायद ठीक ही कहा, "अब आप आराम से हमारे पास रहो माँ। उधर की जिम्मेदारियाँ भी पूरी हो गईं। अब तो पीछे कोई नहीं खींचेगा न ! यह घर, वह घर अब एक जैसा ही है।"

नन्दन-धरा की बातें लल्ली ने मुस्कुराकर सुनीं, पर मन घर के आसपास मँडराता रहा। कितना कुछ था उधर, जो लल्ली के हाथों का स्पर्श ढूँढ़ रहा था।

सालभर से अलमारियों-बक्सों में बन्द कपड़ों में अथर[1] तो नहीं लगी ? कात्या को इतनी फुरसत कहाँ कि उन्हें धूप दिखा दे। चिन्टू के मुंडन पर जिस अखरोट के साथ चिन्टू के बाल धरती में रोपे थे, वहाँ अखरोट का पेड़ उग आया है। कितना बड़ा हो गया, फल लगे होंगे क्या ? इस बार 'पन के दिन बीबगरज़ मोजय'[2] की कथा कमला ने सुनाई होगी। राजा के जेल जाने पर रानी की कष्टगाथा सुन वह रोने लगती थी। रोठ बनाने सोना की बहुओं को तो बुलाया होगा। कन्हैया की दुल्हन क्षमा को भूली तो नहीं ? भरी जवानी में क्षमा ने अकेलापन भोगा है, लड़की बहादुर निकली पर कुछ दुखों के घाव समय भी कहाँ भर पाता है ?

छोटी-छोटी चिन्ताएँ लल्ली का पल्लू नहीं छोड़तीं। बच्चे अपनी दुनिया में उलझे-बँधे, वह सब क्या जानें ? गो नन्दन-धरा खूब कोशिश करते, कि माँ-पापा वंडरवर्ल्ड

1. कीड़ा। 2. वर्ष का एक विशिष्ट कश्मीरी त्योहार जिसमें सत्यनारायण की तरह कथा होती है।

के हसीन नज़ारों में इतना डूब जाएँ कि लौटने की बात ही भूल जाएँ।

यों लल्ली-केशव नई दुनिया की तकनीकी, उन्नति से पहली बार ही अभिभूत हो उठे थे। खास तो खास, वे आम दृश्यों से भी खासे प्रभावित हो गए थे, लेकिन भूलना कहाँ मुमकिन होता है ? काली रेशमी सड़कों पर कार दौड़ती, तो उन्हें लगता वे पानी पर फिसलती नाव में बैठे हैं। अपने देश की सड़कें याद आतीं। ऊबड़-खाबड़... उखड़ी-पुखड़ी, इधर खतरनाक ऊँचाई लिए स्पीड ब्रेकर्स, उधर सड़क किनारे मलबों के गँधाते ढेर। घाटों-पार्कों और अब वितस्ता में भी मल-मूत्र की गन्ध।

यहाँ सड़क के दोनों बाजू थामे, हरियाली के बीच रंगीन फूलों की कतारें मन को बाँध लेती थीं। कब्रिस्तान भी रंगारंग फूलों से अटे, गुलाब, सदाबहार, फ्लॉक्स, पिटोनिया, पैंज़ी...

अपने यहाँ मज़ारों पर मज़ार पोश हों तो हों, नहीं तो नंगी कब्रें रहमोकरम की उम्मीदों में आसमान ताकती रहती हैं।

पहली यात्रा में वक्त कैसे बीता, पता ही नहीं चला। नन्दन ने पहले ही कार्यक्रम बनाया था, ईस्ट कोस्ट से वेस्ट कोस्ट की यात्रा। न्यूयार्क, अटलांटा से कैलिफोर्निया तक।

न्यूयार्क की गगन छूती इमारतों को उन्होंने सिर पीछे की ओर झुका, गर्दन दुखने तक देखा था और चकित हो गए थे। भला इतनी ऊँची इमारतें, आँधी-पानी और भूचाल के झकोले कैसे सहती होंगी ? स्वतन्त्रता की देवी लिबर्टी स्टेच्यू से पीठ टिका उन्होंने कई फोटो खींचे। घर जाकर बच्चों के साथ जिए समय को दोबारा जीने का सुख देंगे। न्यूयार्क में वे भद्री जुत्शी की बेटी नीना से भी मिले। दुलारी के जेठ की बेटी है, न्यूयार्क के चैम्बर स्ट्रीट की ग्यारहवीं मंज़िल के वन रूम अपार्टमेंट में रहती है। अपनों से दूर, बेगानों के देश में निपट अकेली।

नीना, आंटी-अंकल से टूटकर गले मिली। शादी के सालभर बाद ही विधवा हुई नीना। नाते-रिश्तेदारों की 'हाय लड़की, अब इसकी पहाड़-सी उम्र कैसे कटेगी ?' आदि इत्यादि चिन्ता भरे जुमलों से पीछा छुड़ाती, बड़ी बहन वीना के पास कुछ समय अमरीका रहने आई थी। फिर दोबारा घर लौटना ही नहीं हुआ। वीणा कैलिफोर्निया चली गई, नीना ने न्यूयार्क नहीं छोड़ा।

'नीना अकेली क्यों रहती है', के जवाब में नीना ने बेलाग शब्दों में कहा कि काम के सिवा उसे कुछ और सूझता ही नहीं। लल्ली ने कुछ सोचकर जोड़ा, "यहाँ अपनी बिरादरी के कई अच्छे लड़के हैं, जो तुम्हें पाकर खुश होंगे। उनमें से किसी को चुन लो।"

नीना उबल-सी पड़ी, "अपनी बिरादरी के लड़कों की बात मत करो आंटी। इधर आकर वे बाहर से अमरीकी बनते हैं, पर भीतर से कट्टरपन्थी कश्मीरी पंडित ही हैं। पुरुष के लिए हर खता माफ, पर औरतों की चौकन्नी नज़रों से थानेदारी करते हैं। कहीं डेटिंग पर न जाएँ, किसी से सेक्स सम्बन्ध न रखें। बच्ची के युवा होने से पहले ही अपनी बिरादरी में उनके लिए रिश्ते ढूँढ़ने में जुट जाते हैं। कहीं किसी अमेरिकी के साथ

जुड़ न जाए लड़की। पंजाबी, मारवाड़ी, गुजरातियों से भी उन्हें दूर रखते हैं।''

''परदेश में आदमी कुछ ज्यादा ही चौकन्ना हो जाता है। देश में अब हमारी लड़कियों ने पंजाबी, बंगाली, मराठियों से रिश्ते करने शुरू किए हैं। यहाँ अपनी जड़ों को मज़बूती से पकड़े रहते हैं। अपने-अपने द्वीप बनाने के पीछे असुरक्षा की भावना होती है बेटी, अकेले पड़ने का डर भी ! या शायद अपने अस्तित्व को बचाने की चिन्ता...''

''कई तनाव हैं आंटी, दूसरी सभ्यता में पूरी तरह घुल भी नहीं पाते हम। फिर भी अपने ढंग से जीने को आज़ाद हैं। यही चीज़ रोकती है इधर। कोई किसी की पर्सनल लाइफ में दखलअंदाज़ी नहीं करता।''

लौटते वक्त लल्ली एलिस आईलैंड पर डूबते सूरज के रंगों में सालों पहले दूर देशों से आए यात्रियों की नावें देख रही थी। कहाँ से आए थे वे, बक्से-बुगचे-बिस्तर और छाते लेकर ? सभी तो आक्रमणकारी नहीं थे। यहाँ की मिट्टी ने उन्हें जज़्ब कर लिया। भले यातना के दौर से गुज़रने के बाद आश्रय मिला हो, लेकिन जो नितांत अपने पीछे छूट गए, उनका अकेलापन कम यातनाप्रद रहा होगा क्या ? भीतर काले मेघ घुमड़ने लगे। और मेघों के बीच बिजली-सा तीखा प्रश्न कौंध गया—इस देश-निकाले और अलग पड़ने के लिए दोषी कौन ? क्या हमारा सोच हमारी नीतियाँ भी नहीं ?

जीव विज्ञान में पी-एच.डी. नीना को यहाँ छिटपुट नौकरियाँ मिलीं, पर ढंग का काम नहीं मिला। वीणा ने कैलिफोर्निया साथ चलने को कहा, पर नीना कब तक बैसाखियों का सहारा लेती ? उसने अपनी एक मैक्सिकन दोस्त के साथ रेस्तराँ में पीत्ज़ा बनाना शुरू किया। अब काउंटर पर कश्मीरी गोश्ताबा और कांती कबाब भी बनाकर रखती है। अमेरिकी-हिन्दुस्तानी दोनों शौक से खाते हैं।

नीना को यहाँ कोई नहीं कहता कि खानदानी बहू बावर्चिन बन गई है। यहाँ वह सिर्फ एक व्यक्ति है, सफल व्यक्ति, अपने काम में माहिर। यही सुख नीना को अमरीका से जोड़े हुए है।

अब लल्ली-केशव बच्चों की ज़िन्दगी में ज्यादा दखल नहीं देते, पर साल-दर-साल बीतने के साथ लगता है, बीच में फासले बढ़ते जा रहे हैं।

वे पहली बार अमरीका आए, तो बच्चे छोटे थे। ग्रेंड माँ ग्रेंड पा के साथ चिपके ही रहते। डिज़नीलैंड में तो लल्ली-केशव भी चिन्टू-पिंकी के साथ बच्चे बन गए थे। मिक्की माउस, मिन्नी और डोनल्ड डक के साथ उन्होंने भी फोटो खिंचाए थे। पिंकी की ज़िद थी कि 'पायरेट आयलैंड' में वह ग्रेंड माँ के साथ बैठेगी और चिन्टू ग्रेंड पा के साथ। काले रहस्यभरे अँधेरे में पानी की गुफाओं से नाव में गुज़रते, उन्होंने समुद्री डाकुओं को यात्री नौकाओं पर झपटते देखा था और ग्रेंड माँ से चिपक गए थे। 'हम हैं न तुम्हारे साथ', वाले आश्वासन से लल्ली-केशवनाथ ने उन्हें बाँहों के घेरे में सुरक्षित रखा था। तभी तो 'हॉटेड मैंशन' में खुली गाड़ी पर कब्रिस्तान में घूमते उन्हें डर नहीं लगा। बल्कि सामने शीशे की दीवार में जब लल्ली ने अपने और पिंकी के बीच एक

हड्डियल प्रेत को बैठे देखा, तो डर के मारे उसने पिंकी को अपने साथ भींच लिया था।

घर लौटकर लल्ली ने बच्चों को सीताहरण और लंकादहन की कथा सुनाई थी। दीपावली का रहस्य समझाया था। बच्चों ने हनुमान जी को जलती पूँछ लिए रावण के स्वर्ण महलों पर कूदते-फाँदते देखा था। आतिशबाज़ी की तरह आग की लपटों को आसमान में लपकते देखा था।

तब चिन्टू-पिंकी लल्ली से ढेर से सवाल करते थे–

"क्या सचमुच रावण साधु बनकर सीता को भगाकर ले गया था ?"

"क्या सचमुच हज़ारों-हज़ारों साल पहले, अपने देश में विमान आसमान में उड़ते थे ? दादी जोंक तो नहीं करती हमारे साथ ?"

"क्या सचमुच जटायु ने रावण को चोंच मारी ? क्या सचमुच वानर सेना ने समुद्र में पत्थरों का पुल बनाया ? क्या सचमुच...?"

लल्ली-केशव को जितनी भी कथाएँ याद थीं, रामायण-महाभारत और पुराण लोक कथाओं समेत, लगभग सभी बच्चों को सुना दी थीं। बल्कि अगली बार 'अमर कथा' का अंग्रेज़ी सैट भी लाकर दिया, कि चलो, इस बहाने बच्चे अपनी संस्कृति से जुड़े रहेंगे।

लेकिन इस बार बच्चे बड़े हो गए हैं। कथाओं की दुनिया से यथार्थ की दुनिया में आकर, टी.वी., वीडियो और कम्प्यूटरों के नए खेलों में रम गए हैं, जहाँ न मनोरंजन की कमी है, न सूचनाओं का टोटा। बटन दबाओ, तो अल्लादीन का अदृश्य जिन्न ज्ञान के भंडार लिए हाज़िर हो जाता है। स्टार वार और गृह नक्षत्रों के खेल।

अब ग्रेंड माँ और ग्रेंड पा की बासी कहानियाँ कौन सुनेगा ? स्कूल से लौटते, 'हाय ग्रेंड माँ', 'हेलो ग्रेंड पा'। और कभी-कभी लाड़ में आकर दादी-दादा से कश्मीरी ज़बान में संवाद–'चाय चयिव ? बनावा ?'[1]

और उत्तर में थोड़ी देरी हुई कि संवाद की डोरी टूट जाती है। जल्दी से कदम आगे बढ़ जाते हैं, "ओ बॉय ! कितना होमवर्क करना है !" और जो काले-गोरे दोस्त घर पहुँचते ही फोन पर फोन दागने लगते हैं, कभी बास्केट बाल खेलना है, कभी मैक्सिकन जाइंट में पार्टी है...कभी सियर्स में नए शॉर्ट्स आए हैं, कभी...

चिन्टू फ्रिज से चिकन बर्गर निकाल, दस सेकेंड के लिए माइक्रोवेव अवन में गरम करता है, कोक-पेप्सी के साथ निगलकर खेलने चला जाता है। पिंकी कोल्ड मिल्क में सीरियल उँड़ेल, खड़े-खड़े बाउल लिए नाश्ता करती है, ज्यादा जल्दी हुई तो जूस का गिलास पीकर दो चिकेन नगेट हाथ में लिए बॉय-बॉय कर जाती है। सुबह नन्दन-धरा बच्चों के स्कूल जाने से पहले ही काम पर चले जाते हैं। ड्राइव वे से गाड़ियाँ स्टार्ट करने की आवाज़ें दूर और दूर जाकर गुम हो जाती हैं।

लल्ली-केशवनाथ नहा-धोकर डेक पर बैठ जाते हैं। सामने डागवुड, ओक, पापुलर की फुनगियाँ हवा में हिलती हैं। लल्ली मुँह उठाए पेड़ों पर पाँखी ढूँढ़ने लगती है, कुकिल,

---

1. चाय पियोगे, बनाऊँ ?

पोशनूल, बुलबुल। कोई पहचानी चिड़िया नज़र नहीं आती। लल्ली की आँखें थक जाती हैं।

वह उठकर किचन में शाम के लिए सब्ज़ियाँ बनाने लगती है। केशवनाथ अखबार पलटते हैं, थोड़ी देर लॉन में टहलते हैं और कमरे में आकर टी.वी. खोल देते हैं।

कभी-कभी दोनों डेक पर बैठ, घर को याद करते हैं, कात्या के बच्चे, राज्ञा, देविका।

दुलारी का बेटा भी अमेरिका आ गया है। शारिका की बेटी तो कई बरसों से कैलिफोर्निया में बस गई है। लल्ली के सीने से हूक-सी उठती है। केशवनाथ उदास मुस्कुराहट के साथ सिर हिलाते हैं, 'पगली !'

यानी कि ? वक्त की लहर को तुम कैसे रोक सकती हो ? कटना-बिछड़ना दूर हो जाना ! ज़रूरी है इच्छाओं के विस्तार के लिए।

शनि-रवि को नन्दन भारतीय मित्रों को भोजन के लिए बुलाता है। कश्मीरी मित्रों का जमघट इकट्ठा हो जाता है। शिवरात्रि, नवरेह, दीपावली मनती है। धरा, दमालू, खस्ता रोगनजोश यहाँ तक कि ठेठ कश्मीरी शलगम-नन्दरू बनाना भी भूलती नहीं। माँ पापा के हवन-पूजा की सामग्री लाकर रखती है। लोहे की छोटी-सी चिलमची, जिसमें पापा यज्ञ के लिए कोयले जला सकते हैं। नन्दन पिछली बार उड़ीसा से गणेश की मूर्ति ले आया है। लिविंग रूम में कार्निस पर रखी एथनिक इफेक्ट देती है।

नन्दन कहता है, "माँ ! विदेश में रहकर ही हम अपनी संस्कृति और विरासत को सँभालना जान गए हैं। तुम देखती हो न, बच्चे कितनी फ्लूएंट कश्मीरी बोलते हैं ?"

केशवनाथ मुस्कुराते हैं और सब अच्छा-अच्छा लगता है। अपने घर से दूर, अपने लोग, अपनी बोली-वाणी, खान-पान, लगता है घर के करीब आ गए। एक आत्मीय घेरे का सुकून महसूस होने लगता है।

लेकिन कभी-कभी बदमज़गी हो जाती है, जैसे आरलिंगटन में हो गई। प्रेज़ीडेंट जान एफ कनेडी की कब्र पर खुदे वाक्य को केशवनाथ ने वेद-मन्त्रों की तरह रटा, तो नन्दन के चेहरे पर कलोंछ-सी छा गई, "यह मत सोचो कि देश तुम्हारे लिए क्या कर सकता है, यह सोचो, कि तुम देश के लिए क्या कर सकते हो ?"

भला इसे दुहराने की क्या ज़रूरत थी पापा को ?

नन्दन को बार-बार लगता है, पापा उसके देश छोड़ विदेश में बसने को माफ नहीं कर पाए हैं। वे उसे खुदगरज़ समझते हैं, संवेदनहीन। जिसने अपने बारे में ही सोचा, न अपनों और न अपने देश के लिए सोचा। जब से प्रेम घर लौटा है, तब से एक अपराधबोध-सा पलने लगा है मन में। क्या वह बेटे का दायित्व निभाने में चूक रहा है ? उम्र के चौथे पाटे में माँ-पापा, पोते-पोतियों को अपने पास देखना चाहते हैं, नन्दन ने उन्हें अकेलापन दे दिया, लेकिन नन्दन मन से तो उनके ही पास रहता है। क्या भविष्य के लिए सोचना गुनाह है। आखिर नन्दन को वहाँ क्या मिलना था ?

पापा वाक्य रटकर चुप हो गए, नन्दन सड़क पर आते-जाते सैलानियों की ओर मुड़ गया। लल्ली ने बाप-बेटे की मुद्राओं के पीछे डोलती छाया देखी। कितनी दूर चले गए हैं दोनों ? पीछे छूटे गलियारों में, जहाँ वादे-शिकवे और मलाल पैरों में कीचड़ की तरह लिपट जाते हैं।

क्यों आज पर बीते कल को हावी होने देते हैं दोनों ? बिना कुछ कहे भी ? लल्ली ने उबारा, "तुम्हें मालूम है बेटे, आजकल तुम्हारे पापा किताब लिख रहे हैं। जहाँ से भी कोई मनपसन्द सूक्ति मिली, झट से नोट कर लेते हैं।"

नन्दन की उत्सुकता जागी, ध्यान भी बँट गया, "कमाल है पापा ! आपने हमें बताया नहीं। दिस इज़ रियली ग्रेट। क्या लिख रहे हैं ?"

"रिटायरमेंट के बाद से ही सोच रहा था, 'सोशो पोलिटिकल चेंजेस इन कश्मीर' पर किताब लिखूँ। अब जाकर कुछ बात बनी है...

"इधर देश-विदेशों में काफी कुछ बदल गया है। अपने प्रदेश में भी काफी कुछ घटा है। राजनीति में बदलावों के साथ, फैमिली स्ट्रक्चर्स भी टूटने लगे हैं। पुराने रीति-रिवाज़, विश्वास, तेज़ी से ढह रहे हैं, पर आर्थिक पक्ष ज़रूर मज़बूत हो रहा है।"

"ज़ाहिर है पापा ! आज़ादी के दौर के मूल्य आज नहीं हैं। फिर अपने प्रदेश की राजनीति भी ग्लोबल प्रभावों से अछूती नहीं है...। इस पर भी नज़र डालिएगा...।"

अब नन्दन-धरा दफ्तर से लौटते हैं, तो पापा माँ के साथ डेक की कुर्सियों पर बैठ जाते हैं, और अपनी-अपनी पसन्द के जूस, बियर, पेप्सी हाथ में लिए घर-बाहर की भूली दास्तानें छेड़ देते हैं। नन्दन अतीत के जिस कालखंड से पल्ला छुड़ाकर भाग आया था, स्मृतियों में बार-बार वहीं लौटता है। वहाँ कुहरे में लिपटा-सा गुल मोहम्मद बबूगोशा वाला होता है। 'चना जोर गरम बाबू, मैं लाया चना जोर गरम' सुर में गाता, मसालेदार चना पुड़ियों में बाँधता करतारसिंघा होता है और बोरी-बुरादे में लिपटी बर्फ, सिर पर धरी टोकरी में बेचता लय में पुकारता, अलीशीन होता है। 'ओदरुय दोदखो यखो, कमि वन वोलमखी यखो।'[1]

थोड़ी धुँधली पर पूरे वजूद के साथ, समय में टँकी किसी कलाकार की गढ़ी मूर्तियाँ, जो बीसियों वर्षों से जस की तस स्थिर हैं, संगमरमर की मूर्तियाँ ! वक्त ने उन पर कोई धब्बा भी नहीं डाला।

लल्ली, नन्दन को कल से आज में खींच लाती है, जहाँ घरों में फ्रिज हैं, झब्बा टोकरी सिर पर धरे कोई बर्फ नहीं बेचता।

करतारसिंघा लाल चौक में शीशा जड़ी दुकान पर चिप्स, हल्दीराम की भुजिया, कोल्डड्रिंक्स, मैगी नूडल्स, कैडबरी, पर्क, फाइव स्टार और क्या-क्या नहीं बेचता। घरों में टी.वी. आ गए हैं।

नन्दन दो-तीन साल बाद घर का चक्कर लगाता है। पुराने को नए में ढलता

1. अरी तू गीली-गीली ही जल रही है बर्फ ! किन जंगलों से ढूँढ़ लाया हूँ तुझे बर्फ !

देखता है, फिर भी बचपन के उस धूप-छाँह से सुरक्षित, शामियाने तले लौटने में सुकून पाता है, जो इसलिए सुन्दर है कि ज़ेहन में फ्रीज़ होकर रह गया है।

"अब मल्लाहों की बेटियाँ शाम ढले नदी किनारे 'रोव' नहीं करती हैं ?" नहीं करती, फिर भी पूछता है। रोव अब स्टेज और टी.वी. पर चले गए हैं। कभी-कभार शादी-ब्याह में होते हैं। लड़कियों को अब फुरसतें कहाँ ? एम.ए., बी. एड. तक मुफ्त शिक्षा के फायदे उठाती लड़कियाँ, अब दफ्तरों-स्कूलों, सेंटरों, अस्पतालों में नौकरियाँ करती हैं।

"वह नानबाइयों की झल्ली मखनी याद है ? क्रालखोड से रोज़ गान्धरबल जाती है, पढ़ाने।"

"थिंग्स हैव चेंज्ड।" केशवनाथ बुजुर्गाना अंदाज़ में जोड़ देते हैं।

"तुम बीसेक साल पहले बख़्शी साहब के ज़माने में इधर आ गए, आज बाईस साल बाद शेख साहब फिर मुख्यमन्त्री बने हैं। अभी-अभी फारूख साहब की ताजपोशी हो गई है, अगले उम्मीदवार के रूप में।"

संवाद राजनीति की तरफ मुड़ता है।

"यह ताज अगली पीढ़ी को सौंपना तो साम्राज्यशाही की विरासत है पापा। हम लोकतन्त्र में भी राजतरंगिणियों को ही आगे बढ़ा रहे हैं।" धरा अपने विचार सामने रखती है।

"हाँ बेटी, राजतरंगिणी ही समझो। नेहरू जी ने इन्दिरा जी को गद्‌दी के लिए तैयार किया, इन्दिरा जी ने संजय, राजीव को। पायलेट राजीव अपनी इटालियन पत्नी के साथ बिना गद्‌दी के भी खुश रहता, पर गद्‌दी का क्या होगा, यह चिन्ता माँ को सताए जा रही है...। यही हाल शेख साहब का भी है। राजा-महाराजाओं को क्या दोष दें, उनका तो अधिकार ही था गद्दियों पर। जनतन्त्र में भी कितना कुछ बदला हमारे लिए ?"

नन्दन तीखी बात कहता है, लपेटकर नहीं।

बात महाराजाओं तक लौटती है तो महाभारत काल से ही इतिहास में गढ़े मुर्दे निकाले जाते हैं। नन्दन को उनमें रुचि नहीं, वह आज की बात करता है, जिससे कल की तस्वीर बनती है।

केशवनाथ कहते हैं, "इतिहास मरता नहीं नन्दन, बल्कि अलग-अलग शक्लें लिए बार-बार लौटता है। कश्मीर का इतिहास गवाह है..."

"इतिहास लौटे न लौटे पापा, पर आदमी की महत्त्वाकांक्षाओं का कोई अन्त नहीं दिखता। गद्‌दीदारों की खासकर। अपने प्रदेश को देखती हूँ तो महाराजा हरीसिंह से लेकर शेख साहब तक गद्‌दी के लिए होड़ ही नज़र आती है। इसी सत्ता के मोह ने दोस्तों को दुश्मन बनाया। एक ने दूसरे पर आरोप लगाए। अपने को सही सिद्ध करने के लिए दूसरे को कठघरे में खड़ा कर दिया। सभी तिकड़में सत्ता के लिए ही तो हैं।"

केशवनाथ के प्रताप सिंह के राज्य से लेकर शेख साहब की हुकूमत तक तिकड़में

भिड़ती देखी हैं। आरोप-प्रत्यारोप। मैं सही, तू गलत।

लेकिन आरोपों से मुक्त कौन है ?

"वह तो सही है पापा। पर कई आरोप तो सही हैं। गोकि हर क्रिया के पीछे कारण ज़रूर होते हैं।"

पापा ने हामी भरी—"हूँ। डोगरा राज्य को ही देखो। गुलाब सिंह पर आरोप है, कि वह पैसे का लालची था। फरियादी महाराजा के हाथ में एक रुपया, नज़र के रूप में रखकर, 'महाराजा अर्ज़ है' कहता, तब राजा फरियाद सुनता। और इसकी वजह साफ है, कि राजा ने 75 लाख नानकशाही रुपयों में कश्मीर खरीदा था। उस वक्त राज्य की हालत खस्ता थी। पठान-अफगानों ने लोगों को भिखारी बना दिया था। लोगों की हालत सुधारने के लिए पैसा चाहिए था, जो कहीं न कहीं से उगाना तो था ही।"

"और जो उसका कठिन दंड विधान था, चमड़ी उतारकर भुस भरना, वह इन्सानियत तो किसी कोण से नहीं कहलाई जाएगी।"

लल्ली को भी ऐसे कठोर दंड से शिकायत है।

"यह अपराधों के लिए आँखें निकालना, हाथ-पाँव काटना तो अफगानों-पठानों की नीतियाँ थीं।"

"सफाई देना चाहें, तो कह सकते हैं, उस वक्त वादी में अफगानों की क्रूर नीतियाँ और आतंक चालू था। गलवान, बोम्या, खोखा, जैसे डाकू वादी पर हावी थे। वे लोगों में अपराध के लिए भय पैदा करना चाहते थे। फिर भी, केशवनाथ ने जोड़ा, "ज़िन्दा आदमी की चमड़ी उतारना तो बेहद नृशंस कर्म ही कहलाया जाएगा।"

"कुछ आरोप सही थे, कुछ झूठ। राजा रणभीर सिंह ने, कला, साहित्य शिक्षा का प्रसार किया, मन्दिर बनाए, पर उसके राज्य में 1877 अक्तूबर से 1878 जनवरी तक घोर वर्षा हुई। धान नष्ट हुआ। नतीजन अकाल, जिसमें लोगों ने घास तक खाई। हज़ारों मौतें हुईं, लोग पंजाब भाग गए। अंग्रेज़ों ने राजा को दोषी ठहराया कि उसने लोगों को वुलर झील में डुबो दिया।"

"अब यह काम रणभीर सिंह जैसा न्यायप्रिय राजा तो नहीं कर सकता था।"

"पापा ! डोगरा शासन में महाराजा प्रताप सिंह की काफी तारीफ हुई है। कहा जाता है कि प्रताप सिंह ने वादी को मध्यकाल से आधुनिक काल में प्रवेश कराया। नए कानून, भूमि सुधार, कोओपरेटिव, मूवमेंट, शिक्षा प्रसार, टेलिफोन सेवा वगैरह-वगैरह काम हुए। उन पर भी कुछ आरोप तो होंगे।"

केशवनाथ हँसते हैं, "क्या आज सभी के दोष ही ढूँढ़ने हैं ?"

"नहीं पापा, आय एम जस्ट क्यूरियस।"

"यों दोष निकालना चाहो, तो कह सकते हो, वह चालीस व्यंजनों के साथ खाना क्यों खाते थे, दो सब्ज़ियों से भी खा सकते थे। गोवध पर दंड विधान था तो सुअर वध पर क्यों नहीं ? पर सही-गलत को तो अनुपात के हिसाब से ही देखना चाहिए।"

"प्रताप सिंह न्यायी राजा थे। धर्म के प्रति कट्टर, पर जनता के साथ उन्होंने

न्याय ही किया।''

''नहीं पापा, मैं खामखाह किसी पर आरोप नहीं लगाना चाहता। राजा-महाराजा तो थोड़े खब्ती किस्म के हुआ ही करते थे, समर्थ भी थे। जीवन में सभी सुख पाने की तमन्ना तो थी ही, मरकर भी स्वर्ग में जगह पाने का इन्तज़ाम कर लेते थे।''

केशवनाथ समझ गए, नन्दन क्या कहना चाहता है। धरा नहीं समझी।

''वाह ! स्वर्ग में जगह तय करते थे, यह आपको किसने कहा ?''

''पापा ने।''

केशवनाथ ने प्रताप सिंह की मृत्यु की वह घटना सुनाई, जब उनकी मृत्यु के बाद, प्रदेश के बाहर से एक आदमी लाया गया। उसका सिर मुँड़ाया गया, और राजा की पसन्द और इस्तेमाल की हर चीज़ भेंट देकर, पुलिस की निगरानी में शहर से बाहर भेजा गया। राजा के कपड़े, पसन्द के बर्तन, मोटरकार, बिस्तरा आदि, इस विश्वास के साथ कि राजा के पाप उसने अपने ऊपर ले लिए और अब राजा निष्पाप होकर स्वर्ग के अधिकारी होंगे।

''यह तो विश्वासों की बात है नन्दन। हज़रतबल दरगाह से जब मोये-मुकद्दस चोरी हो गया, तो कई लोगों ने कहा, कि बख़्शी साहब की बीमार वालिदा उसका दीदार करना चाहती थीं।'' विश्वास आरोप तो नहीं होते।

''दरअसल पापा, मैंने हाल में ही सूफी की 'हिस्ट्री ऑफ कश्मीर' पढ़ी। उसमें हरीसिंह के बारे में एक दुखद प्रसंग का ज़िक्र किया गया है।''

''कौन प्रसंग ?'' केशवनाथ समझे नहीं।

''उसमें लिखा है कि 1925 में लन्दन में तीन लाख पाउंड का एक ब्लैकमेल केस हुआ था, किसी राबिन्सन वर्सस मिडलैंड बैंक लिमिटेड में।''

''उसके साथ राजा हरीसिंह का नाम भी जोड़ा गया था। क्या यह सच है पापा ?''

केशवनाथ को 1939 में अमरीका में हारपर एंड ब्रदर्स न्यूयार्क एंड लन्दन द्वारा छपी वह पुस्तक याद आ गई, जिसमें लिखा था 'सर जान साइमन ने (जो विसकौंट थे) उन्हें कोर्ट में ए पुअर ग्रीन शिवरिंग एबजेक्ट रेच' कहा।

प्रकट में उन्होंने इतना ही कहा, ''जिस बात के हमारे पास प्रमाण न हों, उसका ज़िक्र करना वाजिब नहीं है।''

''मैं यह जानना चाहता था पापा, कि ऐसी बातों का प्रदेश पर कुछ प्रभाव पड़ा ?''

''नहीं नन्दन। प्रदेश में तो बहुत कम लोगों को इस बात की जानकारी है। फिर होती भी, तो प्रजा की क्या हिम्मत थी कि राजा से व्यक्तिगत प्रश्न पूछे ?''

''सच तो यह है कि हरीसिंह ने प्रदेश में कई सुधार किए। कोई आरोप अगर जनता ने लगाए, तो वह इकतीस में शेख के नेतृत्व के साथ, जो लोकराज्य की माँग हुई, उसी के बाद लगाए। जब उन्हें महसूस हुआ कि डोकरा राज्य उच्च पद डोगरों को देती है, कश्मीरियों को नहीं, खासकर मुसलमान काफी पिछड़े और शोषित रहे। भारी

संख्या में भूमिहीन किसान और अशिक्षित कामगार शेख के साथ हो गए। उन्होंने न्याय के लिए आवाज़ उठाई।"

"आज़ादी के बाद स्थिति ज़रूर बदली पापा, पर शेख, बख्शी, सादिक जैसे तेज़ तर्रार नेताओं के बावजूद क्या सभी को न्याय मिला ? क्या भेदभाव बना नहीं रहा ? चाहे पात्र बदल गए हों।"

यह एक यक्ष प्रश्न था, जिसका उत्तर कोई नहीं दे पाता।

"और आरोप ? कोई भी नेता आरोपों से मुक्त है ?"

"नेताओं ने अपनी तिजोरियाँ भरीं, बिचौलिए सेठ हो गए, गरीब जनता को सस्ता राशन, फ्री एज्युकेशन मिली। कइयों को देश निकाला। रोजगार के कितने नए एवेन्यूज खोले गए ? धारा 370 को गले से चिपकाए बैठे नेता लोग ! कौन पैसा लगाएगा प्रदेश में ? केन्द्र ने जितना पैसा प्रदेश में उँड़ेला, उससे तो खुशहाली और समृद्धि चरम पर होनी थी, लेकिन अपने शहर में आज भी खुली गंधाती नालियाँ, मल-मूत्र विष्ठा से भरी पॉश एरिया में भी मिलती हैं। लोगों ने नए बँगले बनाए, प्राइवेट ड्रेनेज भी, पर म्युनिसपैलिटी शहर का ड्रेनेज सिस्टम आज तक सुधार नहीं सकी।"

"सुधार तो हुए, पर अपेक्षाएँ भी बढ़ीं।" केशवनाथ सिक्के के दोनों पहलू देखते हैं। फिर भी जानते हैं, बड़े जोश वाले नेता भी अन्ततः कुर्सी के मोह में बौने होते गए। जनहित पीछे छूटता गया।

ऐसे में वे एकदम चुप हो जाते हैं। बाहर पेड़ों की परछाइयाँ लम्बी होने लगती हैं। हवा के तीखे झोंकों के साथ कुछ पीले पत्ते डेक पर छिपने के लिए कोने-अन्तरे ढूँढ़ते उनके पैरों से लिपटने लगते हैं। दृश्य उदास हो जाता है। क्या जाने-अनजाने, उन्होंने स्वतन्त्र राष्ट्र से बहुत ज्यादा उम्मीदें बाँधी थीं ?

लेकिन उदासियों को खुद पर हावी नहीं होने देते केशवनाथ। तल्ली तो बिल्कुल नहीं।

तब भी नहीं, जब तमाम सावधानी बरतने के बावजूद नन्दन माँ-पापा के सोच को पुराना, आउट ऑफ डेट कहकर विरोध करता है। जैसे माँ की आदत है, दीन-जहान के गमों की ठेकेदार होना। अब तक तो उसे समझना चाहिए कि अपनी समस्याएँ सभी को आप ही सुलझानी पड़ती हैं। यहाँ एक मुहावरा है, 'टु ईच हिज़ ओन'। पर माँ को देखो, "हाय ! क्षमा बेचारी दुखी है। पता नहीं उसकी बेटी शादी क्यों नहीं करती ? तारा मौसी ने ईंट-ईंट जोड़ नया घर बनाया, जो पैसों की कमी की वजह से अधबना पड़ा है। जियालाल का इंजीनियर बेटा शिबन नौकरी के लिए मद्रास चला गया, बूढ़े माँ-बाप अकेले रह गए।" माँ को यह तो सोचना चाहिए कि सबकी अपनी सोच है, अपनी समस्याएँ, जो वे खुद ही हल कर सकते हैं। क्षमा की बेटी अगर शादी नहीं करती, तो हो सकता है वह माँ के साथ खुश है। नीलू दीदी ने भी तो शादी नहीं की। क्या हुआ ? जियालाल का शिबन नौकरी के लिए मद्रास क्या टिम्बकटू चला जाएगा, आखिर उसे अपना भविष्य भी तो देखना है...

"दरअसल माँ, हम लोग अपनी ज़िन्दगी नहीं जीते, दूसरों की ज़िन्दगियों में दखल देकर अपने आसपास शिकायतों-नाराजगियों और दुखों का इटरनल सेसपूल बनाते रहते हैं। मुझे इससे चिढ़ है। इस देश में कम-से-कम कोई दूसरों के फटे में पैर नहीं डालता। सब अपनी ज़िन्दगी जीना जानते हैं।"

लल्ली को बेटे का सोच आहत करता है। क्या अपने भाई-बन्द दूसरे हो गए ? अपनों की चिन्ता करना दूसरे के फटे में पाँव डालना हो गया ? क्या खा-पी अघाकर पाँव फैला सोना ही जीना हो गया ? मेरा बेटा मेरी कोख से जन्म लेकर किस तरह सोचने लगा है ?

कभी लगता है, कहीं कुछ गलत हो गया। केशवनाथ तसल्ली देते हैं, "कुछ गलत नहीं हुआ लल्ली, हमारा सोच हमारे साथ बूढ़ा हो रहा है। बस और कुछ नहीं। बच्चों को दुआ दो, शायद समय के साथ चलना उनकी मजबूरी है, हम उनका सोच बदल नहीं सकते, फिर उनकी अपनी परेशानियाँ हैं...।"

वर्षों पहले नादिर साहब ने लल्ली को बेटे के लिए उदास देखकर कहा था, "दूर से बच्चों की बहारें देखो, और खुश रहो भाभी ! अब बच्चे हमारे लिए इन्द्रधनुष हो गए हैं, जिन्हें दूर से देखकर खुश हुआ जा सकता है, पर वक्ते ज़रूरत उन्हें छुआ नहीं जा सकता।"

पता नहीं कितनी तकलीफ सहने के बाद योगमुद्रा साधी नादिर साहब ने। बेटा दस वर्ष विदेश में रहा। माँ के मरने पर भी घर नहीं आ पाया। उसकी अपनी परेशानियाँ थीं। रिसर्च पूरी नहीं हो पाई थी, गाइड घर जाने की इजाज़त नहीं देता था, बाद में ग्रीन कार्ड बनने में वर्षों लग गए। माँ के मुख में गंगाजल देने आता, तो क्या जादूनगरी वापस लौट पाता ? आखिर उसका भविष्य, उसके सपने तो उसी नगरी से वाबस्ता थे। आदमी आगे देखेगा या पीछे।"

घर लौटते लल्ली-केशव चुप हैं। यात्राएँ भीतर भी कोसों कोस चलती रहती हैं। विमान की गुंगुआहट कानों में चुभ रही है। आँखें सामने टी.वी. स्क्रीन पर जमकर पता नहीं क्या कुछ देख रही हैं। देखे के पीछे कितना कुछ अदेखा झाँक आता है और अभिधा, लक्षणा, व्यंजना में बदल जाती है।

पीली सूर्यमुखी की बहार में सोफिया लॉरेन अकेली खड़ी है। लेकिन अकेली कहाँ है ? इसी भरी बहार में उसका प्रेमी युद्ध के लिए प्रस्थान कर रहा है, विदा वेला का गहरा चुम्बन आज भी उसकी शिराओं में रचा-बसा है। वादा करता है, लौट आएगा। एक दिन ज़रूर।

सोफिया इन्तज़ार करती है, बावली। सूर्यमुखी की बहारों में अपने प्रिय को आवाज़ देती है। लेकिन गए हुए क्या लौट आते हैं ? एक मौत ही तो नहीं, जो आदमी को आदमी से अलग कर देती है ?

हीर ने जोगी से कहा था, "जोगी, तू मुझे झूठे दिलासे देता है। मैनू दिट्ठा न कोई, मैं ढूँढ़ थकी, जेहड़ा गया नू मोड़ लियांवदा ए।"...

सोफिया खुद ढूँढ़ने निकलती है, प्रिय को गुहारने। युद्ध तो समाप्त हो गया, पर उसके अन्दर एक नया संग्राम, एक रची-बसी दुनिया ध्वस्त करने लगता है। प्रिय ने दूसरी दुनिया बसा ली है।

एक बार जो नई दुनिया में जाता है, वह पुरानी दुनिया में लौट आता है क्या ? लल्ली ने सोचा था, दो-चार साल बाद, घूमघामकर नन्दन घर लौटेगा। अपनों से जुड़ी डोर उसे खींच लाएगी। वितस्ता पर बिछलती चाँदनी उसे मुग्ध करती है। बगीचे के चौगिर्द लगी गुलाबों की बाढ़ को वह आप ही कैंची से तराशता है। अमरनाथ और गंगबल की यात्रा उसे ट्रेकिंग का सुख देती है, घर के हरे साग बिना भात उसके गले से नहीं उतरता। लेकिन बीस साल बाद आज नन्दन ने कहा, "अब तो हमें यहीं रहना है माँ ! तुम चिन्ता मत करो, हर दूसरे साल घर आया करेंगे, तुम्हें भी यहाँ बुलाते रहेंगे। साइंस ने दुनिया को बहुत छोटा कर दिया है, फिर वादी में हमारे लिए अब रखा भी क्या है ?"

लल्ली ने देखा, भीतर के मन बेहद सिकुड़ गए हैं। बाहर का पता नहीं।

भारी पंखोंवाला विशाल दैत्य आसमान को जीतने चला है। पूरी यात्रा पर रात हावी है। पैसिफिक सागर पर अजगर-सी पसरी रात। खिड़की के शीशे से बाहर, बहुत नीचे, जापान, सेयोल, साउथ कोरिया के शहरों की रंगीन बत्तियाँ अँधेरों में दीपमालाएँ गूँथ रही हैं।

विमान के अन्दर कुछ सिर साथियों के कन्धों पर ढुलक आए हैं। कुछ आँखें स्क्रीन पर चिपकी हुई हैं। कुछ उदास चेहरे, कुछ गुमसुम, कई बेहद व्यस्त। चुस्त विमान परिचारिकाएँ बराबर आवाजाही किए जा रही हैं, कभी ड्रिंक्स, कभी नाश्ता, कभी डिनर, किसी को कुशन चाहिए, किसी को कम्बल ! नीले-नीले मद्धम अँधेरे में पलकें बोझ से झुकने लगी हैं।

लल्ली सागर पर तैरते जहाज़ों को देख रही है, जो बिल्कुल भी नज़र नहीं आते। उनका होना माना जा सकता है, लगता है गंगा की आरती हो रही है। वितस्ता में कमल पत्रों पर सजे दीये तैर रहे हैं।

हाँगकाँग के पास आसमान की गुलाबी कोर झाँक आती है। नीली सुरमई चूनर पर हल्के गहरे गुलाबी रंग ! किस अँधेरे में छिपे थे ये रंग अभी तक ?

नीले पानियों पर बादलों के सफेद थक्के। विमान बादलों के ऊपर तैर रहा है। ऊपर तारों भरा चटक नीला आसमान, नीचे पैसेफिक सागर में घुलता, सफेद रूई के ढेर गोदी में उठाए दूसरा आसमान।

इस रौशनी और अँधेरे के खेल में धब्बा भर भी तो नहीं है हमारा अस्तित्व। फिर कहाँ अटते हैं, हमारे छोटे-बड़े सुख-दुख, मलाल और शिकवे ?

कहीं हमने अपने बारे में सोच-सोचकर ही तो अपने दुख बढ़ा नहीं दिए ? अगली पीढ़ी की पंक्ति के साथ बैठ, उनके सपनों को उनकी आँखों से देखने की कोशिश करते, तो मन के रिश्तों में झोल क्यों आ जाते ?

लल्ली का मन भीगा हुआ है। बिछड़ना, विदा होना, हमेशा मन में विराग भर देता है। केशवनाथ ने आँखें झपक ली हैं। नींद में मद्धम साँसों के उठते-गिरते, बीच में लम्बी उसाँसें भरते हैं। एयरपोर्ट पर बेटे से गले मिले, तो बच्चे की तरह रो पड़े। लल्ली को धक्का-सा लगा। इस तरह टूटते तो कभी नहीं देखा था पति को। बाँध की दीवार कैसे अर्राकर टूट गई थी, और केशवनाथ ! पानी के सैलाब में सिर से पैर तक भीग रहे थे। निपट अकेले। इतना अकेलापन कैसे उग आया उनके भीतर ?

बाहर नीचे, अँधेरे को भेदते दीप, स्कूल से छूटते बच्चों की तरह टोली-दर टोली, लल्ली के चौगिर्द फैलते जा रहे हैं। असंख्य जुगनू। कभी आँखों में चमकते हैं, कभी मन के कैनवस पर टँग जाते हैं। मन, जो अर्जुन-सा दुविधाग्रस्त है। मन, जो कृष्ण-सा योगी है। मन, जो नदी का दीया है, हवा के झोंकों से काँप-काँप उठता है।

केशवनाथ ने रास्ते में एक कप कॉफी के सिवा कुछ नहीं लिया है। सीट पीछे सरका, कुशन की टेक लगा आँखें बंद कर ली हैं। कुछ बात ही करते ! नन्दन की, धरा की, बच्चों की ?

हालाँकि लल्ली जानती है, कि वे बोलेंगे तो भहराकर ढह जाएँगे। ढहकर अपनी नज़रों में बौने हो जाएँगे। उन्हें इस वक्त बातों की नहीं, स्पर्श की ज़रूरत है। वे बाँहें फैलाकर गीले आसमान में उगे उस इन्द्रधनुष को छूना चाहते हैं, जिसे छुआ नहीं जा सकता।

लल्ली के भीतर आवेग-सा कुछ उफन आता है। वह एक बाँह पति की गर्दन में डाल, उसके कन्धे पर सिर टिका लेती है। केशव अधमुँदी पलकें ज़रा-सा खोल, लल्ली को घेर लेते हैं। बाहर आकाश ने धरती को घेर लिया है। अब जितनी भी यात्रा बाकी हो, होती रहे।

# आतशे चिनार

शेख साहब नहीं रहे।

8 सितम्बर, 1982 ! मौसम में खिजाँ की आमद। नुकीली हवाएँ टहनियों पर झूलते पत्तों को धरती की सेज दे रहे हैं। शाहाना चिनार के नक्काशीदार पत्तों में लाल सुर्ख आतश झलकने लगी है।

आतशे चिनार ! शेख साहब ने अपनी आत्मकथा का नाम 'आतशे चिनार' रखा है।

वादी के बेटे डॉ. मुहम्मद इकलाब ने एक शेर में कहा है—

'जिस खाक के ज़मीर में हो आतशे चिनार
मुमकिन नहीं है सर्द हो वह खाक अर्ज़मन्द।'

दानिशमन्दों ने सहमति में सिर हिलाए।

"शाहाना चिनार का-सा व्यक्तित्व रहा शेख साहब का।"

हाजी साहब अब नहीं हैं, होते तो ज़रूर शेख साहब की वतन के लिए अज़तरीन मुहब्बत और आज़ादी की मशाल चलाने का ज़िक्र कर कहते, "हुज़ूर ! एक आतश थी उनके दिलोदिमाग में, जो बीस-बाईस साल नज़रबन्दी के दौरान भी बुझ न सकी।"

हाजी साहब के बेटे नसीर ने कहा, "गरीबों की शिकस्ता तकदीर बदलने का बीड़ा उठाया था उन्होंने !"

केशवनाथ ने भी शेख साहब के संघर्ष और आज़ादी के लिए लड़ी लड़ाइयों को याद किया।

"एक छोटा-सा रीडिंग रूम था, हब्बाकदल और फतेहकदल के बीच। कोई बड़ा तामझाम नहीं। वहीं कुछ युवा लड़के इकट्ठा होते थे, देश समाज की हलचलों पर चर्चा होती थी। वहीं से शेख साहब ने लोगों को साम्राज्यशाही के विरोध में आवाज़ उठाना सिखाया। तीसरे दशक की बात है यह। हरीसिंह के राज्य में।"

"हमने तो सुना है, महाराजा हरीसिंह ने कई रिफार्म किए। उनसे भला क्या शिकायतें थीं ?" सिंह साहब को हरीसिंह के राज्य की जितनी भी देखी-सुनी जानकारी थी, दोस्तों को थमा दी। जैसे कि 1944 में हरीसिंह का चुने गए सदस्यों की प्रजा सभा बनाना। मिर्जा अफज़ल बेग और गंगाराम को मन्त्रिमंडल में शामिल करना। वगैरह-वगैरह। एक तरह से लोकतान्त्रिक ढंग ही था वह भी भाई साहब !"

"अपनी निजी सम्पत्ति भी तो प्रदेश के खज़ाने को दी उन्होंने।"

बर्नहाल कान्वेंट के सीनियर टीचर ब्रदर डिकोस्टा साहब को कौन-सी जानकारी नहीं है।

केशवनाथ ने, बात सही है, के अंदाज़ में सिर हिलाया।

"फिर भी ब्रदर, तब सामन्ती व्यवस्था थी। हरीसिंह तो हरीसिंह, आठवीं शती के सम्राट ललितादित्य मुक्तापीड का नाम तो सभी ने सुना है, कल्हण पंडित ने उसे संसार का राजा कहा, मार्तण्ड जैसे मन्दिर उसने बनाए। खूब समृद्धकाल था उसका, पर कल्हण कहते हैं आम जन तब भी साग-भात से ही गुज़ारा करता था। हरीसिंह के राज्य में बड़े जमींदार और गरीब काश्तकार थे। कोई इक्का-दुक्का कश्मीरी पंडित या मुसलमान भले कोई ऊँचा पद पा गया हो, पर आम जन की हालत तो वही, सुबह खाओ शाम की चिन्ता वाली थी। मुसलमानों की हालत तो बदतर थी। वे अशिक्षित भी थे। शेख साहब उनकी जुबान बन गए।"

"सुना है, शेख साहब को अपनी भी शिकायतें थीं। वे मेडिकल करना चाहते थे, पर डोगरा सरकार ने स्पॉन्सर नहीं किया। अलीगढ़ से, एम.एस.सी. करके लौटे, तो स्कूल मास्टर की मामूली नौकरी थमा दी। अब सच कहें तो उस वक्त मुसलमानों में एम.एस.सी. पढ़े लड़के इक्का-दुक्का ही थे। उन्हें कोई बेहतर काम मिलना ही चाहिए था।"

नित्यानन्द दया-धर्म की बात करते हैं।

"अजी, अच्छी नौकरी क्या देते, जले पर नमक छिड़का समझो। तबादला कर दिया मुजफ्फराबाद ! उन्होंने सोचा, बहुत हुआ, बस ! लात मार दी नौकरी को। और मुल्क को आज़ाद करने के काम में जुट गए।" नसीर साहब ने नित्यानन्द की बात पूरी की, और लात मारने के अंदाज़ में हाथ झटक दिया। नित्यानन्द साथ ही लात के डर से थोड़ा पीछे हट गए। कहीं चेहरे पर पड़ गई, तो खामखाह थोबड़ा टेढ़ा हो जाएगा।

पृथ्वी दर के बेटे इकबाल कृष्ण ने, जो लम्बोतरा चेहरा लटकाए दानिशमन्दों की बातें सुन रहे थे, लम्बा-सा हुँकारा भरा, "हाँ ऽऽऽ।" कुछ कहना चाहते थे, पर गंजी चाँद के इर्द-गिर्द झूल गए अधपक्के बालों की झालर पर हाथ फेरते, हरिओम बोलकर चुप हो गए।

ज़मीनदारी छिनने के बाद उन्होंने बी.ए. पास किया तो पोस्टमास्टर की नौकरी मिली। दोस्त-दुश्मनों को रश्क हुआ। "वाह ! सीधा पोस्टमास्टर का पोस्ट। इसे कहते हैं किस्मत ! देनेवाला देने पर आए, तो छप्पर फाड़कर दे।"

इकबाल कृष्ण इस छप्पर-फाड़ भाग्य को छाती पर ढोते, कभी लद्दाख-करगिल, कभी किश्तवाड़-भद्रवाह और कभी पुंछ-रजौरी जैसे कठिन पहाड़ी इलाकों में तबादलों के दौरान आवाजाही करते रहे। आए दिन बर्तन-भाँडे, होल्डाल-दरी, और बच्चों को एक जगह से दूसरी जगह ढोते, पत्नी आज़िज़ आ गई। ज़हीन बच्चे एक स्कूल से दूसरे स्कूल बदलते, पढ़ाई के अलग-अलग तरीकों से हैरान-परेशान एक-दो बार फेल भी हो गए।

इकबाल कृष्ण को अफसोस हुआ कि वे शेख साहब नहीं थे। नौकरी को लात मारने की हिम्मत नहीं जुटा पाए। उम्रभर दब्बू पंडित ही रहे। सन्तोषी भट्टा। जो मिला वही भाग ! नौकरी का ईमानदार गुलाम ! नौकरी छोड़ते तो बीवी-बच्चों को क्या खिलाते ? और कोई काम-धन्धा तो जानते ही नहीं थे।

सो उन्होंने, राजा के शासन में नहीं, अपने लोक राज्य के निज़ाम में कई-कई फ्रंटियर झेले और चुप रहे। एकाध बार मुँह खोलने की हिमाकत की तो जवाब मिला, "भाया, यह नौकरी है। करना है तो करो, वरना तुम जैसे हज़ारों कतार में खड़े हैं, किसी और का भाग जागेगा।"

छोटी से छोटी कुर्सी पर बैठा मालिक निरंकुश शासक हो जाए तो भला आदमी आवाज़ कैसे निकाले ? सो इकबाल कृष्ण उम्रभर गूँगे ही रहे।

प्रेमनाथ बज़ाज़ ने 'इन्साइड कश्मीर' (पुस्तक) में लिखा है, कि शेख साहब ने गूँगों-मजलूमों को बोलना सिखाया।

10 सितम्बर को वे ही बोलना सीखे गूँगे लोग लाखों की तादाद में सड़कों पर निकल आए, मराज़-कमराज़[1] से हुजूम के हुजूम लोग जुट गए।

कमर-कन्धों पर बच्चों को लटकाए औरतें छाती पीटती शेख साहब को पुकारने लगीं, 'सान्यो शेरो ऽ। सान्यो बबो ऽऽ।'

कहाँ चला गया हमारा शेर हमें छोड़कर ? हमारा बबा ! बच्चों ने माताओं को रोते-बिलखते और पिताओं को नारे लगाते सुना तो वे भी चीखने लगे।

शहर की सड़कों से शेख साहब का जनाज़ा निकला। सड़क किनारे खड़े मकानों की खिड़कियाँ आँखें बन गईं। मन्दिर, मस्जिद, चर्च, गुरुद्वारों ने ढेर-ढेर फूल बरसाए। कौन हिन्दू, कौन मुसलमान, कौन ईसाई, फर्क ही न रहा।

मंगला मौसी के हवलदार रहे देवर, अपने बेटों, पोतों और मंगला के साथ जुत्शी बुआ के घर इकट्ठा हो गए। ऐन सड़क पर घर है उनका, वहाँ से शेख साहब की अन्तिम यात्रा की झलक भर मिलेगी। उन्होंने मातमी जुलूस देखा और कमरे में बैठे-लेटे उन बुढ़ापे की मार से लाचार बुजुर्गों को भी आँखोंदेखा हाल सुनाया, जो तंग खिड़कियों में जुलूस की झलक भर पाने के लिए अटे दसियों सिरों के बीच, अपनी मुंडी घुसाकर जुलूस देख नहीं सकते थे, पर देखना ज़रूर चाहते थे।

हवलदार भाई जी ने, हरे राम, उच्चार आश्चर्य से आँखें चौड़ी कीं।

"भीड़ है कि मुंडियों का समुन्दर ! सुई फेंकने की भी गुंजाइश नहीं। देखो देखो, वह रहे शेख साहब ! फूलों से सजी गाड़ी में ! तिरंगे से लिपटे हुए हैं। फूलों के अम्बार लगे हुए हैं, गुलाब-गेंदे, और ढेर-ढेर गुलदस्ते ! यह धुन, जो सुन रही हो न काकनी ? यह डेथ मार्म करता, आरमी बैंड बजा रहा है।"

मीलों फैला लम्बा जुलूस सड़क के मोड़ पर आँख-ओट हो गया तो हलवदार भाई

---

1. मराज़—मड़वराज्य, कमराज़—क्रमराज्य (पूर्व काल में पूरी वादी को इन दो भागों में बाँटा गया था।)

जी पीछे हो लिए। उन्होंने अपनी आँखों सिक्ख लाइट इन्फैंटरी, नागा रेजिमेंट, लद्दाख स्काउट्स और किस-किसको न शेख साहब को आखिरी सेल्यूट देते देखा। देखा कि ज्ञानी जैलसिंह और इन्दिरा गाँधी भी जुलूस में शामिल थे।

हज़रत बल से थोड़ी दूर नगीन लेक के किनारे, कश्मीर का हीरो, राष्ट्रीय हीरो बनकर अपनी आखिरी नींद सो गया।

उस वक्त चुप अडोल पहाड़ों पर झरने सिर धुनते रहे और झील भरी आँखों से वादी के बेटे को विदा होते देखती रही।

शेख साहब की अस्सी साला यात्रा समाप्त हुई, और उनकी मृत्यु के नब्बे मिनट बाद ही उनके बेटे फारूख को मुख्यमन्त्री बनाया गया। आनन्द शास्त्री ठीक ही कहते थे कि गद्दियाँ खाली नहीं रहतीं, सो भी सियासत की ?

शेख साहब के निधन से प्रदेश मायूसियों में डूब गया। फारूख राज्यकाज सँभाल पाएँगे या नहीं, किसी ने इस बारे में टिप्पणी नहीं की। अपने शौकों, सैर-सपाटों, गोल्फ, डिनर पार्टियों और महफिलों में रमनेवाले फारूख साहब की छवि कैसी भी हो, वे दबंग कद्दावर मुख्यमन्त्री के लाड़ले बेटे थे, जो विलायत में रहे, मेम से शादी की, लेकिन जिसकी ताजपोशी खुद शेख साहब ने पहले ही कर दी थी।

जानकार लोग जानते थे कि महीनाभर पहले ही गुलशाह ने रिज़ाइन किया था और फारूख साहब स्वास्थ्य मन्त्री बने थे। उम्रभर शेख साहब के वफादार रहे दोस्त, प्लिबिसाइट फ्रंट के नेता बेग साहब ने पहले, और बहनोई गुलशाह ने बाद में क्यों रिज़ाइन किया ? खुद किया या करवाया गया ? किसी ने इन सवालों को नहीं उठाया। लोग शेख साहब की अच्छाइयों को याद करते रहे।

''कबाइली हमले के समय जो उन्होंने जान बचाई, वह क्या भूलनेवाली बात है ?'' नित्यानन्द जैसा कहा गया है, दया-धर्म की बात करते हैं।

''उस हिंसा और लूटपाट के माहौल में, ज़रा-सा इशारा भर कर देते, तो अल्पसंख्यकों का 'कतरिबतअ'[1] न हुआ होता ? जैसे बारामूला डिस्ट्रिक्ट, लोदुव, बटपुरा, पांजुला और कहाँ-कहाँ न हुआ ?''

कबाइलियों के किए कत्लेआम के चश्मदीद गवाह मक्खन सिंह ने, नीली नसें झाँकते लम्बे कंठ से, पतली आवाज़ निकाल, कई बार कही बात दुहराई, ''महाराजा साहब तो रातों-रात जम्मू भाग गए, हमें शेख के भरोसे छोड़कर ही तो।''

नित्यानन्द अपनी दया-धर्म वाली नीति बरकरार रख, बताना चाहते थे कि वी.पी. मैनन साहब ने राजा को जम्मू जाने की सलाह दी थी। उनकी जान को खतरा था। पर वह समय शेख साहब के मातम का था, राजा के बचाव का नहीं। फिर, नित्यानन्द भी मानते थे कि राजा का धर्म, आपत्ति के समय प्रजा के साथ रहना ही है। अपनी जान की चिन्ता करना नहीं। धर्मशास्त्र यही बताते हैं।

---

1. कतरिबतअ—मारकाट।

हवलदार भाई जी उस वक्त भी ब्रिगेडियर राजेन्द्र सिंह जामवाल की वीरता और बलिदान गाथा का ज़िक्र करना नहीं भूले। मौका कोई भी हो, देश के लिए मर-मिटने वालों को याद रखना ज़रूरी है। खुद भी तो वे लड़े हैं पैंसठ[1] में। छम्ब जोरियाँ में दुश्मनों का सामना किया है। जानते हैं कि प्रत्यक्ष मौत से जूझना अलग बात है, और घर में बैठ गप्प-गोष्ठियाँ करना और फतवे देना अलग बात।

भाई लोग उन्हें इज़्ज़त देते हैं। कई मेडल पाए हैं उन्होंने बहादुरी के लिए। अपने बड़के बेटे निकूजी को भी सेना में भेज दिया है उन्होंने। जो अब, ईश्वर की कृपा से, मेजर बना है।

"22 अक्तूबर भाई लोगो, मुझे ठीक से याद है।" हवलदार भाई जी की याद्दाश्त यों भी तेज है।

"तब भारतीय फौजें वादी में नहीं पहुँची थीं। स्टेट फोर्स बिखरी हुई थी। उस वक्त राजेन्द्र सिंह को भेजा गया था, कुल एक सौ पचास सैनिकों के साथ, कबाइलियों का सामना करने ! कुल एक सौ पचास सैनिकों के साथ।" उन्होंने संख्या पर ज़ोर दिया।"

"उस कठिन समय में राजेन्द्र सिंह ने राजा को वचन दिया, कि मेरी लाश से गुज़रकर ही दुश्मन आगे बढ़ेगा।"

"क्या जाँबाज़ जवान था वह, कहा, 'एक रिवाल्वर देकर मुझे सड़क पर छोड़ दो, बाकी मैं देख लूँगा'।"

"तीन दिन ! तीन दिन भाई लोगो, उसने ऊड़ी-दुपैल रास्ते पर दुश्मन को रोके रखा। ऊड़ी का पुल नष्ट कर दिया और देश के लिए शहीद हो गए। उनके बलिदान से भी श्रीनगर बच गया। चले आते वरना, कबाइली दनादन विजय-दुन्दुभी बजाते, ऐन राजगढ़ी पर। रोकनेवाला कौन था ? शहीद होने के बाद उन्हें महावीर चक्र मिला। इसे भी याद रखने की ज़रूरत है भाया !"

"हाँ भई। जब तक दिल्ली में फैसले होते रहे, माउंटबैटन बोले, पहले एक्सेशन[2] हो, तब सेना भेजी जाएगी, डिफेंस कमेटी ने वी.पी. मैनन को भेजा, कश्मीर की स्थिति का जायज़ा लेने, एक्सेशन पर दस्तखत हुए। तब कहीं 27 अक्तूबर को हवाई जहाज़ों का पहला दस्ता श्रीनगर एयरोड्रोम पर उतरा, तब तक तो राजेन्द्र सिंह जैसे बहादुरों ने ही वादी को बचाया।"

सैनिकों की बहादुरी के ज़िक्रभर से ही हवलदार भाई जी का माथा ऊँचा हो जाता है।

"राजनेता अपनी सियासत करते हैं, सेना शहीद होती है और कुछ लोग जो न राजे होते हैं न सैनिक, देश के सच्चे सपूत बनकर नाम कर जाते हैं।"

तब उनका इशारा बारामूला के मकबूल शेरवानी जैसे सपूतों की तरफ होता है,

---

1. 1965 के भारत-पाक युद्ध में, 2. अधिमिलन।

जिसे कबाइलियों ने शहर के बीच खम्भे से बाँधा, ईसा मसीह की तरह ! माथे पर कील ठोंकी। इसलिए कि वह हिन्दू-मुस्लिम में भेदभाव के खिलाफ था। भाईचारे में विश्वास करता था।

शहीदों की बात उठे, तो कर्नल राय को कैसे कोई भूल सकता है ? सिक्ख रेजिमेंट का नेतृत्व करते कर्नल राय।

"ठीक सुबह के साढ़े दस बजे उतरा था सिक्ख रेजिमेंट का दस्ता।"

हम ऐरोड्रोम तक गए थे देखने, प्रेम जी, इकबाल और मैं। घर में चैन से कौन बैठा था उस वक्त। लोगों का हुजूम घरों से बाहर आकर, 'हिन्दुस्तान ज़िन्दाबाद' के नारे लगाने लगा।

हवलदार भाई जी ने यह भी बताया कि कई सिपाहियों ने उनसे पूछा, "बड़गाम किस तरफ है, कबाइली कहाँ से आ रहे हैं ?" चौतरफ तो घेरा था उन्होंने श्रीनगर को ! एक तरफ शादीपोर, दूसरी तरफ बड़गाम, ऐरोड्रोम पर कब्ज़ा कर लेते तो सब कुछ खत्म ही हो जाता।

"कर्नल राय इस लड़ाई में शहीद हुए। और कुमाऊँ रेजिमेंट के मेजर शर्मा, जो बड़गाम की तरफ दुश्मन को खदेड़ने गए और मारे गए। नौशहरा की लड़ाई में ब्रिगेडियर उस्मान, और जो-जो नाम उस वक्त याद आए उनकी याद को सलाम किया गया। भारतीय फौज की मुक्त कंठ से प्रशंसा हुई।"

केशवनाथ ने रजौरी-पुंछ में हुई दुश्मनों की ज़बर्दस्त लूटपाट की दहशतभरी दास्तानें सुनाईं और किस तरह 12 अप्रैल 1948 को रजौरी-पुंछ दुश्मनों से वापस लिया गया, यह भी बताया। किस बात से बेखबर हैं वे ?

जियालाल को पक्का यकीन है कि अंग्रेज़ों और अमरीका ने पाकिस्तान का पक्ष लिया। वे अक्सर गिलगित का ज़िक्र कर उत्तेजित हो उठते हैं।

"गिलगित में विद्रोह किसने भड़काया ? लोकल लोगों को शह किसने दी ? और जो मेजर ब्राउन ने वहाँ पाकिस्तानी झंडा फहराया, उससे क्या उनकी बदमाशी ज़ाहिर नहीं हुई ?"

केशवनाथ चाय मँगवाते हैं। थोड़ी तरावट आए दिमाग में। इधर लिपटन चाय पीने का शौक लगा है जियालाल को। ग्रीन लेबल की महक से बौरा ही जाते हैं।

"चाय पीजिए, जिया भाई।" वे बहस का समापन करना चाहते हैं।

"अमरीका-अंग्रेज़ों की नीति तो बेवकूफ खर दिमागिए भी समझनेवाले हुए। यू एन कमिशन पर भी उनका कम ज़ोर न रहा। उन्होंने जो युद्ध रुकवाया, उस वक्त हमारी ज़मीन का काफी हिस्सा पाकिस्तान के कब्ज़े में रह गया। वह कहाँ लौटाया उन्होंने !"

जियालाल बात की रास पकड़ लेते हैं, "यह तो जनरल थिमैया के कमांड में हमारी सेना ने हंदवोर, कुपवारा, केरन वगैरह पहले ही पाकिस्तान से वापस लिए थे। दूसरी तरफ हमारी सेना ने ऊड़ी तक दुश्मन को खदेड़ दिया। अगर उनका पेट्रोल खत्म

न हुआ होता, तो मुजफ्फराबाद भी वापस ले लेते ! फिर भी, जब युद्ध रुकवाया गया, हमने दुश्मनों से साढ़े तीन हज़ार स्क्वायर मील ज़मीन वापस ले ली थी। बाकी जो उधर रह गया वह आज तक आज़ाद कश्मीर नाम से पाकिस्तान ने ही हथियाया है।''

जियालाल को ही नहीं, नित्यानन्द, केशवनाथ, हवलदार भाई, समझिए सभी को यह बात काँटे-सी गढ़ती है। यू एन ओ में मामला जाना ही गलत हुआ। पर जानकार लोग जानते हैं कि उस वक्त कोई विकल्प भी नहीं था। पाकिस्तान कोई भी शर्त मानने पर राज़ी ही न था। सो नेहरू जी को मजबूरी में यू एन ओ की शरण लेनी पड़ी।

'होय सोई जो राम रचि राखा' के सूक्ति वचन पर हिन्दुस्तान-पाकिस्तान और यू एन ओ का ज़िक्र छोड़, बात फिर पलटकर आई शेख साहब पर। शेख साहब के नेतृत्व पर, और नेशनल कांफ्रेंसियों के नारे पर, 'शेरे कश्मीर का क्या इरशाद, हिन्दू-मुस्लिम-सिख इतिहाद।'

उस वक्त किसी ने न कहा, कि शेख साहब ने अधिमिलन की शर्तें स्वीकारते भी बार-बार प्लिबिसाइट की माँगें दुहराईं। किसी ने न कहा कि प्लिबिसाइट को 'ट्रम्पकार्ड' की तरह इस्तेमाल किया गया। बल्कि लोग बोले कि बहत्तर[1] में दाबारा मुख्यमन्त्री बनने पर शेख साहब ने प्लिबिसाइट फ्रंट का नेशनल कांफ्रेंस में विलय कर दिया, कहा, कि अब इसकी ज़रूरत नहीं रही। यानी पक्का एक्सेशन। बिना शर्त ! ब्रदर डिकास्टा ने 1974 के कश्मीर अकार्ड का ज़िक्र करते नेशनल कांफ्रेंस द्वारा जारी किए ब्रोशेर का भी हवाला दिया, ''ब्रदर्स ! इसमें लिखा है, 'बाई साइनिंग द अकार्ड, वी वन्स अगेन मेड कश्मीर ए विलिंग पार्ट ऑफ द इंडियन यूनियन !' अब इससे ज्यादा क्या कहा जा सकता है।''

शेख-नेहरू की दोस्ती की यादें ताज़ा की गईं। लाहौर में इकबाल और दिल्ली में नेहरू के कहने पर ही शेख ने मुस्लिम कांफ्रेंस का नाम बदलकर नेशनल कांफ्रेंस रख दिया था और उसमें श्यामलाल सराफ, कश्यप बन्धु, जियालाल किलम, सरदार बुद्धसिंह वगैरह को शामिल कर साम्प्रदायिक सद्‌भाव की मिसाल कायम कर दी थी।

शेख साहब की धर्मनिरपेक्षता की मिसालें दी गईं। ब्रदर डिकास्टा ईदगाह में दिया शेख साहब का वह भाषण भी उदाहरणस्वरूप पेश कर गए, जिसमें उन्होंने लोगों से कहा था कि, जब कुछ सिरफिरों ने गिरजाघर में आग लगाई, तो आप लोग उसे बुझाने खुद आग में क्यों नहीं कूद पड़े ?

यह उस वक्त का वाकया था, जब इज़रायल ने मिस्र पर आक्रमण किया था, और वादी में ईसाइयों के गिरजाघर को नुकसान पहुँचाया गया था।

सबके पास देखे-सुने किस्से थे। अच्छे-बुरे दोनों। पर दानिशमन्दों ने वक्त की नज़ाकत भाँप अच्छे का ही ज़िक्र किया। बुरा नजरंदाज़ कर दिया। यानी कि तराजू का पलड़ा एक तरफ कुछ ज्यादा ही झूल आया।

---

1. सन् 1972।

हवलदार भाई जी ज़रूर कुछ ज्यादा ही साफगो हैं। सही-गलत की उनकी अपनी परिभाषाएँ। उन्होंने बिना भूमिका '71 के भारत-पाक युद्ध की बात छेड़ी। बंगलादेश का जन्म, पाकिस्तान की हार और शिमला समझौते का ज़िक्र करते बोले, "यह तो भाइयो, इन्दिरा गाँधी ने दरियादिली दिखाई, जो नब्बे हज़ार युद्धबंदियों को भुट्टो साहब के हवाले कर दिया और शिमला समझौते में कश्मीर का मसला बातचीत से हल करने की बात की। वे चाहतीं, तो उसी वक्त हमेशा के लिए कश्मीर का मसला सुलझा लेतीं। भुट्टो साहब उस वक्त हार से घबराए भी थे और शर्मिंदा भी। उनके देश के दो टुकड़े हो गए थे। उनसे अपनी बात मनवाई जा सकती थी।"

लम्बी दास्तान को संक्षिप्त करते निष्कर्ष वाक्य जोड़ना वे भूले नहीं, "1971 के इस युद्ध ने हमारे नेताओं की भी कई गलतफहमियाँ दूर कर दीं, यह बात तो आप भी मान लेंगे। भुट्टो साहब जब बोले कि कश्मीरियों ने '47 में ही खुद इख्तियारी का हक खो दिया है, तो शेख साहब नाराज़ भी हुए थे और निराश भी। कश्मीर अकार्ड, एक तरह से इस मोह भंग का परिणाम था।"

पिछली बातें पीछे, अभी सच यह कि शेख साहब के लौटने पर लोगों ने उनका हार्दिक स्वागत किया था। बीच में अनेक किन्तु-परन्तु होने के बावजूद प्रदेश तरक्की करने लगा था और सिर उठाती कई ताकतें दबा दी गई थीं। जब तक तब तक।

और अब शेख साहब का बेटा फारूख साहब जिन्हें इलेक्शन जीतना है !

"जीतेंगे ज़रूर !" नसीर साहब ने कहा, "इंशा अल्लाह ! आई एम हंड्रेड परसेंट शुअर !"

"हाँ, जनता फारूख साहब को चुनकर शेख साहब का ऋण चुकाना चाहेगी।" केशवनाथ की राय भी उनसे मिलती-जुलती ही थी।

चुनाव की सरगरमियाँ शुरू हो गईं तो मालूम पड़ा कि इन्दिरा गाँधी कांग्रेसी कैंडिडेट की कन्वेसिंग करने आई हैं।

"कन्वेसिंग ?" प्रेम जी, जो इन्द्रा गाँधी का भाषण सुनने इकबाल पार्क गए थे, निराश-बदहवास और कुछ-कुछ गुस्से में लौट आए, "आप कह रहे हैं कन्वेसिंग ? मुट्ठी भर लोग बैठे थे इकबाल पार्क में, जहाँ लाखों की तादाद में शेख साहब को सुनने लोग आए थे '81 में ! वही पार्क लगभग खाली पड़ा था।"

"उस पर कांग्रेसी और नेशनल कांफ्रेंस के वर्करों में झड़प भी हो गई। हो-हल्ला मच गया कि कुछ नंगे लोग इन्दिरा गाँधी के सामने जाने की ज़िद कर रहे हैं और पुलिस उन्हें डंडों से खदेड़ने में लगी है।"

"क्या ऽऽ ! नंगे लोग ? तुमने देखा क्या ?" लल्ली को विश्वास ही न आया कि इन्दिरा गाँधी के सामने कोई ऐसी बेहूदी हरकत कर सकता है।

"देखा नहीं, पर पुलिस कुछ लोगों पर लाठियाँ ज़रूर चला रही थी और उन्हें अन्दर आने से रोक रही थी। इन्दिरा गाँधी बेहद गुस्से में थीं। उन्हें लगा, नेशनल कांफ्रेंसियों ने लोगों को उनकी सभा में आने से रोका है।"

"जो भी हुआ, बुरा हुआ।" केशवनाथ चिन्तित हुए।

"प्रदेश में गुंडाइज्म बढ़ता जा रहा है।"

इन्दिरा गाँधी अपने पैतृक घर में अपमानित हुईं, यह बात वे ताउम्र नहीं भूलीं।

बाद में अखबारों में भी गुंडों के नंगे प्रदर्शन की बात छप गई। मंगला मौसी ने सुना, तो दो-चार गालियाँ सुनाकर उन अदेखे बदमाशों के सात पुश्तों का तर्पण कर दिया। जो कहते थे, "नहीं, नहीं, ऐसा तो नहीं हुआ होगा," उन्हें फटकार सुनाकर बोली, "नहीं हो सकता, यह आप बोल रहे हैं, जिन्हें मालूम है कि अब सियासत के जरखरीद पिट्ठुओं की बहादुरी और मर्दानगी पाजामे के बीच सिमटकर रह गई है ? बात-बात पर फाहश गालियाँ बकना और माँ-बहनों से रिश्ते जोड़ना तो मामूली बात हो गई है। औरत को बेइज़्ज़त करने के लिए तो मुँह से आवाज़ निकालने की भी ज़रूरत नहीं। बस, ज़रा पाजामे का नाड़ा खोल दिया और ज़लील कर दिया बड़ी से बड़ी नेता को। कोई नई बात है क्या ? हर गली-कूचे में मौका पड़ने पर औरत को ऐसे ही ज़लील किया जाता है।"

जून त्रियासी[1] में फारूख बहुमत से जीते। नेशनल कांफ्रेंसियों ने कहा, "फ्री एंड फेयर इलेक्शन हुआ।" कांग्रेसी बोले, "रिगिंग हुई।" आम आदमी जानता था कि फारूख ने विरोधी पार्टियों के साथ हाथ मिलाया है और गुंडागर्दी बढ़ने लगी है। पर इन्दिरा गाँधी के अपमानित होने की बात बुद्धिजीवियों में चर्चा का विषय बन गई। इसलिए कि पहले कभी इस तरह की शर्मनाक घटना यहाँ नहीं घटी थी।

इन्दिरा-फारूख के रिश्ते खराब होते गए। लोगों ने कहा, "होने ही थे।"

मंगला मौसी ने छानपोर में दो कमरों का घर बनाया है। घर के सामने कीकर के पेड़ हैं, रात को चाँद टहनियों के बीच झाँकता है, तो खिड़की की सीध में लेटी मंगला, गुजरे वक्त की यादों में लौटने लगती है।

मंगला के पिता महादेव पीर रेविन्यू डिपार्टमेंट में काम करते थे, महाराजा के वक्त। नवाकदल के दर साहब उनके भाई जैसे ही थे, वे नेहरू खानदान के किस्से सुनाया करते, एक बार बोले कि छोटी इन्दु उनके घर आई थी। फिरन पहने, सिर पर स्कार्फ बाँधे, नन्ही-मुन्नी-सी लड़की, सबको टुकुर-टुकुर देख रही थी।

मंगला को वही छोटी इन्दु दिख गई, नन्ही-मुन्नी, अपने पैतृक घर आई बिटिया, जिसके घर में पाँव रखने से दर साहब के घर को इज़्ज़त मिल गई, वही बिटिया बड़ी होकर राष्ट्र की प्रधानमन्त्री बन गई। इस पाने में कितना कुछ निजी खोया इस नाजुक जान ने। पहले पति का घर-संसार, फिर लाड़ला बेटा, लेकिन हार नहीं मानी। एक आतश तोशी उसके अन्दर थी। और यही इन्दिरा अपने पैतृक घर में अपमानित कर दी गई।

मंगला बेचैन है। बार-बार इन्दिरा का ज़िक्र करती है। अजय समझाता है, "अब

---

1. सन् 1983।

तुम मान-अपमान की बातें लेकर अपनी नींदें क्यों खराब कर रही हो माँ ? सियासत में तो आदमी की खाल खुरदुरी हो जाती है। देख लेना, चार दिन बाद लोग इस हादसे को भूल जाएँगे, जैसे कुछ हुआ ही नहीं। पॉलिटिक्स में तो यह सब चलता ही है।''

अजय का बेटा दादी को चिढ़ाने का मौका नहीं छोड़ता, ''दादी, तुम पढ़ी-लिखी होतीं तो ज़रूर इन्दिरा गाँधी बन जातीं। तुम क्या कम पॉलिटिक्स जानती हो ?''

मंगला पोते की पीठ पर हल्की-सी धौल जमाती है।

''मेरा पॉलिटिक्स तुम क्या जानो मेरे जिगरा। अभी तो ठीक से टुआ धोना नहीं आया। जो मम्मी रानी ने कान में फूँक दिया, मिट्ठू मियाँ ने रट लिया। यों यह ठीक कही, कि पढ़ी-लिखी होती तो इन्दिरा गाँधी बनती न बनती, पर तेरी मम्मी जैसी उस्तानी ज़रूर बन जाती, और आज अच्छी-खासी पेंशन पा रही होती।''

''ओ दादी ! तुमसे बड़ी उस्तानी कौन ? घर-भर को आज भी तुम्हीं पढ़ा रही हो। घर की चीफ मिनिस्टर तो हो ही, क्यों न पॉलिटिक्स में भी किस्मत आज़माओ ! फारूख साहब की सरकार में औरतें तो शामिल हो ही गई हैं।''

मंगला की मुस्कुराहट से शह पाकर पोते साहब कुछ ज्यादा ही मुखर हो गए।

''अस्सी साल तक तो चांस ले सकती हो दादी। काबिलियत की शर्त जो है सो तो तुममें है ही।''

''कौन-सी काबिलियत की बात करते हो विकी राजे ?''

''यही दादी, कि मुँह में दाँत और शरीर में आँत मौजूद हो, और कौन-सी काबिलियत चाहिए मन्त्री-सन्त्री बनने के लिए ?''

मंगला गुस्सा नहीं होती। बच्चे पर लाड़ आता है, कुछ-कुछ गुमान भी कि आज के बच्चे देश-समाज के चरित्र को समझते हैं। ये टी.वी. जो घर-घर में आ गया, इससे बेखबर भी बाखबर हो गए।

आश्चर्य भी होता है। कहाँ से कहाँ पहुँच गया ज़माना ? बेटा अजय दसवीं तक स्कूल की किताबों और संगी-साथियों से खेल-कूद की मस्तियों में ही मगन रहता था। बचपन की एक छोटी-सी ढकी-मुँदी दुनिया थी। उसकी अपनी छोटी-छोटी चिन्ताएँ, गुस्ताखियाँ, और शैतानियाँ। बाहर की बड़ी दुनिया से अलग। लेकिन उसका बेटा विकी, आज मन्त्री-सन्त्री की बातें करता है। फारूख को 'डिस्को चीफ मिनिस्टर' कहता है। उसकी दुनिया बड़ी होने लगी है वक्त से पहले ही।

मंगला को लगता है, आज बड़ी जल्दी बच्चों से उनका बचपन छिन जाता है। बहुत जल्दी, बहुत कुछ जानना, शायद बुद्धिमान होना हो, पर वह उस निष्फिक्र दुनिया का छिन जाना भी होता है, जिसका जादुई तिलिस्म, फूलों की गन्ध और तितलियों के रंगों-सा कोमल होता है, जिसका अहसास उम्र के किसी भी दौर में नहीं लौटता।

मंगला को अपना बचपन याद आता है। खुशकिस्मत है वह, कि भूरे तपते रेतीले पसार-सी ज़िन्दगी में कहीं कोई ठंडा सोता तो है, जिसे याद करके लगता है कि जीना महज चक्की में पिसना ही नहीं है।

अच्छा लगता है स्मृतियों में लौटना ! क्या इसलिए कि मंगला अब बूढ़ी होने लगी है ? लेकिन मंगला खुद को बूढ़ी कहाँ समझती है ? शायद थक गई है, बड़े खुरदुरे रास्तों से चली है न !

उहूँ ! थकान को खुद पर मंगला हावी नहीं होने देती। फिर क्या है जो लौटाता है वहाँ, जहाँ अरसा पहले चिनार की गहरी छाँह में रस्सियों से टँगा झूला पींगें ले रहा है। पोशनूल और बुलबुल पत्तों के बीच छिपकर बोलियाँ मारने लगते हैं। विचा़रनाग की खुली हवाओं में खेतों-मेढ़ों पर बचपन दौड़ता है, खुले बालों को पीठ पर लहराता, हरे-दूधिया भुट्टे और अखरोट की गिरियाँ, छाँछ और पुदीने की हरी चटनी सना भात और शीरचाय की महक मुश्क वहाँ ले जाती है, जहाँ माएँ कभी भात पकातीं, कभी मिर्ची कूटतीं, तीखी घास से 'आछी ! आछी !' करतीं, कभी चरखे पर सूत कातती मुलायम सुरों में ललद्यद और हब्बाखातून के गीत गाती हैं। जहाँ आदमी किसान हो या दफ्तर-बन्द, औरतें घरों की मेहनतकश महिलाएँ हैं। बच्चे बन्दरों की जमात।

विचा़रनाग मन्दिर के छोटे ताल में मंगला सखियों के साथ छप-छप नहाती है। बड़ा ताल गहरा है, पानी के बीच पत्थरों के सिंहासन पर शिवलिंग स्थापित है। चार विशाल चिनार ताल में चेहरा देखते हैं। छायाएँ पानी में हिलती हैं तो लगता है, ताल के अन्दर कोई दूसरी अजानी दुनिया साँस ले रही है।

मंगला, माँ-बहन के साथ जन्माष्टमी को ताल के चौतरफ दीये जलाती है। ताल के अन्दर लकड़ी के फट्टों पर तैरते दीप अँधेरे को चुनौती दे रहे हैं, पानियों पर थिरकती नन्ही रोशनियाँ।

मंगला के बबा कहते हैं, यहीं विचा़रनाग में इसी जगह, भगवान विष्णु को सृष्टि के निर्माण की प्रेरणा मिली, तभी एक अमावस्या को उन्होंने ब्रह्मा का आविष्कार किया।

तभी तो नवरेह अमावस्या को ताल पर मेला लगता है। कहाँ-कहाँ से तो लोग नहाने आते हैं। मंगला की काकनी, भाभी, चाचियाँ, सभी रसोई में जुटी हैं; गरम-गरम दाल, नदरू, साग, भात मेहमानों को प्यार से परोस रही हैं। मना-मनाकर। सोंधी-सोंधी महक से भूख बढ़ जाती है।

उस बार पानी नहीं बरसा। ताल सूख गए। गाँव-कस्बे की लड़कियाँ सूखे ताल की मिट्टी शरीर पर पोत, सिर पर खाली घड़े लेकर गली-मुहल्लों से गुज़रीं। कमला, मंगला, नूरी, अर्शी फाता...आसमान से पानी माँगतीं—'रहमते बारान, अस्य छिय प्रारान।'[1]

अगले दिन पानी बरसा था, खूब झमाझम ! माँएँ बोलीं, 'भला आसमान लड़कियों को धूल-मिट्टी में सना देख पाता ?'

खाली घड़े और ताल नद, गले-गले पानी में भर गए। मंगला सखियों के साथ बरसात में भीगती रही, भीगती रही। इतनी कि बीमार हो गई ! लेकिन वह भीगना बूँदों

1. ओ आकाश ! रहमत की वर्षा कर, हम तुम्हारी प्रतीक्षा कर रही हैं।

का देह-आत्मा में उतरना मंगला को याद रहा। माँ की डाँट भूल गई। माँ ने कहा था, "इत्ती धींगड़ी हो गई, ज़रा भी अक्ल नहीं कि घंटों भीगेगी तो निमोनिया हो जाएगा ? कब जाएगा बचपना तेरा ?"

बचपना शादी के साथ चला गया। पर बचपन की उमंग बनी रही। लेकिन '31 के दंगों ने मंगला का वक्त बदल दिया। विचारनाग वाले घर में लूटपाट और आगज़नी के बाद मंगला, दीन काक, तारा—अजय के साथ घर-घर डोलती शरणार्थी बन गई। रास्ते बीहड़ होते गए।

लेकिन मंगला के भीतर कोई आग थी, जिसने उसे ज़िन्दा रखा।

मंगला लड़ती रही, अपने आपसे, दुनिया से, भगवान से ! अजय की बीमारी ने सारे विश्वास ढहा दिए। उसके भीतर ज़िद फुफकार उठी। मैं बाल-बच्चों को मरने नहीं दूँगी।

काश, उसके पति के भीतर भी मुट्ठीभर आग बची होती ?

नहीं थी। तभी दीन काक खाँसता-काँपता घर के एक कोने में सिमट गया।

लोगों ने कहा, "जाने किस-किसके साथ लगी-बँधी है ? कैसे करती है घर-गृहस्थी, बीमारों की तीमारदारी और शूम शर्म ? कहीं आसमान से दौलत बरसती है क्या ?"

मंगला ने कान बन्द कर लिए। किसी के आगे हाथ भी न फैलाए। पड़ोसिनों ने कहा, "मंगला ! अला तुम्हारे घर में देर रात तक क्या करता है ? फलाँ तुम्हारे लिए टोकरे भर-भर फल-फ्रूट कहाँ से लाता है ? लोग बातें करते हैं।"

मंगला बोली, "कहने दो बहन, भरे पेटवाले न बोलें, तो बाय हो जाएगी। कहीं हवा बन्द हो गई तो छज्जू फकीर को कहाँ से ढूँढ़ लाएँगे।"

बुढ़ापे में भी रिटायर नहीं हुआ मंगला। बहू नौकरी करती है। पोता विकी कॉलेज में पढ़ता है। पोती शिल्पी चौथी में। बच्चों की देखभाल वही करती है। भात पकाना आज भी उसे सुहाता है। भात की मुश्क अगरबत्ती की पवित्र सुगन्ध-सी रूह को सुकून देती है। भूलती नहीं, कि ठंडा सदरकाँजी वाला भात उसने महीनों खाया है और दूसरों को गरम भात पकाकर खिलाया है। पहले धुआँ देती लकड़ियों पर, फिर जनता स्टोव पर। अब तो, जीता रहे, अजय डॉक्टर बन गया है। बी.डी.एस. किया मद्रास से। हवलदार भाई जी और लल्ली केशवनाथ की मेहरबानी से। डेंटल डिस्पेंसरी खोली है, छोटी-मोटी। अब तो गैस का चूल्हा और काला सफेद टी.वी. भी आ गया है घर में। अब कमर को क्योंकर झुकने देगी मंगला ?

अब फुरसत के वक्त मंगला टी.वी. देखती है, जिसकी कहानियाँ-किस्से कभी खत्म ही नहीं होते। देश-समाज की हलचलें देखती-सुनती है। फारूख अब्दुल्ला, इन्दिरा गाँधी, राजीव गाँधी, कौन नहीं आता टी.वी. के पर्दे पर ? आँखें दुखती हैं, तो बच्चों के बीच बैठती है। अजय के पास उसके कॉलेज के दोस्त शबीर लोन और यूसुफ तिलवानी चले आते हैं अक्सर। यूसुफ के दाँत बराबर खराब रहते हैं। आना ही पड़ता

है अजय के पास। अजय दाँतों की सफाई कर देता है। कभी फिलिंग करता है, कभी गम पेंट लगाता है और पैसे भी नहीं लेता।

यूसुफ को पालिटिक्स का शौक है, शबीर फिल्मों का दीवाना है। तीनों बैठे हों तो विकी भी इस-उस बहाने बीच में घुस आता है।

"शबीर ने फारूख साहब को पहलगाम में देखा है मोटरबाइक पर ! पीछे मालूम कौन बैठी थी ?"

"कौन ?" विकी की आँखें चमक उठती हैं।

"शबाना आज़मी।"

"फेंकता है यार ! क्या सचमुच ?"

"और नहीं तो झूठ बोलूँगा ?"

"अरे यार, मैंने परसों ही फारूख साहब को लाल चौक में देखा। मोटरबाइक पर जा रहे थे। लाहौलविला कूवत ! क्या कूदी मारी बाइक से अचानक और पुलिसवाले को एक हाथ से पीछे हटाकर खुद ट्रेफिक को स्टाप-गो के इशारे देने लगे। क्या खूब नजारा था। मज़ा आ गया। चीफ मिनिस्टर साहब ट्रैफिक कंट्रोल पुलिस बन गए। न कोई सेक्यूरिटी न मन्त्री-सन्त्री साथ।"

"सुना, कुछ दिन पहले गुलमर्ग रूट पर एक लकड़ी का ट्रक पकड़ा। कुछ लोग जंगलात से चोरी की गई लकड़ी ले जा रहे थे।"

"कमाल है भई। न कोई डर और न झूठी शान।"

विकी क्रिकेट का दीवाना है। स्टेडियम गया था वेस्ट इंडीज़ और इंडिया का मैच देखने। वहाँ लाठी-चार्ज हुआ। 'पाकिस्तान ज़िन्दाबाद' के नारे लगे। उसे दुख था कि कुछ लोगों ने पिच पर पत्थर और शीशे फेंके। वेस्ट इंडीज़ वाले चौके मारते, तो लोग पिच पर जाकर उन्हें बधाई देते। इंडियंस छक्के मारते तो कपिल देव मुर्दाबाद, इमरान खान ज़िन्दाबाद के नारे लगाए जाते। विकी तो घबराकर भाग आया वहाँ से। ऐसा हुड़दंग मचा कि पूछो मत !

ऐसे में शबीर लोन, 'पागल हो गए हैं लोग,' कहकर उठ जाता। तिलवानी, 'अच्छा बिरादर !' कहकर शबीर के पीछे-पीछे चला जाता। माहौल में अजीब-सी खामोशी और बदमज़गी छोड़कर।

अजय विकी पर नाराज़ नज़र डाल देता।

"अब यह सब यहाँ आकर कहने की क्या ज़रूरत थी ? हाँ ?"

विकी को लगता है उसने कुछ गलत किया, हालाँकि जो कहा वह सच था, फिर गलती कहाँ हुई ?

"पापा ! मैंने तो वही कहा, जो स्टेडियम में हुआ।" विकी सफाई देता है।

"कौन-सी बात किसके सामने कही जाए, अभी यह तुम्हें सीखना है विकी। अभी तुम छोटे हो। अच्छा है बड़ों में न बैठा करो।"

विकी नाराज़ होकर कमरे से बाहर चला जाता है।

"तुमने खामखाह बच्चे को डाँट दिया।" मंगला पोते का पक्ष लेती है।

"माँ ! तुम्हें नहीं मालूम कहाँ क्या हो रहा है। तुमने शेर और बकरों को ही जाना। अब कई-कई पार्टियाँ हैं, जमात-ए-इस्लामी, पीपुल्स पार्टी, यह पार्टी, वह पार्टी। अन्दर ही अन्दर एक आग सुलग रही है, जो कभी-कभी भड़क उठती है। नहीं तो क्रिकेट मैच में पाकिस्तानी झंडे फहराना और 'भारतीय कुत्तो वापस जाओ' कहने का क्या मतलब है ? हम नहीं जानते ? सच तो यह है कि, हमें अपने ही घर में आँख-कान बन्द करके रहना है। यों भी भट्टों को भारतीय जासूस कहा जाता है। हमारी सीधी बात का भी गलत अर्थ निकाला जा सकता है। अच्छा है, तुम ही विकी को समझाओ। बेकार में कहीं मार खाएगा।"

मंगला जानती है, एक आग सुलग रही है अन्दर ही अन्दर ! यह आग भात पकाने के काम नहीं आएगी और न ठंडे जिस्मों को राहत देगी।

यह आतश, चिनार का आतश नहीं है, ज्वालामुखी का सुलगता लावा है, जो धीरे-धीरे उबल रहा है, कब कहाँ फट जाएगा, कोई नहीं जानता, मौसम के जानकार भी नहीं।

# चार यार

लॉन के एक कोने में बैठे चारों यार अप्रत्याशित रूप से खामोश थे। ढलते दिन की हवाओं में ठंडक थी। सफेदों की लम्बी छाँहें लॉन को बुहारने लगी थीं।

आकाश से गुज़रते कौवे, झुंडों में घोंस्रलों की ओर लौटने लगे, तो पंखों की फड़फड़ाहट से मिली आवाज़ों को उन्होंने सिर उठाकर देखा।

"कितना शोर मचाते हैं कव्वे ? कानों में चुभता है।"

अशरफ ने शिकायत-सी की।

"काव यत्रिवोल, मुरादुन मोल...। हम छोटे थे, तो खिड़की पर बैठकर घर लौटती इन कव्वों की बारात का इन्तज़ार करते थे।"

विकी को बात का विषय मिल गया।

कव्वे दूर पहाड़ों के पीछे चले गए और खामोशी दोबारा बीच में आकर बैठ गई।

बीच-बीच में कोई बात का टुकड़ा मेंढक की तरह उछल आता और चुप्पी के ताल में 'छप्प' से डुबकी मार लेता।

"और सुनाओ यार।"

"बस, ठीक ही है।" फिर खामोशी।

हवा शाखों को हिलाकर पीले पत्ते गिराती रही।

"तुम्हारी पोस्टिंग कहाँ हुई पीटर ? कब जा रहे हो ?"

पीटर नौकरी पर जाने से पहले घर आया है। सबसे पहले यार लोग याद आए। जीतू से मिला और फोन पर विकी-अशरफ से बात हुई।

'हो जाए कोई हंगामा, पिछले दिनों की तरह ?"

"कहाँ ?" जीतू पीटर को देखता रहा।

पिछले सालभर में वादी में कितना कुछ घटा, क्या वह जानता है ? लेकिन पीटर अपनी धुन में चहक रहा था।

"कहीं भी यार ! चश्माशाही में ! चलो, गगरीबल पाइंट पर स्विमिंग करेंगे। मेरा तो वाटर स्कीइंग का भी मन हो रहा है। क्या यार, अरसा हो गया...।"

अशरफ ने कुछ सोचते हुए सुझाव दिया, "क्यों न आज हमारे घर में ही गप्पें हो जाएँ ?"

पीटर उजबक-सा देखता रहा, "घर में ?"

अशरफ ने खुलासा किया, "दरअसल तुम्हारा फोन आया, तो अम्मी ने शामी कबाब बनवाने का आर्डर दिया। नसीम भी आज सेंटर नहीं गई। बोली, सालभर बाद चारों इकट्ठा हो रहे हो, इस मौके पर दावत तो होनी ही चाहिए। नसीम आजकल वीमेन्स वेलफेयर सेंटर में काम करती है न ?"

यह 1989 की गर्मियों की शाम थी। वादी का सुलगता लावा यहाँ-वहाँ फूटने लगा था, कहीं बमों में, कहीं नारों में। दीवारों पर 'आज़ादी' के नारे हर आते-जाते को याद दिलाते थे, कि आजादी के लिए शहीद होने का वक्त आया है। हमें निज़ामे मुस्तफा चाहिए। पिकनिकों का ज़माना एकदम बीत गया था।

पीटर गो कि साल में महीनाभर ही घर आता था, पर हालात से अनजान भी नहीं था। मार्च सत्तासी[1] में जो कांग्रेस और नेशनल कांफ्रेंस की मिली-जुली सरकार सत्ता में आ गई, उसे लोगों ने स्वीकार नहीं किया। विरोध में मुस्लिम युनाइटेड फ्रंट में कई इस्लामी पार्टियाँ उभरकर आई थीं। फारूख पर चुनाव में धाँधली के आरोप भी थे।

त्रियासी-चौरासी[2] में, जब चारों एक साथ कॉलेज में पढ़ते थे, तब भी सियासी हलकों में घनघोर उठापटक हो रही थी। पंजाब में बढ़ता आतंकवाद, स्वर्णमन्दिर पर सेना का हमला, मकबूल भट्ट की तिहाड़ जेल में फाँसी, फिर इन्दिरा गाँधी की हत्या और दिल्ली में सिक्खों की मारकाट। ये चारों, हर गलत का खुलकर विरोध करते थे। उनके लिए स्वर्णमन्दिर में सेना भेजना भी गलत था और निरपराध लोगों को बसों से खींचकर मार डालना भी अपराध ! इन्दिरा गाँधी की अपने ही गार्डों द्वारा हत्या, विश्वास की हत्या थी, तो दिल्ली में निर्दोष सिक्खों की हत्या वहशी दरिन्दों का पागलपन। वे सचमुच प्यार से लबरेज ऋषि-सूफियों की सन्तान थे, पर आतंक और दहशत की घटनाएँ तेज़ी से देश-विदेश में घट रही थीं, और वादी में परिणामस्वरूप छोटे-बड़े हंगामे होते रहते।

लेकिन ज़िन्दगी फिर भी अपनी रफ्तार से आगे बढ़ती रही थी।

चार यार, जिनके पास, साझे सपनों, उम्मीदों, शिकवे-शिकायतों की मुँह बन्द गठरियाँ थीं, घर से बाहर खुली हवाओं में कहीं मिल-बैठ उन्हें खोलते, छूते-टटोलते, खुशबुएँ लेकर, तसल्ली से दोबारा बाँध देते, कि गठरियों में कोई उमस, बू नहीं आई, फफूँद नहीं लगी। उन्हें अपनी यारी पर थोड़ा अभिमान भी था, नाज़ तो था ही।

लेकिन लोगों को इनकी यारी में कोई तुक नज़र नहीं आती थी। दो की दोस्ती, तीन का तिगाड़ा और चार का ? किसी ने इन्हें बेबात हँसते, मसखरी करते, धौल-धप्पे करते देखा तो चांडाल चौकड़ी नाम दे दिया। कोई इन्हें खिचड़ी के चार यार, घी-पापड़-दही-अचार कहकर बुलाता, एक दूसरे के बिना बेस्वाद जो लगते थे। कुछ लोगों ने तो इनके धर्म, जात, पुश्तैनी धन्धों में कहीं कोई साँझापन न पाकर, हज़ल से इन्हें एन आई जी ग्रुप (नेशनल इंटेग्रेशन ग्रुप) नाम दे दिया।

---

1. सन् 1987, 2. सन् 1983-84।

उत्तर में ये चार यार एक-दूसरे की आँखों में आँखें डाल हँस भर देते।

उन्हें कोई फर्क ही न पड़ता।

इंटर के बाद उनके रास्ते अलग हो गए। पीटर देहरादून चला गया, मिलिट्री अकेडेमी में ट्रेनिंग करने। अशरफ को प्राथमिकता के आधार पर इलेक्ट्रिकल और विकी को कोटे से केमिकल इंजीनियरिंग में सीट मिली। जीतू फ्री एज्युकेशन का फायदा उठाकर बी.एस.सी. करने लगा। दारजी ने उसे पहले ही समझा रखा था कि ''पापे, सँभालना तो तैने मेरा बिजनेस ही है। फिलहाल, अपने शौक पूरा कर ले पढ़ाई के। कोई हर्ज नहीं।''

लेकिन वे जब भी मिलते, खूब धमाचौकड़ी मचाते। अचानक चारों दिशाएँ गले मिलने को लपक आतीं।

एक के गले में तावीज़, दूसरे के क्रास, तीसरे की बाँह में कड़ा, चौथे को हालाँकि बाकायदा यज्ञ रचाकर जनेऊ पहनाया गया था, उसने उसे सादर उतारकर माँ के हवाले कर दिया था, क्योंकि उसे नहाते वक्त जनेऊ पहने देख यार लोग, पोंगा पंडितजी, पुकारकर चिड़ाते थे, जो उसे ज़रा भी अच्छा न लगता। यों अब फैशन भी कहाँ रह गया था जनेऊ पहनने का ?

कॉलेज में उनके दिन भी क्या खूब बीते थे ! वे गेम्स सर के शुक्रगुज़ार थे, जिसने उनमें भावी गावस्कर-कपिलदेव की सम्भावनाएँ देखकर, कॉलेज की क्रिकेट टीम में चुन लिया था। क्रिकेट से ही उनकी दोस्ती शुरू होकर आगे परवान चढ़ी, फिर मालूम ही न पड़ा कि वे चार कैसे एक जान हो गए।

कॉलेज में, डिस्कशन, ड्रामा, डिबेट, सभी आयोजनों में चारों के चारों घुस जाते। चारों मार्क्स के दर्शन से प्रभावित थे। उन्हें यकीन था कि एक दिन सबको उनका दाय मिलेगा। कोई भूखा-नंगा नहीं रहेगा।

वे देश-विदेश की राजनीतियों पर बहस करते। अमेरिका, रूस तो वहाँ होता ही होता, ईरान की क्रान्ति, खुमैनी का कट्टरपन, अफगानिस्तान के तालिबान, चे गुवारा, माओ-शाओ भी बहस के मुद्दे बन जाते।

अगली बहस के टॉपिक को पहले से तैयार कर, वे लड़कियों पर खासा रुआब जमाते। रज़िया, शहनाज़, निम्मी, दीक्षा ! चार लड़कियों को उन्होंने एक-दूसरे से जोड़कर आपस में कौल किया था, कि मेरी वाली को तुम अपनी भाभी मान लोगे। गो कि चारों में एक भी किसी की 'वो' न बननेवाली थी और न बनी। हाँ, चढ़ती जवानी दीवानी, किशोर तन-मन और ज़ेहन में मीठी आँच सुलगाने से बाज़ नहीं आई। उम्र की तासीर, कि आड़ी-मेड़ी लड़कियाँ भी श्रीदेवी, रेखा और माधुरी दीक्षित नज़र आतीं।

वे लोग एक-दूसरे से सलाह-मशविरा कर, वशीकरण के नए-पुराने मन्त्र आज़माते। पर लड़कियाँ हॉट डिस्कशन के बाद कोल्ड पेप्सी पीकर हाय-हेल्लो करते 'बाई' कर जातीं। बेचैन रोमियो कभी उदास नगमे गाकर, कभी ठंडे पानी से नहाकर अपनी हरारत का पारा उतारने की कोशिश करते। कभी-कभी हरारत मापक यन्त्र की हदें लाँघ जातीं,

तो चार यार जोड़ियाँ बनाकर एक-दूसरे में मुक्ति का इलाज ढूँढ़ निकालते। क्या करते ? दूसरा कोई विकल्प तो था नहीं।

साठोत्तरी पीढ़ी की यह चौकड़ी इस मायने में हमारी जानी-पहचानी है कि इसमें जो नया-नया इलेक्ट्रिकल इंजीनियर बना लड़का अशरफ है, वह हमारी खुर्शी बेनी का पड़पोता, यानी प्रोफेसर इमरान का बेटा है। विकी तो मंगला मौसी का पोता है, डेंटल सर्जन (यों वह सिर्फ बी डी एस है, पर दाँत तो निकालता ही है।) डॉ. अजय का बेटा। जीतू उसी मक्खन सिंह दार जी का पोता है, जो कबाइली हमले में बारामूला डिस्ट्रिक्ट से लुट-पिट और जान बचाकर भाग आया था। जो लौटकर पहले-पहले साइकिल पर कपड़ों के गट्ठर रख घर-घर बेचता था। बाद में अमीराकदल में छोटी-सी हट्टी ली थी। वाहे गुरु की मेहर से, बेटा कृपाल सिल्क मर्चेंट बन गया। मेहनत रंग लाई समझो। उसी का इकलौता पुत्तर है जीत सिंह।

पीटर के बारे में पीटर से ही जान लें। वह अपने फोर फादर्स की बात करते गुमान से तन जाता है। लीजिए वह शुरू भी हो गया।

"ब्रदर्स ! रेवेन्ड ड्रौक्सी का नाम तो सुना ही है आपने। जब 1881 ईस्वी में उन्होंने वादी में मिशनरी स्कूल खोला, तो मेरे ग्रेट ग्रेंड पा को बंबई से बुलाया, बोले 'डॉमेनिक ! आई नीड यू हियर।' उनकी लाइफ में दो ही एम्बिशेन्ज़ थीं, एक डेडिकेटेड टीचर होना, दूसरा वुलर[1] क्रास करना। जो उन्होंने पूरी करके दिखाई।"

ऐसे में विकी पास हो, तो खुद को रोकते-रोकते भी कह देगा, "थैंक गॉड ! तुम्हारे ग्रेट-ग्रेंड पा ने तुम्हारे दादाजी के जन्म के बाद मिशनरी स्कूल ज्वाइन किया। इट वाज़ ए वाइज़ डेसिज़न।"

लड़के मन के सच्चे हैं। थोड़े मुँह फट, पर अन्दर-बाहर एक जैसे। बड़ों का आदर करते हैं। फिर पीटर के पापा बर्नहाल के डिकास्टा सर के भतीजे हैं। अशरफ-विकी दोनों उनके छात्र रहे हैं।

यों भी अब चारों, उम्र के ज़िम्मेदार मोड़ पर आ गए हैं। अशरफ इंजीनियर बन गया है, जीतू दुकान पर बिज़नेस सँभाल रहा है। पीटर अभी-अभी सेकेंड लेफ्टिनेंट हो गया है। एक विकी है जिसको अभी नौकरी नहीं मिली। प्रदेश में तो निराशा ही हाथ लगी, अब देश के अन्य प्रान्तों में कोशिश कर रहा है।

कहीं न कहीं निराशाएँ भी हैं पर वे उन्हें खुद पर हावी नहीं होने देते। आज नहीं कल सही, हमारा भी वक्त ज़रूर आएगा।

पीटर छुट्टियों में घर आता, तो तीनों को खींचकर घर से बाहर निकाल लाता। महीना भर हर इतवार कभी गुलमर्ग, कभी पहलगाम और बाकी बची दो चश्माशाही से साइकलिंग और गगरीबल पाइंट पर तैराकी में मज़े-मज़े गुजरती। पिछली बार उन्होंने मोटरबोट में बैठकर झील में उछाल मारती गज़-गज़ भर लहरें उठाईं। अशरफ के ताया

---

1. वूलर झील।

जी के हाउसबोट में डटकर गोशताबा और रिस्ता उड़ाया। डल किनारे उगी कुकुरमुत्तों-सी बस्ती पर उन्हें चिन्ता भी हुई कि झील डल में हिल-काई-मंगोल के साथ टनों फासफोरस और नाइट्रोजन बहती रहती है। अशरफ को अबुल फ़ज़ल याद आ गए, "यारो ! आज अबुल फ़ज़ल हमारे साथ होते, तो इस 24 वर्ग किलोमीटर से सिकुड़कर दस वर्ग किलोमीटर रह गई झील को देखकर गश खा जाते। तब तो इसे धरती का स्वर्ग कहा था। आज भला क्या कहकर पुकारते ?"

"शुक्र करो भायजान, जगमोहन के झील डल सफाई अभियान का। अब झील के पानी में आसमान को झाँकते देख सकते हो। काफी साफ हो गई है झील पहले से। पिछले सालों में तो पोल्यूशन से पानी बदबू मारने लगा था।"

झील के बीचोंबीच स्प्रिंग पर अधलेटे उन्होंने सफाई अभियान के असर से झील के सँवरे चेहरे को देखा और जगमोहन को सराहा। पहाड़ों से उतरते नम हवा के झोंके भी खुशी से झील को थपकाने लगे थे।

लौटते हुए वे जटियार पहाड़ी के दामन में बनाए गए उस शहरी जंगल में भी घूम आए, जिसमें घने पेड़ों के बीच यहाँ-वहाँ फूलों की क्यारियाँ हँस रही थीं। ग्लेडियलाई, स्नोबाल, और गुलाब-गुलचीनी ! झरने के पास बैठकर उन्होंने हांगुल को बड़ी-बड़ी आँखों से घूरते हुए देखा। जीतू ने उसे पकड़ने की कोशिश की, तो वह छलाँगें मारता पेड़ों के बीच गुम हो गया।

"यहाँ पहले कूड़ा और मलबा बिखरा रहता था न ?" जीतू को याद आया।

"थैंक्स अगेन टु जगमोहन। उन्हीं का आइडिया है, यह शहर में जंगल !" पीटर खुश था।

"अब तो यहाँ गोल्फ कोर्स बनेगा। वज़ीरे आज़म ने इजाज़त दी है।" अशरफ ने तीनों को चौंका दिया।

"अरे !"

"अरे क्यों ? सैलानियों के लिए आकर्षण।"

"छोड़ो यार, सैलानी गोल्फ खेलने इधर नहीं आते। जो आते हैं, वे गुलमर्ग जाना पसन्द करते हैं। आकर्षण तो और भी हो सकते थे। मुट्ठीभर ताज़ा हवा भी लोगों से छीन लो, ऐसा क्या आकर्षण ? ऐसे ही जंगल गायब होते जा रहे हैं। चिनार कितने कम हो गए हैं हमारे देखते-देखते ? पता नहीं, क्या चाहती है हमारी सरकार ?"

"यार विकी, तू ज्यादा सेंटिमेंटल होता जा रहा है। सिक्के का दूसरा पहलू भी देखो। सरकार नए प्लान और प्रोग्राम बना रही है। सेंटर ने फंड्स एक हज़ार चार सौ करोड़ से, दो हज़ार करोड़ कर दिए हैं। अब कॉंदी वाटर शेड डेवलपमेंट प्रोग्राम है, नेशनल सेरीकल्चर प्रोजेक्ट है, नई रिक्रूटमेंट पॉलिसी...।"

"शायद कोई केमिकल इंडस्ट्री भी बन जाए, जिसमें मुझे काम मिल जाए। नहीं तो तुम्हें छोड़कर मुझे कहीं दूर जाना होगा।" विकी उम्मीद छोड़ना नहीं चाहता।

दूर जाने की बात से दोस्त उदास हो जाते। पीटर तो पहले ही चला गया समझो।

देखो, कहाँ पोस्टिंग होती है ?

"विकी, तूने मेडिकल के लिए ट्राई नहीं किया।"

अशरफ ने जाने क्या सोचकर बात कही। विकी को ताज्जुब हुआ।

"यार ! यह तू बोल रहा है ? कहाँ-कहाँ चप्पलें न घिसाईं मैंने ?"

"चप्पलें घिसाना अलग बात है विकी, कोटा-वोटा भी अपनी जगह। तुम सही वक्त पर सही जगह, और सही आदमी से नहीं मिले। यह बात मान ही लो।"

"यानी ?"

"अपनी मादरे मेहरबान[1] युवकों की मदद करती है। यह तो तुम भी जानते थे। सब्ज़े[2] का ज़माना है। डॉक्टर बनते तो पौ बारह हो जाते।"

"छोड़ो यार ! अपनी जेब का वज़न हल्का था। अपना केस, नंगे पैरवाला केस। कैसे आगे बढ़ता ? रास्ते में काँटे थे।"

"तुम्हें उसे जूता पहनाना था। फ्लैक्स, फीनिक्स या वुडलैंड का।"

जीतू मज़ाक में कह गया। विकी का चेहरा लटक आया, "इतनी औक़ात होती तो !" अशरफ ने स्थिति सँभाली।

"यार विकी, तेरी वह निम्मी कल हमारे घर आई थी।"

"निम्मी ?" तीनों दोस्त चौंक गए, "तुम्हारे घर क्यों ? वह तो विकी वाली थी न ?" जीतू की आँखों में शरारत थी।

"नसीम का वेलफेयर सेंटर ज्वाइन किया है उसने। मगर कोई फायदा नहीं। उसने किसी लखपति को पसन्द किया है।"

"कौन लखपति ? कैसा ? क्या ? कहाँ मिला ? बड़ी बेवफा निकली। यार, लड़कियाँ होती ही हैं, तोताचश्म...आजकल प्यार करने का शऊर किसे है ? देखी कोई शीरीं, लैला, सोहनी या हीमाल कहीं आसपास ?"

यार लोगों ने दुनियाभर के श्रेष्ठ प्रेमियों के नाम गिनाकर उनकी आत्माओं को नमन किया। और, 'जाने वो कैसे लोग थे जिनके प्यार को प्यार मिला,' वाले उदास मूड के साथ उदास हो गए।

माहौल कुछ ज्यादा गम्भीर हो गया, तो पीटर बेचैनी महसूस करने लगा। विकी के करीब जाकर कन्धे पर तसल्लीवाला हाथ रख दिया।

"विकी यार ! सच बताना, क्या तुम सचमुच उस चार पसली की सिकुड़ी लड़की से लव करते थे ? इत्ती पुअर च्वाइस ?"

विकी ने संजीदा चेहरा उठाकर आश्चर्य की मुद्रा बनाई—"तो क्या तुम बिल्कुल ही भूल गए पीटर ? निम्मी तो तुम्हारी वाली थी। मेरी तो दीक्षा थी। यार ! मैं तो तुम्हारे लिए उदास हो गया था।"

चारों यार इस भुलक्कड़पनेवाली गप्प पर ठहाका मारकर हँस पड़े थे।

---

1. मादरे मेहरबान—शेख अब्दुल्ला की पत्नी। 2. सब्ज़ा—घूस।

पर इस बार वे ठहाके सिरे से गायब थे।

पीटर साल भर बाद घर लौटा था। बाकी यार तो कभी-कभार मिल भी लेते थे। उसे टुकड़ों में बँटा संवाद परेशान कर रहा था।

पापा ने उसे पहले ही, उस सबकी जानकारी दी थी, जो उसके पीछे घटा था। कई नौजवान पाकिस्तान से हथियारों की ट्रेनिंग लेकर आए थे। उसने सुना, कि 14 अगस्त को वादी में हरे झंडे फहराए गए और 15 अगस्त को काले झंडे।

17 अगस्त को ज़िया की मौत की खबर पाते ही दंगे भड़क उठे थे। जुमा की नमाज़ के बाद, ज़िया की फतह की कामना की गई थी। भारत-विरोधी नारे और आगज़नी की घटनाएँ हुईं। पुलिस-फायरिंग में चार लोग मारे भी गए थे। जेहादियों ने साम्प्रदायिक ज़हर फैला दिया था। लोग डरे हुए थे कि कभी भी विस्फोट हो सकता है।

पीटर जानता था, ऐसे में ठहाके नहीं लग सकते, पर अपने जानने को स्वीकार नहीं पा रहा था।

वे लोग तो कभी भी नारेबाज़ों के हिमायती नहीं रहे, बल्कि डटकर गलत का विरोध करते रहे। उन्हें डर कैसा ?

इन्दिरा गाँधी की हत्या पर उन्होंने हत्यारों की भर्त्सना की थी।

दिल्ली में सिख समुदाय पर कहर बरसा, तो वादी में खुराफातियों ने नारे लगाए, "मुसलमान-सिख भाई-भाई, हिन्दू कौम कहाँ से आई।"

"लाहौलविला कूव्वत। कूढ़मगज़ी की हद है। क्या इन्हें मालूम नहीं, कि हिन्दू कौम हज़ारों सालों से यहाँ रहती आई है ? इस्लाम का तो जन्म ही सातवीं सदी में हुआ।"

अशरफ उत्तेजित हो उठा था।

"ऑपरचुनिस्ट, अहमक ! भेदभाव का ज़हर उगलते हैं। 'भाई-भाई !' सैंतालीस में तो सुना है, कबाइलियों ने हिन्दुओं से ज्यादा, सिक्खों को हलाक कर दिया था। आतंकवादियों के लिए कौन-सा दीन और कैसा धर्म ?"

पीटर को गुरु तेगबहादुर का बलिदान याद आ गया था।

"कश्मीरी पंडित तो यार, सिक्खों के आभारी हैं। मेरे पापा कहते हैं, 17वीं सदी में, गवर्नर इफ्तख़ार खान के जुल्मों से तंग आकर, पंडित कृपाराम, अमरनाथ से प्रेरणा पाकर अनन्तपुर साहब गए थे गुरु तेगबहादुर के पास मदद माँगने। और गुरु ने उन्हें और धर्म को बचाने के लिए अपना सीस दिया था। अफगान राज्य में भी तो सिक्खों ने उनकी मदद की। क्या नाम था ?"

दोस्तों को बोलते सुन जीतू भी खुल गया था।

"बीरबल दर ? बीरबल दर अपने बेटे राजकाक को लेकर सिक्खों से मदद माँगने गया था। अज़ीम खान ने उसे धर्म बदलने को कहा था।"

"हमने भी पढ़ा है भई, तब अब्दुल कद्दूस गोजवारी ने उसकी बीवी और बहू

को घर में पनाह दी थी। मलिकों ने कश्मीर से बाहर निकलने में मदद की। यह हिन्दू-मुसलमान-सिक्ख में फर्क करना अब हम भी सीख गए। कश्मीरी पंडित तो शिवरात्रि जैसे धार्मिक पर्व में भी मुसलमान-सिक्ख को भूलता नहीं, तभी तो वह सुन्नीपुतल रखता है पूजा में, और वाहे गुरु को, वागुरबाह में शामिल करता है। हमने तो यकजहती और भाईचारे की ही मिसालें कायम की हैं।''

विकी ने अधूरी बात पूरी की, ''यह कहो कि अपनी कौम में ही जयचन्द पैदा हुए हैं। बीरबल दर की प्रार्थना पर महाराजा रणजीत सिंह ने सेना भेजकर प्रदेश को जालिम हाकिमों से मुक्ति दिला दी। अब्दुल कद्दूस गोजवारी ने खतरा मोल लेकर बीरबल दर की पत्नी और बहू को आश्रय दिया, पर उसका अपना दामाद तेलुक मुंशी दगाबाज़ निकला। उसने पठानों को खबर दी, सुराग पाकर अफगान बहू को ले गए और पत्नी ने आत्महत्या कर ली।''

हमेशा चहकनेवाले ये चार यार, इस बार डरे हुए थे। डर की वजह उनके अन्दर नहीं, उनसे बाहर थी, पर वह वहाँ मौजूद थी। क्योंकि अशरफ के घर पर जेहादियों की नज़र थी। उसकी बहन नसीम को कुछ ही दिन पहले सेंटर जाते चार लड़कों ने बुर्का पहनने की सलाह दी। जो सलाह से ज्यादा धमकी थी। यह भी कहा कि, ''भाई से कहो हिन्दुस्तानी जासूसों से दूर ही रहें।''

''बुर्का पहनो, पर्दा करो, नमाज़ पढ़ो। साइकिल चलाना छोड़ दो। गैर इस्लामी काम मत करो।''

अशरफ ने पीटर को अपना डर बता दिया।

''डर अपने लिए नहीं है यार, अपनों के लिए है, उसमें तुम सब शामिल हो। मुझे गलत मत समझना।''

''अब क्या नसीम बहन बुर्का पहनेगी ?''

पीटर ने नसीम से ही पूछ लिया।

नसीम डरपोक नहीं। भाई के दोस्तों को भाई जैसा ही मानती है, ''बुर्का पहनकर, मैं सदियों पीछे नहीं लौटूँगी पीटर भाई ! पर इन गरम दिमागों से थोड़ा डर ज़रूर लगने लगा है। आजकल इन्होंने अपनी बात मनवाने के नए तरीके जो अपनाए हैं।''

''नए तरीके ? कौन-से ?''

''बेपर्दा लड़कियों के चेहरों पर हरा रंग डाल देते हैं। बड़ी जलन होती है उससे। शायद तेज़ाब जैसी कोई चीज़ है।''

''माई गॉड ! अब तुम क्या करोगी ?'' पीटर चिन्तित था।

''फिक्र मत करो। अब हम ढीली-ढाली पोशाकें सिलवा रहे हैं। एड़ी-चोटी ढकती पोशाकें। माथा ढकती, चुन्नियाँ-चादरें ओढ़ेंगी। और क्या कर सकती हैं ?''

''अपना ख्याल रखना नसीम ! हालात काफी खराब हो रहे हैं।''

''सब ठीक हो जाएगा, विकी ! इस जेहाद का जोश ज्यादा टिकाऊ नहीं होगा। हमारी रगों में ऋषियों और सूफियों का खून है। जल्दी ही उबाल ठंडा हो जाएगा।

फिलहाल, अपने लड़के कठपुतली बने हुए हैं। इन्हें चलानेवाले दूसरे हैं, यह बात जिस दिन वे समझेंगे, ज़रूर नए सिरे से सोच-विचार करेंगे।''

अशरफ की अम्मी ने चारों यारों को अपने सामने बिठाकर खाना खिलाया। असीसें दीं। 'खोदाय दियिनव सेहत त राहत ! ज़िन्दगी त बंदगी, इंशाअल्लाह !'

जाते वक्त वे एक-दूसरे के गले मिले। विकी जल्दी ही ऋषिकेश जा रहा है। वहाँ, आई.डी.पी.एल. में किसी दोस्त ने काम दिलाने का वादा किया है। पापा ने केमिस्ट की दुकान खोलने की सलाह दी थी, जो उसे मंजूर नहीं हुई।

''दुकानदारी के लिए इंजीनियरिंग की क्या ज़रूरत थी पापा ?''

शहर के हालात भी उसे डरा रहे थे, कि कल कुछ भी हो सकता है अपने साथ।

पीटर भी जल्दी वादी से बाहर चला जाएगा। जीतू-अशरफ घर में हैं, पर कब, कौन, किस घड़ी, क्रॉस फायरिंग में राह चलते मारा जाएगा, कब, कौन, बिना अपराध किए, अपराधी घोषित किया जाएगा, इसका अंदाज़ा लगाना भी मुंश्किल है।

रात होने से पहले अपने-अपने घरों को लौटना ज़रूरी था। शहर में शाम ढलने के बाद अक्सर कर्फ्यू लगने लगा है। कभी सरकार का, कभी आतंकवादियों का, जिसे मानना ज़रूरी है। न मानो, तो नेशनल कांफ्रेंस के ब्लाक प्रेज़ीडेंट, यूसुफ हलवाई की तरह, गोली से भून दिया जा सकता है। उसने जेहादियों का ब्लैक आउट नहीं माना। इस हुकुम उदूली का नतीजा निकला, मौत ! और जिस्म पर चिपका दिया गया एक लेबल, 'कश्मीर का गद्दार'।

ज़ाहिर है, चार यार जो भी थे, वतन के गद्दार नहीं थे।

# दरारें

प्रोफेसर केशवनाथ रैना का चाकचौबन्द और चुस्त-दुरुस्त दिमाग, इधर अचानक कुछ गड़बड़ा-सा गया है। अजीब-सी रबूदगी[1] वजूद पर तारी हो गई है। बात करेंगे भी, तो ऐसी ऊटपटाँग कि अगले को न उसका सिर पकड़ में आए न पैर।

ब्रदर डिकास्टा, जिया भाई, यहाँ तक कि उनके बेटे की उम्र के इमरान भी खासे परेशान हैं। पक्की उम्र, हाई बी.पी., शूगर प्रॉब्लम, उस पर सोशोपोलिटिकल इश्यूज़ पर लिखी जा रही अधूरी किताब। प्रोफेसर साहब के दिमाग पर काफी प्रेशर है। ऊपर से माहौल भी तो बराबर बद से बदतर हुआ जा रहा है।

''यानी कि ?''

''यानी कि आप जानते हैं, कश्मीर के रिच कल्चर पर उन्हें नाज़ रहा है। इधर जो अचानक कुछ लोगों में 'आज़ादी' और 'जेहाद' का फितूर पैदा हो गया है, उसे एक्सेप्ट नहीं कर पा रहे हैं ब्रदर।''

अचानक ?

इसी 'अचानक' ने तो केशवनाथ को हैरान कर रखा है।

''यह अचानक क्या होता है डिकास्टा साहब ? क्या सचमुच ऐसा कुछ है जो अचानक या अकारण घटता है ? बिना बीज के पेड़ उगता है कहीं ?''

अब इस बचकाने सवाल का कोई बुजुर्ग दानिश्वर क्या उत्तर दे ?

लल्ली रातों को करवटें बदलते पति का माथा सहलाते, उत्तर थमाती है, ''नुनर के ऊपर वुरपश की पहाड़ियों के घने जंगल याद हैं तुम्हें ? कौन जाता होगा वहाँ बीज बोने भला ? हवा-पानी, कहीं का बीज कहीं उड़ा-बहाकर, धरती की कोख में रोप देते होंगे, और एक दिन लम्बा-ऊँचा पेड़ खड़ा हो जाता होगा।''

''वही तो लल्ली ! वही तो मैं कह रहा हूँ। कहीं कोई 'कारण' बन जाता है, कोई हवा का झोंका, कोई बरसाती नाला, या कोई वनपाँखी ! गीली मिट्टी उस बीज को पेड़ की शक्ल देती है, और हमें मालूम भी नहीं पड़ता।''

''कैसे नहीं मालूम पड़ता ? कहीं झाड़-झंखाड़, कहीं चीड़-देवदार उग आते हैं। वह क्या छिपे रहते हैं ?''

---

1. रबूदगी—गुमसुम खामोशी।

लल्ली अपनी सादगी में बात को मसला बनने से पहले ही हल करना चाहती है–"जंगली पौधों, नागफनियों और बिच्छू बूटियों से हम बचकर चलते हैं, चीड़ की छाँह में सुस्ता लेते हैं, यह तो आदमी की फितरत ही है।"

"कभी-कभी ये नागफनियाँ रिश्तों के बीच भी उगती हैं। तब इनसे बचकर निकलना मुश्किल होता है लल्ली, आदमी लहूलुहान हो जाता है।"

प्रेम के पास हर शंका का समाधान है, हर प्रश्न का उत्तर।

"रिश्तों में नागफनियाँ उग आएँ, तो उनसे खुद को अलग करना ज़रूरी होता है भोभाजी, कितना भी लहूलुहान होना पड़े, वरना तो रिश्ते ही नासूर बन जाएँ।"

यह तुर्श बात प्रेम जी ने छियासी[1] में तब कही थी, जब अचानक ही अनन्तनाग में साम्प्रदायिक दंगे हो गए थे।

इन्द्रा भाभी का भाई रूपकृष्ण सपरिवार अनन्तनाग से जान बचाकर बहन के पास शरण लेने आया था।

चिल्लयकलान के उतार के बावजूद हवा में हड्डियाँ चीरनेवाली ठंड थी। सड़कों, गलियों में अभी भी बर्फ, कहीं पिघलकर कीच बनी, और कहीं छोटी-छोटी ढेरियों में यहाँ-वहाँ मौजूद थी।

रूपकृष्ण, पत्नी सरला और दोनों बेटियों को साथ लेकर रातोंरात घर से निकल पड़ा था ! सड़क के बीचोंबीच खड़े होकर, रूपकृष्ण ने सामान से लदा एक ट्रक रोक लिया था। ड्राइवर सरदार जी ने, पहले उसे शंका की नज़र से घूरा, फिर सहमी हुई ज़नाना सवारियों पर तरस खाकर, श्रीनगर तक छोड़ने को राज़ी हो गया। सड़क पर खड़े-खड़े ठंड से उनकी कुल्फी जमने लगी थी।

रूपकृष्ण ने हौलनाक दास्तानें सुनाई थीं, "क्या कहूँ भोभाजी, हुड़दंगियों की टोलियाँ पहले मन्दिरों पर टूट पड़ीं। लोकभवन, दानवोगुंड के मन्दिरों से मूर्तियाँ निकालीं, कुछ नदी में बहा दीं। मन्दिरों की तोड़-फोड़ के बाद, पंडितों पर कहर ढाया। हमें तो समझ ही न आया, कैसे क्या हो गया ! कोई पागल आँधी थी जैसे। लूटपाट, आगज़नी, मारकाट ! कौन-सी ज़बर्दस्ती न हुई ?"

"लग रहा था, वे हम लोगों को खत्म करके ही दम लेंगे।"

रूपकृष्ण अवश गुस्से से काँप रहा था, "प्रेम भैया, यह बात एक बार फिर साफ हो गई है, कि हम अपने घरों में बिल्कुल सुरक्षित नहीं हैं। हमारे साथ, कभी भी, कुछ भी हो सकता है।"

"लेकिन क्या किसी भी भले आदमी ने उन्हें रोका नहीं ?" केशवनाथ का भले आदमियों पर भरोसा अभी चुका नहीं है।

"भोभाजी, भीड़ में आदमी वहशी हो जाते हैं। किसकी सुनते हैं ? लोग भीड़ से डरते भी हैं। यों कई लोगों ने हमारी मदद की, बाद में ! एक मुसलमान लड़की ने तो

---

1. सन् 1986।

दहशतगर्दों की काफी लानत-मलामत भी की, पर जो हुआ, उसकी भरपाई कहाँ होगी ?"

रूपकृष्ण की पत्नी सरला हू-हू कर रो रही थी, "मेरा घर जला दिया तावनज़दों ने। इन्होंने इतना ही कहा कि मन्दिरों में तोड़-फोड़ क्यों कर रहे हो ? खुदा का कहर बरसेगा। बस, सुनकर तो उनको जैसे आग लग गई। दसियों जन इन पर टूट पड़े। बेचारा अहमद बानी बीच में न पड़ता, तो आप हमारे मरने की ही खबर सुन लेते।

"अहमद वानी ने ही कुछ दिन शहर जाकर रहने की सलाह दी। वे बदमाश जैसे खार खाए बैठे थे। वानी बोला, 'जान है तो जहान है, जाओ, पीछे की फिक्र मत करो। मैं सँभाल लूँगा।' "

केशवनाथ को अहमद वानी की सलाह सही लगी। भरोसा भी बना रहा कि अभी भी सब कुछ खत्म नहीं हुआ।

लेकिन, 'अचानक' शब्द गले से नहीं उतरा केशवनाथ के।

रूपकृष्ण ने कहा, "नंगे आकाश से बिजली गिर गई। सब तो ठीक ही चल रहा था। सदियों से तो मुहल्लेदारियाँ निभाते रहे हैं हम। गुलमुहम्मद एम.एल.ए. के बेटे की शादी पर शामियाना हमारे ही आँगन में लगा था। पिछले दिनों की ही तो बात है। बच्चों को अपने सामने बिठाकर दावत खिलाई। शादी में हमारी लड़कियों ने भी शहनाज़-सुग्रा के साथ रोव किया। हमारे लिए फज़ो आप ही सूखा सीधा, मटन-चावल वगैरह नौकर पर लादकर घर आई। किसी के साथ हमारा कोई मनमुटाव भी न था। अब क्या पता, कौन लोग थे वे, किसके बहकाए-फुसलाए, जो आकर तोड़-फोड़ कर गए।"

आज़ादी के उनतालीस साल बाद, एक बार फिर अकारण ही अल्पसंख्यकों पर खुला हमला बोल दिया गया। फर्क इतना था, कि इस बार हमलावर पाकिस्तान के भेजे कबाइली नहीं थे, अपने ही भटके हुए भाईबन्द थे।

"पाकिस्तान तो कश्मीर हथियाना चाहता था, अपने लोग क्या हासिल करना चाहते थे ? इस तोड़-फोड़ के पीछे कौन-सा मकसद हो सकता है ?" केशवनाथ इस अकारण हुए घटित के कारण जानना चाहते थे।

"मकसद साफ है भोभाजी, आप मुझे मेरी बेअदबी के लिए माफी दें। तोड़फोड़ करनेवाले सीधे-सादे लोग नहीं हैं, यह सब जानते हैं। ये वे कट्टरपन्थी हैं, जो हिन्दू और हिन्दुस्तान से नफरत करते हैं, अल-फतहवाले हों, जमात-ए-इस्लामी गुट वाले हों, या कोई और फिरकापरस्त, उनका मकसद वादी से 'काफिरों' को हटाकर यहाँ इस्लामी स्टेट बनाना है। यह बात अब छिपी नहीं रही।"

प्रेम हमेशा से खाँटी बोली में बात करता आया है। साठ पूरे कर रहा है, पर सफेद को सफेद और काले को काला कहने से चूकता नहीं। केशवनाथ जानते हैं कि उसकी उम्र की किताब में कुछ काले स्याह वर्क भी रहे। प्रदेश की नौकरी में, 'इसकी बला उसके सिर' वाले रवैयों के साथ उसने भेदभाव के तीखे तुर्श वार भी झेले हैं।

फिर भी केशवनाथ जल्दबाज़ी में निकाले निष्कर्षों से सहमत नहीं होते। याद दिलाते हैं, कि "अपनी ऋषि-सूफी परम्परावाली तहज़ीब ने ही हमें सैंतालीस के बँटवारे में जोड़े रखा, कबाइली हमले के वक्त हमने आपसदारी निभाई। दूर क्यों जाएँ, पैंसठ के युद्ध में तो कश्मीरियों ने पाकिस्तान को खासा सबक सिखाया कि तुम धर्म के नाम पर हमारे रिश्तों में दरारें नहीं डाल सकते।"

"कुछ सिरफिरे लोग, हमारी सदियों की तहज़ीब को कैसे खत्म कर सकते हैं ?"

प्रेम चाचा जी की इज्ज़त करते हैं। शिवनाथ की मृत्यु के बाद तो वे पिता की जगह पर हैं। वे समझ नहीं पाते कि चाचा जी सब कुछ देखते-समझते हुए भी, अपने भरोसे की इमारत को बेदाग कैसे बनाए रखे हैं ? ऐसी कौन-सी मजबूरी है उन्हें, जो सच को सच मानने से कतराते हैं ?"

"भोभाजी, पैंसठ के बाद अपने प्रदेश का कायापलट हो गया है, यह आप मुझसे ज्यादा जानते हैं। आज आप कह सकते हैं कि आतंकवाद और साम्प्रदायिकता का ज़हर फैलानेवालों के पीछे पाकिस्तान के, आई.एस.आई. का हाथ है। ज़िया साहब का ऑपरेशन टोपैक रंग लाया है। उग्रवादियों के पास से 'ऐ के सैंतालीस' और 'कलिशनिकोव' मिले हैं, लेकिन क्या यह भी सच नहीं कि गलतियाँ हमने भी की हैं, और एक नहीं अनेक गलतियाँ।"

"1932 में ही मुस्लिम कांफ्रेंस की नींव डालकर, हमारे नेताओं ने अनजाने ही सही, दो धर्मों में एक अदृश्य दीवार खड़ी नहीं कर दी थी ?"

"आज के हालात की शुरुआत का कोई सिरा वहाँ नहीं है क्या ?"

"1975 से आज तक, चुनावों में नेताओं ने फासीवादी तरीके ही अपनाए। मस्जिदों में कसमें दिला-दिलाकर, नेशनल कांफ्रेंसियों को वोट दिलाए गए। और तो और, चौरासी के लोकसभा चुनाव में, 'ऑपरेशन न्यू स्टार पोस्टर' में तो भारत को कश्मीर का दुश्मन ही सिद्ध कर दिया गया। धार्मिक भावनाएँ उभारी गईं। क्या-क्या नहीं हुआ ?"

"भोभाजी, क्या आपकी ऋषि-सूफी परम्परा में मुस्लिम लीग और जनसंघ जैसी कट्टरपन्थी पार्टियों की कोई गुंजाइश थी ? कोई जगह थी अलफतह और जमात-ए-इस्लामी की ?"

केशवनाथ ने प्रेम को शान्त करना चाहा।

"उस वक्त मुस्लिम कांफ्रेंस, डोगरा राज्य के विरोध में बनी थी प्रेम। डोगरा राज्य हिन्दू राज्य था। मुस्लिम कांफ्रेंस उसकी प्रतिक्रिया। लेकिन बाद में हमारे नेता ने मुस्लिम कांफ्रेंस में बदलकर अपनी भूल सुधार दी थी। वे जान गए थे कि हिन्दू-मुसलमान को अलग खानों में बाँटकर हम अपने मिशन में कामयाब नहीं होंगे।"

"एक तरह से यह उनकी मजबूरी थी भोभाजी, सभी वर्ग मिलकर ही एक सशक्त मंच बना सकते थे, और वही एक तरीका था, 'कश्मीर दरबार' से अपनी माँगें मनवाने का।"

प्रेम, लगता है, आज चुप नहीं रहेगा।

''यह भी आप जानते हैं, कि इस धर्मनिरपेक्ष कांफ्रेंस की प्रेरणा, नेहरू, गाँधी और इकबाल जैसे दूरअंदेशी व्यक्ति थे।''

केशवनाथ तन्मयता से चाय की, इलायची-बादाम मिली पत्ती चबाते हैं।

''प्रेरणा जिसकी भी हो, उसे अंजाम दिया शेख साहब ने ही। मुझे याद है, इसी अनन्तनाग में, जहाँ आज कट्‌टरपन्थी सिर उठा रहे हैं, नेशनल कांफ्रेंस का पहला जनरल सेशन हुआ था। 'खुतुबाए संदारत' में बोले गए शेख साहब के शब्द आज भी मुझे भूले नहीं हैं कि 'हम सभी धर्म के लोग, आपसी भेदभाव भूलकर एक मंच पर इकट्‌ठा हुए हैं, यह एक महान क्रान्ति है'।''

''हाँ भोभाजी, महानता तो थी, इकतीस के दंगों में, जख्म खाए उन अल्पसंख्यकों की, जो उन जख्मों की टीस भुलाकर शेख साहब के साथ हो लिए थे।''

प्रेम के साथ दिक्कत है, कि वह मन में गड़ी बातें भुला नहीं पाता। नीडोज़ होटल की सीढ़ियों पर, नौकरी के प्रत्याशी युवकों से नेता की कही बात, जिसमें 'तुम और वे बेचारे' वाले छोटे से जुमले ने दो भाइयों के बीच एक लकीर खींच दी थी।

प्रेम कमज़ोर वर्ग की वकालत करते, उन्हीं नेता जी की एक और बात भी कभी नहीं भूल पाया, बल्कि उस बात का दंश उसे बराबर सालता रहा है। एक बड़े कद के नेता के मुँह से फूटे वाक्य, 'इंशाअल्लाह ! एक दिन आएगा, जब, जिन राजरानियों-पंडितानियों का हुकुम तुम आज बजा लाते हो, वे ही तुम्हारे घरों में झाड़ू-बुहारी करेंगी...।'

यह, दलितों-दमितों के प्रति सहानुभूति में बोले गए कैसे शब्द थे, जिसने दो धर्मों के बीच नामालूम-सी नफरत के बीज बो दिए। एक वक्त सदरकांजी-भात खानेवालों में, तब, क्या पंडितानियाँ नहीं थीं ?

केशवनाथ ह्यूमन साइकी की उलझी ग्रन्थियाँ सुलझाने की कोशिश करते रहे हैं। क्रिया-प्रतिक्रिया के सिद्धान्त की व्याख्या करते हैं। लेकिन गलत तो गलत ही है, सही कैसे होगा ?

यहीं गड़बड़ा जाते हैं केशवनाथ। वे स्थिति को दूसरे कोण से देखने-समझने की कोशिश करते हैं।

''प्रेम जी, यह नेतागण कभी-कभी जनता को अपनी सरपरस्ती का भरोसा दिलाने के लिए, एक को दूसरे के विरुद्ध इस्तेमाल करते ही आए हैं। यह अंग्रेज़ोंवाली 'फूट डालो राज करो' की नीति है। इसमें नया क्या है ?''

''अब तो धर्म को भी हथियार की तरह इस्तेमाल किया जा रहा है, सिर्फ निजी हितों के लिए। गुलशाह की सरकार ने क्या किया ? यह अनन्तनाग के मन्दिरों पर हमला तो एक मिसाल भर है।''

''लेकिन भोभाजी ! गुलशाह को ही दोष क्यों दें ? मन्दिरों पर हमले तो इक्यावन से ही शुरू हो गए थे। छत्ताबल के भक्तेश्वर भैरवनाथ मन्दिर के साथ क्या हुआ ?''

"भला बताइए, तो, फूड कंट्रोल विभाग को क्या राशन बाँटने के लिए भैरव मन्दिर के घाट के सिवा दूसरा घाट नहीं मिल सकता था ? अपने यहाँ घाटों की क्या कमी है ? लेकिन नहीं, खुराफात भरी थी दिमागों में। कर दी खड़ी बाहचें[1] ऐन वहीं पर, जहाँ पंडित पूजा, श्राद्ध वगैरह करते हैं। ऊपर से मन्दिर के अहाते में होते यज्ञ को बिना कारण तहस-नहस कर दिया। हवन सामग्रियाँ, देगचियाँ, परातें, सब इधर-उधर पटक-बिखेर दिए। अपने देश के किसी दूसरे प्रदेश में यह सब हुआ होता, तो क्या तूफान न मचा होता ? पर अपने लोग न्याय की गुहार भर करते रहे, जो बीसियों साल गुज़रने पर भी नहीं हो पाया। अच्छा सिला मिला, शान्तिप्रियता का।"

"हाँ ! यह तो बहुत बुरा हुआ।"

केशवनाथ और क्या कहते ?

"बुरा तो अनेक बार हुआ भोभाजी। बहत्तर[2] में हारी पर्वत के चक्रेश्वर मन्दिर के पुजारी की हत्या हुई। अस्थापन कमेटी, मन्दिर के प्रांगण की दीवार बनाना चाहती थी, मगर इसकी इजाज़त नहीं मिली। मुझे याद है भोभाजी, लोगों ने काँटों की बाढ़ बनाई, उसे भी उखाड़ दिया गया। मन्दिरवाली ज़मीन पर फल के पेड़ लगाए गए। उन्हें रातोंरात उखाड़ फेंका गया। आपको तो याद होगा, मन्दिर की सुरक्षा के लिए सप्तऋषि मन्दिर के पास कुछ संन्यासियों को बसाया गया था, जिन्हें सी.आई.डी. एजेंट कहकर पीटा और खदेड़ा गया। सात जून चौरासी को आप भूल गए क्या, जब हनुमान मन्दिर पर हमला हुआ ? मूर्ति को वितस्ता में फेंका गया। मकबूल भट्ट की फाँसी का गुस्सा हिन्दुओं पर क्यों उतारा गया ? वे हमेशा ईज़ी प्रे रहे हैं न ? हमारी धार्मिक भावनाओं की कद्र कहाँ हुई ? मन्दिरों की बात छोड़िए, जवाहर नगर में तो श्मशान घाट के लिए टुकड़ाभर ज़मीन भी पास में नहीं मिली हमें, जबकि मस्जिदों के लिए ज़मीनें भी दी गईं और आर्थिक सहायता भी। इसे किस तरह जस्टीफाई करेंगे आप ?"

"इससे ज्यादा भेदभाव कहाँ होता होगा ?"

"आप तो भोभाजी, ऋषि-सूफी परम्परा का अभी भी गुणगान करते हैं, जिसे हमारे नेताओं ने अरसा पहले दफन कर दिया है।"

नेता और आमजन ! केशवनाथ को आश्चर्य होता है, क्या आज आमजनों में से ही नेता उभरते हैं, या नेता बनकर वे आमजन से दूर हो जाते हैं ? आमजन के सुख-दुख, संस्कार, विचारधारा, स्वप्नों और स्मृतियों से दूर। अपने हित साधन में व्यस्त और त्रस्त ! कोई वजह तो होगी इस पतन की।

"ग्लोबल असर।" शिवनाथ होते तो शायद यही कहते। "स्वकेन्द्रित हो गए हैं हम।" केशवनाथ को लगता है, वजह है कहीं हमारी सोच में। हमने इतिहास को मृत समझा है, उससे कुछ सीखा नहीं। बापू, नेहरू-पटेल से भी नहीं।

31 मार्च, 1986 की सुबह अखबार की सुर्खियों ने केशवनाथ को एक बार फिर

---

1. राशन ढोती ढोंगे जैसी भारी नावें, 2. सन् 1972।

परेशान कर दिया। लिखा था, इंटेलिजेंस विभाग ने राज्य और केन्द्र सरकार को दहशतगर्दों की योजनाओं की खबर दी थी, पर किसी ने इस खबर पर ध्यान नहीं दिया।

'अनन्तनाग मन्दिर प्रबन्धक कमेटी' ने अल्पसंख्यकों की दर्दभरी दास्तान अखबारों में छाप दी। घरों-मन्दिरों पर हमलों के विरोध में बन्द का आहवान किया। पर फिरकापरस्तों ने इस अहिंसक विरोध को, 'बहुसंख्यकों के प्रति कांस्पिरेसी' का नाम दिया।

प्रेमजी पहले ही भरा बैठा था, खबर सुनकर उफन आया।

''क्या हम सचमुच आज़ाद देश में रहते हैं भोभाजी ? हमें तो अब अन्याय का विरोध करने की भी इजाज़त नहीं!''

केशवनाथ को चिन्ता हुई। सचमुच यह भेदभाव की हद थी। इसी फरवरी में, वादी में दो बन्द हुए, गोकि उनमें कोई तुक नहीं थी। एक बन्द अरब सीमा में—इज़राइलियों की दखलअंदाज़ी के विरोध में रहा, दूसरा मकबूल भट्ट की याद में।

बाज़ार में भाजी तक न बिकी। तब प्रेस ने कोई प्रतिक्रिया न दी। पर चार मार्च के, अल्पसंख्यकों पर अत्याचार के विरुद्ध बन्द को 'फिरकापरस्तों की साज़िश' कहा गया।

''पत्रकार तो अन्याय के विरुद्ध आवाज़ उठाते हैं, क्या वे भी चाहते हैं कि हम मुँह बन्द कर अन्याय सहते रहें ?''

''फ्री प्रेस !'' प्रेम ने घृणा से मुँह बिचकाया। ''आपके बड़े अखबारों का कहना है, कि कश्मीरी पंडित प्रेस को गलत सूचनाएँ देते हैं।'' वे लोग दिल्ली से आकर यहाँ कुछ नेताओं और कुछ दहशतगर्दों से बातचीत करते हैं। सैर-सपाटे होते हैं, और अपने अखबारों के लिए सुनी-सुनाई, या एकतरफा रिपोर्ट तैयार कर छापते हैं। अल्पसंख्यकों से मिलने, उनकी तकलीफें सुनने की ज़हमत कौन उठाता है ?

''पत्रकार भी जानते हैं भोभाजी, कि कश्मीरी अल्पसंख्यक वोट बैंक नहीं हैं। उनकी बातें कहकर बहुसंख्यकों को कौन नाराज़ करे ?''

प्रेम ने वादी छोड़ने का मन बना लिया था। वह सिर झुकाकर, गूँगा रहकर जीना नहीं चाहता। उसका रोष पता नहीं किसके प्रति था ? पर वह क्षोभ और क्रोध भोभाजी पर ही उतारा जाता।

''दरअसल भोभाजी, हम अपनी दयनीय स्थिति के लिए खुद ही दोषी हैं। हमारी शान्तिप्रियता ने हमें नियतिवादी, समझौतापरस्त, दब्बू और कायर बना दिया है। खासकर पंडित वर्ग को, जो खून-खराबे के डर से अन्याय सहता है।''

आह ! 'पनुन्य बलाय यियख पानय'[1] वाले रवैये के कारण ही वे दालिबटा[2] कहलाए।

केशवनाथ, खिड़की के बाहर, बाढ़ से उमड़ आई वितस्ता की लहरों में उठते भँवर

---

1. 'अपने किए का फल आप ही भुगतेंगे।' 2. दालिबटा—कमज़ोर।

देखते रहे। प्रेम बिल्कुल गलत भी नहीं था। पठानों-अफगानों की नृशंसताओं ने पंडितों को सहना सिखाया। तब विरोध करने का अर्थ था, निश्चित मरण। विकल्प न पाकर वे भाग्य और नियति के आगे झुक गए। "धर्म की ग्लानि होते देख, भगवान स्वयं धरती पर जन्म लेकर पापियों का संहार करेंगे," यह आत्मा कभी गुरु तेगबहादुर बनकर रंग लाई, कभी रणजीत सिंह बनकर।

स्वतन्त्रता के बाद भारत देश के नेताओं को वे 'रक्षक' समझ बैठे। वादी में जिनकी धर्मनिरपेक्ष नीति का झंडा फहराते, वे अन्याय का शिकार होते गए, उनकी सामर्थ्य और क्षमताएँ तो वादी से बाहर रहने पर ही सामने आईं।

इस बीच वक्त निकल गया। बीसवीं सदी के अन्त तक आते, आस्थाएँ और विश्वास ढहने लगे, लेकिन वादी के पंडितों के भगवान, और केन्द्र सरकार पर, भरोसे ज़रा भी न छीजे। कम-से-कम छियासी तक तो नहीं।

5 मार्च, 1986 को, 'कश्मीर टाइम्स' जम्मू, में एक रिपोर्ट छपी, कि "सैंतालीस से ही अल्पसंख्यक, कश्मीर में भेदभाव के शिकार हुए हैं। यदि सरकार अपराधियों को सज़ा देकर हमारे साथ न्याय नहीं करती, तो हमें विवश होकर वादी से निष्कासित होना पड़ेगा।" फरियादियों ने अपने लिए भविष्यवाणी की।

केशवनाथ की भौंहें तन गईं ! कैसा ढंग है यह न्याय माँगने का ? वे सोच भी नहीं पाए, कि अपने स्वतन्त्र गणतन्त्र में, कोई अपने पुरखों के घरों से निष्कासित हो सकता है।

"बेहूदी बात ! इस्लामी पाकिस्तान यही तो चाहता है। तीन युद्धों में मुँह की खाने के बाद, भितरघात से अपना मकसद पूरा करना। क्या हमारा हार मानना प्रकारान्तर से उनको जिताना नहीं होगा ?"

इतिहास ज़रा-सा परदा सरकाकर हँस पड़ा। देखो, मैं मरा नहीं हूँ।

7 मार्च को गवर्नर जगमोहन ने गुलशाह सरकार को खारिज कर दिया। केशवनाथ को उम्मीद की किरण नज़र आई।

आगे घटनाएँ तेज़ी से घटती गईं।

नवम्बर में राजीव-फारूख समझौता हुआ।

केशवनाथ थोड़ा चकित हुए। नेशनल कांफ्रेंस और कांग्रेस का गठबन्धन ? पिछली घटनाएँ नेपथ्य से झाँकने लगीं।

"कांग्रेस सरकार ने शेख़ साहब को दोबारा मुख्यमन्त्री बनाया था।"

"शेख़ साहब ने मन्त्रिमंडल में नेशनल कांफ्रेंसी भर दिए।"

"इन्दिरा गाँधी ने शपथ ग्रहण समारोह रद्द करवाया।"

"शेख़ साहब ने झा साहब का सहारा लेकर अपमान का बदला ले लिया।"

चक्र, कुचक्र, शतरंजी चालें !

प्रेम उन दिनों कुछ ज्यादा ही भविष्यवाणियाँ करने लगा था।

"देखना भोभाजी, जनता इस गठबन्धन को स्वीकार नहीं करेगी।"

वही हुआ ! मौलवी फारूख बोले, ''फारूख अब्दुल्ला ने राजीव गाँधी के साथ अकॉर्ड साइन करके 'पॉलीटिकल स्यूसाइड' कर लिया।''

विरोध में एम.यू.एफ. का जन्म हुआ। मुस्लिम युनाइटेड फ्रंट शेर की तरह दहाड़ता खड़ा हो गया।

''सेक्यूलर पार्टी ने हमें क्या दिया ?'' उनकी कई शिकायतें थीं।

''नेताओं की कोठियाँ बनीं, करोड़ों की जायदादें इकट्ठा की गईं। हमारे बारे में किसने सोचा ?''

फारूख चुनाव जीत गए। लोग भड़क उठे। रिगिंग हुई है, खुल्लमखुल्ला।

असन्तोष बढ़ता गया। यहाँ बम फटे, वहाँ पुलिस पर हमला हुआ। ताक में बैठा पाकिस्तान समझ गया कि लोहा तप गया है, अब एक ज़बर्दस्त चोट की ज़रूरत है।

लोग बोले, ''शेख साहब ने कश्मीरियों के लिए ज़िन्दगी जेल में काटी, और बेटे ने अपने परिवार की खुशहाली के लिए कश्मीर, हिन्दुस्तान को बेच दिया।''

फारूख साहब फटते ज्वालामुखी से तटस्थ, देश-विदेश की यात्राएँ करते रहे। राजीव गाँधी अपनी चिन्ताओं में उलझे रहे।

ज्वालामुखी ने धरती में शिगाफ डाल दिए। हिन्दुस्तान का मतलब 'हिन्दू' का वतन हो गया, और पंडित चूँकि हिन्दू है, इसलिए वह वादी में हिन्दुस्तान का एजेंट हो गया। यानी मुखबिर।

रिश्तों की नई व्याख्याएँ होने लगीं।

पता नहीं केशवनाथ ने अपने विश्वासों में कभी कोई झोल महसूस क्यों न किया ?

उनके पास गैर हिन्दू दोस्त बराबर गप्प करने आते रहे, सलाह-मशविरे होते रहे, यारियाँ निभती रहीं। रोज़ सूरज, पहाड़ों के पीछे से उगता और डूबता रहा, वितस्ता की लहरें चाँद को देख, लपककर छूने को मचलती रहीं। कोहसारों से आबशार अपनी रवानी में बहते रहे।

जिस दिन राज्ञा को जम्मू कॉलेज ज्वाइन करने की चिट्ठी मिली, प्रेम भोभाजी से मुखातिब हुआ, ''भोभाजी ! मैं, माँ और राज्ञा को लेकर जम्मू जा रहा हूँ। उधर का घर खाली करवा दिया है।''

''अरे ! क्या सचमुच फैसला ले लिया ?'' केशवनाथ ने भीतर कुछ धँसता महसूस किया। राज्ञा का तबादला करवाया और भोभाजी को पूछने की ज़रूरत भी महसूस न हुई।

''सॉरी भोभाजी, मैंने कोशिश की खुद को समझाने की, पर आखिर में जाना ही ठीक लगा। यहाँ मुझे कोई भविष्य नज़र नहीं आता। अब, नेहरू चाचा की सेक्यूलर पॉलिसी के स्केपगोट कब तक बने रह सकते हैं हम ? राज्ञा के लिए भी जम्मू ठीक रहेगा। देविका को भी दिल्ली से आने-जाने में सुविधा रहेगी।''

''हूँ !'' केशवनाथ को समझ न आया, क्या कहे ?

"क्या हार मान गया प्रेम ? हथियार डाल दिए हालात के आगे ?"

"क्षमा करें भोभाजी, आई कांट लिव, लाइक ए डैड मैन, इन्केस्ड इन पास्ट !"

दो दिन पहले इमरान ने केशवनाथ से कहा था, "अंकल, प्रेम भैया कुछ दिन के लिए वादी से बाहर रहें तो ठीक रहेगा। कुछ लड़के उनसे खार खाए बैठे हैं।"

"क्यों ?" केशवनाथ कुछ समझे नहीं, "ऐसा क्या किया प्रेम ने ?"

"भैया उनकी 'आज़ादी' का मखौल उड़ाते हैं। आप जानते हैं, इधर कुछ लोगों पर जुनून सवार है।"

प्रेम पहले ही बोरियाबिस्तरा बाँध चुका था। उससे कुछ कहने की ज़रूरत ही न पड़ी।

2 सितम्बर, 1988 की धुँधली सुबह, लल्ली, केशवनाथ और कात्या, प्रेम, राज्ञा, विजया और कमला को बस स्टाप तक विदा करने गए। उस वक्त हड्डियाँ चीरती यख हवा, चिनार की शाखों को छीलती, शायँ-शायँ चीख रही थी। बेशुमार पत्ते यादों के बवंडर से चौतरफ फैल रहे थे। आसमान के नीचे पहाड़, सिर जोड़कर लल्ली-कमला को एक-दूसरे से लिपटकर रोते हुए देखते रहे। राज्ञा की हिचकियाँ थम नहीं रही थीं। कात्या उसे तसल्ली देना चाहती थी। इतना तो कह ही देती कि, "कलन्दर लड़की, जम्मू तक जा रही हो, सात समन्दर पार नहीं। जाड़ा उतरते ही लौट आओगी। नवरेह हम इकट्ठे मनाएँगे, देख लेना।" लेकिन उसके गले में गोला-सा अटक रहा था। केशवनाथ को सुबह के कुहरे में लिपटे बस स्टाप पर प्रेम को गुमसुम खड़े देख इलहाम-सा हुआ, कि प्रेम इस बार सदा के लिए घर छोड़कर जा रहा है, अब वह विष्णु वाटिका नहीं लौटेगा।

घर एकदम खाली हो गया। कमला के जाने के बाद हर रोज़, बड़ा और बड़ा होता रहा। एक कमरे से दूसरे कमरे तक आते-जाते, लल्ली थकने लगी। उसने पति से कहा, "यहाँ चौके से लगे कमरे में ही क्यों न अपनी बैठक लगा लो। यह ऊपर-नीचे करते, अब टाँगें दुखने लगती हैं। मैं 'हून्यमशीदि हुन्द जिन्न'[1] सा महसूस करती हूँ, अकेले बैठी-बैठी।"

केशवनाथ ने हामी भरी, "हाँ, यहाँ वितस्ता की तरफ खुलती खिड़की पर बैठकर, वक्त अच्छा कटेगा।"

कात्या ने, 'शिहुल विला' में साथ रहने की ज़िद की। लल्ली नहीं मानी।

"अपना घर-बार छोड़कर इस उम्र में बेटी के घर रहूँगी क्या पगली ? चिन्ता मत कर। लसराम तो है हमारे साथ। वह खूब देखभाल करता है। फिर तुम लोग आते-जाते तो रहोगे ही।"

घर खाली नहीं छोड़ा जा सकता था। कात्या जानती है। माँ जाएगी, तो काकपट्टी पर सुबह-सुबह चिड़ी-चिरौटों के लिए भात कौन धरेगा ? सोन्यवारी[2] खाली

1. सूने घर का प्रेत, 2. छोटी कटोरी, जिसमें पंछियों के लिए पानी रखा जाता है।

रहेगी, तो पाँखी घर से प्यासे ही लौट जाएँगे। ठाकुरद्वारे में देवमूर्तियों पर अर्ग फूल चढ़ाना, सान्ध्य दीप जलाना। लल्ली जीवनभर निभाए नियम-धर्म जीते जी कैसे छोड़ेगी ? अब तो घर में कमला भी नहीं है।

केशवनाथ को लगा, वे बेहद फुरसती हो गए। बहसें करने को न राज्ञा और न प्रेम। कुछ लिखने का मन ही नहीं बनता। जो लिखना चाहते हैं, वह कौन छापेगा ?

अनिश्चय के धुँधलके में कोई दृश्य साफ नहीं दिखता। अब टी.वी. है और अखबार ! अखबारों की हौलनाक खबरें, जो ब्लड प्रेशर और हार्ड पलपिटेंशन बढ़ाती हैं।

"आज सत्थू बरबरशाह में आतंकवादियों ने एक लड़के को मार दिया। लड़का ससुराल जा रहा था, नई-नई ससुराल।"

"अपराधी को धर पकड़ लिया गया। पूछा गया कि क्या अदावत थी लड़के के साथ ?"

"कुछ नहीं। मैं इसे जानता भी नहीं।" अपराधी का निरपराध उत्तर !

"फिर क्यों मारा हराम के जने, तेरी बहन का यार था ?" गुस्सैल प्रश्न।

"मुझे पैसे मिले थे, किसी भी हिन्दू को मारने के लिए।" खाँटी भाषा में जवाब आया।

9 दिसम्बर की सुबह ! विचारनाग मन्दिर के महन्त केशवनाथ को, सुरक्षा के लिए तैनात पुलिसकर्मी ने मार डाला, क्योंकि उसने कलमा नहीं पढ़ा।

मुख्यमन्त्री फारूख साहब ने इस घटना को शर्मनाक कहा।

14 दिसम्बर के कश्मीर टाइम्स ने लिखा, "डी.आई.जी. पुलिस अयवल्ली ने, वादी में आतंकवाद का एक कारण पुलिस में ऐसे अफसरों का होना बताया, जिनका सम्बन्ध अलफतह जैसे साम्प्रदायिक संगठनों से रहा है।"

रात लल्ली नींद से चौंककर जागी। पास की मस्जिद से लाउडस्पीकरों से 'आज़ादी' का नारा उठा था। खामोश ठंडी रात में आवाज़ें कोड़ों की तरह ऐन सीने के ऊपर पड़ने लगीं। लल्ली भय से सुन्न हो गई।

केशवनाथ ने बच्ची की तरह सीने से लगा लिया।

"कुछ नहीं होगा। सो जाओ। शहर में चौतरफ सेना फैली है। फिर हमने किसी का क्या बिगाड़ा है ?"

आवाज़ों का गूँजना अब आए दिन की बात हो गई। "हम क्या चाहते"— "आज़ादी।"

"निज़ामे मुस्तफा—ज़िन्दाबाद।"

'असि गछि आसुन पाकिस्तान
बटव बगैर, तु बटन्येव सान।'[1]

---

1. हमें क्या चाहिए, पाकिस्तान
पंडितों के बिना, पंडितानियों के साथ।

आजकल दिन कैसे बीतते हैं, पता ही नहीं चलता। उदास दिन, डरौनी रातें। आवाज़ों का शोर। बाहर निकलो, तो दीवारों पर आज़ादी के नारे ! 'नमाज़ पढ़ो—पर्दा करो।' शहर अपनी पहचान खो गया है।

14 सितम्बर '89 की शाम, इकबाल कृष्ण हाँफता-काँपता घर आया।

"टिकलाल टपलू को जे.के.एल.एफ. वालों ने मार दिया, भाई साहब।"

"कहाँ...कि...क्यों...?" केशवनाथ हकलाए। लल्ली चौके से पानी का गिलास लेकर आई।

"घर के सामने ही गोली दाग दी। उसे तो वे लोग भारतीय जासूस समझते थे।"

"त्राहि त्राहि। क्या बिगाड़ा था उसने किसी का ?" लल्ली की आँखों में आँसू आ गए।

"जे.के.एल.एफ. तो अल्पसंख्यकों को साथ लेकर चलने की बात करते हैं। अपने झंडे में उन्होंने एक केसरी तिकोना भी हिन्दुओं के प्रतीक के रूप में रखा है।"

"है तो, पर भारत से सम्बन्ध रखनेवाला हर व्यक्ति उनके लिए गद्दार है।"

लोगों ने समझा, बी.जे.पी. के नेता थे, इसलिए मारे गए। सियासी दुश्मनी थी।

जल्दी ही अवकाश प्राप्त जज नीलकंठ गंजू आतंकवादियों की गोली का निशाना बने।

अल्पसंख्यकों ने फिर सोचा, मरना ही था उन्हें ! आखिर उन्होंने जज की कुर्सी पर बैठ मकबूल भट्ट को फाँसी की सज़ा सुनाई थी। जे.के.एल.एफ. वाले उनसे खार खाए बैठे थे।

कुछ लोगों ने जे.के.एल.एफ. वालों तक अपना गुस्सा पहुँचाया, "गंजू साहब को मारकर मकबूल भट्ट की फाँसी का बदला तो ले लिया। क्या उन्हें भी मार डालोगे, जिन्होंने भट्ट के अपराधी होने की गवाही दी थी ?"

"जल्दी ही जवाब आया, वकील प्रेमनाथ भट्ट की हत्या के रूप में।"

आतंकवादियों से प्रश्न पूछने का साहस करोगे, फिर कभी ? अख़बार जेहादियों के नारों से भर गए। जेहादियों के इरादे फौलादी हैं।

"निज़ामे मुस्तफा-लाकर रहेंगे।"

"भारतीय कुत्तो, वापस जाओ।"

इस बार अल्पसंख्यक कोई कारण न ढूँढ़ पाए, जिससे भट्ट साहब की मौत होनी थी।

केशवनाथ ने स्थानीय अखबार के सम्पादक मित्र से बात की, "क्या आतंकवादियों के इरादों को छापना ज़रूरी है ?"

सम्पादक साहब कमरे में कैद थे, "प्रोफेसर साहब ! आजकल वही छपता है, जो वे चाहते हैं। और जो कुछ छपता है, बन्दूक के साये में छपता है।" सम्पादक साहब की भूरी पुतलियों में भय बैठ गया था।

केशवनाथ भटके हुए युवकों को समझाना चाहते थे। शायद कोई रास्ता सुझाना

चाहते थे। लल्ली ने रोक लिया।

"अभी तुम कुछ नहीं लिखोगे, क्योंकि अभी तुम्हारी आवाज़ उन तक नहीं पहुँचेगी, जिन्हें तुम समझाना चाहते हो।"

अब तक प्रदेश में हिज़्बुल मुजाहिदीन छा गए थे। अल्लाह टैगर्स, ज़िया टाइगर्स, हिज़्बेउल्लाह। यानी आतंक का साम्राज्य। अलगाववाद का ज़हर वादी में फैल रहा था।

आज अलाँ स्कूल जलाया, कल फलाँ सिनेमा हॉल। इन ब्यूटीपारलरों-वीडियो पारलरों को तहस-नहस कर दो। सेक्युलरइज्म गैर इस्लामी है। काफिरों की चालाकियाँ।

कई साल पहले तीसरी कक्षा की किताब में सोत्रामाली के बेटों, गुले-सुले ने एक सबक पढ़ा था, "तुम कह तो सकते हो, हथियार नहीं हैं तुम्हारे पास, पर तुम्हें लड़ना है इस्लाम के नाम।"

वे गुले-सुले अब जवान हो गए थे। पाकिस्तान से ट्रेंड मिलिटेंट बनकर लौट आए थे, हथियार लेकर। मस्जिदों-मकतबों में लिखाई इस्लामी तालीम उनके अधपढ़े ज़ेहन में घुस गई थी कि, 'तुम्हें लड़ना है इस्लाम के नाम !'

"किससे लड़ना है ?"

"काफिरों से !"

"काफिर कौन ?"

"वादी में हिन्दुस्तान का हिमायती, हमारी आज़ादी और पाकिस्तान का दुश्मन।"

"याने ?"

"तुम जानते हो ! शुरू हो जाओ, काफिरों को कब तक बरदाश्त करोगे ?"

केशवनाथ कभी-कभी आज़ाद कश्मीर रेडियो सुनते हैं। बटन दबाते ही भारत विरोधी ज़हर कमरे में फैलने लगता है। धुआँ ही धुआँ।

"कश्मीर में मुसलमान भाइयों पर जुल्म की इन्तहा।"

"भारतीय फौजें बेकसूर मुसलमानों को कत्ल कर रही हैं।"

केशवनाथ ऊबकर स्विच बन्द कर देते हैं। लल्ली कहवा लेकर आती है। दोनों खिड़की के पार घरों की खामोश कतारों को देखते हैं। दो किनारों को मिलाती नदी, सिकुड़ती जा रही है। चाय का प्याला रख—केशवनाथ लेटना चाहते हैं।

"सन्ध्या समय क्यों लेटोगे ? त्रिकाल वेला है।"

"क्या करूँ ?" केशवनाथ अवश निरीह-से हो गए हैं।

"कुछ बात करो न ?"

"सिर भारी-सा लग रहा है, चाय पीकर भी राहत नहीं मिली। एक एनासिन दे दो।"

एनासिन लेकर केशवनाथ लेट जाते हैं। आँखें बन्द कर लेते हैं। नींद फिर भी नहीं आती। बन्द आँखों के आगे कई-कई रीलें खुलती जा रही हैं। शिवनाथ, कमला, राज्ञा, देविका, केशवनाथ को घेर लेते हैं।

सेवानिवृत्ति के बाद केशवनाथ खाली-खाली महसूस करने लगे, तो शिवनाथ ने

क्लब चलने की सलाह दी।

"मेरे साथ चलो। एकाध घंटा ब्रिज खेल लो। न हो तो गोल्फ सीख लो। तुम्हारे डिकास्टा साहब तो गोल्फ खूब खेलते हैं...अच्छा वक्त कटेगा। कल ही गुल मुहम्मद तुम्हें पूछ रहे थे।"

कमला तुनक गई थी।

"कह दीजिएगा गुल मुहम्मद से, कि भोभाजी को घर-परिवार के साथ 'जून डब'[1] और 'हीरो मचाम' सुनना पसन्द आता है।"

शिवनाथ के जाने के बाद लल्ली-कमला एक-दूसरे के लिए बेहद ज़रूरी हो गईं। राज्ञा-देविका, केशवनाथ को अकेला पाते ही जिज्ञासाओं के समाधान चाहने लगतीं।

"नाना जी, हम सारस्वत ब्राह्मण हैं ?"

"हैं तो।"

"मम्मी कहती हैं सारस्वत ब्राह्मण, उन आर्यों के वंशज हैं, जो पंजाब में सरस्वती नदी के किनारे रहते थे। पर पंजाब में सरस्वती नदी तो है ही नहीं।"

"सरस्वती नदी रही है पहले, यह तो हाल में ही वैज्ञानिकों ने खोज से सिद्ध किया है। नदी सूखने पर आर्य नई जगह की तलाश में घूमते-घामते कश्मीर पहुँचे। यहाँ के सौन्दर्य और सम्पन्नता से प्रभावित हुए और यहीं बस गए।"

"नाना जी, पहले यहाँ नाग जाति रहती थी। पिशाच सिंकियांग से यहाँ आए। जाड़ों के छह मास यहाँ रहकर गर्मियों में चले जाते थे। यह तो मैंने पढ़ा है। पर मेरा एक प्रश्न है।"

"तुम तो देविका आर्किटेक्ट बनना चाहती हो, इतिहास में रुचि कैसे हुई ?"

"इतिहास अच्छा लगता है नाना जी। सदियों से आदमी की रीति-नीति, एडजेस्टमेंट, सबल द्वारा निर्बल का दमन, वो सरवाइवल ऑफ द फिटेस्ट। इंटेरेस्टिंग। है ना ! काफी कुछ सीखने को मिलता है।"

"है तो, प्रश्न क्या है ?" नाना जी को देविका की जिज्ञासा अच्छी लगती है।

"नाना जी, पिशाच आर्य दोनों बाहर से वादी में आए। नागों की मदद से आर्यों ने पिशाचों को यहाँ से खदेड़ दिया। बाद में उन्हीं नागों पर आर्य छा गए। नाग या तो कहीं चले गए, या आर्यों से मिल गए। नाग, आर्यों के इरादे क्यों नहीं समझे ?"

"पहले पहल तो नागों ने विरोध किया। फिर राजा नील ने कुछ शर्तों के साथ आर्यों को रहने की इजाज़त दी। आर्य सबल रहे होंगे, तभी तो नाग उनके आगे टिक न पाए।" केशवनाथ समाधान करते।

पिछले कई वर्षों में वादी में आतंकवादी छा गए। पहले अपने लड़के, फिर अफगानी-पाकिस्तानी। राज्ञा ने जम्मू जाते वक्त भोभाजी से जाने क्या सोचकर कहा, "क्या आपको नहीं लगता भोभाजी, कश्मीरियों की दशा, एक बार फिर उन पुराने

---

1. पुष्करनाथ मान के रेडियो नाटक।

नागों-सी होनेवाली है।''

''क्या कहना चाहती हो राज्ञा बेटी ?''

''भोभाजी, आज हमारे लड़के पाकिस्तानियों को आमन्त्रित कर रहे हैं। उनकी मदद कर रहे हैं, अल्पसंख्यकों को खदेड़ने...खत्म करने में। क्या कल यही पाकिस्तानी-अफगानी आतंकवादी कश्मीरियों की स्वतन्त्र सत्ता को बने रहने देंगे ? इन पर छा नहीं जाएँगे ? पाकिस्तान में आज सिन्ध कराची के मुसलमान मुहाजिर कहलाते हैं, कश्मीरियों को वे कौन-सी गद्दी सौंप देनेवाले हैं ?''

राज्ञा सही थी। पाकिस्तान को कश्मीरी नहीं, सिर्फ कश्मीर प्रदेश चाहिए। राह में जो आए, उसे हटा दो, वह हिन्दू हो या सेक्यूलर मुसलमान।

यह बात इमरान भी समझ गया था।

इधर इमरान काफी दिनों से घर नहीं आया। केशवनाथ को चिन्ता-सी हुई। कात्या ने जानी को इमरान के घर भेज दिया, ''ठीक तो है प्रोफेसर साहब ?''

पता चला, इमरान अब्बा का माल पहुँचाने के बहाने दिल्ली चला गया है।

''अचानक ही ?'' जानी को कहीं कुछ गड़बड़-सी नज़र आई।

''अचानक क्या, इधर सर्दी में खाँसी-जुकाम की शिकायत रहती है इमरान को। मैंने ही कहा, दो-एक महीने रह आओ मामूजान के पास। उसकी सेंटोर होटल में कालीनों की दुकान है न ?''

इमरान की माँ ने शक की गुंजाइश नहीं रखी, पर अब्बाजान ने बताया कि इमरान रैना साहब के घर आता-जाता है। कुछ लड़के धमका गए हैं। उस घर के साथ ज्यादा मेल न रखे। वह प्रेम जी है न ? सुना, वह लड़कों से उलझता था। तुम जानती हो, ये लड़के सर पर कफन बाँध जेहाद के लिए निकले हैं, किसी की दखलअंदाज़ी बरदाश्त नहीं कर पाते। प्रेम तो इमरान का दोस्त रहा। बस यही बात उन्हें पसन्द नहीं।''

''तो यह बात है।''

''पंडितों के घरों में मेरा भी आना-जाना है भाया, मुझसे कोई कुछ नहीं कहता। उम्रों का संग-साथ है। किसी के पसन्द, नापसन्द की क्या बात है इसमें ?''

जानी बोल तो गई, पर दिल में खलबली-सी मच गई। क्या लड़के जानी को भी 'रुक्का' भेज देंगे ? या सीधे खत्म ही कर देंगे ?

अगले ही दिन हब्बाकदल में दिन-दहाड़े अजय वली को गोली से उड़ा दिया गया। गोली की आवाज़ सुन तारावती चौक से आटे सने हाथ लिए, सड़क पर निकल आई। रोती-चीखती बेटे को सदाएँ देने लगी। बेटा पुल के बीचोंबीच पड़ा छटपटा रहा था, दोनों हाथों से छाती दबाए।

तारावती ने बेटे को गोद में उठाया, दुलारा, खून सने चेहरे पर, खुली आँखें बेहरकत, आसमान ताकती रहीं। अजय ने माँ की पुकार सुनी ही नहीं।

तारावती ने बन्दूकधारियों के पैर पकड़े, ''एक गोली मुझे भी मार दो, सिर्फ एक

गोली ! तुम्हें खुदा का वास्ता।"

बन्दूकधारी ने पैरों की ठोकर से तारावती को धकेल दिया, "तुझे मारेंगे नहीं हम। इसे रोनेवाला भी तो कोई चाहिए।"

उस वक्त हब्बाकदल पर सन्नाटा था। लोग घरों में सहमे-दुबके बैठे थे, किसी झिरी से, किसी सन्ध से तारावती को बेटे से लिपटते देख रहे थे, और अपने बच्चों की सलामती के लिए कहीं दूर भागने की सोच रहे थे, इससे पहले कि बन्दूकधारी मुड़कर उनकी तरफ लपक आएँ।

अगले दिन ही कात्या ने लल्ली-केशवनाथ को अपनी कार में जम्मू के लिए रवाना कर दिया। सलाह नहीं ली, सिर्फ इतना कहा, कि जाड़ा आपके स्वास्थ्य के लिए ठीक नहीं।

विष्णु वाटिका के घर की खिड़कियाँ-दरवाज़े बन्द कर दिए गए। मुँदे दरवाज़ों-खिड़कियों के बीच खड़े कात्या ने बचपन की आवाज़ें सुनीं, 'अकुस बकुस तेलिवन चकुस के खेल', 'मसा लाय तीरि मिरचिगानयत लो लो', वाले शादी के गीत, ताता की रौबदार नसीहतें, शिवनाथ काक की आखिरी यात्रा, कई-कई दृश्य रील दर रील आगे से गुज़रते गए, और अब लल्ली भोभाजी का उदास, अनचाहा प्रस्थान ! उनका मुड़-मुड़कर देखना, कलेजे को कोरने लगा।

कात्या के सीने में गुब्बार-सा उठा। आँखों में आँसुओं का सैलाब उमड़ आया। बाहर उस वक्त गवाकदल पर किसी बेगुनाह को, न किए गुनाहों की सज़ा दी जा रही थी।

कात्या ने विष्णु वाटिका के भारी देवदारी दरवाज़े पर लल्ली का खास लद्दाखी ताला लटका दिया और भारी क़दमों से 'शिहुल विला' लौट गई।

# प्रथम चरण जम्मू शरण

जम्मू अब जम्मू जैसा नहीं लगता।

लल्ली की पहचान में ही नहीं आ रहा है शहर।

"शहर तो वही है नानी, तीन हज़ार साल पहले, जिसे राजा जाम्बूलोचन ने बसाया था। 'डुग्गरों का शहर' !" रिद्धि नानी का समाधान करना चाहती है।

"पहली बार जब तुमने देखा, तो एक टीले पर बैठा था, मन्दिरों के सुनहरे कलश-कँगूरावाला छोटा-सा शहर। अब छोटे मुहल्ले तंग बाज़ार, बड़े मुहल्लों-नगरों में फैले हैं, और बराबर फैलते जा रहे हैं। यह तो प्रगति की निशानी है।"

लल्ली हूँ-हूँ में सिर हिलाती रिद्धि से सहमत हो रही है, पर आँखें जो ढूँढ़ रही हैं, वह कहीं नहीं मिलता। सब कुछ बदल गया है। जो नहीं बदली, वे त्रिकुटा पर्वत की चोटियाँ हैं, जहाँ माँ वैष्णव देवी का थान है, जो पहले भी था, अब भी है। यही सुकून देता है मन को, आजकल। बाकी सब बिखर गया है।

"बदलना तो वक्त की सच्चाई है।" केशवनाथ दार्शनिक होते जा रहे हैं। शुक्र है, राज्ञा, दुलारी, प्रेम और दुलारी की बेटी रिद्धि उन्हें घेरे रहती हैं, खासकर रिद्धि, जो उन्हें भीतर से खींचकर बाहर की दुनिया में ले आती है।

रिद्धि वीमेन्स कॉलेज में इतिहास पढ़ाती है। गए वक्तों को खोदना उसका शौक है। क्या पता कोई नायाब चीज़ हाथ आए, किसी खँडहर में दबी-छिपी कोई अमूल्य धरोहर।

लल्ली ने जम्मू की पहचान की बात छेड़ी और रिद्धि को इतिहास में घूमने का रास्ता मिल गया। ज़ाहिर है नानू से ज्यादा जानकार और फुरसती आसपास कौन मिलेगा, जिसे इस यात्रा में शामिल किया जा सकता है ? नानू ने ही बताया है कि संस्कृत के दागीरथ (दो झील) शब्द से डोगरा शब्द बना है। डुग्गरों के इस देश में, मानसर और सिरोइनसर, दो झीलें जो प्राचीन काल से रही हैं।

"नानू ! हड़प्पा सभ्यता का क्षेत्र रहा है जम्मू, साक्ष्य बताते हैं। वक्त ने इस शहर को भी उखाड़ा-पछाड़ा। कितना कुछ ढका-दबा होगा, वक्त के मलबे के नीचे। जिस पर रौशनी नहीं पड़ी !"

"हाँ रिद्धि, डुग्गर राजाओं की वीर गाथाओं और आक्रमणकारियों की दहशतनाक बरबरताओं से अटी पड़ी है जम्मू की धरती।"

"तेरह सौ अट्ठानवें ईस्वी में, तैमूर के हमले के बाद तो जम्मू का विध्वंस ही हुआ था।" नानू को भी इतिहास खँगालने का कम शौक नहीं।

"हाँ नानू ! मुगलों के पतन के बाद रणजीत देव ने इसे फिर से बसाया था, जो ज़ाहिर है, रेती में फसल उगाने-सी कठिन मुहिम रही होगी।"

"ठीक कहा रिद्धि, रणजीत देव की बहादुरी, सूझबूझ और राजनीतिक क्षमता से, डुग्गर प्रदेश का भाग्य बदल गया। सोचो तो, डोगरों के बाईस सेनानायकों को अपने अधीन कर, उसने कमान सँभाली। पंजाब के मुगल शासक ज़कारिया खान ने शक की बिना पर उन्हें बारह वर्ष की कैद दी। यह तो जलंधर के गवर्नर अदीना बेग खान ने, दो लाख जुर्माना अदा करने पर उन्हें रिहा किया, वरना प्रदेश के हालात ही बदल जाते।"

"एक बात मुझे हैरत में डालती है, नानू ! पंजाब में मुगल शासकों की पूँछ मौजूद होते हुए भी रणजीत देव का राज्य कैसे बना रहा ? और वह भी खूब सम्पन्न राज्य ?"

"इसमें आश्चर्य क्या है बेटी ? राजे किसी भी मूल्य पर अपना राज्य सँभालना जानते थे।"

"मूल्य होते थे तब ?" रिद्धि टटोलती है नानू को, "आजकल तो कम-से-कम राजनीति में उठापटक, षड्यन्त्र, मोल-भाव और धींगामुश्ती ही है। मूल्य-वूल्य तो नज़र नहीं आते।"

"सियासत में, यह सब पहले भी था रिद्धि। राजाओं की अपनी चाणक्य नीतियाँ थीं। पर जनहित भी देखा जाता था। रणजीत देव को ही देखो। अहमदशाह दुर्रानी ने जब पंजाब पर हमला किया, तो रणजीत देव ने उसकी मदद की, सुखजीवन मल के खिलाफ। यह तो राजनीति ही थी। अहमदशाह ने भी खुश होकर उन्हें जागीरें बख्शीं।"

"राजनीति या मौके का फायदा ? यह मौके का फायदा तो नानू सिक्खों ने भी उठाया। जब रणजीत देव की मृत्यु के बाद उनके भाइयों में झगड़े हुए, उन्होंने जम्मू पर हमला बोल दिया। यों यह भी कहा जाता है कि भीतर के षड्यन्त्रों से थककर, रणजीत देव ने 1803 में अपने राज्य को सिक्ख़ स्टेट के साथ मिलाया।"

"भोभाजी, अगर मैं गलत नहीं हूँ तो सबसे ज्यादा हालात का फायदा उठाया गुलाब सिंह ने।"

"गुलाब सिंह में गजब की सूझ थी, बहादुर तो वह था ही। सिक्खों ने जम्मू पर हमला किया तो गुलाब सिंह ने बड़ी वीरता दिखाई। उस वक्त उसकी उम्र सिर्फ सोलह साल की थी।" केशवनाथ गुलाब सिंह की बहादुरी की दो-चार मिसालें देते हैं।

"तभी तो महाराजा रणजीत सिंह उस पर मेहरबान हुए। उसे अपनी सेना में ले लिया। मोज्य कूर त तोमलस बाहत्रक[1], इसे ही कहेंगे न ? उसे भी और उसके भाइयों को भी जागीरें दीं। ये मेहरबानी कुछ ज्यादा ही नहीं थी क्या नानू ? गुलाब सिंह को

---

1. माँ, बेटी और चावल के बारह त्रक। एक्त्रक—छह सेर।

जम्मू दे दिया, ध्यान सिंह को पुंछ और सुचेत को रामनगर की सौगात।

"यह क्यों भूलती हो कि गुलाब सिंह ने रजौरी के आगाखान को हराकर राजा को खुश भी कर दिया था। कश्मीर में वह सिक्ख राज्य की तरफ से गवर्नर रहा तो वहाँ भी अपनी बहादुरी का सिक्का जमा दिया।"

केशवनाथ गुलाब सिंह की कीर्तिगाथा गाते थकते नहीं। लेकिन रिद्धि को गुलाब सिंह की नैतिकता समझ नहीं आती।

"नानू। एक बात तो साफ है कि गुलाब सिंह किसी से बँधकर नहीं रहे। कभी सिक्खों का साथ दिया, कभी अंग्रेज़ों का, कभी दो के बीच मध्यस्थता की, कभी तटस्थ रहे। एक बहादुर सैनिक की यह कैसी नैतिकता थी।"

रिद्धि के प्रश्न केशवनाथ को प्रोफेसर की सीट पर बिठा देते हैं। आखिर शिक्षक रहे हैं उम्रभर, यह सच कैसे भूल सकते हैं ?

"नैतिकता, देशकाल और स्थितियों से जुड़कर अर्थ ग्रहण करती है रिद्धि, इसे सामयिक सन्दर्भों से जोड़कर नहीं देखोगी तो महाभारत में श्रीकृष्ण और रामायण में श्रीराम की भूमिका में भी खुड़पेंच निकालोगी।"

महाभारत, रामायण रिद्धि छोटी थी तो नानू से बड़े बेहूदे प्रश्न पूछती थी, "नानू ! सूरज को मैं बुलाऊँ तो क्या वह मेरे पेट में आ जाएगा ?"

लल्ली चाय लेकर आई। खुशबूदार कहवा !

"लो, चाय पी लो ! कतलम्मे ताज़े हैं। वो सत्थू का 'राम काँदुर' था न, जिसे मिलिटेंटों ने बेदर्दी से मारा था, उसके लड़के ने यहीं त्रिकूटानगर में नानबाई की दुकान खोली है। क्यों खामखाह गुलाब सिंह के पीछे पड़े हो ?"

"लो ! इसमें पीछे पड़ने की क्या बात हुई ? गुलाब सिंह जम्मू-कश्मीर में डोगरा राज्य के संस्थापक रहे हैं। उनकी नैतिकता पर सवाल उठा रही है रिद्धि। लाओ कतलम्मा, देखूँ कैसा बना है।"

"सवाल तो उठा है नानू, जवाब दीजिए ?" रिद्धि थोड़े मानेगी।

"जवाब तो इतिहास में ही है बेटी। रणजीत सिंह का लाड़ला रहा गुलाब सिंह, पर उनकी मृत्यु के बाद सिक्ख सरकार ने गुलाब सिंह के साथ अच्छा बर्ताव नहीं किया। ईर्ष्यावश ! जवाहर सिंह ने तो उसे नज़रबन्द भी करवाया।"

"हाँ, यह तो सुना है, बाद में दीवान ज्वाला सहाय ने उन्हें छुड़वा दिया था।"

"छूट तो गए, पर नज़रबन्दी का दंश तो रहा होगा। तभी वह अंग्रेज़ों का दोस्त बना। सेना को अफगानिस्तान पर आक्रमण के लिए जाने की इजाज़त देकर, अंग्रेज़ों की मदद की। लेकिन उसने सिक्खों के साथ गद्दारी नहीं की। बल्कि सुबराऊँ की लड़ाई में अंग्रेज़ों और सिक्खों के बीच मध्यस्थता करके, दोनों को खुश कर दिया। तभी तो 1846 में महारानी ज़िंदान ने, उसकी ताकत और बहादुरी को पहचानकर उसे पंजाब का प्रधानमन्त्री बनाया।"

"हाँ, नानू ! उधर अंग्रेज़ भी गुलाब सिंह की ताकत समझते थे, तभी उन्होंने

उनसे समझौते भी किए।''

''और 1846 की दो सन्धियों ने उत्तर भारत का नक्शा बदल दिया।''

रिद्धि जानती है कि 9 मार्च '46 का अंग्रेज़ों से किया समझौता सिक्खों की मजबूरी थी। सिक्खों पर अंग्रेज़ों का एक करोड़ रुपयों का कर्ज था, जिसके एवज़ में उन्होंने कश्मीर, हज़ारा, व्यास और सिन्ध का कुछ हिस्सा अंग्रेज़ों को देकर मुक्ति पाई।

पर 16 मार्च '46 को, अंग्रेज़ों और गुलाब सिंह के बीच हुए दूसरे समझौते के पीछे गुलाब सिंह के 'सम्राट' बनने की महत्त्वाकांक्षा थी। तभी उसने 75 लाख नानकशाही रुपयों में, अंग्रेज़ों से कश्मीर खरीद लिया।

''नानू ! मुंशी* मुहम्मद फौक (इतिहासकार) ने ठीक ही कहा है कि 1846 में 11 लाख कश्मीरियों को अमृतसर ट्रीटी के मुताबिक 75 लाख में खरीदा गया।''

''केशवनाथ सिक्के का दूसरा रुख देखना भूलते नहीं।''

''फ़ौक अपनी जगह ठीक हैं, पर यह भी सही है कि 9 नवम्बर '46 को जब गुलाब सिंह ने कश्मीर में कदम रखा तो वादी में तीन चौथाई हिस्सा पानी, और बाकी बचे शहर के लोगों की दर्दनाक खस्ता हालत देखकर उसने ज़रूर सोचा होगा, कि मैंने क्या पाया ? लेकिन कश्मीरियों ने गुलाब सिंह का स्वागत ही किया। वे उस वक्त के गवर्नर, शेख इमामुद्दीन के जुल्मों से आजिज़ आ चुके थे। चावल महँगा हो गया था, और कारोबार पर लड़ाइयों ने बुरा असर डाला था। वे मुक्ति चाहते थे।''

''मुक्ति मिली उन्हें ?'' रिद्धि के मन में शंका है।

''किसी हद तक ! हाँ !''

''पता नहीं नानू ! कश्मीरी अफगानों के जुल्म से दुखी होकर सिक्खों की शरण में गए, सिक्खों ने उनको अफगानों-पठानों के जुल्मों से मुक्ति दिलाई, पर खुद भी वे कहाँ अच्छे शासक बन पाए ? फिर डोगरों ने उन्हें खरीदा...भेड़-बकरियों की तरह।''

नई पीढ़ी की आज़ाद सोच ? सीधी-सच्ची। केशवनाथ को अच्छा लगता है, पर इतिहास इतना सीधा-सच्चा कहाँ है ? वे रिद्धि को कश्मीर के इतिहास में दोबारा लौटाते हैं, ''बिना पूर्वाग्रह के देखो इसे।''

''नानू ! महाभारत काल से या उससे भी पहले रामायण युग् से कश्मीर के होने के आर्कियालोजिकल साक्ष्य हमें मिले हैं। यहाँ बेशुमार राजे-महाराजे हुए। कई राजाओं को तो कल्हण ने 'पंच त्रिंश महीपाला विस्मृति मध्य सागरे', कहकर अनाम-अदेखा रखा। पर ईमानदारी से कहूँ तो हिन्दू सम्राटों में मुझे सातवीं शती के ललितादित्य मुक्तापीड और आगे अवन्ति वर्मन ही महान शासक लगे हैं। किसी हद तक कोटा रानी भी और मुस्लिम काल में सुलतान ज़ैनुलाबद्दीन। बाकी या तो कमजोर शासक रहे या षड्यन्त्रों-कुचक्रों में लिप्त महत्त्वाकांक्षी। दिद्दारानी सशक्त महारानी थीं, पर वे भी अपने ही कुचक्रों और स्वार्थ-लिप्साओं के कारण अपनी बनाई सीमाओं की बलि चढ़ गईं और प्रदेश की दुर्गति का एक कारण बन गईं।''

''दुनिया में कुछ ही क्षेत्र शासन के विषय में कश्मीर से अभागे रहे हैं रिद्धि।''

केशवनाथ ने विन्सेंट-ए-स्मिथ को कोट किया।

"नीलमत पुराण पढ़ो, राजतरंगिनी देखो, तो जितनी उथल-पुथल विभिन्न संस्कृतियों का घालमेल, बाहर के आक्रमण और भीतरी षड्यन्त्र कश्मीर के इतिहास में मिले हैं, उतने अन्य दुर्लभ हैं। फिर भी हमने पूरे भारत में ही नहीं, विश्व संस्कृति में अपने अस्तित्व की छाप छोड़ी है, इसमें भी दो राय नहीं।"

"हाँ नानू ! विभिन्न धर्म, विभिन्न संस्कृतियाँ यहाँ पलीं। गोनन्द के शासन से लेकर डोगरों के शासन तक ! पहले हिन्दू राज्य में हिन्दू धर्म फिर कुषाणवंशियों ने बौद्ध धर्म फैलाया, कार्कोटवंशीय ललितादित्य ने हिन्दू धर्म का पुनरुत्थान किया, बौद्ध धर्म के प्रति भी सहिष्णु रहे, आर्गे, हर्ष, दिद्दा से कोटा रानी तक के राजे राजनीतिक सामाजिक पतन की ओर चले गए, गोकि संस्कृताचार्यों, शैवाचार्यों, मम्मट, अभिनवगुप्त से लेकर, कल्हण-बिल्हण तक अनेक विद्वान कवि, साहित्यकार और इतिहासकार हमने पैदा किए। शाहमीर, रिंचन शाह से जो इस्लाम युग शुरू हुआ, उसने भी ऋषि सूफी परम्परा के ललद्यद और नुन्द ऋषि दिए, लेकिन सिकन्दर बुतशिकन और सुह भट्ट भी यहीं पैदा हुए, धार्मिक उन्माद भी यहीं फूटा—ज़ैनुलाबदीन बड़शाह जैसे कितने पैदा हुए ? और अब लोकतन्त्र में सम्राटों से मुक्ति तो मिली पर नए नेताओं ने तो निरंकुश सम्राटों को भी पीछे छोड़ दिया।

केशवनाथ, खिड़की से सटी इकज़ोश की लाल-सफेद फूलोंवाली बेल को हवा में लहराते देखने लगे हैं, और थककर चुप हो गए हैं। वर्तमान का ज़िक्र उन पर मनों बोझ लाद देता है। लोकतन्त्र में भूमिहीन किसान को काश्त के लिए ज़मीन मिली, आर्थिक सुविधाएँ और ऋण योजनाएँ भी बनीं, गोकि बिचौलिए ज्यादा फायदे में रहे, पर मनों में जो ज़हर भर गया, उसने तो कश्मीरियत की नींव ही हिला दी। जो कभी न हुआ, वही अब हुआ।

कमला संवाद को अपनी हदों में ले आती है। उसे अच्छी नहीं लगती सियासी बातें। सियासत ने क्या दिया है उसे ? अपने घरबार से दूर फेंक दिया।

यहाँ रहते भी प्राण विष्णु वाटिका में बसते हैं। वितस्ता की याद सीने में हौकें भरती है। नींद खुलते ही दर्शन कर लेती थी, अब यहाँ कहाँ ढूँढ़े वितस्ता को ? दूर-दूर तक, बने-अधबने सीमेंट-कंक्रीट के मकान-चौखटें। यहाँ-वहाँ दो-चार पेड़-पौधे। चिनार-वीर की छाँह तो सपना हो गई। जाने मेरे गणेश मुझे भूल क्यों गए ? यहाँ न सुबह-शाम गणेश मन्दिर से आते आरती के स्वर, न नदी की कलकल। पाँखियों के स्वर भी बेगाने लगते हैं।

लल्ली शिकायत नहीं करती, सिर्फ जम्मू का पुराना पहचाना चेहरा खोजती है। जुड़ाव के लिए कोई पुराना तार, या उस खोए चेहरे से जुड़े अपने अतीत हुए आत्मीय जन, दोस्त, सखियाँ। कौन जानें ?

"पहले-पहले, जब 'दरबार मूव' में बाबू जी के साथ जम्मू आती थी, तब जम्मू जुलाका मुहल्ला, मस्त गढ़, बावड़ा बाज़ार, पक्का ढंगा और ढक्कियों का शहर था।

पक्की ढक्की में, हम सरदार अतर सिंह की कोठी में किराए पर रहते थे, अतर सिंह की बीवी के साथ रोज़ सुबह 'पीर खो' जाया करते। तवी पार कर, बाहू किले के मन्दिर चले जाते। वटों पर छरछर बहती नदी में घुटनों-घुटनों भीगते। कितने बेफिक्र दिन थे वे...कितना अपनापन था उनके साथ।''

लल्ली की आँखों में बीता समय जी उठता। वहाँ बटों की घुमावदार गलियों से गुज़रते, हलवाइयों के दूध भरे कड़ाह खौलते रहते और दबारों-बल्लों की सौंधी महक, नथुनों में घुसकर मुँह में पानी भर देती। नहर के खूब स्वच्छ पानी में ठंडे किए आम चूसते परिजन होते। 'पीर खो' की नीम अँधेरी गुफा में, अगरु गन्ध और धूप-दीप के बीच, फूलों से लदे शिवजी पर लल्ली, माँ के साथ गुलाब की पत्तियों से ऊँकार बनाया करती...। वहाँ शिव मन्दिर और रघुनाथ मन्दिर के मेलों में, टिकुली बिंदलू से सजी, ढेर-ढेर चूड़ियाँ छनकाती, कैलाश और भाषी होती, शनील के लम्बे कुरतों और सुथनों से सजी-सँवरी गर्बीली डुग्गर स्त्रियाँ...

वहाँ शादी के रतजगे में थानेदारों की नकल करती, शर्मीली बहनजी होती, जो दाढ़ी-मूँछ से सजी, डंडा घुमाते, अचानक पेंट में से कपड़े से बना पुरुष का प्रतीक निकालकर, महिला मंडल को चौंका-लजा देती। 'हाय बेशर्मिए।' 'ओए मरजानिए', 'फिटे मुँह तेरा'। और घुटे-दबे ठहाके होते।

वहाँ मीना की मीठी, बादलोंभरी आवाज़ होती, ''गोरी दा चित्त लागा, छम्बे दियाँ धाराँ/तू चल हाँ जिंदे चलिए, चम्बे दियाँ धाराँ...।''

बरसात की रिमझिम-सी आवाज़ ! उस आवाज़ के सोज़ से खिंचे आते थे ठाकुर अतर सिंह। जाने कहाँ होंगे वे आज ?

दुलारी शादी के बाद से जम्मू में ही रही। यहीं गाँधी नगर में घर भी बनाया। उसके देखते पिछले चालीस वर्षों में काफी कुछ बदल गया।

''ठाकुर अतर सिंह की बीवी कई साल पहले गुज़र गई। अतर सिंह ने पत्नी की मुँहबोली बहनजी से तभी शादी कर ली थी, माँ ! पर अतर सिंह भी दो साल पहले एक्सीडेंट में गुज़र गया।''

लल्ली को धक्का लगा, ''बहनजी और बच्चे अब कहाँ हैं ? कभी चलेंगे वह कोठी देखने। पता नहीं बच्चे मुझे पहचानेंगे भी या नहीं। तुम्हारी उम्र के ही थे।''

दुलारी चिकिचाई। क्या कहें माँ से ?

''क्यों नहीं पहचानेंगे ? मगर अब वे यहाँ नहीं रहते। बड़ा लड़का तो आर्मी में गया था, छोटा घर बेचकर दिल्ली चला गया।''

''ओ। और बहनजी ?'' लल्ली अपने भरोसे की पूँछ पकड़े बैठी है। कुछ तो बचा हो उस रोशन देहरी में। जहाँ बीजी बन्दरों को रोटियाँ खिलाती थीं, अतर सिंह की बैठक से आती गज़लों की लरज़ती आवाज़ें, पास-पड़ौस को और पास खींच लातीं। दिनभर चूल्हे में आँच सुलगती रहती...।

''बहनजी भी छोटे के साथ चली गई। घर तो लगभग ढह-सा गया था, उसे

धर्मार्थवालों को दे दिया। दरअसल बीजी के जाते ही घर बिखरने लगा था...''

माहौल भारी हो गया। हवा जैसे अचानक थम गई। लल्ली उदास हो गई।

''ओ नानी ! किस सोच में पड़ गईं ? तुम्हारे देखते, पचपन में एडमंड हिलेरी और तेनसिंह नोरके ने ऐवरेस्ट की चोटी पर झंडा फहराया। '69 में नील आर्मस्ट्रांग और एडविन आलड्रिन ने अपोलो ग्यारह में बैठकर आकाश को खंगाला। तुम अभी भी साठ साल पीछे के समय में भटक रही हो। तुम उँगलियों पर जोड़कर हिसाब करती थीं, अब कलक्युलेटर, कम्प्यूटर हिसाब-किताब करता है कि नहीं ? समय तो आगे बढ़ता है नानी, पीछे थोड़े लौटेगा ?''

''चलो कल तुम्हें 'बागे बिहू' ले चलते हैं, देख लेना, बाहू किले के दामन में कैसा शालामार-निशात सा बाग बना है। वहाँ सीढ़ियाँ फाँदकर सीधे किले के मन्दिर तक जा सकती हो। अब नदी पार कर पहाड़ नहीं चढ़ना होगा, गाड़ी पार्क तक चली जाती है। तुम बीते वक्त में जीना छोड़ दो नानी।''

''हाँ बेटी ! गया वक्त कहाँ लौटता है ? उसकी क्या शिकायत ?''

लल्ली-कमला दोनों पर विराग-सा छा गया है, वक्त ने कितना कुछ छीना है हमसे। बच्चे पाना देखते हैं, छिनना उनकी समझ में नहीं आता।

''पहले रोज़ी-रोटी के लिए पंडित घर से दूर हो गए। दिल्ली, जम्मू, लखनऊ, आगरा, देश-विदेश कहाँ-कहाँ न गए। घर भी बनाए, पर अपना घोंसला, अपनी पहचान तो बरकरार थी। अब तो घर से खदेड़ दिए जा रहे हैं। अब लौटना कहाँ होगा ?''

केशवनाथ सुनते हैं, लल्ली-कमला के शोकगीत। सोचते हैं, इन्हें समझाना चाहिए, ढाढ़स बँधाना चाहिए। वे क्या नहीं जानती कि हम, डॉक्टर, इंजीनियर, वकील, प्रोफेसर, साहित्यकार और वैज्ञानिक बनकर, देश-विदेश में अपनी जगह बना चुके हैं, बना रहे हैं ? घर में कूपमंडूक बनकर ही बैठते तो....?

लेकिन केशवनाथ अब कुछ नहीं कहते-सुनते हैं, देखते हैं, और सोचते हैं। सोचते देखते थक जाते हैं, तो आँख बन्द कर लेट जाते हैं।

इस तरह लल्ली-कमला के विषाद से और प्रेम के तुर्श सवालों से बच जाते हैं, पर बन्द पलकों के पीछे जो दस्तकें आती हैं, उनसे बच नहीं पाते केशवनाथ। उन दस्तकों में दृश्यों का कोलाज है, पहाड़, पेड़, झीलें और तराइयाँ हैं। झील डल को ताकता महाराजा हरीसिंह का 'लेक पैलेस' है, खिलवत्तरों और आसमान की ओर उचकते कमल-गुच्छों के बीच झाँकता कोतरखान है, जिसकी सफेद जंगले लगी सड़क ऐन झील को छू रही है। वहीं आसपास यारों के ठहाके हैं। गुल मुहम्मद के सूफिया कलाम हैं, हज़रत बल दरगाह से उठती अजान के मन को छूते सुर हैं, पिकनिकें हैं। मस्तियाँ हैं, हारी पर्वत और शंकराचार्य हैं। दृश्य महज़ नैसर्गिक विस्तार नहीं, उनमें धुएँ की तरह उठते शंका भरे प्रश्न हैं, स्मृतियों का कुहरे ढका अतीत है। हरे जंगलों के बीच घूमता पानी के भीतर काँपता, वक्त का एक अजीम टुकड़ा है, जिसकी महक मज्जा तक धँसी है। उससे मुक्त नहीं हो पाते केशवनाथ।

कब कौन-सा दृश्य ऐन आँखों के सामने जिन्दा हो जाए, कुछ पता नहीं लगता।

अब देखिए, कहाँ से पधारे महाराजा हरीसिंह ? हारवन के पास शूटिंग लांज में बैठे हैं, जंगल में हाँगुल का शिकार करेंगे क्या ? राजाओं के शौक। कब क्या जी में आ जाए।

यह तो होकरसर है या हीगाम ? झील पर तैरते बत्तखों पर निशाना साध रहे हैं। अभी-अभी तो पोलो ग्राउंड में पोलो खेल रहे थे। अब दृश्य में संगीत है—बेगम अख्तर है, सिद्धेश्वरी बाई या मल्लिका पुखराज ? "अभी तो मैं जवान हूँ...नहीं नहीं...अभी नहीं, अभी तो मैं जवान हूँ...।"

महफिल में सुरूर है, सोज है। मौत से फुरसतें माँगने की इल्तजा है। आवाज़ें वादी में गूँज रही हैं...

अरे ! यह क्या, आवाज़ें अचानक थम क्यों गईं ?

दृश्य पर अचानक काली रात छा जाती है। रात के अँधेरे में हरीसिंह एक छोटे से कारों के काफिले के साथ बानिहाल पार कर रहे हैं। वैगन में व्हील चेयर के साथ इकलौता युवराज और महारानी तारा देवी...स्टाफ अफसर और गनमैन साथ जा रहे हैं।

झील को निहारता पैलेस, पानी में परछाइयाँ देखते सफेद सिर, बुजुर्ग पहाड़, लहरों पर थिरकती बत्तखें, राजपाट, आधिपत्य और पुरखों की विरासतें पीछे छूट रही हैं। वे नहीं जानते, कि घर वापसी होगी कि नहीं। जानते हैं, कि कश्मीर उन्होंने खो दिया है ! अँधेरी रात में राजा का खोया साम्राज्य झील में काँप रहा है।

"ऑनरेरी लेफ्टिनेंट जनरल हिज़ हाईनेस, राजराजेश्वर महाराजाधिराज, श्री महाराजा सर हरीसिंह जी बहादुर, इन्दर महेन्दर, सिपारे सल्तनते इंगलिशिया...जिनके राजतिलक में, हीरों-मोतियों के खज़ाने खोले गए थे, जिनके घोड़े को सात लाख रुपए के इमरेल्डों से सजाया गया था...जेहलम से चकवारी में गुज़रते, जिनकी झलकभर पाने पूरी वादी उमड़ आती थी, 27 अक्तूबर की रात, चोरों की तरह वादी से दूर जा रहे हैं।"

यह 1949 का कौन-सा मनहूस दिन है ? महाराजा दिल्ली बुलाए गए हैं। महाराजा को अभी भी उम्मीद है। इतनी आसानी से पुरखों का साम्राज्य कैसे खो देंगे वे ? नेहरू, पटेल, महाराजा को बदलते हालात का असली चेहरा दिखाते हैं, "कुछ समय राज्य से बाहर रहिए, यही राष्ट्र-हित में होगा।"

यानी राजा को भी रुक्का मिला है निष्कासन का। औपचारिकताएँ निभती हैं ! कर्णसिंह रीजेंट बनेंगे, पिता की सम्पत्ति की देखभाल करेंगे, प्रोक्लेमेशन पर हस्ताक्षर हो रहे हैं। और अलविदा। खुश रहो अहले चमन। अब हमें सफर करना है।

हरीसिंह बंबई जा रहे हैं, तारादेवी कसौली ! बेटा कर्णसिंह विष्णु सहाय के साथ कर्ण महल में रहेंगे !

एक आशियाना वक्त की आँधी ने ढहा दिया। एक युग का अन्त ! गर्वीले राजा ने वक्त की माँग को नज़रअंदाज़ कर दिया, पर वक्त तो आँधी-तूफानों से भी ज्यादा निष्ठुर है।

लेकिन जो हुआ, उसमें राजा की जितनी भी हिस्सेदारी-जवाबदारी थी, इतिहास में दर्ज हो गया। अच्छा-बुरा, किया-धरा।

कैसा लगा होगा, राजा को अपनी विरासतों से एकदम कटकर दूर जा छिटकना ? राजसी आन-बान और हर अदा पर कोर्निश करती हवाएँ। किसने तोड़ा होगा एक गर्वीले राजा को ?

क्या महज़ राजपाट ही छिन गया राजा का ? उसकी पहचान उसके पाँव के नीचे की धरती, उसकी हवाएँ, रघुनाथ मन्दिर में उसके पुरखों के अवशेष...क्या उन्हें याद नहीं किया होगा उसने ?

केशवनाथ करवट बदलते हैं। ये क्या-क्या देख रहे हैं वे आजकल ? कितनी दूर चले जाते हैं ? चारों ओर बिखराव और रेत नज़र आती है। कर्मफल सबको मिलता है, अपने कर्जों का फल, बोया-काटना पड़ता है। लेकिन अल्पसंख्यकों के पूरे वर्ग ने ऐसा क्या बोया कि मुट्ठीभर धरती भी खो दी ?

नए लोकतन्त्र की नई हवा हमें क्यों रास नहीं आई ? मोतीलाल साकी ने कहा था—

'छि असुवुन्य त गिंदवुन्य यि सोन्य पोशवॉर
मोलुल मोखतॅ, इल अथ, वोगुन्य रोज़ि कॉर...'[1]

लेकिन हमारा सिर क्यों झुक गया ? अपराधी कौन था। यह जंग के गर्दोगुबार क्यों छा गए वादी पर ?

नादिम साहब[2] ! आज कौन-सा गीत गाओगे तुम ?

केशवनाथ अँधेरे में आँखें उघाड़े देख रहे हैं, कई-कई शायर अदीब। एक बड़े स्टेज पर सिर झुकाए बैठे हैं। अपनी आवाज़ों से वादी को गुँजानेवाले, खामोश-गूँगे क्यों हो गए ? मुहम्मद अमीन कामिल अब क्यों नहीं कहते, समुत करुन छु नेक खोय कुनुए बनिव, कुनुय बनिव ?[3]

क्या वे भी कलिशनिकोवों से डरकर गूँगे हो गए ?

डर हवाओं में है। केशवनाथ महसूसते हैं। डर हमें मौत से पहले मार देता है। लेकिर डर क्या सिर्फ अपनी जान के लिए ही होता है ?

केशवनाथ चिट्ठियों का इन्तज़ार करते हैं। कात्या का रोज़ फोन पर हाल पूछते हैं। वादी के हाल, वितस्ता के हाल ! अखबारों में सिर दिए बैठे रहते हैं।

यहाँ मौतें, वहाँ धमकियाँ, उधर बम फटने के समाचार ! प्रेम तो चलता-फिरता अखबार है।

"मुफ्ती मुहम्मद की बेटी, डॉ. रूबय्या सैयद को उग्रवादियों ने अगुवा कर लिया है। दिन-दहाड़े ! दिन के साढ़े-तीन बजे। नीली मारुति वैन से तीन आदमी उतरे। लोगों

---

1. यह हमारी हँसती-खेलती पुष्पवाटिका, हमारा वतन ! बेशकीमती मोतियों जड़ा हमारा झील डल ! यहाँ हमारा सिर सदा ऊँचा रहेगा। 2. दीनानाथ नादिम। 3. मिलकर रहना नेक इरादा है, एक हो जाओ।

में गुस्सा है। रूबय्या को आज़ाद करो।''

केन्द्र में नेशनल फ्रंट सरकार त्रस्त है। गुजराल साहब, आरिफ मुहम्मद खान और कई इंटेलिजेंस अफसर श्रीनगर गए हैं।

उग्रवादी रूबय्या के बदले पाँच खूँखार उग्रवादियों की रिहाई चाहते हैं।

''प्रेम ! कात्या को फोन मिलाओ।'' केशवनाथ का चेहरा पीला पड़ रहा है। आवाज़ काँपने लगती है। फिर डर ? क्यों डरते हैं केशवनाथ ? ताता अक्सर एक श्लोक सुनाते थे। ठाकुरद्वारे में रोज़ गुनगुनाया जानेवाला श्लोक–

'स्वात्मनि विश्वगते त्वयिनाथे, तेन न संसृति भीतेः कथास्ति, सतःस्वपि
दुर्धर दुःख विमोह त्रास-विधायिशु कर्म गणेशु।'[1]

चट्टान से अडोल ताता के बेटे केशवनाथ, किस डर से विचलित हो रहे हैं ? लेकिन डर रहे हैं केशवनाथ। 'त्रिजटाधर गंगाधर, शंकर रोज़ साने' पद गानेवाली लल्ली का दिल भी बैठा जा रहा है। हे भगवान ! मेरे बच्चों की रक्षा करना।

कात्या फोन पर तसल्ली देती है, ''चिन्ता मत कीजिए बाबू जी, हम बिल्कुल सुरक्षित हैं। अस्पताल में सुरक्षाकर्मी हैं। अपनी सेहत का ख्याल रखिए। मुझे आपकी चिन्ता रहती है।''

टी.वी. पर रूबय्या माँ से लिपटकर रो रही है। ललद्यद मेमोरियल अस्पताल में इंटर्नशिप करती, तेईसवर्षीय खूबसूरत रूबय्या घर लौट आई है।

केन्द्र ने मिलिटेंटों की माँगें मंजूर की हैं। मिलिटेंट खुशियाँ मना रहे हैं, मिठाइयाँ बँट रही हैं, नारे लग रहे हैं–

'जो करे खुदा का खौफ, उठा ले कलिशनिकोव।'

'डॉन' अखबार ने अगुवा कोड के बारे में लिखा है, 'इट वाज़ ए ब्लफ, दैट वर्क्ड !'

प्रेम दाँत पीस रहा है, ''इतना बड़ा राष्ट्र, कैसे इन नेताओं के भरोसे चल रहा है। इट्स एट्थ वंडर टु मी।''

केशवनाथ कोई टिप्पणी नहीं करते। दिन अपनी रौ में गुज़रते जा रहे हैं। खुशी, गमी, खून-खराबे से तटस्थ ! वादी उफन रही है।

19 जनवरी, 1990 ! जगमोहन एक बार फिर प्रदेश के गवर्नर बने हैं। जम्मू में पद सँभाला है। यहाँ उनका खूब स्वागत हो रहा है। पर फारूख साहब ने इस्तीफा दे दिया है।

केशवनाथ फिर हैरान हो जाते हैं, ''अट्ठासी में तो, अगर मुझे ठीक से याद है, फारूख ने जगमोहन की तारीफ की थी, कि उसने कई विकास-कार्य किए। तन्त्र में सुधार लाने की कोशिशें कीं। लोग भी उनसे खुश थे।''

---

1. (स्वात्मिन श्लोक का अर्थ) हे नाथ, भयंकर दुख और मोह उत्पन्न करनेवाले कर्मों के जाल में फँसे हुए आपके भक्त, इस भावना से, कि विश्व आपका ही रूप है, अतः वे संसार के क्षणिक दुखों से डरते नहीं हैं। क्योंकि भय तब होता है, जब दूसरा हो, जब आपके बिना दूसरा है ही नहीं, तो डर कैसा ?

"तब से अब तक कितना पानी झेहलम के नौ पुलों के नीचे से बहा, भोभाजी ?" प्रेम प्रति प्रश्न करता है।

"हाँ ऽऽ ! इस वक्त झील डल के सँवरे चेहरे और वैष्णव देवी के थान की जगर-मगर रौशनियाँ कौन देख रहा है ? कानों में तो बन्दूकों की सदाएँ गूँजती रहती हैं।"

जगमोहन के आते ही हालात भड़क उठे। सिर मुँड़ाते ओले ! रात के ग्यारह बजे टेलीफोन की घंटी बजती है। प्रेम फोन सुनता है, चेहरे का रंग बदलने लगता है। केशवनाथ को कुछ गड़बड़ लगती है। इस वक्त कौन है ? फोन पर। इकबाल दर के बेटे रमेश की आवाज़ काँप रही है।

"भाई साहब ! इधर चारों तरफ हल्ला मचा हुआ है। जेहाद के नारे उठ रहे हैं। मस्जिदों के लाउडस्पीकरों से ला-इलाहा-इल्लाह की आवाज़ें धमकी की तरह उठ रही हैं। लोग सड़कों पर उतर आए हैं। सड़कों पर आग की लपटें हैं, घर अँधेरे में डूब गए हैं। पता नहीं हमारा क्या होगा ? अब सुबह देखना नसीब हुआ तो घर छोड़कर जम्मू आ जाएँगे। हमारे लिए एकाध कमरा देखकर रखें। हम सब डरे हुए हैं। पापा तो शोर से बेहोश हो गए हैं। कहीं अटैक न हो जाए।"

अगले दिनों कई घटनाएँ एक साथ घटीं। अखबार, टी.वी., रेडियो, समाचारों से पट गए।

"20 जनवरी को शहर में क्रैकडाउन ! तीन सौ आदमी शक की बिना पर गिरफ्तार। हज़ारों लोग जुल्म के खिलाफ सड़क पर उतर आए। गवाकदल में सौ प्रोटेस्टरों को गोली से उड़ा दिया गया।"

यह अचानक क्या हुआ ? कैसे हुआ ? जम्मू में भी दहशत फैल गई। समाचार आए, "भीड़ वीमेन्स पॉलिटेक्नीक, सईदाकदल, महजूर पुल, लाल बाज़ार में लूटपाट मचा रही थी, उन्हें सख्ती से तितर-बितर कर दिया गया।"

"घरों की तलाशी का हुकुम किसने दिया ? अगर दिया भी तो हज़ारों लोग आक्रामक क्यों हो उठे।" केशवनाथ ने जानना चाहा।

"भोभाजी, इस वक्त तो न जगमोहन और न फारूख ही इस तलाशी का जिम्मा ले रहे हैं। पर 16 जनवरी को फारूख श्रीनगर आए, सुना है डायरेक्टर जनरल पुलिस और सी.आर.पी. के इंस्पेक्टर जनरल से बैठक की। कहा, राष्ट्रीय मोर्चा सरकार पुलिस की अकर्मण्यता को गम्भीरता से ले रही है। आप लोग भी इस तरफ ज़रूरी कदम उठाएँ।"

19-20 की रात को घरों में तलाशियाँ ली गईं। लोग भड़क उठे। जगमोहन कहते हैं, मुझे इसकी कोई सूचना नहीं मिली, फारूख ने भी हाथ खड़े कर दिए। तो फिर किसके आदेश पर क्रैकडाउन हुआ ? किसी साजिश के तहत या मिलिटेंटों की धरपकड़ के लिए।

किसी ने कहा, बारह उपद्रवी मरे, किसी ने सैकड़ों तक तादाद गिनाई। किसी

ने कहा, पानी मत पियो, टंकियों में ज़हर मिलाया गया है...

अफवाहों और आतंक के बीच जगमोहन को अनुशासन रखने की ज़िम्मेदारी सौंप दी गई।

जगमोहन अधर में फँसे रहे। कश्मीर आर्म्ड फोर्स के चार जवान, अर्द्धसैनिक बल द्वारा मारे गए। कश्मीरं आर्म्ड फोर्स बगावत पर उतर आया। खून का बदला खून !

जगमोहन ने चुनौती स्वीकार की। पुलिस स्टेशनों में केन्द्रीय रिज़र्व पुलिस भेज दी।

प्रेम ने भविष्यवाणी की, "इस बार जगमोहन को काम नहीं करने दिया जाएगा। हर महकमे में आतंकवादी घुस गए हैं। अफवाहों और आतंक का बाज़ार गर्म है। सच और झूठ का फर्क करना मुश्किल है।"

खबरें और खबरें। मिस भुट्टो ने उग्रवादियों से कहा है, "जगमोहन को भाग-मोहन बनाओ।" उग्रवादियों को पाकिस्तान खुला समर्थन दे रहा है।

कर्णनगर से लालजी का फोन आया, "सही-गलत, सच-झूठ, आजकल कुछ समझ नहीं आता। शहर कर्फ़्यू की भयावह खामोशी में सहमा है। मस्जिदों से रात-बिरात नारे उठ रहे हैं। वार टु एंड। वे लोग आज़ादी के लिए मरने-मारने को तैयार हैं। सुरक्षाकर्मियों ने जिन आतंकवादियों को मारा है, उनके नाम पर सड़कों, गलियों के नाम रखे गए हैं। मिलिटेंट लीडर फय्याज़ अहमद डार के नाम पर सड़क का नाम 'शहीद जनरल फय्याज़ रोड' हो गया है। पता नहीं कब तक रह पाऊँगा। यहाँ..."

लालजी की आवाज़ लड़खड़ाकर बन्द हो जाती है। केशवनाथ कुछ देर चोंगा कान से लगाए, आवाज़ लौटने का इन्तज़ार करते हैं। प्रेम रिसीवर हाथ से लेकर नीचे रखता है।

केशवनाथ का शरीर तप रहा है। आँखें मुँदी-सी जा रही हैं।

"आप क्यों फोन उठाते हैं भोभाजी ? तबीयत वैसे ही ठीक नहीं है आपकी ?"

प्रेम को समझ नहीं आता, क्या कहे। कैसे समझाए भोभाजी को, कि आपकी चिन्ता से हालात सुधर नहीं जाएँगे। फोन बजता है, तो झपटकर उठा लेते हैं। टी.वी. पर समाचार, अखबारों की खबरें, हर आते-जाते से 'घर' के हाल। आज क्या हुआ ? कोई खबर ?

खबरों का जैसे टोटा है कोई।

प्रेम ने घर में सबको हिदायत दी है, "भोभाजी से अखबार छिपाके रखा करो। हर वक्त मारामारी की बातें सुनेंगे, तो सेहत और बिगड़ जाएगी। तुम लोगों को कुछ नहीं आता, तो भजन-वजन के कैसेट ही लगाया करो। कुछ तो मन शान्त रहेगा।"

भोभाजी का मन भीग जाता है। बच्चे उनकी चिन्ता करते हैं। जानते हैं कि किसी की चिन्ता से कुछ नहीं होगा। फिर भी चिन्ता से छुटकारा नहीं है। जैसे भय से छुटकारा नहीं है, बोधिसत्व हुए बिना। रोज़ बसों में भरकर भट्ट जम्मू आ रहे हैं। रुक्के मिलने के बाद भी जो घरों में डटे रहे, उन्हें घरों में घुसकर मारा जाता है। अंधेर मचा है।

वहाँ कात्या है, कार्तिक है, ढेर सारे नाते-रिश्तेदार हैं, यार-दोस्त हैं। और...

रिद्धि नानू का माथा सहलाती है।

"मैं खबरें न सुनूँ तो क्या हालात बदल जाएँगे बिटिया ?"

केशवनाथ अजीब सवाल करते हैं।

"ऐसा कैसे होगा नानू ? जो होना है वह...।"

"तो फिर मुझे अखबार पढ़कर सुना। पता तो चले, कहाँ क्या हो रहा है। केन्द्र सरकार कौन से कदम उठा रही है, कौन-सी पॉलिसी बना रही है ! बेखबर होने से बाखबर होना अच्छा है रिद्धि।"

रिद्धि नानू को समाचार सुनाती है, गोकि कोई भी कदम हालात को बेहतर नहीं बना पा रहा।

"24 जनवरी को अकाली नेता सिमरनजीत सिंह मान श्रीनगर आकर गवर्नर से कहते हैं, 'कश्मीर में ब्लू स्टार नहीं होना चाहिए।' "

"25 जनवरी को स्क्वाड्रन लीडर रवि खन्ना और चार आई.ए.एस. अधिकारी रावलपुरा बस स्टैंड पर इन्तज़ार करते मारे जाते हैं।"

"जगमोहन ने 25 जनवरी को दोपहर से ही कर्फ्यू लगा दिया है।"

"फारूख साहब का बयान अखबारों में छपा है, 'गवर्नर ने वादी में मार्शल ला जैसे हालात पैदा कर दिए हैं।' "

"होगा ! यही सब होगा ! ललद्यद ने कहा था, 'नदियाँ सूखेंगी और गन्दे नाले गरजने लगेंगे, तब बन्दरों का राज्य होगा'।"

"नानू ! क्या कह रहे हैं ?"

"वे लोग अज़रबायजान का विद्रोह टी.वी. पर दिखाएँगे, मान साहब श्रीनगर पधार पत्रकारों से बातचीत करेंगे, फोन पर गवर्नर से बात क्यों नहीं की ? आतंकवादी मोटरसाइकलों और मारुति जिप्सियों पर आकर चालीस राउंड फायर करेंगे और साफ निकल भागेंगे, बड़े से बड़े अफसरों को मारकर। पास की पुलिस चौकी पर मौजूद पुलिस तमाशा देखेगी। ऊपर से नेतागण मीनमेख निकालते रहेंगे। कोई इलाज की बात नहीं करेगा। ज़हरबाद पकता जाएगा।" केशवनाथ की साँस फूलने लगती है।

"नानू ! प्लीज़, आप शान्त होइए। आपका बुखार...!"

"नहीं, कुछ नहीं होगा। कोई जादूगर छड़ी घुमाकर 'गिलगिली छू' नहीं कर सकता। वे लोग कर्फ्यू नहीं लगाने देंगे। हत्यारों पर सख्ती नहीं करने देंगे। सीमा पार से बन्दूकें आएँगी, ए के सैंतालीस, राकेट्स, एंटी टैंक माइन्स...। बेकसूर मरेंगे। खून बहेगा। प्रोपेगंडा, रैलियाँ होंगी...।"

प्रेम डॉक्टर ले आया।

"बहुत एक्साइट होते हैं, बैठे-बैठे। समझ नहीं आता, क्या करें !"

डॉक्टर ने बी.पी. चेक किया, दवाई दी। एक एटिनालोल टेबलेट लीजिए सुबह। कुछ हिदायतें ! मन शान्त रखिए प्रोफेसर साहब ! आप समझदार हैं।

"हाँ, डॉक्टर साहब ! शान्त ही हूँ। ये लोग यूँ ही परेशान होते हैं।"

13 फरवरी को आतंकवादियों ने दूरदर्शन डायरेक्टर, लस कौल की हत्या कर दी। बीमार पिता को देखने जा रहा था। वहीं शूट कर दिया।

केशवनाथ ने सुना, तकिए की टेक लगाकर आँखें बन्द कर लीं।

दो मिनट का मौन। केशवनाथ का प्रिय छात्र रहा है, लस कौल।

लल्ली पानी ले आई। केशवनाथ ने गिलास ले लिया।

"बैठो लल्ली। मेरे पास बैठो।" इशारे से बैठने को कहा।

"चाय पिओगे ?" लल्ली को पति की खामोशी से डर लगा।

केशवनाथ की भौंहें ज़रा-सी हिलीं।

"उसने कहा था, कई साल देश-विदेश घूमा। अब अपनी जन्मभूमि का ऋण चुकाना चाहता हूँ। वह...वह...सचमुच कुछ करना चाहता था लल्ली !"

लल्ली ने देखा, केशवनाथ की बन्द आँखों में जबरन रोका आवेग थरथरा रहा है।

# मास एक्जोडस

1990 का वर्ष !

कोई छोटा शहर अचानक कैसे बड़ा हो जाता है, इसका अहसास इसी बरस हुआ था।

यों निष्कासन की शुरुआत तो पहले ही हो चुकी थी, पर इसी वर्ष बनिहाल के घुमावदार पहाड़ी रास्ते ट्रकों-बसों के उदास कारवाँ से अट गए थे। इन ट्रकों-बसों-मेटाडोरों में दहशत भरे पंडित, सहमे-सिकुड़े बच्चों-बीवियों, जवान बेटियों और जल्दी में हाथ आए बक्सों, बुगचों समेत सिर झुकाए दुबके बैठे थे। उम्रों के घरौंदे, विरासतें, नाम और साथ चली हवाएँ, पीछे छूट रही थीं।

काज़ीगुंड तक उनकी चौकन्नी नज़रें पुलिस के कुत्तों की तरह चौतरफ छिपे खतरे सूँघ रही थीं। डर से उनकी हड्डियाँ काँप रही थीं और आवाज़ें खुश्क हो गई थीं। उनकी पीठ कलिशनिकोवों के निशाने महसूस कर बार-बार इधर-उधर मुड़ने लगती थी।

वे जानते थे कि वे दोषी हैं। उन्होंने जेहादियों के 'घर छोड़ कहीं भी दफा हो जाओ' वाले हुकुमनामे पाकर भी, अपने घरों में जमे रहने का अपराध किया था।

जेहादियों की हुकुम उदूली ? जाहिर है, जेहादियों को गुस्सा आ गया था। उन्होंने गर्म इस्तरी से दागी, आँख की पुतलियाँ निकालीं, आरी से बीचोबीच काटी गईं, दस-पन्द्रह पंडितों की लाशें यहाँ-वहाँ पेड़ों पर टाँग दी थीं। कुछ बीच सड़क फेंक दीं, कुछ वितस्ता में बहा दीं। अब बोलो ! जाते हो ज़र-ज़मीन और जोरू यहीं छोड़कर, या अभी भी पाँच हज़ार साल पुरानी हिन्दू सभ्यता की बपौती क़ा मातम मनाने, यहीं पड़े-गड़े रहना चाहते हो ?

भागती बसों के साथ हवाएँ चीखती हुई दूर तक साथ हो ली थीं। जवाहर टनल पार कर बानिहाल के दामन पर ठहरकर हवाएँ मुड़ गईं। चन्द्रभागा हू हू कर रोने लगी और कीचड़ हुए रास्तों पर, पहियों के निशान बनाती बसों में लदे-ठुँसे लोगों ने, सफेद साफोंवाले पहाड़ों की ऊँचाइयों से विदा ली। वतन छोड़ने का वक्त आ गया था। गोकि वे कहाँ जा रहे हैं, आगे क्या होगा ? इसका उन्हें कोई पता नहीं था। फिलहाल वह मौत के पंजों से छूटकर खुद को बचाने की फिक्र में थे।

जम्मू शहर ने इन निष्कासितों के लिए दिल के दरवाज़े खोल दिए। बिचारे पंडत।

दूसरों को दान देनेवाले खुद भिखारी बन गए। लोगों के दिल उमड़ आए। इतिहास जाननेवालों को मालूम था, कि कश्मीर से जम्मू का सम्बन्ध बहुत पुराना है। सुलतान ज़ैनुलाबद्दीन की दूसरी पत्नी जम्मू की राजकुमारी थी और जम्मू अफगानों के सताए पंडितों की शरणस्थली पहले भी रही है। आज तो खैर, जम्मू-कश्मीर का भाग्य एक ही डोर से बँधा है।

मन्दिर, धर्मशालाएँ, यात्रीगृह, सराएँ, नए शरणार्थियों से पटने लगीं। अधबनी सराएँ, सरकारी स्कूल, अधढके अहाते, जहाँ भी सिर पर छत दिखी, पंडितों ने धोती, टाट-चद्दरें बाँधकर आड़ कर ली। भगौनों, तवों, पतीलों, कथरियों, टिन के डिब्बों-बक्सों के बीच गाँवों-कस्बों से आए अधनंगे बुजुर्ग, जवान औरतें, बच्चे-कच्चे पैर टिकाने की जगह पा गए। फिलहाल जान बचाने की सँभावनाएँ नज़र आने लगीं। एक डर पीछे छूट गया।

"लेकिन जो डर जान बचने के बाद लाखों सवालों की शक्ल में उभरता है, उससे क्या इतनी जल्दी मुक्त हुआ जा सकता है ?" विस्थापितों के आगे नए सवाल खड़े हो गए।

देखते-देखते जम्मू के आसपास, नगरोटा, झरी, मिश्रीवाला, पुरखू, तालाब तिलू, इन्दिरा नगर, एस.आर.टी.सी. में कैम्प खुल गए। मीराँ साहब फोर्स बिल्डिंग, लेबर सराय, एम.ए.एम. स्टेडियम ने भी विस्थापितों के लिए ट्रांजिट कैम्प खोल दिए और जीने का सिलसिला चल निकला।

शरणार्थी सेवा समितियाँ युद्ध स्तर पर विस्थापितों की सेवा में जुट गईं। सरकार को चेताया गया। जगमोहन खुद कैम्पों में बिलबिलाते कीड़ों की तरह रहते लोगों को देखने आए। सरकारी अनुदान से ज्यादा सेवा-समितियों ने बीड़ा उठाया, कि इन मरतों को मौत से बचाना है।

जिसके पास सफर के लिए गुंजाइश थी, वे चंडीगढ़, देहरादून, पंजाब, महाराष्ट्र तक चले गए। दिल्ली में एक खासी तादाद में विस्थापित चले आए।

लेकिन हालात कहीं बेहतर नहीं थे। दिल्ली में तीन सौ परिवारों के लिए दस कैम्प खोले गए। बाकी दस हज़ार परिवार अल्ला मियाँ के सहारे एक दर से दूसरे दर डोलते रहे। एक सौ पच्चीस रुपए के अनुदान पर, जैसा महानगर में सम्भव था, वैसा जीवन जीते रहे लोग। प्राइममिनिस्टर रिलीफ फंड के रुपए, करीब तीस लाख, कुछ ही दिनों में खत्म हो गए। आगे ?

कश्मीरी समिति दिल्ली शरणार्थियों के लिए डटी रही। यों विस्थापितों के क्या हक और क्या जीना ? कश्मीर भवन, अमर कालोनी में ट्रैंजिट कैम्प खुला। समिति ने अन्न व कुछ मूलभूत ज़रूरतें जुटाईं और सरकार को टहोकते रहे, "हमें न्याय चाहिए। हम इस देश के नागरिक हैं।"

"हमारे पढ़े-लिखे बच्चों को नौकरियाँ चाहिए। स्कूल-कॉलेज में दाखिले चाहिए, रुके वेतन चाहिए।"

"क्या हमने सेक्यूलर राष्ट्र का झंडा वादी में नहीं फहराया ?"

"क्या हम उन्हीं कश्मीरी पंडितों की सन्तानें नहीं, जिन्होंने भारतीय धर्म दर्शन शास्त्र, इतिहास और राजनीति में अपना सर्वोत्तम योग दिया ?"

"क्या अभिनव गुप्त, मम्मट, कल्हण, विल्हन, लल्लेश्वरी से लेकर नादिम तक भारतीय संस्कृति के आधारस्तम्भ नहीं रहे ?"

"क्या हमने किसी भी वक्त के दौर में जुल्म, अपमान सहकर भी, कभी ज़हर उगला ? आखिर हमें कब तक अग्नि-परीक्षाएँ देनी होंगी ?"

"कब तक अपने ही स्वतन्त्र राष्ट्र में सिर उठाकर जीना गुनाह करार दिया जाएगा ?"

उनके अनेक प्रश्न थे। दिल्ली में सेमिनार और रैलियाँ थीं, समस्याओं के निदान खोजने की मुहिम थी, पर दिल्ली राजधानी थी। उसे कश्मीरी विस्थापितों की ही चिन्ता तो नहीं थी। वह भी पंडितों की ? वे जो भी रहे सो रहे होंगे। अब तेज़ी से बदलती दुनिया में, जब हम ग्लोबल हो रहे हैं, यह पंडित, जो वोट बैंक भी नहीं, हमारे किस उपयोग के ? हमें पूरी दुनिया की चिन्ता करनी है। यानी जो दे रहे हैं लो, और बैठे रहो कैम्पों में, जियो या मरो। खड़े रहो बाल-बच्चों समेत कतारों में। धूप-बारिश में तपते-भीगते रहो। 'कब तक ?' 'जब तक हालात सुधर न जाएँ।'

"कब सुधरेंगे हालात ?" अब वे अरण्य रोदन कर रहे थे।

भला इस सवाल का जवाब कौन देगा ? आज़ादी मिलने के दिन से ही यह सवाल, बिना हल हुए पड़ा है। इस पर तब से न सोचा गया तो अब क्या सोचेंगे ?

जार्ज फर्नांडीस साहब ने कहा है, पंडित कुसूरवार हैं, उन्होंने सरकारी नौकरियों में बहुसंख्यकों का हक छीना।

इसी से आतंकवाद का जन्म हुआ है।

राजनीति के जानकार नेताओं ने, पिछले 42 वर्षों से, केन्द्र और प्रदेश सरकारों की गलतियों और असावधानियों पर पर्दा डाल दिया।

पंडित हैरान हैं, प्रबुद्ध नेताओं पर। पता तो होना चाहिए उन्हें, कि पंडित कश्मीर की आबादी का दो प्रतिशत मात्र हैं। दो प्रतिशत कितने पद ले सकते हैं ? अगर लिए भी हों, तो उन्हें पता होगा कि कश्मीर की अर्थव्यवस्था का आधार कालीन इंडस्ट्री, शाल इंडस्ट्री, पेपर मैशी, वुड वर्क, रेशम के कारखाने और टूरिज्म हैं। देश-विदेश तक फैले इस व्यापार में, कितने पंडित शामिल हैं ? मुट्ठीभर ही तो ? वहाँ किसने किसका हक छीना है ? क्या जानते नहीं, कि सैंतालीस से ही पंडित, दिल्ली से लेकर अमरीका तक नौकरियों की तलाश करते रहे हैं। सरकारी दफ्तरों, स्कूल-कॉलेज में भी, अधिकांश पंडित सफेद कालर क्लर्क और मास्टर हैं। फिर दिन-ब-दिन वादी में उनका नौकरियों में प्रतिशत कम-से-कम होता जाता रहा है। इस पर समस्या के समाधान करनेवालों ने कभी गौर करने की ज़हमत उठाई है ?

शारदापीठ के विद्याव्यसनी पंडित, इसलिए भी हैरान हैं, कि उन्होंने कभी भी

दिमाग का डिब्बा बन्द नहीं रखा। उसकी खिड़कियाँ-दरवाज़े हमेशा खुले रहे, और खुले रखने की नसीहतें दीं। फिर राजधानी के सोच की खिड़कियाँ बन्द क्यों हो गईं ?

युवा लड़के, विद्वान पत्रकारों, सिद्ध नेताओं और उत्तर आधुनिक बिचौलियों-चिन्तकों से अटी राजधानी के, वादों-इरादों और वैश्विक चिन्ताओं को समझने की कोशिश करते हुए भी समझ न पाए, कि आज़ादी के तैंतालीस सालों के बाद भी कश्मीर समस्या को समझना राजधानी के लिए असम्भव ही क्यों रहा ?

अखबारों में कभी कोई खबर आई भी अल्पसंख्यकों की, तो ज़ख्मों पर नमक ही छिड़क गई।

दिल्ली में मीडिया धुरन्धर भारद्वाज साहब ने कहा है कि पंडित बसे-बसाए घर छोड़कर राजधानी चले आए, क्योंकि उन्हें प्लाट और फ्लैट मिलने की उम्मीद थी। झा साहब भी महसूस करते हैं, कश्मीर में मिलिटेंसी का कारण पंडितों का सरकारी नौकरियों पर कब्ज़ा करना था।

पंडित सोचते हैं काश ये फतवेबाज दानिशमन्द सैंतालीस से नब्बे तक नौकरियों और शिक्षा के लिए घर छोड़ देश-विदेश भटकते पंडितों का भी कोई हिसाब रखते। जान लेते कि कैसे धीरे-धीरे पर एक निश्चित योजना के तहत पंडितों को वादी से बाहर निकलने पर मजबूर कर दिया गया। देख पाते कि फटे-बुसे टैन्टों, दरीभर कमरों, झुग्गियों में रहते लुटे-पिटे भिखमंगे लगते अपने पीछे अच्छे-खासे घर, बाग-बगीचे और लाखों की जायदाद छोड़ आए हैं।

पंडितों के उम्रभर के भरोसे टूटने लगे। काश बड़े-बड़े कूटनीतिज्ञ कश्मीर समस्या पर माथा दुखानेवाले कम-से-कम पाकिस्तान की कूटनीति और शासकों की गैर जिम्मेदारानी रवैये की कोई समीक्षा कर लेते। मान लेते कि पाकिस्तान अपने जन्म से ही कश्मीर को हथियाने की कोशिशों में देश-विदेश के समर्थन जुटाता रहा है। तीन युद्धों में हारने और बंगलादेश बनने के दंश से बौराया पाकिस्तान ऑपरेशन टोपैक और साम्प्रदायिकता के ज़हर से आतंकवाद के बीज बोने में कामयाब हुआ है। और यही आतंकवाद का कारण है, जिसे शासकों ने देखकर अनदेखा किया।

अच्छा हो वे मान लें कि आज़ादी का राग छेड़ते मिलिटेंटों की हरसम्भव मदद कर आटोनामी से आज़ादी दिलाने के बाद वही पाकिस्तान पूरे भारत के मुसलमानों को आज़ाद करने की अगली मुहिम छेड़ देगा। पंडितों को हटाना तो पहला कदम था। बड़ी मंज़िल पाने के लिए।

"तुम लोग उठो, सिर पर गट्ठर रख सामान बेचो, खोंचे लगाओ, बँटवारे में विस्थापितों ने क्या किया था ?"

प्रेम विस्थापितों को जीने का हौसला देता है। सरकारी तन्त्र से उसे कोई उम्मीद नहीं। वे लोग अपने दिमागों को जहमत क्यों दें ? आसान है कि अल्पसंख्यकों का गला पकड़ो और भूल जाओ मस्जिदों के भाषण, चुनावों में धाँधलियाँ, भ्रष्ट तन्त्र में आम जन की अनदेखी। इस सबमें पंडित कहाँ शामिल था, जो वह कारण बना ?

यानी कि इस नए बँटवारे को स्वीकार कर, अगले वक्तों के लिए तैयार हो जाओ।

बस ! अब बहुत हो गया उधर का नज़ारा। चलिए इधर जम्मू के मुट्ठी कैम्प पर अपना कैमरा फोकस करते हैं। देखें, यहाँ ज़िन्दगी ने कौन-सी शक्ल अख्तियार की है।

इधर, खामोश रातों में टैन्टों, शिविरों की यह बस्ती लम्बा-चौड़ा कब्रिस्तान नज़र आती है। सुबह की उदास किरणों के छूते ही, रात की ढाँपी शरमिंदगी मुँह फाड़े उघड़ आती है। खट खट खुट खुट, 'हे राम। ही मोज्य भवानी। हे शंकर, हया नन्ना ! हतो भूषणा !' आवाज़ें रफ्तार पकड़ने लगती हैं। नित्य कर्म की क्रियाओं से लेकर राशन और पानी तक डिब्बे, थैले, बाल्टी-वाल्टी लिए बच्चे-बूढ़े और मर्द लम्बी कतारों में टँग जाते हैं। सुबह से शाम तक एक लम्बा इन्तज़ार पसरा है यहाँ।

जब तक राशन की कतार इंच दर इंच सरकती है, सूरज बर्छियाँ-भाले खोपड़ियों पर उतारने लगता है। संसार चन्द गीले तौलिए से सिर-मुँह ढकता है, मुट्ठीभर छाँह की खोज में दाएँ-बाएँ सरकता है। तौबा, धूप है या अंगार। उसकी साँसें रुँधने लगती हैं। अपने गाँव कुपवाड़ा की बर्फ धुली हवाओं के लिए सीने में हूकें उठती हैं। पहली बार ही वादी से बाहर निकले संसारचन्द को लगता है, वह उबलते मौसम और पाखाने की गन्ध से रचे नरक कुंड में धँस गया है। हे राम ! कौन-से पापों की सज़ा दे रहे हो ?

"हे भाया ! ज़रा जल्दी हाथ चलाओ। कब तक इस खोपड़ी छेद धूप में खड़े रहेंगे ? आखिर इनसान हैं हम भी।"

संसारचन्द राशन बाँटनेवाले से अनुरोध करना चाहता है, पर आवाज़ में चिड़चिड़ाहट है, दबा-दबा गुस्सा है।

गल्ला तौलते हाथ रुक जाते हैं।

"मंगते, सो भी हाथी चढ़े। खड़े रहो, बारी आने पर तुम्हें भी मिलेगा।" नज़रों में हिकारत उतर आती है।

बुदबुदाहट संसारचन्द के कानों में सलाखें चुभो देती है, "क्या बोला ? मंगते हैं हम ? अरे ! अपने गाँव-घर में चार-छह मेहमानों को रोज़ खिलाते थे हम। अपने बाग-बगीचे हैं उधर। तुम हमें भिखमंगा कहते हो ? हँ ? डरो परमात्मा से ! हमारा वक्त न रहा, तो क्या तुम्हारा रहेगा ? मंगता बोलता है, हम मंगते हैं ?"

संसारचन्द की बाँहें कसमसाने लगती हैं। हड्डियों का पिंजर गुस्से से हिलने लगता है। "अपने घर में होता तो..."

हरीकृष्ण-काशीनाथ, संसारचन्द को शान्त करने की कोशिश करते हैं, "शान्त हो जाओ भाई, यह मुसीबत का वक्त है, क्यों बहस करके अपनी तकलीफें बढ़ा रहे हो ?"

राशन लेते लगता है, किसी ने झोले में भीख डाल दी है। आत्मा चीखने लगती

है। लेकिन राशन को छोड़ नहीं सकता संसारचन्द।

शाहपोर, गांधरबल के रिटायर्ड स्कूल मास्टर का दिमाग चल गया है। जब देखो आयँ-बाएँ बकता रहता है, "कहा था न मैंने। तुम मेरी सुनते कहाँ हो ? अभी भी मौका है, जेहाद में शरीक हो जाओ। रैलियाँ निकालो। भीख लेने की ज़िल्लत से बच जाओगे। बच्चों को कलमा सिखाओ। आओ बच्चो ! मेरे पास आ जाओ। मेरे साथ बोलो, हम क्या चाहते ?"

आसपास बच्चों का हुजूम इकट्ठा हो जाता है।

"बोलो, 'आज़ादी' ! मेरे पीछे बोलो, हाँ।"

"हम क्या चाहते ?"

"आज़ादी !" दो-चार बच्चे सामूहिक स्वर उठाते हैं।

"आज़ादी का मतलब क्या ?"

बच्चे चुप्प।

"बोलो, 'ला-इलाहा-इल्ललाह !' मेरे पीछे बोलो।"

"आज़ादी का मतलब क्या ? बोलो-बोलो, जैसे मैं बोलता हूँ, तुम भी बोलो।"

बच्चे गावदू से एक-दूसरे को देखते हैं।

सोपोर का नीलकंठ, मास्टर को खा जानेवाली नज़रों से देखता है।

"बक-बक बन्द करो मास्टर ! गला खुश्क नहीं होता तुम्हारा ?"

काशीनाथ हमेशा बीच-बचाव के लिए तैयार रहता है।

"नीलकंठ भाई, क्यों बुरा मानते हो मास्टर जी का। जवान बेटी खोई है इसने। इसके दुख को हम न समझेंगे तो कौन समझेगा ?"

"काशीनाथ ! यहाँ दुखी कौन नहीं है ? खोया किसने नहीं है ? मिलिटेंटों ने मेरी टाँग पर गोली दागी। मैं सख्त-जान निकला, लँगड़ा हो गया, पर बच गया। मगर जो सोपोर में हुआ, हमारे देखते, वह भूल नहीं पा रहा हूँ मैं। नींद में भी प्रोफेसर गजू और उसकी पत्नी प्राणा आँखों के आगे खड़े हो जाते हैं। नदी में चलने को बोले थे उसे मिलिटेंट। पानी पर चलो, और मुड़कर मत देखो। उसने हाथ जोड़े, पैर पकड़े, पर माने वे ? डूबते-डूबते भी गोलियाँ दाग दीं। बेचारी प्राणा का गैंग रेप किया और लाश के टुकड़े कर दिए। यह लोमहर्षक सीन आँखों से हटता ही नहीं है। नफरत का लावा सुलग रहा था, उन दरिन्दों के अन्दर। अकेला होता, तो एक-दो को मारकर खुद भी मर जाता। पर बाल-बच्चों की मोह-माया ने हरा दिया। मेरे अन्दर आग जल रही है। ऊपर से यह मास्टर बक-बक कर जले पर नमक छिड़कता है।"

लेकिन शाहपोर के मास्टर को यकीन है, कि बच्चे कलमा जानते, तो जेहादी घर में घुसकर ताबड़तोड़ गोलियाँ न बरसाते। किसी पाँच बेटियोंवाले जानकीनाथ का इकलौता, निर्दोष बेटा, चमन, उससे छिन न जाता। शायद उसकी भी बेटी बच जाती।

टैंट की रस्सियाँ कसता हरीकृष्ण, विदाख सुनते-सुनते, विदाख की व्यर्थता महसूस

करने लगा है। अपना दुख सभी को दूसरे के दुख से बड़ा लगता है।

वह मास्टर को तसल्ली देता है, या सही स्थिति समझा देता है ? पता नहीं चल पाता।

''कोई नहीं बचती मास्टरजी ! कलमा पढ़नेवालों को उन्होंने छोड़ा क्या ? बी होम, शाहपुर में ही कितनी लड़कियों को उठा ले गए, कइयों को 'मुताअ'[1] करके वापस भेज दिया, पेट में बच्चा डालकर। इन जेहादियों में पाकिस्तानी, अफगानी कबाइली भी हैं, जो वहशी दरिन्दों से भी बदतर हैं। उनके लिए क्या हिन्दू और क्या मुसलमान ! चाहे एच.एम.टी. के जनरल मैनेजर खेरा हों, सीमेंट फैक्ट्री के मैनेजर चौधरी हों, मीर मुस्तफा या अब्दुल सत्तार रंजूर हों। जो उनकी राह का काँटा था, उसे खत्म कर दिया उन्होंने। बुजुर्ग, सईद मसूदी को भी नहीं बख्शा। डॉ. मुशीरुलहक ने क्या बिगाड़ा था उनका ?''

बारामूला के शिवजी भट्ट की दो जवान लड़कियाँ आधा पेट भात खाकर भी बाढ़-सी उमड़ी पड़ रही हैं। उसकी पत्नी शुभावती, लड़कियों को आँख ओट नहीं होने देती। छातियों को कपड़े से कसकर बँधवाती है। बस में होता, तो अपनी कोख में छिपा लेती। क्या करे ? वहाँ से बचाकर लाई, पर यहाँ भी आँखों से लीलनेवालों की कमी नहीं। कल ही राशनवाला बोल रहा था, ''लड़कियों को भेजा करो आंटी, राशन के लिए, क्यों धूप में तकलीफ पाती हो ?''

शुभावती आदमी की नज़र को क्या पहचानती नहीं ? पर बोली कुछ नहीं। कुछ कहने से कौन-सा मसला हल होना था ? रात को, सिरहाने-पायताने दोनों बेटियों को लेकर, एक खाट पर सोती है शुभावती। गर्मी में किसी का ओढ़ना सरकता है, किसी की जाँघें खुल जाती हैं। शुभावती साड़ी फैलाकर, फैलती हुई लड़कियों की लाज ढकती है, और पति से पूछती है, ''हालात कब सुधरेंगे ? कब घर लौट पाएँगे हम ?''

शिवजी अखबार पढ़ते हैं। हालात दिन-ब-दिन बिगड़ते ही जा रहे हैं।

''21 मई, '90 को, मीरवाइज़ मौलवी फारूख की तीन मिलिटेंटों ने, उनके नगीनलेक के घर में हत्या कर दी। उसका जनाजा लेती भीड़ पर पुलिस ने गोली चलाई। कहते हैं कोई पचास लोग मरे।''

मुट्ठी कैम्प के युवा-बुजुर्ग सोच में पड़ गए। मौलवी फारूख साहब को मिलिटेंटों ने मारा, तो जनाज़े पर गोली आर्मी क्यों चलाती ? कहीं कोई साज़िश थी, मिलिटेंटों की, उन्होंने बी.एस.एफ. को उकसाया होगा। लोगों ने सवाल उठाए, 'मीर वाइज को किसने मारा ?'

जगमोहन पर दमन के आरोप लगे। विरोध में लाखों लोग सड़कों पर उतर आए। राजीव गाँधी, देवीलाल वगैरह कश्मीर गए। कहा, ''सेना जुल्म कर रही है।'' राजीव गाँधी जगमोहन से नाराज़ हो गए, कि उन्होंने देवीलाल को दाईं ओर क्यों न

---

1. कुछ समय के लिए की गई शादी।

बिठाया।

और आग फैलती गई, मारकाट चलती रही। इतनी कि पंडितों के घर-द्वार जल गए। करोड़ों की सम्पत्ति छोड़कर करीब एक लाख पंडित वादी छोड़कर बानिहाल पार चले गए।

ह्यूमन राइट्स कमेटी ने वादी में होती ज्यादतियों की खबर दी। आतंकवादियों ने प्रेस एजेंसी खोली, पर्चे बाँटे, वीडियो कैसेट बनाकर बाहर भेजे। मिलिटेंट-शहीदों की कब्रों पर शेर लिखे गए, "जुल्म के आगे न झुकाई तूने कभी ज़बीन/तेरे अज़्म ओ यकीन और हिम्मत को सलाम।' 21 मई को जगमोहन ने इस्तीफा दिया। गिरीश सक्सेना नए गवर्नर बने।

मुट्ठी कैम्प में अँधेरा गहरा गया।

अँधेरा उस दिन भर दुपहर छा गया, जब बूढ़े संसारचन्द को ज़हरीले साँप ने काट खाया। देखते-देखते संसारचन्द का जिस्म नीला पड़ गया।

संसारचन्द भीख लेने की शर्म और ग्लानि से मुक्त हो गया। दो दिन बाद ही नित्या की सालभर की लड़की को बिच्छू डँस गया।

मास्टरजी ने उसे राजे की कहानी सुनाई, जो मौत से बचने के लिए शीशमहल में रहने लगा था, मगर मौत सेब में कीड़ा बनकर घुस गई। यहाँ तो खुला मैदान और कँटीले झाड़-झंखाड़ थे, मौत साँप, बिच्छू, कनखजूरा कोई भी रूप धरकर आ सकती थी।

संसारचन्द की अन्तिम यात्रा में सेवा-समितियाँ शामिल हो गईं। शिव-भक्तों ने शिव की आरती उतारी। पता नहीं किसी ने कान में ब्राह्मी विद्या पढ़ी कि नहीं ? यों संस्कार तो विधिवत ही हुए। आखिर मृत्यु के इस आखिरी सफर पर भी तो क्यू में खड़े थे कैम्प निवासी।

सरकारी समितिवालों ने तसल्लियाँ दीं, "सरकार जल्दी ही स्थायी निवास बनाने की योजना पूरी करेगी। हम आपको यहाँ ज्यादा देर नहीं रहने देंगे। बारह सौ पचास कमरे बनेंगे, नौ बाई चौदह फुट के।"

ब्रजकृष्ण ने पूछा, "क्या खुली झोंपड़ी हमारा अधिकार नहीं ? आठ-आठ जनों का परिवार, तंग कोठरियों में कैसे रहेगा ? लू बरसाते मौसम में, एक-दूसरे के ऊपर गिरे-पड़े, ब्लैक होलों में कैसे साँस लेंगे हम ?"

एडवाइज़री कौंसल के सदस्य, वज़ीर साहब ने फरमाया, "ऐसे मामलों में हकशफा जैसी कोई चीज़ नहीं होती।"

कैम्प में स्कूल चाहिए, डॉक्टर-दवाइयाँ, डिस्पेंसरी चाहिए। ब्रजकृष्ण की पत्नी को कैम्प में बच्चा हुआ। पड़ोस की तारावती ने बच्चे की नाल काटी। कोई दाई भी न मिली पास में। बच्चे की नाड़ में पस पड़ गया है। ब्रजकृष्ण नन्हे बेटे की कराहों से छटपटाने लगता है। शहर ले जाता, इलाज कराता, किसी अच्छे डॉक्टर से ? मगर पैसा कहाँ है ? थोड़ा रुपया बैंक में था, वह भी ट्रांसफर नहीं हुआ। अपने वेतन, बबा के पेंशन, बच्चों

के स्कूल के दाखिले के लिए, दफ्तरों के चक्कर लगते रहते हैं। हज़ार लानतें-तवालतें ! आँखों के आगे, स्कूल-कॉलेज में पढ़ते बच्चों को, दरबदरी करते कैसे देख पाएँगे माता-पिता ? शारदापीठ के बच्चे धूल-मिट्टी में रुलते रहेंगे क्या ? और आतंक और पीड़ा के बीच जन्म लेती जान ! इसका भविष्य क्या होगा ?

''घर लौटना ही ठीक रहता।'' शुभावती एक ही रट लगाए बैठी है। ''जो भाग्य में होगा, उधर ही होने दो। जब से आई हूँ, अन्दर-बाहर धुआँ-सा उठ रहा है। अपने घर के पेड़ों की छाँह के लिए तरस रही हूँ। राजरानियों-सी मेरी बहू-बेटियों के केश, हथेली भर तेल के बिना नरकुल हुए जा रहे हैं। सीवन लगी धोतियों में भिखमंगियाँ नज़र आती हैं।''

टैन्ट फटने लगे हैं। लैट्रिनों में पानी नहीं है। शुभावती बाज़ वक्त हाजत भी रोक लेती है। सुच्चे-झूठे में फर्क ही नहीं कर पा रही है। झिर्रियों-सन्धों में लीरें खोंस, लू को भीतर घुसने से रोकती है। हवा से स्टोव भी बुझ जाता है। टैन्ट के एक सिरे पर लकड़ी की टहनियों के दायरे में, भगौने, कढ़ाई, तवे, कलछी-वलछी रखी है। वहीं भात बनता है, वहीं शुभावती और ढेर-ढेर औरतें अन्नपूर्णाओं-गृहणियों के धर्म-कर्म निभाती हैं, और वक्त बदलने का इन्तज़ार करती हैं।

अनन्तनाग का गाश कौल रात को चौंक-चौंककर उठ बैठता है। पानी माँगता है। सोता नहीं। आँखें बन्द करने से डरता है।

''क्या हुआ बबा ? बुरा सपना देखा क्या ?'' ब्रजकृष्ण पिता की बेचैनी महसूस करता है।

''नहीं, सपना नहीं था, लगा सचमुच आकर सामने खड़ा हो गया है।''

''कौन बबा ?''

''प्रेमी था। मास्टर सर्वानन्द कौल प्रेमी।'' बोला, 'मेरा लिखा रामायण पढ़ लेना।' उसकी आँखें नहीं थी ब्रजकृष्णा, माथे पर कील ठुकी हुई थी। मगर उसकी आवाज़ वही थी। बिल्कुल वही। कहता था, ''मेरे घर की किताबें सँभालना। उनमें महाभारत भी है, राजतरंगिनी भी और कुरान भी। देखना कोई मेरी किताबें खराब न करे। यह मैंने बच्चों के लिए छोड़ी हैं...' ''

ब्रजकृष्ण बबा को खाट पर लिटाता है।

''आप कुछ मत सोचो बबा। प्रेमी साहब देवतास्वरूप व्यक्ति थे। वे ज़रूर स्वर्ग में बैठे होंगे। समझो, वहाँ उनकी ज़रूरत थी।''

''हाँ ऽऽ ! सो तो है।'' गाश कौल माँ शारिका का जाप करने लगता है। ''मोज्य भवानी कर दया, वर दया ही भवानी...''

काशीनाथ पास के टैन्ट में आवाज़ें सुनता है। 'हरि ॐ' बोल, खरामा-खरामा गाश कौल के पास चला आता है। इधर-उधर की बातें करने के बाद, शान्त रहने का उपाय सुझाता है।

''मेरी मानो भाया ! गले में रुद्राक्ष पहना करो। तुम्हारे मन में क्लेश जम गया

है। रुद्राक्ष में चित्त को शान्त करने की शक्ति है।"

काशीनाथ ने नेपाल से मँगाया था रुद्राक्ष, वही पहने रखता है। दूसरों को भी पहनने का सुझाव देता है।

"शिवपुराण, पद्मपुराण में इसकी महत्ता बताई गई है, भाइयो। आज़मा लो। शिवजी ने असुर त्रिपुर को मारा था, तब शिवजी के कुछ स्वेद बिन्दु गिरे धरती पर। उसी से उग आए रुद्राक्ष वृक्ष। रुद्राक्ष रुद्र के आँसू हैं।"

काशीनाथ सुच्चे रुद्राक्ष की पहचान बताते हैं।

"है तो लकड़ी का दाना, पर पानी पर तैरता नहीं, तल पर बैठता है। मैंने तो इसे चन्द्रग्रहण पर पहना था, पर पूर्णमासी-अमावस्या के दिन भी अच्छे हैं...।"

काशीनाथ बाज़ार जाकर रुद्राक्ष ढूँढ़कर लाने का वादा करते हैं, और शिव-शम्भो का नाम लेकर सो जाने की सलाह देते हैं। 'तवदीय वस्तु गोविन्दम, तुम्यमेव समर्पये', बुदबुदाते, अपने टैन्ट की ओर चल देते हैं। रात फिर खामोश हो जाती है। आवाज़ें दूर तक गूँजती हैं, 'त्व दी य वस्तु गो वि न्द म...'

अगली सुबह फिर, सूरज उगते ही, क्यू की लम्बी लाइनें, लैट्रिनों, नलों से लेकर राशन की दुकान तक फैलने लगती हैं।

लोग नाक-मुँह ढक, बदबू देती टट्टियों में जाते हैं। फरागत को रोका नहीं जा सकता।

पानी भरने की उतावली में बर्तनों की उठा-पटक मचती है। हारूत-मारूत परियाँ, झोंटे खोले, बदसूरत जादूगरनियाँ नज़र आती हैं। कर्कशा, बदहवास अपने तन से बेखबर, जिन्हें आदिम नज़रें, बिना छुए ही भोग लेती हैं।

"बच्चे कुत्तों के पीछे लग जाते हैं।"

युवा लौंडे मसखरी करते हैं, "अरे, बच्चे क्या, अब तो जवान छोकरे भी भैंसों, बकरियों के पीछे लगेंगे।"

"सालों साल, टैन्टों में माँ-बाप और नाती-पोते साथ रहेंगे, तो बच्चे पैदा होना बन्द हो जाएगा।"

ब्रजकृष्ण लौंडों को डाँटते हैं, "बेहूदा बातें बन्द करो। जाओ, जाकर अपनी किताब पढ़ो।"

"बोयटोठ ! हम तो कह रहे थे, कि ऐसे में जनसंख्या वृद्धि की समस्या हल हो जाएगी। हींग न फिटकरी, रंग चोखा।"

"सरकार को निरोध के पैसे भी बच जाएँगे।"

जवाहर, ब्रजकृष्ण से बतियाता बबूल के झाड़ों की तरफ चला जाता है, शायद दातून तोड़ने। उससे टुथपेस्ट का खर्चा भी बचता है और दाँत भी मज़बूत हो जाते हैं।

काशीनाथ के ज़ेहन में जवाहर की बात अटक जाती है।

"जनसंख्या वृद्धि का हल ? पंडित तो वैसे ही परिवार नियोजन में विश्वास रखता

है। अब तो यों भी घटते-घटते वह हाँगुल बनता जा रहा है, देखो। कब तक अपना होना बचा पाता है।"

अचानक काशीनाथ विपत्तिनाशक मन्त्र पढ़ने लगता है—'शरणागत दीनार्त, परित्राण परायणे, सर्व स्यार्ति हरे देवी, नारायणे नमोस्तते !'[1]

---

1. शुक्र है, नीलकंठ भाई पास नहीं है। मन्त्र सुनकर वह इतना तो ज़रूर कहता, "काशीनाथ ! अब ऐसी कौन-सी विपत्ति बाकी है, जिसे भगाने के लिए मन्त्र पढ़ते हो ?"

# जंगल तन्त्र

धुएँ की शक्ल में फैलते बादलों के अम्बार के बीच, पीर पांचाल की चोटियाँ लाँघ, प्लेन जब श्रीनगर एयरपोर्ट पर उतरा, तो बाहर अक्तूबर की उदास ठंडी शाम पेड़ों के पत्ते झाड़ रही थी। हवा की तेज़ी से सूखे पत्ते सिसकार रहे थे।

दामोदर वुडर[1] पर कदम रखते लेफ्टिनेंट पीटर को लगा, जैसे कोई साँप सूखे पत्तों के बीच सरसराता हुआ निकल गया। दिमाग में बचपन की सुनी कथा ने दस्तक दी, न्यायी राजा दामोदर के, भिक्षुओं द्वारा शाप देने पर साँप बनने की कथा। सदियाँ गुज़र गईं, राजा शाप-मुक्त नहीं हो पाया, बल्कि अनेक साँपों की शक्ल में शाप स्वयं वादी को ही ग्रस गया।

एयरपोर्ट के आसपास यहाँ-वहाँ टीलों के पीछे, पेड़ों के नीचे, सीमेंट की बोरियों की आड़ थी। उनके पीछे बंकरों में सेना के जवान, चुस्त-चौकन्नी नज़रों से आतंक की टोह ले रहे थे। हड्डी छेद ठंड में भी, सावधान की मुद्रा में खड़े-अकड़ते, उन जवानों के लिए पीटर के दिल से दुआ उठी, जो आतंकवादियों के बमों-बन्दूकों के निशाना बने, देश-रक्षा की ड्यूटी निभा रहे थे। जिन्हें ह्यूमन राइट्स के अलमबरदारों, गैर ज़िम्मेदार पत्रकारों, और आतंकवादियों ने, अत्याचारों और अपराधियों की पंक्ति में खड़ा कर दिया था, और दूर-दराज़ गाँवों-कस्बों में बैठी जिनकी माएँ, पत्नियाँ और बच्चे, इनके लौटने का इन्तज़ार करते भी, इस वहम को दिल से नहीं निकाल पाते, कि उनके अपने कभी लौटकर उनके पास नहीं आएँगे।

शहर की सड़कों पर सेना के ट्रकों-जीपों के अलावा, इक्का-दुक्का लोग आ-जा रहे थे। हाथों में सामान के थैले-झब्बे लिए, मुड़-मुड़कर देखते, और तेज़ी से कदम बढ़ाते गलियों में गुम जो जाते।

बन्द दुकानों, उखड़ी-पुखड़ी सड़कों, और धुंध में ओझल होती, पेड़ों की शाखों ने पीटर को उदास कर दिया। वह दो साल बाद घर लौटा था। अबकी बार ड्यूटी पर। घर उसका स्वागत करता नहीं लगा।

इस बीच प्रदेश में वह सब घटा था, जिसके सोच मात्र से वह और उसके यार

1. दामोदर वुडर—श्रीनगर एयरपोर्ट का पुराना नाम, जो कश्मीर के प्राचीन राजा दामोदर के नाम पर रखा गया था।

घबराते थे। लाखों लोग वादी छोड़कर जम्मू-दिल्ली चले गए थे, जिनमें एक लाख पंडित, कुछ मुसलमान व्यापारी और कुछ सिक्ख परिवार भी शामिल थे।

विकी हैदराबाद में नौकरी कर रहा था। पीटर, अशरफ, जीतू से मिलने को उतावला हो उठा।

ड्यूटी ज्वाइन कर, समय मिलते ही वह अशरफ के घर चला गया।

कॉल बेल बजाने के बावजूद, दरवाज़ा खुलने में कुछ समय लगा। शायद इसकी वजह उसकी आर्मी जीप थी। इधर आर्मी से लोग शंकित से रहने लगे थे।

खड़े-खड़े पीटर, सड़क पार के जले-अधजले घरों की टूटकर लटक रही खिड़कियाँ और कलौंछ खाई ईंटें देखता रहा। इधर ही किसी घर में उसकी दोस्त दीक्षा रहती थी। पीटर घर पहचान ही नहीं पाया। उसने सुना था कि वादी छोड़कर चले गए पंडितों के कई घर जला दिए गए हैं, कइयों पर आतंकवादियों ने कब्ज़ा कर लिया है। अब दहशत में गुम शहर उसके सामने था।

दरवाज़े पर खड़े इमरान साहब को उसने सलाम अलैकुम कहा, तो पिता के कन्धों के ऊपर से झाँकते अशरफ ने इत्मीनान की साँस छोड़ी।

"ओ पीटर !"

पीटर-अशरफ गले मिले। अम्मीजान कमरे के एक तरफ तकिए की टेक लगाए अधलेटी पड़ी थीं, पीटर को देखकर सीधी होकर बैठ गईं।

"कैसी हो अम्मीजान ? पीटर बेटे को कभी याद किया ?"

नसीम बहन नज़र नहीं आ रही ?

पीटर ने एक ही साँस में कई सवाल किए।

जवाब में अशरफ की माँ घुटनों में सिर डाल सुबकने लगी।

"प्लीज़ अम्मी। पीटर आया है। अब इसके सामने तो हौसला रखो। कब तक रोती रहोगी ?"

पीटर हयबुंग[1]-सा देखने लगा।

अशरफ उसे अपने कमरे में ले गया, "रसूला, गरम कहवा उधर ही ले आओ। वहीं पीएँगे।"

"इधर क्या क्रैकडाउन के सिलसिले में आए हो ?" अशरफ ने बैठते ही पूछ लिया।

"अशरफ ! तेरा यार हूँ मैं।" पीटर को कैसा तो लगा।

"सॉरी ! दरअसल..."

"लगता है मेरी आर्मी पोशाक तुम्हें परेशान कर रही है। क्या सचमुच आर्मीवालों ने तुम्हारे साथ ज्यादती की अशरफ ?"

अशरफ पीटर से नज़रें चुराता रहा, "नहीं, ज्यादती क्या। हमारा तो खुदा ही

---

1. हैरान।

हमसे खफा है। कौन दोस्त, कौन दुश्मन, पता ही नहीं चलता।''

पीटर अम्मी के रोने की वजह जानना चाहता था, पूछने से झिझक रहा था। लगा, दोस्त को देखकर अशरफ को कोई खास खुशी नहीं हुई। पीटर की चहक पर ओस गिर गई। अशरफ मुझसे दूर क्यों हो गया है ?

''नसीम बहन कहाँ है अशरफ ? मिलाओ न, बहुत दिन हो गए देखे।''

''चाय पीओ, मिलाता हूँ।''

अशरफ बोलकर एकदम चुप हो गया। पूरा कमरा, घर और खिड़की से दिखता पेड़ भी चुप हो गया।

चाय सुड़कने की आवाज़ों के बीच, खिड़की के काँच से नन्ही मैना के पंख टकराकर फड़फड़ाए। पीटर को लगा, कहीं मनहूस-सा कुछ घटा है।

नसीम, दरवाज़े की तरफ पीठ किए बैठी खिड़की के पार देख रही थी। उसकी ओढ़नी के नीचे नन्हा बच्चा कुनमुना रहा था।

''नसीम बहन !'' पीटर हैरान हो गया। ''यह कब ?''

नसीम चौंक गई। मुड़कर देखा—पीटर ! चेहरे पर कुछ रंग आए, कुछ चले गए, वह सँभलकर बैठ गई। ''बैठो पीटर।''

''कैसी हो नसीम ?''

पीटर को धक्का लगा। नसीम काफी झड़ गई थी। आँखें गड्ढों में धँसी हुईं। उसे जाने क्यों मुश्ताक याद आया, जो नसीम को, 'रेड रोज़' बुलाता था। नसीम उसे 'हीरो मचाम' कहकर चिढ़ाती थी।

एक बार अच्छाबल की पिकनिक में, उसने नसीम के लिए बर्न्स की पंक्तियाँ सुनाई थीं—

'माई लव इज़ लाइक ए रेड-रेड रोज़
दैट इज़ न्यूली स्प्रंग इन जून।
माई लव इज़ लाइक द मैलोडी
दैट इज़ स्वीटली प्लेड इन ट्यून।'

नसीम का गुलाबी चेहरा लाल हो गया था। पीटर को याद आया और उसने नसीम को याद दिलाया।

''हमारा 'रेड रोज़' चुप्प क्यों है भई ? और अपना यार मुश्ताक कहाँ है ?''

'' 'रेड रोज़' को आँधी उड़ा ले गई, पीटर भाई...''

पीटर को अचानक अहसास हुआ, कि वह बिना सोचे बोले जा रहा है।

नसीम की आवाज़ टूट गई। एक दर्द की लहर-सी उठी और भीतर को मोड़ दी गई। पीटर उजबक-सा देखता रहा।

बाद में नसीम ने अपनी कहानी आप ही सुना दी।

नसीम पूरे सालभर बाद घर लौटी थी। वे लोग उसे वेलफेयर सेंटर से ही उठा ले गए थे। नीली मारुति से चार जने उतरे थे। सबसे पहले उसका मुँह ही बन्द कर

दिया था।

नसीम, पता नहीं उनके साथ कहाँ-कहाँ गई ! कितने पहाड़ लाँघे, कितनी नदियाँ पार कीं ? उसने नाखूनों से उन्हें छील दिया, वे उसका जिस्म नोचते रहे। नसीम ने एक की बाँह में दाँत गड़ा दिए, उसने जवाब में नसीम की छातियाँ गरम सलाखों से दागकर चेताया, कि यह बहादुरी के स्टंट, वेलफेयर सेंटर के लिए ठीक है, हमसे पंगा मत लो। वे जेहादी थे।

उसने हाथ जोड़े, खुदा का वास्ता दिया। जेहाद का मतलब समझाया। एक ने कहा, ''हम तुमसे निकाह करेंगे।'' नसीम ने बेहद आजिज़ी से कुराने पाक का हवाला दिया, ''कुरान तो लड़की की मर्ज़ी के खिलाफ जबरन शादी को गुनाहे अज़ीम समझता है। तुम लोग तो खुद को जेहादी कहते हो...'' उन्होंने, 'हरामज़ादी' कहकर उसका जबड़ा तोड़ दिया। बता दिया कि औरत ज़ात को मुँह बन्द कर मर्द का हुकुम मानना चाहिए।

कई दिन उसने खाने को हाथ नहीं लगाया। उनके कमांडर ने तरस खाकर उससे 'मुताह' किया। शादीशुदा जेहादी को, मरकर जो जन्नत नसीब होनी थी।

''अब तुम हमारी बेगम हो !'' उसने चार लड़कों की ओर इशारा कर जोड़ दिया, ''ये लोग तुम्हारे हुकुम के गुलाम हैं।''

बेगम नसीम, गाय के बाड़ों, भूसा-कोठरियों और घोड़ों के अस्तबलों में खुद को नुचते-कटते देख छटपटाती रही। अलमूनियम की मैली पिचकी प्याली में, कभी साग-भात, कभी मुर्ग की बोटी उसके आगे डाल दी जाती। उसे उबकाई आ जाती। जख्मी कुतिया, बेआवाज़ किंकियाती, उसकी आँखों के आगे से हटती ही नहीं। कई दिन उसने अनशन किया। उसकी अंतड़ियाँ ऐंठने लगीं। पेट के नीचे, तीखे मरोड़ उठे, जिस दिन सूखा अकड़ा भात उसके पेट में उतरा। अजीब-सा गुस्सा भी उसकी नसों में तड़कने लगा। उसके अन्दर वहशियाना हरकतें करने की ज़िद उठती, लेकिन उनके सख्त पंजों में कसी-फँसी वह बेहरकत पड़ी रही। किसी उम्मीद के बिना, कि कोई उसे इन पंजों से निकाल लेगा। वह जानती थी, कि न तो वह किसी मन्त्री-सन्त्री की बेटी है, और न उसके घरवाले किसी जेहादी ग्रुप से ताल्लुक रखते हैं। उसकी मौत तय थी।

खिड़की के रौशनदान से, दूर तक जंगल ही जंगल दिखता था। पता नहीं वह कुपवारा में थी या अवन्तिपोरा में ? कीकर-सफेदों के बीच, दुबली पगडंडी दिखाई पड़ती थी, जो पहाड़ों के दामन में खो जाती थी। दूर कहीं इक्का-दुक्का ढलुवाँ छतोंवाले घर थे, जहाँ से कभी-कभार धुएँ की लकीर उठा करती।

''मैंने कई बार भागने की कोशिश की पीटर ! मगर हर बार पकड़ी गई। उन्होंने पहरे कड़े कर दिए और मेरे जिस्म को गरम सलाखों से दाग दिया।''

नसीम ने बाँहों पर जले निशान दिखा दिए। ''नहीं नसीम, प्लीज़।'' पीटर देख नहीं पाया।

''तुमने उनका क्या बिगाड़ा था ?'' वह भीतर उठते आवेग को रोक नहीं पा रहा था। उसे डर था कि वह कहीं बुक्का फाड़कर रो न दे।

"किसने क्या बिगाड़ा किसका ? बस, उन्हें औरत चाहिए थी, बहाना यही था, कि मैं पर्दा नहीं मानती। वीमेंस वेलफेयर सेंटर में लड़कियों को गुमराह करती हूँ। मैंने मना करने पर भी, साइकिल चलाना नहीं छोड़ा। मैं बागी हूँ। पहले-पहले मैंने उन्हें समझाने की कोशिश की। पर वे सिर्फ बम, बारूद और कलिशनिकोव की ज़बान जानते थे। उनके मसूड़े तक आदम खून से तर थे, पीटर !"

"यू आर ए ब्रेव गर्ल।" पीटर ने नसीम को कन्धों से घेरा।

"पता नहीं पीटर ! मेरे अन्दर जीने-मरने का अहसास ही खत्म हो गया था। पत्थरों-पहाड़ों के नीचे दबी, मैंने कई मौसमों को झेला, कई जहन्नुमों से गुज़रती रही। बड़ी सख्त जान निकली मैं !"

गला थरथराया, तो नसीम चुप हो गई, पर उसकी आँखें एक बेबस लड़की को रौंदते-खूँदते देख रही थीं। गाय-बैलों के गोबर-मूत से सनी कोठरी में, गलीज़ वीर्य और रक्त के बीच लिथड़ी देह, जो दर्द से चिरती, कटती, धीरे-धीरे दर्द की आदी हो गई।

और कहर खुदा का, कि नसीम ऐसे ही गलीज़ माहौल में माँ बन गई।

उन्होंने नसीम के फूले पेट को शंका की नज़रों से देखा और एक कंजी आँखों वाली मर्दनुमा औरत को मुआयना कराने ले आए।

उस औरत की आँखों में एक तीखी तुर्श चमक थी। मुआयने के लिए जब उसने नसीम का पेट टटोला, तो नसीम ने उसके गन्दे नाखूनोंवाले खुरदरे हाथों पर अपनी दोनों हथेलियाँ रख दीं। उसे लगा, औरत के सिर से सींग गायब हो गए।

"तुम्हें चाहिए ?" उसने आँखों से प्रश्न किया।

नसीम दुनिया भर की ज़िल्लत से मुक्त होना चाहती थी। शायद, एक मौका था मुक्ति का, वह अपने अन्दर पनपते नफरत के बीज को खत्म कर आज़ाद हो सकती थी, लेकिन नसीम ने कुछ नहीं कहा। उसके लिए आज़ादी कहाँ थी ? फिर वे लोग भी कोई इल्लत नहीं पालना चाहते थे। नसीम, उनके इरादों को पूरा नहीं होने देगी। उसके अन्दर से कोई आवाज़ आई। कहा तो उसने कुछ नहीं।

कंजी आँखोंवाली ने स्टोव पर काढ़ा-सा कुछ बनाया।

"पी ले।" उसकी आवाज़ में अकारण लाड़ उमड़ आया।

नसीम उसे देखती रही, खाली आँखों और खाली दिमाग से।

"कुछ नहीं, कहवा है। वे लोग इल्लत नहीं चाहते। पर तू खुशकिस्मत है, जेहादी पैदा करेगी। पेट में लड़का है।"

नसीम को समझ न आया, कि वह पेट पर मुक्के मारकर जेहादी के साथ खुद भी शहीद हो जाए, बाल नोचे या कुछ भी न करे। जो होता है, उसे होते हुए देखती रहे।

चारेक मास बाद, एक दूसरी औरत ने रोती-चीखती नसीम की जाँघों में हाथ डाल, बच्चे का अटका सिर बेहद नर्मी से टटोला। नसीम का आँसुओं से मैला मुँह पोंछा।

"अपनी कोशिश आप कर बेटी, खुदा तुम पर रहम करे।"

नसीम ने दोनों बाँहें उस नरम दिल औरत के गले में डाल, आखिरी कोशिश की।

औरत के मैले फिरन में मुँह धँसा, कलेजा कोरनेवाली उसकी चीख, कुठरिया से बाहर निकलने को छटपटाई। "रहम ! रहम खोदा ताला रहम !" औरत दोनों हाथों को जोड़, नन्हे मांस पिंड को सहेजती बुदबुदा रही थी। नसीम के अन्दर से रक्त की नदी गरम आबशार की तरह बह निकली, जिसमें कोठरी के पुआल, चिथड़े, चादर भीग गए। पसीने से तरबतर नसीम ने, खुद को खुद से बाहर होकर देखा। पानी पर तैरती हुई लाश, हल्की प्राणमुक्त।

छातियों पर नर्म अनाड़ी छुअन से चौंककर, नसीम ने भारी पलकें खोलीं। किसी फूल की पत्तियाँ थीं, या रूई का नरम-गरम फाहा। उसे लगा, लाश में किसी ने प्राण डाल दिए। ठंडे जिस्म में रक्त का प्रवाह। किसी पारस ने छुआ क्या, कि उसकी पीतल देह सोने-सी दमक उठी ? नसीम ने गुलाबी मांस पिंड को सीने से चिपका लिया।

उसके अन्दर से ज्वार उठा और दूध की धार में आँसुओं का जमा सोता फूटकर बह निकला ! या अल्लाह। ये कैसा करिश्मा है तेरा !

नसीम को ताज्जुब हुआ, तो ऐसे फूट आता है धरती से अंखुवा ? आँधी-तूफान और मौत का साया भी उसे रोक नहीं पाता ?

अगले दिन बच्ची का पेट कड़ा हो गया। वह चीख-चीखकर रोने लगी। कमांडर ने उसे बाएँ हाथ से उठाकर पटक देना चाहा। नसीम को जैसे प्रेतनी चढ़ गई। उसने बच्ची को झपटकर कुरती में छिपा दिया। नन्ही-सी आठ अंगुल जान, इसे खत्म करना कितना आसान था।

"मरवाएगी क्या हमें ?" उसने चार-छह गालियाँ देकर नसीम की कुरती फाड़ दी।

"बच्चे जनने का शौक है साली को। अरे ! डाल देंगे एक के बदले चार तेरे पेट में। मर्दों की कौन कमी है इधर। इसे तो छोड़।"

उन्हें डर था, कि बच्ची का रोना सुन, कहीं आसपास छिपा कोई बी.एस.एफ. का जवान चौकन्ना न हो जाए। वे सिर पर कफन बाँधकर दूसरों को मारने निकले थे, खुद किसी भी कीमत पर जीना चाहते थे।

नसीम ने बच्ची का मुँह बाँध दिया, "नहीं, वह आवाज़ नहीं निकालेगी।" उसने उन्हें यकीन दिलाया। बच्ची कुछ देर ऊँ-ऊँ गुँगुआई, फिर छटपटाकर चुप्प हो गई। वे लोग हट गए, तो नसीम ने बच्ची का मुँह खोल दिया। बच्ची बेआवाज़ उसे देखने लगी। कैसी माँ हो ? नसीम ने दूध मुँह में देकर नन्ही जान को चिपका लिया। "मुझे माफ कर दे मेरी जान। मुझे माफ करना खोदाया।"[१] नसीम के सीने से तेज़ चीखें बाहर आने को छटपटाईं, पर बाहर उनका पहरा था।

उनके दो साथी मारे जा चुके थे। मुताह करके शौहर बना आदमी, जिस दिन लौटकर नहीं आया, उसी दिन, दो बचे हुए जवान रातों-रात भाग निकले।

नसीम को लगा, उसकी कोख से आज़ादी के फरिश्ते ने जन्म लिया है।

उसने नई ज़िद के साथ अपनी बीमार देह को खड़ा कर दिया। बच्ची को फिरन में छिपाकर, गाय बाड़े से बाहर निकली, तो टाँगें लड़खड़ाईं। पेट में तीखी कौंच के साथ,

दर्द की लहर उठी और तरल द्रव से टाँगें भीग गईं। उसने घुटनों-घुटनों चल, ताखे से पुरानी ओढ़नी खींच ली और कमर से लपेटकर लिथड़ती रेंगती सड़क तक आ गई। सड़क किनारे की दलदली दूब में उसके पाँव धँस गए और वह वहीं चक्कर खाकर गिर पड़ी।

पता नहीं, कब कौन उसे उठाकर अस्पताल ले आया। पता नहीं, कितने दिन वहाँ रही। उसकी बच्ची उसके पास थी, और उसके मुँह पर कपड़ा नहीं बँधा था। यही बात उसे सच लगी, और याद रखने लायक भी। बाकी सब वह भूलना चाहती थी।

"एक दिन, रहमान ताँगे का पोता शबीर, किसी काम से अस्पताल आया। उसने मुझे पहचाना और घर ले आया।"

अम्मी-अब्बा ने उसके लौटने पर कैसा महसूस किया, इस पर नसीम चुप रही।

बाद में पीटर ने अशरफ से पूछा कि क्या उन्होंने नसीम को खोजने की कोशिश की थी ?

वादी के हालात में यह सवाल कोई खास मानी नहीं रखता था, पर अशरफ ने बी.एस.एफ. आर्मी, यहाँ तक शबीर अहमद को भी नसीम की फोटो दी थी। शबीर ने नेशनल कांफ्रेंस से रिज़ाइन कर, जे.के.एल.एफ. ज्वाइन किया था। उसने नसीम को ढूँढ़ने की कोशिश की थी। बताया कि हिजबुल मुजाहिदीनों की करतूत लगती है। यों जेहादियों की सौ से ऊपर तंज़ीमें हैं, उनमें अफगानी, सूडानी और लेबनानी भी हैं। ड्रग्स स्मग्लिंग का धन्धा करनेवाले और सेक्स मेनायाक्स भी कई तंज़ीमों में घुस गए हैं। क्या कहा जा सकता है ?

ज़ाहिर है, नसीम को ढूँढ़ना समुद्र की लहरें गिनना था। नसीम के माँ-बाप और अशरफ ने भी नसीम को मरा जान खुद को समझाने की कोशिश की थी।

लेकिन जब नसीम लौटी, तो नई परेशानियाँ सामने आ गईं।

"परेशानी ?" पीटर को परेशानी शब्द सख्त लगा।

"शुक्र करो ऊपरवाले का, कि वह ज़िन्दा लौट आई। कइयों की तो लाशें भी न मिलीं। उस नर्स आशा की कटी हुई लाश को भूल गए ?"

"हाँ पीटर ! मगर अब हमारे घर पर भी सभी की नज़रें लगी हैं। मिलिटेंटों की भी, और भले आदमियों की भी। उन लोगों को खबर हो गई, तो हमें ज़िन्दा छोड़ेंगे क्या ? और अपनी बिरादरी बाहर से चुप रहे, पर रेप की गई लड़की की समाज में क्या जगह है ? यार ! ह्यूमन साइकी बड़ी कंपलिकेटिड है। मैंने नसीम से कहा था, कि बच्ची को किसी अनाथालय में दे देंगे, पता नहीं किसका खून है...। मगर नसीम टस से मस नहीं होती, कहती है, 'सभी से कह दो, यह नसीम की बेटी है। मैंने उसे जना है। मैं रहूँगी तो यह भी रहेगी।' अब क्या कहूँ ? कहती है, 'जुल्म का शिकार देह होती है, रूह नहीं। बलात्कार किसी भी जुल्म जैसा जुल्म है भाईजान। इसे पाकीज़गी के साथ जोड़ना दुहरी नाइंसाफी है, उन मासूम लड़कियों के साथ, जिन्हें दहशतगर्द ज़बर्दस्ती उठा ले गए।'

"अजीब सिरफिरी लड़की है। जुल्मों ने इसे जिद्दी बना दिया है। आखिर पीटर ! हम लोग भी एक समाज में रहते हैं। कुछ बोलो, तो घर से जाने की बात करती है। सोचो तो, अम्मी की हालत कैसी होगी...?"

आर्मी हेडक्वार्टर में बैठा पीटर, नसीम की ज़िद को सैल्यूट करता है। टूटकर भी जुड़ने और वक्त की आँधी में खड़े रहने की ज़िद, कितनी ज़रूरी है आज वादी की लड़कियों के लिए !

इधर कुछ स्थानीय लड़के मारामारी से आजिज़ आकर सेना के आगे हथियार डालने लगे हैं। पर आज़ादी की जंग रुकने का नाम नहीं लेती। एक जाता है, दस पैदा होते हैं।

6 नवम्बर, '91 के श्रीनगर टाइम्स के मुख पृष्ठ पर खबर है : "मसला-ए-कश्मीर पर हिन्दुस्तान के खिलाफ कुवैत जैसी कार्रवाई की जाए। कश्मीर की सरज़मीन का चप्पा-चप्पा अब शहीदों के खून से रँग चुका है...मगर अफसोस है कि इस मुल्क के मुस्लिम लीडर, और अलग-अलग मुल्कों में वे मुस्लिम लीडर, जिनका तआलुक यूनाइटेड नेशन्स आर्गेनाइज़ेशन से है, इस मामले में चुप हैं। मुस्लिम अवाम को चाहिए, कि इस्लाम पर हो रहे इस हमले को, अफगानिस्तान और फिलिस्तीन की तरह प्रमुखता दें।"

यह मिलिटेंटों के हुकुमनामे हैं।

"भारत के मुसलमानों को आज़ाद वतन के लिए लड़ना चाहिए।"

पीटर दहशतगदों की कथनी और करनी में कोई तालमेल नहीं बिठा पाता। एक तरफ जेहाद का नारा, दूसरी तरफ लड़कियों से बलात्कार, ड्रग ट्रैफिकिंग, मारामारी।

गुपकार रोड पर बी.एस.एफ. का ऑपरेशनल सेंटर है। आतंकवादियों से पूछताछ का केन्द्र, 'पापाटू'।

पूछताछ के दौरान सख्ती भी होती है, कभी झूठे नाटक भी, दूसरे मिलिटेंटों को सबक सिखाने के लिए।

पीटर बाहर बैठा कोड़ों की आवाज़ सुनता है, और तेज़ चीखें, जो गुपकार रोड से झील डल और ओबराय पैलेस होटल से होती, फारूख साहब की कोठी छू, ज़बरवन की पहाड़ियाँ लाँघ जाती है। चीखें, बम-बारूद और मारकाट ! "ओह! गाड ! यह क्या हाल कर दिया तुमने मेरे चमन का ?" विश्वास करना मुश्किल है, कि यहाँ कभी सूफियाना कलाम और छकरियाँ गूँजती थीं।

सोचने और हुए पर अफसोस करने का समय नहीं। खबर आती है, डाउनटाउन में बी.एस.एफ. की गाड़ी पर उग्रवादियों ने बम फेंका है। कई कैजुएलिटीज़ हुई हैं।

उधर सेना शान्तिबल का रोल भी निभा रही है। क्रास फायरिंग में सोलह साला लड़का भी जख्मी हो गया है। दहशतगर्द, हिट एंड रन की नीति अपना रहे हैं। जो पीछे रह गया, उसको छोड़कर भागो।

पीटर, बी.एस.एफ. जवानों के साथ लड़के को भी मिलिट्री अस्पताल पहुँचा देते हैं। लड़के का काफी खून बह गया है। नाक-मुँह पर गाढ़ा रंग सूखकर चिपक गया है।

वह रुक-रुककर कराहता है बबा ऽऽऽ मोजी ऽऽऽ। आ ऽऽ ह ओ ऽऽ ! लड़के के चेहरे पर गजब की मासूमियत है। भरोसा नहीं होता, कि यह कम उम्र कश्मीरी लड़का गन उठा सकता है, और अपने ही भाई-बन्धुओं का खून बहा सकता है।

डॉक्टर कहता है, "लड़के को खून देना होगा, उसका ब्लड ग्रुप बी प्लस स्टाक में नहीं है।"

"कुछ कीजिए डॉक्टर।"

पीटर लड़के की डूबती आवाज़ से परेशान है।

"समबडी हैज़ टु डोनेट ब्लड, लेट अस सी।"

सेना का जवान यदुनाथ, रक्तदान के लिए तैयार हो गया—"सर, मेरा ग्रुप भी बी प्लस है।"

पीटर स्लिंग से बँधी बोतल में रक्त का बूँद-बूँद उतरना देखता है, और सोचता है, किस धागे से बँधा है उत्तरप्रदेश का यदुनाथ इस लड़के के साथ, जिसने होश में आने पर अपना नाम 'इम्तियाज़' बताया है, जो ज़ाहिर है, सीमा पार से ट्रेनिंग लेकर सुरक्षा बलों को खत्म करने आया है।

होश में आने पर इम्तियाज़ आँखें चुराता है। पीटर यदुनाथ से परिचय कराता है, "इस जवान ने तुम्हें ज़िन्दगी बख्शी है। तुम इसे मारनेवाले थे न ? और वो जो तुम्हारे साथी थे, तुम्हें गिरते देख वहीं छोड़कर भाग गए।"

इम्तियाज़ की दाईं बाँह में गहरा जख्म है। पट्टी बँधी है। दर्द से उसका चेहरा काला पड़ गया है। वह मुँह फेरकर सिसकने लगता है।

पीटर आसपास मानवाधिकारों की दुहाई देनेवालों को ढूँढ़ता है, कि देखें वे भी कैसे जवान अपनी ड्यूटी के साथ इनसानी फर्ज भी निभाते हैं। लेकिन वहाँ सेना के जवान और बी.एस.एफ. आवाजाही कर रहे हैं।

पीटर को लाइन ऑफ कंट्रोल कुपवारा जाने का आर्डर मिला है।

पता नहीं अशरफ से कब मिलना होगा।

जीतू के पापा ने सेक्यूरिटी की माँग की है। उधर कई पंजाबी व्यापारियों को उग्रवादियों ने अगुवा कर लिया है। क्या जीतू भी वादी छोड़कर चला जाएगा ? सुना है, उसके आँगन के पेड़ पर उग्रवादियों ने लाश टाँग दी थी।

पंडितों के जले-अधजले खाली बियाबान-सुनसान घरों में मौत का सन्नाटा है। पीटर के मन में हौल-सा उठता है। क्या विस्थापित हिन्दू फिर अपने घरों में लौट आएँगे ? विश्वास नहीं आता, यह वही नगर है, जहाँ महजूर ने कहा था, कि हिन्दू दूध हैं और मुसलमान शक्कर। लल्ली ने वाख गाए—

'शेव छुय थलि थलि रोज़ान
मोज़ान ब्योन हयोंद त मुसलमान...'[1]

---

1. शिव सर्वत्र व्याप्त है, हिन्दू-मुसलमान को भिन्न मत समझो।

उधर जम्मू में माइग्रेट कश्मीरियों ने 'पनुन कश्मीर' की माँग उठाई है, कि कश्मीरी हिन्दुओं के लिए वादी में बानिहाल या ऊधमपुर के आसपास, सिक्योरिटी ज़ोन बनाया जाए। झेहलम नदी के उत्तर और पूर्व के इलाके में सभी विस्थापित हिन्दुओं का होमलैंड बने। उन्हें अपनी जन्मभूमि में सम्मान से बसने का अधिकार दिया जाए। टैन्टों-शिविरों और तंग कमरों में ठुँसे-ठुँसे वे माइग्रेट की बेइज्ज़त और ज़लालत भरी ज़िन्दगी नहीं जीना चाहते। 26 दिसम्बर, '91 को जम्मू में दो दिवसीय कन्वेंशन हुआ है।

दिल्ली में सरकार मिलिटेंटों से बातचीत करने को तैयार है। सुना है, विस्थापित कश्मीरियों ने बातचीत में भागेदारी के लिए रैली निकाली, प्राइम मिनिस्टर को ज्ञापन देना चाहा, पर पुलिस ने डंडे मारकर उन्हें तितर-बितर कर दिया।

"ओ गॉड ! वॉट इज़ हैपनिंग !" पीटर ज्यादा सोचेगा तो पागल हो जाएगा।

इधर वादी में आतंक का साम्राज्य है, गोकि हज़ारों की संख्या में बी.एस.एफ. और सेना के जवान शहर की सुरक्षा के लिए तैनात हैं। अशरफ कहता है, "आम कश्मीरी अपनी हिफाज़त के लिए इन्हें ज़रूरी भी समझता है और क्रैकडाउन के लिए इनसे नाराज़ भी है।"

"इलाज क्या है अशरफ ?" अशरफ, आसमान की तरफ देखता है, "गॉड नोज़।"

आज तिलिस्म की उम्मीद तो कोई नहीं करता, पर पीटर मन-ही-मन बड़शाह की वापसी के लिए प्रार्थना करता है, इन्तज़ार भी। शायद वही एक हल है वादी के मुश्किल दौर का।

फिलहाल वह ड्यूटी पर जा रहा है। ड्यूटी हर हाल में ज़रूरी है।

# रसूल अहमद वल्द महदजू
# उर्फ
# ऋषि परम्परा का दुखान्त

इधर जम्मू में दो घटनाएँ ऐसी घटीं, जो अप्रत्याशित न होते हुए भी रैना परिवार को कुछ-कुछ आश्चर्यजनक लगीं।

यों पिचानवें के दौर में, देखा जाए तो, अप्रत्याशित-असम्भव, और आश्चर्यजनक जैसे शब्द काफी छीज गए थे। अब विश्व में कहीं भी, कुछ भी हो सकता था। आकाश में छेद हो सकता था, समुद्र सूख सकता था। मनचाहे क्लोन बन सकते थे, लोग मार्स पर बसने की सोच सकते थे।

वादी में तो लोगों ने आश्चर्य करना कब का छोड़ दिया था। वहाँ किसी के दरवाज़े पर मेंहदी का पैकेट रखा मिलता, तो घरवाले समझ लेते कि 'जेहादी' उनकी बेटी से विवाह रचना चाहते हैं।

वहाँ कमला-विमला के वक्ष काटकर, कान में डेजहोरू की तरह लटकाए जा रहे थे, बांडीपुरा के टुक्कर गाँव की युवती को भोगने के बाद, ज़िन्दा ही आरी से दो हिस्सों में काटा जा रहा था।

वहाँ अपने ही 'दोस्त' को 'काफिर' कहकर कौंच-कौंचकर जख्मी किया जा रहा था और उसका ताज़ा खून बोतलों में भरकर इसलिए इकट्ठा किया जाता कि वक्ते ज़रूरत, मुजाहिदों के काम आ सके।

यानी कुछ भी आश्चर्यजनक नहीं था। तभी तो, जब, रक्त नदी में डूबा रतन खुश्क गले से 'त्रेश-त्रेश'[1] चीख रहा था, तो उसके मुँह में पानी के बदले पेशाब दिए जाने की घटना से भी किसी को आश्चर्य नहीं हुआ।

फिर भी।

दरअसल, इस, फिर भी, से जीते जी छुटकारा नहीं।

हुआ यों, कि नवम्बर की सुहानी शाम, जब केशवनाथ, शूगर, बी.पी. को कंट्रोल में रखने के चक्कर में, घर के सामनेवाली सड़क पर चक्कर लगा रहे थे, तो पास की

---

1. पानी-पानी।

पुलिस चौकी से ज़ोर-ज़ोर की आवाज़ें सुनाई पड़ीं।

आवाज़ों का कोलाज ऐसा कि केशवनाथ के कान खड़े हो गए।

पुलिस की धमकदार पूछताछ के जवाब में, मिमियाती सफाइयाँ, आजिज़ बोल, 'झूठ बोलूँ तो जहन्नुम में जाऊँ' का खुदाई खौफ, और ठेठ कश्मीरी आदत और लहजे में, बच्चों और खुदा की कस्में, 'खोदाय सुंज द्रिय, बचन होन्द मरून...'

केशवनाथ उत्सुक हुए, कौन होगा ? क्या कुसूर किया होगा ? वही, बच्चों के कहे, दूसरे के मामले में टाँग घुसाने की पारम्परिक आदत।

पास आकर देखा, रसूल अहमद था, महदजू का लड़का। साथ में, राजेश खन्ना और शाहरुख खान की मिली-जुली सूरतोंवाला युवक। जो कुछ न कर पाने की विवशता में अपने हाथ निचोड़ रहा था।

रसूल अहमद केशवनाथ को देख पैरों पर गिर पड़ा, "खोदा ताला आपकी उम्र दराज़ करे। आपके ही पास आ रहा था। इन लोगों ने पकड़ लिया। आप इन्हें बता दीजिए न, कि उधर का हर आदमी मिलिटेंट नहीं होता।"

पता चला, पुलिसवाले रसूल अहमद को, घरों के चक्कर लगाते देख, शक की बिना पर, पूछताछ कर रहे थे, यानी कि अपनी ड्यूटी निभा रहे थे। रसूला वादी से आया कोई दहशतगर्द हो सकता था। उसके झोले में बम, बन्दूक, स्मैक-चरस कुछ भी हो सकता था।

लेकिन वहाँ तुड़े-मुड़े कुछ कागज-पत्तर, दो जोड़ी मुचड़े हुए सफरी कपड़े और पाँच हज़ार के नोट निकले, जो केशवनाथ के प्रकट होने से वापस झोले में सुरक्षित हो गए।

अब रसूल अहमद, केशवनाथ के घर में बैठा, जम्मू आने का कारण बयाँ कर रहा था।

रसूल अहमद का जम्मू आना साधारण-सी बात थी। क्योंकि वादी में तमाम दहशत के बावजूद, 'दरबार मूवी सिस्टम' की तरह, कश्मीरी व्यापारी, व्यापार के लिए और मज़दूर, मज़दूरी के लिए, जम्मू आता-जाता रहता है।

लेकिन रसूल अहमद न व्यापारी था, न मज़दूर।

वह गाँव का छोटा किसान था। उसने कहा, "आप जानते हैं भोभाजी," उसे मालूम था केशवनाथ को घर में भोभाजी कहते हैं। "किसान छह मास वादी में बेकार बैठा रहता है। आप दानिश्वर हैं, जानते हैं कि बाल-बच्चों का कुछ सबीला हमें करना ही पड़ता है। आखिर उनका मुस्तक़बल हम न देखें तो कौन देखेगा ?"

सो रसूल अहमद ने बच्चों के मुस्तक़बल की फिक्र में, नया काम हाथ में लिया था। वह था, घर छोड़ भाग निकले भट्टों के घर बिकवाने में मदद करने, यानी दलाल का काम।

उसकी चिन्ताएँ बड़ी जेनुइन थीं।

"अब वापस तो लौट नहीं सकते भट्ट भाई अपने घर। पर पैसे-टके की ज़रूरत

रहती है परदेस में। सोचा, इसमें हम कुछ मदद कर सकें तो हाज़िर हैं, आखिर हम भाई-भाई हैं, हमवतनी, हमज़बान हैं...''

उसके शब्दों में ऋषि परम्परा की परोपकारिता, नई परिभाषाओं में मौजूद थी।

केशवनाथ कुछ-कुछ उलझते-से गए।

''मगर हमें तो अपना घर बेचना नहीं है।''

''जानता हूँ, जानता हूँ भोभाजी।''

ज़ाहिर है, रसूल अहमद पूरी जानकारी हासिल करके आया था।

''आपके घर में बी.एस.एफ. के जवान रहते हैं, जानता हूँ, मन्दिर के पास है न आपका घर ? अच्छा किया आपने, इससे हिफाज़त रहेगी।''

दूसरे ही पल रसूल अहमद जुत्शी साहब का हालचाल पूछने लगा, ''कैसे हैं आपके दामाद साहब ? सुना है वे अपना घर बेचना चाहते हैं। मुझे लस दर्ज़ी ने बताया। दरअसल ये लड़का है न,'' उसने इशारे से राजेश खन्ना-शाहरुख खान की एकल प्रस्तुति की तरफ इशारा किया, ''रिश्ते में मेरा बाबथर[1] है, इसे वह घर पसन्द आ गया...''

''हूँ।'' केशवनाथ ने छोटा-सा हुँकारा भरा, कहानी आगे बढ़े।

रसूल अहमद ने चेहरा लटकाया। गठीले बदन पर अनुपात से कुछ दुबली गर्दन के ऊपर टिका दाढ़ीवाला चेहरा, ज्यादा लम्बोतरा हो आया, ''अच्छा किया भोभाजी आप लोगों ने, उधर से निकल आए। अब मारामारी के सिवा वहाँ रखा ही क्या है ?''

राजेश-शाहरूख ने टुकड़ा जोड़ा–''कोई सुकून ही नहीं है वहाँ।''

केशवनाथ हूँ-हूँ करते, सिर हिलाते, सुनते रहे। प्रेम जी रसूले के चेहरे की हलीमी के पीछे आँखों की शातिर चमक पढ़ने लगे। लल्ली-कमला सोचती रहीं कि यह रसूल अहमद उसी महद जू का लड़का है, जिसे आधी उम्र रैना परिवार में गुज़ारने पर ताता साहब ने आबी ज़मीन का टुकड़ा काश्त के लिए दिया था। केशवनाथ ने लड़कों को स्कूल भेजने की सिफारिश की थी। कुछ बनेंगे तुम्हारे लड़के, तो तुम्हारा बुढ़ापा भी सुख से कटेगा..।

रसूला सचमुच कुछ बन गया था। भट्टों के घर बिकवाने का दलाल ! उसे विश्वास था और उसने कहा भी, कि अच्छा हुआ, आप लोग वहाँ से निकल आए।

अब उसके बाबथर को जुत्शी साहब का घर पसन्द आ गया था।

''मैंने सोचा, आपको बेचना ही है, तो क्यों न हम ही लें ?''

यानी कि पहला हक हमारा ?

''महद जू कैसा है ? कभी हमें याद करता है ?''

लल्ली ने जानना चाहा, क्या वह भी बेटे के विचारों-इरादों में शामिल है ?

''बबा तो पाँचेक साल पहले गुज़र गया लल्ली मोजी।''

लल्ला को अफसोस हुआ। रसूले को समझने में कम दिक्कत आने लगी। लड़का

---

1. भाई का लड़का।

गुजरी पीढ़ी के नैतिक बोध से मुक्त हो चुका है।

रसूल अहमद भावुक हो आया।

"उम्रभर आप लोगों की ही बातें करता रहा। हमें तो आप सभी के नाम तक याद हैं। आपके वालिद मरहूम ताता साहब, आपकी लड़की डॉ. कात्यायनी, उधर गुगजी बाग में अस्पताल खोला है न ? और इधर दुलारी जी, लड़का तो अमरीका में ही है न ?"

रसूल अहमद ने लम्बी उसाँस भरी, "आप याद करने की बात करते हैं ? मरने के बाद भी जेब से आप लोगों की फोटो निकली, बाखोदा। उसे सीने से लगाकर सोता था।"

केशवनाथ दसेक वर्ष पहले मिला था, महदजू से, अमरनाथ यात्रा के दौरान। चन्दनबाड़ी में टट्टुओं पर यात्रियों का सामान उठा रहा था। पूरी यात्रा साथ लगा रहा। चेहरे पर वक्त के बुने जालों के सिवा कुछ भी न बदला था। वही पहचानी आत्मीयता, हलीमी, सलामती की चिन्ताएँ और दुआएँ।

महदजू की याद ने घर को खामोश कर दिया।

लल्ली ने चाय बनवाई। रसूल अहमद ने तारीफ की। "तलख़ बनी है, दिमाग तर हो गया।" उसे शिकायत थी कि पिछले हफ्ते से, खाना-पीना हराम-सा हो गया है। होटलों में दाल-रोटी और भिंडी-टिंडे। इधरवालों को मौंजिहाख[1] बनाना भी नहीं आता। पत्ते फेंक देते हैं, भला ठूँठ मोंजी में क्या स्वाद बचता है ?

"सोच रहा हूँ, कब घर पहुँचूँ और घर का हाकबत नसीब हो। घर की त्रेश के लिए तरसता हूँ यहाँ..."

केशवनाथ अभी भी हाँ-हाँ वाली मुद्रा बनाए रखे थे।

"खाना खाकर जाओ।" लल्ली ने माज़रत की, "यों स्वाद तो आबोहवा में है..."

"भट्ट भात नहीं खाता, चाय पी लेता हूँ, सो पी ली। अल्लाहताला खुश रखे। यह लड़का खाता है।" उसने फिर लड़के की तरफ इशारा किया।

"फिर कभी।" लड़का दो शब्द बोलकर चुप हो गया।

वे मुद्दे की बात पर आ गए।

"अगर आप जुत्शी साहब से कह दें, तो यह लड़का, (उसने फिर साथ के लड़के की तरफ इशारा किया) अच्छी रकम देने को तैयार हैं। सच कहूँ तो, इसे कर्णनगर वाला वह घर पसन्द आ गया। वरना, आप जानते हो, काम बड़ा जोखम का है। सरकार ने घरों की खरीदोफरोख्त पर पाबन्दी लगा दी है।"

लड़के की नई सड़क पर तेल की दुकान है। उसके पास पैसा आ गया है, तेल बेचने या अफीम-गाँजा इधर-उधर करने से, कौन जाने ? यों वादी में नए धन्धे खुले

1. कड़म का साग।

हैं, मिलिटेंटों से पत्रकारों की मुलाकातें करवाना, न्यूज एजेंसियों को भीतरी खबरें देना। बी.एस.एफ. या आर्मी के जवान को मारने के तो दो लाख तक मिलते हैं।

लेकिन रसूल अहमद मिलिटेंट नहीं था। उसने वादी से उठती आज़ादी की आवाज़ें सुनी थीं और उसे यकीन-सा हो गया था, कि आज़ादी की राह में हिन्दू लोग रोड़े भर रहे हैं, क्योंकि वे हिन्दुस्तानी एजेंट हैं। सो उनका वादी से चले जाना ठीक ही है। उनके जाने के बाद, ज़ाहिर है, घर-बार, ज़मीन-जायदाद, नौकरी-वौकरी पर किसी का हक बनता है, तो रसूल अहमद और उसके बाबथर का क्यों नहीं ?

केशवनाथ ने कहा, "मैं दामाद साहब से बात करूँगा।"

लल्ली को 'कफनचोर' कहानी याद आई। पहले-पहले कफनचोर कब्र से मुरदे को निकालकर, कफन चुराता था। फिर दोबारा ताबूत बन्द कर ज़मीन में दबा देता। एक दिन आया कि कफनचोर कफन चुरा गया और मुरदे को ज़मीन पर नंगा छोड़ चला गया।

सैंतालीस से लेकर सदी के अन्त तक, अपनी वादी ने कैसे-कैसे कफनचोर ईजाद किए हैं ! पहले स्कूल-कॉलिजों में सीटें कम की गईं। फिर प्रदेश में नौकरियों का टोटा पड़ गया, फिर पदोन्नतियाँ रुक गईं। फिर केन्द्र सरकार के कार्यालयों में जगह पाने के लिए गुस्सा उपजा। आखिरकार एक दिन ज़मीन कम पड़ गई। सो बाकी बचे-खुचे पर भी हक जमाने का सिलसिला चल निकला। भागते भूत की लँगोटी भी गई और मुर्दा आसमान के नीचे नंगा रह गया।

जुत्शी साहब बोले, "जब घर लौटने की उम्मीद ही खत्म हो गई है, तो घर रखकर क्या करूँगा ? यों भी वह घर अब मिलिटेंटों की रिहायिश हो गई है। कोई भी खरीदे, फर्क क्या पड़ता है ?" उनकी मुद्रा विरागभरी थी।

दुलारी पिछले साल तक राज़ी नहीं हुई थी, घर बेचने के लिए। सास-ससुर जी छह महीने कर्ण नगर में रहते थे। वे बच्चों के साथ गर्मियों में महीना-दो महीना रह आते। सेवानिवृत्ति के बाद तो सोचा था, छह मास श्रीनगर में रहेंगे। उन्हें देख आँगन की बाड़ पर छाए लाल गुलाबों के गुच्छे हँस पड़ते। हवा में सिर हिलाते उन गुलाबों की महक से लिपटे, दो महीने कहाँ गायब हो जाते, पता ही नहीं चलता।

उसने कहा भी, कि अब चुनी हुई सरकार बनी है, हालात बेहतर होने की उम्मीद जगी है।

"आखिर भारत सरकार यों ही प्लेट में सजाकर कश्मीर मिलिटेंटों के हवाले कर देगी क्या ?"

"आखिर कश्मीर का मसला कोई इकहरा मसला तो नहीं ? कि भट्टों को निकाल उसे इस्लामी स्टेट बनाकर मामला हल हो जाए। फिर भारत में जो नौ-दस करोड़ मुसलमान हैं, उनको कितने पाकिस्तान बनाकर देंगे ?"

"एक तरफ चीन-ईरान-पाकिस्तान, भौगोलिक कारणों से जुड़कर वादी को अपनी बेस बनाना चाहते हैं, दूसरी ओर सीमाओं पर अमरीका की नज़र बराबर लगी है। वे

लद्दाख को बौद्ध धर्म के नाम पर आज़ाद तिब्बत के साथ मिला दें और चीन के पैरों में ज़ंजीर डाल दें। इस अमरीकी प्लान के लिए भारत क्या मुहरा बनेगा ?''

''भारत ने जो करोड़ों-अरबों रुपये प्रदेश में झोंके हैं, और जो अब उसके लिए प्रेस्टिज का ही नहीं, राष्ट्र के अस्तित्व से जुड़ा प्रश्न है, उसे आप अनदेखा कैसे कर सकते हैं ?''

प्रेम ने दुलारी की आँख में उँगली डालकर हालात दिखाए, ''बड़ी बातें एक तरफ ! सीधी-सी बात यह है, कि जिन नेता जी के रहते, प्रदेश में आतंकवाद जड़ पकड़ता गया, वे ही दोबारा चुनकर आ गए, तो क्या आप हालात बदलने की उम्मीद कर सकते हैं ?

''नहीं दुलारी बहन, इस खुशफहमी को दिल से निकाल दीजिए।''

प्रेम ने मुख्यमन्त्री साहब का कथन कोट कर दिया, कि 1984 में जब वे जगमोहन गवर्नर द्वारा पदच्युत किए गए, तब उनके मन में उन्हें सबक सिखाने की बात ज़रूर आ गई थी। सो वे आतंकवादियों की कार्रवाइयों को जानकर भी अनजान बने रहे और हालात बिगड़ते गए। यों जानकार लोग जानते थे, कि लन्दन में रहते, उनके सम्बन्ध जे.के.एल.एफ. वालों के साथ रहे। उन्होंने तब कहा भी था, कि भारत ने उनके पिता के साथ अच्छा बर्ताव नहीं किया।

यों यह बदला लेने का एक ढंग था, आतंकवाद को पनपते देख चुप्पी साधना। जो होता है होने दो। यानी कि अपने पैरों पर कुल्हाड़ी मार लो।

इधर कुछ लोगों ने कहा, आजकल हालात बेहतर हो रहे हैं। अपने भटके युवा भारी तादाद में हथियार डाल रहे हैं ! समझ गए हैं, कि गन कल्चर ने उन्हें बरबादी के सिवा कुछ नहीं दिया। यह भी, कि पाकिस्तान उन्हें नहीं, उनकी वादी चाहता है।

बी.एस.एफ. भी काफी सतर्क है। अब वादी में आने-जाने के लिए मिलिटेंटों से इजाज़त भी नहीं लेनी पड़ती...।

इस बेहतर हालात के आश्वासन ने, दुलारी और रिद्धि को घर की यात्रा के लिए तैयार कर लिया। रिद्धि, दुलारी और युवा नौकर सन्तू टैक्सी में श्रीनगर के लिए चल पड़े।

दुलारी, रिद्धि ने हरे फिरन पहने, 'डेजहोरू' बालों में छिपा लिया। इधर हरा रंग, सब्जज़ारों का नहीं, मज़हब का रंग हो गया था।

यह यात्रा, पहले की यात्राओं से भिन्न थी, अपने घर की नहीं, किसी अजाने देश में घुसने की अनधिकृत चेष्टा।

जवाहर टनल पर बी.एस.एफ. की तलाशियाँ ! सॉरी। हम मजबूर हैं, की नम्रता के साथ।

बड़शाह चौक पर टैक्सीवाले का बीच राह अड़ जाना, कि ''बहन जी, बाल-बच्चे वाला हूँ, उधर कब क्रास फायरिंग हो, पता नहीं चलता, मारा जाऊँगा।''

रिद्धि का सड़क पर खड़े पुलिसवाले से पूछताछ कर ड्राइवर को मनाना, कि मरेंगे

तो हम भी, मरना हुआ अगर...

आगे तो अपरिचय दीवार की तरह तना था। अपनी गली से गुज़रते दोस्त-पड़ोसी, नज़र नीचे कर, बिना पहचाने-बतियाए निकल गए। शहर खौफ की मुट्ठी में बन्द था।

पड़ोसी राकेश के पास घर की चाबियाँ थीं। उसने बन्द दरवाज़ा खोला, तो घर का हुलिया देख, पहली नज़र में ही दिल धँस गया। बाद में...

उम्रों के घरोंदे, पुरखों की यादगारों से अटी धरती, हवा और मौसम की महक, सब कुछ बदल गया था। शैंडलियरों-कारपेटों से सजा घर, किसी अदेखे भूचाल से तहस-नहस हो गया हो जैसे। नक्काशीदार अखरोटी लकड़ी के पलंगों पर रजाइयाँ-कम्बल, बंडल बने बेतरतीब शक्ल में पड़े थे। अजीब-सी उबकाई लाती गन्ध कमरे में ठहर गई थी। बिस्तर पर सूखकर गाढ़े हो चुके खून और पेशाब के धब्बे देख, दुलारी का चेहरा सफेद पड़ गया। कहीं यहाँ भी भोगी गई लड़कियों की लाशें न पड़ी हों, जैसे कई खाली घरों में पाई गई हैं।

कालीन पर उल्टी पड़ी काँगड़ियों की राख और कैम्पा-कोक की खाली बोतलों के बीच रास्ता बनाती, दुलारी चौके में गई तो कुकर, थालियाँ, गिलास फैले देख लगा, कोई भूत घर में बस रहा है। बन्द दरवाज़ों के पीछे भला कौन रह-बस सकता है ?

पिछवाड़े का कमरा खोला, तो कुर्सियों पर तने अकड़े भूत बैठे हुए मिले।

दुलारी की टाँगें भय से थरथराने लगीं।

एक फ्रेंचकट दाढ़ीवाला भूत, खुशनुमा लहजे में नमस्कार कर बोला, कि वे लोग इधर रहने आए हैं, किराए पर। आजकल में ही घरवालों से बात करेंगे।

दुलारी ने आसपास ऊपर-नीचे देखा, कोई बिस्तर-बोरिया, चटाई-बक्सा, कुछ तो होगा उनके पास। पर वहाँ सिर्फ चार संजीदा चेहरोंवाले युवक, हाथ पीछे किए, कुर्सियों पर तने-अकड़े बैठे थे। क्या था उन पीठ पीछे छिपाए हाथों में ? बम, पिस्तौल, कलिशनिकोव ? क्या कर रहे थे वे पाँच युवक घर में छिपकर ? और वह कमरे की उबकाई लाती गन्ध, और चौके में फैले जूठे बर्तन ? दुलारी समझने की कोशिश में चक्कर खाकर गिर पड़े, इससे पहले ही राकेश ने आकर दरवाज़ा बन्द कर दिया।

एक इशारा, कि अब लौट जाओ, बहस न करो, अगर जान प्यारी है।

इस बीच रिद्धि ने दादा जी की कुछ चुनी हुई किताबें बैग में डाल दी थीं, राजतरंगिनी, नीलमत पुराण, प्रकाश रामायण, तवारीखे कश्मीर...

ड्राइवर माँजी का भारी बक्सा खींचकर कार में रख चुका था। पता नहीं उसमें वे आठ अंगुल जामवार वाले पश्म के शाल थे या नहीं, जो अनवर जू ने 'खास उनकी बहूरानी' के लिए शौक से बनाए थे।

दुलारी के पास कुछ भी उठाने-देखने का समय नहीं था। वे लोग कुछ भी कर सकते थे।

तभी जाने क्या हुआ कि दुलारी ने लपककर ठाकुरद्वारे का दरवाज़ा खोला। देवी-देवताओं के फोटो फ्रेम दीमकें चाट गई थीं। संगेमरमरी शंकर-पार्वती और गणेश

के ऊपर गेंदे के सूखे फूल-पत्ते चिपके रह गए थे। पूजा की धूप दीपी बासी गन्ध के साथ दुलारी के कानों में ससुर जी की भाव-विभोर करती देवी स्तुति गूँज उठी—

'नित्यः सत्यो निरकल एको जगदीशः
साक्षी यस्या सर्ग विधौ सं हरणे च
विश्वत्राण क्रीड़ाशीला शिवपत्नी
गौरी अम्बा अम्बरूहाक्षीम् अहमीड्ये:... ।'

जगत की रक्षा करना जिस माँ की क्रीड़ा है, उसने क्या क्रीड़ा करना छोड़ दिया ? या वह भी घरवालों के साथ विस्थापित हो गई ?

दुलारी ने शिवभक्ति की युगल मूर्ति उठाकर फिरन की जेब में डाल दी, तुम जो भी क्रीड़ा कर रही हो, तुम्हें इस निष्कासन में हमारे साथ रहना है।

लौटते में सड़कें ज्यादा धँस गई थीं, पहाड़ इतने कठोर और निर्मम पहले तो कभी नहीं थे। हवाएँ हड्डियों में सूराख क्यों कर रही हैं ?

लल्लेश्वरी के पांपोर गाँव में, दूर-दूर तक फैली केसर की क्यारियाँ, नीललोहित फूलों की आँखों से लल्ली को ढूँढ़ रही थीं।

कोंगपोश[1], उदास, तटस्थ और अकेले दिखे। उन्होंने दुलारी, रिद्धि का रास्ता नहीं रोका, "यार गयोम पोंपुर वते, कोंग पोशव रोट नालमत्ये।' गले बाँह डाल बेटियों की अगुवानी नहीं की।

कांजीगुंड में टैक्सी रोक, जब दुलारी ने बाँह भर-भर चिनार के पत्ते टैक्सी में भर दिए, तो रिद्धि बौरायी माँ को असमंजस में देखती रही। काश ! समय को किसी कैप्सूल में बन्द करके रखा जाता, तो महसूस करने के साथ-साथ, उसे देखा-छुआ भी जा सकता। शायद खो जाने के दंश से तब, कुछ हद तक, मुक्त भी हुआ जा सकता था।

बानिहाल टनल के पास खड़े उन्होंने, ग्रे आसमान तले सहमी-सिकुड़ी सिर झुकाई हुई वादी को देखा। पहाड़ियों की गोद में पानी के ऊपर तैरती हुई वादी ! लगा, चौतरफ पानी का वृहत फैलाव है। सतीसर ! जिसमें नए जलोद्भव उत्पात मचा रहे हैं। कश्यप ऋषि इतिहास हो गए, ऋषियों-मुनियों का ज़माना लद गया। नाग, आतंक से घबराकर वादी छोड़ गए। अब वहाँ राक्षसों का तांडव है। वादी को मुक्त करने कौन आएगा ?

जम्मू में लल्ली ने 'रोट' बनाकर महागणपति को धन्यवाद दिया, "तुम लौट आईं, यही क्या कम है ? आग लगे शाल-दुशालों में। जिएँगे, तो अनेक शाल-दुशाले मिलेंगे..."

केशवनाथ को आश्चर्य हुआ, "राकेश के पास चाबियाँ थीं। उसे मालूम होना चाहिए, घर में मिलिटेंट बैठे हैं। उसे बताना चाहिए था।"

प्रेम हमेशा की तरह मुँहफट।

"क्या बताता ? कोई नई बात है क्या ? मिलिटेंट गर्दन पर ए.के. सैंतालीस

---

1. केसर के फूल।

रखकर छिपने की जगह माँगेंगे, तो कोई भी उन्हें सात तहखानों में छिपा देगा। हिन्दू हो या मुसलमान। दुलारी का घर खाली था, तो उनकी ही मिल्कियत समझिए। फिर मिलिटेंटों से रिश्ते बनाकर रहते हैं वहाँ लोग। उसे यकीन होगा कि वे लोग दुलारी को नुकसान नहीं पहुँचाएँगे।''

कमला ने उन्हें तगड़ी-सी गाली दी। 'त्रटि लद, तावनज़द'।

''शुक्र है तुम्हें शूट न कर दिया। उन सिरफिरों का क्या भरोसा ? राकेश की भी विपत्ति में बुद्धि भ्रष्ट हो गई है। बता देता...''

किस्साकोताह यह, कि जुत्शी साहब का घर औने-पौने दामों में बिक गया। केशवनाथ के घर में ही कागजातों पर हस्ताक्षर हुए। जुत्शी साहब ने यह भी कहा, कि उधर आस्ट्रेलिया में विस्थापित कश्मीरियों को कुछ रियायतें मिल रही हैं। सोच रहा हूँ, रिटायरमेंट के बाद वहीं बस जाऊँ। अब यहाँ रहने का मन ही नहीं होता। जिस देश में अपनों की कदर नहीं, वह कैसा वतन ?''

इस किस्से का आश्चर्यजनक पहलू यह भी रहा, कि रसूल अहमद ने भोभाजी से आत्मीय अनुरोध किया, कि घर के कागज़ात वह दुलारी बहन के हाथ से लेगा, और वह भी आही[1] के साथ।

प्रेम जी ने रसूल अहमद से पूछा, ''क्यों भई रसूल अहमद, कभी हम उधर आएँ तो घर में घुसने दोगे ?''

रसूल अहमद बिछ गया, ''हमारे सिर माथे भायजान। हमारी आँखों पर। घर तुम्हारा है, आखिर हम भाई-भाई हैं, रहे हैं और आगे भी रहेंगे।''

तो अभी भी कश्मीरियत की पूँछ बची हुई है।

गुलाम मुहम्मद फाज़िल के शब्दों की गूँज कहाँ से सुनाई दी ?

'समिथ दीन धर्मस्थ, छु इनसान छ़ारान
खोदायत दयत यिम, अकी घाट प्यारान।'

अब एक ही घाट पर, शाह हमदान और काली मन्दिर में, भिन्न धर्मों के लोग इकट्ठे कब होंगे ? सुना है, शाह हमदान मस्जिद के अन्दर हिन्दू काल का एक प्राचीन कुंड है, जिसे मुसलमान भी पवित्र मानते हैं।

दुलारी के दिल से धुआँ उठ रहा था। नौकरी के लिए घर से निकले। कम-से-कम, सेवानिवृत्ति के बाद, अपने घर में रह सकते थे, लेकिन अब पिंड से जुड़ा आखिरी तार भी टूट गया।

पूर्णाहुति की गम्भीरता के साथ, उसने रसूल अहमद को घर के काग़ज़ थमाए।

''आही करो बहन !'' रसूले ने इसरार किया।

''खुश रहो। और क्या कहूँ ?''

आवाज़ गले में फँस गई। भीतर प्रश्न खँगोलते रहे।

---

1. आही—आशीर्वाद, शुभकामनाएँ।

"मुझसे दुआ-आशीष माँगते हो, पर खुद एक बार भी हमारे घर लौटने की दुआ नहीं माँगी।"

"मुझसे कहा, उधर सुकून नहीं है। मरते हैं बेकसूर। फिर भी तुम लुटे-पिटे निष्कासितों की जायदाद सस्ते में खरीद रहे हो, क्योंकि तुम्हें बच्चों के भविष्य की चिन्ता है। तुम्हारे दिल में कहीं यह डर भी है, कि घर-बार पीछे रहेगा तो एक दिन निष्कासित वापस लौट आएँगे। तुम उनकी यह उम्मीद भी खत्म कर देना चाहते हो।

"तुम अपनी सलामती की दुआ उनसे माँगते हो, जिनके कटने-छिलने के जख्म अभी पुरे नहीं हैं।"

लेकिन फिर भी दुआएँ दी गईं, ली गईं, गोकि दुलारी का मन हुआ, चीख मारकर रो दे।

प्रेम जी ने मन-ही-मन दाद दी, "वाह री कश्मीरियत !"

दूसरी घटना पर भी आश्चर्य तो होना नहीं चाहिए था। जन्म लेने पर आश्चर्य नहीं तो मृत्यु पर कैसा आश्चर्य ? दस द्वारे का पींजरा, कह गए हैं कबीरदास।

फिर अस्सी पार के केशवनाथ, तमाम शारीरिक बीमारियों के बावजूद अच्छे काम करते रहे। पढ़ते-पढ़ाते रहे। लोगों से अच्छे रसूख रखे। मज़हबों के बीच दरारें आने के बाद भी, मन से, सर्वे भवन्तु सुखिनः वाले श्लोक में विश्वास बनाए रखा।

घर छूटने पर उन्होंने वसुधैव कुटुम्बकम् की बात की। ग्लोबलाइजेशन, कम्प्यूटर क्रान्ति और विश्व व्यापार नीतियों की चर्चा करते, बच्चों को तसल्ली दी, कि अब पूरा विश्व ही अपना घर समझो।

लल्ली को लगा कि उसके पति दिमागी सन्तुलन खोने लगे हैं। प्रेम जी ने रसूल अहमद के सोच पर टिप्पणी की, तो केशवनाथ मार्क्स को कोट करते बोले, कि लोग बुरे नहीं होते, हालात उन्हें वैसा बनाते हैं, जैसा वे बनते हैं।

"एक महद जू था, जो हमारे, मास-दो मास घर से दूर रहने पर, चिट्ठियों पर चिट्ठियाँ भेजता था, कि घर लौट आओ, आपके बिना दिल नहीं लगता। एक यह रसूला, उसका ही लड़का, कहता है, 'अच्छा किया वहाँ से चले आए...' "

कमला को देवरजी का दर्शन गले नहीं उतरा।

"यह क्यों नहीं मानते भोभाजी, कि लोगों के दिलों में खोट आया है।"

"वक्त भी तो बदल गया। महदजू घर का नौकर था, चाहे हम कितने भी अच्छे रहे हों, वह जानता था। उसके लड़के अपना अच्छा कमाते-खाते हैं, थोड़ी ज़मीन-जायदाद भी है। उनका सोच अलग तो होगा ही। वे हमारे शुक्रगुजार क्यों रहें ?" यानी सम्बन्धों के भावनात्मक, आर्थिक आधारों में, आर्थिक पक्ष महत्त्वपूर्ण हो गया। यही वक्त की सच्चाई है।

लल्ली रसूल अहमद को दोष नहीं देती। वक्त-वक्त की बात है।

"परिस्थितियाँ।" भोभाजी भावुकता से नहीं, तर्क से प्रश्नों के उत्तर तलाशते हैं।

"सुनो, आदमी को जैसे हालात मिलते हैं, उन्हीं में वह अपना इतिहास बनाता

है। उसमें, उसकी स्वतन्त्र इच्छा, या उसका अपना चुनाव जैसा कुछ नहीं होता। महदू नुन्द ऋषि और ललद्यद की बात करता था। जैन ऋषि और बाबा ऋषि की कथाएँ जानता था। उन्हीं के दर्शन से उसका सोच बना था। देने का सोच। रसूल अहमद ने होश में आते ही, सियासी चालबाज़ियाँ और भेदभाव की रीति-नीतियाँ देखीं। पाकिस्तानी दुष्प्रचार ने दिल दिमाग में ज़हर भर दिया, कि हिन्दू हिन्दुस्तान तुम्हारे दुश्मन हैं। सो उसके सोच को दोष क्यों दें ?''

''यानी कि भोभाजी ! आप कहते हैं, वादी का नया इतिहास, हमारे सत्ताधारियों की गलतियों, स्वार्थों और नाकामयाबियों से उत्पन्न स्थितियों के बीच से ही बनेगा। भीतर की खामियाँ, और बाहर जो तालिबानों-जेहादियों ने ग्लोबल इस्लामिक मूवमेंट छेड़ी है, उसका प्रभाव भी वादी पर पड़ रहा है, ऊपर से पाकिस्तान तीन-तीन लड़ाइयों में हारकर प्रॉक्सी वार चला रहा है, सो ऐसे हालात में वादी के हिन्दुओं को अपने पुरखों के स्थायित्व की चिन्ता छोड़, जहाँ सींग समाए वहीं जाना चाहिए।''

''शायद यही होना है प्रेम।'' केशवनाथ ने दबी-दबी-सी उसाँस ली।

''पहले की डिक्सन योजना हो, या आज वादी में उठी आज़ादी की माँग। हर जगह कश्मीरी पंडित ही मार खाता रहा है। लद्दाख के लिए ऑटोनोमस-हिल कौंसिल की माँग ! शायद लद्दाखियों के हितों की रक्षा करे, रीजनल काउंसिल जम्मू के लिए उनके नफा-नुकसान देख लेगी। कश्मीरी पंडित की सुनवाई कहाँ होगी ? वादी का तो तेज़ी से इस्लामीकरण हो रहा है, वहाँ से हिन्दू निष्कासित हो ही गया। अब सरकार कश्मीर के लिए पैकेज की बात कर रही है पर हिन्दुओं का नाम कौन लेता है ?''

उस रात देर तक घर में चर्चाएँ होती रहीं। केशवनाथ पूरे होशोहवास में बातें कर रहे थे। ऑटोनोमी और कश्मीरियत पर खूब बहसें की गईं।

रिद्धि की समझ में नहीं आता था, कि फारूख साहब बार-बार ऑटोनोमी की माँग क्यों करते हैं ? 370 धारा ने हमारे क्षेत्र को तो विशिष्ट दर्जा दिया ही है। अब और क्या चाहिए ?

प्रेम ने इस माँग को 'पोलिटिकल गिमिक' कहा।

''ऑटोनोमी कौन चाहता है ? किसान, मज़दूर, व्यापारी ? नहीं, यह कहो, कि ऑटोनोमी नेतागण चाहते हैं, वह भी असन्तुष्ट नेतागण। उन लोगों के लिए, जो उन्हें नेता मानने से इनकार करते हैं।''

''कश्मीर स्टेट सिर्फ वादी नहीं है,'' केशवनाथ ने जोड़ा, ''इसमें जम्मू और लद्दाख भी हैं। ये भारत के साथ पूर्ण विलय के पक्ष में हैं। वादी के शिया और गुज्जर भी ऑटोनोमी की बात नहीं करते। प्रेम ने ठीक ही कहा, इसे पोलीटिकल गिमिक ही मानो।''

''और खुराफातियों की चाल, कि जितना हो सके, भारत से दूर होते जाओ।'' रिद्धि ने नाना जी की बात पूरी कर दी।

''तुम उन्हें खुराफाती ही कहो,'' वे कहते हैं, ''ऑटोनोमी कश्मीरियत को बचाए

रखने के लिए चाहिए।''

दुलारी ने नया मुद्दा छेड़ दिया, ''कश्मीरियत।''

केशवनाथ ने घड़ी देखी। ''ग्यारह बज रहे हैं। अब सो जाओ रिद्धि, सुबह तुम्हें कॉलेज जाना है। कश्मीरियत को ऑटोनोमी से कुछ लेना-देना नहीं है। वह हमारी सामासिक संस्कृति है।''

''पर इधर कुछ लोग उसे मुस्लिम आइडेंटिटी के साथ जोड़कर देखते हैं भोभाजी।''

''बकवास !'' केशवनाथ बिस्तर में घुसते हुए बोले, ''हमारी कश्मीरियत के पीछे हज़ारों सालों का इतिहास है। वह बौद्ध धर्म, हिन्दू धर्म, सूफी और ऋषि सम्प्रदायों के मिले-जुले प्रभावों से बनी, हमारी आचारसंहिता और अस्मिता है। उसके पीछे ऐतिहासिक कारण हैं।''

प्रेम जी ने, अशोक के पाँच हज़ार भिक्षुओं को लेकर कश्मीर आने की बात की। हारवन में विहारों के साक्ष्यों पर बातें हुईं। बौद्ध मत में जाति प्रथा नहीं। कश्मीरी पंडितों में भी जाति प्रथा नहीं। क्या यह बौद्ध मत का प्रभाव नहीं हो सकता ? रिद्धि ने चौदहवीं शती में 700 मुरीदों को लेकर आए शाह हमदानी, सूफी सैयद और धर्म प्रचारकों को ढूँढ़ निकाला।

लल्ली ने भी पीरों, फकीरों पर हिन्दू-मुसलमानों की एक-सी आस्था होने के दो-चार उदाहरण दिए। ''दूर क्यों जाएँ, अपनी मंगला बहन ने बेटे की बीमारी में कौन से पीर-फकीर के अस्तान पर धागा बाँध, मुरादें नहीं माँगी ?''

रिद्धि को मज़ाक सूझा, ''नानी। कॉलेज में मेरी एक कलीग कहती है, कश्मीरी पंडित आधा मुसलमान है, और कश्मीरी मुसलमान आधा हिन्दू।''

''समझो, इसे ही कश्मीरियत कहते हैं।'' केशवनाथ मुस्कुराए।

''लेकिन, अब वह राग भी पुराना हो चला रिद्धि ! अब कश्मीर अन्तर्राष्ट्रीय मसला बन चुका है। पाकिस्तान के साथ अभी भी बिल क्लिंटन सरकार की हमदर्दी है। हथियार बराबर भेजे जा रहे हैं। मानवाधिकारों का ढिंढोरा पीटनेवाले, निष्कासित हिन्दुओं को घरों में बसाने की बात नहीं करते। चीन, अमरीका कश्मीर को नासूर बनाए रखना चाहते हैं। सबके अपने स्वार्थ हैं। वादी के लोग भी एक दिन भूल जाएँगे, कि कश्मीरियत हिन्दू-मुसलमानों की साझी विरासत रही है।''

करीब बारह बजे रात वे लोग सो गए।

''सुबह धुँधलका छँटने ही लगा, कि फोन की घंटी बज उठी। प्रेम ने फोन उठाया। विजया चौंककर उठ बैठी। श्रीनगर से नीलम का फोन था। फोन सुनकर प्रेम का चेहरा ज़र्द पड़ गया।''

''हे भगवान ! कब ? कैसे ? वे लोग क्यों चले गए ? ऐसी क्या आफत थी ? माय गॉड। फिक्र मत करो, मैं आज ही चल पड़ूँगा।''

''क्या बात है ?'' विजया ने प्रेम को डुलाया, ''क्या हुआ, कहो न।'' प्रेम ने रिसीवर रख दिया।

''मुसीबत आ गई और क्या ! कात्या और डॉ. जीजा को मिलिटेंटों ने अगवा कर लिया है।''

विजया रोने लगी। प्रेम भोभाजी को खबर देने उनके कमरे में चला गया। लल्ली बाथरूम में थी। प्रेम ने भोभाजी को पुकारा, ''भोभाजी।''

भोभाजी गहरी नींद में थे।

''भोभाजी !'' प्रेम ने हाथ से हिलाया, डुलाया, लेकिन भोभाजी नहीं जागे।

रात तक तो अच्छे-भले थे। यह अचानक क्या हुआ ? घर में हंगामा हो गया। डॉक्टर बुलाया गया। उसने नब्ज़ देखी, आँखें खोलीं, यहाँ-वहाँ टटोला, और सॉरी कहा।

''हार्ट अटैक लगता है। कोई अचानक सदमा तो नहीं पहुँचा ?''

''सदमा ?'' प्रेम ने कात्या-कार्तिक की बात, अभी विजया के सिवा किसी से नहीं कही थी।

''ताज्जुब है।'' वह हैरान था, ''बारह बजे तक हमसे बातें करते रहे, हार्ट की कोई शिकायत भी नहीं थी और सदमे की बात...''

डॉक्टर ने स्टैथस्कोप बैग में रखा। केशवनाथ को धरती की सेज देने का इशारा किया, ''इसमें ताज्जुब की क्या बात है, भाई साहब, कोई भी मौत हार्ट फेल होने से ही होती है।''

भोभाजी को पलंग से उतारते, प्रेम जी को लगा, ज़रूर उन्हें नींद में ही आगामी हादसे का पूर्वाभास हो गया होगा।

# बर्फ़ की क़ब्र में दस दिन !
# उर्फ
# चौदह साला उम्र, चार मासा पेट,
# ज़ख्मी जंगजू और फय्याज़ !

आँखों की सीध में जो जालीदार खिड़की है, वहाँ से दूर-दूर तक बर्फ ही बर्फ नज़र आती है।

धुँधले आसमान से बर्फ़ के गाले कलाबाज़ियाँ खाते, आपस में उलझते-पुलझते, धरती पर बैठ जाते हैं, धरती के लिए सफेद कफन बुनने।

चौतरफ मायूसी है। अब पहले जैसी क्यों नहीं लगती बर्फ़ ?
''हम छोटे थे, तो रूई के गालों में गिरती थी बर्फ़।''
हवा में भागती, खिलंदड़ी शामिल होती थी।
हमारे खेलों में,
बनती थी हमारी शर्तों की वजह।
कि सुबह मिलेगी जमी हुई मलाई कुल्फी में।

..............................................

बड़े हुए तो वैसे ही नाचती रही बर्फ़
कपास के छितरे फाहों में,
बन्द खिड़कियों की सन्धों से घुसकर हमें खोजती रही
हम, हथेलियों में भरते रहे उसे, बुजुर्गों से छिपकर
हमारी गर्मी से पिघल, हममें जज़्ब होती रही बर्फ़।'

दूर तक फैली इस बर्फ़ की चादर पर कल दो लाशें गिरी थीं। एक का मुँह बर्फ़ में धँसा था, दूसरी आसमान की तरफ चित्त लेटी थी। उसकी खुली आँखों में बर्फ़ भर गई थी।

''आपस में ही लड़ मरेंगे अब ये बदबख़्त।'' खाना लानेवाली औरत ने बताया था, ''कई तंज़ीमें हैं, एक-दूसरे के खून के प्यासे हो गए हैं लोग।''

ज़ाहिर है, जे.के.एल.एफ., जम्मू-कश्मीर-लद्दाख के साथ, आज़ाद कश्मीर की भी

आज़ादी चाहता है। पाकिस्तान को इसीलिए हिज़्बुल मुजाहिदीन गुट को खड़ा करना पड़ा। दोनों में तनातनी चलती है।

ये रूई के गिरते गाले देख आँखें दुखने लगी हैं। लगता है कनजेक्टिवाटिस हो गया है। सुइयाँ-सी चुभती हैं आँखों में।

कमरा ठंड से अकड़ा हुआ है। भारी लद्दड़ कम्बल के नीचे, यख़ साँप, रीढ़ की हड्डी में सरसरा रहे हैं।

"कार्तिकेय ! तुम कहाँ हो ? कहाँ हो मेरे कार्तिक ?"

अबाबीलों ने छत की शहतीर की आड़ में घोंसला बनाया है। घास-फूस की तीलियों-तिनकों से छवाया सुरक्षित घरोंदा। अपने नन्हे बच्चों के लिए। जो माँ के नरम-गरम पेट से सटकर, आँखें मूँदे बैठे हैं। उनकी नन्ही अलसाई-सी आवाज़ें कमरे की खामोशी का अहसास बढ़ा रही हैं।

मुझे अर्जुन-ईशा याद आ रहे हैं।

उनके उदास चेहरे मन में हौल जगाते हैं।

परेशान होंगे। क्या होगा मम्मी-डैडी का ? क्या उन चार विदेशी पर्यटकों का जैसा हश्र, जिन्हें अलफारान गुट ने अगवा किया था ?

ये लोग अलफारान गुट के नहीं लगते। हिज़्बुल मुजाहिदीन, अल उमर, अल जेहाद, या जे.के.एल.एफ. ?

पता नहीं चलता। चार तो कश्मीरी थे, वो सरदार, जिसकी टाँग में गोली लगी थी, अफगानी लगा।

मेरे बच्चो ! तुम्हारी माँ, मुफ्ती साहब की बेटी रूबैया नहीं है, और न ही सोज़ की बेटी नाहिदा। जो प्रदेश से लेकर केन्द्र सरकार तक उसे छुड़ाने के लिए मिलिटेंटों की हर शर्त पूरी कर लेगी।

हो सकता है, दखलू दम्पत्ति या दर दम्पत्ति की तरह हम भी किसी करिश्मे से घर लौट आएँ।

फिलहाल कोई अनुमान काम नहीं करता। हर अगला पल रहस्य के गर्त में बन्द है।

आज सात दिन हो गए यहाँ। पता नहीं प्रदेश के किस गाँव में हूँ। पुलवामा, कुपवारा या सोनमर्ग के पास का कोई छोटा-सा गाँव है। सोनमर्ग में एक खिलंदड़ी नदी बटों के ऊपर सुनगुन करती बहती है। कॉलेज के दिनों में, हम एक बार वहाँ पिकनिक के लिए गए थे। पहाड़ों को फलाँगती, तराइयों को हरियाती उस नदी का सौन्दर्य मुग्ध करनेवाला था। यहाँ से वह नदी नहीं दिखती।

शिंगल की छतवाला, अलग-थलग पड़ा, यह दुमंज़िला घर, किसी गृहस्थ का लगता है। एक तंग उखड़े पलस्तरवाली नीम अँधेरी कोठरी में बन्द हूँ। कमरे में सिर्फ पेत्स की एक खरखरी चटाई है। ऊपर अलगनी पर कुछ ओढ़ने, कुरते और मुसे हुए चद्दर लटक रहे हैं। साथ के कमरे से कभी-कभार आवाज़ें आती हैं। हश-हश

आवाज़ें ! हिदायतें, सामान का बँटवारा, जायज़ा, गिनती, ज्यादा बात कमांडर ही करता है।

"कितने कलिशनिकोव मिले ?"

"बीस, ए.के. सैंतालिस, पचास बम, रॉकेट लांचर..."

"ठीक है। आज का प्रोग्राम सभी को याद है ?"

"चार जने बांडीपुरा जाओ..."

"अफवाहें फैलाना ज़रूरी है। कह दो, आर्मी औरतों की बेहुरमती कर रही है।"

"लोगों को भड़काओ। जेहाद के लिए लोगों का सपोर्ट ज़रूरी है..."

"लन्दन के प्रेस रिपोर्टर को खबरें दीं ?"

" 'मरकज़'[1] दावा अल इरशाद' को वायरलेस मैसेज देते रहो..."

"कैसेट गली-गली बाँटो, इश्तहार घर-घर बाँटो, जल्दी से कुछ खाकर अपने-अपने फ्रंट सँभालो।"

"कुछ नामुराद सरंडर कर रहे हैं। उन्हें सबक सिखाना है।"

"सब सुन लो ! जेहाद के रास्ते में लौटने की गुंजाइश नहीं है।"

"ओ.के. ?"

"ओ.के.।" सामूहिक आवाज़ें। "अल जेहाद। अल जेहाद।"

"याद रखो, दो आर्मी अफसरों के सिर, याने चार लाख रुपए। पुश्तों के दरिद्र कटेंगे।"

कमरे से खटपट की आवाज़ें आती हैं, सामान उठाने, रखने कीं।

मैं दुपट्टे के छोर से मुँह ढक देती हूँ।

कोठरी की दीवार में एक छोटी-सी ताखेनुमा खिड़की है, जो पुराने घरों में पकवानों के आदान-प्रदान के काम आती थी। वहीं से आवाज़ें आती हैं। वहीं से वे लोग, मेरे कमरे में होने को देख लेते होंगे ! भला कार्तिक को छोड़कर कहाँ जाऊँगी मैं ?

बाहर दालान में एक नीली आँखोंवाला कमसिन लड़का आवाजाही करता रहता है। शायद उसे मेरी रखवाली के लिए रखा गया है।

दूर से दिखती ढलुवाँ छतें बर्फ के भार से दब गई हैं। पेड़ों पर बर्फ के गुच्छागुच्छ फूल हैं। दालान की छत से शिशिरगाँठें[2] लटक रही हैं। दो दिन और यहाँ रही, तो जमकर कुल्फी बन जाऊँगी। पता नहीं कार्तिक को देख पाऊँगी या नहीं ? क्या किया होगा उन्होंने उसका ?

मेरी आँखों में हार की धुंध छा रही है।

ताता साहब कहते थे, घर में एक ही बहादुर बेटी है, जिसे कोई भी डरा हरा नहीं सकता।

---

1. इस्लामी साम्प्रदायिक संगठन, 2. आइसिकल्ज़।

तब हम मुजफ्फराबाद में थे। बहुत छोटी थी मैं, कोई छह-साल साल की। हम लड़कियाँ भर दुपहर कृष्णगंगा तट पर बने उस स्नान घर में नहाने जाते थे, जहाँ हर वक्त कृष्णगंगा का शोर भरा रहता था। एक-दूसरे को सुन पाना मुश्किल था। एक दिन सुनसान दुपहरी में, जब हम नाड़े[1] के नीचे नहाते थे, एक खूब लम्बा-तगड़ा पठाननुमा आदमी स्नानघर में घुसकर दुलारी से कान के कर्णफूल माँगने लगा। उसके हाथ दुलारी के कान तक आ गए, तो वह ज़ोर-ज़ोर से गालियाँ निकालने लगी। तब मैंने स्नानघर का, टिन का दरवाज़ा पूरी ताकत से धकेला, जो बटों की दीवार से टकराकर जोर से बज उठा। धड़ाम ! पठान आवाज़ से घबराकर भाग गया।

हमें सही-सलामत पाकर ताता साहब ने तभी कहा था, कि हमारे घर में एक ही बहादुर बेटी है, जिसे कोई भी हरा-डरा नहीं सकता।

मैंने हार मानना सीखा ही कहाँ ?

लेकिन आज मेरे पास उम्मीद की कोई कतरन नहीं। क्या मैं हार गई हूँ ? या मुझे मेरी ग़ैर ज़रूरी बहादुरी की सज़ा मिल रही है ? कहीं वह मेरी भावुकता तो नहीं थी ?

दोष मेरा था, अगर था, कार्तिकेय मेरे कारण लपेट में आ गया।

पता नहीं उसके पास कोई कम्बल-काँगड़ी भी होगी। एम्बुलेंस में उस मुस्टंडे आदमी ने बुरी तरह से कार्तिकेय का कन्धा झटक दिया था।

कार्तिक को सीने से लगाने की हूक उठ रही है। लगता है सालों से उसे देखा नहीं है। छाती में बियावान रो रहा है।

उसने कहा था, "एम्बुलेंस भेजकर पेशेंट को यहीं बुलाएँगे। हो सकता है ऑप्रेशन करना पड़े। यों भी शाम हो गई है...।"

लेकिन मेटाडोर से उतरी उन दो औरतों के करुण विलाप से मैं पसीज गई थी। वे कमाल की अभिनेत्रियाँ थीं। उन्होंने आते ही मेरे पाँव पकड़े थे।

"डॉक्टर साहिबा ! हमने बड़ी कोशिश की, बेटी को अस्पताल लाने की, पर वह हाथ नहीं लगाने देती। दर्दों से तड़प रही है। उसे बचाइए। बलाय लगय। परवरदिगार आपके बच्चों को लम्बी उमर देगा।[2] खोदाय दियिय हुरेर तुं पूरेर। बोड आय त थोद पाय।"

"हम एम्बुलेंस के साथ नर्स को भेज देंगे, फिकर मत करो...।"

कार्तिकेय राज़ी नहीं हुआ था। आजकल हालात ठीक नहीं हैं कात्या। क्यों बेकार रिस्क ले रही हो ?

"एम्बुलेंस के साथ आप भी चलें। बड़गाम के पास ही घर है। खोदाताला सेहत और राहत देगा। बड़ी उम्मीद लेकर आए हैं, पता नहीं लड़की अभी तक बची भी है या..."

---

1. पहाड़ी से उतरा स्वच्छ जल का आबशार, 2. ईश्वर तुम्हारे भंडार भर देगा, लम्बी उम्र, बड़ा रुतबा देगा।

वे ज़ार-ज़ार रोती रहीं।

"ठीक है, हम साथ ही चलेंगे।" मैंने सोचा, हालात अब पहले से काफी बेहतर हैं। कार्तिकेय खामखाह डर रहे हैं।

नीलम ने एमरजेंसी ऑपरेशन किट, मेडिसन बॉक्स, वगैरह साथ रखे। वह परेशान हो गई थी, "दीदी ! तुम ठीक नहीं कर रहीं। रात का वक्त है। आजकल किसी का भरोसा नहीं।"

कोट पहना था। उसने शाल भी साथ रख दिया। "बाहर ठंड है दीदी।"

कार्तिकेय ने कहा, "मैं भी साथ चलूँगा।" गुलाम नबी ड्राइवर तो था ही।

एम्बुलेंस देख रास्ते में किसी ने नहीं रोका।

शहर से थोड़ी दूर, कीकर-देवदारों की कतारों में शाम का अँधेरा गहराता गया। लगातार आँखें पोंछती औरत ने, 'अख मिनट', कहकर एम्बुलेंस रुकवा दी। "मैं बेशुंडी क्या करूँ, रोक नहीं पाती, बस, गई और आई।"

चौतरफ अँधेरे का एकछत्र राज्य। सर्दियों का मौसम। ओवरकोट के अन्दर सर्दी घुसकर कँपा रही थी।

कार्तिकेय को कुछ गलत होने का शुबहा हुआ। उसने गुलाम नबी को कड़क आदेश दिया, "गुलाम नबी। एम्बुलेंस मोड़ दो !" गुलाम नबी सहमा हुआ था। वह भी शायद लौटना चाहता था।

लेकिन गाड़ी के मुड़ते ही देवदार के तने के पीछे से तीन आदमी प्रकट हो गए। वे गाड़ी रोककर सीटों पर जम गए। सिर-मुँह पर रूमाल बाँधे, काले फिरन पहने ! या शायद अँधेरे में सब काला हो गया था।

"डॉक्टर साहब ! डरते क्यों हैं ? बस, पहुँच ही गए अब तो। वो उधर देखिए, घर दिख रहा है।"

बाहर मट्टन के खँडहर जैसे दिखे, जो अँधेरे में काले भूतों की तरह डरा रहे थे।

अब समझना मुश्किल न था, कि हम मिलिटेंटों की गिरफ्त में आ गए हैं।

"आप हमें कहाँ ले जा रहे हैं ? गुलाम नबी, गाड़ी मोड़ दो।" कार्तिकेय ने एक बार फिर विरोध करने की कोशिश की। लेकिन अब उसकी आवाज़ में ज़ोर नहीं था। तभी फिरन से गन निकाल, एक लड़के ने गुलाम नबी को धक्का देकर सीट से बाहर गिरा दिया। दूसरे ने कार्तिकेय का कन्धा कसकर जकड़ लिया।

"खबरदार ! चिल्लाना मत। खामखाह खून-खराबा हो जाएगा। हम तुम्हें कोई नुकसान नहीं पहुँचाएँगे। हमारे लड़के जख्मी हो गए हैं, उन्हें बचाना है। इसीलिए तुम्हें ले आए हैं। ये स्साले बी.एस.एफ. वाले उस तरफ न होते, तो हम उन्हें अस्पताल ही ले आते। काम होते ही हम तुम्हें वापस छोड़ देंगे।"

कार्तिकेय ने मेरा हाथ अपनी हथेलियों में भर लिया। उसके ठंडे हाथ बुरी तरह काँप रहे थे। हम दोनों काले समुद्र में डूबते जा रहे थे। गहरे और गहरे। मैंने बाँह कमर

में डालकर कार्तिक को जकड़ लिया।

पता नहीं किस जगह एम्बुलेन्स रोक, उन्होंने हमें जीप में ट्रान्सफर कर दिया। हम बेजान बुत से पीछे-पीछे चलते रहे। उन्होंने हमारी आँखों पर पट्टी बाँध दी और यहाँ ले आए।

वे गलत नहीं थे। उनके तीन आदमी बुरी तरह से ज़ख्मी हो गए थे। कार्तिक ने एक की बाँह से गोली भी निकाली।

एक औसत कद-काठी की मनहूस-सी दिखती औरत, साबुन और गर्म पानी लेकर आ गई। उसे देखकर जाने क्यों हिम्मत-सी बँध गई। हालाँकि हमें यहाँ तक ले आनेवाली भी औरतें ही थीं।

रातभर हम दोनों, उन ज़ख्मी जंगजुओं की मरहम-पट्टी, दवा-शवा में लगे रहे। उनमें दो कश्मीरी लड़के थे। एक करीब पैंतालीस साल का भूरी दाढ़ीवाला, अफगानी लगा। शायद उनका कमांडर था।

सुबह होने से पहले ही वे लोग मुझे यहाँ ले आए। कार्तिकेय को रोक लिया। मैंने कार्तिकेय के साथ रहने की इल्तजा की। उन्होंने सपाट आवाज़ में हुकुम दिया—"जाओ, जब तुम्हारी ज़रूरत होगी तो बुला लेंगे। फय्याज़, ले जाओ। तुम भी उधर ही रहो, सुनो, घोड़े बेचकर मत सोना, तुझे नींद की बीमारी है।"

नीली आँखोंवाला कमसिन लड़का, फय्याज़, मुझे यहाँ ले आया। फय्याज़ कन्धे पर गन रखे, कमरे के बाहर आवाजाही करता रहता है। भूरे पट्टे का फिरन पहने एक औरत, सुबह-शाम खाना देने आती है। रात को मेरे कमरे में ही सोती है। उसका चिथड़ा गब्बा-लिहाफ कोने में पड़ा, तीखी गन्ध मार रहा है। रातभर उसके खर्राटे सुनती हूँ और तेज़ नाखूनों से बाँहें-जाँघें खुजाने की खर-खर खिश-खिश। उसे स्केबीज़ है। मैंने दवाई लिख दी है। पिछले दो दिनों से वह खुजलाती नहीं। पहले मुझसे बात नहीं करती थी। अब दो मिनट बैठकर हाल पूछती है। कोई अदृश्य तार जुड़ने लगा है हमारे बीच। मेरे पास एक ही बात है, "डॉक्टर कहाँ हैं ? क्या मैं उसके पास नहीं रह सकती ?"

उसके पास भी एक ही जवाब है, "कमांडर जानता है। उसके हुकुम के बगैर कुछ नहीं हो सकता। पत्ता तक नहीं हिल सकता।"

"तुम इनकी क्या लगती हो ?" मैंने सुबह औरत से पूछा। वह खुल गई। उसने बताया कि जेहादी घर में जबरन घुस गए। कमांडर ने हुकुम दिया, जंगजुओं के लिए खाना बनाया करो। कोई पूछे तो कहना, हम रिश्तेदार हैं। वैसे लगते कुछ नहीं।

"रुपया-पैसा कहाँ से आता है ?" मुझे उत्सुकता हुई, गोकि समझने की बात थी।

"क्या पता बाहर से आता होगा, जिधर से हथियार आते हैं। यूँ किसी के गले पर बन्दूक रखें, तो क्या वह इनकार करेगा ?"

औरत का गुस्सा धीरे-धीरे बाहर आ रहा था।

"हम समझे, जेहादी हैं। इन्होंने लड़कियों को बर्बाद कर दिया। एक लड़की को मैंने भगा दिया, तो मुझ बूढ़ी को नंगा कर दिया। खुदा की मार पड़ेगी।"

"इधर, बी.एस.एफ. का छापा नहीं पड़ता ?"

"पड़ा था एक बार। मैंने इन्हें गायबाड़े में घास के पूलों में छिपा दिया। तब से कोई नहीं आता।"

"तुम्हें यह सब अच्छा लगता है, यह मारामारी अगवा करना..."

"मजबूरी है, अच्छा क्या लगेगा ?" उसने लम्बी उसाँस भरी।

आज उसने बताया कि वह इन जेहादियों से तंग आ गई है।

"क्यों ? तुम जेहाद नहीं चाहतीं ?"

"पहले चाहती थी, अब नहीं। पर कुछ कर नहीं सकती। मजबूर हूँ। खुदा नजात दे।"

औरत के भीतर पहली बार नफरत का भभका-सा उठा, "सब ढकोसला है। गुंडागर्दी, और कुछ नहीं। मेरी लड़की...पागल हो गई। इन शिकसलदों ने उसे खराब कर डाला।"

"क्या हुआ ?"

"पेट रह गया, सिर्फ चौदह साल की है मेरी नूरा। पागल हो गई है।"

"मेरे पास ले आओ !" मुझे सचमुच हमदर्दी हुई।

लड़की बेहद डरी हुई थी। माँ हाथ पकड़कर कमरे के अन्दर ले आई। मेरे हर सवाल के जवाब में, उसने दो-तीन वाक्य बार-बार दुहराए। "वे तुम्हारा भी हशर कर देंगे। वे तुम्हें भी कपड़े की तरह फाड़ देंगे। तुम्हारे कपड़े खून से रँग जाएँगे।"

नूरा ने मुझे हाथ नहीं लगाने दिया। मैंने सहलाया, बहलाया—"मेरे पास आओ। मैं तेरे बाल बना दूँगी। तेरे बालों में खंजुर लठुर बाँधूँगी। देखना, कितनी सुन्दर लगोगी।"

"नहीं, वो मेरा हशर कर देंगे। वो मुझे कपड़े की तरह फाड़ देंगे !" गोल-मटोल मासूम चेहरा मेरी तरफ मोड़, उसने वही-वही वाक्य दुहराए।

तीन दिन बाद उसने मुझे हाथ लगाने दिया। वहशी दरिन्दों ने सचमुच उसे चीर दिया था। उसे सर्जरी की ज़रूरत थी। उसकी योनि बुरी तरह चिर गई थी। मल और मूत्र द्वार एक हो गए थे।

"मैं यहाँ से छूट जाऊँ, तो तुम इसे मेरे अस्पताल ले आना। मैं इसका ऑपरेशन करूँगी। ये अच्छी हो जाएगी, इसे इलाज की ज़रूरत है।" मैंने लड़की की माँ को तसल्ली दी।

पता नहीं, मुझे इस लड़की के लिए चिन्ता क्यों हुई, जबकि मुझे अगले पल का भी भरोसा नहीं था। मेरे साथ वे क्या करनेवाले हैं, कोई नहीं जानता था। फय्याज़ भी नहीं।

फय्याज़ लंगड़ाकर चलता है। मैंने सोचा, शायद जन्म से ही चाल खराब हो।

आज आठवें दिन वह कमरे में बैठ गया। उसने मोजे-बूट निकाल लिए।

ओह ! उसका दायाँ पैर बुरी तरह सूज गया है।

"पैर को क्या हुआ है ? शूह[1] था क्या ?"

वह चुप रहा। पाँव से उठी पीर से मुँह काला पड़ गया है। मैंने पास जाकर देखा। खूब लाल-भभूका खाल, सूजन और पके हुए ज़ख्म।

"इंफेक्शन हो गया है। मेरा मेडिकल किट ले आओ। उबला पानी भी चाहिए।"

खाना लानेवाली स्त्री भगौने में गरम पानी ले आई। मैंने दस्ताने पहने। बोरिक एसिडवाले गुनगुने पानी से ज़ख्म धो दिए। वह चीखें रोकने की कोशिश में ऐंठने लगा। "मोजी ऽ ऽ" लम्बी चीख के साथ आँसू निकल आए।–"माँ याद आ रही है ?" पता नहीं मैंने क्यों पूछा। वह चुप रहा।

मैंने मलहम लगाकर पट्टी बाँध दी। स्प्रिोफलाकसिसीन खाने के लिए दी।

"यह टेबलेट लेकर सो जाओ। मैं कहीं भागूँगी नहीं।"

लड़का कुछ राहत पा गया।

अब खुलकर बात करने लगा है। उसकी आँखों की हिकारत शरमिन्दगी में बदल रही है।

"पहले दिखाते पैर, तो अब तक ठीक हो गए होते। कैसे हुआ यह हाल ?" मैंने कुरेदा।

"उधर से आते हुए बर्फ में जूते फँस गए। फटे थे, तो नंगे पैर भागता रहा। तभी ठोकर लगी थी, शायद उसी वक्त ज़ख्म हो गया हो, सुन्न होने से उस वक्त पता नहीं चला।"

"किसी को दिखाने का मौका नहीं मिला, मारामारी ज्यादा ज़रूरी है, अपनी जान से ?"

"किसे दिखाता ? हिन्दुस्तानी फौज से बचते-छिपते चार दिन जंगलों में गुज़ारे।"

"बॉर्डर पार के तुम्हारे रहनुमा, क्या नए जूते भी नहीं दे सकते तुम्हें ? फिर तुम अपनी जान जोखिम में क्यों डालते हो ? या कोई तगड़ी रकम मिलती है अपनों को हलाक करने के लिए ?"

मेरी आवाज़ में दबा-दबा गुस्सा है। फय्याज़ के माथे पर नाराज़ सलवट उभर आती है।

"हम जेहादी हैं। आज़ादी के लिए सर पर कफन बाँधकर निकले हैं। जान भी जाए इस जंग में, तो परवा नहीं।" उसने तेवर दिखाए।

"लेकिन बेटे, इस जंग में तो तुम्हारे अपने ही मरते हैं। उन लोगों का क्या बिगड़ता है ?" मैं जाने क्यों उसे इस दलदल से निकालना चाहती हूँ जिसमें वह फँस गया है।

"जो हमारे साथ हैं, हम उनकी मदद करते हैं। जो हमारे रास्ते में रुकावट बनते

1. बर्फानी ठंड से हुई सूजन।

हैं, हम उनका सफाया कर देते हैं।'' वह दोटूक बात करता है।

''लेकिन हिन्दुस्तान की भारी फौज, बी.एस.एफ. के हज़ारों-लाखों जवान, इनका तुम मुकाबला कर पाओगे ? सोचो तो...''

फय्याज़ मेरी बात पूरी नहीं होने देता।

''हमें हिन्दुस्तान से नफरत है। उसने पाँच-छः लाख जवान हमें खत्म करने के लिए भेज दिए हैं, जबकि हम अपने हकों के लिए लड़ रहे हैं। हम भी पीछे हटनेवाले नहीं हैं।''

''ऐसा कौन-सा हक तुम्हें नहीं मिला है फय्याज़ ?''

''खुद इख्तियारी का हक, आज़ादी का हक ! भारत सरकार ने सिक्यूरिटी कौंसिल में वादा किया प्लिबिसाइड होगा, फिर क्यों मुकर रहे हैं ?''

''फय्याज़ बेटे, तुम पढ़े-लिखे हो, प्लिबिसाइड की शर्तें भी जानते हो। उसके लिए पाकिस्तान को आज़ाद कश्मीर से अपनी फौजें हटानी होंगी, जिसके लिए वह तैयार नहीं है। पाकिस्तान ने अड़तालीस में कश्मीर का जो हिस्सा हथियाया, उसमें सियाचिन, लद्दाख की हमारी टेरिटरी, हुंजा बालटिस्तान, गिलगित का कुछ हिस्सा, उसने चीन को दिया है। शर्त के मुताबिक यह हिस्सा पहले वापस करना होगा, जो कि मुमकिन नहीं है। ऐसे में रायशुमारी कैसे होगी ? फिर शिमला समझौते में तो फैसला हो चुका है कि आपसी बातचीत से...''

फय्याज़ ने मुझे फिर टोका।

''हम शिमला समझौता नहीं मानते।''

''क्या हिन्दुस्तान तुम्हारी ज़रूरतें पूरी नहीं करता ? धारा 370 से हमारी कश्मीरियत भी महफूज़ है और दूसरे प्रदेशों से ज्यादा रियायतें... ।''

''हमें उसका क्या करना ? वह नेशनल कांफ्रेंसियों के लिए ठीक हैं। वे अपना फायदा सोचते हैं। चुनावों में धाँधली करते हैं। हमें इन लीडरों से भी नफरत है। अपनों ने भी हमें कम नहीं ठगा।''

फय्याज़ ने 1987 के चुनाव की बात की, ''उस वक्त मुस्लिम युनाइटेड फ्रंट जीत जाता। अमीराकदल से एम.यू.एफ. का सैय्यद सलाहुद्दीन उठा था, गड़बड़ी की वजह से ही वह मुहीउद्दीन शाह से हार गया। उसे पकड़कर जेल में डाल दिया। हमने तभी फैसला कर लिया, कि अब 'वार टु एंड' होगी। इसमें पाकिस्तान हमारी मदद करता है। आखिर वे हमारे मुसलमान भाई हैं... ।''

''तुम्हारे आठ-नौ करोड़ मुसलमान भाई तो हिन्दुस्तान में भी हैं,'' मैंने कहना चाहा, पर कह कुछ और बैठी।

''वो तो ठीक है फय्याज़, पर तुम लोगों की कई तंज़ीमें हैं। जे.के.एल.एफ. और हिज़्बुल मुजाहिदीन तो आपस में ही लड़ते रहे हैं। एक को आज़ादी चाहिए, दूसरा कश्मीर को पाकिस्तान का हिस्सा बनाना चाहता है। ऐसे में तुम आपस में ही उलझ रहे हो, तो इस जंग का मतलब क्या है ?''

फय्याज़ पता नहीं कैसे मेरी बातें सुन पाया, इस बीच उसके चेहरे के रंग तेज़ी से बदलते रहे।

"एक बात तो हिन्दुस्तान की समझ में अब तक आनी चाहिए कि हम शुरू से ही आज़ादी के हक में रहे हैं। यह तो हमारे लीडरों ने ही हमसे धोखा किया, हमारा हक न देखा, अपनी गद्दी सँभालते रहे।"

"जानती हूँ फय्याज़ !" मैंने उसे शान्त करना चाहा, "सो जाओ अब ! तुम्हें आराम की ज़रूरत है।"

मन में सोचा, तुम ही क्यों, राजा हरीसिंह भी आज़ादी चाहता था, और जिन्ना साहब, जो कहते थे कि पाकिस्तान मैंने अकेले एक पी.ए. और एक टाइपराइटर के सहारे बनाया है, वो भी शायद रियासतों के आज़ाद रहने के हक में थे। शेख साहब भी आज़ाद रहना चाहते थे, पर पाकिस्तान ने जल्दबाज़ी में जो कबाइली हमला किया, उससे हमें मुसीबत में भारत के साथ एक्सेशन करना पड़ा। फिर जो हालात पैदा हुए, तुम जानते हो। आज तुम फिर आज़ादी की बात करते हो। जानते हो, कि हरीसिंह की आज़ादी की ख्वाहिश ने ही उसे स्टेट से बाहर निकलने की सज़ा दी। जलावतन कर दिया। शेख साहब ने त्रेपन में, डोडा को ऊधमपुर ज़िले से अलग कर, कश्मीर प्रशासन में मिलाया और ग्रेटर कश्मीर का सुलतान बनने का सपना देखा, तो बाईस साल जेल में काटे। बाद में वे भी हालात समझे और पिलबिसाइट फ्रंट को एक तरह से खत्म ही कर दिया, नेशनल कांफ्रेंस में मिलाकर। याद आया,—रामचन्द्र काक ने भी आज़ादी का सपना देखा, तो बेइज़्ज़त होकर कुर्सी गँवा दी। प्रेमनाथ बजाज ने तो, कश्मीर का पाकिस्तान में जाना ठीक समझा, तो वे भी घर से बाहर हो गए। फिर यह सब, नए सिरे से क्यों शुरू करना, जब हिन्दुस्तान अरबों रुपया कश्मीर पर लगा चुका है, लगा रहा है ?...बातें मेरे भीतर चलती रहीं, बाहर नहीं आईं। आतीं, तो फय्याज़ मुझे बख्शता नहीं। मैं भी, 'हिन्दुस्तानी एजेंट,' 'वतन की गद्दार' वगैरह समझी जाती।

बी.ए. पास फय्याज़ नौकरी तलाश रहा था, कि पाक मिलिटेंटों के कब्ज़े में आ गया। उसकी दास्तान कुछ मजबूरी, कुछ लालच और कुछ जेहाद के लिए कुर्बान होने के जज्बे से भरी थी। उसने जे.के.एल.एफ. ज्वाइन किया। आज़ादी की हाँक लगाई, पर उसके बबा ने बताया कि जे.के.एल.एफ. जिस पाकिस्तानी कब्ज़ेवाली कश्मीर के हिस्से, मुजफ्फराबाद, कोटली, मीरपुर, वगैरह को भी जम्मू-कश्मीर स्टेट में मिलाना चाहता है, उस आज़ाद कश्मीर के लोगों का रहन-सहन, सोच, ज़बान, संस्कृति, वादी के लोगों से बिल्कुल अलग है। वे न अलमदारे कश्मीर, शेखुल आलम, नूरुद्दीन नूरानी को जानते हैं, न बाबा ज़ैनुद्दीन को, जिसने ऐशमुकाम की गुफा में बारह साल इबादत की और कहा—"खुदा को एक मानो। आपसी भेदभाव मिटा दो।" जबकि कश्मीरी हिन्दू-मुसलमान दोनों उसे मानते हैं। ललद्यद, मखदूम साहब, हज़रतबल, पीरों-फकीरों और वादी की ज़ियारतों से पाकिस्तान का भी लेना-देना नहीं, और न आज़ाद कश्मीरियों का।

लेकिन फय्याज़ कश्मीरी नेताओं से नाराज़ था। गोकि वह यह भी जानता था, कि कश्मीरी शिल्पकार का हिन्दुस्तान के बाज़ार में बाल बिकता है। हाउसबोटवाले, होटलवाले, मज़दूर, व्यापारी, हिन्दुस्तानी टूरिस्टों से अच्छे पैसे कमाते हैं।

अब वह यह भी जान गया था कि पाकिस्तान को कश्मीरियों से कोई प्यार नहीं, उसे वादी चाहिए। नदियों के पानी के लिए, अपनी सुरक्षा और राजनीतिक-सामरिक साठगाँठ के लिए।

फिर भी कुछ था तो उसे बेचैन किए रहता था। अजीब-सा विचारों का कुहासा, जिसमें अफवाहें, सच बन गई थीं। रिश्तों में दूरियाँ आ गई थीं।

अगले दिन फय्याज़ खुद चाय लेकर आ गया। पैर थोड़ा ठीक लगा। कुछ आत्मीय होते देख मैंने पूछा, "फय्याज़ ! क्या तुम्हारे घरवाले भी तुम्हारे साथ हैं ?"

वह चुपचाप कहवे के घूँट लेता रहा।

"मुझे गलत न समझो, तो कहूँ।"

"कहो।"

"इधर तुम्हारे कई साथियों ने सेना के आगे हथियार डाल दिए हैं। वे समझ गए हैं, कि गन उनकी परेशानियों का हल नहीं, उन्हें अच्छी नौकरियाँ मिली हैं। वे घरवालों के बीच रहते हैं। तुम भी क्यों नहीं अपनी ज़िन्दगी नए सिरे से शुरू कर लेते ?"

फय्याज़ तमक गया।

"हथियार डालूँगा मैं ? उन दरिन्दों के सामने, जिन्होंने मेरे भाई की इंटेरोगेशन सेल में चमड़ी उतार दी ? मेरे बेकसूर बाप को बेरहमी से पीटा ? उसका क्या कुसूर था ?"

मुझे लगा, भाई-बाप की कष्टगाथा ने उसके अन्दर का नाजुक कोना आहत कर दिया। वह रो पड़ेगा।

पर वह जल्दी सँभल गया।

"आपको कुछ भी मालूम नहीं, कितने बेरहम हैं वे। मैं 26 जून '92 में बारामूला में हुई वारदात आज तक नहीं भूला। जमाते इस्लाम स्कूल में प्रिंसिपल को पूछताछ के लिए ले गए और दो दिन बाद उसकी लाश वापस ले आए। हमने उसे शहीदों की कब्रगाह में दफनाया। बारामूला में औरतें, बच्चे तक आज़ादी की माँग करते सड़क पर आ गए, और आर्मी अफसर ने लाल रूमाल हिलाकर फायरिंग शुरू करवा दी। पता है, कितने बेकसूर मरे ? ऊपर से कर्फ्यू लगवाया, हम जख्मियों को अस्पताल भी नहीं ले जा सके।"

मैंने कहना चाहा, कि तुम लोगों ने औरतों-बच्चों को जुलूस के आगे कर कवच की तरह इस्तेमाल करना चाहा। कार्पस कमांडर ने तलाशी के लिए जब मेगाफोनों पर ईदगाह मैदान में इकट्ठा होने के लिए कहा, तो मीरपुर मुहल्लेवाले बाहर क्यों नहीं आए ? तुम लोगों ने ऊपर खिड़कियों से गोली चलाकर, क्रॉस फायरिंग को दावत क्यों दी ? ऐसे में क्या बेकसूर मरेंगे नहीं ? फय्याज़ बी.एस.एफ. के जुल्मों को बयान करता रहा, तो मेरे सामने दहशतज़दों के शिकार, बेगुनाहों की लाशें टँग गईं। उनमें टिकालाल

टपलू, नीलकंठ गंजू, और लसा कौल ही नहीं थे। उनमें पटन के मुसलिम पुलिस अफसर और उसके भाई की लाशें भी थीं, जिनके घर में घुसकर मिलिटेंटों ने फायर किया था। उनमें महाराजगंज का व्यापारी अजय कपूर था। असिस्टेंट डायरेक्टर इंफारमेंशन हंडू था। टेलिकम्यूनिकेशन डिपार्टमेंट का युवा इंजीनियर बी.के. गंजू था, जो दहशतगर्दों के डर से खाली पेट्रोल ड्रम में छिप गया, और वहीं शूट कर दिया गया। उसकी कराहती-छटपटाती पत्नी की चीत्कार थी, कि 'मुझे भी शूट कर दो', और क्रूर अट्टहास, कि तुझे मारेंगे तो इसके लिए रोएगा कौन ?

मैं चुप थी। मैं उनके कब्ज़े में थी। मुझे कुछ भी कहने का अधिकार नहीं था। मैं सिर्फ सुन सकती थी।

वह बोले जा रहा था।

"यह ज्यादतियाँ जगमोहन ने करवाईं। उसने पंडितों को भाग जाने के लिए कहा, उन्हें ट्रकें-बसें मुहय्या करवाईं, ताकि हमें नेस्तनाबूद कर दें, पर हम भी कुछ कम नहीं हैं। उसकी गोलियों का जवाब हम राकेट लांचर से दे सकते हैं।"

"जगमोहन ने तो 19-20 जनवरी नब्बे को जम्मू में गवर्नर का पद सँभाला। काफी हिन्दू तो उससे पहले ही घर-बार छोड़कर चले गए थे। बल्कि कई मुसलमान भाई भी। हालात तो पहले ही खराब हो चुके थे।"

मैं बिना बोले न रह पाई।

"जो हिन्दू-सिक्ख भाई यहाँ हैं, उन्हें तो कोई नहीं छेड़ता। उनमें माइनारिटी कम्पलेक्स है, तो इसका क्या इलाज है ? हमने उन्हें भाई कहा है। हाँ, जो मुखबिरी करेंगे, वह कोई भी हो, हमारा दुश्मन है। उसे हम छोड़ नहीं सकते।"

मैं हाँ-हाँ में सिर हिलाती रही, क्योंकि मुझे अपने लिए ही नहीं, कार्तिकेय के लिए भी सोचना था। लेकिन जो वादी में रह गए, वो कितने सुरक्षित थे, इस पर जाने-पहचाने कुछ चेहरे ज़रूर रातभर आँखों के आगे झूलते-छटपटाते रहे। उनमें भाना-मुहल्ला का गंजू परिवार था, 17 जून नब्बे को दिन-दहाड़े दहशदगर्द जिनके घर में घुसे, अन्धाधुन्ध गोलियाँ चलाकर, चार परिवार जनों को भून डाला। क्योंकि वे अपना, पुरखों का घर, छोड़कर नहीं जाना चाहते थे। क्या वे मुखबिर थे ?

रहबाबा साहब श्रीनगर के डॉ. शिबन कृष्ण और डॉ. राजेन्द्र कौल, जिन्हें पड़ोसियों और कई दहशतगर्दों ने भी सुरक्षा का आश्वासन दिया था, अक्तूबर नब्बे में पत्नियों सहित मार दिए गए, बिना किसी अपराध, अकारण ! उनका क्या कसूर था ?

कारण पूछने-जानने की ज़रूरत ही नहीं थी दहशतगर्दों को। "भट्ट भाग गए।" लेकिन भट्ट क्यों भाग गए ? फय्याज़ ने ही नहीं, कई पत्रकारों, बुद्धिजीवियों ने भी ऐसी असोची, कष्टदायक और निर्मम बातें कीं। बिना असलियत की तह तक पहुँचे, फतवे दिए। लल्ली माँ ने सच कहा कि, घर के अर्थ वही जानता है, जिसका घर छूट गया हो, घर छिनना, अपने भूगोल, अपने इतिहास और अपने स्मृति संसार से कट जाना होता है। घर कोई किसी के इशारे पर अकारण ही नहीं छोड़ सकता।

मैं फय्याज़ से न कह सकी, कि एक बार पशुओं से भी बदतर जीवन जीते, कैम्पों, दड़बों में रहते-सड़ते विस्थापितों से पूछो, कि घर छूटना कैसा होता है ? बीमारियों, मनोरोगों और अपमानों के बीच जीते, उन स्वाभिमानी लोगों से पूछो, लू के थपेड़ों, बिच्छू-साँपों के बीच जीते लोगों से पूछो, उन्हें अपने उम्रों के घरौंदे छोड़ने पर मजबूर क्यों होना पड़ा ? क्या सचमुच वे सब मुखबिर थे ? गाँव-जवार के सीधे-साधे मेहनतकश लोग, जो दो वक्त भात के अलावा भगवान से ज़रा-सा आत्मसम्मान और शान्ति के सिवा कुछ नहीं माँगते, क्या वे भी जगमोहन के कहने से घर छोड़ भाग गए ?

पूरे दस दिन बाद आसमान के कोने से नीम गरम सूरज दिखाई पड़ा। बरामदे की छत से लटकी सफेद मूलियों-सी शिशिर की गाँठें पिघलने लगीं। टुप टुप टुप। बर्फ पिघलकर रिसने लगी। औरत ने टपकते छाजन के नीचे तसले-तगारियाँ रख दीं।

फय्याज़ देर रात लौटा।

मैंने रोज़ की तरह कार्तिकेय के बारे में पूछा।

"कैसा है डॉक्टर ? क्या अब मुझे उसके पास ले चलोगे ?"

यानी कि तुम्हारे जख्मी जंगजू तो अब ठीक हो गए । अब किसलिए हमें कैद करके रखा है ?

मैंने काख[1] से बात की है।

"कौन, वह अफगानी ?" मुझे भूरी दाढ़ीवाला कमांडर याद आया।

"वह मान गया ?" विश्वास नहीं आया।

"नहीं, वह नहीं, उसे हमने दूसरी जगह भेज दिया, वह सरहद पार इलाज कराएगा। हमारा दूसरा साथी है। अपना ही भाई है। दरअसल तुम्हारा डॉक्टर बीमार है।" वह थोड़ा अटककर बोला।

"क्या हुआ उन्हें ?" मैं बदहवास हो उठी।

"नहीं, नहीं, कुछ खास नहीं, उसकी गलती थी, भागने की कोशिश की। कमांडर ने गोली चलाई। शुक्र है बाँह में लगी।"

"उसने आप ही गोली निकाल दी। वह काबिल डॉक्टर है।"

फय्याज़ के लहजे में तारीफ का पुट था।

डॉक्टर मेरे पास आ गया। दस दिन बाद, या दस युगों बाद ? मैंने अपने ओवरकोट में उसे लपेटा। वह तप रहा था। उसकी आँखों के गिर्द स्याह घेरे तो मैंने पहले कभी नहीं देखे। हाथों की जिल्द में झुर्रियाँ कैसे पड़ गईं ? क्या मैं रिपवान विकल की नींद सो गई इस बीच ?

मैंने कार्तिकेय को अपने अन्दर से उस ओऐसिस में उतारना चाहा, जो पिछले बेअन्त हुए दिनों के जमा देनेवाले कठकोश अंधड़ के बीच, मैंने उसकी उम्मीद में जम जाने से बचाकर रखा था। मेरी मज्जा में जज्ब होकर कार्तिकेय की धड़कनें मेरी धड़कनों

---

1. काख—लीडर।

से एक तान हुई जा रही थीं। कैसा फूटकर आता प्रपात था, जो हमें बहा ले जाना चाहता था।

मैं, ताता साहब की न डरने, न हारनेवाली लड़की, कार्तिक से लिपटकर सुबकने लगी। उसने काँपती बाँहों में समेट लिया—"मुझे लगा, मैंने तुम्हें खो दिया कात्या ! अब तुम्हें कभी नहीं देख पाऊँगा।" उसकी आवाज़ किसी गहरे कुएँ से आ रही थी।

"फय्याज़ और दो लड़के डॉक्टर को मेरे कमरे में छोड़कर रात के अँधेरे में लौट गए। वे बेहद हड़बड़ी में थे। मैंने कुछ भी जानना नहीं चाहा। मुझे मेरा कार्तिकेय मिल गया था। अब जो होना हो, हो जाए।"

खाना देनेवाली स्त्री समावार में गरम कहवा लेकर आई, नानबाई से दो रोटियाँ भी ! उसके चेहरे पर पिघलाव था।

"लो, ये रोटियाँ और गर्म कहवा। अपने आदमी को खिला दो, पता नहीं वहाँ कुछ खाया-पिया भी होगा।" उसने इसरार किया, "कुछ और चाहिए तो बोल दो, मैं बना दूँगी।"

"गरम काँगड़ी देना, मेहरबानी होगी। डॉक्टर के पैर यख हैं।" मैंने कार्तिकेय के तलुवे सहलाते कहा। गले में गोला-सा अटका। लगा, रो दूँगी।

"अच्छा-अच्छा, फिकर न करो। अल्लाहताला सब ठीक कर देगा। मैं अभी लाई।"

उसने मेरे अन्दर उठता आँसुओं का सैलाब देख लिया। जल्दी ही तपी काँगड़ी लाकर दी। मुझे राहत-सी महसूस हुई। पता नहीं, दहकती काँगड़ी देखकर, या स्त्री के अन्दर फूटते गुनगुने झरने की आवाज़ सुनाई दी।

सुबह होने से पहले ही फय्याज़ ने दरवाज़े पर दस्तक दी।

"उठो, यहाँ से निकल चलो। मैं सड़क तक पहुँचा दूँगा।"

मैं अविश्वास से उसे देखती रही। क्या सचमुच हम मुक्त हो जाएँगे ? वह जल्दी में था। शायद बी.एस.एफ. को उनका सुराग मिल गया था।

औरत ने आगे बढ़कर डॉक्टर को सहारा दिया। वह जैसे किसी इशारे के लिए ही रुकी हो।

फय्याज़ डॉक्टर को पीठ पर लादकर करीब आधा किलोमीटर ले गया। स्त्री मेरा हाथ पकड़े साथ-साथ चलती रही। फय्याज़ सड़क से थोड़ी दूर रुक गया—"जाओ डॉक्टर। खुशकिस्मती तुम्हारी, और बदकिस्मती हमारी, कि सरदार बॉर्डर पार करते पकड़ा गया। हमें यहाँ से कूच करना है।"

फय्याज़ मुड़ गया। कार्तिकेय ने हाथ उठाकर शुक्रिया कहा। उसकी आँखें गीली हो गई थीं। मेरा मन हुआ, आगे बढ़कर फय्याज़ को गले लगा लूँ। पर उसके पास भावुकता के लिए न वक्त था, और न शायद गुंजाइश।

"अपना ख्याल रखना...बेटा...।" उसने मेरी आवाज़ सुनी, मुड़कर देखा और बिना कुछ कहे चला गया। अँधेरे में उसका चेहरा पढ़ा नहीं गया।

स्त्री सड़क पर सहारा देती साथ चली। वह भी हाँफने लगी थी।

सड़क किनारे बर्फ के ढेर लग गए थे। बर्फ में धँस-धँसकर हम पस्त-सी दुकान के बन्द दरवाज़े से टिककर बैठ गए। स्त्री ने अपना दुपट्टा बिछा दिया। "इस पर बैठो डॉक्टर। इधर से बी.एस.एफ. की गाड़ियाँ गुज़रती हैं। वे तुम्हें तुम्हारे मुकाम पर पहुँचा देंगे। अल्लाहताला पर भरोसा रखो। मैं जाती हूँ, किसी को शक न पड़े। हमारी भी तो दोतरफा मौत ही है, जाओ, बलाय लगय...[1]।"

वह बिना मुड़े लौट गई। मैं उसके गले से लिपटकर उसके अहसानों का आभास दिलाना चाहती थी, पर मैं बुरी तरह काँपने लगी थी। पता नहीं वह क्या था। आवेश ? मुक्ति का उल्लास ? आदमी के अन्दर बचे इंसानियत के बीज का अहसास या मुमकिन हो गई नामुमकिन उम्मीद का अप्रत्याशित सुख ?

"अपनी बच्ची को लेकर मेरे अस्पताल ज़रूर आना बेनी। ज़रूर-ज़रूर आना। मैं इन्तज़ार करूँगी...।" मेरी काँपती आवाज़ उसका पीछा करती रही।

तीखी हवा के साथ आना...आना...इन्तज़ार करूँगी ऽ ऽ ई ऽ ई ऽ ई की फुसफुसाहटें हवा में लहराईं। कार्तिक ने मेरा सिर अपने कन्धे से सटा दिया।

आसमान से उजास उतरने लगा, तो छँटती धुन्ध में पहाड़ों के सफेद सिर नमूदार होने लगे। हम दोनों, भीड़ में खोकर दोबारा मिले बच्चों से, एक-दूसरे को जकड़े बैठे रहे। कहीं फिर से खो न जाएँ।

गज़ब की उस ठंड और कुहरे में खुला आसमान और खुली धरती एक स्वप्न जैसे लगे। क्या इससे पहले मैंने इतना खुला आसमान देखा था ? दूर तक बर्फ के पंख पसारे धरती, किसी उड़ान के लिए तैयार हो जैसे।

आधेक घंटे बाद मिलिट्री लारी सड़क से गुज़री। मैंने बीच सड़क खड़े होकर रोक लिया।

दो जवानों ने कार्तिकेय को गाड़ी में लिटा दिया। कम्बलों से ढक-ओढ़ दिया।

"आप खुशकिस्मत हैं, जो सही-सलामत लौट आईं। मैं तो इसे करिश्मा ही कहूँगा। वरना इन दरिन्दों का कोई भरोसा है क्या... ?"

वे हमारी आज़ादी से खुश थे। वे हमारे लिए देवदूत थे। वे प्रश्न पूछ रहे थे, हम चुप थे। पता नहीं, कार्तिकेय क्या सोच रहे थे।

मेरी बन्द आँखों के आगे दस दिन रील की तरह घूम रहे थे। भूरी दाढ़ीवाला कमांडर, ज़ख्मी जंगजू, पगली लड़की, खाना लानेवाली स्त्री, लद्दढ़ ठंडा कमरा, बेअन्त होते, शरशैया पर लेटे दिन, और फय्याज़ ! गलत सोच, अफवाहों, पाकिस्तानी मिलिटेंटों की साज़िश का शिकार, नीली आँखोंवाला ज़हीन लड़का, जिसका पाकिस्तान-हिन्दुस्तान दोनों मुल्कों से मोह भंग हो चुका था।

मुझे शिहुल विला आई रोती-पीटती दो औरतें, रूमाल से मुँह ढके मुजाहिद, दहशत भरी रातें...बर्फ पर औंधे मुँह गिरे खून सने जंगजू...चार मास का गर्भ लिए चौदह

---

1. बलाय लगय—वारी जाऊँ।

साला बच्ची, जिसकी योनि चिरकर लटक आई थी, और पता नहीं क्या-क्या एक साथ याद आ रहा था। फय्याज़ की दलीलें भूल गई थीं, पर उसका एक वाक्य दिमाग पर हथौड़े बजा रहा था।

"हमें हिन्दुस्तान नहीं चाहिए। हमें पाकिस्तान नहीं चाहिए। हम दोनों की हकीकत जान गए हैं। हमें आज़ादी चाहिए। सिर्फ आजादी।"

पता नहीं, मुझे क्यों लग रहा है, कि फय्याज़ अगर क्रॉस फायरिंग में मारा न गया, तो एक दिन ज़रूर घर लौट आएगा।

# काली रात के स्यापे

असलम के घर से चले जाने के आठेक साल बाद भी, जब अजीज़ा रात-बिरात उठ, खिड़की की झिर्रियों से, गली में आते-जातों के पाँवों की आहटें टोहना, और मौके-बेमौके मानसबल झील-किनारे बेटे का इन्तज़ार करना छोड़ न पाई, तो बड़े बेटे अलताफ और खाविन्द रमज़ान मलिक को भी यकीन-सा हो गया कि अजीज़ा का दिमाग पूरी तरह सरक गया है।

दोस्त-अहबाबों ने हमदर्दी जताई, दबे होंठों सुझाव भी दिया कि इधर जो बी.एस.एफ.वालों ने मनोरोगियों के लिए 'रिकवरी सेंटर' और अस्पताल खोले हैं, क्यों न कुछ देर वहाँ भर्ती कर इलाज कराया जाए। शायद अजीज़ा हकीकत कबूल करना सीख जाए कि असलम अब लौटकर नहीं आएगा।

अलताफ सुनता है और चुप रहता है। सोचता है, क्या सचमुच कोई अस्पताल हो सकता है, जहाँ दहशत में जी रही वादी के बीमार, बदहवास और बौराए लोगों का इलाज हो सके ? उन माँओं के जख्मी दिलों का इलाज, जो वितस्ता किनारे बेटों के खून सने कपड़े धोती हैं, उन पिताओं का इलाज, जो बेटों को कन्धा देते अपनी उम्रों का मातम मनाते हैं ?

अलताफ की अम्मी पत्थर नहीं उठाती, गाली-गलौच, चीख-पुकार कुछ भी नहीं करती। घर के अँधेरे कोने में बैठ, असलम के लिए फूल-पत्तोंवाला स्वेटर बुनती रहती है, चार फन्दे लाल ऊन के, आठ फन्दे सफेद ऊन के, चार फन्दे...खूब याद करने पर भी पूरा स्वेटर लाल हो जाता है। देखते-देखते स्वेटर खून से सन जाता है। अजीज़ा घबराकर फन्दे उधेड़ देती है।

स्वेटर पूरा ही नहीं होता। पेनीलोप का स्वेटर ! जिसे पूरा होना ही नहीं है। पूरा होते ही इन्तज़ार खत्म हो जाएगा। क्या पता, इन्तज़ार किसी उम्मीद के किनारे खत्म होगा या मौत के अन्धे कुएँ में ?

फन्दे बुनते-उधेड़ते, सलाइयाँ एक तरफ रख अजीज़ा गाँव की गलियाँ लाँघने निकल पड़ती है। हर आते-जाते से एक ही सवाल पूछती है—''तुमने मेरे असलम को तो नहीं देखा ?

''हल्के भूरे बाल हैं उसके। लड़कियों जैसे नरम, रेशम के लच्छे ! मुझ मरी की नज़र न लगे, धूप में निकले तो चेहरा गुलाब हो जाता है। अब तुमसे क्या छिपाना, लाल

मिर्चें जलाईं कई बार, अपनों-परायों, दोस्तों-दुश्मनों का नाम लेकर, कहीं कोई पिछलपाई जादू-टोना तो नहीं कर गई। नहीं तो रहता क्या मेरे बिना इत्ते-इत्ते दिन ?

"अरे, मेरे पास ही सोता था। अब्बा गुस्सा करता। कहता था, दो साल में शादी कर देंगे, तो भी क्या अम्मी के फिरन में घुसा रहेगा ?

"अब बोलो तुम्हीं, कोई निके-मुन्नों से ऐसी बातें करता है ? गुस्सा हो गया लगे है। नहीं तो क्या इत्ती ठंड में भी घर नहीं लौटता ? काँगड़ी भी तो नहीं ले गया साथ।"

गाँववाले उदास आँखों देखते हैं। पहले तसल्ली देते थे, "आएगा जल्दी, जेहाद के लिए गया है।"

"या—आएगा, फिक्र मत कर। तुमसे दूर कित्ते दिन रह पाएगा ?"

लेकिन जब से टी.वी. पर मारे गए दहशतगर्दों में असलम की लाश भी दिखाई गई, गाँववाले जान गए, कि असलम क्रॉस फायरिंग में मारा गया है।

अब कोई कुछ नहीं बोलता। लोग सुनते हैं, और गर्म उसाँस भर हट जाते हैं।

मगर अजीज़ा नहीं मानती कि उसका बेटा नहीं रहा।

"वह जो टी.वी. पर दिखाया था, वह असलम कैसे हो सकता है ? उसका बेटा तो पिंजरे में पड़ा मरा चूहा, मारबल[1] में फेंक नहीं पाता। गुलेल से चिड़ी का बच्चा तक मार नहीं सकता, वह क्या गन उठाकर आदमी को मारेगा ? अभी तक कुरते के बटन लगाना नहीं सीखा... ।"

अलताफ ने माँ को पागल होने से बचाने की खातिर ही एक बार कुछ सख्त होकर कहा था, "अम्मी ! वे लोग मजबूर कर देते हैं। सिद्दीकी के बेटे को बहला-फुसलाकर ले गए। उसका क्या हश्र हुआ, तुम भूल गईं ? उसने मना किया था कि मैं गन नहीं उठाऊँगा। अपने ही लोगों का खून नहीं करूँगा। उन बेदर्दों ने उसका दायाँ हाथ ही तोड़कर रख दिया।"

अजीज़ा के चेहरे का सारा खून निचुड़ गया था। वह बदहवास हो छाती पीटने लगी थी। अलताफ ने तब माँ को नरमी से समझाना चाहा।

"असलम के साथ ऐसा कुछ नहीं हुआ है। उन लोगों ने उसे सरहद पार भेजा था ट्रेनिंग के लिए। मुझे वकार अहमद ने कहा था।"

"तो...तो...क्या असलम मान गया...?" अजीज़ा काँपने लगी थी।

"माना क्या अम्मी। वे लोग मनवाना जानते हैं... ।"

असलम चला गया, तो रात-बिरात दरवाज़े पर दस्तकें होने लगीं। बी.एस.एफ. के जवानों को शक हो गया था, कि वे लोग दहशतगर्दी हैं। वे सवाल दर सवाल पूछते—

"लड़के का कोई सुराग मिला ?"

"आप लोगों से मिलने आता है कभी-कभी ?"

"उसके यार-दोस्त तो आते रहते होंगे ?"

---

1. मारबल—मंगोल ऊटी झील।

वे बार-बार घर की तलाशी लेते। कहीं घर में बम, बारूद, कलिशनिकोव तो छिपा नहीं रखे ?

घर में बम-बारूद तो नहीं, हाँ, एक बार चार लड़के मिले, जो क्रैकडाउन में, छिपने के लिए रमज़ान मलिक के घर में घुसे थे। रमज़ान के गले पर गन रखकर उन्होंने संरक्षण चाहा था। जब बी.एस.एफ.वालों ने उन्हें तहखाने में, धान के मटकों और घास के पूलों के बीच, खींच-खींचकर निकाला, तो रमज़ान मलिक ने सपाट चेहरा बनाए कहा, कि वे उनके रिश्तेदार लड़के हैं।

"रिश्तेदार हैं तो घास में छिपने की क्या ज़रूरत थी ?" उन्हें गुस्सा आया था।

"डरते हैं साहब। पुलिस से कौन नहीं डरता आजकल ?"

रमज़ान की आँखें ज़मीन में गढ़ी थीं, पर वह उन्हें बचाना चाहता था। लड़के सूरतों से मासूम लगते थे, उसे अपना असलम याद आया था। क्या पता उसी की तरह कोई बहकाकर अपनी तंज़ीम में शामिल कर गया हो ?

पुलिस उन्हें ले गई थी। इंटेरोगेशन सेल में पूछताछ के दौरान जाने क्या हाल हुआ होगा। रमज़ान को एक बात से तसल्ली-सी हुई कि उन्होंने आर्मी के आगे आत्मसमर्पण कर लिया और दूसरी से ताज्जुब, कि उन्हें पुलिस बल में भर्ती किया गया।

जब से असलम की लाश टी.वी. पर दिखाई गई, बी.एस.एफ.वाले भी नरम पड़ गए हैं। विरेन्दर सिंह, अलताफ के घर पर नज़र रखता है। कहीं दहशतगर्द उसे भी बहला-फुसला न लें। उनका क्या ? जब छोटे भाई को डरा-धमकाकर ले गए, बड़े का क्या लिहाज़ करेंगे ?

लेकिन अलताफ को लेने कोई नहीं आया।

वह खुद अलग-थलग रहता है। खामोश अब्बू की तकलीफों और बौराई माँ की हरकतों ने उसे विरागी-सा बना दिया है।

घर में कोई किसी को तसल्ली नहीं देता। अलताफ के पास लफ्ज़ ही नहीं हैं। कौन-सा घर है गाँव में, जहाँ से मुर्दा नहीं उठा ? कहीं आग लगी। कहीं लोग घर छोड़ भाग गए। बचे-खुचे लोग दहशतगर्दों और बी.एस.एफ.वालों के बीच तनातनी में जीना सीख गए हैं। चौतरफ खौफ का आलम है। लोग हँसना भूल गए हैं।

दिन गुज़र जाते हैं। बम-बारूद फटने और लाशें गिरनेवाली खबरों से अटे दिन ! लोग अब आदी हो गए हैं। सेक्रेटेरियट में बम फटा, लाल चौक में बी.एस.एफ. की गाड़ी के परखच्चे उड़ गए। दस जवान मरे। क्रॉस फायरिंग में दो दहशतगर्द मारे गए। रास्ते चलते एक दस साल के बच्चे को गोली लगी। बच्चा नानबाई की दुकान से ब्रेड लेने जा रहा था...

"करगिल से पाकिस्तानी फौजें लौट गईं, और वादी में दहशतगर्दी में इज़ाफा हो गया।"

"पाकिस्तान कश्मीर नहीं छोड़ेगा। बिल क्लिंटन छोड़ खुद ऊपरवाला आकर कह दे भले। उनके लिए जीने-मरने का सवाल है कश्मीर का मुद्दा। तीन-तीन बार की हार

का बदला नहीं लेगा क्या ?"

"हाँ। एटम बम बनाया किसलिए ?"

लेकिन रातें नहीं गुज़रतीं। रात है या स्याह समन्दर ? काले घोड़े पर उतरती है रात और रूह कँपाती है।

बन्द खिड़की की सन्धों से झाँकती है अलताफ-असलम की अम्मी अज़ीज़ा। अँधेरे के बारीक रंगीन धब्बों में नन्हा असलम, ठुमकता-ठनकता, डगमग डग भरता चला आ रहा है। 'मोजि कोछि' ! "मोजि कोछि...।"[1]

अज़ीज़ा हड़बड़ाकर खड़ी हो जाती है। बाँहें फैला, बन्द खिड़की की तरफ लपकती है, बेटे को गोद में उठाने। खिड़की से माथा टकराता है। माथे पर गूमड़ उभर आता है।

अलताफ पास के कमरे में माँ की दबी-दबी कराह सुन लेता है और भीतर के काले कुएँ में उतरने लगता है। उस कुएँ में सभी अकेले हैं। अपने सवालों के जवाब तलाशते ! मीठी यादों और टूटे ख्वाबों के बीच पुल बनाने की कोशिश करते हैं। अपने आपको तसल्लियाँ देते।

लेकिन तसल्लियाँ मिलती नहीं, क्योंकि भूलना मुमकिन नहीं।

काले घोड़े पर सवार, चाबुक मारती रात में, चार मुस्टंडे असलम को बाँहें खींचकर अपने साथ ले जाते हैं। अज़ीज़ा के कानों में बेटे की सहमी आवाज़ें गूँजती रहती हैं, "मुझसे नहीं होगा, भाया, मुझ पर रहम करो। मैं तो चूहा भी नहीं मार सकता...।"

"हम सिखा देखें, फिक्र मत करो। खुदा का शुक्र करो, जेहाद के लिए जा रहे हो..."

"अम्मी, अब्बा, भाई जा ऽ ऽ ऽ न ! आप लोग समझा दो न...।"

असलम चला गया। चीखें रह गईं।

अज़ीज़ा रोज रात को एक बूचड़खाने में पहुँच जाती है जहाँ बकरे हलाल होने जाते हैं। अज़ीज़ा उनकी चीखों में असलम की पुकार सुनती है और छाती पीटने लगती है।

अलताफ के चौतरफ गर्म रेत फैलती जा रही है। ज़मीन पर आग है, आसमान दूर है। अलताफ ज़मीन पर आसमान के बीच खड़ा है, और असलम की चीखें सुनता है,

"भाई जा ऽ ऽ न !" अलताफ पत्थर का बुत बन जाता है।

अलताफ छोटे भाई को बचा नहीं पाया।

पड़ोसी मुश्ताक के पिता ने बधाई दी, "खुशकिस्मत हो भाया, दीन के काम के लिए गया है लड़का। स्यापा करना बन्द करो।"

मुश्ताक जेहादी बाप का जेहादी बेटा था। जिस दिन बी.एस.एफ. के साथ

---

1. माँ, मुझे गोदी ले लो।

फायरिंग में मारा गया, घरवालों ने हलुवा बाँटा। बेटा शहीद हो गया, दीन के लिए। खुदा के काम के लिए। इसमें गम कैसा ?

लेकिन जिस दिन असलम की लाश टी.वी. पर देखी गई, रमज़ान मलिक बुक्का फाड़कर रो पड़ा। अज़ीज़ा भौंचक देखती रही। रमज़ान मलिक की मटमैली आँखों से धार बनकर आँसू गिरे और खिचड़ी दाढ़ी में जज़्ब होते रहे। "अय हय ! ये क्या कर रहे हो ?"

घर में किसी ने, न हलुवा बाँटा, न 'अल जेहाद' कहा। अज़ीज़ा तो मानने को तैयार ही नहीं थी कि असलम दहशतगर्द हो सकता है। आखिर जो बच्चा मरे चूहे से डरता हो...वह...वह...?

अलताफ को भी यकीन न हुआ, कि असलम उन्हें हमेशा के लिए छोड़कर चला गया। हर रात उसके कान दरवाज़े पर लगे रहते, कहीं आ तो नहीं गया असलम ? वे लोग उसे बच्चा समझकर लौट जाने देंगे। आखिर कोई तो होगा जो...

वह जानता था, असलम गोली नहीं चला पाएगा।

असलम, हलधर भट्ट के पोते, शिबन का जानी दोस्त था। जिस दिन शिबन गाँव छोड़कर चला गया, असलम ने खाना नहीं खाया। दो दिन मानसबल किनारे बावलों की तरह घूमता रहा। घर लौटा, तो आँखें गुड़हल के फूल बन गई थीं।

निसार को जेहादी बहला-फुसलाकर, सरहद पार ट्रेनिंग के लिए ले गए, तो असलम को गुस्सा आया। उसने अलताफ से कहा था, "क्या होता भाईजान, अगर निसार जाने से इनकार कर देता ? उसे जान से ही तो मार देते।"

जिस दिन असलम को चार जने ले गए, वह अलताफ की तरफ देखता रहा—शायद भाई जान उसे छुड़ा सकें।

असलम को मारामारी पसन्द नहीं थी। वह माधुरी दीक्षित, मिठुन और श्रीदेवी की फिल्में देखता था। अलताफ बड़े भाई के हक का इस्तेमाल कर अक्सर डाँटा करता, "कुछ पढ़ना-लिखना भी है तुम्हें, या फिल्में ही देखते रहोगे ?"

"भाईजान, पढ़ाई तो खूब करता हूँ, चाहो तो शिबन से पूछो। पर अपने शौक भी तो पूरे करने हैं न ?"

"शौक ? कैसे शौक ?"

"तीन शौक भाई जान। सिर्फ तीन !"

नम्बर एक—क्रिकेट खेलना, नम्बर दो, मानसबल में खूब सारी तैराकी करना और नंम्बर तीन—माधुरी दीक्षित की फिल्में देखना...।

असलम के स्कूल ड्रेस पर कैप्टन का बैज लगा है। खिड़की से हवा का सर्द झोंका कमरे में घुस आया है। कोट की बाँहें हिल रही हैं। असलम ने कोट में बाँह डाल दी क्या ?

असलम हैंगर पर टँगे कोट से आँखें चुराता है। वहाँ क्रिकेट खेलते पसीने से तर असलम का चेहरा झाँक आता है। लाल सुर्ख गाल, माथे पर बिखरे बाल।

"भाई जान। देखो मेरा मेडल। हमारी टीम जीत गई, सोपोर की टीम से। वे सौ रन भी नहीं बना पाए, पचास ओवरों में..."

"तुमने कितने रन बनाए, कैप्टन साहब ? सुना 'डक' पर आउट हो गए।"

"झूठ ! सरासर बेईमानी। मैंने चालीस गेंदों पर बयालीस रन बनाए। पूछ लीजिए शिबन से..."

टी.वी. पर असलम का चेहरा ऐंठ गया था। सुनहरे बाल खून से लिथड़े पड़े थे। कहाँ लगी होगी गोली ? अम्मी को पुकारा होगा या भाईजान को ?

अलताफ के जिगर में कोई बेआवाज़ गोली धँस जाती है। बार-बार ! जब-जब असलम का दर्द से ऐंठा चेहरा सामने टँग जाता है—लगता है, उसने गोली चलाना सीखा ही नहीं।

माँ भी कुछ-कुछ वैसा ही सोचती है। तभी शायद उसे यकीन-सा है, कि वह लाश असलम की नहीं थी। क्रिकेट कैप्टन, श्रीदेवी का फैन, शिबन का यार असलम, मानसबल में तैरना जिसे बेहद सुहाता था। जानबूझकर कमल झुंडों में घुस पड़ता, तो अलताफ घबरा जाता। कहीं टाँगें खिलवत्तरों और झील की हिल में फँस गईं, तो सारी तैराकी धरी रह जाएगी।

अलताफ नहीं कह पाता, कि डूब जाओगे। कुबोल नहीं बोल सकता घर में कोई भी प्यारे असलम के लिए। सीधा-सच्चा नटखट असलम।

अलताफ सो नहीं पाता रातों को। कैसे भूल जाए असलम के कई-कई चेहरे ?

अँधेरे में मानसबल झील, फैला हुआ कब्रिस्तान, नज़र आती है। साज़िशों का शिकार हुए, मासूम बच्चों की कब्रों से अटी पड़ी। झील में कमल के फूल नहीं, लाशें तैरती हैं।

काले घोड़े पर मौत के दूत, तलवारें भाँजते, गाँव पर हल्ला बोल देते हैं।

अलताफ भाग जाना चाहता है। कहाँ भागे ? चौतरफ ईंटों की दीवार में चिना बैठा है अलताफ। दुम घुटने लगा है। भीतर अँधेरा है।

बाहर चुप्प मनहूस रात है। वह किसी से बात करना चाहता है।

"कोई है ?"

अलताफ किसे पुकारता है ?

"अरे भई, कोई है ऽ ऽ ऽ ?"

दरवाज़ा खोल अम्मी, अब्बू और मासी तीनों अन्दर दाखिल हो जाते हैं।

"क्या हुआ बेटे ? कोई बुरा ख्वाब देखा ? ऐसे क्यों चिल्लाए ?" अलताफ बिस्तर से उठकर खड़ा हो जाता है। अजीब-सी शर्म महसूस होती है। क्या वह सचमुच चीख पड़ा ? वह तो अपने अन्दर की दुनिया में बन्द था। उसकी चीख बाहर कैसे आ गई ?

सोपोर में रहती मौसी, दो महीनों से माँ के पास रहने आई है। अकेली माँ कुछ ज्यादा ही गुमसुम रहती है।

मौसी, माँ को बचपन की गलियों में ले जाती है। टी.वी. खोल, चित्रहार दिखाती है। घर के लोग अपने अन्दर से बाहर तो आ जाएँ। मौसी कहती है, "जब तक ऊपर से बुलावा नहीं आता, तब तक तो हर हाल में जीना है, बेनी।"

"ज़िन्दगी की बेकद्री नहीं की जा सकती।"

मौसी के खाविन्द नहीं रहे। बहुएँ नौकरियाँ करती हैं। मौसी बेटों के साथ उनके भी टिफिन सजाती है। पोतों-पोतियों को स्कूल भेजती है और अहल्ले-मुहल्ले की खबर रखती है।

मौसी को टी.वी. देखने की खब्त है। वह सूफियाना कलाम, छकरियाँ भी सुनती है और चित्रहार भी देखती है। मारामारी की खबरें हों, तो टीवी का बटन बन्द कर देती है।

रात वे देर तक टीवी देखते रहे। 'वोन्दहामा नरसंहार' पर किसी ने फिल्म बनाई है। वोन्दहामा गाँव में बाईस जनों का पंडित परिवार, ज़िन्दा आग में जला दिया गया था। देश-विदेश में दहशतगर्दों की लानत-मलामत हुई थी। अलताफ ने वोन्दहामा जाकर मोतीलाल का खाक हुआ घर देखा था। आज भी याद करते रूह काँप जाती है।

अब चारेक सालों के बाद बनी यह फिल्म, जिसमें गाँव के बूढ़े-बुजुर्ग पंडित परिवार को याद कर रहे थे। औरतों की आँखों में आँसू थे। बूढ़े-बुजुर्गों के चेहरों पर दहशतभरी मायूसी।

"फरिश्ता था मोतीलाल। कोई बीमार होता गाँव में, तो सुनकर दौड़ा चला आता।"

चुंधी आँखोंवाला दाढ़ीदार बूढ़ा अफसोस से सिर हिला रहा है, "भले लोग थे। बहुत बुरा हुआ उनके साथ। कभी किसी से झगड़ा नहीं किया। मेरी बीवी ब्लडप्रेशर की मरीज़ है। हर हफ्ते मोतीलाल अपनी मशीन लेकर उसका ब्लड प्रेशर देखने आता था।"

एक बारह-तेरह साल का लड़का उस उस्तानी को याद करने लगा था, जो स्कूल में पढ़ाने के बाद, उसे घर पर भी कोच करती थी, कभी पैसा भी नहीं लिया...

"अब कौन मुझे पढ़ाएगा ?" वह मायूस था।

फिरन के गले के स्तन निकाल बच्चे को दूध चुँघाती औरत बेहद उत्तेजित थी, "बाईस जनों का कुनबा था। सबके सब खाक हो गए। इसी ज़मीन पर, यहीं कतारों में लाशें बिछ गई थीं। किसी की सूरत पहचानी नहीं जा सकी। समझो, कोयला हो गए थे सबके सब। आसपास के गाँवों से पंडित घर छोड़कर भाग गए। हमने उन्हें रोका। प्यार-मुहब्बत से रहते थे हम। देखा नहीं गया उनसे...।"

फिल्म खत्म हुई, तो अम्मी ने अलताफ से पूछा, "यह मोतीलाल कौन था ?"

उसे ताज्जुब-सा था, कि वोन्दहामा नरसंहार के चारेक साल बाद भी गाँववाले उसकी याद में रो रहे थे, जो उनका कुछ भी न लगता था।

"वह भी किसी माई का लाल तो था ही अम्मी, जिसके पूरे खानदान को

मिलिटेंटों ने खत्म कर दिया।" पता नहीं अलताफ क्या कह गया।

"मेरे असलम को भी वे ही लोग ले गए क्या ?"

माँ हिलक-हिलककर रोने लगी। मौसी ने गले लगाया—"रो ले, बेनी। दिल खोलकर रो ले। उस तक अपनी आवाज़ पहुँचा दे। तेरा लाल दहशतगर्द नहीं था। अल्लाहताला जानता है।"

माँ वर्षों बाद खुलकर रोई। शायद रात, थक-चुककर सो गई हों। पर अलताफ सो नहीं पाया।

बाहर गली में बूढ़ों की थप-थप है। वीरेन्द्र सिंह खिड़की पर दस्तक दे रहा है, "बत्ती बन्द करो भाई जान। रात बहुत हो गई। सो जाओ। कल तुम्हारी शायरी सुनने आऊँगा।"

"हाँ भई। सो रहा हूँ।" अलताफ बत्ती बन्द कर देता है—"कल आना तुम।"

अजनबी वीरेन्द्र, अलताफ का दोस्त बन गया है। एक रात अम्मी मानसबल किनारे बैठी असलम को ज़ोर-ज़ोर से आवाज़ें दे रही थी, वीरेन्द्र सिंह रात की ड्यूटी पर था। उसे हाथ पकड़कर घर ले आया।

तब से माँ के लिए उसके मन में कोई सोता-सा उग आया है।

"असलम दहशतगर्द था या नहीं, वह नहीं जानता। पर मानता है, कि माँ ने बेटा खो दिया है। उसका दुख गहरा है। वीरेन्द्र सिंह को अपनी माँ याद आती है। माँएँ तो माँएँ ! हर हफ्ते चिट्ठी चाहिए उसे। बड़ी फिक्र करती है बेटे की।"

अलताफ स्कूल में मास्टर है। शायरी करता है। वीरेन्द्र सिंह कहता है, शायरों का दिल कुछ ज्यादा ही नरम-नाजुक होता है।

अलताफ आँखें बन्द कर सोने की कोशिश करता है। पलकें झपकने लगती हैं।

आँखों के आगे एक दरवाज़ा खुलता है। अन्दर शादी के गीत छकरियों पर मचल रहे हैं। "वाह। वाह। मामठोठ हय आव।"

द्वार-पूजा हो रही है। दूल्हा-दुल्हन फूलों से सजे मंडप पर खड़े हैं। घूँघट से दुल्हन के मुस्कुराते होंठ झलकते हैं। भीतर तुम्बकनारियाँ बज उठती हैं।

"ज़अल्य पंजरव मंज्य नज़र त्राव, बअल्य असि मयन्तबलाव।"[1]

मुहल्ले की मुसलमान औरतें बाँहों में बाँहें डाल रोव कर रही हैं।

"थोद रोज़ी जोरि सूत्य बराबर..." अपने साथी के साथ बराबर खड़ी रह दुल्हन, यों सिकुड़ी-सिमटी काहे खड़ी हो ?

दृश्य धुँधला जाता है। शादीवाले घर से धुआँ उठ रहा है। आग की लपटें आसमान छू रही हैं। चीखें-चिल्लाहटें, अफरातफरी।

गाँव का गाँव उमड़ आया है। बाल्टी-मटके भर-भर पानी लपटों पर उँड़ेला जा

---

1. जालीदार पिंजरे से नज़र भर देख री दुल्हनियाँ,
हमारी उत्सुकता यों ही न बढ़ाओ।

रहा है। बी.एस.एफ.वाले जवान फायर ब्रिगेडों से आग बुझाने में जुटे हैं।

घर से लाशें निकाली जा रही हैं। अधजली लकड़ियों के ठूँठ। इनमें वो कुन्दन-सी दमकती बहू कहाँ है ? वो टीचर बहू, प्यार से लबरेज़ उसका साथी पति ? वह नन्हा बिट्टू ? काकनी, भाभी और घर का मुखिया ?

आँगन में कतारों में लाशें बिछी हैं। किसी में साँस की आवन-जावन नहीं। बाईस जनों का परिवार। कल चहक रहा था, आज बेहिस्त नींद में सो गया है।

धुआँखा दरवाज़ा, 'स्वागतम्' के नीचे, 'लांग लिव द् कप्पल' के अक्षरों की आँखों से, कतार में लेटे शवों में, उस हैप्पी कप्पल को ढूँढ़ रहा है, जिसकी शादी के माँड़ने अभी भी उसकी बाँहों पर सजे हैं ! हल्दी, चूने, मेंहदी और सिन्दूर से शगुनी रंगों से सजे माँड़ने ! मौत उन्हें धुँधला नहीं सकी। पर उन विकृत चेहरोंवाली जली लाशों में, 'हैप्पी कप्पल' को पहचानना मुमकिन नहीं।

और वह मोतीलाल ? जिसके लिए वोंदहामा गाँव आज भी रो रहा है ? किस पोटली में बँधा होगा ?

किस कसूर की सज़ा मिली थी उन्हें ?

धमकियों, रुक्कों, हिदायतों के बावजूद, अपना घर-गाँव न छोड़ने की हिम्मत की थी उन्होंने।

इससे बड़ा कसूर क्या हो सकता था ?

अलताफ करवटें बदल रहा है।

बाहर हवाएँ चीख रही हैं। कुछ पाँव तेज़ी से भागे हैं। हबड़-हबड़ और गोली चलने की आवाज़ ! ठक।—ठायँ।

"आ ऽ ऽ ऽ ह!"

अँधेरे को चीरती एक दर्दभरी चीख अलताफ तक पहुँचती है।

घबराया अलताफ, खिड़की खोलकर गली में झाँकता है। घर से छः-आठ कदम दूर ही कोई चौड़ा वर्दीदार, औंधे मुँह कीचड़ में गिर गया है।

अलताफ के सीने में तेज़ कटार खुभ जाती है। कहीं यह वीरेन्दर सिंह तो नहीं...?

उसे चक्कर आने लगा है, टाँगों में थरथराहट होने लगी है। पता नहीं, अब्बू कब दरवाज़ा खोल कमरे में आ गए हैं। वे आगे बढ़कर बेटे को सीने से लगाते हैं। अलताफ, अब्बू की बूढ़ी बाँहों में सिसकने लगता है।

"उन ज़ालिमों ने असलम को मार दिया है अब्बू..."

रमज़ान मलिक हयबुंग खड़ा है। असलम की लाश तो कई साल पहले उन्होंने टी.वी पर देखी है। आज तो किसी दहशतगर्द ने वीरेन्दर सिंह को मारा है।

अलताफ क्या कह रहा है ?

कहीं अपनी अम्मी की तरह, यह भी तो नहीं बौरा गया ?

# मुद्दा वाई.टू.के. उर्फ कौव्वा गया देग में, बिट्टू गबरा गाँव बाहर

आखिर वर्ष 1999 भी पूरा हो गया।

यानी एक और दशक बीत गया। अच्छे-बुरे बदलावों, साम्प्रदायिक उन्मादों, आज़ादी की छटपटाहटों, गर्बाचोवी प्रयोगों, गढ़ों-मठों के टूटने, सफलताओं और असफलताओं का दशक।

तकनीकी करिश्मों, औद्योगिक, कम्प्यूटर और साइबर स्पेसी क्रान्ति से विश्व को ग्लोबल विलेज में बदलता दशक।

हम एक-दूसरे के करीब आते गए, हम एक-दूसरे से दूर होते गए।

इस दशक में हमारा कार्यक्षेत्र, पौराणिक सतीसर, कश्यप ऋषि का कश्मीर, कल्हण के धरती के स्वर्ग से, बमों-कलिशनिकोवों का रक्त-रँगा नरक बना प्रदेश, किस दौर से गुज़रा यह एक मुद्दा था सोच का, जो देशी-विदेशी मसलों, राजनीतिक-बौद्धिक भाषणबाजियों में बिला गया।

विश्व के सामने एक नया मुद्दा पैदा हो गया। वाय.टू.के.। यानी नई सहस्राब्दि में कम्प्यूटरी मस्तक में विध्वंसक गड़बड़ियाँ होने का भय। एक ज़ीरो के कारण, जो अमरीका की रीढ़ कँपा गया। और वे विश्व का चक्का जाम होने से बचाने की फिक्रों में हल खोजने प्राणोपण जुट गए।

मित्रो ! ग्लोबल होते विश्व का हिस्सा बनने का खामियाज़ा तो भुगतना पड़ता है, सो अपने लोग भी वैश्विक चिन्ताओं में उलझ गए।

नतीजा ! अपने वाय.टू.के.वाले मसले ठंडे बस्ते में पड़े रहे।

लेकिन सतीसर प्रदेश की कथा कहती लेखिका के दिमाग में कुलबुलाता रहा वह वाय.टू.के., जो पिछले दशक से प्रदेश के अन्दर-बाहर आतंक फैला रहा है। ज़ीरो की अहमियत विश्व के सामने उजागर करनेवाले देश में, वादी के मूल निवासियों के ज़ीरो होते चले जाने से उपजी परिस्थितियों का भय।

इस भय से निपटने का कोई कारगर उपाय ?

कौन सुझाए ? राजनेता, प्रशासक, बिचौलिए ? नहीं। जनता-जनार्दन उनसे किसी कारगर कोशिश की उम्मीद नहीं रखती, जो जलते मुर्दों पर रोटियाँ सेकने से गुरेज़

नहीं करते।

आसपास कोई प्रकाश-लीक नहीं। सो कहाँ से पाएँ कोई संकेत, कोई प्रेरणा, कोई आइडिया ?

लेखिका लम्बी छलाँग मार पहुँच गई इतिहास-समय में, जहाँ एक आलोक वृत्त में बैठे दिखे, कश्मीर के प्रथम जन कथाकार गुणाढ्य महोदय ! सात लाख बीस हज़ार श्लोकों में लिखी वृहत्त कथा के रचयिता।

लेकिन काणभूति से सुनी कहानियाँ, अपने लहू से भूर्जपत्रों पर लिखनेवाले गुणाढ्य पंडित के मस्तक पर चिन्ता, दुख और अपमान का तनाव क्यों ? क्या इसलिए कि उसने जन भाषा में कथाएँ लिखीं, और राजा ने उस पैशाची भाषा को असभ्य भाषा कहकर सुनने से इनकार कर दिया ? पुष्पदन्त को मुक्ति मिली पर मलयवान अधर में लटका रहा ? मित्रो ! इस पुष्पदन्त-मलयवान के किस्से के पीछे है वह पौराणिक कथा, जिसमें एक दिन महादेव ने पार्वती का मन बहलाने के लिए उन्हें एक कथा सुनाई थी। संयोग से वह कथा उनके अनुसार पुष्पदन्त ने सुनी। सुनी तो ठीक पर गड़बड़ कर दी, कि वह कथा सुनाई अपनी पत्नी जया को ! जया के पेट में बात पचती क्या ? उसने सुनाई अपनी सहेलियों को। इस तरह बात बहोरिन के लम्बे कान-सी फैलती गई। बस, फिर क्या था, पार्वती को गुस्सा आ गया। उसने पुष्पदन्त को स्वर्ग से बहिष्कृत कर दिया। पुष्पदन्त का भाई मलयवान बीच-बचाव करने आया, तो वह भी पार्वती के क्रोध की लपेट में आ गया। भला उसे क्या ज़रूरत थी, दूसरे के फटे में पैर डालने की ? सो भुगत लिया। यानी उसे भी शाप मिला, कि जाओ ! मनुष्य के रूप में पृथ्वी पर वास करो।

लम्बे किस्से को छोटा करें, तो पुष्पदन्त-मलयवान की क्षमायाचना पर पिघल आई पार्वती। पर मुक्ति की शर्त रखी, कि धरती पर जाकर किसी पिशाच जाति को यह कथा सुनाओ, तो स्वर्ग में वापसी हो पाएगी।

इधर धरती पर, आर्यों ने कश्मीर प्रदेश में घुसकर यहाँ के मूल निवासियों से भूमि-वूमि छीन, उन पर आधिपत्य जमाया और अच्छे सुसंस्कृत लोगों को पिशाच नाम दिया। बली थे, कुछ भी करने का हक था उनका।

तो जी, पुष्पदन्त ने पृथ्वी पर जन्म लिया ! वररुचि नाम पाया। राजा योगानन्द का मन्त्री बना और काणभूति नामक पिशाच को महादेव से सुनी कथा सुना दी। इस तरह पुष्पदन्त शाप-मुक्त होकर स्वर्ग लौट गया।

रह गए भाई मलयवान। वे धरती पर गुणाढ्य नाम से प्रसिद्ध हुए। उन्होंने काणभूति से कहानियाँ सुनीं और अपने लहू से भूर्जपत्रों पर लिख दीं। लहू से, ध्यान दीजिए। सो कठिन श्रम, निष्ठा और संवेदन से पूर्ण, सात लाख बीस हज़ार श्लोकों का वृहत्त कथा ग्रन्थ, जन भाषा पैशाची में लिखकर कमोबेश मुक्त हो गए। अपने दो शिष्यों, गुणदेव, नन्दी देव के हाथों अपना ग्रन्थ राजा सातवाहन के पास भेज दिया, उन्हें सुनाने के लिए।

राजा ने दो-चार वाक्य ही सुने कि बौखला उठे।

"यह कथा पैशाची भाषा में कही गई है। पैशाची असभ्य भाषा है। इसे यहाँ से हटा दो।"

गुणाढ्य ने राजा की प्रतिक्रिया सुनी, तो इतने आहत-अपमानित हुए कि सम्पूर्ण ग्रन्थ को ही जला डालने की सोच ली।

किस्सा कोताह यह, कि गुणाढ्य का लिखा वृहत्त कथा ग्रन्थ आज तक अनुपलब्ध ही रहा। यों इसी सदी में शोधकर्ता डॉ. ब्यूलर ने उसके बारे में छानबीन की, उसे ईसा की दूसरी शती में रचित बताया, आदि-इत्यादि। उस बहस में न जाकर इतना कहना काफी है कि वृहत्त कथा गुम नहीं हुई। आखिर लहू से लिखी गई थी। उसके तीन अनुवाद मिले। वृहत्त कथा श्लोक संग्रह, वृहत्त कथा मंजरी और कथा सरित सागर।

ग्यारहवीं शती में कश्मीरी पंडित सोमदेव ने, वृहत्त कथा से बचे-खुचे पृष्ठ खोज निकाल, उनसे मूल सामग्री ली, और रानी सूर्यमती के मनोरंजन के लिए कथा सरित सागर रच डाला। इस तरह गुणाढ्य उन कथाओं में ज़िन्दा रहे, जो देश-विदेश में फैल गईं और आज भी, दूरदर्शन-वीडियो युग में, ये पौराणिक मनोरंजक कहानियाँ सिलोलाइड पर ज़िन्दा हैं।

लगे हाथ, कथा के अन्त से डरनेवाले, उत्तर आधुनिक समीक्षकों-बौद्धिकों के लिए एक तसल्ली यह, कि कहानी थी, है, और आगे भी रहेगी। चाहे मलयवान की मुक्ति के लिए लिखी जाए, या रानी सूर्यमती के मनोरंजन के लिए।

अब लौट आएँ पिछले दशक की कथा पर। कैसे लिखें यह वृहत्त व्यथा-कथा ?

आज 'राजतरंगिणी' के रचयिता कल्हण पंडित होते, तो शायद कोई रास्ता सुझाते। कवि हृदय इतिहासकार थे। इतिहास लिखते-लिखते, मानव नियति की कथा भी कह गए। कठिन समय उन्होंने भी देखा। उसका विश्लेषण किया। तिमि मछली तब भी अपनी ही जातिवालों को खा जाती थी, आज भी वैसा ही हो रहा है।

लेकिन लेखिका कल्हण पंडित नहीं है। इस फास्ट फूड, फास्ट म्यूजिक, फास्ट लाइफवाले समय में, गुणाढ्य की तर्ज़ पर वृहत्त कथा लिखकर, पाठकों के जल्दी चुकते धैर्य की परीक्षा भी नहीं लेना चाहती, सो दोनों रचनाकारों के दबंग व्यक्तित्व, लेखकीय ऊर्जा, सोच, स्वाभिमान और रचना क्षमता को सम्मान देते हुए, तय कर लिया, कि अब तक जो कहा, सो कहा। आगे थोड़ा कहेगी और ज्यादा दिखाएगी, ऑडियो-वीडियो युग को मद्देनज़र रखते हुए। और हाँ, किसी राजा सामन्त को नहीं, कथा जनता को दिखाएगी।

यानी कि किसी खिड़की-झरोखे, दरवाज़े की सन्ध-फाँक से, जितना दिखे, प्रशासकों-दहशतगर्दों, दोस्तों-दुश्मनों के बनाए चक्रव्यूह में फँसे, निरपराध अभिमन्युओं की कथा देखी जाए।

कहीं पाँव-पाँव चलकर, कहीं हवाई सर्वेक्षण से। लीजिए, यह पहला झरोखा खुला, सीधे बांडीपुरा गाँव में। जी हाँ, यह वही बांडीपुरा है, झील वुलर किनारे बसा। देखिए,

हरे सिंघाड़ों और गुच्छागुच्छ कमल फूलों, खिलवत्तरों से कैसे अटी पड़ी है यह महा पद्मसर झील ! यहीं इक्यानवें में तीस वर्षीय अब्दुल गफ्फार शेख, क्रैकडाउन के दौरान मारा गया था। उस वक्त बांडीपुरा में दहशत का आलम तारी था। जंगल तन्त्र कहिए।

एक ओर दहशतगर्दों की फैलाई बेसिर पैर अफवाहें ! दूसरी ओर आर्मीवाले मिलिटेंटों से पूछताछ के दौरान सख्ती बरत रहे थे। दो पागल भैंसे, आज़ादी और अनुशासन, आपस में सींगें भिड़ा रहे थे।

दहशतगर्दों ने अफवाहों का ऐसा घनघोर कुहासा फैला रखा था, कि दोषी निर्दोष दोनों के चेहरे उसमें गुम हो गए थे।

अब यही, आर्मी पर रेप के आरोप का किस्सा लीजिए। जिन बलात्कृत महिलाओं को पत्रकारों के सामने बर्बर अत्याचार के शिकार के सबूत के रूप में पेश किया गया, वे ही लड़कियाँ दुपट्टे का छोर मुँह में दबाए खिक्क, खिक, खिक हँसे जा रही थीं।

एक अफवाह यह भी गाँव में फैली थी, कि सेना की वर्दी में कुछ कश्मीरी पंडित गाँववालों को डरा-धमका रहे हैं।

यह सारा तमाशा देख रहा था, कलूसा गाँव का रघुनाथ कस्तूर, जो ताउम्र रसूल मीर, शामस फकीर और वाहब डार के सूफियाना कलाम, अपने हिन्दू-मुसलमान दोस्तों-पड़ोसियों के साथ छकरियों में झूम-झूम गाता था। जानता था कि पंडित, जो खुद डरा रहता है, गंडगोल और मारामारी से कोसों दूर छिटकता है, वह दालिबटा विशेषण से विभूषित बटा, भला क्या खाकर दूसरों को डराए-धमकाएगा ? हुई न यह गप्प की लक्कड़ दादी ?

रघुनाथ ने काफी कुछ अपनी आँखोंदेखा और कानों सुना। रियाज़-जावेद को 'जेहाद' के पेंफ्लेट बाँटते, हिज़बुल मुजाहिदीनों की बीवियों को हशर-हशर चीखते, 'हिन्दुस्तानी कुत्तो वापस जाओ', 'हिन्दुस्तानी जासूसो दफन हो जाओ।' वगैरह वगैरह धमकियाँ देते। उसकी आँखें फटी की फटी रह गईं।

इतना ज़हर गाँव में कैसे फैल गया ? अपने ही राज़दाँ रकीब क्यों बन गए ? कई सवालों ने रघुनाथ को कुछ इस तरह भौंचक और गूँगा कर दिया, कि वह अगले ही दिन गाँव छोड़कर चला गया। गाँव अब अमनपसन्द लोगों के रहने लायक नहीं था।

यह दीगर बात है, कि रघुनाथ दिल्ली के कैम्पों में बांडीपुरा के खेत-खलिहानों, दीनेश्वर की पहाड़ियों, शारद बल की माँ शारदा से बतियाता, बावला बना घूमता रहा, और एक दिन दिल्ली की भीड़ भरी सड़क को नारान[1] नाग में बैठी भजन मंडली समझ "अस्य आयि बरसतल आरहती, असि कर दया मोज्य पार्वती", तन्मय होकर गाते, बस से टकरा गया। अस्पताल में कुछ दिन पड़े-पड़े, आखिरी साँस तक उसके होंठों से दिल मसोसती पंक्तियाँ ही निकलीं—

1. दीनेश्वर तीर्थ जाते समय का एक पड़ाव।

"रस्थुल सु नगमा, तुँ म्यूठ आलव/बु बोज़ कर वोन्य, ज़माना बदलेव" ![1]

इसी बांडीपुरा के खारपोर गाँव में, यह जो सोनरवन्य पहाड़ी के दामन में इकमंजिला घर दिख रहा है, यहीं निरंजन रहता है। देखें, क्या कर रहा है।

खुला-खुला आयताकार कमरा है। खिड़की की सीध में पहाड़ की छाती से दूधिया धार छलकती नज़र आ रही है। दरवाज़े के पास से होकर गुज़रती छोटी नदी की मीठी कल-कल, कमरे में संगीत भर रही है।

निरंजन तकिए की टेक लगा, पोतियों को कहानी सुना रहा है। फुरसती आदमी करे भी क्या ? स्कूल में हेडमास्टर था, अब पाँचेक साल तो हो ही गए रिटायर हुए। घर से लगा एक किचन गार्डन है, 'वअर'। उसमें कुछ साग-सब्ज़ियाँ उगाता है।

यों कहानियाँ सुनाने की खब्त है निरंजन को। कबाइली हमले से बचकर, जब निरंजन ताता साहब के घर पहुँचा, तब भी कात्या, प्रेम, नन्दन, राज्ञा-वाज्ञा को सच्ची-झूठी, नई-पुरानी कहानियाँ सुनाकर, बड़ों-बच्चों से घिरा रहता था। कहानियाँ भी बेमिसाल। मछलियाँ क्यों हँसीं ? कव्वे की बेटी रानी कैसे बनी ? सोनकिसरी, अकनन्दुन, हीमाल-नागराय, गुलरेज़ वगैरह तो वहाँ होते ही होते, प्रेमचन्द की निर्मला, प्रसाद की मधूलिका, हार्डी के कैस्टर ब्रिज का मेयर, टैस, यहाँ तक कि सैमसन डिलेला की इश्किया दास्तान भी।

निरंजन कहता, "कहानी वक्तकटी का ज़रिया ही नहीं होती, ज़िन्दगी को समझने का नज़रिया भी देती है"। ताता कहते, "क्या खूब बात कही।"

'काव गव लेलिस'[2] कहानी तो कात्या को भी खूब पसन्द थी।

"काव गव लेलिस/शोगन दअर काअस/पोखरि पोन्य चमुरोव/गाव माजि लोट त्रोव/सुम कचि पअट त्रअव...।"

कौआ देग में क्या गिर गया, पूरे गाँव में कुहराम मच गया। सुग्गे ने सुना, तो गम में दाढ़ी मूँड़ ली। पोखर ने सुना, तो दुख में पानी सुखाया। गौ माता ने सुना, तो उदास होकर पूँछ गिरा दी। पुलिया ने सुना तो शोक में फट्टा गिरा दिया।

"अरे ! इतना बवाल, एक कव्वे के लिए ?"

"हाँ जी, हाँ। कव्वा देग में गिरकर झुलस गया, तो उसके यार-दोस्त दुखी न होते ?"

"यह रही सत्यायुग की बात। कलियुग में कौवा देग में गिरेगा, तो बावर्ची देग में ढक्कन लगा देगा। कोई उसकी छटपटाहट जान भी नहीं पाएगा।"

ऐसी प्रतिक्रिया तब प्रेम भैया की रहती, जो है, जो है वाली ! गो कि तब तक ऐसा कुछ नहीं हुआ था, जो बाद में दहशतगर्दी में हो गया। जैसे राधाकृष्ण के साथ हुआ। दहशतगर्द उसे पकड़कर ले गए। जासूसों के नाम पूछे। बेचारा राधाकृष्ण कुछ

1. अब मैं अपने दोस्तों के मीठे बोल व रसीले नगमे कहाँ सुनूँगा ? ज़माना तो बदल गया। 2. कौआ गया देग में।

जाने, तो न मुँह खोले ! सो रातभर डंडों-हंटरों से पिटता रहा। अगले दिन, गले को हलाल करने की मुद्रा में थोड़ा-सा चाकू से काट, नदी किनारे फेंक दिया गया, धीरे-धीरे आराम से मरने के लिए। खून बहता रहा, पर किसी ने न उठाया, न परवा की। राधाकृष्ण ने एक राहगीर को हाथ जोड़े कि उसे बचाए। राहगीर ने पूछा—''क्या नाम है ?'' ''राधाकृष्ण !'' नाम सुनकर राहगीर ने राधाकृष्ण को टाँगों से खींचकर, नदी में धकेल दिया, पूरी तरह मरने के लिए।

अब यह उसकी किस्मत कि ठंडे पानी से खून बहना बन्द हो गया, और वह सुबह होने से पहले घुटनों के बल सरकता-लिथड़ता पुलिस बीट तक पहुँचा और पुलिस बल ने उसे अस्पताल पहुँचा दिया। पर गाँववालों ने तो उबलती देग में गिरे कौवे के लिए कोई शोक तो नहीं ही मनाया, बल्कि देग पर ढक्कन लगाने की ही कोशिश की। इसे कलियुग कहिए या आतंक युग, आपकी मर्ज़ी।

लेकिन आज जो कथा निरंजन बच्चों को सुना रहे हैं वह दूसरी कथा है। आइए सुनें—''बिट्टूजी की यात्रा कथा।''

निक्की-मुन्नी हथेलियों पर ठोड़ी टिकाए कैसे तन्मय होकर सुन रही हैं।

''तो निक्की-मुन्नी, लाड़लियो। बिट्टू गबरा जा रहा था ससुराल। नई-नई ससुराल। दूर पार के गाँव ! माँ ने लाड़ले को समझा-सिखा, रास्ते के लिए खाने-ओढ़ने का सामान, सत्तू-वत्तू, कम्बल-शम्बल बाँधबूँध टंच करके रवाना कर दिया। यह कहकर, कि नाक की सीध चले जाना, और भारी-भारी बात करना।

''लड़का बेहद सीधा ! जैसा माँ ने सिखाया, उसी हिसाब से तीन भारी बोल चुने—चक्की, मूसल और ओखली। पंजे से नाक की सीध, सड़क मापता जाने लगा, तो रास्ते में एक बुजुर्गवार मिला। पूछा—'कहाँ जा रहे हो, बेटा ! यह क्या अंट-संट बोले जा रहे हो ?'

''बिट्टू ने सारा किस्सा सुनाया। बुजुर्ग लड़के के सीधेपन पर हँसा, उसे आशीष दिया, 'जाओ ! वार कार ! सुख से समृद्धि से !'

''लड़के को नया बोध हुआ। तो उसे 'वार कार' बोलना चाहिए। लड़के ने मन्त्र की तरह रटना चालू कर दिया, 'वार कार ! सुख से समृद्धि से।'

''थोड़ी दूर बढ़ा कि आगे से, कन्धे पर मुर्दा ढोते हुए लोग मिले। वे 'सुख से समृद्धि' शब्द सुन नाराज़ हुए। एक ने लड़के को रोककर समझाया।

''ऐसा नहीं कहते। कहो 'यिनु जाँह त वोनु जाँह।' नहीं-नहीं कभी नहीं।

''आज्ञाकारी लड़के ने नया मन्त्र रटना शुरू किया, 'नहीं नहीं, कभी नहीं।' दस कदम आगे बढ़ा, तो सामने से निकली, हँसती-खेलती बारात।

''नाचते-गाते दो मुस्टंडों ने लड़के को पटखनी दे दी।

''अरे ! इस्माल बदखबर। बारात जा रही है, खुशी के बोल कह। बोल—'नोव-नोव फोलिनय, ब्ययियूत वोतिनय,' बार-बार फूले, बार-बार फले।

''लड़के ने फिर नया राग अलापना शुरू कर दिया—'बार-बार फूले, बार-बार

फले।'

''ऊपरवाले की करनी। तभी सामने से निकला एक रोता-कलपता आदमी जिसकी बाँह में ज़हरबाद फोड़ा पक रहा था। उसने लड़के को सुना तो मोटी-सी गाली दी—'हरामी, नदीदे, गाली देता है ? बोल, 'यि छुय त यिति चलितनय' जो है सो भी गायब हो जाए, 'नेस्तनाबूद। नेस्तनाबूद।'

''लड़का अब तक बेहाल-परेशान हो चुका था। पर मरता क्या न करता। फिर से नए बोल रटना शुरू कर दिया।—'नेस्तनाबूद, नेस्तनाबूद।'

''और बीस कदम चला, कि सामने से कुआँ खोदते मज़दूर मिले, पसीने से तर। कुएँ से बड़ी मुश्किल से ज़रा-सा पानी उमगने लगा था। उन्होंने लड़के की डंडों से धुनाई कर दी।

''अरे तावनज़दे। हराम के जने, आँखें फूट गई हैं क्या ! देखता नहीं हाड़ तोड़कर ज़रा-सा पानी निकाला है कुएँ से, और तू बदबख़्त शाप दे रहा है, कि जो है सो भी नेस्तनाबूद हो जाए !

''लड़का पिट-कुटकर रोने लगा।

''रो मत। बोल, 'सरि पेठ सैलाब ! सैलाब ही सैलाब !'

''लेकिन बिट्टू की मुसीबत का कोई कोरकिनारा नहीं। दसेक कदम ही चला कि सामने डंडा हाथ में लिए लड़ाकी बुढ़िया मिली, जो धूप में धान सुखा रही थी। उसने बिट्टू की ''सैलाब ही सैलाब'' पुकार सुनी, तो झुकी कमर सीधी करती, उठने लगी, कि इस मनहूस कुबोले की अच्छी ठुकाई कर ले, कि सही समय पर सही बोल बोलना सीख जाए।

''लेकिन अब तक, लगातार पिटता बिट्टू सही होने की कोशिशों में, सुझाए-सिखाए नए-नए मन्त्र रटता, इस नतीजे पर पहुँच गया था, कि इस गाँव में उसका कोई भी बोला शब्द सही नहीं हो पाएगा। उसने दुखी देह और दिलमलूल आत्मा को चेताया। गठरी-मुठरी वहीं पटक दी और दौड़कर गाँव की सीमा पार कर ही दम लिया।

''और इस तरह कहानी खत्म हो गई।''

निक्की-मुन्नी उदास हो गई हैं।

''तो क्या दादू, बिट्टू ससुराल पहुँच ही नहीं पाया ?''

मुन्नी ज्यादा समझदार लगती है। बारह साला उम्र में दसेक वर्षों से भागने, पिटने, कुटने की ही दास्तानें सुनती रही है। कुछ सोचती-सी अपने दादू से पूछती है—''दादू ! क्या बिट्टू अब कभी गाँव नहीं लौटेगा ? क्या वैसे ही, जैसे हमारे काका और सुनील भैया नहीं लौटे ? दादू, उन्हें लौटना चाहिए न ? हम उनका इन्तज़ार कर रहे हैं।''

''अरे ! यह क्या ? मुन्नी की आँखों से आँसू बह रहे हैं।''

निरंजन जेब से रूमाल निकाल रहा है।

''अरे रे रे ! देखो तो, यह मोती टपकानेवाली परी है। मैं इन मोतियों को रूमाल

में बटोर लेता हूँ।''

''दादू ऽ ऽ ऽ।'' मुन्नी दादू के मज़ाक पर हँस पड़ती है। कैसे कानी उँगली पर आँसू लपेट, रूमाल पर पोंछ रहे हैं।

''ले ! अब तेरी हँसी से झरेंगे, नरगिस के सफेद फूल ! ला, इन्हें भी समेट लूँ।''

निरंजन बच्चों को उदास देख पाया है कभी ?

निरंजन का छोटा बेटा शम्भू दूकान से लौटा है। दस्तरखान के दोनों ओर बैठे, निक्की-मुन्नी-साहबा, दद्दू और शम्भू। बहू उमा भपारे उठाता गर्म भात और शलजम परोस रही है।

बीच में पिता-पुत्र का छोटा-सा संवाद है।

''आज कोई परेशानी तो...?''

''नहीं, मैं किसी से बोलता तक नहीं ! बस, सौदा दिया और काम खत्म।''

''कोई खुराफाती ?''

''मेरा क्या लेंगे ? जानते हैं, छोटा आदमी है। किसी का क्या ले सकता हूँ ?''

''हाँ ऽ ऽ, फिर भी एहतियात ज़रूरी है।''

''तुम भी बैठो बहू !'' उमा से साथ बैठने का आग्रह। निरंजन मुर्गी की तरह अपने छोटे-बड़े चूज़ों को पंखों तले समेटकर रखना चाहता है। हर पल शंकित, हर पल चौकन्ना। उसने बदतर हालत में भी अपना घर-गाँव नहीं छोड़ा, पर भीतर जो निष्कासन उग आया है, उसका क्या करे निरंजन ?

निरंजन की पत्नी पहले ही गुज़र गई है। बड़ा बेटा रघुनाथ अपने परिवार के साथ ऊधमपुर में मायग्रेंट की ज़िन्दगी जी रहा है। टेलिकम्युनिकेशन में कर्मचारी था। जेहादी उसके पीछे पड़ गए थे।

वह भी कथा के बिट्टू की तरह गाँव से भाग गया था। उसकी भी कोई पुकार, कोई बात, सही नहीं हो पाई थी।

निरंजन निक्की-मुन्नी के चेहरे, मोह से टोहता है।

''खाना खाओ बच्चो। आज तुम भी मेरे साथ ठाकुरद्वारे में प्रार्थना करना। हम माँ भवानी से कहेंगे, काका और सुनील भैया को हमारे पास लौटा दें। वे हमारी प्रार्थना ज़रूर स्वीकार करेंगी।''

हम जानते हैं, सबके सो चुकने पर निरंजन देर तक अपना फोटो-अलबम देखता रहेगा। उसमें चिपकाकर रखे, अपने नाते-रिश्तेदारों की तस्वीरों से बतियाएगा। अमरीका में बसे नन्दन, धरा और उनके बहू-बेटों, शारिका की नातिनों, प्रेमजी के पोतों और अपने बड़के रघू और उनके बिल्लू-टिल्लू से बराबर चिट्ठी न लिखने की शिकायतें करेगा। और जी भरकर देख, छू, महसूस करने के बाद, निरंजन एलबम बन्द करेगा। फिर आँख बन्द कर, उनके ''जहाँ रहें सुखी रहें,'' होने की भगवान से प्रार्थना करेगा।

नई सहस्राब्दी में इससे आगे निरंजन और कुछ सोचने की स्थिति में खुद को नहीं पाता। बस। एक इन्तज़ार, प्रार्थना, और एक आवाज़ का अनुरोध।

निरंजन ! सोनरवन्य की पहाड़ियों के दामन में खड़ा–

"आधा धँसा पाताल में/हिम शिखरों पर आँखें टिकाए/ढूँढ़ता है आरकाइव्ज़ में पड़ा अतीत/देखता है नाग यक्षों के जीवाश्म साँस लेते।"

उम्मीद नहीं छोड़ता। सोचता है–

'कि लुप्त होती थाती का छोर मुट्ठी में दबाए
रोक नहीं पाऊँगा मैं काल प्रवाह
कि दोज़खी आग में नंगे तलुओं टिका हूँ
नामालूम उम्मीदों में !
जानता नहीं किसका प्रहरी हूँ !
मुझे आवाज़ दो, मेरे जन्मदाताओ/मेरे बेनाम वंशजो !
कि हमारी आवाज़ों की गूँज से ही कटेगा
हमारा लौटा हुआ निर्वासन।'

# हवाई सर्वेक्षण ! निष्कर्ष : बड़शाह का इन्तज़ार

दोस्तो ! अब इधर से हवाई सर्वेक्षण पर चला जाए। कहाँ-कहाँ रुकेंगे ! शाम से पहले घर भी लौटना है न।

वो उधर रहा कथबब पंडित कृष्ण जू कौल का घर। हे शंकर ! इधर तो जले-गले छान-छप्पर और कलौंछ खाई टुटुल-फुटल ईंटों का ढेर बचा है। तो यह घर भी दहशतगर्दों के कोष की नज़र हो गया ?

घर खाली था। यों भी, कृष्ण जू कौल और सरस्वती के गुज़रने के बाद, भद्रा, नाथजी और इन्द्रा भी चले गए। मौत ने घर देख लिया था, फिर किसको छोड़ती ?

राजा जो घर छोड़ गया, लौटकर नहीं आया। बब्बू भद्रवाह-किश्तवाड़ में कहीं बैंक में कर्मचारी है। सुना है, उसकी संगीता और बच्चे ऊधमपुर में ही हैं, वहीं संगीता की नौकरी है। दो-दो घर कैसे करते होंगे, क्या सरकार उनका तबादला एक ही शहर में नहीं करा सकती ?

नाथजी की बेटी, नीलम, ने तो अकेलापन चुन लिया। डॉ. कात्यायनी के साथ 'शिहुल विला' में रहती है। अस्पताल में मरीज़ों को पूरा वक्त देती है। शादी तो की ही नहीं। आल-अयाल पाला नहीं, पता नहीं वह डॉक्टर आजकल कहाँ है, जो शेखचिल्ली के सपने देखता और, और नीलम को 'नीलमाल परी' बोलता था ? क्या नीलम को कभी याद करता होगा ?

लो जी, पहुँच गए शिहुल विला। घर अस्पताल वैसे ही हैं, जैसे हमने दस साल पहले देखे थे, थोड़े दागदार और मायूस ज़रूर लगते हैं। मौसम की तासीर। ठूँठ हुए पेड़ों के बीच घर अकेला उदास तो लगेगा ही। पिघलती बर्फ से दीवारें सीली-सीली लग रही हैं। दीवार पर किसी जेहादी की लिखी इबारत, "जो करे खुदा का खौफ, उठा ले कलिशनिकोव" धुँधली पड़ गई है।

लेकिन ऊँकार भाई की यादें उनके चले जाने के दो साल बाद भी धुँधली नहीं पड़ रहीं। इसी इबारत को देख वे बेहद गुस्सा गए थे। चूना पोतकर खुद ही इसे मिटाने की कोशिश की थी। इस घटना के दो ही दिन बाद ऊँकार भाई की लाश बीच सड़क पड़ी मिली थी। दहशतगर्दों ने उनके दोनों हाथ काट दिए थे। माली सुलतान अहमद कहता है, गोली मारकर दहशतगर्द उनके इर्द-गिर्द नाच रहे थे और ऊँकार भाई दर्द से छटपटाते भी आखिरी दम तक उन्हें गलियाते रहे थे।

अन्दर लॉबी में, बुखारी के पास कार्तिक और कात्या बैठे हैं। सती-नीलम चौके में खटर-पटर कर रही है। सती अब पहले से भी कम बात करती है। बच्चों के बिना घर कैसा भूत का डेरा लगता है। ईशा आजकल दिल्ली में है। टीपू बंबई में नौकरी कर रहा है। सती भी बेटे के पास जाएगी तब घर कैसा लगेगा ? कात्या सोचना नहीं चाहती। सोच में ज़रा-सी सन्ध पाकर ऊँकार भाई की पुकार कौंचने लगती है। भा, ऽ ऽ भी भा ऽ ऽ भी !

बाप बनकर भी ऊँकार भाई कात्या-कार्तिक के लिए बेटे ही रहे। कार्तिक भी विष पीकर नीलकंठ बने हैं, वे न ऊँकार भाई की बात कर पाते हैं और न उसे भूल ही पाते हैं।

"खाना लग जाए, तब तक ज़रा 'ई मेल' चेक करूँ"। कात्या उठकर कम्प्यूटर रूम में जा रही है। अर्जुन-अलका अमरीका में हैं। उनका कोई मेल हो शायद।

ई मेल चैक हो रहा है। दो-तीन मैसेजेज़ तो हैं।

"वी आर फाइन माम। हाउ इज़ हैड ? देयर इज़ गुड न्यूज़ फार यू। अलका इज़ कैरिइंग।"[1]

इलिनॉय से डॉ. अर्जुन ने खुशखबरी दी है, कात्या-कार्तिक दादा-दादी बननेवाले हैं। सचमुच ? शादी के आठ साल बाद। कार्तिक उछल पड़ेगा। कात्या खुश है।

दूसरा मैसेज—"लल्ली इज़ नाट डूइंग वेल।" नन्दू, न्यूजर्सी से।

कात्या के चेहरे पर झाँई-सी उतर आती है।

"कार्तिक ! माँ ठीक नहीं है।" आवाज़ में थरथराहट है।

"क्या बात है ? इधर आओ, मेरे पास बैठकर बात करो।" कार्तिक कन्धे से घेर लेता है।

"मुझे नहीं लगता, माँ और इन्तज़ार कर पाएगी। ईशा को भेज दें दादी के पास ?"

"कम ऑन। डोंट बी सिल्ली। माँ की उम्र है। सर्द-गर्म तो लगा रहता है। थोड़ा ठीक हो जाए तो हम खुद जाकर उन्हें यहाँ ले आएँगे।"

कार्तिक ज़ख्मों पर मरहम लगाना जानता है।

"मैं अपना वादा नहीं निभा सकी कार्तिक। चाहती थी, एक बार लल्ली को विष्णु वाटिका लौटा लाऊँ। इस उम्र में पीछे छूटे संगी-साथियों के साथ घर की देहरी पर जिए गए वक्त को भी दोबारा जीता है आदमी। मैं जानती हूँ। माँ विष्णु वाटिका, वितस्ता, और गणेश मन्दिर के साथ, मल्लाहों की पुकारों और सागवाली ज़ेबा कुंजइन को भी याद करती होंगी।"

"तुम ठीक कहती हो कात्या ! इधर लग रहा था, हालात कुछ बेहतर हो रहे हैं। पर करगिल की वॉर के बाद, फिर से मिलिटेंसी उभार पर है। नन्दू जानता है। मुझे

1. हम अच्छे हैं। डैडी कैसे हैं ? तुम्हारे लिए खुशखबरी है। अलका गर्भवती है।

शक है, कि माँ अब इतनी लम्बी यात्रा कर भी पाएँगी...।''

क़ात्या कार्तिक के कन्धे पर सिर रखकर सुबक रही है।

अरे ! इस बहादुर डॉक्टरनी का दिल ऐसे क्यों पिघल रहा है ?

एक वादा किया था माँ से, जो नहीं निभा पाई, क्या इसीलिए ? या इसलिए कि दूर देश में अपनों के बीच रहकर भी, लल्ली अपनी मिट्टी-पानी, बोली-बाणी और घर-आँगन की महक के लिए तरसती रही ?

धरा-नन्दन तमाम कोशिशों के बावजूद न्यूजर्सी में न वितस्ता ला सके, न हरमुख पर्वत पर बैठे शिव की जटाओं से छलक आती गंगा की दूधिया फेनिल धार।

और लल्ली सालों साल वहाँ रहकर भी भूल न पाई, ऋषि पीर और च्रारि शरीफ, शंकराचार्य और तुलामुला।

उसकी आँखों के आगे से हटती ही नहीं है विष्णुपाद, ब्रह्मशुक्ल की चोटियाँ।

कात्या को दुख है, कि माँ उसके भरोसे को शक्ल देते देख न पाएगी। उसने माँ से कहा था, ''लल्ली ! इतिहास गवाह है, कि ग्यारह घरों में सिमटने के बाद भी हम बचे रहे, और लाखों में फैलकर हमने दोबारा इतिहास रचे। उन ग्यारह घरों में तुम्हारी कात्या भी रहेगी, देख लेना।''

नीलम और सती खाना लगा चुकी हैं।

दरवाज़े पर कोई दस्तक दे रहा है।

''कौन है ?''

''गुलाम रसूल डॉ. साहब।''

''क्या बात है गुलाम रसूल, इस वक्त ?''

''एमरजेंसी केस आया है साहब। यूसुफ़ की पगली लड़की अज़ाब में है...''

''ओ गॉड, क्या हुआ ?''

''चार-चार जनियाँ सँभाल नहीं पा रही हैं। पेट पर मुक्का मार-मारकर, खुद को लहूलुहान कर दिया है। कहती है, नहीं चाहिए मिलिटेंट...।''

''डॉ. किरण और डॉ. शमीम को खबर कर दो। ऑपरेशन की तैयारी करें, मैं आ रही हूँ।''

''दो कौर खाकर जाओ दीदी, तब तक मैं देखती हूँ।''

''तुम लोग खा लो। मेरी फिक्र मत करो। मैं जल्दी आ जाऊँगी। प्लीज़, कैरी ऑन।''

डॉ. कात्या कन्धों पर कोट डाल, गुलाम रसूल के साथ ही इमरजेंसी वार्ड की तरफ जा रही है। कात्या को रोकना डॉ. कार्तिकेय के लिए भी मुमकिन नहीं। वे रोकते भी नहीं। दहशतगर्दों की शिकार यूसुफ की लड़की, कात्या की देखरेख में है। आठेक मास का गर्भ है। ऑपरेशन करना होगा।

थोड़ा झीलों की तरफ चलें, इधर तो मन खराब ही हो गया। वो उधर, खुर्शी बेनी के बड़के लड़के अली जू का हाउसबोट है। थोड़ा भीतर झाँक लें ? बेअदबी तो

न होगी ?

अनन्तनागी गब्बे पर बैठा अली जू हुक्का गुड़गुड़ा रहा है। काफी बूढ़ा हो गया। आजकल सैलानी हैं कहाँ ? गर्मियों में भी मुट्ठीभर ही दिखते हैं। नावों की सैर कर, नेहरू पार्क के आसपास झील का नज़ारा कर लौट जाते हैं। हाउसबोट में जो छः सैलानियों को मौत के घाट उतार दिया था मिलिटेंटों ने, तब से तो डर के मारे हाउसबोटों में रहना छोड़ ही दिया सैलानियों ने। उनका भी क्या कसूर। मौत की दहशत किसे न होगी ?

अली जू के बेटे, चचेरे भाइयों के साथ व्यापार करने लगे हैं। दिल्ली में एम्पोरियम में हैंडीक्राफ्ट्स की दुकान है। गोवा तक माल बेचने जाते हैं। अली जू के बेटे सैफ ने तो दिल्ली-हरियाणा बार्डर पर घर भी बना लिया। गोकि उस दिन अली जू को अजीब-सा अहसास हुआ, बेटे के परदेसी होने का अहसास। घर आना-जाना लगा रहता है, यही तसल्ली है। बाकी सैफ ने तो कह दिया कि हमें अब हिन्दुस्तान को अपना वतन मान लेना चाहिए बबा। और भट्ट भाइयों की तरह मैदानी इलाकों की गर्मी-उमस सहने की आदत डालनी चाहिए। नहीं तो कुएँ के मेंढकों की तरह टरटराते ही रहेंगे।

सैफ की बेटी रिहाना हँस रही है।

"क्या कहा अब्बू ? टरटराते रहेंगे ?"

"और क्या ? घर से बँधे रहने से अब काम नहीं चलेगा। वादी में सबके लिए काम नहीं है। सरकार का मुँह ताकने से अच्छा है, खुद कोशिश की जाए। आखिर हिन्दुस्तान बड़ा मुलुक है। हमारी किस्मत इसी मुलुक से वाबस्ता है। जम्मू-कश्मीर स्टेट में इस वक्त भी हज़ारों लड़के बेकार हैं। स्टेट नई पालिसियाँ भी बनाए, तब भी जादू का करिश्मा तो नहीं होगा, मतलब, अब देश-विदेश में नौकरियाँ तलाशनी होंगी।

दरअसल मिलिटेंटों ने रुपए ऐंठकर सैफ की नाक में दम कर रखा था। ऊपर से रिहाना और जवाहरा जवान हो रही थीं। वह अपने परिवार को बचाने की फिक्र में था। क्या पता, कब कौन मेंहदी का पैकेट दरवाज़े पर रख दे।

लेकिन बूढ़े बब्बा उम्र के आखिरी पाटे में कहाँ सुकून पाएँ ? उसे न घर छोड़े, न हाउसबोट, और न ही मज़ार बल !

फिलहाल, उसे इन्तज़ार है सैलानियों का, जिनके छूने भर से हाउसबोट दुलहिन की तरह राज उठता है।

उधर छानपोर में मंगला मौसी के घर चलें ? मंगला तो कब की गुज़र गई। उसका बेटा अजय और बहू शोभा घर में रहते हैं। पोता विकी हैदराबाद में है। शिल्पी तो पति के साथ आजकल चंडीगढ़ में है। तबादले होते रहते हैं।

बढ़े-बूढ़ों के लेखे में लिख गया है अकेलापन। ज्यादातर, पीछे रहे भट्टों ने बाल-बच्चों को देश-परदेश भेज दिया है। घर-बार के मोह में बच्चों की ज़िन्दगियों से खेलने का हक किसी को नहीं। उनका जो हो, सो हो। इस उम्र में पेड़ को उखाड़ दो, तो दूसरी मिट्टी में थोड़े जड़ पकड़ लेगा ?

अजय नीम अँधेरी डिस्पेंसरी में दवाइयों-शीशियों, जारों, पुराने-नए औज़ारों और अंगड़-खंगड़ सामान के बीच बैठा इन्तज़ार कर रहा है। पता नहीं किसका। पेशेंट का या दोस्तों का ? कि दो बोल, बोलकर जी का भार हल्का कर ले। रात-दिन जो डरानेवाली आवाज़ें घर के भीतर-बाहर चौंकाती हैं, उनसे सहमे रहते हैं अजय और शोभा। शोभा कभी-कभी कहती भी है, "पता नहीं क्यों बैठे हैं हम यहाँ ? किस घड़ी का इन्तज़ार कर रहे हैं ? बच्चों के लिए आँखें तरसती हैं...।"

घर अभी भी अधबना ही है। मन ही नहीं करता मरम्मत कराने का। बाल-बच्चे तो छितर गए। किसके लिए शौक पालें ?

विक्की ने पूछा था पापा से—"अब क्या है पापा घर में ? हर वक्त डर की दुधारी तलवार सिर पर ! खुलकर किसी से बात भी नहीं कर पाते। जाने कब कौन दुश्मन कहाँ से सिर निकाले ? मेरी मानो तो प्रापर्टी बेचकर आप भी मेरे पास चले आओ।"

"देखो !" अजय अँधेरे में घूरता दार्शनिक हो उठा था। "जो ईश्वर चाहेगा, वही होगा।"

"ईश्वर कि आपके नेता ?"

अजय चुप है। काश ! समय के पार देख पाता। फिलहाल दुकान खुली है। तिलगामी साहब आ रहे हैं। उनके दाँत हमेशा से खराब रहे हैं। अजय उनसे आज भी पैसे नहीं लेता। यही क्या कम है, कोई इस वीराने में दो बातें करने आ जाता है। उधर रहमान जू के बेटों की 'खुदाई मंज़िल' पर रहस्य का परदा गिरा है। सीमा सुरक्षा बल घर में आते-जातों पर नज़र रखे हैं। शबीर की जे.के.एल.एफ. वालों से लगी-बँधी है। उसे उम्मीद है, एक दिन वह प्रदेश का शेख बनकर रहेगा।

एक हवाई उड़ान जम्मू की हो जाए ?

ये नीचे देखिए, यहाँ त्रिकुटा नगर है। इधर केशवनाथ रैना का घर है। नहीं, प्रेमजी का। केशवनाथ अब नहीं हैं। उनके जाने के दो मास बाद कमला भी चली गई। अचानक पता चला, कैंसर है। आखिरी स्टेज था। मिलिटेंटों से छूटकर कात्या-कार्तिक, लल्ली-प्रेमजी से मिलने आए थे। लल्ली ने बेटी-दामाद को देर तक गले लगाया था।

"कहाँ हाथ लगे उन दरिन्दों के ?" आँसुओं से लल्ली धो लेगी तेज तुर्श निशान।

"नहीं लल्ली। वे सचमुच हमें ज़ख्मी जंगजुओं के इलाज के लिए ही ले गए थे। मेरे साथ कुछ भी गलत नहीं किया उन्होंने। वे खुद डरे हुए थे।"

कमला को विश्वास नहीं आया था।

"आरी से औरतों को दो फाड़ करनेवाले दरिन्दे, कात्या को बिना ज़लील किए छोड़ देंगे, इस बात पर कोई विश्वास करेगा ?"

वह रोते-रोते बोली थी।

"तुम ठीक कह रही हो काकनी। मेरे साथ कुछ भी हो सकता था। पर उन्हें मेरी ज़रूरत दूसरे कामों के लिए थी। मान लो, मेरे साथ ऐसा-वैसा कुछ हुआ भी हो, तो मेरे लिए वह एक दुखद हादसा ही होता। मैंने वहाँ कार्तिक की चिन्ता में जो गम सहा,

उससे बड़ा गम तो दूसरा हो ही नहीं सकता मेरे लिए... ।"

कात्या की आवाज़ रुँध गई। कमला ने लिपटा लिया, और जार-जार रोई।

"तुम लौट आईं बेटी, हमें और क्या चाहिए ?"

केशवनाथ की बरसी के बाद ही, नन्दन-धरा आकर लल्ली को अपने साथ न्यूजर्सी ले गए थे।

"दुलारी कात्या की चिन्ता मत करो लल्ली ! मेरे रहते उनका मायका सही-सलामत है यहाँ।"

प्रेम ने लल्ली को विदा करते दिलासा दिया था।

"थोड़ा घूम-फिरकर लौट आना। शारिका के बेटे अनिरुद्ध-अरविन्द भी वाशिंगटन में हैं, उनके पास भी रहना कुछ दिन। अर्जुन तो इलिनॉय में है। कुछ दिन वहाँ भी रहो। वक्त का पता ही नहीं चलेगा।"

विजया खूब रोई। बुलबुल बँगलौर में नौकरी कर रहा है। पम्पोश ने मराठी लड़के से शादी कर ली है और पूना में बस गई। लल्ली माँ घर में थी, तो सिर पर ठंडी छाँह लगती थी। अब कैसे रहेगी विजया घर में अकेली ?

प्रेम हमेशा की तरह संगी-साथियों से घिरा है। जुत्शी, कौल, महाराज मान, रतन...। उनके पास कई समस्याएँ हैं, पूरी बिरादरी की समस्याएँ, विस्थापितों की समस्याएँ। सरकारी तन्त्र के संवेदन शून्य होने की चिन्ताएँ, न रुक सकनेवाली ज़रूरतें पूरी करने की चिन्ताएँ।

कई शरणार्थी सहायता समितियों से जुड़े हैं, प्रेमजी।

किन्हीं के घर जले हैं, किन्हीं की तनखाहें बन्द हैं, किन्हीं की पेंशन नहीं मिल रही।

बच्चों के स्कूलों की समस्याएँ, बूढ़ों की दवाइयाँ, और अपने घर लौटने की आकांक्षाएँ, पीछे जो छूटा, उससे जुड़ जाने की उतावलें ! और 'पनुन कश्मीर' की माँग।

रतन वारिकू सैय्यद शहाबुद्दीन का वक्तव्य आज भी नहीं भूल पाता कि, "गवर्नर के उकसाने पर कश्मीरी हिन्दुओं ने हिजरत करके कश्मीरी मुसलमानों के एतमाद को ठेस पहुँचाई और प्रोपेगंडा की मुहिम चलाई जो दहशतगर्दी की वजह बन गई... ।"

—वाह शहाबुद्दीन साहब। खूब फरमाया। गवर्नर के उकसाने भर से ही कश्मीरी हिन्दू, लाखों-करोड़ों की जायदाद, घर-बार छोड़, नंगे-बुचे चले आए टैन्टों-दड़बों में रहने के लिए। क्या सूझ पाई है हज़रत ने।"

"छोड़ो रतन भाई। शहाबुद्दीन साहब का घर सलामत है। घर खोनेवालों का दुख, नंगे आसमान तले जीनेवालों से पूछो। दिल्ली में बेहाल साकी[1] साहब से पूछो, जो कहते हैं :

---

1. मोतीलाल साकी, कवि।

"गॅरु रावुन गव, ज़िन्दय चेंतायि खसुन/न तु कबरि मंज़डाफ द्युन/
गॅरु अमिच कदर ज़ानन तिमय/यिमन गॅरु आसि रोवमुत।"[1]

रतन भाई गुस्से में हैं।

"हमने मुसलमान भाइयों के एतमाद को ठेस पहुँचाई ? हमने तो हमेशा सहा है। मुझे बचपन की याद आज भी है, जब मैं गिल्ली-डंडा खेलने ईदगाह मैदान में जाता था। मुहल्ले के लड़के मुझे अकेला पाकर पकड़ लेते, चिढ़ाते—बट कटि बट कटि। रटनावथ/हटि तल योनि हन चटनावथ/हून्य सुंज़ मुतरहन चेवनावथ/कलिमय मुहम्मद परनावथ।"[2]

"छोड़ो भाई, वह तो बच्चों की शैतानी थी।" जुत्शी रतन को शान्त करना चाहते हैं। जो सच दुख दे, उसे क्या याद करना ?

"उसे छोड़ भी दें, तो यह कैसे भूलें, कि जिन शेख साहब के हर सही-गलत में हमने साथ दिया, उन्होंने 'आतिशे चिनार' में हमें जासूस और क्या-क्या न कहा। पढ़ें शहाबुद्दीन साहब—'आं ब्राह्मण ज़ादगाने दिल', पंडितों के सोच, लचक और काबिलियत की तारीफ करते भी लिखा, कि वे 'दिल्ली के जासूसों और कश्मीरियों के पाँचवें कालम का रोल अदा कर रहे हैं। कि इतिहास के किसी युग में उन्होंने जुल्म किए।' "

"जुल्म अगर कुछ हिन्दू या कुछ सिक्ख राजाओं के लिए, तो पठानों, अफगानों और सुलतान सिकन्दर ने क्या किया ? अच्छे-बुरे दोनों कौमों में रहे। पर आप एक की आँख में उँगली घुसाएँगे, दूसरे को कत्ल करते देख आँख बन्द करेंगे, तो अगले के एतमाद को ठेस नहीं पहुँचेगी ?"

"हज़रत कह रहे हैं, उनकी प्रोपेगंडा की मुहिम दहशतगर्दी की वजह बन गई।"

"महाराज भान गुस्से को अपने पर हावी न होने देने के लिए कमरे में आवाजाही कर रहे हैं।"

"उन्हें क्या पता है, कि वादी में इस्लामी फंडामेंटलिस्टों ने क्या-क्या न कोशिशें कीं, दहशतगर्दी फैलाने की ! इस्लाम स्टेट बनाने की। भाई-भाई में दरारें डालने की। बिहार, यू.पी. से मौलवी आए, जमाते इस्लामी स्कूल खुलवाए। इस्लामी प्रदर्शनी हुई, जिसमें घरेलू चीजों से लेकर व्यापार, इंडस्ट्री, भाषा बोली, सभी को इस्लाम की देन बताया गया, जिस पर किसी ने मज़ाक में कह भी दिया, कि क्या इस्लाम के वादी में आने से पहले कश्मीरियों के पास 'स्नान पट' के सिवा कुछ भी न था ?"

"उन्होंने शैवदर्शन को तो नकारा ही, ऋषि-सूफी परम्परा का भी नाम न लिया। गैर मुसलमानों को इस्लाम का दुश्मन बताया।"

"सो तो महाराज भाई, आज भी ओसामा बिन लादेन, खुल्लमखुल्ला कहते हैं,

---

1. घर खोना, जीते जी चिता में प्रवेश करना है। घर खोना, जीते जी कब्र में लेटना है। घर की कद्र वही जानता है, जिसने घर खोया है। 2. ए भट्ट लड़के, तुझे मैं पकड़ लूँगा, गले में पड़ा जनेऊ उतरवा दूँगा। कुत्ते का मूत पिलवाऊँगा और कलमा पढ़वाऊँगा।

कि अमरीका, रूस और भारत इस्लाम के दुश्मन हैं।''

जुत्शी साहब ने चाय मँगवाई।

''भाभी ! ऐसी चाय पिलाना, जिस पर किसी सम्प्रदाय का नाम न लिखा हो।''

दोस्त हँस पड़े। चलो, कुहरा छँट गया। लेकिन रतन का गुस्सा अभी भी उतरा नहीं लगता।

''आजकल इकबाल बानी-ए-पाकिस्तान माना जाता है, जिसने 'सारे जहाँ से अच्छा, हिन्दुस्ताँ हमारा' राष्ट्रीय गीत लिखा।''

''रतन भाई, इकबाल ने, 'मुस्लिम हैं हम वतन हैं, सारा जहाँ हमारा' भी तो कहा था।''

''छोड़िए महाराज भैया। ऐसी बातों से दिलों में दरारें पड़ती हैं। हमारी कश्मीरियत को नुकसान पहुँचता है। कोई दिल जोड़नेवाली बात करो।''

''अब तो हालात ऐसे बदल गए हैं, कि आँखोंदेखा, कानोंसुना भी झूठ लगने लगता है।'' प्रेमजी हालात से सचमुच बेज़ार हैं।

''हमारे यहाँ फारसी में गनी भी हैं और भवानीदास काचरू भी। मुझे मुहम्मद अब्दुल्ला तिबत बकाल की गाई, कृष्ण जू राज़दान की कृष्ण लीलाएँ भूलती नहीं।

''और अपने मोहन लाल ऐमा, प्रेम भाई ? क्या तरन्नुम से लोचदार आवाज़ में नाते शरीफ सुनाते थे, कि खिंचे चले आते थे, हर कौम और मज़हब के लोग।''

महाराज भाई जाने क्या सोचकर कहते हैं, ''मेरी काकनी आज विस्थापन की तकलीफें सहते, समदमीर के कलाम गुनगुनाती रहती है और रोती रहती है–

व्यसि कारि मुश्किल बारि गोब गोम, पेतरावुन प्योम।
किहो करान आयोस संसारस, गम रोस न ख्योम।
दिम कथ अज़लस, यिय लिखित गोम, वेतरावुन प्योम''[1]

कमरा अचानक उदास हो गया।

''महाराज भाई, संकल्प को इंजीनियरिंग में सीट मिली कहीं ?''

प्रेम बात का रुख बदल देते हैं।

''महाराष्ट्र सरकार ने कश्मीरी विस्थापितों के लिए काफी सीटें रिज़र्व कर ली हैं। संकल्प को इंजीनियरिंग और श्रद्धा को कामर्स डिप्लोमा में सीटें मिली हैं। शुक्र है। बाला साहब ठाकरे हमारा कष्ट समझते हैं।''

कमरा फिर चुप्प।

''घर की कोई खबर मिली भरत ? त्रिलोकी तो गाँव लौट गया था।''

''घर तो बस मलबे का ढेर रह गया है। सोच रहा था, देखूँ जाकर। पर इधर करगिल वार के बाद तो हालात बदतर ही हो रहे हैं।''

---

1. ओ सखी, मैं इस संसार में क्यों आई ? कभी भी गमों से छुटकारा नहीं मिला। भाग्य में जो लिखा गया, उसे भुगतना पड़ा। सखी ! मुझ पर भारी मुश्किल आन पड़ी है...

"बेचारा पाकिस्तान ! सोचा था, श्रीनगर-लेह रोड पर कब्ज़ा कर लेंगे। कश्मीर समस्या का अन्तरराष्ट्रीयकरण होगा। पर खाई मुँह की। ऊपर से अमरीका ने भी लताड़ा।"

"दरअसल अमरीका भी अब इस्लामी फंडामेंटलिज्म को बढ़ावा देना नहीं चाहता। वो जानता है, वाजपेयी ने लाहौर बस यात्रा कर, पाकिस्तान की तरफ दोस्ती का कदम उठाया। पर पाकिस्तान पीठ में छुरा भोंकने से बाज़ न आया। उधर करगिल में बटालिक की पहाड़ियों में घुसपैठ करता रहा। बहाना बनाया, नियन्त्रण रेखा तय करो।"

बात करगिल वार की तरफ मुड़ गई है।

"दरअसल करगिल वार पाकिस्तान की अन्दरूनी लड़ाइयों-समस्याओं का नतीजा थी महाराज भाई ! अफगानिस्तान में पाकिस्तान ने तालिबान को सपोर्ट किया। उधर, लड़ाई बन्द हो गई तो हमारी तरफ भेज दिया दहशतगर्दों को।

"ऊपर से अपने मृत सिपाहियों को पहचानने से भी इनकार कर दिया। कहीं पोल न खुलें। यह तो हिन्दुस्तान का बड़प्पन है, कि पाक सिपाहियों को दिल्ली ले आए। कुछ को रस्मोरिवाजों के साथ दफन कर दिया। उन्होंने तो हमारे जवानों की लाशों के साथ क्या-क्या न किया। आँखें निकाल दीं, अंग भंग कर दिए। सौरभ कालिया का हश्र कौन भूलेगा ?—अपने हवलदार भाईजी का जवान बेटा मेजर आशीष भी बटालिक की पहाड़ियों पर लड़ता शहीद हो गया।"

प्रेमजी की आँखें भर आईं।

"घरवाले लाश भी न पहचान पाए, ऐसा चेहरा बिगाड़ दिया था उन हत्यारों ने। हे शम्भू ! क्षमा !" कमरे में त्राहि-त्राहि की आवाजें उठीं। साँस लेना भारी हो गया।

"हरि ॐ ! कब खत्म होगा यह खून-खराबा !" जुत्शी ने लम्बी साँस छोड़ी।

"आजकल बी.एस.एफ. और आर्मी सेंटर्स पर धड़ल्ले से हमले हो रहे हैं। जवानों का खून वादी में बह रहा है। ह्यूमन वायलेशनवाले आँखें बन्द किए बैठे हैं।"

"और आर्मी के अफसर गाँव-गाँव में सोशल वेलफेयर सेंटर खोल रहे हैं। यतीम बच्चों और मनोरोगियों का इलाज सेना के डॉक्टर कर रहे हैं। रिहेबिलिटेशन सेंटर खोल रहे हैं। अहगाम पूरा जल गया था। सेना, गाँववालों के साथ मिलकर वहाँ घर बना रही है। एक तरफ सीमा सुरक्षा, दूसरी तरफ दहशतगर्दी से लड़ रहे हैं।"

"अब लोग समझने लगे हैं कि उनकी रक्षा करते ये मर रहे हैं। अभी मेजर पी. पुरुषोत्तम मारे गए दिन दहाड़े।"

"हाँ ! दहशतगर्दी ने किसी को छोड़ा नहीं। आर्मी तो उनका निशाना है ही।"

"सही है भाई। कश्मीर में जवान मरें, या वादी के बेटे, सभी माँओं के लाल हैं।"

जुत्शी विरागी हो उठे हैं।

"माँएँ बेटों की लाशें ढोती हैं, पिता कन्धा देते हैं। फारुख[1] नाज़की कज़ल वन

---

1. कश्मीर कवि।

की आग का शोक मनाते हैं।—जहाँ माँएँ पनघटों पर धो रही हैं/खून से रँगे/अपने दूल्हा बेटों के पोशाक/जहाँ दुल्हनों के सुहाग जोड़ों में/लग गई है आग/जहाँ रोती जा रही हैं औरतें/और वितस्ता निःसंग बहती जा रही है।''

यह वादिए कश्मीर है। लुटा-पिटा उदास चमन। लेकिन उदासी कहाँ नहीं है ?

एक नज़र इन कच्ची-पक्की 'वन रूम' रिहायिशों पर डालें, जहाँ दस वर्षों के दौरान, विस्थापित लोग ट्रांजिट कैम्पों से होते हुए, इन दड़बेनुमा कमरों में स्थापित हो गए हैं। घर वापसी की उम्मीदें धुँधली होती जा रही हैं।

विस्थापित हिन्दू हैरान हैं कि मातृभूमि में रहने का हक उन्हें क्यों नहीं है ? अन्तर्राष्ट्रीय मंचों पर फिलिस्तिनियों के अधिकारों की गूँज है। कश्मीरी पंडितों की क्यों नहीं ?

''क्या वह हथियार उठाए ? जे.के.एल.एफ. से दोस्ती करे ? बयानवें में सुनील कौल और सुरेश भान पर जम्मू में परीक्षा हाल ध्वस्त करने का आरोप लगा। सुनील मौत के हवाले हो गया। गुस्से, दुख और निराशा का धुआँ उसकी मौत के साथ बुझा नहीं, युवा दिलों में दबा-दबा आक्रोश बनकर फैलता रहा।''

''सिर उठाकर जीने का हक हमसे क्यों छीना जा रहा है ?''

''हमारी माँगें बहरे कानों पर क्यों फिसल रही हैं ?'' उनके कई प्रश्न थे।

प्रेम कहता है, ''हमें कोई यासर अराफात, कोई नेल्सन मंडेला पैदा करना होगा। वरना, ऐसे ही झूठे आश्वासनों के साथ जीना होगा। हमारी आवाज़ शोर में दब जाएगी। एक दिन हम खामोश हो जाएँगे।''

लेकिन शशि शेखर तोपखानी को भरोसा है कि, ''फैलेगा हमारा मौन !''

ओह ! कैसी दमघोट गर्मी है। इधर से, कमरे के अन्दर ठुसे बैठे पाँच-छह सिर दिख रहे हैं, सिर पर तौलिए ओढ़ने धरे। एक नन्ही लड़की बूढ़ी दादी की नंगी छाती पर बर्फ का टुकड़ा मल रही है।

अरे ! ये तो सफापोर की मातायी की बहू है, हलधर की पत्नी शान्ता। लड़की हलधर की पोती शारदा है।

दादी आँखें बन्द किए बड़बड़ा रही है।

''उधर ठंडी-ठंडी हवा चल रही होगी। मानसबल में लहरें उठ रही होंगी। अखरोट की डालें हवा से झुकी जा रही होंगी। बड़े-बड़े बबूगोशे, रसभरे शहतूत। शारदे ! थोड़ा पानी पिला। गला सूख रहा है। तालू चिटक गया है।''

शारदा पानी का गिलास लेकर आती है।

''आह ! कैसा बकबका स्वाद ! कोई चश्मेशाही के दो बूँद पिला दे !''

शारदा तेजी से बर्फ का टुकड़ा दादी की छाती पर मले जा रही है। झुर्रीदार मांस के लटक आए लोथड़े हिल रहे हैं।

''थोड़ा हटकर बैठ शारदे ! इधर थोड़ी हवा आने दे।'' चौके से थकी-थकी

आवाज़ झपटती है। "आह ! तवे की मछली-सी भुनी जा रही हूँ।"

एक बोसीदा पंखा कोने में खड़खड़ाता गर्म हवा फेंक रहा है।

"मुझे लेने दे न थोड़ी हवा। पढ़ाई करनी है। कल इम्तहान है मेरा।"

किताब गोद में धरे 'साहबा' जाने किस पर खौंखिया रहा है।

हलधर दरवाज़े से सटा आँखें बन्द किए बैठा है।

वह अन्धा-गूँगा-बहरा और पता नहीं क्या-क्या हो गया है। बाहर लू बरस रही है। हलधर हाँफ रहा है। हड्डियों का पिंजर उठ रहा है। गिर रहा है, उठ रहा है, गिर रहा है। उसके पास किसी सवाल का जवाब नहीं है।

टी.वी.वाले कैमरे-वैमरे लेकर आ गए हैं। आँगन में भीड़ इकट्ठा हो गई है। विस्थापितों के इंटरव्यू लिए जाएँगे। फिल्म बनेगी। जनता तक उनकी बात पहुँचाई जाएगी।

शारदा दौड़कर कैमरे की सीध में खड़ी हो जाती है।

"क्या आप लौटना चाहेंगी घर ? अब जबकि हालात थोड़े ठीक हो रहे हैं ?"

शारदा की आँखों में विचित्र-सी चमक है।

"हमें यहाँ ज़रा भी अच्छा नहीं लगता। हम आठ जने एक ही तंग कमरे में पड़े सड़ रहे हैं। हम पढ़ाई नहीं कर पाते, यहाँ सब्ज़ी हमें दुगुने दामों में मिलती है। हमारे पास इतने पैसे भी नहीं, कि तरबूज़ भी खा सकें। उधर गाँव में मेरे पापा फारमिंग करते थे। दादी बकरियों को तरबूज़ खिलाती थी।"

अरे ! यह शारदा तो फ्रंटियर मेल-सी धड़धड़ाती जा रही है।

"नमस्ते शारदे देवी। कश्मीरपुरवासिनी।"

"आप सरकार से कह दीजिए, हमें जम्मू के इस सड़े दड़बे से छुटकारा दिला दे।" शारदा की आवाज़ में गुस्से की थरथराहट है।

"नासमझ बच्ची है। इसे क्या पता, क्या हश्र किया उन दरिन्दों ने लड़कियों का। मिलिटेंसी के बारे में क्या जानती हैं लड़की ?"

कैंपों में चार से चौदह वर्ष की हुई शारदा की भौंहों में सलवटें पड़ती हैं।

"जानती हूँ, कैसे होते होंगे मिलिटेंट ! वैसे ही होंगे, जो 'बच्ची बच्ची' कहकर गलियों-बाज़ारों में दबोचते हैं। सामान लेने जाओ, तो पिछवाड़े आओ, शाम को आओ, सस्ती सब्ज़ी मिलेगी। क्या-क्या बहाने गढ़, इधर-उधर चिकोटियाँ काटते हैं। एक मुस्टंडे ने पीछे से झप्पी मार शारदा को कैसे तो बुरी तरह से जकड़ लिया कि उसकी कमीज गन्दी कर दी। उसने भी कलाई चबा डाली। त्रटि लद। मिलिटेंट।"

"आप कुछ कहना चाहेंगे मिस्टर...?" टेलिविजनवाले साहबा से मुखातिब हैं।

"मैं शिबन हूँ। क्या कहना चाहूँगा ? मिनिस्टर साहबान खुद पुलिस हिफाज़त में रहते हैं। हम लौटेंगे, तो हमारी कौन-सी हिफाज़त होगी ? हमारी नौकरियों पर दूसरों को लगा दिया। हमारे घर-बार जलकर खाक हो गए हैं। हमने 'पनुन कश्मीर' की माँग की है। सरकार से कहिए, मिलिटेंसी खत्म कर दें। मिलिटेंटों से डायलाग न कर उन्हें

सज़ा दें। यासीन मलिक ने चार वायु सेनानियों को मार डाला, आज तक उसे सज़ा नहीं हुई। बिट्टा कराटे ने आपके टी.वी. पर कबूल किया, कि उसने चालीस कश्मीरी पंडितों को मार डाला है। आज वह जम्मू जेल में सियासी कारकुनों को मिलनेवाली सुविधाएँ पा रहा है। आटोनोमी चिल्लाने से कश्मीर-समस्या नहीं सुलझेगी। कोई ठोस नीति बनाए सरकार। वे लोग फिलिस्तीनियों के लिए आँसू बहाते हैं, कश्मीरी विस्थापितों के लिए संवेदनशून्य हो गए हैं। क्या हम इस देश के नागरिक नहीं ?''

''कट कट ! भई यह सब नहीं जाएगा।''

कैमरा बबूल के नीचे बैठे बूढ़े पर फोकस हो रहा है।

बूढ़ा हिल-हिलकर गा रहा है, या रो रहा है, पता नहीं चलता।

''वाय वाय क्याह गोम।
निक सॉब कोत गोम।
गॅरु ओस बार ओस,
असुना तु गिन्दुना।
अच्छबल तु नागबल
नगीन तु झील डल
खॉब गयि सारी
ही महाकाली, अथुँ छुम खॉली।''[1]

हे भगवान ! यह तो कोई पागल लगता है।

चमना का बाप है। पाँच बहनों का अकेला भाई था। मिलिटेंटों ने गोली से उड़ा दिया। पागल न हो तो आश्चर्य। हो जाए तो क्या ताज्जुब ?

जाने कितने पागल भरे पड़े हैं इन कबूतरखानों में।

उस तरफ बच्चे झुंड बनाकर खेल रहे हैं। क्या खेल रहे हैं भला ?

आज जब घरों में टी.वी. वीडियो, और पुस्तकों में बच्चे, चिप-एन डेल 'गूफी' मिक्की माउस, और 'ही मैन' वी मैन देखना चाहते हैं, यह विस्थापित लड़के 'लड़ीशाह' खेल रहे हैं।

वाह भई, वाह ! क्या ठुमका मारकर तान उठाई जा रही है।

''स्येज़ वथ डजिख अनज़ानन।
फन्द ठेलु पिलविख नादानन।

---

1. हाय हाय ! यह क्या हुआ।
मेरा बेटा कहाँ गया
घर था, बार था
हँसता खेलता/
अच्छाबल नागबल/नगीन और झील डल/सब स्वप्न हो गया।
हे महाकाली ! हाथ रहे खाली !

कलिशनिकोफ दिथ खोरहक ताव
मिलिटेंटेन गयि यिरवुन्यनाव।"[1]

ज़रूर इन्होंने टी.वी. पर अरुण कौल[2] की 'कश्मीर फाइल' देखी है।

क्यों न एक हवाई सर्वेक्षण करें दिल्ली का ?

आखिर राजधानी है भारत की। हरिकृष्ण कौल ने एक कहानी लिखी है—'इस राजधानी में।' कैसा उखड़ाव महसूस करता है कश्मीरी विस्थापित यहाँ। न अपनी बोली-बाणी, न रस्मो-रिवाज़। इक्यानवे में सोलह हज़ार विस्थापित परिवार कश्मीर से इधर आए, ट्रेंजिट कैम्पों में रहे। अब तो गिनना भी मुश्किल है।

तब खूब रैलियाँ हुई थीं बोट क्लब पर। सेमिनार हुए थे। आल इंडिया कश्मीरी समितियों, देशी-विदेशी कश्मीरी पंडित सभाओं, सोसाइटियों ने विस्थापितों की मदद की थी। वर्ल्ड कांफ्रेंसें हुईं। उन्होंने अपने हकों की माँग की थी। ह्यूमन वायलेशन की बातें हुईं, और दशक के अन्त तक आकर, नजफगढ़ में 'वितस्ता' दूसरे छोर पर 'कोंगपोश' नाम की अपनी माँ-जाई धरती की यादें ताज़ी करती नामोंवाली, कच्ची-पक्की बस्तियाँ बनीं। जहाँ टाट-बोरों की आड़ किए विस्थापितों ने सिर छिपाने की जगहें बनाईं, और घर लौटने की उम्मीदें, मायूसियों और दुखती यादों में बदलती गईं। दिल्ली में 'कोशुर समाचार' विस्थापित हिन्दुओं को टूटने से बचाता रहा।

लेकिन निष्कासन का गम, दस वर्षों के बाद भी दिलों में नासूर बनकर रह गया।

एक घर था पुरखों का, जहाँ घरवालों ने बाहर धकेल दिया, "जाओ, जहाँ तुम्हारे रहनुमा हैं।"

बाहरवाले बड़े घर में, रहनुमाओं ने नज़र भर देखा, कुछ टाट परदे रोटी के टुकड़े पकड़ाए। "रहो कुछ देर। हालात ठीक हो जाएँगे, तो लौटना अपने घर। आखिर कश्मीर भारत का अटूट अंग है। हम उसे प्लेट में सजाकर मिलिटेंटों को नहीं देंगे।"

ठंडे आश्वासन ! कामकाजी ! निष्कासितों ने पैरों के नीचे देखी, कहीं भुरभुरी ज़मीन, कहीं कीचड़ सनी पिलपिली ! जो आधा गढ़ाती है पाताल में, आधा बाहर छोड़ देती है। आकाश देखने।

कहाँ थे हम, और कहाँ आ गए ? जिस व्यवस्था का विरोध किया था, क्या उसी के अंग बनते जा रहे हैं, खामोश स्वीकार से ? एक दिन मलबे के नीचे दबना नियति हो जाएगी, भाग्यवादियों की ?

"कश्मीर रिसर्च इंस्टिट्यूट, उन्मेष वादी के प्राचीन साहित्य और संस्कृति की खोज में जुटा है। मलबा हटाना ज़रूरी है। इतिहास को नए सिरे से जानना होगा।"

जगमोहन अन्वेषियों का मनोबल बढ़ाते रहते हैं, "कश्मीर भारत का मुकुट ही नहीं, भारत का मस्तक भी है।"

---

1. मिलिटेंटों ने सीधे-सादे लोगों के हाथों में कलिशनिकोव देकर उन्हें बरगलाया। गलत रास्ता दिखाकर उन्हें गुस्सा दिलाया...। 2. कश्मीरी फिल्म निर्माता।

मस्तक को झुकना नहीं है।

इधर शैवदर्शन पर गोष्ठियाँ हो रही हैं।

स्वामी लक्ष्मण जू शैवदर्शन के पंडित थे, नहीं रहे ! अब बलजिन्नाथ पंडित हैं। उनके मुख पर बड़ी स्निग्ध मुस्कान है। स्पन्दशास्त्र के ज्ञाता हैं।

कहते हैं, विश्व शिवमय है। शिव की लीला मनुष्य, शिव का अंश। यहाँ जगत मिथ्या नहीं, सच है। मनुष्य और शिव के बीच माया का पर्दा है। वह हट जाए तो मनुष्य शिवमय हो जाए, जाति, धर्म, भेद-भाव से परे।

सरिता विहार दिल्ली में अमृतेश्वर भैरव भवन की नींव डली है, वहाँ ईश्वर आश्रम बनेगा। बड़े-बूढ़े विस्थापित हिन्दू वहाँ, वादी में निशात के पास रहे, स्वामी लक्ष्मण जू के ईश्वर आश्रम की यादें ताज़ा करेंगे।

स्मृतियाँ ज़रूरी हैं। उन्हें बचाना होगा।

लेकिन युवा वर्ग का क्या करें ? उसके पास फैलता बियाबान है। वादी के झूठ में उसका सच घुट रहा है। ईश्वर और नेता, दोनों से भरोसे टूट रहे हैं।

प्रदेश, राष्ट्र उसे भूलते जा रहे हैं। किससे उम्मीद रखें ?

प्रेम 'उम्मीद' शब्द पर खीज उठता है।

"उम्मीद ? किससे ? विभाजन के दौरान, पश्चिमी पाकिस्तान से जान बचाकर जम्मू-कश्मीर में जो शरणार्थी आ बसे, पाँच दशकों के बीतने के बाद भी, वे लोग प्रदेश के नागरिक नहीं बन पाए। वे भी तो उम्मीद किए बैठे हैं !"

"ऐसे हालात में तुम निष्कासित, अपने स्वप्नों, आकांक्षाओं और अस्मिता के सवालों की रास थाम लो।"

"कुछ तो करना होगा !"

"सारी समिव, अकिसाऽरी रज़ि लमिव, तेलि क्याज़ि रावे काहन गाव।"

"ललद्यद ने सदियों पहले कहा था। मिलकर आवाज़ उठाना ज़रूरी है।" रतन हार नहीं मानता।

"कोई अग्नि शेखर, कोई शान्त, कोई महाराज, कोई 'मजबूर', अपनी आवाज़ उठाएँगे।"

"प्रेम भाई ! यहूदी खत्म होते-होते भी राख से चिंगारी बनकर फूटे थे। नाज़ियों की घृणा की आग से तपकर निखर आए थे।"

"जीवनेच्छा ज़रूरी है। अपने होने को बचाना ज़रूरी है।"

"संघर्ष ज़रूरी है।"

"आगे परीक्षा का लम्बा समय है। लम्बे रेगिस्तान। लेकिन घूम-फिरकर लौटता है आदमी वहीं, जहाँ से उगा था वह, बीज से फूटकर वृक्ष बना था। जड़ों की उन्हीं गन्धों-स्पर्शों और मिट्टी के अहसासों में, जहाँ से शाखाएँ-प्रशाखाएँ फैलेंगी—ढक देंगी दिशाएँ और आकाश।

"हम लौटेंगे तुम्हारे पास ! क्षमा, बीजों की गठरी बचाकर रखेगी, कि घूमते-घूमते

आएगा घर/गठरी खोलूँगी। कभी न बाँधूँगी।'' महाराज भरत, 'फिरन में तिरंगा' छिपाए उम्मीद बनाए रखेगा। सन्तोषी, मजबूर, हलीग, क्यूम, सप्रू और तमाम संवेदनशील जन, कुहासों के बीच रौशनी की सन्ध ढूँढ़ेंगे।

लेखिका जन्मभूमि से वादा लेगी, कि हमारे पाँवों के निशान सहेज ले, कि ''मैं आऊँगी उन्हें ढूँढ़ती हुई/सहलाने अपने और तुम्हारे जख्म !''

नया वर्ष। नई सहस्राब्दी।

''इन्तज़ार बरकरार है।'

'' 'पनुन कश्मीर' नहीं मिला।''

''अपना इतिहास भूगोल ढूँढ़ रहे हैं बेचैन विस्थापित।''

प्रेमजी सदा की तरह मुँहफट।

पिचासी में 'राजतरंगिणी' नाम से एक छोटी-सी कोआपरेटिव सोसायटी का पंजीकरण हुआ था वादी में ! आर्मीवालों के लिए तीस-पैंतीस क्वार्टर्स बनाने की योजना थी। पर बनने से पहले ही हंगामा उठा—''यह साज़िश है केन्द्र की। ऐसे ही घुसे थे यहूदी फिलिस्तीन में, ईस्ट इंडिया कम्पनी भारत में।''

केन्द्र डरकर चुप हो गया था। कहीं वोट बैंक हाथ से गया तो ?।

''बर्फबारी में पहाड़ों-पठारों में खम्भे से गड़े रहते प्रहरियों की प्रदेश को जरूरत है, सुरक्षा के लिए। उनकी सुविधाएँ केन्द्र का सिरदर्द !''

''कश्मीर में तो आर्मी और सीमा सुरक्षा बलों को अग्नि परीक्षाएँ हमेशा से देनी पड़ी हैं। तलवार की धार पर चलना पड़ता है।''

''वो चरारे शरीफ जला डाला आतंकवादियों ने। तो दोष मढ़ा गया सीमा सुरक्षा बल के सिर। समय रहते उन्होंने एक्शन क्यों न लिया ? हज़रत बल श्रायन के अन्दर बैठे जेहादियों पर आर्मी गोली नहीं चला सकती। चरारे शरीफ में कैसे घुसती ? घुसती, तो ह्यूमन राइट्सवाले तूफान मचाते। ऑपरेशन ब्लू स्टार के आरोप लगाते। उनके हाथ बँधे रहते हैं।''

''सब ऐसा ही है।''

''2 अक्तूबर '88 को हाई कोर्ट में महात्मा गाँधी की तस्वीर लगाने पर विरोध किया था स्वयं एक वकील ने। उसका विरोध, जिसने कहा था, मुझे कश्मीर में आशा की किरण नज़र आती है।''

''भूल जाओ। भूलने में मन की शान्ति है।''

विजया मन की शन्ति चाहती है। सरकारें भी इसीलिए आँख-कान बन्द करती हैं।

''लेकिन आतंकवादी संगठनों से सम्बन्ध रखनेवाली हुर्रियत संस्था ने, दिल्ली में कश्मीर अवेयरनेस ब्यूरो' खोला है। जहाँ, पाकिस्तान-ईरानी-अफगानी दूतावासों से आतंकवादी सम्पर्क बना सकते हैं। क्या ऐसे ही साम्प्रदायिक उन्माद खत्म होगा ?''

''इस उन्माद का अन्त कहाँ होगा ?''

"अभी तो कोई अन्त नहीं दीखता।" राज्ञा, 24 दिसम्बर को हुई, इंडियन एयरलाइंस के प्लेन हाइजैकिंग की तरफ ध्यान दिलाती है। नेपाल से छः हाईजैकर्स विमान को उड़ाकर कन्धार ले गए, और शर्तें रखीं पाकिस्तानी मिलिटेंट अज़हर मसूद को रिहा कर दो, नहीं तो एक सौ सत्तर यात्रियों को उड़ा देंगे।"

"केन्द्र यहाँ बेहद उदार है, केन्द्र वहाँ बेहद लाचार है।"

"क्या इस देश में कोई विवेकानन्द, कोई पटेल, कोई भगत सिंह, कोई गाँधी फिर से पैदा नहीं हो सकता ?"

राज्ञा अजीब-सा सवाल पूछती है।

"हमें तो बड़शाह का इन्तज़ार है।"

यह हलधर की बुढ़िया माँ कहती हैं।

"अच्छा हुआ निकाले गए वहाँ से। हम तो सौ जूते खाकर भी घर की मिट्टी जकड़े रहते। यहाँ खटेंगे भी, तो सिर उठाकर जी भी लेंगे।"

यह शिलपोरा का शिबन इतना उद्दंड क्यों है ?

"इसका दोस्त था कन्हैया, जिसे एक शाम, रास्ता दिखाने के लिए मिलिटेंट ले गए, और सुबह मारकर सड़क पर फेंक आए !"

"कहाँ लौटोगे अब ? निज़ामे मुस्तफा की ज़मीन तैयार हो गई है वहाँ। भट्टों की ज़मीन धँस चुकी है। मुट्ठीभर जो बचे हैं, उनका हश्र भी जल्दी सामने आएगा।"

"दिमाग खराब हो गया है।" रतन अफसोस से सिर हिला रहा है।

दोस्तो ! अब हम विदा लेते हैं। आपको 'शिहुल विला' में छोड़ आती हूँ।

इधर विला से सटे, चैरिटेबल अस्पताल में डॉक्टरों-नर्सों की आवाजाही है। कार्तिक-कात्या अभी एक मेजर ऑपरेशन कर चुके हैं। चेंज रूप में कात्या-कार्तिक मास्क एप्रन वगैरह उतार चुके हैं। थकान और टेंशन के बावजूद कात्या का चेहरा दमक रहा है।

"यू हैव डन ए ग्रेड जॉब।" कार्तिकेय कात्या को कन्धों से घेर लेता है। "माँ-बच्ची दोनों बच गए, मुझे तो यह एक करिश्मा ही लग रहा है।"

घड़ी रात के बारह बजा रही है।

"नया साल मुबारक। इस नई सफलता के साथ।"

"नया मिलिनियम। तुम्हें भी।"

कॉरीडोर से नन्ही आवाज़ें आ रही हैं। इयाँ...इयाँ...याँ...ऊँची और ऊँची उठती आवाज़।

"ओ गॉड ! पिद्दी-सी जान और इत्ती जब्बर चीख ?"

नीलम हँस रही है। "ये लीजिए, आ पहुँचीं नए साल की बधाइयाँ।"

कात्या सुनती है, मुस्कुराती है। सती भी कॉरीडोर में आ गई है, नए साल की बधाई देने।

सभी सुनते हैं, तेज़ तीखी भयमुक्त आवाज़।